# 陕西知青纪实录

渭水 编

上

陕西新华出版传媒集团
太白文艺出版社

图书在版编目（CIP）数据

陕西知青纪实录：全2册/渭水编.—西安：太白文艺出版社，2017.1（2022.1重印）
（陕西知青档案/莫伸主编）
ISBN 978-7-5513-0835-9

Ⅰ.①陕… Ⅱ.①渭… Ⅲ.①纪实文学－作品集－中国－当代 Ⅳ.①I25

中国版本图书馆CIP数据核字(2015)第271635号

## 陕西知青纪实录
### SHAANXI ZHIQING JISHI LU

| | |
|---|---|
| 作　　者 | 渭　水 |
| 责任编辑 | 刘　涛　任佳宝 |
| 封面设计 | 可　峰 |
| 版式设计 | 高　薇 |
| 出版发行 | 陕西新华出版传媒集团<br>太 白 文 艺 出 版 社 |
| 经　　销 | 新华书店 |
| 印　　刷 | 三河市华东印刷有限公司 |
| 开　　本 | 787mm×1092mm　1/16 |
| 字　　数 | 903千字 |
| 印　　张 | 47.625 |
| 版　　次 | 2017年1月第1版 |
| 印　　次 | 2022年1月第3次印刷 |
| 书　　号 | ISBN 978-7-5513-0835-9 |
| 定　　价 | 90.00元（全2册） |

版权所有　翻印必究
如有印装质量问题，可寄出版社印制部调换
联系电话：029-81206800
出版社地址：西安市曲江新区登高路1388号（邮编：710061）
营销中心电话：029-87277748　029-87217872

## 《陕西知青档案》

顾　问：王克良　王　农
总主编：莫　伸
副总主编：（按姓氏笔画排列）
　　　　朱文杰　商子秦　渭　水
编委办公室主任：卫天云
特邀编委：黄上恒　周力强　孙　平
编　委：（按姓氏笔画排列）
　　　卫天云　戈　弋　王建勋　王子冀　毋　燕　东　川
　　　朱文杰　刘　宁　刘永昌　刘　莹　刘新中　齐安瑾
　　　张自力　莫　伸　商子秦　渭　水　韩红艳　魏策策

## 《陕西知青纪实录》（上下）

主　编：渭　水
副主编：张自力　戈　弋　魏策策　东　川　刘　莹　齐安瑾

# 序

莫 伸

20世纪60年代末，正是"文革"高温过后，欲冷难凝之际，此时全国连续多届的城市毕业生已经积压成堆地搁置在那里，于是毛泽东的"知识青年到农村去，接受贫下中农再教育"的号召应时而发，并由此开始了一场持续十几年、波及千万家的"上山下乡"大运动。彼时全国上下，几乎无人不说知青事由，无人不议知青话题。千百万知青的遭遇，成为共和国整整一代甚至两代青年人的命运。直到改革开放来临，知青陆续返城，这段波涌浪簇的大潮才逐渐得以平息。但此后的若干年内，围绕着知青延伸和发展出来的话题却仍然绕梁不绝。比如新时期开始后，中国文学大潮蓬勃兴起，"知青文学"立即以其锐利的锋芒和雄厚的实力一路疾进，几乎没有任何悬念便成为中国文学大潮中最劲健的一支，并由此形成了中国独有的"知青作家群"现象。

或许，正是由于在一个政治上动荡的年代中成长，正是由于在青春最炽热、精力最旺盛、对友谊最珍视、对爱情最敏感的年龄段走进了一个异常艰苦却又聚为一体的群体环境，使得大多数知青们对知青生活至今记忆犹新，也产生着一种挥之不去的情结。这种特殊的情结使得直到今天，无论在中国的什么地方，凡有知青活动，都会出现振臂一呼，应者如云的情景。

也还是这种特殊的知青情结，使得几十年来，中国各地络绎不绝地出版过无数有关知青的书籍，这些书籍基本上都是知青们自发地组织力量编撰，自发地筹集经费出版，也自觉地评议和捧读的。这种现象有力地说明着广大知青对几十年前那段生活历久弥新的情愫，也同样是我们编撰这部《陕西知青档案》丛书的原动力。

与以往出版的书籍不同之处在于：《陕西知青档案》不仅收辑了"老三届知青"的资料和文章，而且收辑了20世纪50年代、60年代初期，以及南泥湾生产建设兵团知青和"老三届"之后持续多年的小知青们的资料和文章，甚至返乡知青和参加三线铁路建设的"准知青"，也同样纳入了本书的视野。可以说，在众多反映陕西知青的书籍中，这部丛书是年代跨度最长，囊括地域最广，包罗内容最全的。

生活是多么无情。不管当年的知青多么热闹喧嚣，也不管他们彼时在社会生活中占据着多大和多重的分量，随着时间的流逝，它都不可避免地变成了一段渐行渐远的历史。对生活在新世纪的青年人来说，"知青"这个字眼已经变得越来越陌生，"知青"的生活和往事也都越来越成为一种遥远记忆。这既是社会进步的一桩幸事，又或多或少使得我们回望来路时内心里有一股怅然。

毕竟，那段生活伴随着我们的青春，也伴随着我们成长。

毕竟，那是中国20世纪中叶发生的一桩大事，它牵扯的范围之广，对社会产生的影响之大，留下的或喜或悲的痕印之多，在整个中国历史上都可以说是罕见的。我们置身于旋涡的中心，有着一种过来人的洞察和体味。而这些久酿于心的洞察和体味，还远没有来得及说出和写出，甚至还没有来得及细细地咀嚼和理清，就已经成为一桩桩往事和一段段历史，这不能不使人感慨。

应当感谢太白文艺出版社，他们及时地捕捉了这段历史，也敏锐地发现了这个命题，正是在他们的策划和帮助下，我们邀请了一批具有知青经历的老"知青"，又邀请了一批具有撰写和收集历史资料热情的年轻研究人员，共同开始了一套记述"知青"的丛书。

编撰《陕西知青档案》的过程，也是我们阅读和学习的过程。我们欣喜地看到：众多的反映陕西知青的书籍早已从不同的侧面和不同的角度，向人们勾勒出当年陕西知青的风貌，展示着当年陕西知青的生活，形成着陕西知青的历史。当然，由于篇章结构甚至群体结构的局限，这些著作都孤立地存在，它无法系统地勾勒和概括当年陕西知青生活的全貌。而偏偏知青运动诞生于非常复杂的历史时段，对它的评价有着许多极其微妙也难以把握的因素，也正因此，围绕着知青运动功过是非的争论从来都没有停止过。这不仅是一个仁者见仁、智者见智的多元话题，而且是一个从宏观到微观，从抽象到具体的大课题。好在，理论总是灰色的，而生活之树常青。当我们把关注的目光投向生活本身时，生活多样的原色会对任何一种理论都给予最公正的回答。也正是出于这个原因，我们议定：编撰一批文章，形成一些资料，记述一些往事，留下一笔档案，这或许是今天我们回顾知青运动最理性的方式。当这套丛书呈现在大家面前时，我们殷切地期望：愿当事者翻阅它时，能够更加全面和更加客观地认识当初那一场运动；愿后来人看到它时，能够更加深入和更加具体地了解彼时彼地的特定氛围和特殊环境。我们相信：把生活真实地还原出来，把遭际真诚地讲述出来，远比粗浅地对某个事物进行评头论足更重要也更具价值。

今天的中国，正处在三千年未有的大开放大变化的时代。仅仅十多年前，中国还家家都在为终于能够使用上住宅电话而欣喜；谁知欣喜尚未褪尽，通信工具就已经换成了可以在腰间方便携带的传呼机；而当传呼机正待大显身手时，人们又迅速地为自己配置起手机；手机尚未玩转，互联网、微信又扑面而来……如果我们怀揣着起码的公正，就一定会承认，对我们这些老知青来说，即使做梦也没有想到生活会以如此巨大的方式改变，社会会以如此迅捷的脚步前进！这种巨大的改变和迅捷的进步在带给我们种种好处的同时，也使得我们眼花缭乱，使得我们身不由己地开始忘却。这种忘却不仅体现在量上，而且体现在质上。于是我们才终于懂得了，固然历史很严肃甚至很严峻，但打扮它却也并非难事。如果不是抱着一种虔诚的信仰，抱着一种神圣的庄严去搜寻和品啮，昨天的一切不仅会以极快的速度被我们冷落和遗忘，甚至会在人们的记忆中变得面目全非。正是这种种缘由，使得我们对编撰这部《陕西知青档案》不仅肩负着一种道义的承担，而且怀揣了一份紧迫的责任。

需要说明的是：陕西知青是由多方面的知识青年组成的。它既有一直生活在陕西本土的知青，又有从外地迁入的知青，尤其是从首都北京来到陕西的插队知青，多年来始终形成着一道非常耀眼也非常出色的风景。这不仅因为他们来自京城，也不仅因为他们中间一些人源自于高级干部家庭，更在于他们从原有的生存环境中脱身出来，面向着广博的山川土地，有了更加踏实的经历。对许多人而言，这种经历并不能够更多地获得什么，甚至恰恰相反，会让他们丧失掉许多，但对于一些特定的人群来说，这种备尝艰辛甚至备尝屈辱的历程恰恰使得他们更贴近了土地，更融入了人民，更懂得了生活，更领悟了真理，进而使得他们的人生脚步竟始料不及地登临到一种完全崭新的境界。可以说，正是这段经历，使得他们具有了更加广阔的胸襟和更加恢宏的视野。这种胸襟和视野，不仅从此决定了他们的生活走向，而且也奠定了他们的人生高度。

> 当蜘蛛网无情地查封了我的炉台
> 当灰烬的余烟叹息着贫困的悲哀
> 我依然固执地铺平失望的灰烬
> 用美丽的雪花写下：相信未来
> ……

这是著名知青诗人食指写下的《相信未来》的一段，也是当年在知青中广为流传的一首著名诗作。如今，未来已经成为我们触手可摸的现实。毫无疑问，这现实与我们当初的想象一定存在着某些令人惊喜的吻合，也一定存在着某些令人遗憾的距离。因人而异，知青生活在每个人身上驻留的时间不同。但共同的是，有了这段生活，它从此就成为我们生活中一段永恒的定格。对每一位知青来说，这段生活的内容都是那么炽烈、又是那么冷峻；那么悲喜交加，那么优劣互见。回顾知青生活，几乎每个人的内心深处都既心潮起伏、激动难遏，又情绪复杂、观点微妙。仅以这套丛书而言，这里面既有一代人真诚拼搏的足迹，也有一代人盲目奋斗的痕印；既有一代人献身于信仰的真诚，也有一代人沉溺于迷信的浅薄；既有一代人服务祖国的功绩，也有一代人愚昧冲杀的戕害。可以说，至今知青生活引起我们的多重情绪：既为蹉跎了青春岁月惋惜，又为历经坎坷而自豪；既称那段生活是我们步入艰辛的炼狱，又夸那段生活是培养我们成熟的熔炉。

也许，生活就是这样！它从来都是多元和多样的！正是这种多元和多样，构成了我们生活中的美丽与丑恶，简单与复杂，崇高与卑劣，正确与错误。

面对着知青这个庞大的题目，我们满含着感情，也满怀着敬畏。当丛书终于散发着墨香被捧在手中时，我们突然有一种惶惑：它记录下的这段历史足够真实吗？足够全面吗？足够理性也足够深刻吗？它能够帮助人们清楚地回望那段既荒凉又美丽的历程吗？能够帮助人们开启对社会和历史的正确思考吗？尤其重要的是：它能够为我们未来的迈步奠定一些坚固的基石吗？

我们祈盼。

2015 年 3 月 12 日

# 目录

## 上部

| | | |
|---|---|---|
| 商子秦 | 山忆二题 | 1 |
| 东　川 | 在山里的日子 | 6 |
| 安力达 | 羞于讲出口的往事 | 11 |
| 朱　地 | 养猪记 | 15 |
| 老　圁 | 告别陈家庄 | 18 |
| 张自力 | 解放军叔叔成了"知青" | 22 |
| 吴长江 | 红烛泪 | 26 |
| 赵国庆 | 杀猪 | 31 |
| 李满堂 | 搬家 | 34 |
| 周力强 | 琴声里的政审 | 37 |
| 李锡放 | 妈妈冲刺 | 40 |
| 王培华 | 彩云婆婆 | 45 |
| 刘亚莉 | 那个年月的血色浪漫 | 48 |
| 王　彬 | 女学兵素描三帧 | 52 |
| 王喜华 | 呼吸之间 | 57 |
| 李　涛 | 三线学兵，一个特殊的群体 | 60 |
| 黄建中 | 全娃 | 63 |
| 肖建国 | 当了一回麦客 | 66 |

| | | |
|---|---|---|
| 左　正 | 话说下乡 | 69 |
| 渭　水 | 鬼山 | 74 |
| 姚茂生 | 在晁峪，我认识了农民 | 77 |
| 蒋本瑜 | 学医之路始于南岔 | 81 |
| 蒋本璐 | 南岔生活小插曲 | 84 |
| 仝益民 | 难忘的山村生活 | 87 |
| 唐代蓉 | 坐地槐 | 91 |
| 张家勤 | 承诺 | 93 |
| 张雅莎 | 无法抹去的记忆 | 96 |
| 田文保 | 送公粮 | 99 |
| 胡　斌 | 温水沟插队回忆 | 102 |
| 贠大鹏 | 小宝 | 105 |
| 孙国华 | 背影 | 108 |
| 关广原 | 记下乡第一日 | 111 |
| 黄小培 | 和哥哥插队的日子 | 114 |
| 向希明 | 看番麦 | 117 |
| 刘宗昉 | 我当了四十多天匠人 | 120 |
| 郭培杰 | 浪漫青春 | 123 |
| 袁培力 | 遥远的记忆 | 127 |
| 姚泽芊 | 木薯·木瓜 | 131 |
| 姜尚文 | 老插忆旧 | 134 |
| 马俊芳 | 兵团生活回忆 | 139 |
| 刘丽先 | 兵团往事 | 144 |
| 宗振龙 | 井尔上村的故事 | 147 |
| 史俊生 | 在放马沟插队的日子里 | 153 |
| 吕　恭 | 五元钱 | 157 |
| 周菊梅 | 脚伤 | 160 |
| 贾宝珍 | 回家 | 163 |
| 崔玉洁 | 下乡生活拾零 | 166 |
| 徐　犀 | 东沟蒙难记 | 169 |
| 邢汉城 | 熏扫帚遭遇失火 | 171 |

| | | |
|---|---|---|
| 侯　敬 | 我们的"乌托邦" | 174 |
| 王逸达 | 遥远的记忆 | 178 |
| 陆　耕 | 弹指一挥间 | 181 |
| 蓝　璞 | 回城过年的知青们 | 187 |
| 王渊平 | 上套拉磨 | 190 |
| 朱　立 | 深山开荒记 | 193 |
| 段曼珊 | 山地琐忆 | 196 |
| 华美娥 | 百日抗旱 | 199 |
| 马克宁 | 在独梁上割麦 | 201 |
| 董西平 | "广阔天地"二三事 | 203 |
| 栗冰岭 | 一段难忘的情缘 | 206 |
| 李新景 | 我眼里心里的陕西人 | 208 |
| 郭长城 | 趣事两桩 | 211 |
| 孙　枫 | 没有结果的化验 | 213 |
| 谢援朝 | 一次烧木炭的经历 | 215 |
| 刘迎秋 | 青春的烙印 | 217 |
| 陶玉华 | 谢谢你们，我的兄弟姐妹 | 220 |
| 张铭洽 | 别混日子就有希望 | 222 |
| 吴艳敏 | 老房东 | 225 |
| 韦富强 | 我上山下乡的最后十小时 | 228 |
| 申建平 | 插队"白菜心" | 230 |
| 宋　莉 | 那山那人那些事 | 233 |
| 贺清信 | 塞上知青 | 239 |
| 姚雅丽 | 一个回乡知青的回忆 | 241 |
| 印三仁 | 秦王山下的天井村 | 244 |
| 潘景行 | 两次难忘的遭遇 | 247 |
| 董业庄 | 黑峪记事 | 252 |
| 徐淑芬 | 青春的记忆 | 256 |
| 杨迈曦 | 山上农民接纳了我 | 260 |
| 李义芳 | 月夜 | 263 |
| 胡乃荣 | 知青生活的记忆 | 266 |

| | | |
|---|---|---|
| 范居义 | 感谢苦难 | 272 |
| 岳乐平 | 下乡四十年回首 | 281 |
| 邵　冬 | 犟女子白成芳和爷们儿郭富轩 | 284 |
| 田宝林 | 尘埃落定 | 290 |
| 郭欣根 | 落户农村的"三关"考验 | 296 |
| 王民学 | 磨面记 | 300 |
| 无　机 | 天国里有我的同学 | 305 |
| 王向古 | 知青点上那条狗 | 311 |
| 高延龙 | 插队记忆两则 | 314 |
| 唐令西 | 别样的"接受再教育" | 318 |
| 白亚民 | 惊心动魄的"牛滚坡" | 324 |
| 葛君琪 | 蹉跎岁月 | 326 |
| 韦宇真 | 大山的呼唤 | 330 |
| 戈　卫 | 我的选择 | 333 |
| 毕福兰 | 坐猴 | 335 |
| 李　勇 | 王薇养猪 | 337 |
| 李宏志 | 雪娟儿 | 339 |
| 李怡方 | 一张告示 | 344 |
| 呼　方 | 由工分本引起的回忆 | 346 |
| 孙栋民 | 猪场·牧歌 | 350 |
| 颜重生 | 从此不吃狗肉 | 359 |
| 严锡景 | 70年代的"农民工" | 362 |
| 王茂生 | 难忘的12月8日 | 367 |
| 李向华 | 黑岭上的婚事 | 369 |
| 孙　平 | 康善卖鸡 | 372 |
| 刘培英 | 知青岁月琐忆 | 376 |
| 莫　伸 | 那片难忘的土地 | 384 |

## 下部

| | | |
|---|---|---|
| 田　英 | 我在延安十年 | 389 |
| 王新华 | 一点点苦难　一点点光荣 | 408 |
| 续奕红 | 过去的日子 | 417 |
| 孙立哲 | 一个赤脚医生的传奇 | 426 |
| 朱晓明 | 伤逝 | 433 |
| 史铁生 | 她叫吴北玲 | 450 |
| 柏　铮 | 姊妹坟 | 455 |
| 郑清怡 | 插队纪事 | 459 |
| 丁　晨 | 黄土高坡最后的北京知青养路工 | 467 |
| 孟庆石 | 小曲好唱口难开 | 472 |
| 陈　冲 | 插队拾零 | 474 |
| 姜　丹 | 插队日记 | 484 |
| 李子壮 | 清平湾插队的史铁生 | 492 |
| 杨世杰　董　靖　肖桂芝 | 在延川县文艺宣传队的日子 | 497 |
| 朱　凌 | 曼子,你不是懒汉 | 502 |
| 叶广荃 | 那山那水那人 | 505 |
| 张铁良 | 知青的箱子 | 513 |
| 史顺娣 | 陕北插队生活片断 | 517 |
| 向　泽 | 记韩小顺之死 | 524 |
| 刘蕴秋 | 两个女知青的艰难回京探亲路 | 528 |
| 姚　丹 | 窑洞小学及其他 | 537 |
| 丁爱笛 | 抹不去的记忆 | 542 |
| 朱宏佑 | 陕北杂忆 | 556 |
| 李青松 | "黑户"引起的冲突 | 565 |
| 刘五宁 | 缤纷四季郑庄情 | 569 |
| 山　汉 | 养猪吃肉交猪卖瓜 | 578 |
| 徐建青 | 照园子 | 587 |
| 张铁铿 | 朱家河大队的扫盲识字课本 | 591 |

5

| | | |
|---|---|---|
| 高世龙 | 延安插队纪实 | 594 |
| 陈幼民 | 冬行高原 | 597 |
| 王　昕 | 黄土高原的路 | 606 |
| 贾维岳 | 回忆陕北插队的生活 | 617 |
| 张树人 | 插队生活散记 | 626 |
| 高红十 | 成熟之路 | 630 |
| 来伟民 | 黄河惊魂 | 636 |
| 林纪春 | 战胜饥饿 | 638 |
| 罗　龙 | 三次与死亡擦肩而过的经历 | 640 |
| 余小平 | 在洪水中游泳 | 643 |
| 杨联安 | 插队逸事——拉盐 | 646 |
| 崔树新 | 北京知青张革 | 649 |
| 王凤桐 | 与解放军医疗队接触的日子 | 655 |
| 彭　延 | 大庄河插队回忆 | 658 |
| 敦　琳 | 独闯安塞 | 664 |
| 羔　羊 | 泥土的芬芳 | 667 |
| 田新民 | 涝池与我结下不解之缘 | 670 |
| 圪　针 | 陕北壶口插队趣事 | 673 |
| 陈平俊 | 我办代销店 | 677 |
| 范广瑛 | 我当菜园副园长 | 682 |
| 赵立华 | 我当赤脚医生的经历 | 685 |
| 孙蔚皓 | 我在陕北的时候 | 688 |
| 杨小白 | 那时我们还年轻 | 692 |
| 朱学夫 | 陕北往事——别了,川口 | 698 |
| 孙仲荷 | 清泉永远流淌在我的心间 | 702 |
| 王　侠 | 摘　杏 | 705 |
| 邓　卓 | 知青手记 | 708 |
| 刘锡恩 | 从北京出发 | 715 |
| 王建勋 | 魂归故里 | 721 |
| 附　录 | 陕西知识青年上山下乡大事记 | 725 |
| 后　记 | 745 | |

# 山忆二题

## 放　歌

又一次回到了插队的山乡。

这是一个秋日的午后，我独自坐在麦场边的石碌碡上，闻着摊晒的豆蔓散发出的浓浓的土腥味，听豆荚在阳光下爆裂的声响。山野静寂，连微风走过都能让人听到脚步声声。秋阳似乎发酵了我的记忆，现实便在记忆中悄悄叠化。山中的旧时风景，像一张不变的老照片。但照片中，我却总感到少了点儿什么，细细去想，一时又说不清究竟少了什么。

"呃——"一声长长的吆牛声，竟一下激活了我的记忆，想起来了，这静寂的山乡，少了的正是从前那遍野疯长的歌声。

真不知道，那时我们怎么就那样爱唱歌啊！要说每天苞谷糁、发糕和搅团提供的那点儿有限的热能，早已在"修理地球"时消耗殆尽，尽管常常肚皮贴着脊梁，可嗓子就是能"来电"。

天还不亮，我们就背起沉重的背篓，把粪肥送上半山腰的梯田，这时太阳才缓缓爬上山坡。望着柔红亮丽的朝阳，似乎一下就忘了疲劳和酸困，扯开嗓门就是一声："红日——照遍了东方……"

月亮下的麦场，是我们"晒月亮"的最佳位置。一溜儿摆的背篓上，斜倚着一溜儿的青年男女。一会儿海阔天空地喷啊、侃啊，一会儿却无言想着心事。这时，谁轻轻唱一声"提起个家来家又远"，一下子便开启了大伙儿泪水的闸门……

上工的路上拖着长长的身影我们唱啊，下工时分望着袅袅的炊烟我们唱啊，干活休憩的间隙，也不忘吼上几声。就连睡着觉，梦里不定谁又唱出了声。

那时，这偏远的山乡，从早到晚回荡着此起彼落的歌声。我们那座"知青屋"被农民叫作"戏匣子"，歌声成为知识青年的标志和旗帜，只要有歌声飘荡的地方，毫无疑问，这里肯定有下乡知识青年。

尽管那时的生活和物质极度贫乏，然而我们的歌声却异常丰富，城市里被"文化大革命"的"铁扫帚"涤荡一空的"封资修"歌曲，好像一下子都集中在这天高皇帝远的"广阔天地"，和我们一起"茁壮成长"。

我们每一个知青组，都有自己珍藏的歌本。袖珍的《外国民歌二百首》，精印的《电影歌曲选集》《交大歌声》《师大歌声》等形形色色的歌曲集，在各个知青点不胫而走。为了借一册歌本，常常不惜贴上藏在箱底的香烟；为了学一首新歌，甚至要跑几十里夜路，翻几个山头。

我们唱《三套车》，唱《山楂树》，也唱《拉兹之歌》和《我的玫瑰花你快过来吧》；我们唱《五月的鲜花》，唱《我爱祖国的蓝天》，也唱《花儿为什么这样红》。在这不知京剧为何物的山村，唱京剧样板戏更成为知青的"专利"。许多人还学会了唱秦腔、眉户。那时，"知青部落"中的"歌王""金嗓子"，有如今天的歌星，是知青中间最受欢迎的人。一曲放歌，一次宣传队演出，甚至会演绎出一个爱情故事，促成一段美好的姻缘……

在那个不通公路、没有电，甚至连无线电波都拒绝光临的小山村，我们几乎和现代文明的一切绝缘。一贫如洗的我们，剩下的只有歌声；也只有歌声，可以让我们任意挥霍。歌声给了被艰辛和苦闷双面烙烤的我们一种炫耀的快感，毕竟，比起连歌都不能任意唱的城里人，我们还能自由歌唱。

在所有歌曲中，最富于知青特色的，是一些出自知青之手的作品。这些知青歌曾最广泛流行于知青群体，又在流行过程中不断得以丰富和完善。尽管这些歌当时曾被戴上"反动歌曲"的帽子而被查禁，但任何封条，都无法封住一代知青的歌喉。四十年后的今天，许多这一类歌曲浮出历史的水面，成为一种新的经典。我就常常坐在录音机旁，一遍遍听着《从北京到延安》《南京知青之歌》以及许许多多"知青名曲"，沿着那音节铺成的小路，一次次在蒙眬的泪光中走过青春。

然而，还有许多深深烙在我心中的歌，却没有这样幸运。我常常怀疑，是不是它们还没有摘掉"帽子"。

"一唱小伙插队苦，一来就把破庙住，庙里的神仙有神台，我的铺盖地下铺。

"二唱小伙插队苦，没有油盐和酱醋，白开水泡馍是好饭，月底没粮喝糊糊。

"三唱小伙插队苦，衣服破了没人补……"

这首《十唱小伙插队苦》，是流传最广的"知青金曲"之一。真切的叙述，道出了知青的不尽酸楚，必然会引起强烈的共鸣。

这歌声，实实在在给这偏僻的山乡，注入了一股青春和生命的活力，甚至成为一种文化的潜移默化。

刚开始，山里的农民听不惯我们这般疯唱，特别是对外国歌曲不感冒，称之为"能把驴惊了"。后来听惯了，热闹惯了，如果我们几天不在，还觉得心慌。生产队里的年轻人，连听带学，都唱我们的歌，就是连老人也不知不觉被熏陶。一次晚间守着麦场，我听到一个老汉惬意地哼起小调，让我感到惊异的是他哼的不是秦腔、眉户，而是那首《莫斯科郊外的晚上》的旋律。

就这样，歌声像空气、阳光和水一样，成为我们生活最基本的元素。歌声中涌动着我们的青春，成为那段苦乐年华中我们的忠实伙伴，成为那段蹉跎岁月中我们的感情浓缩。

"没有歌唱就没有生命，就像没有太阳就没有生命一样。"虽然在初中时，从语文课本中的《267号牢房》课文中，我就熟记了伏契克的这段名言，但直到上山下乡之后，我似乎才真正理解了其中的内涵。在知青屋的煤油灯下，我曾情不自禁地改写了这篇文章的结尾：

"知青屋在歌唱，我一生都在歌唱，生活刚刚开始，这也是一个人活得最有希望的时候，有什么理由停止歌唱呢？

"……我们热爱歌唱，就算没有音乐的听觉，没有音调的记忆力，但是我们用一种诚心诚意的爱来歌唱。我们唱得那样欢乐，即使把A调唱成B调，把'拉'唱成'索'也听不出来。

"我们就这样歌唱着，我们在愁闷笼罩的时候歌唱，在明朗的日子里歌唱。我们用歌声送别招工离去、也许永远不会再回来的好弟兄，我们用歌声欢迎下一次招工的好消息。我们由于高兴而歌唱，我们用歌声来安慰自己。很久以来，我们就这样歌唱着，只要不灭亡，还要这样歌唱下去……"

我当年的知青朋友们，多希望什么时候大家再欢聚一堂，还像当年那样，再畅畅快快扯开嗓子，忘情地唱回我们的青春岁月……

## 传　　说

在纷纭嘈杂的大千世界里，一个人要想被别人记住，似乎要比被人遗忘困难得多。然而，事情也有例外。

那年，我回了趟当年下乡的小山村。当一路颠簸的拖拉机把我捎到小村对面的山梁上，已是夕阳西下之时。谢过了还要匆匆赶路的司机，我便沿着下山的小道,向村中悠悠走去。

故地重游,山川依旧,连那棵挂满红灯笼般的柿子的老树,都让人看着那样眼热。一层层梯田和一桩桩往事,在眼前同时展开,我仿佛一步步走进久远的记忆。

"呃,麻利快走!"一声细脆的吆牛声,打断了我的沉思。两只大犍牛远远走来,一个八九岁的女孩跟在牛屁股后面,见到陌生的我,女孩并不惊恐或害羞,反而像大人一般地招呼:"来了,走哪里去呀?"

"走王家底下。"

"吁——"女孩喊住了牛,上下打量着我问道,"你是谁家的亲戚,我咋不认得你?"

显然是碰到村里的孩子了。我也故意反问:"你是谁家的娃娃,我咋也不认得你?"

"我是田绪家的女子。"她想了想,又问道,"你认得我爸不?"

田绪,想起来了,不就是那个拖着两筒鼻涕的小男孩吗?我招工离开这儿时,他才刚刚上学,转眼他的丫头都这么大了。

"认识,我认识你爸时,他还没你大呢。"

听了我的话,小女孩眨巴了几下眼睛,又细细打量着我,接着便是一声惊呼:"哎呀,我知道了,你是下乡的学生,你是老商!"

这一回我可蒙了。孩子说得对,当年下乡时,尽管我们只有十七八岁,但老乡们都以"老"字相称,我当然便是"老商"了。但这个在我离开山村十几二十年以后才出生的孩子,又怎么会一眼便认出我呢?

"你就是老商,眉眼和我屋里相片上的老商一模一样,就是胖了些。"

原来是这么一回事,我心中不禁又是一热。

"别看你不认识我,我可认识你们。你、老康、元旦、宗仁、无机,还有娥娥、吴坤、丽华、京莲和盈笱,一共十个人呢。我还知道你会拉二胡,一到晚上,就坐在场边的碌碡上拉。我爸说:你拉的调调把人有时听得想哭,有时又听得想笑……村上人都说你的字写得好,学校墙上的大标语,就是你写的……一到下雪天,人家都挤到我屋的热炕上,就你在学生的屋里看书……割麦的时候你爱淌鼻血,老拿个纸卷卷一塞,对不?"

孩子滔滔不绝地讲着,我又一次惊呆了。许多连我自己都已经记不清楚的往事,都被她说得有鼻子有眼。从孩子的讲述中,我看到了一个十分熟悉但又已经陌生的形象,那就是我——昨天的我,青春的我。

"呃——牛啃田禾了——"对面山上传来长长的吆喝声。

"瘟神!"女孩一下跳起来,顺手抓起土块砸向路边啃庄稼的犍牛。牛一溜烟向山下跑去，女孩也紧追而去，临了回头扔下一声，"我先回去给我爸说客人来了……"

大犍牛和小女孩先后隐入了苍绿色的柏树林，山坳中又只剩下了我自己。一阵山风骤起，宁静的山坳，荡起了撼人心魄的林涛声，沉寂的山峦在涛声中仿佛也化作连天的波浪。我的心，也随之涌起层层大潮。

真的，在离别这块土地二十多年后，我才发现，当年的我，还有我们，从来就没有走出这块土地。

我们不仅仅留在老辈人的记忆中，留在农户镜框中的照片上，沿着老人冬日热炕上的絮叨、夏夜麦场上的闲聊，我们早已又走进那些原本并不认识我们的下一代孩子们的心中。孩子们像倾听无数久远的民间传说一样，倾听关于我们青春的故事，我们的勤劳、我们的付出、我们的"犯傻"，甚至连同我们那懵懵懂懂的初恋……

我知道，我们的故事，还将被孩子们又讲给他们的孩子，甚至在许多许多年后，当我们都从这个世界上消失，化作一捧粉灰、一缕青烟的时刻，我们仍活在这大山深处一代又一代的讲述中。

这个世界真怪，当年在招工时，我们几乎是百分之百地毫不犹豫地选择了返城，然而，那牢牢记着我们的，却恰恰是被我们弃之身后的农村。在这儿，无论今天的我们是否已飞黄腾达，是否已腰缠万贯，或者还是自守清贫，还是默默无闻，每个人都一样地平等地长存于大山的传说中，都永远是青春的十八岁……

尽管这个世界真大，我敢说，对于绝大多数至今仍默默无闻的老知青们，能永远记着我们的，也许只有当年插队的山村！

这就是命运，从四十年前踏上这块土地那天，也许，我和我们，就已经走进了这永远的传说。

商子秦，男

西安市第五中学高六八届毕业生

插队地点：原宝鸡县固川公社四家坪大队五小队

# 在山里的日子

## 对面山上的姑娘

1968年,我上山下乡到宝鸡西边的山里。狭窄的山谷中,一道浅浅的流水划分开了两边的生产大队。我们在北面的山顶上,是郑家湾五队,对面山上是孙家山三队。那边山上的知青,也是我们学校的同学。

每天早晨,太阳早早地先照亮了对面山顶,缠绕在山顶的白云一点一点地退缩,最后蜷缩进了山沟里。这时候能看见从对面知青院里冒出的炊烟。人说"对面能说话,相见得一天",虽然我看不见对面山上的同学,也和他们说不上话,但心里总觉得十分亲近。

对面山上有个女生,比我低两个年级,认识她,还是"文革"前的事情。有一年开学,教导处的老师让我把课程表发给各班。当我走到他们班教室跟前时,只见一伙儿女生正在空地上打沙包。她身穿一件大红色的条绒上衣,背对着我,伸着两臂,张着手,向对面的伙伴大声地喊着什么。我从她背后走了上去,把课程表卷成一个筒儿,压在她张开的手上。突如其来的事情,使她惊讶地回过头来,睁大眼睛看着我,我赶紧说:"是你们班的课表。"

对面那些女生这时早已哄笑成了一团,我也赶紧走开。从那以后,我就记住了这个头发卷卷的、眼睛圆圆的,长得像个洋娃娃似的女生。后来在学校里见了面,她都会对我浅浅地一笑。

下乡后不久,我到公社去。因为路不熟,就绕到了他们生产队的地边,正好碰见知青在地里锄玉米。我看见了她,还是那件醒目的红条绒上衣,还是那对明亮的大眼睛。不知道是因为晒太阳多了,还是因为害羞,她脸红红的走到路边,和我说了好一阵话。"对面能说话,相见得一天"就是那天从她嘴里听说的。

以后凡是到公社去，我总是绕路走过她所在的生产队，希冀着能够再碰见她，说上一会儿话。

1969年冬天，我从西安回宝鸡，意外地在火车上与她相遇。她和另外一个女生也是刚从家里回来的。那些年，火车经常晚点，本来四个小时的路程，这天开了六个小时还没到。下午五六点时，我们在车上都已饥肠辘辘，难以忍耐了。这时她站到了车座上，从放在行李架上的包里，掏出了三个烧饼，用眼神示意让我去接。当我伸手接到烧饼时，她用手指迅速碰了我一下，让我拿住了另一个烧饼。坐下来吃饼时，我才发现，她给我的是一个夹了肉的饼，而她和那个同学的却什么也没夹。我低下头，三口两口地赶快把那个烧饼咽了下去，根本就没尝出烧饼是什么味。这么些年过去了，虽然我也吃过了不少美味，然而我心里总惦记着那个没有吃出味来的夹肉的烧饼。

后来她被招工招走了，到了工厂不久，她又被推荐上了大学。再后来，听说她去了美国。

去年秋天，我回了一趟生产队。那是一个阴天，风裹着雾迎面扑来，脸上湿漉漉的。对面山上，云遮雾罩，看不见房屋和树木，只见云开云合，起伏不定，我的心潮也同样地起伏着。忽然听到了啄木鸟敲打树干的声音，我循声望去，远远看见一只羽毛华丽的啄木鸟，落在山坡上的一株高大的白杨树上，这时它也瞪着一对圆眼睛朝我张望。我向前移动了两步，它调皮地绕到了大树的背后，从后面探出头来看着我，我和它对视了一阵后，它才扑棱棱地飞了出去，消失在云雾之中。

我长久地伫立在山边，凝视着对面的山冈，思念着那个在大洋彼岸的对面山上的姑娘。

# 在山里过年

1969年底，报纸上、广播里大张旗鼓地号召"知识青年在农村过一个革命化的春节"，于是我就在农村过了一个年。

离过年还有一个月，知青组的同学们就三三两两地回家了。我一个人住在空荡荡的知青屋里，每天听着生产队的钟声出工、收工。冬季里没有多少农活，干的活主要是"起圈"。从饲养牲口的大窑洞里把掺和着牲口粪、尿，又被牛、驴和骡子踩得硬邦邦的圈底挖起来，装在独轮车上，吱扭吱扭地推出去，倒在外边场上。一群妇女和老人围成一个圈子，把这些坚硬的大块的粪肥一点一点地打碎。大家不紧不慢、说说笑笑干着，老人们时不时地还要蹲在场边抽一锅旱烟。收工以后我再喂一喂鸡和猪，晚上把它们收拢到鸡窝和猪圈里。忙忙碌碌中时间过得飞快，不觉已是大年三十。

三十这天不上工，我杀了一只自己养的公鸡，扯起风箱，烟熏火燎地在柴火灶上做成烧鸡，用剩下的汤汁把早先冻好的豆腐卤成了豆腐干。下午，天快黑的时候，生产队老队长端着一个盘子，喊我到贫协主席老罗家里去"吃揽盘"。我不懂"吃揽盘"是什么意思，问了半天才明白，原来要到别人家去做客，必须自己带上一盘菜，这就叫"吃揽盘"。于是，我就把自己做的豆腐干切了一碟，跟随老队长去了。

我们沿着小路，高一脚低一脚地相跟着，转过一个山湾，不一会儿就到了老罗家。山里天黑得早，贫协主席家的两孔窑洞里都点亮了油灯，老罗站在窑洞门前把我们迎了进去。

进窑洞脱鞋上炕，我因为盘不好腿，就挨着炕沿侧身坐了。炕桌上摆着几碟菜，有切得细细的萝卜丝、分成瓣的煮鸡蛋和一盘炒肉片。队长带来的是一盘切碎了的猪头肉，老罗的媳妇把我和队长带来的碟子也摆上炕桌。老罗拿出一个锥形的锡酒壶，在酒壶敞开的口上，放着一个小小的白瓷酒盅。他给酒盅里倒满酒后，让了让，吱溜一声把酒喝了下去，然后，把酒盅盖在酒壶上，递到老队长手里。队长也一仰脖喝了一盅，再把酒壶传给我。一晚上，我们就这样吃着、喝着、说着，从豆腐干说到萝卜丝，从牲口棚说到知青房，从"清理阶级队伍"说到老罗新中国成立前被抓壮丁的经历。那时候我很少喝酒，几圈下来，就觉得脸红心跳，头晕脑涨了。老罗说："不要回去了，就睡在我这热炕上吧，比你那凉床好得多了。"我就势躺在热乎乎的炕上，眼皮沉沉地睁不开来，一下子就进入了梦乡。

第二天一早，我跳下炕，走出窑洞，深深地吸了一口寒冷、清冽的空气。我们生产队在山的背阴面，看不见日出，只能看到太阳光把沟对面的山头一个接着一个照亮，缠绕在山顶上的白云一点一点地后退，慢慢地蜷缩进了山坳之中。我眼前是一垄又一垄的梯田，田里盖着厚厚一层白雪，窑顶上的迎春花刚刚开放，翠绿色的枝条上密密麻麻地缀满了喇叭似的小黄花，飘来淡淡的清香。在这个小小的山村里我开始了新的一年。

在我离开农村多年以后，才弄明白原来生产队长当时说的不是"吃揽盘"，而是"吃脔盘"。脔，音（luán），古汉语里的词汇，意思是切成小块的肉，如《淮南子》里有"尝一脔肉知一镬（huò）之味"。山村里一种看似简陋的民俗，竟然有着几千年的历史。如今，每逢过年，我就想起乡村里淳朴的民风、古老的习俗，以及那些逝去了的、日渐遥远的岁月。

## 千　里　驹

　　在农村的时候，见山里老农有一种喝茶方法，叫"千里驹"。那是拿一个空的铁罐头盒，用铁丝缠了做成把，把敲碎了的砖茶往罐里放几块，灌入水，再架在两块砖上，找点树枝、干柴，点上火，把水烧得滚滚的，熬上一熬，茶香就飘出来了。然后小心地握着把，端起罐，把熬得黏稠发黑的茶汁倒进茶碗里，吱溜着吸上一口，眯上眼睛，咂巴半天嘴。虽然老人们总是热情地让"知识青年"喝一口，可是看着那烧得乌七麻黑的罐头盒，锈迹斑斑的茶碗，实在不敢问津。

　　村贫协主席郑大爷是个单身老头，六十多岁了，高高的个子，身板很硬朗。他虽然孤身一人，可是总把自己收拾得干干净净的，鼻梁上架一副石头眼镜，手拿一杆长长的铜烟锅，腰里挂着火镰和烟荷包。老人住的窑洞离我们知青宿舍不远，晚上吃过饭，他常过来转转，说一说山海经。我第一次喝"千里驹"就是在郑大爷家里。那天队上伐树，下了工以后，我们几个往床上一躺，累得实在不想动了。郑大爷看见后，就硬拉扯着，让我们到他窑里去喝"千里驹"。

　　郑大爷的窑，进门就是炕，炕的一头连着一个灶。我们四仰八叉地往炕上一躺，郑大爷在一边忙活开了。他先用风箱把灶里的火扇红，再加上点干柴，然后把锅提下来，把擦得干干净净的罐头盒架在火上，慢慢地熬茶，直到满窑洞飘起茶香。茶熬好了，郑大爷把浓浓的茶汁倒进一个个酒盅里，让我们喝。我小心翼翼地啜了一口，马上龇牙咧嘴地吐了出来，直喊："这哪里是茶啊，明明是药！"郑大爷笑呵呵地说："对了，这就是药，暖胃、提神、长精神，好得很呢。"后来，我还在郑大爷家喝过几次，慢慢地从苦中喝出了一点儿醇香，感到了一种兴奋和痛快。

　　生产队盖知青房的时候，本来要盘炕，只是因为我们坚决反对，也就作罢。可是当凛冽的西北风裹着鹅毛大雪把窗户纸吹得呼呼啦啦时，实在抵挡不住山里的严寒，我们就跑到郑大爷的热炕上去睡觉。郑大爷熬上一罐酽酽的"千里驹"，把大家喝得睡不着觉，彻夜地听他说古经。郑大爷说，像我们这年龄的时候，他在雷圣山下的村子里处了一个相好。那时候，他白天给富农家扛长工，晚上就到雷圣山去打一个来回。雷圣山离我们这里有二十多里路，一个来回近五十里路，他喝上一罐酽茶，跑一个来回，就根本不算回事。我们笑他真成了千里驹了。

　　那天，我多喝了几盅酽茶，胃里热乎乎的，头有点晕，眼皮直打架，郑大爷说这是茶喝醉了。躺在热炕上，迷迷糊糊中，我似乎看到一个年轻的郑大爷，正顶着山梁上那刮倒人的劲风，大步流星地从蜿蜒的山道上急匆匆地向一片林木葱茏的雷圣山奔去。

东川，男
陕西师范大学附属中学高六六届毕业生
插队地点：原宝鸡县硖石公社三星大队

## 羞于讲出口的往事

每个人都有一肚子的故事，有些能讲给别人听，有些却难以启齿。我就有那么一个羞于讲出口的故事。

下乡第二年初秋的一天，我们两个同在秦岭大山中的黄牛铺公社大沟生产队插队的男生，耐不住一天三顿苞谷糁子的苦日子，牵着我们那条用一件棉大衣跟养蜂人换来的瘦骨嶙峋的狼狗，带着留在队里的两个女生的重托，坐货车跑到在宝鸡任家湾山上插队的同学处弄肉吃——听说任家湾的同学买了一只羊。谁知道传闻不确，任家湾的同学比我们还惨，不仅没有羊肉，连苞谷糁子都几乎断了顿。几个同病相怜的同学只好抖干净面口袋里最后的残余，混着野菜煮了半锅稀汤寡水的苞谷面糊糊款待我们，并且声明，让我们两个尽管放开肚皮喝，不必内疚，喝完这一顿最后的晚餐，他们就要回西安逃荒去了。尽管他们豪爽，可我们还是只喝了个半饱。

肚子里装着不足以果腹的苞谷面糊糊，大家下了山，在丁字路口分手，他们去宝鸡火车站回西安，我们去任家湾车站回黄牛铺。

任家湾是小站，火车在这里极少停靠，一般都是慢行通过。这让我们两个半饥半饱的知青等得心焦火燎，我们牵着的那条瘦狗卧在我们脚下不停地哼哼唧唧。如果说我们半饥半饱的话，那它一定是饥肠辘辘了，我们多少还喝了点儿东西，它可是到现在水米没沾牙呢。狗东西，谁叫你是肉食动物呢？按古代规矩，人要活到七十岁才有资格吃肉，你才多大？

两趟货车都在我们眼巴巴的期盼中缓慢地通过，眼看天色逐渐暗下来，我们实在等不及了，便决定扒火车。

那年月的知青们，只要是男生，大多都练就了一身扒火车的本领。知青没钱，家长给的那点钱连抽烟都不够，哪里舍得送给铁路？除非有女生同行，否则决不愿意冒着被半路赶下来的风险买张站台票混客车。唉！想起队里的女生，我便有些愧疚，临出来的时候，她们不放心地一再叮嘱我们："弄到了肉赶快回，别光顾着自己解馋吃光了，多少给我们留点儿。"她们原本漂亮如今却已经黄瘦了的脸蛋儿上说这话的时候泛起了红晕。下乡的时候，我们就是因为她们漂亮才主动死乞白赖地和她们组成一个队的，那时候，她们高傲得像两位公主。造孽哟！这才一年，繁重的劳动和无情的饥饿就让这样两位美女高傲的头颅低了下来，谁说人不会为了五斗米折腰？那是没饿到份儿上。唉！现在，两手空空的我们怎么好意思回去面对她们？

我们牵着狗向站外走去，扒火车必须避过站里的铁路工作人员。

第三辆轰轰隆隆的货车鸣着汽笛慢行通过车站，我们做好了准备，那位同学牵着狗在前，我在后，拉开了一节车厢的距离，一节车厢只有一排扶梯。车头威风凛凛地从眼前掠过，我们必须抓紧时间，通过车站以后的车会越来越快。

前面那位同学一只手抱起了狗，踩着枕木外边高低不平的道砟，顺着运行的货车外侧飞快地奔跑起来，一转眼工夫他就像只猿猴般地蹿上了敞篷货车车厢上的扶梯，比电影里的铁道游击队员毫不逊色。

同学敏捷的身手让我暗自赞叹，我撒开两腿，在硌脚的道砟上紧贴飞驰的列车奔跑起来，这时候的火车已经开始加速。我侧着身子瞄准和我并行的那节车厢外侧的扶梯，伸出双手，两腿猛蹬道砟，身子腾空而起……我感觉我的左手握住了作为扶梯的冰凉的铁棍，可是——我同时惊慌地感觉到，我伸向扶梯的右手却被弹了回来——那根扶梯右边那一半不知何时被何物撞凹了进去。

于是，我就被单手挂在了飞奔的火车车厢外面的扶梯上，火车掀起的狂风猛烈地在我耳边呼啸，我的身体斜飘起来，就像挂在钓钩上的一条鱼。我本能地向脚下望去，锃亮的铁轨在我的脚下飞速地向后边移动，我惊讶地发现我的脚都快碰到铁轨了。那一瞬间，我的第一个念头就是跳车。

幸亏当时我的头脑格外的清醒，我清醒的头脑提醒我，在脚不能蹬踏车帮因而无法利用反作用力的情况下跳车，必然被风卷进车轮底下丧命（看来知青这个称号我当之无愧，为了这我得感谢我初中的物理老师，他告诉我们，知识就是生命）。

否决了跳车之后，我开始为生命而挣扎。我铆足吃奶的劲儿，把全身的力气集中在左胳膊上，冒着耳边呼啸的狂风，在火车震耳欲聋的铿锵声中开始单臂引体向上……我的右手渐渐靠近了左手握住的那根扶梯下面的一级扶梯……阿弥陀佛，我终于抓住了它。我的两臂可以同时使劲儿了，我的身体有机会蜷起来了，我的脚蹬上了最下面的扶梯……

逃离了被车轮碾轧成肉饼的可能之后，我才腾出工夫去看前面的那位同学，我看见了惊心动魄的一幕——我那位同学正连人带狗翻滚到道旁的排水沟里——后来我才知道，当时他蹿上扶梯以后，突然意识到他一只手抱着狗无法倒手，无法倒手便没有办法攀上车厢，除非他把狗扔了。他舍不得，这条狗是他用棉大衣换的。慈母手中线，游子身上衣，这件棉大衣是他妈省吃俭用用光了全家人的布票特意为他下乡做的。看见狗，他就会想起他的棉大衣，想起棉大衣他就想起他的妈妈。

他告诉我，当时他从车上跳下来的时候，他的身体横在了铁轨上，他清楚地看见车厢的后轮子正向他滚滚而来。活命心切，他一个后滚翻从铁轨上翻了出去。他说在学校上体育课的时候，他从来没能完成过后滚翻这个动作，啥叫狗急跳墙，诚如是也。他笑嘻嘻地说。

现在，车上只剩下了我一个人，就像一个被遗弃的孤儿，饥寒交迫，无所适从，眼泪从眼眶里奔涌而出。好在周围黑麻咕咚的，没人看见。尽管我当时只有十八岁，可是我依然牢记着"男人有泪不轻弹"的古训，陪伴我的只有满车厢黑麻咕咚的煤和同样黑麻咕咚缓缓移动的山峦。

火车在黄牛铺车站还是慢行通过，这一次我没有敢像过去那样跳车，我心有余悸。由火车一直把我拉到了下一站油坊沟。油坊沟是加水站，车停了，我下了车，准备坐回头车再返回去。

油坊沟虽然是一个加水站，但也很小，只有一排两间的木板房子，一间挂着站长室牌子，另一间大概就是售票处。站台上堆着一堆原木，我坐在原木上不停地仰天长叹，车站里唯一的那盏路灯发出昏黄的光，引来几个大蝴蝶（飞蛾）上下翻腾盘旋飞舞，就像梧桐树招引凤凰一般。我脑袋里突然闪现出一个灵感：何不抓几只蝴蝶送给队里的女生？这么一想，我眼前就浮现出女生们那如花的笑脸，蝴蝶虽然顶不得羊肉，但足以让我自赎。我知道她们喜欢蝴蝶的美丽，因为她们自己就像美丽的蝴蝶。于是，我再一次扎紧裤带，脱下外衣，挥舞着上前一阵乱扑打，不一会儿居然给我捕到一只，就着灯光一看，哇！真漂亮。

只见那只蝴蝶一身墨黑，黑中闪着荧荧的蓝光，双翅展开直径足有六七厘米。用那年头知青们永不离身的《毛主席语录》，小心翼翼地把蝴蝶夹好，我又开始忍饥挨饿地发扬革命的浪漫主义精神再次投入捕蝶战斗——队里有两个女生，不能厚此薄彼，至少还得再捕一只方可避免误会。

也许是蝴蝶们恨我贪心不足成心跟我作对，轻易不肯落入我的魔掌，忙到半夜好歹才又捕到第二只。这时候，我已经筋疲力尽，夹好蝴蝶后就坐在原木上缩成了一团。我缩成一团的原因不外乎两个：一是秋风渐紧撕衣裂肤，二是腹内空虚抓心挠肝。革命浪漫主义一时间被沦落异乡的凄婉所取代，嘴里便悲悲切切地哼起了《十唱小伙插队苦》："一唱下乡青年苦，一来就把破庙住；庙里的神仙有神台，我的铺盖地下铺。二唱小伙插队苦，没有油盐和酱醋；开水泡馍是好饭，月底没粮喝糊糊……"唱着唱着我的"眼泪就流下了山"。

冷的时候说不得冷，饿的时候说不得饿，越说冷越冷越说饿越饿，直至我饿得眼冒金星、头晕目眩。斯其时也，我才相信人是真能冻饿而死的。

然而，我不想死，即便"死得其所"我也不干。于是，我便瞪大了双眼，饿狼似的四处寻寻觅觅起来，哪怕能找到一点红军爬雪山过草地时吃的草根树皮也好。

恰在这个时候，两个值夜的车站站警从一趟货车上揪下来几个扒车的"盲流"，有男有女有老有少。其中，两个背着背篓的妇女还带着两个瘦小的孩子。他们撕撕扯扯吵吵嚷嚷地被站警拽进了站长室，背篓就放在了站长室外的屋檐下。

我死死地盯着那个背篓，直觉告诉我，那里面一定装着吃的东西，那两位"盲流"母亲再困难也不会不给她们的孩子预备干粮。想到这里，我的嘴巴里立刻分泌出了甜甜的唾液，我尽力克服着晕眩，像只猫似的敏捷而无声地蹿到了屋檐下。

站长室门半掩着，我听见里边吵得正激烈，我装模作样地在并排靠着的两个背篓旁徘徊了一会儿，尽力判断哪个背篓里装着吃的可能性大，最后我选择了装着一个布口袋的那个背篓，然后心惊胆战地又侧着身子往半掩着门的站长室瞄了一眼，就毫不犹豫地向背篓伸出了罪恶之手。我的心跳得咚咚的，直怕有人突然出来逮住我，我紧张得都快休克了。

我的手伸进背篓，摸索着那个布袋，要命，布袋竟然扎着口儿。我哆嗦着手指使劲解扎口的绳子，该死的绳子扎得很紧，越急越解不开，我的身上冒出了冷汗，我的身子也开始哆嗦起来，但我绝没有一丝放弃的念头。谢天谢地，我终于解开了那根绳子，我的手伸进布袋，摸到了一个软东西，我判断那是一块苞谷面发糕，"盲流"能带什么好东西？接着我又摸到了一个硬些的东西，我判断那是一个馒头。我急切地把它们都抓出来，抓出来以后就飞速地逃离了现场，逃进了黑暗中。借着残月的余光我发现那个硬的真是馒头，而软的那个竟然是一块面包……

昧心获得的东西难消化，事情已经过去四十多年，那块面包和那个馒头却堵在心里至今无法忘却，特别是每当我想起那个背背篓的妇女和她那瘦小的孩子时，我就内疚得心疼。

唉！那个时代呀！

安力达，男<br>
西安市第八中学初六七届毕业生<br>
插队地点：凤县原黄牛铺公社大沟生产队

# 养 猪 记

1968年秋天,我们到宝鸡县坪头公社下乡插队,那一年我十六周岁。

正是长身体的时期,山里的农活一出工就得爬坡上山,体力消耗大,我们都很能吃。但是,当年山村里缺菜少油,主食多为杂粮,自己做饭,又总是对付,所以一年四季,我们仿佛总没吃饱过。那段岁月留给我们最深刻的印象,就是那种饥肠辘辘、垂涎欲滴的感觉。

当年,这种感觉每一天都在困扰着我们,饱餐一顿,几乎成为我们无时不在期盼的盛大节日。怎样摆脱这种窘境呢?几个同学一合计,决定养猪养鸡。于是,一位家在陕西师范大学的同学自告奋勇到西安,在师大农场买了一头纯种约克夏小猪和十来只小鸡。这些鸡的命运很不好,还没等长大全被黄鼠狼叼走了,我们连一口鸡汤都没喝上。然而,我们养猪的经历,却很成功,成为当地的一大新闻,也成为我们在以后漫长岁月里津津乐道的往事。

小猪带回生产队那天,村民们纷纷到知青点看稀罕。那时候,村民们几乎家家养猪,但他们养的都是土猪,身黑嘴短个小,长得很慢。这种白毛长嘴长腰身的约克夏猪,山里人还是头一次见到。他们一边看一边说:"知青真有本事,弄来了一头外国猪。"也有的村民调侃我们:"知青连自己都喂不饱,还能养猪?"

我们开始了养猪的经历。头些日子,我们的热情很高,一下工先看小猪,顾不上做饭,先给小猪开伙。小家伙跟我们也不见外,我们围成一圈吃饭,它跑进跑出要吃的,仿佛就是我们中间的一员。没多长时间这股热劲儿就过去了,我们劳动回来,累得腰酸腿痛,往炕上一躺,连自己的饭都懒得做,哪还顾得上猪?可这头小猪的食欲简直是太好了,整天琢磨着吃,我们一进门,它就哼哼唧唧围着我们转,嘴在我们身上拱来拱去。心情好,我们就给它弄些吃的;心情不好,就把它赶出门外,任它在门上撞来撞去地哼唧。所以,这头小猪跟着我们,有一顿没一顿、饥一顿饱一顿地也过着"知青"生活。但小猪的生命力实在太强了，即使是这样的日子，它也像吹了气一样，很快长了起来。它好像很懂事，我们走到哪儿，它就跟到哪儿。于是，村里又添了一道风景：知青们到队里参加社员大会，身后跟着一头白猪在周围晃悠。村里人都说，知青把猪养得跟狗一样"灵性"。从那时起，我开始认为人们把猪与"蠢"联系在一起，绝对是一种偏见。

不知不觉中，小猪长大了，七八个月以后，已经是村里猪中间的"巨无霸"了。它的食欲越来越大，大得我们实在应付不了。每天我们一下工，它就不知从哪儿钻了出来，用嘴拱开灶房门，一如既往地在我们腿上拱来拱去。猪小的时候，这样还挺好玩，现在这个"巨无霸"，拱来拱去就不那么好玩了。一次，同学们正忙着做饭，锅里的水烧开了，一位同学一手拿着切面刀，一手揭锅盖，它上去一拱，差点儿把同学拱到开水锅里。同学一急，也没顾上手里拿的什么东西，就向猪身上砍去，这一刀砍在了屁股上，猪嗷地惨叫了一声向门外冲去，一连几天没敢回家。

有时，我们外出几天，猪就成了村里的"流浪汉"。它本事还挺大，闻见哪家猪圈有猪食味儿，总能撞开门拱进去。农民家的土猪遇见它，就像普通人遇到相扑运动员一样，毫无抵抗之力，只能躲到墙角委屈得哼哼。我们回来后，村民们向我们"告状"，我们则"王顾左右而言他"，装糊涂，村民们也无可奈何。后来，村民们知道我们不在，也时常帮我们喂猪。说实话，我们养的这头猪是吃"百家饭"长大的。

习惯了流浪生活，这猪就不愿在窝里待着，长长的身子在村里晃来晃去，走到哪儿，歇到哪儿，吃到哪儿，很快就长得近两米长。这时，它更有名了，周围村庄的农民纷纷跑到我们村参观这头大得出奇的洋猪。他们望着它那伸展开来呼呼大睡的身姿啧啧称奇。事情也传到了公社，公社的养猪场专门派人来看，他们也没见过这么大的猪，便对生产队队长说："谁也不准帮知青把这头猪杀掉，必须交给养猪场。"

送猪那天场面颇为壮观。从生产队到公社有很长一段路，要上坡下坡、渡渭河，穿隧道。我们几个男知青外加四名社员，前面哄，后面推，前面拉，后面撵，费了好大的劲儿，花了半天时间才把它送到公社。这头猪的驾临轰动了公社，一条街的人都拥来看这头罕见的大洋猪。一上秤，四百多斤，抵上农民养的三头土猪！养猪场场长为了感谢我们，把这头猪评为"特级"，给了我们近二百元钱的报酬。对我们来说，这已是一笔"巨款"了。但是，在回村的路上，我们几个怎么也高兴不起来，毕竟养了近两年时间啊！

这段经历已经过去三十多年了，但我还是时常泛起对那段往事的回忆。想起那段蹉跎岁月，想起大山怀抱着的小村庄和质朴的村民，也想起我们所养过的那头猪。回首往事，我总想寻觅那种淡忘已久的感觉，再度品尝那种有着淡淡苦味却又令人难舍难忘的知青生活，但这些念头都已成为一种"奢望"了。

朱地，男
陕西师范大学附属中学初六七届毕业生
插队地点：原宝鸡县坪头公社码头二队
曾任中共中央党史研究室研究员、《百年潮》杂志社社长
本文选自宝鸡市党史研究室2004年12月出版的《知青岁月》一书

# 告别陈家庄

1970年底,一阵招工风潮把已经经过两年多插队生活的知青搅动了。面临走与留的选择,尤西林作为"扎根派"的代表,鼓动了一部分人坚持插队闹革命。原先分散在安平沟的老范(培松)、陈武,庙沟的陈宏喜,䴗鹆沟的拓路、老闷(张在明)、刘西瑞,䴗鹆庄的尤西林和我共八人转队到陈家庄,这样避免了都想留在自己队要求别人转队的僵持局面。

有了两年多插队的丰富经验,我们到陈家庄后的日子,真是心情舒畅、得心应手。生活方面原各知青组留下了数千斤小麦、玉米,有存粮的日子可真好过,每日蒸馍、干面,放开吃饱,再也不用担心饿着肚子干活了。农具齐全,大锄、小锄、铁锨、镬头、柴镰、斧头、扁担、背篓每人都有两套以上。那种干活不怕出力,只怕工具不凑手的日子也一去不复返了。我当时最渴望的是能为知青组购买两辆架子车,陈家庄的路可以通架子车,为此,我还专门跑到坪头拜修车老胡为师,学了两天修理架子车的技术。

初到陈家庄是1971年元旦,恰遇一场大雪,队里没什么活路,借机会,我们从队里借了辆架子车,进沟里的山上打柴。打柴对我来说已经是很熟练的事情,老闷也是打柴的一把好手,可这时他还赖在䴗鹆沟没过来。陈武说在安平沟到处都是柴,用不着专门打柴,老范和他对打柴反倒很生疏。在庙沟割蒿草打柴的陈宏喜和我就成了砍樵的主力,范、尤、刘驾车运柴,陈武做饭。早饭、午饭都是玉米面贴饼,送到沟里。清晨5点钟,陈宏喜就喊醒大家,拉着架子车踩着冰雪,一路谝着就进沟了。头一天起得太早,到了地方仍然黑得看不见,就拢堆火烤到天明。一天,我和陈宏喜砍了两大捆柴,每捆足有几百斤,往山下滚时架在了崖上。折腾了几次,柴捆纹丝不动,两人气力耗尽,仰面朝天躺在地上,只盼望陈武早送饭来。忙了一早上,砍好的柴留在山上最让人懊丧不过,白出力气无收获。

经过四天的辛苦，房前屋后整齐地堆满了柴捆，够一年烧的了。社员们都称赞我们是过日子的好手，能吃苦、会干活。其实，几年农村生活的经验告诉我们，要想做事，先要把自己的柴、米、油、盐问题解决利落了，干事才能成功。

我们详细商量了一个改变队上面貌的长、中、短期规划，提交社员大会讨论，得到了队里干部和群众的肯定。人员做了个分工，老闷参加修公社在四队建的水库，了解水库修成后能否引一条水渠，利用落差建一个小型水电站，解决灌溉、动力和照明。老范担任生产队长，陈宏喜担任会计并负责筹建科技试验站，刘西瑞任妇女队长，组织妇女参加集体劳动和学文化，也为队里养猪、鸡，改良当地的家畜、家禽品种。陈武担任小学教师，同时负责夜校的组织。拓路是我们的老大哥，喜欢美术，由他来组织队里的文化娱乐活动和宣传工作。尤西林负责整体规划和夜校讲课。我在队里开辟了一个菜园，为生产队积累资金，也参加试验田的劳动。当然，都不是单枪匹马，而是和队里的社员一起干。鉴于原先的经验教训，我们实际是放弃了以"阶级斗争为纲"、也不去割"资本主义尾巴"，团结全体社员走集体富裕的道路。不管家庭成分高低，年龄大小，社员们特别是青年人，都和我们成了朋友。知青的屋里经常有人来谈天，我们也常去各家串门、吃饭。过年过节谁家做了好饭，总有孩子们来喊我们去。

开春种玉米，陈宏喜与我同去找优良品种。当时选定了陕玉661和陕丹2号，可上哪儿联系呢？我们确定了以多换少的办法，即用二斤玉米去换回人家的一斤种。两人各背了一百二十多斤玉米，离开陈家庄，先到了宝鸡市，后到虢镇一个种子推广站。人家说事情突然，没有我们需要的早玉米种。再说也没有以粮换种的先例，介绍我们到西北农科所看看。我们只好背起粮袋，乘火车东进。在火车上两人趴在粮袋上睡过了头，醒来时到了茂陵。此时，陈宏喜想起咸阳帝王公社小寨大队的刘安、王鹏虎，我也恍然大悟。曾听刘安讲过他们种杂交玉米的经验，也曾数次邀请我们去他们队看看。于是，背起粮袋上塬，十五里路走了几个小时才到。刘安、鹏虎见到我俩大为感动，说背着一百多斤玉米，走几百里路为换良种，比梁生宝感人多了。鹏虎领我们参观了他们在汉武帝陵前修筑的大蓄水池，我俩也被他们的事迹感动了，暗下决心在一年后要超过他们。刘安把他们调剂的玉米种送我们两袋，派人用架子车拉到茂陵上火车。回到队里，陈宏喜一再表示今后要多和西农联系，增强我们的农科知识。

实验田里每亩两千五百株高产杂交玉米，打破了每亩八百苗的传统种植习惯。刘西瑞引来的来航鸡遍布各家，深得妇女们的喜爱。老范带领全队社员夺得了当年夏秋两季粮食大丰收。我在张致文和窑庄爷的指导下，菜园子当年给队里收入了几千元。夏天傍晚的麦场里，尤西林在给围着他的人讲述农田改造计划和粮草轮作的关系；拓路在用碳素铅笔在画夹上素描一群光膀子和老闷比赛扛粮桩的小伙子；陈武在教她的学生做拍球游戏。那是我们下乡几年最畅快的日子。

在鹁鸪庄时，知青中只有我一人抽烟，常遭到批评，到了陈家庄，老范、老闷和我结成烟友。香烟抽不起，旱烟太麻烦，于是，我利用在宝鸡购菜种的机会给每人武装了一只烟斗，几筒纸筒包装的云南烟丝。当过志愿军战士的社员张华戏称我们几个是三只斯大林烟锅。每当装好烟丝敬让别人时，总有人说：闻起香、抽起臭，还是请斯大林同志和你们一起来吧！有人还送我们三只烟锅一个谜语：生不吃，熟不吃，一边烧一边吃，吃的人不停地吃，不吃的人一口都不吃。

一次，我在试验田锄玉米，顺手把唯一的短衫挂在地边，干完活忘了收，第二天想起去找没了踪影，只好图爽快光膀子干了几天活。社员王诠见到了，与其妻构姐想法找了七尺布票到坪头镇上扯了块布料，给我裁衣，我死活不允，让她留给孩子。连生娘让人喊我去她家，说是捡了件衣服找不着主。衣服失而复得。构姐说：庄里没有人拿你们知青的东西，捡了也会送回来的。在每人每年只有一丈布票的年代，这种真情是多么珍贵啊。还有一次，老闷发了顽童之念，搭梯爬瞒贵家后院墙摘梨吃，被瞒贵他爹望见，下午，满满一担笼黄澄澄的梨便送到我们住处。瞒贵还说：大家都尝尝鲜，啥时想吃就进院摘，那树梨就是我爹给你们留的。

9月，市里知青办的老雷来了。老雷曾多次来过陈家庄看望我们，把陈家庄知青树为全省先进，在省知青办主办的《上山下乡报》上连篇累牍宣扬。又带人来拍照片，发表在上山下乡摄影集里的事都和他有关。这次匆匆而来、匆匆而去，似乎是在同我们道别。他留下的话让我们激烈地争论了几天几夜。意思是：市知青办的工作告一段落，你们用行动实践了知识青年上山下乡运动，特别是在陈家庄的一年，稳定了全市留在农村知青的情绪，他代表田主任和市上领导感谢大家。

现在愿走愿留你们自己决定，有什么要求和想法尽快告知市上，尽量满足你们的愿望。争论以少数服从多数确定了结论，就是全部招工进城。向市里也只提了一个要求，让我们进到一个单位。

要告别陈家庄了，我们的宏伟目标刚刚开了个头，有的还没有动作，这让每个人心里都不好受，留下了终生遗憾。陈家庄的父老乡亲，谁也舍不得我们离开，杀头猪全队人在一起吃了顿团圆饭，也是告别饭，全队人络绎不绝地到知青屋里赠物话别。我们也把全部余粮和农具留给队里，赠送到各家留作纪念。我和张致文、窑庄爷一块儿在菜园里最后一次施肥、浇水，默默地告别。

离队那天，全队人把我们送到坪头，每家一个代表连同大队、小队干部，坚持把我们送到宝鸡，直至工厂宿舍。那种难舍难分的场面，现在仍历历在目。

别了，陈家庄，那让我不能忘怀的日子，永远牵挂在心里的农民朋友。

老圊，本名张布<br>
1952年10月出生<br>
陕西师范大学附属中学初六八届毕业生<br>
插队地点：原宝鸡县坪头公社鹪鹩庄、陈家庄<br>
1971年9月参加工作，曾在西安石油勘探仪器总厂工作<br>
本文选自宝鸡市党史研究室2004年12月出版的《知青岁月》一书

## 解放军叔叔成了"知青"

接到周力强的电话,说他哥哥周力坚已从广州来西安:"你们是同班,星期六来聚一下?"

周力坚回来了?这个消息令我一震。我们岂止是同班,还是好友啊。遗憾的是1968年上山下乡后,我们便各奔东西无缘相见,至今四十多年了。于是,我推掉原已安排好的应酬,欣然答应前往。

接完电话后,我便打开脑海中的搜索引擎,将四十多年前周力坚的画面调出来:那是一张充满青春活力十分英俊的脸,浓眉大眼不说,嘴角那颗明显的黑痣更衬托出他的与众不同来,用现代语言来形容,那真是帅呆了酷毙了。

今天的力坚兄又会是什么模样呢?经历四十多年的岁月沧桑,如果说他还像当时那样年轻英俊潇洒飘逸,恐怕连我都不相信。抑或也像我一样,被生活的艰辛所磨砺,两鬓斑白满脸沟壑尽显老态?我特别关心的是,他嘴角上那颗迷人的黑痣还在不在。

这一切只有见面了才知道。通知12点集合,我11点40就到了。一会儿,周力强出现在包间门口。不用猜,看体态神情,跟在他后面的肯定是周力坚。他变化不大,嘴角上那颗黑痣仍然是最好的标记。我赶紧迎上去叫了一声:"力坚兄……"谁知对方并没有反应,而是侧过身去看着周力强,满脸疑惑地问:"这位是……"

"张自力嘛!"周力强赶紧回答。

那张疑惑的脸顿时变得兴奋而惊诧:"你原来那么精瘦,现在体积可扩大了一倍,如果走在路上,谁敢认你啊?"

于是,两双手握在了一起,两个老汉也拥抱到一起了,还不约而同地说着同一句话:"多快!四十多年了啊……"

记得 1965 年初，一个穿着整齐的棉军装，头戴褐色栽绒棉军帽的青年走进教室，我便眼前一亮又感到有点儿惊异了。虽然没有佩戴领章帽徽，那一身军人打扮在我们这些全都穿着蓝、灰、黑色衣服的学生中仍然显得十分突出。当时全国都在学习雷锋，"解放军叔叔"的形象在中学生眼里高大得不得了。当老师介绍这位新同学是当了四年解放军后复员回来，跟我们一起读高中的时候，我从心底生出一种敬意来。

那时，最困难的饿肚子时期已经基本过去，前两年还泛着菜色的脸开始红润起来，加上都是十八岁的年华，教室里充满着青春的朝气，但我们这些一直没走出过校门的学生也都有着共同的特点：稚嫩。而这位新同学与我们最大的不同是，举手投足中规中矩，那浓浓的睫毛下闪烁着睿智的光，令人感觉到沉稳典雅，极具风度，分明比我们"成熟"得多。他扫视了一遍同学，咔的一个立正，举手敬了一个标准的军礼，教室里立刻响起了热烈的掌声。当然，神情举止中也多少带有那么一点"解放军叔叔"的傲气。乖乖，都当四年兵了，至少比我们大四岁啊，这不是一个十足的"大人"嘛，怎么会来和我们一起上高中？

后来，共同的特点和爱好使我们成了好朋友。我们俩都不愿意死啃书本，都喜好科技活动。说实在的，周力坚当了四年兵，自然也耽误了四年功课。我则是刚从上海转到西安，因课程设置的不同落下了一学期的立体几何课，在交大附中这个十分注重学习成绩的学校，功课的压力是可想而知的，但我们并没因此整日价泡在书本里拔不出脚来。

1965 年我开始学习组装半导体收音机，周力坚知道后也和我一起装；我受命成立附中航模组，他也一直帮着我，不仅辅导小同学，还自己动手制作飞机模型。我们在一起讨论数学物理题的时间很少，大部分时间都用到了晶体管之类零部件的安装和购买，以及飞机模型怎样改进才能飞得更好的探讨和实践中。可以说，在高二（1）班，唯我们两人的兴趣爱好这么相同。

最令我惊叹的是周力坚的音乐才能。他进校后，不管哪里有集体活动，无论是班级的还是学校的，他的手风琴总会在哪里响起。我清楚地记得，当节奏明快的"梭咪来哆梭……"的琴声响起，《学习雷锋好榜样》的歌声便会响彻校园。即便是四十多年后的第一次见面，问到他的手机号码，随口而出的竟然是一串流利的音符："多咪梭梭咪咪来咪梭……"这真令人嗟叹。

当然，周力坚的音乐天赋远不是一台手风琴所能反映的，他能考入音乐学院附中便是最好的证明。当时，他就能熟练使用多种乐器，那些令我们这些门外汉看着扑朔迷离的豆芽菜和什么"和声"啦"配器"啦，他一应精通。天才加上在音乐学院附中读书的机遇，可以说离神圣的音乐殿堂近在咫尺了。实际上，不仅力坚、力强，周家兄弟姊妹几个都擅长这一行。我就曾听人说过，他们如组建一支乐队，可以形成气势磅礴的交响，水平不会在专业之下。

至于是什么原因使一个即将迈进令人仰望的音乐界的青年去当了四年兵，复员回来不要国家安排工作，转头又到中学重读高中，这我便不得而知了。我想，他去当兵，是为了尽一个青年保卫祖国的义务，复员回来继续上高中读书，或许与家庭崇尚教育有关。家族的影响，父亲的教诲，良好的家庭文化氛围，这样的环境成长起来的孩子绝不会仅仅为了养家糊口，就尽快地去选择一个工作。虽说当兵耽误了几年，但崇高的人生目标绝不能丢弃。那么，继续求学便是一条最好的道路。

谁知世事难料，他复员回来重新读书不过一年，"文革"就开始了。学校停课了，"阶级斗争"变成了主课，斗争是需要对象的，于是先是"黑五类"后是"黑七类"，接踵诞生。随后，他们的子女也很自然地成为"黑五类子女"和"黑七类子女"了。在这样一种形势下，许多昔日骄傲的王子不仅被抛于阶下，并且，还被踏上了一只又一只脚。

记得1966年"谭氏路线"正猖獗的时候，一天，周力坚把我拉到教学楼三楼西边阳台上。当时，四周没有别人，他满脸疑惑和愤懑地对我说："……我实在想不通，我的家庭怎么啦？我父亲是1938年从美国留学归国参加抗日的，也一直在抗日（缅甸）前线工作。后来，虽然在国民党军队，可他仅仅是一个文职技术人员……我们为什么会受到这样的对待？这到底为什么？"

我知道，那时他的父亲——交大著名教授已被"揪"了出来，除了接受批斗，还要和许多同样被揪出来的交大教授们一起，不是扫马路就是排着队戴着黑袖章在校园整齐地跑步，嘴里还必须不停地喊着"我是黑帮……"的口号。人的尊严在那个时代被撕得粉碎。当然，周力坚也瞬间变成了"狗崽子"，除了备受歧视，再也没有了"解放军叔叔"的骄傲。

"文革"初期，我倚仗自己的家庭出身不算"黑"，还在领操台上和别人辩论过这个问题。"不是重在表现吗？"我据理力争，不同意将所谓"家庭出身不好"的同学视为"狗崽子"加以歧视。但我和周力坚谈论这个问题时，大家都心惊胆战，不是绝对知心的好朋友，是不敢议论这个话题的。当然，议论归议论，我也根本搞不清这一切到底为什么，更无法回答周力坚充满疑惑的问题。

后来，周力坚便"逍遥"去了，还"逍遥"得特深。

1968年要下乡了，此时，他的身份是西安交大附中高六七届毕业生，正宗的"老三届"。这会儿，谁也不管你是不是当过"解放军"了，下乡插队当农民成了唯一的出路。算起来他比我们大四岁，假如他不去当兵，即便不上音乐学院，也应当是六三级的高中毕业生。何况他天资聪慧，1968年本应当是他大学毕业的年份，却不想鬼使神差地当上了一名"插队知青"，要和我们一样到农村去接受贫下中农的"再教育",这个玩笑是不是开得有点儿太大了?

然而,这就是现实。

之后,周力坚不可抗拒也身不由己地被历史潮流朝前推卷,直到三年后招工当上学徒工,直到1978年恢复高考考上大学。后来,芝麻开花节节高,在广东佛山工作,直到退休。

"不管我在什么单位工作,都离不开音乐,音乐是我的全部生活啊。我家有钢琴、手风琴、小提琴、萨克斯管,还有许多电声乐器……我组织的乐队不管到哪里参加比赛,只拿第一名……"虽然没有能成为音乐家,也没有能成为科学家,周力坚此时却完全恢复了从前的自信与傲气。不过,我多少能从他的话中听出某种酸楚和无奈来。

张自力,男
西安交通大学附属中学高六七届毕业生
插队地点:原宝鸡县晁峪公社南岔一队
本文选自西安出版社2011年9月出版的《一路悠长》一书

# 红 烛 泪

  杨帆和舒婷婷去公社领了结婚证,这消息像插了翅膀飞到各个知青点,有人惊诧,也有人不以为然。从省城下乡插队还不到一年的高才生居然匆匆结婚,引起了一片热议。往歪里想的人也不在少数,好端端的一对年轻人被流言蜚语描绘成了不知廉耻的魔鬼。

  杨帆和舒婷婷是省城重点中学的同班同学,高中五年(其中,两年是在校搞"文化大革命",要不是"文革",他们已是大三的学生了)的共同生活使他们从相互敬慕,发展到了相互爱慕,所以,下乡插队就走到了一起。

  从繁华闹市到了偏僻的山村,寂寞冷清和乏味无聊不时地向知青袭来,大家普遍感到焦躁不安。在热恋中的杨帆和舒婷婷却没有那么强烈的烦躁情绪。他们几乎形影不离,一起出工,一起下工。不论是上山打柴,进城买粮,还是去卖公粮,杨帆总是把舒婷婷背的重物移一部分在自己的背架上。他们一高一低相互扶持前进,同在一起干活的知青,看到他们的亲热劲儿不免眼热,纷纷发出羡慕的感叹。

  知青组吃的是"一锅搅",也就是集体灶。每天,要留两人在家做饭。知青组长每次总把杨帆和舒婷婷安排在一起做饭。轮到他们俩做饭的日子,也是他们觉着最幸福的时候。

  知青点的人都出工走了,而且,走得很远,只留下了这两个快乐的年轻人。杨帆担水劈柴烧锅,舒婷婷和面烙馍做饭,配合默契自然,纹丝不乱。做饭这活儿絮絮叨叨的,可并不影响他们二人的情感交流。从高中到下乡六年,他们在一起相互间的倾诉应该够多的了,但他们的话还是说不完。

  两颗心在各自的胸中激烈地跳着,像要蹦出来。舒婷婷的脸一片涨红,晚霞似的放出光彩。杨帆的嘴里也黏黏糊糊不知说些什么。干柴遇烈火,两人紧紧抱在了一起，又是亲又是揉，身材高大的杨帆像是要把袖珍型的舒婷婷箍死揉碎在自己怀里。"你坏"，舒婷婷有些喘不过气来。一阵亲热之后，两个人又平静下来。炉膛中的火熊熊燃烧，映着两张年轻鲜活的脸。舒婷婷偎在杨帆的怀中像一只温顺的小羊。人有了激情事情都做得格外好，他们俩做的饭菜，材料一样可就是做得比别人更可口，大家都高兴吃他们俩做的饭菜。

时间一长，风言风语说三道四就发生了。知青之间损他们的人也有，指责他们不顾影响过于亲密。从社员嘴里说出来就激烈得多了。山里人也有男女感情的事，可都遮遮掩掩，羞羞答答，全是背过人做，哪见过城里人如此大胆不避人的情感流露。茶余饭后，众人添盐加醋越说越严重，也越说越离谱。在那个年代，这种事最能引起大家的兴趣，也传得最快最广。说杨帆和舒婷婷没结婚就睡在一起，甚至说他们一定打过好几次胎，流过好几回产，总之低级下流、不堪入耳。一时间他们成了人们谈论的主题，也成了当地的"名人"，他们俩身高反差比较大——一高一矮，走在路上本来就引人注目，这一下更惨，走到哪里都被人指指戳戳。

为了消除这些闲言碎语，堵住那些不怀好意的嘴，也为了他们俩还能在这里继续落户，只有走结婚这条道了。权衡再三，杨帆和舒婷婷就去公社登了记，领回了印有毛主席头像的结婚证书。

结婚是人生中的大事，操办婚礼必不可少。但是，对于经济还不能独立，而且双方都是"黑七类"子女的杨帆和舒婷婷来说，即使最简单的仪式也不能够举行。他们只好用"旅行结婚"的方式来避免结婚典礼带来的麻烦。

旅行的起点为插队所在的小山村，终点为省会的父母家，全程不到四百里，但要完成这四百里的路程却并不简单。

那天早上，杨帆早早就起来了，他烙了几张大饼，把两只军用水壶都灌满水，把凉拌好的萝卜干菜装了一大瓶。舒婷婷起床后也梳洗打扮了一番，两人的装束与平时没多少变化，只是杨帆头上多了一顶新的火车头帽，舒婷婷脖子上多了一条新围巾，就这点儿变化，却使两人真的有点儿新郎新娘的味道了。

上路的时候，天空飘起了雪花，入冬的寒风也刮起来。寒风越刮越猛，气温骤然降到连麻雀都不飞出来。

四十里的山路，上上下下曲曲折折他们走了足足有六个小时。这样的气候中，山里再没人出门。崎岖的小路上，只有他们的脚印很快被飘落的雪花所覆盖。

来到了渭河边上，一只孤零零的渡船停泊在河对岸，渡客少，船老大在背风处拢堆火烤，就是不开船。两人急了，火车到站是有时限的，过了点就赶不上了。他们一起朝对岸喊话，喊了很长时间，渡船终于撑了过来。可船老大还是不往过渡人，说再等等，兴许还有过河的人来。舒婷婷平素就性格活泼，她笑眯眯地称船老大为大爷，声音又甜又亲切，还顺手将一把水果糖塞到船老大手中，央求大爷帮忙。船老大招架不住了，破例地为他俩开了船，把他们送过了河。

上了岸，爬上一个大坡，还要通过七座火车隧道才能到达车站。在通过一个有二里长的隧道时，漆黑的山洞里突然射来一束强烈的灯光，随后，传来火车鸣笛声和隆隆的轮轧声。眼看火车迎面而来，而他们距离最近的避车洞也还有一段相当的距离。情急之下，他们毫不犹豫地跳进了路基旁的水沟里，跳进水沟脚还未站稳，疾驶的火车就到了身边。隆隆的声音让人心惊肉跳，更可怕的是火车急速前进时掀起的飓风，把靠近它的人一个劲儿往车轮下吸。杨帆使出吃奶的力气抱紧舒婷婷，舒婷婷则拼命地拉住他，好像生怕他被火车卷走。好在有惊无险，他们终于手牵着手地走出了隧道。

赶到火车站时，开往省城的客车早已开走了。大山里的这个车站只有半个篮球场那么大。售票处、候车室和办公室全挤在一间不大的平房里。这里每天停靠的只有一趟客车，停车时间一分钟。货车倒有几趟，但不在这里卸货装货，只为让道错车。

候车室里有盆炭火，杨帆和舒婷婷便围坐在火盆边吃了些干饼，喝了些凉水，尽管外面还下着雪刮着风，可候车室还是暖和的。天太阴，才下午4点多，已经十分暗淡。两个人处于进退两难之中。返回去吧，要摸黑走四十里山路，得走到什么时候去了？等下一趟车吧，要等到明天下午去了。事情到了这一步，什么办法都没有，思来想去，只有安下心来等。好在候车室里可以过夜。

由于一路上的惊恐，更由于疲惫，依偎在杨帆怀里的婷婷几乎瘫成了一摊泥。杨帆看着她，一阵阵心里发酸，他恨自己太无用也太无能。

杨帆睡不着，怀里的婷婷也似睡非睡，就这样干熬着。直到后半夜，两人正迷迷糊糊的时候，一阵汽笛的长鸣声把他们惊醒，随后是隆隆的车轮铿锵声，原来一列火车进站了。这是一列货车，车头拖着十几节敞开的车厢，有几节只装了半车厢的货。呼哧呼哧地喘了一阵粗气之后，在站台旁停下了。

杨帆和舒婷婷眼里顿时发亮。

扒火车！两人不约而同叫起来，那声音带着意外的惊喜和快乐。这种事他们干了不是一次，每一次他们都配合默契，动作敏捷。眼下，他们又重复了一回，迅速地扒上车帮翻进车厢，又迅速地消失在黑夜中。站上的工作人员发现候车室里的两个年轻人不见了，他们没有想到，杨帆和舒婷婷正龟缩在车厢的一角，兴奋地拥抱在一起。

列车穿过许多座隧道，终于开进宝鸡站。车站的工作人员夜游似的晃动着，昏昏欲睡的灯光给月台的地面铺盖了一层薄薄的纱，山城的车站是宁静和安详的。

杨帆和婷婷仍然紧紧地抱在一起，现在他们已经不是单纯因为热恋，而是太冷了，只能依靠相互的体温来抵御严寒。杨帆将火车头帽子扣在舒婷婷的脑瓜上，并把帽扇紧紧地裹住她的脸，又把自己的毛领立得高高的，脑袋尽量往回缩，直到压迫得看不见脖子。"冷不？""还可以。"他们的对话少得只剩这么一两句。凛冽的寒风刮得他们张不开嘴。

更倒霉的是他们扒上的是一列运煤的货车。穿越隧道时风扬起大股煤屑，眼睛被眯得无法睁开，列车在隧道中喷汽时发出的水汽，将那些煤灰紧粘在他们脸上，把他们的形象破坏得一塌糊涂。

驶出宝鸡站后，列车又是一路狂奔，蔡家坡、眉县、武功都远远地抛在了后边。到达咸阳的时候，两个被冻僵的身体终于开始蠕动起来。

"到哪了？"

"咸阳。"

"真的！"

"谁还骗你！"

舒婷婷激动得就差没从杨帆的怀里蹦出来往车厢外跳。在这种时候，能够回到温暖的家里，相伴着吃口热饭，是人世间最大的奢侈！

前方很快到三民村车站了，一般列车在这里要停车两分钟，随后便会直接开进西安。让他们发愁的是，这趟货车不会在西安客站停靠，而只会在东站停靠。家住西安市区西端的杨帆和舒婷婷必须在三民村下车。

列车的速度已经明显地放慢了，路两旁的村落也渐渐地苏醒过来，朦胧的屋舍田野小麦都能够看出个轮廓，新的一天开始了。

他们开始整理行装。两个"红军不怕远征难"的挎包，两只绿色军用水壶，一只新的背篓。背篓里有一百多个鸡蛋和两只活鸡，那是孝敬双方父母的。除此外还装着核桃、栗子，全是真正的山货。

舒婷婷从背包里拽出一条毛巾，用力地抹去脸上的煤灰，又替杨帆把脸擦干净。她把帽子摘下来给杨帆戴正了，又用纱巾包住自己蓬乱的头发。两人掸掸身上的灰，做好了下车准备。

列车终于停住了。杨帆习惯地先下车。他是要先下去接背篓，再接舒婷婷下车。没有想到的是，当他扒住车帮刚下到一半时，咣当一声，货车突然又启动了。千钧一发中，悬在半空的他本能地用脚蹬住车沿，随后拼出全身力气往上攀。舒婷婷也急了，不顾一切地抓住他的胳膊朝上拽，眼看着就要攀上去了，谁知列车又是一阵猛烈的晃动，随后以一种突然的方式加快了速度。杨帆的困难在于双脚没有踏处，身体始终是在半空晃荡着的，而随着列车速度的加快，气流也

29

越来越大。这样一种可怕的相持是不能够长久的。杨帆明显地感觉到了体力不支，但是一种求生的欲望支持着他，使他在几乎不可能的状态下仍然咬着牙往上攀——就在他拼尽力气，准备做最后的一跃时，一股更加强烈的气流吹来。而冰冻着的车帮又是那么滑溜，他一脚踏空，再也无法把持住自己，重重地摔了下去。

舒婷婷撕心裂肺地喊叫了一声，但是还好，杨帆翻了几个滚，竟又奇迹般地从路轨旁站起来，他连满头满脸的灰土都来不及拍打，就急着喊叫："我好着呢！婷婷，你不要跳车——"

一阵风吹来，淹没了他的声音。随着火车速度的加快，两人已经越离越远，谁也看不见谁，谁也听不见对方的喊声……

一场新婚典礼，就以这样奇特的方式进行。

吴长江，男
西安市第二十中学高六六届毕业生
插队地点：原宝鸡县颜家河公社南山七队
本文选自西安出版社2011年9月出版的《一路悠长》一书

# 杀　　猪

20世纪六七十年代，城里的猪肉凭票供应。猪肉的来源是农村的收购站，为了保证城市供应，收购站将交猪指标分配给各个生产队。我们生产队就有这样的交猪指标，社员养猪只能交给收购站，不能随意宰杀，更不能贩卖猪肉。因此，农民虽然养猪，但一年到头却难以吃上猪肉。

不过，凡事都有例外，为了照顾知青，公社规定知青养猪不在收购之列，可以自由宰杀。听到这个消息，我们几个人凑了点儿钱，在房东大爷的指导下买回一头壳郎猪（半大架子猪），放在闲置的厕所里养着，准备过年时杀了吃肉。

几个月后，猪长得膘肥体壮，每天一摇一摆地走在院子里，引得村里人见人夸。眼看进入了腊月，我们几次讨论何时宰杀这头大肥猪，最后决定腊月二十三日动手。杀后除了做成腊肉、咸肉、臊子肉留在队上吃以外，还可以带一些回家过年，孝敬孝敬父母。

腊月二十三就要到了，如何杀猪又摆上议事日程。女生的意见是请人杀，这样做干净利索，还省事。男生的意见就有了分歧，有人同意女生的意见，有人却主张自己杀。理由是请人杀猪要给报酬——一副猪下水，肝、肺、肠一大堆，给了人多心疼，还不如自己杀呢。由于大多数男生坚持，女生也就不吭声了。统一思想后，大家就分头准备。借了一把长长的、尖尖的杀猪刀，将水缸、桌子搬到院子里，再准备些绳子、竹管、刮刀等小东西，很快就万事俱备只欠东风了。

腊月二十三那天，天气干冷干冷的，我们所有的知青都没有上工，早上起来后兴致勃勃地烧了几锅水，倒在缸里备用，接着就开始抓猪。我们养的猪似乎知道这天有难，一大早就不见了。平时一敲食盆就跑过来，这次怎么敲也不出来，我们只好四处寻找。一会儿房东的儿子歪歪跑过来说，猪在他家的自留地里，大家跑过去连哄带打将它赶到院子里。当我们围成一圈捉它时，它横冲直撞，勇猛异常，吓得女生躲在一边不敢靠近，男生也跑得气喘吁吁。猪越跑越勇，人越跑越慢，围观的老乡七嘴八舌出主意。李陇新边跑边说："你们就会说，抓一个试试。"听了这话，贫协主席的儿子赵志芳突然上去，一把抓住猪的后腿，猪反身咬他，人猪就地转起了圈。何映凯就势抓住了猪耳朵，其他几个男生一拥而上将猪掀翻，终于捆住它的四脚，完成了第一道程序。

第二步要正式杀了，猪已被四脚捆住抬上桌子，男生两人抬头，两人抬脚。李陇新像英雄一般大声说："我主刀！"俨然一个外科大夫的风采。他拿起杀猪刀在猪脖子上抹了抹，问站在桌子边指导的房东大爷："是不是捅这儿？是不是捅这么长？"房东大爷应答着。突然，李陇新大声说："谁动桌子呢，怎么直抖呀。"大家急忙低头，没人动啊。我对他说："你自己的腿抖，还说桌子抖，快动手吧。"围观的老乡听了哄堂大笑。李陇新是主张自己杀猪的强硬派，这次又主动请缨持刀，现在到了这份儿上，已没有退路，只好抖着声音说："都闪开，拿盆子接血，我杀了！"说着闭上眼睛，举刀向猪脖子刺去，猪身剧烈地翻动，四个男生使出吃奶的力气按着。同时大声喊："你会不会杀，怎么没杀死呀！"李陇新听了，再次闭上眼睛，又是一刀，并用双手握着刀向里捅。突然，听见在他对面把着猪头的何映凯大叫："哎哟，你杀哪儿去了，我的腿！"只见何映凯的裤子破了个洞，有血渗出，但他还是死死摁着猪头没有松手。过了一会儿，猪不动了，身子也瘫软下来，大家这才松了一口气。李陇新将刀向地上一扔，骂道："他妈的，老子再也不杀猪了。"围观的老乡又哈哈大笑起来。再下来进行得就顺利了，烫毛、吹气、刮毛。一道道工序在房东大爷的指导下按部就班地进行，一会儿工夫，已收拾干净。大家仔细观看发现，猪脖子已被从前到后捅穿，难怪何映凯被扎得大叫呢。大家又把李陇新取笑了一番。

收拾猪时，李陇新蹲在墙角一声不吭默默抽着烟，显得无精打采，直到给猪开膛时，他才又兴奋起来，与大家讨论起红烧肉的做法、猪尾巴的功能。

由于快过年了，大部分老乡都没有出工。因此，小小的菩萨殿家家都有代表观看我们杀猪。尤其是妇女儿童，他们不顾寒冷，自始至终都兴致勃勃。当完全收拾好时，他们当家的男人也来到了现场。热辣辣的眼睛一会儿看着猪肉，一会儿看着忙碌的我们，似乎在期待着什么，但谁也没有说什么。

是啊，整整一年了，还没有一家杀过猪，队上又没有油料作物，家家吃的浆水菜、辣子拌饭，谁不盼着过年吃上香喷喷的猪肉呢！我们大家都感到了老乡们的眼光，开始心里还很得意，干农活不行，总还有叫你们羡慕的地方吧。但是，渐渐地，心里升腾出一种愧疚感，好像欠了人家什么，又好像做了什么亏心事，谁也不敢正视老乡们的眼睛了。

干到最后，大家都默默地放下手中的活儿，用一种询问的目光看着李陇新，下面怎么办,他最有发言权。当大家的目光转向他时,老乡们的目光也渐渐归拢,空气显得沉闷起来。这时,李陇新正在割猪尾巴,看到大家都盯着他,有些生气地说:"看什么,看什么?"接着,有些夸张地举起猪尾巴说:"一会儿咱们红烧猪尾巴。"见没人理他,就用那双大眼睛瞪着大家,瞪着瞪着突然将猪尾巴递给身边的孩子:"给,鳖丑,回家叫你妈煮煮,吃了不流哈喇子。"我们的眼睛一下潮湿了,连忙招呼老乡回家拿家什。没想到一下伸出十几个篮子,原来,他们早准备好了。在欢乐和喧哗声中,猪头、猪蹄、猪下水一点点减少,人们拉着孩子,提着篮子渐渐散去。这时,大家的心中涌动着一种莫名其妙的感觉,痒痒的,甜甜的,舒舒服服的。

老乡们散去了,留下空空的场子一片狼藉,大家累得谁也不想动,也没了做肉的兴致。有人建议:反正快过年了,干脆今天就回家吧,大家一致同意。年轻人说干就干,收拾收拾,饭也不吃,背上分的肉,锁上门就走。走时村里家家户户炊烟袅袅,煮肉的香气在村子里荡漾。娃娃们在自家的灶间跑进跑出,路上看不到一个人,我们就这样悄悄出了村,向火车站方向大步走去……

赵国庆,女
1951年10月出生
西安交通大学附属中学初六七届毕业生
插队地点:原宝鸡县晁峪公社上川三队
曾任管道局多种经营总公司副总经理
**本文选自宝鸡市党史研究室2004年12月出版的《知青岁月》一书**

# 搬　　家

1968年的最后一天是一个大雪纷飞的日子，我们来到了大荔县安仁公社龙门大队第二生产小队插队。

四个男同学的房东家仅有两间住房，队上说借一间给知青用三个月，等队上的房盖好了就搬出去。五个多月过去了，队上盖房的事还没影儿。房东嫂子临盆的日子一天天逼近，我们四个年轻小伙子只得商量搬走。

可往哪儿搬呢？当然是搬到另一户贫下中农家。可是，贫下中农普遍住房不宽敞，掐来算去，只有富农明家有一间空房，队上便让我们搬了过去。

谁知公社知青专干老刘得了消息，不等麦收大忙结束，便大老远跑来，批评队上敌我不分，阶级斗争观念淡薄！知识青年接受贫下中农的再教育，怎么能住到富农家呢？究竟接受谁的再教育？

立刻搬出，没人敢说二话。

住哪儿呢？地主、富农家是不能住了，队上又没有公房，队长说，生产队有一处多年不用的库房空着，让娃们先委屈一下。

那间库房好大好大，足有一间教室的面积。据说原来是富裕大户的库房，入社以后，归了生产队。因为多年弃置不用，阴暗潮湿，冷飕飕的，霉烂气味呛得人直作呕。我们咬咬牙住下，还自己动手用烂砖头和黄泥在路边盖了间小公厕。

偌大的库房空荡荡的，晚上豆油灯一闪一闪，阴森森的。起夜时伸手不见五指，黑得怕人。我们在恐惧中熬过了夏季，队上也怕我们身子骨受寒，便同意了我们再次搬家。于是，我们开始了第三次搬家。

这次我们自己看上的新居是饲养室大门口的工具房。队上饲养室的工具房有两间，鞍子、笼头、缰绳、鞭子、犁、耧、耙、耱，摆的、挂的、躺的、卧的，塞得满满的。队上派人把东西归拢到一间，腾了一间给我们住。

这间无顶棚的夯土房，是典型的关中单坡房，西边高高的边墙上方有一眼小窗户，能透进一缕微弱的光亮。屋里老鼠乱跑，屋顶上的土块往下直掉，一沾墙就是满身灰土。在这里住的日子，我们除了下地劳动，回来就与牲口为伍，那牲口的叫声和气味，时时搅扰我们。秋风起时，窗户纸一吹就破，秋雨借着风势，淅淅沥沥地洒到我们的被褥上。我们赶紧把塑料单子盖在被子上隔雨，再顺溜地钻进被窝，死活不敢翻身，生怕被子一动塑料布滑下来。

　　一秋一冬，我们就这样战战兢兢地熬了过来。

　　善良的龙门人看不过眼，说："不能让娃娃再受罪了。"他们动员坡上的云娃哥腾了一间厢房，让我们喜气洋洋地搬了进去。

　　这一次条件真好，一明两暗，我们住西屋，有方格窗户，宽敞明亮，对比过去，我们好像住上了琼楼玉阁。

　　谁知好景不长，出了意外。队上分给我们的一大缸玉米，忽然发现只剩了个缸底，我们顿时傻了眼。村上人说，娃们可怜，不能让娃们饿肚子，粮食丢了，咱队里给补上，可娃们没有自己的窝，受苦受罪不说，出了事还说不清，赶紧给娃们盖房吧！

　　按当时的政策，我们下乡插队，国家给我们每人发三百元安置费，款项直接拨到生产队，作为队上为我们知青置办农具、炊具和盖房的用项。于是，秋忙以后，队上抽调劳力，赶大冻以前给我们把房子盖了起来。一个独院，三间房，一间住男生，一间住女生，最里边一间做灶房。好气派呀！房子刚完工，我们八名同学就迫不及待地搬了进去。

　　算起来，这已经是我们的第五次搬家了。

　　谁知入住第一晚，就让我们实实在在地领教了瘆冷的滋味。村民说，新房要过个夏，等那寒气、冷气、湿气跑光了，才好住人。难怪呢！这新房是在冬天盖的，不瘆才怪呢。那个彻骨的寒呀！晚上冻得我们实在受不了，就穿上绒衣，还不行，再穿上棉衣，把能盖的都盖上，可还是冻得睡不着。早晨起来，被子上一层水汽，每天得晾晒一次。

　　房子是崭新的，但又是寒冷的，虽然新房里的气氛是温暖的，但温暖的气氛抵抗不了彻骨的湿寒。那些天，我常常念叨，这里是我们的新房，但不是我们的家。西安有我们的家，但我们却成了外乡人。我们什么时候才能回城呢？

　　一个月后，喜从天降，我接到了招工通知，第一个离开了我们的新屋。随后，我的七位同学也都先后离开了龙门。队上把我们的新房折价卖给了村民。

　　世事有时惊人地相似。我在大荔县工作的八年不说，只说返回西安以后，从1978年算起，到1998年，二十年的时间里，我又搬了五次家！我和妻子先住在东郊张家庄七平方米一间四处漏风的房子，两年，月租费十元；在南郊辛家坡十五平方米的房子里住了五年，月租费十五元；在端履门临近东大街的一个深院里，借亲戚一间十二平方米的小屋住了四年；在劳武巷单位家属楼四十五平方米的单元房里住了十年。直到1998年7月4号，搬进单位在南二环的家属楼，赶上福利分房的末班车，住上了一百多平方米的宽敞套房。

  同样是搬家，同样是五次，但却有天壤之别。插队期间的搬家，是无望、迷惘和失落中的折腾。而返城以后的搬家，搬一次，升一截；搬一次，进一步。好比上坡吃甘蔗，步步高，节节甜。

  抚今追昔，我常常产生做梦的幻觉。四十多年前的经历，已经变成了遥远的无法忘怀的追忆，而今天看得见、摸得着的实实在在的好日子，却常常让人怀疑它的真实性，不过，它确确实实是真的。

李满堂，男

西安市第二十中学高六七届毕业生

插队地点：大荔县原安仁公社龙门大队第二生产小队

本文选自中国文联出版社2008年10月出版的《岁月》一书

## 琴声里的政审

　　我的第一把小提琴是 1962 年 10 月 2 日父亲在钟楼乐器店为我买的。父亲历来认为男孩子学东西没有常性,见我一再央告,才允诺为我买一把学习用琴试试。当时,谁都不曾想到,正是这把陋琴,八年后,从新庄五队出发,伴我踏上过漫漫求职路。当年,在琴声里,希望与失望反复交替;在琴声里,"政审不合格"的咒语如影随形。不堪回首,今朝回首,那断断续续一个多月的梦魇要从头说起。

　　二哥力坚的那次到访很是突然,当时,我正在山顶锄地,远远看见他和一个陌生人向山上走来。二哥是我的哥哥、我的朋友、我的老师,他能来,我当然喜出望外。二哥介绍说:随他同来的人姓杨,是他早年音乐学院附中的同学,当时,在北京某兵种文工团担任首席小提琴手,此行的目的是来听我拉琴。

　　有人专门爬上山来要听我拉琴?我隐约感觉到这里面一定有些不寻常的东西。事往好处想,我抖擞精神,为客人演奏了马思聪的《第一回旋曲》。转过身来,二哥悄悄对我说,他的老同学此次来陕的确身负招收文艺兵的重任,他们乐队缺提琴手,他推荐了我,看看有没有可能。参军?拉琴?扔进水里的石头不大,激荡起的涟漪不小,我突然意识到,原本单纯的业余爱好是有可能换来饭碗、改变命运的,我的心动了,胸口一阵发烫。

　　客人对我的《第一回旋曲》应该是满意的,自他们走后我就开始了进京当文艺兵的美梦。那些天里,一梦比一梦梦得真切,梦里有天安门,有红领章红帽徽,有大的管弦乐队,有金钟牌小提琴……直到有一天,"政审不合格"的消息传来,美梦破灭,所有的憧憬才一下子被吹散得没了踪影,只是当时我还不知道,那不过是紧紧缠住我的"政审不合格"的咒语的第一次发威。

　　涟漪即起,欲罢不能,部队政审严格,地方上的文艺团体是不是能松一点儿呢？我开始天真，开始一厢情愿。离开农村去当专业演奏员的可能性既然存在，与其错失机会，浪费手艺，何不四处碰碰，试试运气？秋播秋种尚未开始，应该可以请上几天长假。想到此，我夹着我的提琴，和鼻梁爷队长打过招呼，怀揣希望，下山了。

所有的知青都能记得那个年代。那时，因为样板戏使用了管弦乐队，各地各剧种也都不得不跟风组建管弦乐队，乐手的需求量猛然增大，直至出现戏曲团体争相延揽西洋乐手的荒唐景象。这对我来说是机会，因为，既然不仅所有的交响乐团、歌舞团、歌剧团需要拉提琴的，连秦腔剧团、豫剧团、眉户剧团、同州梆子剧团甚至木偶剧团都需要拉提琴的了，饭锅变大，里面总有一碗是我的。我开始尝试报考形形色色的文艺团体。

我报考过省乐团、省歌剧团、省歌舞团、省儿艺、省京剧团、省木偶剧团、火线文工团、市歌舞团，直至一些市县的秦腔剧团，拉过的曲目无从计数……

几乎所有的剧团都非常肯定地表示愿意要我，有的甚至只是在我拉了几个小节之后就表态了！我真的抓住机会了吗？政审的咒语再次降临，随着时间一天天地过去，传来的是一遍遍"政审不合格"的噩耗。最终，所有愿意要我的剧团又无一例外地答复我说他们不能要我了。对于一个初入社会的年轻人来说这是怎样的一种残忍！

父亲显老了。他不知道学校里每次都是什么人在接待外调的人员，也不知道他们说了些什么，但他清楚他的头衔是"反动学术权威"。父亲比我显得更加无助，每当"政审不合格"的消息传来时，两人相对无言。听着他的叹息声，看着他歉疚的眼神，我觉得自己是在闯祸。唯有，在那时，压力下的互相眷顾让我感受到了一种彻骨的父子情深。

压垮我的最后一根稻草是父亲的"升官"。那一天，听说省城歌舞团的政审结论里出现了"其父曾任国民党少将军官"的说法，把我吓了一跳。说来话长，父亲1938年从美国留学归来时，上海已经沦陷，他从香港上岸，辗转粤桂，最后抵达昆明，执教于西南联大航空系。几个月后，年方三十的父亲认定教书算不上直接为抗战效力，那不是他切盼回国的初衷，就又舍弃大后方，一头钻进湖南洪江的一条山沟里，当陆军机械化学校战车研究所所长去了。所长是文职，可待遇同上校，这才有了"文革"时批斗"上校"的情节。眼下，几轮政审过后，父亲官升两级，"上校"未添寸功而直擢"少将"。这一次，我觉得我不能再为父亲添乱了，如果每一回政审对父亲来说都是一次折磨的话，报考剧团的事当然应该就此打住了。

返回新庄五队，回到同学和乡亲们中间，放下琴弓，重拾稼穑，这里没有政审，我的心绪逐渐归于平静。

不期而至的转机是秋收时节到来的。那天，大队通知我晚上下山参加宣传队的活动，我从未参加过，以为他们通知错了，没去。第二天一大早，两个干部模样的中年人爬上山来，走进我们男知青借住的院子，问我是不是周力强，问我昨晚怎么没下去参加活动。他们自己介绍说：他们是宝鸡市工人文化宫的，下来了解农村样板戏普及情况。坐下后，一边吃着我们前一天蒸的冷红薯，一边要我拉琴。又是拉琴？不是来了解农村样板戏普及情况的吗？我看他俩不像懂音乐的样子，就勉强拉了几节《北风吹》，想把这两个不速客早点儿打发走。哪里晓得，这竟会是攸关前程的一曲《北风吹》，它为我"吹"出了一份可资糊口的职业！

事后我才知道，这两个人一个姓井，文化宫的副主任；一个姓侯，文化宫的摄影干部。他们争取到了在知青中招收五个干部的名额，就打着了解农村样板戏普及情况的旗号下来物色对象了。走访了许多有知青插队的公社，总听见有人提起"周力强"的名字，于是，他们到了新庄，先设计诱我下山，没见着，这才爬上五队来。老井和老侯后来都是我的领导，再后来都成了我的朋友，我至今仍然感谢他们当年有意淡化我的出身问题而录用了我。"政审不合格"的咒语，这一次，与我擦肩而过。

在我如今供职的单位里，很多同事知道我会拉小提琴，可每逢他们提出想听听时，我都会告饶，说："肩周炎，网球肘，弹响指，拉不得，拉不得。"四十多年的习琴经历，高峰期恰逢下乡时的那一段，考试时的许多曲目，眼下真的拉不得了。那时如果有机会去深造，今天会怎样，不得而知。从单纯的对音乐的向往，到卖艺般的想凭琴声去博饭碗，再到今日的回归却荒疏，一部习琴史，是我自身的一部趣史，现在写出来了，可以松一口气了。

周力强，男

西安交通大学附属中学高六七届毕业生

插队地点：原宝鸡县晁峪公社畜牧场、新庄五队

# 妈 妈 冲 刺

## 冲　　刺

你一定听过这个故事：1968年墨西哥奥运会的马拉松比赛中，来自坦桑尼亚的运动员阿赫瓦里因为不适应高海拔地区气候，在比赛中出现剧烈的缺氧反应，摔倒致腿部受伤，但是他坚持不退出比赛，带着渗血的绑带，脚步蹒跚地走进田径场，最终完成了比赛。

人们为他的精神感动，广场上已经熄灭的灯光重新为他亮起，一些已经离场的观众又在广播的召唤下重新回来，就是为了回来给他鼓掌。阿赫瓦里成为奥运精神的最好诠释，成为奥运史上伟大的失败者。

从体育竞赛的角度，这是最失败的冲刺，但是从体育精神的角度，这又是最成功的冲刺。奥运史上从此永远留下了阿赫瓦里的名字。

在阿赫瓦里成名十年后，有另外一次不为人知的"冲刺"，那是一位老妈妈的奔跑和冲刺，却同样是一次艰苦而漫长的、马拉松式的奔跑和冲刺。

1978年，在中国西部某城市郊区的一条乡间公路上，骄阳似火，酷热难当，尘土弥漫。一位老妈妈在公路上奔跑着。脚下扬起的尘土，加剧了她的干渴，但是，她固执地、坚定地、顽强地奔跑着。她身材矮小瘦弱，就算拼出全身力气跑，也比一般人走路快不了多少。她身上的衣服已经被汗浸得分辨不出本来的颜色，花白的头发也抖颤凌乱到极点。她斜挎着一个帆布书包，一只手始终紧紧地按住书包的袋口，为的是防止书包里的物件掉出来。

她的面容苍老，往日太多的痛苦全都深深地镌刻在脸上。她显然已疲倦到极点，每跑动一步都似乎会随时一头栽倒，但是，她还是坚持奔跑，没完没了地奔跑，不顾一切地奔跑。这不是什么体育比赛，她只是必须完成一次文书的传递。

她是为了赶时间。有一扇非常重要的大门就快要关上了,她必须赶在大门关闭前把书包里的材料递送进去,而大门就在这条路的尽头。

她不知道自己会不会倒下,她只是在心里念叨着:"快!快!要快!"没有观众和行人,没有鼓励和掌声,更没有鲜花和喝彩。支撑她的只是一个信念,要把丢掉的机会给儿子跑回来!

没有任何人真实地看到这一幕,只有老妈妈独自一人在奔跑。自从这位令人尊敬的老妈妈亲口为我讲述了这一幕,它从此就刀刻般牢固地镌刻在我脑海中了。

## 父 亲

儿子的父亲在"文革"期间被判为"历史反革命"加"现行反革命"。

他的父亲先后经历了判刑、收监、劳改的过程。监狱在陕北,主要的劳动是修水渠。五年刑满后,父亲回不了西安,只好"留场劳动"。父亲本来是教师,是无线电专业的教师,也是中国第一批这个专业的教师。但是,被戴上"反革命"的帽子了。这顶帽子永远是有效的,不可能"刑满摘帽",这顶帽子不但压迫在他的头上,而且,压迫在他的妻子和子女头上。如果不是后来"文革"结束,如果不是后来邓小平复出,这顶帽子至今他和他的全家人还摘不掉!

## 母 亲

儿子的母亲也是一位教师,与他的父亲在同一所学校工作。

父亲被抓走判刑后,母亲一个人生活。有一间房,是在教学楼里隔出来的一间。走廊很宽大,窗户很宽大,却很冷。母亲瘦小体弱多病,说话声音就更小,慢悠悠的,让人联想到在风中飘摇不定的残烛。她两鬓已经花白了,眼睛经常是红红的,眼角总是湿湿的。腿脚很不灵便,好像有风湿痛之类的病,因此,她几乎从不出门,就一个人生活在那间屋子里。

我那时在货场工作,有铁路通勤票,经常往返于西安、宝鸡之间。所以他——我的同学,便经常托我给他母亲带个信或捎个东西什么的。每次我去看老妈妈时,她都很高兴,不停地问这问那。儿子在宝鸡的每一件小事情她都很关心,都牵动着她的心。

有一次，她很兴奋又很神秘地告诉我："知道吗？上头来人了！中央来人了！"她告诉我，两天前有一男一女两个干部到西安来调查了，与她谈了很长时间，她详细地回答了他们的询问。"丈夫是被冤枉的，他不是反革命。"她跟我说了很多，眼中充满希望，也充满振奋……

后来，他的姐姐来了，背地里告诉我，根本没有来人！完全是她自己想出来的！我惊呆了，长期孤独的一个人，在"反革命家属"帽子的重压之下，顶着冤屈，反复思考着如何申诉，如何使沉冤得以昭雪，如何让好人不要坐牢，让坏人不要冤枉好人——癔症！精神崩溃！神经错乱……他姐姐送我出来的时候，声音颤抖地安慰我："你不要担心，只是轻微的抑郁症状，不要紧的，我会小心照顾她的。"她反反复复地叮嘱我不要跟外人说，不能由此惹来更大的灾祸，尤其不要告诉她的弟弟。

终于，恢复高考了！儿子参加了高考，并且很争气地拿到了四百零八分的高分！小孙女也出生了，非常可爱，真是喜上加喜！丈夫也平反了，不久就可以回来！

母亲的脸上有了生气，有了笑容。这个家有希望了，这个国家有希望了！

但是，当录取公布后，老妈妈的心再一次悬起来了：别人都录取了，为什么我的儿子没有录取？问题出在哪儿？想来想去，一定是出在丈夫头上戴着的那顶"反革命"帽子上。虽然一个月前就平反了，但是，在儿子的档案里一定还是按原来的老样子记载着的，儿子还是"反革命"的儿子。

几乎没有任何犹豫，她简单收拾了一个小书包，立刻动身去了陕北。在丈夫劳改的农场向领导说明情况。领导通情达理，把平反的证明材料密封在档案袋里，让她带回西安。要知道，那时候凡涉及个人的政治材料是绝对不允许个人携带的，必须走档案公文邮寄。但是，事关儿子的高考录取，而高考录取是有时限要求的。我完全能够想象，老妈妈是怎样地费尽口舌，怎样地感动了那些管教干部，最终拿到了能够证明儿子不是反革命子女的材料。

她风尘仆仆地赶回西安，却怎么也打听不到招生办的地方。那时候，招生办的地址是绝密的，许多人确实不知道招生办在什么地方，有些人知道，也不能说。老妈妈苦口婆心，像祥林嫂一样絮絮叨叨地对每一个人讲述：丈夫的冤案已经平反了，儿子考了高分但是没有被录取……就这样白发苍苍、满脸疲惫、不厌其烦地一遍又一遍地述说着她的故事。最终她感动了某个人，最终她知道了陕西省招生办设在长安县的某个地方，可以到那个戒备森严的地方去向招办的人再一次述说她的故事。

千辛万苦地在长安县找到了招生办，人家一查，这里根本就没有她儿子的档案材料！换句话说，档案材料被卡在宝鸡市了，根本没有报上来！

天哪！一个人的命运全被一个纸袋子装着！偏偏这个纸袋子又被封在宝鸡！对已经千里迢迢远赴陕北的老妈妈来说，这个打击该有多大！她又该怎么办呀？

老妈妈完全呆若木鸡。那一刻，她完全死掉了——是灵魂死掉了！但是，当她死而复生后，她再一次开始了苦苦哀求。完全不能想象，这种苦苦哀求是什么力量支撑着的，又产生出了一种什么样的能量。总之，又有人给她写了张字条，让她速速去宝鸡市招生办查找并提取她儿子的档案。招生办的负责人很勇敢地告诉她："如果确实如你所说，那么，在明天下午4点之前把你儿子的档案材料连同你丈夫的平反材料一起送来，我们可以为他保留最后的机会！"

事实上，那时候招生工作已经全部结束了。这位负责人能说出这句话，是多么不容易啊！那里面包含着一股多么巨大的同情和向善！

老妈妈二话不说，背起那个小小的书包，顾不上喝一口水，颤颤巍巍地出了门。为了赶上那个要命的时限。她从西安到宝鸡，从宝鸡到西安，豁出命地奔波。当终于在宝鸡拿到儿子的档案材料时，她同样不吃一口饭，不喝一口水，转身就往回赶。那时候，西安到长安县班车很少，错过了就再没有了！而她偏偏错过了！于是，她唯一的选择只能是进行一场艰难的马拉松赛跑！

于是，就有了本文开头的"冲刺"。

## 后　　来

老妈妈给我讲述这一切的时候，是安详的，声音很小，说话慢悠悠的。但是我分明在她瘦小的身躯里，看到了伟大的爱！那是一种空前坚定的、能够战胜一切困难和苦难的爱。她一句也没有提到那几天她在哪里吃饭，在哪里喝水。1978年的中国，还是物资极度匮乏的年代，还是买食品必须凭粮票的年代，还是根本没有瓶装水的年代！

她是怎么熬过来的？

最后的冲刺，是那样的紧张激烈，又是那样的扣人心弦。那扇看不见的大门，只能在4时前打开最后那么一会儿，过了点就会关闭。偏偏那个时刻对于一个人的命运又是那么的重要。老妈妈终于赶在大门关上前的最后一刻，将儿子的考生资料和丈夫的平反资料送进了招生办。需要补充一句的是，西安市当年添办了一个"基础大学"，以便多吸纳一些考生。基础大学录取的分数线似乎是一百八十分，属于"最后扫底"的一拨。幸亏有了这个"基础大学"，这位考生以四百零八分的高分，在最后的时刻艰难地挤进了一百八十分大学的门缝！

妈妈冲刺，只是1978年恢复高考中的一个小故事。但是，难道它不比阿赫瓦里的那一幕更动人更伟大吗？这是太漫长的马拉松，让老妈妈跑了整整十年！这是太悲惨的马拉松，许多善良的人都由于无法忍受而最终倒下！这是太沉重的马拉松，背负着多少人的屈辱和苦难！这又是太有希望的马拉松，许多人从此获得新生，阳光从此灿烂！

妈妈冲刺，得到了许多善良人的帮助。1978年的中国正从灾难中爬起，正邪交锋，善恶交锋，有太多的冤假错案需要平反纠正，国家机关的工作人员多数还是善良的，他们理解和相信了这个老妈妈的述说，并尽力帮助她完成了这次艰难的马拉松！

李锡放，男
西安交通大学附属中学高六八届毕业生
插队地点：原宝鸡县晁峪公社新庄三队
本文选自西安出版社2011年9月出版的《一路悠长》一书

## 彩 云 婆 婆

1968年秋天，我和五名知青来到了千阳县沙家坳公社马河村。马河是一个仅有十五户人家的小山村，村民们居住在一个土梁和它的两侧上，多数人家住在土梁西面、马坊河东岸的台塬上，土梁东面仅住着一户，就是与我们为邻的彩云婆婆。

知青的"家"是三孔废弃多年的土窑洞。土炕和窑洞的门脸虽然经过修缮，队长也再三向我们保证："先凑合住着，开春就给你们盖新房。"但是，望着窑洞黑黝黝脏兮兮的样子，我们仍觉得心寒。尤其是队长临走时留下的一句话："彩云她婆是地主成分，你们可要和她划清界限！"嘿！这真叫奇怪，我们是来接受再教育的，却和"地主婆"成了邻居，是我们教育她？还是她教育我们？

"地主婆"的房子坐北朝南，院中有三间厦房、两孔窑洞和一口水井。院子被一道土墙包围着，里面虽然不大，却收拾得干净利落。院子东墙边堆着一堆麦草和做饭用的柴火，麦草垛上两只母鸡卧着打盹，一只芦花大公鸡却扬着脖颈扯着嗓子在喔喔鸣叫。这座小院子，除了彩云婆婆和几只鸡外，就是她十岁的孙女彩云了。

我们"家"与"地主婆"家只有十几步远，在"阶级斗争要年年讲、月月讲、天天讲"的年代，和这样一户村民为邻，阶级斗争的弦始终在我们心中紧绷着。除了在她家井里绞水时碰见说上一句半句话外，我们从不和她交往。

知青的到来，使这穷乡僻壤中孤独的小院子多了些人气和活力。天还没亮，"地主婆"就起来了，先打发彩云上学，然后，忙着收拾院子，顺便也将我们住的窑洞周围打扫一番。忙完后，她就在家门口的石头上，或在大门的门框旁静静地坐着或站着，好奇地看着我们洗脸刷牙，看着地上牙膏留下的白沫沫，看着我们锁上窑洞的门，拿上工具，直到我们走向土梁的"之"形小路去参加劳动。

来到马河后，我们算是开始了真正的自食其力的生活。白天下地干活，闲时操持家务。而在所有的家务中，吃饭是头等大事。开始做饭时，我们连灶火都点不着，弄得窑洞里浓烟滚滚，呛得跑到外面直咳嗽。彩云婆婆看见后，急忙跑回院里抓了一把麦草，迈着碎步匆匆赶来，圪蹴在灶门前，熟练地划着火柴，点燃麦草，放入硬柴（干树枝），再拉动风箱，那火苗便呼呼地冒了起来。一切完毕，她走时只说了一句："生火要先用麦草引着硬柴。"我们擀面蒸馍打搅团，她就立在灶房门口看，偶尔也指指点点，有时还主动过来帮我们揉馍擀面，可我们总是不领情。作为邻居，她时常让彩云给我们送些辣子面花椒粉浆水菜。起初，我们高度警惕，一概拒收。有一回，一连下了几天大雨，盐吃完了，去公社买要翻两道深沟，走七八里山路，女知青荣凤便要去她家借盐。开始我们坚决反对："不能丢咱知青的脸，没盐算啥，再难也不能向剥削阶级地富反坏右伸手。"可是，荣凤不听："什么地富反坏右？彩云和她婆婆俩够可怜的了，一个七十多岁的老人带着个十岁的孩子本本分分地过日子，人家剥削你什么了？！真要怕丢脸，今晚大家就甭吃盐！"说完把大辫子一甩，走出窑洞，冒雨钻进了她家的院子。

她家也真是不幸，"文革"开始，老伴儿经不起游街批斗，跳崖"自绝于人民"了。在西安工作的大儿子与妻子离了婚，将八岁多的彩云送到了她身边。小儿子三十五岁了，因家庭成分始终娶不上媳妇，跑到北山上去做了上门女婿，半年才回来一趟照顾一下老娘。说心里话，我们下乡后真是得了她不少的好处。有一次，一场大雨，窑洞里存的柴火全烧完了，是她让彩云把自家的硬柴一捆一捆地拿来让我们烧。秋天，窑洞里潮湿，我们把被褥拿出来晒，之后去其他知青点玩，回来晚了，是她帮着我们把被褥收了回来。粮食放得发了霉，拿出来晾晒，又是她坐在门口，好几天拿根树棍看守着驱赶着来偷食的鸡和鸟。平时，为了灯油、火柴、酱醋等生活琐事也都没少麻烦她。然而，我们又为她做过些什么呢？

人都是感情动物，三千多年前古人就有"投我以木瓜，报之以琼琚"的诗句。我们是有知识的青年，真挚感情的交流使我们冲破了那条似乎神圣却实为丑陋的"阶级"鸿沟，我们也开始主动帮她们俩做一些力所能及的事情，比如绞水、扛粮食、为小彩云辅导一下功课，从西安回来带点儿好吃的也送些给她们尝尝。

1969年麦收前，我们的厦房盖好了，要搬到两里路远的土梁西面去了。搬家那天，彩云婆婆拄着拐杖站在她家门口依依不舍地望着我们。当黄牛拉起行李车时，彩云婆婆紧赶了几步，很伤感地说："小王，闲时多回来坐呀！"说完，擦了一下眼睛，她是真的心里难过，舍不得我们走。

今年暑假，一种强烈的怀旧之心促使我回到了马河村。从村民口中得知，就在我返城后的第二年，七十七岁的彩云婆婆得了场大病，不能自理了。她不愿意拖累孙女，趁彩云不在家，从炕上爬下来，一扒一蹬地匍匐到井边，跳了进去。后来，无依无靠的彩云被她父亲接了去。我听后，心里如打翻的五味瓶，是伤心？是怜悯？是悲戚？真的说不出是何种滋味啊！

　　第二天，我专门来到曾住过的窑洞旁，寻找彩云婆婆家的遗迹，往日的小院已被茂密的玉米所淹没，钻进地里，还能见到一些残垣断壁。那口我们天天都来绞水的水井已经被填平。我站在已经不复存在的"水井"旁，心里默默地念叨：彩云婆婆，你知道吗？苦难已经过去了。如果真的有来世，我们还愿意和你做邻居。

　　我摘了一束野花，虔诚地放在了"水井"边……

王培华

西安某中学毕业生

插队地点：千阳县原沙家坳公社马河村

本文选自西安出版社 2011 年 9 月出版的《一路悠长》一书

# 那个年月的血色浪漫

## 十六岁的人生选择

1971年，我十六岁，铁道兵到学校招收赴三线施工人员。学校七〇届有五个班，给了八个女生名额，平均一个班不到两个。

我有两个最好的朋友，一个叫岐凤，一个叫咸琴，看名字就知道她们的出生地：凤鸣岐山，琴韵咸阳。

动员大会结束后，我和咸琴鼓动岐凤去报名，她是副连长（整个七〇届为一个连，一个班那时称为一个排）最有希望，尽管我和咸琴也非常想去，但我们知道岐凤已有了心上人，在旬阳当学兵，我们天真地以为，只要岐凤去三线，就能和她的心上人幸福相守。

第二天，岐凤带给我们的消息是，她的家人坚决反对她去三线，她已屈从父母。这时，我和咸琴才下了决心，我俩商定同时报名，要走一起走，要留一起留。

当我们听到班上已有一个女同学报过名，为了表示决心还写了一份血书，并且人家还是根红苗正的贫农成分时，我俩再也坐不住了，立刻去找班主任老师。

我们的班主任是个数学老师，对我们三人很偏爱，那是因为在那个不重视读书的年代，我们对学业还很上心，从小学到中学我们的成绩始终牢牢地占据班里前三位。老师看到我俩的决心后，就去找部队同志和学校工宣队帮我们说情。

老师走后，我和咸琴心中忐忑不安，五个班八个名额怎么也不会给我们班三个，于是，也决定写血书。我俩在老师家找出白纸，效仿古人写血书咬破手指，可怎么咬都咬不破。又找来老师家的削铅笔刀还是不行，最后到院子里找了两块碎玻璃，先自己割又互相割，终于把手指割破。

当殷红的鲜血滴在白纸上时，我们的心中庄严极了，那是将身许国的决心。最后，我们学校一共去三线九个女生，我们班三个都被批准。

## 深山里的灯光

我们排接受了新的任务，和部队勤务连一起架设从郭家河到岚河的高压电线。因汉江在这里有个拐弯，高压线要两跨汉江，我们每天和勤务连战士坐船到江对岸施工。要架线先要在坚硬的石头上炸出两米深的电桩坑，打炮眼时，一个掌钎一个抡锤，一个炮眼得砸上千下。几天干下来，每个人胳膊都是肿的。掌钎的更苦，每砸一下得转一下钢钎。为了转动灵活，好多人都不戴手套，而抡锤的稍有疏忽，掌钎的手立刻就是鲜血淋漓。

打炮眼时，我和咸琴结对，我们的手上都留下了永久的伤疤。轻伤不下火线，是我们当时的口号。当我们捧着鲜血淋漓的手，在卫生队缝完针后，都没有休息过一天。怕伤口震裂，就承担了装炸药雷管及放炮的任务。这活虽然不累，却很危险，但没有一个退缩的。尤其是排哑炮时，明知有生命危险，可是大家都争着上。不是我们不怕死，而是大家对英雄的崇拜和渴望是那样的强烈。

随着施工任务的全面展开，我们的口粮也增加到每人每月四十五斤，虽然杂粮多于细粮，但已经能吃饱饭了。每天中午，炊事班翻山越岭给大家送饭，汤水不好送，基本上都是高粱面发糕和玉米面发糕就着山泉水。那时是吃不到新鲜蔬菜的，所有的副食全是脱水压缩的：压缩蔬菜、压缩鸡蛋粉、压缩豆腐粉。就连肉，也都是罐头肉。

部队供应的细粮比我们多，和我们一起架线的勤务连的战士们，天天都用他们炊事班送来的白面馒头换我们的高粱面发糕。由于没有油水，加上繁重的体力劳动，我们的饭量大得惊人。我们曾和勤务连战士们比饭量，看谁吃得多。抬来满满两筐馒头，双方各出三人，胳膊一伸，将馒头从手上一直挨个摆到肩上。馒头有一两半，能摆十几个，女学兵选手风卷残云般一气吃完，惊得兵哥哥们目瞪口呆！直呼：这是女孩子吗？简直是黑旋风李逵啊！比赛结果是女学兵赢了。

电桩坑完成了，开始架线，那一根根电线杆，全是我们喊着号子抬上山的。那时汉江边还有拉船的纤夫，纤夫的号子声和我们的号子声，震荡在峡谷里，惊天动地。

布线时，我们和勤务连战士齐心协力，一个个弯着腰，头拱着地，背朝着天，喊着节奏亢奋的号子，拉着电缆奋力往前艰难地挪动着步子。每到悬崖边上，或是陡峭的江岸边，勤务连战士都要和我们争执半天，大家都是把危险留给自己，把艰难留给自己。

高压线架好了，当那群山中亮起明亮的电灯，我们心中是多么的激动，这是我们亲手架的线啊。岚河口终于结束了煤油灯的历史。

## 郭　家　河

我们生命中第十七道年轮是在郭家河沸腾的工地上度过的。

寒冷的冬天来到了，我与战友萍和夏迎来了我们到三线的第一个生日，夏比我大一天，萍比我小一天。

郭家河是五十二团三营驻扎的地方，是火石岩隧道出口和岚河隧道进口的工地。当时，我们排被派往郭家河工地施工。

繁重的劳动，衣服特别容易破，看到男学兵把衣服破处拿胶布粘上，我们也学他们拿胶布补衣服。冬天学兵们最普遍的装束，男学兵是内穿海魂衫，女学兵是花衬衣，外面直接穿上那种带道道的棉袄。干活时，穿单衣上阵；吃饭休息时把棉袄一套，腰上缠根废导火索，觉得很潇洒。别小看那根导火索，扎上它，御寒效果非常明显。

十七岁的那一天，我和萍与夏三人要求在一组，手持清一色的十八磅榔头，砸了一天的石头。岚河隧道那天运出来的大石头特别多，一上工，那一块块半方以上的巨石稳立在地，似乎在向我们发问："我体型庞大，石质坚硬，你们可有巨力铁臂，化我尘埃？"我们三人交替挥锤，手起石头碎，锤落石开花。

那一天，战友们都给了我们三人深深的生日祝福。在结了冰凌的小溪边，我们以水代酒，迎接我们生命中的第十七道年轮。

## 岚 河 码 头

岚河码头是我们亲手修建的码头。当时的襄渝铁路建设物资有两个运输通道，一个是公路运输，一个就是汉江上的水路运输，岚河码头就在岚河入汉江处。

那一年，天空中没有了细雨的缠绵，乌云如战马般奔腾，瓢泼大雨哗哗地倾盆而下，汉江失去了往日的沉静与温柔。上游连续不断的洪峰，像被激怒了的斗牛一样，狂暴地奔泻而下。平时苗条得像小姑娘的岚河，此刻也猛地陡涨，从码头对面山涧里像凶猛的巨龙，轰隆隆地泻入汉江。此时的汉江，桀骜不驯，借风作势，涛起浪涌，像醉酒的汉子，发起疯狂，把两岸的沙滩吞噬殆尽，江畔那高高的白杨树，只剩下了一丛丛的树梢。洪水冲毁了安康到五十二团的公路，但是，飞速延伸的隧道掘进不能停，大量的施工物资和生活物资就只有依靠汉江的水路运输了。我们排被派到岚河码头，担负着卸船的任务。

往日的岚河码头已不见踪影，汉江水早已漫过码头，船只已靠到了岚河口的街边上了。运输船都是大船，不能靠岸，刚开始那几天，靠岸的船只还搭着木板，由于所卸物资越来越多，在木板上走反而危险，速度也慢，于是就撤掉木板跳入齐腰的江水。我们卸船的物资每天都不同，有木料、水泥、炸药和粮食等等。水泥一袋是一百斤，都是一人扛一袋。粮食每袋五十斤，每人一次扛两袋。而杂粮每袋四十斤，每人一次扛三袋。卸木料时，电线杆子似的大木头两人抬一根。大家在江水中艰难的每一步，都是靠着意志在坚持。这种只有在电影中才会展现的场面，却在我们女学兵中一次又一次地重复演绎着。不知是雨水还是汗滴，迷蒙着大家的双眼。

那一年，我们都是十六七岁的小姑娘，当一船船的紧急物资源源不断地从汉江运往各个隧道的时候，生活在襄渝铁路建设工地上的五十二团里的二十一和二十二两个女子学兵连的四百多名姑娘，却陷入尴尬。那时的岚河口，没有卖卫生纸的，两个女子连都是由团部的军人服务社来供应卫生纸。公路断了以后，船只运送的都是紧急物资，我们被遗忘了，军人服务社的卫生纸也早就断货了，而且断了很长时间。在生理周期中，大家无奈，只好用信纸、报纸，或旧衣物撕成的布条。在那段卸船的日子里，没有一个人请假，所有的人都是每天赤脚泡在冰冷的江水里，一干就是一整天。

我们连指导员和连长都是男人，终于有一天，发现了问题的严重性，向团里紧急报告。团里作为紧急战备物资，从安康给我们调运来一批卫生纸。当我们从船上卸下卫生纸的时候，大家欢呼雀跃。

这些降龙的姑娘，在她们挥洒着汗水，展示着她们如歌的情怀的时候；在她们浸透热血泪水，涌动似诗的旋律的时候，曾经沸腾的热血，却慢慢燃烧着她们的青春岁月。然而，她们也知道，选择了学兵，就今生无悔。那震天的号子声，那悲壮如歌的往事，见证着女学兵对共和国的忠诚……

刘亚莉，女
咸阳市第五中学初七〇届毕业生
1971年3月参加襄渝铁路建设，所在连队为五八五二部队学生二十一连，
连队驻地在原安康县岚河区玉岚公社

# 女学兵素描三帧

## 炊事班长马海棠

我连初到三线,马海棠就出任炊事班长,为了全连吃饭问题,她带领炊事班克服了许多困难。

铁道兵部队给我们留下了简单的灶具和简易的营房,看着案板上的那一堆面团谁也不知咋样动手,不知咋样发面,不知咋样使碱。马海棠就到驻扎在不远处的铁道兵部队去学习,然后,带领大家蒸馒头做饭。她们把发面在案板上搓成一个大面条,然后拿刀剁成馒头,那馒头剁出来,一个个长短粗细不匀。一开始蒸的馒头经常焦黄发黑,像石头一样硬,咬一口不是碱小了发酸,就是碱大了发苦。当时炊事班也不知道一顿饭多少面够全连吃,我们经常是饱一顿饿一顿地过日子。

有一次,炊事班又蒸了黑馍,战友们意见很大,连长把马班长叫到连部狠狠地批了一顿,班长一句也没有解释。在反身离开时,我分明看到她眼里噙着满满的眼泪,我的眼睛也湿润了。

从那以后,马班长带领大家发奋努力,刻苦学习,没过一个月,炊事班的手艺就提高了很多,发面、使碱、火候等等,渐渐地都熟练掌握了,还从部队学来了双手揉馒头手艺,蒸出来的馒头又大又白,战友们再也没意见了。

在磨子沟时我们烧的煤质量很差,是陕南产的石煤,当地叫"石炭"。那石炭又沉又硬,炊事班每天都要安排专人砸石炭,一砸就是整整一天,天天不能间断。不但要砸新炭而且还要砸没烧透的石炭,把烧过的石炭外层砸掉,再重复烧那没燃尽的内核,一直到把石炭烧到小手指肚那么大才放弃。

石炭很不好烧,大家经验又不足,夜晚经常会把火给封死。为了保证早上能按时开饭，马班长经常到周边的部队要一小桶柴油，抱上一些细柴引火用。她每天都是凌晨3点就起床生火，有时要一两个小时才能把火生着，时间久了，马班长渐渐成了生火"专家"，而这四更起床也成了马班长的"专利"。当了两年多炊事班长的马海棠，在那近一千天的漫长日子里，无论是严冬还是酷暑，她都没有睡过一天囫囵觉，真不易啊！

每每看到大家吃着热乎乎的饭菜，马班长憨厚的脸上就会乐得挂满彩虹。一个十几岁的女孩子，在三线的日子里当了两年多炊事班长，一直默默无闻地为大家周到、耐心服务，从不计较，从不抱怨，每每想起她来，我都会为她的坚持、她的坚忍、她的毅力、她的踏实而感动不已。

## 好朋友于文清

在"三线"，我有一个最最要好的朋友，就是二排长于文清。

战友们都认可二排长是我们连最优秀、最出类拔萃的人物之一，她来自兴平四〇八厂。我们连是由几个市、县的初中女生组成的，二排全是兴平秦岭公司、四〇八厂的子弟。她们的父辈都是上海、江浙一带的人，家境富裕、养尊处优是她们去三线之前的生活。她们说着标准的普通话（有些是带有上海口音的普通话，或是一口吴侬软语，很是洋气）。所以，她们在我们这些铜川、宝鸡来的"土八路"中间显得鹤立鸡群，优越感很强。她们穿瘦裤腿的裤子，穿漂亮毛衣，还拥有很多女孩子们喜欢的小饰物，这些都让我们很是羡慕。

最让人惊讶的是，她们在那个不用上学的年代里和工厂的工人宣传队员一起受过跳芭蕾舞的训练。二排的女孩子，大部分是工厂里跳芭蕾舞剧《红色娘子军》的骨干人马，她们领导着全连的时尚风潮。

但是，她们也有"短板"，初到三线时，在施工现场她们就是全连的笑柄。她们创造了四人抬一袋水泥的纪录，而且还是在半坡上就摔坏了水泥袋，四个人坐在地上哭得梨花带雨。上山扛木头时，她们会拿个小手绢绑上两根像拐杖一样的木棒往回拖。她们晚上睡觉要穿睡衣，蚊子咬了要擦香水，干活累了就装病，刚到三线一开始还将炊事班做的黑馒头丢到垃圾堆。二排美女很多，全连最小的战士、年仅十三岁的女孩也在她们排。

总之，她们是一群千娇百媚的小姐，不懂生活的艰辛和劳作的辛苦，所以，她们是我连"资产阶级生活方式"的重灾区，经常受到批评，每每都是反面教材。为此，二排长真是没少受委屈，没少受连累。

二排长有很好的口才，很好的文采，人很聪慧也很干练，我很喜欢听她给排里训话，很有水平，很有见地，排里人也很服她。她写的大批判文章经常被连首长拿来做全连的范文。当然了，她也很骄傲，别的排长都对她有这个看法。

那时候，连里成立了学习马列小组，学员都是全连里精挑细选的骨干人员，我和二排长都是成员，组长是连里的庞指导员。几个小丫头正经八百地坐在那儿，手里捧着马列的原版小册子，读得人亦清亦浊、囫囵吞枣；听得人云里雾里、糊里糊涂，且还要绞尽脑汁写学习体会。

二排长的理解能力是最强的，那时候我很羡慕她的学识和才华，每每愿意和她一起讨论问题，以期得到她的启示和启发，用来完成我的文章。

在她的带领下，一年以后再看看那些二排的"小资"们，简直就是脱胎换骨了！连里的苦活累活她们从不落后，出工时也是不戴草帽任由烈日暴晒，把自己晒成"无缝钢管"（连里戏谑那些晒得最黑的人）；她们和我们一样地起猪粪、拉大粪；一样地一次就抬起二百来斤重的蔬菜包；寒冬腊月，一样地深更半夜起床拿起棍子去站岗，巡视营房，巡视菜地，巡视猪圈；一样地在夜晚看菜地时，躲到黄瓜架下、西红柿秧下，偷偷地摘几个黄瓜、西红柿，在身上蹭一蹭就开"咥"；一样地在紧急集合时打着漂亮的背包快速到位。

二排大萝卜种得好，又脆又甜赛鸭梨，个头大得个个都有五六斤重。当时的铁十师的首长多是胶东人，有着山东人的豪爽、耿直和生活习惯，喜欢生吃大萝卜。师部每次来人来车拉菜，就点名要二排的大萝卜。

二排还出了我连第一个手扶拖拉机司机徐年娣。手扶拖拉机也许是我国最初的代替牛犁地、马拉车的机械化设备了，给我们连也配备了几台，以替代马车。司机每天早上给手扶拖拉机的水箱里倒上热水，然后拿着摇把发动，只听得嗵、嗵、嗵一阵乱响，一股浓烟冒起，或发动着或再重复，总之没有一把子力气是根本摇不动那个摇把的。手扶拖拉机在犁地时需要很好的掌控能力，否则，一不小心就会把自己甩到地上。徐年娣当了很久的手扶拖拉机司机，从一开始摇不动摇把、经常摔跤到最后熟练地驾驶，这期间流了多少汗，流了多少泪，谁又能说得清呢！她是二排的一个好干将，给二排争了不少光。

二排长用自己的耐心、苦心、责任心坚持了两年半时间，和别的排长相比她付出的心血和努力更多，也更艰难，承担的压力更大，也更复杂。但是，她的成绩是斐然的，她把一个小资情调浓郁的二排带成了一个特别能战斗的集体。

想想她的确不易：一个年仅十七岁的女孩子，带着几十个或比她小或比她大的女孩子，每天要面临多少哭哭笑笑、是是非非的麻烦事情啊！退场时她的努力、她的才学被连首长一致称道，她被提干了。

## 大美人胡爱君

胡爱君，是我们连的大美人之一。在那个年代我们几乎都是留着齐耳短发，要不就是扎两个小短辫，可她却留了两条乌黑发亮、长过腰际的大辫子，仅此一点就足够引人注目的了。有时为了工作方便，她还会把长辫盘在头上，别具韵致，美得简直让我们惊为天人！再加上她苗条的身段，精致的五官，"巧笑倩兮，美目盼兮"，还有那一口珠落玉盘般的语调，更是迷人。她比我们大几岁，在那一大帮青色"小杏子"中间，她的妩媚和成熟自然就很抢眼。

她的美是全连公认的。她具有古典美人的气质，看着安安静静，似乎还有点忧郁（其实她的性格一点儿也不忧郁）。她嘴唇的右上方有一颗小米粒大小的美人痣，那颗痣给她增色不少，让她看起来在美丽中多了几分俏皮。

她不仅人漂亮还多才多艺，在连队晚会上，她能一边弹秦琴一边唱歌，悠扬的琴音伴随着她欢快的歌声飞扬，给我们的生活增添了很多乐趣。秦琴是一种类似三弦的弹拨乐器，声音比三弦清脆，我后来也跟她学会了弹秦琴。

我和她是要好的朋友，有两件事让我一直不能忘却。

我们连调防到安康县后，接管了铁十师给水发电营的地盘。在接手几百亩菜地和几百头猪的同时，还接手了一挂马车和两匹毛色溜光水滑的枣红马。当时，连里没有任何运输工具，这马车的作用就尤为重要，给猪拉饲料，给人运给养。也许是给水发电营交防时没有办法安顿这挂马车，把这马车和马连同两个军人驭手都留下来了。

两个驭手我们称年长些的叫马班长，是不是姓马，我们也不确定，他的助手叫什么则不记得了。两人都是农村兵，老实憨厚，每天就是早出晚归赶马车，没事了就刷洗那两匹马。马班长有时也会情不自禁地在女孩子面前小吹上一把。他有一个绝活，每当马车走在大路上，有人不肯给马车让路时，他就会在马头和人头并齐时，猛地拉一下马的嚼子，让马嘴和人嘴来个或轻或重的接吻。这一招从不针对老人，只针对那些看不起赶马车的年轻人，而年轻人碰上这事也是敢怒不敢言。

事情的起因已无法考证，也许是一开始胡爱君和我就对那两匹马产生了浓厚的兴趣，我们经常去帮助军人洗刷马。马厩就在连队营房的东边，只要在周日或中午休息的时候，一有时间我们就一起去马厩。

没过多少日子，胡爱君就向连首长提出要学赶马车，连首长批准了，胡爱君就成了马班长的学徒。那段时间，我们经常看见马班长在出车时，胡爱君坐在马车上进进出出连队大门的情景。

不久，胡爱君就可以赶马车上路了。大家想象一下：一个大美女亭亭玉立地端坐在车辕上，樱唇轻启："嘚儿——驾——喔——吁！"赶着由两匹漂亮的马拉的马车行走在安康的大街上，按现在的流行语，是不是也算一道亮丽的风景啊！为此，胡爱君也很是得意、很是快乐！

可惜好景不长，马是不会怜香惜玉的。一次马不服她管教，尥蹶子，把胡爱君摔了个鼻青脸肿。连长意识到这根本就不是女孩子干的事儿，从此，不准她再赶马车了。很快连里有了几辆手扶拖拉机，可以翻地，也可以运货。从此，马、马车和马班长就从我们的视线里消失了。

我们连种了几百亩菜地，那时候也没有化肥什么的，除了猪粪可以发酵后用于种地，我们还有一个任务就是到师部去拉大粪。

那时候，经常可以看到四个女孩子拉一辆粪车（架子车上面架一个大桶，也是给水发电营留给我们的财产），带上淘粪的工具，快快乐乐地在路上走着。有一次，胡爱君她们班拉的粪车后塞子突然脱落，滚滚粪水立刻喷涌而出。胡爱君慌乱中毫不犹豫地就用她那纤纤玉手堵上了出口，一只手掌太小就双手齐上。当大家七手八脚地弄停当以后，胡爱君毫不在意地把手在路边的草地上擦了一擦，几个人也都不在意手上、脸上和身上溅上的粪水。

当天连部晚点名时，连长表扬了胡爱君和她的战友们，胡爱君高兴得几天合不拢嘴。我悄悄地问她臭不臭？她悄悄地跟我说：那两只手几天都不能放到鼻子下面闻！

现在谈起当年经历的那些事情，真是既快乐又感慨啊！记得你啊！胡爱君——一位从外表到心灵都很美的三线女学兵。

王彬，女
西北耐火材料厂子弟中学初七〇届毕业生
1971年3月参加襄渝铁路建设，所属连队为五八四七部队学兵十九连，连队驻地先后在原旬阳县棕溪区关口公社磨子沟和安康县城关区东城

# 呼 吸 之 间

人之生命，在于一呼一吸间。

我曾经濒临死亡，即将丧失呼吸……

1972年的春天，三线建设正在如火如荼地进行，我们五八五二部队女子学兵二十一连的任务是维护简易公路。

我们的维护任务就是用大锤钢钎凿开路边靠山一侧的岩石取石，或者打眼放炮取石，然后用小推车运送取下来的石块，填补路面的大坑，保证车辆正常通过。

那天，我拉着小推车准备去装运石头，走到公路的拐弯处，突然对面拐过来一辆疾驰的嘎斯汽车，直朝我撞来，我慌忙躲避，已经来不及了。那是一位第一次开车上路的铁道兵小司机，速度过快，惊慌失措。紧急时刻，坐在副驾驶位置的师傅急打方向盘，我虽然幸免被碾于车下，可是已被挂翻在地。

同学们惊呼着扑过来，我倒在地上，小推车的铁把手紧靠着我的腿。是可爱的推车救了我，汽车车轮是垫着小车的铁把手蹭着我的两条腿轧过去的。剧烈的撞击，已经没有了疼痛的感觉，腿是麻木的。同学们从地上抱起我，我看看裤腿上的车辙印，心想：完了，腿完了。

大家七手八脚地把我抬上了驾驶室。我试着搬搬腿，还好腿还在。我长长地出了一口气，这时，剧烈的火辣辣的疼痛向我袭来，可看着那个惊恐万状、失声痛哭、只有十六岁的可怜小兵，我还是强忍着剧痛安慰他，让他别怕，不会有事的。

多日的超负荷劳动，体力透支，身体已经疲惫到极点。汽车疾驶在去医院的路上，我潜意识里浮出的不是受伤的悲哀，竟然是：这下我能好好休息几天了。

到了团卫生队，医生剪开我的裤管，左腿腘窝处撕开了十多厘米的口子，血肉模糊；右脚跟馒头大血肿，脚后跟像脱落了一样。医生用了两个多小时给我清创缝合，右脚跟做了固定。那种撕心裂肺的疼痛让我明白了，我真的是受了重伤。

手术后，我彻底卧床休息了。我如愿以偿地彻底卧床休息了，两条腿都不能动，生活不能自理，全靠住院的战友们无微不至的照顾，我内心感动极了。为了减少麻烦，我尽量不喝水，少吃饭。当疼痛减轻一些，伤口开始愈合，我就躺不住了，开始怀念连队，怀念同学们，怀念那火热的战场，内疚自己不能去参加会战。疼痛让我忘记了时间，卧床又时时地提醒我：快点儿好起来，和同学们一起去参加战斗。在沮丧和万分焦躁中，我在医院住了一月之久，因伤口反复感染还没有痊愈，但我坚决要求出院，医院不同意，我留张字条，悄悄地开溜了。当医院的电话打到连部时，我已风尘仆仆地站在指导员面前，尽量不让指导员看出我的跛足。

当时，我们连参加岚河隧道大会战，全连转战到五八五二部队四营的工地。连里派我们四名女学兵参加四营的文艺宣传队。宣传队是由部队和学兵连抽调的文艺骨干组成的，我们的任务是为铁道兵官兵和学兵连战友慰问演出，深入工地做战地鼓动。我的腿虽然没有痊愈，但是和所有战友一样，轻伤不下火线。白天和男学兵一起排练、搭建舞台、背着大喇叭上工地，晚上巡回演出。

我们还经常进洞做战地鼓动。在阴冷潮湿的隧道里，脚下的泥沙没过小腿肚，破裂的雨鞋里灌满了泥水，一走一扑哧，一走一趔趄。我在男学兵的护卫下，艰难地行进着。掌子面上灰尘呛得人不停地咳嗽，为了赶进度，学兵们都在打干风枪。看到我们女学兵进洞，男学兵的干劲就更足了，教我们安全防范知识，手把手教我们打风枪。就在进洞宣传中，有一次石块划破了我受过伤的左腿，腿发炎了，全身发烧。我不想退出这火热的战场，一想到躺在病床上，就有恐惧感。我一直瞒着大家，发着烧照样参加演出，燃烧的革命激情麻痹了我的神经，不知道疼痛，也不知道痛苦。最终，我的左小腿肿得好像要被吹爆的红色气球，透明发亮，全身也发着高烧。我躺倒了。

陕南的7月，山花烂漫，鸟语花香。有一种叫"七里香"的白色野花漫山遍野。战友们知道我病了，上山采集了好多"七里香"来慰问我，我躺在花丛中，房间里溢满了花香。我跳起来，开玩笑地叫：谁搞的，谁搞的，像给我开追悼会。心里却溢满了感激之情。从我受伤以来，所有身边的战友都给了我无微不至的关怀和照顾。

当天晚上，持续的高烧让我失去了知觉，战友们连夜将我抬下山，送到几十里外的团卫生队，卫生队立即投入了抢救。医生看着休克多时的我，牙关紧闭，瞳孔也在散大，怜悯地说：这么好的女孩，太可惜了。指导员带着战友们连夜赶来了，她们哭红了眼睛帮我擦洗干净身体。我感觉不到一丝的痛苦，灵魂轻飘飘地飞旋着，向天空飞旋……这时，我仿佛听到战友们声嘶力竭的呼唤，仿佛看到父母亲在远方的召唤……

休克将近十个小时，在医生的全力抢救和战友们的声声呼唤中，当一缕晨曦升起的时候，我没有停止呼吸，终于战胜了死神，生命在继续。

战友们风趣地说：善良的山神不忍我这个刚刚十八岁的花季女孩留在那寂静的大山中，给了我重生。

王喜华，女

西北国棉二厂子弟中学初七〇届毕业生

1971年3月参加襄渝铁路建设，所在连队为五八五二部队学生二十一连，

连队驻地在原安康县岚河区玉岚公社

陕西知青档案

# 三线学兵，一个特殊的群体

三线学兵是三十多年前中国那场声势浩大的知识青年上山下乡运动中一个特殊的群体。在上千万人的知青大军中，它是唯一一支没有到农村去和农民结合、从事农业生产的队伍。说它是队伍，是因为它是按部队编制、接受部队管理并从事国防工业建设的。而且这支队伍只有陕西独有。这就注定了这支队伍在整个知青运动中的特殊性。

三线学兵产生的大背景自然源于波澜壮阔的知识青年上山下乡运动，但它的产生与当时的国际形势密不可分。当时中国同美国、苏联的关系都很紧张，战争的阴影似乎笼罩在头顶。在毛泽东的要求下，铁道兵迅速集结和投入了二十五万兵力（占铁道兵总数的一半），同时，四川、陕西、湖北也紧急动员，汇集六十万民工前来修建襄渝铁路。

襄渝铁路东起湖北襄樊，西止四川重庆。沿途多崇山峻岭，沟长壑深。百分之八十是隧道和桥梁，所以这条铁路又被称之为地下隧道和空中走廊。当时的习惯说法是：打起仗来，敌机进不来，导弹也打不到。就是其他铁路被毁，这条路因其隐蔽性也会畅通无阻。由此也可看出修建这条铁路的艰难程度。尤其是铁路中部的陕西安康段，山大沟深，地形险要，交通闭塞，贫困封闭。这段路占总铁路长度的三分之一，却占全路总工程量的三分之二，在当年机械化程度很差的情况下，劳力非常紧缺。

铁道兵总部紧急向陕西省求援。

那时候，陕西省境内有两条铁路、两个大型水库同时开工，农村青壮劳力都上了工地，而应届的高、初中毕业生都下乡插了队，陕西省无劳力可派。

铁道兵总部多次催促，省"革委会"主任李瑞山连续召开紧急会议，最后把目光锁定在当年的初中毕业生身上。当时还担心这批孩子年龄太小，部队不要，可铁道兵总部的一位首长很痛快地答应了。他的理由有二：一、部队需要有文化的年轻人；二、我们当年当红小鬼时，还没有现在这些孩子们大呢。

于是，中国历史上前无古人、后无来者的一个群体诞生了。

陕西省最初是将西安的六九届初中毕业生于1970年8月送到了铁道兵部队。半年后，襄渝铁路建设全面铺开，劳力更加紧张，铁道兵总部又向陕西省求援。于是，省上又将七〇届初中毕业生于1971年3月送上了三线工地。这次范围扩大到宝鸡、咸阳、渭南和铜川四地。三线学兵这支队伍就从总体上形成了。

这支学兵队伍总的概况是：共有二万五千八百余人，组成了一百四十一个连队，其中女学兵连二十六个，隶属于铁道兵二师、十师、十一师，分布在安康、紫阳、旬阳三地，除五个学兵连是转运连外，其余全部参加隧道的掘进施工和桥梁的架设及其辅助工作。

宝鸡的学兵是在1971年2月底3月初开赴陕南铁路建设工地的。共有三千八百六十多人，分为十八个连队，其中女学兵连四个。大部分驻扎在安康境内的旬阳县，隶属铁道兵十师（五七六〇部队）四十七团（五八四七部队），从关口镇到蜀河镇一线排开，修筑磨子沟、罗向崖、展园、罗家岭、沙沟、蜀河、险滩隧道及其间的桥梁架设。在两年半的时间内，这支学兵队伍经受了难以想象的艰苦磨炼，闯过了生活关、劳动关，并时时面临生死的考验，逐渐成长为一支能打硬仗恶仗的尖刀队伍。为什么这样说呢？因为这支队伍年龄轻、有文化、肯动脑筋，干起活来生死不顾。当时有个说法叫"三兵闹襄渝"，说的是铁道兵、民工、学兵。民工连队的主要任务是后勤保障，如修公路，深山伐木（隧道支排架用），转运建设材料、生活用品等；而学兵刚去时每连都派有军代表，由军代表带着干。很快军代表撤离，打隧道、架桥梁的任务就由学兵连单独干了。在那个特定的时期内，一般最难打的隧道由学兵连上，出现危险如隧道大塌方时也总是学兵们冲在前面，全襄渝线当时的最高掘进纪录由学兵连队创造，很多技术革新和创造性施工方法也从学兵连队向外推广……三线学兵的那段生涯，用"惊天地，泣鬼神"来形容绝不为过。因为他们的经历在和平年代共和国的历史上非常罕见。先后有纪实作品集《青春无悔——三线学兵的故事》、大型电视专题片《三线学兵连》（九集）、报告文学《让历史记住三线学兵》、长篇小说《绿太阳》、大型画册《三线学生连》等作品从各个侧面反映了那段历史。

当然，学兵们也付出了在和平年代战备施工中难以想象的惨重代价。共有一百一十四名学兵长眠在了那块土地上，宝鸡共牺牲了十九名战友，而伤残者已无法统计。其中宝鸡学兵一连一排长赵树茂在隧道塌方时因抢救战友不幸牺牲，成为全襄渝线学习的榜样。他的母亲、现已七十六岁的王季春大娘至今还在为落实赵树茂的烈士身份而奔走呼号。

三线学兵的独特经历，使这批人在以后的人生道路上受益无穷。回地方后，他们很快成了各行各业的骨干。据1997年在拍摄《三线学兵连》时的不完全统计，当时学兵中产生的地厅级领导干部二十多位，有正高以上职称者（含博导）二十多位，大型企业老总级人物十多位，个人创业的大老板十多位。现在（2003年），这批人中已有省级领导干部，有副高以上职称者二百余名，还有一大批搏击商海的成功人士。

学兵中优秀人才的成长大体有以下因素：

一、青少年时期在三线工地艰苦环境的磨炼，培养了他们坚韧不拔、能在各种恶劣环境中搏击进取的能力和素质。

二、靠艰苦自学取得文凭、不断更新知识结构，以适应现代社会发展的需要。

三、不满足已有的工作环境，不断努力以求发展。学兵中的佼佼者，大都开初分配的工作不理想，或在偏僻乡镇（当时公社），或在小县城，这批人现大都进入城市，有一个较好职业（从政者居多）。相反当时环境下分至令大家羡慕的信箱厂、保密厂者，大多都安于现状，学历、能力变化不大，以至提早退休或下岗者不少。但他们中的绝大多数，仍自强不息，开辟了新天地。


李涛，1954年生于陕西宝鸡陇县。1971年初不满十七周岁即赴陕西安康旬阳县参加三线建设。1973年8月分配到陇县医院工作。1985年进入宝鸡日报社，长期主持报纸副刊版，参加自学考试取得大专学历。现为主任编辑，宝鸡市作家协会副主席。参与主编过最早反映学兵生活的书籍《青春无悔》，担任过大型电视专题片《三线学兵连》的文学编辑。

## 全　　娃

　　我叫他的小名，全娃。全娃好像没妈，至少我没见过。他爸是拉车的，家里喂了一头黄牛。在城里，马车、驴车不少，牛车不多。我到他家去过一次，屋里太黑，一进门便有一股热浪。全娃是我的同学，大名叫苟宝全。我那时很奇怪，居然有姓苟的。他家离我家不远，袭来的是草料和牛粪的味道，紧接着是牛的一声喘息，吓我一跳，再仔细看时，牛瞪着眼睛卧在屋里，屋也是牛圈。

　　他和他爸住在阁楼上，这需要一架梯子才能上去。楼上也很黑，只有屋顶的几片玻璃亮瓦给光。有一张床，床上的物件看不清什么颜色，床和斜下的屋顶形成一种三角形状，我想，他们睡觉时一定要小心，弄不好头会碰着房上的瓦。在亮瓦处放着一张柴桌，全娃的书包就放在上面。桌旁，坐着他父亲，络腮胡子，抽着烟，在光的下面，一缕青烟徐徐上升，有两只眼睛炯炯地看我，并不问话，我逃也似的跑了出来。

　　全娃在班上学习不好，常被老师批评和同学笑话。有一次，他上着课睡着了，老师扯着他的耳朵问他昨晚上干什么去了，他揉着眼睛起身回答："牛喂饱了！"众人大笑。

　　全娃的劳动课成绩总是好的。擦窗子玻璃，用醋洗黑板，放假时擦桌椅板凳，比谁都干得多，干得快。老师每学期在他的操行评语上总不忘写上"热爱集体，能积极参加劳动"的评价。一次，学校组织给农村送肥料，同学们送的大多是从灶膛里掏出的柴灰、谷壳灰，提上一个小竹筐，走亲戚一般。唯独全娃挑了一担牛粪。有些女同学愤愤不平，向老师告状："苟宝全把这么脏的东西给农民伯伯送去了。"老师笑笑，并没有批评。回来时，全娃又担了满满一挑黄土。同学又告状："苟宝全把农民的土担跑了。"老师这次问了："你担土干啥？"全娃红了脸，嗫嚅着回答："给牛垫圈。"老师拍了拍他的肩膀："别累着了。"全娃高兴极了，担上黄土一溜烟跑得飞快。那几个告状的女同学面面相觑，不知所以。

后来，闹"文化大革命"了，停课了，武斗了，逃难了，直到号召知识青年上山下乡，我才又见到了他。

他和我分到一个公社，但不在一个生产大队，知识青年是要自己打米磨面的，打出来的米糠、麸皮是能够卖掉，换些油盐酱醋钱的。我将一口袋麸皮扛到小镇的猪集上，但不好意思开口叫卖。碰巧，全娃也在卖麸皮，寒暄几句后便对我说："笨！看我的。"接着就是讨价还价，像个有经验的小贩。我拿上钱很高兴，请他到国营食堂吃了两个粽子，他也很高兴，分别时说："到我队上玩。"

我没到他的生产队去，倒是他来了。那年夏天大旱，秧田都裂了口，我所在的生产队在汉江河边，汉江有一个抽水机站，但已多年未用，通往各处的沟渠早已淤塞。于是，公社紧急动员各生产大队青壮劳力清沟排淤。全娃也来了，我给过他馍吃。三天后，沟渠畅通，江水被抽了上来，河堤沟坎上一片欢呼，接着就是各生产队各守各的渠道，轮班放水。全娃和我都在各自的守水队之列。这天，抽水机突然抽不上水了，机站的人说："水泵让草塞住了。"贫下中农说："让知识青年下去掏草。"我自恃会潜水，便奋勇扑下，没想到这潭一般的水池极深，直憋得耳根生疼，氧气不够，也没摸到水泵，只得浮出水面。全娃又一声："笨！看我的。"一头扎下水去。良久，只见水面冒泡，不见人浮上来，在我着急之时，只见水面先伸出一双手，紧紧攥着一搂水草，接着头冒了出来。他喘息着将水草扔向岸边，喊一声："还有！"又扎下水去。直到把纠缠的水草扯干净，才爬上岸来。抽水机又突突响起，大家齐声呼喊："好水性！"这时的全娃很是得意。

修阳安铁路，这是下乡知青最高兴的事。因为集体劳动，集体开伙，不再为砍柴打水、烧火做饭发愁。公社统一组织一个民工营，下分连、排、班。我和全娃在一个连里，任务是修建一座铁路桥和一条隧道。山崖上打眼放炮是个力气活，全娃抡八磅锤一气能打四百多下，比我打得多。后来改成风钻，灰很大，给每人一个猪嘴似的泡沫口罩，我们都不愿戴，戴上憋气。打风钻前需要把尿撒干净，不然风钻抖动起来，尿夹不住。我看见全娃裤裆湿了，便笑他尿裤子，全娃说，不是尿，是汗。

"五一"前夕，桥墩建成了，但桥墩上用钢筋焊成的梯子未拆。这桥墩高达五十多米，白云在上面飘。放假无事，便开始打赌。有人说，谁敢爬上桥墩，赌五斤饭票。全娃说："我上！"全娃没上到一半，梯子便荡秋千一样晃荡起来，全娃的身体变成一个平面，得用脚不断地蹬桥身才得以平衡。全娃上了桥墩后，许久不敢下来，说桥是斜的。好不容易下来，已是满脸惨白，但不忘伸手讨饭票。这天下午，全娃一口气吃了四个蒸馍，每个四两。

又开始打炮眼放炮了。放炮有专门的炮手,按长短不一规划炮捻。炮手要数好炮声,如果少响一炮,或出现连炮没数清,就只能干等,不能开工,等弄清或排除了哑炮再说。

放炮之前,哨声吹响,红旗挡路,一切车辆行人,尽悉回避。我们自然躲在飞石不能抵达的死角。这死角是一片河滩,河水极清。炮声响了,空气都在颤动。突然,全娃往前一冲,全身扑在水里。我以为他滑倒了,然而,在他倒下的水面上,逐渐洇起一片血红。我们惊叫着搬起他,只见头顶上的一个洞在汩汩地流出红白相间的液体。我记得周围没有溅起水花,是唯一一颗飞石击中了他。他浑身瘫软,样子却很安详,双眼闭着,嘴角挂着一丝微笑。这一年,他年满十七岁。

连里搭了一个窝棚,算是全娃的灵房,派知青们守着。我们给全娃洗干净,换上干衣服,戴上他平时回城时才戴的黄军帽,装进用木预制板钉成的棺材。第二天,他爸赶来了,没有流泪,平静地对干部说:"就地安葬了吧。"我看见他卷烟的手在发抖,烟丝不断地掉下来。晚上,他爸让我们走,他一个人守着全娃。夜很深很沉,没有星光和月亮,只有窝棚里的一星点火光一闪一灭。偶尔一只夜老鸹叫着飞过,再就是一阵阵刮过的山风。

天亮了,下起了毛毛雨,连长指挥我们把全娃往山上抬,坑昨日已经挖好。就在我们把全娃抬出的一刹那,窝棚里传出一声号叫:"我娃命苦啊!"那声音凄厉而孤独,像一只受伤的狼。

黄建中,男  
西安市第一中学毕业生  
曾任汉中市作协副主席  
本文选自中国文联出版社 2008 年 10 月出版的《岁月》一书

## 当了一回麦客

1968年底我到白水县插队。1969年夏天,生产队要派一些青壮劳力到蒲城县去当麦客。麦客就是替别人割麦挣工钱。一般是随着夏收的进度流动受雇于主家,要求体力好,割麦技术高、速度快。我也要求一起去,去体会一下麦客的感受。第二天一早,我背着黄书包提着镰刀跟着大伙儿上路了。

走了整整一天,傍晚到了蒲城县城。出门一整天没挣一分钱,自然不敢住店,大家就在街头房檐下露宿。我靠在县文化馆门外的墙上,无神地看着县城街头的夜景。许多匆匆而过的县城的人,对我们这些栖身房檐下衣衫不整的麦客投来鄙夷的目光。我只好低下头,感叹命运的不公。夜深人静,寒气逼人,我冻醒了,看了看周围熟睡的伙伴,踮着脚取下了文化馆的木招牌,放在地上当床,又睡着了。

"建国,快起来,到人市上去!"我被喊声叫醒,一看天蒙蒙亮,麦客们纷纷收拾东西。我慌忙挂好文化馆的木牌,随着人流到了东门外。所谓"人市",也就是今天说的劳务市场。此时已经熙熙攘攘,人声鼎沸了。我随着大家席地而坐,不一会儿,一个个戴着草帽戴着铜框水晶眼镜的人骑着自行车来了。"主家来了!"大伙儿纷纷上前殷勤地打招呼,为首的几个人跟他们在袖筒里捏手讲着价钱。我们队长很快与主家讲好了价。"跟我走!"主家跨上自行车慢悠悠地骑着,我们一溜小跑紧跟在后,好一会儿到了一大片麦地。他手一指,我们慌忙挥起镰刀卖力地割起来。

太阳当空,汗滴入土,成熟的麦子在我们面前一片片倒下。我腰酸腿疼口渴难忍，本来和大伙儿并排齐头并进，不一会儿就落在了后面。这时邻近的麦田里传来了嘻嘻哈哈的笑声和歌声，一面红旗在地头迎风招展。我引颈远望，"那是陕西师大的学生来支援夏收。嘿，学生娃能割啥麦，那还不是到乡下逛逛呗。"送水的农民告诉我。

"建国，还愣啥神，我们都割到头了！"远处的伙伴催促我。我连忙弯腰又割起来。真是越忙越乱，乱中出岔。不小心一镰割到了左手上，"哎哟！"顿时鲜血直流。农民们都围上来，要用土塞住伤口。"不行，那要感染的。"

"咱老辈人都这样止血哩。"

"哎，你们看，那边有学校的校医！"一个眼尖的伙伴喊道。

我看见一个背着药箱的妇女在地头站着。"去，叫人家给包一下。"大伙儿催着我快去。

"人家学校的大夫能给咱农民看病？"

"亏你还是知青哩，学校那么大，她能认识几个人？去试一试嘛。"

我只好硬着头皮跑过去，那位女大夫和蔼地迎上来："怎么啦？"我伸出受伤的手。

她二话没说，马上打开药箱，清毒、上药、包扎，我马上觉得疼痛减轻了，心虚地准备离开。

女大夫边收拾药箱边问道："哎，我怎么没见过你，你是哪个系的？"

我愣了一下："中文系的。"然后匆忙溜跑了，这是头一回"招摇撞骗"呢。

手受伤了，麦自然割不成了。队长只好叫我蹲在地头替大伙儿磨镰刀。日落西山，主家领我们到村里吃饭。宽大的打麦场上那群大学生正围坐在一起吃饭，我随着麦客们蹲在一个角落里吃饭。主家这才发现了我，拉着我说："你在那边吃饭，咋跑到这儿来了？"他指着那群大学生说。

"不，我就在这儿吃。"我不愿多解释。

"他是知青，跟我们一起来的。"队长连忙迎上去说。

"知青？"主家喃喃自语，"知青来当麦客？吃得消？"

我们狼吞虎咽饱餐一顿，天也黑了，我们就钻进麦秸垛里睡觉。大概白天累了，竟一觉睡到天亮，然后又到另一块地割麦。不几天我的手好了，不磨镰刀了，也重新开始割麦，自然割得速度也快多了。

一天又一天，我们由南向北，割百家麦，吃百家饭，风餐露宿，四处为家。

半个多月过去了，大家怀里揣着皱巴巴的票子兴高采烈地往回走，有的人还不时唱几句高亢的秦腔。

我摸摸已经结痂的左手，整理黄书包时，无意中看到了那我背了一路还未用过的牙膏。

"哈哈，这十几天你可文明不成了！"大伙儿都善意地嘲笑起来。

几十年过去了，人生的路上我遇到了不少困难，但我总想，再苦再难，也没有当麦客苦啊。我常常向朋友们讲述这一段经历，人家总是不大相信："像你这样还能当麦客？"

肖建国，男

西安市第一中学初六六届毕业生

插队地点：白水县原尧禾公社周家大队

本文选自中国文联出版社2008年10月出版的《岁月》一书

# 话 说 下 乡

## 庵　子

　　庵子，是我下乡的当地方言。在东北、华北一带，它的称呼应该是马架、窝棚一类。《新华字典》上说，庵，是圆形的草屋。我想讲述的物体显然与这样的定义不符，但是，晁峪的乡亲们就是这样称呼的，所以只能入乡随俗，不能给它另外起个名字了。

　　虽然坐落在渭河边上，但我们新庄三队在遥远的南岔却拥有一块"飞地"，如果没有弄错的话，在网上流传的那幅猪场的照片，应该就是从我们队的飞地上作"鸟瞰"时留下的。至于我们队的那块地，则是在知青下乡之前的不知哪个年头，公社号召山外的生产队进山开荒，于是人进林退，一番刀耕火种之后的成果。这块地很大，非常惭愧的是，已经接受了三年的"再教育"，别的人有这么长时间再不济也能读出个大专了，而我却连"亩"这个最起码的、至关重要的农业计量单位都没有准确地掌握好，再加上那块地是不规则形的，沿着山坡七上八下不说，还拐了好几道弯，实在无法估计它的大致面积，不敢"姑妄言之"，只好用了这个概念上十分模糊的、从来不被语文老师们在这种场合下看好的字眼来表述：很大。

　　在这块地里，每年主要的农作物是一料玉米，也有少量的土豆、黄豆等等。在玉米棒子慢慢长大，籽粒逐渐灌浆、成熟的过程中，从前开荒时被赶到更远的深山里的野猪和黑熊就会返回它们过去的家园。这些"原住民"在旧地重游的时候一点儿都不会客气，它们拼命地啃呀刨呀，大吃大嚼之后，不知道是为了消食还是怀旧，往往要在故园中潇洒地巡视一番，所到之处，便会留下令人难忘的轨迹：原来直立的玉米一概平躺匍匐。于是，这些轨迹上的收成，也就只能以零来计算了。

迫于现状，生产队只好采取对策——护秋。如果翻开我们的晃峪大辞典，这个意思要用三个字来表达：看番麦。山里离新庄很远，要待的时间又比较长，不方便照顾家务；另外，那里比较寂寞，大概还有一点点危险，有时候愿去的人就不是很踊跃。于是，下乡的第二年，队里派我去看了一次番麦。

在那块地的地头，盖着三间瓦房，瓦房门前有一个小小的场院；门里边，一头盘着土炕，另一头垒着锅灶，这是为每年进山耕作的人们食宿之需准备的。可是，护秋的人却不能住在这里，我们必须坚守在自己的"哨位"上，也就是在半山腰上的耕地和原始森林交界处的庵子里。

庵子是从前护秋的人留下的，它的构造非常简单，用两根互相交叉的杯口粗的原木朝山下的方向支起来做门面，再以一根同样粗细的原木撑在相反的方向做"房梁"，然后在这根房梁上覆以树枝、茅草做"屋顶"，为了让屋顶不致坍塌，每一面都有两根稍细一点儿的树干做支撑，这样，一个庵子就搭成了。

庵子里面大概有两平方米，依次铺上茅草、塑料布、被褥，再把马灯、书籍和干粮安置妥当，就可以"入住"了。对了，还有一件非常重要的东西，那是一把磨得寒光闪闪的斧头，一来可以砍柴，二来可以在万一与不速之客遭遇、以血肉之躯相搏的时候，采用的方式不至于太原始。利器在手，虽不会"恶向胆边生"，但至少也可抵挡防身，没准，还会略有斩获吧？

我们护秋的具体方式，就是点一堆篝火，靠吆喝、敲打物件和鸣放土枪等办法对入侵者进行吓阻，手段固然落后，却还是很有效的。队上的土枪实在太老了，我对枪械又从来不感兴趣，所以，放弃了这项选择。

天渐渐地黑了，用事先砍好的柴点燃了篝火。为了让火燃烧的时间尽量地长，除了普通的柴火之外，还必须有足够粗大的原木、树根之类，当然不能去砍活着的大树，一般是寻找倒下的朽木，否则，你就必须一晚上手忙脚乱，不停地添柴，那堆火才不致熄灭。

接下来的工作是吆喝。山里的夜晚，月朗星稀，星空下，四周的群山化作浅浅的暗影，迤逦远去；密密的丛林，变成了绵延的帷幕。白天的喧嚣，渐渐归于宁静，就连空气也有一种山林间特有的芬芳，苍穹和大地之间，只剩下万籁俱寂。

我深深地吸了一口气，大喊了一声："啊——"真痛快呀！平日里积蓄的郁闷和苦痛，一下子从胸中喷出。那喊声，从天空中滚落，在群山间回响，沿着山谷慢慢地飘荡着……飘荡着……

突然，从远处的山坡上，从一堆隐约的篝火摇曳处，也传来一声悠长的、略带调皮的吆喝："噢——嗨——"我也赶忙又喊了一声扔过去。于是，你来我往，此起彼落，一时间，山鸣谷应，寂静的群山中立刻热闹起来。虽然没有任何旋律，也没有任何词汇，但这种吆喝，绝对和南方水乡的"渔歌互答"有异曲同工之妙。它清晰地传递着两个互不见面的农人彼此间的关心、问候和祝福，细较起来，大概比今天歌星们的那首《祝你平安》还要真诚，还要热切。吆喝持续着，直到大家都喊累了，才在忘情的大笑中结束。

一阵吆喝以后，似乎情绪也好了不少，虽没有文人雅士们那种"把酒临风"的豪情，但在茫茫天地之间，却有宠辱皆忘、心旷神怡的功效。这样一来，再去面对眼前的漫漫长夜，便轻松多了。

那年，在山里遇上过一场大雨。乌云从身后的山梁上飞过来，翻滚着，奔腾着，黑压压地一直向山外扑去，那云层越来越浓，越来越厚，一会儿就把天空遮蔽得严严实实。对面那些大山，山腰以上的部分也全都不见了。紧接着，大雨倾盆而落，满山满坡，满沟满谷，到处是黄豆大的、铺天盖地的雨点，眼前疏松的玉米地里，立刻被砸出了数不清的小坑，腾起一阵细细的烟尘，满山所有的植物叶片，被敲打出一片巨大的响声，转眼间，地上就布满了大大小小的水流。

幸亏下雨之前就在庵子的周围做了挡水和排水的处理，用黄土垒了高高的土埂，挖了导水的浅沟，再加上这个庵子搭得很好，两边屋顶的坡度都很大，遇上这么猛的雨，里面居然滴水不漏。我非常感谢亿万年前洪荒岁月里的始祖们，为后人留下了庵子这个人类建筑学上最伟大的智慧结晶，使我能够在这如磐的风雨之中有个栖身之所。

外面的雨越来越大，越来越急，呼啸的山风，硬是将白色的雨幕，扯出一道一道的皱褶，从眼前不停地掠过。那情景，就像大海中的滔天巨浪，一个接着一个地迎面扑来，它们恶狠狠地要将这小小的庵子撕碎击沉，抛进深深的谷底。巨浪中，涛声如吼，四望迷茫，庵子是那样的孤独，那样的渺小，它像一叶扁舟，迎着风雨，驶向不知尽头的远方……

第一次在深山里遇到这样的场面，令人终生难忘。我想，坐在半山腰上的"包厢"中欣赏大自然的蛮横和威猛，那种惊心动魄的感觉，今天的人们即使置身于国家大剧院也是无法找到的。

没有去摆弄队里的土枪也许是明智之举，我们队的队长赵生桂，一天晚上不知是药装得太多了，还是违反了什么操作规程，一声巨响之后，枪膛炸了，整个手掌血肉横飞，惨不忍睹。不幸中的万幸是，这里离猪场很近，尽管已是深更半夜，他还是立刻得到了那里同学们的帮助，一阵忙乱之后，他的手包上了纱布，后来安然无恙。如果没有猪场，没有及时的消毒、包扎，那么远的山路，摸着黑跌跌撞撞地跑下去求救会是什么结果？现在想来，真是有点儿后怕。

不知道是因为自己忠于职守还是老天的特别垂念，眼前的这块庄稼地一直安然无恙，虽然有过一次野猪入侵事件，绿油油的玉米倒了一大片，但事发地点不在我的"防区"之内。

终于，这次护秋结束了。我收拾好零碎，背起铺盖，告别了庵子。庵子呢？依然静静地守在那里，它在等待明年，等待着下一个秋天。

## 话 说 下 乡

说来，也许没人相信，我下乡的时候，心里从来不觉得有什么失落，只有一种终于得到解脱的感觉。

早在1967年，我就去找过韩森寨街道办事处，要求上山下乡了。那时候，户口在学校，我们学校归这个办事处管。一位少了一只手的年轻的工作人员接待了我，他问明了我的来意，稍稍谈了几句，一下子就叫出了我的姓。不等我从惊愕中回过神来，他就十分严肃地对我说："快回学校去，安心上学吧，国家现在没有上山下乡的政策！"

后来才知道，这位工作人员曾经帮助过高考落榜的哥哥，在万难中硬是将他塞进了一个小集体的社办工厂，哥哥一直对人家心存感激（哥哥和我一个学校，他的高考成绩很好，那位工作人员了解之后十分同情）。

可是，当时的我，早就不可能再安心上学了，我已经没有了家，也失去了生活来源。

我的父亲曾在1948年秋天，参加了地下党组织，冒着生命危险，进行护厂。在此过程中，地下党被破获了，不止一个人遭到捕杀。但是，国民党曾经竭力打算迁往台湾的十分重要的工厂，却被很好地保护下来。

1951年，战争刚刚结束，这个厂就急急忙忙地从上海内迁陕西了。不久，因为工作问题，父亲和军代表发生了争执，仗着自己护厂有功，他拍起了桌子，伤了人家的面子。结果，第二天就陷入一场彻头彻尾的政治冤狱，从此，再也没有离开劳改单位。

到了"文化革命"，我不仅早已无家可归，无法和父亲见面，连生活费也没有了。父亲在"文革"开始前，把1958年买的一批公债交给了哥哥，"文革"时实行"既无外债又无内债"的政策，公债可以兑换了，才使我的生活得以暂时维持下去，但我心中非常清楚，这不是长久之计。到下乡前，我早就用完了这笔钱的半数，在用属于哥哥的另一半了，我渴望立即结束这种日子，尽早自食其力。1968年11月，终于下了乡，心中如释重负，那种感觉，当然也和其他同学有很大的区别。

下乡后的第一个春节,别的人都回家去了,队里没法待,我便随大流,也回了西安,住到哥哥那里。哥哥租的房子很小,温度极低,是名副其实的"寒舍",我们俩都有一米八以上,挤在一张窄窄的小床上,完全没有腾挪的余地,那种彻夜难眠、苦盼天明的味道,是很难向没有这种经历的人描述的。另外,哥哥虽然当时有了工作,但实际情况非常糟糕,我多待一天,就会多给他增加一分负担,好容易过完了年,便立刻迫不及待地赶回了晁峪。从此,属于我的春节,就全部是"革命化"的了。

许多同学用诙谐幽默的语言来讲述自己在插队时遇到的种种艰辛,外人看了往往捧腹大笑,以为插队是件非常快乐有趣的事,只有过来人才知道,客观地讲,晁峪的生存条件,实际上是相当严酷的。但是,我从记事起,就经历了太多的严酷,相比之下,乡间的苦和累,反而要轻松得多了。

尽管从来没有跟别人讲过自己家里的情况,可我春节都不回家,队里所有的男女老少都知道我的父亲在什么地方,他们清楚地了解每一个知青家庭的"政治面貌"。乡亲们对我的态度,同情远多于那个年代里司空见惯的歧视,他们将我安排到条件稍好的养路段干活。

经过几年的插队,我已经完全适应了农村生活,成了一个地地道道的农民。后来,陆续有同学离开了晁峪。可是,我从来没有受到这类事情的影响,因为我知道,像我这种家庭出身的人,只能考虑如何扎根,其他的都和我没有关系。当时,我和另一位家中也在遭难的同学商量过,等到别人全走光了,我们一道申请去猪场落户,在那里度过一生。

但是,1971年那次大招工的时候,我糊里糊涂地当上了"积极分子",像做梦一样地进了工厂,突然结束了自己的知青生涯。

一晃四十多年过去了,我至今依然十分怀念山脚下那个温馨的窑洞,那里曾经住过七个知青,他们,都是清一色的"黑五类"……

左正,男<br>
西安交通大学附属中学高六八届毕业生<br>
插队地点:原宝鸡县晁峪公社新庄三队

# 鬼　　山

在这里，大自然透射出骇人的震慑力；而人，同样显示出不死的生命力……

——题记

四十多年过去了，总也忘不了那双黑洞洞、阴森森的眼睛……

四周皆是褐黄色的土塬，唯有那座蘑菇形的山包是石的，两只硕大的黑窟窿，不偏不倚正安在长眼睛的地方，阳光照来泛起铁青且狰狞的光；遇到天阴愈加冰冰地可怕，那山从此便恐怖了起来。

一只雪白的老狗，常常蹲在我们屋前，望着那座石山、那双眼睛发愣。

我们呢，天天黑白都逃不脱那双眼睛，它迟早窥视着我们的住房。

我们住的那排新盖起的土坯房，恰恰坐落在石山对面的一座土塬上。房后有几孔窑洞，久已没人住了，里面填满了柴草、杂物。刚来这里不久，队上便张罗着要给我们八位知青盖房，然后依了队上会计的主意，将地点确定在此处。几位社员悄悄咬着耳朵告诉我们："哎！他日鬼你们学生娃娃哩，那石窟窿克人命呢，你看那几孔窑里都没人烟了，谁住谁遭灾，几户人都断了根！他是以你的房给他挡风水哩！不信你看看，房一盖好，他就住进窑里了。"

果然，新房刚刚落成，那位精壮的会计便搬进一孔窑里住了。院里常看得见他那身黑色的粗布袄，一晃一晃闪过……这时，我禁不住望见了那阴冷的石窟窿，真没两样。

那只雪白的老狗又蹲在我们屋前，望着那座石山、那双眼睛发愣……突然，它冲着前方用沙哑的嗓音哀号起来，接着，便发出令人寒心的抽泣，两只眼里竟溢出了泪水，左前爪还时不时抬起来，抹着红肿的眼圈……

这实实在在的情景，把我惊呆了。

"这灾星！"随着一声喝骂，一块土坷垃已飞落在白狗身上，它惨叫着离去了。

那黑色的粗布袄闪近了，阴沉沉道："王庄要死人咧！"顺着他的目光，我看见那石山下的王庄人影憧憧，不大工夫，便传来一阵阵哭号声。

后来才知道，那只白狗只要朝哪个村庄哭号，哪里就会死人的。

这可真玄！

那白狗自然招人惧怕且仇恨。

村上人开始惦着它那身雪白光滑的皮毛怂恿我们杀掉它，好做一条暖毛褥子受用。其实我们明白：他们太胆怯，才"借刀杀狗"。可我们却看上了它那身胖乎乎的肉。那时候，肚里一点儿油水都没有，人都快馋疯了。

穷凶极恶！穷凶极恶！

于是，那只可怜的老狗，在我们几位知青一阵乱镢猛击之下，浑身染血，重重地倒下了。

接着，我们用绳子将它拖向屋前。拖着拖着……那狗竟挣扎着站立起来，但见它一脸杀气，两眼冒血，蹒跚着一步步向我们逼近。我们全愣住了，像面对就义的烈士一般，一瞬间领悟到刽子手的羞愧。

而后，我们只好将它吊在房前的一株杏树上，刀子见了红，那血喷红了树下一截老桃木桩子，远比门上的"忠"字还红得扎眼。

都说狗血辟邪，看来我们再不必怯火那两只黑窟窿了。

可空气像是凝固了。我们等待什么？

我们默默地剥掉狗皮，默默地燃起柴火，让那锅老肉默默地熟透，直到嚼肉时，才感到了一丝滋味……

后来，当我们端起饭碗，圪蹴在屋前，瞭那双阴沉的石眼，便瞭见那双滴血的狗眼。浑身软绵绵的，一下子掉进了无底的深渊。那日子真长！

忘记了是谁的主意，我们突然来了精神，四支电筒的光柱一齐射向那双石窟，想象着要找到什么……冬夜，很静，很冷。跳动的光环却很热烈，抢着向洞里舞去；那双眼睛刺痛了，四下里一片骚动。忽地无数只鸟飞扑出来……夜，被搅乱了。接着，仍是沉静，比以往更悠长……

归来已是半夜，村里正传来一片哭号之声，一位老人刚刚咽气。再也听不到白狗的哀泣了，一只黑鸟发出刺耳的怪叫。村上的人都说是我们招惹了那山，才死了庄里人。

而整整三年，我们却安然无恙。

"城里人命大，鬼怪不克外乡人！"山里人有山里人的理由哩。

终于，我们要离开那排土坯瓦房了。

而那些褐黄色的土塬，那座泛青的石山，那双黑洞洞、阴森森的眼睛，那只雪白的老狗……统统留在这里，没有离去。

而我们却离去了。

往后，那排土坯瓦房便无人居住了。那孔窑里的人搬走了。

渐渐地，房前院后长满了齐腰高的蒿草，一片荒芜和冷凄。唯有那双眼睛依旧不变。

渭水，原名周抗美，男
陕西师范大学附属中学初六七届毕业生
插队地点：原宝鸡县硖石公社姜王四队
系中国作家协会会员，专业作家
本文选自西安出版社2011年9月出版的《一路悠长》一书

# 在晁峪，我认识了农民

## 错位的忆苦年代和贫农的真实由来

　　1964年的夏天，交通大学附属中学组织高中学生去长安王莽公社帮助农民夏收。由于当时社会主义教育运动已在全中国深入展开，割麦子之余，还要组织学生听取贫下中农的阶级教育。记得当时学校请的是出身贫农的王莽公社党委书记、全国农业劳动模范蒲忠智给大家做忆苦思甜报告。当时，我是高一（2）班的学生，和大多数同学一样，都期望着接受一场实实在在的农村社会主义思想教育。

　　蒲忠智绝对是一个不折不扣的"大谝"，唠叨完一些社教的套话、空话后，看到我们学生如此虔诚聆听的样子，开始亢奋起来，唾沫星子四溅，渐入佳境。他说：要说忆苦啊，还是1960年的困难时期！把他家的，要啥没啥，着实把人饿扎咧！根本没法和新中国成立前比。那时，关中地区每年只种一料麦子，旱涝保收，冬天就是在炕上喝酒、吃肉、吃白蒸馍和打牌，谁还种苞谷？咱，要不是先人好耍牌，赌输啦，把地卖了，也不至于落到这般穷困潦倒！听到这番话，不知其他同学反应如何，反正我是印象深刻，终生不忘。

　　最困苦的时间是"社会主义新中国"的60年代，贫农是打牌赌博、好逸恶劳的结果。在当时，实在是太令人震惊啦！和年年讲、月月讲、日日讲的阶级学说完全是南辕北辙！因为喜欢究根刨底，以后很多年，我只要有机会，就对"如是说"进行考证。我和家在农村的高中同班好友核实过，和家在农村的大学同学讨论过，也与在海外留学家在农村的学友探讨过，经过一一查对，和老蒲的结论完全相同。可见，20世纪60年代的人祸确实造成了中国人尤其是穷困农民的永久伤痛。至于贫农的由来，还是在槐树岭一队和地主家庭四兄弟、中农和贫农的

77

相处中更加切实地验证了老蒲的结论。

## 地主兄弟好问肯干

晁峪公社槐树岭一队不计知识青年组的十二人，农民共有三十一户一百零六口人。按地理位置分为马湾九户三十二人；林咀十二户四十一人和河坝十户三十三人。地主家庭出身的仅有一家，就是住在马湾的兄弟四人，依次为李天福、李赖赖、李碎赖和李狗赖。头一次给我的印象是1969年1月10日到达晁峪后的第二天，大雪纷飞，严锡景因为带有"兵器"（气枪）、照相设备和扎根农村的所有家当，木箱子又大又沉。当时，槐树岭一队来了有十几个人，有一个个子不高身体精瘦的中年人不由分说，就背这个最重的箱子率先翻山越岭。我们当时没有负担，也难能跟上他的步伐。后来，知道此人就是李赖赖。赖赖还有一个特点是爱问稀奇古怪的问题，而且好抬杠。那时我们住在马湾，赖赖特别关心西安城里人的生活习惯，比如有一次问我电是啥东西，为啥电灯一拉线绳就发光，是否有"电水"流过？还真是特有好奇心和富于想象力。而我接触最多、印象最深的是李碎赖。因为个子比他二哥还矮，加上塌鼻子、龇牙咧嘴、罗圈腿，实在是面目狰狞。但是，干起农活真是一个好手，无论是播种还是撒化肥，都是老队长钦点的"把式"。尤其是在斗鸡台拉架子车，他精明能干，总是拉得又多又快，工分最多。他最拿手的是装车技术，还经常帮助我们，指出关键。比如，两辆架子车合装六米多长的钢筋，辕的轻重把握十分关键，他总是帮我调整好前后距离。有一次，拉散钢筋从宝鸡车站货场向斗鸡台进发，要下人民路的大陡坡，有一个知青装车技术欠佳，下坡时由于车辕太轻，车子失控，碎赖冲将上去，硬是用自己的身体顶起架子车，刹住滚向崖边的车子，保住了人身、货物安全。碎赖十分勤奋，下雨天总是不休息，忙于割柴草，拾掇家务。地主家庭出身的兄弟四人，一致的特点是爱打听新鲜事物，颇有好奇心，劳动勤奋。

## 中农人家勤谨殷实

李绪绪住在林咀，出身中农家庭，个子比一米四高一点儿，可能是全长了心眼啦！一脸小麻子，说话时总是带着一副笑脸，眼睛成了眯眯缝。他爱抽烟袋锅，非常有心计。此兄终身未娶，却有一个在马湾住的老情人——碎脚脚，她是一个很有姿色的小脚妇（那时估计五十来岁，而绪绪四十来岁，是"姐弟恋"）。碎脚脚的老汉叫"聋聋"，耳朵很聋。每到下雨歇工，绪绪就到碎脚脚家帮忙"干活"，"聋聋"既听不见，也权当看不见绪绪和碎脚脚的情来意往。

当时还值"文革"期间，相比城市，农村不像我们书上描写得那么落后、愚昧和保守。某种程度上比虚伪的城市还实在，更人性和宽容。全村人都知道此事，大家都抱着"成人之美"的心态，喜看王老五绪绪和碎脚脚的婚外恋。绪绪还是队上匠人式的人物，熏扫帚、编襻笼都是行家里手。

河坝还有一个田家是典型的中农家庭，田蛮子、田从学和田三重兄弟三人住在一个院落里，井井有条，干净利落，颇有丰衣足食、小康之家风。大大小小个个穿着整洁，家庭和睦，礼貌客气。蛮子是老大，粗壮身材，精明过人，经常爱说点儿黄段子。儿子在三十八号信箱工作，生活无须担忧。老二从学是从城里精简回乡的，论见识和知识可是槐树岭一队的"高人"，高挑个子、一表人才，听说也是村里的风流人物，挂过不少年轻漂亮的媳妇。老三田三重是全家唯一没有城里关系的农民，他主要工作是喂牛，一年三百六十五天无论刮风下雨，冰天雪地从不懈怠，终日辛勤劳作。有时也参加农活，干活非常"吊火"。言传身教下，儿子荣长当时只有八九岁，放学下课回家路上，不是拾掇柴火，就是给猪打草。田家兄弟三家和睦相处，颇有大家风范，个个精明，生活勤俭，富足殷实，生活的档次属于槐树岭一队之最。

## 贫农李科和李新泰

马湾的李科是槐树岭一队的贫协主席，家庭人口多，底子薄，新中国成立几十年似乎还没有翻过身来，真不知是何原因？说实在话，李科是个老实的人，对我们知青也十分关心。但是，干起农活来，还是处于比较一般的水准，根本无法和其他农民相比。不知是懒散还是身体条件有限，也无法去干强体力劳动的活，所以，工分也不能做得很多。但是，抽烟相当地凶，消费能力颇高。相比之下，地主出身的四兄弟和田家三兄弟却都基本不抽烟。李科的家庭也是非常邋遢，乱糟糟的，生活没有条理。李新泰也是贫农出身，当兵回来后，成为大队党支部书记，全生产队唯一脱产的特权者。嘴里镶个金牙，基本不干农活，整天开会挣工分，典型的游手好闲。时不时还视察一下我们知青点，下点儿什么指示。老婆也不经常上工，家庭收入要靠全大队人供给。

# 后　记

在下乡前，耳朵里听到的全是"阶级斗争"的理论：地主好逸恶劳，贪图享受；贫农辛勤劳动，受尽压迫剥削。下乡后，看到真实的农村却是完全相反，老蒲确实讲了大白话，并非"阶级"所云，而是勤劳致富。从逻辑上讲，中国1949年土地收归国有，从生产资料拥有上来说已经消灭了阶级，物质分配上也没有了贫富差别，各尽所能，按劳取酬，富裕也只应该是勤劳刻苦的标志。当时的农村，除了"大跃进""人民公社"瞎折腾，出人祸外，实在弄不懂为何还要大搞所谓的社会主义教育，不是人为地挑起争斗，破坏生产力，又是什么？在晁峪，我看到的是拥有巨大欲望（进取心强，天生的？）的原生态农民，他们无止境地思变，尽管当时没有好的政策、方针，还是终日勤勤恳恳，任劳任怨，企盼着老天爷的恩赐和垂顾。这种人生态度，导致了永不疲倦的努力和刻苦实践，锻炼了他们的实际能力，提高了效率，积累了财富。这也许才是人类社会进步的原始动力所在。

姚茂生，男
西安交通大学附属中学高六六届毕业生
插队地点：原宝鸡县晁峪公社槐树岭一队

## 学医之路始于南岔

南岔是一个居住分散、人丁不兴旺的地方，我们二队十七户人家分住在五六个山头。峡里除了大队部还有五户农民和我们八个知青，比起一队、三队，我们算处在中心了。当时，下乡才一个月，对农村生活贫穷和缺医少药的认识刚刚开始。

那天上午，我们正在峡里背粪，杨自光气喘吁吁地跑来，隐约听到金兰珠受伤了。我倒了粪，边走边问伤哪儿了，满以为无非是劈柴或切菜不小心，伤了自己。当我知道了真相，抓起一包纱布药棉，和许明方向一队飞奔。我生于医生之家，从小耳濡目染，也会包扎个伤口，点个眼药什么的，下乡时还带点儿常用药，常以卫生员自居。当我们赶到一队，那血腥的场面不由得让我倒退几步，那点儿纱布药棉是根本无济于事的，只好和同学们抬着用梯子做的担架向公社走去。

南岔是晁峪最偏远的一个队，四个人抬着担架，有时候山路狭窄转不过身，过河时，小桥根本就容不下两人并行，还要当心伤员不受颠簸。一路跋涉，队伍越来越大，同学们、老乡们从各路加入，沿途的医生、卫生员纷纷向那条通向公社的架子车路集中。记得在段家磨和上川两次停下，金兰珠始终昏迷不醒，头部肿胀，呼吸急促，公社卫生院的医生也束手无策。

后来，终于上了公路，把她送上宝鸡一康医院的救护车。当时，我恨自己无力回天，心想如果我懂医，也许可以及时处理，挽救金兰珠的生命。还有一件事，促使我下决心学医。有一次，许木云被人打昏，我也束手无策，还是农民唐改娥掐了人中，他才醒过来。

农村如此缺医少药，一种当年特有的使命感油然而生，让我开始了学医的路。那时，正兴一根银针治百病，我首先学的是针灸。回西安时，妈妈把我带到医院中医科学起针灸。

第一针是扎在自己身上的，在自己身上找穴位，体会针感，慢慢地熟练了，又扎了个把病人。带着几本书，一包针，一个酒精棉盒回队了。当时，胆子真大，不过妈妈交代我一些要点，如无菌观念，避免危险的解剖部位等，所以，没出过问题，许多同学和老乡都成了我的实习对象。由于针灸的确有止痛效果，加上山区关节炎老寒腿多，找我扎针的人真不少。

我无论到哪里上工，都带着针灸针，随时给老乡扎针，真是边学边干，在干中学，技术不断提高，我的口碑还不错呢。记得还到公社卫生院参加过一个学习班，西岔的田久、段家磨的顾晓红都来了。久闻田久刻苦学医的事迹，加上在中学时就很仰慕她，当她向我请教针灸，并伸出腿来让我扎时，我真被她为医学献身的精神所感动。

当年，每次回西安，我都会去妈妈的医院学习。每天下工后，还在油灯下苦读，近两寸厚的赤脚医生手册更是要被我翻烂了。去年南岔聚会时，插友们不时提到我种种"事迹"，大多记不得了。据说我当年在大铁锅里煮了缝衣的针线，为同学缝合过镰刀割开的伤口。对自己早年"行医"的记忆，除了针灸外只有几件：第一次尝到甜头的，是邻居的孩子高烧，半片APC，换来半碗土蜂蜜和医生的称号；第一次为老保管扎针，几乎用尽了所有的酒精棉球，终于，在他的膝盖上擦出一厘米见方的皮肤本色，扎下了针；为樊华丽脓包疮换药，数了一下，全身共有四十六个创面。这里我想感谢当年所有人对我的信任，是他们成全了我最初的临床实践。

1970年早春，队里送我去坪头参加了为期三个月的医训班，学员来自好几个公社，有二三十人。我们还去山里挖草药，收集单方验方。记得我们几个每次都是徒步去坪头，翻山越岭的，还要穿过火车隧道，边走边听邓文惠讲晁峪的老故事。尽管这是个极具时代特色的、中西医结合的赤脚医生学习班，但我的收获还是挺大的。

那年代好多名医下放到基层，给我们上课的有老中医贾老先生，这也是我一生中上得最系统的传统中医课。回队后，我也开过中药处方，据说病人去药房抓药，经其他中医搭脉验方，认为还是很有水平的，让我很有成就感。

医训班结束回队，本人豪情满怀，一心要为贫下中农好好服务。但还没来得及大显身手，招工就开始了。赤脚医生这个位子，在艰苦的山村，还是令人垂涎。我不是扎根派，对城市文明充满渴望，但是学医归来，又无法为大家行医治病，还是感到非常遗憾。

离开了农村，进了宝鸡的一个小厂成了电焊工。过了几年，顾晓红进了中医学院，田久进了西安医学院，邓文惠也招到石油机械厂做中医。似乎只有我与医学失之交臂，十分郁闷。

  一直到1977年高考，我终于进了西安医学院。在医学院里，同学中有相当比例的知青，还有好几个也有当赤脚医生的经历，我的同室好友李霞就来自大名鼎鼎的赤脚医生孙立哲麾下。由于对医学的一些肤浅的理解和初步的临床实践，对我们的学习也很有帮助，而曾为知青的经历也把我们磨炼得无比坚强。五年医学院毕业，顺理成章当了医生，后来出国，读博士，一路走下去。由于农村艰苦的磨炼，使我懂得珍惜，不怕艰苦挫折，从不轻易放弃，这是我一生的财富。可谓有这杯酒垫底，什么样的酒都能对付。

  南岔这个谷歌地图上查不到的小山村，一个至今还很贫穷的地方，但它是块让我魂牵梦绕的土地，大家称它为第二故乡，它还可以算我职业生涯的起点。

蒋本瑜，女
西安交通大学附属中学初六七届毕业生
插队地点：原宝鸡县晁峪公社南岔二队

# 南岔生活小插曲

## 刀耕火种

我们队里平地很少,苞谷都种在山坡上。山坡地很陡,有的足有四十度,农民说得特形象,扔块馍,滚得快连狗都撵不上。在坡上干活时,表土一踩直往下溜,鞋里灌满了土。休息的时候,第一件事就是坐下来把鞋里的土倒干净,要不又重又硌脚。撒种以后,最多锄一两次苗,很少浇水上肥,基本上是靠天吃饭,广种薄收。地越种越贫瘠,产量也越来越低。过了几年,就把这块地撂了,再另开一块荒地,反正山上有的是地。

开荒的第一步是烧荒,放一把火,把地面的树、灌木和野草全烧掉。当然,放火前先要在边界处清出一条防火带,防止火蔓延到旁边的树林。当时,我们队的于支书是护林员,他的责任重大,若山火蔓延,后果不堪设想。火灭后,地上黑黝黝的一片,我们用镢头把地翻一遍,地底下还有很多树根和葛条根,有的埋得很深,挖起来很费劲。刚开的荒地,因有一层厚厚的草木灰,加上腐殖质,地比较肥,头一两年种的苞谷,产量特别高。几年后,加上水土流失,产量逐渐下降,又开始一个新的轮回。遗弃的土地荒芜了,林木越来越少。

现在想起来,这与古代的刀耕火种没什么区别,我们当年也直接参与了对生态环境的破坏。不过,那时连饭都吃不饱,谁还管得了那么多。现在,南岔已封山育林,队里剩下的几户人家也都迁走了,也许这对环境保护是件好事,希望那里永远郁郁葱葱。

## 学会过日子

　　我们队主要产苞谷、土豆，百分之八十是粗粮。由于我们计划得当，粗细粮搭配，主食基本上没问题，最不习惯的是没菜吃。队里好地少，收完麦子后，最多种一些白菜、萝卜。后来，我们在小溪边开了一小块菜地，种过青菜、豆角、西红柿等，但毕竟数量有限，供不应求。

　　在地里劳动休息的时候，发现当地老乡特别是妇女，总是随身带个篮子，采集各种野菜。我们也学会了辨别各种野菜，像羊蕨菜、鸡娃菜、荠菜、野韭菜和黄花菜等等，采回来就都成了我们桌上的佳肴。说起来，还都是现在时兴的绿色食品呢。

　　春天锄麦时，我们发现地边的一片竹林里有很多竹笋，就挖了一些回来，吃起来非常鲜美。开始，我们在竹林里挖，队长说这样会影响竹子繁殖，我们就专挖竹林边的竹笋，因为，这些竹子长大后就会侵占到庄稼地里，我们就名正言顺地把它们消灭在萌芽状态，队长也就默许了。

　　到了冬天，就更没菜吃了。每年入冬前，队里分给每户一大堆萝卜，我们就把一部分切成条，腌成萝卜干；还有一些切成细丝，用开水烫过再晒干；这样可保存到冬季，用水泡开了再炒着吃。

　　说到炒，我们那时最缺的是油，经常几个月都见不到油星。开始吃商品粮时，还有油票，每月到段家磨的小卖铺打油。后来，就靠队里分的一点儿菜油。没油的时候，我们就把锅烧得通红，干炒萝卜丝。

　　那时，经常几个月见不到一点儿荤腥，看到能打牙祭的东西绝不放过。一次，下工回来的路上，看到一条足有两米长的大蛇，我们女生吓得不敢靠近，许木云和何平嘉用锄头把蛇打死，把蛇皮剥下来，套在一根锄把上，作为战利品，保存了很久。蛇肉当然进了我们的肚子。我们还吃过小溪里抓的螃蟹，树上掏的鸟，真是天上飞的、地上爬的、水里游的都不放过。

　　我们养过鸡，是借老乡的母鸡孵的小鸡，小的时候毛茸茸的特别可爱，我们的爱犬奥列克就是这些小鸡的保护神。这些鸡都是自由放养，每天在场里追逐玩耍，在地边刨虫吃，偶尔也躲过老保管的眼睛，偷吃场上晒的苞谷粒。许木云心灵手巧，在厨房外的门边上建了一个两层的鸡窝，晚上它们会自己回窝。母鸡们被训练得会从厨房门缝钻进屋里下蛋，每天下工回来，都能收到好几个鸡蛋，改善了我们的伙食。

　　我们也养过猪，上工休息时，又多了一件事，就是挖猪草。猪草剁碎后，浇上面汤、刷锅水、麸子等给猪吃，我们的猪养得特别肥。队里偶尔杀猪，每户可分几斤肉，一开始我们只图当时过瘾，大吃一两顿就完了。后来，也学着老乡把肉细细切成丁，做成臊子，装在罐子里，贮藏起来。天冷的时候，放一个冬天也不会坏。每次下面或炒菜的时候放一点儿，油和肉都有了，可谓细水长流。用老裘的话来说，我们队的女生还是很会过日子的。

在南岔，我们度过了近三年的时光，这在人生的长河中只是短短的一段，但却是刻骨铭心的一段。因为这里留下了我们青春的足迹，记载了我们深厚的友情。

蒋本璐，女
西安交通大学附属中学高六七届毕业生
插队地点：原宝鸡县晁峪公社南岔二队

# 难忘的山村生活

## 进 山 曲

记得1968年11月5日那天上午，我们跟着行李车奔向南岔。途经段家磨休息时，走进路旁那昏暗的小铺。见老板戴着瓜皮小帽，穿着旧式长衫，两只眼睛闪着一丝狐疑胆怯的目光，给人感觉好像来到了旧社会。我心里不禁咯噔一声：啊，我们要去的地方可能也会很落后吧？

我和大家边走边聊。脚下，是那年第一场积雪，走得有点儿慢。走到通往峡里的九道弯时，有人说，怎么还没有到啊？裘锡渊发表议论说，二十年后我们可以写小说，开始就写"进山曲"，几个同学说，那时谁知道我们在哪里呢。两个二十年过去了，果然我写到了它，但不是小说。

"小瑜！"一声清脆悠长的喊声从山坡上传来，原来，是队长夫人刘桂荣来接我们了。她热情地抢过蒋本瑜的背包，一双细辫子在身后左右摆动。队长夫人三十多岁，个子不高，非常精干。我在诧异她怎么知道小瑜，心里挺感动，后来，才晓得她是个十分精明的人。

本瑜是我们的小妹妹，当时只有十六七岁。我们一步一跳地踩着一块块石头过河，河水清澈见底，流淌不息，我们慢慢往住所——大队部走去。

大队部里人来人往很热闹。几位小脚老太太正在给我们擀面，一位慈眉善目的老妇人边擀边和我聊，问我会不会擀面，出来时间长了会不会想家，还说如果大雪封山了你们很难出去等等。

我在家时凑合能擀面、切面。我切了一会儿，那老妇人说："到底是女人呀！"我笑了笑说："擀得不好。"还记得她说：毛主席是让你们来锻炼的，你们不会在这里住很久。我当时想：这些老太太挺有见地，谁知道以后怎样呢？但愿如此吧。

87

## 学 会 做 饭

  第二天，我们就开始自己做饭。起先不会分辨干柴和湿柴，总是点不着火，水老烧不开。驻队干部鲜东卫热心地教给我们，他说："人心要实，火心要空，慢慢就会了。"起先，我们用刨花或者报纸点火，后来就用干蒿子，很快就学会了生火和使用风箱。

  当时，我们小队八个知青，大多不会做饭。有一天，我们烙饼，开始总烙不好，许木云会，他说烙饼要慢火两边烙，用手抠抠，敲敲两面，只有硬了才是熟了，还一边说一边做着示范。炒青菜也是他教会我们的，要先炒帮子，再放叶子。后来，大家商量每天留一个人做饭，第二天做饭的人给提水烧锅。泉水离灶房很近，用水很方便，我们只用两只小桶，很轻松就能将水提回来。

  裘锡渊一点儿也不会做饭，更不会和面、擀面、蒸馒头。他一个劲儿地要求天天提水烧锅，不做饭。小瑜说："不行，每个人都要学会做饭！"大家也说你试试吧。他只好学习做饭。开始和面很慢，看起来动作笨拙，左一下右一下，把面揉不到一起。我们还是慢慢教，他终于学会了和面和擀面。他是家中的独子，在家什么家务都不做呢，下乡几年使每个人改变了许多。

  我们喂过两头肥猪，每天下工后我们扯些猪草，切碎，加上麸子等用热面汤烫好喂给猪吃，有时还在后锅里稍微煮一下。第一头猪，我们喂的草少，麸子多，长得不大但滚圆，杀了以后有四指膘呢。春节回家每个人还带了一点儿，那时肥肉很稀罕，记得母亲说："啊，不错，肉很嫩！用粮食喂的猪就是不一样。"我心里很高兴，这是我们自己喂的猪呀。

  春天来了，我们借老乡的一只老母鸡孵了一窝小鸡，有十来只，毛茸茸的，淡黄色，走路摇摇摆摆，可爱极了。有一天早上，发现几只小鸡半夜在堂屋里被黄鼠狼吃掉了，我们竟然没有听见声音，觉得好可惜。好在还剩了四五只。我们常年喂着几只母鸡，鸡蛋没断过，经常和野韭菜炒来吃，有时做韭菜盒子，就是韭菜有点儿野生辣味，但大家已经挺满足了。

  我们将粗细粮搭配吃。早上喝苞谷糁，中午面条，难得有米饭。经常蒸馒头（多数是苞谷面或者是白面和苞谷面混杂一起）。有时也打搅团，还学做"锅耳巴子"，一面黄，挺香呢。我们队苞谷面占百分之七十，吃了容易长胖，女生个个挺"发福"。平时肉少，男生总觉得吃不饱，一到公社办事，就到老何的小饭馆"打牙祭"。回来就眉飞色舞地给我们描绘什么菜多么香，多么好吃，引得馋虫在我们肚子里直蹿。

有一次,几个月没有一点儿油了,我们就把火烧大,干炒鸡蛋。不久,队里搞了一些漆籽油,我们就炸油饼吃,真解馋。还有一次,队上杀了猪,我们蒸了馒头,做了一大盆肉。一队的男生来了,他们大概很久没油水了,不但把肉吃光了,猪油汤也蘸着馒头吃了不少。据说半夜都起来拉肚子,成为笑谈。

## 我的教书生涯

在插队的三年里,我除了在大队医疗站学着扎了几天针外,主要是在峡里的大队小学教书。当时,公办教师一般受不了山里的苦,不愿意进山,我们刚下乡时,大队的孩子们已经很久没有上课了。

1968年12月,大队要在我们知青里找一位民办教师,周队长挨个问,可谁也不愿意干。我想原因大概是"文化大革命"中知识分子深受伤害,此外哄小孩子也有些麻烦。大概周队长看我戴着一副眼镜,年龄比他们大一点儿,可能合适吧,他撵前撵后地动员我,让我当老师。记得我坐在阁楼上剥苞谷棒棒,他也赶到跟前说个没完,搞得我不好意思,最后只好同意试试。这一试,就开始了我的教书生涯。

刚开始,上课就在峡里那座破庙里。老乡们说以前庙里香火旺着呢,不知道拜的哪尊神,"文革"后成了乡村小学校(1994年我们回去时又成了庙,修得还不错)。庙很高,中间有几根很粗的红柱子,墙上依稀可见斑驳的佛像。这里冬天比较冷,小孩子们有的提着小炭炉来上课,小手冻得通红。三个小队一共只有十几个娃娃,大小参差不齐,只好采取"几部制"上课。

一、二年级写字的时候,三年级上课,四、五年级就布置写作文或者搞其他事情。一节课以后再调换。好在那时课本内容少,公社要求不严,批改作业和备课都比较简单。孩子们水平不一,一队的红娃、秀娃,二队的小玲、新爱等少数几个孩子教起来比较省事,一说就会。有的一年级学生不会削铅笔,也不会用笔,写一、二、三都要教很久。我只好一个个给他们削铅笔,握住他们的手慢慢教,磨性子。

孩子们都喜欢唱歌,一起学唱时,个个高兴得容光焕发,眼睛里透出对幸福生活的渴望,特别天真、纯朴、可爱。记得他们最爱唱的是我们小时候也都喜欢的歌:"太阳光,金亮亮,雄鸡唱三唱。花儿醒来了,鸟儿忙梳妆……"有时大家一起上活动课,那是孩子们最兴奋的时刻。我们一起玩丢手绢、跳绳或者下河捉螃蟹，夏天晁峪河的水还是渗凉，河水清凌凌的，看得见河底的石头。他们玩得尽兴时，叫几次都不想回教室……

后来，孩子们多了起来，公社派公办教师韩林志和我一起教学。学校比较正规了，搬到给我们盖的新房里分年级上课，孩子们的学习条件也有了很大改善。几十年过去了，我教了不少学生，当时那些南岔孩子们可爱的面庞，至今都活灵活现地留在我的脑海里。

1971年9月的一天，大招工前夕，公社文教干事老王给大队打电话，通知我去公社填表，说要招公办教师。何平嘉消息灵通，对我说：几乎所有知青都要招到宝鸡当工人了，听说你可能会留在公社中学教书，你愿不愿意留下，要考虑好啊。我说还是留下教书吧。他惊讶地高声说："你革命啊！"那时，我的想法比较简单，自己身体不大好，不能胜任工厂的三班倒，不太适合当工人。于是，在晁峪我又当了三年多老师，最后才离开我们曾经插队、生活、劳动过的，山清水秀的晁峪公社。

南岔的一切使人难忘，落后而纯朴的山民，艰苦的劳动，生活的磨炼，同学之间的深厚情谊，尤其是金兰珠同学的鲜血在这里洒下……让我们永远、永远地怀念，刻骨铭心。

仝益民，女
西安交通大学附属中学高六七届毕业生
插队地点：原宝鸡县晁峪公社南岔二队

# 坐 地 槐

我们凤山三队的六名知青，日出一起出工，日落一起下厨，看似合理，其实窝工。后经户长提议，知青们一致通过：男生出工，女生轮流当厨。

我第一次单独掌勺，手忙脚乱，不是生火点不着柴草，便是煮了一大锅米饭忘记加水。去井台挑水，被两只大桶压得肩膀生痛，只好借助背部担待。于是，弓腰驼背的身子随着水桶乱晃荡，一路踉跄至知青屋。放下水桶才发现我们队的知青小弟冰冰正忍俊不禁地冲我笑，还送了我个绰号叫"垂杨柳"。累得半死不活的我恼羞成怒，瞪着身材矮小的知青小弟狠狠回敬了一句："我是'垂杨柳'？你才是'坐地槐'呢！"话音落地，我已心生后悔，生怕惹恼了小兄弟。岂知冰冰毫不介意，像个夫子先生般的摇头晃脑并念念有词："对得快，对得好，真正难得！"

冰冰的"怪癖"不仅于此，他常溜进我们宿舍找吃食，也常穿戴我们女孩的服饰装怪……有一次，他偷看我的日记时被逮了个正着。他不介意我的谴责，依然像夫子先生似的摇头晃脑，他说："咳，你的日记风格像我姐，你在本上作画的习惯也像我姐，我姐医学院学医的。我还有个哥，哈军工的，会作诗，会填词……"冰冰完全沉浸在他的幸福中，也把我融进了他的故事里：冰冰出生在共和国最艰难的岁月里，他的妈妈怀着他经历了一场艰难困苦的剿匪斗争……在家中，高大而漂亮的兄姊处处关爱着这个弱小的弟弟，他生活在一个充满着友爱和书香的世界里。

其实，知青小弟的"怪癖"一点儿也不影响他男子汉大丈夫的形象。下田、修水库从不落后，小个头担着和大个头同样的重担，再苦再累也从不哼哼。有一年，我们一起回西安，一路上他帮女生背行李、占座位，极具绅士风度。而对自顾自的男生，他轻蔑地不屑一顾。有一次，上山打柴，他看出我体力不支，就始终与我保持着距离，以便接应照顾。我的柴担小，却仍然被压成了"垂杨柳"，走村过户时，难免被人取笑。善解人意的冰冰见我羞愧难当，就向同行的五队知青富强兄求助，冲在最前的富强兄放下肩担，向一个个急行的知青们发出通知："唐代蓉身体差，柴垛小，戴个眼镜太扎眼。过白石镇时，弟兄们把她围在中心，要一窝蜂地穿过！"……前面是富强兄，左面是冰冰弟，周边全是我的知青兄弟和姐妹。那阵势我铭刻在心，那情义我永生不忘。

一天，我在碾场上干活，正在思念那些去修公路的知青伙伴，却突然发现背着行李的冰冰从碾场走过，我赶紧奔了过去。冰冰冷冷地说：他将永远地离开这个令他痛苦的地方，并忘掉凤山的一切……说完，头也不回地走了。我怔怔地站在送别的小路上欲哭无泪，为如此离去的冰冰伤悲，为前程未卜的自己伤悲。二十年过去了，每当我为这个知青小弟而伤感的时候，我会在心中劝阻自己："坐地槐"，他还算是我们的知青小弟吗？

又是一个十年过去，是《西安晚报》的老三届征文将冰冰找了回来。依然是夫子般的摇头晃脑，依然是夫子般的念念有词。他说他怎么也忘不了凤山，他说他有很多知青故事讲给了他上大学的女儿听，但最令女儿感兴趣的莫过于"垂杨柳"与"坐地槐"的故事。临了，冰冰赠诗一首予我——《喜逢故人》："……都曾同饮汉江水，心系当年风雨舟。更叹楚楚垂杨柳，长青依旧笔意稠。"我背过脸去擦拭泪水，心中却无限感叹："坐地槐"，你依然还是我们的知青小弟啊。

唐代蓉，女
西安市第二十四中学初六六届毕业生
插队地点：洋县凤山三队
本文选自中国文联出版社 2008 年 10 月出版的《岁月》一书

# 承　　诺

　　1966年，身为中学语文教师的父亲被打成"反革命"，作为"反革命家属"的母亲悲愤交加，一病不起。癌症的疼痛将她折磨，几度欲轻生，当时我们姐弟三人均未成年，无助的我们的确很无奈，时常借个架子车或自行车推着母亲四处求医，为了省点医药费，我学会了打针、换药和护理，并承担起照顾弟妹和支撑这个支离破碎家庭的责任。

　　下乡的号角响彻大江南北，母亲也隐隐感觉无力挽留自己的生命，在弥留之际拉着我的手说："无论你走到哪里，一定要把妹妹带到身边，我最不放心的就是她了……"我含泪说："一定。"说完此话没过几天母亲便撒手人寰。那是1968年8月24日。

　　一诺千金，尽管当时弟弟正年幼，亲戚们商量让我留在西安撑起这个家（因为父亲当时被关在牛棚），但我必须承诺答应母亲的话。仅隔不到两个月，我便安顿好正上小学的弟弟，义无反顾带着妹妹下了乡。

　　十个知青一个家，我们姐妹俩毕竟占了这个家的十分之二，无疑是家里的重要成员。烧锅、做饭、蒸馍、洗刷……最吃力的要算从塬底往塬上挑水，在那崎岖的山路上要拐三道弯，缓坡还好走，陡坡上只能一桶一桶往上挪，有时担到半坡一不小心碰了石头，桶翻了水洒了还得从头担。遇到下雨我们只能接雨水做饭。别人是天晴洗衣服，我们只有下雨天才能洗衣服，因为可以接大量的雨水。那时的我们不仅仅透支着体力，也同样历练着心智。

　　别的知青还可以常回家看看，就我们姐俩无家可归，房子没收了，父亲关在"牛棚"，西安已无我们的栖身之地。逢年过节留守部队就剩我俩，苦苦地相守，苦苦地期盼，苦苦地挣扎，默默地锻炼。手长老茧了，脚板坚实了。一个劳动日（十分）当年仅一角七分。我们是女的，顶多一天挣六分工，由于我们姐俩劳动卖力，队上给我俩增加到六分五。每月八元钱的知青生活补贴使我们学会了精打细算，每天三顿苞谷面是我们赖以充饥的家常便饭，一年到头才分三十多斤麦子过年，我们也渐渐习惯。

人的生存能力相当强，我们姐妹和所有知青一样，学会了田里所有的农活，还和农民一样起五更、睡半夜，一起进山砍柴、扛椽、和泥、垒墙，盖起了我们知青安置点的房子。短短两年多，我们姐俩已和当地农民打成一片，不分两样。什么理想、抱负都在冥冥呼啸的山风中吹散了；什么烦恼、忧愁尽在劳顿过后的疲惫中遗忘了。

上山下乡三十周年纪念活动时，我和妹妹回了一趟曾经下过乡的小山村。那里虽已山乡巨变，山路通了汽车、拖拉机，自来水上了塬头，然而乡音、乡情依旧；虽然几十年过去了，但村民们叫起我们姐俩的名字依然熟悉，依旧亲切。村民们拉着我们的手连连说："你们俩当时可把活干扎咧。"

命运不由我做主。1970年6月，大返城的消息在知青之间竞相传递，与此同时，招工开始了。上面的政策是由贫下中农推荐，第一批是工厂，当时的贫下中农可不管出身门第，而是以劳动好坏做鉴别，谁劳动卖力就推荐谁。我作为当年的妇女队长被优先推荐了。全大队七个小队仅仅分配了两三个名额，几十名知青翘首以待，我能被推荐，确实令我兴奋了好几天。然而，我因父亲的所谓"问题"被刷了下来。为此我到公社找招工单位理论，说道："我能由贫下中农推荐，证明我是可以教育好的子女，党的政策是重在表现……"然而，凭你怎么讲，招工单位铁面无私地拒绝了我，他们根本不听我讲道理，只招"红五类"。我苦闷、彷徨、忧伤，独自一个人坐在空旷而漆黑的麦场边仰望天际，眺望星空。无助的我又一次陷入深深的困惑与无奈，人的一生到底应该怎样度过？我迷茫、痛苦，无法自拔。

正在这时，一位工人家庭出身的同学走到我的面前说："你能不能把你的名额让给我……"我沉思片刻想，既然自己走不了，何不把名额让给她，省得作废掉可惜，于是答应了她的要求。

几个月后的一个傍晚，大队长把一张招工表放在我的手上说："这是第二次招工，这次是建筑公司招人，估计问题不大，我们研究推荐了你。"我拿着这张表，觉得沉甸甸的，我想起了妹妹，想起了我对母亲的承诺，想到如果我走了，妹妹怎么办？让她一人留在这里，吃水怎么办？难道让她一人从沟底往塬上挑吗？难道让她继续用沉重的背篓背粪吗？难道让她夜晚孤独地陪伴油灯吗？难道让她一辈子待在这贫瘠的山沟里吗？……如果说第一批招工时，我曾激动过，也冲动过，而这时我冷静了许多许多……我没有迟疑，而是在表格上直接填上了妹妹的名字，紧接着伴着月光匆匆上山，从山里叫回了正在修渠的妹妹，用坚定的口气对她说："你先走，否则留下你我会不放心的……"妹妹愣愣地望着我。第二天一早，我代妹妹把招工表交给了大队长。大队长笑了。

期盼有年代无日期，前面的路是明是暗十分渺茫，我们高六六的女生当中有人悄悄地谈起了婚嫁……不少人认为再出不去就在当地成家吧。后来，在一个大雪纷飞的夜晚，大队长领着招工单位的人来到了我们知青点，守着我填了一张公社特批的招工表，我被分到了公社粮站，虽说跳出了农门，我却并没有离开这片土地。

日月沧桑四十多年，妹妹当年涉足的建筑公司，乃至走到今天的房地产公司，并在同一单位找到了可心的同是知青的对象，美满生活至今，她的儿子也在一家房地产公司上班，最近又添了一个可爱的小孙子，一家人其乐融融，日子过得很惬意。每每看到这一切，我思量许久许久；每每想起母训与嘱托，我的心安逸了许多许多……耳边不时响起："只要你过得比我好，过得比我好……"

张家勤，女
西安市第九中学高六六届毕业生
插队地点：宝鸡市渭滨区下马营乡柘沟大队二小队
本文选自中国文联出版社2008年10月出版的《岁月》一书

# 无法抹去的记忆

## 人蚤大战

在农村，苦累脏都不是最可怕的，最令人胆战心惊的是——跳蚤。

刚下乡的时候，看见农民撩起衣服捉虱子、跳蚤，我还觉得好奇。但不久自己就经常因为跳蚤捣乱而难以入眠了。每天早上起来，都会发现身上有成片成片的疙瘩，尤其集中在接触床的那一面。疙瘩们先是白色云状，用手一搔马上变得血红凸起。我每天都比别人多一件事，那就是挠痒，劳动时还要专门找个地方去挠疙瘩——当众掀衣挠痒毕竟不雅，但太痒了无法忍受。挠痒，却又不敢用指甲挠，因为身上早已被挠得稀烂，只好用手掌来回地摩挲。许多疙瘩被抓破后感染溃脓，至今还留下几块疤痕。

记得每次回到西安，一进家门先脱下所有的衣服卷成一团，母亲马上拿去用开水烫。坚强的母亲，在送我和姐姐下乡时都没有哭，而当她目睹我们被跳蚤咬得体无完肤时，竟禁不住流下了眼泪。

当然，不能任凭跳蚤喝我的血，得想办法让它们付出代价，但我却屡战屡败。我先是撒上石灰粉，再用棒状的灭虱灵涂抹被褥衣物，最后"六六六"粉乃至农药都用上了，人都险些被熏死，跳蚤仍然前赴后继。

跳蚤闹得最凶的是1971年的那个夏天。难道跳蚤有预感，知道我们将会全部被招工离去，它们将会失去肥美可口的食物？于是，就有了跳蚤们最后的疯狂。记得晚上洗脚时，跳蚤多到在我的腿上直蹦，有的运气不好会跌落到水盆里淹死。我用手指蘸了唾沫去抓跳蚤，抓上了就用指甲掐死，再蘸唾沫时跳蚤会带到嘴里。我什么都顾不上了，一边恨恨地抓，一边恨恨地掐，一边恨恨地想："人家咬虱子会叭叭作响，你不响我也解了心头之恨了！"

让我遗憾多年的是，为了消灭跳蚤，一次打农药时竟忘了屋里有队上养的蚕，农药没有杀死跳蚤，却杀死了蚕，使我常常内疚不已。

## 最苦的日子

长到十六岁，家务活都没怎么干过，更别说干农活了。下乡头年冬天，给地里送粪，就尝到了苦头。大量的粪靠人担，从粪堆到田里有好几百米，从没担过担子的我重心掌握不好，前磕后碰，跌跌撞撞，一筐粪撒成了半筐。肩膀红肿了，还得往上压担子，疼得人直想掉泪。若不是当时信奉毛泽东思想，时时念叨着"劳动能把人锻炼成钢铁"，还真是坚持不下来。结果，越干越不知道疼，越干也越能健步如飞。本来，十六岁的青年在乡下被人称"娃伙"，只能拿六分工，而我干了三个月就评上了女全劳的八分工。

最苦的是头一年夏收。首先是不会磨镰，镰不快，割麦子费劲，几乎是连割带砍往下拔，满手都起了血泡。再就是不会打麦要子，麦要子拧不好，麦捆子就捆不住，收拾不到一起，怎么往回背？龙口夺食的那几天，天不明起床，夜里十一二点还在干活，连日疲劳，有一次，我背着麦子打起了盹，差点儿摔到崖底下，农民说"把娃累瓜了"。

就说这背麦子也有讲究。背少了，农民会笑话，说"是个逛山里客"（意即像个二流子）。最好是背得上不露头下不露脚，人背起走像一座小山在移动。成年人背靠麦捆坐在坡地上，一收腹肌，猛用劲儿就可以站起来，而我个子小劲儿小，打几个挺，屁股都蹾疼了也站不起来，只好有人帮着在后边往起抬。抬起来之后，上身向前弯几乎九十度，头也抬不起来，只能往上翻着眼珠子看路。背得太重时腿发软发抖，下坡还得控制不能跑得太快，怕拐弯时收不住脚。上坡的每一步都要咬着牙攀登，否则，腿软摔倒了，"小山"就会塌下来。那汗出得真叫"汗如雨下"。

收麦时有一天下起大雨,队长在崖上一吆喝,大家马上扔下饭碗,戴起草帽冲进雨中,临出门我来了一句:"让暴风雨来得更猛烈些吧!"还未说完,就被风雨噎了回去。几分钟后,我便被雨淋湿透了,汗水和着雨水流。抢收结束,我们全变成了泥人一样。

下乡对于我们个人来说也许是不幸的,而知青作为一个社会现象,将被载入史册。时至今日,这段历史还在向更年青的一代讲述着。一个社会的进步和发展,总要有一大批牺牲者,不是吗?

张雅莎(曾用名王常蔚),女<br>
陕西师范大学附属中学初六八届毕业生<br>
插队地点:原宝鸡县硖石公社<br>
1971年参加工作,2002年退休于宝鸡市物资再生利用公司

## 送 公 粮

每年进入初冬季节，地里的农活就不多了，除了修梯田，最重要的任务就是交公粮了。对于地处川道上的生产队来说，交公粮是件很容易的事，赶上马车或拉上架子车一天就能把公购粮任务全部完成。但是，我们地处深山，只能靠人背驴驮的方法来运输。要完成这个任务得好几天的时间，每年安排这个任务就成了队长最头痛的事了。

我们生产队通往公社粮站有两条路，相对好走一些的大路是绕着山腰走，驴驮着东西可以过，有三十多里路；小路要过两条沟，翻两道山梁，坡陡弯急，驴转不过来身，只能由人背着东西走，有二十多里路。而我们队的两座仓库分别在山上和山下。从山上仓库背粮要走大路，可以牵驴；从山下仓库背粮只能走小路了。在交粮的日子里，全队二十多个男劳力全部上阵，像蚂蚁搬泰山一样。各家的女人们深知男人们的辛苦，黎明前起床做好了耐饥的面条，让男人吃得饱饱的。我们知青可没有这个口福，大清早一个个被队长从被窝里吆喝起来，急急忙忙啃个凉馒头就点儿白开水，兜里再揣两个馒头就上路了。交粮是个力气活，工分也高，背一斗粮记五分工，背两斗就可以挣一个壮劳力的十分工了。我们队的十分工价值两毛四分，也就是说，背八十斤粮食，爬二十多里山路，可以得到的报酬是两毛四分，折合小麦不到两斤。最壮实的小伙子一次也只能背两斗半，我们这些十七八岁的知青只能背两斗。年老体弱的社员牵驴，同样可以挣十分工，驴虽然不存在挣工分的问题，但前一天夜里已经享受过了额外犒劳的豌豆料，这可是干重活时的待遇啊。

装粮食的口袋为了便于人背或肩扛，专门做得细长。背的时候，用一根麻绳或牛皮绳将粮口袋拦腰一捆，然后兜底一绕，再放在肩膀处各绾一个活结，分别挎在两个肩膀头上，各留出一个绳头抓在手上，这样可以让背上的粮袋更稳当一些。负重爬山的滋味难受极了,平时空手走山路都会气喘吁吁的,再背上粮袋,就像压了一座大山一样,脖子上的血管暴得老高,黄豆大的汗珠像雨点似的不停地落在地上。下山的时候更难受,崎岖的山路上密布的搓脚石(小豆大的石子),一步踩滑就使人跟跟跄跄地向下冲,收不住脚时就会滑倒。有一次,我们和社员一起去县功街上卖柿子,已经到半山腰了,有位知青不小心跌了一跤,一背篓的柿子争先恐后地又回到了沟底。社员们看到我们几个知青龇牙咧嘴的狼狈样,就对我们说:"走山路不能急,一步一步向前移,时间磨到了,路也就走到了。"按照这个办法,心静下来了,感觉也好受一些。看来,长期生活在深山里的社员们,确实积累了不少经验。

送公粮沿路能休息的地方很少,要休息必须有一个高度合适的台阶,能将粮袋放稳,人才能轻松地脱开身。如果随便放在地上,要想再背好粮袋站起来,就没有那么容易了,硬撑着爬起来所消耗的体力还不如不休息。送粮的路是那样的漫长,脊背上的粮袋也越来越沉重,一路上一直在胡思乱想,想得最多的是下一个适合休息的台阶在什么地方?当我们终于艰难地走上最后一道山梁时,远远地望到坐落在镇上的粮站,不由得使人精神一振,加快脚步朝山下赶。

到了粮站,两个肩膀已经被麻绳勒出了两道深深的紫红色的伤痕,火辣辣地疼。四下一看,驴满身是汗,人也满身是汗。知青们更惨,头一次干这么重的活,汗水湿透了背上的棉袄,又把粮食口袋浸湿了一片。粮站的工作人员说:看你们知青可怜,我们就帮着你们晒干这些被汗水浸湿的粮食吧。如果让我们自己再晒粮,等粮食干了,赶天黑前就回不到村里了。这件事让我第一次感觉到被同情的温暖。

拖着疲乏的身体走在回去的路上,在全身的骨头散架似的躺在床上时,我们一遍又一遍地暗暗发誓,再也不去送粮了,这真不是人受的罪。我深深地感到了中国农村的落后,农民生活的艰辛。

第二天一早,队长又来叫我们。他也知道我们昨天累坏了,就鼓励我们,咬咬牙,过了今天,大部分任务就完成了,能挺过来你们就是好样的!到底年轻,睡了一觉好像基本恢复了,只是肩膀上的伤口还在隐隐作痛。经不住队长的再三动员,我们就像要面临一场大难一样又艰难地上路了,这一次感觉比第一天更苦更累,腿更软。

到了第三天,情况又发生了新的变化。社员们大多都有大骨节病,这是一种地方病,送了两次公粮以后,他们的腿疼得走不动了,我们四个男知青就被队长锁定为专职送公粮人员。发誓、抗议也不起作用了。头一年,送公粮漫长的过程就这样一天不少地挺过来了。

从第二年送公粮开始,我们知青个个都成了背粮的好手。而且,还获得了牵驴的资格，在牵驴的同时自己再背上一斗半粮食。因为驴驮着粮食在路上没法休息，我们甚至可以同驴赛跑一步不停地赶到县功粮站。回村时跑得快一点，还可以赶上半晌工，一天下来挣了二十二点五分。就这样，送公粮又成了我们挣工分的绝好机会，好惬意啊！

回想在农村劳动的三年，送公粮是劳动强度最大的活儿，也是最能磨炼人意志的一种工作。在崎岖山路上洒下的汗水使我们一步步走向成熟。在后来三十多年的工作和生活中，我遇到过各种各样的困难，但是，只要一想起背粮上山的情景，我的身上就充满了力量，增加了战胜困难的勇气。那三年吃的苦、受的教育让我终身受益。

田文保，男
1951年出生
宝鸡市虢镇中学初六七届毕业生
插队地点：原宝鸡县县功公社桃湾五队
曾任宝鸡华山工程车辆有限公司机械工程师
本文选自宝鸡市党史研究室2004年12月出版的《知青岁月》一书

## 温水沟插队回忆

我们插队的地方在宝鸡县西部山区的颜家河公社。这里是纯粹的山区，渭河从山中逶迤流过，无公路可行。我们是从西安乘火车西行六个小时后到颜家河车站——这个陇海线上只有慢车才停靠的小站。到达时已是后半夜，我们在没有电灯的小小站台上拥挤着。深秋的山区十分冷，人们打着寒战。有人大声说：这也算是车站吗？候车室在哪里？从哪里出站？怎么连电灯都没有？

天渐渐有了一点儿亮色，但河对岸的山仍是一片漆黑，只有一个大概轮廓。知青堆中一个女生惊叫道：呀，这地方的城墙比西安的还要高。显然她把山当成了城墙。天亮后，当滔滔的渭河、高耸的群山一下子清晰地摆在面前时，知青们安静了，也许是被这"穷山恶水"镇住了。一会儿，那个把山当作城墙的女生用哭腔说道："我的天，这是什么鬼地方，这么高的山，这么宽的河，没有桥，没有路，这可怎么办呀！"这情绪感染了所有的人，没有人搭理她，可能大家都在思索：怎么办？

公社就挨着火车站。在公社吃过早饭，面对毛主席半身小塑像宣过誓后，生产队长们带着农民来领分到自己队上的知青。山里的生产队不像平原上的那么集中，相隔几座山，一走几十里是常有的事，知青们知道就要各奔东西了。我们这个知青组十五个人，八男七女，除一个小妹妹随她姐一块下乡，是初中生外，其余十四人都是老三届中的老大——高三生。我们十五个人要下到一个叫温水大队的山沟里。农民们背着行李走在前面，我们跟在后面，沿铁路过了七八个隧道，才踏上进山的小路。近乎三十里山路，蜿蜒崎岖，走得十分艰苦。但毕竟是高三学生，能吃苦，很要强，知道要在这样的环境下生活，艰苦的事多得很，走点儿山路不算什么。

我们插队的温水二队，只有十几户人家，劳力奇缺，居住分散。九沟十八岔，岔岔有人家。我们十五个人算作一户，女生住在小学校临时腾出的一间小办公室里，男生住在小队部。大通铺像住车马店一样。山里有的是树，比碗口略细一点的树，砍回来，锯成一样长，劈成两半，平面向上，弧面向下，用葛条把它们跟另一截树干扎在一起，像绑木筏子那样，就成了床。温水二队知青之家就这样建立起来了。

冬天，山里没有什么活，队上安排知青往山上背粪。就是把山下饲养室门前沤好的土肥背到山上的地里。这里山陡路窄，没有任何运输工具，也不能用肩挑担，只有背篓。生产与日常生活都离不开它。收苞谷、捡栗子、拾核桃、送木炭、买生活日用品，都靠它往回背。听说至今依然。我们咬着牙背了一个冬天。开春时，生产队长高兴地说：知识青年不简单，把队上攒了八年的粪都背上了山。但他哪里知道，我们经历了多么痛苦的磨炼。那年春节回家时，我觉得后背裤腰火辣辣地痛，撩开衣服让我母亲看，她难过得流了泪，她说后腰已红肿，磨得稀烂。我才明白，那是背篓下坎靠在腰上不停摩擦造成的。我母亲特意给我做了一个厚厚的棉背心，叮咛我背背篓时一定要把背心穿上，衣服厚，就不磨肉了。真是可怜天下慈母心。

熬过半年多以后，对山沟里的生活才慢慢适应了。其实，不适应也没办法，这里远离城市，没有尘世的喧嚣，只有空山鸟语。一切都是静悄悄的，"文革"的轰轰烈烈，在这里全然没有声息，仿如世外桃源！除了艰辛的劳动，年轻人的"火"无法发泄，我们过着"日出而作，日入而息，凿井而饮，耕田而食。帝力于我有何哉"的生活。练了一副好身体，练了一个好饭量。我的一个伙计整日念叨着："人类人类，能吃能睡。"

我们这十五个人，在温水沟艰苦的环境中相处得比较融洽。没有人因为受不了而退却，躲回西安；没有人偷懒不上工；更没有分锅分灶，或与农民发生纠纷。总之，后来知青队伍中出现的种种不愉快，在我们这里都没有发生。我们这个集体有点原始共产主义的味道，同是"天涯沦落人"，还争什么你高我低。

这里小麦极少，主食离不开搅团、苞谷糁。几乎看不见新鲜青菜，顿顿吃土豆、酸菜。我们八男七女，风华正茂，累人的农活，惊人的食量。商品粮供完之后，全靠自己磨面吃。我们队只有一个牛拉石磨，供小户人家尚且紧张，供我们这个大"家"是根本不可能的。只好由男生轮流，每次两人，三天一次，晚饭后提上马灯，背上原粮，走五六里路，到水磨上去磨面。到后半夜两三点钟，能磨百十斤面。晚上去磨面有两个原因：一是不误白天上工，二是夜里磨子上不排队。家里每天留一个女生做饭，说实话，留在家做饭比上工还紧张还累。三顿饭不可误时，早晚还要烧开水，喂两头猪、几十只鸡。尽管磨面、挑水、打柴这些活男生都干了，她们依然没有喘息的机会。

后来，我们有了自己的菜园子。买来菜籽种菜豆、茄子、西红柿、小白菜、萝卜。每天收十几个鸡蛋。那日子在温水沟的确是"首户"。刚开始种菜时，农民议论颇多，说山里地气凉，没日头（指光照短），种菜活不了，西红柿不红，茄子也不结。实践证明沟里能种菜。农民们嘴上夸知青能行，但不知为什么自己却还是不愿种菜。曾有几次发现农民在我们菜园偷摘豆荚，在鸡窝里摸鸡蛋。尽管我们看见了，谁也不去说破，因为这沟里的人太穷，太可怜。有人一辈子还没出过山，有个别人还在我们"家"讨过吃的，我们不忍心说他们是小偷。只是事后议论时，有人发表评论说，毛主席早就教导我们说，严重的问题是教育农民，现在依然如此。

在温水沟下乡的两年多时间里，我们拼死拼活地干，却从未分到一分钱，相反人人都为这个"家"贴过不少。我们添置了家当，像农具、斧头、芦席、锅碗瓢盆，鲜活的鸡、猪，还有分得的粮食、土豆。1971年底我们离开温水沟时，除杀了鸡、猪请全队父老兄弟饱餐一顿外，其余所有家当包括几千斤粮食，全都留给了生产队。

自从离开温水沟后，我们十五人再也不曾相聚过，也不曾回温水沟看望过。

三十多年后的今天，就更没有这个可能了，我们当中有人已定居国外，有人在外省外地，留在宝鸡的仅我一人。我想不管在什么地方，我们中的任何一个人，只要回忆起当年的这段生活，都会有很多感慨，都会说这是一段蹉跎岁月。

胡斌，男
西安市某中学毕业生
插队地点：原宝鸡县颜家河公社温水沟大队温水二队
本文选自宝鸡市党史研究室2004年12月出版的《知青岁月》一书

## 小　宝

1969年3月，农村正经历春荒。大队派我到公社去领发给知青的《毛主席语录》，早上喝了一碗能照着人影的苞谷糁，怀里揣了两个能耐些饥的蒸红苕。在公社办完事，已经中午了。往回走的路上，我取出红苕，边走边吃。突然，我看见田埂上卧着一只狗，嘴巴一张一合，两只大而无神的眼睛直直地望着我手中的红苕，看样子饿得不行了。

我蹲下来摸摸它的头，又摸摸怀里还没来得及吃的红苕，唉，这年月人都不够吃……我咬咬牙站起来准备走，它看出我要走，竟伸出舌头舔我的脚，那双悲凄的眼睛里流露出一种无奈的期待。我的心被触动了，不由得掏出红苕，掰成小块慢慢喂它。这是条细狗，青灰色的毛皮，瘦得不能再瘦的身子，它"呼哧呼哧"地吃完了红苕，两眼还直直地看着我。我拍拍它的头："可怜的狗狗，我就一个红苕的能力，再见吧！"起身朝它晃了晃手掌，算是告别。

走出十多米远，我忍不住回头望了望，它还在原地一动不动地看着我，随后猛然立起身子摇摆着尾巴向我跑来。我重新蹲下，它伸着脑袋不停地往我怀里拱。我用手在它的脊梁上轻轻抚摸拍打。好瘦的狗啊，摸着它，我感觉是在摸着一副没有肉的骨架，那一瞬间，我想起了博物馆里干瘪的动物骨骼标本。人和狗虽说有区别，但同为生灵，我动了恻隐之心，决定收养它，同时，脑海里闪现出一个名字——小宝。

小宝跟着我进了院子，大伙儿还没收工，就胖丫一个人在。可能是听见了我的推门声，胖丫从厨房里探着脑袋走了出来："哎呀，你这家伙从哪儿弄了条狗？"胖丫满脸高兴，声音好大，惊飞了老柿树上的落雀。我说："路上捡的。"胖丫急切地恳求我："那就给咱留下吧。你们走了就我一个人在这老院里，心里头还怯慌慌的。""哈哈，老哥哥就是知道你一个人害怕，才特意给你带回来

105

的。"看着胖丫喜欢小宝,我说:"你弄点儿东西喂喂它吧。"胖丫立刻从厨房里拿出一块苞谷面饼,喊叫着:"狗狗,来来来!"小宝见有东西吃,快活得围着胖丫直转圈圈。

半个月后,小宝恢复了精气神。站在院子里,一副雄赳赳的样子。每次,我收工回来,它就兴奋地对着我跳来跳去,接着直立起来,伸出两只前爪搭住我的前胸,用一对亮亮的眼睛看着我。说来大家不相信,真的有那么一次,我看见了小宝在笑,笑得好亲好热。

小宝能恢复身体,自然少不了胖丫的功劳,最要紧的是院子里的知青都喜欢它。那时候我们的生活很单调,有只狗逗着玩是件开心事。吃饭的时候,大伙儿你一口我一口的,小宝总能混个半饱。小宝也很懂事,大概是知道我们粮食紧张,除了胖丫做饭时守在院里外,它时常自己跑出去觅食。不过到了晚上,它一定是在我们睡觉的屋檐下静静地望着院门,为我们站岗放哨。

有天深夜,小宝突然大声狂吠,睡梦里我们全都惊醒了。小宝爪子刺啦刺啦的挠门声我们全听得清清楚楚。惊诧中,我感觉到一股刺鼻的烟味。不好,着火了。有人点燃油灯,大家这才看清满屋全是烟。铁牛盖的被子已被烧了一片,暗红的火还在向前伸展。慌乱中有人喊叫起来,又有人开了门,铁牛提起被子便往外跑,谁知一出门,被子见了风,竟轰的一声狂燃起来,吓得小宝汪汪乱叫。等大家端着脸盆灭了火,不知谁惊呼一声:"铁牛,你咋光着屁股?"铁牛这才猛然意识到,双手本能地捂着平时不露头的东西,兔子似的窜回屋里。事后调查,铁牛晚上点了支烟抽,后来迷迷糊糊睡了却没有掐灭烟头,引燃了被子。当然,大家也没忘了小宝的功劳,第二天,给小宝美美吃了一顿红苕。

冬季的关中平原,干冷干冷,天地间一片昏暗,万景万物皆隐没于无际的苍茫中。太阳也不知道躲到哪儿去了,只有透骨的寒风在无情地肆虐。在这种恶劣的天气里,我带着小宝去了离村子十多里外的玉泉滩,那里有野兔。小宝是只细狗,村里的三娃对我说,细狗会撵兔,要是运气好能逮住几只野兔,就能改善一下生活。要说小宝能撵兔我还真信,小宝天生就是那种速度型的狗,四条腿奇长,脚掌宽厚,腰身似弓,还有一条粗长尾巴,跑起来能很好地控制身体的平衡。我和小宝在野地里转了约莫一个小时,始终没见到兔子。正在寻思这地方到底有没有兔,小宝突然猛地向前方的土壕跑去。

小宝追的是只褐色的野兔,它跑起来样子很美,很像是疯狂扑食的非洲猎豹。四条腿一张一合,时而凌空,时而掠地,四只爪子扬起一团团的黄尘。

小宝虽然速度比野兔快,但没野兔灵活,眼看几次就要抓住猎物了,野兔都机灵地来个急转弯,或者猛然反身朝回跑,弄得小宝多次扑空。我捡了根树棍,挥舞呐喊,给小宝助威。最终,小宝用前爪扑倒了野兔,用嘴咬住野兔的脖子,像一个得胜的勇士，把野兔放到了我的面前。

许多年后，我看资料才知道细狗原籍在古埃及，最早出现在金字塔壁画的狩猎场面中，大约西汉时期传入我国，被作为皇家御用狩猎，其后流入民间。

1971年春节后，我和队上的男知青都到韩城去修西韩铁路。胖丫也被招工到了华县一家工厂。三个月后，当我从韩城回到队上时，发现小宝不见了。同队的女知青素秋告诉我，我们走后，小宝照例每天出外觅食，也照例每晚卧在我们房门口，就在我们走后的第二个月，小宝在外面吃了有毒的东西，吐得满地都是黄水，天明后死在我们的房门口，死时两只眼睛都没有闭。听完素秋的话，我的眼泪哗地一下流了出来。可怜的小宝，你来到这个世界，过着饥一顿饱一顿的生活，只有我们这些知青是你的亲人。小宝啊，大概你知道我们不久将要离开这里，你不忍这生离，所以选择了死别。可你知道吗？直到今天我想起来心里都隐隐作痛。

四十多年来，我经历了许多，唯独小宝的影子挥之不去，这也成了我永久的回忆。小宝虽然是条狗，但我从它身上读懂了许多，知道了什么叫爱和忠诚。我相信，世间的一切生灵，都是有灵性和有思想的，我们人类一定要善待它啊！

贠大鹏，男<br>
西安市第二十七中学初六七届毕业生<br>
插队地点：大荔县原高明公社王彦王大队<br>
本文选自西安出版社2011年9月出版的《一路悠长》一书

# 背　　影

　　朱自清的《背影》读过多次，每次都能引起我的共鸣。在我的心中也有一个背影，经常浮现，没有随岁月的冲刷漫漶隐去，却愈加清晰。

　　1966年，我到兵团已经一年了。外面有关"文化大革命"的消息不时传来，不知是脑电波的传递还是传闻的影响，我整日忐忑不安。无论是上山割谷子，还是进沟背柴，我都挂念着远在西安的家。父母的身体怎么样？家里出什么事没有？连队里不少战友的家都被红卫兵抄了，有的还被扫地出门，我家能躲过这一劫吗？

　　那天，我们班在离连队不远的地里收玉米。文书气喘吁吁地跑来，扯着嗓子叫我的名字。我马上有一种不祥的预感，跌跌撞撞地从玉米地里跑出来。果然，他一见我就说："你爸来了，团部打来电话，叫你去接。"我的头轰地一下大了，爸爸呀爸爸，你这时候来干啥呀？

　　当时，"老子反动儿混蛋"的标语已经贴在连队的大门上，红卫兵组织也成立起来，连里红黑两类势力泾渭分明。闻着这一天浓似一天的火药味，我自顾尚且无力，戴着"帽子"的爸爸来了能有好吗？爸爸，你让我怎么对你？亲热一点儿，难免会说我孝子贤孙划不清界限。冷淡你，我于心何忍？不管你头上戴着什么"帽子"，你都是我最亲的爸爸呀！

　　在我的心目中，爸爸耿直善良，学识渊博，能写一手好字。我是最小的女儿，最得爸爸疼爱。小时候他常给我讲唐诗宋词，是我文学上的启蒙老师。爸爸年轻时参加过北伐战争，在中条山打过日本鬼子，在冯玉祥手下当过上尉参谋。就因为在国民党里干过事，新中国成立后被定为"历史反革命"，管制三年。原以为三年后就没事了，没想到从1959年到1979年，整整二十年都没有被放松"紧箍咒"，弄得全家人一直在担惊受怕中度日子。1973年大赦一批战犯，爸爸知道消息后难过地说:"杀过人沾过血的大战犯都赦免了,我们这些人的'帽子'还不知要戴多久?"

爸爸,你来了,我让你住哪里?给你吃什么?我们一个班十几个人挤在一间原来劳改犯住的狱号子里,睡的全是木棍搭的大通铺,顿顿吃玉米糊糊和酸发糕,一个人还只能有一份,你的到来真让女儿作难呀!

顾不得换件衣服梳梳头,我一路小跑,心里还嘀咕着这些恼人的事儿,爸爸到底干什么来了,也不提前写封信。我心里又气又急,十几里山路,仅用了一个小时多点儿,就赶到了团部。

老远就看见团部商店门口坐着一位老人,身边放着一个行李卷,耷拉着脑袋,浑身上下都透露出一股无助和孤独。我的鼻头一酸,泪水顿时模糊了视线。这就是我一年多没见到的爸爸吗?他还是穿着那件褪色的中山装,还是戴着那顶黑色的旧呢帽,可整个人怎么就变成这样了呢?

看见我,爸爸也站起来,我发现他原本高大的身躯已经显得佝偻,黑框眼镜后的双目也失去了光彩,脸色晦暗,溢满疲惫,花白的胡须看来好久都没刮了。

我真想一下子扑进他的怀里,可我没有,也不能够。我只是嗫嚅着叫了声:"爸,你咋来了……"

在团部没敢多停留,我替爸爸扛着行李,走在回连队的山路上。爸爸告诉我:家被抄了,藏书字画被烧光了,连旧影集都未能幸免。西安好多"黑五类"都被赶回原籍乡下了,我家祖居西安,无乡可下,他只好给人家说,女儿在南泥湾建设兵团,能不能去她那儿落户?没想到就批准了,催逼他立即动身。所以,他根本来不及写信打招呼。

天黑以后回到连队,指导员安排爸爸和文书住在一起,又给了一份客饭,依然是玉米面发糕。不知爸爸是有意还是真的吃不完,我把他剩下的也吃光了。看着我狼吞虎咽的样子,爸爸的眼圈红了,夸我变了,没有过去那样娇气,也不挑食了。

第二天中午收工回来,发现爸爸一个人在屋里想心事。原来,指导员不同意他留在连队。爸爸声音颤抖地对我说:"世界之大,却没有我的立足之地了!"

下午,爸爸说要去团部给我们班打煤油,我不让去。我们每人一月交一元班费,这事有专人管,用不着自己去,再说还要走十几里山路。听我这么一说,爸爸只好作罢。

后来回到西安,爸爸才告诉我:"那次如果你同意我去打煤油,就可能再也见不到我了。我已经准备了绳子,想在山沟里找棵树上吊,我已经无路可走,只有一死了之。考虑再三,我不想给你带来麻烦,而且我离开西安时你妈还病着,只好作罢了。"

109

晚上，一个平时跟我很好的红卫兵把我悄悄叫到井台边，说："让你爸快走，红卫兵要采取行动了！"

我不想看着爸爸在我面前遭人批斗，如果那样，我宁可去死！爸爸，你赶快走吧！女儿没有能力收留你⋯⋯

第二天一大早，我便送爸爸踏上归途。前一晚下了霜，满山川里一片肃杀，我不记得一路上和爸爸说了些什么，只知道内心深处透出一股又一股的寒意。爬上一道山梁，下面的公路已经遥遥在望。我和爸爸分了手。当他朝前走的时候，我心里一个劲儿念叨：走好，爸爸，女儿还要赶回去上工，女儿不能再朝前送你了，不管前面有什么坎坎坷坷，爸爸你都要保重呀！

我站了很久，一直望着爸爸顺着小路朝梁下走。我的眼睛很快便一片模糊。我简直没有勇气再看那个脚步蹒跚、动作迟缓、充满悲哀和愁苦的背影，那个背影从此就深深地印在我的脑海中了！

孙国华，笔名双宽阁，女

西安市第五中学初六五届毕业生

插队地点：南泥湾生产建设兵团农场

本文选自西安出版社2011年9月出版的《一路悠长》一书

# 记下乡第一日

我很难忘怀我下乡插队的第一天——1968年10月31日。

那一天,几乎到中午了,才有社员拉着小毛驴到千阳县"革委会"大院来接我们,我们是头天夜里到县里的。整个大院里就剩下我们这五男二女了。我们都是听天由命的孤独者,没有谁是自愿结合在一起的。同是天涯沦落人,不一会儿也熟了。

社员利索地把我们的行李上了驮,我们用省城的官话和他们搭讪,多是语言不通,只得闷着头跟他们走出"革委会"大院。

县里的街道不宽不长,"日中为集"的古俗使街道热闹拥挤。驴子大模大样地走在街道中,汽车来了也不肯让一下。来接我们的生产队长是个黑汉子,黑鞋,黑裤子,披着的黑袄里露出黑褂子,腰上缠着黑腰带。似乎半条街的人都认识他,叫他老鸹,也就是乌鸦。那时毛主席的"知识青年到农村去"的最新最高指示还未发表,只听他对问他的那些人说"接的是知识干部",我们也没去纠正。

出了县城,过了千河大桥就没公路了,渐渐地也听不到县城里"大海航行靠舵手"的广播声了。路旁一株株果实累累的大柿树,煞是好看。偶尔有乌鸦在树梢上扇动翅膀。沿着河道上行十五里就开始上塬,路很陡,驴子都出汗了,却依然走得很快,大概它们懂得只有到家才能放下背负的重荷。我们几乎赶不上驮队,社员让我们学着他们的样子——手拉着驴的尾巴上坡,说可以省劲儿些。我们没去做,怕驴踢。

路过大队部，大队开了一个简单的欢迎会。

离开大队部，就上了塬顶，远处可以看见一座石山，要去的村子就在那石山脚下。石山规矩得像一座金字塔，拔地而起，显得雄伟而又神秘。问老乡叫什么山，答曰：大王殿。

"望山跑死马"，走到山脚着实用了不少时间，却总不见村子的影子，待我们忍不住问还有多远时，村子已在脚下了。和穴居的先民一样，村里没几间房，几乎全是窑洞，站在崖背上是看不到脚下的村落的。

给我们安排的住处也是窑洞，以前是喂牲口的，窑洞很高很大，能停放两辆汽车。窑洞里还留有喂牲口的槽，正好可以放我们的行李。进窑洞门右手边有一通大炕，只能勉强睡下四个人，于是又搭个铺，让我们中间的"领袖"住下。

队长派了队上能干的媳妇擀好了面条等着我们，面条切得又细又长，我们惊叹不已，说是像过生日的寿面。这时那个一路上没见言语的女生小声说："刚好今天是我的生日。""10月31日？"大家有些不信。"是10月31日。"她认真地回答。于是大家表示祝贺。她也很高兴有这么多的人为她过生日，她此时更不会料到，十一年后她会成为我的妻子。

后半晌大家就忙着收拾自己的窝。

山里黑得早，大王殿早就遮住了夕阳。晚饭后，在忽明忽暗的小油灯下，那位自诩为当然领袖的好事者叫我们打开《毛主席语录》第几页第几段，念了几条，看样子是早有准备。他慷慨陈词一番后就带我们"认门槛"，访问贫下中农。待从几户社员家里出来，天更黑了，跌了几个跟头才摸回崖背。进了窑洞，点燃小油灯，"领袖"借口要写东西又端走了那盏油灯，趴在他那张单独搭起的铺上。其实大家都知道，他要写的不过是想把他的女朋友调来的报告。

无灯，看不成书，也睡不着觉，我又重新踱回院里，走到崖边张望。

从喧嚣不息、灯火辉煌的都市一下子跌到这静谧的山庄，足以使许多头脑发热的人清醒了。我望着星光衬托下的大王殿，在夜色中它更像法老的坟墓，神秘而肃穆，犹如郭沫若《凤凰涅槃》里的丹穴山，而我们这些知识青年就好像带着"流不尽的眼泪，洗不尽的污浊，浇不熄的情火，荡不去的羞辱"的凤凰……如今这"禽中的灵长"被军宣队、工宣队和自己建立的"革委会"拔光了翎毛，他们不是当过"保皇"，就是当过"小反革命"，有的脸上刻着"可以教育好的子女"的红字……

"凤凰落架不如鸡",但他们毕竟不是鸡,他们带着飞倦的身体,回到他们出生的地方,衔着香木,为了自焚,也为了再生——这恐怕就是我们自愿去农村的初衷。

我又回到窑里,在那飘忽不定的油灯光下,习惯地打开"雄文四卷",企图从中找到我缺乏的食粮……

关广原,男
西安市第五十五中学高六七届毕业生
插队地点:千阳县原柿沟公社纸坊沟大队窑梨树村
本文选自西安出版社 2011 年 9 月出版的《一路悠长》一书

陕西知青档案

# 和哥哥插队的日子

1968年11月,我们交通大学附属中学一大批同学到宝鸡晃峪插队。本来,我和哥哥也想去晃峪插队,由于当时父母先后因"文革"被迫害致死,家中还有一个年仅八岁的小弟无人看管,一时没能成行。下乡办人员一再动员我们尽快成行,还建议带小弟一同前往农村。我哥哥与组织上再三交涉,说:"毛主席说知识青年上山下乡,但没有让小学生也下乡,我弟弟太小,不能和我们同去。我们要安置幼小的弟弟,如安置妥当,我与我大弟第二天就下乡。"几个月后,小弟被安置到上海一个阿姨家。第二天,我和哥哥提着妈妈临终前为我们准备的两只箱子,踏上了东去的列车,开始了在大荔县插队的生活。

哥哥是个很内敛的人,当时,家庭惨遭剧变,虽然内心万分痛苦,但他从未表露出来,仍然像从前一样,处处严格要求自己,积极上进,对一切的事物都要求完美无缺。下乡后,在很短的时间内就学会了很多农活,总是出色地完成生产队交给他的各项任务,得到广大农民的认同。他写得一手好字,大队的壁报宣传工作也理所当然地交由他负责。

相对我哥哥,我是个性格粗犷的人,遇事比较容易冲动,哥哥时常叮嘱我:"做事要小心,遇事要冷静。"他时时担心我在外闯祸。在插队的日子里,我们曾遇到过大大小小的事,他都能一丝不苟地冷静处理好。

接下来,我要叙述的故事,是当年哥哥唯一一次没有阻止我,不但认同,还与我并肩共同面对的真实经历。时过境迁,但当时所发生的点点滴滴都历历在目,让我一生都难以忘记。

1970年的春天,那天天刚蒙蒙亮,上工的钟声刚敲响,哥哥就叫醒了熟睡中的我。那天的农活是栽插红薯苗,四人一组,一人挖坑,一人浇水放苗,一人培土,另一人负责担水。我被分配与一个三十来岁名叫永泉的社员和两个妇女一组，我和哥哥担着满满的两桶水，往返于水井和地头之间。远远地，看到我们小组已经栽在大伙儿的前列，心中十分高兴，脚下也不知不觉地加快了步伐。可是走近一看，那个永泉兄懒洋洋地在培土，心不在焉，连腰也不弯，只是用脚随便弄弄。我走上前说："永泉哥，我担一桶水不容易，你这样子培土，红薯苗苗能活吗？我们要保证种一棵活一棵……"

我话还没有说完，他就打断我说："你这个城里娃，懂个啥？你是来接受咱贫下中农再教育的……"我反问道："那在你家自留地里，总不会也是这样种的吧？"他一听马上面红耳赤地跳起来："你还想教育我，你以为你是啥人？你爸妈都是畏罪自杀的……"父母的去世，是我家灭顶之灾的事情，他却往我们的伤口上撒盐。不等他说完，我已经血脉贲张，也不知道哪里来的力气，一步冲上前，一拳把他打到三米开外，看着他跟跄地翻过田埂，田里干活的社员都愣住了。他恼羞成怒地爬起来朝我扑来，但也只一个回合，我又把他打倒在地。周围的社员不但目睹了所发生的事情，也清晰听到了我们的对话。

这时，永泉老婆跑到我面前哀求着："小培，是他不对，他胡说八道，你就饶了他吧。"我才停止了挥出的拳头，愤怒地注视着躺在我身下的他。突然，我听到身后嗖、啪的两声响，同时，听到一声怒吼："要打的全冲我来！"这是我熟悉的声音，回头一看，只见平日文静的哥哥手拿着扁担正架住了永泉他叔叔打来的扁担。原来，哥哥发现有人在背后要偷袭我，一个箭步及时挡住了扁担，若不是在这千钧一发的时候哥哥挺身而出，那一扁担定会让我头破血流，后果不堪设想。

当时，我没有被脑后那根扁担吓倒，却被哥哥的举动——义愤的怒吼和严峻的神情而震撼，我从未看到过一向温文尔雅的哥哥会这么厉害，他瞪着布满血丝的双眼，紧紧握着那根扁担，直挺挺地站在我身旁保护着我。时间似乎凝固了，在场的每个人都被吓得目瞪口呆……

直到生产队长大喊一声"收工吧，大家回家"，才给我们解了围。大家伙儿各自收拾农具，走上回村的路。我与哥哥默默无语地走在村民们的后头，隐隐约约地听到大伙儿的议论："没想到，那个乖乖娃这么厉害。""你看今天小秀兄弟俩好像要拼命。""永泉活该，人家死了爸妈，兄弟俩怪惺惶的，他还说那话，该打。"……

听着村民们七嘴八舌议论着田里刚刚发生的事情，我和哥哥不禁加快了脚步，走到了前面，将那些善意的、恶意的议论都抛到了身后。

回到了住处，闩上了房门，我们再也按捺不住内心郁积的所有委屈，交集着彼此的悲伤、痛苦和愤怒，兄弟俩抱头放声痛哭起来。那眼泪就像决堤的河水，没有任何顾忌地奔泻而出。我从未看到哥哥流泪，即使父母相继去世，他也从未当着我面掉过一滴眼泪。那哭声淹没了被惊动的左邻右舍的议论声，淹没了好心的房东老太太的敲门声和喋喋不休的劝慰声。

　　四十多年过去了，这段往事深深地铭刻在我脑海中，每当回忆起来，内心还是无比的激动。想起与哥哥在农村的苦难生活，更加激起我对哥哥无限的思念。我永世难忘和哥哥在一起插队的日子！

黄小培，男

西安交通大学附属中学初六六届毕业生

插队地点：大荔县原伯士公社

# 看 番 麦

1969年秋，那年黑沟的番麦长得真好，因为，那是毁林开荒后的第一茬黑土，尺二的棒子又粗又长，让人看着煞是喜爱。

听村里人说，毁林开荒本来就是山里人解决生计的办法。遇到年景不好时，挖一块地，种一料庄稼，就解决了一年的口粮。所以，我们开发黑沟也不过就是老调重弹。为了怕野猪、狗熊等糟蹋庄稼，每到庄稼成熟期都要派人进山看番麦，我们这些城里娃，头一回摊上了这档子事。

那天，队长分配我和杨长升去黑沟看番麦。晚上喝毕汤，我们备齐了衣物，我拿了马灯和一面铜锣，长升居然从邻居家借到一支火铳，同时还有铁砂、火药壶和发火的火绒。原本，我们这些靠山的生产队都有一到三支猎枪或半自动步枪，在"阶级斗争"的年代，让公社收缴了，能找到一支漏网的火铳也实属不易。

打点停当，我和长升提着铜锣和马灯，扛着火铳，迎着初秋的晚风，在昏暗月光的引导下，兴高采烈地向黑沟进发。黑沟位于三面环山的山窝里，只有东面有出口，番麦地环绕整个山窝，坡度六十度以上。庵棚搭在北坡半山腰一个挖出来的平台上，从山顶至沟底垂直落差一百二三十米。庵棚两头通气，好在是年初新盖的，不必担心漏雨。"床"是用木棍搭成，上面铺着厚厚一层蒿草。我和长升做了分工，他值前半夜，我值后半夜。

我们对于野生动物的了解，仅来自于书本上一星半点的知识，而对于山里人所描述的"一猪、二熊、三豹子"的说法全无概念。毕竟是平生头一次与野猪、熊瞎子打交道，虽然做了充分的准备，可心里还是毛毛的。我与长升互相鼓励，互相打气，以此放松紧绷的神经。商量完分工，我倒头便睡。也是干了一天的活累了。

不知睡了多久，被跳蚤骚扰醒来，正在睡眼惺忪之际，忽听长升小声呼唤："有情况!"我口中喃喃说道："别闹了，睡吧。"可长升却使劲儿将我推醒，用手指了指坡下说："你听!"直到此时，我才完全清醒，竖起耳朵凑到棚子口仔细听来，顿时汗毛直立，后脊梁一片冰凉，再看长升也是满脸惊恐之色。

这时，坡下传来一阵阵哗啦之声，"熊瞎子还真来了?"我俩相互对视了一下，我说了声"开打"，抓起火铳就往枪管里灌铁砂。也不知装了多少，反正是填满为止，然后用湿泥封口。我把火铳交给长升，他开始给枪管上的火药孔里灌黑火药，同样灌满为止，用细棍捣实了才罢手。他将火铳交给我，我又将火铳推给他。长升拉开扳机放上发火的火绒，我双手捂耳，他扣动扳机，没响。又重新来，只听得耳边轰的一声巨响。一阵烟雾过后，竟不见了长升的身影，火铳也不知去向。我急了，大声喊叫："长升在哪儿?"这才听到从沟底传来长升的声音。我一下子蹿了下去，那速度真是没的说，绝不亚于在足球场上冲刺的劲头。三两下到了沟底把人找着，将他扶起，问他伤着没有，他说还好。一听四周并无什么大的动静，想来是把入侵者吓跑了。我俩连滚带爬地回到庵棚，找到了火铳一看，傻眼了：枪把断了，整支火铳都散架了。原本，队上还指望它在看番麦的阵地上发挥作用呢，谁知却让我们报销了。

在庵棚里我拧亮了马灯，我俩互相看着对方，突然间哈哈大笑起来。原来，长升满脸漆黑，衣服挂破了，裤脚撕裂了。我也好不到哪儿去，半面烟色，浑身伤痕累累。拿起散架的火铳，我俩都暗自庆幸，如果不是长升侧身拿着火铳，而是用肩抵着，那后果真是不堪设想，多悬呀!我问他如何到了沟底，他摇摇头说不知道。在很长一段时间里，我都想不明白，长升为什么会从庵子里滚下沟去？现在想来，那必定是作用力与反作用力造成的结果。当时，长升侧身靠在庵棚口，双手紧握火铳，正是强大的后坐力，造成了人翻枪蹿的后果。

我让他睡下，接着值下半夜的班。此时，我静下心来注意四周的动静，时不时拿起铜锣一阵猛敲，口中发出哟嗬的呐喊声。除了听到四周风吹苞谷叶发出的哗哗之声以及邻队番麦地传来的呐喊声之外，并无别的响动。这时，我才恍然大悟，原来后半夜起风了，是风声在作怪。长升误把风引起的响动当作"敌人"进犯的信号了。当然了，也是第一次在漆黑的夜里看番麦，神经过于紧张，造成不辨真假就仓促上阵的局面。由此，我对"风声鹤唳"这个成语有了进一步的认识。

清晨，我和长升踏着初秋的露水回知青点，走到与二队分界的山梁上时，却真的与熊瞎子不期而遇了。我在前，长升紧随在后，刚好走到一条打柴时用的溜道边上，就听见溜道下的灌木丛中传来呼哧呼哧的喘息声，离我们最多五六米远。可灌木林太密，看不清熊瞎子的样子，只知它正在往山梁上爬。我俩心中倍感紧张，我打着手势，长升顺手捡了块石头，一起凑到溜道边，同时对着灌木丛齐声哇呀大吼，声震寰宇，并将手中的石块砸往灌木丛。只听到灌木丛中一阵乱响，随后就是叽里咕噜的滚动之声，直奔沟底，动静还不小，想必是只较大的狗熊。事后从二队瞿志刚处得到证实，他和我们同一晚值班，这只熊在他看的地里转了半晚上，对于他的恫吓根本不加理会，着实把他看的那块地糟蹋得够惨的。

回到知青点，刚好女生们准备做饭，见了我俩问："咋搞的，这么狼狈？"我俩支吾着赶紧跑回男生宿舍，拿了洗漱用具打理自己。同屋的男生也已起床，见了面也有此一问，我俩忙加掩饰："吃饭时再说。"

开饭了，大家围坐在院子里手里端着碗，杨平鸽首先发问："你俩昨晚可与熊瞎子邂逅？"我忙站了起来，又将散了架的火铳拿了过来放在地上，以此证明我俩昨晚的"英雄壮举"以及今晨与熊瞎子的遭遇战，同时用当地方言"我娘娘……"之类来添油加醋，声情并茂地一通乱侃，直把同学们笑得前仰后合，碗也端不住了，连嘴里的饭都喷了出来。蒋富贵说："这俩草鸡还真够有胆的！"

随后很长一段时间里，此事在组内传为笑谈。

向希明，男<br>
西安交通大学附属中学初六六届毕业生<br>
插队地点：原宝鸡县晁峪公社西岔一队

陕西知青档案

# 我当了四十多天匠人

　　1969年初，正是"文革"的鼎盛时期，像城里一样，我们山区也要"早请示、晚汇报"。天刚麻麻亮，队长领着社员站在画有毛主席像（那是我的杰作）的墙跟前，他在前面先念道："首先敬祝我们伟大领袖毛主席万寿无疆！"大家紧跟着一边念，一边挥动着手中的《毛主席语录》："万寿无疆！万寿无疆！"队长又念道："敬祝林副统帅身体健康！"大伙儿又是一边挥动着《毛主席语录》，一边念道："永远健康！永远健康！"接下来背诵毛主席语录，队长往往找一些极其简短的毛主席语录来背诵，诸如"千万不要忘记阶级斗争""要斗私批修""抓革命，促生产""要准备打仗"等等，一连背三遍。晚上收工前也要如此重复一遍。

　　后来，我妹讲起她们那儿"早请示、晚汇报"时的一些事，能笑破肚皮。比如那几年，我们支持柬埔寨西哈努克亲王抗美救国，于是，她们队长就让背"西克努克"。再如林彪说："毛泽东思想是资本主义走向全面崩溃、社会主义走向全面胜利……"农民不理解"全面崩溃"是什么意思，队长说，就是"通通日塌"，于是，她们队长就会让背三遍"通通日塌"，实在是要笑得满地找牙。

　　我们队长还是有些文化的，闹这样笑话的事是不会有的。但是，队里穷，没有副业收入不说，家家户户连粮都不够吃却是千真万确的。他没有办法改变这一切，唯一能做的便是老老实实按公社、大队的指示办事，勤勤恳恳地带领大家干活。当时，每天劳动的最高工分是十分。

　　没想到自己的绘画爱好下乡还能发挥点儿作用。1969年春节过后不久，队里要"请"毛主席像（当时画毛主席像不叫画，得叫"请"，和现在农村"请"神像是一样的），我当然责无旁贷，自告奋勇。一是自己喜欢画画；二是这活轻松自由；三是工分还高，十分呢。

为"请"毛主席像,我还专门去了一趟西安,采购了一些油画颜料和笔,为省钱,还买了些油漆。队上将村口水井旁的一面墙抹平,刷上白灰之后,我就干开了。我找了一张毛主席穿军装在天安门城楼上的半身像,打格子、放大,一笔一笔慢慢画。当时天冷,油漆和油画颜料抹不开,加上本人水平也有限,就只能慢慢画,画了有七八天才将毛主席像彻底画好。当大家站在画像跟前赞美画得像时,我心里自然是美滋滋的。

没过多久,队长跟我说,河对面一队也要"请"毛主席像,是匠人待遇:每天给我三元钱,其中九成交给队里,队上给记十分工,匠人可抽一成,每天三斤白面供派饭吃,白面直接给做饭人家,每天一盒一角七分的宝成烟。当时,队里强劳力一天也只有十分工,年终结算十分工才七角几分钱,社员每天能吃到半斤白面已是相当不错的了,抽的则多半是旱烟叶,能有这个待遇是很高很高的。真好!美差哪有不干的道理,干!队长害怕我像一些社员一样,外出干副业拉架子车,拿到工钱不缴队里,装到自己兜里,再三叮咛要把收入交付给队里,我向队长做了保证。

一队的墙比我们队的要大多了,近三米高,我选了一个毛主席在天安门城楼上的全身像,搭上架子,这就要慢慢画了。反正是给队里挣钱,天冷,生堆火,画一画;手冻得拿不住笔,下来烤烤火,抽支烟,再爬上去画;画一画再下来。这样反复几次,直到有人叫吃晌午饭。到派饭的社员家,被请上炕。"刘师,暖暖脚!""刘师,吃根烟!""刘师,洗个手,吃饭!""刘师、刘师"的,显然,我在他们的眼里是个非常值得尊敬的匠人。一大老碗捞面条端将上来,我哪儿吃得了!那时,我胃病正犯,每天隐隐作痛,能吃三分之一就很了不起了,所以,一天三斤白面,我能吃够一斤就算是不错的了。就这样慢慢地画了十几天,才将毛主席他老人家"请"到他们一队。

接着七队又叫我去"请"毛主席像。在一队画像时,每天,我都回来睡觉,七队远,又在山上,只能住在那里。七队队长安排我住在小队部里,因害怕有虱子,我晚上脱光了钻进被窝睡觉。就这样,回到队上不久,陈景亮发现他身上有虱子,一口咬定是我给带回来的,我再三申辩也没用。话又说回来,和贫下中农打成一片,身上有几个虱子又算什么?这是"革命虫"嘛!

最有意思的是到段家磨画毛主席像,有件事印象最深刻。一件事是派饭到知青李渭他们那儿吃。李渭他们队有王维耀、王峰和黄之群等同学,是学校初六七届的,我们之间还都熟,所以,也很随便,聊着天看着他们生火做饭。他们把饭做好端上小桌后,一个个围站在小桌旁,并不动筷子。只见他们神情突然严肃起来,王维耀从衣服口袋里掏出《毛主席语录》小本本,庄严地大声说:"首先敬祝我们伟大的领袖、我们心中的红太阳毛主席万寿无疆!"其余人跟着一块喊道:

"万寿无疆！万寿无疆！"王维耀继续道："敬祝毛主席的亲密战友、我们的林副统帅身体健康！"大伙儿继续喊道："永远健康！永远健康！"乖乖！这一招把我镇住了，我跟着喊也不是，不喊也不是，只是愣在那儿，看着他们。他们是那样的虔诚，那样的神圣，一点儿做作都没有，他们是全公社插队同学中唯一这么做的。二十多年后，我在乡村拍摄天主教活动时，看见教徒们吃饭前的祈祷就想起了李渭他们，何等相似啊！

段家磨大队画完之后，回到队里没人再请我当匠人了。

四十多天的匠人当得挺爽的，尤其是点着一百三十多元工钱的时候更爽。当然钱还是交给了队上，队上给记了四百多分工。我个人领到十三块多钱，花了三块一毛二分钱买了一条棉毛裤，剩下的钱买了几斤点心、几盒烟，弟兄们一吃一抽，很是开心。但是，匠人的生活也就此结束了。

刘宗昉，男
西安交通大学附属中学高六八届毕业生
插队地点：原宝鸡县晁峪公社新庄三队

# 浪 漫 青 春

安康的火石岩,几十年前还只是一个小渡口,不很有名,也不喧闹,静静地流着一湾江水。突然有一天,我们这些西安来的学生为修一条襄渝铁路,浩浩荡荡开进了这一地区,安营扎寨,开山辟路。千年古渡从此改变了模样,有了烟火,有了文明,但风光依旧,生态依然。唯一的变化是江的南岸有了一个邮电所。

我们都喜欢这个地方。它仿佛是一个信息中心,每当家乡寄来信件包裹,大伙儿就坐着渡船到对岸去取。从那里收获到远方亲人的问候,也送走我们的思念。

有一个黄昏,落日燃尽山峦,江上泛着光辉。我独自去邮电所取信件。走到渡口看见小船已经驶去,正在逆流而上,然后又掉头向下,绕过礁石急流,随后便悠悠地平泊在江的对岸。

我知道错过了时间,等第二次摆渡还要半个时辰,只好耐心等待。这时,从远处走来一个姑娘,戴着一顶遮阳帽。江风吹来,斜斜地露出额前的一绺头发,神情极是浪漫。

这女孩大方,我还没有开口,她倒先问我:"是不是等渡船?"我说:"是的。"她又说:"你是修铁路的民工吗?"我说:"我是学生,从省城来。"她又说:"省城不就是西安嘛。"我说:"你才知道省城就是西安。"说完这话,我有点儿后悔。我从她的口音里听出一口京腔。

姑娘不言语了,默默地站着,一脸的文静。

我就主动和她说话。我问她:"你是北京来的吧?"她说:"是的。"又问她:"是来干啥的?"她说:"在这里的水电地质测绘队。"她说她就住在对岸的山腰上那几顶帐篷里。我也听说过,在这个地方以后要建设一座大型水电站。不过对地质测绘，还是很陌生的。她好像看出我的无知，就说："这个地方今后要建水电站，地质测绘很重要，是第一步。"我问："修铁路是三线，你们是属第几线？"她说："也是三线。"三线建设要抓紧，这是毛主席说的话。

那年月，毛主席的话是最高指示，想不到她也是来建设三线的。突然我觉得和她变得亲近起来。

渡船过来了。艄公先和她打招呼，在行船的时候向她打听外面的事情。她说："去安康城买了几本书。"艄公说："你的书够多了，还要买呀！"她说："去书店逛逛看见就买了。"他们说话的样子显得很熟悉。姑娘的话语亲切又朗朗上口。

我坐在船上，听着船桨划动水流潺潺的声音，感觉异常的舒服。

下了船，走上岸，我就去邮电所。临别时，那姑娘对我笑笑说："有空来玩。"我说："有空一定去。"我们彼此笑笑，就这样分手了。

那年秋天，连队要和当地的部队联欢，说好都要准备一些节目，大家娱乐一下。我们很想搞出一些别出心裁的节目来镇镇对方，但苦于没有这方面的文艺人才。我就想起那位姑娘，也许她有这方面的特长。我把这想法一提，顿时就博得大家的赞同。

我带着一纸公文，就奔火石岩去了。我寻找到那个地方，对着帐篷喊来喊去，就是不见有人出来。我索性推门进去，见里面的床铺上睡着一个老头，老花镜脱落在鼻尖上，他朝我望了好久，才问我找谁。我说明来意，又递上介绍信。那老头笑笑，说："我们这儿工作人员都是大男人，谁也不会搞文艺。"我说："不是这儿有个年轻女同志吗？"他说："哪儿来的女人哪！"我顿时蒙了，不知道说什么好。他想了想，突然哈哈大笑起来，说："你说的是晶晶吧！"我说："不知道她的名字，只知道她戴着一顶黄色的遮阳帽。"老头又是一笑，说："是那鬼丫头。不过你弄错了，她哪是工作人员，她只是个学生，现在算是农民了。"经老头一介绍，我才知道那个叫晶晶的女孩是随测绘队的一个家属。因为测绘队要在这个地方长期待下去，所以，她随父亲就地落户了，也算是知识青年吧。

我们正说话的时候，那叫晶晶的女孩推门进来了。她一见我就愣住了，脸涨得通红，脚步轻轻的，猫似的。那老头对我说的话，想她也听见了。

我问她："会唱歌吗？"她说："还会跳舞呢！"我说："你肯教我们吗？"她说："这有什么难的。"我说："那我谢谢你啦。"她说："还没有教就说谢，也太客气了。"她又说："我还会拉手风琴呢！"说着就指着墙角桌上的手风琴。

那个老头也同意她去。原来，他就是晶晶的爸爸，是一个高级工程师。

我陪晶晶去我们连队的路上，向她打听了许多的事，她都很情愿告诉我。最后她说："你觉得我快乐吗？"我想了半天，也不知道该如何回答，就说："认识你，我很快乐！"

晶晶听了我的话，只是微微一笑，默默地走自己的路。秋日正午，大地一片明亮，有水鸟在江面上盘旋，大江笼罩在蒙蒙烟雾中。

从此以后，我就算和她真的相识了。从那以后，我们就经常在一起谈心，游戏，梦想。从那以后，我们各自原是空白的青春写满了情深意长的文字。

她总是喜欢和我说话。她说她对北京怀有一种深深的眷恋，对这里的生活也怀有一种喜悦，但是，她的心里总怀有一种不可名状的、淡淡的、充满寂寞的痛苦。她说话的样子却像一个小孩子在背诵大人教的痛苦诗篇。

从我们认识开始，我就知道在里面包含着一种什么情感。一种不是我们现在就能够充分体验到的东西，一种也许是值得靠毕生的精力去追求的。

有一天，她突然来我们连队。当时，我去工地干活了，她就和连队别的同学在一起说笑。大伙儿都很喜欢她，称她是"苔丝"。因为那时，我们正在偷偷传看哈代的这本小说。我们把对书中的女主角的爱深深印在了她的身上。

我回来的时候，已经到了吃晚饭的时间，大伙儿都要留她在这吃饭。她说："我吃了，你们吃什么？"那时我们的生活很苦，每人的口粮都不够吃，人人都是半饥半饱。她说这话虽是玩笑，也从中看出我们生活的窘迫。我说："你就吃我这一份吧。"她就说："我会心疼呢！"大伙儿都取笑她，她也不脸红，顽皮的样子很是让我们疼爱。随后，她趁人不备，对我说："我有话对你说。"那神情又变得很端庄，让我很是吃惊。

在路上，她一直走在前边，我怎么加快步伐也赶不上她。我说："你慢点儿走呀！"她不回头，还是继续快步走着，扬起小路上的尘土。

到了江边的渡口，她才停下脚步，渡口已染上晚霞的红晕。

"我要走了。"她突然回头朝着我说。

"上哪去？"我问。

"上学。"她说，"队上保送我上大学。"

"到什么地方？"我问。

"北京。"她说。眼睛低低的，不去看我。

"这是好事嘛。"我说。不敢去看她。

"你愿意吗？"她说。

随后，她一屁股坐在沙滩上。我在她的身旁坐下。

"你说话，愿意我走吗？"她还是追问。

"这是好事嘛！"我又说。

"你同意了？"她看我。

"是的。"我变得无力了。

"那好。我今天就是来和你告别的。"

我们两个人都不说话了。月亮上来了,静静地挂在天上,老艄公的渡船已泊在岸边。老人朝这边招招手,她也招招手。

"我该走了。"她说。我不说话。

"你可以留住我。"她说。

"你还是走的好。"我说。

她突然站起身,朝渡船跑去。渡船启动,逆流而上。她就站在船头,朝我挥挥手。渐渐地,船远了,雾气弥漫在江上。

我站在那里,第一次感到自己很是空虚。

那一年,我也回到了西安。以后就是工作,恋爱,结婚,生子……总之,我的生活有了很多的变化,但我还是会回忆那逝去的青春的岁月。有时我想:晶晶这个名字已经不仅仅是一个女人的形象。她仿佛成为我美好记忆的一个化身,时时想起,都充满温情。也只有从她的形象里,我才能认识自己的青春年华,认识自己生命存在的真实性、历史性,认识人生转瞬即逝的无常岁月。

我永远怀念那流逝的岁月,那初发的感情。尽管那是幼稚的、朦胧的、转瞬即逝的,但那是最真挚的最美妙的、最令人销魂的。至今想起,都会令人感到心醉神迷。


郭培杰,男
西安市第八十九中学初七〇届毕业生
1971年3月参加襄渝铁路建设,所在连队为五八五二部队学生六连,
连队驻地先后在原安康县岚河区石庙沟公社和水田公社

# 遥远的记忆

20世纪70年代初，我国三线建设中的重要工程项目——襄渝铁路在陕西南部开工。襄渝铁路由铁道兵承建，由于人力不够，铁道兵总部向中央提出沿线各省组织民兵参加施工，中央同意并要求各省执行，陕西省革命委员会和陕西省军区开始组织民兵进场。当时，陕西省正在修建另一条三线铁路——阳安铁路，还有一些大型水利工程也正在进行，劳力资源极为紧张，只能给襄渝铁路安排十二万民兵，施工力量不足。陕西省革命委员会研究决定选调动员陕西关中地区城镇中学的1969、1970两届中学毕业生配属铁道兵参加施工，并分别于1970年8月和1971年3月选调动员了二万五千名中学毕业生组成学生民兵连队，作为上山下乡的一种形式，直接由铁道兵部队管理，奔赴陕南秦巴山区，投入工程施工。学生民兵连队能征善战，流血流汗献青春，英勇悲壮可歌可泣，为襄渝铁路的建成立下了不朽功劳！

离那个岁月实在太遥远了，安康石庙沟那个地方，在我的记忆里，永远是灰色。但那里分明是有四季的，冬雪春雨，夏阳秋风，可在我的思维里追寻到那时就是黑白胶卷一般，天地之间就是灰色。时光遥远了思维可能都是这样：模糊起来，颜色褪去。

那一年是1971年9月20日下午，天空并无明亮的阳光，好像是多云天气，我来到了炊事班炉灶烧火口的棚子下面。炊事班位于我们连最下面的位置，平时我们出了营房门，就可以俯视到炊事班。炊事班后面，就是那条细细的汉江。我这天去炊事班是帮着择韭菜，炊事班晚上蒸包子。我一个人拿了一大把韭菜，坐到棚子下面，静静地择了起来。听见上面操场有人叫我，一看是中学同班同学辛毅佳。他走到棚子下面，和我坐在一起择韭菜，说了很多话。说的什么话已经大多记不得了，只记得一句，他说韭菜包饺子、包包子都好吃，但他从小就最害怕择韭菜。那天晚上全连都吃韭菜包子。吃了韭菜包子，该上夜班的排就进洞干活去了。

辛毅佳那时候个子很小，他是1955年7月1日生人，到三线的时候还不满十六岁（我们是1971年3月31日去三线的）。吃韭菜包子的那天夜里，听到连里闹哄哄的，大家都起来了。原来是隧道里出事故了，辛毅佳被掉落的石头砸伤，已经送到医院了。到了9月21日上午，消息传回，人已经不在了。隧道里出事的地方是一个塌方区，当时并没有发生大塌方，仅仅是从洞顶掉下来几块石头，有一块掉到排架上又弹下来，正巧砸在辛毅佳身体一侧。巨大的力量砸在身材那么瘦小的辛毅佳身上，怕是当时就不行了。

连里竟然死人了，大家都不敢相信，原来人是可以轻而易举地死掉的。人死了，要开追悼会，我跑到铁道兵营部借来几块蓝色塑料布，当作幕布，在连部前面的操场搭起来一个追悼会台子。开会那天，天下起了灰色的大雨，营教导员在雨中念着悼词，全连的人员都默默地站在雨地里，衣服全淋湿透了。

辛毅佳走后，大家心里都不舒服，几天来连队没有笑声。奇怪的是，连队上空有很多乌鸦，飞来飞去，这个现象其实在辛毅佳没走之前就有了。连队的驻地本来是个坡地，坡地上据说是个乱葬岗子，大家都觉得乌鸦和那些乱葬岗子有关，带来了晦气。于是，很多战友们就做弹弓，不上工的时候，就不停地向乌鸦射击。大战了几天，终于，乌鸦没有了踪影，大家松了口气。

转眼到了1972年10月了，我们连已经完成石庙沟二号隧道的掘进任务，到红岩沟修桥去了。修桥的危险程度远低于打隧道，大家都很轻松。谁知10月20日，陈长生竟然从悬崖上坠落到桥基上，几十米的高度，当场殒命。

陈长生是排架班的，工作性质比较特殊，不在连里工作，直接随部队连作业。修红岩沟大桥要搭钢塔架，用来向桥墩上吊运混凝土等材料。钢塔架立起来后，要拉几条钢绳，把钢塔架固定起来，以使钢塔架牢固。出事时固定的是最东面的那个钢塔架，有一根钢丝绳要固定在桥墩东侧的悬崖上。具体就是在悬崖上挖一个坑，把钢丝绳缠到大木头上，再放到坑中，浇上混凝土。当时排架班承担给坑里浇混凝土的任务，把沙子用簸箕背上悬崖，在坑旁边就地和混凝土。那天，班长安排陈长生和混凝土，一向听话的他那天如同变了个人，暴躁无比，非要去背沙子。班长莫名其妙，就同意了。别人都是背一簸箕沙子，他用一根扁担挑两簸箕沙子，在悬崖小路上攀登时，扁担头撞上了悬崖，陈长生冷不防身子后仰，直接从悬崖上落了下去。

出事前不久，大家都听说快离开三线回家了。陈长生和几个人一天上到山顶玩，望着群山苍茫，大家坐着闲聊，有人说：这下可要出山回家了。陈长生望着灰色的远山，突然说他要上天了。谁知道他出了事故，真的灵魂上天了。

整理陈长生的材料我参加了，别的记不得，只记得两件事：一件是他来三线后从来没去过安康县城玩，出事前给大伙儿说过几天轮休，他就去安康玩去；另一件是他生活非常仔细，花钱最多的一个地方是给公家的材料房买了一把挂锁。

陈长生到三线的时候是十七岁，遇难的时候是十八岁半。

到了1973年4月份，我们送走了老学生连，我们真的离回家越来越近了。这时，炊事班的宋安民得了痢疾，越来越重，6月份回西安治疗，不幸而亡。

宋安民不爱说话，我和他不是一个学校的，没打过多少交道，仅有的一次交道却难以忘记。那是刚到三线，不知道为了什么事，连里把他捆了起来，晚上军代表安排我看守。坐在昏黄的灯下边，看着瘦弱的他，想着这是阶级敌人吗？静静的夜，我们俩默默地坐着，他好像给我说了什么，我和他很和气地说话。他说他要小解，我有点头疼，总不能把他解开吧，解开他就是违反军纪啊！于是，我把他拉到屋外台阶上，在灰色的夜幕下，解开他裤子的前开口，帮助他让他小解了。他身体不是很好，没有下工地干活，但最终让三线战场的菌痢夺去了生命。他的年龄我不知道。

到三线三个年头，我们连队一年死一个同学，这些记忆都是灰色的。

我自己也有危险的经历。那是在马口上的轨道上行走，踩到了探头板上，人要坠了下去，掉到洞底就差不多完了。下坠的一瞬间，我将身体拼命向前扑去，扑在前面的横板上。人没有掉下去，但把胯部重重地磕在了横板上，剧痛，不过命却保住了。

连队干活，受伤的事情是经常发生的。临回来前，连里安排捡片石，一块石头从上方滚下，砸在同学屠宪一的头上，把脑子砸坏了，回到西安后，他很快就傻傻的，不正常了。他是连里最后一个受伤的人。我连列入2107工程伤残名册共三个人，他就是其中之一。

我连的第一次事故，发生在1971年4月16日。4月15日晚上，连里做了丰富的晚餐，庆祝16日进洞作业。当时，进的是石庙沟二号隧道进口，第一个工班，是四排上，进去正在扒砟，发生了塌方，伤了三人。实际上是砸伤了两人，还有一人吓坏了。这三个人都是我的同学，其中刘永良的一条小腿失去了。学生连到三线头一次进洞，就碰上塌方，就发生重伤事故，整个襄渝线的学生连也就我们连发生了这种倒霉的事情。

三线时的情景基本上都记不得了，只有这些事情有时还在脑海里显现，总是那种灰色的图像。如果不写出来，就会越来越遥远，越来越模糊，乃至看不见了；写出来，就放下了一件事，也算对死亡和受伤同学们的回忆！

袁培力，男

西安市第十五中学初七〇届毕业生

1971年3月参加襄渝铁路建设，所在连队为五八五三部队学生二连，

连队驻地在原安康县岚河区石庙沟公社

# 木薯·木瓜
## ——海南农场杂记

"文革"后期,在上山下乡的热潮之中,我和一些同学从西安去了海南的一个军垦农场。说实话,我当时毅然南行的动机,就是向往那天涯海角的浪漫和旖旎。到了海南以后,椰林婆娑、红棉吐艳的景象我们确也见过,但后来回想起来,却多如浮光掠影。那时的海南,令我更多感受到的,是一种质朴和冷峻。不用说,那儿地处热带,果木之繁盛令人眼花缭乱,但至今使我经久不忘的,不是椰子、芒果,不是香蕉、菠萝,却是那无风无采的木薯和木瓜。

## 木　薯

我第一次尝到木薯,是在我的老班长家里。那一锅木薯汤给我的印象深极了,我至今不知道该如何形容它们。观其形,雪白、晶莹;品其味,面甜、滑爽、解渴而又顶饥,且有一种无法言传的香味。

老班长是黑龙江人,当年随"四野"南下进岛,后来就集体转业,留在这儿"屯垦戍边"了。当时,他已年近四十,身上早已不带多少"兵"气。然而,他张口闭口仍是"我们师"如何如何,并且一天到晚扎着一条已经很旧的宽牛皮带,戴着一顶已经洗得发白但仍留着帽徽印迹的黄军帽,加上那张典型的东北人的脸形,使人联想起他当年的英武军姿。

"好吃不?那就吃,这是咱们这儿的'战备粮',满山都是。"他推开后窗,指引我们望去,只见那起伏蜿蜒的小径旁,密匝匝一片绿色,那是农场的木薯林。一株株木薯小树一般挺立着,枝头一丛绿叶,像一把把撑开的小伞。这是农场除橡胶外，种植最多的一种作物。

其后，我逐渐领略了木薯的各种吃法，蒸煮煲烧，各有其妙，均使我欣喜不已。然而，真正认识并理解它，是在那次跟老班长看山之后。

看山，就是住在山上一个茅棚里，防止野兽破坏作物。这是一个寂寞的差事，我们除了轮换睡觉，便是聊天和听一台半导体收音机。我发觉，老班长特别留神有关东三省的新闻，他凝神谛听，然后便燃起纸烟，哼起类似"二人转"的小调，给我讲些他小时候的事情。然后，饥了，渴了，乏味了，自然便要煮木薯汤吃。

我们钻进茫无边际的木薯林，每拔起一棵植株，便可得到一大嘟噜连藕状根，那便是可食用的木薯。在我摘下块根的同时，老班长便抽下腰间的砍刀，把那长长的茎斩作许多小段，扔在地上，拢土掩埋。我不解，他便告诉我，这就是种木薯。木薯的生命力是极强的，全身上下都有萌发生命的芽点。任意斩下一段茎身，只要带有一个芽点，埋入土内便可成活。在我惊诧之时，老班长又拢起一堆枝叶，埋入地下，并且告诉我，这叫"压青"。那些枝叶沤化，都是上好的肥料。

啊，木薯，鞠躬尽瘁的木薯，你奉献得那么多，却又遭人如此漫不经心地对待，未免有些不大公道吧。看到它，我便想到当时一个令人惊心的口号：活着为革命种橡胶，死了埋在橡胶树下做肥料。

篝火点起来了，木薯在锅里咕嘟。老班长一手提着刀，一手搭凉棚，在向远处眺望着什么，肩膀上古铜色的肌肉，在热带的骄阳下灼灼闪光。在海南，在军垦农场，遍地都有这样的汉子——一身军衣、一副背包、一个脸盆、一个篮球，便在这儿扎下根来，破土立业了。在有他们的地方，便有那一片连着一片的木薯林。

# 木　瓜

原先，对木瓜的印象并不美妙。记得小时候，家中曾用一盘木瓜作为摆饰，长年放在桌上，黑乎乎、轻飘飘、歪歪咧咧的，只知这是热带的东西，却并无任何美化作用，活像几块风干的木头。

可没想来到海南，我看到的最美丽、最富装饰意味的树，便是木瓜树——树干笔直，无旁枝，顶端发出伞盖一般的枝叶，树皮生着美妙的花纹，那大大的树叶，造型精巧极了，使人难以说出形状，即使十分熟悉了，也画不出它颇具空灵意味的形状轮廓。在树干顶端，枝叶之下，簇拥着一嘟噜果实，那便是木瓜了。

在我们连队周围，便生着几株木瓜树，我很喜欢这几株木瓜。因为收工回来，一看到它，我心中就会产生出一种美好的思绪，一身疲劳顿时便消除大半。可我从来没有想过，这种圣洁的果实，竟然也是一种美好的食品。

有一次，我和炊事班的小朱一起值班巡逻。我们一起捅下来两个木瓜，我摸了摸，硬邦邦的。他叫我两天后去吃。

两天后，我来到小朱宿舍。他把木瓜放在麻袋里，已经捂得软乎乎的。轻轻掰开，颜色火红火红，咬一口，凉甜爽心，可与熟透的哈密瓜媲美。我们边吃边聊，兴之所至，小朱又弹起了吉他。可是弹着弹着，他皱起了眉头，神情中透出了一丝忧伤。

他是印尼归侨，音乐专科学校毕业，白净文雅，弹一手好吉他，两年前主动要求回国，回国不久，便被安排上山下乡了。这时，他可能是睹物生情，又想起了他的第二故乡，那儿也长着许多木瓜树，还住着他的父母姐妹。

我要求他唱一支印尼情歌，他似受到惊吓，红着脸连连摇头："不行不行，要是你反戈一击的话我就倒霉啦！"经不住我赌咒发誓地要求，他终于抚动吉他，轻轻地唱了起来，他唱得专注投入，却有时如惊弓之鸟似的左顾右盼。我也真的难为他了，因为在那个年代，只有八个样板戏垄断文艺阵地，一切外国歌曲、爱情歌曲，统统都被贴上了资产阶级靡靡之音的标签。从此，我俩成了朋友，而木瓜也成了我们俩在一起时，唯一可以免费享用的美味。

后来，我俩都去支援新点建设了。当时的政策是先生产后生活，我们在山沟里搭个茅草棚子住下，就开始上山开荒了。吃饭是白水煮冬瓜，酱油下饭，偶尔打上一头野牛才能改善一下生活。有时，小朱叫上我，到老连队去采木瓜。生木瓜用刀劈开，发橙红色，切丝烹炒，甜甜的颇似南瓜。有好几个月，我们的伙食就是靠木瓜撑下来的。

一转眼，这都已经是许多年以前的事了。那是一个有几分荒诞的年代，却又是一个充满着英雄主义气概的年代。那个年代的人和事，令人终生难忘。

姚泽芹，男
西安市第十中学高六六届毕业生
插队地点：海南乌石军垦农场
本文选自西安出版社2011年9月出版的《一路悠长》一书

# 老插忆旧

## 凄凉苦涩之路

1964年，世界上发生了两件大事：一件是中国爆炸了第一颗原子弹，另一件是苏联赫鲁晓夫下台。而我呢，做出终生难忘的决定——到农村去插队。

1964年6月，我初中毕业，在考高中的体检中因肺结核病未痊愈，不能参加考试。9月份，国家开始动员城镇知识青年到农村插队落户。街道办事处干部开始对辖区里高中、初中落榜的应届毕业生及社会青年进行动员。由于1962年至1964年在学生升学考试中执行了唯成分论的极"左"路线，有许多因家庭出身问题而被剥夺了学习文化知识权利的品学兼优的学生，这些人占当时上山下乡人数很大的比例。

当时动员下乡，基本上还是采取自愿的原则，虽然我的肺结核病没痊愈，可是，我认为自己是红旗下长大的年轻人，一种思想、一个领袖贯穿了我的童年和少年时代。要听党和毛主席的话，毛主席咋说咱咋做，要以古今中外的英雄人物作为自己行动的楷模，不管农村多艰苦都应该上山下乡为建设社会主义新农村贡献力量。自己特别敬佩1962年下乡插队的知青侯隽，以她为自己的榜样。

养父母都是从农村出来的，深知农村生活环境的艰苦，怕我下乡身体吃不消，苦口婆心地劝说我不要去。可我那时，心里就像装了一团火，任何人都劝阻不了我下乡插队干革命的雄心壮志。前一个月，先去的同学孙胜全给我寄来了一封意味深长的信，信中写道："风景是那么的美好，南有太白山，北有渭河水，要想干事业，请您再三思。"他的信更加坚定了我下乡的决心：自己在脑海里幻想出一派农村欣欣向荣的场景，就像电影《我们村里的年轻人》里那样。养父母见说服不了我只好同意了，怕乡下缺医少药给我准备了一些日常用药，这些药以后还真派上了用场。养父母在临走的前一天晚上对我说："孩子，到你在乡下后悔的那一天时，你可不要埋怨父母亲。"我说："二老放心，我不会后悔的。"但是，梦想与现实是格格不入的，最让人想不到的是，一场"文化大革命"政治风暴改变了无数人的命运，我坎坷的人生从此进入了一个漫长困惑而痛苦的历程。

1964年12月12日早上，寒风凛冽，灰色的天空飘着小雪花，在街道办事处门前我和二十几个年轻人上了罩着帆布的大卡车，坐在各自的行李上。我不停地安慰二老，叫他们放心，养父母站在寒风中难受得一句话也讲不出来，悄悄地擦着涌出的泪水默默地望着我。汽车出发了，养父母的身影渐渐消失在雪雾中。

陕西省眉县青化公社魏家堡大队第七小队，我在这里待了十一年，而我的妻子则是十五年的光阴。一般插队时间短的知青基本上与当地的农民有一定的距离，而我基本就融入他们之中了，只不过穿戴上稍有不同罢了。十一年的知青生活在当地较恶劣的人文环境中使我成了当地的底层农民。生活状况还不如当地的村民，特别是在"文革"中的政治环境压抑下几乎喘不过气来。

对于我们这些知青（除了高初中毕业生外还有少量的社会青年）的到来，当地人也不知道是干什么来的。因为1959年村子里曾经来了几十个右派劳动改造，后来也不知道到哪里去了。社员们觉得这些娃娃待上几年就会走了，三年过去了我没有走，五年过去了我没有走，八年过去了还没有走。

1968年10月16日接到妹妹来的信，信中告诉我父亲被关进了牛棚，母亲不知如何是好。第二天，我赶回西安。

我与母亲商量，想与父亲见一面。我在厂门口从早上等到中午，随着下班的人流，一队戴着白袖章的人走向食堂。我看见了憔悴不堪的父亲，急忙走向前去。父亲停下脚步："尚文，你怎么来了？"父亲的身体很明显是受了刑，嘴上因过度思虑起了一圈燎泡，眼前的情景使我难过得竟一句话也说不出来。他对我说："你妈还好吗？我受不了了，爸爸一生光明磊落，没做过对不起国家、对不起人民的事。"还没等父亲说完，一个人过来喝道："快走。"父亲连忙离去，一边走一边不断地回头望我。回到队里的第二天傍晚，在下工的路上碰到了刚刚从西安探亲回来的知青小巴。"你爸出事了，你爸今天早上跳楼自杀了。""啊！"我突然感到头被重物猛击一下，脑子一片空白，我连夜跌跌撞撞地往家赶。到家时天快亮了，看见母亲木然地坐在床上，我扑上前去跪倒在地与母亲抱着痛哭，害怕被别人听见哭声，一脸泪水的妹妹赶忙紧闭门窗。母亲告诉我，父亲于出事当天火化，骨灰也不让留下。我没有见到父亲最后一面。

1968年10月18日凌晨，父亲在"牛棚"里的第七天不堪刑讯含冤去世。

我的女友（我俩插队的地点相隔二十里）也闻讯从乡下赶到我家，母亲对她说："家里的情况你也看到了，如果你愿意，就结婚吧。要不，立刻果断分手，免得以后双方痛苦。虽说他父亲刚刚去世，他身戴重孝不能娶亲，但是，现实情况也顾不得讲究了。"女友说："您放心，我生是您家的人，死是您家的鬼。"那年我二十岁，不知如何面对家中飞来的横祸。多亏了母亲，她虽然识字不多，但是位坚强的女性。

我有些吃惊地看着女友，第一次听到她叫母亲"妈妈"。母亲接着说："孩子委屈你了，他父亲没了，我们家里没有经济来源了，只有我在家属劳动连（即后来的劳动服务公司）缝纫组干活的一点儿工资，还养活他弟弟妹妹。结婚是人生的大事，如果家里不出事会让你体面地嫁到我们家。事情太突然，事先都没有准备，就是家里原有的一些衣物也被抄家的拿走了，只能给你一床新被面、一百元钱成家，别埋怨我这个当婆婆的小气。儿呀！咬紧牙活下去，无论是病死还是饿死都不要自己死。"母亲边说边把钱递到我手中。

今后的路怎么走，我是一片混沌茫然，脑子里乱得自己都不知在想什么。女友回家把要结婚的事告诉了她母亲，当教师的岳母坚决不同意婚事，对女儿说："咱家已是个火坑（岳父被打成右派，遭送老家农村），你还敢往大火坑里跳？"她倔强地说："自己的事，我自己做主，我认命了。"气得一向和善的母亲把坐着的小马扎向她摔了过去，女友头也不回地走了。

家庭遭遇的不幸，使我们的婚姻在毫无准备的情况下走向凄凉苦涩之路，我们怀揣着母亲给的一百元钱回农村结婚去了。

## 批 斗 会

我想平平安安地过自己的日子。其实，我就是个名副其实的二等社员，想要独善其身已身不由己了，更何况我好管闲事，爱打抱不平。1970年初秋，大队广播站的大喇叭里每天都播出关于清查"五一六分子"的消息，我根本没有在意，因为那事与咱一点儿关系都没有。谁知道，"静在家中坐，祸从天上来"。

开始不同寻常的是：队长在每天开会的时候都在反复说"咱队里有个'五一六分子'，至今都不坦白交代"，说话间不时用眼角在斜视我。直到同学孙胜全跑来告诉我："有人在公社三干会上说你是'五一六分子'，要把你揪出来。"这时，我才恍然大悟立刻就赶到公社。

我找到了公社"革委会"主任马胜利："马主任，大串联的时候我是去过北京，但是，我怎么就成了'五一六分子'呢？""哦，你参加'八三一'（一个知青的造反组织）抢农业部的纸库了吗？""没有参加，我与'八三一'没来往，我们到北京的时候抢农业部纸库早几天就发生了。""哦，那好，没事了，你回去吧。"要把我打成"五一六分子"的事就这样不了了之，至今，我也不知道是谁诬陷了我。

　　一波未平一波又起。一天，我与两个杨氏叔侄族人浇玉米地，三人各照看一段水渠，他二人在前面，我在渠尾引水浇玉米，忙得我跑前跑后，其中一人竟偷懒打瞌睡，结果跑水了，渠水淹了麦场上的草垛。队长勃然大怒，杨氏叔侄二人把责任推得一干二净，那罪过就落在了我的身上。晚上记工开会时，队长大声斥责并扣了我的工分，我据理力争不顾一切地与队长大吵了起来，这一下捅了马蜂窝。像我这样只能夹着尾巴的"狗"竟然要咬人了，杨氏家族的"铁娃"马上跳了出来摆出一副就要下手打我的样子，我压抑的情绪一下子爆发出来了，边退出会场边招呼两个弟弟："今天我跟他们拼了！回去抄家伙。"会场上的社员惊呆了，我们兄弟三人从家中手握铁锨跑立在街上，"铁娃"与他的两个儿子也拿着铁锨镢头冲了出来，全队的老少几乎都出来了，吃惊地睁大眼睛在看事态的发展，双方都虎视眈眈地望着对方，街道突然静得一点儿声音都没有，眼看一场血战就要发生了。

　　干重活路拿小工分，分给我的口粮是仓底出虫的次品，找他们理论遭到斥骂："不分给你，难道分给贫下中农吗？滚！"……平日里所受欺负的情景在眼前一幕幕闪过，忍受不下去了，我要活得像"人"一样！眼睛都快要冒出火来，气氛剑拔弩张一触即发。妻子抱着孩子跑来了，喝住两个弟弟哭喊着把我拼命地往回拽，怀里的儿子吓得哇哇地大哭，对方也被杨氏族长劝阻垂下了拿着铁连枷（铁质的三节鞭）的手。这时，不少人从各自家门口走了出来劝阻着、簇拥着双方回到各自家里，也有心怀叵测的人悻悻不快，没有看到一场"好戏"。

　　平时夹着尾巴的"黑五类"竟然这么"猖狂"，明明是向贫下中农挑衅。第二天，队长跑到大队汇报了我的这个阶级斗争的新动向，大队支部和"革委会"决定晚上在小队开个"上挂黑主子下打活靶子"批斗会。

　　"批斗会"的会场设在饲养室门前的场院里，大队"革委会"主任、支部书记都来了，会议开始高呼口号："谁破坏学大寨就打倒谁！""把破坏学大寨的坏人揪出来！"这时，有两个人起身准备向我走来，可我蹲在旮旯里动都没有动。那两人又坐下了。我的态度让大队的头儿出乎意料，主任直接叫我的名字："哎？你怎么不站起来？""我没有破坏学大寨。""你知道你是什么身份吗？像你的身份是要接受贫下中农改造的。""我的身份在你们的眼里是'黑五类'，但是我的父亲不是国民党残渣余孽，我爷爷是给地主扛长工的雇农，抗战时我父亲掩护救过中共南满地下党交通员，我母亲冒着生命危险给抗联送过药品，抗美援朝时我父亲是北京市劳动模范。1956年支援大西北才到了西安。我生在旧社会，长在红旗下,听党的话,响应毛主席的号召自愿下乡插队,平时的劳动表现,社员都看到了,队长分配的任何活路我都很好地完成了。""你还破坏绿化祖国。""我自己在院子里栽的树为了整齐,我移栽了一下怎么能是破坏绿化祖国呢?我是来接受贫下中农再教育的。但,不是受坏人欺负的!那些在新中国成立前当过土匪抢过人,当国民党兵痞抬寡妇门,抽大烟偷鸡摸狗的人才是坏人呢(在农村时间久了常听老年社员讲队里那些人在旧社会时的丑事)!"我说的这些话引得底下一片嗡嗡议论声。队长气急败坏地说:"你不要提起箩斗动弹(不让提他们的那些丑事)。"主任又讲话了:"你能谝,我们说不过你,可不管怎么说都是你的不对,你与队长吵架他不干了,你这就是破坏农业学大寨!队长的工作你能干得了吗?"我大声地说:"能!明天我就打钟派活。"本想用破坏农业学大寨的大帽子压我,让我低头认错,结果没有想到事与愿违,我还是倔强地不肯低头。主任赶紧说:"贫下中农的大权不能落在他这样的没有改造好的知识青年手里,队长还要把担子挑起来。今天的批斗会就开到这里,你回去写个检查明天送到大队"革委会"。散会!"对我的批斗会就这样收场了。

对我的批斗会让大队干部威信扫地,他们觉得很没有面子,马上布置专案组下去收集有关我能上纲上线的材料。大队主任说:"不把这'货'拾掇了,他就不知道马王爷三只眼,把这家伙送到县里去。"他们想用莫须有的罪名把我送进监狱,收听敌台散布反革命言论是当时置人死地的大罪,可惜我没有半导体收音机,没办法收听敌台。另外,我从不在任何人面前谈论政治。专案组的人忙活了几天没有搜集到任何能使我上纲上线的线索,就找不到把我送到县里的理由。大队书记的儿子奶水不够吃,他老婆经常把儿子抱到我家,让我妻子给他娃喂奶。由于这样,不再好意思继续盯住我不放了,就做个顺水人情通过中间人给我带话:"只要以后不多管闲事,这事就算了。"这事是事后专案组里的人告诉我的。

姜尚文,男

西安市昆仑机械厂子弟中学初六四届毕业生

插队地点:眉县原青化公社魏家堡大队第七小队

1975年6月被招工于宝鸡石油机械厂工作

# 兵团生活回忆

## 满地尽开黄金花

有一年春播,不知怎么回事,一袋玉米种子中混进不少向日葵子,负责操纵条播机的人懒得往外挑,再说那么多种子怎么挑得干净?就这样把两种种子都播进地里了,那一块地有七十多亩。

没出苗时谁也看不出来,等到第一次定苗锄地时,已经明显地看出玉米苗中夹杂着不少向日葵苗。连长自然很恼火,追问跟播种机操作下种的人是怎么回事。他们当然说是种子的事,自己没责任。连长也不追问了,很严肃地强调:锄地时一定要认真,向日葵苗要斩草除根,玉米苗要保护下来,否则这块地的产量就受影响了。

连长不强调还好,这一强调倒提醒了大家,何不保护好这些向日葵,到秋天收下来也能有个零食吃。那时大家和连领导的抵触情绪很大,班排长也都站在群众这边,睁一只眼闭一只眼,于是不约而同地形成了默契,在这块地的四周大家都把向日葵苗锄掉了,而十米以内的向日葵苗基本都保留下来了。所幸连长检查锄地质量都是在地边转,从来不往中间走,定苗时向日葵苗也没有高过玉米苗,总算没有露馅。

到了锄二遍草时,大家如法炮制,向日葵苗几乎一棵未少全都保护下来,它和玉米苗享受了同等的施肥培土待遇,等连长发现时,向日葵已经高出玉米一大截了,那时稻田里正是紧张的拔草季节,根本顾不上玉米地了。

最为壮观的画面是向日葵开花的季节,那片七十亩地的玉米田中央,不是星星点点,而是满地尽开黄金花。那些硕大的花盘从早到晚跟着太阳转动,灿烂辉煌,我们的心里也乐开了花。因为向日葵长到这么大,连长更没办法了,何况地里的活路那么紧，根本派不出人去砍那些向日葵。

收获的季节到了，那些向日葵个个都有脸盆那么大，饱满的瓜子打下来装了十几麻袋，这还不算，几乎每间房的房檐下都挂着十几个"大盘子"。那年冬天，向日葵瓜子成了我们每天必嗑的食品，家家户户（那时已有不少战友成了家）做完饭的余火就用来炒瓜子。

最有趣的是开大会的时候，百十号人坐在一起，每人口袋里装的都是瓜子，一旦开嗑，那声音盖过了连长指导员的讲话，那香味儿直往领导鼻子钻，有好几次连长不得不停止讲话，央求大家嗑瓜子的声音能不能小一些。谁理他呀，照嗑不误。

会议结束，俱乐部地上的瓜子皮厚厚一层，走出俱乐部，连长手上自然也会有一把不知是谁塞给他的葵花子。

## 看 电 影

十几年的兵团生涯中，最难忘的快乐是看电影。

那年我们打起背包、坐上大卡车，在滚滚黄尘中行走了两天，傍晚时分到达团部驻地。匆匆洗把脸，吃过饭，场上的大喇叭就响了，原来是团部放电影欢迎我们，来不及解开的背包成了坐凳。放映的片子是《老兵新传》，就这样看着老一代军垦人的故事，开始了我们新军垦人的生涯。

第一天就看电影使我们很兴奋，以后才知道，团部大约半个月才放一次电影。只要听到放电影的消息，那天大家干活的劲头会格外足，连长也会开恩似的提出一个目标，许诺只要干完这点活儿，就让我们提前收工去看电影。

我们连队距离团部有八里多路，无论当天干活儿有多累，走起那八里山路我们都是小跑步，唯恐电影开了场。但等我们赶到时，那片大大的场子上常常已是黑压压的人海，离团部近的那几个连队的人早早就占据了最佳位置，我们只能无奈地站在他们身后，或者干脆到银幕后边席地而坐。管他银幕上的人是左手吃饭还是右手吃饭，是左手打枪还是右手打枪，只要能从头看到尾，我们就很满足了。

看完电影回来时，我们三个一伙，五个一群，议论着电影的内容，学唱着电影中的歌曲，那长长的八里山路上撒满了我们的欢声笑语。

那时，除了看电影我们几乎没有别的文化生活，团部放电影也常常是全团大集合的时刻。团领导会抓住这个时机讲一番话，有时布置生产任务，有时宣传部门表扬好人好事，或者教唱革命歌曲。如此折腾一番，等电影放完已是深夜了。

第二天，还得早早起床上工。如此辛苦地看电影，我们却没有怨言，因为看电影这样一种享受实在难得。

印象最深的一次看电影是在20世纪70年代初的战备时期，那时，团部经常举行紧急集合之类的战备演习。秋收季节的某一天傍晚，劳累了一天的我们早早就上床休息了。突然响起了紧急集合号声，我们迅速起床打好背包集合在连部门前，指导员讲话：接到团部紧急命令，要求各连以最快速度赶到团部。于是，我们一路疾跑，赶到团部已经大汗淋漓，气喘得话都说不出来了。

团长进行了简短的"战前动员"，说是对面山头上发现敌情，要求以连为单位，兵分三路包抄山头"搜山捕敌"。我们还没有来得及喘口气，就又紧了紧背包，沿着羊肠小道向对面山头爬去。那天，幸好有淡淡的月光，我们一个跟一个紧盯着前面人的背包，唯恐掉队迷失在深山里，同时，不断用手拨开两边的荆棘，哪里顾得上搜捕敌人。

等下得山来，两腿发颤浑身透湿，一屁股坐到背包上就再不想起来了。这时忽听团长宣布："演习结束，现在各连整队看电影！"这真是意外的惊喜，这场夜行军没有白走。

已是深夜，一整天的秋收、又经过十几里的急行军和爬山，很少有人能熬得住，电影开映不久，一个个就都趴在自己腿上睡着了。电影散场，朝回走的路上，只觉得飘飘忽忽，两腿不听使唤，深一脚浅一脚，不时有人栽碰在前边人的身上，也不时有人踩了前边人的脚后跟，还不时有人走着走着竟晃晃悠悠地出了队列，差点儿一头栽进沟里。指导员害怕了，起了一首歌让大家唱，可唱了一句就没了声音，第二天，很多人都不知道头天夜里到底看的是什么片子。但是，还要感谢电影，在那年那月给了我们难忘的欢愉！

## 三　分　钱

七八月份是田间管理的大忙季节，玉米要锄最后一遍草并在根部培土，稻田里的稗子常常高过了秧苗，得赶紧中耕拔草。这个季节一般是不能请假回家的，甚至连星期天也没有。

1970年的夏天，我在团部为期两年的帮工（借调）结束了，因为连续两年没有休探亲假，团领导直接在团部给我批了一个月的探亲假，当时那个高兴呀，赶紧将行李送回连队就准备起程。

听说我要休探亲假，大家都很羡慕，所有的人都在一把汗一身泥地奋战，我却能够背着包回家探亲,这可是至高无上的待遇啊!记得走出川道时,正碰上大家在沟口干活,一群战友冲我喊叫:"把你的假让给咱吧!""回来多带点儿好吃的!""回去到我家看看!"这时有一位战友小兄弟悄悄溜到我身边,小声对我说,他实在太想家了,让我到家后以他家的名义给他拍一封电报,就说他妈病重,只有这样才有可能请到假。这点哥们儿义气还能没有吗?我满口答应了他。

回到家的第二天,我就去给他发电报。其实,家门口那条街上就有邮局,因为害怕出破绽,特意到离他家较近的小寨邮局去发,电报的内容是"母病速归"。发电人的地址和姓名,写的都是他家的地址和他妈妈的名字。这也是那天他特意叮咛的。

过了几天我估计他该回来了,就到他家去看看,他果然回来了,那封电报起了作用。他本以为他家人不知道电报的事,谁知道一件节外生枝的事却露了馅。

原来,那天我发电报时,报务员计算了十六个字,每个字是三分钱,让我付了四角八分钱。谁知我走后他们发现少算了一个字,少收了三分钱,于是,邮递员按照电报上留的地址找到了他家,在楼下高喊着他妈妈的名字,他妈妈以为是有他家的信,谁知竟是让她补交三分钱,顿时纳闷,说我没有发电报呀!邮递员只好拿出电报底稿来确认,她看到确实是给儿子发去的,再没说什么就补了三分钱。等他回到家,他妈妈搞清楚原因,很严厉地批评他,要求他今后绝不许再用这种欺骗的方法请假。那个时代的家长就是这样认真。

至于工作,那个时代的人就更认真。邮递员发现少收了三分钱,大热天穿着制服,蹬着自行车从小寨骑到南门,去找这三分钱的补差。放到现在,真是一件不可思议的事。

这封假电报一直没有被连长、指导员识破。其实,当时很多电报和病假证明都是假的,兵团人差不多都干过这种事!

## 赵大和青蛙的故事

插秧过后不久,夏天就来到了。秧苗渐渐返青、分蘖、拔节,当稻田一片郁郁葱葱的时候,小蝌蚪变成的青蛙也就长大了。

每当夜幕降临,青蛙就开始唱歌,此时,如果你还没有睡觉,你不会注意到青蛙的叫声。只有当你躺在床上,外边安静下来,耳边独有蛙鸣时,你才会觉得那"呱呱"的叫声是那么响亮悦耳。

至今回想起来,在那闭塞的山沟里和漫长的劳作中,真是少有欢乐,多有愁绪，哪有心思去品味青蛙的叫声？更没有动过把它捉来变成美味佳肴的念头。直到那年，赵大带头拿青蛙下菜，还出过一个小闹剧，才有了青蛙这小小的动物的话题。

那年夏天，不知为什么，青蛙特别多，白天它们大多潜伏在稻田和水渠的草丛里，如果收工较晚，便会看到大批的青蛙在水渠边跳来跳去。赵大是负责给稻田放水的，这工作常常要在半夜才能结束，但非常适合他，因为赵大一天手脚不停，永远显得精力充沛。

有一天，他回来时我还没睡，开门问他背的什么，他说是逮的青蛙，并说青蛙肉好吃得很，要想吃一会儿过来。我那时还不敢吃青蛙肉，对做青蛙肉也不感兴趣，只是想知道他用什么方法能捕捉到那么多的青蛙。

一次，我从团部回来，天色已晚，正遇上赵大在沟口那片稻田放水，傍晚正是青蛙活跃的时候，成群的青蛙嗖嗖地跳上田埂，又扑通扑通地跳入水中。我忽然想起要看看赵大是怎么逮青蛙的，原来他自制了一个小工具，是用一根直径约两厘米的小木棍，在顶端倒着钉上三个钉子，他用手电筒照着青蛙多的地方，青蛙看见亮光便纷纷跳了出来，他便用棍子一扎一个，一扎一个，不一会儿就能逮一大堆。赵大说青蛙很好收拾，用剪刀剪一个口，一扒拉整张皮就下来了。青蛙肉又嫩又细，爆炒最好吃，红烧也可以。

还是那年夏天的一个夜晚，我听见赵大从地里回来后，几个人在他宿舍里进进出出地忙活着，像是在收拾青蛙。但过了一会儿，却听见他们几人纷纷跑出房子，在院子里不住地呸呸地吐东西，接着又是大笑声和漱口声。我问："怎么了？"他们只顾漱口刷牙大笑。第二天，我才知道，赵大在炒青蛙时，发现没盐了，不知谁想起二班宿舍的窗台上有，便去抓了一把来用。青蛙炒好后，几个人一尝便大叫起来，什么怪味呀！这才搞清那窗台上的东西不是盐，而是尿素（化肥），这件事后来成了战友们取笑赵大的话柄。不过，在那精神和物质都匮乏的年代，赵大能经常发现身边能食用的东西，并能舍出工夫把它变成美味，不得不承认这是一种积极的活法。

离开南泥湾后，我多次吃过田鸡肉，油炸的、爆炒的、黄焖的，每次吃，我都会不由自主地想起赵大。

马俊芳，女
西安市第九中学高六五届毕业生
1965年10月赴南泥湾生产建设兵团一四一团

# 兵团往事

## "烧　　山"

那年的4月,连队准备春耕春种。犁地前,先要把地里堆了一冬的玉米秆烧掉,然后翻地,草木灰就成了上好的底肥。

因为武斗,留守连队的人不多,也没有班排建制了。上工哨子一响,都到连部门前集合,等待连长分配任务。这天,老孟连长派我和小会去烧玉米秆,我俩都不想去,就借口说:"没有火柴。"谁知连长早有准备地说:"我给你。"顺手从口袋里掏出一塑料袋火柴(散装火柴棒),那时,火柴可是紧俏货,很难买到,我们又是靠着煤油灯来照明的,更需要火柴,眼看着一塑料袋的火柴摆在眼前,立即答应去干。

这时,刚好宝秦走了过来,连长说:"宝秦,你跟她俩去烧玉米秆。"于是,我们三人,从十七号地开始点火,十八号地点完了,接着十九号、二十号……一堆一堆玉米秆都点起来了,一块地接一块地的,直烧到与八连相接的地段,眼看着一团团火苗在地里跳跃着燃烧,高兴地想:今天可以提前收工了。

就在这时,突然起风了,风很大,来势很猛,晒了一冬的玉米秆,见风就"噼里啪啦"地旺起来。一排靠山边的玉米秆首先着起来,呼呼作响的火苗扑向山上的树林,我们三个急忙转身扑向火堆,用脱下的衣服没命地扑打,可水火不留情呀,又一阵大风把火苗一下子卷入树林,火飞噬着树枝,树林也烧着了。这祸惹得太大了!把山烧着了真是犯罪呀!我们拼命地扑呀打呀,头发着了,眉毛着了,手烧烂了,衣服烧烂了,还是挡不住熊熊火焰向树林深处烧去。我们只好急切地大声向山下呼叫:"救火呀!救火呀!"在十八号挖地的战友听见喊声,又看见浓烟滚滚,立即扛着镢头拿着铁锹急速地跑上来,在火势的最前沿十万火急地挖了一条沟,这才隔断了烈火向树林深处蔓延。山林着火没有用水灭的,只能用树枝或衣物扑打,在战友们齐心协力的抢救下,终于把大火扑灭了。

天也黑了,该回家了。路上,我们三个心有余悸,后怕地说:"如果大火真扑不灭,宝秦,你得去姚家坡(男劳改农场),我俩得去马栏农场(女劳改农场)。"

晚上,疲倦的身体躺在床上,翻来覆去睡不着。风把窗纸刮得刺啦啦响。我悄声问小会:"小会,没烧尽的小树枝会不会再燃起来。"小会不安地说:"会吧,星星之火,可以燎原嘛。"这时,突然听见窗外有滴答滴答的声音,我和小会顿时兴奋起来,不约而同地说:"下雨啦!下雨啦!"谢天谢地,苍天有眼,那晚,整整下了一夜大雨,我和小会在哗哗的雨声中,才安然入睡。

## 我的老班长

20世纪60年代,在百万西安市民的锣鼓和鞭炮声中,我和同学们戴着大红花,坐着大卡车来到南泥湾。

我生在西安,长在西安,母亲是个教师,我随母亲从小住在学校,吃大灶的饭,穿裁缝做的衣,穿商店买的鞋,肩不会担,手不能提,什么都不会干,离开父母,怎么生活呢?是班长手把手教我做针线活,织毛衣,织手套,拆棉衣,缝被子,做裤头。一次,班长教我缝裤头缭边,把布用针别在裤子上,拉起布从这头一针一针缭,等做完了,我高兴地对班长说:"我会做了,快看。"结果做好的裤头却拿不下来,原来,我把裤头和腿上的裤子缝在一起了。

还有一次,小会拆洗军棉衣,竟把垫肩缝在了脊背上。那时,我们的棉衣、棉裤都是班长领着会做活的人给我们拆洗的。我们几个不会做针线的,只能帮着拆,就是拆也经常闹出笑话来,把好好的棉军衣拆成一块一块的……

有一回,班长探亲回来带给我一本裁剪书,我视为珍宝,边学边向班长请教。连里有一台公用的缝纫机,年久失修,放在仓库里,被窑洞坍塌压坏了,架子生锈,轮子也不能转。后来,连队以七十元钱处理给我,老公拆洗大修了一遍,轮子又转了。这下,班长和我都忙起来了。那时,战友们大部分都已成家生子,孩子衣服不好买,于是,班长裁剪,我缝制。班长说:"这么做,一是帮大家解决困难,做好事;二是咱也练手艺,提高技术。"白天劳动,晚上点着煤油灯加班加点地为孩子们做了上百件衣裤,不觉得累,只觉心里快乐。

班长在学校品学兼优。业余时间,班长给我们班排了许多小节目,在连队演出时得到大家好评。但她从来不上台，也从不露面，只是在幕后默默地导演，热情地为我们伴奏，为我们鼓劲儿加油！

班长的字写得很漂亮，显得很大气。我们用她写的字当字帖，模仿她的字。她告诉我们要勤学苦练，时间不长，很多战友的字都大有长进。

班长干活连里的女生无人可比，挖地定额是七分地，她一天可挖一亩多。担肥都是拣大筐，担起来飞跑。插秧、锄地、挖渠、拉车样样在行。最让我们佩服的是背草，背起草来从后面看不见她的头，只看见两只脚后跟，放在架子车上可装满一整车。

1976年转产南下，班长调到宝鸡她爱人那里去了，一晃十几年见不上面，常常梦里和班长一起上山、下田、打柴、割香紫苏。领着我们"偷"菜地里的南瓜，吃得正高兴着呢，醒了，原来是梦！

一晃几十年过去，如今，班长已经六十多岁了，身体也不太好，但她还是总在关心着昔日战友们的冷热病痛，为每一次聚会而奔忙、操劳，不仅付出金钱，而且付出精力，付出时间，付出她的爱心。

班长只比我们大一两岁，却是我们的老大姐，甚至是我们的阿姨。跟她在一起，精神就有了支柱，心里就有了依靠，就觉得有一种安全感，甚至有一种无所不能的感觉。想想看，人生中有这样一位班长，那是多大的荣幸！

刘丽先，女
西安市第十三中学初六五届毕业生
1965年10月赴南泥湾生产建设兵团一四一团
本文选自西安出版社2011年9月出版的《一路悠长》一书

# 井尔上村的故事

1968年，在知识青年上山下乡的浪潮中，我作为返乡青年回到了位于龙首塬上的井尔上村老家。

井尔上村离西安城区很近，坐落在巍巍龙首塬上，西边是大明宫遗址，东面不远就是浐灞二水。村前村后几千亩良田，夏来一片金色的麦浪，秋天是望不透的青纱帐。因为这里条件好，所以不接收"下乡知青"，除了我这种"返乡知青"可以回来以外，还有一些"投亲靠友"的知青也来到这里。

## 小 霞 姑

下乡以后，我怀着一肚子的失落感，除了参加生产队劳动外，对什么都提不起兴趣，常常坐在屋子里发呆，这种状况一直到小霞姑下乡才有了改变。

小霞姑是隔壁田大爷家的亲戚，家在西安城里，以前也常到井尔上村来。虽然论辈分我要把她叫声姑，但年龄并不比我大多少，小时候常在一起玩，在心里感觉还是很亲的。

小霞姑来了的消息是妹妹说的，我赶紧跑到田家去看她。她正帮着大奶奶烧火做饭，见我来了，急忙停下风箱出来招呼。只见她扎着两个小辫子，穿一件苹果绿的确良上衣，黄卡其裤子，像一个大人了。小霞姑是个美女，不管怎么收拾，都显得很漂亮。这是我心里想的，当然不能说出来。她领我去看她住的东厦子，这间屋子原来归二舅舅住，乱得人难以下脚。现在让她一拾掇，像换了一间房子，虽然只有一盘土炕，一只板柜，两把椅子。板柜上整整齐齐立着《毛选》和鲁迅的著作。炕旮旯放着一个纸箱子，她有点儿神秘地打开，取出一本厚厚的书递过来,叮咛道:"不要让别人看见。"我赶紧打开,一看是《三个火枪手》,外面包着厚厚的牛皮纸。小霞姑知道我喜欢看书,这份见面礼比什么都珍贵。大奶奶在厨房吆喝起来,我只好跟她道别一声离去。

第二天一大早小霞姑就出工了。村里的习惯是先要在村口集合,由队长派活。小霞姑刚一走过去,一群大姑娘小媳妇先欢呼起来,呼啦一声挤到跟前问长问短。八奶拉着她的手说:"看把俺娃心疼的,看把俺娃可怜的,看把俺娃……"人群乱哄哄吵成一片,无法派活的老队长把八奶的话打断,气咻咻地喊:谁再啰唆就甭上工咧。这下人们才渐渐安静下来,照着队长的安排,一拨一拨地散了。生产队干活,男女社员不在一起。小霞姑被分去锄玉米,我领着一伙儿半大小伙儿去谷子地赶鸟。散工时碰到她,问怎么样?她腰有些弯,脚步也有些拖拉,但仍然笑着说还可以。我安慰说:刚开始都这样,慢慢就好咧。她没有吭气。

我虽然生长在农村,但是一直上学,像这样下势干活,也是不行。劳累一天回来,腰疼腿酸,有时连饭都不想吃,倒下头就睡。小霞姑是城里娃,我想会更吃不消。谁知道每一次见到她,好像并没有特别受不了的样子,只是脸和胳膊晒红了不少,手上因为打了水泡用纱布缠着,但一天工也没落下。

村里人的饮食习惯有点儿怪,一是不吃鸡,二是不吃鱼。那个年月就靠养几只鸡下蛋,换个盐醋钱,谁舍得杀了吃?就是让黄鼠狼咬死了,或者得瘟病死了,也是在村外找个地方一埋了事。有天晚上,家里养的一只芦花鸡不上架,抱上去,站不了一会儿又一头栽下来。妈说可能得了鸡瘟,估计活不过明日,让我放工回来提出去埋了。可是第二天中午,还没走到家门口,就闻到一股诱人的肉香,原来妹妹正在帮妈妈炖鸡。我说不是病死的鸡不能吃吗?妹妹眨眨眼,笑着说:"你放心吧,有高人指点,趁还没死,把内脏掏了扔掉,剩下的肉没一丁点儿问题。"我问谁是高人,妹妹拿下巴指着隔壁,我恍然大悟,肯定是小霞姑。当然,妹妹也没忘记给她家连汤带肉端去一大碗。

有一天,浐河水站放水浇玉米,一夜光听着地里噼里啪啦乱响,不知到底是怎么回事,胆小的说可能闹鬼了吧,把人吓得够呛。天亮了一看,我的天呀,原来到处都是鱼,小的有两三寸长,大的有一尺多呢!我捡了几条还有一口气的小鱼,把衣服蘸湿包上,准备回去养着玩。半路碰到小霞姑,她问哪里来的鱼,我说了情况,她高兴地让我回家赶紧拿脸盆去,叮咛要多捡一些。我说没人会做,再说有刺,不好吃。她说:"鱼好做,也好吃,刺也好吐,我来给咱弄。"我半信半疑,但还是按她的吩咐,去捡了十几条大鱼,脸盆装不下,就用柳条穿着。村里的孩子看我的样子,也都钻到玉米地里去捡。小霞姑把做鱼的方法告诉了好多人,那一天晚上,村里到处弥漫着鱼的香气和一阵又一阵被鱼刺卡住了的呻吟。当然,只有小霞姑做的鱼最好吃。虽然她一再耐心地教我如何吐刺,但还是被扎了喉咙，用了半碗好醋，才算弄了下去。第二天早上，八奶逢人就夸小霞姑："看，城里娃就是城里娃。"那以后，村里人就开始吃鸡吃鱼了。

那年冬天，我、小霞姑还有村里一大帮年轻人，被派到浐河水站去当民工。由于河里来水少，再加上大量采沙，河床不断下降，原来埋在河里的水泥管子竟然露了出来。我们的任务就是在河里挖更深的沟，把更大的水泥管子埋下去，好让水站正常抽水灌溉。人说"热死河滩，冻死河滩"，西北风毫无遮拦地刮来刮去，利得跟刀子一样。早上起来，河堤上的荒草结着厚厚的霜，河沟里的水冻着明晃晃的冰，看一眼觉得心底都是冷冷的，更何况还要站在冰水里往外淘沙子。沙子挖出来后，装在柳筐里，踩着荆笆抬走。刚开始，坑比较浅，坡也不太陡，还不觉得怎样。到后来，坑越挖越深，坡也越来越陡，抬的人也就越来越吃力了。有人编了这样的顺口溜："累死累活，不给水站干活。下坡颠腿，上坡张嘴。吃的冷馍，喝的咸水。"

村里有个光棍，三十多岁，长得又黑又壮，一脸的络腮胡子，又不爱收拾自己，迟早看着脏兮兮的，绰号就叫垢甲娃。他有事没事就爱往小霞姑跟前凑，还硬跟队长要求，让他和小霞姑搭帮抬筐。跟这个壮汉子相比，小霞姑显得又瘦又弱，但垢甲娃硬是要把筐子放在正中间抬，理由是大家挣的工分一样。有一回，我发现垢甲娃偷偷地把筐子往小霞姑这边挪。这明明是在欺负人嘛，我的气不打一处来，悄悄告诉了小霞姑，她轻轻一笑说：没事，都是乡党嘛。往坡上抬沙子，后边的人承受的重量多一些，一般都是男人或力气大的妇女在后，垢甲娃当然也是要在后面抬的。可是，有一回垢甲娃居然要跟小霞姑换位置，小霞姑起初不太愿意，周围一帮人跟着起哄，看着垢甲娃那一副不怀好意的样子，我恨得牙根痒痒。我过去要和小霞姑一起抬，垢甲娃挥着那只毛乎乎的黑手："滚滚滚，有你小毛孩子啥事？"众人更加肆无忌惮地笑起来。小霞姑的脸有些涨红，她走到后边去，把扁担稳稳放到肩上，又把筐子上吊的铁丝往后拉拉，对着垢甲娃说："来吧。"这时候，人们反过来嘲笑起垢甲娃来："亏先人呢，还不如个城里的女娃子。"这一下倒真把垢甲娃将了一军，他只好赶紧抬起筐子，在众人的笑骂声中，低着头走了。

这事过了不长时间，有一天下午正干活的时候，突然停电了。因为在河里挖坑，虽然是枯水期，下面的水还是挺多的，几乎漫过人的腰部，所以要不断地抽，但是一停电，水漫上来就干不成了。电什么时候来不知道，大家就挤在河边的崖下避风。年轻人在一起总是闲不住，有人就提出来摔跤。我有一位叔叔原来在省拳击队，擅长摔跤，不知因为犯了什么事，被发配回来。空闲的时候，我们几个年轻人跟他练拳击、学摔跤，已经坚持好几年了，但是外边人并不了解。提起摔跤，最张狂的当然是垢甲娃，他身体壮，力气大，又懂一些农村摔跤的土技术，所以，一般人不是他的对手。垢甲娃在大家的掌声中连续摔败了几个人，兴奋地把棉衣解开，露出毛茸茸的胸脯拍得啪啪响："谁还来？谁还来？"我悄悄地跟叔叔说："让我上吧！"叔叔沉吟一下，说："行，开始先兜几个圈子，避避锐气，瞅个空子缠腿，要快。"我点点头，从人堆钻出来，说一声："垢甲娃哥，我来。"比我高一头、大一膀的垢甲娃愣了一下："啥，就凭你？滚滚滚，哪里娃多哪里耍去。"叔叔站出来说："垢甲娃，你是不是害怕咧，要是害怕就不要摔咧。"垢甲娃嘿嘿两声："我害怕？我害怕把他摔成残废。"叔说这不要紧，那就立个生死文书，不管摔成啥样子，对方都不负责。他俩搭话的工夫，我往人群里瞥了一眼，看见小霞姑一副提心吊胆的样子，还拼命给我摇手。我背过脸去，装着没看见。这时，垢甲娃慢慢走过来，问："咋样来？"我说："随便。"就在这一瞬间，垢甲娃猛扑过来，准备夹我的脖子，好使绊子摔倒。其实我早有防备，轻轻一躲，到了他的背后，一钩一推，差一点儿弄他个狗吃屎。垢甲娃一看偷袭不成，转过身来，又准备搂我的腰。我搭住他的手，故意转身把后背让出，他果然上当，贴了上来。说时迟，那时快，我身子一缩，用背顶住他的胸，猛一用力，把垢甲娃背了包子，从头上甩出去，直接掉下了河堤。周围的人齐声喝彩，热烈鼓起掌来。垢甲娃哪里吃过这样大亏，恼羞成怒，爬上岸来冲着我就抡拳头。叔叔赶紧挡在我的前面："好你个垢甲娃，咋说话不算数？来来来，要打咱俩打。"垢甲娃自知理亏，明知不是叔叔的对手，骂骂咧咧地走了。小霞姑跑过来，赶紧掏出她的白手绢给我擦汗，说："太悬了，太悬了。"一边说着，两腿一软，蹲了下去，半天都没起来。水站的活终究太苦，小霞姑得了病，村里只好安排她回去了。

我一直在水站干到第二年，还没有最后完工，就被招工参加了工作。走的时候，小霞姑送给我一本契诃夫的小说选，也是用厚厚的牛皮纸包着。

我干的属于野外工作，长年累月回不了家，跟小霞姑就很少见面了。后来她也被招了工，听说还嫁了个军官，日子过得挺好的。

## 阿　　永

阿永是谁家的亲戚我始终没有搞清楚，他们十几个少男少女，一起分在公社综合厂。综合厂说是厂，其实跟生产队差不多，养猪，养牛，种地，要按时上下班，比较受拘束，尤其是大灶上的伙食，很不怎么样。

在综合厂，有一个和我关系特别好的同学，所以我常去那里，一来二去，便和阿永也成了朋友。阿永脸方方的、眼睛大大的，一说一笑，露出满口洁白的牙齿，操着一口纯正的普通话，很是招人喜欢。阿永每次到我家里来玩，我就赶紧让母亲擀上一案白面面条，捞成干的，再用铁勺炒上一个葱花鸡蛋拌上。阿永也毫不客气，端起碗埋着头，稀里哗啦几筷子就吃光，然后再灌下去大半碗面汤。看着他一副意满志得的样子，真比自己吃了还高兴。

村子和综合厂离得不远，中间隔着一条铁路，有时大家就在那里聊天。月亮升起来了，秋虫唧唧地叫着，身边弥漫着浓浓的庄稼和青草味。踩着一道一道的枕木往前走，前方迷迷茫茫，心里忽然忧伤起来。借着月亮，隐隐约约能看见阿永的浓眉拧着疙瘩。

那时候忽然时兴起讲故事来。阿永先是到郊区故事队讲，后来又调到市上。有一次演出，他把我也拉了去，一看，果然精彩。我刚被招工参加了工作，单位上也想成立故事队，便把阿永请去做指导。大概排了七八个节目，下去演出，职工非常欢迎，都夸这是阿永的功劳，自己也觉得特有面子。

阿永的跟前经常围着几个漂亮的女同学，朋友故意跟他开玩笑，乘着人家不注意，朝他挤挤眼，点点下巴："啊，怎么样？"阿永赶紧摆手，小声争辩："不是，不是。同学，同学。"一旁的女同学不明就里，也跟着周围的人哄笑起来，弄得阿永手足无措。

以后阿永被招工分到了邮电局，我们几个在分拣车间找到了他。地上的包裹堆得像小山一样，两边的大柜子上，是写着地名的一个个隔档。阿永有一句没一句地搭着话，手脚并用，又踢又甩，三下五除二，不一会儿就完成了任务。他抹一把脸上的汗水，底气十足、字正腔圆地喊一声"走"，便领着我们走出了邮电大楼。

谁也没有料到，这居然成了我们俩的最后一次见面。

自己的工作属于流动性质，经常出差，那一年连春节也是在工地过的。等回来才知道，阿永考上电影学院，已经到北京上学去了。朋友介绍说：他参加考试的题目是《烈士墓前》，表演得特别好。又听说那次在西北总共才招两个人，而阿永是以第一名的成绩被录取的，这消息真让人高兴。几个和他要好的朋友在一起开玩笑说："这下好了，一不留神，咱成了电影明星的朋友。"到后来，工作呀、家庭呀、老人呀、孩子呀等等，忙得一个个焦头烂额，那时还没有什么手机、QQ等现代联络工具，就渐渐和阿永失去了联系。

今年春节，和老同学一起闲聊，忽然说起了阿永，有人说他在国内发展，也有人说他去了国外。屈指算来，阿永也该退休了吧。老同学叹口气说："不知什么时候才能再聚一回。"我又何尝不这样想呢？但转念一想，既然四十年来心里一直没有忘记，就权当从来没有分开吧！往事像电影一样，一幕幕掠过眼前。我

陕西知青档案

想人生其实就是一部电影,在这部电影里,一个人可能不是明星,不是主角,但都是不可或缺的角儿,都会把深刻的印象留在朋友的心里。

宗振龙,男
西安市第四十八中学初六八届毕业生
插队地点:西安市未央区原马旗寨公社井尔上大队

# 在放马沟插队的日子里

1968年10月,我和同知青组的同学告别了学校,告别了城市,来到宝鸡县西部山区的赤沙公社放马沟三队插队。这里山岭相连交通十分不便,从公社通向山外的仅是一条简易蜿蜒的沙石公路。放马沟三队位于公社南边十多里的大山之中,全村二十多户人家分散居住在四面环山的山洼里,村里大大小小的几百亩田块分布在周围高高低低的坡梁上。"地无三尺平,出门就爬坡"就是这里地理条件的真实写照。村民们日出而作,日落而息,靠着一双长满厚茧的手和一副坚实的臂膀祖祖辈辈生活在这里。村子被群山封闭着,记得刚来时,一些村民问我们:"火车是什么样子,是不是几个牛拉着跑哩?"听了他们的话,我们甚是惊异,后来才知道村里很多人都未见过火车,一生都未走出过这几十里的大山。

"滚一身泥巴,炼一颗红心""广阔天地大有作为"……这是当时对知青提出的要求与口号,也是知青们的豪言壮语。来后不几天,我们就融入村民劳动的队伍。这时已到了初冬,天刚蒙蒙亮,我们就爬起来冒着刺骨的寒风,往村子周围坡梁上的地里背粪。装着一百多斤粪土的背篓背在肩上,沿着山间崎岖的小路一趟又一趟地背着,整整要背一个冬天。

到了春天,整地修梯田,给麦苗除草,种玉米。夏天麦子熟了,头顶烈日挥舞镰刀一块地一块地割下来,背到村边的场里,用连枷打麦脱出麦粒。麦子收割碾打完毕,就开始给玉米地一遍遍地锄草。秋天收玉米,把每块地里的玉米秆割倒,掰下玉米棒,一背篓一背篓从地里背回来辫成辫子挂起来晾晒。收完秋,开始犁地种麦子。随着节气的变化,农活一样接着一样。交公粮时,还要把一桩桩麦子、玉米背着走十多里山路送到镇上的粮站。

一年下来,我们基本上学会了做各种农活,稚嫩的肩膀也有了气力和耐力。除了做农活,外出修水库、修公路,知青们也都是主要劳力。公社在镇子西边的落花沟修水库,还有后来修峡口到东口的山区战备公路。我都先后到工地上做过工。住茅草棚,打眼放炮、拉土方、抬石头、和水泥、砌坡墙,样样活儿都干过。后来修水库缺石灰水泥,指挥部决定用土法烧制,我还被抽到石灰窑上烧了几个月的石灰。终日的劳作,手上磨出的血泡从未断过,后来,就长出了厚厚的茧子,我也成了最先拿全工分的知青。

随着时间的推移,劳动的苦和累已逐渐适应。最使人难忘的就是修水库时,我两次与死神擦肩而过,经历了生与死的考验。一次是在半山腰上开凿水库引水渠的工地上,因为是石山,必须打眼放炮才能开出渠来。从早上开始抡锤打眼,到下午一米多深的炮眼打好后,就开始装炸药、雷管、导火线。我没有点过炮,想试一试,施工员给我讲了点炮的要领和要注意的事项,我便拿着烟头既胆怯又快速地去点给我分的五个炮眼的导火线。很快,导火线都刺刺地冒出了火花,我赶紧沿着山腰高低不平的渠边小路向百米外的安全地点跑去。也许是第一次,过分紧张,跑了有二十多米,突然一脚踏空,整个身体顺着山坡向下滑去,慌乱中我抓住身旁的几根藤条,奋力爬上渠边的小路,就近跑到一个凸起的土坎下。刚蹲下,震彻山谷的隆隆炮声就炸响了。被炸起的密集石块漫天飞起,在我避身的土坎周围重重地落下。石块落处一阵烟尘,一声巨响。我被当时的情景惊呆了,感觉块块石头向我飞来,不停地往我身上砸。十多分钟后,炮声停止,山坡上恢复了平静,我醒过神来,活动了一下胳膊腿,还好没事,我欣然万分地庆幸着,若不是那藤条和凸起的土坎,此刻,可能已经殉职在修渠的山坡上。

还有一次,也是在修落花沟水库的时候。来自全公社各个大队的几百名社员和知青,住在大坝前边山下的几十个临时搭建的茅草棚里。时值冬季,一天晚上11点左右,突然听到有人失声大喊:"着火了,赶快来救火!"这时,大部分人都已睡下、我连忙从地铺上爬起来,跑出去一看,离我们不远处的一个茅草棚着火了。火随着风势正向旁边的茅草棚蔓延,顷刻间火光映红了整个山谷。人们惊恐慌乱地跑着叫着。幸好,我们住的茅草棚背着风向。这时,不知谁又急迫地高喊:"快来搬炸药!"

可不是吗?着火点距水库指挥部仅几十米,存放炸药、雷管、导火线的仓库就在指挥部。当时,风又猛烈地朝着那个方向刮着,情况万分危急。我听到喊声,顾不得多想,就朝炸药库跑去。到了仓库前,看到已有指挥部的几个人和几名知青正在把一箱箱炸药往不远处的一个山崖下搬。我急忙加入其中,扛起炸药箱快速向山崖下跑去。火借风势越着越大,一片茅草棚变成了一片火海,正向炸药库袭来。这时,又跑来了几名知青。炸药库里有上百箱炸药,大家不顾一切地向外搬着跑着。搬完最后一箱时,火舌已舔上了用原木、木板搭建的炸药库房的房檐。大伙儿顾不得喘口气,又急忙端起脸盆去灭火。

这场大火，使十多座茅草棚化为灰烬，还烧死了两个村民。事情已过去多年，现在想起来依然后怕，上百箱的炸药如果不及时转移，或搬的过程中被点燃爆炸，抢搬炸药的和附近几百米范围的人，不会再有幸存者。

在大山里插队劳动的生活是异常艰辛的。记得那时，我有两个深深的期盼或是奢望。一个期盼是劳动时能用上架子车，因为，山区大部分农活都靠背。往地里送粪要背，麦子玉米熟了收割下来要背，整地修田运土要背，烧的柴草要背，交公粮要背，来到这里就和背篓、背架结下了不解之缘。用架子车劳动该是多么惬意的事情，那时常常羡慕在平原和半山区插队的知青能使用架子车干活。

另一个奢望就是能吃上公社的臊子面。那时，吃饭很简单。山里基本上不种菜，村民们顿顿吃的是用野菜窝的浆水，我们知青经常是拔些野菜下锅。顶多就是秋天分点儿土豆，炒着吃上一阵子，吃完了就拔野菜将就。许多时候就是往饭里倒点儿酱油、醋，撒点儿盐，辣椒都很少。村上没有商店，买油盐酱醋要跑到十多里外公社所在地的镇上去买。有时酱油、醋、盐也没了，来不及买，就吃白饭。那时我们都十六七岁，正是长身体的时候，加之活儿又非常累，吃得特别多。每天下地回来，浑身就像散了架，胡乱凑合着不管好坏做熟了就吃，只要能填饱肚子就行。谁出山或到宝鸡就让捎点儿咸菜，吃饭能吃上咸菜，比现在吃鸡鸭鱼肉的感觉还好，简直就是佳肴美味。在队上吃饭要自己做，烧柴要到七八里外的山林里去砍，山里那时没有电，点的是煤油灯。吃的面要到水磨或旱磨上去磨，因为水小，水磨经常转不起来，大多时间要到知青屋后面的旱磨上一圈一圈地推。记得插队两年多仅吃过两次肉。长期缺菜的生活，使我们常常有一种奢望，就是盼望到公社去开会。到公社开会，就能吃上公社的臊子面，面是用机器轧出来的，油汪汪的，上面飘着葱花油花，臊子里有鸡蛋、肉丁，盐醋辣子样样都有，那滋味吃起来感觉就是天下最好吃的饭。公社每次通知开会，只要有知青，哪怕再累，都要走十几里路去参加。艰苦生活的磨砺，也改变着我们自己。刚去时，大家都不会做饭，连苞谷糁都做不好。但到招工返城时，我们组的知青都学会了擀面条，而且技术拿手过硬。宽面、细面下出来一根是一根，又长又筋又好，再不是刚开始的糊涂面。招工返城后，我把这种期盼深深地印在了脑海里，经常惦念着村里的乡亲们，盼望他们下地干活能用上架子车，盼望他们能经常吃上像公社那样的臊子面。

山里人憨厚朴实，和村民们同甘共苦朝夕相处，建立起了深厚的情谊。他们手把手地教我们干农活，使我们基本掌握了农活要领和技巧。夏天，睡在麦场里，听他们讲大山里的奇闻逸事；冬天，坐在村民家的炕眼前烤火拉家常。村民谁家有什么急事难事，我们就想尽一切办法去帮助，知青中有谁病了，村民们就拿出他们舍不得吃准备换油盐钱的鸡蛋。劳动闲暇，还和村里的年轻人到山林里去摘野杏、毛桃、五味子等野果。山里时常有野兽出没，祸及庄稼和牲畜。我们经常跟着村里打猎的村民翻山越岭地去打猎。其中，经历了不少惊险趣事和捕获猎物的喜悦。在村里就有两次，一次围捕了一只误入村民灶房中的獾猪，还有一次硬是把一只嘴里叼着鸡的狐狸追得慌不择路，丢下鸡跑了。到1970年底，我招工进城，临走时，村民们帮我背着行李，一直把我送到公社旁的汽车站，千叮咛，万嘱咐，有空一定回来看看……

2002年到农村搞调研，我特意到放马沟村住了一个礼拜，沿着当年的足迹，走遍了全村三个村民小组的每条沟、每道梁，走访了每户村民家。在当年的知青屋我和现在的主人攀谈了整整一个下午。在当年我们洗菜、洗衣、擦洗汗水的小溪边和担水的山泉旁，看了又看，小溪淙淙流淌依旧，山泉清冽依旧，件件往事浮现眼前。我还故地重游了当年参加大会战有着生死经历的落花沟水库。望着雄伟的大坝、碧波荡漾的湖面、机器轰鸣的电站、蜿蜒山腰的引水渠，我浮想联翩，思绪万千，仿佛又回到了当年。也许时间可以改变一切，消逝一切，但当年镌刻在脑海深处的记忆永远都涂抹不去。

史俊生，男<br>
宝鸡市上马营铁路中学初六八届毕业生<br>
插队地点：原宝鸡县赤沙公社放马沟三队<br>
本文选自宝鸡市党史研究室2004年12月出版的《知青岁月》一书

# 五 元 钱

　　1969年夏，我在武功县贞元公社桃大大队插队。那一年，我还不足十六岁。一天中午，我收到一张汇款单，汇款额为五元钱，是母亲寄来的。当时，正值"文革"中期，父亲的工资仍被冻结着，母亲一人的收入养家十分拮据。我已经好长时间未回家了，身上所剩无几。虽然汇来的钱不多，但对我来说却是一笔财富。试想，用五元钱买菜，能吃两三个月，买盐，两年都够了呀，因而我非常满足。

　　吃罢午饭，我便急切地赶到公社邮电所取款。可压根儿没想到，营业员查后说，这笔汇款不知什么原因未汇到贞元，让我到县邮局去取款，还告诉我那里是6点下班。从贞元到普集镇（县城）有两条路，大路通班车，有二十五里路，票价三角钱；小路二十里，全是乡间便道。依我经济状况，当然是选择省下三角钱而走小路。当时还不到4点钟，我算算时间还来得及，就大步流星地向南奔去。

　　天可真热呀，稍稍西斜的阳光炽热地洒下来，无情地喷向大地，周围没有一丝风，活像在蒸笼一般。我一边走，一边用衣袖擦汗，就这样一口气走到普集镇东街口的时候，见到了一个戴手表的人，一问已5点40分了。这时，我生怕邮局万一关了门怎么办？我就是图省钱才走了小路，万一今天取不上钱，那花费……我越想越急，情不自禁地由东向西跑了起来，一口气跑到大街的西头，看见邮局的门还开着。

　　跑着进到营业部，里面还有一个营业员，是个和我母亲年龄相仿的中年妇女，她接过汇款单，看着满脸大汗、气喘吁吁的我，不解地说："不就是五元钱嘛，看把你急的。"当我告诉她原委并说明我是从贞元一路走来时，她顿时睁大眼睛看着我说："这娃也是，二十多里路，天又这么热，咋不坐个车呢？"等找到了汇款单底联，又自言自语地说："这钱，应该寄给贞元嘛，咋就留到这了，

157

害得人家娃娃跑那么远的路。"当我最终从她爱怜的目光里接过那五元钱时,一路悬着的心才算落了地。

我手里紧攥着那五元钱,由西向东快步走去,到汽车站一问,过半小时就有一班车。这样的话,一个小时后我就能回到公社,天黑前回到村子没问题。汽车站对门是一家食堂,门口一口大锅正冒着热气,一角钱一碗的大烩菜,上面漂着油花子,好像还有几片肉哩,旁边的柜台里是热腾腾的白蒸馍。也许是条件反射吧,就这一眼,瞬间,一阵饥饿感突然袭来。是啊,刚跑了那么远的路,况且这会儿也到了该吃饭的时候,我是真想吃一顿呀。我想,一碗大烩菜一角钱,蒸馍二两五分一个,刚才来得急未带粮票,买议价的是九分钱一个,这样吃一顿是二角八分钱,而坐车是三角钱。我在心里盘算着,当然,吃顿饭再坐车回去是最好不过了,但我根本不敢想,要是那样,刚才走路省下的三角钱不就又没了吗?我只能选择一项。还是坐车吧,已经走了二十多里路,也确实够累的了。但那油花花香喷喷的大烩菜、白蒸馍,已是我好久不曾吃到的"美味"呀。我还年少,只要能吃饱,累就累去吧,还是先吃上一顿再说。至于坐车?对我来说,那简直就是奢侈。

当我手里端着那碗诱人的大烩菜和两个大蒸馍在饭馆坐定时,就越发感到我的选择是那么的正确,是狼吞虎咽风卷残云还是细嚼慢咽徐徐品尝我现在已经记不清了,但直到今天我能清晰记得的就是一个字:香!可以说,过后多少年,无论吃过什么,却是再也找不到当年那顿饭的感觉喽。无论怎样说,这顿饭,那叫值。

饭毕,我又急匆匆地向原路返回,太阳落山前后,也不太热了,一路还算顺利。可渐渐地,天却暗下来了,终于,到离我们村还有五里地时,天已完全黑了。路两边是一人高的玉米地,我一个人走着,心里真有点儿虚。我知道,从这条道走,快到我们村时,还要路过一片坟地,我曾晚上在那里亲眼看见过磷火,又听到过坟地柏树上猫头鹰那凄惨的嘶叫,可真够吓人的。

到坟地边时,四周漆黑,静得出奇,一股凉风袭来,我不由得打了一个寒战。这会儿,我终于有点儿后悔了,为了贪嘴,现在却落到这般心惊肉跳的地步,我毕竟还不足十六岁,充其量也就是女同学们眼里的一个"小男生"。四周静得出奇,只听见我走步和心跳的声音。不知怎的,总觉得后面像有个啥在紧跟着我,我越走越快,后来,便不自觉地跑了起来,突然一个趔趄跌倒在地,竟顾不上疼痛,跳起来跑得更快,最后简直就是百米冲刺。终于,我看到村口的涝池了。我的亲娘啊,我总算回村了。

当我带着一身臭汗躺到炕上时,我才细细地理了理今天这一下午的经历,用了五个多小时,走了四十多里路,还死命地狠跑了两程。唉!到这会儿,才感到自己原来是那么的疲惫，刚才在坟地跌破的膝盖和胳膊肘也正噌噌地跳着痛，但我心里仍然很满足。因为，我的枕头下面压着五元钱哩，不，现在剩下四元七角二分了。尽管如此，我也知足得很。有了这点儿钱，就可以维持我很长一段的生计。再加上步行省下了六角车钱，我感到选择不坐车是那么的英明，简直就像占什么便宜似的。至于累点儿痛点儿，怕什么？我还年少，只要好好睡上一觉，到第二天太阳升起的时候，一切都会过去。

月上中天，三星西斜，明亮的月光洒下来，四野静悄悄的。这个本该在西北农业大学家属区里享受美好生活的少年，这会儿却独自一人，在村口生产队保管室旁边那间破旧小屋的土炕上睡着了。谁都有理由相信，那个夜晚，他一定是带着满意的笑靥进入梦乡的……

吕恭，男

1953年12月出生

杨凌中学初六八届毕业生

插队地点：武功县原贞元公社桃大大队

曾任宝鸡市水利局副局长

本文选自宝鸡市党史研究室2004年12月出版的《知青岁月》一书

# 脚　伤

我下乡插队期间曾有过两次脚伤，回想起来，至今仍然刻骨铭心。

第一次脚伤是在插队的第二年。春节将至，辛苦劳作了一年的社员们，家家都在忙碌着办年货。大队代销店院子里人们像穿梭一样出出进进，生意火极了，原有的两名代销员根本就忙不过来，大队领导决定派我去帮忙。谁知上班第一天上午就碰上商店进货，我连忙去帮助卸货，就在第一趟搬起货物往仓库送的一瞬间，我突然连人带货一起掉进了洞里。事后才知，这是那个年代为备战而专挖的防空洞，至少也有七八米深。

随后，迷迷糊糊听有人一声连一声地叫我名字，心里清楚，但就是无法答应。一会儿，外面呼叫声、吵嚷声连成一片，几束光柱直射下来，不知是谁下来硬拽着我上。由于洞子是直筒式，人要踩着两边挖的脚窝，一脚踩稳当了另一只脚才能移动。这时，我一点儿气力也没有，根本无法上去。不知过了多长时间，我似乎清醒多了，才慢慢爬出了洞口。

当时，左脚痛得要命，已无法行走。村里一位老姨非常认真仔细地把我的腿脚上下摸了一遍，边摸边问，这里痛不痛，有啥感觉？最后，肯定地说是扭伤了脚脖子。说话的工夫，我的脚已经肿了起来。因为没有酒精，她急忙找来了白酒，用火点着，细心地对着伤脚，擦了一遍又一遍，一会儿，只见她额头渗出了点点汗水。这时，我不知是痛，还是感动，眼泪顺着脸颊不由自主地往下流，我仿佛看到了母亲，看到了亲人在我身旁。不久，队上社员来了一拨又一拨，十分关心地问长问短，弄得我真有点儿不好意思，心里直埋怨自己没出息，头一天帮忙，就出这么个大洋相。

腊月二十六，同学们已将队上分的年货领齐，准备回家过年，看到我这样子，有两个女同学决定留下来陪我。我劝她俩一起回去，并叮咛她们到我家只告诉父母我留在队上和社员一起过一个革命化的春节。

剩下我一人，加之脚伤疼痛难忍，生活不能自理，队长看在眼里，急在心上，专门派了个女孩陪伴照顾我。队上的社员看我做饭困难，都让到他们家过年，我执意不去，结果这家端来几个馍，那家送来一碗饭，还有人把攒下来舍不得吃的核桃、柿饼等好吃的也送来，一会儿就堆满了炕头。当时，我简直不知说什么好，只觉得一股股暖流在全身涌动。

在那个年代，乡亲们家家户户都没有余粮，有不少农户每年还吃着国家返销粮，他们平时一点点从牙缝里省着，才能紧紧巴巴过个很不像样的新年。腊月三十，由于父母知道我摔伤了脚，便派人来接我回去。中午，大队书记派了一名"四类分子"，用当时唯一的交通工具——架子车，送我到三十里外的火车站。火车到站后，这位年近六旬的"四类分子"非常吃力地一边将我背起，一边手里帮我提着行李，送我上了车。随后，他又恳请乘务员给我找了个座位，便很快下了车。这时，我连一句"谢谢"都没来得及说，列车就启动了，我急忙趴在窗口，含着泪向他挥手告别。当我看着他吃力地拉着架子车，步履艰难地朝回走去时，不知是同情，是怜悯，还是感激，一股敬意油然而生。

第二次脚伤是在1971年7月，当时，我在大队学校任教，期末考完试，为了让同学们放松一下，便带他们到河里去游泳。在河边讲了注意事项后，把男女同学分成南北两个区域活动，我便在两区中间的河边坐下。刚一脱鞋，右脚不知被什么东西扎了一下，看了看也没在意，就将双脚放在水里，河水凉凉的，感到十分惬意。四十五分钟过去了，同学们上岸整队回到学校。这时，我感到脚下隐隐发痛，也没管事。

第二天一觉醒来，发现脚已经肿了，大腿淋巴也起了疙瘩。我马上意识到脚发炎了，赶紧找来赤脚医生，注射上青霉素。几天后，几盒青霉素打完了，炎症不但没有减轻，脚反而越肿越厉害，眼看着病情又向腿部蔓延，我彻底不能行走了。乡亲们个个急得问长问短，出主意想办法，真是八仙过海，各显其能。有人问，你是不是让毒蛇咬住了？还有的说，怕是让农药瓶子碎片扎上了，毒性咋这么大……有个社员送来了马尾巴毛让扎在腿上，说是能阻止毒素蔓延，他们着急、担心，比医生有过之而无不及。眼看腿肿就要漫过膝盖，一些上了年龄的社员更急，说再肿过大腿就会有生命危险。

我平时大大咧咧，什么事都不在乎，听社员这么一说，心里倒是有几分惶恐。大队王医生更是急得像热锅上的蚂蚁。常言道：紧病人，慢医生。忽然，他大胆地说：这病针也打了，药也吃了，都不见效，不行就用土办法以毒攻毒试试看。他连忙喊来几个胆大的男孩子，催促他们到河滩抓两只癞蛤蟆来，越大越好。

161

过了半个时辰，几个学生拎了两只碗大的蛤蟆回来了。我一看，蛤蟆背上凹凸不平，身上的毒疱比蚕豆还大，心里害怕极了。只见王医生眼明手快，迅速找来一把镰刀，将蛤蟆开膛剖肚，似乎蛤蟆还在跳动，抓起来就贴在我腿上。当时，吓得我急忙把脸背了过去，只觉得腿上瘆凉瘆凉的，他用几张卫生纸把腿包起来。早上一觉醒来，打开纸包一看，啊，真灵！蛤蟆烧干了，腿也消肿了，体温也降下来了。我才第一次真正体验到药到病除、妙手回春的说法。毒气收住后，伤口还需要做小手术，为了不再连累大队干部和社员们，我决定回宝鸡医疗，大队又一次派人一路护送我回家。

　　光阴似箭，岁月如梭。三十多年过去了，这两次脚伤却令我难忘，时常在我的心间梦回萦绕。那是多么善良、忠厚、朴实的乡亲们啊！疼痛已过，伤疤已好，可乡亲们对知青的那份纯朴的情感，至今深深感动着我。

周菊梅，女
1950年6月出生
宝鸡中学毕业生
插队地点：眉县原横渠公社万家塬大队
曾任宝鸡市委统战部副部长、市工商联党组书记
本文选自宝鸡市党史研究室2004年12月出版的《知青岁月》一书

# 回　　家

回家对现代人来说多么容易，坐飞机、乘火车、打的……但对当年插队在山区的知青来说，回家却那么的难。

那是一个阴雨连绵的日子，转眼已有半年多没回家了。轻拂岁月积淀的尘埃，思念之情便如退潮后显露的巨石，重重地压在心中。

我插队的地方是一个靠近南山下的黄土塬，纯朴善良的老乡们把我们城里来的知青当作自己的孩子一样，问寒问暖，无微不至。尽管如此，对十七岁的我来说，还是想家，想我的姥姥和妈妈。我忘不了离家时姥姥站在马路边望着一辆辆大卡车的声声呼唤，忘不了妈妈泣不成声最后一个爬上送知青下乡返城的大卡车。忘不了在凄凉冷僻的知青小屋里过的第一个中秋节，大家对着窗外又圆又亮的月亮，唱了几乎一整夜思念故乡的歌谣……

9月的连阴雨已经下了几天几夜，下雨天就是农闲时候，对我们知青来说是再高兴不过的事了。兴奋之余，大家商议趁着雨天农闲回趟家。但为坐汽车还是坐火车争执不休，坐汽车要花二元二角钱车票，坐火车可以逃票，但是，要走四五十里路。为了省钱，最后还是决定坐火车回家。

吃罢中午饭，我们简单整理了一些行李就上路了。下雨天的山路真不好走，路上车辙里积聚着雨水，一脚下去一个深窝窝。加之，我们每人肩上都有一个沉重的帆布包，那是探家的礼当，是捎给父母的心意，雨水和着汗水，我们很快就湿透了。忽听刺啦一声，小军脚上一双早已裂开口子的解放鞋被黄胶泥拔开，鞋底和鞋帮分了家，为了掩饰这难堪，他很幽默地说"不想跟我回家就滚吧"，将拔开的鞋甩了出去，光着脚大咧咧地走起来。

他的举止并没有把大家逗乐，反而有一种伤感在心中油然而生。在那个衣食匮乏的年代，一双解放鞋价格并不低，何况没鞋怎么走？我将他抛出去的那双鞋捡了回来，几个女知青就在路旁老乡家的苞谷垛中抽出几根长长的苞谷叶子搓成绳将鞋子扎在小军的脚上，又结实，又防滑。"还行，就这样凑合着吧！"小军穿上扎好的鞋乐呵呵地说，"还是跟我回家吧。"

我们深一脚浅一脚地赶往渭河边。终于赶到渭河边时，我们又全都傻了眼，船早已不见了踪影。听当地老乡说，最后一趟船是下午5点钟发出的。顿时，我们一个个都像泄了气的皮球。怎么办？往前走，茫茫的渭河如一道屏障，挡住了去路；往回走，那三四十里泥水路让人望而生畏。一时间大家都没了主意。

"横断山，路难行，天如火来，水似银……"突然不知是谁唱起了长征组歌《四渡赤水》，歌声带着那么强烈的激情和冲击力量，特别是最后那一连几声的"毛主席用兵真如神"一声比一声力量强，一声比一声高亢和豪迈……随着歌声大家的情绪渐渐地好了起来。

两个会水的男知青决定涉水探路过河。由于水深流急，试了几次都未成功，大家只好兵分两路在上下游寻找新的渡口，最后在下游的六里处发现了一处浅滩，大家高兴地欢呼起来。这下，可难坏了我这个见水就晕的胆小鬼。已在一起生活了半年多的同学们对我的毛病了如指掌，一个个向我伸出了援助之手，我们就像掰手腕子似的把手紧紧地握在一起，那一刻，让我深深地感到我们彼此只要不放弃，所有的事都能够顺利地摆平。面对齐腰深的湍急水流，我们男女生交错着，一步一步小心地挪着步子。忽然，前面的小张健一脚踩在了漩涡里，只见他身子一歪倒在了急流中。女知青齐声惊叫起来，这时，他身边的大黄眼疾手快，扑过去一把将他提了上来。正当中秋时节，渭河水冰凉，早已成了落汤鸡的小张健浑身哆嗦着，抓住大黄的手，哽咽得说不出话来。我被这突如其来的情景吓得再也不敢向前挪动半步，两条不听使唤的腿在索索发抖。最终，还是几个男生前拉后推将我拽过了渭河。过河后，我们走在暮色苍茫的小树林里，只听见湿淋淋的衣裤咕叽咕叽的响声，像归窝的山雀，在诉说着谁也听不懂的心事。

当我们最终登上开往西去的列车时，一个个都不像人样了，浑身上下都是泥和水，真像一群小难民。因为不买票，胆小的我站在车厢的连接处，谁也不敢看，每当列车员走过来时，我的心就提到了嗓子眼，也不知是因为我们可怜还是幸运，列车员也仿佛压根儿就没注意到我。"姑娘，快过来，坐我这。"一位大妈向我招着手，我诧异地望着她。"孩子别怕，快把脚歇歇，暖和暖和，我的女儿和你们一样也下乡了，这年头，谁家没有知青。"大妈说话的时候，眼睛里闪着泪花。看着她怜惜的目光，我那颗原本就自怜的心再也控制不住了，泪水不由自主地溢出了眼眶……


贾宝珍，女
1956年9月出生
宝鸡中学毕业生
插队地点：眉县原横渠公社万家塬大队
曾在宝鸡纺织品总公司财务科工作
本文选自宝鸡市党史研究室2004年12月出版的《知青岁月》一书

# 下乡生活拾零

## 欺负人的骡子

有一次,我们全队知青全部进山打柴,我因身体不适留在队上,就安排我把麦子送到公社的水磨坊里去磨面。早上起来,先将麦子放在大箩筐里,用湿毛巾擦干净,再拣去小石子,之后装入长麻袋(桩子)。我把住在附近的蛮蛋和双蛮弟兄叫来,帮我把麦子架到队里的白骡子上。他们一再叮嘱我小心,说这个骡子贼得很,会欺生,会甩桩子。

开始走的是平路,白骡子表现还好,谁知一到山路,它就开始调皮,不停地尥蹶子,企图把背上的桩子甩掉。我也不敢吆喝,生怕它听出声音不对更麻烦。翻过一座山,当接近三队黑峪的时候,骡子不停地"试翻"(当地方言,指无目的的举动、捣乱),导致桩子往一边倾斜。这时,正好到了最险峻的路段,一边是悬崖绝壁,一边是深沟。我一个单身女子只有干着急,最终由着骡子得逞,把桩子甩到了崖边。只是谢天谢地,总算没有掉到深沟里。我怕桩子会继续往下滑,拼命抱着挪到安全处。向远处眺望,发现对面山上有四队白土岭的社员在干活,于是扯开嗓子大喊,但终因离得太远而徒劳。万般无奈,我只好牵着该死的骡子到公社的水磨坊,叫上等待磨面的农民帮忙,再返回原地将桩子驮到磨坊。

## 十里铺做饭

农闲时,为了增加收入,大队会派人去十里铺给运输社拉架子车。四个小队要轮流派人去为拉架子车的人做饭。轮到我们一队时,我和谢碧晋就接受了任务。我前后去过两次，每次一个月，每天要为大约十来个壮劳力做三顿饭。

烧饭的柴火是各队轮流送来。送来的柴火需要劈开才能烧。拉了一天架子车非常劳累，我们不好意思开口求农民帮忙。这时，男知青就挺身而出了，不管白天有多劳累，下工回来，总是主动帮我们劈柴。有一次，有个队送来的柴火大都是树根和树桩，很难劈，冯冀和姚茂生忙活了一小半天才帮我们劈完。

中午饭擀面条是相当繁重的劳动。由于没有一点儿油水，也没有菜，劳动太累，大伙儿的食量都很大，每人一顿能吃一斤半面条，加点儿盐、醋和辣子。十二个人，一顿中饭，我们总共要擀十八斤面的面条。在那张比单人床板还要大的案板上，将一团团和好的面擀薄，剺好，直到筋疲力尽。这样，剺面时很容易走神，有一次刀就划到了手上，至今我大拇指上仍留有一长条当年的伤疤。

## 擒 蛇 抓 獾

刚下乡不久，我们住的马湾库房后面的土崖上发现一条拳头粗的大蛇，当即就被男生打死。大家说好久没见过荤腥了，吃蛇肉是补充蛋白质的好机会啊，一致决定要吃掉这条蛇。但谁也没有做过蛇肉，我们就将它剥了皮，砍成段，之后放进铁锅中煮，既不懂控制火候，又缺乏调料，结果蛇肉没有煮烂，还腥气十足。即便如此，那条蛇还是进了大家的肚子。农民知道后惊呼："这些学生娃胆子也太大啦！"

一次，在南山锄地，农民看到一只獾娃娃匆匆钻进一个地洞里。一声叫唤，大家都很振奋，七嘴八舌地讨论如何逮住这个獾娃娃，最后决定"火攻烟熏"，于是，众人找来干草，我们围着洞口，点火烧柴，向洞里扇烟。一会儿工夫，獾娃娃仓皇出逃，被乱棍打死。这一次，大谢拿出川菜师傅的看家本领，做了一顿让人垂涎欲滴的烧獾肉，全队知青大快朵颐一番。

二队有条大黑狗，屡屡咬伤过路人，引起公愤，二队社员一致要求将此大黑狗处以死刑。我队知青擒蛇抓獾、烹獾煮蛇的美名传遍全大队，他们找上门来，恳请我们上阵，为民除害。又有一顿美食可尝，当然乐于此役了！于是乎，杀狗，剥皮（主人要那张黑狗皮），炖狗肉，忙得不亦乐乎。有的农民听说狗肉汤壮阳大补，纷纷前来索要。

当时，我们喂养的母狗下了狗娃，除送人外，还剩下三只没有人要。在那缺油少肉的年代，冯冀就狠狠心将小狗做了盘中餐。尽管"残忍"，但是大家知道，冯冀也是不得已而为之。

167

后来，生活在美国，看到美国人那么喜欢狗、爱狗，对有人吃狗肉感到无法理解和接受。我不禁想起那三只可怜的小狗，备感愧疚。其实，他们哪知道我们当时的处境，极端的贫穷和落后，连起码的吃饭问题都没有解决，对动物的怜爱之心全都被饥饿打倒了。

## 夜半山路

还有一次无法忘记的经历是：我和谢碧晋磨完面已是后半夜，要回到队里，必须翻过两座大山。农民一般都在磨坊炕上休息到天亮才回去，但谢碧晋不愿待在那里，坚持要立即回去。我虽心中有点儿害怕，但还是决定舍命陪君子。因我听农民说过山上有时会有狼出没，去磨面的路上又正好看到黑峪三队在路边埋葬死人。在回去的路上，我的心一直吊在胸口，总好像后面有人跟着似的，又怕碰到野狼。路过新坟，心里更是缩紧一团。那次夜路是我一生中难忘的经历，每每想起还有后怕。

崔玉洁，女
西安交通大学附属中学高六六届毕业生
插队地点：原宝鸡县晁峪公社槐树岭一队

## 东沟蒙难记

在新庄三队插队的同学大多属牛，1969年刚满二十岁。5月19日，在我"二十大寿"的第二天，就和李锡放一起踏上了去东沟修战备公路的"农民工"之路。去东沟修路，对我们知青来说，还是蛮有吸引力的：一是有相对固定的上工时间，不像农村从天一明就要一直干到天黑；二是都以满工来记工分；三是下工回来有专人做的现成的饭可吃。

当年我们正年轻气盛，干活从不惜力气，还与农村的壮劳力比着干。5月27日中午时分，我和新庄七队的老贾搭档打炮眼，他是公社树立的三个当代"新愚公"之一。烈日当空，大汗淋漓，正是"抡锤日当午，汗滴钎下土"之际。正当我全神贯注地抡锤时，没有任何征兆，一块不知从何处飞来的石头猛然将我击倒在地，我顿时失去了知觉，瘫倒在地，不知道过了多少天才苏醒过来。

李锡放立即叫人将我从山上背下来，先用架子车，接着上了部队的汽车，将我送到东口火车站。东口是个小站，很少有车停靠，为了不耽误抢救时间，部队和宝鸡车站调度室联系，让一列货车在东口临时停车，我才被抬上货车，当晚就送到了宝鸡陆军三院抢救。

当时，我们修的是盘山公路，我们的上面也有打炮眼的人，工地上石块乱飞的现象时而有之。正巧那块飞来的石头击穿了我的安全帽，并击中了我的左耳处，将左耳膜击破，流出了带血的液体。石头随后又落在肩上，造成左肩胛骨骨裂。在耳中流出的是脑脊液和血的混合物，直到二十天后脑脊液外流才止住。医院的诊断是：颅底骨折合并脑挫伤。

后来听说：和我搭档的新庄七队的"新愚公"也在东沟"光荣"了。是巧合，还是命运的安排？有些事情真是很难说得清的。

当我醒来的时候，只觉得天旋地转，不知道发生过什么事情，我又身处何地。其间家里人来医院看我，我也全然不知。"文革"期间，家里人正遭难，全靠同队的患难知青弟兄们来照顾了。在我毫无知觉的日子里，是他们在医院里轮流值班日夜守护在我身边，承担了擦洗、输液、打针、换药等所有的护理工作，尽一切可能避免感染和并发症，配合医院的治疗，把我从死亡线上一步步拉了回来。这期间有许多感人的故事和情节，令我感动不已。

当身体略有好转时，我向医生提出出院回队。医生说：你还回队？命捡回来就算不错了，颅底骨折无法动手术，只能消炎抗感染，死亡率在百分之九十以上。一旦感染或脑脊液倒流引发炎症，则必死无疑。现在想想，也真是有些后怕。

抗感染关过后，我转入大病房继续治疗。当我拿着报纸想看的时候，竟然一个字都认不出来了，听别人说这是"失忆"了。当时，盛行"天天读"，医院也不例外，每天上午都要学习"两报一刊"文章和毛主席语录。在病友的朗读声中，我一个字一个字对照着往下看，逐步恢复了阅读能力。我出院以后又到上海继续治疗和养伤，在那段时间，我每天读报、抄书、写字，积极活动大脑，这对我记忆力的锻炼和恢复起到了极大促进作用，我逐步恢复了写字和思维功能。

我要对新庄三队的患难与共、生死相依的知青兄弟们再说一声：任何感谢的话都难以表达我的感激之情，我的生命中也有你们的一部分啊！假如没有你们及时将我送到医院，假如没有部队医院的全力抢救和治疗，假如没有你们精心护理，我的生命也许就……

一年多以后，我的身体康复了，回到生产队，继续我的知青生涯。

徐犀，男
西安交通大学附属中学高六八届毕业生
插队地点：原宝鸡县晁峪公社新庄三队

## 熏扫帚遭遇失火

每年阴历三四月份,队上都要派人进山熏扫帚。出于好奇、逞强,我和李渭向队长强烈要求进山学熏扫帚。

我们在一个姓李的农民带领下,背着口粮、被褥等生活必需品向山里步行。途中要爬上两三座大山,几乎没有路,大约三到四小时才能到达我们队熏扫帚的基地。那是个人迹罕至的地方,陡峭的山崖上长满一片一片的竹丛,有的竹子扭曲地倒在地上,有时,还能看到冒着热气的粪便,农民说这是狗熊吃完竹笋后留下的。这时,大家会对着群山大声地吆喝:"哦呵……哦呵……"既是相互壮胆,也是为了吓跑狗熊。

在山坳的一小片空地中,有早年搭好的茅草庵棚。三角形的庵棚用树干搭成,盖上厚厚的茅草,以此来遮风避雨。庵棚里在离地面半米高处,用树干搭成一个通铺,仍然以茅草为褥,这就是我们三人的住处。庵棚旁边,有一条清亮的小溪,是我们取水的地方。更远处有一个用来熏(烘烤)扫帚的架窝。这就是我们的基地。

第二天,我们就开始割芒(方言,音 wāng,就是捆扎扫帚用的细竹子)。农民告诉我们,扫帚外面的一层叫"大芒",要两三年以上的大一点竹子才行;扫帚中间夹着"小芒",一米五以上的细竹子都能用。初春,山里的积雪还没有化,山崖上湿滑难行,穿鞋子是不行的。我们用毛帘子打着裹腿,穿着麻鞋,在往年割下的竹尖中小心地寻找下脚的空隙,割下一些大芒,再割一些小芒,然后,将一百来斤芒捆好,拖回基地。

接下来,要寻找构树,剥下树皮用来捆扎扫帚。然后,就开始学习捆扎扫帚了。在农民的帮助下，打芒、编扎、剁齐，我们很快学会了捆扎扫帚的全过程。

仅仅将竹芒捆扎在一起是没法使用的，还须让竹叶服帖平展，使扫帚成形。集中扎几天后，我们把扎好的扫帚放在架窝上用火熏制。架窝是一个约一米二高的"凹"形石台，顶部横搭着几根较粗的树干，把扎好的扫帚竖一层横一层地摆在树干上，可以摆三四层。接着在架窝下烧火开始熏制。山上漆树很多，架窝下也只好用漆木做柴火，虽然都很惧怕中漆毒，但在那种条件下怕也没用。

几天后，农民一天扎多少把扫帚，我俩也能扎多少把，后来还超过了他。大约二十天后，农民家里有事先回去了，我们俩仍留在山里。每天一大早上山割芒，刮构树皮，回来做早饭，吃完饭后扎扫帚。春天，山里的野菜很丰富——野韭菜、野芹菜、香椿芽和野葱很多，生活比在队里还好。好奇感、新鲜感和自豪感让我们忘记了劳累。

一天，我俩准备做早饭。锅灶就在庵棚旁边，我点燃锅灶，突然一股强风将灶火吹到茅草庵上。刚开始，我不在意地用手扑打着，但干柴烈火，几秒钟后就无法控制，火势越来越大。

我大声喊李渭："快来扑火！"我俩端着脸盆，用水拼命地浇，无济于事，大火已将茅草庵全部点燃。我们立即冲进茅草庵，将被褥迅速抱出，扔在旁边的空地上。茅草庵中还有我们吃的、用的，还有张玲大姐借给我们的一台小收音机。

眼看着被一片火海吞噬，火焰蹿起几丈高，可怕极了。我们也顾不上这些了，因为茅草庵旁，七八米外有我们扎下的几百把扫帚，如果将扫帚点着，那整个大山都可能被点燃，我们将成为千古罪人。我俩意识到：切断火源是当务之急！于是，不停地用水泼着，用树干拍打着，直到晌午才逐渐将火势控制住。

我俩大口地喘着气，坐下来对望了一下，每个人的脸又黑又红，汗流满面，用手一抹，几乎认不出对方是谁。中午的太阳实在毒，头顶一阵火辣辣的疼，才感到头发被烧秃了。衣服和绒裤也烧出了许多洞，有的洞还冒着青烟。回头发现，抱出的被褥也都冒着烟，已烧得不成样了。我们两个人傻愣愣地望着，忽然从惊怕中醒过神来，感到了问题的严重性：我们成为真正一无所有的"无产阶级"了！吃的住的全被烧光，又饿又累，必须得在天黑前赶回队上。我俩匆匆将过火的地方细心检查一遍，日头已偏西，忍耐着饥饿，拼命地向山下跑去，终于在天麻麻黑时跑出南岔沟，回到队上已经完全黑了。

第二天，我们忐忑不安地向队长汇报了情况，没想到队长不但没有责怪我们，还表扬我们保住了队上的扫帚，并为我们申请了布票、棉花票和钱，请队上辣婆为我俩缝制了新被子。

多年后，每听到哪里有森林失火的消息时，就会联想到我熏扫帚的那次失火经历。

邢汉城，男
西安交通大学附属中学初六六届毕业生
插队地点：原宝鸡县晁峪公社段家磨四队

陕西知青档案

# 我们的"乌托邦"

多年后，回忆起在陕西咸阳平陵乡小寨村插队的那两三年岁月，我总是告诉别人，那一段时光，是我一生中最艰苦、最难忘、最愉快洒脱的一段时光。

说"最艰苦、最难忘"，这很容易理解。可要说在农村那两三年是一生中最愉快洒脱的一段时光，一般人就很难理解了。

1971年，回城参加工作后，我当过工人、中学教师。1977年，恢复高考，时隔十一年后我考入西北大学中文系。毕业后，到一个不打粮食的单位坐办公室，一坐二十几年直到退休，至今三十七年。其间娶妻生子，成家立业，生活按固定的轨道前进，虽然也有波折起伏，但总是波澜不惊。三十七年留存在我脑海里的痕迹还没下乡那两三年多。这几十年间，生活舒适程度比起在农村时好了不知多少倍，但我总觉得：此生最快乐、心情最舒畅的还是在农村那几年。用现在一个时髦的提法，即在农村那两三年我的"快乐指数"高。究其原因，一是因为那时我们总是能干自己想干的事，不受别人左右；二是因为我们有一个团结、温暖的大家庭，有一个由我们自己亲手构建的"乌托邦"。

1968年，"文革"的第三个年头，作为在校中学生的我们这些"老三届"，对前途一片迷茫。"文革"初期的激情早已消退，热热闹闹的派别纷争也基本消除，尤其是我们高中同学，按年代算都是已经高中毕业了，大学从1966年就停止了招生，我们向何处去？成了每个人心里的问题。

有一天，同学刘安跟我和王随学商量上山下乡的事情。刘安说：报上登了北京、上海知识青年上山下乡的事，我们干脆也下乡吧。当时正为"不知向何处去"困扰的我和王随学立即表示同意。毛主席说过："农村是一个广阔的天地，在那里是可以大有作为的。"我们就争取到农村去干一番事业吧。

既然决定了下乡，我们就开始行动。一是找市上领导要求下乡；二是派人去陕南考察（我们在"文革"中结交了"三四二"工程兵学院的几个大学生，他们说起在陕南紫阳县山区社教时，陕南山区贫困落后，山上的生产队没人识字，每年年底结算时都要到山下高薪聘请会计给他们算账。我们觉得那里就是最需要知识青年的地方）；三是在校内串联愿意一起下乡的志同道合者。

去陕南考察的同学回来说陕南到处在武斗，乱成一锅粥，市上领导也不同意现在去陕南插队。我们只得一边在学校办壁报宣传动员下乡，一边等待。宣传动员是有成果的，先后有六十多位同学报名第一批志愿下乡。

西安市"知识青年上山下乡办公室"成立后，决定在咸阳小寨和长安县红道峪各办一个知识青年上山下乡试点，我们经过考察，决定到咸阳小寨去。小寨村是一个大队，下分五个小队。于是，我们把报名的同学也分成五个队，每队由几个大家公认能力较强的同学领导。

1968年10月17日是我们下乡的日子，西安市军管会主任孙长兴到一中来给我们送行，并讲话勉励。我们分乘几辆大卡车，大喇叭宣传车敲锣打鼓在前面开道，在西安市内转了一圈才浩浩荡荡开往咸阳塬上的小寨村，很是光荣了一番。

我们这些从未离开过城市的青年学生，是在对"文化革命"厌倦的情况下，怀着追求新生活、新出路的渴望；怀着改变农村面貌，在农村有所作为，实现自我价值的激情，义无反顾地走向农村。

下乡时间不长，我们这个团队的优秀之处就显现了出来。大家虽然不懂农活，可是干活不惜力气，拼尽全力。不懂的地方，就向有经验、有技术的社员请教。社员也愿意把农活技术给这一伙儿朝气蓬勃的学生娃传授。才两三个月，周围的村子都知道："小寨来了伙儿西安娃，干活猛得很！"

不到半年时间，努力奋斗加上城里娃的灵性，大部分知青都已是庄家活的行家里手，成了生产队的骨干劳力。犁地、拔棉秆、铡草、打胡墼、打墙、割麦、扬场……样样精通。我们还充分发挥知识青年的优势，养良种鸡、养猪、种菜（塬上的农民除辣椒、大葱外，很少种菜）、种树、育果园、挖塘库、搞发酵饲料、玉米双杂交、小麦良种等，大兴科学种田之风，这里面有太多的故事，实在不能一一道来。

我们下乡不久，毛泽东发出"知识青年到农村去，接受贫下中农再教育，很有必要"的指示，全国性的知识青年上山下乡运动开始了。我们也虔诚地按毛主席的指示向贫下中农学习。可是不久后我们就发现，贫下中农固然有朴实、热情、吃苦耐劳、朴素坚忍等值得我们学习的一面，但也有自私、狭隘、散漫、眼光短浅的需要教育的一面。所以，我们小寨知青在接受贫下中农再教育的同时，也在用我们的行动影响着、教育着贫下中农和社员。

刚开始下到农村时，我们二队的八个男知青被分配在饲养室腾出的一间房里打地铺，四个女同学则散住在农民家里。几个月后，一开春，我们就张罗着盖房，表示我们扎根农村的决心。所花的钱是国家给每个知青的二百二十元安置费。我们申请了一块很大的宅基地（大概有一亩地吧），居然被批准了。

不久，五个小队的知青院都建了起来。知青有了自己的家，我们在知青院里愉快地生活：洗衣、吃饭、开会、唱歌……还在院里种上了青菜、豇豆、西红柿、萝卜等蔬菜。很快，我们知青院成了社员最爱串门的地方。由于地方大，村里召开党员会等会议也爱在我们知青院里开。王治把不知从哪里搞来的萝卜种子种在院里，萝卜长得又白又大又水，特别好吃。记得有一次村里召开党员会，在我们知青院里开，我从地里干活回来，看见十几个党员坐在我们的大屋里，每人手里拿着一个大萝卜在啃，叫我又好气又好笑。

知青院，我对你有太多的记忆和留恋。我们全大队七十多个知识青年，分在五个小队，每个小队的十几个知青在一起就是一个大家庭，就拿我们二队知青来说，我们共有八男四女，下乡不久，朴实而又聪明的社员就给我们编了顺口溜："侯敬的脑子商鹏蓉的嘴，易勤的嗓子李培生的腿，刘春晖干活就是美。"我是知青里老大哥，"侯敬的脑子"是表扬我善于思考，"商鹏蓉的嘴"是褒义，是夸她口才好，"易勤的嗓子"是夸他唱歌好，"李培生的腿"是夸他勤快，"刘春晖干活就是美"，是因为春晖干活时，光膀子一身黑里透红的肌肉看起来十分健美。除了这五个人，我们还有老大姐一样关心大家的张幼珊，爽直泼辣的王欣，年龄最小、踏实肯干、不善言辞的陈晓敏，思想缜密待人诚恳的王治和他斯斯文文的弟弟王平，俊朗、能干的岳乐平和充满阳光朝气的小伙子原立盛。我们十二个人在一起生活，一起劳动，团结友爱，亲如兄弟姐妹。

我们工分记在一起，收入放在一起。年终分红时，由于收入太低（每个劳动日只有四五毛钱）我们得将队里分给知青集体的现金大部分留给集体，供一年油盐酱醋和日常开支。可能有的人全年出勤高（像易勤，全年几乎是满勤，因为他没有父母，全年几乎不回家），也可能有人因病因事，全年出勤较少，但我们都是平均分配，没有人有怨言。其实我们也不是完全平均分配，比如冬天到了，我们会用集体的钱为家庭困难的同学置一身棉衣，有的同学家里粮食不够吃，可以从我们的面缸里随便装几十斤面送回家里……几年中，我们没有因为经济问题红过脸，闹过意见。社员们颇为惊诧：亲兄弟在一起时间长了还闹分家呢，你们这些知青怎么就那么团结？

我们就这样在小共产主义式的乌托邦中生活了将近三年，这种环境的熏陶使我们每个人终生受益匪浅。

知青的表现赢得了社员普遍的尊敬和信任。社员评价说："这些学生娃没私心。"首先是四队的社员群众要求知青单元庄担任生产队长，然后各个队纷纷效仿，大队及各小队的大小干部几乎全都由知青担任。此外，各小队的会计、出纳、保管也都由知青担任。来"接受再教育"的学生娃变成了有几百户村民的生产队的掌权者，这是一个多么大的转变！教育者和被教育者的关系开始发生逆转，它既体现了村民对我们知青集体的高度信任和肯定，同时又是我们的"乌托邦"开始走向成功的一个标志。接下来，我们应该使落后的农村经济尽快发展上去。就在这时，社会上对我们的冲击来了。

在我们下乡将近两年的时候，一些工矿企业开始在知识青年中招工。我们上山下乡的插队生活结束了，我们扎根农村的理想被现实击碎半途而废，我们亲手创建的"乌托邦"结束了。知识青年上山下乡的历史功过，"老三届"的知青情结是对是错我都不想评说，在这篇小文里，我只想如实记述，我曾生活在这样一个团结友爱、"乌托邦"式的大家庭里，使我至今刻骨难忘。

侯敬，男

西安市第一中学高六七届毕业生

插队地点：原咸阳地区平陵公社小寨大队

此文选自太白文艺出版社2008年出版的《青春与梦想》一书

# 遥远的记忆

## 危房中的歌声

刚下乡的时候，南刘村没有供十七个学生住的房子。饲养室旁，有两间已废弃的旧饲养室，是危房。为怕倒塌，用粗粗的木头杠子撑着，打扫一下，铺些麦草，就成了我们学生的住房。男女各住 间。当时也不考虑危险不危险，照样高高兴兴住进去。白天下地干活，晚上男女生轮流唱歌。

我们过的是物质生活贫乏的"共产主义"生活。十七个人组成了一个亲密的家，我们大队一共有七十六人，分到五个生产小队，我们有五个小家，合在一起就是一个大家。物质是贫穷的，但是精神上是富有的。我们这些知青在少年时经历过三年困难时期，对物质生活本没有特别的需求，似乎生活本来就该如此。时间已过了四十年，偶然想起往事，那危房中的歌声，仍然余音绕梁，令人回味。

## 歌者和舞者

下乡四个月后，就是春节，我、王随学、侯敬和少数同学留守农村。除夕那天，我们三人去了咸阳市，在北街的一个小饭馆过我们的除夕，一年一度的春节。第一次在农村过节，我们决定奢侈一点儿，买了几斤八角钱一斤的牛肉，又买了几瓶七角钱一瓶的散白酒，来了一次大块吃肉、大碗喝酒的豪迈。

那时候，年轻气盛，三人喝酒吃肉，高谈阔论，旁若无人。说到高兴处，我和侯敬开始大声唱歌。王随学跳起了忠字舞。我和侯敬嗓子都好，男高音合唱，声闻百步应该不成问题。王随学半醉之余，舞姿婆娑，阳刚与柔美兼具。歌舞相得益彰，引来路人层层围观。我们三人兴致更高，直至酒足肉饱，才相伴回村。这个春节，是我过的春节中，味道最浓的一次。

## 小姑娘的麦穗和李忠信的猪

有一年夏收之后，咸阳市规定，麦收后遗留的麦穗，须集体先拾后再让个人拾。有一天，有社员前来报告，说有人在本队的地里拾麦穗。最得罪人的事理所当然是我的事。等我赶过去，别的人都已经跑了，只有一个小姑娘，拉了个架子车，车上有一些麦穗。我告诉她，按规定，要没收麦穗、扣车等待处理。小姑娘什么也不说，只是哭。有人告诉我这是一个没有父母的孩子，只有她和爷爷奶奶。我听了以后，突然觉得我在做一件极其可恶的事情，伤害一个孤苦无依、跑不动的小姑娘。我就让她把车拉走，但麦穗必须留下。因为这个口子一开，就再也管不住别人了。我搜遍口袋，只有两元多钱，给那个孩子，就算是我安慰自己良心的补偿。那个孩子坚决不要，只是哭着，拉着车子渐渐远去。我的心像刀扎一样。那天夜里，我一人跑到平帝陵上，仰天躺在地上看着满天的星星，让眼泪一滴滴流下来。时间过去了四十年，这个遥远的记忆仍然像刀子一样扎着我的心。

我们队的老队长李忠信，是我的好朋友。瘦瘦小小的个子，养了好几个孩子，生活很艰难，但他总是嘿嘿地笑着，生活劳动得有滋有味。我觉得李忠信可算是中国农民的一个典型，面对贫困，他的乐观勤快常常令我钦佩。

李忠信养了一头母猪，生了一窝小猪娃。满月之后，他用一个筐装了小猪娃，用自行车带着去集上卖。偏偏当时市上有一个政策：为了当地的养猪，猪娃只能卖在本队，不能到集上去。那时，我们每天都有全队的集合，评论队里的事，宣讲上面的政策，这个政策我是传达了的。又有人来找我，说李忠信去卖猪娃了。我走过去，不让他走。忠信极其愤怒地说："我自己养的猪为什么不许卖？又不是偷来的，凭什么不让我卖猪娃？"他气得把筐子都摔了，并且宣布与我绝交。

这件事的结果，自然最后还是我上门去解释，忠信因我不是为自己，而原谅了我。但是，我自己仍然觉得心里很不舒服。四十年后的今天，谁都知道这种政策是多么愚蠢，但是当时，我自己就曾经"不折不扣"地执行过如此愚蠢的政策，做过如此愚蠢、如此不近情理的事情。

## "二 级 风"

临近下乡的时候，李英的父亲把她带到一中，托付给我们几个大同学。她不是我们学校的学生，身体单薄，显得非常小。我们曾向他爸爸保证，会像对待小妹妹一样，保护好她。

下乡以后，由于她的瘦弱，被村民戏称"二级风"，意思是一阵小风就可能吹倒。但是她干起活来，却十分努力、认真，放工以后累得站不起来，要休息一会儿才能回去。但每次下地，都那么努力。当时我们队里小女生多，小秀比李英更小，只有十五六岁。戴丁、周加里、王光华、马晓峰都和她差不多，也都一样努力。以她们稚嫩的身体，面对远超过生理限度的繁重劳动，仍然毫不退缩，这需要怎样的毅力和勇气啊！我们队里的大男生，远近闻名的劳动模范不少，像单元庄、杨通，可以做男生的代表。但是，我们这些大男生已经基本长大成人了，而这些小女生，那些"二级风"，更让我佩服，更让我心痛。

招工了，我们的"大家"决定让年龄大的、家庭有困难的、"出身"差的先走，我们这些带他们下乡的同学最后走是理所当然的。最难能可贵的是这些"二级风"们无一例外，都表态让年龄大的、困难多的哥哥姐姐先走。在知青返城大潮中，有多少人能像我们这些"二级风"们，把个人利益放在脑后，迎风浪傲立潮头！四十年来，每当对人谈起招工时的情景，我都为我们这些小妹妹们非常自豪。

让我至今遗憾的是我们这些大哥哥、大姐姐们，没能完全做到对长辈的保证，保护好她们。繁重的劳动，贫困的生活，固然无奈，还有一位小妹妹把她的青春和生命永远留在了这片黄土地上，在送她"回家"的路上，足下重如千斤。不仅愧对她的父母，自责和痛惜更是像锥子一样扎着我的心。我的这一群"二级风"小妹妹们，我为你们心痛、自责、自豪、骄傲，我永远爱你们。

王逸达，男
西安市第一中学高六七届毕业生
插队地点：原咸阳地区平陵公社小寨大队
此文选自太白文艺出版社2008年出版的《青春与梦想》一书

## 弹指一挥间

至今，回顾在山区农村度过的时光，仍然是那么刻骨铭心，虽然过去了四十多年，却似弹指一挥间。

1968年秋天，"革委会"贴出通知，我们西安第二十中学成为西安市中学生上山下乡当农民的首批试点，上面给安排了一个叫红道峪的山村，有三十一个名额，等待着革命小将们自愿报名前往。这时的"小将们"早已从昔日自以为叱咤风云的猛士，蜕化成无所事事的一群，每天百无聊赖地用小道消息来打发日子。"下乡试点"的消息在校园里像一块大石头扔进了一潭死水，我们十几个同学决定骑车去红道峪做一次调研，看它是否可以再次让我们大有作为。

秋高气爽，我们骑着自行车出城，骑行三个多小时，到达了长安县大峪公社红道峪村，它是秦岭脚下约二百户农民的一个小山村。我们推着自行车在凹凸不平的山路上进了村。路两边，社员们友善好奇地注视着我们。空气中飘浮着庄稼秸秆的清香味、烧柴草的烟熏味，和猪圈、饲养室的畜粪味。

蓝天白云，山岩嶙峋，流水淙淙，山坡染上秋天的棕黄色。这使我们这些来自充满革命喧嚣的大城市的学生们耳目一新。那天我们走了几里山路，在山路拐弯处的一座破庙里，见到了一位穿着黑色土布衣裤、腰间扎草绳的光头中年人，一问，他就是村支书老马。

那天，我们非常满意地下了山。夕阳西下，彩霞满天，炊烟四起。我们俯瞰红道峪的美丽山川，热烈地议论着它的远大前程，一致认为如果把红道峪搞好了，会有重大的示范意义。

几十年后回顾当时的情况，总不免感慨地想：那天一同去的同学中，怎么就没有一个人考虑自己的前途呢？

当时我们正好在编辑《马恩列斯语录》，马克思在中学毕业论文《青年在选

181

择职业时的考虑》中写道:"如果我们选择了最能为人类福利而劳动的职业,那么,重担就不能把我们压倒,因为这是为大家而献身……面对我们的骨灰,高尚的人们将洒下热泪。"我们觉得,这些美好高尚的词语,仿佛是在我们要去当农民时,马克思专门为我们写下的!

1968年10月27日,我们二十中三十一位同学进了红道峪村。包括我在内的五个男生搬进了一座从富农那里征收来的大屋。屋子很大,从此,这里也就成了生产队公共场所,白天小青年们总来串门,晚上炕上地下坐满开会学习的社员们。

我们很快看到,贫穷是这里最显著的特征。老碗里端到饭场吃的都是杂粮糊糊。种庄稼的,春天却要借粮吃。平时没见有农民吃干粮,只有砍硬柴、割扫帚的人才有这个待遇。没见过谁家吃过肉(除了有一次队上死了牛)。全生产队四十来户的人家,有五六个老光棍,还有七八个后备光棍——家里穷得不敢妄想娶媳妇的半大小伙子。十二岁以上的女性基本是文盲,四十多岁的妇女都裹小脚。火车已经诞生了一个多世纪,他们却根本没有见过。有一户老两口五保户,连买盐的钱都没有。百分之三十的婴儿存活率。百分之三十以上的青少年因缺碘或缺医少药成为弱智或有残疾。什么是三大差别,什么是一穷二白,我们有了进一步的感性认识。但是,人们对这种骇人听闻的贫穷已经麻木了,很少有人对此表示惊讶。这同时表明,在这里需要和可以做的事情很多很多!

我们带着这样的认识和决心,开始了在农村的知青生活。

三十六年之后,2005年夏天,我和一起插队的张毓森以及一位朋友,并车回红道峪看一看。

多漂亮啊!进村的黄土路已经拓宽改成了沙石路,新建的农家小楼和住家院子的高门楼鳞次栉比。路两边停着各式各样的三轮载客摩托、拖拉机和农用车。车窗外街道上见到的人,却一个熟面孔也没有。不过,实际上,我还真不怎么想见到熟人。见到乡亲们,总有难为情的感觉。在农村的两三年里,我们确实为农民们做了不少事情,从学大寨修梯田、开截渗渠、挖大口井、修水库到建医疗卫生室;从开拖拉机种试验田、育良种、建林场养猪场到春荒借粮食;从办政治夜校、文化夜校到办文艺演出会,从当社员到当会计队长、拖拉机手、赤脚医生、小学教师,学生们无所不在,更不要说日常的劳作了。我们干得比农民还卖力。但是,也推行过激进的措施,以革命的名义和为最大多数人谋利益的名义,罚过不该罚的人,查过无须查的人,批过不应批的人,晚上把劳累一天的农民从炕上叫起来学习。再后来,我们一拍屁股都跑了,都回城了,而乡亲们却在以后的一二十年里,依然过着不富裕的生活。这使我们感到羞愧,为了不给人以"衣锦还乡"的印象,我们不下车,只是在通过街道时走马观花地看了村子。

我们把车一直往山上开，最后停在台沟口的水库旁边，跨出车门环顾四周，欣赏灿烂阳光下的红道峪山川美景，一时间，就像"文革"中一首流行歌曲中唱的那样："多少往事涌上心头！"

1970年，下乡一年多以后，我们中五位学生被大队任命为五个生产队的政治队长，以加强对农民的政治教育和思想工作。但是，为什么经过全党全军全国人民二十几年的一致努力，却没有把农民像陈永贵说得那样教育成为一心只想到解放全人类，给集体干活时竭尽全力、绝不计较工分的无产阶级革命战士呢？

那时我们每天都在做种种努力，但把农民变成解放军的目标看来还是十分遥远。倒是有的同学耐不住了，先把自己变成了解放军。学生中有六个人当兵走了；最后，四十多个学生陆续全部离开红道峪。我记得当初我还在去边疆和农村干一辈子的决心书上签过名呢，真惭愧啊！

回想起来，1970年的秋天，陈爽寿同学制作的电动脱粒机问世，改变了水稻在石磙子上摔打脱粒的历史。杨建中、文忠民同学驾驶着手扶拖拉机犁地。张增秀等各生产队的同学们都参加试验田工作。焦士英是突击队长。长安县农技站沿用学生下秧田试验日本的"拉线插秧法"并获得亩产千斤的丰收。张毓京、隆世志同学参与创办大队医务室，随时为病人出诊。李曼霞、赵安华同学当了村小学的教师。各队的学生积极参与大队的水利工程勘察设计和施工。五个生产队的政治队长们也参与生产队的日常生产和管理工作。我们知青小组在1970年6月以知青代表的身份出席了西安农业会议，并成为陕西省活学活用毛主席著作积极分子代表大会的代表和典型。

最难忘的是我们还曾为村子修建水库出过力。

我们先是决定在草沟修一个小水库。张毓森借来两本修建水库的小册子，我们两天便读完后，又说服大峪水库指挥部和大峪河水文站，拿到了当地年降雨量和河流径流系数等数据。记忆中就是计算集雨面积的五万分之一的地图，属于军用地图，不能借给我们。于是我们爬到草沟的高处考察。经过千辛万苦，最终在坐标纸上做出了1:10000的草沟流域图。

接着，我们沿秦岭北麓向西走了几十里，沿途调查了五六个已经建成的小水库，又应大队书记老马的要求，把水库建到大得多的台沟河上去。我和张黎明从头开始，一点儿一点儿摸索技术上的要求。本来还应当对水库的建设进行更慎重的考察和设计，但在那个年代，人们都很狂热和浮躁，老马很快就下令开工了。

没想到，水库开工一个多月后，我的个人命运发生了突变。

1970年12月下旬的一天，正当水库的坝体截渗墙的基坑终于挖到原生土层上，可以进行回填筑坝的时候，公社武装部捎来话说：我的入伍通知书到了。此前,"文革"中我家受到很大冲击,我因此连团籍都不能恢复。现在,我能够参军,本身就说明我可以不再受歧视了,于是我在农村生活的决心也随之动摇了……

这次回来前我一直想知道:最后村里的溢洪道怎么做的?现在,我在大坝的一侧看到,溢洪道巧妙地从水库东侧的山坡沿等高线向远处开挖向东延伸,洪水可以绕村流入草沟河里,这样,村子安全多了。一想到我们学生们竟然无师自通地参与了设计和施工,就很有点儿飘飘然的感觉,觉得若不是生不逢时,上个清华大学水利系,三峡大坝上留名青史也不是不可能的……

我们又去看当年张毓森在台沟口大庙建起的养猪场。当初,水库开工不久,以大局为重的张毓森说:水已经有了,应该去解决毛主席"农业八字宪法"中说的第二项:肥。记得养猪场建成后,我还从水库工地上抽空跑去看过母猪下小崽呢。

我们也到台沟口大庙看了看,大门上加了锁,听说后来这里改建为林场了。当初,我们还有在这里种葡萄和玫瑰的设想呢,但社教时这里种过苹果树,无人爱护全死了,大队不愿重蹈覆辙,没有采纳。我们插队三年后,大部分同学招工走了,剩下三个女同学有所谓家庭问题走不了,生产大队长李九云为了她们的安全,把她们全部安排在墙高房大的林场院子里工作生活。后来,只剩一位女生时,大队长又把她安排在自家院子里的厦子房住,由大队长凶悍的夫人细心守卫。我们遥望大队长在山上的墓地,十分怀念。我们在农村从来没有遇到过中央保护知青文件中提到过的恶劣情况,这与大队长的周到保护分不开。

我们走进了台沟。夏日的台沟,比起1968年我们下乡前来调研的那个秋天,更加丰饶美丽。没有东一块西一块的坡地了,山上除了岩石,到处郁郁葱葱。山谷里充盈着蝉鸣声、鸟叫声和潺潺流水声。显然,由于改革开放几十年来的政策,农民走出了大山,不再挖坡地种粮食,也不砍树木割山草当柴烧,大自然逐渐恢复原来的生态。人间正道是沧桑啊!

下山回来走到台沟口,遇到两位老人赶着五六头牛上山来。老人和我们交错通过时,注视了张毓森几秒钟,大声喊:"毓森哥!"

"长娃!水娃!"张毓森也认出这两个人,是当年第五生产队里年龄比我们小五六岁的玩伴,兄弟俩。

我递上两支烟,他俩推辞了一阵说不会抽,最后收下了,各自夹在耳朵上。在山路上一起合影,交谈。原来,兄弟俩至今还没有成家,现在寄居在别人家。生产队的牛,早已分到各家,他们靠帮人到山里放牛为生。说话时,朋友把我扯到一边回放数码相机上的照片,笑着说:怎么看上去像背着武器的欧洲殖民者和拿弓箭的非洲土著的合影?我一看,确实像——水娃、长娃夹在我和毓森中间,五十多岁的兄弟俩看上去有七十多岁，脸上布满皱纹，头发稀疏，牙齿掉了一多半，穿着带破洞和补丁的衣服，弯曲的腿，光脚上套着破旧的解放鞋，手中拿着赶牛的树枝，个子低我们一大截子。难怪看见他俩第一眼以为是老人。而我和张毓森，高大强壮面容丰润头发茂密唇红齿白，身上挎着先进的照相器材，这差别大到看起来要像不同的人种了。我们当农民时还说过，一定要消灭三大差别！此刻真的感到羞愧和讽刺啊！

　　又一次回到红道峪村，已经是2012年。我们几十位当年的知青结伴而行。在村口，大家见到几位熟悉的老乡亲，手拉手一起亲切交谈，这一回更知道了，现在村里变化很大。有多位当兵、上学、务工外出的村民，在县城、西安、上海等地做生意，做成了大气候，他们除了给村里办公益事业，还出钱为当年努力苦干想让村子脱贫但未能成功的马金台书记和李九云大队长建了漂亮的墓地和墓碑！

　　进村后看见：到处盖满了新楼房，到处停着大大小小的车辆。山里山外道路上，前来登山旅游的游客，熙熙攘攘。台沟口外，售卖食品、旅游纪念品的店铺、帐篷、地摊，一家挨一家。有同学去问路边一位卖香椿的老妇还记得当年的知青不？虽然时过四十多年，她竟然还说得出我的名字，并给予正面评价。我远远听见，感动不已。

　　不过我不知道为什么我仍然羞于去生产队见过去熟悉的社员和他们的后代。也许是因为，这几年我经过老老实实的思考后，认为我们这些笃信马恩列斯毛的知青，虽然自以为轰轰烈烈地在农村干了一番，但实际上对农村四十多年来的现代化过程，没有起什么真正的作用，更谈不上"大有作为"，也缺少真正的农民那份对土地的爱。农民逐渐富裕起来，是从20世纪70年代末起实行土地联产承包责任制，也就是分田到户，农民的生产积极性真正迸发出来以后。再看眼下一浪高过一浪的城镇化进程，靠的仍然是大政策：让市场起决定性的作用，让农民进城务工投资办厂开公司搞建设，容许农民一茬茬变成城里人。是高层做出了正确的决策，解放了生产力，与我们知青毫无关系。无论我们怎样为自己在农村的表现鼓噪，但基本事实就是如此。

　　大规模的知青下乡运动到如今四十多年过去，从历史上看，只不过是弹指一挥间。当年的最高领导人企图通过知青下乡，实现对青年知识分子的改造，对农村一穷二白面貌的改造，消灭城乡差别，体脑差别，工农差别。现在已经被历史证明，这些设想都是乌托邦。从本质上看，知青下乡运动和整个中国现代化的过程、城镇化的过程，一点儿正能量关系都没有。对于千千万万知青来说：失去了进一步受教育和人尽其才的机会；对于一个本来受过现代科学教育的人就不多的大国穷国，浪费了无数人力财力和时间。知青下乡运动无疑是一次极为错误的举措,甚至是一个与历史进步反向的过程。

不过,在这会儿,在红道峪村的台沟口,郁郁葱葱的秦岭山脚下,清波荡漾的水库旁,周围看到的却是说说笑笑快乐无比的老知青同学们。他们当年穿着破衣烂衫,喝着杂粮糊糊,胸怀祖国放眼世界,战天斗地改造山河,出着牛马力,拿着三文不值两文的工分,现在却无不以当年的经历而自豪。看上去,大家今天来到这里,在回忆起农村的这段经历时,除掉家庭有问题招工走不了的痛苦(这涉及官方的公平诚信——你不是说"重在表现"嘛),其他的情况,吃的苦再大,受的累再多,都还是快乐的,不会去计较的,有成就感沧桑感的!

如果抛开宏观评价,真实地说一说知青经历给我个人的感受,它是这样的——对我个人来说,下乡当农民,它是考验锻炼和浴火重生,虽然多有艰难困苦伤痛,但更有友爱拼搏创造;它是一段内容丰富而奇妙、充满冒险与活力、什么时候都能拿得出来给别人炫耀一番的人生经历!

陆耕,男<br>西安市第二十中学高六六届毕业生<br>插队地点:原长安县大峪公社红道峪大队

## 回城过年的知青们

1970年春节时,我正在淳化县插队。下乡两年了,年终决分,我的个人账户上长了五元多钱,却迟迟拿不到手。因为别的知青短几元十几元的大有人在,全在生产队挂着账。别人不交欠款,我咋能分红?我兜里只有压了半年的、麦收后预分的两元钱。春节前,我和同伴们一样,在村里挨家挨户买鸡蛋。六毛六分钱一斤,虽说只比城里便宜六分钱,可是城里凭票供应,你掏八毛也难多买呀。早在春天,我就同村里一位相好的姑娘说好,她答应在自家母鸡抱鸡娃时,准我"入股"——以三毛钱投资,年底不要下蛋的母鸡,只要两只公鸡。到了腊月二十,乖乖,那位厚道的妹妹给我抱来两只四斤多重的大公鸡,还帮我杀好了呢。

为了换回年货、购回必需的油盐酱醋,社员们也乐意私下将鸡蛋卖给知青,因为这既省得自己跑七八里路卖给供销社,又落了人情,往往还能顺便托知青们回城给自己捎回些乡下没有的稀罕商品呢!在"文革"中,这样私下交易"统购统销"物资,上纲上线就是"投机倒把",是必须"割掉"的"资本主义尾巴"。

公社为此专门派出两男一女三个干部在路口设卡,对返城过年的知青们进行盘查,美其名曰"对知青关心,防止犯路线错误"。一旦被查出来,一斤鸡蛋按两毛钱回收,算是额外"照顾";要是社员违规,全部没收还要扣人、罚款!

那天,我和邻队同时下乡的同学约好在路口聚齐回城。远远见有人被检查,不由得停下脚步,等着邻队同学玉芳。因为去年春节盘查,别人的鸡蛋大都被低价回收了,有的气得跺脚骂,有的抹眼泪。我也撞到了枪口上,装着三斤鸡蛋、外罩网兜的脸盆被提出来放在地上。我不由得眼圈儿一红,对检查的干部说:"过年了,我总不能空手回家吧?这叫城里的父母咋能不伤心?咋能放心让儿女在广阔天地扎根、虚心接受贫下中农的再教育呢?你们就'宽大'一回吧!"因为我当时是县上学毛选先进个人,公社那位女干部动了恻隐之心,同时也为保护先进人物的"形象",不给公社抹黑,就说:"念起你一贯表现不错,就象征性罚点儿吧,回收你一斤好了。"我说:"我一共才三斤,你就收走一斤,回去给亲戚就没法儿分了。"后来,就象征性回收了半斤。玉芳由于和我同行,也享受了同样"待遇"。

就在我等玉芳的时候,路上陆续走来了两个女知青,一见前面的架势,谁也不敢贸然前行。大家聚在一起议论着,欲进不能,欲退不甘。好不容易玉芳到了,我一见这么多人,心想自己先进的"面子"再大,公社干部也不一定买账,毕竟人太多了呀。于是,一伙人都在尴尬地等着侥幸,等待机会。

后面来了两个男知青,嗬,前边那位块头足有一米八,膀大腰圆,好不威风。几个知青都认得他,他叫牛飞,是远近闻名的惹不起,无论谁都对他怯三分的。他一见又要检查,就放下大提包说:"这样吧,我这里面的东西都倒出来,大伙儿帮着拿。你们的鸡蛋全装进来吧,我带着闯关。"有牛飞在前面雄赳赳、气昂昂地带队,知青们便大摇大摆地向检查站走去。那个女干部刚狐疑道:"哎,这提包……"另外两个男干部立即使眼色制止,说:"算了,让他们过去吧,过去吧。"

事后听说公社追究为啥今年罚没的鸡蛋少?他们说是通过学习,知青和社员们路线觉悟提高了,很少有人私买私卖了。

顺利过了检查关,知青们就分散拦挡过路汽车。那年月公路少,汽车少,客车更少,而且多是直达车,不允许半路停车载人。知青们只有拦卡车。女青年比较容易拦到车,男青年却往往不好办,尤其五大三粗的牛飞就更困难。他有时路边一站直到天黑也走不了,只好第二天再来。去年腊月二十八,无奈之下,他们借来农民的架子车,往路上一横,将过往汽车全给拦住。牛飞大叫着:"我们不能回城过年,你们也别想走!"司机们不但不恨,反倒可怜起知青来。大家商量一下,就分头将他们捎走了。今年一等又等到快天黑,大家挡在路中间,给司机好话说尽,牛飞主动上前敬烟,才拦了一辆刚救过火,空车返回的消防车,将一伙人捎到了三原。

三原火车站,是我们回西安的又一道关口。那时的春运虽不很紧张,但不买票是不让乘车的。去年春节前,我和玉芳就是在这儿被挡在列车门口。正急得不行,忽见旁边铁路员工房里有个抱小孩的妇女,就上前求情,她就帮着我们上了车。谁知一路上知青越上越多,都是无票,到了西安又都不愿补,就被集中带到铁路俱乐部办学习班。百十号人扛着大包小包的粮食、红薯和鸡呀蛋呀,就是没人补票。有的还说调皮话:"今年先欠着吧,赶明年生产队给发钱了一起补!"工夫大了,饿得不行,就咔嚓咔嚓砸着吃核桃。办班人员看看没有希望,也就睁一只眼闭一只眼地让大家走了。正在这时，忽见一辆闷罐车停靠，大伙儿不管三七二十一，一拥而上，拦都拦不住。

　　车到西安，有了去年的教训，知青们谁也不下车、不出站，你抓谁去？等着其他旅客下完了，列车往车库慢慢倒车经过西闸口时，利用短暂的三两分停留时间，纷纷扔下行李，跳下车去，溜之大吉。

　　回到家里，亲友们戏称我们是"导弹（捣蛋）部队"回来了。

　　呵，特殊年代的荒唐经历，让人百感交集！


蓝璞，女<br>
西安市第七十五中学毕业生<br>
插队地点：淳化县原石桥公社嘴头大队<br>
本文选自中国文联出版社2008年10月出版的《岁月》一书

## 上套拉磨

在生产队里劳动一整年了，我天天盼望着能从这种牲畜般的驱役中挣脱出来。三百六十五天没黑没明地苦干，只有十四岁的我，个头像没有长成的禾秆，面黄肌瘦，胳膊如柴腿似棍，手茧足茧却很快厚了。干起农活来显得少年老成，更重要的是，在周围人的排斥和歧视中，我能忍受任何人的呵斥甚至于谩骂。

我毕业回乡的生产队里，贫下中农占了大多数，几十年的教化，使他们的集体意识特别强，地富反坏已经是手上的死鸡娃子，揉搓得差不多了，就开始对才回村干活的学生娃娃本能地进行监督，一天到晚议论的话题多是看谁的劳动态度好不好，干活长不长眼色，舍得力气不。

队上指派我们几个小青年下地捞稻子，全队上百亩稻田，要在一个夏天从头到尾在泥水里抓捞三遍，这是入队的第一次考验。盛夏的稻田是个绿色的蒸笼，在淹没人的稻行子里，上边太阳烤，下面水汽蒸，双腿跪下往前一步一挪，两只手换着抓捞水草，一把一把连根拔起绾成团塞进污泥里。温热的水下，成堆的蚂蟥往你的腿肚子里钻，起初不感觉，知觉疼了，这种有半寸长的无骨软虫已钻进腿肉半截，疼得人撕都撕不下来，怕掐断了出不来，就蹲起来用手掌使劲儿拍打，打得双腿麻木了，它们才退出来。下去正捞着，一种叫地蛆的虫子突然蜇得人猛地跳起，咬牙吸气一阵，忍着疼痛又跪下去。满头的汗水流下来，抓泥的手顺势一抹，面目就全非了，酸痛的腰脊往起一伸，简直是一副活脱脱的跪姿兵马俑。

连续多日的高温，胸脯闷热，头皮脊背烧烤，皮肉就半生不熟了，稻秧向后缓缓移动，人像爬动的泥鳅。

个头小力气薄，一天从早干到黑，才挣六分工，是成人劳力的一半。一垄田块捞下来，伸出头望一眼发白的日头，距天黑还早呢，抹一把汗跪下从头再来。

渴急了，跑到水渠撅起屁股，咣咣一阵猛喝，嘴一抹，转身又进地里向前浮游。后半下午，韩队长检查来了，老远就听见他的干炸嗓子，骂骂咧咧指指戳戳，不是嫌进度慢，就是嫌活做得粗，说生产队喂猪也比养我们强，分得口粮了，一个个算个人，干起活来比蔫牛还慢腾。我们就弯下身子赶紧抓捞，不敢吭一声。谁敢顶一下嘴，扣工分、扣口粮，只是他一句话，重的还要在社员会上检讨思想。无论是谁，只要上一次社员大会，政治前途就全完了，入团、入党、当兵、招工，都成了泡影。地里的三棱草根扎得很深，每拔断一次就疯长一茬，还有一种叫游葫芦的草，根茎细密，叶子顺水乱漂，手总是抓不住，检查起来很扎眼，捞不净，就要扣工分。烈日下，既盼下点儿雨又怕下雨，雨一淋，拔下的草转眼就活了。

　　一个多月下来，身上的嫩皮烙红晒破结成了黑痂，臀以下皮肉泡成了白色，破伤多处，胳膊上被稻叶割成血红的网状，想那炼狱水牢也不过如此吧。

　　下连阴雨，地里农活干不成了，这时候是开社员会的日子。队部就是牲口饲养室那个人畜共处的六间大庵间房，一开会，吧嗒吧嗒的咂烟锅声和牲口吃草反刍声混在一起。会前，团员们就抢扫帚扫地，捞铁锨垫牲口圈，图个好表现。饲养室的尘土被一浪浪扬起，呛得牲畜直打喷嚏。

　　来到会场，我坐在最拐角的马槽帮上，在弥漫着草料牛粪气味中，社员会开始了。队长拿起一份揉疲了的中央文件，先学了毛主席致教师李庆林的一封信："寄上三百元，聊补无米之炊，全国此类事甚多……"心里就想这是何等大的数字啊，我们劳动日值才八分钱，毛主席一笔给一个人就划三百。一个普通教师家境再困难，怎么一下子就通了天呢，这在小民心里却是要命的事呢。接下来，是程副队长在会上表扬团员门冬亚，说她在月光下带头给黄坡梁地里拉粪，舍力气，能吃苦，汗把头发衣裳都渗透了，让人看着感动得很。人都知道程副队长从部队复员回来一直想追冬亚，人家不理，就当会趁机表扬起来。

　　大场南端有一个粪堆，积攒一年的土粪垒得像小山一样高，没钱买化肥，几十头牲畜屙的粪便就是队里的财富，每个季节都要起几层拉些上地。第二桩活路就是让我和北街的志胜叔给马车装粪。两个人供四辆车，送粪的地又不远，拉粪的趟数逼得很紧。锨起锨落，一辆大车装满已是腰酸腿痛，汗湿衣衫。脱光上衣，咬牙干到第三天下午，我突然感到天昏地暗，扑通坐在地上。这一坐不要紧，恰恰被监工的贫协组长李福相看见，他张口就骂："咋，没干几天活就偷懒，整天病恹恹的，得是老马下的！"听到骂我眼皮一睁，也不敢犟嘴，硬撑起来赔着笑脸再干。贫协组织类似工厂的工会，由那些日子过得最烂包，斗争却最积极的贫雇农担任组长。他们是队里的红人，代表贫下中农行使监督权力，平时谁也不敢得罪。一锨一锨往车上丢，一车赶一车往地里送，怕被人说干不动活，就舍命地咬牙猛干。一连几天下来，胸腔憋闷得难受，胳膊疼得抬不起来，走路腿都拉着。回家丢下碗筷倒头就睡，大人三番五次都叫不灵醒。出力的活人和牲畜同干，吃食也差不多，粗粮为主，苜蓿野菜充饥，放屁都不臭，一股子草腥味，也就不用避人。

王渊平，男
西安市原长安县黄村中学毕业生
1974年返乡于原长安县王庄公社曹村
陕西作家协会会员
本文选自中国文联出版社2008年10月出版的《岁月》一书

# 深山开荒记

1970年，我们下乡插队第二年的早春，生产队安排我和二十几名社员到山里开荒种玉米。据社员们讲：山里沟深林密，空气湿度大，雨水好，山外天再旱，山里照样能收获一些粮食。而且，由于是荒地，也不用交公购粮，可以部分解决社员口粮不足的问题。

我们的活儿就是把长河沟右面向阳山坡上的树全部伐倒，茅草全部割掉，空出地来种玉米。于是，静静的山沟里便响起了一片哐哐的伐木声。我们在接近山顶的地方清出一块比较平整的场地，把伐下的大树砍去枝丫，然后一律树皮面向外，劈开面向里，一根挨一根插在事先挖好的沟里，慢慢形成了四面屋墙。最直最长的树干房梁搭在中间，上面再铺上劈好的树干，就建成了屋顶。然后，用长长的葛条把树干一道一道紧紧系住，抹上和好的泥，屋顶再铺上茅草，能抵抗狂风骤雨的茅屋就建成了。下一步是搭床铺，在屋内的两厢，用锯好的木桩打进地里，铺上横担，再铺上劈好的树干，垫上一层厚厚的茅草，可以高枕安眠的大通铺又建好了。

社员们纷纷打开行李卷，自行选好邻居，铺好床铺。两张大通铺中间是一米多宽的通道，通道上每隔一段挖一个长条坑。早春的天气还很冷，深山沟的夜间尤其寒气逼人。这个坑就是夜里点燃篝火驱寒用的。

当天夜里，我们就睡在新搭建的茅屋里。屋子里弥漫着新鲜树木和茅草的芳香，有人点起了篝火。由于兴奋和新奇，我怎么也睡不着。旁边一位社员和我拉起闲话，他告诉我：这条长河沟在很久很久以前是商贩们翻越秦岭前往巴蜀之地的一个通道。翻过眼前这道山梁，再往前走不远，就是如今凤县境内的东河桥。这条路上曾经发生过许许多多的怪事。

听了一夜故事。第二天清晨，天色微明，我被一阵吼叫声惊醒。爬起来钻出茅屋，有不少人向对面山坡指指画画，仔细一看隐隐约约看见树木中两个黑影在打架，是两只熊！它们毫不理会我们在观看，嗷嗷叫着撕打，过了好大一会儿，它们才停止撕打，一先一后钻入密林中。于是，关于狗熊的种种趣事，成为好几天的话题。

以后的几天，仍旧是分成上下两组砍灌木，割草，然后卷拢起来向山腰集中。终于，山坡上的所有树都砍完了，草也割光了，全部卷到山腰像一条长长的巨蛇。几个社员负责将草蛇点燃，熊熊的大火腾空而起，站在十几步远，仍感到火浪的灼热。山风一吹，草木灰落了满头满脸，但谁也不敢远离，监视着火势是否改变方向。几个小时之后，火渐渐熄灭了，地上到处是厚厚的黑灰。不等灰烬冷却，队长就指挥我们用沙土把灰埋住，防止死灰复燃。这时候，站在山坡上望去，几十亩大小的山坡上，原先茂密的树木和茅草都没有了，只露出光秃秃的山地，布满大小石块的山地。在那个时候，我不可能有现在这样的感慨，比如爱护山林、保护环境啊等等。我只想到：这就是刀耕火种，几千年前先民们进行过的刀耕火种。

下来就该用镢头了，我们排成一行自下而上挖土播种。就在这时候，我遇到一难。当时，队长派我和几名社员到对面的阴坡上再伐几棵树。因为是阴坡，湿气很重，树干上长满了青苔，绿绿的滑滑的。坡很陡，不好立脚，我只好一只脚踩在地上，一只脚蹬在树上，费力地砍伐这棵树。因为没有经验，事先没有清理周围的葛条和杂草，扬起的斧头不知是挂到了葛条上还是杂草上，下落的弧线一偏，落到了我的脚腕上。刹那间我脑子里一片空白，一屁股坐在地上，哆哆嗦嗦脱下鞋袜，只见左脚腕上一个娃娃嘴似的洞，鲜血汩汩冒了出来。这时，我才喊出疼来。同去的社员听见动静，过来一看，吓了一跳，背起我就向茅屋跑。边跑边喊：“朱立被斧头咬了！”社员们一听纷纷跑了过来，急切之中，有人从火炕里抓起一把草木灰按到我的脚上，鲜血立刻就浸透了，再换上一把。队长立刻派人跑到山外去买创伤药。还好，买药的人走了不久，反复按上去的草木灰起了作用，血终于止住了。当天下午，跑得气喘吁吁的买药人赶了回来，为我换上了消炎止血药，进行了包扎。

接下来的几天，我不能和大家一起挖地了，又闲不住，就去给做饭的人当下手。春天山里的野菜很多，我认识了漆芽、五通木芽、野百合、野韭菜、驴蹄子、鸡娃菜等野菜。

当时，到底年轻，伤口一直没有发炎，愈合得很快。转眼进山二十多天了，地种完了，我脚上的伤也基本好了。到现在，我左脚腕上的伤口还依稀可见。

二十多天的深山开荒结束了，我和社员们回到了村里。山里的所见所闻，深深地烙入我的心底。

深秋季节，一些社员进山背回了成熟的玉米。几十亩山地收获不足万斤，一亩地也就是一百来斤。有一部分被山里的狗熊、獾和乌鸦糟蹋了。当年，我们每个人增加了几十斤口粮。这条沟以后又种了两三年，我再也没去。两三年后，土地贫瘠的山地再也不能给人们提供什么了。但开荒却不能停止。于是，撂下这片坡，再换一面坡，再伐倒所有的树木，再割倒所有的茅草，再在山林中剃出一个光头。

在那"吃粮靠集体，花钱靠自己"的年代里，据老人们说：人们对山林的破坏，甚于历朝各代。

三十多年过去了，每当我读到关于热爱森林、珍惜自然的文章时，就想起那段经历。有时我想，我受伤可能是冥冥之中大自然对破坏它的人的惩罚吧。我丝毫没有怪罪当地山民们的意思，当时他们的口粮确实很少，为了免于饥饿，山民们不得不广种薄收。如果能早一些实行退耕还林的优惠政策，毁林开荒的事就不会发生了。

朱立，男
陕西师范大学附属中学初六六届毕业生
插队地点：原宝鸡县坪头公社大坪二队
曾任宝鸡市环境卫生管理处主任、高级政工师
本文选自宝鸡市党史研究室2004年12月出版的《知青岁月》一书

# 山 地 琐 忆

　　早年山地生活的片段回忆会不期而至。有时它是鲜活的，有时又如在烟雨中朦胧一片，有时它像顽皮的孩子与我捉迷藏，有时它又像忠实的老友不时造访，用或明丽或荒诞或郁闷的青年时代生活的回忆温暖和伤感着我的心。

　　一个秋日的午后，男生和两位高中女生随队上男劳力上山做活去了，我们三名初中女生与妇女们在河滩地摘棉花。休息时，一群十六七岁的女孩子到渭河边蹚水玩，我和马菊芳也手拉手地下水了。我俩都是不可救药的旱鸭子，但河边是地势平坦的慢坡，水只及膝，凉爽而舒适，女孩子们都嘻嘻哈哈地闹着，走着。突然，脚下一空，我俩走进了一个深深的凹槽，顿时就没了顶，只觉得眼前一片黑暗，耳旁响着呼呼的水声，不由自主地大口灌着浑黄的河水。我俩惊恐地、无望地挣扎着但找不到水面。似乎时间过去了很久，我脑子里掠过一个念头："松开手，别拖累老马！"但也还没放手，就失去了知觉。忽然之间，眼前一亮，不知怎么的我就躺在河滩上了。我俩还拉着手，惨白着脸，肚子已灌得胀痛。李健水淋淋地站在一旁，她听见女孩子们的呼叫声，从几十米外的棉花地跑来，跳入渭河，抓住了老马，救出了已被冲到中流边缘的我们俩。我们喘息了片刻，回宿舍去换衣服，似乎也没有特别的后怕，只是叮咛李健说："别告诉男生，让他们笑话！"

　　李健出生于体育世家，从小就泡在西安体院的游泳池里，水性好，体魄强健，乐于助人。这件事发生后我们三人谁也没把这件事当作救命之恩。可时隔多年，我才意识到，当年是一个十七岁的女孩子勇敢地跳入汹涌的渭河，从浑黄的河水中夺回了她的两个伙伴的生命。

　　一次，我从渭河北岸的坪头公社回队，走到河边渡口已是响午时分。这渡口和船是我们鷔鹈庄经营的，鷔鹈庄就坐落在渭河南岸的山脚下，离渡口很近。船家回家吃午饭去了，船在对岸静静地停泊着，目力所及之处，不见一个人影。天气晴朗，初夏的骄阳晒着空旷的河滩地，细沙闪着耀眼的白光，河岸上高大的杨树在微风中晃动着枝叶，发出唰唰的声响。正是干旱的枯水季节，经过了一个冬春的干旱，河水退下去许多，河面看起来很窄，横贯两岸的一百多米长的系船的钢缆高高地悬在河面之上。河的主流与这边河岸间已出现了一个长条形的小沙洲，船从对岸摆渡过来只能到达小沙洲，这边的十余米宽的一段水面要蹚水过去，水深及胯。我在河岸上的树荫下坐了一阵儿，等得不耐烦，想着早有一顿饭时间过去，船家也就该来了，遂决定先蹚过这一段水面到小沙洲上去等。但又不愿弄湿了衣服，自作聪明地决定爬钢缆过去。甚至我还想，如果爬得顺利，说不定还能一直爬过渭河去。

于是，我就四肢并用地将自己倒吊在钢缆上，开始朝对岸爬去。没想到这种爬行比我的想象艰难得多，手和裤子上沾上了黑色的机油，粗糙的钢缆在腿上勒出了血痕。而且，越往河心去，钢缆随着四肢的动作摆动得越厉害，还下沉得厉害，很快我的半个身子和挎包就泡在黄泥里了，心里直骂自己笨蛋，但也只能硬着头皮继续爬。终于到了小沙洲上，把挎包里的东西（记得有一本《毛主席语录》）全掏出来摊在沙地上晒着，而人也只有头和四肢是干的。坐在沙洲上又等了很久，估计有一个小时过去，太阳已晒得我浑身冒汗，衣服全干了，头发已晒得烫手，几本书也干透了，却还没见船家的影子。几次想返回岸边的树荫下，但想到过来的艰难，就打消了这个念头，耐着性子等下去。终于，对岸老龙头上出现了船家。他把船摆渡过来，一边解释着家里有事，又说，你咋不在树底下凉着呢，要在这儿晒？

回到宿舍，我打了清水擦洗了一下，换了干净衣裳，心里直可惜着那几本书经过河水的浸泡和烈日暴晒变得凹凸不平了。突然，大树下用来召集上工的铁轨被猛烈地敲响了，有凄厉的喊声传来："都去河边拉船呀！缆绳要断了！"我冲出屋子，只觉得空气中充斥着莫名的恐怖响声，随着人群跑向河边。拐过老龙头，崖下的景象顿时让我目瞪口呆——渭河比半小时前宽了许多倍，黑褐色的河水咆哮着、奔腾着、翻滚着，直扑两岸的崖畔。刚才还高高地悬在河面上空的钢缆此刻已完全没入水中，随着浪头剧烈地来回摆动着，在隆隆的水声中发出啪啪的巨大声响，听着十分吓人。系船的缆绳绷得直直的，随时都有断裂的危险。船已被冲向了河心……这一定是上游下了暴雨，千沟万壑的雨水突然一起汇入渭河，形成了水头。

水头是当地山民的说法，也就是山洪的前锋，它是一堵奔腾着、咆哮着的水墙，水量极大，速度极快，直扑下游，势不可当。天哪，刚才我还坐过的小沙洲，此刻却已消失在洪水当中！而现在也依然是烈日当空。烈日下，黑褐色的河水肆虐着，看起来是这样的恐怖和怪异。夏天的第一场洪水就这样降临了！

还有一次，我感冒发烧不退，吃了些药几天也不见好。赵健璞说：打一针青霉素就好了。那时，我从未听说过青霉素这种药，那年月的人也很少看病吃药，觉得高中生就是知道得多。于是，按照他的指点到坪头药店买了一支青霉素回来，也忘了是多少万单位了。我对李健说："你给我打针吧，没关系，不就是肌肉注射嘛。"那时，不论是知青还是村民，培训个把月就当起赤脚医生来也是常有的事。李健于是拿起针管（谁知是哪来的），抽进药水，猛扎下去，推药。天呀，疼死我了。打完针，我的一条腿足有半个时辰不会动，李健很抱歉地望着我。就这一针，我烧退了，病好了。

十多年后，我因外科手术做青霉素皮试，事后护士长郑重地告诉我："今后你绝不要用青霉素，记住，连皮试也不要做，你是严重的过敏体质，皮试也有生命危险。"

段曼珊，女<br>
1952年出生<br>
陕西师范大学附属中学初六八届毕业生<br>
插队地点：原宝鸡县坪头公社鹪鹩庄大队<br>
本文选自宝鸡市党史研究室2004年12月出版的《知青岁月》一书

## 百 日 抗 旱

　　永远也忘不了下乡插队的日子，更难忘的是那场百日抗旱。
　　我们插队的凤翔县虢王公社西谢大队地处渭北高原，虽然地势平坦，但水资源比较匮乏，要用一壶水，需在一百二十米以下的深井中提取。由于井深，取水时要用两只桶，一上一下，用辘轳绞水，当地老乡叫"双船桶"。我们绞一桶水最少要三个人，两人绞，一人在井口换桶。记得有一次绞水时，两名同学绞，我负责在井口拽绳，一只脚踏住绳，刚准备取下这桶水换上空桶时，由于脚上没劲，受力的绳子向下紧绷，我的一条腿被拉到井口下面，此时此刻，我全身像触了电，不知所措，霎时间头昏目眩，幸亏旁边一位同学眼疾手快，一把将我拉住，要不，我非掉进井里不可。想起这件事，至今心有余悸。
　　遇到天阴下雨就更难了，井边烂，井台滑，大家望而生畏，不敢去绞水，只好用盆子在房檐下接雨水将就。记得1976年秋季，老天沉着脸，一连下了四十天雨。我们就吃了四十天的雨水，结果全组四名同学个个脸色发黄，腹胀难耐。
　　插队第二年夏季，麦收后，正是玉米等秋田作物拔节生长的季节，我们遇上了百日大旱，路上尘土飞扬，大地裂开一道道口子，地下水少得可怜，人畜饮水都成了问题。县上决定到塬下引渭渠取水，打一场抗旱保秋的战争。群众发动起来了，好一场轰轰烈烈、人定胜天的抗旱场面。我们所在的西谢大队第二生产队的抗旱大军不下一百人，我们知青自然也加入了抗旱的行列。
　　引渭渠距塬上的玉米地少说有三里多路，挑水去地里一直是上坡，烈日当头，每个人都汗流浃背。刚开始，我们被这种场面所感动，跑在人群的最前面，毫不示弱。但当挑着近百斤重的两个大水桶爬到半坡时，就有点儿力不从心了。扁担压在稚嫩的肩上像刀割一样难忍。两条腿像灌了铅似的，迈一步都很艰难，烈日烤在身上就像钻进了蒸笼里那么难受，满头满脸的汗来不及擦，眼睛都快被汗水淹没了。每个人都咬紧牙关，默默不语，从渠边到塬上，一步、半步艰难地向前迈进。快到坡顶时，我感到眼前发黑，天旋地转，实在有点儿招架不住了，真想放下担来缓口气歇一歇，但看着前后的人流，哪好意思停下来呢，只有强忍硬撑。当我终于爬上大坡，将一担水浇在玉米地时，泪水夺眶而出，委屈和喜悦的心情无法言表。

这次抗旱劳动，深深地印在了脑海里，三十多年来，每当遇到困难、不顺心的事，就会想起过去，想起那次轰轰烈烈的抗旱劳动。

华美娥，女
1957年10月出生
插队地点：宝鸡凤翔县原虢王公社西谢大队
曾在宝鸡市烟草公司凤翔分公司工作
本文选自宝鸡市党史研究室2004年12月出版的《知青岁月》一书

## 在独梁上割麦

6月的夏收,龙口夺食,是农民一年中最忙和最辛苦的时候。割麦、担麦,在我所经历过的农活中是最苦和最累的。

记得我们下乡后的第一个夏收,那年的麦子长势不错,乡亲们的脸上都带着笑容。快要开镰了,生产队长拉劳开会向社员们做了动员,我们知青虽说年龄不大,可都是队里的强劳力。因此,拉劳队长特别交代我们一定要注意安全。当时,我还在心里说:不就是割麦子嘛,以前学校也组织过夏收,没什么可怕的。可当收割开始后我才理解了队长的那份担心。

我们生产队是在山上,一般的地都有十度以上的坡度,有些地段超过四十五度,而且,庄稼地非常分散,最远的庄稼地离我们的住处有二十多里远。因此,收割由远而近。所以,头一周我们都是拿着镰刀和扁担,带着干粮,一大早出门,半下午挑着麦子回来。男知青至少要担一百三十斤,我们女知青少说也要担一百斤。

一天早晨,队长派我们四个知青,两男两女,跟着两位有经验的社员老葛和拴勤,到一块大约有四亩地的独梁上割麦。我们在老葛和拴勤的带领下,沿着山沟大约走了一个多小时,才来到那个"独梁"下。抬头往上看,这个独梁大约有二十多米高,孤零零地竖在沟里,与周边的地一点儿也不连。我的心顿时咯噔一下,心想:"没有路,这么高怎么上得去呀?"只见老葛和拴勤一边用镰刀割坡上的草和荆棘,开出一条半米宽的路,一边告诉我们一定要紧贴着崖壁,慢慢往上走(其实是爬)。

开始的路还不算太陡,可越往上越陡,距麦地四五米时简直就和直立差不多。我紧跟着他们,紧贴着崖壁往上走,根本不敢往下看,不知是热的还是害怕,浑身直冒汗,衣服全湿透了。在大家的互相帮助和努力下,我们总算到了这块独梁地。看到长势极好、黄澄澄的麦子，刚才的紧张和疲劳顿时抛到脑后。

由于有了几天割麦的经验，我们用了半天时间就把这片麦子割倒了。可谁都知道苦还在后边，把麦子担回去的活是难中之难。

老葛检查了我们四个知青捆的麦子，确信不会散开后，又帮我们将麦捆插上扁担，大家就担起麦子下独梁了。还是老葛在前面开道，拴勤断后，我和另一个女生在最中间。我们按照老葛教的办法，人贴着崖壁，麦子担在外肩，这样一旦有什么不测，就把担子扔掉。开始的五米是最难走的一段，没有别的路，也没有别的办法，只有硬闯。最难受的还是我的肩膀，前几天担麦子已经磨出血泡，虽已消肿但还没有完全好，当扁担压在肩膀上，疼痛钻心。此时，我既不能换肩也不能停下来，只有咬着牙往前走。我学着老葛的样儿，腿都不敢抖，与他们保持着一定距离，一步踩稳后再迈第二步，就这样一步一步，四五十米的路竟然走了半个多小时。当走下"独梁"时，担子就不由自主地从我的肩上滑下来，我喘着粗气，心里暗暗发誓："打死我也不来这个鬼地方了。"

说实话，今天想起那次经历，我仍会感到紧张。但若没有那次的磨炼，也不会有我今天的坚强，也就理解不了"无限风光在险峰"这句诗的深刻含义了。

马克宁，女

1952年6月出生，台湾新竹人

西安市第五十五中学初六六届毕业生

插队地点：宝鸡千阳县原柿沟公社纸坊沟大队第四生产队

1973年7月进入西安外国语学院学习。曾任西安市侨联副主席

本文选自宝鸡市党史研究室2004年12月出版的《知青岁月》一书

# "广阔天地"二三事

## 一个锅盔

三十多年前,我们西安十二中的六名同学,来到麟游县农村开始了插队生涯。刚到农村,最大的问题是吃饭。那年,我还不到十八岁,不会做饭。特别是中午收工回来,烟熏火燎弄一头灰,饭还没有做熟,上工的铃声就响了,暗地里偷着哭了好几次。

大概是八九月份,队里要到于里做吊庄,叫我也去。当时做吊庄一般去三到五天,干粮自带,队里供应稀饭。叫我去,其实是照顾我,但我却犯愁了,下午才借了一斗麦,里面尽是土坷垃,瓦罐里只剩下一点儿玉米面了,明天带什么呢?晚上,我睡在床上还在想明天的事,忽听有人敲门,我问是谁。"是我。"吴大妈的声音,我急忙下床开门,只见月光下,吴大妈提着用方包布包的一个很大的圆盘,我一下子还没有反应过来是什么东西,吴大妈说:"本来起好面,烙些馍给莲莲带到学校去的,你明天要去吊庄,先给你拿去,我明儿再给她烙。"我解开包袱,看到一个面盆大小、一寸多厚的锅盔时,连话都说不出来了。要知道当时只有在过年、过红白喜事时,才能吃上纯麦面馍,在平时是不可想象的。

现在我走了很多地方,干粮、锅盔、饦饦馍、烧饼、名小吃吃了不知多少,却永难忘记吴大妈给我的那个锅盔。

## 九　　叔

九叔姓张，因其排行为九，所以叫九叔。但我从没有见过他前面的八位，可能已作古了。我叫他九叔，村里一些和我一样大的青年多不服气，因为按辈分，他们管他叫九爷哩！但九叔说了："人家城里娃，到了咱这里，远离爹妈，不能把辈分降低了，就叫我九叔吧。"这么一来谁也不说什么了。

九叔是一个好农民，在庄稼地里干了一辈子，什么时候收种，地里活怎么安排，他一清二楚。九叔是个经历丰富的人，他常给我讲民国十八年（1929）的灾难，讲过去的匪患与战争，还给我讲当地的人文与历史。九叔还是一个好老师，他教会我怎样放牛、犁地、割麦、锄草等农活，还教会怎样从困境中得到快乐。

记得那年过了春节，队长给我说："西平，咱大队林场尽是几个老汉，连个记账、记工分的人都没有，大队叫咱知青点上去一个，我看你行，你愿不愿去？"我想了一下说："去就去。"吃了午饭，我把铺盖一背，就到了林场。

林场在一个叫加梁的山沟半腰，共五孔窑洞，两孔住人兼做饭，两孔喂牛，一孔做仓库。我去时已有四个人，都是五十多岁的老农，九叔最大，六十多岁。林场共有五十多亩地，种一些麦子及豆类，喂着四头牛和一头种牛。主要任务是为大队育苗，用于每年植树造林，当时漫山遍野是洋槐树，特别是林场下面的沟里，一个人走在里面，有些阴森森的感觉。

林场劳动比起在生产队里轻松了许多，春天把苗育下后主要任务是每天拔苗圃的草，到林里去用刀育树（用刀砍掉多余的树杈，促使树长高）。晚上回来，稍微休息之后，铡草喂牛。

九叔有一个心爱的烟袋，玛瑙嘴子，他给我讲那还是新中国成立前他父亲到监军镇（今永寿县城）用二斗麦子换的。有一天铡草，我掌铡，九叔擩草。我连铡了两下，没铡下去，九叔朝前把草挪了一下，笑着说："年轻娃，还没干啥呢，连草怎么都铡不下。"我一咬牙，一使劲儿，把铡刀朝下一按，只听嘣一声。我俩都感觉不对劲儿。拨开草一看，铜烟锅上铡了两个印，玛瑙嘴子已四分五裂了。原来，九叔在擩草时把烟袋不小心卷到草里了。

九叔有一个星期闷闷不乐，很少讲话，我专门去代销店给九叔买了四盒宝成烟，九叔说："你这娃，浪费钱干啥，买羊群要买一条呢。"经过一天的劳动，到了晚上，其他三位老汉离家较近都回去了，我便和九叔坐在饲养室的炕上。炕沿上放着一个火盆，九叔用"千里驹"（当地一种野草）熬茶喝，喝过三遍，我再接着喝，听九叔给我讲他的经历，讲一些趣事。有时，静静地听牛吃草，想着自己的心事，公社另一个大队的几名比我们下乡早一点儿的知青前一阵招工到宝鸡了，什么时候才能轮到我呢？知青点上其他五位同学多数时间不在点上，我是典型，必须熬下去！好在能听九叔讲故事，不是很寂寞……

董西平，男

1957年10月出生

西安市第七十二中学毕业生

插队地点：宝鸡市麟游县原常丰公社郝口大队

1977年初招工到麟游县农业银行工作

本文选自宝鸡市党史研究室2004年12月出版的《知青岁月》一书

# 一段难忘的情缘

那是四十多年前的事了,我和她相识在毛泽东思想宣传队里。我嗓音很好,经常独唱,她也是队里的金嗓子。我们常一起表演男女声二重唱。外出演出,我们都是互相帮助,互相照顾,互相支持。从而,结下了深厚而纯洁的友谊。

插队时我们被分在一个队。刚下乡,强烈的革命热情激励着每一个热血青年,一切都觉得是那么的美好。过不多久,在艰苦的生活和繁重的劳动的双重压迫下,热情没了,思想迷茫了……

在困境中,我们俩相互体贴,相互帮助。衣服破了,她总是一针针地给我补好;衣服脏了,她拿到山下冰冷的小河沟里去洗干净;赶集时也不会忘记给我买盒烟。我也像哥哥那样关心她,爱护她。背粪时,我会替她多背几筐,进山打柴就让她坐在我拉的车上,该她给大家做饭时,我一早就下到沟底把水挑上来。有一次,我发烧,到山下大队医疗室打完针,天已漆黑一团,大队到小队要翻一座山,她见我没有回来急得直哭,央求大伙儿下山去找我。我跌跌撞撞地摸黑回来了,她不顾一切地扑过来,对我又打又骂。我心里明白她是担心我,爱护我啊。

随着岁月的流逝,我们的友谊越来越深厚,彼此间牵挂的心连接得更紧密,青春的躁动也越来越强烈。那天,我俩一起去山坡上放羊,坐在高高的山梁上,眺望着远方默默不语。蓝蓝的天上一缕白云飘过,我们躺在草地上哼着小曲,无意间我扭头看了她一眼:高高的胸脯充满着青春的活力,那迷人的曲线令我心头一阵冲动,片刻的犹豫后,我鼓起勇气把手伸了过去……啪!她狠狠地打了我一巴掌:"大白天摸人家的手,不要脸!"一边骂着,她起身就跑开了。一时间,我红涨着脸不知所措。过去,我曾经无数次拉过她的手,拉着这双手扒过火车,爬过山坡,走过小河……而今天,是怎么了?为什么我会鬼使神差地在没有任何缘由的情况下去摸她的手?她又为什么那样脸色通红地拒绝了我并且跑开?

就在我茫然不知所措之际，不远处传来了她的歌声。那是一曲我已经很久没有听到的歌儿了："远飞的大雁，请你快快飞，捎封信儿到北京……"此刻，尽管歌词唱的是革命内容，但蕴涵在这些革命内容深处的其他内容我却完全听懂了，我也明白过来，我们内心深处那两张似乎隔开着的白纸今天终于捅开了，我们这两颗纯洁的心灵能够也应该连接得更紧密了！

我们正式恋爱了。之后，她为了我，放弃了去部队文工团的机会，放弃了招工进国防厂的机会，直到最终我们一起被招进一家市属小厂。

整整几年，我们都沉浸在幸福的爱河中。完全没有想到的是：她父亲援越归来了，得知我们的事情后大为恼火。在那个人们心灵备受创伤的年代，两个所谓不同"阶级"的后代岂能相亲相爱？她最终离开了我，走得很远很远，从此杳无音信。

跨进新世纪那年，我们当年的宣传队聚会，她没有来。我听说，她在外地生活得很好，这使我多少感到欣慰，我默默地祝福她，也祝福她的家人。

现在，我还经常想起那时的情景，耳畔也经常会响起那首难以忘却的歌："远飞的大雁，请你快快飞，捎封信儿到北京……"

栗冰岭，男
宝鸡市上马营铁路中学初六六届毕业生
插队地点：原宝鸡县赤沙公社太安大队
本文选自西安出版社2011年9月出版的《一路悠长》一书

## 我眼里心里的陕西人

我祖籍河南开封，出生在陕西绛帐，生长在宝鸡的一个铁路大杂院内。铁路单位流动性大，人员来自五湖四海，却唯独没有陕西人。常听人讲，不能和陕西人交往，陕西人目光短浅，心胸狭窄，自私自利……我虽从未与陕西人接触过，但这种说法很长时间一直影响着我，甚至产生过找对象也不找陕西人的想法。

1968年底，随着全国轰轰烈烈的知青下乡运动，我来到了地处秦岭深处的十二盘插队。这是我一生中第一次近距离接触陕西人，也使我经历了人生中破茧成蝶的过程。

20世纪60年代末期，人们的生活还很艰苦。真诚厚道的乡亲们看到满脸稚气的知青们没菜吃，就让我们用玉米换队上的黄豆；我们做饭没经验，豆子煮得太多，吃了几顿都没吃完，就把剩余的埋在后院里，被猪拱了出来，老乡们只是感叹道：唉！这群娃娃伙！

生产队在小河边开出一片地专门给我们知青种菜。队上规定不许私摘队上的核桃，违者罚款每个五角钱，但当有人报告队长知青摘了队上的一筐核桃时，队长却一笑了之，根本不追究。乡亲们也纷纷替知青说情：娃娃伙可怜得很。

印象最深的是：我们灶房门前豆子地里套种了一片萝卜，我们从萝卜指头肚粗时就开始拔着吃，到萝卜长到胳膊粗时，两三亩地里稀稀拉拉的没有几个萝卜了，可队上的老乡们却宽厚地从未说过什么。队上如果有结婚娶媳妇的人家，一定会把我们队十一名知青全部请去。于是，我们乐颠颠地锁上灶房大门，给人家送上一张毛主席像，十一个人便心安理得地在人家吃一天席。当时印象中，觉得山里人真是实在和厚道。

一晃三年过去了，同学们陆续招工离开了十二盘，而我则由于种种原因被留到了最后。那是我人生中最落寞最艰难的时刻。在那个病态的时期，政治和生活的双重负荷，像两座大山压在我这个只有十八九岁的女孩子身上。每当我从家返回十二盘时，父亲都老泪纵横，唉！一个女孩子在深山老林里可怎么过呀！

十二盘是美丽的，但此刻，昔日水墨画般的十二盘却对我已失去了光彩。一切都是那么艰难，那么沉重。队上为我们知青盖的十间大瓦房，就剩下我一个人。原先男生住的房子里，已经住进了一个"四类分子"，偏偏他的长相十分可怕，鹰钩鼻子、满脸黄豆粒大的麻子，不化装也像特务。

最令我难熬的是漫漫长夜。那时候，山里没有电，每到晚上，夜色像一口大锅倒扣下来，整个村庄便伸手不见五指。我独自一人躺在炕上，满脑子都是不祥的感觉，浑身的神经也随之高度警觉起来——老鼠在风箱里来回跑动，吧嗒吧嗒的像有人在敲门；满山的橡树叶子风一吹，哗哗啦啦的像下起了大雨；房子没做吊顶，隔壁的"四类分子"会不会爬墙过来？孤独无助的我害怕极了，只好拿扁担顶在门后。明知此举是自欺欺人，但实在没有好招可想。每每在胡思乱想和没完没了地瞎折腾之后，到天快亮时才能迷迷糊糊地睡着，时间一长，我患上了严重的神经衰弱。

令我难忘的是：时任队上团支部书记的王家敖，看到我每天早上迟迟不起，就关切地到窗前来叫我："他姨，起来了吗？"一旦发现我醒着，他立刻反身回去，叫他儿子端上一碗臊子荷包蛋送到我的炕边来。

还有一位姓孙的大姐，也时常把我叫到她家去吃住。这种不是亲人，却胜似亲人的关怀，深深地感动了我，多少次眼泪都无法抑制地夺眶而出……后来，家敖了解到我的苦衷之后，就和队长商量：干脆让我回宝鸡的家中休养，并让我放心，只要听到有招工的消息，他们会立即通知我。

也就是从那时候起，我对陕西人的看法有了根本的改变：陕西人有那么多无私、大度而又善良的好人。正是他们这种热心助人、善解人意的品质，犹如一支蜡烛照亮了我的人生道路，形成我以后工作和生活的一条准则：凡事都要设身处地地替别人多想。可以说，我这一生从他们这些最朴素的人身上获益匪浅，以致后来无论是在家还是在单位里，大家都愿意和我交往，称我是女工领袖，说我热心助人，办事得体，男女老少都叫我"李姐"，这使我非常快乐。

参加工作后，我的铁哥们儿、铁姐们儿里就有了许多的陕西人。我曾在杭州西湖边游玩时，听到两位陕西人因没带粮票吃不上饭，主动走过去递上五斤全国粮票给他们，当他们满脸惊诧地望着素不相识的我时，我说："拿着吧，我也是老陕，是你们的乡党！"

是啊，生在陕西，长在陕西，感受着陕西浓浓的乡情和亲情，我不仅对陕西人有了好感，而且，把自己也当作陕西的一分子了！

李新景，女

宝鸡市上马营铁路中学初六八届毕业生

插队地点：原宝鸡县天王公社十二盘村

本文选自西安出版社2011年9月出版的《一路悠长》一书

# 趣事两桩

四十多年前，在晃峪插队的时候，我干过许许多多趣事、傻事。至今想起来，还让人忍俊不禁。

## 劈　柴

我们十名同学一起被分在西岔三队，地处秦岭山里。我们队山高沟深，满山的小树林，阳坡地很少，一年只分七十斤小麦，主食是玉米，但比公社周围的大队烧柴可方便得多。他们打柴拉着架子车，拿着馍馍，提着褡褡，走十几里到山里打一回柴，得花一天的工夫。我们砍柴，直接从住地山坡后砍，一直溜到我们的房子后，还都是硬柴。不过，我们灶火眼小，总不能把一棵树都塞进灶眼烧吧！那就要把它锯成一尺左右的长棒，再拿斧头沿纵向劈开，破成四瓣儿。我头一次劈柴，下面垫的是大石头，还挺好，叭叭地真快，一会儿就劈了一大堆。这时候，大队长王森林正好路过，喊了一声："这愣娃！咋这样破柴！看把斧头刃都崩完了。"我一看，斧头刃真成了豁豁了。他告诉我劈柴要在木墩上劈，大队长又帮我磨好了斧头才离开，临走时撂下一句话："你瓜得很。"

## 拉　口　粮

刚下乡时，国家供应知青半年的商品粮，要到固川粮站去拉口粮。我们沟里离粮站几十里路，只能走架子车，每个月去粮站拉一次粮很不容易。那年春节前，我们和四队六七个同学一起去拉粮，经段家磨、上川、晁峪，在新庄三队西边过渭河。由于回来是重车，上坡，所以，两个队合伙一个车。那时，对我来说拉粮去就是现在的旅游，特别高兴，还能下馆子吃个晌午，是个美差。

那天，大家高高兴兴地到了固川粮站，装好了粮，进了馆子，吃了饭，在街道又转转商店。当我们拉着架子车到渡口时，一看傻眼了，渭河水涨，渡船被吹走了，要到明天才有船。过不了河，天也快黑了，怎么办？只好找到河边的庙沟村，在村上一个很破旧的小学教室里准备过夜。走进去才发现，教室真是破败不堪，窗户上连玻璃都没有。大家把粮食卸到教室里，开始还有说有笑的不在乎，可寒冬腊月的后半夜就不好熬了，冷风飕飕地从四面敞开的窗户长驱直入，真是冷得受不了，我们几个就出去想办法找柴火取暖。

当我们转到一个麦场边时，发现有一堆劈好的"柴火"，一样的长，一小捆一小捆，整齐地堆放在那里，有一人多高呢。我们欣喜若狂，就提了几捆到教室里点着。大家围着圈烤火，逐渐有了暖意，迷迷糊糊就睡着了。

天亮后，伸伸腰打打哈欠，我们把粮食又装到了车上，准备出发。这时候，来了几个村民，挡住了我们："你们怎么烧了我们家准备盖房的椽子（就是盖房时为铺瓦抹泥垫的材料），我们这椽子都是从几十里外的山里买来的，你们烧了二十多捆，那走不成，得说个啥。"我们一下傻了眼，这咋办。没办法，大家只有给老乡们说好话，说我们是知青，不知道，不懂，还以为是柴火呢，我们赔。后来，他们知道我们是西岔沟的，不缺柴，我们也答应下次拉粮时给他们赔一车硬柴，这才放了我们。就这样我们离开了那难忘的庙沟村。

郭长城，男
西安交通大学附属中学初六七届毕业生
插队地点：原宝鸡县晁峪公社西岔三队

# 没有结果的化验

1969年初,我含着眼泪告别了关在"牛棚"中的妈妈,一个背囊、一个挎包,跟随已经在段家磨落户的高长生、高长珑兄妹,坐着带篷的卡车来到了晁峪。大概是公社与我哥哥联系的结果,让我落户在了晁峪二队。

应该说,晁峪的条件比起深山里来还是不错的,至少可耕地面积最大的还有十几亩一片的,还有那十几亩平平的梯田可种棉花。然而,队里二十多户人家,几乎家家都有"瘿瓜瓜"或者"瘤拐子",即大脖子病和大骨节病。

全队饮用的水源是一眼在沟底下的泉水,从我们知青居住的地方到泉水边,几乎要翻一座小山。说起来我们队是浅山,料礓石构成的山间小路疙疙瘩瘩,走起来东倒西歪,实在是难受。而队里那男男女女、老老少少,世世代代、祖祖辈辈硬是靠着那细细的大骨节腿,短短的大骨节手,硬硬的宽肩膀把山里的一切,用肩膀扛上背下走过来的。

队里的副队长叫德生,长着一双明亮有神的大眼睛,见人就笑,憨厚善良,和我们知青的关系特别好。可他们一家五口,除了德生和我们女生个子差不多高外,其余的人全都只有一米三四,两条腿全都是向内弯曲的罗圈腿。他爹已经丧失了劳动能力,大哥顶多能帮队里看看牛,生活的重担主要压在德生和他的二哥身上。

德生的妈妈,年轻的时候一定是非常漂亮的。据她给我们讲:当她嫁到晁峪山头上的时候,是很正常的人,手和腿的骨节并不大,但多少年后,她也同德生他爹一样,变成现在这个模样。多么善良的老太太,灰白的头发,灰亮的眼睛,每次坐在她家的炕上,不是抓一把炒苞谷豆让我们吃,就是端上自己家做的浆水汤让我们解渴。看着她,我有时候想掉眼泪。

我一直认为队里的那眼泉水一定有问题,不然,原本德生他娘嫁过来时好好的，后来怎么也变成大骨节了呢？我的推测似乎也得到了验证，那就是我们队的学哥"秀才"，在乘火车回队时，脚被两节车厢连接处的铁板夹住后骨折了，在队里养伤一段时间后，就发现骨折处骨头变大了。记得他后来也是因为脚伤而提前被招出去做教师的。

我想，一定要想办法化验一下那眼泉水的成分，找到"瘿瓜瓜"和"瘤拐子"的原因。"瘿瓜瓜"可能是因为缺碘，这通过服用碘盐或者海带可以补充，可大骨节呢？只有水的成分清楚了才能找到解决的办法。

1970年麦收以后，我装了那眼泉水的两瓶水样，专程回了趟西安，准备找地方对水样进行化验。其实，我并不知道该如何进行这样一件有意义的事情，应该取得哪些部门的支持与帮助，只是凭着自己的一腔热情回到西安。根据我的想象，地方病防治所应该管这样的事，于是到处打听，满街乱撞，终于在玉祥门里头一个很不起眼的地方，找到了"陕西省地方病防治所"。

我揣着两瓶水样走进"陕西省地方病防治所"的大门，院子里静悄悄的，不像有人办公的样子。我挨着门一个一个地敲，记得好像是在第二排排头的一间屋子中，一位三十多岁的女同志接待了我。她对我的满腔热情不以为然，似乎很冷漠，答应可以进行分析，但是，也没有给我任何手续。过了几天，我再次到"陕西省地方病防治所"时，干脆连一个人也找不到了。我心里一个劲儿地后悔，干吗当时不跟她说定，办个正式的手续呢？这下我可找谁去呀！

没有拿到结果，水样也没有了，我也不能老是在西安待着，只好回队。以后，也了解到一些情况，说是那个单位在搞派性斗争，工作早就瘫痪了。一件有益的事情和我的一腔热情，就这样没有结果地被无声无息地忘掉了。

虽然这件事情在当年没有结果，事实上也不可能解决根本问题，然而八年后，我在学校毕业时提交的一篇论文《环境与人体健康》中提供了这样的调研分析报告：人体中微量元素的种类和含量与人类赖以生存的土地、水质环境中的微量元素的种类和含量有着惊人的相似之处。所谓"一方水土养一方人"，无论从正面还是从反面讲都是有科学根据的。晁峪乡亲们的大骨节病一定与土壤和水质中缺少某种微量元素有关，然而这微量元素是啥？当年想到了，做不到，至今是我的一桩憾事。

孙枫，原名孙晓枫，女
西安交通大学附属中学初六七届毕业生
插队地点：原宝鸡县晁峪二队

## 一次烧木炭的经历

在插队的那几年,我们南岔一队的工分价值在晁峪公社中算是比较高的,这不仅源于我们知青和社员的辛勤劳作,也得益于南岔的山川树林提供的副业资源较多,像打核桃、打栗子、熏扫帚、烧木炭、伐木料和拉锯扯板等副业活,我队知青都干过,给我留下深刻印象的是一次独自点窑烧木炭的过程。

1971年1月的一个下午,周队长带我去上沟阳坡上的炭窑场地装窑。路上,周队长吩咐我今天的活是劈柴棒,并帮他装窑、点窑、封窑等等。还说,到了黎明就可以出窑了。

我俩来到了窑场上,我就按窑膛的高度来劈柴棒,周队长开始装窑,将劈好的柴棒送入窑膛竖立着摆放好。这时,有社员要借领粮食,周队长给我交代了一下就匆匆离开了。我继续将木材"碎身数段",并试着装窑。

装完窑后,我一人躺在草袋上,感到无事可做,太阳也偏西了,兴致一高,继而就收拾了窑口。我想,既然窑口都封了,何不把窑点着呢?于是,我"试活着"点着了窑。而这一点窑就如同出弓之箭,不可能在中途停下了。周队长还未回来,我只好继续"试活着"进行引窑火、封窑口等操作步骤。在整个过程中我也做到了"烟熏火燎何所惧"。当窑点着冒烟后,我自认为学习了张思德,沾沾自喜地等待周队长的到来。

傍晚,周队长回来了,说他老远就看见窑上边的出火口"烟囱冒烟了"。随即他看了看窑口的观火孔,既惊讶又高兴,夸奖了一番。我俩乘天还未完全黑,匆匆赶回张马沟口吃晚饭,高高兴兴等待着第二天黎明好出窑。

可是,那天晚上后半夜就着了"坡火"。周队长赶紧带领社员和知青上山灭火。扑火时,周队长心疼地唠叨着"那窑场上已装好袋的炭呀"。他估计是全部烧掉了。尽管卖炭不如卖劈柴划算(好像十斤柴烧一斤炭,记得当时柴一分钱一斤，炭则八九分钱一斤），但是，要完成公社的任务，还得烧。而更实际的是那一窑炭就是队里的人民币，社员、知青还等着它换回钱买盐买煤油呢。

坡火基本扑灭后，我们冲到窑场一看，没想到一切都好着呢，完全"没麻达"。于是，大伙儿就急匆匆出窑、盖土、装袋、运磨坊、装架子车……经现场勘查判断：这坡火可能是在封了窑口后，未用土完全覆盖住点火的火种，夜里经山风一吹，点着了旁边树林里的落地浮叶而引起的。

由于那一夜的"坡火烧红了半边天"，在晁峪都能看到，有人疑问为啥晚上开荒种地，时节也不对嘛。公社立即调查情况，事后听说公社领导把周队长叫去狠狠地训斥了一顿：咋能让知青单独烧窑呢！周队长为我担待受过了。

此事至今想起有些后怕。我队的社员成分十分复杂，有私自离开红军回家探亲的"大叛徒"，有抗战时去俄罗斯养伤的"国军"军官，还有参加过抗日战争中常德、长沙等战役的"国军"士兵等；又曾经发生过金兰珠被杀事件，当然还有知青中的"可以教育好的子女"等种种情况。庆幸当时此事未被上纲为"阶级斗争新动向"，避免了一次"百分之几"的人受难和料想不到的后果。真心感谢知青学长和社员们迅速有效地扑灭了坡火；也感谢当时处理"突发事件"的基层干部，他们没有试图通过追查去获得所谓的"无处不有处处有"阶级斗争的战果。南岔的生活经历对于涉世不深的我也是难忘的教育。

那年，这坡上的林子还是照常生长，只是稀疏了些，因那坡火只是浮火，仅烧掉了灌木藤条枯叶而已。第二年，尽管我们已离开了南岔，我还是始终放心不下，回队专门看了看过火的山坡。只见那面坡上的树林叶子绿得发黑，更加茂密了。不过，打那年以后，似乎我们队再也没烧那炭窑了。

谢援朝，男<br>
西安交通大学附属中学初六七届毕业生<br>
插队地点：原宝鸡县晁峪公社南岔一队

# 青春的烙印

青春泛指十五至二十五岁年龄，知青则是中间一段岁月，黄金般的年华！烙印一词在《现代汉语词典》中的解释是，用烧热的金属在器物上留下的标记，多比喻不易磨灭的痕迹。"知青"二字如一枚滚烫的印章，在我们记忆的大脑中，打上了终身的烙印。

## 珍 贵 的 水

节约用水在我的身上已固定成为习惯意识，源于下乡时对饥渴的解读。

我们住的山头有两户老乡，不远处的山腰也住着两三户，吃水都需前往山沟沟下的一个小土泉去挑。泉小，天稍干些就没有第三家担水的量了，一等就是大半晌。我们住的房前有个涝池，雪水、雨水积在一起，漂着树叶草棍，飞着蚊虫，牛羊过来猛喝，恨不能把水都存在肚子里。

我们姐儿俩用的是一对小号木桶，也有十六七斤重。下坡脚下刺溜溜地滑着，脚步还可以有节奏；担满水上来，桶随着蹒跚的脚步来回悠荡，压在稚嫩的肩上。碎沙石的路几近六十度又十分滑，一步踩稳才敢迈第二步，路边崖旁伸出的树根枝条成了扶持的手杖，一趟下来如同打了一场硬仗，红头涨脸满身大汗，水能剩下三分之二也就够我们一天用的了。一次，姐姐担着空桶回来脸色发白地告诉我，一条大蛇盘在水坑边正在吸水，她转身跑回来了。

山里人充分抓住大自然给水的机会：把一棵直溜的树一劈两半，掏空心做成槽吊在屋檐下，一头高一头低，低处放个桶，雨水、雪水接下来存在缸里，心里就像有了一本存折。踏实！他们吃完饭先用舌头舔干净碗的麻利动作，一看就知道有历史了，有着对粮食和水都节约而不可浪费的双重重视，适者生存！有一次，我们小水缸里存的水冻成了冰，不知被谁敲冰时打破了缸，还恶作剧地斜放了根牛棒骨！

在那个思想和感觉达到无限自由的地方，灿烂的阳光下，我们啄食着大地滋长的丰富物质成长着，万变不离其宗！你如果把这段记忆转变成行动，就是无悔的青春对现今的贡献！一个价值的体现！

## 美丽的山花

有这样一句话：你心里有什么，眼睛里就会看到什么，这是角度与结果的反应。从1968年11月下乡到1970年8月招工，这段日子在人的一生中是短暂的。在没来得及重复的知青岁月，每一天、每一件事都是新鲜和令人期待的，就像大山里随着季节开放的美丽山花，它在我记忆的底片上清晰地保留着！

记得在山上和乡亲们过了两个年节没有回家。那时，寒冷的大山里，到处都在杀猪宰羊磨豆腐挂粉条，院里屋内墙上的喇叭里，传出声声柔美的碗碗腔。过年了，那是男女老少盼望的辞旧迎新的好日子！

傍晚，忙活了一天的人围坐在热炕上，一起吃着年夜饭，炕中间放着如脸盆大的盘子，里边盛着自己生产的各种肉类食物，香气扑鼻，勾人口水。筷子间穿梭着喜洋洋，煤油灯火苗蹿着蹦高，把个人影贴在窗纸上，像演皮影戏似的晃荡。"这是人家农村人过年才做的，叫揽盘，赶紧吃……"与豪言壮语不沾边的开场白拉开了序幕。一时间大家都口无遮拦："队长把人胡尿子骂了，气扎咧。""咻脑子有问题，不招识他，喝酒。""你们知青娃到我们这山里还能行，心疼人得很。"……人们宣泄着愤懑，掰碎着矛盾，在问候间增进着情感。

我和姐姐是带着接受教育和服务农民的思想下乡的，都进行过自我学习和培训。姐姐经常利用休息时间为农民理发。没过几天，在队里的会上，我发现大部分社员的发型都变了，一水儿的锅盖头，那是姐姐收获的标志！

开会很重要，队里的农事安排、工分评定、新闻逸趣都在此发出。手捧红语录，祝福万寿无疆的呼喊是每次严肃的开场，经常当我们一起喊完后，一个弱小的声音单独地喊出，高举着红语录像是捣乱。那人有些耳背，听不到队长单独的领喊声，常惹起一阵哄笑："不要瞎日塌，提腕乱动蛋蛋。"队长丰富的语言不失时机地展露，以示学问和威严。开会是满足我发现新奇的地方，也是我们知青近距离看到彼此的场所。

　　山里人的纯朴坦荡令我难忘。1969年,父亲来看我们,望着绵延无尽的群山和眼前两个女儿晒黑的脸,他惆怅不语。离开队走了半天山路来到山底,隐约听到微弱的喊声,我们一齐抬头向山上望去,一个黑点在山头迅速向山下移动……小队长常娃背着一大口袋核桃,汗流满面气喘吁吁地说这是队里的意思,城里没有,给姨尝尝!他让我感动,对他们还很贫穷的日子来说,那毕竟是值钱的物品。每次屋后住的二伯看到我们下工回来,都要招呼去屋里坐坐,七十多岁的单身老人登上梯子,取下柿饼核桃,父亲般慈祥的面容怎能让人忘怀……

　　人心互换,我用针灸唤醒了昏迷的改花,建起了姐妹友情……比起刚刚经历的三年困难时期,动荡的"文革"日子,这里饭能吃饱,还有阳光照耀下的安静村庄,心里是充足的……"雪来峰更奇,竹青川倍丽。锻磨山水书生志,谁人能不忆。敢问东道主,相约回晁峪。试问今日山庄客,新年献何礼?"让钟光珞大姐这首珍藏着美好回忆的词作为结束语吧。

刘迎秋,女
宝鸡秦川机械厂子弟学校初六七届毕业生
插队地点:原宝鸡县晁峪一队

陕西知青档案

# 谢谢你们，我的兄弟姐妹

　　插队时的一件小事让我永生难忘。那是刚下乡的第一年冬天，村里搞清理阶级队伍，大队派我和鹏蓉去咸阳外调。当我们完成任务要回村时，已经没有公共汽车了，而我们俩还各自为自己队知青灶买了一大堆菜和酱油、醋什么的。

　　既然没车了，就走回去。我俩找了一根棍子抬上。她个子高在后，我在前。她是个苗条俊俏的女孩子，唱歌跳舞讲故事是一流的，可势单力薄的她绝不是干体力活的好手。因此，我总是把东西放在偏向我一方的棍子上，而她又总是在抬起的那一瞬间把绳子移向自己，我俩多次为此争吵，棍子不是扁担，硌得人肩膀疼，而且又不够长，常常不是碰着我的腿就是撞着她的脚，所以每走十几步我俩就要歇一歇，有时抬不动了，就拖一段。

　　二十多里地，上两道塬，两个十九岁的姑娘没有胆怯，没有犹豫，满腔豪情一定要把东西抬回去，给我们知青家带上常年吃不上的蔬菜。那一晚，没有月光，茫茫的咸阳塬，黑漆漆的，只有两个缓慢挪动的身影。快到北上召时，一辆卡车停在我们旁边，司机探出头问我们去哪儿，说他从彬县开车下来时就看见我俩了，现在他在咸阳拉了东西往回走，几个小时了，看见我俩还在这条路上，他说如果顺路可以带我们一段。我俩谢了他，告诉他我们马上就要拐弯，村子已经不远了。目送好心的司机走后，我俩已是汗流浃背气喘吁吁了，大概10点了，饥肠辘辘，又渴又饿。"艰苦的生活是把人锻炼成钢铁的教育。"保尔·柯察金的话语在耳边响起，要想成为钢铁，就要历经磨难，这是一次对自己毅力胆量的考验，无论如何不能放弃，人要回去，菜、酱油、醋都要回去，那是兄弟姐妹们期待的。

　　青春的激情在我们心中激荡，坚持，坚持……就这样，十步一歇，五步一挪。我俩可以说是连抬带拖把这一堆东西弄回了村里，那时可能有十一二点了，

220

二十几里路走了大约五个小时。鹏蓉回了二队，我把东西放到了厨房，回到宿舍……那是队长周玉杰的一间厢房，我和尚大芳、白翠、李永熙睡在一个炕上。屋里的灯仍然亮着，一进屋的情景把我吓了一跳，她们三人眼泪汪汪，白翠一下子抱住了我，哭着说："你可回来了，我们还以为你遇害了。""为什么回来这么晚！"……她们三个人你一言我一语责怪我，那一刻我的眼睛湿润了，声音也哽咽了："我给咱们买了不少菜、酱油、醋，太重了，我俩走得太慢了。"尚大芳说："你不知道我们担心了整整一个晚上，而且男生们去找你们了。"

后来我才知道，那一晚男生分了三路，一路走大路，大王、北上召；一路走小路，穿过几个村子，走高干渠。他们一路走，一路喊我们的名字，带队的是冯老师（冯老师已于十几年前因心脏病去世，享年六十一岁，他是我们队知青的精神支柱），他们的寻找当然是无果而返，回来时已经是深夜两点了。我能想象，他们在漆黑的夜晚，高一脚，低一脚，边走边喊的情景。我除了深深的歉意，还有一份发自内心深处的感动。谢谢你们，我的兄弟姐妹，这辈子我是忘不了这件事了。那是在艰难困苦中产生的一种纯粹的没有任何世俗玷污的情谊。

陶玉华，女
西安市第一中学高六七届毕业生
插队地点：原咸阳地区平陵公社小寨大队
本文选自太白文艺出版社2008年出版的《青春与梦想》一书

陕西知青档案

# 别混日子就有希望

　　下乡前，那场史无前例的"文化大革命"已进行了两年多，尽管曾搞过"军训"和"复课闹革命"，但想真的拿起书来读，几乎是不可能的。那两年，在学校热火朝天地参加过一些活动以后，渐渐地心里凉了下来。当时父亲已去世八九年（家父1960年2月去世），因为他曾是西大的教授，我们就被同班的"红五类"出身的同学抄了家，最后我和母亲挤在一间八九平方米的房里，哥哥姐姐住集体宿舍，全家靠母亲每月四十八元五角工资度日。当时，我很苦闷，真不知前途是什么，以后的路该怎么走。

　　1968年夏天，学校传闻要上山下乡了。去，还是不去？是下乡有希望呢，还是再等等有希望？我心里实在犹豫不决。一天，杨景龙、李延庆来找我，我们商量了半天也决定不下来。刚好，赶上我母亲下班，她一听是这件事，当即就说："赶快报名去！怎么也比在家闲待着强。只要别混日子，就有希望。"这一下，我们三个人就都去报了名，后来他俩分到小寨四队，我分到一队，就这样，开始了下乡插队的生涯。母亲说的"别混日子，就有希望"的话，是我寻找的"希望"的第一个答案，我从此牢记在心。

　　下乡以后，生活艰难困苦，好在和同学们组成了一个新的大家庭，在这个集体里我们凝聚到了一起，再苦再累都没有经受不了的。一百多米深的井，绞水担水成了小菜一碟；宝鸡峡工地上，一人在"橡皮路"上拉零点三方土，绳子勒到肉里，好像也成了家常便饭；夏收时，抡起"钐子"一下就能割下一大捆麦子，一抡就是近十天；在场上，摊麦、碾麦、扬场、摞麦秸，样样活都能干；麦收后交公粮时，扛上二百斤重的麻包，踩着"过山跳"倒到几米高的粮囤里，居然也不在话下；本来视为"最可怕的"拔棉秆，我和杨通、二胖一起，一小会儿工夫就能"扫荡"十几亩，还发扬风格，帮村里腿有残疾的人家捎带拔上六亩；每到夏天，赤裸上身，只穿一条短裤，被太阳晒得浑身黑里冒油，连蚊子都嫌肉硬不咬……这许许多多的场景，四十年来常常像放电影一样，在脑海里反复映放，总也忘不了。

当然，也有饿着肚子干重活人像要虚脱；抡镢头手心磨出大血泡，直到把血泡变成老茧；寒冬腊月小麦冬灌，赤脚站在水里，落下个小腿静脉曲张的病症；自己动手挖土打墙盖房，眉心挨了一镢头背，血流满面还坚持干等等惨况，同样忘不了。可以坦然地说：那些年，我们没有"混"，而是实实在在地干了三年，以全大队同学的精诚团结和奋斗不息的精神，赢得了周围农民的普遍赞誉，获得了各级政府的多项荣誉称号。

我想：许多人恐怕和我一样，尽管并没有那么纯真的"革命理想"，真想扎根农村一辈子，但在那样的环境中，总还是想通过"干"来找到自己的希望。

三年后，我被招到咸阳纺织机械厂电镀车间当工人。晚上没事，我搜罗了一套从中学到大一的理化教材，天天到车间去看书做题，一直坚持了两年，厂里资料室的电镀工艺书，我也全部看完了，很快，在实际技术水平和理论考核中我成为拔尖的。1973年，厂里推荐我考大学，我在厂里考了满分，在高考考场也答得很好。但是，那年的张铁生"白卷"发难，厂里以"为什么推荐知识分子的儿子，不推荐贫下中农的儿子"为由，取消了我的推荐资格。这一次挫折，反激起我一股锐气，立马提笔给《人民日报》和《红旗》杂志社写信，批驳张铁生的谬论（因此后来在厂里还成了"反对新生事物"的典型，只因我也算"工人阶级"，则不了了之）。当时就不明白，为何自己的命运总是被别人掌握着，而"希望"总像是可望而不可即呢？好在心中"希望"的那盏灯并没有熄灭，到了1977年恢复高考，命运才出现了转机。

大学毕业后分配到省纺织工业公司工作。一天，在路上发现了西安人民广播电台的招聘启事，我心里一动，想着这可能是又一次实现希望的机会，便背着单位领导报名考试，终被录取。直到这时，我才真正感觉到自己的命运，原来是可以通过自己的努力来改变的。后来，又考上研究生，最终沿着自己希望的道路，实现自己的人生价值。

1982年母亲去世前，曾嘱咐我完成几件事：一是整理父亲的遗稿，将之出版；二是舅舅为革命牺牲，"文革"中却被打成"叛徒"，尽管1978年中央已平反，但需要了解他的全部经历，写一份传记，并要进入正规的中共党史人物传发表；三是替母亲整理五十多年中写的诗作结集。为了完成母亲的嘱托，我没有更多选择。最终，母亲嘱托的这几件事我都完成了。这也成为我个人实现的"希望"。

鲁迅说过：希望本是无所谓有，也无所谓无的。正如地上的路，走的人多了，也就成了路。从这个意义上说，下乡插队的生涯，激起了我们这些"知青"对希望的强烈追求；我们的归宿，大体上也算实现了当初的"希望"。当然，"希望"的实现，总离不开特定的社会条件，我们可算得对中国社会这些年变迁感受最深和认识比较清楚的一批人。我们是迫切需要改变命运的，也最渴望社会的进步，这就是我们的"希望"。我们为此而追求。但对我来说，下乡插队的生涯另有一重意义，那就是：它给予我一种社会体验和一种对意志锤炼的经历。从这个过程当中，我们也感受到了社会的发展进步。

  我的人生已到花甲之年了。我依然感觉到，希望的灯，还在前面照着。插队三年所给予我的精神力量，会继续支撑和鼓舞着我。

张铭洽，男

西安市第一中学高六七届毕业生

插队地点：原咸阳地区平陵公社小寨大队

本文选自太白文艺出版社2008年出版的《青春与梦想》一书

# 老 房 东

我要说的老房东应该是我们二队插队男生的老房东。由于灶房在男生那边，所以我们女生每天也必须泡在那边，做饭、洗衣服、洗头、吼革命歌曲。除了下地干活、上床睡觉以外的全部时间都在那边。所以说，男生的老房东也是我们共同的老房东。

老房东的儿子叫兆，村子里人就叫她"兆他妈"，我们叫她大娘。她五十出头，整天一身黑大襟上衣，大裆裤，插队两年没有见她换过其他颜色的衣服。

她是我们的生活指导，在她的照顾下，我们知青小组的日子过得还算可以，既没有分家，也没有因为吃饭等琐事闹过意见，还被评为学习毛主席著作先进集体。所以，虽然从插队到现在已经过去了四十多年，村里其他人都淡忘了，心里唯独还惦记着她。

她人善良，愿意帮助任何人，谁家缺东西都找她借，借而不还者甚多，她也不太在乎。可是这么好的一个人，不知道为什么老天爷不让她生孩子，只好要了一个男孩一个女孩。我们知青1968年底插队落户到老房东家时，女孩已出嫁了。

老房东因为不会生孩子，大概自己觉着理亏，老是少言寡语，默默地干活，看起来很孤独。知青的到来使她本来寂寞的院子像开了锅，开始她总是站在一边看我们说笑斗嘴！再后来话也多了，开始参与我们的对话。她把我们当一家人对待，经常能帮我们化解一些小矛盾。有一天，附近镇上有商品交流会，我们女生没有上地里干活，跟着村里的大姑娘小媳妇们骑着自行车你带我我带你地嘻嘻哈哈赶会去了。晌午偏了，回来发现男生下了工在炕上横躺竖卧，等我们赶集人做饭给他们吃呢！我们不高兴了，埋怨说你们在家还不做饭，我们赶集既丢工分，还要给大家采购东西，辛苦一场，累得半死，还有劲儿做饭吗？

老房东见我们女生坐在院子里不情愿做饭，看不下去，冲着我们说话了：

"你们是屋里人,屋里人不做饭,还让外头人做饭不成?"

当初插队,我们女生分工做饭,男生负责挑水拾柴拉风箱,正巧顺应了老房东的观念。也难怪,千百年来,乡下女人祖祖辈辈都是既要下地干活,又要做饭、生孩子、伺候男人,无怨无悔,默默地承受着繁重的劳动,老房东不就是最有力的典型嘛!

老房东为了让家里尽早地扩大人口,让儿子十四岁就订婚。订婚那天,我们知青都没有下地干活,等着看热闹。等到半晌午,媒人终于把一个小姑娘领进门。随后,把两个孩子关在男知青住的房间里,一个在炕东头,一个在炕西头,半坐半站着。窗户外,门缝前,挤满了偷听他们说悄悄话的人。

兆低着头,问:"我们家很穷你嫌吗?"

女孩也低着头,肯定地答:"不嫌!"

兆还是低着头,又问:"我们家没有新房,你嫌吗?"

女孩仍旧低着头,答:"不嫌!"

"我们家没有太多的彩礼,你嫌吗?"

"不嫌!"

不晓得媒婆事先给女孩叮嘱的词,还是女孩真的对兆一见钟情,三个"不嫌"——这个内容最简捷、过程最完备的"自由恋爱"就成功了!紧接着,双方交换了信物,无非是腰带、手绢、《毛主席语录》之类的东西。就这样,我们眼看着一对小人儿订了终身!

儿子说了媳妇,老房东脸上乐开了花,毕竟完成了一件庄户人家重大的事情嘛。老房东请人帮忙做了一大锅的搅团,热情招待媒婆,我们也跟着混了一顿饭!

那天院子里好不热闹!我们为老房东高兴,也为那对小男女犯愁,他们能结婚吗?他们还是孩子呀!

兆虽然订了婚,却很少与小媳妇会面,只是在麦子快黄时,在大人安排下,去女孩家看麦黄。礼貌性地探问什么时间开镰割麦子,需不需要搭帮手?相隔一年的时间,订婚那个女孩的模样完全模糊了。兆事后对我们说:他走到对象所在的村子,与未过门的媳妇碰对面都没有认出来,幸好未婚妻认得小女婿,羞羞答答地喊了他。

兆高兴地跟我们说她媳妇比订婚时漂亮了!我们打趣说女大十八变,越变越好看,你可要小心被别人抢了去!老房东喜在心间,嘴里却说:"不要跟娃娃乱说!"

我离开农村到县里工作的第四年,顶多十七八岁的兆和同样年纪的小媳妇领了结婚证。他们到县城置办彩礼,准备结婚。来前,老房东给儿子有交代:"购置服装时毛衣和条绒裤子布料二者只能选一样。"在商店，女孩两样都想要，兆不给买，两个人闹翻了脸，女孩哭成了泪人。两人找到我，我对房东的儿子说："好办，毛衣算我送的礼，条绒裤料算你的！"矛盾解决了，他俩都笑了！请他们吃了饭，小两口高高兴兴地回家去了。

一年后，我回队上看望老房东，兆的孩子已经快一岁了！老房东的院子里虽然走了知青，却又添了两口自家人。儿子和儿媳下地干活时，老房东又增加了看孙子的任务，我看见老房东的腿脚跑得更欢实了。

吴艳敏，女

西安市铁路分局第一中学初六八届毕业生

插队地点：大荔县原双泉公社南龙池大队二小队

本文选自中国文联出版社2008年10月出版的《岁月》一书

## 我上山下乡的最后十小时

那是1970年年底,恰巧是上山下乡两周年之际,我应征入伍,即将离开南龙池村。

俗话说,乐极生悲。就在我欢天喜地做准备那几天,却莫名其妙地患上了重感冒,连续几天高烧不退,吃不下饭,睡不好觉。

城里人得了感冒,打针、吃药是很平常的事,可我下乡的地方,一个壮劳力的日劳动价值不过三四毛钱,农民把钱看得很重,对付感冒靠的是硬扛,很少有人奢侈地看医生。我自恃年轻体壮,也硬扛了数日,临走的前一天傍晚还没有康复,为了第二天轻松上路,只好到大队卫生所看病。

大队卫生所里仅有一位赤脚医生值班,桌子上点着一盏昏黄如豆的小油灯。医生确诊我得了感冒,决定打青霉素消炎退烧。按规范要求,对我进行皮试。数分钟后,我感觉皮试有过敏迹象,大夫在昏暗的灯下瞅瞅,断定说没事,可以打。

意想不到的危险几分钟后就发生了!当注射针头扎进我的屁股,立即有一股电流直冲脑门,我只来得及喊了一声:"不行了!"立刻倒地,不省人事。

青霉素过敏的严重后果众所周知,可大队卫生所竟然没有任何抗过敏药物。赤脚医生如疯了一样,慌得手足无措。不多会儿,大队医生打针打死一个下乡学生的消息,传遍了整个村子。

黑暗中,人们紧张地从四面八方赶到卫生所,正当大家苦无良策的生死关头,有人说他知道谁家曾买过抗过敏的药没有用完。我真是命不该绝!赤脚医生闻听,拔腿朝有救命药那家飞奔而去。

这支别人无意中留存的药,挽救了我的生命。当我从鬼门关重返人间时,睁眼看见大队支书、民兵营长、下乡同学表情焦急,团团围在我身边。

为了防止晚上再发生什么意外,我被安排在大队部过夜,并有专人值守,直到鸡叫五更。

　　大队距县城四十多里,为了按预定的时间赶到新兵集中点,我和送我的人必须摸黑出发。家在农村的新兵,无论家庭条件如何,离家前最后一顿早餐总要设法吃丰盛些。可我是一个离家下乡的知青,原准备空腹赶到县城吃部队的饭。此时,房东的儿子来到我面前,说他妈包好了饺子正等我呢!

　　一句话让我鼻子发酸,心里好不是滋味。房东大娘如同我的亲娘,她准是半夜就起床和面剁菜擀皮包饺子了。

　　当我从大队部赶到房东家时,老人正在烧火下饺子。农村烧的是风箱火,炉火扑闪扑闪照在老人的脸膛上,我看见她泪水不断地滚落下来,她舍不得朝夕相处了两年的学生娃离她而去哩!

　　这时,我心里发堵,喉咙哽咽,满眼泪水,口中说不出一句话。

　　这是结束我插队生活的最后一餐,也是我今生吃过的最难忘的一顿饭。事情过去四十年了,那情景却仿佛还在眼前!

韦富强,男

西安市铁路分局第一中学初六八届毕业生

插队地点:大荔县原双泉公社南龙池二队

本文选自中国文联出版社2008年10月出版的《岁月》一书

陕西知青档案

# 插队"白菜心"

我插队是在被称为陕西"白菜心"的泾阳县。走那天天阴得很重,全家从早上天不亮就忙活开了,捆行李,运行李,到学校时,一溜大卡车已经整齐地排在操场上了。不知道那天全西安有多少车,反正是整个西安彩旗飘扬,锣鼓喧天。我们高高地坐在行李上,从早上上车一直到下午才离开西安。

汽车走着走着天上飘起了雪花,雪下得很大,地上很泥泞,汽车轮子打滑,上了防滑链也不起作用,哧溜哧溜地往渠边滑。司机告诉我们:"不能再开了,你们下来步行吧!"我们从卡车上爬下来,二百多名同学招呼着呼喊着乱七八糟地、三五成群地向一个方向前进了。天已经完全黑下来了,又没有一点儿灯光,伸手不见五指。我们沿着渠边互相搀扶着,深一脚浅一脚地往前摸着走。好不容易走得看见了亮光,有人招呼我们进了一个很大的房子,好像是一座祠堂,同学们陆陆续续都到了,拖拉机也一趟一趟把行李运到了。我们每人吃了一碗汤面条后,就有村民来了,每个人领三五个,我和几个同学被领到一户人家,我们打开行李,囫囵个钻进去,眯了没多大会儿就天亮了。

刚下乡的时候是吃派饭,队里安排每家轮流派饭,一家一天。那一段时间是我们下乡最幸福的时候,因为不用操心柴米油盐,到了吃饭的时候就等着人来叫。吃了有几个月,队里看到我们不像是一时半会儿就能走,这才开始做较长时期的打算,给我们买了农具,买了炊具。队里从开始就没有打算给我们盖房,我们住在农民莉莉家里。征得房东莉莉妈的同意,队里在莉莉家后院给我们搭了一个简易厨房,房子很小,一个灶台占了绝大部分地方,烧火时人坐的地方就有半个身子在屋外了。

地方小我们不在乎,要挑水做饭也不怵,现在想起来只有柴火是当年我们最头痛的问题了。泾阳乡村烧的主要是苞谷秆和棉花秆。到了秋收的时候,队里把苞谷秆和棉花秆在地里就分了，各户用架子车拉回家，堆在一起，要用的时候烧就行了。

莉莉妈当年有四十几岁，是一个很利索的农家妇女，自己带了一双儿女，要下地还要操持家务，她家里干干净净一尘不染，这在当时的农村是很少见的。只要一回到家，她就手不停脚不停地忙开了。

我们插队时"文化大革命"还在进行，在那个近似疯狂的年代，有太多荒诞的理论而导致很多奇怪的举动。比如我们下乡后，就知道是要我们去接受贫下中农的再教育，所以下乡后的第一件事就是要认清人。不能主动和地富反坏说话，不能主动接近他们，否则会犯错误，站不稳立场。我们队里没有地主，只有一家富农。那是一大家人家。老两口有五十多岁，身子还很硬朗，一直参加队里的劳动。四个儿子，两个闺女。老大和老二是儿子已经结婚，有了孩子，虽然分了家，但还在一个院子里住。三儿子还没有成家，四儿子刚从学校毕业回家劳动，还有一个小姑娘在上学。大姑娘惠惠年龄和我们差不多。对这家人家，我们一直是避而远之，从来不去主动接近他们，好像他们是什么洪水猛兽。

在生产队里劳动生活了三年，我们好像从没有和惠惠的爸妈说过话。我们和惠惠的来往也很一般，她少言寡语，从不主动和人搭腔。对她哥哥我们就更少交往了，基本上连话也没说过。直到有一天，改变了我们对他们的看法。

那是下乡的第二年秋天，队里收玉米。那天，天气很闷热，掰了一天的玉米棒，直到天黑时才把它分完，我们又渴又饿，看到别的人家都急急忙忙地用架子车拉着玉米往家赶，我们没有架子车，只好仍然用背篓往家背。就在这时，天变了，狂风夹杂着大雨点劈头盖脸地往身上浇。我们虽然精疲力竭，可还是不能停下来，那可是我们半年的口粮呀！带皮的新鲜玉米很重的，一次背不了多少，玉米地离村子又很远，雨下得越来越大，我们背了一趟又一趟，感觉总背不完。地里雨已经下透了，一脚伸进去，拔出来时连鞋都陷在地里了，只好走一步拔一下鞋。最后，等到背篓装上了玉米棒，蹲下去就站不起来了，需要一个人在后面帮助提一下背篓，才能站起来。天黑得伸手不见五指，我们都顾不上害怕了，跌跌撞撞地就是从地里走不出来，真是叫天天不应，叫地地不灵啊！就在这时候，闪电中好像看见有人，是谁呢？谁会在这时候还来地里呢？到近了一看，是惠惠的三哥，他拉着架子车，来到我们跟前，也没多说话，帮我们把玉米棒装到车上拉起就走。我们好像受到鼓舞，精神振奋起来。在惠惠三哥的帮助下，拉了几趟，很快就拉完了玉米棒。

自那天以后，我们就不再排斥惠惠一家，而是从心底里感激他们。情感变了，看他们一家也不那么可怕了。他们本来就和其他人没什么区别，只是因为成分不好，他们才受到了人们的冷落。看到人在患难时能伸出手帮助别人是多么难能可贵呀！在那以后我们和惠惠相处得很好。1999年我们再回到社树时，还专门买了礼物去看望了惠惠的三哥。我们懂得滴水之恩当涌泉相报的道理。

在社树插队的三年里，我们一直住在莉莉家。这是一个很平常的院子，大门和左右厢房连通，中间是天井，紧挨着天井的是和后院之间的一面墙，墙的中央有一个用瓦砌的花格窗，大门的右侧厢房是莉莉一家住的，左侧是一个连接大门的空地，剩下一半是一个门朝前开的堆放杂物的、没有门扇的小房子。我们后来就一直住在那个没有门扇的小屋子里。

莉莉家平时只有娘儿仨，我们刚到时就和她们一家睡在一个大炕上。后来，莉莉爸从石桥供销社回家来，我们就住到了那个半间屋子里了。这个屋子里有一个占了差不多全部面积的炕，除了炕就没有多少能容人站立的地方了，半拉炕上铺着我们的被褥，半拉炕上堆放着我们分的粮食，有玉米，有麦子。农村里老鼠多，我们半夜里经常被老鼠吵醒，我以为是蛾子，点亮灯也找不着，最后拉开枕头一看，一只小老鼠正瞪着滴溜溜的小眼睛看着我。

莉莉的弟弟游游是一个很内向的孩子，平时话很少，但他很热心。如果我们没有菜了，他会一声不吭地把他们家里腌的咸菜拿来给我们，还是一句话不说，塞给你就跑。多少年过去了，我忘不了插队过的"白菜心"，忘不了社树村，尤其是关爱我们的莉莉一家人。2004年我们回到社树时又见到了游游，真不敢相认了，他满脸的胡子，农村劳动的辛苦，让他显得有些苍老，从他身上你无论如何也看不到那个稚气的孩子的影子了。

申建平
西安市第四十一中学初六八届毕业生
插队地点：泾阳县原王桥公社社树大队
本文选自中国文联出版社2008年10月出版的《岁月》一书

# 那山那人那些事

我和小秦是同学，从小在一条街上长大。1968年底，我们从西安到宝鸡西边的深山里插队。那年我们才十几岁。四十年过去了，当年的黄毛丫头如今已经变成了白发苍苍的老太婆，任沧桑如何巨变，几年下乡生活中的点点滴滴，却时常会浮现在脑海，许多人和事都给我留下了难忘的记忆。

第一位是我们老队长的妇人家（这是山里人的叫法，绝不是夫人家）。她只有一米四几的个头，常年穿着一身黑衣服——冬天是棉衣裤，春秋掏了棉花就是夹衣，夏天则是里面拆开，做成两身单衣换洗，到了冬天，缝缝补补后装上棉花又是冬装。她说她的脚小时候被缠过，所以走起路来左右摇晃。不知为什么，她缺了两颗门牙，说话总因漏风而不清晰，笑起来也因缺了门牙而显得憨憨的。看上去她比三十几岁的年龄要老许多。老队长两口子育有一儿一女，在那块贫瘠的土地上，日子过得十分艰难。

我们刚下乡时，因为不会烧山里的柴灶，常常是队长喊上工了，我们还没吃上饭。这时，老队长的妇人家会悄悄地走进我们的厨房，她教我们先用细枝干叶引火，引燃后再慢慢添大柴，人心要实，火心要空等等。不一会儿，我们被熏得手脸乌黑眼睛疼也没生着的火，在她熟练的技术下欢快地跳跃起来。那时缺油，最常吃的搅团会粘锅底，难铲又难洗。她教我们先用小火把锅烧热，再抓一大把麦草扎成一束，用麦草在热锅里使劲儿地来回蹭，锅就会光明发亮，像涂了油一般，不但不会粘锅，而且用小火炕干的锅巴还油香酥脆。看到我们不会打搅团，她二话不说，挽起袖子，站在锅台前为我们做起了示范。以她那样的身高，在我们的大锅台前做十几个人的一大锅饭，可不是件容易的事。直到现在，我一看到街上的搅团、鱼鱼，眼前就会闪现出矮小的老队长妇人家满头大汗，两手紧握擀面杖，一脸认真地抡圆了双臂为我们打搅团时浑身肌肉都在颤动的样子。

有一次我感冒了，不想吃饭，浑身无力。大家都上工去了，我在昏睡。老队长的妇人家来了，她先看了看我，聊了几句，然后就到锅台前忙了起来。不一会儿，她端着一碗面条走了进来。她用她那永远的小声说道："挣着起来，少吃点儿！"说着，她扶我坐了起来。几根苦苦菜，几段生葱花，外加几片肉臊子，虽然只有盐和醋，但那香味却极有效地调动了我几天来不曾有过的食欲。看着那张没有门牙的笑脸，伴着满屋子飘着的汤香，和着感动的泪水，我一口气吃完了她做的酸汤挂面，顿觉身上有了气力。要知道，那时可是个物资匮乏的年代，细粮挂面是山里人的珍稀，肉臊子也是山里人每年腊月只做一次，藏在瓷罐里难得享用的佳肴啊！她却慷慨地拿来给我吃了。以后的几年，老队长的妇人家经常出现在我们知青点，不是教我们淘粮食磨面，就是教我们做腌咸菜窝酸菜，高难度的旋苞谷糁糁也是她教给我们的。她的到来，总会给我们带来欢声笑语和新的生活技能。

要说的第二位是队上的老赵。老赵那时也就四十岁左右。比起山里人的粗犷，老赵显得很斯文。听说老赵的妇人家因难产死了，老赵和同样是好脾气的光棍哥哥带着如花似玉的女儿一块生活。那些年时兴早请示、晚汇报。早请示时天刚蒙蒙亮，队长带领出工的众劳力，集合在毛主席像前。首先由小队长带领大家祝伟大领袖毛主席万寿无疆！然后，小队长面对毛主席像说："敬爱的毛主席，我们今天准备到瓦房沟去，把那几亩苞谷给点了（种了），顺便把那里的几棵核桃树整理一下。路远，中午就不回来了，我们带点子苞谷糁糁，给大家熬点子稀饭喝一下，都带的有馍馍，吃一下就行了。"这是既有了形式上的请示，也算是给大家明确了当天的劳动内容。晚汇报是在晚上收工吃过晚饭后。大家必须集中在一起，先由小队长带领大家完成早请示中的套话，下来就是学习文件和一些过期的报纸（深山里邮路不畅，看到的都是过期报），也会讨论一些生产和生活上的问题。但凡不来的人，当天的工分就会被罚没。晚汇报的地点通常都是设在老赵的家里。十几平方米的厢房里一面大炕，早来的人坐在炕上，有的抽烟，有的打瞌睡，也有的在闲聊。知青一般来得晚，位置是炕沿上或地上的长凳上。那天十分闷热，我们吃完饭走进烟雾缭绕的会场时，读报已经开始了。过了一会儿，我们队的知青李健一头闯了进来，还没坐下，年轻气盛的小队长劈头盖脸就说："今天，李健迟到了半个小时，得扣他两分工！要不然以后的学习怎么进行？"血气方刚的李健一听就炸了："凭啥？今天你先扣个试试！"小队长自恃有理，不依不饶，李健自觉无错，压根不买账。一屋子的人鸦雀无声，由于事发突然，大家还没回过神来。这时，好脾气的老赵慢条斯理地说话了："伟大领袖毛主席教导我们说：'我们都是来自五湖四海，为了一个共同的革命目标走到一起来了。我们的干部要关心每一个战士，一切革命队伍的人都要互相关心，互相爱护，互相帮助。'咱们的屋里都有人做饭,收工回来端碗就吃。知青回来冰锅冷灶,才自己做呀,吃得就晚。我刚听说,这几天背粪,李健的脊背磨破了,这天气又大,娃娃不容易。我看今天的工分是不是考虑不要扣了!"老赵此话一出,剑拔弩张的双方立刻安静下来。蹲在地上的老队长拿开嘴边的旱烟袋,缓缓地说:"我也是才听说,今天这工分就不要扣了吧!"一切归于平和,学习重新开始。老赵用他自己特有的方式平息了一场风波。

我们知青和几户农民住在半山的一片坪坝上,吃水却要下山去挑。每天挑水要走很长的一段山路,由于坡陡,挑上水就不能歇脚。轮到我们挑水时,我总是和小秦两人一起去,一个累了,另一个马上顶上去,这叫换人不歇挑。有一天,我俩正气喘吁吁地挑着水艰难地走在上山的小路上,老赵背着一捆柴从更高的山坡上走下来。他在一个小小的土坎上将柴捆靠好,背靠着柴捆对我们说:"伟大领袖毛主席教导我们说:'任何时候,我们都要十分珍惜人力物力。'你们力气小,挑水不要挑得太满,一次挑半桶就行了。不敢使蛮力,小心将来落毛病。"我俩故意问:"是毛主席说的吗?"他说:"那当然,不信回去查,在语录本的二六三页。"我们回去一看,好家伙,果然是。其实不管是第几页,他的这份关心已经很让我们感动了。

还有一次,队长带领我们在山坡上挖洋芋。队上两个小伙子因为家长里短吵了起来。因为其中有误会,又都在气头上,矛盾很快升级,两人各拿一把镢头,险些就要打起来。这时,老赵一个箭步上前,以长者的姿态站在两人中间,一本正经地说:"伟大领袖毛主席教导我们说:'要文斗,不要武斗!'有话好好说!没听说过有理不在声高吗?不动脑子,光是嘴劲大得很!"大家也纷纷批评他们太冲动。两个人冷静下来,自知理亏,也就偃旗息鼓了。我不知老赵怎样自学的文化,也不知他怎样在繁忙的体力劳动之余将毛主席语录背得滚瓜烂熟,我只记得老赵最爱引用毛主席语录,而且用得贴切、精准,在紧要关头张嘴就来。老赵还喜欢音乐,笛子吹得不错。每当队上的知青们在劳动之余吹拉弹唱时,在围观的男女老少中总能发现老赵的身影。他说:"有人说你们是'臭知识',我看该把'臭'字取了,就像毛主席说的一样:'你们青年人,朝气蓬勃,正在兴旺时期,好像早晨八九点钟的太阳,希望寄托在你们身上。'"

要说的第三个人不在我们队上,他本来和我们的下乡生活没有直接的联系,但因为当时的特殊环境,我们和他以及他的家人建立了深厚的情谊。以至于现在四十年过去了,我们还像亲朋好友一样地来往着。他,就是当时在坪头车站上班的铁路工人温师傅。

认识温师傅是在我们下乡几个月后一个风雪交加的夜晚。

那天我和小秦从西安返队。那时西安到宝鸡的铁路还是单轨,列车经常晚点。上午10点的火车到坪头车站会在下午的5点左右。加把劲儿走二十多里山路，能赶到公社休息，第二天再赶二十多里路回队上。可是，那天列车严重晚点，到坪头车站的时候已经夜里11点多了。天气阴沉沉的，山风呼啸着从脸上刺过，冻得人浑身颤抖。随着列车的离去，小小的车站一片沉寂，只有一盏灯在高高的灯柱上发出昏暗诡异的光。我和小秦两个人站在站台上不知怎么办好：走吧，风高月黑，连路都看不清，怎么走？留吧，几平方米的候车室里伸手不见五指，留到哪？我们踌躇再三，最后只有站在车站值班室外边，借着室内透出的灯光给自己壮胆。不一会儿，我们的手脚都被冻僵了。这时温师傅出来接车。他推开门，愣了一下，问道："学生？"我们说是。放完信号后，温师傅又问我们："上车还是下车？"我们说才下车。他接着问："哪个队的？"我们说："大湾河。"温师傅吃了一惊，他提高了嗓门说："乖乖！大湾河？四五十里地呢，今天是回不去了！"正说着，天上又飘起雪花来。大概是看着我俩一脸疲惫又无可奈何的样子吧，温师傅缓和了口气，说："进来暖和暖和吧！"我俩很难为情地跟着温师傅进了值班室，顿时即被温暖包围。室内灯火通明，大大的焦炭炉子里炉火正红，把整个值班室烘得暖融融的。还有一位师傅正在忙着，温师傅对他说："老关，这是大湾河的俩学生，才下车。外边太冷了，让她们进来暖和暖和。"关师傅说："行！来吧，喝点水。"说着提起火炉上的大铁壶，拿了一个大杯子倒了一杯水给我们，接着就忙他的工作去了。值班室里有各种仪器、仪表，两位师傅紧张而有序地忙碌着，电话不断，信号不断。开始我们还好奇，东瞧瞧，西看看，可是不久，因为坐了一天的车，又累又困，我们就打起了瞌睡。看到我们累成这样，温师傅说："丫头们，困得不行了？到我家去休息吧？"我们紧张地说："不。"关师傅说："我们家都离这儿不远，我家还有俩老人，人口比较多，温师傅家只有老婆和孩子，他也是个热心人，如果你们愿意，可以去他家歇会儿，明天好赶路。"我们紧张的情绪稍微松弛了一点儿，这时我悄悄地打量了温师傅：瘦高的个头，身子骨板直，动作干脆利落，两眼炯炯有神，说话声音洪亮，话语风趣爽朗，像个可以信赖的人。但因为不愿深更半夜地打扰别人，我们坚持说：谢谢，不去了！到了两三点，实在是困得不能自制，有一次竟然从坐着的凳子上掉下来。两位师傅见状忍不住笑了起来，温师傅说："别硬撑着了，大丫头带着小丫头到我家去休息吧！现在有点儿空，我送你们俩去！"那时胃里翻江倒海，十分难过，再说，坐在这里，两位师傅还得要不时地照顾我们，有碍工作。于是，我们同意去温师傅家稍做休整。温师傅提起了《红灯记》里李玉和提着的那种信号灯，带着我们，顶风冒雪来到了顺山势而建的铁路公房。在一排干净整洁的平房前，温师傅用钥匙打开了他家的门，对屋里说："有两个后山的学生，晚上回不去了，你给腾个地方让休息吧！"说着他将我们让进了屋，随手带上门，又急匆匆地上班去了。

睡梦中的温师母开了灯。我们看到，房子不大，共有里外两间，温师母带着四个孩子睡在外屋床上，还有两个孩子睡在里屋的床上。温师母睡眼惺忪地把里屋的两个孩子抱到外屋的床上，安排我们睡在里屋。

啊！太累了，太困了，太难受了！又太感激了！我们谢过温师母，倒头就睡着了。一觉醒来，雪映得房间里十分耀眼，屋里静悄悄的，我赶紧叫醒小秦。听到动静，温师母招呼我们："醒啦？洗洗吃饭吧！"吃饭？素昧平生，我们怎么能又住又吃呢？不行！洗漱完毕，我们坚持要走，温师母执意挽留："不吃我可生气了，啊？"无奈，我们扭捏地坐在了小饭桌前。温师母端庄大方，十分温和。她说："孩子们都上学去了，只有最小的在家。家常饭，你们别客气，快吃！我知道你们那路上的山可是大着呢，吃饱了才有劲儿赶路！"我觉得，实在是太麻烦人家了。没承想，大麻烦还在后头呢！当我们吃完饭准备离开的时候，才发现背包里装着的妈妈从全家人嘴里省出来的半斤菜油，因为盖子脱落而倒在了温师傅家的床上。不但床单，连垫被都被油浸了一大片，而且还在蔓延。我们诚惶诚恐，窘得不知局面该怎么收拾。温师母却说："不碍事，不碍事！"说着拿来了洗衣的大盆，将床单揭下来放进盆里，接着又拿来剪刀，把油浸的垫被剪下来扔了。正在这时，温师傅下班回来了，他见状哈哈笑了，说："咳！多可惜呀！这下回队又没油吃了！"

从此，我们来去经常会碰上温师傅值班，有时我们也会抽空去看望温师母和家里的孩子们，渐渐就熟悉了。我们知道了：温师傅工作成绩突出，一直是单位的先进，他豪爽豁达，以助人为乐事，在周围口碑很好。

第二年，队里给我们分了菜籽。但要吃到菜油还得将菜籽背到坪头车站，搭乘火车到宝鸡的油脂厂，才能换来油吃。于是，我们又见到了温师傅。那天他正好值班，因为时间紧，怕我们晚上回不来，他直接给我们要了个点（让本来不在坪头停靠的列车，因需要停几秒钟），将我们送上了车。一再叮嘱我们要注意安全，早去早回。谁知到了宝鸡，才知道时值菜籽收获期，换油的人特别多，不但要排队，而且长队已排到三天之后了。我们想，与其三天之后再跑一趟宝鸡，不如回家一趟方便。于是我们办完换油的手续后直接回了西安。三天后，因为下雨，我正和小秦商量如何回队的事，邮递员送来了一封信。我们万万没有想到，信是温师傅写给我爸爸的。大意是三天前两个孩子去换油，一直没见回来，是否回到了西安？我们十分操心等等。看完信，我们两家人都特别感动。那时电话还不普及，家长催促我们赶快回坪头给温师傅报平安。

1971年，我们告别坪头，到了宝鸡工作，去坪头的机会少了。有一天，和单位一个同事聊起了插队时的事。他惊讶地说："温师傅？你也认识？那可是个大好人呀！我们周围很多知青都接受过他的帮助，关系好着呢！"至此我们才知道，在坪头，温师傅帮过的知青遍布各个公社。

后来，温师傅的家从坪头搬到了宝鸡马营的铁路公房。我们常会结伴去看他。再后来，我的工作从宝鸡调到了西安，我们通过电话联系，我也会抽空和小秦去宝鸡看望老两口。1995年，我们一大帮知青为温师傅过六十大寿，场面十分热闹。最让人感动的是温师傅七十大寿。那时，他已是子孙满堂，儿孙们个个都很出息。当老两口穿着喜庆的唐装出现在大家面前的时候，家人、亲朋和我们一群知青共同为他贺寿。温师傅说："当年从老家出来的时候，就两个人。现在成了几十口人的家长，很满足；结识了这么多有为的知青，很荣幸；有这么多的亲朋好友相伴，很幸福。这辈子值了！"

三年，在人生漫长的道路上只是短暂的一瞬。今天所讲的，也只是我们三年下乡生活中的沧海一粟。在我记忆的长河中，那三年里发生的许多事常常会激起反思的涟漪。三年里积累的精神财富，让我们一辈子受用不尽。受那些人和事的影响，无论在工作上还是生活上，我和小秦也会情不自禁地乐于助人，尤其是年轻人。看着他们克服困难后继续前进的时候，我们的心里充满了甜蜜。

宋莉，女
西安市第二十一中学初六六届毕业生
插队地点：原宝鸡县新民公社大湾河大队第二小队
本文选自中国文联出版社2008年10月出版的《岁月》一书

# 塞 上 知 青

  1968 年 12 月，我们榆林一中几位同学，被分配到边塞——金鸡滩公社柳卜滩插队。那里地处荒漠的深处，十几里地都见不到一户人家。
  我记得我们晚上到生产队的办公室去开会，回来时月光惨淡，零下三十几度寒风刺骨，为了能找到我们的干打垒的土坯房子，在广袤的沙漠里转了几个小时，就是回不到住地，迷失了方向。远处野狼在嚎叫，腹内空空，单衣薄衫，我们紧紧地偎依在一起，望着天空的冷月和星星，我们迷茫，我们害怕，最后还是又回到了原来的出发地，最终在农民的护送下回到了住地。这是我们下乡插队第一晚上的经历，印象深刻。
  我们去的是半农半牧地区，吃粮基本上没有保障，每年辛勤劳作只能分到一百多斤粗口粮，大多数时间靠萝卜、土豆、野菜和糠麸充饥。记得有一次生产队的农民杀了自己喂的猪，看我们这几个知青可怜，给了我们二两肉，实际只有巴掌大的一块，我们如获至宝，终于见到油水了。因为，我们平常基本是水煮白菜和萝卜，分的一百斤口粮已经吃得差不多了，还要精打细算，所以大家很节省。土炕上堆了大半炕的糠麸，看到有了肉是那么激动和高兴啊。最后那块二指宽的肉皮舍不得丢掉，每次在煮菜和萝卜的时候把那块肉皮放到菜锅里，一直放了十多天。
  每到了春季青黄不接的时间，我们更是艰苦了。农民有自己多年积累的口粮，好歹也有保障。知青没有办法。一次，我们向生产队大队长开口，让他给我们开个介绍信，我们可以到各队农民家里去借点救济（实际上是变相乞讨）。结果遭到了大队长的反对，认为这是给他脸上抹黑。眼看着把粮食和糠菜快吃完了，我们突然想到了住地的隔壁就是生产队的羊圈，很多下了羊羔的母羊那硕大的乳房，羊奶充足。于是，我们凌晨 5 点多起床翻墙到隔壁羊圈，钻到羊群中间，顾不上羊屎的腥味，顾不上什么文明了，也顾不上什么是生产队的利益了，借着月光,两人摸索着看见哪个羊奶子大就开始挤奶。羊圈顿时大乱——羊群以为是野兽狼来了。经过一个多小时的战斗,挤了两大缸子白乎乎的羊奶当早餐。农民有时看我们可怜,也经常接济和帮助,送我们一些吃的东西。以后参加了工作,我们也常回插队的地方看望那里的乡亲们。

秋天好不容易收到了口粮玉米、青稞、萝卜、土豆等,而我们盛粮食的口袋是装货的纸箱子,每到深夜就听到纸箱子簌簌发响,再拿手电筒看,玉米到处都是,几个墙角的鼠洞赫然在目。

在农村也遇到爱的迷茫与异性诱惑,爱情是没有办法探讨的。男女封建是那个时代的产物,在学校里男女生基本上不说话,坐的桌子和女生之间画一条线,谁也不准越线。到了农村,男同学和女同学基本上见不上面(住地离得很远)。在农村几年的插队劳动,知青年龄都已经有二十好几了,家里也催促着在农村成家立业。农村女孩在几岁的时候已经订婚有了人家,女同学也不会到农村找对象的。身体的成长和性生理的成熟,让我们这些男性有了冲动,每当我们看到农村稍有姿色的姑娘就眼里发光,那实际是性饥渴的表现,多数知青都是强忍着控制着,不犯错误的。当时,我们吃水都是旱井,几十米的深井刚打上来的水,是浑的,有很多黄泥在里面,需要沉淀好长时间才能饮用。一次,一个男知青看到了水井那里来了一个本村的姑娘,想过去看看那个姑娘,想不出借口,于是假装去水井打水,接近那姑娘!最后还是走马观花地看了一眼,以至于受到了大家的强烈批判,成为笑柄。知青们的爱情观受到了很多观念和条件的限制,比如家庭出身不好,还有在农村的住房和劳动能力。

我参加工作十多年后已经三十多岁时,靠自学获得大学文凭。那是多么不容易啊!当时家里孩子小,还倒夜班,自学没有老师,全靠自己理解,苦读。上班是流水工作线,书本放在一旁,一有空就拿出来偷看,靠多看几遍留下深刻的记忆,以弥补年龄大而记忆力差的缺陷。在外地出差,旅馆一个宿舍住着几个人,晚上为了抓紧时间看书,不干扰别人休息,不能开电灯,于是揭开旅社房子窗帘的一角,借着月光吃劲儿地看着书上模糊的文字。那么热的夏天,大家都在外面乘凉,而我坚持在家里学习看书做笔记,大汗淋漓。功夫不负有心人,几年的努力后我终于从西北大学汉语言文学专业毕业。以后,又经过不断的努力学完了经济和对外贸易专业的大学课程,使我能够掌握更多的知识,能在工作岗位和社会实践中学有所长,为单位和国家更好地服务!

贺清信,男<br>榆林市第一中学毕业生<br>插队地点:原榆林县金鸡滩公社柳卜滩大队

# 一个回乡知青的回忆

我们大队回乡知青有十多个，他们都比我大，因为我是初中六八届的。记得开始我们和社员一起出工时，都觉得不好意思，感觉怪怪的。特别是在劳动休息时，他们在玩笑中打闹嬉戏，农村那种粗鲁动作中的浪漫，粗俗语言中的幽默，把我们这一帮年轻人搞得很不好意思。几天过后，也就习惯了，反倒觉得热闹好笑。

在那个氛围中，总有那么几个不参与者，其中就包括我的父亲、母亲，因为他们都属于"五类分子"。我的家庭很特别，父亲是历史反革命，母亲是共产党员，可队里把母亲的共产党员身份忽视得一干二净，他们认为母亲嫁了反革命的父亲，就和反革命分子一样。

记得有一次夏天收麦时，大人们收工后都回家了，只剩下我们三四个小一点的孩子，在地里拔麦茬（那时候穷，麦茬可以烧着做饭）。收完麦子的地里免不了有遗漏的麦穗。当我们高高兴兴回家走到半路时，正好碰见队长，他看见我们的笼子里麦茬中夹有麦穗，不问青红皂白，一把抓起我的衣领，啪啪就是两耳光，还不停地骂我："反革命娃娃子，敢偷队里的麦子！"有一个叫老三的替我说话："我们都是在收完麦子后的地里捡的，不是偷的！"队长说："少啰唆，你们没偷，反革命的娃就是偷。"接着连拉带揪，把我拾的一笼麦茬和麦穗倒在了路边，还骂骂咧咧让我滚。我拾起地上的笼子，一路哭着回到了家。回家后哭着吵着问父母："你们为啥是反革命，一样的娃，一样的事，我咋就应该挨打、受委屈。"娃子都是父母的肉，当时我的哭闹，父母也很伤心，母亲搂着我，全家痛哭一团，那顿饭我们都没吃，现在想起来我就伤心流泪。

那时是最讲阶级斗争的。一次县上举办阶级斗争展览，我去报名当讲解员。

普通话我是最棒的,他们当时就发给我几张演讲稿,告诉我前言部分和第一章由我去讲,并说你一定要讲好,明天就去展馆对着图片练习吧!你们每天的工资是六角钱。听到这别提我有多高兴了,一路小跑回家给父母讲了事情的经过。此后两天时间,白天晚上我都在背讲稿。第三天,县上及馆里领导带了一拨人来验收。

  我第一个出场,面对观众也不知道害怕,而且越讲感觉越好,加上自然的声情并茂,得到了验收组一拨人一致的赞扬,就这样我第一次当了临时工。但好景不长,过了没两天,馆长叫我去说:"听说你父亲是反革命,咱这是阶级斗争展馆,别人告你呢!你来时咋不说清,要早说,我们那时就不可能让你来,虽说你讲得很好,但我们没办法,去领五天工资回去吧!"

  我流着泪去领了三元钱工资,回家后说了事情的经过,父母也很无奈,记得父亲当时说了一句很伤情的话:"我咋不死,死了也不害我娃了。"他的一句话惹得全家人又一次痛哭一场。

  我在学校时是文艺骨干,我的长相和我的机灵,加上我天生有一副好嗓子。当时正遇"文革"后剧团招收演员,剧团的人到我家去找我,我母亲说:"她父亲是反革命,去不了,队上不会同意让她去的。"剧团的人说:"只要你们愿意,其他的事你们不用管。"母亲就说:"那行!"就这样,剧团的人到队上找队长去谈,队长就把我们队除我以外的十几个男女娃一起叫到队上办公室,让他们挑。剧团的人说:"这些娃我们一个都不要,就要姚雅丽一个。"队长说:"她父亲是反革命,你们是毛泽东思想宣传队(当时剧团的名称叫"毛泽东思想宣传队")。你们不把关,我们还要负责任,反革命的娃咋能进这单位,咋能宣传毛泽东思想,坚决不行!"剧团人没办法,我内心那种伤心、苦涩和无奈真是无法用语言来形容。我哭了又哭,有什么办法呢?我恨父母为什么生我。一个共产党员和一个反革命分子,为什么要生活在一起?为啥不离婚、不分开,让我受这罪。可是过了三天,当我们全家还没从痛苦中缓过来时,剧团的人来告诉我说:让我去剧团报到上班,手续他们已经给我办完,上级把我按可教育好的子女对待。就这样我离开了生产队,参加了工作。

  但对我打击最重的是父母的离婚。那时母亲很能干,是一个很要强的人,但在那种政治歧视下,已无人记得她是共产党员,后来无奈地和父亲离婚了。我那时恨死了自己,为什么受委屈时要说让父母离婚的话。是我的任性影响了母亲,才造成这样的悲剧;是我的无知使全家乱了套,全家人伤心至极。我常常哀叹我的命咋就这样的苦。

　　我是悲剧中的主人公。生活的挫折，造就了我的坚强、豁达、开朗的性格。我对任何人都说："人生在世，知足者常乐，常记别人的好处，不计自己的得失，只要身体好，比啥都强。"

姚雅丽，女

陕西省原商县中学初六八届毕业生

返乡地点：商县东街

# 秦王山下的天井村

## 会战修梯田

初到天井村插队劳动,正值举国上下"农业学大寨"。牛槽公社组织了十个大队的强壮劳动力在毗邻的西联二队搞会战,是修水平梯田。当时,山上和田间挂了很多红旗和标语,很壮观。公社"革委会"主任卢启新亲自坐镇指挥,与群众同吃同住同劳动。工地上无论是二十多岁的后生,还是三四十岁的青壮年,个个吃苦耐劳。一百二三十斤的担子,能轻松挑起来小跑。在商县中学读书时,每逢夏收和秋忙,学校也组织学生下乡劳动,但我从来没有干过打钎放炮抬石头垒石堰这样的重体力活路。面对这样的场面,我作为工地上唯一的知识青年,深信别人能干的,我也照样能干,绝对不能给知识青年丢脸!一个多月干下来,八磅锤我能抡动了,特重的石头需要四人抬或八人抬,这场子我也敢上。许多年轻人都愿意和我搭伙干活。

## 天井村的春节

1970年春节,我们全家是在天井村度过的。之前,我的大弟弟从林岔河公社的金谷槽转到天井村插队。母亲带着我的小弟和两岁的侄女也从县城来到天井村。我们一家五口居住的是公社卫生所留下的三间旧瓦房。这三间房紧靠村前的小河,挑水、洗衣十分方便。真有点"小桥流水,桃源人家"的感觉。

西联大队支部副书记梁治全和天井村队长陈宣富听说我们全家都要在村子里过年,早早就帮我们准备。特意安排队里杀了一头肥猪,又请村上做豆腐的能手帮我们磨豆腐。腊月二十八那天，父亲和大哥、嫂嫂也来到了天井村。

年三十晚上，村里点火龙。火龙实际上是将上好的干柴交叉架起来，到大年初一零时一到就点起火来。火光照亮村里的天空，烤暖了围在火龙旁的每个人，预示新的一年红红火火，蒸蒸日上。

大年初一不出门，初二开始走亲戚。村上的长辈把我们当作自己的亲人一样，纷纷邀请我们去他们家一块吃年饭喝年酒。这年的春节，使我们感到我们是天井村的第四十一户人家。

## 天井村的小木工

天井村是林区，家家门前垒着风干的上好木板。村里有一位姓刘的木工，手艺不错。当时的政策严格限制个人搞"副业"，有木工技术的村民也不能随意给其他人做家具，不能去挣零花钱。

我在1967年到1968年回原籍劳动期间，曾经跟随一位姓马的木工师傅学了一点儿技术，擅长做门窗和桌椅家具，并且，为自己置办了成套工具。到了天井村，我的木工技术有了用武之地。利用换工的方式，我给许多农户做了当时最新式的家具和门窗。由于我用料节省，样式新颖，不收工钱，只换工分，很受当地群众欢迎。后来，牛槽公社的综合厂还调我去做了几个月的木工活。至今，我做的家具在天井村还有人保留着。

## 山里的小喇叭

天井村没有收音机，更没有有线广播。不管什么事情，生产队长都要隔山高喊，再不然就家家户户地满山跑着通知，劳累和效率低下可想而知。读高中时，我曾经是航模和无线电爱好者，有组装收音机和广播扩音机的基础。1970年秋季，在西联大队和天井村小队的支持下，特意到西安找熟人，搞到了一套上海产的收音扩音机和几十个电动陶瓷扬声器。村里组织砍树、栽杆、架线，十多天就使家家户户通上了小喇叭。从此，村民可以随时听广播节目，队长和村民也可以利用有线广播互通信息。1999年我资助村里在梁喜民家安装了第一台800MH移动电话。在外地务工的年轻人也可以通过这个系统互传信息。

## 第 二 故 乡

我是1971年3月招工返城的，从此，就离开了生活了两年多的天井村。进城后，我先后在商洛地区汽车运输公司、地区交通局、商洛汽车大修厂和陕西省电子信息业发展公司供职。天井村的村民只要进城，都喜欢到我家来坐坐。村里有什么重大事情，也喜欢找我商量。只要我力所能及的，我都设法帮着办。几十年过去了，天井村的村民们仍然把我当作自己的亲人一样看待，我也始终把天井村当成第二故乡。

印三仁，男
陕西省原商县中学高六六届毕业生
插队地点：原商县牛槽公社西联大队第一小队
本文选自西安出版社2011年9月出版的《一路悠长》一书

# 两次难忘的遭遇

## 我叫漆咬咧

那是下乡后第一个冬天发生的事,具体日子记不清了,反正,当时还不知道生漆过敏,也没听说有哪位同学中过漆毒。

这天下着小雪,我下山去看望那里的难兄难弟们。天刚擦黑,弟兄们在庵沟背粪还没回来,隋家二小姐亚丽留守做饭,我责无旁贷地搂柴烧火。蒿草烧完了,硬柴太大烧不着,我见院子里有一捆捆码得很整齐、劈得粗细均匀的柴火,旁边还有一堆刮下来的树皮,就夹了些树皮,提了捆柴火到厨房。由于天气潮湿柴没干透,锅里的水不得煎(开),于是,多加些树皮引火,再将柴火架上,尽管开始老冒烟,把人熏得不行,但慢慢地,火越烧越旺,火光把人烤得暖洋洋的。

散工咧,回屋咧,水煎咧,番麦面搅团打好咧!

热乎乎地咥(吃)饱饭、喝毕汤,农舍里又响起力强兄的提琴声和大焱兄的手风琴声。勃拉姆斯的匈牙利舞曲和哈恰图良的马刀舞曲就像两个精灵,游荡在阴冷黑暗的山沟里。虽是苦中作乐,倒也其乐融融。

是夜,和汪五一钻在一个被窝里,听着叮咚和爱克斯的抬杠、老牛和鸭子的海谝入睡。

天刚打明,就听到猪场的久长在学生的门前说:"谁把盖房的橼子抱厨房去了,那不敢烧,那是漆木橼子,有毒咧。"

学生们说:"知道咧,再不烧咧。"

我们谁也没料到,烧漆木橼子、漆树皮的后果会"很严重"。

下午,告别哥们儿回南岔,一路上觉得身上痒痒的,大概是走热了吧,于是，脱了棉衣，顶着寒风回到队里。

晚上睡觉时，觉得浑身不自在，到半夜脖子、脸都痒得不行，只有不停地挠，不停地挠。清晨，我的眼睛怎么都睁不开，一夜工夫脑袋就肿得斗大，眼睛眯成了一条缝。

社员过来看了说："这是叫漆咬咧。"

没尝过这种奇痒无比的滋味的人，很难体会这种痛苦。怎么形容呢，在睡梦中自己会不自觉地去抓挠被咬的地方，直到被彻底挠醒。在抓挠的过程中能体会到一种穿透到骨头里的酥麻和快感，但其结果是，你越挠，过敏的范围就越大。因为无法抑制抓挠这样的冲动，最终，导致爆发全身性的过敏，挠过的地方马上像发面一样肿了起来，继而出现片片水疱。

望着皮肤上晶莹剔透的水疱，你毫无办法。忍受得了这样折磨的人，真要有不怕炼狱的境界。

同学们都急了，翻遍自备药箱，最可能对症的药就是苯海拉明了。为了中西医结合治疗顽疾，遵照最高指示"群众是真正的英雄，而我们自己则往往是幼稚可笑的"教导，访亲问友、遍寻民间偏方，收集到的有"野韭菜捣烂敷之""漆树叶熬汤洗涤"等，最吸引人的是"鸡汤洗患处"一方。

因为是冬季，前两验方绝无可能实施，唯有"鸡汤"一方可试。

于是，女生们到苏家山购得老母鸡一只，宰杀煺毛、改刀入锅，比照沪菜"月母鸡汤"的烹调方法，小火慢炖，至汤味浓郁、骨酥肉烂时起锅装盆。哈哈，现在还能回味起当时厨房里飘溢的香气。鸡肉大家分食、大快朵颐，热乎乎、黄澄澄、油汪汪的鸡汤则盛在我的洗脸盆中，在大家的目送下端入房内。关上房门，弯下腰先深深地嗅了一会儿，又美美地喝了几口后，狠心将毛巾浸入盆中，先洗脸、脖，再由表及里……

之后数日内，浑身油腻，但肿痒渐消。

愈后，插友陆君喜的母亲告诉我：以后碰到漆树你就喊"你是七，我是八"，只要压住它，你就不会中漆毒了。

进城工作后，见一资料称："漆"字又写作"柒"，生漆过敏的症状期是七天，之后，大都自然痊愈，所以漆的读音是柒。拆开漆字，可见漆字从木、从人、从水，形象地表明漆树、人、漆液的关联。人在接触生漆的过程中，都免不了要过敏，皮肤会出现不同程度的肿胀、蜕皮，但这种过敏不但不会给身体带来伤害，相反会令新生皮肤更光洁。据称，韩国正在试着从生漆中开发出新的美容产品呢。治漆毒验方：漆叶取汁搽或煎水候冷洗，忌用暖水洗，也可以用烫鸡毛水候冷洗。

娘娘，此烫非彼汤，真可惜了那盆热乎乎、黄澄澄、油汪汪的鸡汤了。

写着写着身上好像又痒了起来,赶快搁笔,喊上一嗓:"你是七,我是八。"

## 扒 车

早上起来,天还下着蒙蒙细雨,深秋的雨给人以寒冷与凄凉的感觉。

归心似箭的我,毅然告别了在他们那儿蹭饭两顿、蹭铺一宿的新庄三队的哥们儿,踩着泥泞,顶着风雨,踏上回家的征程,颇有"壮士一去兮不复还"的英雄气概。天知道,之后的经历将是我永生难忘的一次历险。

雨淅淅沥沥地下着,固川车站没几个工作人员,一列开往宝鸡方向的货车在做发车准备,只见几个知青模样的人正往一个车厢里爬,于是我也毫不犹豫地跳下站台、越过轨道、翻身爬入车厢。那是一节刚卸了道砟满地碎石的敞篷车厢,先头几位头顶草帽圪蹴在一个角落里,并示意我也圪蹴下,怕被站台上的人发现寻麻达。

不大会儿,火车启动了,扒友们松了口气,递烟点火、互报家门,得知他们几个是在固川下乡的西安五中学生,因为琐事与车站的工人打过几架,所以要提防着点。他们对这趟车很熟悉,说车的终点是宝鸡货场,要回西安的话就要设法在宝鸡站下车,否则就赶不上半小时后路过宝鸡去北京的特快了。他们要到益门公社看望同学,最好也在宝鸡站下车。这趟车通过宝鸡站是缓行,如果缓行速度尚可,便躬低身体跳将下去,缓行速度过快的话,就不敢跳了,那就随它拉到货场去,"安全第一"嘛。

火车越开越快,呜—— 一声冗长的汽笛吼叫,机车吭哧吭哧地喘着气钻进了山洞,一时间浓烟、煤灰扑面而来。屏气的结果是换来一次更深的呼吸,煤、烟呛得人嗓子干痛,眼睛被粉尘眯得睁不开,被细雨打湿的脸庞和衣衫顷刻都变成了黑色。等出了山洞眼前一亮时,看扒友们一个个都成了"黑人牙膏"的模样,脸上只剩牙齿和眼白是白的了。大家互相取笑时,我却在忐忑不安地想,能否顺利地在宝鸡站跳车,赶上那趟回家的特快呢?

眼看火车减速,快到宝鸡站了,我的心揪了起来。我们站起来扒着车帮向外看,寻找站台的方位。要知道,如果没有站台,非职业高手要跳车是很困难的:一是人离地面远,二是有路脊,坡度大,石头多,极易绊倒,何况天上还下着雨。车越来越慢了,我们转向站台方向的车帮,做好了跳车的准备。经过站台时,一个,两个,三个,他们陆陆续续地跳了下去,先是几个趔趄,再跟车跑几步后,也就平安了。等我信心百倍地爬上车帮,拉住扶手准备跳的时候,火车咣当咣当响了几下,明显感到车要加速,再不跳可要错过时机了。于是,我硬着头皮横下心,顺着列车前进的方向跳了下去,身体落地后也是几个趔趄,再疾跑了十几步后在站台的东尽头站稳了脚跟。

跳车后,躲过站上工作人员,目送五中的扒友往西出了道口,我刚在道边的一根水管上喝了点儿水、洗了洗,就被站上工作人员当作闲杂人等往外驱赶,原来,开往北京的特快就要进站了。我只好躲闪在卖烧饼的手推车旁,装作买饼,才躲过了清站。

等到放行了,虽然混在上车的旅客之中,但像我这样蓬头垢面的知青就特别显眼,试着上几节车厢,都因门口的列车员要看票而没有成功。站台上的绿灯亮了,开车的铃声也响了起来,列车员已将车门关闭。归心似箭的我,抱定了今天非这趟车不坐的决心,在火车缓慢启动后,带着刚才跳下货车的余勇,在站台上跟着火车跑了几步,拉住了一节车厢的门扶手,跳上了紧闭车门下的踏板。呵呵,动作有如铁道游击队飞车搞机枪的老洪一般矫健,在车站工作人员的众目睽睽下,我吊在车门外离开了宝鸡车站,踏上了继续东进的旅程。

火车不断加速,终于风驰电掣起来,眼下的道砟路基快速地后退着,叫人看着眼晕。我张开双臂死死地拉住门两边的扶手,心想:只要努力坚持十来分钟,下一站停车后,一定要设法进入车内。谁知过了斗鸡台、卧龙寺,快要到虢镇了,但火车一点儿没减速,虢镇车站上的建筑和站台上的人影只在眼前一闪,就过去了,站上的嘈杂声和喇叭声,也只是瞬间就从耳边飞过了。

雨还在下着,高速行进的雨点打在脸上又疼又冷,浑身的肌肉由于用力而紧张得有些颤抖,更可怕的是那对面轰轰隆隆开过来的一列列火车,它们带着一阵阵巨大的轰鸣声迎面扑过来,机车喷发出团团白雾和震耳的吼声,从车底卷出的疾风吹得人直打激灵,眼睛也不敢看那双倍速度闪过的车皮。列车带起的疾风像扫帚一样扫着我,用力把我往外扯,只要一松手,风会立刻把我卷进车底……

在高度的紧张中,蓦地发觉一个女列车员从离门最近的窗口探出头来喊些什么,那张刁蛮的脸好像示意我,行进中的车门是不能开的,要我抓牢把手及后果自负等等。"他妈的,什么世道!"

终于,车速降低,蔡家坡站看来是要停了,紧张的身心也开始得以缓解。火车进站了,慢慢地,车停了下来。我跳下车,还来不及舒展一下冰凉困麻的手脚,就被几个铁路公安及列车员前呼后拥地推搡进车站办公室。

在屋里,几个铁路公安边骂骂咧咧,边翻我随身带的书包。一个站长模样的人对我呵斥道:"怎么就恁胆大,这是特快,速度恁高,俺调车员都不敢这样扒车。你可出名了,在宝鸡你刚跳上车,宝鸡车站就电告沿途各站了。俺等你等了四十分钟,你说你还是个知青嘞,俺看你像个飞车贼。""哼,儿子骂老子!你个流氓无产者！老子集体户里还有一块自留地呢。"我在心里回敬道。突然我又觉得好笑，怪不得刚才站上的工作人员、候车的旅客、引车卖浆者个个翘首以盼，原来都想一睹我这个真正扒车者的风采啊。

终于他们在我身上搜出了唯一的两元钱，"补票补票，尽这两元钱补。"站长模样的人恶狠狠地把两元钱甩给一个管开票的工作人员后，就带着那伙人出去了。那个负责开票的工作人员犯难地说："咋补，从宝鸡到蔡家坡你也没坐上车，算你命大，没摔下去。这样吧，你坐下一趟火车回西安，我按领导的意思办，开够两元钱的票，中不中？"我看这人还不错，也就答应了。一查票价，连手续费在内，两元钱足够补到西安以东一个叫新丰镇的小站。新丰镇就新丰镇，半路下车就到西安了。

半个小时后，我堂而皇之地登上东去的列车。由于车票是二日内到达有效，我出西安站时，去车站窗口签了个字，第二天一早，又专程乘火车去了一趟新丰镇，看了新丰项王陈兵四十万，鸿门沛公赴宴百余骑的那个遗迹。两元钱的车票，却也价有所值啊。

你们说，这经历惊心动魄不？

潘景行，男
西安交通大学附属中学高六八届毕业生
插队地点：原宝鸡县晁峪公社南岔三队

# 黑峪记事

## 泥泞雨中曲

在农村碰上雨天,我们还是很高兴的,地里的活干不成了,只好放假,串门儿、聊天、看书、睡懒觉,过得舒服而惬意。尤其碰上连阴雨,那就成了假期。当然,这得建立在有物质保障的基础上,否则雨天的不便,也会让人很难受,谁也不想在泥泞的山路上拿一把破伞晃来晃去地去办事。

一次,眼看放在笸篮里的面要吃完了,雨却没有一点儿停的意思。怀着侥幸心理想:也许再扛两天天能晴了,于是,又在社员家里借了点儿面。知青人多,个个都能吃,在别人家里一借就是人家几天的面,到再借连自己都不好意思时,只好下山磨面。下雨?哪怕下刀子也要吃饭啊。那天吃完了午饭,我和另一位同学装好两口袋麦子,怕被雨淋,袋子外面还包上塑料布。要背粮食,伞没法打,只能抓顶草帽。我穿上解放鞋,两人各找了一根棍子拄着,踩着烂泥,一脚高一脚低地翻过对面的黑岭,来到晃峪河边的水磨房。

各队在晃峪河上都有水磨坊,因为没有电,水是不花钱的动力。我们队的磨坊在公社南面的山脚下,从上游修一条水渠,将水引来,利用水的落差冲击一个木质的水轮,水轮转动起来又将石磨带动。还有一套传动装置带动一个罗咣当咣当地进行往复运动,把磨出来的细面罗出,粗的被撮起再倒回磨里,这过程要反复很多次才能将面磨好。

我们到时,前面还有人磨面,轮到我们时,天色渐渐暗下来了。磨坊是实木的,地板就像打了蜡一样光滑,漂亮的木纹清晰可见,墙上落满飞扬的面粉,挂上一片片的白色。我们脱了鞋,光着脚,开始忙碌起来。把麦子倒进磨里,随着磨的转动，白色的颗粒瀑布般地从磨中间流淌出来，把它扫起倒进罗里，刚罗出的面是精华，也是最白的面，算是特粉吧。当然我们不是高干，并不将它分离出来，要分离还怕产生矛盾，谁吃白的谁吃黑的？那还不打起来了，阶级斗争就是这样产生的。

以后的面也就越磨越黑了，也就越来越是农民兄弟吃的面了。最后，剩下的是麸子，准备留给猪吃。天已完全黑了，磨坊里点亮了油灯，我们一遍遍地扫面罗面，墙上巨大的黑影也像鬼一般跟着移动，屋外阵阵的雷声、风声和雨声，让人心中有点发凉。倒不是怕鬼，怕的是碰上这天咋回呀！磨坊躲雨倒没什么问题，但要住在这里，没遮没盖的还不把人冻死。

最后一簸箕面装进口袋，已是小半夜了，我们背起面袋，一头扎进冰冷的雨夜。伴随着阵阵雷声，雨借风势越下越大，打在脸上生疼，草帽完全不管用，只能任凭雨水在脸上流淌，身上很快就湿透了。下山时，天还亮着，路上尽管泥泞，勉强还能走。回去时，天黑加之风雨交加而变得艰难。沿着上黑岭的料礓石路向上爬着，我突然一个踉跄，赶忙用棍子帮助站稳，幸亏没有滑倒，但发现左脚上的鞋不知飞到哪里去了，弯下腰在路上摸也没有，八成是掉到路下边的梯田里了。这可糟了，要是没鞋子，这料礓石路根本无法行走，可背着面要到埝塄下边去找鞋，谈何容易。我赶紧招呼同伴："等一下，鞋掉到田里了，我得把面放下，你帮我扶一下，我下去找。"我把口袋立好，瘸着脚往回走，找到进梯田的口向我丢鞋的位置摸去，可天上地下一片漆黑，哪能看得见？要不说好人有好报呢，正着急时老天开眼了，一道闪电划亮夜空，还照着了我的鞋，我心头那个乐呀，就像捡了个大元宝，忙不迭地穿上鞋，回来背了面继续往上走。过了黑岭，远远能看见黑峪了，前面是烂泥路，我们两脚沾满了泥，行走起来十分沉重，好在是下坡，我们拄着棍，一路下滑，连滚带爬地回到了家。卸下面，赶忙脱下流着雨水的衣服，也算在雨里洗过澡了。当口袋里的面把空空如也的笸篮重新装满时，才知道"手里有粮，心中不慌"是什么含义了。老天爷，你最好再下几天，让我们也好好歇歇，就算给我们雨中曲的回报吧。

## 槐树岭的"小芳"

在山区，农村生活是很单调的。所以，公社有个什么会呀，演个电影或戏呀的，不管山高路远，天明天黑，我们总要放下手中的活，轻轻松松地随着人流，边走边聊地到公社走一遭。尽管对开会的内容兴趣并不大，电影哪怕看过了许多遍，演的戏也根本没仔细看，这些都不重要，重要的是享受那种悠闲的感觉。到公社，与许久不见的知青哥儿们一聚，天南海北地大吹一通，都是一种乐趣。

记不清是哪个晚上，一帮哥儿们正吹得高兴，我感觉到自己被人注目着，不由得回过头去一看，那是一位漂亮"姐姐"（当地人把姑娘叫"姐姐"），乌黑的发辫下闪动着明亮的眼睛，端庄而细嫩的脸上泛着红晕，在周围几个女同伴中显得高挑出众，笑声中洋溢着青春的活力。见我回头，那目光立刻收了回去。她并不因我回头看她而窘迫，继续和同伴说笑着，还不时瞟过来闪动的目光。

我被这从未经历过的新奇和大胆的目光击中，顿时脸红心跳，赶快转过脸来，不敢再去看她了。我觉得她有点儿面熟，似乎在大队开会时见过。从公社往回走，月光皎洁，哥儿们随着人流边走边说，心情十分舒畅。我突然发现那个姐姐和她的女友就跟在我们身后，还大声地说着话，我不时感受到姐姐那灼人的目光，心突突地跳。到了黑峪，我们拐进了村子，远远地还能听见她那咯咯的笑声。我后来打听到她姓李，是槐树岭二队的。

以后，只要公社开会或放电影，从二队下来的路上，早早地就能看到那漂亮姐姐的明眸。她和女友驻足聊天，似乎有事要说并不急于走，只等我和队上的同学一出发，她们就会保持一点儿距离跟上，一路大声地说话，银铃般的笑声不时响起，似乎在说给我听笑给我看。我不敢正眼看她，但仍能感到她火辣目光的闪动和感情的热浪。这使平时习惯旁若无人大声说笑的我显得十分紧张，竟不知说点儿什么干点儿什么好了。

这样的事一次两次或许是自作多情，但经常这样就不好说了。一遇到公社有"事"时，我不说，哥儿们也操心："老董，二队的姐姐下来咧，咱也走开。"有时，没见到她下来，我心中还会一动，咋没来呢？一到公社，她必然会在离我不远的地方，或自己说，或听我们说；回去有时在前有时在后，相去总不远，总能让我感到她的存在。

这意外的"桃花运"，让我这懵懂学生感到惊喜，或许还有点儿自豪。于是，见了周力强就吹起这事，没想到博学的力强信口答道："天下之佳人，莫若楚国；楚国之丽者，莫若臣里；臣里之美者，莫若臣东家之子。东家之子，增之一分则太长，减之一分则太短；著粉则太白，施朱则太赤。眉如翠羽，肌如白雪，腰如束素，齿如含贝。嫣然一笑，惑阳城，迷下蔡。然此女登墙窥臣三年，至今未许也……"

宋玉的《登徒子好色赋》立刻将本人那点儿自豪打击殆尽。说来也冤，贼心贼胆都没有，到了也没和人家说个话，拉个手，甚至连名字都叫不上来。多少年后，当我听到歌曲《小芳》时，感到像是为我写的。那如瀑的黑发、纯真秀气的脸和那明亮热情的眼睛，使我在艰苦的山村感到些许慰藉和温暖，体会到生活的美好，也留下难忘的记忆。真想知道她现在还好吗？嫁的人可心吗？

董业庄，男<br>
西安交通大学附属中学高六七届毕业生<br>
插队地点：原宝鸡县晁峪公社槐树岭三队

陕西知青档案

# 青春的记忆

1965年10月我们响应党的号召到祖国最需要的地方去，西安第一批知青戴着大红花穿着军装（没有领章帽徽）坐着大卡车，敲锣打鼓围城转了一圈，告别了父母，告别了这座美丽的古城。我们的目的地是举世闻名的革命圣地——南泥湾。一路翻山越岭，一路颠簸，有的人晕车吐了，有的人睡着了，在半路住了一晚上，我们穿着衣服睡在肮脏的旅馆。第二天，又坐上卡车不知道走了多久，南泥湾终于到了。

这个地方叫三台庄，我们连是二连。一下车大家傻眼了，在我们眼前是一排旧窑洞。窑洞是我们第一次见到的，里边熏得黑黑的，往上一看屋顶有个很大的裂缝，要是塌下来就是一座山下来了，谁也跑不了。我们就住在窑洞里。后来，听说这里原来住的是劳改犯，我们来了他们才迁走的。

连长立即召集全连开会，嗓门很大但听不清楚，他穿着旧军装，人很干练，听说是抗美援朝下来的分到新疆兵团，后来到南泥湾当我们的连长。他很严肃，但是人很好，把我们当孩子一样看待。我们分了班，和部队编制一样一个班十二个人。全连有一百多号人。头一晚上不知道是激动还是因为那床是木棍支起来的硌的，一晚上都睡不着。早上天没亮连长就吹哨叫起来跑操，真想多睡会儿，没办法。油灯很暗，有的动作慢，来晚了就被批评一顿。

第一天，连长给我们的任务是上山砍柴，每人发一根绳子、一把斧子出发了。中午回来大家抬着柴累得够呛，没想到一到连队，连长沉着脸说你们都是城市的小姐少爷，连死树活树都不分，砍回来的都是活树，所以，你们干得是又重又累又出力不讨好。晚饭后，全连集合训话、学习、讨论，没有电灯就在马灯下写学习计划，把我们训练得跟部队一样。我们都才从学校出来，思想单纯积极向上，谁也不甘心落后，脏活累活抢着干。那时我们苦中作乐自编了一首歌是这样唱的：太阳出来照四方，南泥湾五月好风光，你看那山上播种人倍忙，军垦战士稻田插秧摆战场……

　　北方很少地方种稻子，见都没见过。"谁知盘中餐，粒粒皆辛苦"，我对这话深有体会。冬天上山积肥、整理稻田给田埂培土，头一年全团大会战，各个连队红旗飘扬争先恐后挖土、挑土。我从来没挑过东西，挑一担土摇摇晃晃，一天下来肩膀都压紫了，第二天再放上担子疼得钻心，眼泪都流出来了，可我还是要咬牙坚持干下去。因为太冷地冻，镐头挖下去地上就是个白点挖不动，大家想办法掏着挖，为了使冻土化开，就从里边点上火。没想到有一次越挖越深，冻土塌了下来两个战士被埋在里面，大家一看拥上去手忙脚乱地挖，等挖出来人都没气了。都是十几岁的孩子没有经验造成了很大的事故。这两个战士是一连的，听说开了追悼会就埋在了南泥湾。

　　到了4月春天来了。整地、翻地，天气很冷，地里还有冰碴，我们个个挽起裤腿光着脚挖地，满脸满身都是泥，下工后从稻田走出来，风一吹腿裂得都是小口，非常痛，抹了很多凡士林都没用。连长、指导员成天开会说要发扬南泥湾精神，一不怕苦，二不怕死，再苦再累都得干，改造思想谁都不愿落后。

　　记得一个星期天的早上天气特别好，我们都穿上新发的军装，坐着连长赶的马车到团部去玩，一路上大家有说有笑唱着歌高兴极了。在回连的路上看到一连的很多人在水里抢救秧苗，连长说可能洪水下来了。我们到了连队拿着铁锨就往稻田跑，没想到山上的洪水下来得很猛，很快就淹没了稻田，我们手拉手排成人墙企图挡住洪水——现在想想怎么可能，水从头上涌下来。有一班的一个女生，在去稻田路上由于水大分不清哪是桥哪是渠，掉进了水渠当场就被淹死了。后来，老乡说我们都是憨娃娃，水火不留情怎能救得了，做了无谓的牺牲。我们连为了向她学习还编了一首歌叫《歌唱王秀梅》。通过这些事，领导后来强调安全了。

　　几十年过去了，我经历了世间的风风雨雨，我觉得：人的一生应该珍惜生命。做什么事都不能蛮干，要多动脑筋。总而言之，我们那时太年轻太单纯，以我们青春的热血换来了这无价的教训。

　　记得第一年快过年时，大家都迫切地想回家。没想到连长开会说我们要过一个革命化的春节，上级决定不能回家了。我们一听都蒙了。过节那天全连各班包饺子，我们都拿着脸盆、脚盆，到食堂领面和饺子馅，全连忙得不亦乐乎。饺子包得各式各样、东倒西歪。晚上吃完了饺子，点起了煤油灯（没有电灯），大家实在憋不住了都放声哭了起来，太想家了。女的边哭边唱，男的喝得大喊大叫，把所有的心痛都释放出来。

　　我们班大部分来自西安，连长把我们爱文艺的编了一个班。为了活跃连队生活,我班经常排一些小节目在连队演出。我们是自演自乐,我班高中生多,很多词都是自己改编的,我们演过多口词、对口词、舞蹈、小型话剧,目的是表扬连队的好人好事,稳定军心不让同学们老想家。

1969年初,我连调到陕北定边,那里是一片沙漠,人烟稀少,天气变化无常。早上风和日暖,天蓝得透明,站在沙漠上人显得那么渺小,世界那么安静,我会仰脸躺在柔软的沙丘上看着蓝天好像和大自然成为一体,如此美妙。到了下午风吹得天昏地暗眼睛都睁不开,我们戴着风镜、纱巾都没用,嘴里的沙子嚼起来咯吱咯吱响。那里没有绿化,没有树木没有绿草,种什么都不长,我们连待了不到一年就被调到了黄河滩——八百里秦川的朝邑农场三团。

我来到这个团分别到过值班连(扛枪的)、警卫排(保卫首长的)、机务干了两年。这两年印象最深。

在兵团开拖拉机是人人很羡慕的活了,因为它是机械化不用拿锄头到地里干活,其实不然,在机务上干要有不怕脏、不怕累、不怕苦的精神。

记得刚来到机务排,把我分到十二号车,我的车长是陕北人,说话嗓门大鼻音很重,工作很认真负责,对我们严格要求。每台车上配六个人,五男一女,三人一班,三人上白班三人上夜班轮换。我刚到车上什么都不懂,通过一段时间的学习实践,很快就学会了开车,光会开还不行还要学会走直线、拐弯、打垄、耙地等活,要学的可多了。

冬天主要是犁地,北方的冬天非常冷,穿着棉大衣出去风一吹,像没穿衣服一样,这一点儿都不夸张。那天,我上夜班走到车前开门,手被铁门粘上了,拿发动绳发动时由于天气太冷怎么也启动不着,后来,点着棉纱想看看浮室里的油,但风太大点不着急得要哭了。我摸索着试着压了一下汽油浮子又发动了一次,突突突终于发动着了,心里有说不出的高兴,因为这是我上车第一次自己单独发动车。

我当时开的是"东方红"54,那时"东方红"54没有液压系统,后边要有个人打犁,也就是掌握犁的深浅,很辛苦,冬天不管风多大都要不停地转动方向盘。有一次我往后看的时候,发现一个动物跟着犁沟,眼睛的光就像手电光一样亮,我问车长那是什么,他说是狼,吓得我赶紧把车门关上,后面的人还不知道呢。有些地是熟地是种过庄稼的比较好耕,新开垦的地就难耕了,芦苇像大拇指一样粗,长得比拖拉机还高,开进芦苇荡东南西北都找不着,只得一个车顶上站个人摇着旗,另一个车看着旗往前走。因芦苇根也很长,犁不了多远犁、铧被芦苇卷得老高,我们要跑下来拔犁铧上的芦苇,手被芦苇割得一道道血口,那时不敢戴手套,怕别人说资产阶级思想严重。有一次,我们要到较远的地方耕地,要带上床板、面粉、油、葱、锅等生活用品。在那里用芦苇搭两个草棚,一个男生住,一个女生住。晚上睡觉雪花都飘进来,可见多冷。第二天,车长叫我留下做饭,他们出车了。因为我是女的他们以为我会做饭,其实我参加工作一直在连队吃,在家也没做过饭。我只好硬着头皮给他们做面条,面和得太软了下到锅里成了糨糊,怎么办?我只得多放点儿油、葱,还好他们回来像饿狼一样一下都吃完了,还说很香。到下午回来个个都拉稀,他们才发现面条煮得不够熟。

春天是播种的季节,我团主要种小麦、油菜、花生、棉花等。小麦种的面积大,由拖拉机牵引播种机播种,麦种倒在播种箱里搅上化肥、农药,前面开车的要技术过硬的,一定要开得直,将来长成的麦子好收割。我们站在播种机上,看麦种播下的情况。车往前开我们很紧张,一边看播种箱一边看下种情况。风很大,农药和化肥吹到眼睛里疼得流眼泪,但没一个人叫苦,我那时已递交了入党申请书,正接受党的考验呢。回来后一个个就像土人一样,除了两只眼睛浑身上下都是土。我们抢着放车上水箱里的水洗澡,因为水箱里的水是热的,尽管水上漂了一层机油,那时能洗个热水澡是最享受了。

我的性格好,在连队人缘也不错,经过了一段时间的考验,1971年7月1日我光荣加入了中国共产党,1972年第一批被推荐成为工农兵大学生。后来,成了一名人民教师。

徐淑芬,女
西安市第三十七中学初六五届毕业生
1965年10月赴南泥湾生产建设兵团一四一团

陕西知青档案

# 山上农民接纳了我

1969年元月5日,我领到了商县中学的毕业证书。元月7日,我们打起背包,坐上大卡车,和全县的"老三届"学子一起,奔赴大山中,上山下乡接受贫下中农再教育。

我被安置的地方叫北宽坪公社葫芦七大队阳坡生产队。全队十九户人家,九十六口人,居住分散在一座大山的几面大坡上。队里的土地相当瘠薄,好地不多,山地石头多,土层薄。因为山高缺水,历来靠天吃饭。天涝了收成还好,天旱了什么都完了。

住在高山上,一出门就是上山下山,上集回城都背着一个大背篓,劳动起来不是担一天担子,就是挖一天石头或在田地里拾一天石头,整天和几座山打交道。记得第一天参加生产队劳动,就是往山坡上担粪,担牛圈里起出来的牛粪土。担一担粪,要上很高的山坡,路也不好走。第一担担得比较多,感到很累,腰也痛起来,后来担得少了点儿,慢慢地能挺得过去。从吃过早饭到天黑,一共担了十担粪。担到最后一担的时候,已是满身汗水,衣服都湿透了,眼睛竟花了起来。这是我第一天上工,挣了七分工,全劳力一天记十分工,我干活连一个妇女都不如,一天给我记七分工,已是照顾啦!

有一天早晨,我早早起床上山打柴了,这次打柴比较迅速,不一会儿就捆好两大捆柴火,担起来就走。开始的时候,担子不轻也不太重,走不多远就出麻烦了。汗出来了,两条腿发困,肩膀让沉重的担子压得痛,越往前走这种感觉越强烈。我学着社员担柴上坡的架势,用一根短棍做搭杠,一头搭在扁担下,一头扛在不担柴的另一个肩膀上,免得担子重量压在一个肩膀上。我一步一步地上坡,当我担柴上完一个大坡,来到娘娘庙时,汗已经从鼻子尖上流了下来,衣服都湿透了。在这儿我遇见了队里的社员,他帮了我一把。路还很远,只有挺起腰杆走下去。挺起腰，担子的重量压下来，腰更要挺得硬，一下两下不要紧，时间长了，腰酸起来，腰更不好受了。我的肚子开始饿起来，饿得前肚皮收了回去想贴着后肚皮，因重量的压迫，后脊梁骨弯了下去，使我更加难受，只有走走停停，强忍着一步一步地坚持。

半路上在社员家混着吃了午饭，饭后又担起担子往山下的北宽坪镇走去。心想：中午吃了饭，担担子情况能好些。其实不然，两个肩膀不饶人，痛得难受，耐力显著减弱，一路上我歇得更勤了。太阳暴晒着，大汗淌流着，沉重的柴担子将肩膀压着，担了五里多下山路，才到宽坪的集市上。我想尝试一下担柴卖柴的味道。

我吃尽了苦头，一担柴称重八十七斤，每百斤柴火能卖七角钱，我一担柴卖了六角一分钱。这是我平生第一次凭劳力做的第一笔生意。

我担一担柴卖了六角一分钱。当年我请一位同学在商县城里饭馆吃饭，一顿饭花了七角一分钱；我买一件衬衣，用了二尺布证，花了一元八角九分钱；在生产队劳动十个月，扣除口粮款，辛辛苦苦才净挣五元六角钱。有一次，我背了二十二斤小麦到宽坪镇的粮店，换了二十二斤苞谷，找差价九角钱。一斤小麦只比苞谷贵四分钱，北宽坪大山中，苞谷是主粮啊！这就是当时的经济。

吃，是我们下乡知青的一大难关。种出来的粮食怎么磨成粉，怎样做成饭，是天天摆在我们面前的一件件难事。推磨子，套牛拉磨盘，磨麦子磨苞谷，实在是件非常头痛的事。

有一次，磨三十余斤苞谷，拉磨盘套的牛走得很慢，晚上9点钟才磨完。我边推磨边嘟囔着说："把人都熬煎死了！"一个十二岁的小女孩听到了说："急啥，只要有粮食，叫我磨一天都愿意。"我想的是干活时间太长了，干着急磨不完；农民的孩子考虑的是今后的生活。感情不一样啊！

吃饭、做饭，考验着我们每一个人。才来的那一天，我做的第一顿饭，将苞谷面下在冷水里做成玉米糊糊，粥糊成疙瘩，外面熟了，里面却是生的。

在平常生活中，一方面因为忙，也因为常常没有菜，没有油，吃饭就不炒菜，加之自己不会做饭，好多天都吃苞谷粥，或者吃红薯糊汤，没有别的什么调配，还美其名曰"生活艰苦点儿，志气就大点儿"，只求精神上愉快，生活上克扣自己。真是初生牛犊不怯虎，不知身体亏损造成的危害！

插队接受再教育的第一年，从元月7日到11月底，我做工一百七十九分，每分工值二角九分九厘钱，挣工款五十三元五角二分。不论大人小孩，每人每月基本口粮十九斤七两，每分工奖半斤粮食；我是一个人，吃一两个人的口粮，九个月共分基本口粮二百一十二斤七两，工分奖励粮九十斤，合计分粮三百零二斤八两；从工值中扣除粮食款及杂费后，我全年净收入五元六角钱，属生产队里的余钱户。

辛辛苦苦劳动一年,吃尽了苦头,流尽了汗水,所得就是这些。这就是农村的生活,劳动人民的辛苦!

我是在机关里吃食堂饭长大的,在商县中学上学品学兼优,初中阶段担任班团支部书记兼学习委员,高中三年任班长,好强且单纯。"文化大革命"开始后,因父母亲历史问题,我成了资产阶级孝子贤孙、地富反坏右"黑五类"子女,受到专制和大字报的攻击,与商中"黑教师"一起成了革命群众的另类。我受到社会上很大的不公平待遇,人人都知道我是"黑五类"狗崽子,没有人的尊严。上山下乡了,来到这个大山上的生产队,老贫农给我说的第一句话就是:"好娃勒,你到咱队上来,咱就是一家人,有啥难处尽管讲!"我不会做饭,社员就帮我擀面,这家拿点儿酸菜,那家端点儿腌辣椒,教我烧炕打柴。记得那一年第一次回城探家,社员每户都给我送了好吃的,我背了满满一背篓。当时大家都处在贫困之中,社员们的真情温暖着我一颗受伤的心。我最缺的就是人间温暖,我最希望得到的就是做人的尊严。在商县城里我得不到,在偏远的高山上,在贫穷的社员家里,他们把我当他们的孩子看待!

我所在的生产队,只有一名识字的,还是高小文化程度。社员们喜欢读书人到队上来,欢迎见过世面的识字人给生产队带来新变化,尤其希望读书人带领他们的子女,一同读点书,成人成才成读书人。他们是真诚地欢迎我们知识青年的。

社员的深情教育着我,农民的爱心感动着我,大山上的群众需求鼓动着我,让我离不开现在的家,离不开热情接待我的社员!

杨迈曦,男
陕西省原商县中学高六六届毕业生
插队地点:原商县北宽坪公社葫芦七大队阳坡生产队

# 月　　夜

在陕南修襄渝铁路的日子里，我们除了工作极少有业余活动，最多也就是在晚饭后开会前大家合唱一首革命歌曲。于是，我总是想法子让自己的压抑感得到发泄。

我们驻地的窗外有一大片坟地，坟墓是用山间的条石像箍木盆一样将四周箍了起来。坟头一般有一米左右高，上面用土堆成一个尖。这些坟墓有近百个，远远望去很像关中地区农村的小粮仓。坟地四周种了一些桑树，每当桑葚熟了的时候，我们这些女孩子便在天还没有黑的时候成群结伙地去采摘。胆小的不敢去，我们这些胆大的女孩就嘲笑她们是"胆小鬼"。所住帐篷对着坟墓的那一面有个小窗户，打开窗就可以看到坟墓成片桑叶婆娑的情景。我时不时打开窗户透透气，胆小的战友就来阻拦。

一天晚上，因为想家翻来覆去睡不着觉，于是我坐了起来。汉江水在哗哗地流淌着。走下床来撩开帐篷的门朝外望去，一轮明月挂在山头，云在山间缭绕，月亮时隐时现如在天上行走。我百无聊赖地回到床上。我想，不知道妈妈能不能看到这个月亮，想着眼泪就止不住地流了下来。这时，战友们的鼾声此起彼伏，只听得一个战友说："肉包子太好吃了。"话音刚落，便传来咯吱咯吱磨牙的声音，原来她在说梦话！一听说吃我想起昨天摘的桑葚还没有吃完，于是，打开手电筒将桑葚拿出来。平时我们吃桑葚经常弄得满嘴乌黑，我想要是画在脸上那才好玩呢。随即我挑了两个熟一些的桑葚给睡在左边的小梅画了一个黑眼圈，然后给右边的副班长画了一个络腮胡。给副班长画胡子的时候汁液流进了她的嘴里，她竟然舔了舔嘴唇发出了叭叭的声音。画完后，我拿着手电筒左右端详着忍不住地笑出了声来。突然手电筒没电了，我扫兴地将手电筒放在了一边。朦胧中看着战友睡在通铺上像一道道障碍，我就站在床上从战友的身上一个个跨过，去掀开帐篷的布窗户。由于帐篷里很黑，跨过的时候有几次差点儿摔倒。

当我掀开窗户后看到了外面有一堆堆摇曳不定的火光。我想是谁在这里点火呢？于是，将头伸出了窗外。当我向四面望去的时候只见整片坟墓布满了星星点点的火光，晚风吹来桑叶哗哗作响，吓得我浑身一阵战栗。我摇醒了睡在窗前的副班长："哎！快看，外面是什么？"副班长揉着眼睛迷迷糊糊坐了起来，当她站起身来看到外面的情景时，不禁大喊了一声："鬼火！"随即我们两个人同时跌在了战友的身上。这一下帐篷里如同炸了锅一样大呼小叫，胆大的战友跑到窗户跟前看一眼就叫喊着跑了回来，胆小的就抱成一团瑟瑟发抖。

突然一个战友大喊："鬼！鬼！"借着窗外的月光只见副班长和小梅被推到了床下，她们一个眼圈乌黑，一个"胡须"满脸，瞬时帐篷内哭叫声一片。声音惊动了连长，连长来到我们班了解了情况后狠狠地将我批评了一顿，然后，告诉大家那是磷火不要害怕。那晚，因为受到战友的责怪，使我委屈得一直抽泣到天亮。

当年，学生连队为了安全实行了部队式的夜间轮流站岗办法，每岗两个人。有一天轮我值班，晚饭是每人一个馒头外加一点儿红薯。因为当时我们的劳动强度非常大，下工以前就已经饥肠辘辘了。我最不喜欢吃红薯，就将红薯给了别的战友。晚上由于饥饿的缘故我梦到妈妈给我做了一碗红烧肉，我正在大快朵颐的时候突然有人叫我起床值班，我不情愿地起来捂着肚子来到了岗位。

和我一起站岗的兰花问："肚子疼？"我有气无力地回答："饿的！"她说："我也挺饿。"我俩有气无力地坐在连队前面的山坡上，两眼望着山脚下的旬河发呆。我想旬河里一定有鱼，又想起了妈妈做的红烧鱼真是太好吃了。我找来了一根竹竿，又从宿舍里拿了一把剪子。兰花看见了说："你饿疯了吧？你说你们家乡的竹笋好吃，可这你能嚼得动吗？"我不理她，拿起了剪子将竹竿的一头削尖然后带着她蹑手蹑脚来到了炊事班的窗前。"你干什么呢？""别出声！"我一边呵斥她一边将竹竿从炊事班的窗户栏杆的缝隙中伸了进去。馒头在一个大竹筐里，这个竹筐上面又盖了一个小竹筐。我小心翼翼地将上面的小竹筐用竹竿移开露出正好能够取出一个馒头的缝隙，然后对准一个馒头扎了进去，于是第一个馒头被取了出来。我将这个馒头递给了兰花，又开始取第二个，当我取出第二个馒头的时候回头一看，她正狼吞虎咽地将第一个馒头快吃完了。我说："就知道吃，快接着！"就这样我一连取了六个馒头，香甜的麦香兴奋着我的每根神经。吃完了馒头，兰花告诉我："我谁都不告诉，下次我还和你一起值班。"

那晚，我们由于满足和兴奋，哼哼唧唧唱了不少歌曲。兰花提议比赛谁的胆子大，恰巧此时有一个战友出来上厕所，由于天黑我们没有看清是谁。我说："这个胆小鬼让我去吓她一下！"兰花瞬时兴奋了起来。

当时我身穿一件蓝色的民工棉袄，我快步跑回了宿舍找来了一顶烂得没有边的草帽戴在头上，然后又找来了一条草绳往腰上一绑，兰花笑得直不起腰来说："你应该到学兵四连去，和他们混一块绝对认不出你是女学兵。"我没有搭理她，快步来到了厕所门口。这时，上厕所的战友正好出门，我压低声音说："不许动！"然后，一个饿虎扑食将她扑倒在地，只听得啊的一声惨叫就没有了一点儿声息……她竟然昏过去了，顿时我感到了从来没有过的恐惧。

我慌忙叫来了兰花将她抬到了连队门口，我们两人一左一右将她扶坐在我两人的中间。我一看原来是六班的王萍，常听战友说她身体还不太好。我带着哭腔问兰花："你会人工呼吸吗？"她说："我妈是护士她教过我，试试吧！"我着急地大喊："快动手啊！"她让我帮她将王萍平放在地上，然后在她的胸口不停地用力挤压，渐渐地她苏醒了过来，我们同时长出了一口气。

将王萍抢救过来后，兰花说："多亏了今天的馒头啊！要不然我肯定救不活她。"被吓坏的王萍醒来说的头一句话就是："哪里有馒头？"从那次事情以后，我们三人居然成了好朋友，这种朋友的友谊一直延续到现在。

李义芳，女
铁道部西安三桥车辆厂子弟中学初六九届毕业生
1970年8月参加襄渝铁路建设，所在连队为五八四八部队学兵二连，
连队驻地在旬阳县城关区原菜湾公社

陕西知青档案

# 知青生活的记忆

在人生的长河中,三年的时间是短暂的。距1968年知青上山下乡已经四十年了,然而时间抹不去记忆,时间的流转使记忆更加明晰地浮现在眼前,因为那段日子在我们的青春记忆里,太刻骨铭心了。

把我的记忆用我笨拙的手敲在纸上,作为我们在一起搅匀三年的礼物,献给我经常牵挂的知青同学们,让我们到老、至死都不忘这段经历和友谊。这里我主要说说生产劳动以外的知青生活,看看我们这群从城市中来的孩子们是怎样在艰难的环境中学会生活、懂得生活、热爱生活、创造生活的。

## 磨　　面

要吃饭就得磨面,这在农村是天经地义的事。我们去时,还没有电磨,只能套骡子或驴磨面。我下乡前还从来没见过磨子是什么样的,更甭说牵骡子、牵驴了,每次都是硬着头皮去牲口圈牵,就怕骡子、驴踢人。记不清是谁磨面牵骡子时,骡子就给跑了,一口气跑到二队的牲口圈里"大闹天宫",谈恋爱去了。说起磨面,真是个磨人性子的事。磨苞谷还快点儿,因为苞谷可以大部分磨成苞谷糁。磨麦子就慢了,二十多斤麦子要从天一亮磨到下午两三点,简直急死人了。所以大家都爱磨苞谷。

苞谷上磨之前要先在水里淘一下,这样好脱皮。待到磨过两三道(根据你想要的苞谷糁的大小而定),就上罗旋,抓出旋在中间的皮,苞谷面在旋的过程中已从罗里落在面柜里,皮抓干净罗里就只剩下干干净净、黄灿灿的苞谷糁了。苞谷糁糊糊可好喝了,因为农家用的都是新苞谷磨的,那时的城里人是吃不到的。

要是磨一破四瓣的大苞谷糁,就在磨第一遍后用大簸箕簸,把皮簸出去就好了,皮再磨一遍留着喂猪用。

磨麦子虽然磨人,但比较简单。把麦子搭到磨上后,把磨下来的东西收到罗里,架到面柜里的两根木杆上前后推着罗,面就落到面柜里了。磨过面我才知道,第二三遍磨下的面真白呀!城里人吃的所谓"富强粉"其实就是这东西。过了三遍再磨出来的面就越来越黑了。总的来说,出得麸子越多,磨出的面越白、越少;出得麸子越少,磨出的面越黑、越多。

有一次,磨面磨得心烦。我们拿了个秦琴,在空闲中弹着玩。突然骡子在磨道上狂奔起来。"哎?怎么回事?"人一紧张,秦琴声停了,愣神的工夫,骡子也恢复了常态。"神经病!"不知原因的我们又弹了起来,骡子又狂奔起来了!"呀!原来它怕秦琴声!"我们恍然大悟。其实你想,骡子磨面是蒙着眼睛在磨道里转着走的,突然发出的秦琴声让它惊恐,不知所措,本能地跑开了。从那以后,我们只好空守寂寞,再也不敢弹秦琴了。

不管是磨苞谷还是磨麦子,安芬娘都给我们不少帮助,不厌其烦地教我们,因为坪上的磨在她家,我们没少打搅人家。如今想念她时,我仿佛依然能看到她胖胖的笑脸,看到她教我们旋苞谷糁时拿罗的手势,看到她在磨道里一拐一拐地帮我们扫磨台的身影。我们应该感谢她。

## 打　　柴

吃饭要磨面,做饭要烧柴。山里的柴火漫山遍野,看好地方,一砍开就是一面坡的树、灌木全倒。那时是学大寨的年代,不讲水土流失、封山育林。山里农闲时也修大寨田,只是人少,学得没那么大的阵势而已。队长去过大寨,但他断定我们这儿学不成。

幸亏山里人少,不然早成秃山了。

我们向农民学习,冬天砍柴,捆好,垛在山里。过了年,柴干了,再背回来。

俗话说:磨刀不误砍柴工。我们先从磨斧子开始,磨好斧子,戴上帽子、围巾、手套,腰里缠个钩搭绳,一队人马出发了,北风呼呼,天寒地冻。往哪儿走,我们不操心,邵冬、王澄宇是高中生,有主意,跟着走就是。等到了地方,拉开距离,每个人就抡起斧子玩命地砍开了。过不了多一会儿,全身就热了,再干一阵,大汗淋漓。斧子砍在树干上震得虎口生疼。遇到阴天,只要敢停一会儿，就会觉得脊背瘆凉。砍砍歇歇，觉得差不多了，开始整理打捆。女生把柴整理好，两个人一起用钩搭绳先拦腰捆住口用藤条再捆两道，这活一般都是男生干，因为女生劲儿毕竟小，捆不紧，到时候不好背。冬天的手好像特别糙，一碰就烂。尽管戴着手套，也经常碰伤。脸被树枝划几道，那是常事。一捆柴有一人多高，一个人搂不过来，挺重的。如果一捆柴中夹的青冈木多，那就更重了。

背柴时得带触绳。把柴捆立起来，用触绳兜住底下，再拉上来从后面肩上拉到胸前，绳子两头用手拽住就行了。往身上上时要蹲着点儿，这样一拉紧站直，柴捆就离开地面起来了。猫着点儿腰，背着柴走山路更好使劲儿。从山里背回一捆柴，满身大汗是肯定的。记得第一年背柴时，每次回来洗脸时我都要流鼻血，很长时间都这样，后来月经也不来了。我害怕得很，写信回家询问，说可能是水土不服的原因，我才稍稍放心。半年后正常了。打那以后我好像再没流过鼻血，一辈子该流的都在那时流完了。

知青的柴垛是村里最高的、最大的。这也对，因为我们劳力多嘛。后来招工开始了，我们依然打很多柴。大家都有一个想法：多打点儿柴，留给最后走的人。直到最后一批招工走光了，我们的柴垛还高高大大的，留给队里了。

## 盖 新 房

1969年，就是下乡的第二年，队上决定用国家给知青的安家费给学生盖房了。原来我们住的都是牛圈腾出来的房子。山里交通不便，盖房的材料都是就地取材。砖和瓦是请匠人来托泥坯，晾干后我们装进队上的窑里烧出来的。当地流传的"啪、啪、啪四页瓦，一场白雨啪塌垮"，说的就是遇上大雨，来不及晒干的泥坯全倒了，泡汤了。房梁和椽子是队长带着我们上山伐树扛回来的。掺（谐音）子是把树杈剥皮破开，呈两头尖中间粗的形状，用来挡泥的材料。只有钉子自己不能造，是去公社买的。备好这些材料就可以开工了。

最先是打地基。在划出的地基上把表皮的土挖到一定深度，用夯把一层一层的细土夯实，房子的四周用砖砌出地面一尺，地基就算好了，然后开始打墙。我们那时是用土打的椽墙，墙打到三米高就上房梁，上了房梁就钉椽子，房子就有了样了。再下面的事就是大量地用泥、上掺子。把掺子横着摆平在椽子上，用泥盖上抹平固定，等所有的掺子都上好，泥晒干，再上一道泥，就接着盖瓦了。

盖房的场面是非常壮观、热闹的。全村的壮劳力基本都在。地面上挑水的、和泥的、上泥的、递掺子的；房顶上接泥的、摆掺子的、抹泥的、盖瓦的，各项工作都在有序地进行。不时地有工序衔接时的吆喝声，开玩笑时的叫骂声，谁不小心滑了一下的惊叫声，此起彼伏。虽然干一天活很累，但也夹杂着许多快乐。年轻人睡上一觉，什么累都过去了。

开始打墙的时候，队上的木匠张有存就开始做房梁了。村里只有这一个木匠，手艺人往往要高人一截，可他不行。不知怎么的都叫他坏分子，那是以阶级斗争为纲的年代，所以那时看见他笑都觉得透着坏。队上给我们要盖六间房，张有存做好的六个大梁摆在场院上很是壮观。接着他还要做门和窗。

农村的门是不用合页上的，用的是木轴嵌在上下两个圆槽里，就可以转动了。往上一抬木轴落在槽里，门就安上了；再往上一抬，木轴出了木槽，门就下来了。抗战电影里老百姓卸门板抬伤员，速度那么快，就是这门好装好卸的原因。窗子是小方格的，因为没有玻璃，是用纸糊的。

房子盖好了，稍一晾干，我们就急不可待地搬了进去。看看这墙，它是用麦草和泥抹光的，虽然不白，但透着麦草和泥特有的香味。躺在床上，抬头望去，那白生生的掺子是我们自己破的，梁和椽是我们自己伐的，缝里的泥是我们自己抹的……环绕四周，有一种成就感在心头涌动，是喜悦？是满足？是自豪？反正美滋滋的。啊！我们有新家了。

## "四同"的争论

和贫下中农同吃、同住、同学习、同劳动是知识青年接受贫下中农再教育的最好途径。知青头头王澄宇率先到前山有翠家去了。我们怎么办？学习会上大家纷纷发言，暴露活思想。记得最清的就是李汉宏的发言："和贫下中农同吃、同住、同学习、同劳动我没意见。"他首先表态。"但是我有疑问：同吃、同学习、同劳动没问题，同住嘛……"他拖着长音，"贫下中农睡觉精身子（不穿衣服），那我怎么办？我有两身秋衣秋裤，是我妈临下乡时给我买的。贫下中农都是亲爹娘了。我给不给？不给不合适，我要是给了，我妈肯定得骂我。"李汉宏说得确实是实际问题，那年头，买衣服除了要钱还得要布票。"四同"不是一件随便的事，还存在许多问题，只是没有人这么直截了当说出来。讨论没有结果，最后决定"四同"不"四同"自愿选择。"四同"的形式就此搁浅。

## "灶王爷"赵淑琴

赵淑琴是我们选举的伙食管理员,号称"灶王爷"。在她的领导下,我们开始学习过农民的日子。吃饭要记账,做饭、磨面要轮流;买农民的一只抱窝鸡和十几个鸡蛋孵小鸡,小鸡长大了下蛋换盐吃;买了两头小猪崽,养大了杀了一头做成肉臊子,细水长流慢慢吃;当时恰好赶上解放军在珍宝岛和苏修开战,大家商量另一头献给珍宝岛解放军。不过没成功,又卖了,钱留在灶上慢慢用。邵冬等男生盖的新鸡窝是两层的,下面是集体宿舍"大通铺",上面是两排单间产房。有的母鸡偏不在窝里下蛋,被我们发现后能意外地收获一窝鸡蛋,真叫人高兴!引得人都在柴垛周围、房前屋后探宝。"灶王爷"人好是大家公认的,可回了一趟家回来,"赛虎"(我们养的一只狗)却不认她,冲上去就咬。这个不长眼的,挨了一顿打。老赵是又委屈又心疼,冲着"赛虎"问了几遍:"你不认识我啦?啊!""赛虎"卧在地上低着头、垂着眼不敢吭气,自知是看走眼了。

## 分 灶 风 波

三只鸡是分灶的导火索。1969年底,知青养的鸡有二十八只了。最大的红公鸡雄伟挺拔,像个帅哥,坪上的母鸡都围着它转。就连农民都说学生养的鸡和学生一样:腿长。

为了庆祝元旦,决定杀三只大公鸡改善伙食。那年头,红烧鸡块炖土豆该是一道多么诱人的菜呀!更何况自从国家断了供应的油和粮,我们炒鸡蛋都发明用水炒。都指望元旦能美美地吃一顿,谁知收工开饭时盛到碗里的尽是土豆和鸡骨头。原来是几个同学在昨天晚上杀鸡炖鸡时禁不住香味的诱惑,左一尝、右一尝的结果。太气人!六名省女中的同学团结一致联合行动,端起后锅到前山另立"中央"了,分灶的序幕拉开了,另有两个关系好的支起了二人小灶,还拿走了几捆柴火。

眼看知青灶四分五裂,头头王澄宇正在前山和贫下中农同吃同住同学习同劳动,一时也不管我们。到了天快黑的时候开始分鸡,何勇林自告奋勇管抓鸡,他先发出声明:"我摸着鸡毛就抓,大小我可不管。"先给李汉宏抓了一只秋天抱的二窝白公鸡,大小还算凑合。李汉宏当即用三块胡墼支个锅就把鸡炖着吃了。当时邵秋要回家,邵冬说把我的抓了吧,让我妹妹给我妈带回去。何勇林伸手从鸡窝里抓出一只来，大家一看，是秋天刚抱的二窝鸡里最小的小母鸡。这么小怎么往家带呀？邵冬犯了难。"先给我放回去吧。"邵冬说。"不行！事先说好的，不许反悔。"何勇林坚决不让。邵冬没法，只好在床底下拴了一晚上。看到这情况，其他同学心里没着落，都不敢让抓了。后来才知道，在鸡窝里有危险的时候，钻在最里面的是大公鸡，因为它有劲儿，老弱病残虽然害怕，也只能紧紧贴着它，倒成了它的保护层。

人分了，鸡分了，轮到猪了。那年我们先养的两头猪已经长大"为人民服务"了，又买了一头小洋猪养着。听说学生要卖猪崽，经人说合算命先生王加银老汉出三十元买了。拉猪时，小猪崽蹬直了四条腿，嗷嗷叫着，死活也不愿意跟眼前这个糟老头子走。其实，它跟着我们经常是饥一顿饱一顿的，有的人懒，不打猪草，尽给它喝刷锅水。就这，小猪崽都挣扎着不肯走，舍不得离开。我们看着心里酸酸的……

分灶的第三天，贫协主席老侯、队长李五十组织知青开会，办学习班。王澄宇也回来了。老侯嘬着旱烟袋先发言："首先学习毛主席语录，要斗私批修……各自都做自我批评……没有根本的利害冲突，求大同存小异……"李汉宏先做自我批评，说是在他做饭期间出的事，他懒，不挑水，大家回来没水洗，饭也做得不好等等。最后问大家他把鸡吃了，怎么办？"赔钱成不成？""认识错误就行，谁让你赔钱了！"记得是省女中的同学气哼哼地先原谅了他。其他"肇事者"先后都做了自我批评。王澄宇也表示对大家关心不够，要结束"四同"，回来和大家共同生活。大家畅所欲言，团结就是力量，三天的分灶生活已经教育了大家。第四天，鸡回窝，猪回圈，抬走的锅也回来了。我们又在一个锅里搅勺把了。看得出，大家都很高兴，谁都离不开这个集体。

胡乃荣，女
西安市第三十九中学初六七届毕业生
插队地点：千阳县原上店公社老庄沟五队

# 感 谢 苦 难

人常说,当爱回忆往事的时候,就意味着你已经老了。

不知别人怎样,我确实是在步入"知天命"以后,常常陷入对往事的回忆之中。

应该说,这大半生,我和同龄人一样,阅历还算丰富,生活应属充实。从职业上说,当过学生、农民、工人、以工代干、企业领导、公务员;从经历上讲,"三年困难时期"挨过饿,"文化大革命"遭过罪,"上山下乡"受过苦,当然,改革开放以来享过福。人生旅途上,得到过不少赞誉和鲜花,同样,遇到过一些挫折和冷遇。一句话,有过大喜大悲,有过平平淡淡。

认真梳理一下,竟发现同其他经历相比,上山下乡期间的凡人琐事、柴米油盐、磨难和痛苦、欢欣和喜悦,竟成了心灵深处难以磨灭的烙印,挥之不去的萦绕。静思之,可能由于在风华正茂之时,在涉世未深,对人生、理想、现实、事业、世故、纷繁复杂的世界理解不深刻,对外部环境懵懵懂懂的时期,有这么一段难得的最直接的现实阅历,承受些艰苦的体力磨炼和难得的精神历练,会使人成熟得快一些,对社会理解深一些,承受能力增强一些,浮躁心态减少一些。

应该说:我们这一代人失去了很多,但得到的也很多,甚至在一定意义上讲,有些失去的就是得到的。对这一段生活的回顾,是为了使我们不要忘记它,也让下一代了解我们曾走过的路。

"感谢苦难",这是当年知青文学中常见的一句话,尽管有人不完全赞成,但我,却比较认同它。

## 下 乡 前 奏

20世纪60年代后期轰轰烈烈的"文化大革命"进行到了一个非常重要的转折时期,我们这些不谙世事的中学生,凭借着狂热的革命热情和积蓄在体内的冲动,高举"造反有理"大旗,怀着"砸碎旧世界,建立新世界"的信念,参与、经历了批判、揪斗、抄家、夺权等过程。这时,已是"全国山河一片红","红色政权"已经建立,红卫兵的历史使命业已终结。

但是,这成百万上千万的人群,是谁也不能小视的,这股力量的能量业已在"文革"初期得到了验证,况且,在这股力量背后,还有无数个家庭。因此,如何安顿好这些人,就成了整个社会异常关注的大问题。

各地各级"革命委员会"都在寻求行之有效的办法,我们这个省会城市的"革委会"经过研究,决定在两所"文革"前省级重点中学中做试点,号召同学们自愿报名到农村插队落户,战天斗地、锻炼自己。

于是,我们这批同学,在毛主席"知识青年到农村去,接受贫下中农的再教育,很有必要"的重要指示下达前,就已经下乡插队了,开始了全新的、人生道路上非常重要的一段生活。

## 出　　发

记得是1968年10月中旬的一天,我们首批自愿报名的六十多名知青,在轰动全市的夹道欢送中,离开了熟悉的城市,奔赴我们将要生存、生活、完全陌生的农村。

两天前,市"革委会"在一个工人俱乐部的大礼堂召开了动员和欢送大会。市上和学校领导、同学和我们知青代表,都做了大会发言,省报和市报做了大篇幅报道,登载了以我们为主的会议照片。会后,我们班一位姓赵的同学对我这位唯一报名的"知青"说:"伙计,以后闲时进城,到我们厂里看看!"他以为,没有下乡插队的同学,会被招工安排工作。岂不知,我们走后不久,一个"最高指示",所有"老三届"学生都响应号召,"上山下乡",接受贫下中农再教育,到广阔天地去大有作为。他也没有例外。

我们出发那天,场面十分宏大。同行的车队中,最前面是一辆宣传车,高音喇叭不停地播放着革命歌曲和对我们革命行动的赞扬；接下来是六辆大卡车，车上坐着我们七十多名知青和送行的亲属、同学；再后面是几辆卡车，拉着我们的行李。

车队先行驶到"革委会"大门口，市领导接见了我们，并说了许多赞扬、鼓励的话。然后车队到市中心广场，我们下车列队，在广场中心矗立的毛主席塑像前举手宣誓，誓词我已经记不清了，应该是"坚持'五四'运动方向，走与工农相结合的道路，战天斗地、扎根农村一辈子"一类的豪言壮语。

随后，车队出发，向近百里外我们下乡的村子驶去。

## 在农村过的第一夜

中午时分，我们到了目的地——咸阳市永红公社小寨大队。在社员夹道欢迎下，大家到村中的小学操场集合。大队贫协主席讲话后，带队老师开始宣布分队名单。我被分在了第三生产小队，我们队共有十三名知青，六男七女。在六名男生中，我最小。

送走亲友后，生产小队队长召集我们知青开会，介绍了队上的基本情况。我们这个小队共有社员一百三十七人，二十六户，分为三大姓，刘姓十户，程姓九户，均为贫下中农，杨姓七户，都是地富成分。其中还有一个"戴帽"地主分子。晚饭后分别在贫下中农家吃的"派饭"。这里把吃晚饭叫"喝汤"，名副其实，就是喝玉米粥。

喝完汤后，天已经黑下来了，该睡觉了。

由于生产队公共用房只有保管室，仅能挤出一间给女生住。我们只好被临时安排到饲养员韩军杰家，因为他可以在饲养室过夜。

当我们扛着被褥到韩军杰家后，大家都傻眼了。房子位于村口，屋门朝北，没有院墙。门正对着庄稼地。门窗十分破旧，多处开裂，风可直接吹入屋内。建筑模式是典型的关中地区一面盖的厦子房，长一丈，宽八尺。靠西墙砌了一面土炕，几乎占了房子一半面积。东墙放了一张竹床。剩下的空地，很难同时站下我们六个人。在昏暗的煤油灯下，我们开始筹划如何安置六个男子汉的身躯。年龄最长、身材最魁梧的老大自然享受竹床，其余五个人只能睡土炕了。

根据土炕的面积，我们因地制宜做了如下安排：

第一，五人不能都头朝一个方向，靠西墙第一人头朝南，挨着他的第二人必须头朝北，俗称"打脚对"。第三人同样办法。我最小，排在最外边，睡在炕边沿。

第二，不能每人盖着一床被子，否则我就没有位置了。他们就两人合伙盖一床被子，我在最外边，可以独享一床棉被。

安排妥当后，吹灯就睡，可是到了半夜，不幸发生了。由于位置太紧，他们四人稍一翻身移动，我被挤得掉到了地上，忙点灯商量解决办法。经过充分讨论，想出了一个好办法。那时我们每个人基本都围着围巾，就把围巾连接起来，形成两条约十四米的长绳，先让我钻进被窝，然后用围巾把我的腋下和膝盖处连同被子绑起来，再把两条围巾多余的部分平放在炕上，他们几人按前面的做法"打脚对"躺下，把平放的围巾压在身下，这样，我就难以被挤下炕了。安排就绪，重新入睡。

大半夜相安无事。天快亮的时候，我感到一阵难受，睁眼一看，发现我没有睡在炕上，也没有掉在地上，而是悬在距地面二十多厘米的半空。原因是压在他们几人身下的围巾，没有彻底拉脱，也不像刚睡下时拉得那么直。这种睡姿我一直维持到天亮。

这就是我在农村过的第一夜。

到了第二年春天，又腾出了一间保管室，我们才搬进了新居。此前，我们一直住在韩军杰家。当然，晚上我常常是在半空中度过的。

## 第一次做饭

下乡后，队上给我们知青砌灶台，配了铁锅，但做饭得由我们自己解决。经过商量，大家一致同意一人一天轮流下厨房。尽管我一再声明从来没有做过饭，但谁也不理会。

第十三天，轮到我做饭了。

早上起床后，大家都下地干活了。按老大他们给我介绍的程序，我先洗净一斤青菜，切好放在案边，接着给锅添上水，然后开始和面。

我舀了两盆干面粉，倒在案板上，把面粉中间挖个窝，倒上水开始和面。发现面太稀，先加了一盆干面粉，可又发现面太硬，揉不动，就又加了些水。如此折腾了几次，当感觉软硬合适时，面也摊了大半个案板。

下来，我把和好的面分为两团，开始用擀面杖擀第一团。但怎么都擀不平。好不容易不断转换方向才把面擀平后，可有的地方露出了洞，于是又在另一团面上揪下一小块，补在漏洞处接着擀。

听到同学们进院子的脚步声时,我的第一团面终于擀好了,但水还没顾得上烧。无奈,大伙儿只能亲自动手,帮我做了这顿饭。下午上工,我们知青都迟到了。

这就是我一生中做的第一顿饭,严格说,这不全是我做的。

后来,大家为了不让我为难,取消了我做饭的资格,当然,还有另外一个原因,就是我们那里井很深,有三十六丈,绞水更是个大强度的力气活,饭我可以不做,但绞水的活计就主要交给我了。

任何事情都有两面性。我虽然省去了做饭的烦恼,可也丢掉了一项人生的基本技能。直到今天,我仍然不会做饭。尽管能下挂面,熬稀饭,那大概也不算是真正会做饭吧!

## 拉 木 头

为了解决我们知青住房问题,就需要盖房子,而要盖房子,就必须购买木料并把它拉回来。

在近三年的知青生涯中,围绕着盖房特别是拉运木头,我们花费了许多心血,演绎了不少让人忍俊不禁的故事。按时间顺序,我们的拉木头行动分为两个阶段。第一阶段是我们小队知青自行组织的,以完全失败告终。

由于我们是全省知青工作试点,又获得过省先进知青集体称号,所以,当时的知青安家费由我们自行管理,不像别的知青由公社统一管理,因而有独立支配权。

按照我们知青人数,根据要盖房子的间数、大小、开间、进深,在队上木匠的指导下,我们计算出了需要的脊檩、二檩和椽的数量,列出清单后,由老二和老五负责到盛产木材的蓝田县去采购。

在此说明一下,我们生产队有十三名知青,其中男生六名。下乡后按照农村习俗,根据年龄大小,我们也排出了老大、老二……我最小,排行老六。在农村生活期间,我们几乎均以排行相称,很少呼本名。直到现在,有时接电话听到叫"老六",就知道是知青时期的同学。

我们商定,给老二他们三天时间采购,第四天我们拉架子车去蓝田拉木头。第三天下午,老二打来电话:木头已买好,可以起程出发。

次日早上,我们兴致勃勃地借了四辆架子车,男生驾辕,女生拉偏绳,除了留守看家的人外,全队倾巢而出,满怀信心地准备两天赶到蓝田。

实际境遇远比我们想象的要困难得多。当时正值盛夏，骄阳似火。我们村到市里有二十里路，市里到省里还有近八十里路，光这八十里路已使我们领教了长途跋涉的艰苦。下午4点多，我们才到了省城西郊的一个镇，大伙儿全都是汗流浃背、气喘吁吁，步履艰难、摇摇晃晃，一派败军之相。

就近在一位女同学家做短暂休整后，大家紧急研究，一致认为：看来徒步拉运并非明智之举，应该充分利用机械化——找卡车。但找卡车并非一件易事，需要一段时间，当务之急是必须通知老二他们，否则他们等不及，一旦返回队上，则计划整体受挫。于是，立即赶往蓝田通知最新决定的重任就责无旁贷地落在了我的肩上。

我推着借来的自行车，当着送行的老大他们的面，飞身上车，扬长而去。回头看到大伙儿挥手道别的身影，我心中油然升起一股颇为庄严的豪气。

对于很少出门、对蓝田县又十分陌生的我来说，这差事无疑是一个具有挑战性的任务，心里着实有些惴惴不安。一路骑，一路问，路边的树木匆匆后移，我唯有一门心思往前行。

骑着骑着，不知怎的，我忽然想起了毛主席的一句词来："快马加鞭未下鞍。惊回首，离天三尺三。"我离天还远，但道路崎岖，坡陡弯急，却始终未下车。

晚上8点多钟，我赶到了蓝田县城，五元钱找了一个"朝阳旅社"歇息下来。旅社十分简陋，一张木板床，一个板柜，没有蚊帐，也不提供蚊香。一晚上跳蚤、蚊子骚扰得人无法入睡，床上、板柜上、地上不断更换地方，始终难以入眠。昏昏然熬到了天明。

办完退房手续后，我又骑车向距县城四十里外的许家庙村驶去。老大说老二他们在那儿的一个长途汽车站等着。

大约10点半，我到了许家庙，老远看见汽车站旁的老二和老五，我像见到了久别的亲人一样，眼眶不禁湿润起来，猛地向他们骑了过去。

见面后，我紧紧抱着他俩，半天说不出话来。他们把我拉到路旁一个小食堂，给我要了一碗开水，坐下后，我忙把情况告诉他们，说着说着，睡意袭了上来，竟不知不觉趴在桌子上睡着了。

不知过了多久，我睁开眼睛，发现他们坐在我身边看着我。见我醒了，老五忙说："老六，来，吸根烟解解乏。"接着，递给我一根"牡丹"牌香烟。说实在的，我在我们队最小，从来不吸烟，而且反对他们吸烟，经常为此和他们闹得不愉快。这次他们出来办事，根据村里人的建议，买了几包当时最好的"牡丹"烟，以便搞关系。我点着烟后吸了一口，呛得直咳嗽。老五忙说："不要紧，不要紧，再吸就没事了。"一根烟吸完，可能是心理作用，我确实不太累了。

这是我一生中吸的第一根烟，而从此以后，再也没有停过。当时我十九岁。

因为要等老大他们，我们仨就在附近找了个路边店住了下来。第四天下午天黑前，老大和其他同学乘着在运输公司借的卡车终于来了，我们忙上车，朝一个山区村子驶去。

到地方后，我才知道，由于当时国家对木材管理非常严格，农民不能随意进行木材交易，老二他们是在当地熟人的带领下，逐门逐户地跑，这一家买一根檩，那一家买两根椽，最后凑够了我们的总数。而且，木材现在还在农民家中。

于是，我们分别在老二、老五的带领下，到各家各户去扛，再装到停在村子中央的卡车上。这一折腾，等装完车，已经是后半夜了。

当我们正高高兴兴地准备起程时，一件意想不到的事情发生了。只见五六个胳膊上戴红箍、手持手电筒的人挡在车前，口中说道："我们是木材检查站的，你们违反国家政策拉运木材，要把车开到检查站接受处理！"不容分辩，就把我们押到了检查站。

原来，我们装车时间过长，动静太大，有人报告了检查站，他们早就等在我们车附近，静等我们装车后行动。

到检查站后，把我们带到一间会议室，一位领导模样的人给我们读起了国家有关木材管理的政策、法规、通告之类的文件来。我们声明是知青，是自己盖房用，而且有市知青办的证明，但他毫不理会，照念他的文件不止。

这时，我们都感到又累又饿，原指望回到省城好好吃一顿，犒劳犒劳自己，谁料想到现在不仅水米未沾牙，还得耗在这儿听文件。听着听着，我们都东倒西歪地趴在桌子上、靠在椅背上睡着了，不时还有人打起呼噜来。念文件声也不知什么时间停止了。

第二天早上，我们发现木材已经被卸下来了，那位领导模样的人说：木材暂时由他们保管，让我们回去办理手续。接着，又把要办的手续内容和程序讲了一遍，非常复杂，不知老大他们怎样，反正我昏头昏脑没有记住。于是，我们怏怏地离开了检查站，返回了队上。

这次拉运木材的行动彻底失败了。

由于种种原因，我们的手续始终未办下来。一年后，我们收到木材检查站的来信，告知我们应缴纳存放在他们站里木材的保管费，一看数字，和我们买木材花的钱差不多，于是，决定不理睬它。这件事后来就不了了之了。

第二阶段同样不够成功。

我们一起插队共有七十多名知青，分别安排在一个大队的五个生产队，每个生产队都有十几名知青，绝大多数来自同一所学校。

我们生产队知青拉运木头行动失败不久，大队知青统一组织了一次行动。这次行动规模大、规格高，但效果不比我们那次强多少。

这次大动作有如下特点：一、统一行动。五个生产队各抽两名身强力壮的同学，加上两位我们叫"大姐"的女同学，共计十二人，组成精干、有力的特别能战斗的队伍，按各小队的需求统一拉运。二、集中物资和后勤。每个小队按要求出粮出钱，统一准备锅碗瓢盆、油盐酱醋等生活用品，两位大姐专门负责后勤做饭。三、远程作战。这次不是在附近农村和集市上采购，而是到秦岭深处的一条山沟里，自行搬运、搜集散落在整个山沟的"困山材"。由于我们找了关系并要付出相当大的劳动，所以，每立方米只卖二十七元，非常实惠。四、手续完备。这次由大队知青在省知青办和有关部门办了证明，又是和国营单位打交道，手续齐全，符合政策，不怕检查站阻挡。准备停当，大家分头到省城集中，然后搭顺车进山。

车是早上出发的，一路上大家仰视着秦岭的雄姿，俯瞰着路边的溪水，谈笑风生，欢歌不断。

下午3点左右，到达宁陕县的旬阳坝镇，下车后，就近用二十五斤面粉换了二十五斤大米，又用二十斤面换了一百斤土豆，肩扛手提，顺着西边的山沟徒步进发。走了十几里路，只见山谷里有一座孤零零的两层小屋矗在那里，大家都惊呼道："到了！到了！"这是"老八队"伐木场当年的驻地，早已废弃不用，此次作为我们的活动根据地。到跟前一看，门被一把大锁紧锁着，我们一下傻了眼，当时谁也没有勇气去砸锁。这时，只见二队的一位姓李的同学从身上掏出一大把钥匙来，好家伙，我看足有五六十把，趁他开门的机会，我们赶紧放下行李，四下散开，分头去找柴火、泡木耳、洗菜、支锅，忙活起来。等老李大约试到四十多把钥匙把门打开时，我们的饭也做好了。

那一顿饭，大姐们给做的是面疙瘩，外带烤土豆，香极了。吃完饭，大伙儿进屋睡觉。尽管山里夜晚十分寒冷，风吹得树林呼啸惊人，偶尔还夹有不知什么动物的吼叫声，但我们已顾不得许多，呼呼大睡起来。

第二天起来，我们开始了繁重的劳动。大家漫山遍野去找合适的木材，然后两人一组，抬到集中点，大的就六人甚至十人，用藤条作绳，大伙儿一起抬起来，喊着号子，迈着一致的步调，挪到集中点。沉重的木头，崎岖的山路，使我们经受了结结实实的体力磨炼。肩膀压肿了，脚底磨破了，谁也没有吭一声。满山沟里除了大山，就我们十二个人。但此起彼伏的号子声，伴着我们当时最爱唱的苏联歌曲《共青团员之歌》，使整个山谷充满了生机。

三天后，木材搬运、集中得差不多了，我们也濒临弹尽粮绝，剩下的米面不够做一顿饭了。经过研究，我们决定返回队上联系卡车拉运，但得有人看守劳动成果，于是安排一、二队各派一名男生，留在旬阳坝镇，注意进山车辆，其余同学回村。

在旬阳坝，大伙儿倾其所有，把自己身上仅有的钱、粮票统统给了留守的两名知青，拦了一辆顺车回队上了。

七天后，当我们还未联系到卡车时，留守的两位同学突然出现在我们面前，只见他们蓬头垢面、面黄肌瘦，像乞丐一样让人几乎难以辨认。原来，我们留给他们的钱粮，三天就用光了，为了忠于职守，他们已在镇上要了三天饭，实在撑不下去，只好回来了。

又过了几天，我们的卡车联系好了。当大家满怀希望进山后，竟发现我们费了千辛万苦搬运、集中起来的木材，已不翼而飞、不知去向了。万般无奈，只好就近装了一车根本无法选择的木头，回村了。

这次行动，也同样以失败告终。临时拉回来的木头，成材的不多，没用的不少，是真真正正、名副其实的"等外材"。

范居义，男
插队地点：原咸阳地区永红公社小寨大队

# 下乡四十年回首

作为西北大学地质学系的教师,我经常奔走于大漠荒野、丛林草原、深山峡谷、大江大河,野外考察休息聊天时,下乡的经历是我在年轻学生面前"永恒"的话题。

## 苦难的宝鸡峡水库民工生活

每当在城市看到成群结队、衣衫不整、营养不良的民工,就会想起自己四十年前作为"知青"时的民工生活,终生难忘的是在宝鸡峡水库做民工的日日夜夜。

宝鸡峡水库的民工生活,能够吃饱,一天三顿饭,每顿两个馒头,每个馒头四两粮食,辣子夹馍。活太累,用架子车拉土,车上钉了"加高板",一车土零点三方,每天八个来回,一个来回五里路,拉着车子在大坝软软的土路上挣扎,架子车绳磨破了肩膀,血和衬衣粘到了一起。一次小便发现,尿成了酱油色,伴着发烧。休息了几天好了,当时没敢吭气,二十年后和医生谈起,说可能是累得尿血了。晚上睡在没外墙的窑洞里,早上雪花盖在了被子上。还听说这孔破窑是麻风病人住过的,让我们住了。听说麻风病潜伏期二十年,这让我二三十年后才放心。作为环境地质研究人员,三十年后我又回到当年建设的水库,发现灌溉在旱季发挥了作用,挽救了快要枯死的庄稼,但随着灌溉造成的地表水位上升,灌区盐碱化日益加重,滑坡加速发生。面对盐渍化的土地和滑坡,我不知道当时的血是否白流。

## 一天打五百个胡墼摞七层下雨不倒

周春发是村里的壮汉，打胡墼的好手，刚下乡时我就住在他家，看见他打胡墼很好玩，就跟着学起来。他说："乐平，打胡墼不是个好活，学会了将来把你能累死，也得像哥一样经常吃止痛片过活。"果然，等我学会打胡墼，一天能打五百个摞七层下雨不倒时，队上把我派去给公社打，累了个半死。还好，一天能挣一个半工。

## 漆 树 中 毒

知青要给自己盖房子了，我和杨通、二胖等一大群知青去秦岭山区买木材。在老林子里我看到一棵长得像椿树一样的小树，笔直，铁锨把一样粗细，心想做个锨把不错，于是砍了刮了皮，对自己未来的铁锨把心满意足。老天惩罚我破坏植被，树汁染满双手，先是白色，后来变成黑色，水洗不掉，过了十来天色褪了下去，不过手、脸肿了起来，慢慢全身起了水疱，真是吓人。公社医院、市里医院都看不出原因，也治不了，眼看头都肿变形了，只好回家了。现在想不起母亲初见到我时的表情了，肯定是恐惧与伤心。省医院的大夫就是医术高明，马上问我是否近来去过秦岭，见过像椿树一样的树。我把砍树的故事讲了一遍，医生告诉我是漆树过敏，非常严重，再晚回来几天全身感染，小命就没了。

## 伤心的年代与温暖的家

"上山下乡"是"文革"动荡的年代发生的事，我离开家乡的时候，大学教授的父亲先被隔离审查，后被送到秦岭山区改造，身边带着上小学的妹妹，随后哥哥弟弟也下乡成了知青。姐姐在父亲、弟妹纷纷背井离乡的悲愤中心脏病发作离开人世，当培生兄弟陪我从乡下赶回家时，姐姐的房间已经空了，她已安葬多日，我再也见不到亲爱的姐姐了。

我又回到了农村，十二个知青同学是我的亲人，我在那里得到了温暖。我们十三个年轻人同一口锅吃饭，从未分开过。兄弟姐妹们虽然身体强弱不同，每天挣的工分不同，但大家的收入放在一起，是共同的财产。侯敬、王治、易勤、李培生像大哥哥一样招呼着我们，安排我们的劳动、生活与学习；刘春晖、王平与我同龄，像亲兄弟一样亲切，共同分享劳累与欢乐；原立盛像小弟弟一样可爱，直爽憨厚；张幼珊虽年长我们仅一岁，也像姐姐一样呵护我们；王欣、陈晓敏当时是年仅十七岁的小姑娘，却很懂事，事事不愿落后；一同下乡的同班女生商鹏蓉，给了我很多关怀，后来成为我的发妻，生一女儿岳欢就读莫斯科大学心理系。

下乡生活是我时常的感慨：新鲜、劳累、欢乐。在那伤心的年代，这是一个温暖的家，几年的知青生活给予我巨大的财富：团队精神与不畏艰苦的意志。

岳乐平
插队地点：原咸阳地区平陵公社小寨村

*陕西知青档案*

# 犟女子白成芳和爷们儿郭富轩

## 犟女子白成芳

我称白成芳是"犟女子",是说她是个干活不要命的主。

下乡要会套驴磨面。白成芳拉驴出圈,驴懒欺生,要挣脱缰绳跑出庄子。白成芳死拉缰绳不松手,被驴拉着跑,相持跑了几十米又被驴拽倒在地,拖行几米远,擦破手臂,渗出血来。我赶来拉住驴骂她——

"瓜娃!放手就行了。"

"你说过只要拉住缰绳不放手,驴就跑不脱。"

"我说的是你人没倒地,拉紧不松手。你都摔到地上了咋不放手?"

"驴跑了咋办?"

另一次是队里派活,第二天去李家沟给牲畜运麦草。所用驮架不够,有一架在前山庄。

天黑了,白成芳要到五里外的前山庄去取。我不同意,明儿早天亮我去背回来就是了。我洗完脚,准备睡时,突然意识到:"不好,白成芳去前山了。"一问果真如此,她跟谁也没打招呼。

我慌忙手提利刃尖钩镰刀,经高庄,踏山路,一路小跑,浑身惊出冷汗。快到前山庄时,一束灯光闪动,何勇林护送她急急走来。三个人停住脚步,相隔三十米,没有一句话。我和何勇林都生气了,她不好意思地呆呆站在我们中间。我站了一会儿,走过去接过重重的驮架,扛在肩头,一声不吭往回走。白成芳像犯了错的小学生,一路无语。我手里仍紧紧握着镰刀,让她走在前面。快到高庄时我才发话:"你是乖驴踢死人,蔫人咥大活。看你乖乖的,为啥不听话?"

"我怕明天误工，提前拾掇一下驮架，这驮架一直是我用的。"

"我说我明天取，你逞啥能？你明知道山里狼多。冬天豹子从我门口把狗叼走，是我和何勇林把狗救回来的。谁敢单人夜黑出庄？豹子把你叼走咋办？"

"对不起，不说了，不凶我了！下次再不敢了……"

她还想说什么，我已气呼呼走到前面去了。我把尖刀紧紧地攥在手里，手心渗出水来，冷汗浸湿了后背。我佩服她的胆量，气她的鲁莽，几天不理她。

还有一次，我到上店镇去买菜籽油。我是保管员，购菜籽油备用，伏天时好给牛喝，牛喝了清油可以降温防暑，要买六十斤，担两桶。

白成芳要去，我不准。平时我们不让女娃到沟下去担水，怕她们累，摔下沟去。白成芳硬要担水，每次我都看她们是用瘦小的身躯硬挺着把五六十斤水挑上来，说实话我都感到吃力，肩头热辣辣地疼。这次去镇上，要走山路五里，沿草碧河又是三十里，河在深沟里，要绕三十六道弯，涉水跨河三十六次，往返共七十里，来回要爬前山大坡。河沟里密林深处常有狼、豹、野猪出没，还有丈余长的大蛇。全公社只有红阳五队走这条险路卖粮、购物、赶集，其他队都有旱路在塬上走。我怕出事，不带她。她说到镇上办私事，我就同意了。办完事，购好油，沿河沟往回走，她非要担油担子，不让担就一个人待在沟里不走了，而且商定非要一人一个弯，一弯歇个脚，到前山坡再让我一人担。我怕她过河洒了油，没想到她甩开手，压稳步子，硬是老练地帮我挑回了油。六十斤，三十里河道，肩、腰都疼了。白成芳肯定是咬牙坚持着挑的。幸亏有她帮忙，互换着走完三十里，我确实轻松多了。

第二年冬天，我们计划打战备柴三万斤，高中生每人八十捆，每捆八十斤；初中生每人六十捆，每捆六十斤。不允许女生上山钻山沟。冬闲了，白成芳非要带女生参加。虽经磨炼，但女人毕竟是女人，何况还是孩子般的小女人，手上、腰上、腿上都没我们有劲儿。抡斧子、爬山坡、登崂坎、扎钩绳、拧藤条，全身的力气都要使足，又危险。她们帮个下手、凑个热闹还可以。你别说，有女孩子们在，有说有笑，有时还野炊一顿，活干得又快又好，十几天，赶春节前就超额完成了任务。

4月份背柴，白成芳又领着女孩子们争着背。这比挑水累，又危险，弄不好连人带柴百八十斤从山上崎岖的羊肠小道上滚下坡。一捆柴，长而扎刺，下坡时重柴压人背，易跌倒，上坡时一直腰，柴棍易碰脚后跟刺脚，流血破皮。就是这样，她们跟男生苦战十天，三万多斤木柴整齐地排摆在村口。我们的灶房前，垒起一道柴"长城"。后来我们又劈了许多硬木，叠摞成几个一人高的柴垛子，非常壮观。

看到这些柴，我们非常自豪。如果我们男的当兵走了，可以让她们用三年。公社干部路过，惊讶不已，没有哪个队能一下子打这么多、这么好的柴。

## "爷们儿"郭富轩

北京人把能自立于世，能挣钱养活自己的男人称"爷们儿"，而女人自称为"姑奶奶"。东北人更豪气——"大老爷们儿""老姑奶奶"。

我自命为"老爷子"，是因为常爱与老辈人交往，"老爷子，老爷子"叫惯了，好听。从小听惯了这声音。似乎可以提高地位。

作为爷们儿就应该爱憎分明，疾恶如仇，哥儿们义气，敢说敢骂敢哭敢笑也敢打；应大度开怀，快活豁达；是非分明，乐于助人。我们队的知青郭富轩是我所认可而又难求的一个爷们儿。他是一棵大树，一块坚石。

郭富轩，河南人，工人子弟。我爱用河南话叫他"老郭"，调侃他："恁弄啥呢？"他一笑，不搭理，我也见怪不怪，他就是有怪性子。他是初三年级的，高大威武的身材，一双强有力的大手。比我要高的中原汉子，浓眉大眼双眼皮，鼻梁不高厚嘴唇，圆圆的脸庞红润润。当他穿上一身绿军装，扎上皮带，蹬一双翻毛皮鞋时，真如将军一般威武。

他很少说话，别人说话他只是静静地听，不发表意见，两只大眼睛闪着光亮。问到他了，就只会"中""可以""我同意"。如果他反对就闭口无言，一脸深沉地看着你或走开。有时大家在一块吃饭说笑，听我们说到高兴处、开心处时，他会抿着嘴偷偷乐，或捂着嘴巴笑，像个小媳妇。

他不搭理女孩子。女孩子找他说话，他常不理；至多脸一红背过身去，脊背向着人家说："恁弄啥？"

何勇林开玩笑："老郭，你太死气。这不中，今后咋能娶媳妇？谁敢把姐姐给你？"

在社员眼中郭富轩是队里最好的知青。为什么？社员们看中的是生产劳动。看的是谁最能干，工分最多，分的口粮最多。一年下来，他几乎没缺一晌工，光是小麦就分了近八百斤。

若评"劳模"也应是郭富轩，他不仅技能高，而且极有心计，下乡带了两本农业书，一丝不苟研究农业问题。干什么事都是"哑巴吃饺子，嘴上不说，心里有数"。就是在灶上烧火做饭、担水、劈柴、喂猪,他都要研究一番。

下乡时我跟他说:"在农村要注意收集农民的生产、生活方面的知识,积累资料,做好长期落户长期发展的准备。"于是他准备了个本子,常写呀记呀。我知道他在收集农民的语言,以及气象、风俗习惯、土壤、植物等方面的经验资料。

我们号召突破劳动关,除了吃苦肯出力,学习农业技术是本质内容。郭富轩虚心向农民学习,不懂就问。

山区犁地要看地形,设方案,让牛尽量走水平线,牛才能轻松,而且犁得细。每一块地他反复研究技术问题,有时与我商讨。就连他使用的牛鞭、犁杖,以及牛都是最好的。他和段德泰是队上最注意拾掇自己的劳动工具和床铺的人。铁器光洁明亮,床被衣物干净整洁,谁也不可乱动。保持这个尊严是正确的,我也不敢侵犯。

又如簸粮食,他几十遍地练习,比我这个保管员还专业。我不知道哪根筋不对窍,怎么也不如他那样得心应手。知青中只有赵淑琴可与这名高手比高低。她几摇、几畚、几扇、几颠、几捡,粮食簸干净了!

他住在饲养室向老农请教牲畜的习性和特点。他犁地的、卖粮的牲畜最听话。他声音不大,轻轻嘘几声,牲畜在他手下就"言归于好"了。我见他经常靠近它们,摸呀摸,顺顺毛,看着它们的眼睛,好像在念念有词,像谈情说爱似的。能犁地的人不少,但能过牲畜感情关的,老郭为一流好手。

再说担水,要做到三个节奏协调一致。步子的快慢、水桶的摇摆、扁担上下的颤悠要巧妙配合。这高大的汉子专门练习,向我请教。我说:"不用练,多担几回就行了。"他说:"笨鸟先飞,我笨。"

就这样看似"婆姨"的汉子,不急不躁,不紧不慢,不争不抢地学会了扬场、铡草、砍柴、喂牲口、赶牲灵、犁地、割麦、锄草、赶牛车。一板一眼毫不马虎,真是"蔫人出细活",社员们赞不绝口。而且他不吃表扬,不动声色。你说:"老郭真能干。"他会说:"离开谁地球照样转。"他是别人好坏我不说,别人的事少管少问少操心,把持好自己的尊严。所以他爱跟我,我爱叫他,两人干活互相放心。铡草我俩配合最佳,他大把地擩草,我轻快地下铡刀,他擩草时一揽一摇一拱手把草送入铡口,我一铡一挺一拨草,节奏恰到好处,那嚓嚓嚓的声音是默契的话语。我只敢带他一人进桑树湾那深深的沟里砍柴,换了别人我还怕出事呢!

他把我跟得紧不是巴结我,是因为只有我注意他,理解他。

我还注意到他能辨识多种草药、树木、野菜。田间地头他请农民指认，手里拿一把草草枝枝，嘴里念念叨叨其名称。他还把植物标本放在宿舍，记录在本子上。

野菜有：土苜蓿、苦苦菜、荠荠菜、野蒜、野芹、灰灰菜、苋菜。

果木有：乌奎、青冈、枸杞、毛苕、沙棘、栀子、花椒……

我注意他研究土壤，什么土壤适宜种什么庄稼，栽什么树。我注意他研究气象，识别风云变化的规律，收集气象谚语知识。我也观天看月，如"夜晴没好天，等不到鸡叫唤"，但没有他多。他最能识别"白雨"（暴雨）和冰雹云。说得津津有味，仿佛见到神仙。夏日晒粮食，一场几万斤，最怕"白雨"袭。他向我讲风向、温度和云朵形状、颜色及运动样子，都是农民的经验。

我从他身上学到的不仅仅是知识，还有那颗"佛心"。除了郭富轩还有谁会这样随处留心专心潜学呢？

我注意他的佛心。他是知青中最艰苦朴素的人。他有干净的军装，舍不得穿，常穿父亲的劳动布工装，冬天则是破列宁式棉袄。他一针一线，细细地滚边，又粗粗地补块块，补丁摞补丁。他那哪里是衣服和鞋子，简直是一双乞丐鞋和一件由几十块布头制成的"袈裟"。我让他丢掉，买新的。他舍不得，一分钱都不花，可能将工分钱全给了父母，老郭只求在集体灶上能吃饱肚子就阿弥陀佛了。

开始招工招兵了，他穿着"袈裟"去县城，招来众人异样的眼光。"〇六七"单位招工干部以为他是乞丐，得知是知青后，又一再追问他的家境和学识。他们像救世主一样地问他，这个老实人一句话也不愿意说。

有一件事让我感动，河南人的佛心保我性命。郭富轩没有打过架，更不会跟人急。1969年夏夜，麦客与队长争价钱，要硬讨工钱。我领八个知青，带上大刀、长矛、无子弹的手枪和私藏的几枚手雷冲上高庄，制伏了六十多名麦客，让他们睡在麦场上不许乱动，等候第二天处理事情。我让郭富轩等人回坪上休息，我一个人守在队部和仓库，郭非要陪我。过了一会儿，几个麦客骗我说："你们队长挨打了，快出来看看。"我提上大刀正准备开门出去，老郭一把按住我的肩头，使个眼色，拉我回到土炕上静静地坐守。一夜昏暗的灯光，漆黑的山峦，我俩相陪相守。如果我出去，麦客们非把我打个半死不可。仵队长害怕出人命，半夜悄悄给了麦客不合理的高价，让他们溜出山村。郭富轩陪我一夜不睡，守卫粮仓和队部，这就是爷们儿！如果打起来，我相信河南人是不怕死的。

1970年他走了，当兵去了。他走了，没有给我回一封信，没有留一句话。

或许太刻骨铭心，男儿有泪不轻弹，于无声处胜有声。大树和石头是没有眼泪和声音的。他对我的无情无义是在告诉我他痴心不变的信念和坚毅的秉性。他是高山的树神，他是花岗岩的石神。

我在千阳教书八年，年年回队上看望我难忘的老汉们，也多次看见郭富轩给队里的老贫农、队长、会计和青年写的信。他问长问短，了解村里的生产和生活，几乎问遍了他所知道的村民，还以军人党员的身份宣传党的政策，鼓励社员们积极发展生产，坚持社会主义道路……粗实整齐的字迹让我眼熟眼热。

邵冬，男

西安市第三十九中学高六六届毕业生

插队地点：千阳县原上店公社红阳五队

本文选自西安出版社 2009 年 10 月出版的《珍藏的记忆——"再教育"纪事》

# 尘 埃 落 定

1968年10月传来叫我们学生上山下乡插队的消息。学生们也不再叫红卫兵或革命小将，而改叫知识青年了。

这个突如其来的消息使我有点儿蒙了。不可能吧？这几年到农村去的都是"罪大恶极"的阶级敌人和他们的家属，他们是去接受改造和惩罚的。可学生们都是抛头颅洒热血保卫毛主席革命路线的红卫兵和革命小将，参加武卫的同学才从战场上撤回来武器刚交上去就叫下农村，也太快了吧？

然而，此时的我有着与他人不一样的处境和想法。父亲被群专随时有被清退的可能，我们家也随时有被赶下农村的可能。农村我熟悉，我家以前在靖边县城居住时，于1960年父亲响应国家"为国分忧"的号召，主动报名全家到农村住了四五年。在那里两个妹妹饿得浮肿差点儿丧命，二哥也在五年级时为生活所迫辍学，母亲累病了几次差点儿离去。如果我家再以"黑五类"被赶下去的话，不只是母亲期盼我"精忠报国"的夙愿实现不了，怕是活也活不了，这个时候插队的消息对我来说，不知是好是坏是福是祸？

很快，毛主席指示"广阔天地大有作为"等内容的标语喇叭铺天盖地、震耳欲聋。同时县里出了一个规定：榆林县的学生可以在本县与定边县之间选择插队。定边县素有"粮山油海"之称，是榆林地区最富裕的县。位于本地区的最西边缘，历史上称谓的"三边"之一，距榆林六百里左右。所以，定边县自古以来就是穷人"走三边""走西口"的一个落脚点。于是我和大哥立即决定：走西口！去定边！

如果我们能到一个富裕的队就好了，我知道公社与公社、队与队之间的差别很大，分的粮和钱能差几倍甚至十几二十倍。即使全家被赶下农村也有到我们那里去的可能性。另外，我现在是以知识青年身份下去的，显然比赶到榆林农村按

"黑五类"家属对待要好上百倍。

我和大哥与母亲商量后给在外县工作的父亲写了信，父亲很快就回信，赞同我们的选择。当时报定边县的同学很多，有三四百人。

母亲强打精神给我和大哥准备衣物行李，一次次地叮嘱我：不管何时何地何种情况，都要多动脑子。咱们成分不好要处处留心，要和农民处好关系，任何事情都要靠自己……

1968年的11月30日，在榆林大街的南门口，我和同学们坐上了西去定边的卡车，离开故乡离开了母亲和弟妹们。卡车冒着刺骨的寒风在高低不平的公路上行进，白雪覆盖的大地露出点点块块黝黑的土壤，一路上看不到几个行人。

到了定边县后我很快就知道，县里只负责把学生分到各公社，再由公社把学生分到队。而且我和大哥已经被分到了盐碱沙化严重的周台子公社，这个公社我们不想去，加上原来的计划也用不上，只能另外想办法要求换一个好的公社。结果意外地碰到了田义，他是农校学生，特别憨厚热情，"文革"中我们遇过几次，算是点头之交吧。农校学生不插队，统一分配工作，他正好是榆林派到定边来安置我们的。

我们直言不讳地向田义提出要他帮忙，田义十分豪爽地应承了，帮我们换到白湾子公社。白湾子在定边南部位于白于山山脉顶部，距县城六十里。定边县地貌是南山北沙，县城周围为滩地，县城附近的公社划归本县知青插队。鉴此，白湾子公社对我们来说是个好的公社了。然而没想到，到一个好队还是费了一番周折。

第二天我们坐卡车来到白湾子公社，一个公社干部对我们说了两句不冷不热的"欢迎"，就和领队的人员钻进房子。在吃饭时候给我们吃的是黄米饭酸菜，黄米是陈旧的米，酸菜发黏还有点儿发臭。我们就预感不好，马上商量如果分不到好队就不去，万一不行就回县城让重新安置。

果然，我们都被分配到公社南部的山区穷队。我们和那个公社干部交涉要求到好一些的队，他态度生硬三言两语就和我们争了起来，说什么也不同意重新分配。我们按计划背起行李就出发，连夜步行六七十里，黎明时到了县招待所。这里住着安置我们的人员。

田义等人看到我们回来后吃了一惊又笑我们。惊的是：我们这么多人集体行动造成影响就不好了，招待所里还有很多没有送下去的学生。笑的是：这事打个电话就可以解决没必要跑这么远的路，不就是想去个好队嘛。很快，我们与安置人员协商决定：由田义带我们返回白湾子公社，满足我们的要求。同学们一般要求都是：首先离公社离公路近些，第二是富裕一些。

然而，我和我大哥的想法与众不同：第一是富裕，其次是人少地多，再是杂姓散户人品厚道好相处的。这是我们以前在农村几年残酷经历后总结出来的。田义也爽快地答应了，说这点要求可以办到。

第二次来到白湾子，分配结果同学们都满意只有我不满意。因为他们分的不是"盆"啦"湾"啦，就是"台"啦"梁"啦，而我和大哥与另一名同学徐志荣，分到了带"山"字的东张山小队。

有"山"的队我不去。我早就听说山里不光穷，而且山陡沟深行走不便，人们居住的窑洞特别简陋寒酸，和原始人住的差不多。更硌碜的是吃的窖水比油还贵，人们从不洗脸，逢年过节走亲戚才洗一次。而且洗的时候是按大小个儿站成一排，由一人噙一口水，从高到低对着脸，噗的一声一扫而过，揩吧揩吧就算洗了。这种说法不管真假，我是坚决不去。大哥的铁哥儿们刘哥和其他同学都帮腔，让给我们换一个队。

田义把我和大哥拉到一边解释说：这个队是由两个小村子组成的，一个叫东张山一个叫官路峁，相互之间有四里路。东张山是有点儿山地但是很少，都算不了数，主要是官路峁的梁地多得很，比其他队都富裕。队里一共才四十多人，人品都厚道。十分工能分四五毛钱，人均分粮四五百斤。虽然离公社远一点儿有二十多里路，但远有远的好处，最符合我们的条件，他是询问了公社的领导后特意把我们放到那里。并且建议我们问问周围的老乡是否属实，如果情况不实，再要调队也没问题，让我们自己定。

这四五毛钱四五百斤粮让我心里动了，但还是感到不踏实。我问过周围的老乡也和田义说的一样。于是田义坚持让我们先去看看，说我们在农村待过一看一问就清楚了。我们答应了。

东张山来接我们的是一个二十四五岁的汉子，叫杨多山，中等个子。黑红的脸庞充满了憨厚朴实的笑容，两眼炯炯有神。他穿一身黑色中式棉衣补丁极少比较干净，披一件八成新的绵羊皮袄黑色的羊羔毛领子。他的这身衣服与精神状态，让我初步感觉到：他们的生活应该不错。

刚上路，杨多山就笑着邀我们去骑那头没有驮东西的毛驴。他忠厚和蔼的态度、直爽实在的语言，让我有一种久违的亲切感。我很快就和他信口开河地闲聊神侃起来。而秀气腼腆的徐志荣乖乖地跟在我们身后，如同一个没出窝的雏鸟，怯懦的眼神中露出新奇的目光，静悄悄听着我们拉话。大哥则骑在毛驴上，像一个游山玩水的游客，欣赏着这里银装素裹的山野景色。

我把拉话内容引到了东张山队，很快就了解到：他们住的全是窑洞没有房屋；喝的都是窖水，也基本够用；烧的是羊粪为主和庄稼秸秆，用风箱扇火做饭；吃的主要是面食，燕面荞面麦面其次是黄米小米；油是队里种的胡麻拿到县城换的胡麻油和清油；副食以洋芋为主，其他蔬菜也都有，是自留地里自己种的。

官路峁的人都姓杨，只有一个外姓的上门女婿叫胡月明，还是队长。东张山的人都姓张，也只有一个外姓的上门女婿叫郁才章，是副队长。两个上门女婿担任正副队长实是少见，也看得出这里的人好相处并不排外。

当问到真正能分多少粮多少钱的时候，杨多山警觉地看着我笑笑说：没多少。杨多山不愿意说出粮钱的数字，我十分理解。不多时，我们就走上了白于山脉的山脊，也走在了梁与沟的分界线上。这里东北面是起伏不平的广袤梁地，西南面是深不见底的深沟和无数个光秃秃的梁峁，纵横交错直抵天边。这就是人们所说的"山脊梁"上的"山畔子"，定边县海拔最高最寒冷的地方。

官路峁村就镶嵌在这山畔子的一个沟口上，村头一个高出的打麦场和沟畔上寥寥无几的烟囱，显示着这个小山庄的存在。而东张山村则在南面远处的一个山峁上。我向杨多山询问本队的田地范围，他粗略指了一下四面界线。我简直不敢相信，一个四十多人的生产小队，能拥有这么多的土地，比我原来想象的要多得多。

我们沿着打麦场旁的土路下了沟畔，百米左右就进了杨多山家的院子。他刚进院子，杨多山父亲和婆姨就满脸堆笑地迎了出来。

杨多山给我们相互介绍后，我们自然称他们为"杨叔"和"嫂子"了。

杨多山的家里十分暖和且干净敞亮，家里虽然家具不多，但打扫得干干净净。靠窗子的炕上铺着席子，上面又是棉毡又是一块满炕的绿色塑料布，靠墙的铺盖没有一块补丁，叠得整整齐齐。

杨嫂给我们端来半脸盆热水让我们擦擦脸。我暗忖：舀这么多的水让我们洗脸，根本不是传说中的那么缺水。我接过杨叔倒给我的开水看了看，这水虽然没有家乡水那么清澈，但也不算太混浊。我吹了两口热气尝了一点儿，远没有家乡的桃花水那么甘甜，有一股土腥味，但比定边城里的咸水要好喝得多。

大哥又请杨叔带我们到村子里转了转。这个小村子一共就五六个窑院挨在一块，我们一边看一边和碰到的人互相问候简单说几句，发现每个院子里都很干净，门窗及人们的穿着与杨多山家都差不多，人们都热情朴实和善良。最后，我和大哥看了打麦场堆放的各种农作物秸秆，秸秆的粗细可以大体判断出庄稼的收成、土地的肥沃与贫瘠。我们查看了秸秆，秸秆不算粗不如滩地里的，但比我预想的要好。

至此为止，我们凭着在农村生活了几年的经验，对这个队有了大概而真实的了解：这里的人很不错；粮食绝对够吃；吃水问题也不大；就是烧的可能困难，光靠烧羊粪和秸秆是不够的。

大哥还是坚持要到其他公社看看，我也同意，我们有必要选择一个更好的生产队。成分好的同学下乡可能是一阵子，而我们可能就是一辈子了。

回到杨多山家，杨多山早就回来了。说队长有当紧事出门了一两天回不来，留下话让暂时就在杨多山家吃住。还要杨多山代他向我们表示歉意，回来后再当面道歉等客气的话。

杨嫂已经给我们做好了饭，香喷喷的猪肉烩酸菜和新黄米捞饭。肥厚的猪肉片子比酸菜还多，让我眼睛都看直了，馋得我直流口水，过年我都没吃过这么多的肉，杨嫂真是个疼人的活菩萨。

第二天，天刚蒙蒙亮我和大哥就出发了。我们的第一站是去县城路上的王来滩，这里住着父亲的亲两姨贺爹爹一家。正好有工作的贺爹爹在家，他全面介绍了定边农村的情况，也知道东张山是个不错的队。还说梁地基本是旱涝保收，由于地势高凉快，旱了，滩底的庄稼快旱死了那里才有点儿旱的迹象；若是雨水大，水都流走了也就涝不着。建议我们就插到东张山队。

我们还是不死心，又到了县城北靠近沙漠的白泥井公社。这个公社离县城六十多里路，我们选择去这个公社有两个原因：一是我们原来在靖边农村时，冬天拾粪的"四卜树"草滩就连着沙漠，草滩南面就是很不错的农田，水位很高水质也很好。沙漠里到处都是树木沙柳，烧的柴不难解决。二是从家里走的时候母亲把家里仅有的二十块钱给了我们，大哥偷偷地放回去十块。现在的钱跑远处是不行的，只能到近一点儿的地方看看。

这次出来遇上了大风，陕北冬天的刺骨寒风，发着呼呼的吼声推得身子直打趔趄，沙子打得人脸生疼眼都睁不开。我们每人腋下夹一根打狗棍，缩着脑袋笼着袖把腰弓成九十度顶着寒风前行。眯缝着眼睛瞅一下方向赶快低下头走，或者是背着身体向后走。我们就像两只觅食的野狗，奔波在这荒凉寒冷寂寞空旷没有飞鸟没有人烟只有冰雪的沙滩野地里。我们一直向北，终于抵达沙漠边缘。然而，这里却是另外一番景象，只有浩瀚的沙漠没有草滩。沙漠紧挨着农田，把农田分割包围着；一股股黄沙随着嘶鸣的西北风溜着地皮飕飕地飞过腿下，就像是沙漠阵营里发出的无数支轻骑兵，一层层地漫过庄稼地，壅起了一条条高低长短不同的沙垄子。许多地上都看不到黄土只是黄沙了，庄稼茬子细得像马鬃一样，这么细的庄稼秆上是长不出多少颗粒的。

我们碰到了一个放羊老汉在井边的水槽上饮羊，老汉戴着一顶脏兮兮的破棉帽，同样脏的一身棉衣补丁摞补丁，外面穿一件没领子的山羊皮大衣像狗撕过一般。在这凛冽的寒风中瑟瑟发抖，鼻涕口水沾满了胡子下巴，已经结成了小冰溜小冰粒，沙尘填满了他满脸的皱纹。老汉说："这里的地原来还不错，后来沙化得厉害，有时遇上天旱连种子也收不回来，有些住房也被沙埋了半截……"

就是放羊老汉不这么说，就他那穿戴和细细的庄稼茬子，我们也清楚：这里根本不行。我们又去了两个地方，还是不行。我们只能到此为止了，兜里的钱只剩一块多了，不容许我们再胡跑了。

四天跑了三百多里路的我们，这才回到东张山，算是尘埃落定了。

田宝林，男

榆林市第一中学初六七届毕业生

插队地点：定边县原白湾子公社张山大队东张山小队

1971年10月参加工作

# 落户农村的"三关"考验

1968年12月,我下到秦岭深山凤县温江寺公社当农民。城里青年下农村,首先要经历三关考验:烧饭、砍柴、干农活。

先说烧饭。

四十多年前,根本就没有方便面,也没有现在城市里的煤气、天然气、液化气。那时,知青们吃的百分之七十是粗粮,玉米面、玉米糁、高粱面。头十个月根本就没有大米可吃,烧的是山上砍下的木柴。一无菜,二无油,也没地方可买。很幸运,我们有社员捐的少量的腊肉。

起初,知青组实行的是每天每人轮流做饭。这样,轮谁做饭,从担水、劈柴到点火、烧饭全由他一人完成。

对这些在城市中长大的二十岁左右的小伙子和姑娘们来说,学会自己做饭并不难,难的是该地没有风箱,只有一根长四十厘米的竹筒子,叫吹火筒。由于当地的燃料是山柴,引火十分困难。记得初六八级三班两位同学刘西、马奔年纪小,仅十七八岁,又是工厂子弟,轮他们做饭,常常是大家收工后回到家,肚子饿得咕咕叫,他们的饭尚未烧好。

后来,到夏收时节,就改为女生留家烧饭,男生全部下地干活。对男生来说,农活再累,也不愿留在家中烧饭。

第二关是砍柴。

当地农民家家房前屋后都堆着像山一样的山柴。冬天山上树叶落完后,农民都要上山把一年用的柴砍下。因为冬天里枝上无叶,树枝较轻,比较好砍、也好拉。二来冬天里农活不多,拉柴不误工。所以,知青们一住下,队长和农民朋友就告诉他们应当先去砍柴。

那天清早一起床,男生就上坡了,爬了三里多路,就开始砍柴。不一会儿,就砍倒一大片，要用绳子或藤条把山柴捆起来才能够拉下山。当地农民多用藤条捆柴，既结实又好拉，还好背；而知青多用绳子，有时没有拉到家就散架了，又要再捆，很费事。所以，一早上，每人赶吃早饭只能拉回一捆柴，而当地农民一般要拉回三四捆柴。所以，知青点存的山柴是最少的。

第三关就是干农活。

时值冬季，主要的农活是给田里送粪。粪由各家猪圈，以及队上牛圈、羊圈提供。牛粪羊粪臭味刺鼻。当地山民主要运输工具不是架子车，而是背篓。站在那里，有人一锹一锹地往里装，装满后，背到几十米外的田里，弯腰倒下。由于知青们从来没有背过，所以，常常倒粪时把牛粪羊粪倒在自己的脖子里，妇女们就止不住地大笑。有不少农村男青年告诉他们倒粪时应当往边上侧一下。一试，果然好多了。

那时，知青们不仅年轻，而且"左"得可爱。明明牛粪羊粪臭不可闻，嘴上还要背诵毛主席的语录："工人农民尽管手是脏的，脚上有牛屎，但他们的心是最红的，他们的灵魂最干净。"……

知识青年上山下乡，来到秦岭深山的穷乡僻壤，告别了现代文明的氛围，回到原始的农耕时代，体验贫穷落后的乡村生活，不仅对体力和耐力是一种考验，更重要的是心灵产生着巨大的震撼。

首先震撼我们的是秦岭山区难以想象的贫穷和落后。

由于大山阻隔，交通不便，温江寺不通公交班车。小学生上学全靠走路。温江三队四十岁以上的人中，几乎没有人见过火车，没有人坐过汽车。偶然有一辆解放牌汽车经过时，山里的狗便会不停地叫，并向汽车扑去。它不知道这是一个什么怪物，结果往往被汽车轧死。

当时我们有六个想不到。

一是我们所在的温江寺三队有三十一户人家，竟然没有一家有厕所。当时农户家家养猪，有的甚至养两头三头猪，家家有猪圈，却家家无厕所。原来，人畜共用一圈。更不用说男女分厕了。

二是无处理发和洗澡。时值初冬，知识青年们看到的山民，个个头发又长又乱，活像个罪犯似的。原来冬天他们从来不理发，也没有地方可以理发。夏天天热了，男的就用剃刀剃个光头。想洗澡时，就在温江河里去洗。冬天里想洗热水澡，根本就不可能。

三是没有地方买菜。一方面，山里人就不吃菜，成年累月只吃粮食。他们的自留地里，只种土豆，从来不种其他蔬菜；另一方面，山里人也无钱买菜，整个温江寺公社八个大队，没有一个地方能够买到蔬菜。温江寺公社有集体灶，公社干部吃菜，也是隔几天托人从县城里捎一点儿而已。常吃的就是三样：土豆、咸菜和萝卜。

四是山里人的居住条件奇差。三十一户人家中有瓦房的只有六家，多数是土墙茅草房。那茅草还是山上野生的，不同于平原上的麦草房。更有五户人家住在土窑洞里。就连张喜儿家，他父亲在公社当炊事员，算是吃公家饭的人，但因为喜儿尚未成家，未盖新房，也住在一孔破窑洞里。

五是家中家具简陋得令人想不到。当时，城市结婚流行"三转"（即自行车、缝纫机、手表）"一响"（半导体收音机）。可是，在温江寺三队，乃至全大队，没有一家能够达到。走进每户农家，可以说家徒四壁，一目了然。甚至连基本的桌、椅、柜子，也没有几样，充其量有一两只木箱，还大多是没有上过油漆的。土炕上几床破旧的棉被，便是全部的家当。我们知识青年们住在生产队仓库的瓦房里，马奔带有一台七波段的半导体收音机，王军带了一只有响铃的马蹄钟表。可以说我们是温江寺三队最富裕的一户。

六是全队三十一户人家，竟有八户使用的是吊锅，即一个吊罐放在火堆上烧。深山里，空气寒冷潮湿，一年四季离不开火。山里人的灶与土炕连在一起。没有灶台就是吊锅，一天到晚，锅里煮着大玉米糁，算是他们一天三顿的主要饭食。个别人家有个灶台，安放大小不同的两三口锅。其中一口是专门煮猪食的锅。就是有灶台的人家，也没有一架风箱，只有一个一尺多长的吹火筒。

这六个想不到，之所以能对知识青年们的心灵产生震撼，就是眼前的现实与理想反差太大，也彻底颠覆了我们从小接受的教育。以前课堂上讲的是"只有社会主义才能救中国"，广播中唱的是"社会主义好"。可是，短暂的下乡实践，却彻底颠覆了这一理念。大家认识到：中国山区农村其实还很贫穷、还很落后啊。这一切若非亲眼所见，真是难以相信的，因为1968年，我们的共和国已经建立近二十年了呀。

针对这种现状，知识青年小组长王军，召集大家开了下乡后的第一次会议，做出几项决定。第一，由知识青年自己动手，修建男女厕所。征得生产队庞队长的同意后，我们利用生产队的玉米秆、竹子、木棒，在住地附近二十米处挖出两个长方形的坑，建起了男女分开使用的厕所。虽然简陋，但它是温江寺三队，也是温江地区第一个男女分开的厕所了。后来，谷家庄、胡家湾、郭家湾队，相继也修建了男女分开的简易厕所。

第二是自己动手解决理发难的问题。二十中同学们在校集体住宿。在校期间，同学们之间互相理发，几乎人人都学会用理发推子和剪刀理发。我们决定立即购置一套理发工具，不仅为自己理发，而且还可以给社员们义务理发。

第三是解决吃菜问题。王军要求大家，把生产队送给知识青年们的少量土豆和腊肉，计划着吃，原则上每周吃一块腊肉。另外，托人从县城购买些咸萝卜或咸雪里蕻食用。等明年开春，生产队分给知识青年自留地以后，自己种菜。过年回西安时，记着一定要采购一些必要的蔬菜种子。

　　这是温江寺三队知识青年落户乡村后，召开的第一次知青会议，决定的三件事，虽然不大，几乎都是生活小事，但是，它的意义可不小啊。因为它标志着知识青年们严峻的农村生活正式开始啦。

郭欣根<br>
西安市第二十中学初六六届毕业生<br>
插队地点：凤县原温江寺公社温江寺三队

# 磨 面 记

我是在宝鸡县固川乡枣园四队下乡的，下乡以后才知道磨面是个大问题。

当地老乡磨面有两个办法：一是套上牲口就在自家的小石磨上磨，二是将粮食背下山到外队的水磨去磨。水磨坊是个盖在山沟小河上的木板房，利用水的冲力使水轮旋转，带动磨坊内的磨盘旋转。这技术在我国已有上千年的应用历史了，然而直到如今还是山区里的"先进"设备！记得初次来磨面的时候，走进那光线暗淡的木板房内，单调的磨扇摩擦声和震耳欲聋的水动罗的撞击声交织在一起，实在令人难以忍受，面粉末满屋飞扬呛得人直打喷嚏，再看那磨面人从头至脚连眉毛也成了白的，简直是个能干活的大雪人。

眼下正值旱季，河里的水很少，大石磨转得很慢。昨天老王哥打山下上来说：山下的三个磨坊里，磨颗桩子都排得长长的，没有三五天别想搭上磨。可是我们没有面蒸馍了，今晚的晚饭只有一锅稠稠的苞谷糁子粥——需要抓紧时间把面磨出来。

吃饭的时候，我问知青组长丁晨磨面的事到底咋办，他没有吭声。于是我对文清说："咱俩明天再到河南边（渭水南，晁峪）去磨一次面，咋样？远就多跑点儿路吧，只要去了能马上搭上磨就行！"

"去嘛，我倒愿意去，可去了那里也要等可咋办？"

志英是做饭的主力，她说："要不明天我跟队长说说，套上牲口先磨点儿面，再凑合几天，等磨坊能轮到咱们就好了。"

"挣死把活地磨上半天，还不够咱们蒸两笼馍！老是这么凑合总不是法子呀！"枝叶向有同感的丽珠嘟囔道。大伙儿沉默了起来，看来谁也没有什么好的主意。

"要不然，咱们就上宝鸡去！"小杨突然开口说道，"福临堡那里是电磨，磨坊又多！再说，有火车给咱们拉着粮食，下车就到，多省力！"咱们这小弟弟，平时就爱出些"鬼主意"，今天看来的确出了一个高招，大伙儿不约而同地齐声叫起好来。

一说上宝鸡磨面，大家都争着去，谁也不愿意留在家。"都别争了，马上再收拾些磨颗，咱们五个全部出动，这次就多磨些，也好多吃些日子！"头头说话了，"明天下山去宝鸡，争取后天回来。"

第二天吃早饭的时候，我惊奇地发现不只是生萝卜丝就稠苞米糁子，还有半发面的烙饼子。原来是志英向队长家大嫂借了点儿麦面，特地为我们大伙儿烙了一点儿干粮，好带在路上吃。吃罢饭，大家就开始收拾起行装来。四整桩子磨颗，有四百六十斤，各自用麻绳打好了背带结。再就是一只背篓，装上灌醋的大瓶子、盛辣子酱的瓷坛子、装着干粮的书包等。文清取了十元伙食费做磨面买东西之用的公款，其他人都或多或少地带了一点儿准备零用的钱。

火车是12点多钟到站，下山七八里路有一个来小时也就足够了，为免出意外，我们不到10点半就出发。五个小伙子四桩粮食不够背，大伙儿你争我抢地谁也不甘轻松，结果还是让小杨当了我们的后勤兵——背上那只背篓。

福临堡地处宝鸡市西郊，这里有家大工厂，穿过工厂福利区就是农村。我们一边走一边打问，很快便来到磨坊，一进门看见那一桩桩一袋袋的粮食，立即就傻了眼。还好，管磨大叔见我们是远道而来的知识青年，就安慰道："别怕，等这个磨完，就先让你们磨，我们都住在这里，晚点儿磨不算啥！"

我们等啊等，盼啊盼，工厂的高音喇叭转播完了"联播节目"后已经不再响了，终于轮到我们搭磨了。于是，上麦的上麦，接麸皮的接麸皮，尽管根本就用不了这么多人，可谁也不肯闲着。磨出了一些面粉后，丁晨挖了一瓢面粉跟小杨到管磨大叔家去给大伙儿烙馍去了，回来的时候，还拎来一罐热面汤。可能是饿了的缘故，虽说连咸菜也没有，可我觉得这热面汤就干馍吃得是多么香啊！这里所谓的电磨，其实只不过是电动的大石磨，效率也不是多么高。等我们将四五百斤粮食全部磨完的时候，已是深更半夜了。四周静悄悄的，工厂那边也没有一点儿响声，只是偶尔会从很远的地方传来火车的汽笛声。干活的时候大伙儿还挺精神的，现在一歇下来立即睡意沉沉。虽然磨坊里有一个土炕，可是炕上只有一张破席，再说窗户纸也破了几个大洞，寒风不停地由大洞吹进来，冻得人直打战，哪能躺得下！正当大伙儿发愁怎么熬到天亮时，小杨又来了一招："跟我来，那有个好地方，保管能睡觉！"原来不知啥时候，小杨在外边的场院物色了一个避风的小窑洞，里边除放了一张木犁外啥也没有，洞口就是一个大麦草垛子，于是我们动手拽了许多麦草抱进窑洞，铺得厚厚的，一个挨着一个地倒在麦草铺上睡下。我实在太困，躺下后很快就睡着了。不知道睡了多大工夫，我被冻醒了，

301

起来再裹紧身上的棉大衣,跺跺脚,还是冷得要命。这时,文清、丁晨和克智也同样被冻醒了,大家商量了一下,为了不被冻坏身子,还是起来走走,干脆连夜上宝鸡去!于是就叫醒了还在酣睡中的小杨,背上那只背篓,说说笑笑地向东走去。

　　大街上空荡荡的,没有行人,电杆上的路灯亮着的很少,好长一段偶尔有一盏发出昏暗的黄光。四周静悄悄的,没有一点儿声音,只听见我们零乱的脚步声,偶尔有一两辆汽车疾驶而过。

　　走完了贯穿市区的十里大道,来到灯火通明的火车站,一瞧大钟,时针才过3点半。在这宁静的深夜里,唯独火车站还是个热闹的所在,广场上不时地有人来往走动,旁边的茶社还在招揽着旅客,只要花两角钱就可以在暖烘烘的室内躺在躺椅上,再沏上一壶香喷喷的茶水。售票厅里熙熙攘攘,等候买票的旅客不整齐地排着队。走进那间不太大而乱哄哄的候车室,除了脸上能马上感到暖和一点儿外,那污浊难闻的气味也直接扑上脑门。这里除了等候乘车的和下车后不能立即离去的旅客休息外,还有不少白天到处流浪或不务正业,夜里无处安身的乞讨者和无业游民。温暖解除了大伙儿精神上的武装,引来了睡神,于是互相交换了一下目光,就各自寻找空闲的长椅或者墙角蜷身躺下,不久我就迷迷糊糊地睡着了。

　　白天,我们几乎逛遍了城中每个热闹的地方,并在一家小小的饭馆里美美地饱餐了一顿——回锅肉和砂锅豆腐下米饭,像这样丰盛的饭菜除了回西安在家能吃上外,平时在山上是连想也是奢侈的。饭后又为在山上的女同学买了些方便带回的小笼蒸包。等办完了采购任务后,谁也没有心思闲逛了,只急着能早点儿回到好像已离开多日的那座一明两暗的大房——我们新型的"家"里去!

　　下午2点多钟了,我们背着磨好的面粉,来到福临堡车站,等候西去的列车。这儿是每天只停一对慢车的货运站,没有高高的站台,带重东西上车很不方便。于是我们进行了具体分工,以保证在仅有的一两分钟内将全部五件行李都装上车去。

　　晚点了近三个小时,列车终于长鸣着汽笛进了站,车刚刚停稳,克智和小杨就立即蹿上了车,我们三个在车下连忙把沉重的粮袋往上递。还没有递完,列车员走到车门口,看了一眼我们这么多东西,就向我们要车票。小杨反应快,忙答道:"等我们递完东西,上来就给你看。"

　　可这位中年列车员看了我们不太自然的模样,断定我们没有车票,就凶狠地说:"不行!没有车票就别想坐车。"边说边将我们已经递上车的粮袋硬推了下来。我连忙哀求道:"叔叔,我们是下乡知青出来磨面,实在是没钱买票了,只坐三站路到固川下车,就让我们上去吧!"

"不行就是不行，少说废话！"那狠心的列车员丝毫没有同情心，又将小杨和克智也推了下来，并挖苦地说道："知识青年怎么啦，坐车不想买票，怎么受的再教育！"

我们一看这个车门是上不去了，时间是宝贵的，火车只停两分钟啊！于是连忙背起粮袋分别向前后两边跑去，希望能在其他车门上车。可那个可恶至极的列车员还不肯罢休，又向邻近的列车员喊道："这几个没车票，别让他们上车！"我们跑到邻近的车门时，没有旅客上下车了，列车员就连忙将车门关上，我们只好继续拼命地跑。汽笛一声长鸣，列车缓缓地开动了。我停住了脚步呆呆地望着火车从身边开过，只见那该死的中年男列车员一脚蹬着扶手柄，斜靠在门旁得意地朝着我们奸笑着。

小杨沉不住气，哭着说："钱也花完了，馍也不多了，难道在这儿还要再等一天才能回去？"在固川停车的还有另外一趟车，那趟车在福临堡不停站，要想乘那趟车，只有东到宝鸡或西到林家村才能搭车。虽说这儿离宝鸡近些，可宝鸡是大站，没票连站也别想进去！最后大家一致同意步行到离这里有十四里路远的林家村去乘晚上10点才到的那班车。

在我们等车的时候，天上已经开始飘起雪花了，现在眼看着天色将黑，雪也渐渐地下大。经过打问，才知道从这去林家村没有公路，只好顺铁道而行了——这也罢，不用担心迷路。反正还有五个小时呢，这十来里路就是爬也能爬到！为了防止路滑，克智和丁晨分头找来几根木棍，每人手拄一根，必要时也能做防卫的武器。

风越刮越大，鹅毛大雪不停地下着，为大地均匀地盖上一床洁白的被子。天完全黑了，虽然没有月光，但漫山遍野闪亮的雪为我们照着路。一路上没有遇见任何一个人，只有那两根躺卧在大地上闪闪发亮的钢轨，始终在我们身旁忠实地陪伴着，并为我们指引着前进的方向。大伙儿再也没有像昨晚夜游宝鸡那样的雅兴了，一个个垂头丧气地弯腰背着那近百斤重的面袋，一手拄着木棍，拖着沉重的步子一步一个脚印向前默默地走着，谁也不肯多说一句话。遇到能比较容易放下袋子的地方，就悄悄地歇息一会儿，然后继续往前走。顺着铁道走远路可真不是味，一会儿在路基边缘的小径上走，一会儿无路可走只好走在铁道里，两脚不能迈得如在平地上那般均匀自如，只得踏着枕木小步移动。这还不算什么，更为重要的是还必须时时刻刻留心、提防和躲避那会突然出现的疾驶的列车。为了打破一路上这沉闷的气氛，我轻声地哼起了"看飞雪，漫天舞，巍巍群山披银装，好一派北国风光……"哼着哼着，大伙儿也随声附和起来。负重远行对我们来说已经习以为常了，但今晚这十多里的路程却是那样的漫长，好像永远也走不到头似的。忽然，文清用手指着远方一黄一红的亮光大声喊道："看，那不是信号灯吗？我们快要走到了！"一听说林家村就在前面，大家顿时又兴奋起来，不知哪来的那么一股劲头，加快步子向前走去。

　　林家村站地处西山的山口，是个只停慢车的四等小站，这里虽说离宝鸡不远，但是还没有通电，因此四周都是黑黝黝的，只有那些信号灯发出并不很亮的红光、黄光或紫光。凭借着漫山遍野的雪光可以模模糊糊地看出车站的大概轮廓：三股铁道从站中穿过，北面是高高的用片石砌起的防护坡，南面站台上有几间站房，站房背后坡底下滔滔渭水刚刚从山谷奔流而出，发出很大的声响。走进那间小小的候车室，只见半空中悬挂着一盏马灯，屋当中有一个砖垒的火炉，火虽不很旺，但凑上去还能感到一点儿温暖。整个候车室内只有两三个人蜷身和衣躺在仅有的两张长椅上。我们来到运转室询问列车什么时候到，得到的回答使人那样的失望和气愤——列车晚点得都无法估计了！

　　八九个小时过去了，列车呼啸着终于驶进了车站。可能是因为夜间行车，车厢门口看不见偷懒的列车员的影子，我们顺利地上了车。三站的路用了半个小时，车到固川的时候，天已经大亮了。下车后向四周望去，白皑皑的群山，真是"银装素裹"，十分气派。终于到了固川，可眼下这么大的雪，大伙儿又饿又累，怎么才能把这沉重的面粉背上山呢？正当大家商量着是否将粮食先寄放在公社，只背一袋上去的时候，忽然听见远处有人在喊："喂！小杨、民学，我们接你们来啦！"大伙儿循声望去，只见前面西闸口有三个姑娘牵着两头牲口正越过铁道挥手朝这边走来，顿时大伙儿高兴地跳了起来，也招着手扯着嗓子地答应着。我不知道为什么忽然感到眼泪流了出来，连忙转身悄悄地用手擦去……

王民学，男
插队地点：原宝鸡县固川乡枣园四队

# 天国里有我的同学

"昨夜的星辰已坠落,消失在遥远的银河……"这带着几分苍凉的歌声常常勾起我难以忘却的记忆。在黎明的回顾中,有颗明亮的星却难以磨灭,因为在黑暗的长夜里,它曾经努力地闪烁过……

这颗闪烁的星渐渐幻化为一个熟悉的身影,亲切的面容浮现在眼前——马英佳,我的美丽善良的同学,我们的好姐妹,你在天国可好吗?

## 一

记得1968年的秋天,共和国正处在"文化大革命"不断胜利的亢奋状态中,"最高指示"的声音响彻云霄。在大有作为的豪言壮语中,抱着接受再教育的虔诚心理,抑或是无奈的离别愁绪,我们离开母校,告别古城西安,来到位于秦岭深处的宝鸡县固川山区插队,开始了上山下乡的知青生涯。在这里,我正式认识了马英佳。她身材苗条,举止文雅,音容笑貌让人觉得亲切。她是我们的知青组长,是由十名知青(五名高一男生、五名初三女生)组成的大家庭的小领导。其实,早在学校时,我就知道她是个优秀人物:担任学校团委委员,在同学中威信很高。虽然低我一级,但我却从内心里佩服她。

知青组长马英佳怀着热忱投入工作中。每天领着我们列队向伟人圣像请示汇报,组织学习《毛选》,召开生活座谈会……从阶级斗争到柴米油盐,一板一眼,极为认真。真有点儿后来刘心武写的小说《班主任》里那个"团支部书记"谢惠敏的气质。我想,和这种认真正统的人相处真麻烦。

我们所在的生产队位于公社最远的边缘地带,与其他公社接界,是真正的深山荒林。人口稀少，劳动力奇缺；全队十三户人家（其中四户是光棍汉）分住在五处，距离最远的两处光走路就要四五十分钟；总共四十余口人，真正算得上壮劳力的不到十个，其余都是老弱妇幼，不少人患有大骨节等地方病。知青的到来是破天荒的大事，打破了原有的宁静和封闭，改变了人口结构。用公社干部的话来说："到哪儿去找这么齐刷刷的十个强劳力？"

集体财产是由无数小块耕地构成的四百多亩农田，星罗棋布地分散在两条深沟几道山梁的坡坳处，连两轮的人力架子车都无法使用，所有负重运送的活计全靠双肩和背篓。农民们日未出便作，日已暮始归，实行广种薄收，粮食产量很低。平时的除草、背粪类小活都是各处分散劳作，只有播种、收获才是全队集体统一干活。如果不是土地公有、劳动产品统购统销的话，这就是典型的原始状态的自然经济。当我背着麦子翻越到几十里外的磨坊，看着嗡嗡转动的水车时，仿佛回到中世纪的汉唐时代。

除了评定工分、年终分配这样必须的会议外，队上平时很少有集体活动，更谈不上什么文化生活。这和其他相对发达的农村环境完全不同，在那儿传统的民风习俗，浓重的地域宗族观念，深厚的文化积淀，很快就将知青们融合同化。而所有这些在我们这里都感觉不到；我们知青的生活自成体系，似乎没有受到农民的影响。

正是这种境遇，让我们有种"天高皇帝远"的感觉，仿佛来到与世隔绝的桃花源里。欢乐和无所畏惧是青春的属性。初上山的日子虽然心理压抑，但气氛是热烈而欢快的。适应了高强度的山区劳作后，我们建立了自己的生活秩序：砍柴磨面、担水做饭、吹拉弹唱、读书诌诗、胡吹乱谝……男生多的是豪放，充满山野情趣；女生多的是谦和，带有温良气息。她们不像有些女生那样好是非爱计较，小家子气。女生帮男生缝补拆洗，男生积极承担重活，友好和睦，其乐融融。记得初次洗衣服时，我颇感为难，马英佳看见了说"快拿来"，我大喜道："谢谢雷锋！"我是懒惰的，在家从未洗过衣服；而在插队的几年里，我的缝补拆洗活全由几位女生包办。我知道，这是亲姊妹们才会做到的。

低矮的小屋里飘出了歌声，劳作的梯田里响起了歌声，崎岖的山径里回荡着歌声……歌声伴随着岁月流淌。一次饭后，我在院外的空场上休憩。脚下溪水潺潺，对面翠柏郁郁，柔和的山风吹拂着面颊，感到一阵惬意，不由得放声高歌——其实是乱吼。马英佳轻盈地走来，组里养的小黑狗在后边讨好地跟着。她笑道："无机，你唱歌怎么老跑调？"我狡辩说："这叫发挥，你懂吗？如果歌不成调你能听懂，那才叫水平！"她大笑起来，说："你满嘴歪理，好歌让你唱得这么难听，不怕影响我们的寿命？……不过呀，唱歌是抒发感情，你说得也对，歪理也是理。"

接触多了，我发现马英佳其实并非那个谢惠敏式的政治教化工具，而是很理性和善解人意的。记得有次只剩我一人在队上留守，吃饭自然是将就凑合。一天晚上马英佳和另一位女生回到队里，知道我很狼狈，便从行李里拿出一个饭盒说"你吃吧"。呵，油炸带鱼，好香！我毫不客气地大吃起来……一边的女同学终于忍不住说道："哎，哎，你也太不客气了吧？"我这才发觉：小半盒没了。马英佳也笑了说："留点儿明天吃吧。"这盒鱼是她妈妈特意给她补充营养的——哈哈，我也真是不客气！

在沉重的劳动和谈笑歌声中我们接受了社会生活的最初洗礼。幽静的深山因我们的到来添加了活力，封闭保守的山区农民从我们身上领略到城市的文明。

## 二

鲜艳的色泽褪去后，必然是衰败的迹象。随着光阴的推移，日复一日的原始耕作，看不到头的灰色光景消磨了初到的热忱，我们变得消沉起来。沉重的劳动和极简陋的物质生活倒还能承受，因为无数中国农民就是这样长期生存的。可我们毕竟是在"好好学习，天天向上"的关怀教导下成长的；怀着"做共产主义接班人"的革命理想，又经受了"文化大革命"的风雨，是到广阔天地来"接受再教育"的知识青年……严峻的现实让人对前途和出路问题产生疑虑。

大家心思渐渐沉重，慢慢表现出复杂情态。我也给一幅山鹰图乱诌了两首小诗以抒心情：

其一："青山夜栖鹰，不眠辞五更；待飞欲展翅，迟见旭日升。"

其二："振翅无归意，天涯残云稀；青山看峰锐，峻岭随我栖。"

以山鹰自诩，无奈的自恋；渴望高飞，有点儿痴望……对于所谓出身不好的我来说，无非是借以宣泄苦闷和期盼。

马英佳和众多女生却表现得很平静，依然认真地劳作、快乐地生活；心情淡然，似乎无所思想。其实，她们内心也充满渴望，但并未流露明显的情绪。她们已经再教育成了具有坚忍承受能力的劳动妇女，这种平静和淡然的态度，正体现了人性的朴素本质。

如同死水也有微澜，平静的生活里潜伏着暗流。大有作为的豪言壮语息声后，矛盾难以继续掩盖。是非冲突、利益计较，尤其是为了推荐招工的争斗倾轧……许多知青小组失去平静，争执吵闹，甚至打架不断出现。某队的一个男生为了女友的利益，竟然和别的男生大打出手，晚上戴着安全帽手持长矛为女友站岗守夜……曾经友好的集体濒于解体，分灶另过在许多小组普遍发生，成为一种风气。

我们的知青组虽然自始至终没有分灶，但起初热烈团结和睦的气氛逐渐消失，彼此的友好信任和真情渐渐变得疏远和冷漠，猜忌和冲突在所难免。不通世故、简单懵懂的我为之深感痛苦，也曾暗自伤神，只能无奈接受和学会适应。

组里的女生们也变得消沉起来，她们大多天性善良软弱，在是非争斗中常是无辜和被动的。一次争吵冲突后，马英佳甚至生了一场病。冬季的山风格外凄冷，我站在院外的场地上，看着对面山坡的片片残雪，一片肃杀，感觉到骨头里的冰凉。病后的马英佳脸色憔悴，拖着虚弱的步子也来到这里。谈起发生的冲突，说到一些荒唐的事情，她痛楚地说："咋会变成这样？……一想到这些事情，我的心都揪到一块……"不远处，我们养的那只小黑狗僵硬的尸体躺在坡边，已经被狼啃掉了半截。马英佳看了一眼，回过头来，脸上布满悲哀……

此情此景，我终生难忘！这真是"断肠人在天涯"。

这就是插队生活的另一面。作家老鬼用《血色黄昏》描绘了普通知青生活的基本色调。的确，是血色的；或者是灰色的。

马英佳随父母工作调动来到西安，后进入我们西安市五中上学。她从小在集体环境成长，又长期担任学生干部，早已形成正统的定式思维。她抱着"葵花永远向太阳"的思想感情和做张思德、白求恩式人物的人生态度走上人生最初的旅程。她珍惜同学之间的友谊和温暖，渴望同甘共苦的患难真情，也企盼着美好的爱情和前途。这种理想化的思想感情和友善待人的纯朴心理，对于环境的改变和角色的转换是很难适应的。

当年，我们许多知青都有这样的心路历程，人的痛苦体验主要不是来自物质的匮乏和境遇的艰险，而是心灵的感受。"我在孤山眺望家乡，泪水就流成了河……"那时流行的一些知青歌谣正是这种生活现实的反映。

时光在缓缓地流逝，日子在默默地度过……直到招工机会来临，才打破了这种局面。

1971年初，马英佳和几位同学被招到宝鸡市粉末冶金厂当工人。她从接受再教育的插队知青一跃而为"领导阶级"的成员，实现了人生的升华。在这里，马英佳收获了爱情，同厂的一位宝鸡工友成了她的丈夫，这引起一片非议：以她的个人条件和身世经历，应该找一个各方面更优越的人，起码也是见过"大世面"的西安知青。对于这些说法，她给我提起时只淡淡地说道："随他们说去吧，我走自己的路。"依然是那么朴实。

他们住上了厂里分配的一套二三十平方米的小单元住房，令人眼红。那个年代，许多单位职工无房。几代同堂、蜗居棚户区是普遍现象。我远在西安的妻子，在一家大型国企的职工医院工作，带着孩子如同游击队一样搬了十次家，尚无立足之地！马英佳一结婚就有自己的安乐窝，真是天大的好事。

他们编织了一个精美的摇篮，宝宝躺在里边，望着人手舞足蹈，咿咿呀呀，一派温馨，充满幸福，让我羡慕。后来他们把摇篮送给了我，我的孩子也在里边慢慢摇大。

## 三

1979年，我调回西安，终于解决了两地分居的问题。生活环境的改变和职业的抉择，驱使我埋头于读书进学和教书育人的劳碌中，顾不上和外界接触，和同学渐失联系，也再没有了马英佳的消息……

1999年，我担任新一届高中学生的班主任。班上有位同学的家和马英佳父母住在一起，我忙托他打听马英佳的情况。

终于有了回应，电话那头传来声音："我是马英佳的妹妹……谢谢你还记得我姐……她已经不在了……有十年了……"

什么？——离开人世？十年了！

听到这个噩耗，我登时愣住，一种悲哀涌上心头，半天才从木然中恢复过来。

这到底是怎么回事？又是为了什么？

几经打听，总算知道了事情的原委：

20世纪80年代后期，城市经济体制改革深入发展，粉末冶金厂濒临破产。他们夫妇面临下岗困境，只好另谋生计。马英佳被一家区属工厂看上，遂调过去，并委以"办公室主任"的职务；厂子机构不健全，许多杂事都交给她，忙得不可开交。任劳任怨的马英佳却也满足——毕竟有工资发。

而丈夫最终因企业被兼并而离职下岗。丈夫决定与别人一块搞种植业，到农村种地去。他们在百里外的千阳县承包了一块山地，播下了希望的种子；马英佳在城里抚养幼小的孩子，定期给山里的丈夫运送生活用品。

载重卡车喘着粗气，缓慢地爬行在蜿蜒起伏的山区公路上，马英佳带着儿子龙龙搭乘这辆货车进山。除了米面蔬菜外有时还带点儿肉类，为了慰劳辛苦的丈夫，她还特意带来一瓶酒。丈夫在山里，她的心也在山里。

当年为了接受再教育，她昂首登上崎岖的山路，豪气满怀；今天因为生活所驱，她重新踏上进山的公路，辛酸满腹。人生犹如戏剧，情节多变，她一生注定了要和大山结缘。

　　看到丈夫真是高兴，儿子更是欣喜不已，一家享受着团聚的欢乐。初夏的夜幕降临，母子俩才不舍地搭上汽车返回。劳碌一天的马英佳渐渐入睡。

　　夜幕中忽然响起"啊……啊……"的惊叫声，夹杂着沉重的金属撞击声，汽车翻滚着栽下一百五十米的深沟——车祸发生了！黑暗里传来马英佳痛苦的呼唤："龙龙……龙龙……"儿子听到母亲挂牵的呼声越来越弱，最后终于消失……

　　医院的急救室里，马英佳早已停止呼吸，她的肋骨全都折断，体内的脏器多已摔碎。龙龙并无大碍，同车的其他人多只受了些伤，她却丧失了生命。这是1989年，她刚满三十九岁。

　　她的丈夫木然地蹲在地上，如同傻了一样，一声不吭。女同学为她更衣装殓，翻开箱柜，大家心里一阵冰凉：除了几件工作服是新的，竟找不到一件像样的好衣服。整容化妆后，马英佳的面容安详平静。她的生命带着最后的尊严告别这个世界，她的灵魂体面地升入天国。

　　一个善良美好的生命过早殒灭了，英年佳人，死于非命！能不伤痛？大家失去了一位患难相恤的好姐妹——她在困苦中悲惨地离去，她还没有过上几天好日子！

　　对于这悲惨变故我怎能接受？多年来，我已自觉地把她当作可信赖的真诚朋友，一位曾经至诚相待、给予我许多帮助的好姐妹。和马英佳她们的交往曾经让我感到快乐和温暖，她们的友情是我生命中的宝贵财富。交一善者，可效其善；交一恶者，可从其恶。当暮年的我回顾往事时，总是佩服马英佳她们人格的健康、纯朴和高尚；她们身上体现的真善美的品质，也是后来我从教生涯中的有形或无形的参照，影响了我数十年来对待学生的职业道德和价值标准。

　　痛定思痛，望着知青小组留下的集体合影，我百感交集——知青大家庭一起生活的岁月，留下了终生难忘的记忆；那一段共同人生的珍贵价值，就是患难相恤！

　　我的同学们，你们可好？

　　天国里的马英佳，你可否涅槃？

无机，原名武清彦<br>西安市第五中学高六八届毕业生<br>插队地点：原宝鸡县固川公社四家坪大队五小队

陕西知青纪实录

# 知青点上那条狗

四十年前，我在一个小山村里度过了几年"知青"岁月。每当回忆起那段，我总是要想起那条叫花花的狗，也总感到一阵阵揪心的痛楚。

我插队的那个村子坐落在陕南商县板桥的两座大山之间，距县城四十多里。我们住在生产队特意腾出来的一间工房里，这间工房孤零零地坐落在半山腰，距离最近的人家少说也有两三里路。房后是一座废弃的砖窑，原本是制砖工匠的临时住房，多年不住人，四处透风不说，茅草屋顶与四堵墙之间竟然留有一尺宽的空隙，躺在床上，能透过这条"缝儿"数天上的星星，真不知当初是怎么盖的。我们知青住进去之后，老乡们便把这间工房叫作了"知青点"。

那年冬天一个大雪封山的夜晚，屋外，西北风尖哨般地呼啸；屋内，我蜷缩在被窝里，被窝上落了薄薄的一层雪花。同学们都回城里去了，知青点里就剩了我一个人，极度的寒冷和孤独产生的恐惧让我难以入眠……

半夜时分，一阵抓挠门扇的声音由小到大，由慢到快越来越响，我开始发抖，山里是有狼的，冬天的狼尤其凶恶，经常有老乡的家畜被狼叼走。我怕落进狼嘴里，于是，我本能地呼喊叫骂起来。抓门的响声停顿了一会儿，又响了起来，我再一次叫骂呼喊……

天亮以后，我战战兢兢地打开房门，看见一条灰白斑点的狗蜷缩在门外，瘦得只剩下皮和骨头的身子抖得比我还厉害。我呵斥了几声让它走开，它只是睁开眼看了我一下，动也不动，那无神的眼光里充满了可怜巴巴的乞求。

我的早饭依然是永远不变的苞谷糁子"稀糊汤"。熬苞谷糁子时，不知怎的就比平时多添了一勺水，隐隐约约觉得，就是为门口那条又冷又饿的瘦狗准备的，大概是同病相怜吧。当我用一只破碗盛上"稀糊汤"放到瘦狗嘴边时，它看了我一眼，我竟然从它眼里看出了感激。它慢慢地站了起来，然后极快地喝完

311

了"稀糊汤",还用舌头把碗舔了又舔。看着它可怜的样子,我忍不住把自己碗里的苞谷糁子又倒了一些给它。吃完了,它就悄悄地在老地方趴了下去。

中午时分,也许是太阳出来空气中有了些许暖意,也许是那点儿稀糊汤起了作用,当我再次从知青点出来时,那条狗的神情完全变了,眼睛里透出亮光,摇摆着尾巴围着我直转圈,赶都赶不走。

下午吃饭时,它还在老地方趴着。我端着半是酸菜半是面条的老碗,犹豫着该不该继续喂它,因为我的粮食实在不够我自己吃。最后,我还是硬着心肠吃光了面条,只把面汤倒给了它。

那天晚上,西北风还在尖哨般地呼啸,被窝上还是落了一层薄薄的雪花,我却睡着了。因为我知道,门外有它守着。

从那以后。那条狗就再也没有离开过知青点。

到了夏天,我带它到山泉里去洗了个澡,发现它雪白的皮毛上镶嵌着几点淡淡的褐色斑点,很是漂亮,当时就给它起了一个挺可爱的名字,叫花花,还在门口用废砖给它垒了一个窝。

它似乎知道我的粮食不够吃,每到吃饭的时候,它总是跑到村子里自己去觅食。有一次我竟然看见它在老乡的鸡窝下边用爪子掏出鸡粪吃,老乡的孩子用石块砸它赶它,我的心突然就缩在了一起,感到了一种莫名的伤痛,不知是为自己,还是为了花花。

有时候我回城里待几天,回来时总会在进山的沟口看见它在等我,沟口距离我们的村子五里地。当我的身影刚一出现,它就箭一般蹿了过来,围着我欢快地跳来跳去,用舌头舔我的衣服,尾巴摇得人眼花缭乱⋯⋯

几年以后,我参加工作回城了。临走前,我专门向花花道别。这次,它没有任何表示,只是静静地送我到沟口,看着我坐上了单位派来的大卡车。

在高低不平的公路上颠簸了两个多小时,当我在家门口下车时才突然发现,花花一直紧紧地跟着卡车也来到了这里。它的嘴巴大张着喘息,舌头伸出老长,那一刻,我的眼睛猛一下湿润了⋯⋯

花花在我家的院子里待了两天就不见了,我到处打听,后来才听村里来看我的老乡说,它又回知青点去了,每天晚上,还待在老地方。

从那以后,每过一阵子,花花都会从乡下跑到我家来,待上两天又回去。我千方百计想留住它,有一次用绳子把它拴了起来,可它终归还是挣脱跑了回去。也许,它认为我只是临时住在这里,那个知青点才是我永远的家,它要为我守在那里⋯⋯

终于有一天,是花花该来的日子,可它再也没有出现在我家的院子里。我托人到知青点看了才知道,花花已经生病死掉了。死的时候,还趴在知青点门口,眼睛睁得大大的……那一夜，我又一次失眠了，枕头上浸满了泪水……

去年，我在下乡途中看见一条和花花一模一样的狗，我立即花钱向老乡买了回来，还是把它叫花花。每天，我都用心用意地呵护它，我知道这就是当年的那个花花。

王向古

# 插队记忆两则

## 吃　　蛇

　　我们几个知青上山劳动时，打死了一条蛇，虽不足二尺长，但也是肉呀。大家兴高采烈地回到知青点，由被大家誉为厨师的李东劳同学亲自剥洗，像做鳝鱼那样将蛇肉切成寸把长短的蛇段，准备大吃一顿。

　　我们听说南方人爱吃蛇肉，但南方人怎样烹制却无一人知道。大家为这个七嘴八舌地讨论了半天还是莫衷一是，最后还是由烹饪权威李东劳做主，他说：南方人一般的做法是蒸，在蒸米饭的时候将蛇放在米上，饭蒸好后，蛇油、蛇肉就留在了米饭上，米饭又油又香。听得我们大家直流口水。说得虽然热闹，但遗憾的是，这办法对我们来说毫无意义，因为我们根本就没有米。当时，即便是在城里，也只有过年时每人供应几斤米，更别说我们当时在农村了。到哪儿去弄米？

　　当然，没米也难不倒我们这些饥不择食的知识青年，李东劳用盐、调料将蛇段浸腌了几分钟，整齐地码在饭盒里，锅里加上水，将饭盒放到锅里蒸。我们思量着这应该和放在米饭上差不多吧？

　　说干就干，大家你去河边打水，他去屋后拾柴，不大一会儿就听见锅里水开得咕嘟乱响。又眼巴巴地等了一会儿工夫，等得急不可耐的我们便将锅打开，取出饭盒，争抢着夹起一块蛇肉就往嘴里放，一咬脆生生的，血水直流，没熟。只好又放进锅里去蒸。这次我们吸取了教训，蒸的时间比较长，大约蒸了一个小时之后，我们再次打开锅盖，取出饭盒一看，蛇肉已经发暗，心想肯定熟了，结果又一次出乎我们意料，吃在嘴里硬得咬不动。

　　大家面面相觑，不知是何原因。既然已经是这样，就再蒸，不信蒸不烂它！直到蒸得肉发黑，锅烧干，该死的蛇肉却越来越硬，根本不能吃了，最后只好遗憾地把蛇肉倒掉了。

蛇肉没吃成，反而勾起了肚里的馋虫，对蛇肉的垂涎历久不衰，年轻气盛的我们发誓，吃不上蛇肉，誓不为人！过了一段时间，我们回城好不容易弄了点儿米，拿回知青点一直舍不得吃，就等着再弄条蛇过过米饭蒸蛇肉的瘾，可是几个月过去了，尽管我们一直在寻寻觅觅，却再也没有抓到一条蛇。直到有一天我去公社同学处借粮，我们知青点已经断粮两天了，就这我们也没舍得动那点儿大米。没借到粮食返回时路经另一个知青点，碰见在那儿插队的同学吴铁虎，和他站在山涧边说话的工夫，听见在涧下边犁地的社员乱喊起来："蛇！蛇！蛇！"

真是踏破铁鞋无觅处，得来全不费工夫，我们两人不约而同地扑了下去。一条有锄把儿粗细的花蛇正在石壁上游走。我们俩又是不约而同地行动起来，一个夺过犁地社员手里赶牛的鞭子打，一个端起石头砸，在我们齐心协力的奋斗下，终于将蛇打死了。双手一提，足有两米多长，沉甸甸的。我心里高兴，要提回去给大家做米饭蒸蛇肉吃。没想到吴铁虎坚决不答应，说他二胡上的蛇皮坏了，早就想弄一条大蛇剥皮蒙二胡。我知道他说的是假话，他那二胡拉得比扯锯还难听，二胡早八辈子就让他给填进灶里当柴烧了。他跟我一样，是想拿回去吃肉，只不过不明说罢了。

争执了半天，我终于比不过吴铁虎的厚脸皮，说考虑到同窗九年的同学情谊，让给你吧。

两手空空地回到队里，建富、东劳几个人听说这件事后，把我骂得狗血淋头。

就这样，两次与蛇肉失之交臂，一直到从农村出来，我们再也没打到一条蛇，因而吃米饭蒸蛇肉的愿望一直没有实现。到现在同学聚会的时候，建富和东劳几个人还在埋怨我。

## 杀　牛

昔日知青同学重聚，谈起四十年前那段下乡插队的生活，唏嘘感叹中总离不开一个"吃"字，那是因为那时的知青与其说是"接受贫下中农再教育"，不如说是去接受艰苦生活的磨炼更贴切。

我们也一样，下乡三年中，我们的头上始终笼罩着饥寒交迫的阴云。

记得那是下乡第二年的一个冬天，我们扛着砸石头用的十八磅大铁锤，饥肠辘辘地从修梯田工地收工回村。刚刚进村口，一个老乡便急匆匆地迎面跑来，离老远就喊叫着说，大队长让我们赶快到北沟口去。

什么事这么急？莫非国民党反动派又派飞机到咱商洛山区空投特务来了，派我们这些武装民兵去搜山？那几年我们没少干这种一惊一乍的事。

我们连知青点都没来得及回，便扛着铁锤匆匆朝五里外北沟口的三队赶去，敌情大如天哪！

到了北沟口，看见十几个人围在那里，大队长见我们到了就迎上来说："今天有一个特殊任务交给你们，咱大队最好的那头犍牛滚坡了，从山上摔下来的时候把腰摔断了，唉，多好的牛，废了。没办法，只有杀了卖肉了，还能给大队弥补一点儿损失。叫你们来就是杀牛。"

我的天！这头牛我们用过，又高又壮，浑身的腱子肉，犁起地来健步如飞，顶平常的两三头牛用，不但是大队的依靠，而且是饲养员老吴的心肝宝贝。我们看见老吴正蹲在大犍牛旁边抹眼泪。

我们走进人堆，只见这头大犍牛躺在地上，浑身乱抖，奄奄一息，见我们来了，似乎预感到什么，勉强抬起它那沉重的头颅看着我们，似乎是在乞求我们救救它。它哀求似的目光让人看着非常难受。

大队长拿来一个鸡蛋大的鹅卵石，说："把这个石头放到牛两眼中间凹陷的窝窝里，用大锤猛砸，就可将牛打死。这是我们从小养大的牛，实在狠不下心，下不了手，只好让你们来干。"说着还给我们指了指牛头上的位置。

我们四个人面面相觑，没有一个人伸手去接大队长手里的鹅卵石。大队长加重了语气，命令道："这是贫下中农交给你们的政治任务！"

这头平日力大无穷、干活最踏实的大犍牛浑身颤抖着，大睁着的牛眼里流出了两行混浊的眼泪。它好像听懂了大队长的话，知道了自己的悲惨命运，它让我们心酸不已。面对这样一头通人性的牛，我们如何下得了手？我们的心也像它一样颤抖起来……

围观的老乡越来越多，有男有女，有老有少，还有几个小孩子。在大队长的不断催促下，我们四个人中最大胆的吴建富终于受不了了，喊了声："我来干！"便雄赳赳地拎起铁锤，接过大队长手里的鹅卵石放在大犍牛头顶上的窝窝里。在孩子们的惊叫声中举起大铁锤闭起眼睛砸了下去……

牛哞的大吼一声，眼睛瞪得老大，巨大的头颅猛地摆动了一下，两条前腿猛蹬地面，似乎要站起来，但终于站不起来，已经昂起的上半身沉重地跌回地上，从它疼得不断抽搐的四条腿可以看出来，它在经历着怎样的痛苦……

大队长声嘶力竭地大喊："快砸呀，不要让牛再受罪了！你们是红卫兵，要听贫下中农的话。"大概大队长真的急了，连老人家都搬出来了。

但是吴建富再也没有勇气，大概也没有力气再一次举起铁锤了。大队长说得对，与其让它这样痛苦，不如给它个痛快。我冲上前去，夺过吴建富手里的铁锤，举起来，没命地往牛头上砸去，不是瞄准牛头那个窝窝上的鹅卵石，而是直接砸在牛头上。鼓起的牛眼还在看着我，眼睛里没有仇恨，没有反抗，只有可怜的哀求……唉，牛啊——

一下，两下，三下，四下……我们几个知青轮流冲上去，举起铁锤没头没脑地砸向牛头，看着我们的牛眼始终在看着我们，哀求着我们，一直到死，还瞪得大大的，看着我们……

我们几个知青浑身虚脱了似的，慢慢地走回知青点，悲伤的心情久久不能平静，那一对鼓起的牛眼、乞求的牛眼、流出混浊眼泪的牛眼始终在我眼前晃动。

当天大队长派人将牛现场剥杀，在我们居住的知青点下面的场院里支起大锅，将牛肉煮熟，全村人美美地吃了一顿牛肉。我们没有下去吃，大队长特意派人给我们送上来四碗，可是我们没有一个人吃。虽然那时能吃上一口肉确实是很奢侈很难得的事，但我们经历了"杀牛"的全过程，实在难以下咽由自己亲手杀死的牛的肉。尽管我们对自己无可指责，就像大队长说的那样：我们是红卫兵，是在完成政治任务。

第二天，队长派了几个社员，将煮熟的牛肉挑到集市上卖了，为生产队赚了一笔不菲的副业收入。这头牛活着的时候为生产队踏踏实实，任劳任怨地耕地干活，受了伤以后被残忍地杀死，身上的肉还为生产队做了最后一次贡献，可怜的牛啊！

高延龙<br>插队地点：商洛地区

陕西知青档案

# 别样的"接受再教育"

1968年11月18日,宝鸡中学三百余名初高中学生在工宣队的带领下乘坐大卡车浩浩荡荡地向位于陕甘交界深山中的宝鸡县香泉公社进发。当天大雾弥漫,五六米外就什么也看不到了。由于山高路陡,车在云中雾里小心翼翼地穿行,不少同学开始呕吐。几个小时后,汽车终于翻过牛头山停在山巅。工宣队的师傅告诉我们,公路只修通到这里,到距离最近的知青点也还要走十几里山路,远的还要走三十多里。有的同学一路晕车,加上看到茫茫无边的大山、身着破旧衣衫的村民,不由得情绪低落起来。有的女同学看到长着大脖子的老乡,想到将要在这里生活一辈子,竟与陪同前来的父母抱头放声大哭,场面非常凄惨。

走了十几里山路后,终于来到了我们的落户点——前锋五队。前锋五队坐落在香泉镇上,离公社政府所在地只有几百米,和其他知青组相比,自然条件是最好的。当年每分工八分钱,而邻队的三队每分工仅有八厘钱,一个壮劳力干一天活记十分工才八分钱,不够买一斤玉米。我们知青小组有四个男生和七个女生,被称之为"四剑客"与"七仙女"。

稍事休整后,我们就参加了挖玉米秆的劳动。

参加生产劳动的同时,我们就在思考一个问题:农民祖祖辈辈都是这样依靠原始的手工劳作,虽劳苦却效率低下,为什么不能改变这种现状呢?

## 让电灯光照亮小镇的夜晚

每当夜幕降临,香泉镇除了星星点点微弱的煤油灯光外,就剩下一片黑暗。镇北面有条小河,几年前曾修过一座小型水电站,是座二层简易小楼,一层安装了一台 30kw 的发电机。水电站诞生后不久就停止了运转，我们向公社领导要求修复水电站，得到支持。我和郝振英对水电站进行测量和设备检测，发现了症结：其一是水量不足，水的落差也不够；其二是水轮机摩擦力太大，水的能量损失过大；其三是发电机出现故障。针对问题，我们根据中学所学能量转换和电学知识，提议重修引水渠道和建一个蓄水池，同时将水轮机的高度降低两米，使水的势能更多地转化为机械能；我们还自制了装有轴承的水轮机；原有发电机带有励磁机，励磁机的碳刷严重磨损，与整流子的接触不良，我们进行修复和更换，并对线路重新布局。公社和大队领导极为重视，派出人力完成了蓄水池、水渠的建设。在修理发电机时，我们利用大容量电容器组和电动机相匹配成发电机。不久发电成功。小镇从此有了路灯，政府、学校、大队部都用上了电灯。

## 自己造拖拉机

那时候农村还是原始的手工劳作，生产效率极低。我们四个男知青商量决定造一台缩小版的小四轮拖拉机。先是画出草图，交给大队领导。他们非常惊讶，也非常惊喜，很快召开了社员大会讨论，结果全体社员一致通过。

我们四名知青进行了分工：晁天鹏和李礼元管理水电站。我和郝振英怀揣两千元钱，来到宝鸡市。先在省运大修厂找到厂领导，提出想用报废的汽车变速箱、后桥等零件来制造拖拉机的构想。厂领导和工人师傅非常支持我们，安排我们边实习边制作。那时我俩对汽车和拖拉机工作原理还一知半解，白天我们跟着师傅组装变速箱等，晚上就学习汽车机械原理和基本结构。应当说，高中扎实的物理知识为我们领会繁杂的机械及电路原理奠定了基础。十几天后我们将装配好的变速箱呈现在师傅面前时，师傅们惊讶地说："学徒三年才能学会的东西，你们几天就掌握了。不容易！"

师傅们向厂长热情地推荐我们。厂长很痛快地答应以六百元的价格将这些装配汽车必需的部件全部卖给我们。谁知当我们去省运司结账时，业务负责人却一口咬定这些部件他们还要用，不能卖给我们。我们向他倾诉农民生活的艰辛、向他讲述为改变农村落后面貌我们所做出的各种努力，但他根本不理。忍无可忍的我们和他争吵起来，最后相互都拍了桌子。他气急败坏地向我们吼道："就是这项官帽不要了也不能卖。"说罢扬长而去。

我们又去找驻宝鸡中学工宣队所在的单位——宝鸡钢管厂。厂领导非常支持我们，专门打电话叫来有关部门负责人吩咐："咱们厂不是有一辆报废的苏联嘎斯车吗？交给他们吧！"没有想到一分钱不花就得到了主要的机器部件。我们领到旧汽车，就利用工厂的工具，截短后桥，去掉变速箱到后桥的传动轴，焊接大梁。尤其是制作拖拉机的外壳，由于是缩小版的，厂里没有合适的模具，我们先将从旧汽车拆卸的钢板锯到合适的尺寸，然后抡起十二磅大铁锤一点儿一点儿地敲出弧度和曲线。

为了保证6月15日麦收前组装好拖拉机，我们夜以继日地苦干。

6月10日清晨5点多，东方的太阳刚露头，拖拉机的发动机就轰鸣起来，我们开着拖拉机在汽车队的院子里转了一圈又一圈，所有的疲劳和辛苦全被淹没在成功的喜悦之中。

13日，我们开着拖拉机到宝鸡专员公署（原宝鸡地区政府）报喜，地区的领导非常高兴，称赞我们干得好，并询问我们还有什么困难和要求。我连忙说拖拉机要实用，必须配有拖车，但大队所给经费已经全部花完了。专员立即叫来机关车队队长，指示他把吉普车的小拖车借给我们使用；还吩咐秘书，凡是我们需要的都可以由县物资局解决。

14日清晨6时，我们从宝鸡出发，准备提前一天赶回香泉，尽快参加夏收。8点多我们就过了县功镇，山路崎岖，在向老虎沟进发时，由于驾驶技术不高，拖拉机侧翻到路边。我只好上山去请当地知青来帮忙。待我返回后发现拖拉机已经矗立在路上。原来有一卡车解放军路过，是他们帮忙将拖拉机抬起扶正。万幸的是我们制造的拖拉机很坚固，虽有损坏但还能开走。

在知青点住了一宿，15日晨出发，一路上，根据路况分别挂了二、三、四挡，测了四挡车速达到了40km/h。翻过牛头山来到了香泉河，我们在河里将车洗得干干净净，把事先准备好的毛主席像挂在车头并扎好彩带，上午11点向香泉镇进发。快到镇上时，公路两边山坡上收割麦子的老乡发现了我们，大声呼喊着："郝振英回来啦！唐令西回来啦！拖拉机回来啦！"漫山遍野的社员们挥舞着镰刀冲向我们，和我们握手致意，然后像对待出生的孩子一样一寸一寸地抚摸着拖拉机。

吃完午饭，我们开始用拖拉机拉运麦子。和人力拉运相比，效率大大地提高了。我们又尝试着用拖拉机碾场，仅五天时间就将收割的麦子全部碾完、晒干、入仓。

麦收结束后，公社决定以拖拉机为范例，召开农业机械化现场会。当时拖拉机是拉着牛拉的犁耕田，速度当然比牛快得多，但并没有凸显出来机械化耕种的优势。一位大队干部提醒我们说大队部的仓库里有"大跃进"时期留下的双轮双铧犁及播种机。我赶忙查看，灰尘覆盖下的犁和播种机已经锈迹斑斑。我挑出一套好点儿的加以维护，又配置了必要的零部件，之后找一块地试犁和试播，均取得成功。结果公社现场会如期召开，我们专门进行了拖拉机深耕细作和提高劳动生产效率的展示。

与此同时，李礼元和晁天鹏也在大队的支持下，在电站安装了电力磨面机，白天磨面晚上发电。过去村民都是在牛拉磨或水磨上磨面，现在全部由机械搞定。

不谦虚地说，我们这些知青，可以算作是最早开启香泉农业机械化大门的人。

## 制作半导体扩音机的悲喜剧

一天，公社书记指着两只大喇叭对我和郝振英说：现在这东西已经成了聋子的耳朵——摆设了，希望我们能够让它死而复生。关键是没有扩音机。恰好宝鸡七九二厂（群力无线电厂）的农场在香泉，通过他们，我们得到了厂无线电室的技术员和工程师的大力支持，解决了必需的元器件。我们俩还专门赶到机加工车间加工散热片和机壳，仅用了一个月的时间，扩音机制作成功了。它的输出功率可达40W，能够带动两只高音喇叭。从此，公社的大喇叭就响个不停，让整个僻静的山区都显出了活力。

1970年10月，我们制作半导体扩音机的消息传到宝鸡市领导耳中，市领导立即通知我俩带着扩音机随他一起到宝鸡无线电厂。他对厂长说："两个高中生用一周时间就把半导体扩音机做好了，而你们组织大学生研制两年了，电唱机还不能投产，问题出在什么地方？你们要认真反省。"事后市领导通知劳动局给香泉公社两个定向招工指标，准备把我俩招到宝鸡无线电厂。郝振英立即到市劳动局拿上招工通知书送到坪头区政府。之后我们一边调试扩音机，筹备建立公社广播室，一边等候通知。谁知一个月过去了还杳无音信。郝振英赶回宝鸡一了解，才知道惹出了大事。原来市劳动局拨出两个招工指标的消息不胫而走，许多知青和家长都来争这两个指标；有些人还到知青办告状，说这个做法涣散了知青扎根农村的人心。无奈之下市劳动局只好撤销了这两个指标。

我们唯有苦笑。"木秀于林，风必摧之"，古来如此。

## 留给香泉的最后礼物

1970年下半年，大范围的招工开始了。我们知青小组是一个团结友爱的集体，何况又做出了显著成绩，所以很受招工单位青睐。每次来招工都先到我们组挖人。结果四男七女几乎瞬间便各奔东西了。

开始的两批招工，一次因为我和郝振英在宝鸡军分区搞靶机，错过了机会；另一次是招工单位点名要我们，但被公社借口离不开我们将其拒之门外。看到昨天还是热热闹闹的知青户，没几天就成了冰锅冷灶，我俩百感交集。公社书记给我和郝振英打包票说：你俩先去公社农具厂，把木材加工、农具修理搞起来，下一次招工保证你俩优先回城。

农具厂说起来是个厂，实际上是木匠铺和铁匠铺的联合体，当时最先进的工具就是台钳、钢锯、砂轮机。农具厂又分为木工组和铁匠组，算上厂长只有六人，加上我俩共八人。我俩准备将农具厂建成真正的工厂，作为离开前最后的礼物送给香泉。为此，郝振英和我赴宝鸡秦川机床厂学习车工。一个月后，我们将秦川厂支援的一台老式旧车床拉回香泉农具厂安装调试并手把手地教会一名工人操作。之后再下宝鸡，到西北列车电站基地加工电锯。经过努力，公社农具厂初具规模，技术工人也培训到位。

1971年夏季，全公社的知青已经基本被招完了。郝振英也被招到铁道部宝鸡桥梁工厂去了，而我还在农村，处于焦急的等待中。一天，一个知情同学告诉我："你已被分配到香泉中学当老师了。"这个消息如同晴天霹雳，我彻底被击蒙了，心中只有一个念头：公社书记承诺过让我返城的事怎会说变就变呢？我立即找到公社书记，他告诉我，他已找坪头区交涉多次，但区里强调，坪头区要发展就要留下唐令西这样的人，而且态度非常强硬，公社实在无法改变上面的决定。

那一瞬间，愤懑、失落、绝望的情绪充满我心头。母亲听到这个消息，特地从几百里外翻山越岭来到香泉，奔走于公社各领导之间，恳请领导为我的前途提供一个发展的空间，但无力回天。望着母亲无助的眼神和三天内陡然出现的白发，我犹如万箭穿心。我从不歧视教师这个职业，但运用学到的最新的科技知识去进行创造是我的长项，而用嘴去复述已有的公式与定理是我的短板。再者，一旦留在香泉，我的个人问题怎么解决？个人理想又如何实现？都成了不可破解的难题。

送走母亲后，我将自己关在房中，进行激烈的思想交锋。最后，一个问题让我深思：下乡两年多来，我可以问心无愧地说我没有虚度过一天，而我留给香泉的一个个成果，对于改变整个山区面貌到底能起多大的作用呢？可以说：只有让广大农民的下一代更普遍地接受知识，才真正能够将我们所创造出来的成果继续光大。从这个角度去想问题，心里就释然得多了。于是最终我迈入了香泉中学的校门，成为一名物理教师。从此，我在教育学生的道路上继续行进，也开始了从中学老师向大学老师的跨越。

多年以后我才领悟到：相比较而言，恐怕我教出来的那一批批有思想、有学识、有能力的学生，才是我留给香泉最后的也是最好的礼物。

唐令西，男

宝鸡中学高六七届毕业生

插队地点：原宝鸡县香泉公社前锋五队

陕西知青档案

# 惊心动魄的"牛滚坡"

离开农村插队的日子已经三十多年了，但梦里却常常看见那依山的小村庄和挨着牛圈的知青房，梦见那天天吃玉米面的日子。

那是一段非常艰苦的生活经历，青年时我曾经抱怨那段艰苦生活是一种命运的不公，使我幼年时上名牌大学、当艺术家的美梦都化作永久的遗憾。但当我步入不惑之年并有了一定的生活阅历后，我感到那段生活经历也是一种财富，它磨炼了我的意志，锻炼和增长了我独立生活、应付困难的能力，同时让我对农民和农村生活有了具体而深刻的了解，并让我对他们产生了深深的感情。

下乡到宝鸡县（陈仓区）姚家崖大队二小队那年我十七岁，韭菜麦苗不分、骡马不识，感到一切都很新鲜。很快农村艰苦的生活和劳动让我的热度骤减。小村庄在山脚下，种的地却都在山上，有的地还在深山里，劳动要走很远的路。到了收获的季节，麦子、玉米等成熟的农作物全靠农民用肩膀和背篓运回村子来。

生活更是清苦，我所插队的村子很穷。知青组经常会出现没有油、没有菜，连续半个月吃玉米面的日子。由于我们住的房子没有顶棚，有时麻雀会从四处漏风的屋檐下钻进我们的灶房来，在我们的案板上、盐罐里留下鸟屎。知青组轮流做饭，我从小没有做过家务，经常为做饭把自己搞得满身是面，结果做出的饭还是不好吃，感到愧对大家。

最让我终生难忘的是那次惊心动魄的"牛滚坡"历险，现在想起来，仍然感到后怕。

那是一个阳光明媚的早晨，早饭后村子里又响起了上工的哨声。队长像往常一样来到我们知青屋前的大皂角树下，粗喉咙大嗓子地开始给我们派活。那天我的任务是和农民王大伯一起放牛。

在那个年代，牛是生产队的重要生产工具，耕地、碾场都离不开它，农民把牛视为宝贝。让我放牛是队长的信任，我感到很自豪。饭后，我和王大伯把牛赶到村后沟里的荒坡上，这里阳光充足，蒿草茂盛，是放牛的理想场所。所不足的是荒地的一侧是几十米高的悬崖，下边是一个幽深的水潭。为了安全，我们尽量远离悬崖。

我悠闲地坐在洒满阳光的山坡上，手中摇晃着一根竹竿，看着几头牛在慢悠悠地吃草，闻着蒿草散发出的清香，心里感到惬意极了。暗自庆幸今天的运气真不错，因为放牛毕竟是一件比较轻松的活。虽然我对放牛这活很陌生，但有王大伯在，不需要我操多少心。正当我在胡思乱想之时，一头牛不知何时走到了山崖边，我还没明白过来是怎么回事，那牛已经一蹄踩空，身体倒在山崖边上，四蹄悬在了空中。我被突如其来的情况惊呆，傻站在那里，不知如何是好。此时只见王大伯奋不顾身扑了上去，跪在崖边，双手紧握牛犄角压住了牛头，并且大声喊着我的名字说："快去拽住牛尾巴，不能让牛挣扎，不然牛会掉下去摔死的！"

也不知道是哪里来的力量，我也冲过去，学着王大伯的样子跪在山崖边上，双手紧紧地抓住牛尾巴的根部，使出全身的力气大声高喊："快来人啊，来人啊！"我的声音在山谷里回荡。由于过度紧张，我浑身都在微微发抖，心在扑通、扑通地乱跳。可是当我抬头看王大伯时，发现他仍然镇静地紧紧压着牛头，脸上没有流露出丝毫的惊慌，那一刻一种敬意之情在我心中油然而生……

山下终于有了回应。在下面干活的农民、知青听到我的呼喊后，纷纷赶了上来。大家一起用力把那头"滚坡"的牛抬离开山崖边，使牛和我们都脱离了险境。这时我瘫软地坐在蒿草上，感觉自己刚刚经历了一场生死考验。事后人们告诉我，我当时的喊声听起来真凄惨。

在农村的日子里，我入了党，先后担任过妇女队长、民兵连长、大队党支部副书记等职。

告别了农村以后，我当过工人、学生、干部，有了许多人生的经历。也遇到过一些坎坷，但和农村那段生活相比我感到都算不了什么，在农村当知青的那段经历已经永远铭刻在我的心里。

白亚民，女
1958年3月出生
宝鸡中学七五届毕业生
插队地点：原宝鸡县（陈仓区）上王公社姚家崖大队
1977年参加工作。曾任宝鸡市文物局纪检组组长

# 蹉跎岁月

"知青"这个名词,在今天已渐渐变得遥远和陌生。而我一提起这个名词,心头就泛起一阵苦涩,同时又增添几分自豪,因为我曾是这个特殊群体中的一员。

1974年2月,当时十七岁的我被分配到太白县终南公社梅湾大队三队插队落户。梅湾在秦岭深处,传说是因龟川河在这里转弯并生长梅花而取名的。我在这个小山村度过了三年的知青生活。

## 知 青 屋

我们的知青屋是来队之前队上新建的,干打垒墙,一排五间宿舍加一间灶房。我和刘建英(已病逝)把我们的屋打扫得干净、舒适,里外两小间,有床有炕,我们用白纸把土墙糊上,我特意贴了一幅自画素描像——一个女学生和一首自律诗:"广阔天地是我家,冰水雪岭要开花。不做燕雀居檐下,要做雄鹰战天涯。"房子的顶棚是通的,隔墙用单坯胡墼,不隔音,小声说话也能被隔壁同学听见。我是组长,粮食不够吃苦恼过,因无柴和柴湿无法做饭着急过,也曾因单调生活困惑过。但毕竟年轻,更多的是欢乐、和谐、朝气蓬勃。那时候,村里年轻人做饭、穿衣、说话都学我们,一时和知青交朋友成为村上年轻人的时尚和追求,我们也十分自豪、骄傲。在以后回队看望他们时,他们还很怀念地说:"你们在时队上真热闹,你们一走队上太冷清了。"

在太白县有"桃川石头(大)龟川风(大)"之说,我们所在的龟川河道一年四季风不停,那风大得叫人站不稳,刮到脸上只觉得疼。到了冬季日子就更难过了，屋里四处透风，脸盆里水结冰，睡觉得蒙着头，半夜常有野兽的嚎叫声，狼抓门是常有的事，开始我们还害怕，后来习惯了。做饭是一件最困难的事，烧柴要到山上去砍，呛得人咳嗽连连，涕泪交流。我们全组十二个人一天要吃二十多斤面，经常因无粮挨饿，也经常到村民家混饭。遇到一些串队混饭的同学，都不敢留人家吃饭。有一年秋天，阴雨连绵，组上没有粮，大家饿得头昏眼花，连说话的力气都没有了，只能睡觉，到晚上时饿得实在没办法了，不约而同地走到灶房，相互看着看着，眼泪都下来了。有一个同学哽咽着掀开面柜，说还能扫点儿玉米面，大家你拿笤帚，我拿盆，挑水的，烧火的，一齐动手，用仅剩的一点儿面做了一大锅玉米面糊糊，稀得像面汤，大家你一碗，我一碗大口地喝，这也是一顿饭啊！

在知青屋，尽管有时也有不愉快的争吵，甚至相互之间塞炕烟囱呛人；把导火索点着塞进门缝熏人；因吵架把队上给每个人买的十二个尿盆都摔完了，但和谐温馨、互敬互谅还是主要的。在招工前夕，大家恋恋不舍，我们十二人到县城合影留念，照片上写着"献给未来的回忆"。

三十多年了，我们都还珍藏着这张照片。

## 娃娃鱼、螃蟹和步枪

屋前的龟川河有三十多米宽，把公路与生产队分隔开，河上没有桥，枯水季节架上几根木头，搭个便桥走人，一发洪水就得蹚河。我最发怵的是过桥，经常得别人拉着我。一次我妹妹准备回宝鸡，先一天买好车票，过桥时我妹妹脚一滑掉到水里，我一着急也掉了下去，幸好河水不深，我们爬了上来，但误了班车，损失了两块多钱。当时我暗暗发誓，有机会一定要修一座桥。去年在有关部门支持下，争取资金六万元，为村里修了一座三米宽，三十二米长的涵桥，解决了村民的交通不便问题，村民十分感激，举行了隆重的竣工仪式，立了碑。几位老人用粗糙颤抖的手拉着我，高兴得只流眼泪说不出话来……

20世纪70年代的龟川河盛产娃娃鱼、白条鱼、螃蟹。在那个没有环保意识的年代里，男生用鱼藤精对上洗衣粉倒入河水上游，我们女生站在下游水中捡漂在水上的小鱼，一次就弄两脸盆。回来后瞎吃一通，剩下的晒干带回家。胆大的男生还戴上手套，手伸进河边小洞里，准能拉出一两条一二斤重的娃娃鱼。抓螃蟹是小孩干的事，一次我想带些螃蟹回宝鸡，几个小孩一中午就抓了半面袋，晚上没放好，满屋子乱爬，床上爬的都是螃蟹，我又好气又好笑。

屋后是起伏的山脉，山大林深，成材林以松树、杨树、漆树为主，白桦、红桦、青冈树等硬杂木为辅，外加茂密的竹林和各种药材、飞禽走兽，这是村民们取之不尽的宝库。在这里只要劳动，挣钱还算容易，男生割竹子扎扫帚，能挣钱；砍木棍做锹把，能挣钱；女生上山挖药，也能挣钱。有一年秋天，我和几个同学上山挖玄参，满山坡都是，用小铁耙在地皮上轻轻一搂，就是一堆，一上午就搂了十几斤。晒干后卖给收购站，两块多钱一斤。还摘五味子、挖大黄、板蓝根等，挣了不少钱。但也多次出现过惊险的事，一次挖药迷了路，又碰上蛇，吓得我顺着溜槽溜下山，衣服、鞋全给划破了；上山砍柴，被竹茬扎破脚，很长时间不能走路；烧火做饭，漆木中毒，手上脸上流黄水；别人被土蜂蜇，前去帮忙，也被土蜂蜇得满头红肿……

70年代没有禁猎，我当时是大队民兵指导员，配有子弹和步枪。现在想起来，胆子也太大了，把枪和几十发子弹放在床底下两年，也不怕丢，高兴了拿上枪对着山坡放上几枪，子弹用完了到公社去领。到收秋季节我就把枪借给村上会打猎的人，晚上和几个同学去看打野猪、狗熊。一次眼看着一头被打伤的野猪从我头顶扑过来，要不是急忙蹲下，肯定要出事。当时队上有个习惯，无论谁家打上猎物，都要叫我们知青去吃，野猪肉、熊肉、鹿肉等吃起来用大碗，山鸡、野兔是经常吃的了。有一年冬天，村民送给我两只大熊掌，让我带回宝鸡。

## 赤 脚 医 生

70年代有首"赤脚医生向阳花，贫下中农需要她……"的歌，当时大队有医疗站，只有一个很迷信的五十多岁老中医，为了方便妇女看病，大队让我当了赤脚医生。

医疗站卫生条件很差，玻璃针管不消毒，注射完用开水冲冲再用。因缺医少药，感染和医疗事故时有发生，即使死了人也不了了之。老中医怕孕妇生孩子"晦气"，从不接生。妇女生孩子无人助产，在家里折腾，婴儿因脐带感染，成活率低。我当赤脚医生后边学边干，半天劳动，半天看病，经常背上药箱走家串户，上门看病。我学扎针，先在自己身上练，然后再给村民扎，效果很好。有几户生活困难的妇女长年头疼，吃不起药，但一扎针就能缓解。后来我又学会了肌肉和静脉注射、外伤包扎、缝合、扩创、接生等，我按常规操作，从未发生过任何问题，得到村民信任。那时，也没有工作服，我穿的军装经常是血迹斑斑，但很高兴看到了一个个生命在我的帮助下诞生。我的付出也得到了村民的回报，他们谁家有点儿好吃的，甚至用玉米换豆腐都要叫我去吃，经常有人送点儿白面饼、油煎豆腐。当时村民看病吃药不交现钱，等到年底分红时才结账，我经常给他们垫药费，在我被招工返城时，还有二百多元药费收不回来，最后宣布不要了，村民特别高兴。我离队时，他们送给我很多土特产品，派代表把我送回宝鸡。

葛君琪，女
1956年出生
宝鸡市斗鸡中学毕业生
插队地点：太白县原终南公社梅湾大队第三生产队
曾任宝鸡市房改办主任

# 大山的呼唤

四十多年前，正值隆冬季节。大雪过后，山城一片银装素裹。然而与此相反的是"上山下乡"的热浪却如火如荼，我就是在此时此地被这个大潮涌入了太白山。

说实话，没有经历过"上山下乡"的人，对当时的心境是无法体会的。我记得很清的是：当我办完了迁移户口的手续后，心中却充满了一种"风萧萧兮易水寒，壮士一去兮不复还"的悲壮。目睹前几届零散下乡的师哥师姐们，多年了从未有过招工返城的机会，所以我脑子里根本就没有重返城市的奢望，只有一种奉命而为、身不由己、豁出去了的复杂感觉。

到了太白桃川公社下河坝一队，山清水秀给了惶恐的心灵一丝安慰，但极度的贫困和愚昧，又让人心里发颤。日出而作，日落而息地劳动了半年，可能是我那"业余中医"的老父亲的福荫，也沾了两个在医院工作的姐姐的光，乡亲们认为我很有学医治病的优势，就让我当了大队的"赤脚医生"。

以前在家耳濡目染原有一点儿医疗常识底子，又经解放军医疗队一个月的"速成培训"，我完成了在自己身上找穴位、做试验的历练，一般的打针、简单的扎针基本能对付。为增加自身对工作的适应性，我跟解放军医疗队到深山认药采药，辛苦危险自不必说了，但其中也不乏苦中自乐的美好记忆。记得当时天当被、地作床、石板为案、瓶子做杖，擀出的揪面片加山野菜一煮，吃得有滋有味。我采摘了遍地的山黄连，寻找过树根上长出的猪苓，还有党参、柴胡……真是一座医药宝库！我在山崖中攀爬、奔跑，还有幸领略了太白深山那仙境一般的山枇杷花海，好大一片粉白，好香的朵朵玉蕊！我的心脾被清风、翠绿、花香沁透了，陶醉了。虽然苦累相随，但我从此却深深地爱上了莽莽苍苍的大山，喜欢上了那份倘徉于大自然怀抱中的舒逸。

山光水色是那样的美,但山里人的贫困,却又是那样的令人心酸。有一天晚上,虽然山里没表,但我知道已至深夜。突然唐家大叔急促敲门,说是小儿子发高烧,叫我去给他打退烧针。世上的事就那么巧,我手中消毒用的酒精棉球刚好用完,正准备第二天到公社医院去买。当时我只好给大叔说明情况,叫他另想办法,或者直接送公社医院。但大叔却再三央求,说只要立即打退烧针,就能好,消毒不消毒都不会有什么事。我思忖后,脑中闪现出曾有过为预防传染病而以烈性白酒消毒的先例,再考虑到病孩的危急,要救人就只有以他家的高度数白酒一试。谁知到了他家一看,竟然白酒也喝光了,只有一瓶红酒。我当时就说:红酒度数太低,绝对不能用来消毒,所以这针不能打。一听这话,大叔大婶都哭了,他们拦着我,说家里穷,白天去医院看了病,打了针,烧当时退了一些,就带了针药回来,实在没钱再去医院了。看着烧得迷迷糊糊的孩子,我的心也在"两难推理"中来回撕扯:打吧,或许能退烧,救了孩子,但风险太大,我尽管是"速成"的赤脚医生,但人命关天的重大责任,我懂;不打吧,这孩子可能就没救了。虽然不用我承担医疗事故的责任,但我的良心会一辈子不得安宁。怎么办?急得我脑子都要炸了。大叔大婶死死拽着我的手不放,如同溺水的人抓住唯一的一块木板。他们的话像钢刀,在刺我的心:"你行行善吧,积德救娃一命,给打上针吧!如果打针出事,我们不怨你,那是孩子的命苦,绝不连累你!"虽然我知道,如果真出了事,他们的承诺不一定会兑现,即使兑现,也不一定能让我脱尽干系。但是,面对无助的人,我真的是于心不忍啊!终于,我忘记了自己,也不知是怎么用红酒消毒给孩子打了针。在忐忑不安中等啊,等啊,真是老天有眼,这次"违反操作规程"的治疗,竟然产生了奇迹,孩子退烧了,得救了。我想,这也可能是人的诚意感动了上天的缘故吧!四十多年过去了,我曾多次回味这件事。从科学的角度讲,应该是山里人长期缺医少药,自身对细菌、对病毒具有较强的抵抗力、免疫力所致!

转眼到了1971年春,虽然公社医院的老院长曾推心置腹地给我说:将有一个到西安医学院深造的名额要我考虑,但激烈的生存竞争使我对前途的不可预测心存疑虑,我实在挡不住招工返城的诱惑,最终还是搭上了返城的汽车,成了西铁局的一名员工。

我走了,但山里人没有忘记我。1971年冬,队里决算后,专程捎信让我回去,领取当年我四个月的劳动所得:四十六元钱。

旧地重游,别有一番心境。当晚住支书家,听那位女支书给我讲了一个震撼心灵的故事:我走后,接替我的是二队的小金。论医术、论资历,他都足以可以当我的老师。但他却遇上了一件改变人生轨迹的倒霉事:一队会计老胡的小女儿才两岁多,正值打核桃的季节,树上男人打,树下妇女、娃娃一边拾,一边吃,那种连吃带挣工分的活,真叫爽!然而乐极生悲,胡家小妮因多吃了些生核桃,引起腹泻、发烧。先是小金给打针,后看止不住,急让他们上公社医院。让人想不到的是,孩子送到医院就没救了。老胡将孩子抱回,走到半路天快黑了,他认为孩子死了,于是把小妮放到一棵大核桃树下的石板上,就走了。第二天清晨,一队的老杨去公社办事,走到树下,竟然听到小孩的哭声,细看,发现小妮手脚在蠕动,随即飞奔回去告知老胡,老胡很快赶到树下,却看到小妮又一动不动了。她,真的死了。后来老胡以医疗事故追究小金的责任,闹得不可开交,小金对医疗站的事也心灰意冷了。这个故事对我刺激很大。我一闭上眼,就仿佛看到那棵我不知走过多少次的大核桃树下,那个小小的女孩在躺着。我甚至想到,是夜里的凉风清露降了孩子的烧,让她曾有短暂的苏醒。很可惜,因没有得到及时的救治,她小小的生命终于画上了句号。

返城的路上,我的脚步是那么缓慢而沉重。我仿佛听到大山沉沉的呼唤!我知道,个人的能力是微不足道的,我的两年习医生涯是短暂的,也是幸运的,真应该感谢上苍!我对当初没有答应留下学医,心中隐隐感到内疚。

愿大山的门,永远敞开,迎来更多的健康和平安吧!

韦宇真,女  
1950年1月出生  
宝鸡中学毕业生  
插队地点:太白县原桃川公社下河坝一队  
曾在宝鸡市纪检委工作

## 我 的 选 择

我于1968年10月从陕西师大一附中高中毕业，与广大知识青年一起扛着红旗，背着背包来到宝鸡县（陈仓区）坪头公社码头大队插队。

刚到农村时，农民的生活很苦，没有电，没有自来水，人均口粮才四百斤左右，根本不够吃。生产水平非常低下，每个小队只有一辆架子车，全靠肩背手提。农民是中国社会的脊梁，而生活却这么贫困，地位这么低下。我很同情他们，就想为他们做点儿什么。随着对农村、农民的深入了解，我对他们的感情逐渐地由同情心变成了责任感。特别是在和农民的共同劳动中，我深深地感觉到农民对改变自己生存状态的渴望，他们为此迸发出的劳动热情深深地感染了我。我认定在农村是可以大有作为的，于是当知识青年大批返城时，我做出了留下来的决定。

我留在了农村，好心人都劝我离开。我这人"一根筋"，认定的事，碰到南墙也不回头。在农村四十余年，我不但经受了清贫生活的砥砺，而且遭遇了许多意想不到的政治考验，但我都挺过来了。我从不抱怨，个人的力量无法抗衡时代趋势，但一个人对生活的积极态度却可使自己的生命历程充满生机和希望。我从来不认为扎根农村对每个人都是正确的。各人有各人的情况，生活没有千篇一律的模式，只要适合自己就行，四十多年的实践证明扎根农村很适合我。

码头大队的种植观念是广种薄收，五点三平方公里的地方，就种了两千多亩地，产量很低，年总产量四十多万斤。有一年春天，队里派了二三十名劳力开发龙子沟，仍然是广种薄收，年底每人才发了八斤粮。

针对这种情况，我提出了提高单产的想法，遭到农民强烈的反对。我从西安农学院引进的新品种，他们说那是鸡娃食，能提高产量？强迫他们种，你看着，他们就种，你一走，他们又种成了老品种。等到收获时，新老品种一对比，差距老大，农民才接受了。随着政治形式的好转，我们搞了包产到户，农民积极性得到充分调动，使码头大队粮食总产由四十万斤提高到一百万斤。以前一个小队才用五吨碳氨肥，现在一户就用五吨，人均收入也达到一千元。

随着社会的发展变化，农村经常有新的事情可做。宝鸡县改成陈仓区后，坪头成了宝鸡市的远郊，码头村山清水秀，到了夏季，气候凉爽，风景优美，可以发展观光农业，吸引城里人到这里来休闲度假。要实现这一目标，首先得提高农民的素质，改变他们的传统观念和生活旧习。要改变农民谈何容易，祖祖辈辈形成的东西根深蒂固，但改变旧观念是我刻不容缓的责任。前十年是农村和农民影响并改造了我，后十年，我要用新的观念影响和改变他们。我没有被多年的农村生活同化成传统意义上的农民。我刻意使自己生活的许多方面与周围环境"格格不入"，我在家里铺了地毯，摆满了书，安了空调，买了各种电器。我不放过任何一个机会向周围的人宣传展示新的观念和新的生活方式，只有观念变了，经济才能发展，社会才能进步，我对此充满信心。

回顾在农村的四十多年，我曾任码头大队党支部书记、坪头乡党委副书记，一直工作在农村。现在虽然已经退了下来，仍然住在队上。人们经常问我，你为什么要放弃招工、上大学的机会，留在农村？看到当年一起插队的同学，升官的升官，当教授的当教授，还有的出了国，有的成了企业家，你不后悔吗？

我想我这一辈子虽然没有做什么轰轰烈烈的大事，但基本实现了我个人的意愿，做了我想做的事，我对我的选择无怨无悔！

戈卫，男<br>
陕西师范大学附属中学高中毕业生<br>
插队地点：原宝鸡县坪头公社码头大队

# 坐　猴

同学聚会，我见到和我当年一起插队的燕燕。望着燕燕脑门上的伤疤，我的心就有些颤抖，不由得回忆起下乡时的一段让我心惊的场面。

冬季农闲，生产队组织所有的壮劳力加上我们知青，打着行李去参加宝鸡峡水利工程的大会战。我们知青坐在村里派的马车上，经过近一天的颠簸，才到了武功我们公社的工地。队长把我们女生安排在当地农民家一间以前不知做什么用的空房里，在地上铺上麦草，再打开行李铺上，就是我们的宿舍。

来到大堤上，只见挖开的大渠两边，一排排红旗飘扬，上面绣着或印着各个公社的名称。渠的两岸站满了干活的民工和知青。他们边说笑，边干活，热闹非凡。人山人海的劳动场面，驱赶着冬季的寒冷。

队长给我们派的活是男生在渠下挖土装土，女生则为运土"坐猴"——后来才搞明白，大渠的两面是斜面，大渠下边的土往上运，是靠固定在渠岸上的滑轮带动一根绳索，一头绑住下面装满土的板车，一头是绑住坐着几个人的板车向下渠底下滑，速度很快地将土车带到岸上，几个人再顺着斜面爬上岸，再坐下去。农民们这个活儿叫作"坐猴"。

由于那时的农村妇女是不出远门做工的，所以工地"坐猴"运土的活路，基本上全是我们女知青。大渠会战胜利地通水就是靠这样的土办法，灌溉了宝鸡、咸阳等渭北旱塬缺水干旱的土地。

"坐猴"看似简单，其实存在着危险，经常一不小心，稍微失去平衡，就会翻车，我们就会翻滚着摔到渠底，虽然穿着棉衣，身上依然是青一块紫一块，单纯的我们有时还笑，照旧忍着疼痛一次次地去坐，没有因这场面而惧怕。直到有一次，渠底已经很深，不知是板车的轴出了问题，还是其他地方的问题，车子带动着我们三个照样下滑，半坡上，突然板车散落，我们和零散的车子一起向渠底翻滚下去，我的同学燕燕被车轴砸在头上，鲜血直流，我和另一个同学巧巧摔得轻些。望着满脸血的燕燕，我一阵晕眩，清醒一下，忍着身上的疼痛，急忙掏出手绢捂住她脑门的伤口。手绢不一会儿不起作用了，只见她昏迷不醒。这时渠下干活的都拥了过来，想着怎样将她运上岸。最后是将绳索绑在她和我的身上，我用衣服把她的伤口包住，渠底的人使劲儿往下拉着另一头绳索，靠着滑轮将我们拉送到岸上。我流着泪喊着燕燕。只见公社的赤脚医生已等在岸上，将配好的药先给燕燕打了一针。工地医疗条件很差，就是一间农民房屋，有点儿药，和一些针管。燕燕的脑门开了个大口子，无奈的医生止住她的血，在没有麻药的情况下，就给她缝针。疼痛刺激了燕燕，燕燕醒来，痛苦地喊着，我紧紧地压着她的身体，抱住她，就这样平整的脑门上缝了八针。至今这八针的伤疤一直留在了燕燕的脸上。而且燕燕也落下了头疼的毛病，至今还经常犯。每当看见她，我的心就有些发抖。

听说另一个公社的一个知青也因为"坐猴"差点儿失去了生命，我和同学们从此害怕了这种运土方式。工地上的知青们也纷纷提出意见，坚决反对让我们女知青再参加"坐猴"这样的劳动。后来我们就到了宝鸡清姜河去挖给大渠斜面铺砌用的石子，用板车运送到岸边的大马车上。

多少年后，每当我们一批有切身感受的知青同学说起这段"坐猴"的阅历，都觉得吃惊。吃惊我们哪来的胆量，同时心口都会有些隐隐作痛。

毕福兰，女
西安市第四十二中学初六八届毕业生
插队地点：礼泉县原裴寨公社裴寨大队

# 王薇养猪

按时尚说法，王薇是我的粉丝。无论我说什么，她都忽闪着眼睛听，认真的神态像小姑娘听大哥哥讲故事。

王薇和我在一个大队。但我在一小队，她在五小队，两村隔了一座山，路程按走路算需一个多小时。王薇长相我说不上来，就觉得她除了眼睛大点儿、屁股胖点儿，剩下就是细脖子、细腰、细胳膊、细腿了。插队前，她是初中生，我是高中生，我们互不隶属，互不相识。

我们认识，是在大队召开的一次全体社员大会上。来的路上，她扭了脚，我是村里赤脚名医，给她针灸治疗，才知道她在队里吃香，承担他们小队重要的政治工作：给小队养猪（那时不许村民私人养猪）。

那时的猪，命运好，是伟大领袖号召要养的。听村干部说，将来它们都是要出国的。所以猪是村里的圣物，阶级敌人不许碰。人吃不饱不要紧，猪要保证一日三餐。夏天怕热要担水冲凉，冬天怕冷要人猪同屋。生下猪娃娃暖进被窝是很自然的。

那时的猪不是宠物，也不是讲人猪有什么感情，而是每个队里，猪的头数和重量就是革命的任务。想想看，养猪人能是一般人吗？

每月初九，我都随村里人到公社赶集，买些油盐酱醋之类生活品。回来的路上，总会在五队村口碰上王薇。王薇也总会拉我到她的猪屋吃她做的饭。猪院不大，整得干净，真不知道那几口大缸里满满的水，墙角处堆成小山似的草料，她这个细胳膊细腿的姑娘是咋弄来的。

时间长了，发现王薇养猪养出了学问，什么野草秸秆剁碎是日常饲料，加些粮食是长膘育肥。还竟然给我讲猪就是钱罐子，就是财篓子，中国人攒钱用的"扑满"，都是猪造型。以至于发展到说"家"字，就是宝盖下一个"豕"组成的有学问的话。弄得我眨眼儿听她说。

　　真是气死我了,男人的脸往哪搁。后来她好像发现了什么,总是说勇哥肚里有,只是她说出来了,讲些甜话来晕我。我权当没啥事,仰着脸看山。

李勇,男<br>
西安市铁路分局第一中学高六八届毕业生<br>
插队地点:凤县原凤州公社白家店大队

# 雪 娟 儿

她低我一级，小我两岁，算是学友，下乡在一个大队，安居地离我们就两三里路。

她那时也就十六七岁，个儿不高，身子比较厚实，圆圆的脸上，闪动着一双大大的眼睛，那眼很清纯、很秀丽，也很实在。刚下乡的时候，我们并不熟悉，每每从公社或者大队回来，总是要从她们的窑顶上踏过，因为那是一条公路，她们就住在公路下边的窑里。

一次，我们要去赶集，路过窑顶，就看见立在院里的雪娟儿。她是在那儿跳舞，很出神入化的样子。我们好奇，便蹲在窑头上细瞧，她的舞姿很美，很好看，尽管没有专业舞蹈的那种范儿，但却很耐看、很诱人。没有任何音乐，她的节奏感却十分强。她跳的是芭蕾舞剧《白毛女》的一段舞蹈，还真有芭蕾的那种感觉，只是那双布鞋就怎么也立不起来，只能挑着脚尖移动。

"跳得好！"我们几个人同时拍手叫了起来，这倒弄了她一个大红脸，她有些不好意思地说："你们干什么去呀？吓我了一跳。"

"赶集去，你去吗？"

"我有事去不成，能给我捎双袜子吗？"

"跳芭蕾舞的袜子吗？"我打趣说。她脸一红，那双大眼瞪了我一眼："怎么，你真能买到？"

我笑了，说那是玩笑。但她要的袜子我真给捎了，也没有向她要钱。从此只要我们路过这里，总是要歇歇脚。赶上饭口，也吃过几顿。时间长了，和雪娟儿的感觉就慢慢地有着变化。她人好、心实，待人很善良，与她熟悉了，才听她讲：她自小就对音乐特别敏感，听到附近有着琴声，她便立住不动，听着听着就想跃跃欲试，就想手舞足蹈，她总是带着这种天生具有的对音乐热爱的心，去感受生活的。她用肢体语言用舞蹈去发现自己，去感受快乐。她从保育院跳到小学，又从小学跳到中学，再就跳到这广阔的天地里。她整天很快乐，很少忧愁，就是没吃没喝，饥饿几天，也会挺着身子，在地上转圈，摆各种舞蹈动作，让大家哈哈地高兴。所以她就成了这个圈里的乐天人物，只要她在，窑里就常常有笑声，一旦她回城去，这院子就寂静得像一潭死水。

一次我们从城里回来，要去镇上办事，路过她们院子，雪娟儿不在，其他几个女同学便嚷嚷着要告诉我一个秘密。我看到她们诡秘地笑着，很是纳闷，就说："看你们神秘的样子，到底什么事吗？"她们笑道："是关于你的事。"

"关于我！"我更奇怪了。

"让你看个东西。"她们说着就到几人的行李箱前，掀起一个箱子盖，取出一个本子，打开来让我细看。那是一段日记，就写了一行半字：今天他回来了，看到他时，我心跳得很快，很想他，又怕见他，我是喜欢上他了吗？

"这是谁写的？"我问。

"娟儿。"

"她写的谁！"

"你呀。"她们望着我就哈哈地笑起来。

"瞎说。"我不信。

"你看看日期，不正是你回来的那天吗？那天你离开我们这儿以后，娟儿就特别的兴奋，半夜都不睡觉，唱呀跳的，还写了这段日记。"她们说着又忙收回日记放进箱子。我这才看清，那箱子上着锁，后面却能掀开。

"你们这是犯法，偷看别人的日记。"我说她们。她们竟指着我说："记住一定要保密哟！"话毕几人哈哈哈地笑着跑了。

有好长一段时间我不再去她们那儿了，也许是那篇日记的原因，总感觉不好意思见她。那天，大队召开社员大会，我们就碰上了。雪娟儿好像有心事一样，见到我便问："最近怎么不过来了？"

"没时间跑。"我回避着她的眼睛，去听大队书记的讲话。那话讲得真不短，整整两个多小时，先说国际大事，又讲国内形势、全县情况，公社情况再说到大队的生产安排、社员的思想，又学习了几段毛主席的最新指示。突然他就跳到知青接受贫下中农再教育和贫下中农相结合的问题，他提到一个人，一个安置在一小队的女知青。她叫亚莉，性格有些古怪，不大和知青来往，干起活来泼辣有劲儿，就喜欢和男人说笑。下乡半年多，知青的影子在她身上就看不到了，脸上黑黝黝，挂上两个红团儿，真成了地地道道的农民了。书记谈到她，却是一件令人吃惊的事，她要出嫁了，嫁给三队的一个农民，那家有一院窑，有一亩地的桐树，为了娶她，买了一辆凤凰牌自行车，这在当时来说，也算是富裕的了。可她什么也没有，她没有告诉家里，自做决定嫁人的，她给新郎纳了一双新鞋。支书是把这件事作为知青与贫下中农相结合的典范而在大会上大讲特讲的，他鼓励并希望所有知青都能这样做。他的讲话得到村人的热烈掌声，许多光头小伙儿一边瞅着女知青，一边打起呼哨，不停地拍手叫好，我们也就淡淡一笑。会散了，雪娟儿想和我说什么，却没有讲。

一天午后，天上落着蒙蒙细雨，院里很静，能听到麻雀在灶窑的天窗上叽叽喳喳，我们就在窑里读书。我正阅读一个小提琴的《开塞》练习曲，突然就听到院里来人了，那是队长领着两个干部模样的人进了窑门，他们一个王姓，一个邹姓，都是县上派来蹲点的干部。看我在读五线谱，老邹便问我会什么？我说会拉小提琴，他执意让我拉奏了几曲，这才坐到炕上和我交谈了两个多小时。

原来他们在公社就听说我们这个知青点会文艺的人多，特意来了解情况，他计划组织一个村民和知青结合的文艺宣传队，活跃农村的文化生活。我们同意了，又经老邹的筹划、组织，这个队伍果真就建立起来，人员有十六名。这里有演唱的张燕，跳舞的雪娟儿，乐器的我和老邹，还有戏曲的多名人员。正是农闲时节，我们便开始了各种巡演活动。

尽管说这是一支临时组织的，很普通、很不专业的演出队，但却是以舞蹈、歌唱、器乐及地方戏曲形式而出现的，这与当时人们看多了样板戏、跳多了忠字舞、唱多了语录歌的枯燥的文化生活相比，无疑丰富得多也喜闻乐见得多了。因此，我们每到一地，村民们就像看大戏一样，赶几十里的路，站一两个小时，就图那一阵的高兴和快乐也值。一场演出，总有上千人在那里拥挤，人头攒动，呼声不断，像看大戏一般痴迷。这支队伍很快便成了这个地区的文艺轻骑兵了，演到哪就火到哪，县里闻了名，县领导就叫在县剧团演一场，又演火了，又惊动了长庆油田。油田地处陕西的长武和甘肃省的庆阳，说是地下有油，这一带就常见一个又一个的石油钻井，油田的总部就设在彬县境内，距县城四五里，油田领导有企业文化的头脑，便找到县领导商量文艺联欢事宜。确定了两场演出，一场在县剧团，一场在油田总部。

这两场演出就震动了全县，油田是工人阶级的队伍，那时工人阶级是领导阶级，是让人羡慕和崇拜的职业，他们中间的确有文艺天才存在，一个《蝶恋花》的独舞，让人看得目瞪口呆，特别是在舞台上观舞，那真叫养眼，像杨丽萍的舞姿，叫人崇拜得五体投地呀！

自从见了这个舞蹈者以后，雪娟儿就几天不上舞蹈了，她变得很自卑，失去了自信一般。但时间不长，她又活跃起来，跳起舞竟和以前不同了，这真让大家感到吃惊，感到她的聪明和才智。

在这段日子里，雪娟儿和我常常在一起，尽管没有谈过太深的话，但相互间真有些放不下的感觉,总想两人在一起独处,可真的在一起了,又紧张得不知说什么好。因而我们在一起的时间总是不长,也总是半个小时就分手的,不然就成了两尊木偶了。难道这就叫恋爱吗?这是在60年代,男女授受不亲的年代里,不要说接吻,就是手拉手都要脸红心跳的。真的,我记不清那时是否拉过她的手。

随着蹲点干部的撤回,我们的演出队也就解散了。记得那是个冬天落雪的日子,没有了演出,又到了农闲时节,我们便计划着回家看看。那天雪下得洋洋洒洒,雪花儿不大,风却刮得很紧,呼呼地带着哨音,吹到身上,冻得人肉疼。我们紧赶慢跑地到了县城,最后一趟班车也走了。我们只好在县上住一夜,去了几家旅社,竟然没有了房间,这冰天雪地的夜晚,我们怎么办,去哪儿过夜呢?

我们四人顺着那昏暗的灯光往汽车站走去,风依旧吹得很紧,雪慢慢地小了下来,地面开始上冻了,我们走走停停,很想找一处避风的地方。正犯愁呢,突地看到前方不远有一个棚屋,还亮着微微的火光,我们急行前去,原来是一个用苇秆儿围着的草棚。门敞开着,里面却放着一个炉子,烧着烟炭,炉旁还放着一个躺椅,真是雪里送炭呀!我们急忙往里钻,不料棚里又有一道门,那是一个院门,住着一家人,一个老者从门里出来:

"你们是干什么的,快出去!快出去!"

"老乡,我们是义门镇的学生,没赶上班车,能不能让我们在这里躲一夜,外面太冷了。"

"我这是卖茶水的,不是旅馆,你们出去吧!"那老者语气生硬。

我们真的无法了,准备往外走。雪娟儿却走了过去,望着老者:

"老伯,可怜可怜我们吧!我们也不愿意给您添麻烦,实在是外面太冷了,没有办法。就让我们在这炉子边取个暖吧,我们会感激您一辈子的。"她说着便给老人深深地鞠了一躬。那老者突地就笑了:

"这娃嘴还蛮甜,不是我不愿意留你们,有些学生太瞎,我怕给我惹麻烦。"

"老伯,你看我们像坏娃吗!我们都是老实娃,保证不会给您惹事。"

那一夜,我们围着火炉站着,谁困了就到那躺椅上眯一会儿,站着的,那脚就像冻实了一样,得不停地跺它,脚后跟冻得刀割般痛,睡着的,那背就冷得发硬,腿都冻麻了。这时的雪娟儿就变得很活跃,又说又笑又跳舞,做些小怪样子,逗得大家哈哈笑。天快亮时是最难熬的,我们几乎是靠着炉子,背上发烫,脚下如冰,屋外的雪花又大片大片地飘了起来,雪娟儿困了躺在椅子上,脸冻得通红。我将军大衣给她盖上,她大概感到了温暖,梦里她笑了起来,很甜美的样子,嘴里呼出的热气散在刘海上,那里便凝结出许多根银霜,像雾凇一样,使她变成一个美丽的洋娃娃了。

回到城里，我去了她家，感到她母亲不像以前那样热情，老像在回避我，我很纳闷，就想问她，却听到她和母亲在隔壁房间说话：

"他怎么又来了！我跟你咋说的，你就不听妈的话，你想气死我吗？"没有听到雪娟儿的回答，屋里静了下来。

我突然心跳就加快了，一种火气直冲上头，我没有和她打招呼，径自就离去了。

一连几天，雪娟儿都跑到我家找我，我都避了，很晚回来，才听母亲讲雪娟儿等我一个下午，临走时她哭了，哭得很伤心，母亲劝她也劝不住，就含着泪回去了。没过几天，我便回农村去了。

有好长一段时间，我再没有去她们那里，后来听说她父亲去世了，是死在监狱里，是为着一桩案子冤屈入狱而抑郁亡故的，她母亲也因此而半身不遂了，她也就再没有回过农村。那段时间社会招工开始，知青都忙着为自己的命运而奔波，我也逃不过这种经历，托人找关系终于回到城里当了一名工人。那段情感总是牵着我，细细回想那段时间也正是雪娟儿的父亲入狱的时候，她母亲的那些话可能与这件事有关系，雪娟儿又不能告诉我。我曾鼓着勇气到雪娟儿家里去了，想挽回那一回的过失，取得她的谅解，但没想到开门的却是一位陌生人。雪娟儿搬走了。从此我们便失去了联系。

一晃几十年过去，我们都老了，一次我们同学聚会，有人说到雪娟儿，我忙探听，同学讲：她瘫痪了几年，前段时间病故了。她丈夫对她也不好。我的心就变得很沉重，几天夜里都梦到她，还是那双大眼睛望着我在笑。那时她才十八岁，一个活泼可爱令人难忘的小姑娘啊。而今已到九泉去了，我写这段文字，就算对她的一种纪念吧。如果隔世有音，但愿她会感到一些慰藉。

李宏志，男
西安市第二十一中学初六七届毕业生
插队地点：彬县原义门公社弥家河大队
该作品选自李宏志散文集《山草集》

# 一 张 告 示

我们下乡的晁峪公社地处宝鸡市西南的山岭中，属秦岭山脉。公社通往各生产队只有一条架子车路，沿着这条小路顺沟往山里走，到最远的生产队有五十多里地，已经是秦岭山脉的深处了。那里崇山峻岭、风景优美，照现在的眼光看，是绝好的旅游胜地，但在当时，那里既缺吃少穿，又交通不便，是个叫天天不应、呼地地不灵的穷乡僻壤。有一个精彩的镜头我始终记得，有人从那条唯一的架子车路上经过，地里所有干活的人都像听到口令一样，齐刷刷地朝向路的方向望着议论不休。可见我们那儿是多么偏僻，见到熟人又是多么的可亲。

我们的住房就在这条唯一的架子车路边。山里的知青，下山买粮的、回家的，山外的知青进山砍柴的、探友的，来来往往，都要经过我们队。都是年轻人，谁没有几个好朋友？一来二往，在我们队歇脚的人越来越多，如果碰上开饭，免不了蹭顿瞎账。

当时的政策是：上山下乡的知青，无论男女，头半年生产队都不分口粮，每人每月三十八斤口粮要到粮站去买。那年头没有任何副食供应，劳动强度又大，加上十七八岁正长身体，饭量奇大。记得一次队里有位男生明明宣称自己不饿，但吃饭时却仍是满满两大老碗干面。不饿尚且如此，饿时更将如何？

那时我们的粮食往往吃不到半个月就盆净缸空，只能打道回府，各自回家蹭饭去。

长期这样不是个事，粮食问题就摆上了我们队的议事日程，议来议去也没个好办法。后来和我们队关系密切的上川六队一位朋友出了个主意，对来吃饭的人收些粮票和钱，聊补差额。

于是召开了上川三队一次著名的会议，全体通过了有关口粮问题的一项决议。第二天，我们集体户的大门上便贴出了一张告示：今后凡在本队吃饭的，不论与本队什么关系，一律每人收三两粮票一毛钱，谢绝任何讲情者。

没想到好事不出门，坏事传千里。这件事立即传遍了晁峪的沟沟坎坎，成了知青中的头号新闻。当时大家特别重精神轻物质，在知青中更是如此，怎么能这样对待战友呢？重财轻友，确属大逆不道。

本来我们队虽称不上车水马龙，却也是熙熙攘攘，现在可好，立即门可罗雀。在路上碰到别队知青，也多以蔑视的眼神相向。我们四个女生原本朋友就不多，也就罢了，那些男生面临这种众叛亲离的境遇，可就受不了了。

事情到了这个地步，我们这些刚刚走出家门的少年面临两难：如不坚持下去，就得饿肚子，还捎带拖累家人；如果坚持下去，就成了孤家寡人。在别人看来只不过路过时在你这吃了一两顿饭而已，至于吗？他们无法理解，他们的偶尔，却是我们的经常。我们几乎是日日有客，餐餐要吃，该怎么应付？

那个年代，那个年龄，现在回想，如果不是发生在自己身上，我们也同样是不会替别人考虑的。特殊的年代，特殊的青年时期呀。

其实告示贴出后，总共也没收到几块钱几斤粮票。那个出此主意的好朋友也来得少了，不是因为交不起这点儿钱，而是觉得交钱时丢不起这个人。当时的知青以四海为家为乐，以铁哥们儿多自豪，吃顿饭还要交钱算什么哥们儿？

就这样撑了有十来天吧，饭桌上的食客已无踪迹，朋友也得罪得差不多了。终于，告示也在一夜风雨中掉落，此事就此完结，成为一件过去的小事。但它在我的人生路上却是一个分界。家里虽不富裕，饭却是吃得饱的，因此我没有饿过肚子，也不曾关心过别人的肚子。在此之后，我开始有了饿肚子的恐惧，对粮食的收成开始关心。不论在什么工作岗位上，碰到大雨连绵或连续干旱，就总是着急，怕影响了收成。

李怡方，女<br>
西安交通大学附属中学初六七届毕业生<br>
插队地点：原宝鸡县晁峪公社上川三队<br>
本文选自《晁峪知青》博客

陕西知青档案

# 由工分本引起的回忆

每当翻开插队时用过的工分本，四十年前劳动和生活的场景就浮现在我的脑海里。在那个特殊的年代，我们这些尚未完成学业的青年人步入社会，上的第一课就是艰辛的重体力劳动。它不但增强了我们的体质，更重要的是磨砺了我们的意志。在崎岖山路上，在烈日烘烤中，洒下的点点汗水，让我们一步一步走向了成熟。同时，农村的现实状况又给我们增加了许多难以破解的困惑。

我们下乡的晃峪公社地处秦岭北麓的一条沟里，这里群山环绕，有些较平缓的山坡已经在农业学大寨运动中改造成了梯田，更多的则是随处可见的裸露着的灰色岩石，一条蜿蜒的小河在村边静静地流淌着，仿佛诉说着岁月的沧桑。村头小河边上长着几棵高大的柿子树，下乡的时候正值1968年11月，秋风已将大部分树叶扫净，只剩下金黄色的柿子星星点点地挂在枝头，像一个个小灯笼似的。前来迎接我们的乡亲们，不论男女老幼，大多穿着清一色自家织染的黑色土布棉衣，这种着装的单调让我们第一次感受到了山区的贫困。

每天早上天刚蒙蒙亮，队长就敲响了挂在知青宿舍前那棵大树上的一截钢轨，督促大家上工。大部分农活都在山上，因此，爬山成了我们的必修课。在那几年中，队里的三座山头，我们不知爬了多少回！起初爬山时，知青们没有经验，总是走得很快，没多久就气喘吁吁，需要停下来休息。而乡亲们手背在身后，不紧不慢、一步一步地向上爬，一会儿就赶了上来。后来我们也照此办理，还真灵，既没有感觉到累还能持久。实践出真知，长期生活在这里的老乡们，总结出的种种劳作方式确实适合山区的特点。

全天除了中间两次休息吃饭，我们分三晌上工。可谓日出而作，日落而息。社员们是根据太阳的位置来判断时间的。到了夏天，要干足十几个钟头，天才能黑下来。记得从澄城插队的同学那儿传来一段顺口溜："日头已偏西，老子肚子饥,叫声狗队长……"每当有人用晁峪话把这段朗朗上口的歪诗吟诵出来时,总会引起一阵哄堂大笑,减轻些许疲劳。每天下工后,大家都筋疲力尽。好在都是年轻人,休息一夜体力就恢复了。插队第一年累得连自留地都顾不上种,很少能吃到新鲜蔬菜,一直过着缺盐少醋的日子。

我们小队有二十几户人家一百多口人,分别居住在三个自然村。当时农村实行集体所有制,土地、牲畜和大一点的农机具等生产资料都归队上所有。粮食、棉花、油料等生活必需品都是按劳分配。留给社员的仅仅是几分自留地,社员们精心侍弄着这几分地,抒发着他们对土地的那份眷恋之情。平时出工参加劳动的时间记在每个人的工分本上,称之为工时。待到月底,全体社员开会,由每个人自报后,再由大家讨论公议,确定这个人的劳动底分。可不要小看这个底分哟,工时和底分相乘才是劳动者所得的工分,这可是合法获取生活物质的唯一途径。也因此,每次评工分的会议,社员来得特别齐,挤满了整个办公室。一般男壮劳力自报十分,基本上都会顺利地通过。再选出一两个身体强壮、干活也肯出力的尖子,底分定为十分半,树为标兵。住在菩萨殿的王木匠就是其中之一,他不光是个干活的好把式,劳动态度也好,可以说除了队长,数他干得最欢。由于土地的归属不属于个体,农民游离在土地之外,因此社员的生产积极性普遍不高。很多人只有在自家的自留地里才肯出力,一到集体地里就像变了个人似的,磨洋工混时间,远比不上我们知青的劳动态度好。原本一样的土质,各家自留地里无论种些什么,都比集体地里的长得好。队里偶尔会有一些活计,比如进山熏扫帚、背扫帚,由于劳动条件艰苦,没人愿意干,就采用计件的方法。按数量记工分。这时候社员们就会努力多干,平时劳动很不起眼的人竟然能背十八把,一跃成为挣工分的能手。十八把扫帚有一百五六十斤呢,可见人的潜力是可以挖掘的。后来农村改革的事实证明,生产关系不适合生产力的发展,就迟早会产生变革。

女壮劳力的底分只有四分,让我们这些从小就接受"男女平等"教育、崇尚"男女都一样"的女知青们一下子被搞糊涂了。山区的妇女孩子多,拖累大,还要从事织布做衣、养鸡喂猪等家务劳动,一般不出工,只有到农忙时才干几天,连工分本都没有。和我们女知青一起干活的大都是二十岁以下的"姐姐娃"(指没有出嫁的女孩子),再就是几个刚结婚的新媳妇,家里有婆婆照顾,暂时没有拖累。这些人不管在队上,还是在家里,地位都不高。我们队的男知青一开始都被评为七分半,女知青四分,也就是说,即使我们女知青全月出满勤,挣的工分也不足男壮劳力的一半!这就是山区农村的现状。

大约过了半年,除了犁地、撒种等技术要求较高的活路外,基本的农活我们都掌握了。这时男生的工分值上升到十分,而女生最高升到六分。

一开始,我以为是由于村里的女劳力地位不高,没有发言权,基本分才那么低。后来经过实际劳动，才发现在当时落后的生产方式中，很多农活的确要凭体力。这种近似原始的劳动方式，使男女在体力上的差别变成了工分高低的决定性因素。男社员可以扛起装有一百二三十斤的粮袋爬上仓库的楼上装卸粮食。上山背粪、下山背番麦都比女社员背得多跑得快，他们可以担上八九十斤的蔬菜和水果担子，一大早走几十里的盘山公路赶到宝鸡市里去卖。在修建战备公路和修梯田的劳动中，男社员开山劈石，二三百斤重的大石头两个人一抬就走。可以说男生们压肿了肩膀，磨破了脊梁，经受了种种磨砺，在长期繁重的体力劳动中都挺了过来。我们几个女生也不甘落后，争着干男社员才能干的农活。我们和男生一起上山砍柴、背粪、到深山里背扫帚，咬着牙坚持。但是和男社员相比，不能不承认在体力和耐力上还是有很大的差距。受到"文革"前的电影《我们村里的年轻人》的启发，我朦胧地感觉到改变落后的生产力才是实现男女平等的正确途径。可惜想法还没有考虑成熟，我们就被招工回城了。

到了年底，队里将所得的收获，包括瓜果蔬菜等副业收入，都折合成钱，根据全队劳力的工分进行分配。第一年，我们队每个劳动日（十分工）价值一角三分钱，当时玉米每斤八分钱，也就是说：一个壮劳力起早贪黑干一天，能够挣到一斤六两左右玉米。而我们女生只挣到九两多，还不够自己吃呢。长在山地上的仅有四五个麦粒的麦穗社员称为蝇子头麦，我曾经把这样的麦穗夹在家信里寄给父母，向他们证实这里土地的贫瘠。

平时闲聊，听好多社员说，他们都欠着队上的钱粮。我一时搞不明白，一年四季辛辛苦苦忙到头，怎么还会出现这种情况呢？后来才弄清楚，为了体现社会主义分配制度的优越性，全村不管男女老幼，按照规定每个人都有基本口粮，劳动力又有额外增加的劳动粮。这些都是定额，但并不等于可以白给，要用劳动工分去换。这就造成一些缺少劳力的社员家买不回自己家的定额口粮，还要向队里借债。尤其是遇到家里有病人、婚丧嫁娶等需要花钱的大事，就只有向队里伸手了。而这笔借款要在年终结算的时候从分红里扣除，于是就出现了旧债还未还清又借新债的现象。

如果碰到下雨天，就不用上工了，但是没有工分。这时我们可以抱着书本享受难得的休息，社员们就在家里修理农具，干些杂活。他们真是手脚不闲的人，好像天生就离不开劳动。老人只要还能活动，就会一直坚持劳动。到了寒冷的冬天，因为下雪不能上工，我们就一整天坐在社员家的热炕上，和他们拉家常，听他们讲农村的新鲜事，给他们讲城里的生活，彼此的感情也在这种交流中慢慢加深。

如今，这个工分本是我和那段难忘的插队生活唯一的联系了。它告诉我，劳动是农民生活的主题，经济基础是农民的立身之本。虽然离开农村四十年了，但是，因为有了那段生活，我自信能理解农民。我一直关注着我们村的变化，关注着他们——我的父老乡亲们的喜怒哀乐，我总觉得他们中的每一个人的命运，都和我有着千丝万缕的联系。

呼方，女
西安交通大学附属中学初六七届毕业生
插队地点：原宝鸡县晁峪公社上川三队
本文选自《晁峪知青》博客

# 猪场·牧歌

还记得那部宣传新疆建设兵团的纪录片《军垦战歌》吗？

我可记得太清楚了。那片子真的很吸引人！天山、草原、羊群、骏马、革命、浪漫……被渲染得美轮美奂，主题歌《边疆处处赛江南》更似天籁般地悦耳动听。在当时咄咄逼人的氛围里，去边塞"从军"想当然是种解脱！不知把那片子看了多少遍，我们几个初二的毛头走火入魔般地昏了头，我们决定出走！要投奔兵团！去天山放牧！听说同学贾涛他哥从石河子回陕探亲，大家一窝蜂拥到他那儿，问东问西，那个闹腾不亚于现今粉丝捧歌星。瞒过了家人，打点好行装，不料正在策划西征路线图时，大规模上山下乡开始了！

我只好随交通大学附属中学二百六十多位同学到宝鸡县晁峪公社插队。

## 猪　　场

听说被分到晁峪畜牧场，我不由得一阵窃喜，心想终于可以如愿以偿，执鞭放牧了！当牧人总比农民强点儿吧。可在进山的路上听到当地人把畜牧场叫"猪场"，又顿感茫然失落。

猪场，是晁峪沟伸向秦岭山脉去的最纵深、海拔最高的一个村落，也是公社最偏远的一个知青点。打固川下火车，渡过渭河，经新庄、晁峪，再由上川、段家磨向上，就到了架子车路的尽头——南岔水磨坊。过南岔的磨镰石，再往东行八里，才到猪场。

地图上这段路直线距离不过四十来里，可实地徒步走来就满不是那么回事了。进山的路沿着晁峪河盘旋上升，越往里走，山越高，坡越陡，水越急，人烟越稀少。早先路两旁颇具渭北土塬特点的褐黄色的梯田不再呈现，取而代之的是葱郁林木覆盖的灰色山岩。晁峪河也似乎到了它的源头，从几块峥嵘的巨石间跌落，形成丈许的瀑布，倾泻而下，注入下游一潭清澈的涧水中。上游不远，核桃树下，便是那木石结构的水磨坊了。场院边终年累月地竖着几张架子车厢，似乎标志着行程的终结。然而，对于我们畜牧场的人来说，这才是下一段归途的起点。过了南岔水磨坊，严格地讲，已没了路，只有进山人蹚出来的一行脚印，时而溪边林间，时而梁上坡下，蜿蜒曲折。你可以踩着它走，也可以另辟蹊径，并无差别，只要埋头继续往上走便是了。说也奇怪，过了南岔，山却越来越矮，沟也越来越浅，水也越来越小。最后，沟变成了浅山环抱的几亩盆地，涓涓溪水也消失在长满青苔的岩石缝中。也就是在这"山穷水尽""走投无路"的时候，猪场到了！

猪场不大，一共只有三个鳏居老汉，队长老苏、放牛的久长和从没出过山门儿的老邵。再有三排房舍，一间兼作厨房的柴草房，一排隔成五间的住房，还有就是后院的那排牛圈的。据说猪场创建在"社教四清"的60年代初，建它的初衷是为了收容整训被发配到此的区县干部。在那儿生活的一年多里，我们两次遇见过这帮"天涯沦落人"。

第一次是在11月5日刚到猪场的那天。前一天在公社的下乡誓师大会结束后，邻近各队的同学纷纷离去，我们也随着人流往山里走。当晚在段家磨邵克雄那儿"喝的汤"（吃晚饭），留的宿，平生第一次睡热炕，次日继续行进。一路上，饥餐渴饮，走走停停，后晌时分才到了南岔的峡里，河边有一座水磨坊。小歇时，有山民送来核桃拌蜂蜜，听他们说，架子车路到此为止，剩下的八里山路要我们背上辎重自己爬上去了。正当手足无措之际，身旁不知从哪儿冒出好些人来，接过我们几个知青的行李，径直往山上去了。后来才知道，公社这天集中了全社各队的"管制分子"背瓦进山，为新到猪场的知青翻修老旧的草房。进了沟，上了梁，视野开阔起来，这才看清整个队伍，除了几个看守的民兵和我们十个知青，这帮人足有几十号，胸前别有白条，清一色的黑棉袄。他们个个神情黯然，重压下步履蹒跚，在血色残阳下，缓缓地往山上爬去。看着他们的背影，不由得联想起还在"牛棚"里的老爸，不知此时此刻他是否也在经历同样的磨难？想到了这些，下乡两天来的亢奋、新奇荡然无存，戚戚然到了猪场，那几十号人亦不知何时悄悄地走了。

昏暗的暮色里，看到三个老汉急匆匆地往墙上的几个小洞里揻柴烧火。领头的老苏说：知道学生要来，他们盘了三面新炕，眼下正在"入炕"（烧炕），"一下（读hà）下"就好。进了屋，在摇曳的煤油灯光下，看到还是潮湿的炕面腾起阵阵水汽，半干不湿的部分还渗出了白碱。筋疲力尽的我们顾不了那么许多，倒头睡去，半夜又全被冻醒，辗转反侧，直到第二天早上铺被子时才发现，褥子和炕冻上了！原来，老汉们"擩炕"的柴火没能烧过通宵，炕火熄灭后，晁峪山里深秋的严寒竟把新炕的水蒸气结成严冰！哆哆嗦嗦，我们迎来了猪场的第一个早晨。

早上，那帮人又来了，这回只有六个，他们是来为新屋铺瓦的。看到我们，他们卑微地低下头，交谈戛然而止，大概是习惯了平时"什么都不许说"的呵斥。我想他们一定像猪场老汉们一样，把我们当成了什么"社教"干部了。记得昨夜"晚汇报"，老苏就说过："这下学生来咧，我们一定要好好听学生的领导……"默默无语中，作业开始了。队长老苏把和好的稀泥掀到房上，房上的老邵再把泥抹在漆木椽子上。那六个"黑衣人"三人房下，三人房上。房下两人把昨晚卸在场院的瓦片搬到房前，另一人将瓦两片一摞往房上抛；房上三人，一个蹲在房檐接瓦，再传给另外两个铺。几人动作协调，技艺娴熟，不一会儿就铺了好大一片。我看得手痒，也抓起两片瓦甩上房去，不料其中一片磕在房檐，掉下来几乎砸到那抛瓦的人。"没事！没事！"他费劲地挤出一点儿笑脸，可还是避开了我的目光。知青组长庆强也不知什么时候上了房，和我组成搭档抛递瓦片。人渐渐多了，节奏也更快了起来。在哼哈呼哟的劳动号子声里，人们好像全然忘记了外界无端衍生的混沌无序，而在求生存的劳作韵律中找到了协调；也在这胼手胝足、挥汗如雨的劳作中，所有的人全然忘记了到底谁该教育谁，谁应当管制谁，大家都成了同样的人。半晌的工夫，新瓦房落成了！不知是累垮了还是绊倒了，身边那抛瓦的人一下跌坐到我脚下。"没事！没事！"我扶着他说。他这回没有避开我的眼光，释然地笑了。想必他在那"什么都不许说"的年代，盼的就是能够和人相安"没事"，"什么都不用说了"吧。

再一次，是老贾。老贾原是县上的财会干部，是在我们到猪场后不久来的。高个儿，年近三十，白净斯文，细鼻子小眼儿，干农活倒挺卖力，待人接物也很随和。饭后茶余，他总会跟我们天南地北地聊聊，很多有关晁峪啦猪场啊的事，都是从他那儿听来的。谈吐中他总是不温不火，很难想象他这样的人会触犯什么"天条"。唯独一次讲起了县剧团的当家女旦，他才声情并茂，大为动容。后来听猪场继任队长余万才讲，老贾之所以被发配到猪场来，是因为"犯咧生活"！对于当时还懵懵懂懂的我们，废了不少神儿才搞明白那指的是什么。

性情中人老贾在猪场只待了几个月就回县上了，打那以后就再没见过。尽管如此，他的"遗毒匪浅"！"犯咧生活"一语成了我们日后嬉戏打闹时的口头禅。只要有谁出言不逊或意图不轨，便为众人所指："你这犯咧生活的瞎尿（坏人）噢……"笑归笑，严峻的现实却逼得我们深思，那就是：我们到猪场来到底是犯了哪门子生活？还是这生活犯了我们？

## 放　　牧

　　到达后才发现"猪场"并不养猪，牛倒不少。秋收后，坡上地里的农活都歇下了，场里人就成天围着那些个牛转。不是起圈、垫圈、打粪、背粪，就是铡草、擩草、喂牛、放牛。入冬前的一场不大不小的火灾，烧毁了作为过冬饲料的麦草垛，于是，每天一大早就非得把牛放到坡上或收过的番麦地里去，任其寻找秸秆枝叶果腹，直到暮色依稀……

　　每当牛群在梁上坪里散开去，放牛老汉久长便圪蹴在圪塄上，抹上烟锅，谝开闲传。谈到自己的身世，久长的语言却显得特别的简约。言谈中知道他是晁峪望族王家（应该是地主）的儿子，年轻时还到省城西安上了两年中学。父亲早逝，家道中落，他也就辍学回到乡里。虽遭此难，却逃过被定为地主成分这一劫。也曾娶过媳妇成过家，怎料到媳妇难产，连刚出世的儿一起"殁了"。常说人生三大不幸："早年丧父，中年丧妻，晚年丧子。"久长竟像被诅咒似的不幸言中。讲到这里，久长紧咂几口旱烟，在青烟缭绕里眯上了眼，可他依然口气平淡地陈述着，像是在讲别人的故事。

　　看着这个曾和我有"同等学力"的人现在竟和目不识丁的老邵一样"难分难解"，对自己的曾经那样淡泊，待人生的宿途如此认命，我虽黯然无语，却又心悸不已。每天放牛崎岖的山路上，跟着久长，高一脚低一脚走过那些莫名的坎坷，每一步都使我不由得联想自问，会不会就此步他的后尘？为了摆脱这种强烈到令人窒息的象征意象，我每每都会绕过久长，穿过牛群，径直飞快地先爬到坡顶。居高临下的这种"超脱"会让我吐出那口浊气，可也是这种孩子气的"不甘"竟使我闯了祸！

　　一天早上，久长跟我说，要到石窟窿沟对面的梁上去放牛，梁顶那块刀耕火种的番麦地里还有未收割的秸秆。萧瑟秋风里，牛群出发了。上了坡，到了梁上。去那片番麦地还要经过梁顶一道窄窄的山路，两边是陡峭的坡崖。久长赶着牛群排成一行往上缓缓走去。深秋的霜露使得本来就泥泞的山路更滑，看着久长矮小弯曲的背影，举步维艰的难堪，那种唯恐步其后尘的象征意象不由得袭上心头。

　　绕过久长和几头小牛，"我走头里去呀！"

　　那头黑色的老母牛，被前面的大犍牛挡住，左右为难。经不住我的鞭打吆喝，黑母牛踩向崖边，试图绕过大犍牛。可这一步真成了"一失足成千古恨"。

353

它一蹄踩滑,摔倒了,便向坡下哧溜。眼看不妙,我几步蹿上,拉住牛的鼻圈,可是为时已晚!地心引力作祟,开始加速。我随即也被拽倒,头冲下越来越快地向山下滑去。老稼枝抽打着我的脸,岩石块冲撞着我的躯体。大概是痛楚唤醒了求生的本能,我最终松开了手。就在停止滑行的那一刻,我看到黑母牛滚下了坡崖,从视线中消失了……不知过了多久,我才哧溜到了沟底。气喘吁吁的久长已经在那儿了。他大概也是跟着我们"滚"下坡来的,大裆裤裆上撕破的口子里绽出了棉花。血肉模糊的黑母牛在地上痛苦地翻滚,眼睛瞪得滚圆,粗重地喘着气,可就是站不起来。

"嗨,不行咧。牛滚坡一翻身就不行咧。麻利回去,要告诉队长老苏呢。"我的脑子一片空白,一切发生得太快!可即使在死的震撼余悸中,我还是意识到事态的严重。要知道,在猪场,牛比人金贵!

等把牛圈回了圈里,久长看了我一眼,叹了口气,摇了摇头,然后又深深吸了口气,把大裆裤往上提了提,转身走向在院子里正破柴的队长老苏。

"咋回来这么早?"老苏问。

"黑母牛……滚坡咧。"久长喃喃地说。

"说啥?"老苏哐地把斧子摔在地上,一下吼了起来。随之而来的是一连串带着重浊晃语口音的大骂:"把他家的!我把你这狗日的,我把你的皮腾了……"

久长缩头缩脑地站在老苏面前,时不时地提一把老往下掉的大裆裤,上嘴唇咧着,僵滞在发滚坡的"坡"字上,好似在做无声的辩解,两手一摊一摊,仿佛要招架老苏的指指点点。来不及领略诅咒里违反逻辑的黑色幽默,也顾不得叫骂中"腾皮抽筋"的恐吓,我只觉得此时此刻替我顶了罪的久长不再矮小猥琐。我正要挺身而出,可风风火火的老苏已结束了咆哮。"把学生都叫上,背上背篓,带上刀斧,赶紧要把牛杀了背回,要不就让豹子拉去了。"

到了沟底,黑母牛已经死了,牛头向后极不自然地别扭着,眼还突出地瞪着,糊着干涸的血水。老苏跪下一条腿,把牛头翻过面朝上摆顺,竟闭眼默诵起经来。这时我的内疚真是无以复加,那短短的几秒似乎像几个世纪那么长。不一会儿,老苏结束了念叨,对着死去的黑母牛说了声:"回去吧,噢。"然后举起了刀斧……

当晚,场院里的三块石头上架起了一口大锅,水深火热地炖起了牛骨汤,学生和老汉们的两个灶上,一个熬牛油,另一个煎油饼,闹腾了大半宿……老汉们在诵经后的平和里欣然接受了牺牲,学生们在笃信唯物的精神下彻底完成了物质不灭的实践,而我的眼前则久久飘忽着黑母牛临终的意象,思忖着造物以它的死向我传递的生的警世恒言……

逞了口舌之快、果了辘辘饥肠的老苏不久就淡忘了黑母牛滚坡的事,可从此我对久长则刮目相看。

## 启　蒙

"猪场"没几块像样的耕地，收秋后也就没太多正儿八经的农活，读几页书的工夫还是有的。喝汤吃晌午饭时的消歇，吹灯上炕前的磨蹭，总能看到学生手里拿着本书念。可人们最感兴趣的似乎不是上恒珍藏的半本《论语》和袁枚的《随园诗话》；也不是我那时视为圣经的伏尼契的《牛虻》和司汤达的《红与黑》，更不是大焱和力强的和声学五线谱。那本几乎每天都有人挖抓翻腾的书竟是上海科学技术出版社1968年6月1日版的《农村医疗卫生手册》！

下乡前一天，"行动不便"的父母不能为我送行，刚分配到三原县医院做医生的大姐特地赶回交大，一边帮我打点行李，一边不厌其烦地给我讲解呼吸系统消化系统和那堆瓶瓶罐罐之间的联系，都临走了又倒回来，反复叮咛"一朝被蛇咬"后结扎止血和手术排毒的要点。最后，她郑重其事地把那本手册递给我。

"一定要好好照顾自己噢，弟弟。"

"晓得了，大姐。快走吧，你还要赶车呢。"看着她哽咽远去的背影，我心里说：大姐，你可知过了十六岁的弟弟最想了解哪个系统的知识吗？

性，在那时是原罪，是禁忌。尽管家里妈妈姐姐都学医，对耳濡目染的生理常识也有个一知半解，可就是不知道"那"到底是怎么回事。大人们一碰"那"个话题也是马上"王顾左右而言他"。

想必"猪场"这帮"瓜"学生都曾背着别人，孜孜不倦地到那本《手册》里按图索骥地去寻觅揭开谜底的答案，以致这本新书有关器官部位解剖图的"那"一页显得格外斑驳陈旧，把厚厚的《手册》随手往桌上一搁，它就会自动翻到"那"一页。我们谁都知道人人在看，可谁都不承认自己看了。一天收工吃晌午饭，大家各自从灶上打了碗搅团回到房里，刚跨过门槛，就听得力强厉声叫道："又有人偷看禁书了！"打眼望去，只见大炕上正横陈袒露着《手册》的"那"一页。"是你！""是你！""你才是呢！"最后众人所指那天最后起床的X君，认定只有他才兼有动机和作案机会，于是乎这桩悬案也就在他欲盖弥彰的"我没有"声中不容分说地定了板。哄笑打闹中，大伙儿把搅团喷了一炕……

怎么也没想到，揭开谜底的竟是猪场那头叫"豹子"的种牛！你只要见过"豹子"，就会明白为什么有那么多民族会敬牛为神或拜之以图腾了。"豹子"身上几乎集中了所有造物的偏爱。虽然才刚三岁，却已经相当高大壮硕，隆起的肩头，玉白色巨大的犄角，黑色的眼晕点缀在近乎金黄的皮毛上。在猪场那群清一色褐色皮毛、身架矮小、土生土长的"秦川牛"里，"豹子"是那样的不群。它是猪场的骄傲。可"豹子"的脾性暴烈，桀骜不驯，踢过老邵，挑过力强，放牧时，动不动就立起前蹄，对别的牛摆出一副欲"凌驾之上"的架势。而每当这时，久长就会骂骂咧咧忙不迭地赶过去，把"豹子"撑开。看着久长磕磕绊绊、跌跌撞撞的狼狈相，总觉得滑稽可笑，但更多的是不解。不就是牛打架呗，何至于那么气急败坏。

一天傍晚，到段家磨供销社买盐灌煤油的队长老苏回来了。在他背篓里，出乎意料地多了一坛核桃油和一坛柿子醋。做饭的Yali用核桃油炒了一大盆野韭菜，又下了一大锅调了柿子醋的白面条，并邀请三个老汉来学生灶上一道喝汤。就在大家"韭"酣耳热，一片吸溜地吸吮咂吧时，老苏宣布了一条消息，他已答应了段家磨的人，明天一大早"豹子"就要配种了，而今天的核桃油和柿子醋就是对家的酬金！灶房里一下炸了锅，就差没把碗摔了，"瓜"学生们一个个亢奋得似乎自己就是"豹子"，明天就是自己的第一次似的。那一夜的悬念和期待自是不提。

第二天一大早，段家磨的人来了，牵了一头其貌不扬的小母牛。久长把"豹子"从圈里牵了出来，到了场里。"瓜"学生们早已到位。久长松开了缰绳。"豹子"倒并不猴急，它缓缓地踱到小母牛前头，左右绕了两步，把头在小母牛脖子上蹭了蹭。小母牛一动不动。"豹子"又转到小母牛背后，小母牛掀开了尾巴。"豹子"闻了闻，突然，在谁也没看清时，"豹子"一下趴到小母牛背上。小母牛两腿一弯，几乎被压倒，踢踏了几步，刚站稳，"豹子"却已经下来了。久长一步上去，扯住"豹子"的鼻圈，就往圈里拉。

"唉！再趴一次呀。"段家磨的人不满地叫起来，"犍牛发威可以趴七次呢！"

"不行！"久长回道，"犍牛一生只可以趴一百次。趴一次少一次！"

这时缓过气来的"豹子"又发起了威，向小母牛奔去。矮小的久长两脚撑直了也拽不住。"老邵，赶紧帮忙呀！"倒霉的老邵刚到跟前，就被"豹子"一蹄踢了个趔趄。"豹子"猛烈地左右甩着头，久长被拽得大裆裤都快掉了，可就是不松手。我赶紧上去，帮着把"豹子"扯回圈里。

"要是没种上咋办？"段家磨的人在身后叫道。

"没种上再牵回来。"久长回道。

回到场上，大家还在，一动没动，一声不响。是被刚才赤裸的天然所震撼？还是期望过高后的失望中的呆滞？大概二者兼而有之。我也不确定，难道诗经尔雅、文人墨客为之讴歌的痴男怨女可以以死殉情的性就是这么点儿刹那间阴阳的交错？我能确定的只是，我好像开始理解为什么久长每每阻挡"豹子"发威，以及他"色空空色"的念叨……

一天，那本《手册》不知怎么又掉了出来，又自动翻到了"那"一页，可这回谁也没再大惊小怪。上恒吟道："清风不识字，"众接："何必乱翻书。"他便随手合上了"那"一页。

嗨！别了！青涩的懵懂！单纯的情愫！

## 生 命 礼 赞

不知何时严寒肃杀渐渐刮走了梁上坡下最后的一点苍翠葱郁，裸露出庵沟枯黄颓败下的灰暗。1968年的那个冬天姗姗来迟。纷纷扬扬的几场大雪把视野所及抹成一片银白，只有远处将台山阴坡的峭壁突兀地绽出醒目的青黑，勾勒出苍茫雪乡几笔粗疏的轮廓。呼啸而过的凛冽山风无休止地吹着单调的牧歌，猪场沉睡了。一切似乎都成了静态。

只有放牛老汉久长在圈里忙了大半宿。一头母牛要生了。

要生的是一头两岁半的小母牛。正在擩草的老邵抽出手冲着走进牛圈的学生比画着。

"麻利！赶紧擩草！"手扶铡刀的久长打断了老邵，因熬了夜显得有些不耐烦。

"咳！本不该这时候生。"老邵回过身一边继续擩草，一边接着絮叨，"母牛下犊，不是春上就是秋上，一冬里下犊不易活。"在老汉们一来二往的对话中，我听出老邵在数落久长，怪他在放牛时没看好刚怀春的小母牛，让那头叫"豹子"的种牛随便趴胯，才捣下了乱子。母牛到了一岁半就能怀胎，可两岁半骨架才长全，从优生的角度应该等到那时配种。这大概也是这头小母牛难产的原因吧。

他们背后的柱子上，拴着那头难产的母牛，它焦躁地跺着蹄子，两眼布满血丝，瞪得滚圆，不停地扭回头来，好像是想甩掉背后的什么。

"估计时辰到咧。"久长对老邵说，"水烧热了没？"

"热了！"

"把母牛牵到场里去！"

老邵把牛鼻圈拴在场院边的柱子上，老隋家姐妹俩早在周围铺上了一层厚厚的麦草。刚起身的学生们也围了上来。

那头牛突然浑身颤抖了一下，两条后腿慢慢弯曲蹲下，难产的阵痛下，两条

357

前蹄几乎支撑不住。"麻利，扶住，不了倒下！"老邵钻到牛腿下，用背抵着。

"看呀！头出来了！"不知哪个姐姐叫道。

"娘娘，不是头，是腿哩！"久长随即坐在地上，双手拉着牛犊的腿往外扯。所有的人都屏住了呼吸，那生死一瞬的画面好像定格在那儿。突然，和着血水胎膜，牛犊被扯了出来，跌落进久长的怀里。久长和老邵迸出一阵释然的大笑，全然不顾身上的血水，手忙脚乱地用抹布擦干牛犊口鼻上的黏液。一会儿，那牛犊挣脱了久长，颤颤巍巍地站了起来，跌跌撞撞地跑了半圈，钻到母牛肚子下吸吮起来。久长和老邵又发出一阵欢笑。老邵用那烧热了的水搅了桶番麦糊糊喂给那头母牛，那母牛一会儿大口大口地吞咽糊糊，一会儿小心翼翼地舔着牛犊。久长把血手在大裆裤上擦了擦，蹴到场院边上，抹了锅烟，又把自己藏到青烟缭绕里。我朝久长坐近了些，他把旱烟锅从嘴里拔出塞给我，我咂了一口，辛辣呛人，痛楚真切，却意蕴深长。我不知他在想些什么，而我则在苦思苦冥地试图领悟神奇的新生命何以给这贫瘠的近乎原生态的山村带来如此的喜悦。

看着这头生不逢时的新生命，围观的学生有的欣然参与忙碌，还有的依然惊诧震撼，但绝没有漠然地无动于衷。抑或被这个新生命的强烈象征意义所激励？抑或他们意识到在希望失去的地方，信仰便会出现。这里也许不是结束，只是亘古中的瞬间？

寂静的群山里，轰鸣着礼赞生命的牧歌。

这时，一束阳光穿过冬日灰暗的阴霾，照在猪场上。太阳依旧升起！

孙栋民，男
西安交通大学附属中学初六七届毕业生
插队地点：原宝鸡县晁峪公社畜牧场
本文选自《晁峪知青》博客

# 从此不吃狗肉

我们队里有条狗，雌性，浑身浅黄，故名"黄儿"。它的出身已无从考证，但绝非名门之秀，主司队里的保安和清洁。凡村里来了陌生人，它便狂吠不止，这样，队里的治安就基本靠狗了。至于清洁嘛，听起来有些恶心，碎娃伙有时拉在炕上，"妇儿家"就会到场院里"喔，来来……"一叫，它不管在村里哪个角落都会闻声而至，蹿进屋里，打扫得干干净净。对这两项职能它向来都是尽职尽责的。

可每到阴历的二、八月，情况就不同了，远近村子的一些"登徒子"便不期而至，弄得黄儿也是"心猿意马"，造访者当然不乏健硕者。我们长久不见荤腥，加之繁重的体力支出，在不可遏制的食欲驱使下，心生一计：古人三十六计中有"美人计"，我们何不来个"美狗计"。如要明火执仗捕杀，人类的灵活性和脚力岂能与狗相匹；以"美食"引诱，多半训练有素的狗不受"嗟来之食"；而以"美色"诱之，其成功概率将大大提高。主角自然由黄儿担纲，而且它已被队上花两元钱请骟匠做过"绝育手术"，不必担心会产生什么后果，这样，黄儿的第三项职能就应运而生。我与业庄等商定，各自留意，依计而行。

秋日，一个雨夜，我洗完了脚，正准备上炕睡觉，忽听窗外传来黄儿的哼叫声。我一阵兴奋，料定猎物已经上钩，便趿拉着鞋，拿着手电和棍子冲出门外。几乎同时，业庄兄也冲了出来，几步一滑，边走边提鞋，踉踉跄跄循声而去。就在我们宿舍前的麦场边，只见两只狗正难分难舍。机不可失，我们蹑手蹑脚加快脚步，当离它们还有十来米时，那公狗回头看见了这两只扑来的"饿狼"，自知不妙，便不顾一切，拔腿而去，消失在茫茫雨夜里。初战未果，悻悻然垂首而归。

又过了几日，天已晴朗。吃过晌午饭，我正在队上"赤脚医生"邵甲子家的场院里谝闲传，村口土崖上又传来黄儿的哼叫声，"美狗计"再次奏效。我二话不说，抄起甲子家靠在墙边的麦锄，向土崖飞奔而去。上得土崖，是一块麻地，那叫声依然继续。拨开比人高的麻棵，只见一只肥壮的黑狗正与黄儿不可开交。我几步蹿过去，它回头看见了我，欲逃，为时已晚。说时迟那时快，这"恶狼"——在它看来是这样的，手起锄落，咔嚓，锄把断了，它惨叫一声，蜷缩在地上不停地抽搐，黄儿早已不知去向。这时，业庄兄从宿舍也及时赶到了，看着躺在地上的大黑狗，只是喘着粗气，已动弹不得。我们找来一根绳子，做了一个大活套，为防止被它垂死一咬，故而与它保持着一个安全距离，将绳套在它的脖子上，准备拖出麻地再行处置。可我刚一拉紧绳子，黑狗忽然站了起来，四肢趔趄，身体晃悠着向我冲了几步，我一个激灵，向后跳了一步。我娘娘！只见那狗，瞪着一双充满血丝的眼睛，喷射着愤怒，龇着尖利的犬齿，长长垂下的舌头上挂满殷红的唾液，从喉底发出低沉的怒吼，痛恨我们不光夺其爱，还要取其命。那凶光和吼声，似柯南道尔笔下的巴斯克维尔猎犬，让人毛骨悚然。它已失去任何反抗能力，但凡有一点儿气力，它都会猛扑过来。充满杀气地对视片刻后，我犹豫了，可强烈的食欲作祟，使我又一次拉紧了绳子。它挣扎着又颤巍巍地走了几步，怒吼慢慢变成哀号，终于无力地倒下了，渐渐暗淡的眼神散射出绝望、恐惧，一个生灵泯灭前的那种恐惧。在这瞬间，我心中一阵战栗。

临近傍晚，将狗肉收拾停当，作料是我调配的，煮了一大锅。梅林起劲儿地拉着风箱，呼嗒、呼嗒……食欲难耐的哥们儿，不时蹿到厨房来："好了没有？""怎么还没好？"天黑透时肉总算煮好了，久违的肉香在幽暗的厨房里缭绕。有农民私下说："学生馋得很，把人家狗给杀咧。"可仍有人来要狗肉汤，说喝了对妇女好，我们自不计较，均来者不拒。请来邻队的知青们也都到齐了，一大盆热气腾腾的狗肉端上了桌，众皆欢呼，当然是大块吃肉，大碗喝酒，好不痛快。开始，我尝了一块，调料火候都还到位，众弟兄也赞不绝口，可那狗临死前的情景，在我眼前始终挥之不去。突然，一股血腥涌将上来，心里说不出什么滋味儿，自然再吃那肉也就难以下咽了。当初对狗肉的热望已荡然无存，此时，我只剩在一旁看着他们过瘾的份儿了。酒足饭饱，众人散去，我独自蹲在门前，抽着烟，看着袅袅飘向夜空的缕缕青烟，那狗的哀号在耳畔时隐时现，渐渐远去，消散在黝黑的山谷里。狗，本是一种极富灵性而忠诚的动物，生活中时有所闻，艺术作品里也常见描述，可我们却用"美狗计"屠而食之，实在是"残得很"。

打那以后，每每见到狗时我总感愧疚，更不要说吃狗肉了。

颜重生，男<br>
西安交通大学附属中学高六八届毕业生<br>
插队地点：原宝鸡县晁峪公社槐树岭三队<br>
本文选自《晁峪知青》博客

陕西知青档案

# 70年代的"农民工"

知青时代我们也当过"工人",那就是去宝鸡市运输社当苦力,拉架子车,为生产队挣点宝贵的现金,是20世纪70年代的"农民工"。

我所在的槐树岭大队常年有劳力在宝鸡市运输社干活,每小队派三至四人,一起住在十里铺农村一孔大窑洞里,每月轮换一次。队里男劳力基本都要轮上,另派两位妇女去做饭。此活吸引人处是有活钱,除一天记十分工,还能现金抽成,一天有四五毛。对于缺钱的山里人,这是挣盐钱和醋钱的好活路。但是也有人怕去,特别不愿去得太勤,一是太费粮食,每月要从家里背九十斤白面交伙食;二是下的苦太大,每人每车每次一千斤的货,连运输带装卸,从天明到天黑。运输公司又总是把脏、累、难干、挣钱少的活派给农民工。说来让人不信,一月吃九十斤白面,体重还会锐减四至五斤。所以连干两月的农民很少,我们全体男生也和老乡们一样参加轮换。

每天早上天麻明就起,吃俩白面馍,再带上一斤馍当午饭,就开始检查各自的架子车及绳索等。然后十几辆车浩浩荡荡地从半塬的坡道下来,直奔街道上的宝鸡运输社。当时领头的是四队的福生,一个能说会谝的中年汉子。福生领到派活单后出来,就神气活现地指派:谁谁谁……谁谁谁,你几个去哪里哪里拉啥啥啥,剩下的跟我到货场拉煤去。

对初次来拉活的学生娃,老乡们一般都给予一些指点,特别是装车和卸车。知青之间当然是互相帮助的,但每人都有自己分内的任务,都要独立干活,不可能依赖同伴的帮助。运输货物,要到不同的单位去装、卸货,要和不同的人打交道,这使我们充分体会作为苦力——社会最底阶层人的滋味。本来,下乡当农民,已是生活在最底层了。在山里和老乡们在一起,我们并不经常感觉到这一点。可是在宝鸡打工,与市民们打交道,这种感受却是很深刻的。关心及善待我们的有，但并不多；冷漠和保持距离的，是大部分；嫌弃和鄙视并不少见，有时还把我们当贼似的防范。比如，我们的午饭是自己布褡褳里的凉馍馍，有地方找个自来水管喝点儿凉水就不错了。如碰巧歇在哪个单位门口，或哪个工厂的大院里，好心人会提壶开水给我们，或让我们去茶水炉打点儿开水，我们就会感激不尽，热开水就馍，当然舒服多了。

拉煤，在一般人眼里不是什么好活，太累，太脏。实际上，我们挺喜欢拉煤，虽然脏，但好装好卸，比较安全，好出活、易挣钱。装煤时，一锨一锨把煤扔入车里，当然会将煤灰扬起。卸车时，把后车斗一拔，在车头将辕把往上使劲儿抬起，煤顺车板向后溜下，也会煤灰飞扬。有时要把车厢抖一抖晃一晃，再踢两脚，为的是把煤卸净。这都是扬尘作业，一两趟煤拉下来，汗水和煤灰在每人脸上都画上了以黑为本色的大花脸。这时，我们与老乡的不同，就显不出来了，大伙儿都是苦力，都是煤黑子。

有一次，我们五六个知青拉煤送到解放军三医院，在锅炉房外的空地上卸煤。那次知青特多，其中好像有姚茂生、冯翼和黑峪的董业庄、陈立群。那是个下午，阳光很好，因为汗流浃背，我们不少人已光着上身了。大伙儿一边卸煤，一边大声地说笑着。这时一位青年女军人，胳膊下夹了个文件夹板，跟着一位高个子男军人走过来，停在离我们一二十米处，一边说话一边向这边煤堆指指点点。一开始，双方都没有特别注意对方。对那俩军人来说，我们不过是一群给部队拉煤的运输工人。对我们来说，在这里遇到管后勤的军人，也最正常不过了。可是不一会儿，那位青年女军人停止了交谈，转过脸来注视我们。我们也暂停了说笑，认出了她是我们学校的女生许某，家住在干休所，大概是与董业庄同级的吧。

这突兀的遭遇让双方都愣住了片刻。虽然董业庄不再吭声，我们却更大声更夸张地说笑起来。这种巨大的反差，在我们心里滋生着一种复杂心情，明明处在社会最底层，却不愿在昔日同学面前表现出任何卑微。我们在下意识地做某种防范，特别是在熟人面前，不需要怜悯，也不需要鄙视，维护着底层百姓那点可怜儿的自尊。

还是回到我们拉车的故事吧。麦草是造纸的原料，在我们的想象中是很轻的，拉麦草应该是容易活，其实不然。麦草一般装在闷罐车厢运来，被结结实实地压成一米多长、不到一米宽、约半米厚的麦草捆，相当重。开始，要从塞得满满的闷罐车里卸下头几捆麦草，没处下手，实是不易。

更难的是往架子车上装。为了多装多挣钱，麦草捆必须装到两三米高，还要处处注意车的平衡。由于重心高，拉车时也容易翻车，特别在车站内，有时不得不在枕木上走或过铁轨。拉麦草时若翻车，对拉车人是很危险的，很容易伤着。

拉麦草实际上也很脏，满头满身的碎麦草屑，鼻涕也是黑黑的。更脏的是拉造纸用的垃圾破布，散发着恶臭，我们很不愿意靠近。

拉原木不像拉煤和麦草那么脏，但技术要求更高，危险更大。原木是切割好的树木躯干，带树皮，长五六米或更长一些，直径在三四十厘米到五六十厘米。每车一般装两根，最多三根。有一次，我拉一根直径超过七十厘米的原木，要将它送到木材加工厂。它很重，很长，又圆鼓溜溜，没处下手，仅重量就把车压得七扭八歪的。

装车的工具主要是滚木和撬杠。一两人用撬杠将原木的一头撬起，另外一人迅速将一小段滚木垫在下面，众人再推动原木在滚木上朝前移，直到滚木移到比较靠原木中部。这时压下原木的一头，另一头就会较高地仰起，在这同时把架子车辕把抬高，让车尾贴着地面插入到原木仰起的那头下面，再压下辕把利用杠杆原理把原木抬得更高，并进一步将架子车朝原木中部插，直到原木的重心落在架子车中部。

装了原木的架子车特别长，在街道中通行不便，容易碰撞行人车辆。不过，这并不是我说的危险性所在。我要讲的危险是——没有刹车！年轻时骑过没闸或刹车不灵的自行车的伙计们大概都知道这种滋味。

搞运输的架子车后尾比较长，有时还有木块或废车胎胶皮加固在下部，需要减速或制动时，将车辕从拉车位置抬高，使车尾贴住地面摩擦就行了。拉原木时，长长的原木从车两头都向外伸出很长一截，若在前面拉，想要抬高车头制动时，远远向后延伸的原木尾端就先下沉贴了地，使离地还有一截的车尾没法下降到地面。原木尾端在倾斜状态下刮着地面所产生的摩擦力，远远没法和车尾与地面之间的摩擦力来比。这就像一辆刹车失灵的自行车。原木刮地还极易造成原木与架子车之间的相对移动，产生装载重心失衡，轻则拉车吃力，重则不经调整就根本无法继续前行。

由于原木前伸，使拉车人无法在两根辕把之间正常拉车，我们有时学老乡的样子，在车后推着原木的尾端走。好处是更能使上劲儿，坏处是……对了，根本没闸！所以拉原木时，上坡吃力，下坡也吃力，还加操心。要是下大坡、陡坡，那就吃大力外加担惊受怕了。遇到这种情形，大家就要停下车，几个人一辆车，死扛活拽地慢慢向坡下放。

拉钢筋棍和拉原木有着类似的困难和危险。虽然钢筋棍可以两人一根一根地抬着往车上装，似乎不像装原木那样要撬杠和滚木，但装车则需更高的技术要求。钢筋棍一般十到二十厘米粗，比原木更长。如将一捆十米左右长的钢筋架在一辆架子车上，前后远远伸出的两头就会在重力下弯弯地耷拉着拖在地上，架子车没法拉，于是就需要两辆架子车合拉一捆钢筋。对于后一辆车，钢筋捆的后部可以直接放在车厢板上。为了控制行车方向，前车需要一个简单的转向装置。这是一根短木杠，横架在架子车的两块侧立着的厢板上，靠近车中部的车轴位置，用绳固定捆紧在车上。将钢筋捆的前部搭在这根横杠上，用绳捆绑，不松不紧，既便于固定在车上的横杠在承载钢筋捆时可以随车左右摆动，又不让钢筋捆在运输过程中从横杠上溜下来。这样的连接，就和目前高速公路上跑的货柜车差不多，机车与货柜间可灵活转动。一人在后推，一人在前拉车掌辕管方向。一开始没经验，掌辕的不知如此长的双车组要拐大弯，结果后面的车就插捷径，不到拐弯处就向路边沟里一头插去，险象环生。有一次拉钢筋，记不清是洋蜡还是老麦，前车下坡拐弯太小，又刹不住车，后面的架子车在长钢筋的作用下，一头插在路旁沟里。大伙儿费尽了力气才好不容易把前后两车扳回到路上。

最开心的是拉完最后一趟货，收工回家的时候已是黄昏，一群二十上下、衣衫肮脏褴褛的小伙们，嘻嘻哈哈地拉着空架子车，混在一群衣衫同样肮脏褴褛，却不声不响拉着空车的老乡们中间。我们自由自在旁若无人地走在大街上。更多的时候，我们还要放声高歌："我是一个兵，来自老百姓……""日落西山红霞飞，战士打靶把营归，把营归……一，二，三……四！"引得路人回头注目，我们则唱得更大声，走得更张狂。

与在山里节奏比较缓慢的农业劳动来比，拉架子车跑运输的劳动强度更大更集中。但是我们同学似乎都还享受着这种一年里一两个或两三个月的拉架子车轮换。一天十二分工和抽几毛钱现金，无论对老乡们还是对我们学生娃都是有效的物质刺激。不过其他好处也还有不少哩。比如每天中午，基本上一顿每人有一斤到一斤半的白面条，这就是崔玉洁说在十里铺做饭每天要擀十八斤面条的道理。没油没菜，盐和醋管够。如果哪天跑长途，中午回不来，那只有一早拿上馍褡褡，中午啃凉馍了。也有改善的时候。在两年的拉车轮换中，我吃到过一次凉皮儿，还是冬天，吃得透心凉。还有一次，在收工回家的路上，一辆大卡车从我们旁边开过，我忽然发现一只鸡在卡车肚子下扑棱扑棱地向车头方向飞，企图从车前方飞出来，当然这是白费"鸡心"了。在我十几米前方，不知怎么一碰，鸡就让车撞死了。大卡车隆隆开走了，我们一行也从死鸡旁过去了。那天路上似乎没什么行人，回头看看，死鸡还在路中间，想想不甘心，又回头去把死鸡捡了往架子车里一撂。这个过程，记得清清楚楚。不过与伙计们怎么烹饪怎么享受这只鸡，倒是没有什么清晰的印象了。

山里的生活有点儿与世隔绝，到宝鸡市拉架子车跑运输，让我们又有机会接触外面的世界。但是这个世界，与我们下乡前在西安接触到的世界又是那样的不同，因为我们的身份不同了，在这世界的位置不一样了，确确实实有点儿像高尔基的《在人间》的味道。另外，离开了生产队，也就是离开了接受再教育的基地，我们的心理也许感觉更自我一些。当然，在槐树岭，我们也没感觉到什么政治上的压抑。正相反，特别是与大部分同学在西安时由于父母问题和家庭成分所感受到的政治压抑感相比，山里世界已是世外桃源了。不过，十里铺的日子更自在：这里不读毛主席语录，不开会，不忆苦思甜，这大概也是吸引我们去吃这样的苦的原因之一吧。

我们在十里铺与老乡们住在一孔大窑的通铺大炕上。我记不清我们是如何克服或解决因与老乡同睡带来的虱子问题，印象最深的却是每晚入睡前躺在炕上，黑灯瞎火下听老乡们肆无忌惮地谈女人，讲别人的或自己的浪漫故事，更准确地说是他们的性故事。当时的我们都是二十上下的大小伙子，当然都听得津津有味。可那个时代的我们，实在是把这些"窑洞夜话"当作新奇故事和生理常识课来听。说老实话，尽管和老乡们同吃同住同劳动，我们在内心深处还是觉得我们和他们是处在两个精神世界的，不知这是我们的阶级烙印过深还是墨水浸泡过多的缘故。

与山里简单纯朴的生活相比，作为生活在社会最底层的宝鸡农民工，我们发现"外面的世界很精彩，外面的世界很无奈"。上山下乡的经历是难忘的，所得到的磨炼也是够我们终生享用的。而其中在宝鸡当民工的生活体验，更是替那段经历增添了很多快乐，抹上了更多的色彩，创造了日后无穷的回味。

严锡景，男
西安交通大学附属中学高六六届毕业生
插队地点：原宝鸡县晁峪公社槐树岭一队
本文选自《晁峪知青》博客

# 难忘的 12 月 8 日

1968年12月8日是南岔一队最恐怖、最无奈的一天。这一天早上9点多，金兰珠正在炕上睡觉，残暴的凶手在她头上连砍了六斧头，残酷地夺去了她宝贵的生命。巍峨的秦岭山峰为之低下了头，奔腾的晃峪河水为之发出哀鸣，二百多颗年轻的心为之悲哀、为之震颤。四十多年过去了，岁月催人老，有一些经历会逐渐淡忘，但是我们绝不会忘记那残酷的"一二·八"，绝不会忘记英年早逝的金兰珠，绝不会忘记那把带血的斧头和那血腥的场景……

南岔一队位于晃峪南部最深的一条小山沟，山高水深，人烟稀少。那天早晨天空布满阴霾，浓雾笼罩着座座山头，整个山沟显得冷冷清清。全体社员在仓库后面的山坡上背粪，女生宿舍就在仓库的右侧，金兰珠因牙龈炎发高烧，昏睡在炕上，由乔庆南照顾。小队张会计在仓库里办公，谢镕因脚扭伤睡在男生宿舍。男生宿舍在仓库的左下方，相距有个十多米。

当我背着一篓粪，走到仓库后面时，看见谢镕和乔庆南在坡下向我招手，我急忙放下背篓奔向他俩。到了跟前，他俩惊慌地说："金兰珠被砍了！"当时我还以为是一般的砍伤，急忙朝坡上的同伴们大声呼叫："金——兰——珠——被——砍——了——，快——过——来——！"周先宁、杨自光、石岳君、樊华丽、陶青青、阮文娟及社员们很快就下来了。当我们冲进女生宿舍时，一股浓烈的血腥味扑鼻而来。透过昏暗的光线，只见金兰珠头朝外躺在血泊中一动不动，右额上深深地插着一把沾满血迹的斧头，头上方的天花板上溅着大片的鲜血，惨不忍睹。

这惊恐的场面吓坏了我们这群小青年，哭声响成一片。接着我们几个男生去拔插在金兰珠头上的斧头，但是怎么用劲儿也不行，同时发现在金兰珠头上另外还有五六个被斧头砍的窟窿，小小的屋子里充满了惊恐和慌乱。

周启寿队长和李虎太贫协主席很快止住了混乱，在他俩的吩咐下，我和杨自光还有几个男社员一起抬着金兰珠朝公社跑去，同时派人去大队部打电话，争取尽快与公社领导、医院取得联系。一路上我们轮流抬着金兰珠，而金兰珠却始终没有一点儿动静。沿途，有许多闻讯而来的同学和社员，大家肃穆地跟在担架后面，黑压压的一大片。过了上川五队，公社书记王凯和宝鸡一康医院的救护车赶到，稍经检查，告诉了我们最不愿意听到的噩耗……

王凯书记、我、杨自光还有几个公社干部一起把金兰珠送到一康医院。当天晚上住在红卫旅社，惊魂未定的我一夜未睡，总感觉有一个黑影拿着一把斧头时刻要冲进来。

那把砍进金兰珠头部的斧头是我们放在厨房门口劈柴用的，我们十个人每人有一把斧头，而那把却是其中最长的。

乔庆南当时回忆：她到厨房去看面发了没有，然后经过女生宿舍到厕所解手，前后有二十分钟，当回到房间时发现原来关上的门却半开着，感到奇怪，进屋一看吓了一跳，急忙叫谢镕，然后又叫我……

凶手非常狡猾，非常狠毒，凶杀只发生在瞬间。

凶手杜桂林在三年后伏法，临刑时人喊冤枉，被一公安用一块铁蒺藜堵进喉咙。

王茂生，男
西安交通大学附属中学高六八届毕业生
插队地点：原宝鸡县晁峪公社南岔一队
本文选自《晁峪知青》博客

# 黑岭上的婚事

从公社大院背后爬到岭上，映入眼帘的是一处宽阔平坦的碾麦场。一棵茂密的核桃树郁郁葱葱挺立在村口。队里的老黄牛在核桃树下慢悠悠地吃着草料，不时扬起头满意地哞哞叫。硕大的核桃树枝繁叶茂，若即若离地遮盖着一处农家小院。那是村里唯一的富农巴尔娃家。我们队男知青宿舍兼灶房的低矮小屋，就坐落在巴尔娃家院墙后边。碾麦场尽头是生产队队部和仓库，一排大房侧立在知青灶房门前，拉近了知青和村民的距离。这片地方就是黑岭，我们下乡的晁峪二队。

巴尔娃是晁峪二队唯一的坪头中学高中生。他身材修长，面目清秀，性情温和，勤劳聪慧。我们村吃水很困难，要翻过半架山下到沟底去挑水，当地农民都感到吃力，我们知青就更甭提了。巴尔娃挑起水来煞是好看，扁担稳稳地坐在肩上，两条长长的手臂随着修长的身材轻轻摆动，沉甸甸的水桶跟着他轻快的脚步来回晃动，宛如翩翩起舞。

"巴尔娃，你挑水真好看！"

"嗨！那算个啥？跟玩儿啊似的。"

笑嘻嘻的巴尔娃，多么繁重枯燥的劳作在他那儿都显得那么轻松愉快。巴尔娃悄悄告诉我，坪头中学有两位女同学对他很有意思，可他最心疼的还是水雪。

水雪是我们村里最漂亮的少女，住在黑岭旁边的山梁上。我暗暗惊叹，这穷山恶水竟然孕育出如此骄人的姑娘！浓密的长眼睫毛下是一双忽闪闪的大眼睛，像山泉一般清澈明亮。笔挺的鼻子下有一张樱桃小嘴，两只酒窝甜甜地嵌在脸上。洗得干干净净的花格子布衫衬托出少女的婀娜多姿，乌黑的两条辫子垂在花布衫上更显得妩媚动人，亭亭玉立。山里的女孩子上学晚，水雪和村里的七八个娃伙一起在晁峪上小学。每逢周末，巴尔娃早早从坪头回来，站在核桃树下，等水雪放学归来。水雪身边还有一个疯狂的追求者根田，形影不离地围着水雪团团转，看见巴尔娃就气鼓鼓翻起白眼，满腹不快呈现在脸上，逗得我们知青时常和他们打趣："巴尔娃，冲！""根田，冲！"苞谷地里，碾麦场上，核桃树下，仓库旁……总能听到知青调皮的喊声。欢声笑语给我们枯燥的生活增添了不少乐趣。

夕阳下，水雪背靠着核桃树，羞涩地低头抚弄着辫梢，静静地听巴尔娃欣喜的耳语。

山梁上，水雪下来担水，巴尔娃飞快地挑起自家的水桶，追到沟底山泉旁，乐呵呵地把水雪送上山。

众望所归，巴尔娃和水雪订婚了。

水雪的哥哥风泰愤愤说："妹妹给下咇下家真不好！"

"巴尔娃不是挺好吗？他和水雪又是两厢情愿，咋说不好呢？"我不解地望着风泰。

"唉……"风泰长叹一口气，"有些话说不得。给得那么近，出点儿麻达，以后不好相处。"

水雪家姐妹仁人，兄弟俩人，大山里的人至今遵循着父母之命、媒妁之言的传统，水雪的大姐嫁到生存条件恶劣的高山，水雪娘收了大彩礼。水雪的二姐叫风娥，是一位非常好的姑娘，勤劳善良，乐于助人。不顾风娥的强烈反对，水雪娘把她许配给新庄一位轻度智障的小伙儿，小伙儿的父母都是轻度智障人。巨大的反差，增加了女方婚姻的筹码。风娥出嫁的那天，出于同情和友爱，我们知青九个人欣然接受了风娥的邀请，去送亲。带着微薄的嫁妆，浩浩荡荡的送亲队伍惊动了沿途的村民。"快来看噢，学生娃送亲哩！"娃伙调皮地跟着送亲队伍串来串去，惊喜地一路吆喝。晁峪和新庄街上的很多村民拥出来围观，羡慕着，互相逗趣着，喜气洋洋观看这支新奇的送亲队伍。一路上的欢声笑语和我们的友情，暂时拂去了风娥脸上的忧伤，却拂不去我们心中对风娥的惋惜。

为了筹措彩礼，巴尔娃辍学去虢镇打工。不幸竟然被风泰言中了，秀外慧中的巴尔娃引起了一位军嫂的青睐，她经常含情脉脉地叫巴尔娃去她家帮忙干些体力活，干柴岂能挡得住烈火，一来二去，巴尔娃以破坏军婚罪被判刑入狱两年。黑岭上，水雪家和巴尔娃家解除了婚约，水雪娘转手又把女儿许配给了一个婚姻困难户。

我在宝鸡中心医院工作的时候，有一天水雪娘带着水雪来找我。站在眼前的水雪让我惊呆了：肥大的黑衣裤包裹着臃肿的身躯，头顶黑色方巾，裤脚管像腊婆一样用黑布紧紧扎起。浮肿的脸完全变了样，透着呆滞和漠然。那双曾经似泉水般清澈明亮的大眼睛，显得混浊而茫然，只有那浓密的长眼睫毛依稀还似曾经美丽的水雪。

我请内科主任医师戴医生为水雪诊治。戴医生一边开住院证，一边悄悄对我说："这病人患的是肾病综合征，尿毒症晚期，必须马上住院治疗，否则活不了多长时间了。"我让水雪和她娘在护办室休息，以我的名义到住院处担保，为水雪办好了住院治疗证。当我把住院证递到水雪娘面前时，这位精明过人的腊婆叫了起来："娘娘！这得糟践多少钱啊？"

"花多少钱也得治病呀！"

"这得回去问水雪女婿，她女婿让治，他得掏钱，咱才能治，水雪现在是女婿家的人。"

我把水雪娘拉到一边，焦急地对她说："医生说了，要不抓紧治病，水雪怕活不了多长时间了！"这位保养得很好、五十来岁风韵犹存的女人先是一愣，随即很快平静下来。回头对水雪说："走！咱回！"不由分说拉起水雪就往外走。我紧跟在她身旁，百般劝说，甚至恳求，都无济于事，不由得从心底里感到无奈和担忧。

一直沉默不语的水雪，从我们的谈话中似乎明白了什么。分手时，她呆滞的脸上露出一丝惨淡的笑容，叫了我一声："向华姐……"就低头跟在她娘身后离去了。那凄楚的笑容和幽幽的道别声令我至今难忘。望着水雪臃肿的背影蹒跚远去，不祥之感袭上我的心头，鼻子一酸，眼睛也模糊了……

不久传来了噩耗，水雪死了。黑岭来医院看病的村民说：临死前，奄奄一息的水雪猛然仰起头来，眼睛睁得像铜铃一般，两只手臂奋力探向空中大叫着："巴尔娃！"随后咽了气。水雪走了，梦断黑岭，时年只有十六岁。

虢镇公审大会后，我再也没见过巴尔娃。2003年重返西安时，好像是徐蛟告诉我，巴尔娃出狱后回到西岔当了水文管理员。一个人孤零零生活在深山老林中，终身未娶。

李向华，女
西安交通大学附属中学高六六届毕业生
插队地点：原宝鸡县晁峪公社晁峪二队
本文选自《晁峪知青》博客

# 康 善 卖 鸡

"番麦面的糊汤，萝卜丝的菜，他兄弟的媳妇他哥爱……"

初秋傍晚，生产队麦场边的碌碡上，三五个娃伙正在起劲儿地拍着小手，用晃语（山里话）唱着属于他们自己的儿歌。月儿从山坳后悄悄爬上来，将它温柔的银色的月光洒向了他们，月儿在向他们笑呢。

康善斜靠在麦垛上听着，笑不出来，心里很凄苦。他坐在麦垛边，脚上穿的是那个人的鞋。这是山区农民都穿的那种黑布鞋，布底、黑布面，结实。这双鞋穿在康善脚上显大，趿拉着，多少有点儿滑稽。

康善自己问自己，干吗要趿拉着他的鞋从家里出来呢？干吗现在明明有家又偏偏回不去呢？康善很郁闷。

康善是我们新庄三队的青年农民，这里和我们年龄相仿的农民没有几个，还有一位叫银太。他们俩是队上的壮劳力，两个人甩开膀子比着干活，都是那种肯下死力的"青冈木"小伙儿。队上有了重活，队长保准一口一个"银太、康善"，或者"康善、银太"，没个跑。他俩也当仁不让，很有舍我其谁的气概。银太是民兵排长，康善这点不如银太，他没有官职。可他也有胜过银太的地方，那就是银太还没有成家，康善有家。

说起康善的家，那是两孔黢黑的窑洞。康善的父母早年亡故，就只有他们小两口过日子。康善的媳妇人称"臭姐姐"，长得粗壮，康善有点儿怕她。臭姐姐娘家在深山沟里，能嫁到山外的新庄来，原本应该心满意足的，可臭姐姐不，她嫌康善穷，还嫌康善有点儿窝囊。康善不嫌臭姐姐，一提起他媳妇，康善就笑。在农村，可不是所有小伙儿都能娶上媳妇的，银太不就是现成的例子吗？银太有老娘，瘫睡在炕上下不了炕，有拖累，姐姐们不愿意嫁过来跟着受罪。

康善始终不明白，他一个单身小伙儿，没有拖累，又有一身好力气，臭姐姐为啥还要嫌他。有一次，有人看见臭姐姐把康善摁在炕上用笤帚在他身上没上没下地抽打，嘴里还骂着"概吾儿……"康善不叫，也不反抗，只是用双手死死抱定了头。后来大家开他的玩笑，说他连臭姐姐也打不过。康善辩解说：你们没成家，不懂，不是打不过，是不舍得。打坏了不是还要去晃峪看病吗？又花钱，又耽误工分。

冬天，往山上背粪，康善的背篓最大，装得也最满。在山间小径上，康善把脖子伸得长长的，努力保持着平衡，脖子上的青筋一根一根凸显着，大口大口喘着气。夏天，从地里往场上背麦子，康善的扦棍上又是插得最满的，背在背上就像一座小山。人们夸他干活"嫽扎咧"，他也就是笑笑，他觉得那是应该的。

知青来了，康善和我们年龄相仿，闲暇时愿意和我们多说几句。他常来教我们干农活的诀窍，比如进山打柴怎么给打下的柴草打捆，平时怎么装铁锹把、洋镐把用起来才顺手。他一边和我们说话，一边用眼睛往女知青住的房子那边瞟。我们知道，康善"醉翁之意不在酒"，他喜欢和女知青拉呱。康善和队上的每一位女知青关系都特别好，有事没事的，他都喜欢到她们门前来，看看有没有什么需要他帮忙的地方。那时候队上为我们盖好了一溜平房，男生、女生是紧邻。惭愧的是：由于饮食习惯不同，我们已经早和女知青们分灶了，加上我们又都比较懒，没有帮过女生太多的忙。像劈个柴、担个水什么的力气活，康善总是首当其冲抢着干。女生们有了伙食上的改善，也总是想到康善，有时候从西安回来，还会给康善带些小礼品或小零食什么的，康善特别开心。过一会儿，康善回家把小礼物拿给臭姐姐看，臭姐姐就会跑来向女生们表示感谢。臭姐姐粗嗓门，她一笑，我们这边都能听见。

康善和臭姐姐一对冤家，本来没有负担，应该日子过得滋润的，可是并没有。最大的问题是臭姐姐不会生娃。

臭姐姐身体强壮，干活也是一把好手。她年轻，粗嗓门，爱笑，听到笑话往往一笑起来就止不住，直到笑弯了腰。她在队里朋友不多，喜欢和女知青来往。她嫌队上的媳妇们说她的闲话。倒也不是怕她们说她不会生娃，不生娃的媳妇队上还有好几个呢，她嫌人家说她别的。

晚上要是家里来了提着半斤红糖或几只鸡蛋的客人，农家屋里又没有个椅子板凳什么的让人家坐，主人都会往炕上让客人的。说上一会儿话，臭姐姐就会示意让康善去忙别的。康善极不情愿地趿上客人的鞋出去了，臭姐姐会对佯装要走的客人说：坐一会嘛，康善把鞋穿错了，一会儿就会回来的。

康善在场上麦垛旁坐着，听着不入耳的儿歌，心里不是个滋味。他是有点儿怕臭姐姐，臭姐姐跑了，他就没有媳妇了，再娶怕不现实，他没有钱。他也和臭姐姐反抗过，据邻居说：臭姐姐早已将上次手中的笤帚改成马勺了，康善也还是双手死死抱着头,不还手。臭姐姐嘴里的话倒是没有变,还是那句"概吾儿……"

康善只好去想臭姐姐的好。除了刚才说的和客人唠嗑的事之外,只要康善不反抗,臭姐姐倒也不是天天会动用笤帚和马勺的。她有时会把客人带来的那半斤红糖从炕上的箱子里拿出来冲上一点儿给自己和康善沏红糖水喝。有时臭姐姐心情好,还会给康善在烧水锅里卧上一只荷包鸡蛋呢。

可康善情愿不喝红糖水,也不吃荷包蛋,他只想吃普通的番麦糊汤就萝卜丝菜。

春天来了,臭姐姐让家里的老母鸡抱了一窝小鸡,黄茸茸的,显得那么喜人。农村养鸡可是挺费劲的,要防鸡瘟,要防黄鼠狼,还要不时地喂些粮食,比如苞谷什么的,给母鸡催蛋。母鸡抱了窝,还要撵它起来不许抱,好恢复下蛋状态。

那天,康善耷拉着脸来我们知青点串门,我们问他为啥不高兴,他说:"一窝鸡,尽是公鸡,少有母鸡。"再一问,除了夭折的,四公四母。那不是挺平衡的吗?康善说:"上年是四公六母,差多了呢。"

农民养鸡为了下蛋,公鸡不会下蛋,还争食。康善嘟囔着:"迟早把那些公鸡给拾掇了。"具体怎么拾掇,他没有说。

日子过得飞快,转眼夏天就过去了,日子一天天凉爽起来。树上的知了有一声没一声地叫着,宣告着秋天的即将到来。

城里有工厂来晃峪招工了,知青们心里都像揣着个兔子,扑通扑通地跳,谁不想早点儿进城呀。我们队老刘被选上了,是化机厂。老刘是我们队里的帅哥,潇洒英俊,用现在的话说叫作酷毙了,"粉丝"不少,主要是队上的年轻人,包括了各种少男少女,也包括年轻的媳妇。

该给老刘送行了。我数着仅有的"公款",只有三五元钱了。这点儿钱在当时就是"巨款",不能都花了,在年终分红前,还要用它称盐、买煤油呢,我们和农民一样,没有闲钱。

我想起了康善,想起了他前两天说过的要拾掇公鸡的话,便去找康善。

臭姐姐不在家,康善一个人蹴在炕边地上正沉思着什么,看来心情不错。他弄明白我的意思后,抑制不住欣喜,从地上蹦了起来。本来嘛,这几只小鸡让康善伤透脑筋,"食之无味,弃之可惜",现在有了买家,能不高兴吗?

"那你是不是四只都要?"康善问我。

我看了看院子里散步的小鸡,个头大一点儿的应该就是公鸡了,每只也不过两只拳头大小,四只加起来也不会有多少肉的。想起我们那几位如狼似虎的弟兄,我肯定地点点头。

康善更加兴奋了，脖子有点儿发直，大声问道："那你出多少钱呢？"

我并不知道应该出多少钱比较公道，便说："你说呢？"

康善见我让他出价，继续他的兴奋。只见他提了一下大裆裤的裤腰，吸了一口气，朗声说道："每只三角，四只两块。"

我有些愕然，数学再没学好，这个账还是算得过来的。康善把正确答案中的那个"二"做了不适当地夸大。我说："康善，你算得不对吧，你再重算一下。"

康善并不理会什么数学不数学的，兀自骄傲地宣布："每只三角，四只两块！"

不知道什么时候臭姐姐回来了。她听明白我是为给老刘送行来买她家的小公鸡的，眼神里流露出了些许的惆怅。臭姐姐对康善说："人家老刘上次给咱们照的照片还在镜框里嵌着呢，咋好意思要钱呢，你麻利仓仓给人家抓来哈上。"看来，臭姐姐也是粉丝一族呢。我连忙说："要是不要钱，那我就不要啦。"臭姐姐说："老孙，上次我让你从西安捎带的那个啥，你不是也没有要钱？"我说："那可不一样，那不太值钱的。"康善又蹴回了炕边上，想再说点儿什么，抬头看了看臭姐姐，又捎带看了看炕上的笤帚和缸边的马勺，咽了口口水，没有再吭气。

这下该我为难了，到底给多少钱合适呢？照康善说的，每只三角，四只好像不是两块，应该是一元二角才对，臭姐姐又来个不要钱……罢罢罢，就给个一元五角吧。

继老刘之后，一年中，我们也陆续离开了新庄三队。后来听说，臭姐姐还是离开了康善，不知道去了何方。康善一个人苦苦挨日子，临死时身边没有什么人照顾，死得很凄凉。

如今，我时常还能记起那首儿歌："番麦面的糊汤，萝卜丝的菜……"那首凄凉的无可奈何的儿歌。

孙平，男
西安交通大学附属中学高六八届毕业生
插队地点：原宝鸡县晁峪公社新庄三队
本文选自《晁峪知青》博客

# 知青岁月琐忆

## 一

1968年11月18日，是我终生难忘的日子，这一天，我离开了城里的家，开始了下乡插队的生涯。

我下乡的公社叫四新公社，原名叫银桥公社，下乡的生产队叫新庄大队第一小队。别的同学都是几个要好的自由组合成一个家，我因为迟疑着想读书不愿下乡，挨到最后一批，一个伴都没有，形单影只。于是和另外几个同样没有伴的同学临时凑合了一个家。我们这个新家共七个人，四个男同学，三个女同学。男同学中，一个高六八级，姓秦名毅，三个初六六级，分别姓董、崔、刘，为了叙述方便，我就按上面姓的顺序称呼他们男一号、男二号、男三号、男四号吧。他们个个高大魁梧，英俊潇洒，都是"红五类"出身，父母都有工作，家境都很不错；女同学中，一个初六六级，姓陈，我和另外一个姓马的是初六八级，我最小，刚满十六岁。女同学就按年龄称呼为女一号、女二号、我。女一号和我出身都是"黑七类"。三个女同学都是矮个儿，瘦巴巴的，父母无业，家境自然不咋地，且姿色平平。我们和男同学反差太大，像三只丑小鸭，也像三颗青涩的杏，难怪男同学见到我们和他们搭伴，个个都扭过头去，轻叹一口气，他们一定大失所望吧？不过也没说什么，那时的人内敛，但也注定我们之间难有浪漫和故事发生。

生产队腾出了小队的保管室，并排三大间瓦房，男女同学各住一大间，中间的房子堆放着队里的一些杂物。队长派人在女同学房间靠外面的墙角落里，砌了两口锅的灶。我们舀出上面发给的第一个月的大米，就生火做饭，开伙了。

俗话说，吃喝拉撒。紧接着吃饭的后面，就是解决拉屎撒尿的事。刚开始，大家都是各自悄悄设法解决。时间长了，实在麻烦，男同胞们在我们住处后面的小土坡上，挖了一个一米见方、呈锅底形的土坑，用苞谷秆把四周一围，就成了我们的茅房。可茅房只有一个，男男女女就难免撞上，闹个大红脸，又都不愿意再挖坑。不知是谁的主意谁带的头，再上茅房时，就把裤腰带搭在身边的苞谷秆上或用力咳嗽几声，才避免了尴尬。

生产队还给我们分了一块自留地，我们种下了莴笋、盖菜、洋芋等。只是，我们不知道要浇粪，要管理，结果，莴笋长了拇指粗、半人高，还开了花；洋芋的秧子长得蛮好，洋芋却结得很少，一窝只有拇指大小三两个，令人哭笑不得；草却长得十分茂盛，葱葱郁郁，比我还高。

下乡的头半年，吃公家的供应粮，自己到公社的粮站去买了背回来。公社到我们住处有七八里地，全是上坡，有的地方还很陡。背上三五十斤粮食，走几步就累得气喘吁吁，三步一停，五步一歇，回到家筋骨都散了。一人一次轮流买粮，大概轮了两三次吧，男同胞们看我们实在可怜，动了恻隐之心，说由他们负责买得了。我如逢大赦，小草总算感受到了一点太阳的温暖。

干了几天活后，社员们给我们评工分，男同学评的是九分工，我们三个女知青都评的四分工，和村里的大男孩是一个等级，算童工待遇。有人说是不是低了点？队长说："那谁谁谁能挑水粪才四分工，这几个女娃子行不行？"大家无言以对，他说的是事实。

要在农村天长地久地过日子，首先得解决吃饭的问题。大家开会一商量，说："得了，那就每人一天轮流做饭吧。"别人都会做饭，只有我傻了眼。下乡以前，我从没做过饭，连稀饭都不会做。记得，轮我第一次做饭时，我还特地向女一号求教，心里默默想着她说的话，一边忙活。那一顿我做的是苞谷糊糊，心里紧张，不知道稀稠，一个劲往锅里撒苞谷面，同学们回家吃饭时，只见苞谷糊糊稠得接近干米饭，苞谷面是生的，根本不能吃。大家瞠目结舌，面面相觑，像发现新大陆一样看着我。他们做梦都想不到也不相信，我一个大姑娘怎能不会做饭？大家又累又饿，满怀希望回家却吃不上饭，心里那股别扭劲就甭提了。愣一阵大家才反应过来，一个个连连摇头，长吁短叹、垂头丧气地走开了，没有一个人说一句责备的话，我心里既愧疚又沮丧。

没两天，男一号说："咱们来个做饭比赛吧！"大家一致响应，积极性特别高。除了我，每人每顿至少都能做四五个菜，饭菜都是香喷喷的。尤其是男二号，虽然只有洋芋做材料，他却做出了十菜一汤，什么洋芋丝、洋芋片、红烧洋芋、洋芋粉皮、凉拌洋芋丝等等，我们看得眼花缭乱，吃得可口舒心。我更加自惭形秽，只好努力学习烹饪。男二号不仅饭做得好，竟然还会织毛衣，且织得又快又好，还会织十几种花色，我们既羡慕得五体投地又望尘莫及。据说，男二号的父母都是领导干部，工作很忙，男二号是姊妹中的老大，父母都把他当女孩养，小小年纪在家里就挑大梁，什么家务活都会干。

下乡没多久，就开始征兵，男知青个个热血沸腾，摩拳擦掌，日思夜想要去当兵。我亲眼看见他们挑破自己的手指，用鲜血写成申请书，雄赳赳、气昂昂地到公社和县"革委会"慷慨陈词，要求去当兵。可天不遂人愿，那一年，下乡知青不准当兵，说是下乡时间太短，改造得不够，返乡知识青年去得倒不少。可男知青并不为此灰心丧气，热情依然很高。没过多久，男一号买来一张很大的毛主席画像贴在堂屋的正面墙上，每天早上，他站在毛主席像前，右手举着毛主席语录本，挥舞着说："祝伟大领袖、伟大导师、伟大舵手、伟大统帅毛主席万寿无疆、万寿无疆、万寿无疆！祝林副主席身体健康，永远健康，永远健康！"并向我们介绍说这就是"早请示，晚汇报，别处都搞得轰轰烈烈了"。他经常在毛主席像前检查自己的学习、劳动和言谈举止，十分虔诚、认真，还带动我们和他一块儿搞"早请示、晚汇报。"

## 二

我们下乡不久，生产队又来了个姓吴的。队干部说："这个人的身份是坏分子和历史反革命分子，原来是国民党营长，新中国成立前夕做了共产党的俘虏。'文革'后，这种人不论三七二十一，一律按坏分子对待。"我们知青一律称他为老吴。

老吴四十来岁，个子很高，有一米八几，背有点佝偻，很瘦，竹竿似的，眼睛明亮有神，时而机灵地转动着，有时爱吭吭咳几声，好像嗓子里有痰似的。他被安排在我们中间房子的一个角落里，一张小床，两床被子，一个不大的提包，就是他的全部家当。老吴极聪明，性格开朗、风趣、幽默，时时刻刻察言观色，看我们知青的脸色行事。他人情练达，饱经沧桑，处世圆滑老到又不乏善良。老吴会做瓦，瓦又可卖钱，生产队的满劳力也才值一毛多钱，自然对他这个手艺人另眼相看。让他给队上做瓦盖房，也就是所谓的搞副业吧，也让老吴逃过了干农活这一关。想来，还是老话说得好："家财万贯不如薄艺在身。"队里的社员对老吴并不坏，很少呵斥他。当然，这也和老吴很精明会做人会来事有关。

当时，大家对阶级斗争这根弦也大大放松了，农民忙着种地收庄稼过日子，知青愁着何时才能回城。女知青年龄小，对什么斗争也毫无兴趣，对老吴则是一副井水不犯河水的漠然。男知青则有些兴奋，觉得老吴是一个斗争的活靶子、无聊生活中的调味品。他们无论是烦恼时无聊时还是高兴时都喜欢找老吴的碴儿，尤其以男二号为甚。生气或烦恼时，男知青会凶巴巴大吼一声"老吴"，此时，老吴啪地一个立正，背也不驼了，站得笔直，行一个标准的军礼，声音洪亮地应声回答"到"，这方又问："今天干什么活儿，搞了什么破坏活动？"老吴认真严肃回答："报告长官，今天一直在院子做瓦，有某某某做证。"这方训斥说："警告你，只许老老实实，不许乱说乱动。"老吴便点头哈腰，连连称是。碰到男知青心情好时，便嘻嘻哈哈地问："老吴，今天干啥？做啥好吃的？"老吴也就笑容可掬地说："干的还是老活路，做的蒸红苕，你们尝尝看。"边说边拿出一盆蒸红苕，男知青就一人抓一个狼吞虎咽着，嘴里还说："你没放毒吧？小心我们毙了你。"老吴连说："报告长官，小的不敢。"男知青就脸一沉，教训他道："这是资产阶级那一套，少来腐蚀我们。"老吴立即一个立正，连连说道："是，是，是，以后再也不敢了。"

时间长了，大家对老吴不但不反感，反而有些喜欢他了。因为，无聊时有他开心，烦恼时有他解闷，心里有火时有他撒气，何乐而不为呢？彼此关系处理得很融洽，想必这也是老吴求生存的智慧吧。

因为混熟了。有一次，男知青大概太无聊了，就和老吴讨论找什么样的老婆好？老吴像兄长又像老师一样教导他们说："找老婆，自然要贤惠一些；另外就是要漂亮，最好是男的比女的高半个头。"一边说，一边比比画画，正谈论得津津有味时。男二号一声吼："老吴，你个反革命，又在宣传资产阶级那一套。"老吴吓坏了，又是啪地一个立正，敬一个标准的军礼，毕恭毕敬地说："是，我下次再也不敢了。"看老吴那副吓呆了的模样，男二号又一乐，扑哧一笑，老吴才放下心来，只是以后再也不接这类话茬了。

过了些日子，男二号和女二号恋爱了。恋情半公开阶段，有一次，老吴给了女一号一张条子，让她转给女二号，上面写着："小心逢场作戏。"当时我们几个傻女孩甚至不懂这话是什么意思，去向老吴讨教。老吴一双眼睛滴溜溜转着，一边警惕地望着大门外，一边给我们细心地解释，说："你们太小，这些事还不懂。他们太无聊了，只不过为了打发这段时光，你们要多个心眼才好。"果然不出老吴所料，一年后，男二号首先返城，从此如泥牛入海无消息，和女二号再没有任何联系。

还有一次，大约是寒冬。老吴做好了一批瓦，便开始烧窑，这是个技术活，大概要烧三天三夜吧，一刻不能断火，老吴白天晚上都得守在窑上。大概是要出窑的前一天晚上，天黑如墨，北风呼啸，忽听老吴带着哭腔惨号着："不得了哇，窑塌了，窑塌了，快来人啊！"声音之凄厉，之恐惧，令人毛骨悚然。我们闻声起床，冲向窑场，只见窑场火光熊熊，暴露出即将烧好的瓦，血一般火红，映红了小半边天。男知青当即把老吴抓了起来，连夜突击审问，首先怀疑是他搞阶级破坏。老吴吓得面无人色，四肢抖如筛糠，说话直打磕巴，审了一天一夜，又经过多方调查，当然也有老吴的人缘、社员们的实事求是等各种因素，最后认定是瓦窑本身老化崩塌所致，男知青也没有再做什么文章，事情就不了了之。老吴却吓破了胆，以后就变得更谨慎，且少话，也很少和我们说笑了。

## 三

  我们所在大队位于云雾山脚下，地无三尺平，出门就爬坡，山大人稀，广种薄收。主产苞谷、洋芋，其次是小麦，稻谷极少。一个工（挣十分算一个工）只值一角八分钱，我们女同学一年十到头，挣的工分折成钱还不够买回自己的口粮。记得1969年底我还向家里要了几十元钱抵口粮款，不知内情的人都觉得匪夷所思。但饭能吃饱，主要是苞谷、洋芋，谷子很少，吃米饭很稀罕，全体知青一年也只分得二三百斤谷子。谷子碾成米全凭人工，先用碾子碾，再放进碓窝里捣、砸，而后用筛子筛好几遍，再将筛出来的谷子放进碓窝里捣、砸。如此循环不已。太麻烦、太累人，我们宁愿用洋芋、苞谷凑合着吃也不愿碾大米。在农村，摇筛子也是女人的一项重要基本功，男二号、女一号筛子摇得特别好，尤其是女一号，筛子随着她的手驯顺地、圆溜溜地转，未破壳的谷子便集聚成一小撮，以便拣出再碾，她的身子也随着筛子的方向摇动着，乳房也颤颤地抖，性感至极，美妙至极！

  寒来暑往，春种秋收，我们学会了干各种农活。

  队里最忙最累的活儿是春季"点苞谷"。因为地薄面积宽，生产队常常"烧荒"。烧的荒地通常离住处有一二十里地甚至更远，一烧就是几面山，红彤彤的大火呼啸着，噼噼啪啪地熊熊燃烧，场面十分壮观。烧荒后的地，叫"火地"，要先挖一遍才播种，这叫"挖火地"，挖出树兜，树干树枝拢在一起，将它们拾掇、捆绑好，背回家当柴烧。冬天，火塘边烤火时，树兜特别耐烧，所以很受大伙的青睐。谁挖的树兜谁捡的树枝算谁的。"种籽"的时候，每天早上三更起床，点火做饭。草草吃罢，带上头天晚上烙的火烧馍做中午饭，天不亮就出发，直至天快黑才往回走，甚至路上还得打火把，真正的两头不见天，吃饭在田间。我们饿得饥肠辘辘，渴得口干舌燥，累得头昏眼花，走得脚歪身软，回到家里，往床上一躺，死猪一样，再不想动，连饭也不想吃了。好在这些地方把种播下就不再管了，到秋天去收庄稼就是。通常这地种上三两年就不行了，乡亲们就撂下不管，另开荒地。

薅二道苞谷草薅二道秧也很辛苦。这时候，苞谷叶、稻秧叶子很长，刀子一样，割得人脸、手、腿生疼生疼的；又逢盛夏，苞谷、稻子已长得很高了，人捂在地里、田里，就像在蒸笼里面蒸一样难受。

因为干活太累，大家就特别渴望下雨，最喜欢雨天，雨越大越好，越是连阴雨越好。逢这时，众人欢呼雀跃，蒙着被子睡懒觉，连饭都可以不吃，或者吃了饭再睡。睡够了，吃够了，就这个房间窜到那个房间，又说又笑，又蹦又跳，打打闹闹，好不快活。无聊时就南来北往没有边际地穷聊神侃，时而开一些粗俗的玩笑，他们说：男女共用一把火钳、锅铲是变相握手，共用一只吹火筒是变相接吻，书记回家和老婆压柿饼等。说得女同学面红耳赤，哭笑不得，逃之夭夭。他们则开怀大笑，嘻嘻哈哈，以打发时光。

大家都没有打算在农村长期干，农活又苦，哪儿有心情、精力经营什么自留地，任它荒着。可每顿要吃菜，咋办？开始就炒洋芋片、洋芋丝或腌酸菜，日子一长，看见就恶心。那时，大队上经常组织开会，大队部在二队，离我们有三四里地，回到家常常是深夜。一天晚上到家后，男三号变戏法似的，从怀里掏出一把葱、几个蒜、一把韭菜，我们女知青惊讶地问："哪儿来的？"男四号说："笨猪，还用问吗？别声张。"原来，他们是在返回的路上，在乡亲们菜地里偷的。我坚决反对，也很害怕，古人曰"饿死不做贼"嘛，但人微言轻。他们仍隔三岔五小偷一把，还说别的知青点都是这样，他们不过是小巫见大巫，我们也只好睁只眼闭只眼，佯装不知罢了。

一天下午，我们正在吃饭。大概是拖得太久、太狠，大家正津津有味地说着大年三十吃肉的情景过干瘾，一道菜一道菜地细说，从作料、做法、菜肴的色香味等，说得绘声绘色，说的人听的人都直咽口水，长吁短叹。正在说着"板栗焖鸡"的做法时，不知谁家的大公鸡欢蹦乱跳地窜进了我们的房间。我们猛一下愣住了，霎时鸦雀无声，不错眼珠地都盯着鸡。男三号俩眼珠骨碌碌一转，猛抓起一根木棒用力朝大公鸡抡去，大公鸡应声倒地，我们也如梦中惊醒，就像贼一样，手忙脚乱地烧水、煺毛，口里还念叨着："鸡啊鸡啊你莫怪，你本是人间一口菜……"

又一日，暮色苍茫时，男同学不知从哪儿诱来了生产队长家的大白狗。他们几个把大门一闩，把狗吊在我们宿舍的门框上，分别捆住狗的四肢，一人摁住头，另一人往狗嘴里灌凉水（也不知是谁给他们支的这损招）。大白狗很肥，白毛亮得耀眼，命也大，咋灌水也整不死。一连三次，每次看着大白狗已没了气，就放下它，过一会儿，它就死去活来，睁开了眼，低吠着，气息奄奄、趔趔趄趄地向外走，大家面面相觑，没了辙，心里直发虚。最后，男三号找来一截草绳，将白狗勒死，大家七手八脚地烧水、剥皮、炖肉。但不知为什么，大家这次吃肉却打不起精神，大概是白狗的惨死深深触动了我们，男同胞们边吃边说："唉，咱们是被逼的，逼良为娼……"从那以后，大家再不干偷鸡摸狗的事，开始认认真真地种自留地，还买了十个鸡蛋，放在老乡的家里孵了几个鸡崽儿养着，正经八百地过日子，当农民。

别的知青点，要么男欢女爱，卿卿我我；要么整日打闹吵架闹分家，二队的知青点六个人，分成了六个家。男同学每天都追着打女同学，农村青年也跟着欺侮女同学，吓得女同学不敢在队上待，只好分家。和他们相比，我们算是幸运的，日子过得虽平静如水，却和睦安宁，相安无事。我们因此被评为省、市、县"知青先进集体"，奖状得了不少。男一号还是省上的"先进赤脚医生"。只有一次例外，我和男一号差点儿干起来，说起来还是我的不是：

下乡不久，村里的乡亲们就对我们发生了浓厚的兴趣。当时兴起了一股风，说，知青要做扎根派，应该找个对象结婚生子，那才叫真正有诚意扎根农村。加上知青下乡后劳动、生活诸多辛苦和不便，不少知青开始在农村找对象或成为被别人猎取的"对象"。

我队的男知青因为英猛、剽悍、优越感强，农村姑娘并不敢打他们的主意。女知青倒成了队里爷们儿娘们儿谈论、觊觎的对象。这个当兵的要娶女一号，那个跛脚的想找女二号，还有一个竟然打起了我的主意。谁知他老爸还颇不以为然地说："她又不会做饭，咋得了……"真是，落架的凤凰不如鸡啊！当然，他们只是背后说说而已。

一天，下起了倾盆大雨，大家懒觉睡够了。起床吃罢、喝罢，在我们女知青宿舍懒洋洋地或坐着、站着、歪靠在墙角，说着家长里短或开玩笑、说怪话，打发时间。男一号带着满脸神秘的微笑，指着我说："你可小心，别成了某某某的媳妇……"他话音未落，我勃然大怒。平日里，我谨言慎行，驯顺听话。但他的这句玩笑话，我认为大大伤害了自己的人格、自尊，我对着男一号劈头盖脸一顿狂轰滥炸，男同胞都蒙了，不知所措，逃如鼠窜，回到他们房间一夜无言，男一号也一言未发，灰头土脸地回了他宿舍。从那以后，他们再不和我开类似的玩笑了。事后才知道，男一号因为我的几句重话，一夜无眠，抽了一夜的烟，并和他的女友分了手。我至今还深感愧疚。公道地讲，我们女知青下乡几年平安无事，男一号功不可没。他年龄最大，正直善良、大度无私、热心帮助人，像个大哥，成为我们当然的家长。他对我也比较好，小队需要一个卫生员，他见我好学，不顾别人再三说我是狗崽子不符合条件等，力荐我当了卫生员。现在想想，当年何等的幼稚、不懂事啊！

老话说"女大十八变"。在广阔天地间的锻造中，下乡不到一年，我们女知青迅速成长，个头儿高了，头发长了，胸脯高挺了，走路精神了，引来的目光也多了。一日，我们薅草，女二号裤子边上的扣子未扣上，露出了里面一抹如玉的肌肤，一位农村青年便目不转睛地痴痴望着，边看边情不自禁地说："啧啧，好白好细嫩的肉啊……"男三号见了，猛地一掌，将这青年推翻在地，用手指点着他的额头，狠狠地说："再看，戳瞎你的眼睛，骗了你个狗日的。"事后，还让女一号转告女二号，往后穿衣服注意点儿等。到底是一家人啊！

转眼，下乡快一年了。盛夏的一个深夜，我们女知青睡得正香，忽听一阵用力的、急促的捶门声，伴随着大声喧哗。我们急忙起床开门，男同学一拥而进，急吼吼地问道："你们咋睡得这么死？赶快清点一下，你们人数够不够？"我揉着眼睛，眯眯瞪瞪地说："能不够吗？半夜三更的，你们有病啊？"女一号到底大些，忙查看人数，说道："哎呀，不好了，某某某不见了！"男知青一听，哄堂大笑，欢呼雀跃，起哄地说："哦，不找了，不找了，睡觉去。"他们一哄而散，回宿舍插门睡觉，我却慌了，狠劲捶打他们的门，大声叫道："人命关天啊！你们还不赶快找人去？"只听见里面哧哧的笑声，就是没人开门。女一号拉拉我的手，悄声说："我们少一个，他们也少一个，还用找？"

我仍傻傻地说："两个人哦，大半夜的，叫狼吃了咋得了？"这个地方确实有狼，我们曾见到过。

"你好笨，"女二号说："他俩在一起，能有事吗？"

我似信非信地问："你能肯定他们在一起？"

女二号用力点点头，也扭身睡觉去了。

果然，这对男女真是恋爱了。只不过，没有结局。

我们这个家只维持了约一年半时间。以后，知青开始返城，男知青很快都回城工作了。我被抽调到另一个大队小学当民办教师，女一号、女二号也先后去了"阳安线"当民工，修铁路。从此大家天各一方，踏上了各自的漫漫人生路。

我们走的时候，老吴还在队上烧瓦，后来我们再没有见过他，也不知他的下落如何。

刘培英，女
石泉县石泉中学初六八届毕业生
插队地点：石泉县原四新公社新庄大队

## 那片难忘的土地

三十多年前,我在陕西宝鸡县天王公社十二盘村插队落户。

十二盘村坐落在秦岭山区,冬天非常冷。当时农民的生活很苦,抽烟全是抽旱烟,不少人连点烟的火柴都买不起,是用最原始的火镰来点烟。最让我难忘的是有一天下着鹅毛大雪,村里贫协代表王春生的孩子却照例光着屁股在雪地里疯跑着玩——多少年以后,我还经常把这件事讲给一些人听。当然,我是想说明人的适应能力有多么强。但是现在当我写到这些事情时,却不由自主地想到了一些其他问题。我清楚地记得当时王春生全家大大小小共有五口人,却只有一床破烂到极点的被子。被子上密密麻麻的除了窟窿再就是虱子。说实话,如今这样的被子就是扔在贫困山区的路边也绝不会有人去捡的。问题在于,王春生是个典型而又典型的贫下中农,当时贫下中农的地位是提得很高的,用通俗话来说:是翻了身当家做了主人。但是认真想起来,王春生这个身到底翻了些什么内容呢?经济上,他压根儿就没有摆脱过贫穷。政治上,他除了有一个非常空洞的"主人"称号,其实什么也决定不了也什么都反对不了,假设他胆敢对当时的政策说三道四,他立即就会沦为阶下囚。这样的主人当得究竟有什么意义?

在农村遇到的有些事情,是我在城市里永远无法遇到因而也永生难忘的。

我们到十二盘插队以后,公社统一布置召开忆苦思甜会,算是给我们这些手不能提、肩不能挑的知识青年上阶级斗争教育课。谁知山里的农民很老实,他们不像城市里做忆苦饭那样怎么难吃怎么做,而是原汁原味地复制。他们把黑豆磨成面,放在锅里炒熟,之后拌上盐搅成糊糊,结果那味道丝毫不亚于今天超市上整包出售的豆质炒面。那天我们吃得很香,吃完一碗还主动要求再吃第二碗——其实认真想想,真要是让你每天吃,肯定受不了。但对偶尔吃上一顿的人来说,那种感受是完全不同的。可以说那顿忆苦饭没有给我们留下任何苦的概念,反而觉得比当时每天吃不完的苞谷面好吃得多！

吃过忆苦饭后又开忆苦思甜会。会上组织了几个农民发言，忆旧社会的苦，谁知讲着讲着，我们大队党支部书记的爸爸听不下去了，这是个脾性非常耿直的老汉。他打断了发言人的话，说："对了对了，再不要说那旧社会了，旧社会都罢了，光是1961、1962年，把人饿得吃葛根哩！"

这真是石破天惊，让我如雷轰顶。

这种让我如雷轰顶的事情还有许多许多，包括当时正被批判着的所谓"三自一包"，所谓"单干倒退"，所谓"割资本主义尾巴"，所谓"刘邓资反路线"等等。这些过去我们整天批判着的内容，其实从来就没有被我们真正弄懂过。我们在城市里都是在校的学生，我们用不着去操心吃和穿的问题，可以说基本上是在一种漂浮的状态下生活着的，因此对这些纯粹理论的、政策的问题也就只有非常肤浅的理解，我们的批判除了不知所云，再就是人云亦云。而只有到了农村，只有现实生活以它不可抗拒的力量使一切政策或者理论都有了它具体对应的内容时，我们才终于一点儿一点儿地发现了究竟什么是正确什么是错误。

今天想起来，感谢农村生活，是它为我揭开了真实生活的幕纱，让我了解和懂得了生活中的许多复杂和曲折。在此之前，我们大多数学生都毫不自知却又充满豪情地充当着政治运动的工具，我们不可一世地在城市里闹所谓的"文化大革命"。只有时光又流逝了许多年以后，我们才恍然发现，我们越是真诚地按照当时舆论的引导进行着那场所谓的革命，我们对整个社会就越产生着一种可怕的破坏。有时候我常想：我们那个年代的青年到底做了些什么？除了搞运动，还是搞运动。而究竟为什么要搞运动呢？为反帝反修反走资本主义道路等等，可以说理由十足，而所有这些理由究竟包含了些什么内容呢？尽管那时有不少人慷慨激昂、滔滔不绝，其实我敢说，真正搞明白的没有一个！

今天的新一代恐怕已经很难想象我们当时所处的氛围了。尽管我们整天吃着杂粮穿着打补丁的衣服，却自豪地认为全世界只有我们的生活是最富裕最幸福最美满的，也正因此，我们个个都雄心勃勃地随时准备着要去解放"世界上其他三分之二受苦受难的人民"，而为了达到解放他们的目的，我们必须始终不渝地进行斗争。斗争成为我们生活中天经地义的主基调。而斗争的"敌人"又何其多呀！国际上，美帝国主义和他的同类就不用说了，仅同属一个阵营的国家，南斯拉夫和苏联不和气了，我们马上慷慨激昂地批判南斯拉夫是修正主义。后来苏联也和我们不和气了，我们又立即和老大哥刀兵相见。至于国内，就更加热闹，仅地富反坏右中的"反"，就有现反和历反之分，除此而外，还有右倾机会主义分子、阶级异己分子、走资派、保皇派、变色龙、小爬虫、国民党残渣余孽、封资修孝子贤孙……到最后连两千多年前的儒家，连小说《水浒传》里的宋江，连古代的教育家孔子也全都被拉出来猛烈批判了。

可怕在于，就在这不停地斗争中，有多少人发疯和自杀了！十二盘村有个孤身的熊老汉，他对我们很好，手把手地教我们上山砍柴和做其他农活，但是后来他被批斗了，原因是他新中国成立前为土匪牵过马。那些土匪是些什么性质的土匪？熊老汉是自愿去为他们牵的马还是被强迫着去牵的？不知道。也不需要你搞清。总之批斗了再说。结果被批斗的当天晚上熊老汉便结束了自己。他用一根草绳拴住两块炕坯，把脑袋往炕沿上一伸，再把草绳往脖子上一搭，就这样魂归天国。他之所以选择这样一种死法，实在是因为他太穷，穷得他不可能有更奢侈些也更富贵些的死法了——那天清早我得到消息，专门跑到他的独屋去看了他的死状，心里有一种说不出的滋味。过去有句话说"弄死个人就像捏死个蚂蚁"，而我见到的无数个人被整死，确实不比捏死个蚂蚁更需要慎重也更让周围的人感到沉重。至今我回想往事的时候禁不住会想：阶级斗争难道就真的需要这样永无休止地进行吗？那时候我们还不可能知道世界上其他国家的老百姓究竟是处在一种什么样的生活状态中，我们只知道所有的舆论都号召我们斗争，而进行斗争的前提首先是要充满仇恨，并且无论哪一种仇恨哪一场斗争都必须鼓励你上升到你死我活的高度。回想起来，难道我们就真的不能够找到一种更好的社会进步的方式了吗？难道同属人类，我们就如此不能相容？就不能在我活的同时也让你享有活的权利吗？

农村生活给了我很多的怀疑，给了我很多的提问，也给了我很多的教育，这些教育甚至是一种最基本的启蒙。正是农村生活，让我这个完全不谙世事的城市青年开始想问题，开始走向成熟。也使我对插队这一段生活怀有特别的感情。如今我离开插队的村子已经三十多年了，但每年只要能抽开身，我还总是要回到村子里去。我住在农村，面对着静静的山岭、潺潺的小河以及袅袅炊烟和落日远岫，总是内心滚沸，思绪万千。

我发现，和从前相比，农民们的生活变化太大了。这变化发生在方方面面。如果用家家都有电视机，山里也盖起了二层楼之类来形容，那实在是太不够太不够了。尽管现在人们在抱怨"三农"问题突出，尽管现在有人在呐喊"农村真穷，农民真苦，农业真危险"，但客观地说，这种穷苦和危险已经完全是另一个层面上的内容了。也许，正因为改革开放后的今天允许你为农民喊穷叫苦，允许你对农村面临着的落后状态发出不平和愤懑的吼声，这才为农民们的生活进步奠定了一种本质上的基础！

由于我经常回去，因此对农村变化的历程也就很清楚。我记得最初是土地承包了，家家户户都不缺吃的了。再下来，大家要吃白面变得很容易，要吃玉米面反倒变得困难了。再往后，村子里家家户户都在盖新房了，我所熟悉的那些农村青年手腕子上开始戴手表了。之后又有不少人骑上了摩托车，甚至有人买了汽车。家用电话和手机也一点一点地在村子里出现和普及着……其中有三条是让我觉得最惊奇也最振奋的。第一，我们村里的一些年轻人已经有在深圳和北京长年打工的，他们在这些第一流的大城市里过得还不错。第二，村里有些孩子已经考上大学或者已经大学毕业留在城市里就业了。第三，从20世纪90年代开始，当我在村子里留宿，身上再也没有沾染过虱子了！

对城市人来说，这一切或许都是太平常太普通的事情，但我非常清楚，对我们那样一个闭塞的小山沟来说，那是亘古未有的大变化啊！尤其重要的是，这些变化是促使农村发生更高层次变化的新基础和新台阶！

也有一些不那么令人愉快的变化。比如，村子里有不少人开始打牌赌博了，有些人还欠上了沉重的赌债，不少农民盖房子时开始请教所谓的风水先生了，还有些农民请干部帮助解决问题的时候需要提上礼物了，等等。我发现，和当下的城市一样，改革开放后的农村已经有了巨大的进步，但也还有许多亟待解决的问题。从经济上看，农村经济发展到一定程度之后，迫切需要寻找到继续前进的新路子和好路子。而这条路并不那么好找。从政治上看，农村现在面临着严重的信仰缺失和精神空虚。尽管我们都希望农村（也包括城市）能够迅速走上政治民主和精神文明的和谐道路，但这一切都还需要时间，也还有待于艰苦的奋斗和不懈的努力。

就在我写这篇文章的同时，党中央恰好召开了会议，会议主旨就是研究如何建设社会主义新农村。这使我十分欣慰。我目睹了改革开放以后这近三十年中农村的惊人变化，深切地体会到自改革开放以来，党中央各项好政策的效果和威力。我想，问题和困难都是客观存在，这谁也无法回避。但问题和困难再多，都是可以克服的。只要有好的政策，只要各级干部尽心尽力地去认真贯彻这些好的政策，随着时间的推移，农村的面貌一定会继续发生巨大变化的！

我还会常常去十二盘。尽管它只是秦岭深山中一个小小的村落，但在我眼里，它是一册历史，又是一面镜子，社会风云和时代变迁都无一例外地在它身上折射着各自的斑点和各自的光辉，每次走进那个小小的村落，我都能看到很多，感受到很多，也理解到很多，那实在是我们整个华夏大地的一个缩影！

莫伸，原名孙树淦，男
宝鸡市上马营铁路中学初六七届毕业生
插队地点：原宝鸡县天王公社十二盘村
本文选自《当代陕西》，2007年4月刊

# 陕西知青纪实录

渭水 编

下

陕西新华出版传媒集团
太白文艺出版社

# 我在延安十年

## 我走进这群人

  阳光下,北去的卡车把铺满厚厚雪的路面轧得像一面大镜子,硬硬的,射出刺眼的白光。车在望不到头的公路上爬着,透过帆布篷的缝隙,我盯着那没完没了的群山。山上的雪看上去又白又松软,没有一个脚印。比起城市里混着泥浆堆积在路边的雪,这才是真正的雪。

  时而路过一个小村,女人和孩子穿着厚厚的棉衣,站在自家的崖畔上,呆呆地目送我们的车慢慢前行。几条狗先是朝着车狂吠,然后,忽地结伴冲下崖,跟随着汽车边跑边叫。

  这就是陕西。我会在这里的一个小村子住下来,扎根。也许还会结婚,生子。我不禁想起几天前的一个夜晚,我徘徊在北京的一条大街上。在昏暗的路灯下,我投币决定了命运。一枚数字朝上的硬币,决定了我离开相守了三年的男友和我的家人。这是命运的安排,我服从了。

  卡车的轮子继续向前转着,每转一圈,我就离家和亲人远了几米,几十米,几百米……

  "嗨,谢谢了,能坐在我脚上吗?我的脚冻得像砖头。"

  我回过头,一个男生。戴着棕色的栽绒帽子,浓黑的眉毛,眉骨高高的。我挪了一下,又坐了下来。没敢真坐在他脚上,只是擦了一点儿边,用棉大衣盖住了他的脚面。"真好笑。"我想。

  那个年代,男生和女生是不会随便说话的。他准是冻急了。这是我从家里出来两天以来,别人和我说的第一句话。天下巧合很多,这个浓眉的男生,两年后成了我的丈夫。

　　车到了延安,天已经黑了。跳下车,四下望去,没有见到宝塔山。满眼只是用石灰刷在黄泥巴墙上的大标语:知识青年到农村去,接受贫下中农的再教育;农村是一个广阔的天地,在那里是可以大有作为的。我们因此有了一个称呼:知青。

　　我在铺着麦秸的水泥地上坐下,咬了几口从家里带来的面包,裹紧了棉大衣。这是一所学校,闹革命,停课了,正好作为下乡知青过路的留宿之地。门和窗户横七竖八地躺在地上。寒风夹着雪片窜进房子。几个男生正在大打出手,乒乒乓乓地拆了房子里的几张桌子,架起了一堆火。火星子噼噼啪啪地溅在大衣上、麦秸上。没人理睬这些,烤着手,烤着脚,和衣倒下。

　　天亮的时候雪停了,知青们各自爬上自己的卡车,沿着那条无尽的路走着。昨夜的雪像是给镜子般的路面上铺了一层棉花。车轮碾轧在上面,软软的,发出咯吱吱的声音。车子进入了我们的目的地延长县的地界。和延安没什么两样,只是越走川道越窄。公路两边是连绵的山,两山之间是一条被白雪盖得严严实实的河。半山腰的窑洞升起缕缕炊烟,一头小毛驴蒙住眼睛围着磨盘吱扭扭地转着圈圈。

　　这里将是我的家,不管我喜欢不喜欢,适应不适应,我将在这里劳动和生存。我一下子兴奋起来。如果不是怕惹来大家的耻笑,我真想大声喊:"我来了!"

　　卡车在一座水坝前停了下来。"卸车,到了。"司机粗声叫着。爬下车,男生主动把木箱和行李卷扔下来。

　　车开走了。我们几十个人,望着这茫茫雪海,不知该往哪里去。刚才的兴奋也一扫而光。男生倒显得很轻松,吸烟或在雪地里打斗嬉戏。不远处有一座吊桥,像电影里见到的大渡桥一样,只是锁链上稀稀拉拉地铺着木板。男生一窝蜂地奔过去,先上去的拉着右面的铁链一步一步往前挪,桥头上的人把脚踏在铁链上偷偷地荡,呼叫声、大笑声响成一片。坐在一边的我也情不自禁地笑起来。"只要还有欢乐,一切就都会有的。"我想。

　　正午时分,从水坝另一端走过来一队人。一色的黑棉裤棉袄,腰间系着灰色腰带,头上包着灰白的手巾,肩上扛着扁担和绳索。领头的满脸笑容地走上来:"娃们,饿了吧,咱回家,饭好了,炕也烧热了。"知青们立刻停止了嬉闹,各自按照名单找到来接自己的老乡。

　　见到从新窑库村来的乡亲好亲切,离家后的孤独、思念和无助好像减轻了许多。本想一路上和乡亲们好好聊聊,但他们挑着沉重的箱子,不紧不慢地往前走了,把两手空空的我甩得好远。塑料底的棉鞋在雪地上走像是走在滑冰场上。上坡的时候，我不时用手帮一下忙；下坡的时候，要蹲下来滑。看着前面挑着担子的乡亲，右手按着扁担，左手在身边有节奏地甩着，脚下迈着的小碎步，"真不可思议！"我想。

天渐渐暗了下来，过了个高坡，前面是一个小村。走近前才发现黑压压的一片，男人、女人、小孩和老人在村头雪地上站着等我们。我的鼻子有些酸，眼眶热热的。我跌跌撞撞加快了脚步，走进了这群人中。从此，开始了我在陕北高原的生活。

## 我能为他们做些什么

我在乡亲的簇拥下走进窑洞。"上炕，炕上暖和。"一个男人满脸笑容地招呼着。我脱了大衣，两条腿拖着笨重的棉裤爬上炕，转过身，坐了下来。炕前面站着几层人，男人、女人、老人、小孩，全都张大了嘴笑着，睁圆了眼睛看着。

一个女人在炕席上摆了个木盘，里面的小碗儿盛着盐、辣子和腌酸菜。"闺女，吃面。"一大碗面端到我的面前。洋芋汤浇荞面条，上面厚厚的一层羊油，冒着热气，让我这个不喜欢羊肉气味的人有些生畏。我端着碗不知该不该下筷子。抬眼看着炕前面的人群依然是睁着大眼，只是看着我犹豫的样子笑得出了声。"真当我不会吃饭呀。"我心里笑着。我把筷子插进面里，低下头呼噜噜地往嘴里吸着面条。几口下去，热乎乎的，觉得味道还不错。

人群好像如释重负，一下子活跃了起来。男人拽下脖子上的烟袋，点上火，吧嗒吧嗒地抽，女人指指点点叽叽喳喳地有说有笑。我听不懂，只是满脸茫然地随着他们。"害哈害不哈？"一个女人拉着我的手问。"不害怕。"我说。一阵大笑。女人们笑出了眼泪。我也大笑，可不知道笑什么。第二天我才知道"害哈害不哈"就是问你"听懂没听懂"，难怪惹得他们笑得透不过气来。

村民们没有因为我们的到来而打破了天黑就睡觉的习惯，纷纷散去了。从刚才吃饭的厨房到女生住的窑洞，要上一个小土坡。

窑洞是旧的，显然是刚刚用黄泥浆刷了一遍，还泛着黄土高原上泥土独特的香气。炕热热的，比北京家里的床舒服多了。灶台上的铁锅里，开水咕噜噜地响着，冒着白汽。

睡不着。这两天发生的事太多了，一幕一幕地在眼前掠过。这里的山没完没了，离家很远很远。这里很穷，洋芋、荞面和羊油是上等的待客食品。但是，这里的人很好，他们的眼睛里、笑语里透着善良。那一声"娃儿们"让我在异乡感到父母一样的呵护。

门口的嘈杂声打断了我的梦。我披上棉袄，打开门。姑娘、小伙儿和小孩子们，手插进袖筒、跺着脚站在门前雪地里。我头发乱蓬蓬的，蓦地见到这么一大群人，有点儿不好意思。

"快进来，外面冷。"我不知所措地理着头发说。人群一下子静了下来，依旧满脸的笑。其他三位伙伴还在被窝里，见到进来这么多人，慌忙坐起来。众目睽睽之下穿衣服、叠被子、梳头、刷牙、洗脸。我真恨自己为什么这么贪睡。

开社员大会，男生窑洞成了会场。炕上坐满了人，地上也站满了人。男人手里拿着钢扦边织毛线袜子边抽烟，女人用锥子和长长的麻线纳着鞋底。我细细打量着这些人，有些昨天见过，有些没有。家织的土布棉衣，男人和女人穿黑色的，姑娘和孩子穿扎染成紫色小花的。棉衣可能还是上冬时穿的，很脏很旧了。孩子们的棉裤大都露出了膝盖，棉花甩在外面。有的孩子没有穿袜子，小脚又脏又冻，黑黝黝的。

新窑库村属郑庄公社的一个生产队，有二十五户人家，一百二十余口人。村民以"张"姓为主，可是支书姓徐。集体财产有两群羊、七八条驴、七八头牛。土地以山地为主，少量的沟地。山地种植小麦、荞麦、谷子和豆类，沟地用来种玉米、高粱和薯类。

村里的窑洞大半集中在小河的北侧，沿着水流的方向延伸约一里。河边是一小块一小块的菜地，每家拥有一块。

崖畔畔上积满了雪。顺着一条黄色的小路爬上去，就看到一个个院子。院子打扫得很干净，露出黄色的地面。每个院子里三四孔窑洞、一个猪舍、一个鸡舍。院子中间都毫无例外地有一盘石磨。窑面朝着阳光。

快过年了，家家都换上了白生生的窗纸。推开窑门，里面已经被长年累月的炊烟熏得黑黑的。窗下是一铺大炕，足够七八个人睡在上面。炕的另一端连着一个灶台，前面嵌一口小锅，用来烧菜。后面的大锅用来烧水蒸饭。对面墙边用粗大的树杈架起一块厚厚的像单人床大小的木板，这就是案板，也是做饭时用的操作台。

一长串瓦罐和大大小小的缸整齐地排在墙边，用来盛水，盛磨好的面粉和腌的酸菜。窑洞的后面立着柳条编成的囤子，里面是从生产队分得的毛粮。这些就是一个农户的全部家当。

大多数人家里只有一两床被褥，乡亲们说他们白天穿着棉衣上山劳动，晚上脱了棉衣盖在身上，全凭火炕度过寒冷的夜晚。难怪婆姨姑娘们专程来到女生窑洞，用裂着口子的手抚摸着我从家里带来的厚厚的大花棉被子和那条我最喜欢的具有非洲特色的亮丽的床单。

场院边上那两孔面朝东的窑洞是村办小学。木质的桌子，石头和黄泥砌成的墩子作为凳子，一块木板钉在墙上作为黑板。学校一共有二十几个学生，五个年级，只有一个老师。据说，老师毛笔字很漂亮，但是不通除法和分数。因此，学生的数学课非常简单，也不知道什么是音乐和体育课。

我很诧异，没有想到跟着毛主席打江山的老区人民，在新中国成立二十年后依然这么贫穷。望着远处和近处光秃秃的群山和冰封的河水，我想着，想我自己和这群我已经认识并正在熟悉的、祖辈生活在这山村里的乡亲们。我将在这里生活，也许是一辈子。我怎么办？我能为我自己做些什么？我能为他们做些什么？

## 腊　月

腊月到了，知青户有些沉默。吃过晚饭，横七竖八地躺在厨房大炕上，望着黑洞洞的窑顶，灯也不点。白天，邻村的知青来串门，传过来一首歌，据说是知青中的一位高人写的。十几段的歌词中，有一段至今还能记得："光阴飞度，转眼间来到春节。男红女绿，高歌连天，家家在团圆。我立孤山，远望家乡，泪水就流下山。痛苦不堪，强忍辛酸，对空就长声叹。"

他们走了，把歌留给了我们。村里几个来玩的小伙子见到我们阴沉着脸，扫兴地回家了，留下了更多的孤独和思念。黑暗中有人啜泣。我不想听这种声音。眼泪是自己的，不用旁人分享。

我走出窑洞。明月把白光洒在雪地上。通向村东头的路在月光下很清晰。路旁干枯的树在雪地上投下怪异的影子。空气又凉又新鲜。深吸几口，再呼出来，带出体内热热的污浊的气体。看着周围山上点点的亮光，那是农家围坐在自家窑洞里豆大的油灯前，抽着旱烟，喝着热茶，纳着鞋底，奶着孩子睡觉。一切都是那样顺理成章，那样和谐、平静和有条不紊。

想家，很想家。但这里才是我真的家，我将在这里度过很长的时间。我也会逐渐"顺理成章"。窑洞里传来二胡曲《光明行》，玉盛的二胡曲时常使我神往，而这一次给我的是勇气。

这里的风俗是正月里不上山劳动，不打柴，不烧饭（只把腊月里做好的饭菜放到蒸锅里蒸热）。一切都要腊月里准备好。知青户已经没有柴火了，我提议不能再依靠乡亲们，自己解决。

生产队长给每个男生借来斧子和绳索。女生只有细绳。这里的婆姨是不砍柴的，只是拾山上留下的干枝。我们把围脖系在腰间，肩上斜挎着绳索，跟在队长的后面，一溜儿长队出了村。村民们站在崖畔畔上，好奇地看着这些在雪地上蹒跚的北京娃。后面传来脚步声，七八个年轻的庄稼人扛着斧子跟了上来。队伍立刻活跃了起来。

圪梁梁上长满了乔木和灌木。括起来的树，也就是周围的土地被铲平，没有其他零星植物的那种树，是留下成材的，不能砍掉当柴烧。我蹲下来，用穿着塑料底棉鞋的脚在盖满雪的坡地上趿着。不时停下来，拾起瞄好的树枝抱在怀里，一抱，一抱，竟成了不小的一捆。

男生抡着斧子在树丛中东砍几斧，西砍几斧，砍倒一大片，可理不成一个捆。同来的小伙子蹲在一边抽着烟，笑着，到这会儿才上来帮忙。树枝很快打成了捆。男人们背着柴火，沿着盖满雪的小路，缓缓地下山去。我拖着柴，站起来，脚下一滑，赶紧又蹲了下去。我双脚向前挪，可柴捆被凌乱的树枝、树杈挡住，怎么也拖不动。同来的女伴一点儿也不比我强，坐在雪地里喘着粗气。天快黑了，我有些紧张，无可奈何之下，不得不求救了。"快帮帮我们！"我用双手在嘴前围了个话筒，大声喊着。

男人们停下来，不上来帮忙，反倒坐在柴捆上朝着我们笑。有的甚至拽下烟袋，悠闲自得地抽起烟来。我没有恼，心想：我们走不了，谁也走不成。

> 对面的圪梁梁上那是一个谁，
> 那就是我那要命的二妹妹。
> 你在那个圪梁梁上，哥哥在那个沟，
> 看中了哥哥你就招一招手。

歌声很大，声嘶力竭的，唱到高音处，甚至跺着脚助劲儿。歌声在山梁间回荡。这就是陕北民歌，带着黄土的气息。情歌，白羊肚手巾，漫山的雪。我被此歌、此人、此景迷住了。该回唱过去，可不知该怎么唱。情急之下，我朝唱歌人使劲儿地招手。男人们获胜的喜悦提醒了我的失误。我不敢再招手，悄悄地跟在他们身后，小心翼翼地下了山。

第一次接触陕北民歌就再也忘不了。渐渐地，它成为我平淡生活中的一点儿激情，艰苦岁月中的一点儿依托。它带给我对这片土地更深的了解，对这里人们的更深的感情。

## 春　天

　　农历二月二是个重要的节气。传说，这一天龙会抬头，带来雨水和万物的生机。春雨淅淅沥沥地滋润着干涸的土地，小草钻出头来，迎春花绽放。孩子们拿着小镢头，在道路边和山梁上刨小蒜。小蒜是野生的，像是蒜头，不辣，用盐腌了，在青黄不接的春季算是上等菜了。

　　饥饿了一冬的牛和羊，开始在山上沟边四处寻草。草还没有长大，有的还没有露出头来。但是，牛羊知道哪里有返青的草根，边啃边拔，也能落个半饱。

　　婆姨们把自家粪坑里的粪淘出来，掺上羊粪和土，搅匀，摊成一个个的粪饼，晒干。然后，挑到生产队仓库前的空地上，用镢头捣碎，再用筛子细细地筛。两个人用一条扁担一前一后把一筐筐的粪土抬上山，倒在还没有开耕的田地里。

　　男劳力天不亮就把牛赶上山，肩扛着犁头，慢慢地跟在牛后面，在地头上套上犁。一开犁，就是一整天，天黑了才能卸犁。鸡刚叫，家家户户就冒起炊烟，婆姨们摊好玉米煎饼，水烧开，再用小罐子盛上酸菜和腌辣子，送给犁地的丈夫和儿子。等我把第一筐粪土送上山时，男人们已经在地头吃过早饭，正在享受饭后一袋烟。

　　我左手叉在腰间，右手按住肩头的扁担，沿着上山的小路，学着乡亲们的样子，"之"字形向前走。走"之"字，会减少山路的坡度，减轻腿的疲劳。前面的婆姨把步子压得很稳，一筐粪土在我俩之间的扁担上缓缓地悠着。路很远，一个来回有五六里。我无心欣赏那路边烂漫的迎春花和山梁上星星点点的白色羊群。我的脸淌着汗，眼睛避开刺眼的阳光，盯着前方，心里只有一个念头：还要走多少路才能倒下这筐沉重的粪土。

　　正午时分，婆姨们放工，回家为男劳力烧饭送饭。女知青省去了为男生烧饭的麻烦，生产队允许知青户每天留下一个人专门做饭。一迈进窑洞，我就一头扎进被子里。肩膀上火辣辣的，小腿沉甸甸的。新生活开始了，开始得这样平淡和艰难。后面还会有很多这样的日子，还会有更多的挣扎和努力。但是，除了面对，我已经没有再做选择的机会了。

　　下午上工的钟声响起的时候，我已经把扁担压在红肿的肩头，上路了。

灶台上有锅，灶台下有火，<br/>面鱼鱼儿越拨会越多。

> 要想不渴，要想不饿，
> 有力气你就别闲着。
> 天上不会掉下蒸馍馍，
> 不张嘴你就唱不成歌。
> 好日子要吃足那十分的苦，
> 一定不会错。

牧羊人嗓门憋得细细的，歌声传得好远。我把手搭在额头，遮住午后的太阳，朝歌声发起的地方张望。那是我熟悉的张二爷，他站在高高的山梁上，背后是连绵起伏的黄土高原，肩上的牧羊铲在阳光下一闪一闪。这是一幅画，它后来刻在我的脑海里几十年。"好日子要吃足十分的苦，一定不会错。"不知这是祖辈传下来的歌词，还是张二爷专门为我编的。我被这黄土地传出的心里话深深地打动了。我解下脖子上的毛巾，朝着张二爷使劲儿地摇着。我第一次放开嗓门，用我刚刚学会的陕北民歌的调子，大声地回唱过去：

> 山里的哥哥粗粗的手，
> 肩膀能挑出好年头。
> 红红的窗花，热热的酒，
> 日子就要一步一步，
> 实实在在地走。

我没有注意乡亲们的喝彩，只觉得眼眶发热。我望着正在西下的太阳，感到从未有过的轻松。我用信天游道出了我的心愿，我用黄土地的曲调高唱了我对生活新的理解。"日子就要一步一步，实实在在地走。"这块土地上的人们和一成不变的群山是我的听众。

我会在这里生活很长的日子，很多年，或许是一辈子。时间将浸泡着汗水和辛劳，思念和期待。但是收获的喜悦、牵魂的信天游和淳朴的亲情将会使生命不息。

这里有连绵的黄土高原，这里有充满期待目光的乡里人。他们仍然保留着刀耕火种的耕作方式；亩产六十斤小麦的收成；五个年级只有一个老师的小学教育；用女儿换儿媳的习俗；用草木灰洗衣服的方法……这里只有男人到过县城，女人从没有走出过乡镇。他们没有用过电灯和收音机，最大的奢望是家里能够点得起带玻璃罩的明亮的煤油灯，自家屋檐下能挂上一个和公社相通的小喇叭，能够亲耳听到革命歌曲和上级的通知。

我眼前呈现出乡亲们好奇和期待的目光，耳边响起黄土地的召唤。光阴好比是一条船，每个人都要坐在这条船里去度过时光。或躺在里面叹息和哭泣，或驾驭着它乘风破浪去创造未来。我选择后者，为我，也为他们。为了未来，现在要"吃足十分的苦"。

## 夏　　收

　　半人高的麦捆排成一行，麦捆的底部离地面不足一尺，在崎岖的山路上，一颠一颠地朝前移动着。等队伍转过方向，才看见用两头尖中间宽的扁担挑着麦子的男人。这是陕北麦收季节里的一道风景线。

　　农历五月初，烈日把山顶上的麦子烤得焦黄，开镰的时节到了。站在山头上好像离日头近了许多，后背像是靠着火球。我把草帽压得低低的，遮住了脸，任凭火辣辣的太阳烧灼着我裸露的胳膊。镰刀是刚刚磨过的，左手拢起一把麦子，右手一提镰刀，麦子就割下来，然后一堆一堆地，穗头朝着同一个方向放在身后，等着男劳力来打捆。平日叽叽喳喳的婆姨们这时没了声响，蔫头耷脑地，不时用手撩起罩在头上的毛巾，抬眼看看那好像永远不挪窝的日头。再往前几步就是几棵大树，我加快了速度。树荫下和大太阳下像是两个世界，我摘下草帽，一股清风掠过我被汗水浸湿了的头发。我向远处望去，黄土山头毫无遮拦地暴露在骄阳下。这座山的尽头是另一座山，然后又是另一座、另一座，无穷无尽。地形是地壳运动形成的，但为什么偏偏把这里运动成了连绵的山，而没有形成广阔的海？我闭上眼，想象着碧波荡漾的大海，湿润的微风和平坦的沙滩。"别贪凉太久，当心着凉！"一个婆姨朝着我喊。我感激地回头向她招招手，弯下腰继续割，很快走出了树荫。

　　哨子响了，婆姨们先收工回家烧饭。我走向身后的麦堆，用绳子结结实实地捆了一大捆，把镰刀往捆中间一插，蹲在地上，把镰刀移到肩膀上，用力把屁股向上一撅，麦捆就被拱到背上，站了起来。麦收时，每个劳力收工都要从地里往场院捎回麦子，男劳力要担两大捆，婆姨只背一捆。按劳取酬，男人每天挣十分工，婆姨只挣六分。

　　地头离生产队场院大约三里路，刚走了不到一里，我的肩膀就火辣辣地疼了。按照当地的规矩，背麦子是不允许中途休息的。麦子很干燥，撂在地上再背起来，麦粒会脱落，糟蹋了粮食。我把麦捆从右肩换到左肩，感到只轻松了两三分钟，镰刀的木柄和肩膀骨头之间的皮肉又疼痛得让我不时地咧嘴。下山的时候，我走在最后，偷偷地把麦捆靠在崖畔畔上，休息了一阵，趁机把毛巾垫在肩头，再走起来，立刻轻松了好多。

下午，场院里热闹起来，婆姨们把自家的长板凳搬来摆在场院里，围成半个圆圈，每人手里拿起一把麦子，攥住根部，然后把麦穗使劲儿地朝板凳上甩，一下，两下……直到麦粒全部脱落到地上。一个老汉把剩下的麦秆堆成一个圆圆的麦垛，留作冬季做牲畜的饲料。

甩麦子这活不累也不晒，婆姨们有的是时间和体力嬉闹。上午的暴晒和红肿的肩头，此时已经忘记，我尽情地享受着阵阵吹过的凉风，麦粒飞蹦起来打在脸上的挑逗，和婆姨们酸溜溜的玩笑引起一阵阵的大笑。甩落下来的麦子已经铺了厚厚的一层。一个老汉赶着驴子在麦粒上转圈圈，驴后面拖着一个石头磙子。经过驴子的踩踏和石磙的碾轧，麦粒脱得更干净。几个年轻的男人把麦粒扫成一个小山，站在上风口，用木锨把麦粒铲起来高高地扬起，小风把麦皮和残留的麦秆吹到下风口，落在不远处的地上，纯净的麦粒则垂直落到原处。一铲，一铲，……滚圆的麦粒越堆越高。一年经受的艰辛、劳累、寒冷和酷热，期盼的就是此时。等到最后一铲扬起又落下的时候，我禁不住甩掉鞋子，一下子跳到麦粒堆成的小山上，黄色颗粒透过我的脚指头跳跃上来，两腿深深地陷在麦粒里，凉凉的、痒痒的。"擀面啦，蒸馍啦！"婆姨们在麦粒上打闹着。男人们上前驱赶："还不回家拿家什，装麦子啊！"一袋烟的工夫，女人们拿着布袋、笸箩、簸箕，各样可以盛粮食的家什重新回到场院。

新麦子打下来，先给各家分一些，让大家尝个鲜，是这里的通常做法。上一年分的麦子早已吃完，大人孩子眼巴巴地等着新麦子分到家，这一天村里像过年一样热闹，家家户户忙着牵驴推磨、擀面、蒸馍。

这里，分粮食不用秤，而是用斗或升。一个用木板钉成的、可以装四斤左右麦子的梯形盒子为升，可装十升的大梯形木盒子为斗。在我居住的村子里，每年每个成人可分到大约一斗麦子，能磨成三十多斤白面。人们只有在重要的农历节日里，譬如阴历年、清明和中秋，才会磨面做饺子、面条和馍馍，用来人吃或祭祀。

从菜园里摘来几条黄瓜和一把小葱，用盐腌了，拌在面条里，雪白光滑的面，配上碧绿的葱，虽然没有一点儿油星儿，也足够让人舍不得下筷子。这是1970年的头场麦子，也是我一生中第一次享受用三百多天的劳动换来的收获。这碗面条，给我带来的不仅是胃口上的满足，还有那永远抹不掉的浪漫的记忆。凉爽的月光下，我和队友用茶水和甜瓜庆祝我们的第一次收获，用胡琴和歌声驱赶煎熬，重温恋情。

> 想亲亲想得我手腕腕软，
> 想妹妹想得我心花花乱，
> 切碗葱花花擀刀面，
> 细细的面条端到妹跟前，
> 趁机攥住亲亲的手，
> 想说妹妹你嫁了我吧，
> 该咋开口。

## 回　家

　　"回家"，这两个字在我的脑子里翻腾了上千次、上万次。傍晚下了工，我坐在山梁梁上，望着从脚下向远处伸展的高原，起伏的黄色的山脉的后面还是黄色的山，一层一层，没有变化，没有边际，直到很远很远的地方和蓝色的天空连成一条曲线。在这黄色土地的包围之中，我想着那隆隆的火车，但既看不见踪影，也听不到声音。

　　我想回家，家里有母亲兄妹、炸酱面和绿树成荫的护城河。闭上眼睛，黑暗中常常会出现我天天出入的那条小胡同，和家门前那棵我亲手栽种的香椿树。我没有因为想家而掉过泪，我默默地承受着，但终于有一天这种承受决堤了。一个队友的哥哥接她回家了，他们是半夜悄悄走的，村里没人知道。

　　想到队友此时已经在家中和亲人团聚，我再也抑制不住思乡的煎熬，决定"逃"。男队友们坚决反对，觉得不安全。回家是一条漫长的路。要先乘汽车到延安，再买票去铜川，乘闷罐火车到西安后，换乘客车经过二十二个小时才能到北京。在我和另外两名女生的一再坚持下，男队友们让步了，他们用集体户里最后的一点儿白面，烙了几张饼，揣在我们的行李包里，半夜送我们翻过山，走上了通往县城的公路。"路上不顺就回来。"我们在公路边告别。大约两个小时以后，我们到达了县城的长途汽车站。

　　几个知青模样的男青年走上前来，用地道的北京腔搭讪："姐们儿，求你们了，要是能买到票，给我们几个的票也捎上。"此时我才明白，长途汽车站不给知青卖票。"你们女孩儿可能好办事。"一个男生说。女孩儿里我最大、最有主心骨，我理所当然地承担起买票的任务。

　　我手里高举着钱，钻进拥挤的穿着黑色粗布衣裤的人群。几个北京伙伴伸长了脖子，睁大期盼的眼睛朝这边张望。小小的窗口后面，一个女人皱着眉头看着我:"不卖。""为什么?""不给知青卖票。""家里有急事,不信你看电报。""这是上级指示。"后面的人拥上来,把我挤出队伍。

几个男生骂骂咧咧地拿回钱,消失了。眼看着装满人的汽车开走了,我们站在那里,不知所措。伙伴们哭了起来,"别哭,不就是一百五十里路嘛,我们自己走!"我拎起包,头也不回地朝着延安的方向走去。公路沿着延河的支流,弯弯曲曲、高高低低地向前伸展。我在路边劈下一根树杈,撅掉上面凌乱的枝条,学着老乡的样子,把行李包挂在树枝的一头,另一头扛在肩上。这样走起来省力,脚上有劲儿。

伙伴们被甩得老远。公路好长,偶尔见到一辆拉粪的驴车,春耕时节,正是往地里拉粪的时候。路过一个小村,几个撵着毛驴推磨的婆姨站在崖畔畔上向下看着我:"上来喝口水吧!"我感激地招招手,并没有停住脚步。脑子里只有一个字"走"。我的两条腿交替地向前迈着,把一个一个的标志物丢在身后。路边矗立着一台抽油机,滑轮带动那高高的钢杆一上一下永不休止地从地下抽取着石油。我突然觉得我的腿就像那钢杆,一下一下地运动,迈着,迈着……

日头已经移到了头顶,正午了。"老乡,这里离县城有多远?""三十来里。"两条腿机械性的运动戛然停止了,我真想哭,一个上午才走了三十里路,两条腿立时软了下来。我站在大山转弯处的阴影里,一阵凉风吹过来,身上的汗顿时退了一层。"这个时候可不能着凉。"我想。我用最后的一点儿力气爬上一个土坡,向来的方向眺望,两个伙伴连影子都没有。我毫无目的地在阳光下坐下来。

河对岸有个小村子,家家的窑洞冒着炊烟,男人们陆陆续续地扛着镢头走在回家的路上。这是一块祥和的土地,男人、女人、娃娃、热气腾腾的饭菜、和煦的春风。他们祖祖辈辈生活在这里,大山为他们提供衣食,他们很知足。

太阳慢慢偏西,对岸小村里的男人和女人担着担子,赶着毛驴开始了下午的耕作。远处出现了两位伙伴蹒跚的身影。我激动地站起来,扯下脖子上的毛巾,站在土坡上使劲儿向她们摇着。

我们呆坐在土坡上,嘴里没滋没味地嚼着饼。"我们才走了五分之一的路,我们能走到延安吗?""白天肯定到不了,我们晚上住在哪儿?""如果延安车站也不给知青卖票,我们怎么办?"两个队友嘟囔着。其实这些问题在我的脑子里一直在翻来覆去,只不过我不愿也不敢多想它。

"今天如果不是在这里,我们准是在抬粪往地里送。"我像是在自语。望着上工路上的男男女女,我想起留在村里的男队友,他们用仅有的一点儿白面为我们烙饼;想起每晚七个人坐在炕头上,热热闹闹地啃玉米饼喝酸菜汤;想起我们喂养的一条叫"黑子"的四眼狗,它会高高地跳起,准确地接住抛给它的食物;想起雨天歇工,知青户里的琴声和歌声;想起那一大片玉米青纱帐和穿过村子的小河。

家在哪里？在北京，也在山村。我离开它才几个小时，已经在想它了。亲人在哪里？在北京，也在这片黄土地。那里有我朝夕相处的队友，一起劳动嬉闹的乡亲，还有心疼我的大娘大伯。想着我周围的温馨，想着回家路途的辛劳，我站起来，轻声说："我想回村。"两位队友抬头看着我，笑了。腿上忽地来了劲儿，我们跑下山坡，坐在河岸边的石头上，把脚伸进小河里，被日头晒得暖乎乎的水流过脚面，顿时觉得周身轻松和愉快，嘴里的饼也变得又香又甜。

回去的路走得很快，摸黑时到了家。在几个男队友惊愕的眼神下，我扔下行李，抄起碗，从锅里盛起一大碗热腾腾的棒子面粥，呼噜噜地下了肚。油灯下，我们横七竖八地歪靠在热炕上，平静地叙述着白天的经历，脚上的水疱火辣辣地作痛，我打着小盹。一切又和昨天一样，从此，我再也没想过"逃"。

## 由"吃肉"引起的故事

高粱面饼子、棒子面糊糊、辣椒酸菜，一日三餐，日复一日，转眼半年。如果把肠子翻过来，肯定找不到半点儿油腥。我不敢想"肉"字，但眼前总是晃动着一碗红红的、油油的，冒着热气的红烧肉。那香气一缕缕地穿过头盖骨的缝隙钻进脑子，刺激着我的食欲神经，赶也赶不出去。

60年代末的陕北，大多农户是半年糠菜半年粮。知青户受到生产队的照顾，能够有足够的口粮，菜主要是萝卜和洋芋。由于土地贫瘠，不适于油料作物生长，油料收成很少，食用油非常珍贵。一年有两次吃肉的节日，一次是中秋节，一次是春节。生产队的羊和农户养的猪的数目和出栏日期都在公社的掌握之中，生产队和个人是无权擅自宰杀和变卖的。根据新窑库村的人口，公社允许村里中秋节宰两只羊，春节宰一头猪。

农历八月十五前一天，村里留下几个男劳力在家杀羊煮羊汤。傍晚放了工，走在山梁梁上，看见远处生产队队部的院子里冒出青烟。男人和女人嬉笑着来到队部，围着咕嘟咕嘟沸腾的大锅。粉红色的羊肉块夹杂着黑色和白色的杂碎，在大锅里泛着灰色的泡沫，飘出阵阵羊肉和作料的香气。我生来是个痛恨羊肉的人，但此时，望着锅里那一块块的肉和厚厚的一层油，若不是牙齿把两片嘴唇狠狠地咬住，口水一定会滴下来。

清晨，村里的大钟敲响了。"羊汤熟了！"生产队长高喊着。我一骨碌爬下炕，抄起一个盆朝队部跑去。大锅前早已排了一长串人，队长按照每口人一勺，分到各家的盆子里。轮到我了,队长把勺子一直插到锅底,稠稠地捞起一勺,又一勺,我兴奋得心跳。婆姨、孩子和老人端着已经凉了,结起一层白色油脂的肉汤,喜气洋洋地赶回自家的窑洞。

把肉汤倒在锅里,加上花椒粉、芫荽末和芹菜叶,灶里添把火,咕嘟咕嘟一袋烟的工夫,羊膻气就去掉大半。坐在锅台前,我和玉盛每人端起一碗滚热的肉汤。"过节真好。"肉软软的,杂碎滑溜溜的,汤上漂着久违了的油。天下有多少美食我不在乎,此时这是顶尖的美味。我一小口一小口地嚼着,品着,咽着。"我是幸运的。"我想。

羊汤很快没有了,辣椒腌酸菜又重新端上了炕桌,引起我挂了油的肠胃的强烈反感。一想起离下一次吃肉还要过好几个月,我就一口酸菜都咽不下。为了生,为了胃,为了吃肉,我们决定采取一次行动。确定了时间、地点和执行步骤后,我们三男四女准时出发了。

这是一个洒满阳光的下午,乡亲们都在山上劳动,村里静静的。我们悄然无声地朝二里路外的卢义子村走去。卢义子村大多数窑洞在崖畔畔上,村脚下是一条小河,河两边是菜地。如果不是站在院子边缘,家里人是看不到菜地的。小村就在眼前了,我们放慢了脚步,支起耳朵听。咕咕,咕咕。几只成年的母鸡用嘴巴啄来啄去聚精会神地在菜地里找食。一个眼色,我们一同放轻脚步从不同方向包抄过去,缩小包围圈,男生猛地扑上去,瞬间,一只母鸡已经攥在手里。嘎,嘎、嘎、嘎……母鸡拼命地叫,使劲儿拍打着翅膀。按照先前商量好的方案,一个男队友按住鸡身,另一个男队友抓住鸡头,按顺时针方向地拧、拧、拧……直到母鸡断了脖颈,停止了叫声。我迅速地接过战利品塞进背包,若无其事地继续朝东走。在下一个村子我们取得了又一次胜利。

回来的路上,我们窃窃地说,偷偷地笑,洋溢着抑制不住的喜悦。我抱着挎包,里面软软的、热热的,眼前常晃动的那碗红烧肉变得清晰了。

鸡肉下了肚,舔着手指上的油,我心满意足地歪靠在热炕上,眼皮不由自主地打架。蒙眬中,眼前霍地闪出两只母鸡在菜地里咕咕寻食,又是两只,几只,一大群,咕咕、咕咕、叽叽、叽叽。我猛地睁开眼,窑洞里没有点灯。黑暗中,我分明听到一个婆姨呼唤自家的鸡回家的声音。"卢义子村离这里二里多路,就是真有人唤鸡,也听不到,不过是心虚罢了。"我暗暗想。

这种宽慰并没有使我踏实下来。夜里,我躺在炕上,耳边总是赶不走那婆姨唤鸡的声音。一只母鸡拿到集市上可以换两元钱,这两元钱意味着一家农户一个月需要的盐和灯油。而一家人常常会因为没有这两元钱,提着鸡或鸡蛋,挨门挨户恳求人家,以获得一点点钱来保障他们对生活的最基本的要求。这两只母鸡为我们换来肠胃的满足和手上、嘴巴上的油,而那两个无辜的婆姨失去了两家人一个月的生活依靠。这笔账算得叫我有些悚然。

又是一个春天,村里的母鸡经过一冬的休息,开始生蛋了。端午节前后,一窝窝的鸡娃跟在母鸡身后跑来跑去。我提个篮子到各家去讨要鸡娃,一个下午就凑足了十几只。我用石头给它们垒窝,把嫩绿的杏树和榆树叶切碎再拌上玉米粉和水,做成鸡食。我在院子边的柴火垛上插起一根长长的杆子,上面绑着五颜六色的布条,用来驱赶饥饿的老鹰。鸡娃渐渐褪去了淡黄色的绒毛,长出油亮的彩色羽毛。几只已经会伸长了脖子叫鸣。我焦急地等待着母鸡生蛋,每晚下工回来都会急切地跑到鸡窝前,伸进手去摸,看有没有我盼望的东西。终于有一天,一个圆溜溜的、热乎乎的东西碰到我的手指。队友们欢呼着,传递着这颗珍贵的蛋。我们有了自己的鸡,有了自己的鸡蛋。过节,我们会理直气壮地把喷香的鸡肉端上餐桌,明年我们还会有更大的一群小鸡。

## 高　考

清晨,天还没有亮透,操场上已经影影绰绰地看见一队队跑步的学生。高音喇叭里响着革命歌曲。一曲《大海航行靠舵手》过后,新闻开始。"正式恢复高考制度 …… 1977年年底 …… 报考范围 …… 及'文革'期间的六六、六七、六八届初高中毕业生……"

喇叭的声音被跑步声干扰,断断续续地只听见几个字。我愣了片刻,"真的要恢复高考吗?我听得准确吗?"我环顾四周,天已经大亮。唰唰唰,高中毕业班的学生依旧机械般地跑着,老师们或在饶有兴致地谈论着什么,或在僻静处吸烟,没有人理会刚才的那条新闻。

我从1972年开始在延长县中学做语文教师,几年后,丈夫在县歌舞团做民乐演奏,生活逐渐安逸下来。虽然不时会想念家乡,但现实已经让我抛弃了回北京的念头。"扎根老区"是我们那个时代的人的共同志向。然而,这条断断续续的新闻给我带来不安,使我心跳。上大学,回北京,重新分配工作,我在梦里都没敢想过。此时,我的手不由自主地触摸到隆起的肚子。里面的宝宝正在长大,再有半年就要生产了。孩子的妈妈能上学吗?大学会录取一个带着孩子的中年女人吗?我已经有十年没有碰过课本了,我能通过考试吗?问题一个一个地从脑子里跳出来,又一个一个地碰了壁后弹回去。一个三十一岁、带着孩子、离开学校十年、政审上处于弱势的女人在做着大学梦,一个梦。

晚上,像往常一样,我到一个北京知青家去串门。推开门,我一下子惊呆了。炕上地上散落着一堆堆书本,两口子坐在炕上怀里抱着书,一本一本地翻着、找着,叽叽喳喳地拌着嘴,任凭两岁的孩子在窑洞的地面上打着滚玩耍。"你来得正好,你的高中课本全吗?你能搞到复习提纲吗?你准备考什么专业?""我还没想好考不考。"我说。"傻瓜,你有英语特长,比我们强多了,为什么不考?你就等着后悔吧!"她顺手扔给我一份招生简章。

朋友的训斥像是给我打了一针强心剂,在昏暗的路灯下,我急切地读完了简章。报考条件中只有身体健康,并没有孕妇不合格,只有政治立场坚定,并没有对家庭出身提出任何要求。简章上还特别指出对"老三届"要放宽年龄上的限制。

我仰天望着漆黑夜空中闪烁的星星,呼出一口长气,我真想欢呼。这无疑是给我们这些十年"文革"中无缘深造的,已经步入中年的一代人点起了一盏灯。但是,谁能借助它的光去寻找更宽阔的路,全凭谁能走近它,抓住它。

"要试,失败了也无怨无悔。"我咬紧了牙。我没有告诉任何人参加高考的决定,恐怕一旦失败,学生议论。我一面坚持上课,参加各种会议和学习,一面复习十几年前的课本。身子越来越沉重,脚腕肿得像瓠子,口干舌燥,总想那红彤彤的苹果和水灵灵的梨,可寒冬腊月哪里去找。

丈夫在集市上买来白萝卜和胡萝卜,切成一片一片地放在抽屉里。我时常坐在书桌前,把双脚抬高放在桌子上,一只手举着书,另一只手不时地伸进抽屉,拿出一片片的萝卜塞进嘴里。热炕把整个窑洞烘得暖融融的,沉重的身子坐在铺着厚垫的椅子里,眼皮不停地打架,脑子空空的。"不能睡,要换个环境。"我想。学生下了晚自习,我便潜入教室,点上蜡烛。太冷了,披上棉大衣在教室里一边踱步,一边背诵,直到脚腕酸软,肚子沉重得像是要掉下来,才结束一天的复习。

我初中毕业就在外语学校读书,高中的代数和几何课没有任何基础。为了补课,我每天下午溜进县里的高考突击班,坐在最后一排,装出一副漫不经心顺路来听听的样子。回到家里,我把老师讲过的题目做上几遍十几遍,直到烂熟。我不奢望学得很多很深,我只学最基础、最典型的,因为我自知没有能力和别人一块去拼难题。事实证明我对了。1977年是大学停止招生十年后第一次高考,数学考题集中在基础知识,而且大部分是课本上的例题。考试结果出来了,出乎意料,我的数学分数高于大多数报考理工科的考生。

天上飘着大雪,我站在县邮政局门口,等待邮车。一批一批和我一样的人欢天喜地地拿到了通知。我每天上午去等,但是,没有。孩子在3月底出世了,我们给他取名"京京",希望他能够带给爸爸妈妈回北京的好运。4月7日,我接到了西安外国语学院的通知,学校经过反复考虑,终于把我录取了。"京京是我家的福星!"

高考很苦,但也有很多趣事使我至今记忆犹新。考试第一天,天寒地冻。本地的应届考生早早就手持准考证,在考场前排队等待入场。十几个北京知青站在一个避风的角落里抽烟闲聊,预备铃声响起之后,才懒懒散散地跟在队伍后面,准备进入考场。女知青大多像婆姨一样围着花格子的线围巾,男的无一例外地满脸胡楂,身着破旧棉袄,腰间系一根本地的线织腰带。监考老师见此,走上前,用手臂在第一个知青面前做了一个一刀切的动作:"前面的孩子进去了,后面的家长就不要跟进去了。"我们先是一愣,即刻笑得流出泪。后来想起来,觉得也难怪。前面的考生才十几岁,我们后面的都三十多了。

最后一天考英语,头一天县里就传开了,中学的田老师是北京外语学校毕业的,这次要参加英语考试,吓得那些连英语字母都没认清的本地考生没有一个敢进考场的(当年只有报考英语专业的参加英语考试)。考场里,一个考生,四个监考老师。这恐怕是我有生以来最得意、最辉煌的一次考试。也是中国考试史上少见的一幕。卷子答得很顺利,答完了,检查了两遍,时间还早。正在考虑是不是提前交卷子的时候,突然响起了钟声。"时间到。"监考老师站起身,拿起我的考卷走了。我很诧异,分明还有很多时间,怎么钟声就响了呢?我走出考场,迎面是丈夫的一张诡秘的脸。"我饿了,你坐在里面老不出来,东张西望地没事做,我一着急就拿块石头敲响了钟。快做饭吧!"他呵呵笑着说。

## 车　　站

十年前,我回了一次延安。飞机离地面越来越近,像是蹭着起伏的山峦缓缓飞行,一条条小路,深绿色的植被清晰可见。终于在轰轰的噪声中着陆了。门开了,我拉着行李箱,小跑着走出延安机场明亮的玻璃门。宽阔的公路对面是黄色的绿色的山,点缀在山间的一孔孔窑洞,崖畔畔上站着男人、女人和玩耍的孩子。没有变,一切都没有变。三十多年了,这块黄土地。三十多年了,这里的山、水和人,熟悉又陌生,咫尺又遥远。我的喉咙哽咽了,脑子里闪出贺敬之的诗句:"手抓黄土我不放,紧紧贴在心窝上。"一股热泪簌簌涌出眼眶。

一辆奥拓小轿车嘎地停在我面前。"要车吗?"一个瘦小精干的小伙子没等我回答,不容分说把我的行李箱装上车。我还没有从惊愕中醒过神来,已经舒舒服服地坐在副驾驶的座位上。"延安的的哥比北京的还会揽生意。"我说。"俺没好车,但保证安全,您就看好吧!"知道我是个老北京知青,他便更来了精神,撇起了半生的北京腔:"咱先到市内各地转转看看?"我点头应允。

我当年乘着卡车冒着大雪进入延安的那条黄土路,如今已经是宽阔的柏油马路。路边山上的窑洞有些已被废弃了,取而代之的是一座座三层、六层或八层的楼房,阳台上堆满杂物,晒着串串辣椒和大蒜。

一座拱形大门上的几个字"延安长途汽车站"在我眼前闪过。"停车!"我叫道。我站在候车大厅门前探头朝里面望去,车站依然破旧,但宽敞了几倍,门口的土路上已经铺上了方砖。站在车站前,眼前闪出三十几年前的一天。

1970年的春季,我和几个队友走在回北京的路上。这是下乡以来第一次回家。三个小时的卡车颠簸后,我们到达延安时已是临近中午。我们冲进售票厅,顿时心凉了,售票窗口前一个人没有。原来,每天早上5点钟卖票,6点开车,车票供不应求,早就没票了。

我们漫无目的地在延安大街上溜达,高音喇叭里义无反顾地播放着慷慨激昂的歌曲"长江滚滚向东方,葵花朵朵向太阳……"天黑了,带来的两样面饼子和着两分钱一碗的茶水充饥后,我们把裹在行李外面的塑料布扯下来,铺在候车室的地面上,准备相互轮换着边睡觉边排队买票,同来的男生干脆把行李包往售票窗口一放,我蜷曲着睡下了。不知过了多久,一阵骚乱把我惊醒。"这儿不让睡觉,都出去,要锁门了。"一个穿制服的人大喊。我们赶忙起来,抱上行李,恋恋不舍地望着窗口前那第一名的位置,磨磨蹭蹭地走出候车室。

3月里的延安,深夜很冷,我们瑟瑟地站在车站前的黄土路上,望着稀稀拉拉黄色的路灯下依稀可见的街道,不知该怎么办。身边一个年轻的婆姨不停地安抚着在怀里号哭的孩子,背上的大包裹从肩头滑下来。我走上前,帮她把大包裹放在地上,扶她坐在包上。她嘴唇动了动,投过来感激的一笑。"比起她来,我幸运多了。"我想。

夜真长,我们四人围坐成一圈。街上很静,一只无家可归的黄狗在昏暗的路灯下走过来,在我的脚下蜷成一团,把鼻子塞在尾巴下面,睡了。我昏沉沉地打着盹。一阵狗叫,我睁开眼,售票厅灯亮了,人们提着大包小包在大门前挤成一团。门一开,一伙人拼命地往售票窗口冲。我们的男队友早已被挤出蜂拥的人群,再想往里插是别想了。几分钟后,车票卖完了。其实,窗口只卖了几张票,大部分票都提前卖给关系户了。刚才,又拼又打挤在队伍前头的几个男人,此时愤愤不平地骂骂咧咧,我心里反倒觉得好过了一些。

正午时分,我往车站大院里望去,那个卖票的中年男人正坐在太阳底下悠闲地吐着烟圈,看来心情不错。平时在生人面前腼腆的我不知从哪儿来的勇气,慢慢地走上前。"伯伯,我们是北京知青,在这里好几天了也没买上票,钱也快花完了，晚上睡在街上特害怕。您帮帮我们吧，卖给我们几张票，让我们明天走，我会好好谢谢您。"我怯生生地说。"哟，好恓惶呀，怎么谢我呀？"他看着我，笑得两眼眯成一条缝。"我从北京给您带好烟，还有奶糖。"当我接过那四张票的时候，兴奋得心像是要从喉咙里跳出来。我给那个男人深深地鞠了一躬，飞跑出去。

傍晚，下雨了，我们走了好几家旅社才租到一个床位。天黑了，我们四个人坐在床板上，听着外面的雨声，小声聊天，打盹。肚子咕咕地叫，太饿了，我和一个男队友到外面去找吃的。转了好几家，只有冰凉的混合面馍。总比饿着强。回旅社的路上，忽然见到一个立在便道上的报栏斜靠在墙上，下面好像有人。我们走过报栏时听到下面的人在说北京话。我们赶忙过去，揭开报栏，露出两个小姑娘的头，雨水从头发上流下来，棉袄全湿了。我抓住她俩的手，在雨地里往旅社的方向奔跑。"长江滚滚向东方，葵花朵朵向太阳……"依然在头顶上高唱着。

她们看上去只有十七八岁，想回家，没有票，也没有钱，只得在街上过夜。我比她们年长四五岁，有几个队友同行，几个人分享一个床板，怀里揣着第二天的车票，我太幸福了。

我站在车站前的砖地上，也许就是在那块砖的地方，那只黄狗和我在寒冷的夜晚蜷曲在地上打盹；也许就在那块砖附近，我在大雨之夜，从报栏底下领回两个瑟瑟发抖的北京小姑娘；就在这个车站的后院，我给那个动了恻隐之心的男人深深地鞠了一躬。我哭了，但那不是难过的眼泪，因为我并没有伤心。为什么泪水淌到了嘴边？也许是为了珍惜那一段记忆。那一段经历过去了，望人世间永远不会再重现。

车子继续朝市内开。"这里不是市中心，不好玩，里面有的是好地方。"年轻的的哥得意地说。"好地方？有多好？""夜总会，洗浴中心，要多好有多好！"我愕然了："嗨，这里本该是一块净土。"

田英，女
1947年出生
北京外国语学校初六九届毕业生
插队地点：延长县原郑庄公社新窑库村

# 一点点苦难 一点点光荣

我原是陕北老插,1969年到延安府河庄坪乡红庄村插队。在黄土高原上居住得久了,土攻了心入了血,注定要带一辈子土气。其实,咱们都明白,插队只是革命洪流中的一小截波涛而已。时日长了,除了老插之外,没多少人对此有兴趣。

现如今,那些从灵到体已经换成钱和性的年轻人,哪有工夫跟插队费劲儿。插队是老插唱给自己和老乡的歌。我们坐在黄土峁子上,说了又唱,唱了又说,这歌声飘飘,出了心窝窝,弥漫在荒山蓝天之间、时间长河之上。

虽然漂泊海外,可我几乎每年都回北京。这两年从国家到个人,都鸟枪换炮了。老插聚会,大家驱车而来,大院里停了一片私家车,代替以往那一溜儿自行车。饭馆里拼了桌子,摆上酒瓶,吞着烟雾,于是,黄土地艰辛的往事,化作清美的甘露,滴着心尖,润到肺。没有惊天动地的伟绩,没有轰轰烈烈的事业,讲得热火朝天的,都是陕北平常的事情。四十年了,我们庄的情况改变不大,很多人还没见过火车。要是今天的官儿们、知识人还记着中国仍然有许多农民非常穷困,老百姓的希望就大了。

## 吃 在 陕 北

受苦汉一辈子是简单的,吃是头等大事。若老天有情年成好,喝上瓶烧酒,热辣辣地流过食道,人生就彻底灿烂了;抽上口自家种的新小烟,打个大喷嚏,呛出泪,神经当下就轻松了。

插队第一年，吃就是大问题。政府一个月配给知青四十五斤粮食，多是玉米面。没菜，我们向生产队借了一布袋洋芋煮了放盐。收工回来，大家懒散地倚坐在门槛、炕沿上休息，呆望着柔软的火舔着锅沿，没话。锅里煮洋芋的声音清晰而有节奏，没油。门背后墙上有个木橛，用麻绳吊着一块"汉白玉"，半个小碗大，上半截落满了土。洋芋煮烂了，做饭的用铁勺在坚硬的"汉白玉"上咯吱吱刮下点儿碎渣，接在碗中，小心倒在锅里，于是乎洋芋汤上泛起几圈油花。抱着海碗，吸溜一口，几个圈圈入了胃，真香啊！

那木橛上吊的原来是一圪蛋老绵羊油。冷天，羊油硬如玉石。从冬天到春天，那就是我们的油水。节省着用吧，时日还长。天长日久有时尽，终于"汉白玉"刮完了，只剩下木橛吊着无绝期之恨。洋芋煮烂了，做饭的拿着勺子，习惯地回头望望墙上的木橛。若是今天给你刮点儿老绵羊油尝尝，肯定让你觉得醍醐灌顶般膻腥灌脑，像一只栽在羊圈里的羊。

早上，天麻麻亮，受苦汉摇摇晃晃地上山了。山里苦重，干了一老气才见太阳探出个嫩脸蛋蛋。露水打湿鞋裤。晚上，天麻麻黑，受苦汉才摇摇晃晃、耷拉着头下了山。听见庄里婆姨们的喊声："受苦的回来了！"挣了一毛三分钱。累得恓惶。要是有一回能油油地吃下一顿，安安地睡上两天，共产主义那就实现了。

老天爷，你怎么就不叫共产主义实现个一半天呢？那时，我们才十七八岁，正在长身体，就该在教室里盛着。可我们没这等福。我那时身高一米八六，一百多斤，胳膊腿像几截棍棍。一个月四十五斤粮食怎么够吃，连女生一顿也能招呼九两一斤的。我天天都饿，没有任何办法，只能卷陕北的小烟猛抽几口，顶住饥饿。

记得开春之后的一天，暖气回升，阳洼上几棵梨树开花了，背崖上还吊着几丈长的冰凌。时节紧，抢种庄稼。受苦汉每日清早就扛着老䦆头上山刨地。苦重，早上的粘饭（稠米粥，读 rán）顶不到晌午。知青的午饭常是玉米饼子，按量做的，我总是吃不饱。

那天，老乡大高坐在我身旁，手上拿着一个大糠饼子。那东西，黑褐色，快有我的玉米饼子两个那么大。我灵机一动，要和大高换午饭。他看看我，疑惑地说："这你怕不行吧？"我说能行，伸手就把那糠饼子拿过来了。陕北老乡非常憨厚，大高不说话，只是望着我吃糠饼子，那是糠掺了麸子和野菜蒸的饼子，拿在手上，沉甸甸的。我端着水，慢慢地吃。糠菜饼子可真难吃，酸涩。起初不会咽，顶在嗓子眼不下去，嚼久了咽，还是刮得嗓子生痛。不管怎么样，肚子塞实了。

第二天中午，我又换大高的糠饼子吃，他笑笑问我："昨晚拉屎了没？"我当他是耍笑我，没理他，专心地吃糠饼子。其实，我昨天真没大便，肚子发胀，没当回事。到了后半晌，肚子越发胀。收工回去，晚饭也没吃多少。大家猜疑是糠吃坏了，可我寻思，庄里有多少老乡吃糠，没见有什么不妥，等阵子方便一下即可，只是肚子胀得难受，有酸嗝泛上来，不如到外面走走。

我走出窑洞，细腿支着胀圆的肚子瞎转悠。忽然明白了，为什么庄里的孩子个个细胳膊细腿，挺着很大的肚子。这样奇特体形的儿童以前只是在张乐平画的《三毛流浪记》中见过。我转来转去，终于转出了感觉，接着是一场苦罪：感到肚子下坠，肠子被揪扯，脑上淌下汗，脊背上也湿了。挣扎中我不断嘱咐自己，别再吃糠了。忽然就想起我见过同样的场面。有一天早上，我和米如怀大叔走过曹家大院，见一个中年妇女牵着个六七岁的孩子。孩子蹲着，脸上的表情非常痛苦，嘴角抖动着，额头也沁出汗。一双枯瘦的小手紧紧地抓着妈妈的胳膊，像是万一松手，就会坠落万丈深渊。见我注意他们，母亲菜色的脸上显出尴尬。

"咋了？"我问米如怀。

"拉屎。"

"娃娃是不是病了？"

"吃糠了。"

"小娃娃受这么大的罪，别再给他吃糠了。"

"那你说吃什么？"一句话顶得我张张嘴。

"糠，捏成个佛佛，也难咽下。白面，捏成个驴屎，也香。人人都知道。"

不知过了多久，斗争终于结束。我出来，腿脚麻得如针扎，脑袋也晕，就站在那里等血脉疏通。从小课本就告诉我们：旧社会农民吃糠咽菜。而今我站在这儿才算明白吃糠咽菜的苦。再想到三分之二的人还生活在水深火热之中，连我们吃糠农民都不如，就感到要肩负解救这么多人的重任，我这种人是根本屎事不顶。

第二天在山上，米如怀把大高训了一顿："你再不能跟他们换吃的了。你知道，北京娃娃肠胃当根就和我们不一样。受苦汉胃肠生下就装糠，本质上两岔着……"我第一次听说人和人不仅有贫富、贵贱、气质、外表之差，内部肠胃也不相同。

风吹日晒大雨淋，世上苦不过受苦人。米如怀大叔说毛老人家在陕北那阵子光景强，风调雨顺，家家有几石小米一瓮酸菜。延安今不如昔，越来越倒塌。他问我们：你们知识青年，讲讲，共产主义是咋相，能吃白馍大肉？

初夏的一天，收工回来天刚麻麻黑。我们几个走进庄，见一个人影晃晃而来，到了跟前向我扑通跪倒，趴下就磕头。我慌忙把他扶起来，竟然是队长贾长高。他擦擦额头，请我明天早上去他家帮忙写簿子，又给知青里最壮的阿四磕了一个头，请他帮忙抬寿材，言语之间并无伤戚。我们后来才知道，陕北人命贱苦重，过六十岁而终，了却人间无尽艰辛，就是喜事。

第二天，艳阳高照，全队都停工帮队长发送老人。红白喜事，陕北都叫"过事"。米如怀见多识广，受聘为总管，手下有白案掌柜、红案掌柜、迎亲送客、收接财礼、打墓抬棺、布置场面、协调联络的各色人等，还有管吹手的，管采买的，管备柴的，管刷碗的。我受会计米生智领导，我记人头账目，米生智收钱，来者一家交两块钱，没钱的交四个白馍。知青想混着交两块钱了事，被米生智挡住："那不行，你们谁和谁一家？谁是婆姨谁是汉？"

队长贾长高，人称"精种子"，脑水灵光，家境强。这场事情前两年贾家兄弟就开始准备上了，可谓钱粮具备。前头窑前支了彩棚，贴了个乱七八糟。棚中木凳上停放着多年前做成的黑漆大寿材。棚前两排长凳，五六个吹鼓手操持长短唢呐鼓板。米如怀歪脑看看日头，挥挥手，吹鼓手于是摇肩搔首，先是《社会主义好》《东方红》，一阵子又是《走西口》《三十里铺》，呜里哇啦，热火朝天。锅台上支着一架饸饹床子轧荞麦饸饹，两个后生赤膊轧那床子，荞麦面像蚯蚓样涌入了沸水。昨天杀翻了一头大肥猪，肥肉切成寸五见方的块子，能盛一担水的大锅炖满了肉，这阵卤透了，油气随风一扬，香倒一道庄。老汉窑前竖立大幡，上贴长纸条，随风舞起。我数数，至少六十五条，显示老汉超过六十五岁。婆姨们挤在窑里做纸活，叽叽喳喳。满院喜色，没人悲伤。

院子里马上摆放七八张粗木方桌，人们争先入座。寻吃的（乞丐）来了，打着二六子（手板）唱起高歌，飘飘悠悠。陕北人没有那种势利眼的下贱病，米生智说要招待寻吃的同样吃好。他们的酸曲儿（情色类民歌）就是财礼。"不保险跌了年成，大家都得寻吃。"

今天的"事"上吃的是八碗，四荤四素，荞麦饸饹管够。菜用老碗盛了，尖尖地摆在木盘上。案上的伙计单手托着木盘，且唱且走。娃娃大人脸上都笑成大灿烂。陕北好劳力讲究好酒量、好烟瘾、好肉量。米大哥是我们庄顶梁柱，也是队里实际主事的，他桌上放了碗大肉，全是寸五的肥膘，一共九块，在碗里颤悠。只见他坐在那里夹起一块肥肉，用上下门牙轻轻衔住，脖子和身体猛然向上一扬，同时张口，又迅速收下来。于是，那肉飞起来正打在迎面下来的后嗓子上，用后嗓子将肥肉用力挤压几下，吸那挤出来的油汁，然后口略一松，再嚼几下，咕儿，咽下去。这动作一气呵成，连贯流畅。我从来没见有人如此神情专注地吃肉：他眼光松散地透过桌子，放在地上，感觉似乎全部关闭，与嘈杂的外界隔绝，身体保持着一种姿势。一会儿，米大哥就吃完了，将些汤也喝净，这才抬起头，目光也恢复如初。我有点儿惊讶，想，再有一碗就好了。真希望大哥再能吃一碗肉。什么时候受苦汉能称心地吃呢？

## "受"在陕北

参加农业劳动，陕北人称为"受苦"。我们庄地多，有好几架大山，广种薄收，全看老天脸色。受累一年，人熬得半死，也打不下多少粮食。队里有一块地，熬了一年，种子也没收回来。"撂了吧，叫荒着。"米大哥和队长说。于是，第二年没种庄稼，让土地休息。夏天远远望去，地的边缘杂草茂盛，中间空空，清清楚楚。"咳，人把地都榨干了。"

刚到庄里时，队上有点儿技术的活，像吆着牛犁地、放羊、牛踩场，不让我们干。第一次见到牛踩场时，知青们非常惊讶，感觉回到了刀耕火种的时代。麦子收下来先垛成四五米高的麦垛，不怕风雨，以后才脱粒。脱粒是将麦子厚厚地铺在场上，老乡站在场中央，左手攥住一把缰绳，右手拿鞭子，吆喝着五六头牛一圈一圈地在场上转。老牛吹着粗气，用蹄子将麦粒踩下来，屎断断续续地拉在麦粒上。

夏至前后，山上的庄稼都种停当了。队长准备在大路边拣块好地种西瓜、香瓜。我们这条沟叫西沟，转来转去三十里长，有十来个自然村。我们红庄守在沟口，后沟的人走公社、下延安都要经过。瓜田刚好选在路边，图谋着天气昏热，进出的农夫走了几十里路，大汗淋淋，专等赚他们的钱。老汉李丕成和我去种瓜。我高兴得很，听说要住在瓜地，像露营，苦轻，而且最重要的是算算时间可以躲过麦收。早就听说收麦子可怕，苦重得要小命。

搬进瓜棚的第二天，我被跳蚤咬得受不了，便迁怒于他："野地里头怎么有虼蚤？就是你家里的虼蚤，你铺盖里卷来的。""我家有倒有一半个虼蚤，没这么多。"我不管那么多，把我们两人的铺盖都吊起来晒。然后，回庄换了干净衣服，找到一袋"六六六"粉，在炕上、草棚外转圈都撒了。李老汉不高兴，嫌气味大。他找了许多半干的长叶草，辫成长辫子吊在棚子里头。我问了他几次这是什么，他都是简单地说："艾草。"晚上黑黑，连月亮也没有。李老汉把艾草辫子点着。那东西没有火苗，只散出浓浓白烟。这艾草是给我烧的，专为驱蚊虫。

可怕的夏收终于来了。队上宣布，除了李老汉要照顾瓜，汉们、婆姨女子、娃娃圪蛋，全队劳力，明天起都要去抢收麦子。我无奈，只得回去。麦子都种在阳洼上，我们从下向上割，等割到地头，太阳猛烈了，才将一捆捆的麦子背到山顶的场上。

休息的时候我和米生智坐在一起,他是我们庄唯一读过中学的后生。我抱怨这些天起床太早,白天太长,日头太晒,苦水太重。米生智望着我,一脸幸灾乐祸:"哈!这你就球势下了。明天峨子峪阳洼,要操心小命!"我当他吓唬我,没往心里去。那天竟然收工早,队长吼了一嗓子:"哎,回了!明天收拾峨子峪阳洼,把抗硬的吃食夯(读 hǎn,携带)上,白馍回去早些蒸下!"听了这话,我心里才打开鼓了。

正睡得瓷实,队长在曹家大院外起死声:"受苦的起身喽。"一遍又一遍。我支起身子看看窗上的破洞,外边黑黢黢的。"也没个闹钟,想几点叫就几点叫。"我嘟囔着往起挣扎,艰难,没醒透。我脚底下拌蒜,盯着前面不知谁的脚跟,栖栖惶惶地上山,不知走了多长时间才到了山顶。那一刻,山风扑面打来,精神一振。一目千里,火红的日头腾腾而起,压小了天际的山峦。云山交融不辨,河川蜿蜒于日下。俯身一望,傻了——连绵的麦田直杵到峨子峪底沟,差几米碰上峨子峪庄口的路。庄口有几个村民,小如虫蚁。老天爷,这个大上坡,空手上来腿肚子都得转筋,还要背上麦子,顶着太阳!

我和米生智走到最下面。麦子被露水打了,又湿又冷,老有韧性,用镰刀连扯带割。米生智低声和我说:"捆儿打小些,背上往死压。"全庄劳力从下到上排成几条斜线,越割越高,背后撂下一捆捆的麦子。没人说话,熬时间。

打歇时,烈日当头没地方去,用布衫罩着头练忍功。中午早过了,大家越割越饿,直到放倒了所有的麦子,大家才杵着镰刀直直腰,各自到场上认饭罐子。那天,知青的吃食是一个白馍和一块玉米饼;再看看,满庄的劳力都带了白馍,有的炒菜还放了油。吃喝停当,我在树荫下躺倒,偏偏刘二凑过来,满脸堆着笑容慰问我:"你感觉上咋相?撑定撑不定(受得住受不住)?"我不爱搭理他,哼了一声:"没事儿。"他还在慰问:"马上背麦子,从峨子峪阳洼底下背到山顶场上,黑了回去给上你个婆姨,你还行不?"贺生方接上话:"后生和老汉不一样,后生聚劲,'压压沙,尿到崖(读 nái)上';老汉不行,'抬抬沙,尿到鞋(读 hái)上'。"众人一片笑声。苦重,受苦汉只有说荤话唱酸曲儿寻欢喜。

米大哥和队长观山景,高处风起了,他俩吆喝大家:"都往起站,背麦子了,沟掌枣圪台湁雨了。赶紧!"我爬起来抄上绳子把头上的烂脏手巾搭在脖子上,莫叫麦芒扎了脖子,背起沉甸甸的麦捆。土太虚松,脚踩上去一步溜下来半步。麦芒穿过背心,扎在肩背胳膊上,刺刺地难受。更糟糕的是我急急忙忙忘了穿鞋,阳洼中间的虚土被毒日头晒得太烫了,烫得我左右脚不停地捯换。烫急了,我背着麦子一步跳到悬崖边的草丛里,绿草不能这么烫。"天呀!"左脚踩到长刺的草果上，疼得我叫了一声，身体来回晃动。米生智抬头一看大吃一惊，厉声高叫："不行！快回来！"我跳回地里头，米生智被结实地吓了一跳："闪下去就回北京了……"我只把脚给他看。他帮我放下麦子，拔出棘刺，然后硬是脱下自己的老乡鞋塞给我。我不要，那地有多烫，赤脚走上去脚掌非得烙熟。他听也不听，背着麦子大步走了。

麦子背上来了，满满两场。风带着冷意，推着黑云，压暗了后沟的天。我和曹福贵留下在大风中垛麦子，直到高大的麦垛垛好了，才坐下来。高高的刘家山上，一望数十里，前前后后、峁上沟里，只有我、曹福贵和远处梁上拦羊的。骤雨之前，天空有一处蓝瓦瓦地醉人，从来没有见过这么深、这么蓝的天。我仰躺在场中，有一种飘飘而起的感觉。我想，应当记住这天空。

大雨来了，落在烫烫的黄土上，化作袅袅云雾，从远山近壑中升起，在空中变幻。山峦隐隐现现。猛然，听见峨子峪山梁上传来歌声，这歌没有词，只有哎嗨之语，其音挺拔，穿雨而来，陡然向上，像紧紧绷住回旋奔突于天地之间的力量。多少代强压的辛酸，多少世抑制的呻吟，如今释放，把这浩瀚的天空缓缓地撕裂，显现出天河般的巨大创口……

好久好久，我才慢慢地问曹福贵："这是什么曲儿？""西凉道情。"

你瞧，这无边的黄土，祖辈的苦难就是荒原的文化，它们只能在这里产生。

## 米怀亮大哥

米大哥是我认识的最伟大的人。他是红庄大队的副书记，威望高，人和气。他照顾我们，是我们黄土地家乡的亲人。在一个大雨倾盆的下午，米大哥紧急疏散在沟里打坝的人群。坝前的山，已经被人们削砍成陡峭的黄土崖，随时可能崩塌。两个以毛泽东思想武装的延安知青，下定决心坚持在打坝现场。米大哥喝令所有的人在安全地带不得走动，独自一人去说服、营救这两个知青。在闪电的瞬间我们看见大哥与他们扭作一团，想把他们拖到安全地带。然而，精神"原子弹"在他们身上"爆炸"了，强壮的米大哥竟拼不过他们。远处的人群在竭尽全力地死声，那呼喊像孩子的呜咽，被磅礴的大雨、震天的巨雷吞噬了。陡壁悬崖崩塌了，黄土厚厚的，如一张巨大而温暖的棉被盖在大哥身上。

2000年秋我回到延安，和米大哥的儿子桂平一起爬上山去看望大哥，爬了半小时才到地方。桂平气喘着说："爸，王新华来了，看你来了。"

米大哥的墓碑上写着：

米怀亮同志之墓
延安市河庄坪公社红庄大队党支部副书记　男　原籍榆林县固塔公社米家沟人　为建设大寨队　于一九七七年六月廿二日在大坝工程英勇献身　终年四十三岁　追认为中共模范党员

中共延安市河庄坪公社红庄大队党支部<br>
延安市河庄坪公社大队革委会<br>
一九七七年八月九日立

其实，这之前我回过几次陕北。1980年那次见到米大嫂——永远没有人知道她的姓名——一个不能与天斗、不能与人斗的贫苦婆姨，穿一身稀烂肮脏的衣服，拉着我的手号啕痛哭，倾诉大哥逝世后时日的艰难。大嫂身边还有两个孩子，大点儿的是女儿桂莲，刚六七岁，小点儿的男孩庞生还抱在怀里。米大哥逝世后家里塌了，生产队塌了。没几年，红庄成为西沟最倒塌的村。后来，劳累忧愁的大嫂得了肺癌，在破烂的土窑里撒手去了。

1985年，我听说大嫂十一岁的小女孩桂莲给人家放牛，风吹日晒，遍踏山岭野地，一年挣六块钱。桂莲每天受苦回来还要给愣头愣脑的小弟庞生打柴担水做饭。我托咐朋友去延安，将庞生安排在他已出嫁的大姐桂娇家，然后带着放牛女娃回北京。我和婆姨林小枫在首都机场欢迎我们家的新成员。

离开了陕北，我们都惦念它。朋友王克明常回延安，还有诗写出来，我为其谱了曲：

在那遥远遥远的山中，<br>
有一块静静悄悄的石碑，<br>
它记载着我的故事，<br>
那是我的苦难、我的光荣。<br>
<br>
我说不出来它在哪里，<br>
举目无边草木丛丛。<br>
它们埋没了我的血汗，<br>
连同我的苦难、我的光荣。

> 我曾在哪里血流如注？
> 沉沉足迹印留在何处？
> 往事如长梦，醒来空空，
> 别了，我的苦难、我的光荣。
>
> 我也为岁月做出过牺牲，
> 不是为留下我的姓名。
> 只为了一块寂寞的石碑，
> 为了一点点苦难、一点点光荣。
>
> 王克明：《寂寞的石碑》（《回首黄土地》一书卷首词）

  米如怀大叔和绝大多数陕北人一样，脾气和善。打歇时知青围着他，要卷他的旱烟抽，他慌忙用手捏捏烟袋，表示所剩不多。要问他："多乎哉？"他也回答："一满不多了。"他会告诉你，等你们走了，去了好地方，天天抽好烟，可莫惦记老汉这点儿烂脏烟。

  我们走了，不仅还惦记着老汉的旱烟，还把心也留在了那里。那里没有虚荣，没有自私，没有尔虞我诈。在那里，我没有感到过人心险恶。我在那里度过了与土地融合的自在的日子。我想，和受苦汉在一起最重要的收获就是他们软化了你那顽固的自私心，在你心地之中打扫出一小块地方，放上别人。这没准日后能救你的小命。比如，在你哪天打算贪污救老百姓的拨款，或者下手干其他缺德事情的时候，或许，你心灵中那方寸之地能发出一缕清纯的光，令你停住大铁爪。之后，使你免于被人唾骂诅咒，免于胆战心惊的逃亡，甚至免于挨枪子儿的灾难。

王新华，男<br>
北京市第三中学六九届毕业生<br>
插队地点：原延安县河庄坪公社红庄村

# 过去的日子

## 进　村

　　终于回到村里了，那么多熟悉的破窑洞，还有那么多熟悉的面孔。突然，发现自己忘记带照相机了，这叫什么事？拍着大腿着急啊！每一次都生生地急醒过来，原来是那个梦又来了，心里暗暗庆幸它只是一场梦。说起来也挺奇怪，那个梦总是不断地出现。

　　所以，当我们这次真正要动身回农村时，行囊中首要的就是放进两部相机和足够的胶卷。一路颠簸，当汽车从山西进入陕西，立即生出一股莫名其妙的亲切感，好像在外多年的游子回到了老家的那种感觉。人就是怪，明明是初春，山上还光秃秃的，却觉得景致很美，风和日丽。

　　离村子还有几里路时，抑制不住的激动就在心中鼓噪起来。

　　我们村是从延安进入延长县后的第一个村子，从延安流过来的延河在这里拐了一个弯，河水冲击出的一小片川地使我们村成为山区少有的拥有上百亩平地的村子。

　　我们这伙人中，有搞文字工作的，在她1999年出版的书中这样描写我们村：只搭眼一望，我的心就醉了、化了。杨家湾像个漂亮的婴儿静静睡在融融白雪的襁褓中。

　　我心里想，现在的杨家湾怎么着也该长大了吧，怎么形容呢？像个丰乳肥臀的少妇袒胸露肚地睡在自家的土炕上？

　　公路就顺着河边走，车子拐过前面那座石崖，一眼看见我们村的土地，我不由自主地吆喝一声："到了！"

村口当年的土路现在变成水泥的了,直直地通进村子。

正好有一个人推着辆自行车往村里走,我正在兴奋中呢,冲着他就问:"你是谁?"那人一愣,随后用陕北人特有的带有一点儿憨憨的幽默说:"我是我。"

定格,一个陕北农民瞪着一个傻笑的北京人。

## 黑娃家的窑

村委会就建在一进村最显眼的地方,一排气派的石窑。

三十多年前这儿可没有石窑,只有几间歪斜的破土房,是我们队的饲养室,里面养着宝贝似的五条毛驴。那五个家伙是全队最重要的公共财产,除了它们,队里好像也就没有什么了(忘了,还有几头老牛)。当然,还有饲养它们的饲养室。在全体村民和队长的眼里,那五个家伙的地位之重要就可想而知了。重活累活一概不让它们干,这五位"大爷"每天最多只出半天的工,干的活也不过是到社员家里拉拉磨推推碾子而已。我们当牛当马在地里挣得快吐血时,它们却养尊处优地晒着太阳,漫步在饲养室前的空场,时不时地还翻倒在地打个滚,扬起一团团尘土。

冬天,太阳好的日子,饲养室前除了五条悠闲的驴子,沿着墙根还坐着一溜老头儿,一边聊着村家大事一边敞开破棉袄抓着里面的虱子。据说魏晋时期的文人就喜欢一边畅谈国事和诗文,一边抓着虱子。从这点上看,咱们陕北老乡还真有点儿魏晋遗风呢。

如今饲养室早就拆了,替代它的是村委会门前的一片小空场地,魏晋遗风早已经消失殆尽。但是,有闲的村民还是爱在这里聚聚,下下棋,聊聊天。

我们进村时正有六七个村民围在一起下棋。还没等我看清楚呢,黑娃婆姨就已经喊着我的名字,从人群中扑将过来。黑娃是我们当年的房东,我们的灶房就安置在他家的一孔闲窑里。那时他们夫妻年龄比我们大几岁,膝下有一双还都是碎娃娃的儿女。

那一小群人里稀里哗啦站起好几个,延门儿、猴娃、随娃婆姨、懒人……

我们离开农村整整三十一年了,他们居然还清楚地记得我们的模样和名字。

黑娃家还住在原来的地方,村里像他这样还住在老窑里的人不是很多了,像他住那么破的窑的就更没多少了。黑娃夫妻都有病,不能下地干活,生活靠开个小卖部卖点儿香烟瓜子的蝇头小利,而这样的小卖部在这三百多人的村子里竟然开了十几家!黑娃婆姨脸肿得胖胖的,还忘不了当年我给她的孩子买过一把玩具手枪，其实我怎么都想不起来有这么回事了。她说："那个时候，谁家的孩子能玩上那种玩具呀！"陕北农民就这样实诚，你做过一点点微不足道的事情，他们就能记你一辈子的好。后来，还有农民说我给他寄过全国通用粮票，我也是无论如何都想不起来了。

年轻时的黑娃是个爱说爱笑的人，陕北人的话：儿话多（指爱说笑话的人）。可现在的黑娃被生活挤压得变成了一个沉默寡言的人，一个人何以有如此巨大的变化！

看着黑娃家的光景，我真是哭的心都有。

黑娃婆姨给我们打开那间当年我们知青做灶房的窑洞，咯吱吱的开门声都跟三十多年前一模一样，扑面而来的潮气似乎还带着那个时候我们烧火做饭的煤烟味，窑顶上被烟熏得黑黑的灰尘仍在，就只差十二个年轻的身影。

据黑娃说，他家的窑连他爷爷都记不得是上面哪辈人盖的了，按二十年一代人计算，这窑少说也有一百多年的历史。三十多年前我们在它里面的生活跟它的历史比算得上什么？再过三十年，我们都没有了，它还会立在那里。

无论它再破再烂，它是历史的见证。

## 我成大草包了

杨家湾的那口水井是我在北京就想好了要去看的地方。

它是一口山泉井，深一米多点儿，四四方方的每边也就不到二米，叫它井，实际看上去也就是个水槽。别看它不大，可全村人还有驴儿们吃的用的水就靠它呢。水井的边与地面平齐，里面的水面与井边平齐，从井里打水一点儿也不用费劲儿，驴儿们喝水也只需伸伸脖子即可。说来也奇了，就这井，数九寒天没见它冻冰，烈日炎炎也没见它枯竭，一年四季，井里的水总是满满的。如果仔细品品，那水清凉中还夹着一丝丝甘甜，绝对比城里超市卖的矿泉水好喝。杨家湾人天天喝的就是这水。

听说因为有这井才有的杨家湾。那时，黄土高原应该还是遮天蔽日的原始森林，也许已是黄进绿退现在这副模样？大概是一队戍边的官兵，也许是迁徙途中的几户人家，总之是杨家湾的先人。他们走乏了，口渴了，突然，在那荒无人烟的山脉中，传来潺潺水声，一眼甘泉显现眼前，量大水甜，实在是天下少见的好泉。择水而居嘛，于是他们决定留下来。繁衍生息是人类本能，于是就有了一个村庄叫杨家湾。

还听说，抗战时期，杨家湾驻扎过八路军的一个野战医院，也是因为看中了这口井。野战医院医生护士伤员近千口人呢，连吃带用，还得洗绷带，离了水哪行。就这口井，最多时曾供过上千口人使用！

我们这次回来被招待住在村委会，那儿有专门为接待县里镇里领导准备的席梦思，我们沾了现今当官儿们的光，在杨家湾居然也睡上了软床。

天刚亮我们就起来了，拿上脸盆去井边洗漱！

真像是回到了三十年前。睡了一夜的村子正在醒过来，凉凉的空气爽爽的，这家的鸡刚叫完，那家的又叫。两只黑狗一前一后从村外一溜小跑回来，昨晚它们不定在哪里风流了一宿。

井的位置在杏树山和窑畔山之间的小溪旁，我们走后，这里经过了改造，山坡箍上了石帮，还给井建起了一个小石窑，原来它面向东，现在改成面向南了。这口井算得上是养育杨家湾世世代代的有功之臣，从对它的改建也看得出杨家湾人对它的尊重。

开始一天的忙碌之前，男人们得先把自家的水缸装满。于是早晨的井边算是村里最繁忙的地方了。三十多年过去了，挑水，还是杨家湾人没有摆脱的苦差事。

看着老乡担着水晃晃悠悠的样子，我突然想再体验一下那种感觉，当年我们都没少担过水呀。我叫住一个老乡，让他放下担子我来试试。可是真令人失望，任我怎样挣巴，那两桶水就跟粘地上了似的，纹丝不动。我想给自己找个台阶，问："这两桶水有一百多斤吧？"老乡伸出一个大拇指和一个小拇指特肯定地说："六十斤。"

完了，我成大草包了。

我们带回北京的照片里有一张我担水的照片，那是用了我们耳闻目睹数十年，只有傻子才学不会的招：担着两只空桶弄虚作假呗。

## 天下最大的倒霉蛋

有句话叫"铁肩担道义"，形容什么不用我说谁都明白。三十年前的杨家湾，人人可真的长着一副铁肩膀，生活物资、生产资料、生产成果，哪样不是靠着铁肩弄回来的，肩膀就是整个杨家湾的运输工具。

我们这些"肩不能挑，手不能提"的"知识分子"到杨家湾后的第一课便是革自己那个肉肩的命。

我永远都忘不了第一天上工的情形。

那是1969年春节后不久的一天，吃完早饭，我们被带到一个羊圈，队长给我们每人发了一条扁担和两只筐子，开始干活。活很简单，就是把羊粪担到地里。这便是我们"到广阔天地接受贫下中农再教育"的第一课。

陕北高原在凛冽的寒风中暴露着它的贫瘠，在这块不适宜人类居住的土地上照样有人类繁衍生息，他们为了生存只有在贫瘠的土地里刨食，以人类最低的生活标准艰难度日。我们的到来徒增了这块土地的负担，当我们这群幼稚青年融入一群衣衫褴褛的人群中，用自己稚嫩的肩膀把羊的排泄物从这儿挪到那儿，还傻呵呵以为那就是革命的时候，我们并不知道，他们其实不欢迎我们。

一天下来，我们个个肩膀红肿、疼痛难忍。晚上，全体社员在饲养室集合给我们知青评工分。不大的饲养室里地上圪蹴着一片人，煤油灯只能照亮前面几个人的面孔，后面的人全在黑影里。一闪一闪的小火光在黑暗中此起彼伏，那是他们在抽烟袋锅，刺鼻的劣质烟草味充满整个空间。

"这些娃干得还棒尖。"听到贫下中农的夸奖，我们心里美滋滋的。记得我在给妈妈的信里还说过呢：贫下中农夸我们干活拔尖。直到几个月后，我们能完全听懂陕北话后才明白，"棒尖"的意思不是"拔尖"而是"还差不多"。而且，他们叫我们"娃"也不是贫下中农对我们的亲切称呼，而是带有一种轻蔑，没长大的孩子才是娃娃呢！

前面几个女生都被评为五点五分，即干一天活可得五点五个工分。当评到我时气氛却不对头了，黑影里有人说："就她个子大……"后面说的话当时我没听懂，现在想肯定是"就她最不能干"。黑影里又有人说："叫她一个人坐一个位。"说这话的人肯定不是贫下中农！可是关键的时刻，往往一句话能定乾坤，就这么着，我被评为了女生中唯一的一个五分！

我纯粹是天底下最最倒霉的倒霉蛋。我们队的六个女生除了我的个子是一米六七，其他五个一律没超过一米六。是巧合也罢不是巧合也罢，事实是我跟她们站在一起就显我了，人高马大的。贫下中农一眼就先入为主地觉得我应该是最能干的，可干活时我并没有比别人出色，于是他们就觉得我不行。可他们也不想想，即使担同样的重量，我要克服的地球引力也比她们大好多呀，我已经使出了我最大的力气了。我的神啊，命运为什么这样捉弄我？都说窦娥冤，全国人民要是都知道我，就没窦娥什么事了。

从此，我便被钉在了耻辱柱上。每天收工回来记工分的时候，我都觉得羞愧难当。虽然同学们什么都没说，我自己却背负着沉重的心理包袱，我暗暗下决心，一定要努力表现，把工分拉上去，跟她们一样高。

我如何忍辱负重拼命努力受了多少苦就不多说了，总之一年以后评工分时，我的工分终于追上了别人。

为了这一天，我活活地争取了一年啊！

说句心里话，到现在我也认为贫下中农在这件事情上是对不起我的。不过这次回村，多次听到老乡们感叹："你们那个时候在这里可吃了苦了！"总算是给了我们一个真实的、正确的评价。

我们的肩膀始终也没有练成铁的，至多能算上个木的。

我有一张当年担麦子的照片，于是这次回村，我特意去当年拍那张照片的公路边又拍了一张照片，目的是把两张照片对比，体会一下物是人非的感觉。

说起担麦子，记起当年一件事。那天收割的麦子没熟透，有的麦秆还发着青色。晚上收工时，我担着一担麦子走在人群的后面，青麦子比干麦子重多了，我越走越走不动，最后咬着牙也走不动，身体里一丝一毫的力气也没有了。没到过那种境地的人是不会知道的，当人累到极致时，眼泪会像汗水一样往外流。当时我根本没想哭，可是眼泪却像汗水一样哗哗地流出来，闹得我分不清哪是眼泪哪是汗水。

后来人都走光了，天也黑下来。我一屁股坐在地上，守着那担麦子，望着黑漆漆的山沟。村里人都说那是野狼最多的一条山沟，我当时心想，就是狼出来把我吃了，我也走不动了。那种无助与绝望恐怕很少有人体验过。

多少年后，我给女儿讲起这段经历，才八岁的女儿听完后问了一句："那担麦子值多少钱？"一句话一下子震撼到我的心灵深处！几十岁的人了才猛然醒悟，那担麦子连一元钱也值不到，它的价值与一个人的生命相比，谁轻谁重！可当时我就是宁可丢了性命，压根也没有丢下麦子空手回家的想法，连一闪念都没有，这一切仅仅因为它是公共财产！

我们这一代人究竟具有的是什么样的价值观！

在一个八岁孩子面前，我心中的大厦轰然倒塌。

# 老柳树作证

记不清是1967年还是1968年了，但却清楚地记得当时的情景。我刚刚在南京的舅舅家玩了两周回到北京，天已经完全黑了，昏暗的路灯，熟悉的马路，我提着一只手提包兴冲冲走进大院的东门。突然，微弱的光线下一条墨黑的标语刺入我的眼帘："打倒大叛徒、历史反革命！"爸爸的名字赫然在目。

这一天终于来了。其实我早就预感到它了。

我的父亲是中国亿万普通老百姓中的一员，只不过他所处的时代便注定了他一生坎坷。父亲十来岁时即遇上中国遭受外族侵略，原本家境富裕的几个兄弟停学在家，凭着爱国的激情，在我爷爷的带领下，一家人全部追随了共产党，参加了八路军。那是1938年，父亲十六岁。从此一路紧随直到共产党取得政权，那时父亲六兄弟除去已死两个，四个都在党。

新中国成立后父亲投枪从文，成了一个以文字为职业的人，平心而论父亲顶多也就算个三流作家，最辉煌的作品是50年代出过一部谁都没看过的电影《怒海轻骑》。"文革"刚结束时社会上流行放映老电影，有一天电视里转播《怒海轻骑》，我们一家好兴奋，都端坐在电视机前收看，我们姐弟都想见识一下父亲的作品究竟什么样子。可开演后屏幕上脸谱式的人物和口号式的语言令人乏味，只十几分钟，两个弟弟就借故撒丫子了，我忍到二十多分钟时也忍不住脚底下抹油跑了，最后只剩下我妈一个忠实观众。所以，我们至今不知道父亲写的是什么东西，只有印象：革命程式化。

但是我的父亲却是一个好爸爸。父亲因为职业的关系不用坐班，所以我们从小就是在他的管理下长大的。而本应多照顾我们的母亲因为工作单位离家特远，每天必须早出晚归，基本上没怎么管过家事。

父亲肚子里的故事从来没有枯竭过，换句话说我们是听着他的故事成长的。每天晚饭后大家挤作一团听父亲讲故事是我们家的传统。然而，"文革"开始后不久父亲不再给我们讲故事了，总是躲在他的屋里写着什么。记得有一天父亲从单位回来，低着头走进他的屋去。姥姥拉住我悄悄地说："你爸爸一定挨打了，半边脸都是肿的。"那是我第一次知道父亲可能出事了。后来又有一次，我去父亲单位的办公大楼，大楼里贴满了大字报。在六层楼梯拐角处，我突然发现一份揭露父亲有"历史问题"的大字报。我当时都吓傻了，一个字也不敢看像个贼似的逃跑了。

不祥之云笼罩在我家。几年后我才知道，其实那时父亲早已经挨斗了，每天都被造反派打，饱受折磨。可他回到家里却什么都不说，怕惊吓了我们，他自己默默地承受着一切痛苦。

从南京回来的那天夜里，我躲在被子里偷偷地哭，我不相信爸爸是叛徒，可神圣的党说他是叛徒，我怎能怀疑？那年我正好也是十六岁，我在心里对自己说："你十六岁失去了父亲。"

摆在我面前的道路只有一条：和父亲划清界限。父亲对我们说："你们要相信党组织会把我的问题搞清楚的。"我暗暗地想：你让我们相信党，那我就得相信你是叛徒了！

我开始跟父亲划清界限。不过我所做的所有划清界限的事也就是不听父亲的话和在饭桌上故意使劲儿说话，因为父亲不许我们吃饭时讲话。现在想起来远不如现在很多处在青春逆反期的孩子们对父母的不尊重。而在那个年代这就算挺严重的事情了，公然地气长辈。

直到有一天，我终于做了一件刺痛父亲的心、并且永远刺痛我自己的心的事情。那是在父亲要被押去湖南的一个农场劳动改造的前一天晚上，父亲收拾自己简单的行李时发现缺少一只喝水用的搪瓷缸子，而恰巧我头一天刚刚为自己买了一只，父亲便与我商量能不能先把那只缸子让给他，然后我再去买一只。真不知道当时我是中了什么邪，死活就是不同意，不管妈妈、姥姥怎样劝，我就是不同意。那晚，我怕父亲偷偷拿走缸子，竟然抱着那只可恶的搪瓷缸子睡了一夜。

第二天一早醒来，父亲已经走了。姥姥告诉我，父亲走时过来看我，见我抱着缸子熟睡的样子，十分伤心。父亲出门时摇着头，流着泪。听了姥姥的诉说，我不仅不难受反而有点儿暗暗地得意。可我当时并不知道，这件事将成为一把刺在我心头的利箭，我得背负一生，并且永远流血。

父亲走后不算很久，我也下乡来到陕北。那时候我们一家七口人被分作六处，父亲在湖南，母亲在湖北（五七干校），我在陕北，妹妹在天津郊区（干校），姥姥被舅舅接走，北京的家里只剩下两个年幼的弟弟。

我刚到十七岁，又是第一次离开家离开亲人，贫困的生活和远离亲人的痛苦使我开始想念父亲，但不能跟任何人说，只能偷偷地想。

夏天，我终于接到了父亲给我来的第一封信。看到父亲那熟悉的笔迹我就想哭，可我不能，我躲在角落里看信，强忍着眼泪不让它流出来。整整一天我心中像压着一块大石头堵得难受。晚上收工后等到天黑，我一个人溜出村子跑向延河边。

我们村往延河去要路过一片柳树林子，这片林子就在河边的沙地上，白天干活时人们常在大柳树的树荫下休息。我从来没有在夜晚到过这里，黑暗中，静静的柳树在微风中发出沙沙的轻响。我手中捏着父亲的信，在一棵大柳树边坐下。当我确信周围没有任何人时，就开始放声大哭，边哭边拼命地喊："爸爸，我想你！"

一年多来，憋在我心底的感情，像火山的岩浆一样喷发出来。那一刻，亲情的熔岩把阶级斗争划清界限荡涤得丝毫不剩，人性回到了我的心中。

我向大柳树发誓：我是父亲的女儿，我不管他是什么人！

此后的数年，我跟父亲的通信中不断地互相道歉。父亲几乎在每封信中都说：我对不起你们，是我连累了你们。而我给父亲的信中总是说：那不能怪你！我不该不给你那只缸子。这样的对话我跟父亲一直说了很多很多年。

从那晚开始，我就再也划不清界限了。我拒绝在任何场合说划清界限的话，在调查表上毫不犹豫地写上父亲是革命干部,我还撕毁了已经写好的入团申请书,因为要想入团就必须跟父亲划清界限。以至于四年后和我同时招工进厂的五十名知青中有四十九名共青团员,只有我一人不是。

这次回村,我和老公特意去延河边看望那片柳树林。三十多年过去,以前穿过林子的那条小路已经找不到了,在它的西边修起了一条大路。洪水过后的泥沙几乎掩埋到那些柳树的半腰,看上去好像它们经过三十年倒越长越矮了。

老公兴致勃勃地拍照留念,说:"这片柳树林对咱们有特殊的意义。"因为当年我俩在这里谈过恋爱,大柳树是我初恋的证人。

他其实并不知道这些老柳树对我还有着另外的意义,在这里我恢复了人性。

续奕红,女<br>
原北京师范大学女子附属中学初六七届毕业生<br>
插队地点:延长县原黑家堡公社杨家湾

# 一个赤脚医生的传奇

## 史铁生的一句玩笑逼我上路行医

插队突然颠覆了一代人的生存力和价值观,是你走入社会的基本生存能力和价值的重构。我当赤脚医生也不是我想当,我压根就没有想扎根。人生首先是一个偶然,是史铁生的一句玩笑逼我走上行医路。

1969年1月,就在下乡的那一天,老乡帮我们背行李,木箱子里的书估计有七八十斤重。在我们翻山快到村口的时候,史铁生指着我跟老乡说:"这是个大夫。"

巧到什么程度,到了村里头,正碰上一个发烧病号找大夫。一个老太太,发烧,脸上长了一个红色的大包。我们对着赤脚医生手册左翻右查,最后得到一个共同的结论:丹毒。我们知青把阿司匹林、抗生素、红糖水全都拿出来。两天就退烧下地了。但这红包没下去。问老太太你这东西长多少天了?"哎呀,生下就有嘛。"生下就有的血管瘤,大红记!

实际上史铁生是懂医的。早前他就在一个医院学习班学会了扎针灸,下乡时带了医书买了药。其他村的女生都不要我,说这个人赖乎乎的。我只好找到史铁生他们那个队,还写了一首诗巴结他,就是心怀揣红宝书、豪情啊壮志什么的。被他踩乎的:"这也叫诗?"说你这辈子不要写诗了!但从此我就和他睡到了一个炕上。

史铁生教我扎针灸、看病。当时老百姓闹得剧烈的传染病,大多是闹伤寒。很多人死在送往医院的担架上。有一次我们俩一起出诊,村里的大白狗一下蹿出来了,我撒丫子就跑啊,他没跑过我,让狗把裤子扯下一大块。

他的面子比较薄，不像我"是不要脸精神"，什么病都敢治。史铁生又加上一句：他是祖传的，就把我撂那儿啦。让我治我就治，拿着书开始比画，治着治着就什么病都治了。

## 救活"死人"被传为神医

我们上山采药，自己种草药、置办器械、在窑洞里建手术室，成本非常低。成立了医疗站，很多手术器械都是在医院学习时偷的。那时无法无天，为了实习，偷出遗体解剖死尸。手术从简单到复杂：从阑尾到肠胃，到后来心肺、癌症、脑子都做。

有个孩子大面积脱水，奄奄一息。我翻山到那个村，只带了个大针管，就用注射器打点滴一点儿一点儿往里推。从晚上推到第三天白天，三十多个小时！手都僵了，把孩子给救活了，孩子叫我干爸，我才十八岁。

最邪乎的就是婆姨上吊的事。在打则坪，我已经睡了，忽然外面非常嘈杂，四五个人打着火把跑啊，边跑边叫我的名字。等我到那儿一看，门板上躺着一个女的，直了。婆婆跟媳妇打架上吊，已经断气半小时了。有几个老汉就拿烟袋锅蹲着抽，人家在那儿商量后事哪！

我刚下乡，哪儿见过死人啊，那也得动手啊。扎人中，一点儿反应都没有。这时我想起来书上看的，最好的穴是涌泉穴。我用这么长的针，反正豁出去了，使劲咔咔咔往脚底板扎。扎着扎着，突然她喉咙这儿咳一声，这一声就能把人吓着，死人哪！赶紧做人工呼吸。过了大概半个小时，活了。

这可能是假死，但这件事使我走上了不归之路。"神医"就是这么来的，说死人一针扎活了，就是史铁生起哄起的。结果周围村的老乡都来了，医疗站外每天都挤满了人。忙时连上厕所的工夫都没有，外面排队让看病，隔着半人高的围子，一边儿蹲着拉屎一边开方子。还有妇女敞着胸，让给怀里吃奶的孩子看看病。

那一天，七八个小伙子，抬着个人就来了。年轻女的，十七岁。我一看神经都吓炸了，一个大铁锹把，从屁眼子进去，从肚子出来啦。她们修水利，把铁锹竖在下面，摸黑收工时一跳，咔就把人穿了，像穿糖葫芦。

我没办法，就只有拔。前面三个人，后面三个人，"一二三"拔！硬给拔出来了，我双手一摁，止血消毒缝针。她家里人说："还能生娃不？不能生就别救了。"后来我回乡，一个妇女拦住我，让她的三个孩子叫"大"。她就是当年那个姑娘。

## 教授的女儿惶恐的村妇

兽医也得做,以后劁猪、杀猪全是我。第一年杀猪,我们十几个小伙子按住,那杀猪刀咔就进去了,一拔,血忽地就喷出来了。结果一撒手,又跑了。你猜为什么,那刀从肩膀进去了,根本没扎中心脏。

好多知青都想学赤脚医生。脑袋疼,拿听诊器听脑袋;妇女小肚子疼,说可能是前列腺炎;打青霉素试验针,照着屁股咔嚓就一针,说,等着,别动!逗事多极了,我们小嘛。

丁爱笛是他们村张家河大队的一个知青,从北京农学院学会兽医以后,要想提高生产力,公的牛要骟。但他结扎水平不成,把蛋拽出来一铰,一下缩回去了,血就哗哗地冒。

我去了以后,做了手术,结扎好,输了两天血。然后把牛脖子这儿切一口,打一针,输液。牛醒了,但再也干不成活了。丁爱笛在一边急得大骂,全队就指望这头老犍牛呐!

老乡送来的白馍、鸡蛋,我说不要,赶紧送回去,就跑了。但我一走,史铁生说话了:撂下。老乡一走,我们就喊里喀喳都吃了,"不吃?!饿得受不了啦。"那时哪吃得上白馍啊。每天都搞批林批孔。

那个时期的青年相当苦闷,我也很可怜他们。男知青之间打群架,血拼,没什么原因,没有以前的派性。女学生的流产都是我做的,有二三十个吧。远近村的都有。

第一批招工的走后,留下的人少了,流产的多了。没什么盼头,失望了。那时也不会避孕。流产没证明不给做,没结婚证更不给做。那成了一个很大的道德问题,只有找我做,我保密。

那时看病的人太多了,人来人往。一个妇女裹着孩子:"娃不行了,烧得厉害。"整个一口陕北话。

"(娃)叫个什么?"

"没名字。"

"你叫个啥?"

"……"

我赶快改成北京话问:"你是不是我们班某某某啊?"她蓬头土面的根本认不出来。

她说:"是了嘛,孙立哲。"

那孩子病啊，那个瘦啊，捏起来皮都回不去。拉着大的抱着小的三个孩子的妈，我根本认不出来，她是我同班同学，清华教授的女儿啊。

## 冲击医疗体制，绝育从一把手开刀

那时根本没什么医疗条件。有一个寡妇推磨，晕倒在碾台上了：宫外孕大出血。一听心跳已经很弱，血压都没有了，直接割开肚子，把子宫两头一夹，切开静脉插一个输液瓶。用手扒着，用一个碗往外舀血，弄几层纱布一裹，两千多毫升血，直接过滤。

我们那时候（做绝育手术）到什么程度？就是开一个小口进去，闭着眼睛，全凭感觉，脑子里解剖影像就出来了：腹壁、子宫、输卵管，左右碰一碰，小钩一钩。不用缝针，小口上胶布一贴，就这么痛快。

男的这个太容易了。先开三级干部会，大队长，公社的主任书记全得去，小队长也全得去。在动手术的窑洞边上，排队挨个往下捋（没结过婚的、四十八岁以上的除外），一个一个报有多少孩子。

从书记开始，仨女儿，没儿子，好，够格，跟我上那个窑洞吧。一会儿，趔着腿晃出来了："完了，骟完了。"下一个，该公社主任了，六个孩子，有男有女的，上。"啊，孙立哲，我是老汉了。""那不行，正好四十八岁，沾边了。政策是硬的。"

人家都是普查、宣传、执行分离的，一拨人管一拨事。哪有我们这样，既是宣传又是执行、既是领导又是医生，一气呵成，咔嚓！

医疗队排成一排先唱歌。老乡都不知道深浅，以为这个好，还有唱："计划生育好，一个也不少，两个刚刚好。"唱完开会，民兵把着现场。一家一家过，二十多个，一气都干完了。

根据毛泽东"六二六"指示，城市老爷卫生部不为人民服务，赤脚医生到大医院掺沙子，我兼西安二院党委副书记，特别左。那时我已担任了延川县副县长、延安地区卫生局长。我就拿出红卫兵的劲头，采取颠覆性政策，大医院大夫每年下农村半年。

这娄子捅大了，拆散家庭，惹了无数人。后来揭发批判我的主要是这些医院，说我上任时宣称，我是不在其位不谋其政，在其位必谋其政！开着130改装的救护车下乡，车是吴德送的，全国就两辆，可以在汽车里做手术。

几十年后我回到农村一看，比我在的时候更坏。当年的赤脚医生全到城里大医院，当院长当主任了。农村还是缺医少药，你怎么衡量这个成功？

## 破庙门板上开膛惊动京城太医

在农村什么事都有，你什么病都得治。开颅手术不是我主动做的，（病人）他放炮的时候，把一个骨头整个炸进去了。如果不撬出来，一打鼾，离死就不远了。去城里来不及，在我这儿就直接打开大脑办了。

最火的时候，好几台手术同时开始，流水作业。五六个农民一字排开，肚子都豁开，然后我戴上手套依次咔咔几下："缝！"

这时抱出一个孩子："赶紧，没气了！"喉痉挛，人憋成紫蛋了。我捞出一个扎腰的手术针，咔嚓一下扎进气管里啦。气管太细，全是痰。赶紧把一个导尿管插进去，叫助手彭炎：赶紧吸！

大概是1974年，中央科教组派专家团到乡下考察我。北京第二医学院的副院长、教授李光壁（音），带着各科的十几个专家医生教授来了。

他们到我窑洞一看，全是外语书，西安影印的英语医学杂志。写的病历大部分是英文的。我的女朋友懂英文，我一天背一百五十个单词，通信全用英文。

李光壁啪地抽出一本："你还学德文呐？念念。"他是留德的，浓眉大眼，很凶的样子。我念了一段，他没听懂一个字。我是按英语发音念德文的，没有人教我。他问：上面说的什么？我翻译了一遍，全对。

但看手术是最严格的，他们都是国内顶尖的临床医生啊。他们不相信在这么简陋的窑洞里能做这么大的手术，中国医学科学院黄家驷老院长就站在旁边。我大概是全国知青典型中唯一接受专业考察的。

他们这些主任们就很震惊，回来给科教组写了个报告，转发全国。黄老把我列为吴阶平主编的《外科学》的正式编委，成为周恩来主抓的中央针刺麻醉领导小组成员。

回来就出名了，一大帮北京医学院大夫来考察，一大帮本地赤脚医生来实习。我们自己种地、制药、盖房子。村里住满了来看病的老乡，一大片人，非要我摸一下不可。

报纸、小说、电影，还被编入小学和中学的语文课本。北京电视台拍片，新影专题片《赤脚医生孙立哲》。电影不是《春苗》，叫《红雨》。原来我的名字是"喆"。《人民日报》登曹谷溪写的文章时，没有"喆"这个铅字。人家有文化，说古代"喆""哲"是通用的。

1976年唐山大地震，头一辆进入唐山的卫生列车，我是几百名医护人员的医疗总负责。半夜进到丰润，到处是伤员，臭极了。我们唱歌、抢救、手术，一列车伤员，拉到萧县。

## 一看讲演稿成了大结巴

最早是1971年，县里派人找到我，你是孙立哲吗？让你参加一个回北京的汇报团。就像是天上掉馅饼一样，居然第二天让我去延安。

内容先试讲一次，行医怎么学毛选？把我难住了，毛选没学，哪儿有工夫啊。北京写作组几个笔杆子熬了好几夜，听各种消息，给我编了一个稿。

我一看，没法讲。讲第一次做手术，把贫下中农肚子打开以后，耳边响起毛主席的教导：救死扶伤，实行革命的人道主义。顿时心中充满了力量，快速找到了破裂的胃，把穿孔迅速缝合。这是毛泽东思想的伟大胜利，毛主席万岁的欢呼声响彻云霄。

这哪儿跟哪儿啊，纯说瞎话。这肚子打开了，我啊怎么想？满肚子血糊糊地直冒，找不着伤口啊，心里直冒凉气。

然后心理发生巨大障碍。我从小有一个大问题：我大结巴，能说话，但是让我演讲，没有实话就没法讲。

那天晚上在延安地区招待所，也就七八十人，听我试讲。我就讲了三句话，喝了三暖壶水。以后结巴到一个字也讲不出来。一个是紧张，一是纯假话。

主持会的也愣了，这要当先进不就出娄子了嘛，不会说人话？！这是送回去还是接着讲啊。北京说，学习毛选树立的典型我们最生动的就是他了。找我谈话，下定决心，不怕牺牲。对着大树，赶紧练，念稿。

这时出娄子了。一个老头儿追到延安来，哮喘发作。我大树底下，稿也得念，病也得看。拿长针扎，一紧张，把肺给扎漏了。我浑身发软，什么设备都没有，赶紧找我的大针管，一针扎到肺里，用负压吸。

我就一边念着这稿子，一边抽，这老先生真行，出不来气，坚持着。抽了一天多，稿子给生背下来了。为什么呢？没有活路了，我要被遣返农村，我心里扭曲啊。但意外的收获是，结巴治好了。

到北京讲座，开始是背稿，后来就脱稿。讲真事就生动了，我从一个字不会说的大结巴到口若悬河。到什么程度呢？一天三场，一个月一百多场报告。敲锣打鼓，夹道欢迎。

最大的一次是1974年3月5日，全市纪念雷锋多少周年。工人体育场是主会场，全北京二十八个分会场，几十万人听。吴德主持，谢静宜开幕讲话。两个发言的，我是代表农民的，工人代表是马小六。

谢静宜说讲得好，高校讲了一遍，各医学院医院敲锣打鼓抢。在清华附中也讲，常振明就在下面听着。这触发了第二次下乡高潮，很多学生坚决要求去延安，一部分就是叫我忽悠的。

这个（影响）还扩大到国外。我作为中国青年代表团的成员访问了欧洲和非洲，那时出国是很罕见的。1973年访问法国，穿着中山装在香榭丽舍大街上像个怪物。我对西方的发达感到震惊，隐约觉得中国要出大事。

孙立哲，男<br>
清华大学附属中学初六九届毕业生<br>
插队地点：延川县原关庄公社关家庄大队

# 伤　　逝

　　这曾是一篇小说的题目,而下面要讲的,却是一段真实的往事。二十多年过去了,它显得那样遥远,以致一些曾经朝夕相处的人们,在记忆中也渐渐成为一片混沌的背景;它又显得那样贴近,因为只要一提起这段往事,就不由得让人动情,而且对当地的一些村民来说,这些往事至今仍是一个相当敏感的话题。当年,我们常用"思想可以反复,但时间永不反复"这句话来激励自己在逆境中求上进、不沉沦。今天,我们也要说,时间能让人忘却许多,但不会忘却一切。

　　本文以"伤逝"为题,首先是想表达对逝者永远的思念。其次,是想说,如果没有后来发生的许多事,悲伤之情也会随着时间的流逝而深藏在人们不愿触动的记忆之中。然而,让人不能接受而又不能不面对的事实是,直到20世纪80年代还会泛起的封建迷信思想,再次深深地伤害了逝者,也深深地伤害了我们——也是为伤害逝者的人。

## 一

　　1969年12月4日,黄土高原上一个平常的冬日。那是一个多雪的冬天,满山满沟,都覆盖着一层厚厚的积雪。

　　我们的知识青年小组,是一个六口之家,五男一女。五位男生张大力、小青、向东、世弘和我,是北京四中高一的同班同学。唯一的女生小莉是大力的妹妹,北京一〇一中初一的学生,跟哥哥一起来到陕北延长县安沟公社王良沟生产队。

这些日子，小青回北京探亲，向东在公社开会，我到县里参加通讯员学习班。家里只剩三个人：大力兄妹和世弘。

我们的家是一溜排开三孔朝南的新窑。男生住东头最大的一孔窑。这窑很深，有三丈二三，可以说是名副其实的洞。当地有"两丈为窑，三丈为洞"之说。打这么深，是我们的主张，以便作为集体活动的场所。中间的一孔小窑是小莉住的，又兼做村里的小学校，小莉是唯一的老师。西边的一孔窑是仓库。

小莉记忆里最后一幕是头天晚上，与哥哥俩人凑在一盏煤油灯下看书。大力在读一本针灸书，小莉在看报。

这天一早，勤快的世弘早早起来去挑水。许是头天夜里看书看得太晚了，小莉起来后看见哥哥还睡着。她的脚步声把大力惊醒了。大力马上起来，一边说"晚了，晚了"，一边穿衣服。小莉对哥哥说，到上院把昨天没推完的黑麦推下来。大力应了一声，就到上院去了。

我们所在的王良沟是个穷村，推磨没有驴，人抱着磨杆转。吃罢早饭，像往日一样，大力、世弘、小莉跟队里的老汉、娃娃、婆姨、女子们一起，到对面的罗家山上修水利。其实，那山上并没有水，修水利是修梯田的代名词。水利队是全大队三个生产队（也是三个自然村：王良沟、罗家山、蔡家塬）的劳力组成的。各生产队很少派青壮年来修水利，他们总在做一些更需要技术和经验的活。于是，几个知青就成了水利队的壮劳力。挖土、装车、推车，满头是汗，满身是土。大力是全大队仅有的一名赤脚医生，不看病的时候，他也尽量地参加各种劳动。我们都相信劳动是接受贫下中农再教育的必要途径，过度的体力消耗正是在"劳其筋骨，增益其所不能"。

到了工地不久，大力背上从不离身的药箱，向罗家山走去，不知又给谁看病去了。水利队上，婆姨、女子们凑到一起，总有说不完的家长里短。劳动的场面不大，通常也就二十来人，但也热气腾腾。至少，几个知青的头上是热气腾腾的。

突然，从罗家山顶上传来一个娃娃的呐喊，冬日的晴空中回响着一声凄厉、尖细的呼号："快去呀！大力掉崖了！"

世弘本能地抄起小镢和水利队的男劳力们一起往罗家山上跑。小莉没有反应过来，怔怔地，还在铲土。婆姨、女子们急忙喊叫："小莉，还不快看看你哥哥去！"小莉这才回过神来，把铁锹一扔，向山上跑去，后面跟着水利队的婆姨、女子们。

跑到罗家山郭景达家的窑背上往下一看，人们不由得倒抽一口冷气，全傻眼了。从大力摔下去的地方，到崖底有一二十丈深。下去七八丈，有一个台台，再下面是一个七八丈深的崖，四周都是直上直下的陡壁。

从人们的诉说中得知，大力在水利工地上听说罗家山郭景功的儿子得了病，当即放下工具，背了药箱就往他家跑。就在刚拐过弯要进院子时，看家的狗向他扑来。大力毫无准备，手里连个棒棒也没拿，郭家的大人又都不在家，没人拦着狗。大力只好用药箱挡，用脚踢，边挡边退。他穿着一双大头鞋，雪厚鞋滑，不知不觉退到了崖边，不慎失去重心，摔了下去。人掉下去时在那个台台上担了一下。他披着的一件棉军服，被干枯的树枝挂在半山上，而人却重重地跌入崖底。

顾不上多说，社员们个个奋不顾身地从陡崖上滑下去。几个年轻力壮的社员，挥着小镢，在冻得硬邦邦的陡崖上挖出一个个脚窝。民兵连长史汉成，全大队三个村里最精壮的小伙子，背着大力，踩着脚窝，一步一步向上攀。汗水顺着他们棱角分明的脸往下淌。背到台台上时，史汉成已经累得不行了，世弘又继续背，一直背到窑背上。

社员们围着大力，一遍一遍地叫着他的名字。不知是谁已打发人到安沟叫医生去了。几个社员忙着绑担架。小莉站在哥哥身边，眼中含着热泪。社员们让小莉叫他，小莉蹲下来，带着哭声叫了几声"哥哥、哥哥！"。大力没有答应，只是发出一阵阵很大的哼哼声。只见他的额头破了一条寸半长的口子，额骨也有血，眼半睁着，嘴半张着，眼皮是青的、肿着，整个脸有点儿歪。小莉再也不敢看，站起来，哭了。大队长郭景达让大小子端来一碗小孩子的尿，给大力强灌了半口，不往下咽。人们一个个干着急没辙。

郭景达张罗着要把担架抬到安沟去，叫小莉和水英先回去把大力的被子拿上。小莉刚进窑门，就听见有人在罗家山半山上呐喊，叫小莉不要拿被子了，赶快到后沟去。小莉心里一下子糊涂了，拿上钱就往后沟跑。半路上，水英追上小莉。她俩经过来福家垴畔底下，来福妈一面擦着泪，一面摇着头走过来。只见前面不远，担架在地上放着，大力在担架上躺着，听不见他的哼哼声。周围蹲着一圈人，都低着头。小莉放慢了脚步，心里不知是咋回事，有点儿害怕。忽然看见有人把世弘从担架旁抱了起来。小莉的心往下一沉，身子一软，倒在旁边的地畔上，手拼命地抓着地，脚一蹬一蹬的，十几秒钟没有哭出声来。一会儿，好像才明白过来，放声大哭。众人劝她回去，她不回，心里只有一个主意，要守在哥哥身边。这时，听见张明义大叔跟谁说"没气了"。小莉的心急得要炸了，问世弘怎么办？世弘说只有抬到安沟抢救，还有一线希望。

八名社员急匆匆地抬起担架向前沟走去。小莉深一脚浅一脚地跟着，脑子昏昏的，一会儿就被落下好远。世弘回了一趟窑，又追上来，手里拿着一张刚从《农村医生手册》上撕下的一页，对小莉说，可能是休克，还说矻梁大队的医生已经叫来了。担架停了下来,趸梁的赤脚医生给大力打了一剂强心针,一行人又继续往安沟赶。

小莉和张明义大叔在担架后面跟着,快到沟口,远远看见担架放在地上,旁边停着两辆吉普车。大叔说,安沟的医生来了。听见呼噜呼噜的声音,小莉说:"大叔,你听,有气了!"紧跑几步,到跟前一看,见是公社的李医生正在给大力做人工呼吸。旁边的人群里多了向东和公社副书记。小莉背过脸,不敢望。过了一会儿,听见一位公社干部说:"不行了。"小莉回过头来,只见世弘蹲在大力的身边,用手理着他的头发,掉着眼泪。向东站在担架旁,脱帽肃立,眼泪不住地往下掉。小莉坐在路边的石头上痛哭。

这个地方叫饮马石窠,有一潭碧绿的深水。担架就停在潭边。年轻的大力着一身洗得发白的军衣,盖一床深红色的棉被。一潭碧水,一袭红被,一个刚满二十岁的青年就这样突然地、默默地走了。人们肃立着,围成了圈。大队支书念起了《纪念白求恩》。一时间,似乎一切都凝固了,既悲壮,又苍凉,任潭边的寒风瑟瑟地吹。

一行人伴着担架返回王良沟。世弘赶到安沟给小莉和大力的父母打电报。乡亲们把大力安顿在学校窑里,换了衣服,擦净了脸。

记不得我是怎么知道这个消息的,只记得那天晚上,我赶过了几十里的山路,从县里回到王良沟。一路上,脑子里只有一个念头,这不会是真的,不会。后半夜,回到村里,踏进学校窑门,走近大力身旁。煤油灯下,大力静静地躺在那里,那样安详、坦然,略显苍白的脸,好像是累了、倦了、睡着了一样,好像随时都能醒过来。我们还不能接受大力已经去了这样一个事实。我们毕竟太年轻了。

第二天一早,朱家河、趸梁的知青们闻讯赶来。小莉红肿着眼进了窑,一眼看见柜盖上端端正正地放着大力牺牲前背的药箱,禁不住抱着药箱失声痛哭。

早饭后,向东、世弘、小莉和我同公社的干部一起去出事地点。路过水利工地,社员们正在地头开会,一个个痛哭流涕。我们一直下到崖底,找寻大力的遗物,拾回几块带血的石头。所有的人,心头都是沉甸甸的。我们唱起了《国际歌》,那低沉、悲壮的歌声,从大力倒下去的地方传出,传向远方。

二

面前是一本大力的日记,这是小莉珍藏的哥哥的日记。里面记着我们从1969

年2月2日离开北京,到12月4日大力牺牲之前十个月插队生活的艰难岁月。这是我们到陕北最初的十个月,也是大力生命中最后的十个月。

大力的日记记得很勤,也记得很细。它是那么真实、那么朴素,因为它本来只是私人的备忘录,并没有打算,当时也不可能想到会拿去发表。它又是那么丰富、那么生动,令人不忍删节,更不忍把它与死亡联系在一起。我曾打算用自己的笔去写一个大力,看了他的日记之后,我放弃了这个想法。还是让他自己来给你们说吧——

3月23日　星期日　农历二月初六　晴

夜里3点钟,郭景达和双喜来敲门讨药。郭景达二哥的小孩病了,还不到一岁,真不敢给药。向东给了八片土霉素。早上起来,听说向东给了药,很胆战。匆忙吃过早饭,准备去罗家山上看看去。路上碰到郭景达和他二哥二嫂抱着孩子去安沟看病。看着贫下中农焦急的面孔,深切感到医药卫生对于五亿农民是多么重要。稍微重点儿的病就要到几十里路以外去看,误工不说,病人的危险很大。我们这些知识青年里一定要有一个人下决心学医。

3月29日　星期六　农历二月十二　阴

和向东、晓明议论了一下卫生员的事。贫下中农用血汗把我们养大,我们一家要用文化知识好好为贫下中农服务。我们应当去当卫生员。

3月30日　星期日　农历二月十三　多云有时晴

决定让本人去学卫生员。

3月31日　星期一　农历二月十四　晴

卫生员的工作是非常重要的。为了彻底改变农村缺医少药的现象,我应该学好卫生员。咱学医,一不为名,二不为利,就是要以白求恩为榜样,好好为贫下中农服务。一想到贫下中农由于缺医少药而产生的种种痛苦,浑身就有用不完的力量。下定决心从自己身上开始练,一定要学出个名堂来。

4月1日　星期二　农历二月十五　晴转阴，有小雨

12点半，从家里出发，去安沟报到，参加卫生员培训班，准备好好学一番。对这个新的生活有一种好奇。虽然也感到和我们的集体分开十五天，真是相当长、相当难受。一种复杂的心情。

到了安沟一看，真是出乎意料，本人虽然已经迟到一天，但仍然是第一名，上一批的还没有走。据说学习和生活安排得很松，没有专人负责。安沟卫生所给组织的，解放军医疗队管培训，之间并不联系。而且柴米油盐菜完全要自己解决，看来处境够困难的。

4月4日　星期五　农历二月十八　晴有时多云，西北风

卫生所却又把集训的时间推迟到三天以后了，说是过清明，真是涮人不眨眼。而且又说，上级规定，知识青年一年之内不许担任任何职务。卫生员似乎也要算一种职务。本人当即去找公社。我以为，知识青年一方面要接受贫下中农的再教育，一方面要用所学到的知识好好为贫下中农服务。在这个服务过程中可以建立更深的感情，可以更好地接受教育。我坚决要求继续派我学习卫生员。

4月12日　星期六　农历二月二十六　晴

下午，和老骆一起，练习注射。老骆让我往她三角肌和臀大肌上注射了两针。第一次注射，心慌意乱，不是刺斜了，就是没刺进去深度，拔针时还把针斜着拔了，肯定够老骆疼的。但老骆面无惧色，很认真地纠正我的注射动作。为了培养我们这些赤脚医生，解放军花费了多少心血。

出诊时被狗在大腿上咬了一口，左腿上被咬了两个鲜红的牙印，真气我。

4月17日　星期四　农历三月初一　阴

到蔡家塬去看病，受到极热情的接待，学了不少东西，也产生了一个问题，妇女要是有病，我怎么给看呢？

从蔡家塬到罗家山去，和大队长家的狗激战了足足有十分钟，真紧张。大队长对我学习卫生员表示了极大的希望和支持，一再嘱咐我好好学。解放军医疗队的老赵也有意识地给我预约下不少病人，说让我回来后给他们扎针。我一定好好学习，不辜负贫下中农和解放军的希望。

5月11日　星期日　农历三月二十五　阴有雨

很兴奋地听到了要在安沟公社实行合作医疗制度的消息。县医院、公社、卫生所和解放军医疗队的同志开了一天会。听说决定了三个试点：朱家河、碹梁、瓦石头。

5月12日　星期一　农历三月二十六

晚饭后，老骆跟我讲，要到我们沟里去办合作医疗。听了以后，又高兴又担心。办合作医疗是我们久已盼望的一件大喜事，这次有解放军帮助，更值得高兴。担心的是条件是否成熟。大队的干部不太团结，有的这一段比较消极。如果没有大队"革委会"的支持，是根本办不好的。再者，我们队很穷，收合作医疗费有困难。还有，必须有技术力量，而我现在连半瓶子醋还够不上。心里就像有十五个吊桶，七上八下的。

5月15日　星期四　农历三月二十九　多云、晴

收工时，一块乌云带来了几个雨点。本人塞了两口团子，向蔡家塬出发。暮色笼罩着大地，天阴沉沉的，我以极快的步伐向前走着，脑子里却直打转：塬上的狗实在厉害，我单枪匹马，夜上蔡家塬，让狗给"断"了怎么办？俗话说"大村的娃娃，小村的狗"，真有点胆战塬上的狗。

迅速、紧张而又小心地上了塬，还不错，人跑在狗前面迎了出来。塬上的会与其他两个队不同，对医疗站办在碹梁提出了许多意见。主要是两条：一、太远，来回要上下四个坡，不方便；二、对某人当赤脚医生有意见。支书在这里面起主要作用，而其他人的意见与支书是一样的。

5月22日　星期四　农历四月初七　多云有时晴

零点刚过，我尚未睡着。蒙眬之时，双全和海全来叫出诊，他母亲肚子痛得厉害。爬起来当即出发。夜里3点左右，病人说好些了。5点半，病人肚痛加剧，呻吟不止。当即海全去董家畔，双全去安沟，本人去碹梁请医生。一路上除了上坡，都是小跑。

此次出诊的几点体会：

一、必须多走山路，能走远、走快。

二、看病时要镇静，先详细问清病情，再动手治疗。
三、考虑问题时应该全面，警惕严重局面的出现。
四、在病人家吃饭的事情应想法避免或合理处理。病人送的东西坚决不收。

5月30日　星期五　农历四月十五　晴

晚饭后，塬上环环她大来叫出诊。虽然我身体刚刚有些好转，还很软，还是拖着病体上去了。环环她们已经睡了，但还是爬起来极热情地接待我，当即就要点火做饭。本人一再劝阻，表示"刚吃饱""有病不能多吃"，但被骂作"装假""不老实"。给小孩看过病，拿好药，饭已经熟了，鸡蛋面条。真叫人过意不去，可做下了，只得吃，只得放钱粮票。以后这种事尤应注意，严加避免。

6月29日　星期日　农历五月十五　晴，夜间有小雨

群众对于合作医疗还是不够信任。有些人还是持怀疑态度，只相信医务人员（我），不相信我们的物质力量。这种怀疑是不足为怪的。越是在这样的情况下，越要努力认真工作，争取迅速使群众信任和支持合作医疗。没有贫下中农的支持，合作医疗一天也搞不下去。

7月15日　星期二　农历六月初二　晴转阴，有小雨

除了上课、门诊、吃饭和睡觉以外，本人把一切时间都用于学习，极少上街或打扑克。有人说本人太呆，整天看书，快成书呆子了。我自己不这么想。我总觉得必须把全部时间用于学习，必须抓紧。我常常想起家里的战友们和贫下中农，他们正在紧张地劳动。一想起他们，我就不能允许自己有任何的逍遥。我要拿出全部的精力学习，学习，再学习。

7月17日　星期四　农历六月初四　晴

学习各地合作医疗的经验，颇有收获：
一、节省经费是巩固和发展合作医疗的一个重要环节。
二、种植草药，采集草药，是节省经费的一个重要方法。
三、资金的筹集，可以收鸡蛋、收药材。
四、贯彻预防为主的方针，把环境卫生来个改变。

7月19日　星期六　农历六月初六　阴有小雨转多云

最近，常听到一些人对我说："好好学吧，学好了够吃一辈子的！"什么"这是铁饭碗！"之类的话。也有的北京同学听说我学习了两个月，没有参加劳动，还有工分，表示很羡慕。这些值得我思想上警惕。我学习赤脚医生，绝不是为了从人民那里得到什么利益、什么报酬、什么名誉地位，而是要为人民贡献出更多的力量。

7月26日　星期六　农历六月十三　阴有雨

开始《延长地区野生中药材资料汇集》一书的钢板刻写工作。这本资料是解放军医疗队和县医院的同志上山采药后整理的，很有实用价值。非常感兴趣，准备下一番功夫掌握它。

在病理上，我相信西医。西医能从解剖学上找出病因。

在治疗上，针灸和草药非常经济，效果亦好。这对合作医疗的巩固和发展具有很大的意义。

8月19日　星期二　农历七月初七　晴

早上，上塬看双全的"月娃"。本人以为病得不轻，"四六风，没救星"虽然是一句老话，但也可以说明病得严重。这里的小孩常有风，流传在民间的土方、验方，起了不小的作用，值得收集、学习和运用。

今天，卫生员培训班正式开学了。学员：羔儿、海娃、铁栓。第一课就是学习目的问题。卫生员们都有信心学好，使我很受鼓舞。每个人心里都像点了一把火一样。

逐日写的日记，到这里停止了。原因可能是因为生病。大力在8月19日写道："今天身体不大好受，两肋下胀痛，体温38.9℃。"

一个月后，他在补记的"一个月的总结"中写道："由于工作紧张，时间安排不好，记日记的习惯丢掉了。生活是如此的丰富多彩，我不能因手懒而使这段历史从我的记忆中失去，因此，又提笔了。"他又写道，"秋，不知不觉来到人间。这是在王良沟迎来的第一个秋。一个丰硕的、喜悦的秋。"

"生活上相当丰富，白面以及南瓜、红豆等，与春天不充足的玉米、野菜是一个鲜明的对比。吃得很饱、很好，再加果园的小瓜、西瓜、红枣，真没治了。"

"我们的工分是生产队里最多的，除了粮食，大部分东西都是按工分分配的，我们所得极多：一百三十余斤麻秆、几十斤西瓜、小瓜、近二百斤红枣，估计南瓜、红薯、土豆、白菜、萝卜也将不少。"

"一年中最舒服、最愉快的日子。"

合上大力日记，思绪万端。对于上山下乡、合作医疗，我们今天的认识也与当年不同了。过去的一页，尚可从容评说。但一个年轻人，想人民之所想，急人民之所急，为了做对人民有益的事，执着追求，不惜献出自己的一切，这种精神的感染力我以为是永存的。

## 三

大力遇难的消息，很快传遍了安沟公社、传遍了延长县，也传到了北京（我们知青小组的组长小青那时正在北京探亲）、传到了天津塘沽（大力的妈妈当时正在那里的华北局干校）、传到了湖北潜江（大力的父亲当时正在那里的中国科学院干校）……唁电、唁函从四面八方向陕北这个不知名的小山村纷至沓来。柏铮（我们公社朱家河大队的知青）从北京寄来了一篇发自肺腑的散文诗式的悼文。

少不更事的我们，从最初的震惊和打击中恢复过来，迅速投入了我们要亲手料理的第一件后事之中，向东负责对外的联络，我负责起草、刻印大力的生平事迹，世弘和小莉负责应酬家里的事。村里专门开了社员会，讨论大力的后事。老乡们主张做全新的棉衣、棉裤、棉褥、棉被，我们主张一切从简，尽量用大力生前的衣物。双方争执不下。最后，还是给大力换了一身他喜爱的洗白了的军装，戴上了他备用的一副眼镜。

办理后事忙碌、纷乱的过程中，也发生了一些事情。我们向公社和县里反映了三点要求：第一，根据大力生前的愿望和表现，请求组织上追认大力为中国共产党党员；第二，大力在出诊途中不幸遇难，牺牲在工作岗位上，属因公殉职，希望县里和公社批准大力为革命烈士；第三，开一个隆重的追悼会，宣传大力的事迹，寄托人们的哀思，号召全公社的知青向大力学习。

公社开始也准备宣传大力的事迹，后来，不知什么原因，态度发生了变化。据我们了解，主要原因是由于县里有关部门认为大力"出身不好"。实际上，大力出身于一个知识分子家庭。他的父亲是中国科学院动物研究所研究员、著名的昆虫学专家，为植物保护特别是棉花病虫害防治做出过重要贡献。他的母亲是当时华北局的干部。高级知识分子在那个年代是颇受怀疑的对象,"出身不好",这道政治障碍也是县里有关部门的领导不得不考虑的因素。另一个原因是认为死人毕竟不是好事,不宜张扬,以免影响全县知青的情绪,动摇知青扎根农村的信心。因此,县里有关部门强调不宜做宣传,不开追悼会。

无论当时,还是现在,我们都无意责怪县上的领导,只能归过于那个动乱的、变形的年代。虽然经过我们多次的交涉和申诉,追认党员和烈士的事仍然是不可能的,最后县里决定追悼会可以开,但规模要限制。除了王良沟的大队以外,本公社其他大队的知青和老乡,没有接到开追悼会的正式通知。这种不公正对待的后果,也许要许多年之后才能看得更清楚。

小青赶回来了,大力的父母赶来了,华北局送了一个很大很大的花圈。

12月里的一天,大力的追悼会在王良沟生产队的场院上召开。会场是露天的,很简陋,但气氛却分外庄严肃穆。大力的遗像端挂在临时拉起的幕布中央,前面摆满了大大小小的花圈。台前,横幅上写着"张大力同志永垂不朽"几个大字。

没有鲜花,没有哀乐,有的只是人们的一片真情。这就足够了。什么也买不来、换不走。

人们一传十,十传百,纷纷赶来了。全大队的乡亲们来了,全公社的知青们和社员代表们来了,大力巡回医疗曾去过的山村里的乡亲们来了。从场院到沟口,一片黑压压的人群。八百多名当地群众和知识青年,翻山越岭赶来,自发地为一个默默无闻的青年送行,为一个曾用自己的心血为人们解除病痛的赤脚医生送行。

大队支部书记主持了追悼会。县里和公社的干部参加了追悼会。会上宣读了公社做出的向张大力同志学习并追认他为模范共青团员的决定。在陕北寒冷的冬季里,给我们带来了一些暖意。接着,我受知青小组之托宣读悼词,刚念了一句,就念不下去了,泪水模糊了视线。当我哽咽着勉强念下去时,在场的婆姨女子们压抑着发出一阵阵低低的饮泣,刚强的老汉后生们也不时地发出一声声叹息,一个个红了眼圈。

后生小伙和知青一起,轮换着抬起沉重的棺木向罗家山梁走去,后面跟着一支头扎白羊肚手巾、身着黑土布棉袄、手抬一个个花圈的队伍,再后面是老汉们、婆姨女子们和全村的娃娃。茂胜婆姨身孕已重,人们劝她不要去,她不干,非要去。

我们把大力安葬在罗家山峁最高处一块比较平坦的地方,面向着东方,向着太阳升起的地方,向着我们所来的地方,向着我们的家——北京的家和陕北的家。这块坟地是我们知青选的,因为它是大力离开我们的地方。尽管大家都没有说，但心里的确常常回响起《洪湖赤卫队》里的歌声："娘啊，儿死后，你要把儿埋在那高山上，让儿的坟墓向东方……"

下葬、封土、上坟，坟上堆满了花圈。按照当地的风俗，人们绕着大力的墓地走了三圈，以示这是大力的长眠之地，以后任何人不能来占，不能来耕这块地。

高高的罗家山，你无情地夺走了一个年轻的生命，你又默默地收留了一个年轻的身躯。

一切料理完毕，天已渐渐黑了下来。下山的路上，茂胜婆姨的孩子出生了，一个男孩，生在为大力送葬回来的路上。后来，向东给这孩子取了个名字，叫"记力"，让人们永远记着大力。

第二年清明，我们和其他队的知青们又来到了大力的坟前。从山里挖来了十棵柏树苗，从山下挑来了几桶清泉水。我们把经过一个冬春日晒雨淋的花圈集中起来烧掉，清除了坟前的杂草，种下了柏树苗，也种下了我们的期望。我们希冀着这一棵棵常青的柏树，长大以后，能连成一片树荫，陪伴着大力，守护着大力，直到永远。

## 四

1988年春，小莉在妹夫宝新的陪同下，约了原来在黄古大队插队的知青许平，一行三人，重返陕北。

这是离开陕北十四年后，小莉第一次回陕北。1970年，北京派了一批干部去陕北后，对知青小组进行了调整和合并。我们知青小组从王良沟大队合并到了北阳大队。1972、1973年以后，我们之中有的上了大学，有的当了工人，有的当了干部，有的办了困退、病退、调回北京。小莉是我们之中第一个重返陕北的人。

火车离开北京，小莉一阵轻松。憧憬着与乡亲们的重逢，盼望着就要到哥哥的陵前去扫墓。我们种下的柏树也该长高了吧。

西安、延安，一路上都受到了当年的知青们的盛情款待和周到安排。3月22日一早，延安有朋友安排了一辆北京212吉普专程送小莉一行去延长。车离延长越近，小莉越兴奋。公路两边，不时可以望到延长油矿的"磕头机"在不停地抽油。车进延长县城，正逢上赶集，坐在小车前座的小莉只觉得眼睛湿润，喉咙发紧。看到迎面走来的老乡，感到那么亲切，似曾相见，又未曾见过。细想想，自己也好笑，算起来，当年走时的娃娃现在都是大姑娘、小伙子了，而那时年富力强的中壮年现在该是步履蹒跚的老汉了。回到陕北，时间好像又回到了十多年前，件件往事好像就在眼前。车轮下的路正是我们当年往返队里和县里曾一步一步走过许多次的路，小莉渐渐入戏了。

吉普车直接开上了塬，把小莉、宝新送到北阳村口，许平先回黄古塬，兵分两路，约定第二天上午在临瓦口见面，再一起去王良沟。

小莉一到北阳，与乡亲们一阵寒暄，做饭、灶口烧火，仿佛又回到当年。先是面条、"苦累"（音，陕北一种面食，掺着菜一起蒸熟）、酸菜、米酒，晚上又是馅饼、炒鸡蛋，天下起了鹅毛大雪，无法出门，只好早早歇息了。

第二天，小莉、宝新顺坡下到安沟，到店里给哥哥买了些纸，就往王良沟赶。一马平川，雪后初晴，艳阳高照，小莉的心情也格外开朗。在临瓦口如约与许平"会师"，一起走进了王良沟。

沟口，登上我们当年筑的大坝时，许平突然对小莉说："听说你哥的坟让他们给挪了。"一句话好似晴天霹雳，震得小莉心里咯噔一下悬了起来。忙问他怎么知道。许平说黄古塬与王良沟的人有亲戚，听老乡说的。宝新一听，当即大怒。顾不上多说，先安抚宝新，再往前赶。半路上，碰见了冯占仓，他非常吃惊，一把拉住小莉的手问："怎么回来了？"小莉说："回来看看。"说着眼泪就掉了下来，许平、宝新也忍不住哭了起来。冯占仓见状，好像他们已经知道了，于是说："你们去找支书，看他怎么说。"小莉想，事到如今，也只有这么做了。

离开王良沟快二十年了，村里的人家比以前多多了，罗家山、蔡家塬上的几十户人家也都搬下来了。小小的山沟里，挤满了一家家的窑洞。村里的面貌没有多大变化，只是家家门口的柴垛上，都贴着些红纸条，上面写着一些吉利话，似乎是辟邪用的。

村里的支部书记还是老支书，他婆姨在家，一见小莉，吓得够呛，赶紧打发人找支书。支书回来了，忙着安顿午饭，呆呆的，没有话，谁也没提那档子事。饭后，到对面坡上串门，只见村民们一个个又熟悉又陌生，感慨而无言，流露出愧疚的目光。

吃晚饭时，各家都来拉，要留小莉等人吃饭。支书硬叫过去，荞麦饸饹、西红柿鸡蛋卤。晚饭后，村里当家主事的老少爷们一个个地来了。看那阵势要摊牌了。可是，又开始做饭。小莉暗自纳闷，刚吃了晚饭，怎么又做饭。一阵忙，五六个盘子端上来，苹果端上来，酒也摆上来，众人抽烟、喝酒，一直耗到半夜。

支书硬着头皮开始谈，这事本来与他家无关，但他是支书，迁坟是他拍的

445

板。谈来谈去，事情的经过是这样的：

那是1982年的事情。那年村里连续发生了一连串的怪事。

冯占彪的儿媳，忽然一天到晚犯迷症，口中还念念有词，说我不能在这里待了，我要到北京去，要去看谁谁。

"记力"的母亲，茂胜婆姨也莫名其妙地疯了，整天满山跑，也不会过日子了。茂胜这憨厚的庄稼人也没有办法，后来，一家人返回山东老家去了。听说回到老家以后，茂胜婆姨的病也就好了。

还有，村里的牛羊都归了村民个人所有，有的牲口前晌还在吃草，后晌就咕咚一下卧倒，然后就死了。

这些怪事还连不上。事情的起因是罗家山有一位老婆婆死了，村民们请来了一位风水先生。这位阴阳先生前前后后看了一遭，对村民们说："这村里出了这么多事，是不是因为这个坟（指大力的墓）。这是一座孤坟。你们看，这罗家山好像一个马鞍子，不能让他骑在鞍子上，得让他从马鞍子上下来。"

村民们所说的，当然有他们的联想、猜测和推理。在阴阳先生的蛊惑下，他们不去查明人病畜死的原因，反而使封建迷信思想占了上风，随即决定迁坟。

说到这里，炕上坐着的宝新忍不住了，猛地大喝了一声："谁干的？"村民们面面相觑，谁也不吭气。怎么说呢？当时，谁也没站出来阻拦，谁也没想到小莉还会回来。村民们感到这事怎么说也难以说清楚。只好不住地劝吃劝喝，直谈到半夜。

第二天一大早，小莉一行上了罗家山。支书和其他一些村民扛上老镬，跟上去了，到罗家山上一看，大力坟已经没有了，柏树也早就死光了。拿出照片一对，面目全非，无法辨认。离开北京时的种种憧憬和愿望被眼前无情的现实所打破，小莉不禁悲从中来，五内俱焚。

接着，小莉要到挪了的新坟去看看。村民们让先等等，他们头里先去。那是一个人都站不住的陡坡，杂草、灌木丛生。村民们先去是想用老镬把陡坡挖一挖，做出一个坟的模样，免得小莉去了见不到坟，更加伤心。

小莉、许平、宝新随后到了，看不见坟。有人指着那陡坡，说就在这里。宝新穿了一件皮夹克，咕咚就跪下了，按照他昌平老家习俗，拿出准备好的麻纸、酒和苹果，祭奠了一番。一行人哭着下了山。

下山后，该吃早饭了。小莉只觉得委屈极了，心里堵得慌，一点儿也不想吃。她对村民们说："我离开王良沟时，是下决心要回来的。不管三年五年，十年八年，我一定要回来的。别的人不回来可以，我是要回来的，因为哥哥在这里。一方面，要回来看我哥；另一方面，更主要的是来看活着的人，来看看大家。我们在王良沟，没有做一件对不起大家的事，我哥哥更没有做。我们走了这么多年，总想着大家会关照我哥哥，我们也放心。没想到出了这样的事。你们要挪坟，也可以，按常理应该通知我。没有通知，也可以，总该挪一个好地方。可你们把他挪到哪儿了呀？居然挪到一个难以想象的荒山陡坡上，草草埋了，连个标记也没留下。别的我还可以理解，可以原谅，这一点我最不理解、也最使我伤心。"

支书说："你什么也别说了。看到你这个人，我就知道做错了。你只要坐在这儿，我就没话可说。往后，我们一定会好好待他。你看下什么地方，我们再迁。你今天有时间今天看，今后有时间今后看。人力、物力我们出。一定让你们满意。"小莉只觉得脑子木木的，这意外的变故，伤心和悲痛，使她无法马上做出理智的决定。于是，尽管乡亲们一再挽留，小莉一行还是匆匆告别，转道西安，返回北京。

## 五

在西安、北京，小莉分别和当年知青朋友们谈起这件事，引起了强烈的反响。大家一致认为，这件事简直太典型了。当年大力在那个年代里已经受到了一次不公正的对待，没想到进至20世纪80年代大力竟然又遭到了封建迷信所造成的第二次劫难。热心的朋友们分头向团中央、全国青联、陕西省人民政府和延长县人民政府反映情况，得到了有关领导机关和领导同志的理解和支持，并受到舆论界的关注。

1988年4月16日，小莉正式致函陕西省延长县人民政府，如实地反映了事情的经过，她写道："发生这件事情，使知情的当年知识青年非常震惊。正是由于当年没有给予张大力同志一个公正的评价，今天才发生了封建迷信思想抬头的悲剧。我们请求省、县、乡政府出面，关心和过问当年知青中遗留下来的问题，以告慰死者的英灵，激励活着的这一代人为振兴中华而继续奋斗。"信中还提出了迁葬的合理要求。

1988年7月15日，中共安沟乡委员会做出了《关于追认张大力同志为中共正式党员的决定》。《决定》这样写道："根据张大力同志生前的申请和亲属的要求，经安沟乡党委1988年7月12日会议研究决定，追认张大力同志为中国共产党正式党员，党龄从1970年算起。"从大力1969年12月4日牺牲，到乡党委通过追认他为党员的决定，中间隔了近十九年。虽然迟了十九年，但毕竟让人感到欣慰。美中不足的是《决定》中关于"党龄从1970年算起"一句，不知该作何解释。大力1969年牺牲，党龄怎么能从死后算起呢，难道能计算冥龄吗？可见，封建迷信观念并不仅仅存在于王良沟的村民之中啊。

1988年7月25日，延长县人民政府复函小莉，信中说："几次来信均已收到，所诉情况与政府办公室调查结果相符，现在正着手办理为张大力同志迁葬立碑事宜。"信中请小莉近期与家人商定坟墓搬迁日期。并特别提出邀请大力同志的亲属适当时间来延长县参加大力同志坟墓的搬迁及安葬。

1988年11月10日上午，小莉、向东和黄古塬的知青志光代表大力的亲属和在安沟插队的全体北京知青来到延长县。中午，与县乡有关领导同志研究了迁葬的具体安排，小莉等三同志转交了由北京支延干部老梁和十几名知青写给县政府的联名信，并提出将大力新墓迁到县陵园或公墓的想法。由于延长县没有公墓陵园，安沟乡党委书记立即提出将大力墓迁往安沟乡农场的建议。

11日上午，小莉、向东、志光到安沟乡，与乡领导一起选定了墓址。新址背靠黄土高原，脚下是淙淙流淌的安沟河和一条大路，对面是巍巍高山。下午，小莉一行到王良沟安排迁坟。

12日上午，大力墓挖开，此时，气氛相当紧张，县里怕挖开后是一座空墓。因为，当地过去曾有迁坟时如棺木已腐，就把骨殖扬了的做法。如果挖开以后是空的，王良沟的娄子就捅大了。村民们说，1982年迁坟的时候棺木还是好的，肯定没有扬。由于埋葬草率，年久失修，棺木灌满了泥沙。开棺后，同志们一点点拭去了泥土，发现了大力的眼镜和皮带，肯定了这确实是大力的遗物，人们的心才踏实了。随后，同志们把大力的遗骨放进准备好的五尺柏棺。

12日下午，按当地风俗，在肃穆的气氛中举行了迁葬仪式，县领导同志宣读了为张大力同志迁葬的决定，志光代表亲属和知青致了悼词。

大力的墓前，立起了一块新刻的石碑，碑文是"为人民医疗事业献身的北京知识青年张大力同志之墓　1949年11月24日—1969年12月4日　延长县人民政府立　1988年10月"。

令人感动的是，当年曾在困难条件下帮助过知识青年的许多乡亲专程前来参加迁葬仪式。他们从家里带来五谷、干草、香火，亲自为大力下棺、回土、奠酒、点香。安沟中心小学校长表示今后每年要组织学生为大力同志扫墓。

写完这段真实的往事，我不由得长长地舒了一口气，如释重负，似乎是了却了一桩许久许久没有了却的心愿。既是为了朋友，也是为了自己。记得插队时，一位老汉对我说，他活了一辈子，有两件事印象最深：一件是"闹红"（指红军在陕北建立革命根据地），一件是北京知青来插队。

作为曾在农村生活了几年的我们，深感那几年的生活对我们是如此重要、如此珍贵。农民问题不仅是中国革命的首要问题，也是中国建设的首要问题。尽管我们现在已离开了农村、离开了陕北，但我们不会忘记农村、忘记陕北。

我问小莉："你还回去吗？""当然。""什么时候回去呢？""也许过几年吧，也许。"她说。

朱晓明，男<br>
北京市第四中学初六八届毕业生<br>
插队地点：延长县原安沟公社王良沟大队

## 她叫吴北玲

我真是不信北玲的心魂可以消失。我知道她还有一桩未了的心愿：回陕北，再看看那连天的黄土高原，看热烈的山丹丹花在那块古老的土地上蓬勃开放。她曾对我说过，当她躺在美国的医院里，刚从那次濒死的大手术中活过来，见窗台上友人们送来很多鲜花，其中一束很像黄土高原上的山丹丹，开得朴素又鲜活。她知道自己患了肝癌。不知过了多少天，别的花慢慢凋谢，唯那束山丹丹一样的花一直不败，她相信此非偶然，必是远方那片黄土地上的精神又带给她信心和帮助。她说："等我的病见好一点儿，立哲要带我回一趟陕北。"

立哲，北玲的丈夫。就是那个孙立哲——当年的知识青年模范，在窑洞里为农民做手术的赤脚医生。立哲当年的事迹颇富传奇色彩：只上过初中二年，却在土窑洞里做了上千例手术，小至切除阑尾，大至从腹腔里摘出几十斤重的肿瘤。我可以作证这绝无夸张。我与立哲是同学，插队时同住一孔窑洞。十年中，在陕北那座小山村里，他内外妇儿各科一身兼顾，治好的病人数以万计。那小山村真名叫关家庄，我曾在一篇小说中叫它作"清平湾"。

最早听说北玲，大约是1974年。听说陕北知青中有几个师大女附中的才女正写一部知青题材的小说，才女中就有"吴北玲"这名字。那时，我也正动了写小说的念头，这名字于是记得深刻。第一次见她是在1978年，初秋。下着小雨，一个身材颀长的女子跟在立哲身后走进我家。立哲说：她叫吴北玲，也是陕北插队的。我说：噢——我知道。立哲说你怎么知道？我说：早就知道。行吗？立哲笑道：行。北玲脱去粉红色的雨披。给我的印象是生气勃勃。其时，她已在北大读中文系。立哲说一句"你们俩有得聊"，就去忙着包饺子（他拌的饺子馅天下一流，这一点，几年后在芝加哥得到验证）。我便像模像样地跟北玲谈文学。

饺子熟时雨停了。那晚月色极好，我们坐在小院儿里吃饺子，唱辽阔的陕北民歌，又唱久远的少年时的歌，直唱到古今中外。北玲唱的一首古曲至今还在耳边："明月几时有，把酒问青天……"立哲说北玲的手风琴也拉得好，北玲说等哪天她要带琴来为我演奏。我常常不能相信，一个灵魂就会消失，尤其那样一个生气勃勃的灵魂。

此后，立哲住在我家养病，陕北十年给了他终身受益的磨炼，同时送给他一份肝炎。北玲在北大待不住，几乎天天往我家跑，当然是因为立哲。那时我初学写作，写了拿给北玲看，不知深浅地占去这痴情人的很多时间；北玲的文学鉴赏力值得信赖。她常常是下午下了课来，很晚才走，每次进得门来，脸上都藏不住一句迫切的话："立哲呢？"要是立哲不在，她脸上那句话便不断地响，然后不管立哲在哪儿她都骑上车去找。立哲正在身体上和政治上经历着双重逆境。北玲对他的爱情，唯更深更重。

半年后，立哲以第一名的成绩考取了北京第二医学院的研究生，北玲迂回着表露她的骄傲："真不知这小子什么时候念的书，考试前三天还又钓鱼又跳舞呢。"他们婚后不久，相继去美国，一个学医，一个学比较文学，一去又是十年。他们从美国寄来照片，照片上的北玲依然年轻，朝气蓬勃；立哲却胖起来，激素的作用，听说他又添了糖尿病。信却少，他们太忙。听说立哲对实验动物过敏，几次因窒息被送进医院，他的导师惋惜再三，也只得同意他转行；之后又听说他们创建了"万国图文"和"万通科技"公司，在美国每年注册的这类公司有上万家，三年后仍能存在的只有百分之七左右。立哲和北玲的公司不仅存在下来，而且还有几家分公司。从美国回来的朋友向我描述：他们一天只睡三四个小时觉，立哲四处联系业务，常是一手抓一个电话，脖子上再夹一个，旁边另外的电话铃又响起来。我能看见他令人眼花目眩的匆匆脚步。在我的印象里，他除了下棋和钓鱼，没有坐下来的时候，看着他，就像看一场乒乓球赛，忽此忽彼弄得你脖子酸疼。北玲呢，稳重、精细、知人善任，把整个公司治理得有条不紊，使产品在激烈的竞争中立于不败之地。令人敬佩的是，与此同时，北玲获取了硕士学位，通过了博士资格考试，并在美国西北大学任教，还担任着比较文学学会副会长和《中国比较文学家》杂志主编。

1989年北玲回国探亲，带着出生仅四个月的小女儿，说是想让女儿早些看到中国。小女儿长得很漂亮，睁开眼睛东张西望，不知她对故乡的第一印象如何。我问北玲把女儿留在中国吗？她说："不，儿子小时候不得不跟我分开，这回我不能再离开女儿，我得做个像样的母亲了。"天色渐晚，我请北玲吃炸酱面，一边听她讲在美国的创业史。他们先是一边读书一边在饭馆里打工，一个人收拾三四十张餐桌的餐具，一秒钟都不停地跑，可竟连其他国家的打工仔都歧视他们，小费不给他们留一文。立哲还在搬家公司干过，一二百斤的硬木家具扛起来两腿打战。有一次电梯坏了，但不能违背合同，就一趟趟扛上几层楼，钱却不多挣。后来他们自己办起"北方饺子公司"，开始时食客们尚不识"孙太太的饺子"，全靠电话征订"要饺子吗？孙太太的饺子物美价廉"。孙先生下了课再去四处采购，回到家熬上排骨汤，抡圆了膀子拌肉馅，配料极有讲究不容半点儿含糊。芝加哥亮起万家灯火，是孙先生和孙太太开始包饺子的时候了，不夜城歌舞喧喧，他们熬着瞌睡把饺子包得满屋子没地方搁。几百个饺子在凌晨前包好，先生和太太才都睡一会儿。天很快亮了，孙先生开着破汽车一家一户地送。立哲的汽车破到了全芝加哥第一，底盘锈烂了，坐在车里往起一站，身体忽然矮下去，跑旱船似的踩在了路面上。随后办起了"万国图文公司"，先做名片。"阿拉伯文，贵公司能做吗？"立哲泰然答道："当然。"其时尚不知阿拉伯文有几个字母呢。但既是"万国图文"就得是"当然能做"，否则信誉何在？两口子埋头一宿，居然把一份阿拉伯文名片做得漂漂亮亮。业务范围逐渐扩大，设备不够，北玲便于周末在其打工的公司藏下，用人家的设备工作，周六周日昼夜苦干，睡在地板上，立哲探监似的按时来送饭。就这样创业，真难，真苦。北玲说："插队过的人，什么苦没受过？不怕。"可图的什么呢？北玲笑笑，半晌不语。很可能这是命，是性格，性格就是命运，不能放弃理想的命运。"其实也简单，"她说，"中国人不能总让人瞧不起。"此前立哲和北玲已先后回国一趟，筹备在中国投资办高技术企业。立哲和北玲都屡屡说起美国先进的科学技术，盼望中国不能再落后。我见北玲的脸上有明显的疲倦，她说一年前胃上刚刚切除了一个瘤子，"良性的，没事了。"

可那瘤子半年后竟发展成癌，扩散到肝，已是晚期。立哲痛哭失声，做了多年医生他曾治好过多少病人，如今他知道很可能救不了自己的妻子了。北玲却无比镇定，把一切向立哲做了嘱咐，平静地上了手术台。肝脏切去五分之三，有四十分钟她是处于心跳循环停止的冰冻状态，非常可能就此不能醒来。但她挺过来了，睁开眼，躺在病房里，见那束山丹丹一样的花开得坦然、潇洒，阳光下和月光里都仿佛带着遥远的那片故土的声音。

1991年秋天，立哲带北玲回国治病。到北京的第二天他们来看我。北玲并未显出多少病容，啃着老玉米棒跟在立哲身后走进来："嘿，铁生，我吃了一路煮老玉米，还有烤白薯。"坐下，依旧谈笑风生。那个细雨的早秋初见她时的情景，恍如昨日，她摘去头巾，笑说："瞧瞧我，没样儿啦。"放疗化疗把她的旧发脱光，但又已长出了短短的新发。我不大相信她真的患了绝症，不信她会死，虽然知道谁都会死。那样一个乐观潇洒的灵魂，怎么可能就消失？

北玲住进医院。立哲一面照顾她，四处寻医问药，一面着手在中国创办公司。立哲心里苦，解忧之法是和老同学们聊聊，他有时喟叹人这一生真是短暂，多少事想做还都未及做。他的喟叹不导致颓丧，而是推出这样的结论：干吧，得赶紧干。一辈子其实没多少时间。他说："为自己的祖国干事，感觉到底是不一样，心里有了根。"他说："这十年是洋累也受了洋福也享了，可是根这东西，离了它心里总是没着落。"他说："干得好，最终我还要把关家庄的医院重新建起来，建成真正的现代化医院。"谈话间，立哲掀开衣襟给自己打一针，是胰岛素，糖尿病还在作怪。我偷问立哲："北玲的病应该还有办法吧？"立哲叹气摇头："除非奇迹。我现在是求签烧香的事都干过了，只要她能好。"

解忧的另一个办法是工作。立哲先后建立起"北京万国电脑图文有限公司"等三四家公司，投资几百万美元。那是他和北玲在美国十年拼命挣来的钱呀，真正的血汗钱！立哲说："要钱干吗使，不就是为了干事的吗？"让立哲苦恼的是，大锅饭意识已经在很多国人身上生了根，处处办事效率慢得让人不能忍受。

今年春节我们一起过的。爆竹声中，北玲兴致很高，坚持也要动手包饺子。那时她必定想着就在北京的父母。她不能回家，父亲有心脏病，她患癌症的事还一直没敢告诉父亲。回国后只跟父亲通过一两次电话，说自己还在美国，一切都好。父亲出差离京时，她回去住过两天，看看想念已久的家。她希望自己好起来，那时再去看父亲。她当然又会想起远在大洋彼岸的一双小儿女。北玲的病床前贴着他们的照片，想他们，天天看。癌变已扩散到全身，最后那段时光她整日整夜地呻吟不止，疼极了，有时真觉得熬不住了，但想起孩子，她"是不想死呀"。把孩子接到身边来吧？她又说："不！"怕给儿女幼小的心灵留下创伤。最后的时刻怕不久了，立哲把孩子接来。女儿三岁，北玲见了她几次就不让她再来，但要经常从电话里听听她的声音。北玲说："婕妮还不大懂事，别让她对我有太多的印象吧。"儿子捷声八岁，不让他来他会疑心的，他来时北玲戴上假发强作欢颜，问他的琴弹得怎样了，懵懂的八岁的男孩儿便像往日那样弹电子琴给母亲听，请母亲指导。琴声响起来，北玲静静地听，一个多小时她竟一次也没呻吟，是强忍着？还是儿子的琴声一时驱走了病魔？后来我献给北玲的挽联，上句是："盼见儿女，怕见儿女，捷声婕妮当解慈母意。"还有丈夫，北玲知道自己一旦离开，立哲在事业上生活上都会碰到更多的艰难，我几次见她躺在病床上还在提醒立哲按时吃药、打针。听说立哲在国内投资遇到的诸多困难，看着立哲累死累活地工作，她真有心劝立哲不要干了，好好把儿女带大就得了。但几个公司是她与立哲多年的心血，为吾国吾民做一份贡献是他们一生的共同理想，因此她又不再说什么，很可能是想自己离去时把一切困苦也都带走。北玲的父亲告诉我，北玲在病危时刻，还在询问"金华快印公司"的情况；那是她和父亲的最后的谈话，此后她便昏迷过去，再未醒来。我那挽联的下句是："彼岸创业，此岸创业，万国万通凝聚爱国情。"说起死，她说在那次大手术的四十分钟冰冻状态时已经死过一回了。她说那时她感到自己飘飘然飞进宇宙，自由自在地飞呀飞呀，飞过很多很多星球，心神清朗宏阔极了，并且看见了她曾住过的这颗星球……我真的不相信一颗如此博大的爱心会化为乌有，我真是不信北玲的心魂可以消失。我知道她还有一桩未了的心愿：回陕北，再看看那连天的黄土高原，看热烈的山丹丹花在那块古老的土地上蓬勃开放。

立哲和我们几个一起在陕北插队的同学屡次说起，要一块回陕北一趟，坐汽车去，慢慢走，把那青天黄土都看遍。那时北玲的心魂一定会和我们在一起，在我们左右，在我们头顶上，给我们指点，给我们鼓舞，给我们拉着琴唱那深情豪放的民歌……

史铁生，男
清华大学附属中学六七届毕业生
插队地点：延川县原关庄公社关家庄大队

陕西知青纪实录

# 姊 妹 坟

　　1971年秋天，已进入了收获的季节。10月5日那天下午，我们正在对面山上割谷，却奇怪地遭到了这种季节中罕见的一场雷雨的袭击。我们亲眼见到这场雷雨在距离我们五十里之遥的西方出现，清楚地见到那浓浓的雨幕和划破天空的闪电，之后便是震耳的雷声。有几道闪电的形状是我从未见过的，它们从天空笔直地劈向大地，发出耀眼的青白色亮光。雷雨、电闪在那里肆虐了一阵后又向我们逼来，但到大雨已浇到身上时，队长才下令收工。

　　因为一来山区的气候变化无常，"东边下雨西边晴"是常事，我们经常在晴空下欣赏几里之外的雨景；二来是晚走一会儿就可以算全工，因此，不到冰凉的雨点砸到头上是绝不会撤的。等我们连滚带爬地跑下山，刚越过沟，咆哮着的山洪就下来了，好大好急的雷雨！这种秋天的雷雨，当地的俗谚叫作"九月雷，不空回"，意思是这种反常的雷雨会造成灾害。

　　我万万也不会想到，这句俗谚竟然应验，这场雷雨给我们公社的知识青年带来了灾难。它夺走了我们两位女知青年轻的生命。

　　这个消息我是第二天得知的。7日下午，公社打电话要我马上到东卓大队去组织追悼大会，因为我当时任公社知识青年"五七"营副营长，是公社知青负责人。当晚，我赶到公社，会同北京支延干部老梁和公社团干小李一起上了东卓塬。路上，我知道了死去的两位知青的名字：银淑珍、王艳丽。

　　我的心一下子抽紧了，因为银淑珍我认识，她是东卓知青排（我们当时还按老习惯称为知青小组）副排长，就在一个多月前的公社知青学毛著积极分子讲用会上，我还听了她代表东卓小组的发言，会下我们还一起交谈过，她给我留下了很深的印象。

455

来到队里，我要求的第一件事是去见一下两位战友的遗体。我被引入一孔窑洞，地下挖了两个方形的坑，里面注满了福尔马林药水，两位年仅二十岁的姑娘静静地躺在水中，仿佛在安眠。我默默地站在坑边向她们默哀致意。银淑珍的音容笑貌又一次浮现在眼前，我所认识并交谈过的这个文静、谦虚得甚至有些腼腆的姑娘，再也不会站起来展露一个微笑或说上一句话了。

哀悼过两位战友后，我来到知青点。这里是一片沉痛、悲惨的景象。东卓是个先进的知青小组。我所熟悉的生龙活虎的伙伴们，此时却被悲痛和不幸折磨得有些发呆了。他们用低沉、沙哑的语调向我述说了事情发生的全部经过。

5日那天，就在我们于五十里之外的山上观看雷雨在这里逞威时，他们也正好在塬上收割庄稼。大雨将他们浇回家，但到晚饭时，还有三名女同学没有回来。当时大家谁也没有在意，认为一定是为躲雨钻到老乡家里并被留下款待了。因为这种事在热情好客的陕北人中是十分普遍的。特别是女知青，尤其受到婆姨、娃娃们的欢迎。

天已经很晚了，三名未归的女生中的一个才挣扎着回到知青点，确切地说，她是爬回来的。同学们吃惊地问她发生了什么事，她糊里糊涂地说，下雨时她们落在后边，为了躲雨，她与银淑珍、王艳丽三人钻进了一个高粱垛中，打算等雨小些再回去。但不知怎么，她睡着了。她醒来后发现那二人还没醒。推也推不动，叫也叫不应，她只好先回来，但身子软得走不动，只好连滚带爬地摸回村。到此时，她仍不知道是怎么回事。全体在家的知青立即全部出动，叫上社员，拿着各种灯具到地里去寻找。折腾了半夜，拆散了塬上几乎所有的高粱垛，才找到了银、王二人早已冰凉的尸体。原来，就是我们见到的那几道接地闪电的一道击中了她们藏身的那呈圆锥形被雨水淋湿了的高粱垛。侥幸逃脱死神的那位女知青立即被送往医院治疗，被大自然无情地夺去年轻生命的银淑珍、王艳丽则躺在我见到的那两个药水坑中。

这一夜，我们谁也无法睡着，我翻看着她们下乡生活的日记。那里边找不到什么豪言壮语和闪光的思想，只是平凡、朴实生活的真切记录，是在那个时代被人认为十分自然的强调自我改造和为贫下中农服务的自我总结，那是我们那一代人大都具有的纯洁、真挚的情感和美好、单纯的心灵。

接下来的两天我们忙于追悼会的准备工作，几位其他知青干部也于第二天来到东卓，我们做好了接待正在来陕路途中的银、王两同学亲属的准备。9日早上和10日上午，银淑珍的父母亲和王艳丽的父亲、弟弟分别来到队里。在我此生中，恐怕那是我最感为难和无措的一次接待了。我们无法说任何有实际意义的安慰话，也无法为他们做任何有实际意义的事。谁都明白，他们的损失是无法弥补的。当我得知银淑珍是家中长女，两个弟弟都因有病而近于瘫痪，及王艳丽从小失去生母，与继母关系并不亲密时，一种深深的悲哀之情充塞了我的心。

两位战友的亲人在听我们介绍情况时表现得还较镇定，只有银淑珍的母亲显出一种迷茫与恍惚，那是一种不愿也不敢相信所发生的事实的神情。然而，当他们再次要求见见孩子（这本是他们来后的第一个要求，被我们尽力推迟），并被带到两位同学的遗体前时，积蓄已久的悲痛爆发了。两位战友的遗体已被装殓好，置放在窑洞中临时搭起的两块木板上。为防止意外，我们在银、王两同学的家属身边都安排了人，并特意找了身体较好的女知青护在银淑珍母亲的身边。我手执马灯站在两位战友的头前，灯光下，她们的脸色平静、安详，甚至还有淡淡的血色，如在梦中一般。

"淑珍啊，妈来晚啦！妈看你来啦！"

随着银淑珍母亲撕心裂肺般的一声哭喊，窑洞中顿时充满了悲痛的哭声。银淑珍的父亲——一位知识分子气的干部——俯下身来，伸出颤抖的双手，轻轻地、深情地抚摸着女儿，细长的手指反复地滑过她的头发、紧闭的双眼和面颊，大滴的泪珠无声地淌过他的脸又一颗颗地砸在地上。他轻轻地解开女儿的衣服，查看那致命的伤口，在那小小的、花苞般的左乳下，有着一个两分硬币大小的红色伤痕，强大的电流击中那里，通过心脏并贯通了她的身体。女同学们拼命拽住不顾一切要向女儿身上扑去的银伯母，还要腾出手来抹去从双眼中不断涌出的泪水。王艳丽的父亲——一个老工人并未表现出那么强烈的情感，但他呜咽着，巨大的痛苦似乎压得他背驼腰弯，使他本来不高的身体显得更加矮小和虚弱。我泪眼模糊，手在不听指挥地颤抖，几乎无法执稳马灯。

10日下午，追悼大会在庄严、肃穆的气氛中召开了。全公社一百多名知识青年从各队赶来。会场主席台的横幅上写着"沉痛悼念银淑珍、王艳丽二同志"，挽联是"革命圣地炼红心，壮丽青春献人民"。同学们亲手扎制的花圈摆满了台下，围绕着两位战友的遗像。

追悼会上的悲哀气氛是不免的，但却悲壮，那时的我们都处在不懂得悲苦，满身心地追求欢乐和理想的年龄。在我们排队缓缓地走过两位战友的棺材，最后一次瞻仰了她们的遗容后，棺盖合上了，知青和老乡们一起抬着她们走向墓地。

她们的墓地选在村北塬上的几株小松树下，在我们的哀悼中，棺木下葬，一座姊妹坟堆起了，我们将花圈铺盖在她们的坟墓之上。在当天的日记中，我记下了我在她们的墓前所发的誓言："亲爱的战友，请你们安息！在你们安息的这块英雄的土地上，我们要用自己的双手画出最美丽的画图，开创英雄的业绩！"

转眼间四十年过去了。离开了那块黄土地的我，虽然时时想起，但却始终未回去再看一眼那对姊妹坟，更不用说实现当初在她们墓前所发的誓言了。

但是，我没有忘记陕北那塬上的姊妹坟，没有忘记银淑珍、王艳丽。

柏铮，男

北京市第四中学高六八届毕业生

插队地点：延长县原安沟公社朱家河大队

# 插 队 纪 事

1968年底，我被卷去上山下乡。虽然十二分的不愿意，但也没有如后来一些人想象的那样如赴刑场般的悲痛。当然，我也没有如一些比较"革命化"的同学那样，真想要在农村大干一场改天换地。我觉得，凭我们这些书生，是不可能实现那些伟业的。我想知青中，一部分真的是想去"改天换地"。但大多数人是被迫去的，都和我类似，是那样"心一横"就去了。去的时候，是情势所迫，稀里糊涂的。但上山下乡对我一生所产生的影响，在当初我的确是完全没有想到的。

## 第一次打柴

我插队的地方是陕西省宜川县壶口公社上岭大队兰家庄生产队。这是一个靠近安乐山顶峰、不到百口人的小山村。村子小，知青也少。三个男生，两个女生，都是高二的，来自两个班。

刚来时，我们对"真正的农村"感到很新鲜很好奇。而老乡对怎样"教育"我们这些北京娃，也是一种摸索。特别是队长和一些比我们小五六岁的学生娃，很主动地给我们讲陕北的劳动生活常识。比如驮水和打柴。

有一天，队长让两三个学生娃教我们折柴。他们因为能当我们的"老师"兴奋不已。带我们出村不远，就演示了一番"折柴"的方法，原来所谓的"柴"，就是地上的小树、荆棘和荒草。

一会儿，几个学生娃每人便折了半人多高那么一大堆。而我们每人折的还不到他们的一半。当时我们不会打捆，他们就用一些蒿草熟练地扭成要儿，帮我们把柴捆好。然后我们背上柴，爬坡回村。冰天雪地，一步三滑，不一会儿就浑身汗湿。汗珠子滚落到衣服上又结成冰，再加上柴草上掉下来的树叶、木屑沿着衣领滑入体内，刺痒难忍。真想放下来休息整理一下，但又怕没有人帮助自己，柴火上不了肩，因此，咬紧牙拼命地挣扎着往村里爬。很多小碎娃早已等在村口看热闹。小娃娃们看见我们的狼狈相，放肆地讥笑起来。我们回到住处，第一件事就是把正在烧火做饭的同学挤开，麻利把衣服脱下来，又抖搂又烤。惨不忍睹。

## 驮　　水

在陕北，驴是驮水的主要牲口。驮水的工具是木桶和桶架。两个一米见方的木框，上端用铁杆连接起来，构成一个"人"字形状的架子。铁杆上连有两根带钩子的铁链。装水的是两个密封的木桶。桶的上表面，对角远端各有一个直径一寸左右的洞，可以装水倒水。出发时候，给驴披上麻袋片子垫背，然后把架子放上，一边框里放一个木桶，木桶用链子和钩子固定在木架上端的铁杆上，小毛驴就呼哧呼哧一路小跑着出发了。它知道水井在哪儿。铁链子钩住的两个木桶，在驮水架子上被小毛驴颠出哐啷哐啷的响声，那是小毛驴驮水时特有的声音。

去"水井"的路，走下坡有二里多长。所谓"水井"其实就是一眼泉水。村里在泉眼旁边挖出一个蓄水的石槽，泉水缓缓注入。出水的速度不快，但足够小山村的日常使用。农民们会在这样的"水井"里放养几条鱼，只要驮水时看见认识的那几条鱼活得好好的，就证明水的安全和质量没有问题。

跟着驴走到"水井"旁，把木桶从桶架上取下来，把堵着两个洞的塞子都拔开，将桶放到水里。一个洞浸在水里进水，另一个露出水面透气。等水装满了塞住洞，把水桶提起，放在驴身上的木架子上。每个木桶装满水有六十多斤重，我们每次都累得满身大汗。通常驮水是在收工后，疲惫了一天，爬坡回家让人感觉很不容易。

## 打 窑 洞

初到陕北,我们知青没有自己的窑洞,居住条件很差。因为还有一部分"安家费",公社指示用来打知青自己的窑洞。队里请了个山西老乡,他是打窑洞的专业户,我们叫他老秦。由于安家费不多,所以派我和来伟正帮着打窑洞,队里给记劳动工分。

打窑洞也算技术活了,关键的部分都是老秦做,我和伟正负责推土。劳动相对简单,但我们也相当的吃力,常有体力不支的感觉。"体力不支"的一个重要原因,是我们生活自理得不好。每天收工累了吃饭就凑合。棒楂粥和发糕、贴饼子,一顿乱啃。关键是我们把自己制作的咸菜,在那之前很早便吃光了。没有盐的伙食,让我们感到身体越来越没劲儿。

老秦一般不肯休息(他是"计件工"),只有见我们实在不行了的时候,他才勉强同意休息。但他逐渐发现,从最开始可以连续干两个多小时的我们,到后来一个小时就顶不住了。最后他跑到我们住的地方东看西看,终于明白了:你们不吃盐……

## 老陈分到我们点

在知青历史中,"北京干部"是陕北北京知青中的特殊词汇。为什么会派北京干部到陕北,我们知道的并不多。想必上面的宗旨或许不止一个,但"管束"知青应该是其中比较重要的一条。

在北京干部进驻知青点之前,曾经从北京来过一个对陕北北京知青的慰问团。慰问团由胡同里的大爷大妈组成,走过场似的在知青点转悠了几天。后来听说上边要派北京干部过来,我们猜测大概是慰问团汇报了我们的生活情况,上面派北京干部来照顾我们的生活。其实,并非那么简单。

派驻我们大队的是北京干部副组长陈国安。记得第一次见面时,他笑眯眯地对我们说:"我叫陈国安。你们呢?"浓重的河北口音,让我们把他名字后俩字儿全听错了。以后我们就叫他老陈。相互认识后,老陈就进到我们的窑洞,仔细地端详——屋子里乱七八糟,炕上炕下堆满了杂物。案板上散落着干粮……我们怕挨老陈的训,赶紧告诉老陈:"老乡说了,我们住的比最好的猪圈还好一点儿。"老陈一听,乐了:"这儿的老乡真够逗的啊。"随后,他收起笑容说,"有什么话以后再说,先得把日子过正常了。你们现在这样不成。"

老陈改进我们生活的第一步,就是做饭。他教我们用玉米面做贴饼子。先把一团玉米面放在手里,蘸着水,左右手来回倒换着拍。最后手腕一翻一抖,啪地贴在锅帮上。熟透了以后,掀开锅盖,满眼的色泽金黄,香气扑鼻、外焦里嫩,热乎乎的。以后一个多月里,我们一直就以贴饼子为主食。

老陈改进我们生活的第二步,就是打扫卫生。他每天不停地收拾屋子,擦这儿擦那儿。把我们的窗子换上新窗纸,把黑黢黢的窑洞墙上糊上白报纸,窑洞里的光线立刻明亮了许多。接下来,老陈用他自己的一部分工资,买了一盏带罩油灯,替下了我们那昏暗的墨水瓶油灯。

除了这些,老陈还隔三岔五地跑到老乡家买鸡蛋、蔬菜等等,帮助我们改善伙食。那时候,农村割资本主义的尾巴,没有自留地。老陈征得窑洞主人的同意,把门口的小菜地借了一年,开始带着我们种小青菜、白萝卜。

## 香油的故事

北京干部来之前,是我们最困难的一段时间。头一年队里的各种照顾都停了。我们三个男知青,从最初村子中心借的窑洞,搬到村边边上一孔破旧窑洞。窑洞的主人叫贾云山,是村里最能干的一户农民。

贾云山家里钱粮积蓄甚多。可就一样儿,抠得要死。而且,什么时候嘴巴上都挺爽快,求他什么事都是一句话:"没问题。"可来真格的时候,就不那么回事了。

特别不像话的是,他那半憨的胖婆姨也被他管得特别严。除了拼命干活和操持家务,什么吃的、喝的、花的、用的,都被老贾卡得死死的。简直成了他家雇的老妈子,村里人都为他婆姨鸣不平。

那阵儿,我们日子过得好恓惶,一点儿油水都没有。逼得没办法,就想跟他商量买斤香油。我们假装去他那儿串门,侦查了一下,老大一坛子香油,足有三四十斤。老贾一句话:"没问题。"真痛快,但是半碗多点儿香油,算一斤,问我们要了三块钱。把我们气得要死。

一天锄地收工,贾云山那胖婆姨故意落在人群后边,凑到我们跟前。她问我们还想不想要香油。我们说太贵吃不起。她说,她能给我们弄一大茶缸香油,算一斤,要两块钱。我们可知道他家那大茶缸,那是抗美援朝志愿军用的那种巨大的搪瓷缸子。如果装满了，比一斤得多。但这事要是被贾云山知道了，我们和他婆姨都会有大麻烦。我们让她小心点儿，要是不方便，千万别勉强。那婆姨说，她知道小心。要是被抓住，不打死也差不多！

可是很长时间贾云山没出门儿，那婆姨一直没机会下手。渐渐我们也就把这事给忘了。一天傍晚，我们正躺在炕上休息，窗外听见说话声音。当时我半睡半醒，伟正捅了捅我，我一听"……你要了不？……你要了不？"我噌地坐起身下炕开门一看，那胖憨婆姨正站在门口，双手捧着那特大号军用搪瓷缸子。我们这才反应过来——香油啊！伟正赶快端来一个大碗，我把香油倒进碗里，但是香油挂在碗上，急忙弄不干净。那婆姨紧张得浑身发抖，都要哭了："快些儿，你快些儿嘛……"好容易倒干净了，要去拿钱，她却急急忙忙往回跑，说钱以后再给。

这之后，我们过了一段好日子。一天，在地里干活，突然远远看见那胖婆姨可怜巴巴地望着我们。"哎呀！忘给她钱了！"

## 基辛格访华

基辛格秘密访华，发生在我们到陕北插队的第三年。按说，这和上山下乡没啥关系。可这件外交上的事，在我们知青点引发了不大不小的一波震动。

那天下午我回来得早，伟正照例在村里的民小上课。我舀出面粉准备擀面条，喇叭里传来美国国务卿基辛格访华的消息。虽然很短，我却一惊。

伟正下课回来，我问他："想听新闻吗？"伟正窝着身子坐在炕沿上，他没有说话，双眼淡淡地看着我，意思是"有什么特别的吗？"我说："基辛格访华，和总理谈判。"

伟正腾地站了起来："哟，他怎么来了？"愣了半天。见我不再往下说，"还有呢？""没了。就这么两句。"伟正脸上泛起了红晕，在窑里来回地走，想说什么，又咽了回去。我坐在里边烧火，听到自己的心脏也在怦怦地跳。我们俩都兴奋不已。兴奋什么？我们也说不上来。直觉上感到，这虽然不意味着我们的状态立即会有什么改变，但至少说明，作为一个大国，我们国家需要面对世界。既然要面对世界，就不能在世界前进的时候，继续这样闷头"革命"下去。国家必须让自己具有一定的实力。我们迟早要派上用场。

这条让我们兴奋了好一阵的新闻，因为再没有什么后续的消息，慢慢地也就不再挂在嘴边了。过了几天，我们试探了一下老陈的看法。老陈显然没有我们这么兴奋。他只说他感觉这表明咱们国家的外交,要掀起一个大的浪潮。我们不甘心,干脆直接问他:"这对知青最终的前途意味着什么。或者,可能意味着什么?"老陈谨慎地说:"我感觉不出来这里还能看出其他的什么。"就是说,这事和我们最后出不出得去,两者之间没什么联系。我们太着急了。

## 知青"并点"

插队第四年入夏前,村里的知青只剩下我和伟正两个。其他大队里另外的两个村,也只剩下两个女生。老陈跟那两个队协商,把她们并到了我们这儿。

有一天,老陈跟我们说起了知心话:"你们听没听人说过,我们这些北京干部,大部分是运动里站错队的?"我们摇摇头。"那不说这个。说说我们北京干部对你们的看法吧。我们出来的时候办过学习班,说你们都是问题知青。传达里有这样的话'内蒙土、山西洋、陕西怎么怎么着'。"我们当时很尴尬,但表示同意。老陈笑了:"但我们也不是没脑子。这话当时我们就不怎么信。到公社后,特别是到村里以后,发现真的不是学习时候说的那样……不知道了,没准儿是我们运气好,正好碰上你们了?"

老陈随和的态度,让我们感觉气氛好了很多。接着他又说:"其实,北京知青在外的恶名,也就是一少部分……经过这段时间的观察,甭管怎么着,我们不用像上头说的那样,整天盯着你们了。挺好!"

打那以后,老陈和我们的关系很融洽。他甚至成了我们的"内务大臣"。有时我想,老陈这样的北京干部,来和我们一起插队,或许真有几分"发配"的性质。这其中的各种因素,不会使他们的心情好到哪儿去。可是老陈在我们面前,从来没有流露出悲观的情绪。相反,他总是乐呵呵地,把眼前的事情尽量做好。这种面对逆境的态度,深深地感染了我们。甚至在我以后的人生道路中,每当遇到困境,我总会想起老陈。

## 招　　工

1972年年底之前,我曾有过一次离开农村的机会,但是却被人顶替了。

那是插队后的一年半左右,延安汽车大修厂招工。这次招工,公社里第一批名单里就有我。后来,被一个非常要好的朋友出卖和顶替了。事后,当伟正告诉我真相时，由于太出乎意料，脑袋忽然一片空白。一整天，我一言不发，情绪非常低落。看我这样，伟正后悔不该告诉我实情。他劝我说，也许今后还有更好的机会，我们不应该无声无息地被社会遗忘。他这样一说，我一下就感觉舒服了很多。

1972年年底，在老陈的帮助下，我战战兢兢地通过了各种关卡，算是可以离开农村了。但是我怎么也想不到，节骨眼上又横出了一个拦路虎——体检。

体检中我最担心的是查视力。对此我早有准备。前次回京探亲，通过父母的关系，找到北医三院医生，配了隐形眼镜。但是体检时才知道，这次的招工单位，并不在乎眼睛近视与否。

到了检查心脏时，医生听了又听。我嫌他啰唆，可他却问我："从你们村过来多远？""你干活儿时候，是否有气促、心慌等现象？"我意识到了问题的严重性，赶紧回答："从来没有。"他似乎不大相信我说的话，转身走了。

一个多小时后，医生又来到我的身边。他对我说："你的心脏有三级杂音，非常严重。按道理说，你不能参加任何危险性的工业劳动。考虑到你的前途，我们在检查结果上，把你的情况写成二级杂音。如果招工单位能够接收，你在参加超重劳动、高空作业等危险工作的时候，应该如实向上级报告身体情况。这也是对你自己负责。"

幸好那次的招工单位没有卡我，否则，我还要在农村待着，以后恐怕只能是病退回京了。

## 再见了，黄土地

我四年的插队生活到1972年的年底终于结束了。上山下乡这四年恰是我们金色的年华，又是蹉跎的岁月。我们将自己的青春、人生最宝贵的时光留在了这片土地上。然而，就是这片贫瘠的黄土地，让我度过了四年艰苦而又令人难忘的插队生活，唤醒了沉睡在我体内的精神潜能，锻炼了我的思想和体魄，奠定了我永远置于社会最底层百姓的道德根基，树立了我永远向上的人生观，培育出为达目的不惜付出一切、坚忍不拔的意志。其所积蓄的能量，在随后几十年里，成为我面对种种困难和失败时不断前进的精神力量。

离开村子的那天，我和四年前离开北京时一样，没有眼泪，没有悲伤。临别时我深情地望着老陈、伟正和另外一位留下的同学，心情异常的复杂。真真切切是千言万语，万语千言。那一刻，又是一片空白。摆摆手，赶快离去。再多逗留一会儿，不知道会发生什么。

　　时至今日，那些曾经和我共同生活和劳动过四年的知青同学和北京干部们，总会频繁地出现在我的脑海和梦中。依稀中的窑洞、温馨的小院子，那层层的梯田和贫瘠的黄土地、那高高的安乐山和深深的黄河谷、那憨厚纯朴的陕北汉子、那天真可爱的农村孩童，甚至还有那些调皮可爱的小毛驴、勤恳老实的黄牛、活蹦乱跳的小羊羔……所有所有这些，以及那一段段普通得不能再普通、寻常得不能再寻常，却永远令我内心震撼的往事。每当所有这些一次又一次出现在我的脑海，出现在我的梦中时，我便泪如泉涌，无法自已。深深地感谢你，养育了我们民族的黄土地。再见了，黄土地，我的第二故乡。

郑清怡，男<br>
北京大学附属中学高六七届毕业生<br>
插队地点：宜川县原壶口公社上岭大队兰家庄生产队

# 黄土高坡最后的北京知青养路工

1968年11月15日，初冬。北京清河中学高六六届毕业生杨连仲和数万名赴延安插队的北京知青心情一样，满怀一腔热血，身背行装，来到陕北洛川县槐柏公社陈胡村插队落户。

这是陕北一个阴冷的寒冬。迎接杨连仲的除了寒气砭骨的气候，就是荒僻茫茫的陕北黄土高原和面庞上布满刀刻般皱纹的敦实的陕北老农。

杨连仲怎么也没想到，从这一天开始，他背靠青天，面朝黄土，在陕北这黄天厚土上，一待就是三十五年。

公元1971年12月，又是一个阴冷的寒冬。杨连仲脱离了三年的插队生活，沿着这条三年前来陕北的路，招工到洛川公路段成了这条路的养护人。用老杨的话说：我的工作从"修地球"三个字，减到"修路"两个字，工作和生活负担一下子减轻百分之五十。

## 为陕北人修路

当了三年农民的杨连仲，深知陕北农村贫穷、落后、闭塞的一个重要原因是交通太不方便。所以，招工一来他二话没说，主动要求去洛川公路段为陕北人民修路。20世纪70年代初，别说陕北农村贫穷、落后得可怕，就是那个公路段，城里人也不正眼一瞧。不是有句顺口溜嘛："远看像逃难的，近看像讨饭的，仔细一看是养路段的。"可是杨连仲硬是选择了养路工这一职业。令他和他的家人没有想到的是这一职业竟成了他终身的选择。

杨连仲告诉我，自1971年招工到洛川公路段以来，他先后在城关、汉寨、伏益、西安宫、固现、洪富梁等道班一直当养路工，至今已三十二年在洛川公路段没挪过窝。而在汉寨道班干得最长，已整二十个年头了。他说他干的最高职务是工会小组长、道班副班长。咱现在是汉寨道班副班长，当了副班长就要带领道工把路修好养好，这样心里就踏实，晚上才能睡好觉。

他养护的210国道洛川段是20世纪80年代初铺筑的沥青路面，由于是超期服役，加之交通量不断增大，大吨位车增多，公路已不堪重负，病害层出不穷。养这样的老路，杨连仲下的功夫比别人多，补的坑槽也和别人不一样。他补坑槽，补出了花子。人家补的坑槽填铺的混合料比原路面高两厘米，而他比原路面高四厘米。他说："按原来补法，经过行车碾轧，料挤实了，却比周围路面低了，一下雨成了积水坑，又坏了。再加高两厘米就解决了这一问题。"老杨补的坑槽又平实又漂亮，让人放心。所以他的经验很快就在道班推广了。

老杨说："道班弟兄们大都是本地人，家在附近。我家远在北京，千里迢迢，我就以道班为家了。"逢上节假日，他就让大伙回家团圆，自个儿留在道班值班。晚上，人们都入睡了，他吧嗒吧嗒抽着旱烟，脑子里老想着路上的事。尤其是每年7~9月的主汛期，老杨就没睡过安稳觉，他满脑子"保畅"的弦绷得紧紧的。

1993年9月初，一场暴雨下得惊人。人们都躲在家里不敢出门，而杨连仲和他的伙伴们冒雨上路巡查。在巡查中发现弯道248K和240K加四百米处路基被水冲毁，并且水毁在继续扩大，随时都有车毁人亡、中断交通的可能。面对严峻的险情，老杨和他的伙伴们遇事不惊，果断处置，栽警示桩，垒警戒线，并集中人力突击抢修，连续奋战两昼夜，及时消除隐患，确保公路畅通。他的伙伴说，这只不过是老杨养路生涯的一个小段子。

杨连仲所在的汉寨道班不远处有一个远近闻名叫圪崂的小村镇。小镇路边商店、饭店林立，来往延安、榆林的司机和游人大都到此就餐，致使圪崂、永乡一带占路为市，乱倒垃圾，堵填水沟的现象屡禁不止。为了还公路一个"畅、洁、绿、美"的本来面貌，杨连仲和他的伙伴们一方面和老乡搞好关系，多做宣传解释工作，一方面狠下决心，积极协助路政人员进行多次整治，清挖水沟，清理垃圾，为沿线村民铺设岔道出入口五十多道，使路容路貌得到彻底改观。

由于杨连仲所在的汉寨道班管理严格，技术过硬，注重安全，团结互助，连续多年好路率保持在百分之百，三十多次受到省市县表彰奖励。杨连仲本人也多次被总段、县段评为先进工作者，1998年汉寨道班被评为陕西"十佳"道班。

## 为陕北人付出全部爱

1974年，杨连仲和一位也在陕北插队的北京女知青结了婚。婚后生有一儿一女，杨连仲乐得合不拢嘴。1983年政策允许，老婆和孩子都回了北京。这以后，和他一起插队的北京知青也纷纷回了北京。没有回京的，大都上调机关、事业等单位去了。老杨舍不得他修的路和他的道班伙伴，坚决不走留了下来。这一留，他和老婆孩子两地分居整整二十年。

谈起儿子女儿，老杨很兴奋很自豪，让我看了照片，儿子长得很帅，女儿长得忒漂亮。但当我要看他妻子的照片，问她的姓名时，老杨怎么也不告诉我，更没让我看照片。我想，这难以想象长达二十年的夫妻两地分居生活，老杨一定有不愿倾诉的难言之苦吧？

老婆孩子走后，老杨可以说过着一种清教徒式的生活。为了摆脱寂寞，他很快找到了一种自我调解、自得其乐、助人为乐和知足常乐的生活方式。

他1973年就开始抽旱烟。旱烟现在就连陕北人也很少抽了，在公路段就更没人抽了。这种旱烟叶现在市场上也很少见，杨连仲就干脆自种自抽了。在公路段抽旱烟的是他，穿戴最不讲究的是他，一双粗糙的手磨出茧子最多的也是他。

当年迎接杨连仲的满脸刀刻般皱纹陕北老农的脸，如今在他黝黑的面庞上再现了。用杨连仲的话说：他已彻头彻尾彻里彻外陕北人化了。用当地老乡的话说，他比陕北人还陕北人。

他把他全部的爱转嫁给了他的伙伴们及陕北的乡亲们。

老杨除了养路，大部分时间是种树、种花、种菜、种草、养狗、养鸡、养鸟、养鸽子。他为道班和老乡修翻斗车、拖拉机、小四轮、压路机、自行车、摩托车和架子车，凡能修的他都敢修。他和他的伙伴们自己动手把道班建成花园、果园、菜园三园道班。他种的洛川苹果是接待客人的上乘水果。他务的菜园可解决部分道工吃菜问题。他的小花园春夏季节是鸟语花香。他曾喂养的两只大狼狗，不但道工都是它的主人，竟和周围的村民混得也很熟。主人不在，村民都知道是老杨的狗，就主动给狗喂食。两只大狼狗看似凶煞怕人，实际和他的主人一样温顺。老乡的洛川苹果到收获季节，两只狗就派上用场，给果农看园子。可惜两只大狼狗都已老死，可让老杨伤心了一阵子，如今他又养了一只小灰狗。

劳累了一天的老杨回到道班，当他一看到他的狗儿前后撒欢，鸡儿咯嗒嗒地下着蛋，信鸽儿在道班上空来回盘翔，鸟儿叽叽喳喳地欢叫，就感到其乐无穷，什么疲乏、烦恼全烟消云散了。

老杨的热心肠和乐于助人在当地远近闻名。谁家的东西坏了，不管是认识不认识，只要送上门的，他都热心修理，经他手一鼓捣准好。他不但给人家修好试好，还要给人家大讲一通。谁有什么难处，找他他准给你帮忙。他给老乡帮忙，老乡也给他有"回报"。老乡知道他老婆孩子不在身边，他的衣服、被褥脏了，洛川的婆姨就主动给他洗了，叠好送来。当地的老乡早已把老杨当成自家人了，有什么事情愿找老杨商量。老杨一没装电话，二没有手机，更没有电脑，和千里之远北京亲人的联系主要靠老乡的电话传递。他有什么事就用老乡的电话告诉家里。北京有什么事，电话打到老乡家，老乡再来叫老杨。听起来可真有些不可思议。

当代人不可或缺的电视，老杨说他只看有关农业、军事、公路和养猪养鸽等之类的电视节目。电视剧他说离他太远，他不看。什么舞厅、网吧、酒吧和球场等，他更没有光顾过。现代都市文明离他越来越远了。我看到他案头放着几本《赛鸽天地》《信鸽》和《中外名鸽》等刊物和书籍。他说其他书籍和刊物与公路无关的，他很少看。

他为陕北献了青春献终生。

谈起现在的生活，老杨用两个字概括：满足。他说他老婆刚返城时，先在河北一家饮料厂做工，后饮料厂破产，老婆下岗给儿子搞家务。而他每月收入一千一百多元，自个儿每月生活费二百多元就够了，还经常给老婆寄钱。省、市、县公路交通部门的领导，也很关心他，不时有人来看望老杨。道班的工友们对他就更好了。谈起今后的生活，老杨说他已五十六岁，今年准备退休，退休了不回北京，他盘算好在当地租农民一间房子养猪，他目前正在看有关养猪的书。他告诉我："不是有一句时髦的话嘛：养路工献了青春献终生，献了终生献子孙。我已有子孙了，献子孙我已做不到了，我就一人留在陕北献终生吧！"

我问老杨为什么不回北京享受天伦之乐，颐养晚年？

他吧嗒吧嗒抽着旱烟深沉地说："我在北京除了有老婆孩子，还有六个兄妹，我排行老六。我每年或两年都回家看望他们。每回去一次，北京就变化一次，我发现大都市北京的喧闹、嘈杂和气候，我已经远远不习惯、不适应了。而陕北的人、陕北的黄土、陕北的路、陕北的风俗人情和气候，我早已习惯了、适应了。我最终发现：我已是陕北汉子而不是北京市民了。"

我作为和杨连仲有着同样插队经历的"老三届"，曾多次采访过老杨。每次采访，我都有一种复杂的心情。每次采访结束握别时，我都觉得言犹未尽。我一直想要为老杨写点什么，可一直没有成文。如今老杨要退休了，作为朋友，献上拙文，聊以自慰吧！

当今社会，人们似乎有意或无意，忘记了至今还有默默地在社会底层或艰苦的岗位奋斗和挣扎的"老三届"。当代大都市的文明程度和档次越来越高,而他们却离都市文明越来越远。"老三届"中有许多人和老杨一样,用自己的一生作代价,投入与产出太不成比例,承受的困难和负担太重太多,而他们却没有被痛苦埋没,心甘情愿地把自己永远和大地融为一体。他们同样是社会的脊梁。陕西公路发展史上不应忘掉杨连仲他们这些最后的北京知青养路工。我想,杨连仲他们并不需要怜悯和同情,需要的是社会和人们的理解、关心和爱护。

作为杨连仲的朋友,我衷心地祝福好人老杨一生平安。

丁晨,男
西安市第五中学高六六届毕业生
插队地点:原宝鸡县固川公社

## 小曲好唱口难开

4月农事渐忙，中午收工回窑洞，饭菜已经摆好。忽闻群狗狂吠，我出门张望，原来是门口靠墙立着一位老人，他看上去很苍老，佝偻着身子穿一件烂袄，杂色的补丁与其说是缝上去的，不如说是绑上去的。那烂布已经挂不住补丁了。老汉左手握一把板胡，右手扶在墙上，手背瘦骨嶙峋骨节突出，腿微微抖动着。他身旁有一个十来岁的女娃，半搀半倚着老汉，她穿着破烂的花袄，一脸的泥污面黄肌瘦，只是那双眼睛还透着一点灵气。

一看就知道是讨饭的，我们让他们进屋，老汉执意不肯，我们硬是把他俩拉进来。老汉接过我递过去的水，喝了两口就给了女娃。老汉抹了下嘴就拉响了板胡，胡琴很破旧，拉出的声音也格外凄惨。女娃放下碗，随着琴声唱起了小曲。也许是又累又饿吧，孩子的声音时断时续略带沙哑。我们示意停止，让他们先一起吃饭。

老汉打开他的布袋，让我给他放进点干粮。我看见袋子里有一捧手指肚大小的碎干粮渣，干硬并长了绿毛。我把它往外挑着扔在地上，老汉忙抓紧那袋子，说："可不敢糟践，都是好心人送给我的。"我们面面相觑，谁也不再动筷子了。把饭拿给他们，让他们往饱里吃，老汉哪里肯吃呀，我们边给他们夹菜边说话。

从半生不熟的对话中，我们了解了他们的身世。这是爷孙俩，孩子的父母在1960年病饿而死，女娃从记事起就跟着爷爷讨饭。年复一年，爷爷在变老，说不定一天就会死在山路上，老人家有个心愿，入土之前给娃托付个婆家。

吃完了饭，我们把剩下的馍都装进了他们的袋子，老汉一边推拒一边示意孙女。女娃扑通一声跪在了地下，正要磕头被我一把拉起来。捧着孩子的脸，我们的眼泪再也控制不住了。十岁的女孩子正是欢蹦乱跳的年龄，正是扎在妈妈怀里撒娇的年龄，正是每天唱啊乐啊美不够的年龄。可是，眼前这娃根本就没有过父母之爱，而且，认定自己来到这个世上就是个讨饭的花子！老汉实在过意不去，从怀里掏出一卷布票给我们。他说，这些在他手里就是废纸。我们给他旧衣服御寒，他说受苦人命硬也不值钱。千恩万谢后，他们上路了。我们目送着爷孙俩步履蹒跚地走进山坳里……

我独自走进了山沟，嗓子里就像堵着一团东西，憋得我透不过气来，非要到山谷里喊一阵不可。

孟庆石（求实），男

1950年6月出生

北京市第二中学初六七届毕业生

插队地点：原延安县青化砭公社

# 插队拾零

## 赶　集

每月逢五逢十，县里、新市河等地都有集。县城太远，八十里地，一天赶不回来，因此，高柏、阁楼、新市河、壶口，包括延长县的部分村大都到新市河来赶集。

赶集本就是热闹事，自知青来到延安地区后，原来纯粹交易的场合，就增加了新的作料。知青们几乎没有来卖东西的，绝大部分都是来买东西，闲逛的。每逢集市，我们村的知青都和老乡厮跟（结伙）上，走郭下，下高树梁，沿着沟走四十里，来到新市河。赶集是件令人兴奋的事，一可以歇一天工，二可以到小饭馆美撮一顿，三可以见到别村插队的朋友，四也可以观观西洋景。

一般上午八九点钟，集上人渐多，有扛着粮袋卖杂粮的；有挎着篮子卖鸡蛋的、卖果子的、卖公鸡的。陕北人虽穷，但爱美之心人皆有之，赶集时，都愿意穿得漂亮整齐些，穿不起洋布衣，就是土布衣也是新的。

婆姨、女子们穿上花袄布鞋，尽管是土布的，但剪裁得十分合身，加上陕北女人身材窈窕，长相俊美，穿上紧身的衣服，显得更加苗条动人；走起路，一摆一颤的，像一阵清风一样，夺人眼球。汉子们身穿新黑布袄，头上系着新的白羊肚手巾，更显得扎眼；脖子上挂着平日不用的新旱烟锅子，铜烟嘴在阳光下闪闪发光。集上最显眼的就是来自八方的知青好汉们，有的身穿将校呢，足蹬高筒靴，挎着婆子，横着走路，目空一切，就好像走在王府井大街上似的；有的顽主、痞子，见到打扮入时的北京女知青（穿着一身蓝制服，留着遮耳小刷子发式），便走上前去，搭讪、摆份、拍婆子；还有的知青，虽不如穿将校呢的那么威风八面，也在集上横行乡里，见老乡们摆摊，一拥而上，围定老乡，几个佯装挑东西，另几个就下手往自己兜里装东西，老乡首尾难顾，只得自认倒霉。

以上众生相，只是少数，大部分知青还都老实，逛街购物，讨价还价，解馋打牙祭是主流。我们村都是高中生，不像那些初中生少不更事，从来不在集上造次。大多数初中生都知道我们村这几条汉子，见面点个头，表示敬意，绝不会向我们"拆搭"。我们也懒得理那些毛头小子，应付一下就行了，买好东西，就直奔小饭馆。

新市河饭馆很小，里外两间，一间是伙房，一间摆上三四张桌子就算餐厅了。两位师傅，一位姓白，山西人，主红案；一位姓马，负责蒸馍。小饭馆的菜谱就那么几样：炒鸡蛋、炒豆芽、炒豆腐、大烩菜、两面馍。别看就这几样吃喝，足让我们口水长流，饥不可耐。大家凑在一起，叫上几盘菜，就上一壶浑汤的白薯酒美美吃上一顿，真是妙不可言。

每逢集日，小饭馆生意兴隆，大都是知青光临，老白更是悲喜交加。喜的是生意红火，一个中午就能收到平日几天的钱；悲的是有的知青痞子们吃饭不给钱，吃罢抹嘴就走，说下次再给。何谓下次，不得而知。老白也无奈，只得认倒霉。集上的东西很便宜，知青赴延后，物价上涨，但比起北京来，不知便宜多少倍。一只大公鸡，才四毛或五毛钱，鸡蛋几分钱一个。有一次我们赶集，大伙凑钱买了十几只大公鸡，背回村去，美滋滋地做了回座山雕。

回想起陕北赶集，别有一番风味。虽然东西匮乏，但品起来味道纯得很，回味无穷，比逛王府井更有滋味。诚信交易，平等待人，有那么一点点不和谐的声音，但不伤大局。一条土街，圪蹴着买卖双方，气氛是那样平和。人们在极端的贫困中，在超人的劳苦中，在为生存的挣扎中，在这里找到了超脱、喜悦，也找到了丝丝的安慰。

# 偷

说到偷，在延安地区插队的北京知青（尤其是男生），很少没有偷过。我们村的知青，大件不敢偷，小偷小摸、顺手牵羊的事在所难免。回忆起当年在村里偷的趣闻，令人回味无穷。

那年头，村里没有电，直到1999年才通上电，过上了半现代人的生活。初来乍到，点煤油灯取亮，觉得是那么黑暗，总想着家里的大灯泡。老乡们节省，连带玻璃罩的煤油灯都不舍得点，说是费油，就用一个浅盘子放上点儿煤油或大麻油，捻个棉花捻儿，浸着油点亮。到了晚上，我们知青都想看点儿书，因此都想有个好的煤油灯。

一次，我和一个哥们儿去公社取信，邮电所和公社在一个院，取完信，就想找个人聊会儿天，不料，院里没有人，想必都下乡去了。我们走进一间屋子里，本想拿几张报纸回去看看，却看到桌子上摆着一个带玻璃罩的小煤油灯，做得十分精巧，比我们那个傻大黑粗的漂亮多了。我和哥们儿四只眼睛都盯上了那盏灯，互相会意地看看，他到门口去放风，我麻利地将灯装进书包，急忙赶出院外，疾步走到史家庄（距公社五里地），心里还咚咚乱跳，这毕竟是来到延安宜川插队后第一次偷，而且是偷到了衙门口啊！

知青从小在大城市长大，嘴馋。我们村的哥们儿，家里条件都可以，从小吃香喝辣，就更馋。一天到晚，两面馍就酸菜，辣子拌杂面，把肚子里的油都刮净了。老去集上买鸡，囊中羞涩，但又经不住诱惑，因此，老乡们散养的鸡和满世界溜达的狗就引发了我们的"贼心"。

塬上地不平，沟沟坎坎，练就了鸡飞翔的本事，凭空跳起来，翅膀一扑，像鸟一样从窑背上滑翔飞落几十米，毛发无损。对待这种"飞鸡"，靠硬逮自然不成，得有些手段才行。

陕北鸡肚子里缺食，见了食就全然不顾了，因此，用食诱捕就容易多了。根据这一特点，我们哥儿几个就决定到邻村去行动（本村的不能偷，影响不好）。我们在去邻村的村道上，用玉米粒将鸡引到村外边，见四周无人，我们其中那位行伍出身（踢足球的），凭着浑身腱子肉、好身脚，一个虎扑就捏住了鸡脖子，那可怜的馋嘴鸡，还未及嚎叫，就背过气去，被装进了口袋。用不了两个时辰，在我们的小炕桌上，就摆上了油花花的鸡汤和一堆骨头。

狗肉就烧酒，里外热，狗肉香，我们早就知道，可陕北犬恶得太，人说，当狗见生人狂吠时，你不要跑，低身佯装捡石头状，那狗就吓跑了。此话不太尽然。一次，我上老乡家讨酸菜，到门口，他家那只瘦白狗，见我就龇牙咧嘴，嗓子里呼呼作响，我俯身做捡石头的样子，那狗非但没有被吓跑，反而忽地扑将过来，吓得我一阵狂奔，冲进老乡的门，噌地跳上了炕，老乡吓了一大跳，凭空闹出个人来，那狗跟了进来，被老乡一阵呵斥，才悻悻而退。

别看陕北狗恶，但都饿得瘦骨嶙峋，饥肠辘辘，成天低着头在地上踅摸吃的。人说，陕北人上厕所，尻子不用手纸擦，带条狗就行了。完了事，狗自然来舔尻子，吃屎填肚子。因此，用食来诱捕，自会得手，不用担心被咬。如何逮狗，简言之，套捕！但需要点儿技术和胆略。

一次，我和一个哥们儿，背着水壶，拿着打好的活套，带着点儿干粮，到邻村去，在村边上见到满地觅食的饿狗，你尽量贴近它。刚开始它还有所警惕，但当你一投食，那狗的"革命警惕性"就丧失殆尽，心理屏障立马崩溃，低着头吃起来。我们一边投食，一边向村外走，那狗只顾吃食，哪里想到灾难将临。等到了村外，我们离那狗一米来远，一手投食，一手托套（绳子的一头系在胳膊上）唰的一下，将绳套在狗的脖子上。狗这家伙，脖子一上套，很快就老实了。你拉着绳子，它叫都不叫，跟着你走。我们拉着它，直奔塬上，找一棵歪脖子树，将绳子头甩过树丫，双肩一叫力，可怜那家伙，就被吊将起来，咧着嘴巴，吐着舌头，哀号着。说时迟那时快，一壶凉水灌进狗嘴里，须臾，那狗红着眼就蹬腿了。我们解下绳，将狗入袋，一路欢歌，凯旋。

陕北早晚温差大，栽种的水果糖分高，但皮偏厚。枣、香果、苹果、西瓜都如是。尤其是西瓜，逢上好年景，那瓜长得个大，瓤沙而甜。记得我和一个哥们儿，在大队里开会，正逢卖瓜，挑了个三十多斤的大西瓜，打开后，瓤都快掉下来了，那沙那甜，简直就没法说。我们俩左右开弓，将这大瓜一气儿都吃到肚子里，肚子都圆了，挺着回了村。说实在的，我回到北京后，再也没有吃过这么好的瓜了，一辈子都想它。

大队的瓜把式技术好，压的瓜个儿大而甜。老去买瓜不行，罗锅下山——钱紧，但禁不住嘴馋。人穷志短，马瘦毛长，只有一个办法解决，就是一个"偷"字。

同村的哥儿几个馋到了一起，商量了办法，三个人拎着麻袋，趁着月黑风高，直奔瓜地而来。其中一个哥们儿，伶牙俐齿，一副乖巧模样，径直到瓜棚，拿着香烟，与瓜把式搭讪，我们两个伏在地头，待瓜把式与那哥们儿聊得起劲，便在地里俯着身子，一脚一个踢断瓜蒂（瓜熟蒂落），再将踢下的瓜悄然运到田畔。我在田畔下，他递我接，将瓜装入麻袋。装满扎实后，佯装狐狸嚎叫几声，打掩护的那位就告辞出地，会同我们俩，一人一袋，肩扛一百多斤的瓜，五华里不打歇，大步流星，返回住处，放入寒窑。人不知，鬼不晓，那胜利的成就随着甜美的瓜水都流进了心田。

第二天，大队的瓜把式发现瓜丢了，也猜出了一二，但没有把柄，就到我们村打听。我们村的老乡也猜到八九不离十是我们哥儿几个所为，但村里老乡都护犊子，硬告诉人家瓜把式，昨黑里还和我们在一起耍，哪儿也没去，作了伪证。

插队时，这些偷鸡摸狗的事，虽然不多，但也做了几桩，成功率挺高，从未失手过，想来愧疚。这次回村，还跟老乡们提及此事，老乡们却一笑了之，全不在意。陕北人就是宽厚，谁家的娃不淘气？陕北娃淘，北京娃不也一样？

# 耕　　地

　　耕地、扬场、摇耧、撒种，这几样农活，如果你都能拿下来，老乡就说你苦下得差不多了。如果说起挣工分，全活自然就是十分，甚至更高些。刚到农村时，知青们只能干点儿粗活，精细的活人家也不会让你干。慢慢地才让你学耕白地，因为耕白地不播种，深浅、曲直都不太要紧，只要把地耕透就行了。这也算是练手。慢慢熟练了，才允许你套牛开沟播种和中耕串地（松土）。

　　说起耕地，我还真闹出不少笑话。第一次耕地，队里给我套上一头最老实的牛，我在后面，一手紧握犁把，一手执鞭，哈着腰，那牛欺生，不吆喝不走，我是顾得上扶犁，顾不上吆喝。人家的牛乖乖地往前走，悠悠哉哉，我这头死牛，就是走走停停，一扬鞭子，那牛噌的一下向前蹿，我急忙扶犁，单手不行就用双手，鞭子扔到地上，双手较力也扶不稳那犁杖。我是首尾难顾，耕的地深浅不一，歪歪斜斜压不上前茬。老乡见我这号狼狈，笑个不停，拉住牲口，叫个女娃，帮我牵牲口。第一次耕地，总算熬了下来。

　　记不得多少次了，我总算能自如地扶犁杖了，耕白地，开沟播种、串地都不在话下，扶犁杖时，无须手握，只用个小指头钩住即可。你看陕北人耕地，一排排牛匀速地走，头牛走到拐弯处，把式一声吆喝："回啦！"随着吆喝提起犁杖，将牛向上赶，一扬回头鞭："下啦！"那牛即回头转体，瞬将犁又插入地中，后面的一个个都是如此，吆喝声此起彼伏，像是轮唱。在晨曦中，在骄阳下，在落日余晖里，我和他们一样，头系白羊肚手巾，唱着耕地的号子，号子声回荡在千沟万壑之中。

　　说起耕地，有几回至今难忘。一次是早春时节，队里派犬子哥领着我们几个抢早耕白地，才3点钟，犬子就来吼我们起来，我们睡眼惺忪，迷迷糊糊地跟着犬子扛着犁杖上了塬。满天的繁星眨着眼睛看着我们这几个夜游神，四周万籁皆静，只有风在轻轻地唱着不变的歌。套上牛，犬子把头，大家跟在后面，一字排开，慢悠悠地走。我见那犬子走得很慢，仔细听来，他鼻子里发出呼噜声，他还真有两下子，边耕边睡觉，我们也效仿他，眯着眼，半睡半醒地耕着地。牛也听话，不紧不慢地走着，走到地头，自然地停下来，仿佛告诉我们："喂！睁眼吧，该掉头啦！"我们这才睁开眼，提起犁杖，吆喝了一声，回过头，插下犁，再闭上眼，就这样，迷迷糊糊地熬到了天亮，地也耕得差不多了。犬子张罗我们歇下来，眯一会儿，等送饭来。

　　一个暑天，麦秋刚完，队长带着我们哥儿几个到一个山坳里去耕地。这天奇热，动不动就顺脖子流汗，刚干一会儿，大伙就感到奇热难耐，看着那片白地，倍觉得硕大无比，苦海无边，何时到岸？人喘着粗气，牛也喘着粗气，血直向头上撞。耕到地头，按过去的做法，大家一齐呐喊，颇有气势。如今，却都无精打采，蔫头耷脑，有气无力；牛也随人，拐弯时，屁股扭半天才甩过身来。干了个把小时，人热得实在不行了，上身脱了个精光，就剩下小裤衩子也觉得是个累赘，反正周边除了黄土外，什么人都没有，都是光棍，有啥害羞的？队长带头，把身上扒得个一丝不挂，五六个裸男，手执长鞭，扶着犁杖，蹒跚而行。

  阳光烤在皮肤上，火辣辣地疼，山里就像个烤箱，我们就像烤箱里的肉排，活受煎熬，欲活不能，欲死也不能。我们一个哥儿们实在受不了了，小脸煞白，扶着犁杖哭了起来。队长也热得发昏，招呼我们卸套回家。大家就像"逃离索比堡"的囚徒一样，连忙卸套，穿上裤衩，卷上衣服，赶牛上塬，逃离苦海。

  这时，东南方向一片雨云上了安乐山，塬上吹来了徐徐凉风，说时迟那时快，刚才还是晴空万里，须臾之间，狂风大作，暴雨倾盆而至，四周一片茫茫，晒焦的身体任雨水冲刷着，把一天的暑气冲得干干净净，裤衩也脱了，在天雨之下，什么都是多余的。人与牛一样，全都裸着，享受着老天爷的恩典。牛眯着眼睛，高兴得哞哞叫，我们也在狂风暴雨中高声欢笑。离开陕北后，我曾去过很多洗浴中心，享受过各种形式的洗浴，但没有一次洗浴有这种天浴来得痛快和舒服。

  在大自然的怀抱中，人与动物一样，将自己的身体无遗地暴露着，那是一种乐趣、一种享受、一种升腾、一种宣泄，一种彻底的解脱和释放。人不能一辈子永远隐而不露，在雷霆万钧面前，你还有什么可以隐瞒的吗？这就是高原沐雨给我的启迪，我把它写在了我插队的日记中。

## 少男少女和我们

  别看陕北塬上风硬缺水，日头毒辣，但这方水土育下的人儿，很多相貌出众，尤其是少男少女们。后生狭长脸、高鼻梁、深眼窝，带有胡人的模样。女子们身材苗条、柳腰、长腿、漆黑的头发、白皙的皮肤，走起路来一摇一摆，带着一阵轻风，那叫一个水靓。比起不少北京女知青，喝口西北风都长肉的身材，真是一个天上一个地下。唯独稍差的是牙，由于当地水硬，又没有刷牙的习惯，牙是黄的。但无论前观后看，陕北女子的蛮腰、撅腚、俊脸、白肤，自是一番风流性感。

我们插队时，也就是二十来岁，正值当年，村里的同龄少男们都爱往我们窑里跑。尤其是雨天，一大早就到我们窑里，一待就是半天，山南海北、男欢女乐，十分融洽，青年们在一起打打闹闹十分开心。掰手腕、摔跤，农村小伙子人高马大，胳膊也粗，但就一股死劲，扛包刨地比不了，但论起掰腕子、摔跤，就没有灵活性。掰腕子"一、二、三"，对方还没有醒过梦来，让我一爆发，就把对方按倒了，不服也不行。在我的印象中，村里的年轻人还没有一个能掰得过我的。

王茂的兄弟王山，最喜欢和我摔跤。我们两人个头差不多，他小我五岁，在云岩上学，每逢节假日回家，就帮着家里干活。歇晌的时候，老汉们坐在一起，解开裤裆抓虱子。女子们在一旁说笑纳鞋底。后生们聚在一搭，抽一袋烟就叫板，摔起跤来，有的尻主，比如毛子，不敢上手，就在一旁咋呼，印堂子、二虎子、王山、王茂都交过手，好像我从来没输过。这次回村，大家回忆起当年的情景，还嬉笑不止，只可惜如今个个都成了半大老头子了，再也撂不动了。

知青嘴馋，天上飞的、地下跑的，凡能入嘴，逮着就吃。原先，村里人从不吃这些乱七八糟的东西，自来了知青，给荒僻的小山村带来食的革命，而首先进入这个革命行列的就是那些村里的少男们。知青套鸽子、套山鸡、逮白脖老鸹，村里少男们总有几个常客，跟着吃得有滋有味，吃后还宣传："唉！鸽子肉美得太太！"有时到了晚上，村里少男们纠集上知青，带上手电、拿着木棍，下到山沟里寻找狗獾。那獾跑得慢，夜里见了灯火，就俯下身来不动了，见人过来，就四脚朝天，乱抓乱挠，哥儿几个一顿乱棍，立刻毙命，背回家去，好美一顿油花花的獾肉。

有时中午干活不回家，吃过饭后，就到山窝窝里打柴，时而惊起一半只野兔子，我们和后生们一起呐喊追捕，多半是无功而返，但偶有收获，便成了村里少男们和知青炊上的美餐。

说起塬上的少女，前面我曾提过，不敢说是美若天仙，但那种没有任何修饰，带有浓浓野味的美，是任何城里女子也不能相比的。平时，我们这些光棍汉在窑里经常议起村里的女子，谁家的女子胸脯高，谁家的女子眼睛水灵，谁家的女子走路轻轻飘飘，又谁家的女子说话娓娓动听。记得王志才的两个女子长得最出众，是村里公认的美人。冯斌家的女子有一双水灵灵的大眼睛，就是厉害点儿，有点儿刺玫瑰的感觉。冯清云家的女子别看家里穷得一贫如洗，人却长得着实标致，高挑的身材，走起路来小屁股一扭一扭的，好生诱人。我们这些汉子被撩拨得五迷三道。

陕北的女子，一到十三四岁就该谈婚论嫁了，自然情窦初开愈发动人。在我们村六名男知青中，属许仲达最色，见到村里的俊美女子，包括年轻的婆姨，总爱用眼睐人家，看得人家羞答答的。适龄的女子也愿招引我们注意，每逢下工从我们窗口走过，都要大声说笑，以引起我们的注意，那银铃般的笑声，像一股清泉冲击着我们，禁不住隔着窗户向外盯看，也就春心荡漾起来。

1972年，当我离开陕北返京的时候，村里的少男们都来送行，惜别之情难以言表；少女们不好意思出面，就躲在隐蔽处，悄悄地看看，那眼神是那样迷茫、失落和无奈。

如今，当年的少男们都已步入中老年，有的长眠地下，少女们都早已出嫁，做了婆姨。和我一起欢闹、说笑的少男少女们，是高原的风给你们脸上刻下了深深的痕迹，但你们在我心里，永远是那么姣美、年轻、英俊和鲜活。

## "黄歌"的传播者

"文革"当中，文化生活十分枯燥、单调，所能唱的要么是那几首铿锵有力的语录歌，要么就是山高水长的颂歌，曲调激昂而生涩，很难调得起情绪来。因此，像我们这号被革命队伍所摈弃的另类子弟，就偷偷地在下面学唱一些外国歌曲，学唱的版本就是"文革"前出版的《外国民歌二百首》和《外国民歌二百首续》。

到了陕北，文化生活更是枯竭，但是，空气却是自由的。没有人来干预你唱那些被禁止的歌曲了，你可以肆无忌惮地唱。每天下工之后，除了做饭、聊天，就是翻翻旧书，有时夜深人静，就打开半导体收听敌台（陕北地势高，离苏联近，干扰少，可直接收听苏联电台）的音乐，语言虽然不通，但那优美的曲调，像一股股清流沁人心田。

在那个年代，在陕北的土窑里，这来自远方的音乐，给我们已近枯竭的文化生活注入了新的活力。歇工的时候，我们几个光棍，就躺在炕上，捧着《二百首》，你一首、他一首动情地唱着，毫无顾忌。当唱到"爱情""姑娘"一类歌词时，也用不着哼哼唧唧，尽可以大胆地唱，没有人来干扰你。唱得心里暖暖的、痒痒的、酥酥的。

在所有的外国歌曲中，我特别偏爱苏俄歌曲，那跌宕起伏的曲调，那些悲壮、哀婉、真挚、豪放的言语，让人感到有一种力量在推动着你去面对生活。我不明白，这些精美的歌曲，为什么被贴上黄色的标签。《莫斯科郊外的晚上》使你想到傍晚的家乡，初恋的爱人。《共青团之歌》《灯光》让你思念年迈的母亲和远在天涯的亲人。在崎岖的山间土路上，轻吟着《小路》，引着我们向着前方。当我们背着行囊，翻山越岭，返京途中，"越过高山、跨过平原"伴随着我们，一路风尘。

哥儿几个凑在一起，同是天涯沦落人。借着酒劲，大声吼唱《我们举杯》。在付家湾的坡顶上，在新市河的沟壑里，迎着蒙古高原吹来的寒风，《三套车》《茫茫大草原》一遍遍地唱起来，唱得心碎、心痛、心悸，欲哭而无泪。我坐在田畔上，独对落日余晖，含泪低唱《田野静悄悄》《从前你这样》《黑眼睛的少女》你如今在何方?!

1970年我到延川，看望在那里插队的"小兄弟们"，当时，他们年龄都比较小，大的十八九，小的也就十六七岁，苦哈哈地挣扎着。由于我年龄大一些，他们都管我叫"老陈"。先到聂家坪，在那里住了一宿，聂家坪的兄弟姐妹们也就是十六七岁，尽受人欺诈，我们一来，无形中给他们长了份，那些时常骚扰的"小痞子"们就不敢造次了。大家坐大炕头上，我开始给他们唱歌，传播"福"音。我记不清唱了什么，只记得有《鸽子》和《士兵圆舞曲》，引起了他们的兴趣和共鸣。

当天后半晌，聂家坪的铁良陪着我去了关家沟，沟里的小兄弟们听说我来了，大都集中在立哲插队的村子——关家庄。那晚上谁也没有睡，大家围坐在炕上，漆黑的窑洞里油灯鬼火一样地闪着。我们聊了许多，从北京聊到陕北，从欢乐聊到痛苦，从相聚聊到分离。有人提议唱歌，我看着在昏暗的灯光下，一张张年轻而消瘦的脸，唱起了深沉而忧郁的歌。

我记得唱了《小路》《灯光》《鸽子》《罗累崖》《士兵圆舞曲》……还有许多都记不清了。大家静悄悄的，偶尔听得见抽鼻子的声音，空气是那样的凝重，像那些歌一样，沉沉地压在每个人的心上。故乡、父母、兄弟、姐妹、恋人、幻想、憧憬、前途都融在这些歌中，让每个人浮想联翩。听说打那次之后，《外国民歌二百首》便成为这些小兄弟们的文化生活中不可或缺的一部分了。甚至我爱用鼻音唱歌的习惯，也有人去模仿。

几十年过去了，当我们又重新相聚时，很多人还来"指责"，是我教他们学"坏"了。学唱"黄歌"，是他们"变坏"的根源之一。想来，我倒没什么"自责"，反而觉得很光荣，因为，我成为这些"黄歌"的传播者，成为"新文化运动"的急先锋。

"黄歌"随着我走了四十余年，直到今天，我依然喜爱它们。虽已时过境迁，步入老年，但每逢唱起这些歌的时候，我还时时会想起那个特殊的年代、特殊的人群、特殊的经历。

我相信，有过那段经历的人们，心永远是年轻的。为了光荣的昨天，为了更灿烂的明天，我们青春无悔。

陈冲，男

1948年11月出生

原北京钢铁学院附属中学高六八届毕业生

插队地点：原延安地区宜川县高柏公社下塬头村

# 插 队 日 记

## ——在延长县黑家堡公社插队的日子

## 1969年1月25日　到了革命圣地延安

今天是我们插队路上的第二天了，要从铜川坐大卡车到延安。刚上车时，我们高兴极了，站在车上又蹦又跳又唱，不一会儿就不行了，因为车开始走盘山路。啊，好险呀，车边不远就是山崖，直上直下的。我们坐在车上，越来越冷，都把头缩在棉袄里，大家挤在一起相互取暖。我看见好多人睡着了，他们东摇西撞的，头咚咚地磕在卡车车帮上，都磕红了，可还是磕不醒。后来，我也和他们一样了。

不知过了多久，一个同学高声喊："你们快看呀，我看见宝塔山了！"忽地，所有同学都醒了，朝着他手指的方向看去。真的，宝塔山就在眼前了，这是我们向往已久的地方，革命圣地到了，我们的广阔天地到了。等我们想从车上站起来时，脚已经冻麻了，从铜川到延安，我们整整坐了十二个小时。

听带队的领导说，延长离延安还有一百八十里呢，我们不知道一百八十里是多远，反正我们是到了革命圣地，这里的山山水水、沟沟岔岔就是当年毛主席带领红军战斗过的地方，我们有志青年就要在这里起程。

注：很多人不理解当时我们为什么要去插队？是不是被强迫的？我的想法：插队是大势所趋，是被一种大的潮流裹挟进去的。当时，毛泽东被大家视为至高无上、视为神明，因此对他老人家的指示是崇拜、是不折不扣地执行，从内心来

讲，就没有半点儿怀疑。我当时其实可以不走的，我被学校军宣队抽去为《人民日报》组织的《中小学如何办》的栏目组稿，但我偷偷转了户口，之后给妈妈打了个电话，就想着奔赴延安了。我至今不后悔自己的选择。

## 1969年1月26日　连滚带爬进了马家沟

　　太高兴了，我们终于到了插队的地方——陕西省延长县黑家堡公社。原以为到了公社就到了目的地，谁知吃过午饭后，焦志延、秦雷、褚月华、李国维和我被分在马家沟大队，一行人马还要走二十多里地才能到村里。

　　有几个壮小伙来接我们，他们把我们的行李装上小毛驴拉着的车子，我们背着包跟在小毛驴车后面上了路。公路虽然弯弯曲曲，但还好走。过了一条冰河之后，进了沟，这下可麻烦了，因为这里刚刚下过雪，又是窄窄的小路。我们深一脚、浅一脚，没走几步焦志延就摔了个大跟头，我们急忙把她拉起来。没想到走在前面的月华又来了个大马趴，我还在笑她，正笑着也跟着躺下了。也难怪，我们穿的全是塑料底棉鞋。今天我至少摔了十多个跟头，同伴们也不在话下。我们哪是走进沟的，纯粹是滚进来的，好不狼狈。这个沟真不寻常，一点儿不像香山的樱桃沟。走在我们后边的老乡，把我们手提的大大小小的包全背在他身上，很奇怪他一个跟头也没摔，他还在笑我们，等我们回头看他时，他就绷起了脸，一路上一句话也不说。

　　我们终于住进了一个大窑洞，是永胜老汉的。安顿下来后，我才有心思看了看周围的环境，我们真是进了沟，窑洞在半坡上，后面是山，左右是山，对面也是一座座高山，白雪皑皑看不到边。窑洞长长的，一条长长的炕，足能睡上十几二十人，炕顶头是个灶台，窑最里头放了几个半人高的缸。

　　累了，休息吧。忽听外面有狗叫，我们连忙跑了出去。哇，小狗，一条小黄狗可爱极了。还来了一群娃娃围着看我们。于是我们把路上吃剩下的面包、馒头、所有好吃的都喂了小狗，把带来的水果糖分给了这群娃娃。我们想跟他们聊聊，他们都说"害怕"，为什么"害怕"呢？

　　注：那一晚上我们在永胜老汉烧的热乎乎的炕上睡得可香了！刚到农村的我们，见什么都是新鲜的、兴奋的，对今后将要面临什么，艰苦也好、困难也好、饥饿也好、前途也好，没想那么多。正如娃娃们说的"害怕"，不是什么害怕，而是陕北话"解不下"，是"不懂""不知道"的意思。

## 1969年1月28日　队里开了欢迎会

我要补记昨天的日记，昨晚的事挺重要。

队里给我们开了欢迎会。队长在天快黑时就敲了钟，队里的钟挂在村中间的一棵歪脖树上。旁边有一孔公窑，公窑可大了，是全村的会议室。窑里有一个大大的炕，没有电灯，只有两盏煤油灯。我们被迎在炕上坐。老乡陆陆续续来了，大概到天黑时人快到齐了，全是男的。有的老乡上了炕，有的蹲在地上，有的自带凳子，蹲在凳子上。队长讲了一些话，全是陕北话，脸上没什么表情，只是到最后笑了笑，带头鼓掌。我们听得似懂非懂，大家跟着鼓掌，我们也跟着鼓掌。

随后，队长又开始讲话。一来他说的话我们不太懂；二来盘腿坐坐不住，只好半卧；三来老汉们全抽烟，窑里烟雾腾腾；四来炕上暖暖和和，我们几个知青互相看看，不一会儿全都昏昏入睡了。后来，也不知怎么回的自己窑洞，接着又睡了。

注：这是我有生以来参加的最奇特的一次欢迎会。这里没有敲锣打鼓，没有彩旗飘扬，没有摆桌设宴。后来我才得知，尽管这些被欢迎者已经昏昏入睡了，老乡们仍然在这孔窑洞里决定了很多重要的事：一是定下为我们知青在村头打三孔窑洞；二是给我们分了种菜和种粮食的自留地；三是给我们每个知青定了工分，是按男劳力定的（因为我们要和男劳力一起干，觉得自己很行）；四是落实了给我们派一个做饭的大师傅……

想想当初，我们就像孩子一样幼稚、单纯，老乡们就像父母一样呵护我们，他们没有豪言壮语，有的只是淳朴、善良。

## 1969年2月28日　住上自己亲手挖的窑洞

队长今天宣布，我们的三孔窑洞正式落成了。多神奇啊，一个多月前，这里还是一座山梁。这可是我们和老乡用自己的双手一起打成的。开始时用老镢头在山梁上斩出一个直上直下的面，然后在面上挖了三个半圆形的洞，再在洞口安上木头玻璃门窗，最后，在窑里盘上了炕、做了灶台、垒了烟囱。

我们的窑洞不深，又是玻璃窗，所以阳光明媚。窑外有一块平地，是我们的院子。院子没有围墙，下面是满坡的枣树。由于挖出的黄土把枣树干埋了不少，我们在坡上一伸手就能够够到枣树枝，等枣熟了我们随时都可以摘到甜甜的红枣。

坡下就是队里给我们分的几分菜地，我们都商量好了，等天再暖和点儿，就在菜地里种上西红柿、黄瓜、茄子、韭菜。菜地对面，也就是过了小河沟就是我们的自留地，我们准备在那儿种上红薯、玉米、豆子。哈，我们的窑洞可暖和了，小猪和小狗也让它们住进了窑洞。小猪是我从另一个队的知青那儿用小筐装回来的小猪崽，现在圆滚滚的，像个大刺猬，毛是棕红的，不长架子，只长肉，圆圆的。据老乡讲，我们给它喂得太烫了。小狗我们给它取名叫"赛虎"，跟着我们很可怜，饥一顿饱一顿。可它天天守在窑洞外，很忠诚。

晚上我们一切安排就绪了，其乐融融。大家盘腿坐在炕上，围着煤油灯，开始写日记。

注：我们的窑洞真是让我留恋。它冬暖夏凉，窑外的枣红了我们真的可以随手摘着吃。坡下的黄瓜、西红柿我们总是在上工前顺手摘下来，在小河沟里洗洗就吃。那时，我们真切地体会到什么叫"自己动手，丰衣足食"。

错误的是：把猪和狗请进了窑洞同住。不久，我们在窑外养的鸡被狼叼走了；又不久在秦雷的褥子下面就发现了死老鼠；又过了不久，我们每个人身上都起了一串串的红包。老乡说，可能是水土不服，用烧热的黄土疙瘩在身上滚来滚去也不好。记得我回北京时，腿上的疙瘩和棉毛裤粘在一起，妈妈用温水洗下来，一个个脓包、一个个洞，后来我才恍然大悟，这些原来是跳蚤咬的。当时被它折磨得够呛，可却一点儿不懂，不知跳蚤为何物。

## 1969年5月4日　在山上吃早饭

"五四"青年节，我们仍在劳动。天不亮就上了山，好在今天锄黑豆，路不远，就在我们的窑顶上。

很多日子了，我们都在山上吃早饭。一听到钟声，各家各户把自家用布包着或用罐装着的早饭放到送饭人的两个大筐里，送饭人再担着筐送上山来。饭送到了，大家都在筐中找自家的饭，我们左找右找也没找到。于是，我们就扯开嗓子喊"秦雷",秦雷一向做事认认真真、兢兢业业、一板一眼的。

有一次,天下着小雨,漆黑一片,她坚持要给五保户担水,结果连人带桶掉进了水井池里,虽说池子不深,但她下半身也全湿透了。每次轮到她做饭时,总是比别人起来的早得多,今天也不例外。听到我们喊她,她跑出窑外,只见她头发乱乱的,脸上抹得黑一块、灰一快,嘴上不停地说:"就好了,再等五分钟。"果然,五分钟后她气喘吁吁地上来了,给我们做的是勺子扣出来的发糕。国维拿起来刚咬一口就吐了出来,小声说:"没熟。"秦雷二话没说,急忙收拾起来说:"我再重做。"说着又跑下了山。眼见着窑顶又冒出了浓烟。这时老乡把他们手中的各种各样的馍馍、饼子递过来,让我们吃。我们忍着咕咕叫的肚子谢绝了。眼睁睁地看着秦雷窑里窑外地跑,抱一遍柴火,又抱一遍柴火。将近中午时,我们终于吃上了早饭。

注:做饭,是一种生存能力。可是初到陕北时,我们面对的是长满大刺小刺的柴火、不听使唤的风箱、够着困难的大锅、缺油少米和各种没见过的五谷杂粮,要自己推磨碾米……总之,一切都是全新的,一切都要从头学起。不过,陕北的婆姨、女子手把手教会了我们许多,后来我们不仅擀出了薄薄的杂面条,还会自己做豆腐、荞麦疙坨、油馍馍……我们学会了生活,更学会了如何克服困难、面对挫折。事实证明:插过队的知青都是生活的强者。

# 1970年1月26日 打　坝

打坝已经进入高潮了。不幸的是今天焦志延从土坡上摔下来了,摔坏了脚和腰。

后沟岔的坝打得还顺利,眼看就快打成了。今天大多数人都在用架子车运土、夯土。焦志延干活总是有股虎劲,她和几个老乡站在土坡上放土,两丈多高的斜坡上,不时有土疙瘩滚下来。突然间,有一磨盘大的土块向下滚,要出现塌方了。在这紧要关头,焦志延猛地扔掉铁锹,向土块扑了过去,顶住了土块。坝上的人和车躲开了,可是焦志延和那块土块一起滚了下来,土块砸在了她的身上,整个人埋在了土里几乎看不到了。土块和土仍在往下滚,不过速度已经减慢了。我们和老乡吓坏了,赶紧冲过去把她从土里刨了出来,只见她嘴里、脸上、头发、全身是黄土,已经动弹不得了。为了保护下面的人,她自己的腰和脚都受了伤。

  几个壮小伙把她抬回窑里，我们帮她洗去头上脸上的黄土，看她忍受剧烈疼痛的样子，心里有说不出的难过。虽然只是一瞬间，也许就是这一瞬间会给她的身体带来终生的创伤，可这一瞬间却体现了她的思想、感情、品质，相信她永远都会记住这一刻，记住这人生路上的重要一刻。

  注：焦志延是高干子弟，原名叫焦小珍，为了响应毛主席"知识青年到农村去，接受贫下中农的再教育"的号召，毅然决然到延长插队，并把自己的名字改为"志延"。插队后她一直努力履行自己的诺言，严格要求自己，成为我们努力向上的榜样，曾被评为"延长县知青模范"，出席了县、地"积代会"。后来，她上了大学，当了干部，可她一直念念不忘马家沟的老乡。2001年她为马家沟的乡亲们捐赠了一所学校，一年后就竣工了，这里饱含了她多少辛苦，多少浓浓的情啊！

## 1970年7月15日　暴雨脱险

  我们一大早就和老乡到知青窑洞对面的黄土山上锄地，早晨天还是好好的，但中午时分天色突然暗了下来，经验丰富的队长招呼收工，老乡们飞快地下了山。而我们想，着什么急呢，慢慢地在后头走。没想到陕北的天变化真快，不一会儿，瓢泼大雨就下来了，眼前灰蒙蒙一片，泥泞的下山路一步一哧溜，我们只能坐在陡峭的山坡上往下滑，情况异常危险。

  这时，山脚下对面窑洞里的几位年轻力壮的老乡，看见我们没回去，不由分说冒着大雨，蹚过溪水就上了山。一个人在我们下方用镢头刨坑，其他几个人在旁边扶着我们，硬是把我们一步一步扶下了山。当我们安全抵达山下的窑洞时，营救我们的老乡和我们浑身都成了泥球。

  注：时隔了很多年，这次山上暴雨脱险的经历我们仍记忆犹新。陕北老乡淳朴、善良、见义勇为，在艰苦环境中异常坚毅顽强的精神给我们留下了永生难忘的记忆。

## 1970年10月8日 尝到了挨饿的滋味

夜深人静了，我却毫无睡意。明天我和北京干部老王就要离开马家沟，搬到葛家圪台大队了。此时，我百感交集。然而，最让我不安的，还是看着窑外明天准备拉到新家的一袋又一袋的麦子、玉米、谷子、豆子……这么多的家当。这是我的同伴们省着、攒着，最后留给我的。

这几个月，我们的伙食越来越好，我们吃过烙饼摊鸡蛋，还吃过红烧肉。每当这时，尤其是今天晚上，我们刚来到队里，一起度春荒的情景更是一幕幕地浮现在眼前。刚来时国家给我们供应几个月的毛粮，每月四十五斤。可能因为年轻长身体，或是干活吃得多，或许是计划性不够，总之，口粮极紧张。

到了晚上，每人只能喝两碗玉米糊糊或是蔓豆粥，蒸好的发糕或窝窝头挂在墙上，眼巴巴看着不能吃，因为这是第二天白天的口粮。老乡东拼西凑，甚至把仅存喂牲口的玉米也省下来凑给我们，仍是不够吃。我们和婆姨们学着挖野菜，回来包菜团子；学着掺上榆树皮擀杂面条；学着腌萝卜、蔓菁；学着用土豆做主食。

有一次，焦志延得了肠胃炎，吐得吃不了东西，我们从村头到村尾才攒够了一碗白面给她做点儿细粮。记得我妈妈从北京寄来了一斤做调料的虾米皮，打开包裹不一会儿，我们把它吃了个精光。一次，队里放羊时摔死了一只小羊羔，送给知青煮煮吃，国维说，这是她有生以来吃到的最香的羊肉。

一个春天的饥饿，一段最艰苦的生活。可是我们大家齐心协力，在老乡的帮助下，终于战胜了饥饿，战胜了困难，用我们的双手双肩，收获了小麦、玉米、谷子、豆子……今天我最后悔歉疚的是：我们大丰收了，我的同伴们却都走了，他们没能吃上这些好东西。我也后悔怎么没让他们多换些粮票带走。

注：春荒时，我们的确尝到了挨饿的滋味，甚至是饿晕的滋味。当然，原因是多方面的，其中有我们缺乏生活、自我管理能力的原因，有从城市到农村生活环境巨大反差的原因等。不管什么原因，从另外的角度看，苦难也教育、锤炼了我们。经过了饥饿，我们去掉了身上的"骄娇"二气，学会了忍耐和坚强；去掉了浮躁和怨天尤人，懂得了知足和幸福；去掉了空想的口号，学会了脚踏实地地生活。

在1970年的下半年，我们队的知青有的去了三线工厂，有的当上工农兵学员，有的在当地当了干部。因为只剩下两个人，所以我和北京干部一起被合并到葛家圪台大队。

临走的那天晚上，我心里的确很不平静。回想起来，有对马家沟老乡的留恋，有对那里一沟一壑的不舍，有对被招工和上大学同伴们的思念，有独自留下的孤独，有对新家的憧憬……其中很重要的还是感慨那患难与共的战友情，毕竟在摸爬滚打中相互鼓励、相互搀扶下度过了一段最最艰苦的岁月，这份最真挚的情分，值得我们一生珍惜！

姜丹，女
1950年11月出生
原北京师范大学女子附属中学六八届毕业生
插队地点：延长县原黑家堡公社马家沟

# 清平湾插队的史铁生

1969年1月13日，我十五岁满二十三天，出发到延安地区的延川县插队。这批本来没有我们六九届的事情，但是，名额不满，工宣队就把出身不好的六九届少数人顶了上去。当时，我是"可以教育好的子女"，就被"光荣"了一把，跟着六九届的孙立哲分到了关庄（公社所在地）。从此，我才享受了与史铁生同窑同炕的待遇。

第二天，我们二十一位少男少女就这样在延川县关庄公社关家庄大队落户了。老百姓开始以为我们是"工作队"，后来认为也就是"过日子"。

## 第一头痛的事情是砍柴

我们到延安，第一头痛的事情是砍柴。第一次砍柴，五个大小伙子还不如人家一个十二岁男娃砍得多，让村里婆姨嘲笑了一顿，很受伤。后来，曹博砍柴从崖上落下，安全问题就变得相当严重了。

就在树根将要告罄的时候，铁生把目光投向河对面的土地庙。经过"文革"，那个庙里的菩萨据说已经被"打倒"了。我和铁生到庙里一看，窗棂被拆得七七八八，神像仰天躺着，门则早已失踪。史铁生还有闲情研究泥塑是何方神圣，我则因失望而愤怒，把看得见的木头拾揽到一起，开始砸泥取木（本来我没有这种知识，是史铁生说"泥塑木雕"启发了我）"破腹剜心"，这时才知道神像的脑子和心脏是木质的。但所获不多，我不甘心，就爬上屋顶，去砍长在屋顶上的那棵树。

后来，史铁生把这件事写进小说，弄得不时有人来问我那个人是不是我，我当"仁"不让，还绝不检讨。2011年回庄，我特意到那个庙去看了一下，想把铁生的像放在那里，但那个庙已经破败不堪，于是作罢。只有那棵受过我伤害的树，在庙顶愈发壮大，载瘿藏瘤，拳曲臃肿，熊彪顾盼，郁郁葱葱。

## 最得意的篇章是喂牛

铁生的喂牛生涯是他插队时最得意的篇章。因此，他那篇《我的遥远的清平湾》成为知青文学经典，获得了全国短篇小说奖。他从牛和老汉身上，读了人性，读了历史，也读了自己。而小说中的情节和感悟，他那时就在笔记中勾勒过。我今天所能做的，就是把他不慎遗漏的事情叙述如下。

铁生面相不太"善良"且显老，言讷语迟，思量斟酌后言出则中。由于经常忘刮胡子，就很有点儿像关家庄男生里的"头（老大）"。可惜体魄又远不如同班的"大块"赵志平，不太"镇得住"人。所以，在和其他群体可能发生肢体冲突的时候，他会是第一目标。刚到村子时，村里第一大力之人薛国发，就曾经抱着他的后腰把他抡起，被我们喝止。薛讪讪地把他放下，嘟囔道：谁知道他是个"折腰"。从此，庄里老乡都叫他"折腰"。

后来，薛国发被铁生写进小说，不过小说的主人公是薛家那条忠心耿耿的黑狗，薛国发倒成了陪衬。2005年，我在延川见到薛，他在县城扫街，已经是一个身弱心衰的老人。

铁生在创作初期，环境不大宽松，有些问题自己也没考虑成熟。所以，常采取"影射"或者说拟"畜"的笔法，写牲灵（动物）就是写人，说的是牲灵比人强。比如他写猴犍牛（秦川牛种）和老犍牛（蒙古牛种）争第一把手的过程，那是相约圈后空场，反复角斗争夺；老霸主一战败北，当即承认失败，靠边让位，不再言勇。而不像世人那样贼心不死，纠缠不清，老是企图复辟。

铁生牛喂得不错，看书时间有保证，挣的还是旱涝保收的工分，更免去了日晒雨淋之苦。这使队干部便认为喂牛是充分发挥知青特长的有效措施。所以，当1971年铁生探亲未归时，就让我顶替他喂牛。铁生曾告诉我，关键在分料（黑豆）公平，两个老汉因怕对方坑自己，所以让知青（第三方）分，认为这样才可以保证公平。

铁生回庄以后，我把岗位还给他，并详细介绍了在他离岗时所有犍牛生牛的表现，还把从两个老汉嘴里套出的关家庄"知名人士"的事迹"学"给他听，后来，就被他写进小说了。

## "史铁生学坏了"

到关家庄的女生共十一人，年龄最大的是同校高三的钟瑚，但因为她是"随"钟兴华才入庄的，所以和我一样，基本没有发言权。关家庄知青的主体是清华附中的，男五女八。史铁生就是这个群体中的一员。由于知青多数人都只愿上山革命，不愿做饭，并且有一点儿"红卫兵病"——自以为是，善于以"大批评"开路来掩盖自己的弱点。所以，春节之后不久，一场震动全村的大闹，男女生就分灶了。分灶以后，男女生宛如路人，互不往来。

史铁生率先垂范，一脸严肃，一般不轻易对女生。可是百密一疏，在樊玲玲当众晕倒后，史铁生在笔记本上写下了一段赞赏文字，不幸被我们看见，而且，被立哲朗诵，现在我只记得第一句是"她真坚强……"结果铁生大怒，十八岁的男人朦胧的隐秘的爱恋被人当作笑料，实在是一件非常非常伤自尊的事情。有一次，男生唱着《二百首》（《外国名歌二百首》）走在庄里，铁生嗓子好，自然是主唱，迎面遇到了女生，结果立即闭嘴噤声，因为唱的是"黄歌"。但空气震动不以人的意志为转移，樊玲玲回窑后，"痛心疾首"地说："史铁生学坏了。"这件事，后来我告诉了铁生，他沉吟不语。

当年知青男女之间的朦胧情愫，是很纯洁的，但他们古怪刻板的行为方式很难为"八〇后"的新生代们理解。史铁生在《黄土地情歌》一文中，把这次"遭遇"写了进去（他居然记了三十年），并在文中对少男少女的情窦初开做了可以流传后世的概括："爱情是主流，反爱情的反动只是一股逆流。"

## 手绘结婚箱柜名声大震

铁生在绘画上颇有天才，曾得到清华附中美术老师的夸奖。但插队以后，虽然薄技在身，但无用武之地。1970年间，他突然发现，丹青之技虽不能名动京城，但是足以在乡下糊口。起因就是他说乡下画匠画的结婚用的那一对箱柜实在是太蹩脚了。老乡用怀疑口气"将"了他"军"："那你给画一对?! 我包吃包抽（纸烟），还给工分。"

那时，铁生正饿得心慌，馋得口痒，为了那香香的杂面条，干了! 从第一次给会计王生荣画箱子开始，名声大震，一发不可收。直到富农刘世发把他画的箱子挑到集上卖了，驻队北京干部郝建找他谈话："老乡自用可以帮忙，但拿去卖，那就是资本主义倾向了。"于是，只好作罢，一个可能气死齐白石的草根天才就此停步。

2004年10月，我去中国延安干部学院挂职，谈到故地即将重游，铁生让我去看看箱子还在不在并购回。回庄一问，老乡热情地提供了诸多线索，也看了箱子，均非铁生画的，因为箱子上没有革命口号。

2005年，刘世发的儿媳妇刘碧莲提供了一个重要线索，有一对箱子当年卖给了一位民办教师，这位教师现在住在永坪油矿。我打电话请示铁生："多少钱成交？"史铁生很高兴，但没出价，只说他出钱（底线初定八百元，运费除外）。等到我有空去拉箱子的时候，刘碧莲告诉我，老汉同意，老婆不干了。我想，做做工作，还是可以了却铁生夙愿的。

见面以后，老汉给我讲了一个故事：当年，他正要结婚，缺的就是那一对箱子。作为一个穷教师，心里想的是三十块钱一对的乡土箱子。但是，一到集上，他一眼就看上了那一对不同凡响的箱子，刘世发也就开了一个不同凡响的价格：六十元！讨价还价之后，五十元成交了。这位老师兴奋之余，请刘世发吃了一顿饭，有烩菜（带肉片）和炒鸡蛋，刘世发也慷慨地便宜了两块钱。

出乎意料的是，那婆姨的态度没商量：你开到多少钱我都不卖（我已经涨到一千二百元）。陕北的风俗，结婚的这对家具穷死也不卖，卖了夫妻过不到头！

一旦涉及道德问题，只能电话请示。铁生否定了我的一些与时俱进的想法，说："那就给箱子照个相吧，君子不夺人所爱嘛！"我照办。回京后，我展示成果，铁生、希米都表示了满意。2011年，插友们通过工作，买回箱子并运回北京，一只画有凤凰的箱子被铁生夫人陈希米捐给四川建川博物馆的知青生活馆。

## 一律拒绝别人棋局支招

铁生大展厨艺的时候是1969年七八月。灶上杀了男生单独起伙后的第一头猪，杀得五十六斤肉。李金禄（二十六中高一）邀请关家河的男生来共吃猪肉。铁生主勺。他先是在厨房门框上贴上了红底黑隶的"御膳房"的横幅，然后，炒了十二个诸如酱爆肉丁、鱼香肉丝这种上了北京饭馆当年菜谱的菜，真使大家刮目相看。

插队伊始，闲来无事，铁生喜下象棋。棋艺高低，对手是谁，如今都记不清了。但使我迄今感慨颇深的是：他最反对旁人支招，特别是给他支招。铁生自制棋盘的楚河汉界上，用漂亮的隶书写了一句俗语："河边无青草，不用多嘴驴。"但是，积习难改，又非正式比赛，大家难免插足战局，表示一下"我也行"。铁生不悦，不论所支之招是高招还是臭棋，不论是否符合他的本意或出自他心，一律拒绝。别人让他跳马，他非得出车；别人让他飞象，他非得拱卒。其结果，当然就会输棋，还落下一个"太轴"的评价。

正是由于他的"太轴"，他的作品，每一句话都是自己的（尤其《我与地坛》之后，行文风格最后确立，这个特点得以凸显），所以，才能感动许多素不相识的人，文字才能如此干净。

史铁生在他第一部以《我的遥远的清平湾》为名的小说结集出版时，送给我们夫妇一本，他非常认真地在自己相片下的留白处写下十个字：这不是纪念碑，是里程表。

李子壮，男

清华大学附属中学初六九届毕业生

插队地点：延川县原关庄公社关家庄大队

# 在延川县文艺宣传队的日子

  1971年全国掀起了普及革命样板戏的热潮。这一年，延川县也举行了革命样板戏会演，当时会演的情景盛况空前。县城周边十几里甚至几十里的乡亲们扶老携幼，前呼后拥，从四面八方赶来观看演出。晚上，秀延河畔的小广场灯火通明；十来平方米的土台子下，黑压压人头攒动，整整红火了三四天。

  会演过后，"延川县毛泽东思想文艺宣传队"成立了，队员基本是从会演的各代表队中挑选的，大部分队成员是我们北京插队知青，有二十来人。宣传队成立之初以演出京剧样板戏片段为主，《沙家浜》"智斗"一场中赵红梅和董靖分别扮演过阿庆嫂，安春龄扮演刁德一。韩胜利是按特型演员招来的扮演胡传魁，可是嗓子差点儿，还走调，每天赵志和用京胡给他吊嗓子，他总是唱不准，赵志和就用嘴给他哼哼着找调门："西拉，想当初……"反复找反复练，最后韩胜利终于能随上了，可是一到演出了，又不知道跑到哪儿去了。《军民鱼水情》片段中，陆子宏扮演郭建光，韩美勤扮演沙奶奶，杨世杰扮演小王。陆子宏声音洪亮高亢，韩美勤有原唱的味道。那时我们知青中年龄最大的不过二十岁，小的只有十六岁，正是意气风发的豆蔻年华，也正是长身体的时候，当时的生活条件非常差，但大家每天练功、排练，演出总是乐乐呵呵的，什么饿呀、累呀都不觉得了。

  为了提高队员表演技能和整体演出水平，向专业化方向发展，宣传队分别设立了创作组、导演组、乐队，创作组又分音乐创作和剧本创作。记忆中谭新庄、曹伯植负责音乐创作；路遥（后来成了大作家，可惜英年早逝）、焦文频（后来也是省内闻名的诗人）负责剧本创作；导演组全部由北京知青组成，成员有：董靖、韩美勤、肖桂芝、关来英、杨世杰。导演组的成立促进了我们的学习，同时也加重了我们肩上的担子。韩美勤、关来英、董靖负责演出的节目安排和新节目的排练计划；杨世杰、董靖负责舞蹈、小戏的导演创作；肖桂芝负责全体演出队的形体训练，每天早上准时练功。院子就是"练功房"，窑洞的窗台就是"把杆"，我们这些十几二十来岁的青年，压腿、下腰、开胯等动作是一大难关，两天下来，腰腿疼得连上下炕都费劲，但是，我们一直咬牙坚持下来了！

为了研究舞蹈形体训练的规范和要领、戏剧表演的技巧等专业知识，我们利用回家探亲，去延安、西安等地出差学习的机会，自己花钱买了一些有关的书籍。杨世杰从延安歌舞团借了一本盖叫天著的《粉墨春秋》，如获至宝，通读了两遍，并记了五六万字的笔记和心得，受益匪浅，在后来的舞台表演中效仿运用。董靖、肖桂芝、杨世杰三人把芭蕾舞《红色娘子军》剧本翻阅得散了数次，自己又动手装订了数次，可惜当时这方面的教材太少了，仅有的几本书在我们几个人手中传来传去，就连下乡演出时，也要带到挎包里。

1972年，延川县文化刊物《山花》的问世，推动了全县文化活动的开展，在那个特殊的年月，《山花》犹如在一片凋零的土地中破土而出的幼芽，点燃人们心中追求美好生活的火花，那一篇篇带着泥土芳香的文章，给成立不久的县文艺宣传队提供了不少的创作素材。

这一年是我们县文艺宣传队成长壮大的一年，也是收获最多的一年。创作组把曹谷溪的诗歌《送代表》改编成歌舞，把白军明的诗歌《磨刀谣》改编成诗表演，把焦文频的诗歌《征战在延川》改编成小品等，组织了一台完全是自己创作的歌舞、小戏节目参加了延安地区文艺会演，并在会演中一举夺魁，受到观摩群众和延安文化界的一致赞誉。焦文频以北京知青为题材创作的小歌剧《延安路上》还被选为参加陕西省小戏会演的节目。延川县宣传队在延安地区文化界有了点儿名气，有些节目甚至在群众中广为流传。

1976年10月，"四人帮"垮台了，举国欢腾。延安地区歌舞团演出的大型讽刺喜剧《枫叶红了的时候》引起了轰动，广大群众都想目睹这出精彩的话剧，于是，杨世杰和董靖专程去延安学习，回来后马上分配角色，分析剧本，背台词，大家不分白天黑夜地排练，仅用了十多天就把这出话剧排出来了。这出戏光在我们延川县就演了二十多场，在永坪油矿连演了三四场，还应邀赴甘泉县演了三场。

当年我们这些县文艺宣传队的北京知青，如今已是年到花甲，想起在文艺宣传队的那些日子，还是那样刻骨铭心。

当年我们工作起来，心中总像是有一把"火"在燃烧，不怕苦，不知累，更不畏惧危险。记得那一年路遥和焦文频合作，创作出以延川县一位游击队领袖为题材的九场歌剧《第九支队》。剧中主要角色全部由北京知青担任，就连剧中的道具都是北京知青李柏岩亲手制作的。篝火是用从广播站借来的电风扇上面绑上剪成火苗形的红绸子做成的，前面挡上画成木柴的三合板装上个小灯泡，点火时一通电，电扇一转，灯泡同时亮了，火苗闪闪而动，很逼真。

这台大型歌剧正式上演时差点儿发生事故。当时，杨世杰和路遥用绳子把李柏岩吊到小礼堂的房梁上去准备装面光灯，眼看差一臂的距离就要够到房梁了，绳子突然断了，李柏岩从十几米高的空中掉下来，摔在下面的排椅上。幸亏他掉下来的时候摔在排椅的面上，否则非得把腰摔坏不可。路遥急忙跨过几排椅子，跑过去抱着李柏岩急呼他的名字，那场面就像电影里演的战斗场面中抱着战友呼唤一样。大约有五分钟李柏岩才缓过神来，眨眨眼睛说："没事，再上。"

那几年从春暖花开直至三九严冬，我们都要背上铺盖、道具、乐器等，翻山越岭，每天步行几十里，走村串乡，巡回演出。夏天顶着酷暑烈日，背上的行李都湿透几层；冬天在飘洒的雪花中穿着单薄的演出服冻得瑟瑟打战。每次巡演都在十天半月以上，可以说我们爬遍了延川的山山峁峁，走过了延川的沟沟洼洼。

记得一次去土岗公社演出，从稍道河公社出发走到半路，一座峭壁挡在眼前，石壁下端十几米几乎九十度垂直，只能沿着由人工凿出的石窝窝往上爬，爬上去以后是一条只能弯着腰才能通过的羊肠小路。大家卸下行装，一些队员先相互托扶着缓缓地爬上石壁，下面的队员们再把行李、道具、乐器绑在背包带上吊上去。往上爬时别说女队员，就连男队员都紧张得屏住呼吸，心快跳到嗓子眼了。当我们爬到山顶时，大家把刚才的艰险抛到了九霄云外，坐在地上把艰险当成谈笑话题相互开起了玩笑。忽然，路遥带头唱起舞蹈《军民大生产》中的主题歌："井冈山的火，延安的灯……红缨在手缚苍龙。"大家随声附和着，歌声在山中回荡，真有"雄关漫道真如铁，而今迈步从头越"的豪迈感。

还有一次下乡走在半路，天降暴雨，大家躲在石庵庵里足足躲了个把小时，天晴后我们继续赶路，突然，一条山沟里急剧倾泻的山洪挡住了道路，我们绕出十多里才走到比较平缓的地段。为了赶路，大家蹚着齐腰深的水，手拉着手，缓缓地向对面蹚去，我们被洪水打得前仰后合，今天想起来还很后怕。

最难受的是夏天下乡演出，白天顶着炎炎烈日步行几十里路，汗水把衣服湿透了，又渗到背后的被子里，晚上睡觉时被子总是潮潮的。女生们爱干净，到了目的地就换衣服、洗衣服。男生们懒，穿着印上一圈圈白色汗渍的衣服也不洗，最后后背那块都硬了。就在这种环境下，大家无怨无悔，不管多累多饿，不管刮风下雨，不管有伤有病，只要一上台大家就是精神抖擞地演、认认真真地演、兢兢业业地演。

那时候，我们每到了一个演出点都是自己动手搭台子。借来木头杆子、铁锹、铁镐，大家一齐动手挖坑、埋杆子、挂幕布，一会儿，一个简易舞台就搭好了。晚上演出时，点上两个蘸了柴油的棉花团子当照明，后台点上煤油灯化装。演出时棉花团子上的柴油带着火星子，噗嗒噗嗒地直往地上掉，刚一张嘴，黑黑的浓烟顺着风灌到嗓子里，顿时，满嘴里都是柴油味。

一次，在稍道河公社演出，肖桂芝到后台换完服装刚往窑洞的土墙上一靠，顿时觉得屁股蛋子像针扎了一样，端着煤油灯一照，原来是一只大黑蝎子，她还是忍着钻心的疼，一直坚持演出结束。关来英身体不太好，一次到张家河公社演出结束后，突然病情加重，公社领导派人赶上毛驴车，赶几十里路连夜把她送到县医院。可是她只在县医院住了一天，病还没好利索，就又赶到乡下参加演出了。

记得1974年秋，我们下乡来到文安驿公社的梁家河大队演出，当时的大队党支部书记是北京知青习近平，他亲自忙前跑后为我们安排住宿，还杀了一只羊招待我们。晚上演出前他代表梁家河大队讲话，在讲话中对我们文艺宣传队发扬延安精神，不怕苦、不怕累，送戏下乡，给予了高度的评价，至今记忆犹新。

2000年5月，在延川县毛泽东思想文艺宣传队成立三十周年之际，当年宣传队的十几名北京知青又结伴回到延川，他们受到县委、县政府以及三十年前的老领导、老朋友们的盛情接待，县文艺宣传队先后几批近百余人相聚在了一起。唢呐高奏，鞭炮轰鸣，彩旗飘飘，在延川的三天时间里我们始终热泪盈眶、百感交集。

为了答谢延川乡亲们的培育之恩，我们赶排了一场节目，在没有服装、没有化妆的情况下，发出去的晚会票已经限制不了潮水般涌来的观众，延川影剧院的甬道上、窗台上、乐池里都站满了观众。一个半小时的演出，全部是当年的老节目，不是节目精彩吸引了观众，而是三十年的思念把大家吸引到这里，乡亲们说不为看节目，只为见见人（北京知青）。

又是十年过去了，每当我们想起那次聚会时的情景，仍是激动不已。现在我们相聚时或接待延安的朋友时，酒过三巡总要唠上几句陕北话，吼上几句信天游，因为当年的那段经历，已经成为我们生命的一部分。

杨世杰，男
1952年7月出生
清华大学附属中学初六八届毕业生
插队地点：延川县原张家河公社新胜古大队

董靖，女
1952年1月出生
清华大学附属中学初六八届毕业生
插队地点：延川县原冯家坪公社寺村大队

肖桂芝，女
1953年6月出生
北京市第十九中学初六八届毕业生
插队地点：延川县原永坪公社刘家渠大队

## 曼子，你不是懒汉

上庄村里有四个我认为最懒的人。他们的共同特点是：干十分钟活，要拄着锄把或镢把子站那里歇八分钟。给集体干活是"吊死鬼寻绳——慢慢腾腾"，给自留地干活是"李闯王进城——热火朝天"。

我当了大队"革委会"副主任后，主抓文化建设和农田基建，决定要设个妙计治治这四个"懒汉"。我既不能明打明说他们是懒汉，也不能任由他们给集体干活时如此偷奸耍滑，总磨洋工。我装作若无其事挑了这四个"懒汉"，说他们形象好，个头儿差不多，有灵性，和我一起工余排练《五个老汉学毛选》。

我一个大姑娘家家的，要扮作"领衔主演"的带头老汉。每天收了工，我就把他们四个扣在场院粮房门前或村口老槐树底下，发了小红本本的毛主席语录，一段段教他们唱，一段段排练动作、步伐，调度队形变化。

四个"懒汉"很是兴奋和激动，一辈子没被人这么抬举过！个个很是投入，从一开始"路都不会走了"，到一招一式、一腔一调都逐渐像那么回事了，用了十来次吧。我完全是按老头儿的特定形象设计动作的，比如，脑袋略摇晃，用大烟袋锅子一起磕鞋底子、一起捋胡子、一起往腰带里插烟袋锅子、一起吹胡子、一起背着手走山羊步、一起手捧毛选认真点头拜读、一起下决心好好劳动建设新农村。说实在的，学老汉挺着腰或猫着腰半蹲着马步来回表演，我还得没完地唱着、舞着一个个手把手地教，真挺累的。四个"懒汉"倒蛮认真，排学毛选没一个偷懒瞎混的，生怕自己没学会丢了人。呵呵！

曼子就是其中的一个"懒人"。他和那三个懒汉最大的不同是人长得朴实憨厚，眉眼中没有那三个人的贼光鬼气，比油画上的农民要生得俊气文气。但他在地里干活，就是干三下停五下，老是无精打采，长吐气，说心口不舒服，村子里人都说："哎呀呀，那可是上庄村第一懒尻。"他不光在集体地里干活懒，回家也是炕上一横，懒得起来。油瓶子倒了也不起来扶的主儿。到地畔或沟里给自家打柴，也是一小把把挂在镬脑脑上晃荡着。

曼子婆姨长得龇牙咧嘴、凶神恶煞、满面怒气，形象倍儿丑。我自打进了村，没见那婆姨脸上乌云散过。最大的特点是斥骂自个儿的老公，骂得满嘴白沫、狠话砸夯、叉腰瞪眼、咒爹日娘的，恨不得不给曼子吃饭，不让曼子进门。整个一个母夜叉、母老虎。而每当这种时候，曼子唯唯诺诺没半点儿脾气。方言加语速极快，那恶婆姨骂些啥，我也听不明白。就纳闷这么英俊厚道一壮汉，在黑丑不拉的孬婆姨面前跟三孙子似的是为啥？

我指定曼子排《五个老汉学毛选》那一段时间，这孬婆姨好歹安生了，不再骂汉。我见了这婆姨，就用冷峻的目光扫射她、震慑她，不屑与她搭话，慢慢的，那瓷尻婆姨不敢太嚣张了，知青在场多少收敛了很多骂夫恶习。如今，我已是六十多岁的年龄，终于悟出曼子总挨婆姨骂的个中原因。

《五个老汉学毛选》演出大获成功！我画上黑胡子，穿上黑对襟盘扣粗布袄、棉裆裤，头勒羊肚子手巾，腰扎宽布带，提着大烟袋锅子，手捧红语录，领头儿带着四个"懒汉"表演。惟妙惟肖的演出，逗得全村人开怀大笑："看，领头的是女知青凌儿嘛，咋怎像老汉哩！""看曼子那狗儿的，会演着哩！""看梅子她大（父亲），挤眉弄眼咻痨势子！""看栓娃子他大笨得那憨势子，把金狗儿鞋踩脱了一只！""呀呀，那凌儿也抽上烟锅子啦！""快看凌儿那小脚脚片子，穿的那鞋，露馅儿了，那四个都是大脚片大鞋！""真格？""我的神神爷，笑死人了！""哈哈哈哈！""哈哈哈哈！"前仰后合一村人！

演出效果真是不错。我说演也演了，你们几个也出了名了，但是学毛选要落实到行动上，不能让旁人戳咱脊梁骨，农业学大寨，咱处处得带头呀。

响鼓不用重槌敲，演出《五个老汉学毛选》后，这几个著名的"懒汉"都变得勤快了，在给集体干活时变成"李闯王进城"，不再是"吊死鬼寻绳"了。

不过，曼子有时候还是爱喘粗气，干三下倒不停五下了，变成干三下停一下了，我发现他干活还是有点儿吃力似的，也没多想，也没说过他。我觉得他有点儿栖惶，他家院子里照例会传来恶婆姨咬牙切齿的斥骂声。村民习以为常，我们知青也习以为常了。

我调干离开村子进城工作后，再没见过曼子。两年后有一天，听其他还在村里的知青说曼子突然就死了，一歪歪就死了。我大吃一惊！曼子肯定是心脏病猝死的呀！

几十年过去了，我总想起曼子。我觉得当年自己年轻无知，太不懂世事，太没生活经验。曼子不是懒汉，曼子是有病啊。曼子没钱看病，曼子也不知道自己有心脏病，他说他心口"不彻溜儿"，他老喘粗气，他干三下停五下，他是干不动啊！他婆姨老骂他，是他那方面也无能吧？

曼子，我不该把你列为我心中的懒汉！几十年了，我都在心里懊悔啊！你这可怜的、憨厚的、苦命的曼子啊！你在我心里挥之不去。我会经常想起那个挂着锄把、䦆把喘气的曼子！曼子婆姨也冤枉曼子了，他不是懒得生虫虫哩，他有心脏病呀。

曼子，愿你在天之灵原谅我吧，愿你在天堂安息！愿你下辈子活得安生！

朱凌，女
中国人民大学附属中学六九届毕业生
插队地点：宜川县原云岩公社上庄

## 那山那水那人

1969年2月2日，那年我十六岁。天气也像人的心情一样，阴沉沉的，我登上了西行的列车，带着对家、对母亲的依恋和牵挂，走得匆忙而无奈。

黄土高原上的那场雪真是大，放眼望去，天地一片混沌，银装素裹的高原蜿蜒起伏，夹着一道道的沟壑，旷野静寂无声。一辆辆车轮子上缠着防滑铁链子的大卡车，满载着北京下乡知青在白雪覆盖的盘山道上，向着陕北高原的深处驶去。

记得是中午才到县城，延长县城一面背山，延河沿公路顺势穿过城里继续向东。下车的地方是个平整的小广场，广场上人、车、驴熙熙攘攘，各村来接知青的老乡早已等候多时了。人是灰头土脸的人，车是木质架子车，驴是个头儿不大的灰驴和黑驴，时不时还龇牙咧嘴地叫唤几声。我和同学们跺着冻麻了的双脚，等着村里的老乡来认领。

"后段家河的，谁们是分在后段家河的？"一个中年汉子用带着浓重鼻音的陕北话大声招呼着，凡被他点了名的都围到了他身边。五个男生、六个女生，共十一个人。只见那汉子穿着一身蓝黑色自家染的粗布棉袄棉裤，腰间扎着一根绳子，头上扎着一块已经洗不出本色的毛巾，个子不高，瘦小精干。"我是后段家河的队长段京玉，把你们分到我那哒咧，咱就相跟上紧忙走，还有五十里路哩，赶天黑前要翻过山才成。"

在段队长的招呼下，我们上路了，要走五十里山路才能到村里，况且是盖满积雪的山路。出了县城向东，走了一段慢坡后，转过一个弯儿就开始上山，路又陡又滑，我们女生互相拉着、拽着、搀扶着，一步一滑地、艰难地走着，虽然只是背着随身的书包，不一会儿就走得气喘吁吁、浑身冒汗。

505

由于是山路，连架子车都不能用，行李、箱子全是靠驴驮和老乡们肩担、背扛，路上听说我们刘家河公社的一个女生居然带了一架钢琴，八个老乡愣是从县里翻山越岭地往村里抬。

没人说话，只听见自己踩在雪路上发出的咯咯吱吱的响声，我越走心里越担忧、沮丧，越走心里越凉，光进一次县城就这么难，今后还回得了北京吗？

到陕北第一宿的热炕睡得我们像翻烙饼，不过真是解乏。早上起来女生小刘神秘地说："你们猜我做了一个什么梦——铁箅蒸笼！"

没多久，就过春节。段队长怕我们想家，知道我们也不会做饭，就把知青分在了老乡家里过年，而且还一再说，这是任务。谁能料想到过这个年却是老乡家"最后的辉煌"，陕北去年遭了灾，等待他们的是饥荒，他们把一年中最好的吃食留到了过年，而且还无私地招待了我们。后来我们才知道这些，陕北的老乡真是好啊。

很快，我们就知道了队里的一个工只值一毛多，也就是说一个工分才一分多钱。男生一天定八分，女生一天定六分，女生一天也就勉强挣到一毛钱，闹不好到年底工分总数不够还得倒交粮食钱。切实感到了生存的艰难与不易，陕北真是穷啊。

没多久，我们就不是刚来时吃当地的酸团子（玉米面发糕，不放碱）难以下咽的学生了，而是成了一群见什么都吃的饿狼，比起老乡来，有过之而无不及。初到陕北的几个月吃商品粮，每人每月三十几斤毛粮，最后实在不够好像上面给涨到四十斤。每个月一到月底的几天是最难熬的，记得有一次只搜刮出来一些豆子，于是就煮豆子吃，闹得全都不消化，胃疼、拉肚子。而一旦把粮买回来，则就像过节一般，先过过嘴瘾再说。

一个月初，我们决定吃捞面，纯白面，不掺豆面的。事先做了一大盆浇面的卤子，不过就是土豆丝加上盐和水煮一煮，主题是吃面。一锅面熟了，锅台上摆着十个饭盆（一个女生来了不到一个月就当兵走了，剩下了十个人），十双眼睛眼巴巴地盯着，每个饭盆只能分到一个碗底，迅速吃完后又继续擀面，等待下一锅。就这样周而复始，一大块面吃完了，接着再和面、再擀、再煮，直到瓦罐见了底，面没了。王蕴环说："你们知道咱们吃了多少斤白面吗？整整二十斤，我昨天推完磨是过了秤的。"这顿面从中午一直吃到晚上，每人平均二斤面！

那年，正是"闹狗"的季节，为了防止毁坏庄稼，队里成立了打狗队，队员全是男知青。自从我们知青到村里后，像什么"看菜园""看梨、桃"这些得罪人的活儿队里总是派给我们，认为我们在村里没有亲戚关系，敢翻脸，得罪人也不怕，而我们也愿意干，总比上山苦轻些。这打狗肯定是得罪人的活儿，俗话说，打狗还要看主人，不过男生都乐意干，关键是不用上山了，又很刺激。

一天，王极新、杨朝飞、许爱国、刘振农、董孟新他们还真套回一只大黄狗，几个人把狗吊在知青窑前的树上，拿棍子直打了半天也没打死，那狗的哀号声我们在山上受苦都能听见，段队长说，学生娃不知又咋日怪那狗哩。

　　还是村里的男娃从前跑到知青窑告诉他们，灌口凉水，一口气儿上不来就憋死了。我们养的那条半大的狗——黑子吓得躲在柴堆里半天不敢出来，真是应了那句话，"杀鸡给猴看"。晚上，我们美美儿地吃了一顿狗肉，让来窑里游玩的从前吃，他死活不吃。那狗真是肥，第二天，我们又用扒下来的肥膘熬出了一大盆狗油，美美地炸了一顿油饼儿，满村都弥漫着极其难闻的腥臭味儿。不知谁吃得高兴了，站在院子里跳着脚地冲着蓝天、白云大声呐喊："天下者谁吃过狗油炸油饼儿？我们！我们！"还真是的，吃过炸油饼的人不少，可吃过狗油炸油饼的人大概只有我们了。

　　几天后，邻村的一个汉子来到了知青窑，问我们是不是套了一只黄狗给吃了，我们做出死猪不怕开水烫的架势拒不承认，那汉子最后看实在问不出什么，就放个软话说：你的就是吃了也没啥，把狗皮还给我，我也好卖个钱哩。小刘动了恻隐之心，觉着人家把话都说到这份儿上了，就跑到柴窑把狗皮拿了出来。

　　谁料想那汉子一下子就翻了脸，抄起了狗皮说："好你们哩，竟把我的狗给套来杀了！"他不依不饶地在那儿闹，男生们开始还嘴硬，可是狗皮攥在人家手里，后来也都蔫儿了，我们一个劲地说好话，又凑了几块钱，给了人家。那汉子提着狗皮走了，一路骂着。

　　五月端午，在陕北是一个喜庆的日子，在段队长一声响彻云霄的"搂造喽"的呐喊中，后段家河开镰收麦了。听老乡们说过，麦收在一年里苦最重，因此我们早有了思想准备。但实际比想象的还要严重。一个是累，再一个是渴。

　　天刚刚亮，人们扛着麦担、拿着镰刀就上山了。那架山上是队里最好的麦地，人们都在低着头、双手不停地忙着，只听见一阵阵唰唰的割麦声，那声音里带着人们的希望和丰收的喜悦。老乡说是托了我们知青的福，今年的麦子大丰收。

　　一片片的麦子倒下了，随后被迅速捆成捆，齐个儿展展地摆在收割完的地里。太阳照到了坡上，到了回去吃早饭的时辰了，是不能空手回的，还得把捆好的麦子从山上担回场院里。麦担和普通担水的扁担不同，两头没有挂桶的铁钩子，而是削成尖尖的。要想把这尖尖的两头分别插进两捆麦子里，再把它们担在肩上。不是一件容易的事，要技术，又要力气。先是把麦担的一头插进麦捆，高高地举起，再把另一头插进另一捆麦子，然后才担在肩上，两大捆麦子没有百十斤，也有七八十斤，往肩上一压，腿直打晃。就这样一天上山割麦、下山担麦要往返几次，反正割下的麦当天都要担回场里。没担几趟，肩膀就磨破了，最要命的是第二天,当那两大捆麦子再一次压在又红又肿又破了的肩上时,真是欲哭无泪。

但最难熬的还是干渴。随着太阳的升高,湿透了的汗衫又被火辣辣的太阳烤干,嘴里连唾沫都没有一滴,全身干枯得像是点火就着。越来越渴,脑子里只有一个字:"水!"抬头望去,晴空万里,那天真是蓝,蓝得深,蓝得透亮,蓝得就像是浩瀚的大海,让你恨不得一头扎进去……我们割麦的速度越来越快,因为麦捆太多了,段队长就会下令往回送,这样就能下山找点儿水喝。

没想到因为干渴,竟加快了割麦的速度、增加了送麦的次数,形成了作业的良性循环。随着段队长一声嘶哑的呐喊"回喽",我迅速地插起两捆麦子,担起来飞快地往山下跑。还在割麦时,我早就琢磨好目标了,在这架山的下面走不远,就有泉。是那清凉、甘甜的泉水在诱惑着我、驱使着我。

陕北的村庄分布在塬上和沟里,山上即为塬上,沟里即为山下。凡是在沟里的村子,大多都有一条小河,顺着山沟从村里流过。刚分到后段家河就听外村人说这儿的水可好哩,有好多眼泉。后段家河村子中央的小河旁有一眼最大的泉,泉眼被凿成一个洗脸盆大的石钵,钵里的水永远是满满的、清清的,永远是新鲜的,多余的水溢出了石钵,流入了小河中。老乡们管这眼泉叫"井子",全村吃水都靠它。这架山下去就是摩洼沟,那里的石崖缝缝上也有几眼泉,不知什么年代人们把泉眼边凿成了一溜小槽儿,人站在那儿刚好嘴能够上喝。就是这一溜溜儿泉眼,使我们干劲倍增。

到了山下,我撂下麦担,向着泉边奔去,一阵猛喝。一股股凉凉的、甜甜的甘露滋润了干裂的嘴唇和喉咙,直流进我的心田,世上再没有比这更舒服的感觉了。段队长赶了下来,大声喊着:"叶广荃,不敢把麦子撂下,那麦子干着哩,撂地下颗粒就全掉完哩!"有什么敢不敢、行或不行的,顾不上了。王蕴环、顾小容、董孟新、刘振农他们也全撂下麦子,飞也似的过来了,我们齐个展展地站成一溜溜儿在那水槽边喝水。男娃从前笑着喊:"看咻,饮驴哩。"一阵哄笑。

下乡不久,队里让我当赤脚医生,十几岁时胆子忒大,凭着学医的姐姐寄来的《解剖学》《生理学》《农村赤脚医生手册》三本书,还真干了起来。春儿妈妈就是我的第一个病人。那年她犯了老胃病,疼得厉害了直撞墙,我连打针、吃药、外带扎针灸,守了她三天,从此她逢人就说:"叶广荃那女子治病好着哩,心善着哩……"

刚到村里时的知青窑是原来的小学校,在一个高高的坡上,坡下就是清清的流水,我们出工回来会在这儿洗洗手,闲时会在这儿洗衣服,夏天男生们会趁着天黑用这清水洗去一身的污垢、汗水。

还记得一个月圆之夜,我们女生坐在院子里望着满天的星斗和明月,唱着孙家塔队女生李路作曲填词的歌，歌词至今还清楚地记得：

> 我孤独地站在延水边，
> 睁开迷茫的双眼，
> 深深地怀念故乡啊，
> 望北京归路遥远。
> 泪水像珍珠断了线，
> 无奈啊我把它洒向这陕北高原。

凄凉婉转的曲调，发自肺腑的心声，直唱得每个人泪流满面。记得那时男生们老缠着段队长问什么时候下雨？明天能下不？不是关心地里的庄稼，而是太累了，下雨就可以歇工了。每天是超负荷、超时间的劳动，吃的又极差，只要是段队长一喊"歇歇喽"，我们会立马找个平整地儿躺下，全然不顾什么体面不体面的。段队长被问得无可奈何时，就会说：我又不是龙王佬，哪能知道哪天下雨？

那天，终于下起了小雨，大家都歇了工，每当这时，我们知青窑就成了俱乐部。怀页和一群年轻人来了，从前和一些女子、猴娃娃（小孩）也来了，都聚在我们窑里，说着、唱着、笑着、闹着，还有的打着扑克。

怀页正在说着什么，突然停了下来，抬头注视着窑顶，半天不动，最后说是顶上有条缝哩。确实是有条细细的缝儿，就在靠着窗户的窑顶上，那是我和王蕴环睡的位置，每天我们躺在炕上，睁眼看着窑顶，竟没发现。怀页拿了一把铁锨，站在了炕上，招呼我们全躲开些。他小心地用铁锨试探着那条缝隙，我们远远地看着，并没觉着怎样。突然，随着一声巨响，烟尘四起，一大块土坷垃直砸了下来，只见怀页本能地顺身一闪，躲到一旁。

这突如其来的事件，大伙半天没反应过来，我和王蕴环脸色煞白地愣在那儿，我俩睡觉的地方被砸成了一个大坑，炕塌了。躲过了一劫。陕北的土质和别处不一样，凡是能挖窑的地方，那土就硬得和石头一般，说是土坷垃，其实它就是一块大石头。而现如今我们住的那孔窑反而没塌，只是窑顶上那个大大的缺口依然还是当年的样子。

两年后，我们住上了新箍的石窑。

2004年，我回了趟陕北的后段家河。

在此之前的三十多年中，我竟没回过一次陕北。是没时间、工作太忙？是不想，还是恨那块荒芜了我们青春的黄土地？是害怕，怕触景生情、怕回忆起那段落魄的日子？说不清楚。我曾跟人讲，一辈子做梦总是梦见两个地方：一个是北京东城的四合院，那是我童年和少年时代生活过的地方；另一个地方就是陕北的后段家河。这个陕北高原上的小村落，是让我刻骨铭心地思念，却又害怕面对的地方，多少年过去了，有无数次机会可以回去看看，却一直迈不过这道坎，导致的结果是逃避。

但是，多年来总有一个梦萦绕在我的心头，埋藏在我心灵的最深处，当一触及它的时候，心里会有一种莫名的感觉，让人说不清、道不明。和别人说起这种感觉，谁都不理解，觉得既然那么魂牵梦绕的，就回去看看呗，说我把本来很简单的事情复杂化了。

那年暑假，与先生和儿子到山西、陕西驾车游，我们从山西壶口瀑布过了黄河就是陕北，先生在"文革"串联时到过延安，他执意要到延安看看。到了陕北到了延安，再不回村里，的确是说不过去了，我再没有逃跑的理由，只有一条路，回！

上午参观了延安的杨家岭、枣园，午饭后，我们从延安顺着延河向东，直奔延长县。一路上那爷儿俩倒像是旧地重游，兴致极高，一边开车，一边起劲地聊着。我一人坐在后面沉默不语，心里一阵阵发紧，车里播放着刚刚从枣园买的陕北民歌唱片，那高亢、悲凉的信天游，弄得我心里乱乱的，思绪走得很远很远。

延长县到了，还是那条依延河流向而建的街道，只是看不见了昔日的邮局、照相馆和大食堂，而是添加了一些现代的气息。去刘家河的方向应该是顺着公路继续向东，延河依然陪伴着我们，到了呼家川，我们转而向北，在山的褶皱中穿行。

儿子问是不是当年就是顺这条路进县城，我说不是，那时常走的是另外一条，要一路翻山，比这难走多了，但是要近些。那时进一次县城，来回走一百里山路，为的就是吃上个俩面馍和一碗粉条、白菜、豆腐、几片大肥肉的大烩菜，竟要花费一天的时间。儿子感慨着我们当年生存环境的恶劣和不易，我从心里感谢一个"八〇后"对我们的理解。

过去要走半天的路，开车一个小时就到了。刘家河公社现在改为了乡，乡政府依然还是在路边的坡坡上。记得当年从县城走到公社已是傍晚，就在这个路口，挂着横幅，路边站满了老乡欢迎我们，其实更多的是好奇、看新鲜，他们不明白这些娃们在城里长得好好的，来这里受苦做甚。没想到在公社竟碰到了当年在延长县接我们回村的段队长的儿子涞构，得知老队长已故去，不由得一阵心酸。涞构如今是后段家河村的村主任，他把我们带进村。

村里的那条小河依然在流淌，河边的那眼井子还在冒着清泉。当年住的石窑还在，上面还能看到斑驳的"青年之家"四个字，那是队里用我们的安家费给箍的，石头都是我们一块块背来的。如今院子里已是杂草丛生，男生住的窑洞已经坍塌了。

当年的青年队长怀页如今已成了老汉，他站在石窑前大声呐喊着："噢——叶广荃回来了！"我猛地感到一股热辣辣的东西涌了上来，再也按捺不住，泪如泉涌。此时此刻，在这一刹那间我顿时醒悟，三十多年的困惑迎刃而解，当我面对这片黄土地，面对年轻时曾洒过汗水、泪水的地方，面对这些纯朴的乡亲们时，不是怨，不是悔，不是恨，而是充满了感激之情。

后段家河——这里是我走入社会的起点，是这片黄土地和老区的乡亲们以他们博大的胸怀接纳、包容了我们，教会了我如何做人，如何去面对社会，以致在今后的人生道路上，无论面对逆境与顺境，总能走得扎扎实实，一步一个脚印。

正如有人对知青的评价所说：……青春的记忆是他们生命中的一个底色，他们常常拿它作为辨别真伪的一个参照系。几十年过去了，历史和现状一旦让他们迷惑，他们就会拿出来比照一番，就可能会得到有血有肉的证据。

已是老态龙钟的副队长生儿来了，还是像当年那么能说会道的三元来了，怀页的哥哥哑巴来了，罐子的妈妈和花念婆姨来了……在家的老乡都来了，聚在我们石窑的院子里。他们询问着顾小容、王蕴环、庄兆兰怎么样，问男知青杨朝飞、王极新、董孟新、刘振农可好，还告诉说前几年许爱国回来了一趟。

儿子看到他们都能认识、记得，并一下子叫出我的名字，很是受感动。前不久，看《凤凰大视野——黄土地青春记忆》节目，里面的一位老乡说："陕北有两次闹红，一次是红军到陕北来，老百姓敲锣打鼓接回来；二次是北京知识青年到陕北来，打着彩旗，敲锣打鼓地接回来。"那几年的经历对我们来说是永世难忘，而对老乡来说同样也是忘不掉的。

老乡说现在的日子比我们在时过得好多了，目前政府实行了退耕还林的政策，国家给补贴，山上种了好多果树，果子熟了还能卖钱，村里的年轻人都出去打工了。他们感谢几年前我们知青集资帮助队里拉了电，如今村里都通了电。能看出，他们的生活好了，村里比原来绿了。我感到欣慰。

涞构和从前婆姨做了一顿地道的农家饭，烙饼摊鸡蛋和棒楂粥，儿子说头一次吃这么香的地道的柴鸡蛋。吃罢饭，该走了，乡亲们一再挽留，但天黑前我们一定要赶回乡里住，因为天又阴了，一旦下起大雨，这段土路汽车无论如何是开不出去的。涞构拿来了整整一口袋黄澄澄的小米，从前婆姨往车上放了一纸箱柴鸡蛋，还说要给捉上只母鸡带走给娃（指儿子）下蛋吃，谁又塞给半袋糜子和村里去年结的大红枣，还有谁……

我感受到了乡亲们的一片心意，沉甸甸的。

一共在村里待了不到三个小时，而我却在离开这儿整整的三十五年后，才完成了这次不到三个小时的回归，不是路途的遥远，而是心理历程的艰难。我们在村里走着、看着、寻找着，儿子问我在找什么，我说："脚印，青春的脚印。"

再见了，留下我们无数脚印的山间小路，村中那条依然流淌的小河；再见了，我们曾经住过的窑洞；再见了，淳朴的陕北老乡们，那山、那水、那人……

叶广荃，女，满族

原北京第一女子中学初六八届毕业生

插队地点：延长县原刘家河公社孙家塔大队后段家河生产队

# 知青的箱子

十六岁那年,俺有了一件属于自己的家具:一个木箱子。

箱子出产于国营家具厂。虽然材质不怎么名贵,做工却一点儿不含糊。致密的卯榫,严实的牙口,镀铜的扣锁,暗红的漆面儿。当时,谁家娶媳妇儿,都要买这么一对儿,放在新房里显得富贵喜庆。

轰轰烈烈上山下乡的年代,买这种木箱要凭插队证明信,专门供应给上山下乡的知青。箱子的扣锁下面印上一段号召下乡的文字,表明了主人的身份,也成了那个年代的时尚标志。

当时宣传知青下乡后要插队落户,扎根农村一辈子。可是,谁也不知道去了会怎么样,也不知道还能不能回来。出去挑家立户,没地儿搁东西怎么成。家里一个月没吃菜,给俺置办了这么一个箱子。

走的时候箱子里头塞得满满的,有衣服、书本、常用药、卫生纸、肥皂、牙膏、罐头、固体酱油、白砂糖,还有一大瓶炸好的肉丁黄酱。

经过汽车、火车、毛驴拉的架子车长途转运,到了村里箱子已经快散架了。俺把它钉钉补补,摆在窑洞里。虽是伤痕累累,到底是新家伙,煞是好看。

箱子一打开就空了一半儿。肉丁炸酱一顿就差不多见底,第二天被抹得精光,连瓶子也不用洗了。肥皂、卫生纸都充了公。集体伙着用东西,都可着劲糟践,没几天就都糟践光了。看见别人都有存货,暗呼上当,敢情糊弄傻小子哪。等家里再寄来,留个心眼,细水长流吧。

箱子里又多了两样东西。一个是烟卷儿。虽说十几岁孩子抽烟早点儿,可人家都抽,自己不抽显得忒雏儿了,让哥们儿怎么出来混。

另外,就是来信,渐渐地摞了厚厚的一沓子。这些是精神按摩器,没有这些信，日子可怎么过啊。家长的信，都是不厌其烦地谆谆教导、反复叮咛。将在外，君命有所不受。父母圣训，顶礼膜拜之，束之高阁。同学的来信内容都差不多，插队的、兵团的、农场的，各有各的不幸。友情为重，"学而时习之，不亦说乎"。

放在箱底的那部分，属于珍藏版。字字句句，早已烂熟于心。个中滋味，容俺自己慢慢咂摸，就秘而不宣啦。

箱子上搁了一盏小油灯，便成了小书桌。墨水瓶上插一根罐头皮卷成的小管儿，穿上棉花捻儿，灌上煤油。火柴一点，照亮了桌面，也照亮了心。一封封泣血沾襟的信笺在这里封缄，一篇篇驴唇不对马嘴的歪诗也在这里出炉。

有一天，到后山积土肥。因为那块地离村子远，肥料运不过去。老乡们习惯就地把附近的灌木丛砍下堆起来，上面盖上厚厚的生土，把灌木点燃，烧过的土就有了肥力。快晌午了，一个娃子急匆匆跑来，说有几个北京学生来到村里，看知青宿舍没人又走了，好像把箱子打开了。

赶紧往回跑，宿舍翻得乱七八糟，箱子全撬开了。钱没了，箱底儿那些怕见光的也被翻过。恼羞成怒，恨得俺咬牙切齿。

半晌儿，那几个江洋大盗被民兵捆着押回来。绳子勒得龇牙咧嘴，可怜巴巴的。

都是插队的，同是天涯沦落人，有点儿物伤其类。赶紧找村书记求情，说是朋友误会了，大家闹着玩呢。

村书记是个走过江湖的人，立刻明白了怎么回事，背着手走了，把这伙人交给了俺们。一阵子寒暄，就算交了朋友。一个劲夸俺们仗义，东西给放下了，钱却不拿出来。江湖上传说的义字当先，其实也是扯淡。咬着牙忍了，好在以后再也没来骚扰。

俺的箱子倒是没撬坏。原来镀铜扣锁非常不牢靠，随便一拨弄就开了。只好再买个钌铞安上，加了一把挂锁，心里踏实多了。

此后，便有人话里话外地敲打俺。整风学习班也让俺深挖资产阶级思想根源。知道就是遭劫后，箱底儿的秘密走了水，惹得人们流着哈喇子交头接耳。这下也甭遮遮掩掩的了，爱谁谁吧。打那时候起，脸皮变得厚多了。

插队四年，分配到工厂，过上一段轻松的单身生活。再也不用想着缸里没有玉米面，也不用为下雨担不回来水而发愁。

新建的三线工厂，宿舍里的墙还没挂灰，能透风。把箱子摆在窗前，免得夜里风吹着脑袋。那年地震，人都睡在地板上，枕头前边挡着这个箱子，把自己的命交给了箱子。

搞对象了以后，拼起两块单人床板，把两人的箱子摆在一块，就有了家的感觉。箱子里变得整洁了，分门别类放着两个人的东西，幸福的感觉油然而生。

箱子底儿清理出来了。早先就老老实实地坦白过，政策也比较宽大，让俺自己处理。俺明白做人一心不能二用，且一山容不下二虎。要想好好过日子，就得放走一只。

在卫生间蹲了半天。一封封打开、默诵、点燃，像是在祭奠。火苗忽明忽暗，烟熏火燎的，呛得眼泪哗哗地。

经过九九八十一难，终于调回北京。两口子没工作，那叫艰难。没饭辙，只好在街边摆个小摊儿。天天被追得满街跑，一点儿小本钱也常常被强掠。读书人在街头与人锱铢必较，已经斯文扫地了，还要屡被当街训斥，真是羞惭得无地自容。

然而"父母在，不远行"。为了膝前尽孝，也为宝贝儿子在俺百年之后不至于流落他乡而举目无亲，曾经有回北京捡破烂、扫大街的决心。责任重大，目标明确，这点儿屈辱又算得了什么。

南征北战，仗给俺越打越精了。俺把货放在那个木箱里，搁在离摊位不远的胡同拐角。每次只拿着很少的东西到街上卖，即便逮住了也损失不大。

有一天还是被发现了。一大帮呼啦啦围了上来，都是大盖帽，也分不清是"哪部分的"。

这回真的急眼了，刚上的货啊。兔子急了也咬人，插过队的怕过什么，大不了撞个鱼死网破。事儿不闹大，怎么立住码头。

一个领头的歪着脑袋看了看俺的箱子，凶狠的脸有点儿松弛——

"刚回来吧，在哪儿插队啊？"

"陕北。"腮帮子咯吱吱在抖，怎么也咬不紧。兔子终归是兔子，就是龇着牙也肝儿颤。毕竟没打过架。

"哦，不容易。哥们儿，这儿不让摆摊儿，以后别来了，啊。"说完拉着一群喽啰走了。

"哼，不来？一家子吃什么？"等人家走远了，才敢讪讪地自我解嘲。躲过一劫，倒纳闷了：今儿太阳从哪边儿出来的？

一打听才知道，敢情是箱子帮了忙。那位也是知青，回城后不知怎么出息了，穿上了官衣。看见带字儿的箱子有点儿"兔死狐悲"，暗地里放俺一马。此后，看见俺，远远地就绕开了。咱也识相，把箱子放在胡同深处的一个院儿里。不就是多走几步路嘛，总不能让人家交不了差。

再后来，俺可耻地腐败一回，走后门进了国营单位。虽说到后来破产、下岗那是后话，谁让俺没长后眼。在当时可是中了头彩。

最后一次摆摊，清一下存货，也跟摊友道个别。一个哥们儿眼泪汪汪地拉住俺的胳膊:"老哥可算踏实了。这箱子你要是不用了,给哥们儿留下吧。"

这位朋友回城晚,拉家带口的,连个箱子也没有。还能说什么,把钥匙往他手里一塞:"东西不多,连箱带货全是你的了。"

回到家里悔了,怪自己脸儿热。陪俺半辈子的箱子就这么离开自己,仗义得忒大发了。再想想回城知青的窘迫,能帮上人家的忙也算物尽其用了。

拼了几十年,熬到了退休才搬了新家,四白落地,那叫豁亮。抚摸着厚重的铁门,那么牢靠,那么结实。妻儿老小跟俺饱尝颠沛流离、寄人篱下之苦,终于有了真正属于自己的家,乐得俺屁颠儿屁颠儿的。

回想起曾经睡过黢黑的窑洞,睡过墙上露着砖的单身宿舍,也睡过北京的地震棚。进单位的时候,非得签不要房的保证,否则不接收。在北京土生土长,插队几年回来就成了二等公民,没资格要房了。干脆把俺挂电线杆子上,行吗?都说老天爷不饿死瞎眼的家雀儿,俺信。前赶后错居然混上了单元楼房。这是多大的造化,这得修行多少年啊。

穷命的人享不了福。看着满屋子的新家具,心里惶惶的,好像不是自己的家。脑子里老是想着那两块单人床板和带字儿的箱子。现在日子是好了,可是心里躁得慌,不像早先那么踏实、舒心。

跟了俺半辈子的那个箱子,也不知道它怎么样了,或许那哥们儿也早就不用它了。

张铁良,男
1952年出生
北京市第四十一中学初六八届毕业生
插队地点:富县原张村驿公社芦村沟大队陈家河生产队

# 陕北插队生活片断

## 蹚　崖

到陕北插队时，我和三班女生小力、平平、智灵分在一起。我们四人一个炕头睡觉，一口锅里吃饭，一起上山打柴，一起下沟挑水，劳动从来不输给男生。老乡们都夸我们是巾帼不让须眉。

当地老乡有个习惯，上山受苦时总带根绳子，遇到山坳里有些枯枝死树，就顺便用绳子一捆背回家。这就是上好的干柴。

我们也学老乡的样子，每天上山都带根绳子。但是我们不太知道哪里有干柴，所以捡不到多少。那天，我和智灵在干活时发现一处山坳里有许多枯树，我俩特兴奋。收工时，便悄悄直奔那里。俩人美美地整了一捆干柴，甭提多高兴了。可是如何将干柴背回去，不再翻山走原路呢？

我们发现了一条水冲出来的路，直通山下。当时，我们认为只要顺着这条路下到沟底，就没问题。那会儿我胆儿特大，也要强逞能，说："我先试试。"

但是，没想到水冲出来的路，土特别的松，根本就放不住脚。刚踏上去，整个人就陷了下去。慌忙中我顺手一抓，揪住了一把枯草，暂时止住了下滑，然而，身子却已经悬在旁边的一个土崖边上了。看到我双脚悬空吊着，智灵急忙从上边的斜坡上探下身子，伸出一只手想来拉我。可我不敢抓她的手，害怕把她拽下来。正在这时，我感觉手中的那把枯草开始松动了，我连忙对智灵说："不行，我下去了。"

话音未落，崖土、枯草拽着我从山上坠了下去。我想这下完了，闭着眼睛，脑子里一片空白，任自己的身子自由下降，只是希望双脚快点儿着地。那会儿觉得时间过得特慢,等我的双脚着地了,人却像皮球似的被弹起来。身子往后一仰,顺着下面的一个山坡滚了下去,一直滚到一个水沟里才被卡住。此时,我浑身上下剧烈地疼痛。隐约听到智灵在呼喊我的名字:"顺娣,顺娣,呜……"

她大哭起来。我当时疼得厉害,连气都出不来,更不能应答。但是,听到她的哭声,我想她一定以为我昏过去了。于是,挣扎着说:"别哭,我没事。"

智灵一听到我还能说话,顿时止住了哭声。她说:"你待着别动,我回去叫人。"扭身便往山上跑,回庄叫人去了。

我躺在地上,感觉身上的疼痛好像减轻了一些,便试着坐起来,活动双臂、头颈和身子。可当我移动双腿准备站起来时,却觉得右腿脚脖子处像刀割似的疼痛,根本无法站立。我脱下解放鞋和袜子,查看我的右脚脖子,并没有外伤,只是略微有些红肿,手指一按,非常的疼。我心里暗暗地庆幸,等着救援的人们。

那时已是晚春,山坳里空旷无人。微风吹过来,静得可以听到树叶沙沙的响声。突然,一个小东西从对面山坡上跑过,我睁大眼睛看去——"小松鼠?"我怕极了。万一出来狼和豹子怎么办?我的脑子里迅速地运转着,爬来爬去地在四周收集树棍和土块。

不知过了多久,智灵带着我们村的男生女生赶来了,中间还有一两个青年老乡。我看见他们心里特感动,眼泪在眼眶里打起了转转。

男生们和老乡商量着如何抬我回去。女生们则跑过来问寒问暖查看着我的伤处。亏得我已经脱下鞋子,右脚开始像发面馒头似的肿了起来。由于来得匆忙,救援的人没带门板和担架。最后,不知谁出的主意,男生们脱下两件厚衣服,将衣服的纽扣交错相扣拼在一起,两边各用一根粗树棍穿上两只袖子,做成了一个简易的折叠担架。大家就是用这样的担架,翻山越岭地把我抬回了庄。

回到窑里,婆姨娃娃们都来看我。有人送来了黄酒和鸡蛋,说是可以活血疗伤。队长也来了。他蹲在地上,吧嗒吧嗒地抽着旱烟,他说:"我看娃儿脚肿成这样,还是乘夜送到公社卫生院问个医生,给娃儿看看有没有伤着骨头。"我连忙说:"太晚了,又要麻烦大家,明天吧。"队长说:"麻烦甚?这可不敢耽搁,弄个门板,几个人抬上,我们走。"

同学们觉得队长说得对。吃罢晚饭,不知是谁抬了一块门板过来,铺上被褥让我躺上。同学们和队长及庄上的汉子们轮换着抬着我,点着火把,星光月夜下,走了十里路,浩浩荡荡地把我送到公社卫生院。

卫生院一个值班的女大夫,围着我转来转去,在我脚上涂了很多碘酒,据说可以消肿。因为没有 X 光机,她也没说出甚来,说要等第二天外科大夫来了再说。

夜深了,老乡和同学们都赶回屈圻庄里了,我被留宿在离卫生院不远的校友五宁和金英的住处。小力留下来陪我。

第二天上午,小力去卫生院请来了外科大夫。大夫来了以后,先查看了我肿胀的踝部,然后拿把皮尺围着我,将我的两条小腿量来量去。最后,终于做出了诊断:没有骨折,只是踝部扭伤。这样,我留在郑庄治疗了一段时间。

那时,麦子还没有灌浆,自留地里的蔬菜类作物也才发芽,知青点都在闹饥荒。我和小力借住在五宁和金英处,不好白白地吃别人的口粮。于是,小力就用全国粮票到公社的小饭馆买一些玉米馍,放在他们灶上一起开伙。

第三天,平平就背着口粮来换小力了。她背来了两种粮食,一种是白面,另一种是玉米面。队里的知青们将仅有的百分之五的细粮省下来给了我这个"伤员",让我度过了最疼痛的日子。

几天后,踝部的肿胀消了一些,但是,只要一沾地和触摸,就感到刀割般的疼痛。大夫每天来只是给我抹点儿碘酒。我们商量,还不如带点儿碘酒"出院"回自家的窑洞里养伤。队长知道后,派人把我接回了屈垴。

## 疗　伤

半个月过去了,我还是不能走路。大家用"伤筋动骨一百天"的老话安慰我。每天清晨,我坐在窑洞门口,目送着同学们下地。夕阳西下时,又看着他们回来。

我也不甘心待在家里白吃干饭。有一天,看见村里的孩子们在挖野菜,我想到同学们已经好几个月吃不到新鲜菜了,就跟他们一起去挖野菜。

娃娃们非常高兴,帮我找来小铲和篮子。他们在前头牵手拉着我,我在后面单腿一蹦一蹦地相跟着。娃儿们眼睛尖总能最先发现目标,帮我辨认着各种我叫不出名字的野菜。有时野菜多的时候,我干脆一屁股坐在地上挖着。娃娃们在我身边笑着叫着,跑来跑去,送一些野菜到我的篮子里。我被这种童趣和收获的喜悦感染着,完全忘记了右脚的伤痛。

这样,我拖着伤腿过了些日子。一个人待着的时候,心里会一阵阵地发酸。我想到插队离家时妈妈含泪的双眼,父母亲还不知道我受伤的事。又过了一个多月的时间,我可以双腿着地走路了。四周同学们劝我不要急着下地,但是我怎么能安心待在家里?那时,我们集体灶实行的是共产制,所有人的工分记在一起,大家取均酬。越是这样,我越不好意思待在家里白吃大家的。我虽然不能下地干重活,但我可以帮助做饭,推磨。

两个多月后,我再也待不住了,坚决要求下地干活。开始和婆姨们在一搭儿,起圈、捣粪。后来就往沟里的玉米地挑粪、送粪。

沟里的那块玉米地,可是有一段令老乡们可以炫耀的历史。1958年"大跃进"秋收时,人们挑灯夜战,把别的地里的玉米连根带玉米棒子一块拔起,再密密地栽在这块地里,供省上来的记者拍照,创了"亩产千斤"的纪录。报上还登了屈垧的文章,标题是《黑锅底翻过来的大队》。

麦收的时候,我的脚伤痊愈了,我也加入了担麦的行列。一天,一个老乡帮我叉了两担没有熟透的麦子,虽然麦捆不大,但格外的重,一挑起来就感觉到右踝有些疼。但我咬着牙,一路小跑把这捆麦子挑到了场上。麦捆一放到场上,婆姨和老汉们就骂开了:"哪个家伙给你扎的麦子,人家女子脚刚好,这不是生生地害人吗?"老乡们的叫骂没使我感到委屈,反而使我感到自豪,因为,我又能和大家一样干各种农活了。

夏天,北京慰问团的干部们到延安来了。学校校医室的宫主任是慰问团的成员,见到她,我们就好像见到了亲人一样。那时的我们,个个儿脸上晒得油黑锃亮,身上被跳蚤咬得到处是包,手上肩上都磨出了老茧。但是,没有一个人向她诉苦。

她鼓励着我们,询问着我们每人的近况。后来,她发现了我的脚伤:"你这孩子走路怎么和以前不一样?"大家都觉得这老太太神了,便告诉了她我蹬崖的事情。她听说后,马上就决定带我到县医院检查。

到了县医院,因为有慰问团的干部陪着,医生们格外地客气。他们了解了病情后,马上给我照了X光片。片子冲出来后,医生的诊断报告是:"右脚距骨陈旧性骨折,踝关节有骨痂和骨刺形成。"

我骨折的消息传到了庄里,大家心里都不好受。因为,公社卫生院的诊断是扭伤没有骨折,这不是误诊误医害人吗?那个给我叉麦子的老乡还专门跑来向我道歉,说不知道我骨折了,要不然,绝不会给我叉那么重的麦捆。

北京慰问团的干部和队里商量,决定让我回北京进一步检查治疗。碰巧小力也要回北京,于是,就自告奋勇和我做伴,路上照顾我这个伤员。

## 返　京

那时,回北京非常不方便,要先经过延安,从延安乘长途汽车到铜川,然后转慢车到西安,再转直快火车到北京。

从我们庄到延安要翻山步行五十里路。我这个已经可以担麦的人一下子又变成了"伤员",乡亲们一定要用毛驴送我去延安。他们派鲁启民(老乡)赶上毛驴,护送我和小力。

大约是8月底或9月初的一天,我们起早赶路。一路上我坐在毛驴背上,随身带的东西挂在毛驴两边。我是又紧张,又高兴。紧张的是我从来没有骑过毛驴,害怕从毛驴身上掉下来;高兴的是我可以回北京见到家人了。

鲁启民在前面牵着毛驴,一边吆喝着,一边叮嘱我身子要随着山路,上山伏着下山挺着。小力在后边相跟着,大家有说有笑。过了晌午就到了延安。鲁启民把我们放在延安的旅社,当天他就赶着毛驴回庄了。

延安旅社像一个大车店,每间屋里一张通铺,可以睡好多人。我们带着东西,不方便一起离开。于是,我在旅社看东西,小力先到外边去打探吃饭,然后,再换我。

小力吃完饭回来后天色已晚,轮到我去吃饭。记得是在延安饭店,我吃饭时,忽然发现几个当地的青年在饭店里转来转去,眼睛还不时地朝我这儿瞄。我觉得他们不是好人,就赶快吃了几口往旅社赶。

我走在路上偷偷往后扫了一眼,发现他们居然远远地跟在我后边。前面几条路黑黑的,没有路灯,我脑子嗡的一下,忘了该走哪条路回旅社。我又不敢跑,也不知道往哪儿跑。

我站在那儿四处张望,看见一个挑灯卖瓜子的父女俩就在我不远的地方。我赶快走到他们面前,告诉他们有人跟我,请求他们中的一个人送我回延安旅社。

那几个人远远站在那儿,看着我们,原地转悠着。卖瓜子的女孩与我年龄相当,非常侠义机警。她看了看那几个人,对我说:"那几个人是延安一中的,专门抢北京知青。公安局就在不远处,我带你去公安局。"

她领着我顺着一条路飞快地走去,一拐弯,就看见了公安局的大门。她把我送到里面,找到了警察。我一看见警察就忍不住哭了。一边哭一边告诉警察有坏人追我,我需要他们护送我回旅社。

那女孩也帮我形容那些人的样子。当警察带着我们出来四处查看时,那几个坏小子已经溜走了。我谢过那个女孩,跟着警察回到了旅社。见到小力,警察告诉我们,天黑了,不要单独出去。从此,我俩在途中再也不敢单独行动,总算到了北京。

回到家里,看见爷爷、爸爸、妈妈、弟弟和妹妹们正在院子里吃晚饭。他们既高兴又诧异。我极力淡化着受伤的事情,只是告诉他们,我已经都好了,北京慰问团的干部不放心,叫我回来检查一下。

院子里的邻居们也都围过来看我,一个阿姨还端来菜说:"我听我们同事说,她的孩子写信来说你们那儿可苦了，没肉没菜的，尽吃玉米。"说着就要往我的碗里扒拉肉，我连忙让着说："没有，没有，我不爱吃肉，我们那儿产麦子，有面吃。"全家人默默地看着我，一句话也没说。

洗完澡后，我就上床睡了。睡梦中我感觉到妈妈在掀我的衣服，我装着不知道，由着她查看着我的身子，感觉到妈妈一边为我抹紫药水，一边在抽泣……

在北京的日子里，我总是装着一副若无其事的样子，一直不敢直视妈妈的眼睛，害怕一看到妈妈那忧郁的双眼，会忍不住在她面前哭出来。我想，我不能哭，不然，妈妈会更难受。

很快，妈妈带我去北京积水潭医院，据说这是最好的骨科医院。挂号排队，候诊排队，在经历了长时间的排队后，我们终于被叫进了一个诊室。我坐在一个男医生的面前，妈妈站在旁边。

"你看什么病？"医生头也没抬，一边写着什么，一边发问。

我赶快将X光片递上去，告诉他我的右脚内踝有些凹陷，脚脖子向前弯曲，着力时有些疼痛。他看了看片子，再伸手活动了一下我的脚说："好了，没什么可治了。"我赶快问他："那骨刺怎么办？""怎么办？慢慢吸收吧，总不能开刀把它取出来吧？"说完，就将病历和片子退还给我，示意护士叫下一个病人。

这时，妈妈连忙问："这孩子还能在农村干重活吗？"他一听这话马上就说："想开证明吧？告诉你，像这种情况多了，还是响应号召回农村好好锻炼吧。"

我听了这话，感到受了莫大的侮辱，真想和他吵一架，告诉他，我们是怎么在农村受锻炼的。但是，看到妈妈气得发抖的样子，我忍住，拉起妈妈赶快离开了那里。

左邻右舍的亲戚朋友都关心着我的脚伤，向我们推荐着各种偏方。小力听说她爸爸单位有一个军代表，会新针疗法，还专门让她爸爸请那个军代表到她家给我针灸。

我不记得他是怎么给我治疗的了。但是，那小小的银针包和他告诉我们新针疗法创造的各种奇迹，却引起我们极大的兴趣。

我们在北京到处奔走，买了全套银针和各种关于新针疗法的书籍，决心在自己身上相互练习，等回到庄里就可以给缺医少药的乡亲们治病了。

这种信念奠定了我一生的职业生涯。

最后，还是一个在办事处工作的阿姨，帮我找到了一个专治跌打损伤的老中医。他只在家里看病，家里有秘制的药膏。经他按摩敷药两个星期后，我凹陷的内踝逐渐鼓出来了。

那时，离开学校还不到一年的时间，同学们大都保持着联系，分在北京工作的同学和我们班的赵老师，从宫主任那儿得知我回京治病的消息后，约我一起到北海划船聚会。瑞芳和兆霞还邀请我到她们工厂去玩，我在她俩的集体宿舍里住了两天，在她们的厂区看到了优美的环境。印象最深的是，每天工间操时，他们都有免费汽水和冰棍儿。我跟着沾了不少的光。我非常感谢他们，也感叹到了工人和农民巨大的差别。

时间过得飞快，国庆节快要到了，家人和同学都劝我和小力过了节再回陕北。

一天夜里，突然有几个人砸我家的门，大喊着："查户口，查户口！"我们全家都起了床，站在床前，爸爸开门让他们进了屋。妈妈拿出户口本递给冲进来的一个人看，他根本就不看，冲着我上下打量着说："你的户口呢？"我妈妈赶快回答说："我们上了临时户口，我女儿回来看病。"

那个人厉声地对我爸妈说："我知道。十一到了，不是北京户口的不能待在北京。赶快买票让她走吧，否则后果自负！"

爸爸赶快答应着，送他们离去。院子里左邻右舍的灯都开了，有人伸出头来打探。爸爸回来后，黑着脸对我说："他们只查我们一家，这就是你积极的下场。"

这时，我感觉到我们家就像反革命家庭一样被人夜里冲进来查抄，而这一切都是因为我，一个知青回京看病。我内心感到非常难受，十分不安。

第二天，我找到小力，她家也被查了户口。看来，北京是不能多待了。开弓没有回头箭，我们已经是被销了户口的外地人了。虽然我们只有十七岁。

史顺娣，女
北京外国语学校初六八届毕业生
插队地点：1969年2月到陕北延长县原郑庄公社屈坮大队，
1969年9月转到延长县原黑家堡公社
曾在美国哥伦比亚大学人类基因测序研究中心工作

陕西知青档案

# 记韩小顺之死

今年是知识青年上山下乡四十周年。今年的3月20日也是韩小顺的忌日。四十年了，他也在陕北长眠了四十个年头。

北京知青网《延安魂》栏目《北京赴延安插队去世知青名单》中有一名知青叫韩小顺，"男，二十一岁，十三中，延长县刘家河"。仅此而已。

打开记忆的闸门，往事如潮水般汹涌而来，仿佛事情就发生在昨天。小顺是我校高中二年级的学生，个子不高，喜欢锻炼，特别是爱玩双杠，因此胸大肌特别发达，上身呈倒三角形，很魁梧。其父亲韩焱是北京电影制片厂演员，拍了二十几部片子，我们熟悉的有《早春二月》《林家铺子》《青春之歌》等等。小顺是韩家的独子，上有两个姐姐，下有一个妹妹。

1969年2月，小顺同我们一起辗转来到陕西延安地区延长县插队。我们大队共有北京知青二十名，分别来自男、女两个学校，十三中和女一中，其中十一位男生，九位女生。

大队有三个生产队，其中沟里两个生产队，塬上一个生产队，知青都被安置在沟里。前沟为党家沟，有四男四女八位知青，韩小顺在前沟；后沟为刘家沟，我在后沟。前后沟相隔也就一二百米（1970年两个生产队合并为一个队），经常走动。

那时，我们刚到农村不久，正值春耕大忙季节，知青都在山里刨地。我们队塬地少，牲口也不够用，陡洼和面积稍小的坡地基本都是靠人刨。刨地的情形大家可能还都有印象，活虽然简单，但劳动强度很大，一天下来累得腰酸背痛，甚至连胳膊都抬不起来了。

受苦大家还能够坚持，最要命的是吃不饱。

当时知青是每月四十四斤原粮（带皮的粮食），玉米磨成面粉也就没有多少了。陕北的老乡很纯朴，见我们吃不饱就从自己的干粮中分一点儿给我们。那个年头老乡家里也没有多余的粮食。后来，队里决定借一些粮食给知青，我们队知青也借了几十斤麦子。我记得韩小顺他们队借给知青九十斤麦子，可以吃上馒头了，他一气吃五六个大馒头，闭着眼睛躺在炕上说：你看我像不像死下（读哈，第四声）。当时，大家都认为是玩笑话也未往心里去，事后回想他死前的所做所言，大家至今仍然不能解（我将在后面再说）。

再有就是烧柴的问题，没柴是做不成饭的。下乡随俗，我们也和老乡一样，利用歇歇儿的时候到干活附近打些柴火。陕北的地都种了粮食，哪里有长柴火的地方？村民天天生火做饭天天要柴火，柴火都是些毛毛草，硬柴基本见不到，除非是人够不到的崖畔上。打柴真成了知青的头等大事。

那天，也就是1969年3月20日，距离我们离开北京还不到两个月的时间。将近晌午时分，我们还在山上刨地，忽然听到山下有人呐喊："小顺出事了！摔了！从山上摔下来了！"大家一怔，随即集中在一起纷纷向山下跑去。

报信的是前村的知青，他领着大家边走边说：队里在小树沟山上刨地，中间休息时小顺去打柴，在崖畔边有一棵酸枣树，是硬柴，对他来说有吸引力，去刨。那年由于雪多，积雪融化后土质松软，他一脚踩下去，土溜了，就摔下崖了。事后丈量小顺是从十九丈高的地方摔下来的。

我们见到小顺时，他已经被村民们抬到了村里。小顺还在大口地出着气，鼻子里流着血。一个同学帮他擦了擦血迹。村里没有医生，大家决定赶紧送医院。我们村离公社卫生所有十七里，到县医院要五十多里地。当时也没有交通工具，只有靠人抬了，队长马上从村里派了几个年轻的壮劳力，绑好担架就向县里抬去。

当年的农村没有像样的路，就是沿着沟壑简单铲出的土路，一会儿上一会儿下，抬担架的村民尽量保持着平稳。我们焦急地跟在小顺担架的左右，随时观察小顺的情况。走了五里地出了沟，路面稍微宽了一些。村民们有些累，略微休息了一下。此时，有人看到小顺身体挺了一下，大家感觉不好，马上起身继续往前抬。

到达公社卫生所时，已经是下午3点左右了，前面的人到卫生所去喊医生。医生急急忙忙赶到小顺的担架前，他将手放到小顺的鼻前，然后翻开眼皮看了看，说：你们抬回去吧，他已经死了。

医生的声音不大，但是对我们却是惊雷一般！活生生的一个人怎么说死就死了哪？不行！当时大家无法抑制自己的感情，走！抬到县城去！给中央打电话，派直升机来！人不能就这样死了！

此时公社书记、领导也来了，要求大家把小顺的尸体抬回去。小顺的死对大家是一个沉重的打击，大家你一句我一句，把韩小顺的尸体抬进公社书记的办公室（窑洞），直接停在了书记的炕上。

县里来人了，他们动员大家把人抬回去。不行！知青回答得非常干脆。人不能就这样死了，一埋了事！再怎样也得让小顺父母知道，听听家长的意见。

县里的领导反复强调不要将事情扩大，要考虑影响。事情刚刚发生时，大家的情绪非常不稳定，等到冷静了以后就理智了许多。大家商量，人既然已经不在了，就让他走好吧。于是，与县里领导协商：一要通知其家属，听取家人的意见；二要厚葬，当时所谓的厚葬，实际就是买一副好点儿的棺材。县里同意由县知青办经办此事。此时，天已经大黑了，大家也忘却了累和饿。

县里不知是通过什么渠道和北京联系的，总之，韩小顺的父亲此时仍在"学习班"交代问题，一时不能离京。怎么办？尸体如何停放？好在正值初春，天气并不太热，医生提议用福尔马林浸泡，但是没有大的池子，怎么办？最后决定在书记的窑里挖个坑，用塑料布铺在下面，将福尔马林倒在坑内，然后把小顺尸体放入坑内，等待他的家人到来。

4月4日，韩小顺的父亲和大姐（现也已故去）来到了公社，陪同的有我们学校的一名军代表和一位老师。大姐一路喋喋不休，讲述着小顺以前的故事和家里的事情。事情发生后，家里人没有告诉小顺的母亲，因为她有病，还瘫在床上。大姐可能是受了点儿刺激，她不停地说，前几天小顺妹妹把小顺用过的水杯打碎了，她就觉得有不祥之感；什么她是学地质的，陕北的地质结构如何等等。韩老伯不愧是演员出身，他个子不高，身着浅驼色的风衣，头发已经花白了。在人面前一直很平静，除了和有关领导礼貌寒暄以外，没有多余的话。在没有人的时候，老人难以抑制悲伤的感情，老泪纵横，这是他的独子呀！

4月5日，正是清明。那天，昏暗笼罩着天空，见不到太阳，一切都很凝重，小顺要下葬了。仪式是在公社举行的，附近的知青和村民都来了。漆黑的柏木棺材里，小顺身着蓝色棉衣裤，头戴蓝色解放帽，脚上穿着白底黑色松紧口布鞋。由于被福尔马林浸泡的时间较长，脸部有些肿胀，面色苍白。仪式简单而短暂，该说的都说了，该做的也都做了，从出事到现在已经过去十几天了，泪水也几乎干涸了。大家默默祝愿：小顺走好。

事情过去以后，大家仍然议论小顺的死。村民说小顺得罪了山神，原来在小顺的窑前有一块扁圆的石头，小顺觉得这块石头在窑门前出入不方便，于是将它洗净放到咸菜缸里压咸菜了。村民说，那是山神。送走小顺后，村民将那块石头洗净，恭恭敬敬地又放回了原位。

同窑住的几个知青也对小顺生前的表现有些不解。小顺出事的前几天特别的胆小，天黑不敢出去解手，他说，外面有一队红人红马，招呼他一起走。难道真是大千世界，冥冥之中的定数？我不解，孰人能解？

又快到 3 月 20 日了，我们缅怀逝者，衷心希望我们这些过来人更加珍惜生命，珍惜现在的生活！


向泽，男
北京市第十三中学高六八级毕业生
插队地点：延长县原刘家河公社刘党家沟大队

# 两个女知青的艰难回京探亲路

## 上

我和堂妹于1969年初去陕北插队。那时我十七岁，堂妹十六岁。1970年春节我俩想回家。

我们去村"革委会"请假，没想到村主任说：上边下指示了，今冬要掀起农业学大寨新高潮，修水利造梯田，知识青年一律不准回家。其他知青也遇到了同样的问题，大家非常气愤。说我们都出来一年了，春耕下种又没有不好好干，凭什么不让我们回家？但无论怎么说，村"革委会"就是不准假。

据说不让知青回家是上边的指示，怕知青借着过春节回京闹事。有的知青说不准假就强走！可是我知道，如果没有公社一级的准假条，一路上买车票、住宿都将困难重重。

一小队一个叫肖占斌的高二男生，小学时曾学过篆刻，他试着用肥皂刻了一个假公章，给想回家的知青每人造了一张假假条。嘿！跟真的一样，大家高兴极了，择日一起偷偷踏上了回家之路。

村子离县城有三十多里路。大家各自带了些土特产，走到城里后，却没赶上县城开往延安的汽车。于是，我们找地方好歹吃了点儿饭，也不敢在街上闲逛，生怕队里派人来抓我们回去。之后约好明天的集合地点和时间，就各自找地方歇了。

第二天一早，大家聚齐后直奔汽车站，但还是晚了，当日客车票早已售完。县城里聚集着大批等着回家的知青，车站里人头攒动，卖票窗口挤满了人，不少人骂骂咧咧。听说远道来的已经等了两天，车站怕知青闹事，临时加开了卡车运人。肖占斌等几个人倚仗人高马大，终于凭假假条买到了卡车票。

延安距北京有三千多里路。先要从延长县乘汽车到延安,再由延安乘汽车到铜川,再由铜川坐火车到西安,最后由西安乘火车到北京。单程住和行最顺也得四天,费用最低也得三十元。

最初我想扒车回家,因为我父亲去世已有两年多,母亲带着三个弟妹生活极其艰苦,我不好再向家里伸手要路费。堂妹更惨,自小因父母重男轻女被遗弃,靠祖父祖母叔叔们养大,更没有伸手要钱的地方。

我和堂妹在农村当小学教师,年终公社给我们每人补助了二十元钱。这样我俩手中一共有四十元钱,花掉十二元以后,还剩下二十八元。这点钱连一个人的路费都不够,不扒车怎么行呢?但此时查票很严,我们只能买票上车。

卡车在山路上颠簸着,车槽内挤满了人。我们一行六人,被紧紧地挤在一堆儿。我开始晕车了,胃里翻江倒海几次要吐。肖占斌张罗着帮我换到车槽边上,并大声问车上的人,谁带了止吐的药?有人递了过来,肖占斌让我吃下。

车走到一半,在洛川停了。司机和乘客都要在此吃饭喝水方便。此时已是中午,人们纷纷下车,拥进饭馆。饭馆很大,挤满了人,中间生了一个半人高的大火炉,炉壁通红。我浑身发冷,就先挤到火炉边烤火。肖占斌也跟了过来,他还抢了把椅子让我坐下,然后端来一碗热水,让我把药片吃了。之后,肖占斌掏出一封信,说是他哥们儿写的,介绍扒车的详细经过,让我取点儿经验。于是我边烤火边听他小声地念信。

车终于到了铜川。下车后,我们直奔火车站。他们四人买了全程票,我和堂妹买了两张五角钱的短程票。那时铜川到北京只有这一趟慢车。

上车后肖占斌见我和堂妹各提一个手提包,就说:"你们扒车随身带东西不方便,我们帮你们把行李带回北京,你们回京后再去取。"我们同意了。

随身的两个提包被肖占斌带走后,我和堂妹就剩了一个军绿色的小挎包。挎包里面装着一本全国分省地图和一兜白面馍馍。为了蒙混过关,我们与肖占斌他们分手去了其他车厢。

我在车厢的中间找地方坐下来,周围是几个年轻的男女,听对话知道他们是富平县的工人。他们知道我是知青,就热情地聊了起来。我也遮遮掩掩地应付着。忽然车厢那头传来列车员"查票了——查票了——"的吆喝声。我心里一惊。幸亏听了肖占斌介绍的扒车经验,早早坐在了车厢的中间。

我起身跟那几位说我去趟厕所,你们帮我照看一下挎包。没等他们答应,我就朝查票的相反方向走去。厕所里正有人,我急得团团转,生怕里面的人不能及时出来误了我的事。还好,当我正要转身找下一个厕所时,里面的人出来了。我立刻闪了进去,躲起来。笃定谁叫门都不开。

过了好久,我感觉查票的应该过去了,就悄悄地走出来。谁知刚要就位,忽然看见一个列车员坐在我的位子上。我心里咯噔一下，想转身已经来不及了。那几个富平工人中的一个正指着我说："就是她，就是她！"我那个恨哪！那个列车员直视着我，干脆，我迎上去。我硬着头皮走到跟前，呦！他左臂上还戴着个牌牌，上面写着"列车长"三个大字。我算是倒霉到家了！

列车长问我："你是北京知青？""是。""回京探亲？""是。""买车票了吗？""买了。""拿出看看。"我哆哆嗦嗦地从口袋里掏出一个破月票夹，在众目睽睽之下，从里面拿出了那张小小的、硬纸板做的、早已坐过站的车票。上天保佑！他老人家见我掏出了车票，竟没有接过去仔细查看！只说了声"收起来吧"。

这时那伙儿富平县工人七嘴八舌地说："是我们留住列车长的。我们马上就要下车了，不见你回来，都急死了。只好把你托我们照看的包交给列车长……"

列车长跟着说了一句："年轻人，要长阅历，以后不要把行李物品交给陌生人照看。"之后站起身走了。看来在列车长眼里，我是个没有阅历的小姑娘，一个连自己包都照看不好的女孩，这样的傻妞怎么会做出扒车之事呢。我庆幸着脱险，惊魂未定地坐回原位，浑身瘫软。

天完全黑了下来。离咸阳还有几站地时，我找了几节车厢，在靠后的一节车厢内找到了堂妹，她蒙着大衣趴在桌上睡得正香。我叫醒了她，小声问她查票时躲到哪儿去了？她说一直在这儿睡觉，不知还有查票之事。嘿！堂妹竟如此幸运！

我说别再睡了，一会儿咱们就在咸阳下车。堂妹小我一岁半，扒车之事一点儿不操心，一切听我指挥。肖占斌介绍的扒车经验中提到，不能在西安下车，因为大站查票严，出站困难，一定要在咸阳下车。在咸阳站内躲藏近两个小时，就可以等到一列途经西安东去的货车。

我们在咸阳下了车，看见站台里靠院墙处有一个厕所，就躲了进去。等到外面没有动静之后，又出来寻找可以随时扒车的下一个躲藏处。夜色冰冷，一个轨道上正停着一辆装煤的货车。我看了看车头的方向，觉得这辆车就是肖占斌说的那辆。于是我俩攀了上去。车站进出口处灯光闪闪，我们生怕坐着被人发现，就悄悄地躺在了煤堆上。

我俩在煤车上躺了半天，那辆车没有一点儿开走的意思。莫非这不是我们要等的那列货车？这时又有一辆客车进站，车厢外的标牌，是往西安方向的。我赶紧拉堂妹爬下煤车，径直走向进出站的栅栏门。到跟前后我大声喊："有人吗？开门哪！"

站内旁边的一个门开了，走出一个年轻的女检票员。她问你俩怎么会在站里边？我说："我们是从刚才那趟列车上下来的。我妹妹闹肚子去厕所蹲了会儿，出来后这门就锁了。请你打开门让我们出站。"检票员见我俩理直气壮，也没查票就把我俩放出来了。出站后我们就直奔售票厅,查到一会儿还有一辆去西安的列车经过,于是就买了两张咸阳到西安的票。

因为手里有票,所以到西安很顺利。出站后,我们买了两张到渭南的短程票,扒上了一趟由四川途经西安开往北京的列车。没想到刚要上车却出事了。车厢门口的女乘务员,让我们出示车票。她看过后正要放行,后边走过来一个男乘警要先上车。他踏上列车的台阶,无意问了检票员一句:"这俩是到哪儿的?""渭南。""渭南?"他回过头看了我俩一眼,立刻警觉地问:"你俩不是北京知青吗?怎么到渭南下车?"我说去渭南看亲戚。他脸上掠过一丝诡秘的笑,说:"那好,你们跟我来吧。"因为西安不是这辆车的始发站,我们买的票没有座号,他把我俩领到餐车,说我给你俩找个座,接着大声喊:"小唐——这有两个,到渭南叫她们下车!"一个女乘务员被他叫过来,看了我俩一眼,说:"您忙您的去吧,这事就交给我了。"

完了,一切心思白费!我俩被牢牢盯住,只有老老实实地坐那儿等着被轰下车。此时天已大亮,我俩趁机在餐车里吃了自带的白馍,喝足了水。因为票程短,我俩在餐车里没待多长时间,但就在这短短的时间里,我们目睹了两拨扒车的北京知青被逮到餐车里来。他们都是男生,其中有人央求乘警:"这里不着村不着店的,让我们到大一点儿的站下车吧……"乘警根本不搭理他们,毫不客气地把他们撵下了车。

目睹了这些,我知道这客车真的不能再坐了!后边路程还得扒货车。

我们在渭南下了车,看见一列货车停在站内。车头前行的方向正是我们回家的方向。于是我就拉着堂妹攀了上去。心想管它去哪儿,只要往东走,前进一步是一步。

没多大一会儿,车开了。我心里特高兴。这车是空的,不知要去哪儿拉货。车厢的槽帮也不算太高,我俩站在车厢里,正好能露出头看见外面。每路过一个小站,我心里都默默地祈祷:别停下别停下!开得越远越好!往东开一站,离家就近十里……

## 中

车到潼关停了下来,等待装货。找人问了问,一半天都走不了。我们可等不起,赶紧转扒另一列东去的货车。这是一节装满矿石的车厢,矿石有半车厢高。

天真冷。火车一开风飕飕的。我俩蜷缩着、紧紧地挤在一起,彼此取暖。一路上钻山过洞,特别是夜间,洞里漆黑一片,伸手不见五指。车轮发出咣当咣当的声响,格外震人心魄。

车到了洛阳又停了。天早已黑了,也不知道几点。我俩从车上跳下来,立刻去其他轨道上找车。洛阳是个大车站,站内宽敞,有很多条轨道。有铁路工人正在检修机车。我们走过去打听东去的列车。一个工人指着远处说:你们往那边走,四道上是东去的车。

这时一个提着马灯的工人走了过来,热情地说:我正好去那边,跟我走吧。于是他提灯在前面引路,我俩在后面跟着。跨过了几条轨道,在一列货车前他停住了,说这车就是开往郑州方向的。他似乎想起了什么,又说露天的车厢太冷,我带你们去后边闷罐车厢吧。这样,我俩又跟着他走过几节车厢,来到一节闷罐车厢前面。

车厢门正半开着,他说你们上去吧。我和堂妹先后攀了上去,我俩站在车厢门口,从半敞开的门里,可以看到远处照射过来的微弱灯光。那人一手提灯一手扒着车厢的底边也要上来,嘴里念叨着:我也上去帮你们收拾收拾……

这闷罐车厢里黑咕隆咚的,有什么可收拾的?我立即反应过来,这家伙绝对不是好人!说什么也不能让他上车!我倚仗居高临下,扶着门框一脚把他踹了下去,然后使尽全身力气拉拽车厢的滑动门。那门太沉重了,我大声呼喊堂妹过来帮我,终于咣当一声把门撞上了。车厢内顿时伸手不见五指,我害怕那人再次扒上来,赶紧沿着门缝摸索到门栓,攥住粗大的铁门栓把,一下子把门从里面结结实实地别住了。

我印象中闷罐车是有窗户的,于是就扶着车厢壁从门栓处往里走,边走边摸索,真的摸到了凸起的窗户。我用力打开它,一束灯光射了进来。窗户小小的、是圆形的。人站在窗前,上半身就能遮住整个窗口。我又打开了另一扇,和堂妹一人站在一扇窗前,等着开车。

然而,过了好久,车没有一点儿走的意思。我俩又推开门跳下去,看见车头方向黑漆漆的,没有一点儿亮光,知道上当受骗了。我拉着堂妹重新往有人影的轨道上走去,继续打听开往东去的列车。碰到两个提着扳子的工人,他们说四道上有一列车正要往东开,你们快跑还赶得上,我们刚从那列车安检回来。

又是四道!我故意问四道在哪儿?他们指了指不远处亮着灯的一列火车。汽笛已经开始鸣叫了。我们飞奔过去。这个四道可不是那个坏人带我们去的那个停闷罐车的四道。

我们上车坐稳,车就开动了。夜很安静,满天星斗却没有月光。我们扒上的车厢是装煤块的,离车头很近。车头上冒出极细小的煤尘沙粒,就像坚硬的沙雨,沙沙沙地打在我们身上,落在头上,灌进脖子里。我俩背过身去,戴上棉衣的帽子，沙沙沙的声音打在帽子上。

我们决定换一节车厢。

车终于到站了。不知是等着卸货还是装货。我俩立刻跳下车，拼命地往车后跑。跑过了几节车厢后，发现后面是二三十节大油罐车。这时，车头鸣起了长长的汽笛声。坏了，我对堂妹说：来不及了，别跑了，咱们就上油罐车吧。

我俩就近爬上了一节车厢。露天的车厢板上，躺着粗大的油罐。车厢两头各有一条横栏杆，横栏杆的下边焊着一条条的立杆。栏杆与油罐之间有一米多的间隔，我俩紧紧地抓住栏杆，刚站稳，车就启动了。

火车飞快地跑起来。堂妹已经困得打不起精神，我怕她睡着掉下车去，就让她把两条腿分别伸进栏杆的空当中，两只手握紧立杆。这样她就是再瞌睡，也不会掉下去了。把她安排好之后，我也一样的姿势和她并排坐好。耳边呼呼的风声，屁股贴着冰凉的钢板，脚尖冻得发痒。夜色极好，天上的星星眨着眼睛，我看着慢慢移动的星空也慢慢地睡去了。

不知什么时候，列车咣当一声又停了。我睁开眼，想下去再换节车厢。可是看看身边的堂妹，正呼呼大睡。

一个四十多岁的押车员，提着马灯从我们身边走过。我大胆问了一句："叔叔！现在有几点了？"他吓了一跳，一脸的吃惊："你们怎么坐在这儿？现在是凌晨4点，你俩快下来，我带你们另找一节车厢。"

我推醒了堂妹，下车跟着他往后走。终于找到一节比较合适的车厢。他说：你们上去吧。我俩爬上去，连声向他道谢。车很快就开了。这节车厢装的是黄土，堆了半车厢。我俩找了个角落，挤在一起，不一会儿又睡着了。

车在郑州停靠时，天已经大亮。这趟车是开往徐州的，所以我们不能再往前坐了。我俩跳下车，先找到水管，对着龙头灌了一肚子凉水，然后没怎么费劲，就搭上了一列北去的货车。上车后我们吃了点儿东西，然后扒着车帮看风景。据地图指示，路程已走过大半，我们离家越来越近了。

太阳升起时，火车到了安阳。我探头探脑地张望，被站台上的乘警发现了。他跑过来，让我们下车，把我们带到了值班室。

他问："北京的？""是。""你们知不知道中央有指示，不让知青回京？""不知道。"我忽然想起了身上的那个假假条，赶紧掏了出来递给他。他接过看了一眼，又扔给了我，鼻子哼了一声说："公社级的算什么？起码要有县一级的才行。"我说："我们在农村干一年了，凭什么不让回京？""那我不管！我就知道执行上级指示！"我俩不吭声了。他接着说："走吧，出门往左拐一百米，那有一间大屋子，正在给你们这号人办学习班呢。赶紧去吧，别再往站里跑了！"

我嘴上答应知道了。心里却想：不往站里跑往哪儿跑？我们都走过五分之四

533

的路程了，难道还往回跑？正巧，这时有人进来找他说事，我俩趁机又溜进了车站。

我们沿着铁轨，一路问去，看有没有北去的火车。一个老工人听了，一脸的紧张。他指着五十米开外的一间小房子说："你们快去那间屋子里躲着，看见我打手势再出来。这两天正在驱赶你们这些搭车的。"我们听了他的话，赶紧躲进了小房子。

过了一会儿，他真的冲我俩招手。我俩跑过去，他指着刚进站的一趟列车说："这趟车是去唐山的，你们快上车吧。"又说，"记住了，以后搭车看准方向，车厢节数挂得越多，跑得越远。"

我俩刚要上车，他又叮嘱："先在里边蹲着忍会儿，脑袋别露出车厢，等车开了再站起来。""师傅，这已经是我们的教训啦！"

列车又开了，转眼到了河北境内。天黑时，在保定又停了，等了半天不见动静，我们又跳了下来。穿过几条铁轨，不远处有一间小房子，房子里有灯光。一个铁路工人正被四个青年人围着，他们在打听去北京的货车。北京知青？真是太巧了！我俩赶紧凑了上去。

这时，过来一列火车。那四个人问："这趟车去哪儿？"老工人说："北京。但那是军列，你们不能上。"那几个青年说："管他什么列呢，我们搭车又不破坏。"说着就跑了过去。可还没到跟前，就被持枪押车的士兵给喝退了。

我却打起了这军车的主意。我拉着堂妹悄悄离开人群，猫着腰借黑影向列车前部走去。为了躲避士兵的视线，我俩始终与列车保持相当的距离。这趟军列特长，有几节车厢蒙着雨布没有边板。从雨布被支起的形状看，上面装的是一门门小炮，炮筒一致地斜着向上扬起。

# 下

我俩走到一节没有蒙雨布的车厢前，回头看，离刚才停留的地方已有一百好几十米。灯光恰巧照不到这里，远处那个押车的士兵，此时正背对着我俩向车尾巡视。我拉着堂妹的手几步疾跑，到了车厢的边上，小声地对她说："快，快上去！千万别弄出声响！"堂妹身手敏捷地爬了上去，我也翻进了车厢。

这节车厢装的是金属物件，摸上去冰凉冰凉，一层层码放得整整齐齐，有半车厢高。我叮嘱堂妹："无论出现什么情况都别出声，想咳嗽都得憋着！"这时车厢外传来铛铛铛的声音，是铁路工人在安检。我们屏住气息支起耳朵听着，敲打声来到了我们这节车厢。我紧张得连气都不敢喘了。那会儿觉得时间特别慢。好容易脚步声走远了，我俩才松了一口气。

此后，这趟军车每过一个站台，我们都会借着站台上灯光打开地图。眼看着离北京越来越近，心跳也越来越快。

列车驶进丰台站的时候，放缓了速度。我决定一旦车停稳，就下车。因为第一，丰台距北京市区已经很近了，可以趁着黑夜逃走。再者所乘的是军列，以防节外生枝。我推醒熟睡的堂妹，告诉她准备下车。

列车停稳了。站内远处射过来黯淡的灯光。我俩丝毫没敢耽搁，看准背着光线的一面翻下车。脚刚落地，就听见一个声音："谁？干什么的？"我拉起堂妹就跑！我们拼命地跑，喊话的人开始追："站住！站住！"我心里紧张得要命，如果被押车的士兵逮住，麻烦就大了。我们横穿了几条空荡的铁轨，又换了个方向拼命跑，最后实在跑不动了，听听后边也没有喊声了，才敢停下来。回头去看，那辆军列已经被我们远远地甩开了。

现在心里轻松多了。我们在站内找了一个厕所，一路上奔波，憋着屎尿，这时却解不出来了。尿尿停停，再尿再停，一泡尿尿了很长时间。

从厕所出来后，就开始找出站的地方。丰台货站真大，我俩走了很长一段路，才看见灯光。灯光是从一间小房子的窗内射出的，里面有说话的声音。我俩走近敲了敲门，里面的人问："谁呀？"我俩又敲，里面人说："进来。"

我俩推门走进去，屋子不大，有一张桌子，桌子旁边两张空床上，一边躺着一个人。他们都穿着工作服，一个二十岁出头，一个年近六十岁。看到我俩，他们瞪大了眼睛，立刻坐了起来。我说明了来意，两人听完后，那个年轻人给我们让座。我这才看清楚，他俩刚才躺的不是床，而是两溜低矮的木质工具柜。

年轻工人笑着说："你俩先去洗洗脸吧，跟小鬼儿似的。"

自打上路我俩就没洗过脸。一路上风餐露宿，也没带毛巾。在拉煤车上躺过两次，脸一定花得不行了。我俩到门外洗了脸，又喝了一气凉水，回到屋里后，把一路上的经过简单地跟他们说了。

年长的老工人说："你们姐俩也真够能吃苦的，好几千里地，走这么多天！"

我说我俩实在没钱，这样做也没办法。

老工人说："我女儿也是插队的，在吉林，写信来说回家过年，可能也是这几天到家。她们那情况兴许比你们陕北强点儿。"

那年轻工人插嘴说："我小妹妹也是插队的，在山西，前几天刚到家。"

看来都知道天涯沦落人啊！

老工人说："现在是后半夜了，出站黑灯瞎火的，到客车站还远着呢。不如你们俩在这工具柜上先睡会儿，等天亮了我叫醒你俩，再送你们出站。"

我推托了几句,老工人说:"就这么着吧!"

我不再坚持了,盖着他们的大衣,暖暖和和地睡着了。

我们被老工人叫醒时,天已经大亮。年轻人说:"起来吧,给你们俩送走,我和师傅也该下班了。"

老工人说:"你俩跟我走,我去给你们截辆车。"我俩跟着老工人出了屋门。稍等了一会儿,从远处开过来一辆火车头,老工人老远地朝车头挥了挥手,车头在我们跟前停住。老工人说:"这车头就去客站,你俩上去吧。"他转身又对司机说:"到客站口让她俩下来。"我俩平生第一次爬上了火车头。

后来,我们出站、又进站,从丰台坐到永定门,终于到家了。我算了一下账,此行三千多里,耗时七天六夜,花费区区几元,令人永生难忘。

刘蕴秋,女<br>原北京第一女子中学初六八届毕业生<br>插队地点:延长县原刘家河公社下吕家塬和郭家塬大队

# 窑洞小学及其他

四十多年前，我插队到延安北川的一个小山村。村前是弯弯曲曲流淌的延河，村后是绵延起伏的大山。封闭的山村，人们延续着"粗犁大板铧，施肥捏把把"的粗放耕作模式。年纪大的，没见过火车；年纪轻的，也没出过陕西。山村的孩子，读书是名副其实的寒窗苦读。这里最缺的是学校和老师，村里的娃娃上学很苦，每天要背上干粮到河对面的学校去上学。河上没有桥，平时，蹚水过河。夏天，最怕洪水，河水暴涨时，过不去河，就得耽误上学。冬天，最怕河水不结冰，冰冷刺骨的河水蹚不成，只好搭进城拉粪的车过河，既不方便又误事。中午在学校啃冷玉米面窝窝，既没开水也没有菜。

生产队的书记、队长，都是苦出身，尝够了没文化的苦滋味，就盼望后代能有识文断字的人。我们知青的到来，圆了他们这个梦。经过十个月的劳动锻炼和考验，生产队就把办学当先生的"重活"派给了我。

临时校舍是当年中央电台曾用过的旧窑洞，又小又湿又黑暗。课桌缺胳膊短腿，用石头垫着；砌了一块石灰墙，刷上锅底黑，当黑板，学校的基本设施就建成了。

我挨门挨户去动员，开学的时候，来了十几个娃娃。孩子们站在那里，怯生生的，大多没有洗脸，五马六道就像秦腔里唱三花脸的。特别是女娃娃头上白花花的虮子，令人心里麻酥酥的。我决定，第一堂课，先上"文明卫生"课，我先给他们讲卫生常识，然后和孩子们一起烧了两大锅热水，拿出自己的脸盆、毛巾，挨个给他们洗了一遍。还找来推子，给男娃娃推了头，这一收拾，大变了模样。陕北人有句话说："旮里旮崂种的好糜谷，山洼洼里出的好娃子。"你看，男娃娃虎头虎脑，女娃娃水灵灵的，一点儿不比城市娃差。

从那天起，我就成了孩子王。开始，学生不多，根据情况，分成六个年级，六年级只有两个学生，我也要按部就班去备课讲解。各年级音乐体美科科不落。课外，和孩子们一起游戏说笑，寂静的山村热闹起来，欢笑声、嬉闹声、读书声，给封闭的山村平添了生机和活力。孩子们乐了，我乐了，老乡乐了，书记、队长乐了，我的学生越来越多了。

生产队对学校的工作既支持又重视。抽调劳动力，在村中央的山坡上，箍了三眼大石窑；制作了木桌椅，新教室又宽敞又亮堂。我组织孩子在坡下平整出一块空地做操场，书记亲自到工厂联系，做了土篮球架。我使尽浑身解数，尽力办好学校，让乡亲们放心。两年的光景，我们的学校已办得有模有样，红红火火。

说实话，农村办学不容易，首先没有资金。为了开展活动，也为了让孩子能买得起书本，我带着学生进山采药材打酸枣，晒干后卖到医药公司。还试着养蚕种树，增加学校收入。生产队分给学校一块地，自收自支，贴补费用。农忙时，放假拾麦穗、掰玉米，忙得不亦乐乎。这样才能得到生产队、家长的支持和理解。

每天六个年级的复式教学很紧张。放学后，急急忙忙赶回知青点担水做饭；晚上，还要给跟不上趟的孩子补课，兼着给瘫痪有病的老乡扎针送药，一天马不停蹄。几年的紧张生活，使我养成了走路一路小跑的习惯，一直延续到多少年以后，做事总是风风火火，像上了发条似的，停不下来。队长看我实在太忙，又派来一个知青，两个老师，学校更像回事了。我们的窑洞学校，在当时的公社，还有了小名气。和孩子在一起，我也变得活泼快乐。

农村的孩子特别朴实，他们没有城市的孩子那么优越。除了念书外，还要承担许多家务劳动，担水、拾粪、打猪草、照顾弟妹。特别是女孩子，稍大一点儿，还要做饭。想起在北京上学时，挤公共汽车就觉得苦不堪言了。相比之下，真是微不足道。孩子们家务这么忙，有时，还帮我们捡柴火担水。最使我感动的是我回京探亲，孩子们以为我一去不复返了呢，团团围住，不让走。我解释说是回家探亲，很快就会回来。他们似乎不理解什么是"探亲"，那份真挚、天真的感情，让我热泪涟涟；连拉带拽，半天走不出村口。队长不知出了啥事，带着几个社员赶来。看到孩子有的拿着瓶子，有的端着碗，有的捧着升子，还有的拎着布袋，都装着芝麻；这是山里最值钱的东西，孩子们从家里要来送给我的。我不收，怎么都不行。队长找来一个面口袋集中到一块，递到我手中，一直送出半里路，才转回村里。我一步三回头，看着渐渐变小的身影，心中涌起无限感动。"老师一定要回来"的呼唤声，久久在耳鼓里回响。

山区穷困，知识和文化更奇缺。我们这些其实文化并不高的知青，在山里人面前，算是大文化人了。我在农村的四年，深有体会。老乡最欢迎、最尊重的是老师和医生。农村节多，逢节气就是节。他们总会按当地的风俗，做花样请你吃；你要是不去，便认为你瞧不起他们，所以恭敬不如从命。我的学生更别说了，桃熟了给你拿桃，梨熟了给你拿梨，不吃就硬往嘴里塞。那份乡情，那份亲情，那份真诚，在城市、在办公室里是体会不到的。像陈年老酒，放得时间愈久，味道愈浓。

前两年，有一个公社干部来西安办事，我去看望。我如数家珍一样询问我教过的孩子，和乡亲们的情况。他惊奇地说：三十多年了，你怎么记得这么清楚？我感慨地说："这是我流过血、流过汗、留下青春梦想的地方，怎么会忘呢？"听说老书记、老队长都相继过世了，我很难过。唯一能告慰他们的是，我们一起创办的窑洞小学如今还在，我教过的学生已接过教鞭。是啊，水是流动的，人是挪动的，只有学校教育是永恒的。

四十年过去了，因为忙，我不曾有机会回队看看。但我从不曾忘记过那里的山，那里的水，那里的乡亲，那里的孩子们！

## 与 虫 之 战

在农村插队，活苦重，饭难吃，不用多说，还有一件最可怕的事，就是遭遇各种虫子的"侵略"。

虱子这个几乎看不见的小爬虫，一旦染上就非常麻烦。在我们到陕北之前，学姐们先行到内蒙古插队，写信回来说她们染上了虱子，非常麻烦，几乎每个毛衣孔里都有，怎么都弄不干净，听得人浑身麻酥酥的不舒服，对虱子产生了恐惧感。

我们下乡后，发现老乡身上也有虱子，劳动休息的时候，他们脱下衣服寻找，然后用手去挤，发出啪啪的声音把它掐死。所以，我们都十二分的小心，可还是防不胜防被染上了，这小东西藏在衣缝里、头发里，时不时骚扰你一下，心里特别瞥扭。

特别在我当民办教师的时候，发现孩子们的头发里都有虱子，特别是女孩子，发梢布满白花花的虮子。天天接触，防不胜防，为了彻底消灭它们，开学时，我烧了两大锅水，给每个孩子们洗发、剪发，又用敌敌畏泡水洗头，再把所有的衣服用敌敌畏水浸泡，反复几次，才彻底解决了问题，我和孩子们都可以干干净净、舒舒服服地上课了。烦人讨厌的虱子！

和我睡在一个炕上的同学孙炼一次上山劳动时，不幸遭遇蝎子蜇咬了，开始还没在意，到了晚上疼得越来越厉害，只好开灯坐在那里，抱着腿哭，万分痛苦。无奈，我们几个也穿上衣服陪她。半夜三更了还不减轻，我和张梅只好敲开邻居老乡家的门询问咋办？薛大爷说："好娃哩，你们没经验，蝎子咬人可疼咧，赶紧找些烟袋油抹上，不行再去找潮虫（西瓜虫）放在蝎子咬的地方吸。"我们又敲开抽烟的老王家要了些烟袋油，回来给她抹上，还不能缓解。这大半夜的，上哪儿去找潮虫呀？看着孙炼痛苦的样子，我们苦思冥想，忽然想起隔壁男生宿舍又脏又潮说不定会有潮虫藏匿。于是，我们起身去敲男生的窑门。劳动了一天的人们又困又乏，十七八的男孩更是瞌睡多，我们使劲捣了半天门，好不容易才叫开，他们不耐烦地说："半夜三更，让不让人睡觉呀，明天还上工呢。"我们不管三七二十一冲进去，发现墙角有一堆鞋，蹲下就翻，你别说，我们的判断还真准确，果然找到了潮虫，兴奋地抓了几只大的。孙炼被咬的地方正好在膝盖下面一点儿，我们把潮虫放在上面。你别说，这土办法还真灵，潮虫果然在伤口那儿吸了起来，慢慢的孙炼的疼痛似乎有所缓解。

我在农村插队了六个年头，也和虼蚤（跳蚤）打了六年的持久战。陕北人管跳蚤叫虼蚤是有道理的，因为它生在土里，跳是它的功能，因为比芝麻粒还小，几乎无法抓到，等你被咬得惨不忍睹，它早已逃之夭夭，无影无踪。

虼蚤咬的包与蚊子咬的包不一样，是一堆一堆的，鲜红的包上，拖个小尾巴，不但痒还疼，体内还会反映出阵阵烧灼感，特别难受。有时我们会被咬得浑身像桃花怒放，几乎没有好的地方，痒起来，不知挠哪儿才好，有时气得拿针扎，有时备几个干玉米芯子，浑身搓，直到搓烂才觉得痛快。可没想到，被搓烂的地方会发炎。一次红包上顶出白头化脓了，我开始觉得两条腿像捆了绑腿，紧绷绷的，浑身如同着火，烧烘烘的。耐不住，孙炼陪我进城到地区医院看医生。我们先挂了皮肤科。皮肤科的大夫看了看，给了两盒黑豆溜油，把我们打发了。我在发烧，感到浑身发冷，头昏昏的，特别不舒服。孙炼说："这不行，你病厉害了，回去咋办？再找别人看看吧。"

我们又挂了外科号，那个大夫先给我试了表，一看三十九度多，说："孩子，你这样很危险，处理不好会患败血病。来，坐下，我给你处理一下。"我坐到凳子上，下意识看了一下墙上的挂钟。大夫开始给我消毒，用镊子把脓头去掉，再一个一个涂上药包扎好。我又抬头看了一下，整整三个钟头。我身上顿时轻松了一大截，大夫开了消炎药，让我回去吃。我和孙炼都很感动。我问了这个大夫的名字，叫崔立本。回队后，我一天天好起来。为了表示感谢，我到果园买了一筐黄元帅苹果，写了一封感谢信，进城送到医院，交给院办，表示感激之情。

这次好了，可是与虼蚤的战斗并没有结束，它们继续咬我们，令我们痛苦不堪。不知是谁给我们出了个主意，往炕上撒"六六六"粉，我们照办了，的确有点儿效果。我举一反三，干脆把"六六六"粉缝在褥子里，这样效果更好一些。我调到公社（乡政府）工作后，下乡时不可能背着褥子，于是，又被咬得浑身稀烂。被迫无奈，我想出了新的办法，每次下乡，手里总是拎着一个小药瓶，装着液体敌敌畏，不管走到哪儿，睡前在四周撒上药水，给自己设置一圈安全防线，这招挺灵，虼蚤闻到，就望而却步了。

殊不知，这是顾此失彼的做法，虼蚤被毒死的同时，我们自己也在慢性中毒，可是，我实在是被咬得撑不住，只好选择这样的下策。这样的做法我坚持了七八年，与虼蚤的战斗可谓旷日持久，赶上八年抗战了。后来，我调到城里工作，只要一烧炕，屋子里便弥漫着毒药的味道，别人呛得受不了，我都习惯了，不在乎。我一直脸色不好，我老公说我是慢性中毒。该死可恶的虼蚤！

英国著名科学家达尔文有句名言："物竞天择，适者生存。"反过来说，就是你要生存，就得适应，没有别的选择。当年下乡，我们无处逃避，也无法逃避，只有战斗，与虫之战旷日持久相当艰苦，不过总算熬过来了。身上被虼蚤咬的疤痕很多年才慢慢消去，但那段记忆却永远留在了心中。

姚丹，女<br>
北京丰盛中学初六八届毕业生<br>
插队地点：原延安县河庄坪公社井家湾大队

# 抹不去的记忆

1969年1月,我离开北京到陕北延川插队。在陕北十年,有很多记忆是永远不会被岁月抹去的。

## 当队长,先来野蛮的,再来文明的

我们被分配在关庄公社张家河大队第二生产队。放下行李,吃完村里款待我们的酸菜饸饹,我就去找了队长,他叫张文贵。"队长,我们明天干什么活?"我问得他愣住了:"歇两天,快过年了,不忙。再说现在只有担粪一种活,怕你们城里来的娃做不成。""谁说我们不行,我们有的是劲。"我生生把队长的话堵在那里。队长拗不过我们,第二天就让我们干活了。果然是担粪。土羊粪死沉死沉的,第一挑粪我还找秤称了一下,一百二十多斤。六七里的山路(请落实一下,凡这样的是否都应为"六七里的山路"),仗着我在学校里练中长跑的底子,把农民追得呼哧带喘,第一天我和陈小悦就被评为十分,成了队里的壮劳力。

我们辛辛苦苦地干了一年,一天都没落。年底结算挣了三千多工分,是队里挣工分最多的。可是到分红的那天,我才分了六块五毛钱。我一向心直口快,马上追问队长是否发错了。队长说没有。小悦告诉我一个工分只值人民币二分七厘,扣除口粮,只有这几块钱了。我一听就急了,问队长他干了几年队长?他说从合作化开始他就是队长,有十四五年了。我说:"你把队长让给我,我来当一年,如果到年终一个工分还是二分七厘,不用赶我就下台。"我这一煽动居然获得绝大多数社员的同意,于是,分红那天我就当上了生产队长。当时我和队里几个长老级的社员一商量,马上任命陈小悦当会计。当晚我们谋划了大半夜,对生产队的各个方面都做了安排。

当上了队长，兴奋得一夜没睡好。第二天鸡刚叫，我就爬起来把牛赶到井上喝水戴笼头。鸡叫三巡，天还没亮就敲钟把社员轰到场里安排活。把他们打发走了以后，我忽然发现黑影里场上还蹲着两个人在抽烟。我走过去一看，是队里最壮的两个汉子，一个叫王道，一个叫牛娃。"唉，叫你两个去担粪，咋不去？"我问。王道把卷烟屁股一丢说："昨晚上选你当队长我俩没举手。"我一看有人想闹事就急了："你俩没举手老子也当上队长了，你们知道不知道少数服从多数？"但是无论我怎么说，他俩就是不动。我明白了，文的不行这摆开的架势就得来武的。这时，天也亮了，我挨家挨户把六十岁以上能找来的老人无论男女都叫到场上，说："昨晚大家选我当队长，这天知地知。他俩不想让我当，我偏要当。现在只有一个法子，谁打赢了谁当，请老人们来做个证明，我们立个生死文书，打死了算。"在老人们的劝说下牛娃先胆怯了，说："这事还要立生死文书？不打不打了。"王道是个五大三粗一身黑肉的西北汉子，站起来嚷嚷着说："北京学生读了几天书，还闹什么花胡哨，文书我不懂，打架我就先来了。"说着拿起了架势，一个饿虎扑食就朝我压了过来。我侧身向右一闪，趁机飞起一脚踹了他一个大跟头。他从地上爬起来连声嚷着说不算，说他没准备好。我说行，再来！王道又扑上来，我一躲，顺便脚下使了个绊子，一下就把他摔了个大马趴。众人一通数落，王道和牛娃觉得很没面子，只好怏怏地挑粪去了。

中午在送粪的谷子地里，说起大早上的事情众人都把王道当笑料，不想一下又把他的倔驴脾气挑起来了。他站起身扑上来要和我决斗。这一次，他双手死死地抓住我的肩膀，我感觉到了他的力量。僵持之中我闪出机会给了他一个过背摔，王道重重地摔倒在尖尖的谷茬上，屁股被一根锋利的谷茬扎进去三四厘米，当时就鲜血淋漓。不过到底是西北汉子，他爬起来，从地上抓了一把黄土按在伤口上，从此便服了我。以后，在我当队长、当书记的四年里，王道再也没有跟我闹过逆茬，反而成为我的积极拥护者。

## 出名出在按劳分配的尝试上

那时的生产队，基本上就是大锅饭，社员出工不出力是普遍现象。队长的任务就是每天鸡叫就起，可着嗓门喊着骂着，带头苦干实干，但成效甚微。夏收刚过，便抢种荞麦，这时往地里送粪就是关键。按规矩地里每个粪场倒两挑粪，每挑粪有百十来斤。可总有那偷奸耍滑的人，挑着巴掌大的一点儿粪趁人不备倒在地里，这成了我最头痛的事。虽然知道是谁干的，但没逮着就不好说。

后来，我心生一计。有一天大早，鸡刚叫我就挑着粪上山了，手里特意提了一杆秤。走到半山腰的一棵老杜梨树下，我停了脚，把秤挂在树上。这里是送粪的必经之路。每来一个社员，我就拦下他，称一称他的粪担子。这一称便露馅了。有几个壮小伙子只挑了二十五斤不到，而那些婆姨们却挑了足足一百多斤。满月婆姨挑了一百五十斤还多。我看着壮小伙子们，他们转过脸盯着我的粪担子。我拿起秤，当着他们的面钩起粪担子，秤杆高高地翘起来，足足一百四十五斤。这下不用我再开口，他们自己就臊了。

晚上，我召开社员大会宣布了一个决定：凡挑过一百斤粪的人，一年的工分就按十分计。不够一百斤的就按比例减。那些挑不到二十五斤的男人们，每天的工分只有两分多，而平时最多只能挣六分的婆姨们，居然有好几个都挣到了十分。

这下炸锅了。有当街骂的，有去公社告状的，有给县"革委会"写信的，说北京知青是来接受贫下中农再教育的，现在反过来整贫下中农了。县里派来了工作组，我死死顶住。好在村里相当多的社员是支持我的，他们都知道种瓜得瓜种豆得豆，不付出劳动就没有收获的道理。那一年，我们队里获得了丰收，每个工分折算人民币两角四分钱。这一来，我渐渐地有了名气，当地的老乡们提起"丁牛"，常常是竖起大拇指。

年底的分红会上，我趁着大多数社员对我比较有信心的时候，又提出了一个更让人炸锅的决定：把过去的"劳二人八"分口粮改成"劳三人七"，也就是把按劳动分配口粮的比例从原来占总收入的百分之二十提高到百分之三十。这样，一下就激起了社员们的积极性。同时，对那些平时不参加劳动，只等着按人口分配的懒人是个打压。

规则一宣布，整整多半年我就没安生过。告状的不仅告到公社、县里，还有往地区告的。光上面的工作组就来过好几批。这我倒不怕，关键是大队书记的态度比较难缠。他为了纠正我的决定，在大会小会上和我吵了无数次。我"丁牛"被老乡改称为"顶牛"了。不过，我心里是高兴的，因为"劳三人七"的政策，受到了大多数社员的拥护，劳动积极性大大地提高了。那一年，我们队里又获丰收，一个工折成人民币上升为三毛四分钱，家家户户的粮囤都是满满的。秋收后，县委宣传部来了一个小干事，让我写个总结。我也就没含糊，提笔写了一篇《不用采取什么措施，只要提高劳动分配比例百分之十，社员参加劳动的积极性就能提高百分之三十》的文章。

过了个把月，我把写文章的事情忘得差不多了，公社书记白光明突然到我们庄，见面就说："你小子出名了，省委组织部要调你去省里开会，我打听了一下，听说是省领导李登瀛点的你。我怕你现在能得谁的话也不听,调不动你,所以亲自来找你。赶紧去吧。"说完他又补充了一句:"好啊,你小子行,直接就从我们公社脑袋上跨过去了。"我笑笑没多说什么,立刻上路了。那天,我拢着白头巾,穿着一身上下都带补丁的衣服,翻过玉皇庙山,步行一百多里到了延安,地委派了一辆212北京吉普把我送到了省城西安。

省委组织部长接见我的时候,我这才知道事情的由来。原来,我的那篇文章被发表在陕西省委的内部刊物《情况通报》上,好几个省领导都看到了,认为写得很好,有见地有实践数据。正好省里要成立一个"农村政策领导小组",李登瀛同志就推荐了我。组织部长叮嘱我说:"小伙子,好好干,能参加这个小组工作就了不得,虽说不脱产但要按级别划分,差不多就是厅局级了。你从基层来,这就好比坐直升机来的。"接着,他带我去见了当时的省委书记处书记肖纯同志。肖纯十分和蔼可亲,他看到我那一身补丁衣裤就笑着说:"基层的同志真是很不容易,辛苦得很。"他说一看我这么年轻就很喜欢,还说:"我们那会儿参加革命工作时也就二十来岁,那时看到三十多岁的人就觉得很大了。小丁,你来得正好,我们就需要有闯劲的年轻人。"

省"农村政策领导小组"一共有七个成员,肖纯、李登瀛,还有省机关的三个干部,再就是来自基层的我和安塞县委书记。平时,我们主要各自做些调查研究,不定期地在省里集中,就一些政策问题开会研究。省委书记霍士廉、省长(那时叫省"革委会"主任)李瑞山也经常参加政策讨论。我因为年轻又口无遮拦,很快就和他们混得很熟,看得出来他们都很喜欢我,尤其是两个出身陕北的老同志李瑞山和李登瀛。

## 认识郝树才,成了好朋友

1973年底,我作为特邀代表参加了陕西省第二届贫下中农代表会,北京知青就我一个,在那时是莫大的荣誉。在会上我认识了陕西省很多劳模英雄,像张秋香、李双印、郝树才等。尤其是老英雄郝树才,给了我极其深刻的印象,我俩成了忘年交的好朋友。

跟老郝相识,也颇有戏剧性。省贫代大会的头一晚上,我因为有事去餐厅晚到了一会儿,整桌的饭都已被贫下中农代表们风卷残云般地扫荡光了,服务员就给我端来一整只香酥鸡和四个馒头。我那时的胃口大得出奇,三下五下就搞到肚里,还觉得没太饱。不想服务员又端上来一只香酥鸡和四个馒头,说能吃就再吃一份。我一下就来劲了,把棉袄一脱光穿着小背心抓起鸡就啃。

这时,一只有力的手掌紧紧握着我脖子后面被扁担压出来的那一大块死肉疙瘩,洪钟般的嗓门响了起来:"什么都不要说了,就凭这疙瘩肉,这后生吃了多少苦咱一看就明白,真是好样的。"我回头一看,这不是陕甘宁边区特等劳动英雄、人称"气死牛"的郝树才嘛!在西安钟楼照相馆,我那拢着白头巾的英俊小照就排在郝老英雄照片的边上,每每看见,我都琢磨到哪里去认识一下老英雄呢,没想到开会头一晚上就在餐厅见着了。

老汉那年快七十岁了,精神矍铄,握起手来你感到他那双厚厚的手掌沉稳有力。他拍着我的肩膀说:"来来来,能吃就能干,这只鸡就是我让他们送来的。我在那边看着你,估摸你吃了一只不敢下手第二只了,没想到后生真拔尖,准备甩开膀子吃了,好样的。老汉我过来陪你再吃四个馍,拿馍来!"这里的服务员都认得老英雄,马上去端了一盘馍,又上了一盘渭南肘子和一只香酥鸡。我们俩一见如故,一边说着,一边吃着。把鸡吃完又拿馍夹着肉肘子全干光。那顿饭我真吃撑着了。我第一次吃惊自己的大饭量,而更让我吃惊的是,服务员说郝树才已经在那边的桌子上吃了六个馍,现在又陪我吃了四个,还有这么多的肉。打那以后,我和郝树才就成了好朋友,凡是向他请教的问题,老汉绝不含糊,有些事情他还主动帮过我,这都是后话了。

后来,我把吃馍的事情说给省长李瑞山听,他听完后哈哈大笑,说:"用咱们陕北话说,郝树才,那就是一个老二杆子;你丁牛,就是一个小二杆子。二杆子碰到二杆子,能不对事吗?"

郝树才活到八十二岁,1986年5月29号去世。那一年,我早已经不在陕北了。但我心里永远记着他。如果有时间再回陕北,我一定要给老汉上上坟,报报这知遇之恩。

## 机械化,说起容易做到难

我当队长时,计划一大堆,最愁的是没人做,就这点人力怎么计划都不够。北京知青下来插队后,又来了一些带队干部,北京市也划拨了一些农业机械。我们张家河地处清平沟最里面,陕北人叫作沟掌。由于路远地偏,什么好事都轮不着我们。每当队里的老百姓给我描述北京支援的手扶拖拉机干活如何顶大事的时候,我的心里就很不是滋味。但我没有办法,唯一的动力就是号召大家拼命干,无论如何也要挣回一台手扶拖拉机。

秋收后，把队里的钱凑了凑还缺两千块，怎么办？王道提议去挖煤，他说那样来钱快。我一听，好主意！马上带几个壮小伙直奔煤窑。煤窑就在离我们村十多里的杨家坪大队附近，典型的陕北小煤窑，直上直下八十多米，完全没有任何保护措施。八十多米的下面就是巷子，也就几十厘米高，刚够爬过一个人。我顺着巷道刚爬了六七十米，膝盖就被煤砟磨破了。这还在其次，最吓人的是在巷道里爬行时，你会突然听到嘭的一声，那是头顶上岩石的炸裂声。这块岩石如果塌落下来，人就被压成肉饼子了。

挖煤的地方叫窝子，人只能坐着，抡起尖尖的镐头，先挖出中炭，它比较软，好挖。然后，用撬棍把底炭撬起，底炭每一块都有上百斤重。最后再用楔子、撬棍把上炭敲下来。我们每个人的脖子上都套个绳套，绳套下面拉一个类似爬犁的木板，敲下来的炭块就放在木板上，等放满了，就拖着木板爬出去。我干了两天，膝盖屁股鲜血淋漓，实在不行了。队上那几个陕北后生愣是坚持了一周。尤其是王道，黑不溜秋的，忍着痛一声不吭。一个礼拜下来，我们挣了两千块钱。加上已经有的两千多块，终于凑够了买手扶拖拉机的数目。真是玩命啊！这辈子让我再第二回下小煤窑我绝不干。那简直就是地狱。

钱凑够了，我马上派了两个人去县城买拖拉机。全村人翘着脖子等了三天，等回来两个垂头丧气灰头土脸的人。我问他们看见手扶拖拉机了没有？他们说看见了，在县农机公司院子里放着呢。为什么不卖呢？人家说没有我们队里的购买计划。我一听就急了，立刻拿着钱披着羊皮袄奔到县城。县农机公司的院子里，果然放着七八台手扶拖拉机。一个小伙子斜着眼睛看着我说："你们张家河买手扶没门，怎么又来了？"他问我要计划指标，我还是头一回听说。我就问他："谁管指标？""王局长，"他大拇指向天上一伸，"王思德。不过你找他也没用。""为什么呀，他是个老虎？"我说。"真是老虎倒好办了。"小伙子笑着说，"他是延川县有名的倔驴，怕你搬不动他。"我也是有名的"顶牛"，难道牛还怕驴不成？我径直奔去王局长的办公室。

王局长果然名不虚传，我刚说明来意，他就把我轰出了门。我一屁股坐在他的办公室外面，告诉他不卖我一台拖拉机就不算完，晚上跟着到他家吃住。他不理睬我，下班后，我就真的跟到他家里。王局长的老婆倒是和蔼可亲，一听我说明来意马上站在我一边，说："死老头子，院子里放着拖拉机等着放坏了卖废铁不成？赶紧卖给后生一台！"王局长还是不响。他不响，我就不走。坐在他们家窑洞的外面，裹着老羊皮袄靠了一夜。

第二天一早，王局长推门看见我，就说："我不是说过了吗，你就是把我家门口坐出个坑来，我也不卖你。"我就不信那个邪，站起身又跟在他屁股后面去了他的办公室。一坐又是一天。下班的时候，一个自称是商业局长的人上门和王局长叫板要下象棋，我一看机会来了，就凑上去观战。王局长是个臭棋篓子，几步过后，便败下阵来。我立刻站在他这边。只要看出一着棋，就赶紧给他支着。他连胜两步后看了我一眼："你还懂棋？"我笑笑。又给他支了个绝招，对面的商业局长马上输了。王局长高兴得哈哈大笑，问我："唉，你干什么来的？""局长，我不是找你买手扶拖拉机的吗，你咋忘了？""好好好，这就拉一辆。"王局长这句话，使我几乎不敢相信自己的耳朵。"局长，要拉也得你批个字呀。"王局长一点儿不含糊，批了个条子：卖张家河手扶一台，三千六百元。我拿着条子仔细看了一下，农机公司柜台上明明写着三千八百元一台，王局长怎么写成三千六百元了呢？等到了农机公司，卖机器的那个小伙子说："局长写的三千六百元，谁敢要三千八百元！"

我得意扬扬地把手扶拖拉机开回了村里。从那以后，我们一台又一台，每个队都配备了手扶拖拉机。通过我们的努力，大队置办了各种农业机械，有推土机、发电机、电影放映机等等。可以骄傲地说，这些都是我们用双手挣出来的。到我离开张家河时，整个大队农业机械价值累计已经六七十万。加上几十孔窑洞和满山的苹果树，集体资产估值近二百多万元了。

## 七年养育之恩，此生难报

我在李贵章家里整整吃了七年饭，从当队长的1970年开始到1976年，我讨了婆姨才基本结束。

我们去插队时，李贵章已经四十好几了，宽宽的肩膀，挺直的身板，接近一米八的个头，典型的西北汉子。他平日里话不多，时间长了村里人告诉我，别看李贵章不爱言传，青化砭战役参加支前担架队，冒着枪林弹雨一口气从火线上抢救下七个重伤员。仗打完，部队一个团长看到老李表现好想留他，不想老李扭头就走，说兵是不当，下回再叫支前还来。

村里人都叫他婆姨催要妈，因为他大儿子叫催要。李贵章的大女儿叫吊吊，因为盼子心切生了女儿后希望吊出个儿子来。结果第二个又生了个女儿，取名叫转转，要转换一下生儿子了。第三个果然生了个儿子，取名叫催要，催着还得再来一个。果然第四个又是个儿，取名叫挨要，就是挨着还要，不过后面就没要着。

李贵章家的窑洞离我们知青的窑洞最近。我当了队长后工作忙经常在知青灶吃不上饭，就跑到催要妈那里去讨点儿吃的，久而久之就成了他们家的一个固定成员了。刚开始时，村里生活挺困难，主食以高粱为主，因为含有氢氰酸，我一吃多就烧胃，冒酸水。催要妈就尽量把家里很少的玉米面做成发面饼子给我吃，他们一家都吃高粱面。如果有一点儿白面做成馍，催要妈一定尽量留给我多吃几顿。

记得有一次吃晚饭时，一家人刚要吃饭，挨要放学跑进门，一看放馍的篮子里有一个白面馍，刚伸手去拿，催要妈就把他的手打回去了："你丁哥的。"那孩子当年也就七八岁，正在长身体能吃的时候，失望的眼神至今我都历历在目，一想起来就心酸。他家里养着一群鸡，下的蛋我真不知吃了多少。尤其是每当我累了身体不好时，催要妈晚上一定从窑掌里搬出一个大葫芦，从里面拿出一块乌黑的红糖，跟石头一样硬，要用斧头才能捣碎，红糖水泼鸡蛋，那时吃得比蜜还甜。

催要妈的身体不算好，左侧脖子上长着一个甲状腺瘤，这是陕北山区老百姓的常见病。1975年我专门请来了当时远近闻名的知青名医孙立哲，为她动手术把瘤子拿掉。说来在山区动手术还真够危险的，正动着呢，孙立哲在窑洞里面大叫："老丁，老太太晕过去了。"我一听就急了："怎么办？""要氧气，快想办法。"孙立哲喊着。我立刻召集了二十来个婆姨，每人手拿一个簸箕，分两组轮流往窑洞里扇风，连续扇了两个小时，还真顶了大事，手术成功，术后也没有感染。

我经常感叹人的生命力有多么顽强。催要妈平时不爱言传，但她坐在那里，你会感觉到一双明亮的眼睛很慈祥地在看着你，那种感觉不是用一般的语言可以形容出来的。那年我参加陕西省第二届贫下中农代表大会，临走前，我才想起浑身上下没一件像样的衣服，正不知所措时，催要妈叫我到她那里去，笑眯眯地拿出一套全新的行头来：黑色的对襟中式棉袄，黑棉裤，全新的白羊肚毛巾，穿上别提多合身了。转转告诉我，全家为我这身行头整忙乎了多半个月。我感动得不知说什么好，这套行头一定花了不少钱，当时老百姓没多少钱。后来，我给李贵章五块钱让他去小卖部买瓶太白酒喝，好说歹说老头握着五块钱走了，过了一会儿回来了。我一看没买酒，就问为什么，他说一到小卖部手就出了毛病，握钱的手怎么都张不开只好回来了。

1998年我回陕北，催要妈已经过世了，我跪在她的坟头，祭洒下一瓶她生前爱喝的西凤酒，想起这些往事悲痛欲绝，不禁放声痛哭起来。她用宽大的慈母之心养育了我七年，我没有回报她的养育之恩，而且，永远也不可能了⋯⋯

1974年5月，来回折腾了无数次，我才入了党，成了张家河大队书记兼关庄公社副书记。工作紧张，生活完全没有规律，我闹出了胃病，动不动就胃疼得头冒虚汗。我常背一小军用背包，里面放着针管和阿托品，一闹胃痛就自己在足三里那里打一针阿托品。当时，北京知青招工的招工，推荐上学的上学，老知青基本都走光了，我早就是远近闻名的铁杆扎根派，生活问题却成了大问题。

村里的老人，尤其是老大娘们就操心给我说媳妇，明的暗的闹了好几回我都没有动心。人说爱情这回事，要碰得时间长了才有可能擦出火花来，这话一点儿不假。大队党支部经常开会，除了我就是年轻的妇女主任张海娥不抽烟，其他人都是一人卷一根老炮筒在抽，开上个把小时会，就把我们不抽烟的熏出窑洞门透透气去。到外面看看月亮聊聊天，慢慢的时间长了就聊到玉米地里去了。我比她年龄大了十岁，我向她求婚，她答应了，不过说还要征得她父母同意。

我就大着胆子去找未来的老丈人。我和她父亲还是有点儿缘分的。1970年秋，当时刮起割资本主义尾巴风，公社派来工作队说要严查私自扩大自留地的行为。本来工作队诈唬一下，运动就过去了。张海娥的父亲张玉前是个耿直爱说实话的人，居然站起来说：大队高书记自留地比以前扩大了很多。这下惹了麻烦，工作队在高书记带领下把老张的自留地一量，说扩大了一倍，罚了六斗粮。还是我不服气，带着知青们又把老张的地丈量了一下，发现他的地是三角形，面积应该是底乘高除二，工作队故意整人没除二，当然多算了一倍。我就带人去把老张的六斗粮拉回来送他家。

这件事当时闹得惊天动地，大队高书记恨得我牙根痒痒。你能说我和老张缘分不大吗？我找到老张，小心地说明来意，特别强调了我大十岁这个概念。没想到老张倒是很痛快，他说年龄不是大问题，他就比海娥妈大十岁还多。不过，他说家里是海娥妈拿事，还要征得她妈的同意。

老头这么一说，倒给我壮了许多胆，就去找到海娥妈。这是一个非常精明的女人，她就直截了当："现在婚姻自由了，那就是法；我要是拦住说不行，那是违法；但你要问我同不同意，我是坚决不同意。""为什么？"我问。"你数数看就咱这张家河孤儿寡母有多少？十三个，都是老红军留下的。外面去当了大官了，进城就甩了，可怜吧。老百姓不图别的，就图一辈子安安稳稳过。"

也是，那些老红军撂下的孤儿寡母在当时陕北农村是常见的事。我们村里出去最小的一个是甘肃省一个厅的厅长，他留下的孤老太太后来找了个老头，留下的儿子我们在时也有三十多岁了。我和海娥妈论了很长时间理，老太太一看我态度挺坚决，最后就说："你先不要一定让我说个什么，我说个地方你先去转转，回来再找我。"我一看有门马上答应了。

我是趁着"省农村政策领导小组"到基层调查的机会去的，那个村就在我们邻县，原来这个村是当时陕西省一个有名的领导的老家，他的前妻和儿子至今还在庄里"受苦"着呢。

我在这老太太家住了有十天，天天劈柴挑水不含糊。刚开始时，老太太沉默寡语不太爱和我说话，架不住我话多，用陕北话说的那些事常把老太太逗笑，一来二去老太太话匣子也打开了，看得出来老太太年轻时绝对是一个性格活泼爱说爱笑的人。临走的头一天晚上，老太太以一种极其平稳的口气和我聊起了往事，我想象她那么聪明的人一定洞悉了我，完全知道我真正的来意。她和那个领导从小是青梅竹马，后来闹革命了男当红军女宣传，大生产支前线她从来没有落在人后，还独自抚养着两人的儿子。每当听到自己男人在队伍里负伤了或生病了，哪怕把家里的牛卖了攒两个光洋也要辗转托人送过去。没想到新中国成立了男人没有回来，在城里又找了一个有文化的大学生。她男人一定是觉得愧疚，刚开始的那些年每个月还会给她寄些生活费来，但这个刚强的女人每次都原封不动地又寄了回去。"这个革命对他说是成功了，可是对我说还没有，我活着走好自己的路。"老太太的这句话让我听得眼泪都掉了下来。

　　她还跟我说起他的儿子，"文化革命"后，儿子的爹调到陕西工作时，和儿子从小一起长大的伙伴们凑了一些钱让他去省里找他爹，虽然没见上，但有关部门还是为他在延安城里安排了一个工作，儿子回来告诉她，说在延安城里有了工作从此可以养她。她就跟儿子说："要么你就跟你爹去，我没这个儿子，我不用你养；要么就跟妈在这里当个老百姓，做个受苦人。"儿子一听就跪下了："妈，我跟你，我是妈养大的，我有良心。爹连我面见都不见，他不会认我这个儿子，那不是爹。"

　　我回到张家河，见到海娥妈妈，我跟她说："你让我办的事我办了。"她问："那你还想娶海娥做婆姨吗？""当然。"我一点儿没含糊地回答。老太太什么话都没有说，只是转过身去用袖子抹了抹眼睛。

　　我结婚的那天非常热闹，北京知青来了三十多个，海娥的女友来了十几个，还有公社书记白光明等干部不少人都到了。可我老丈人丈母娘没来，老丈母娘倒是按陕北规矩送了七只老母鸡，小姨子过来陪了我们几天。

## 带婆姨干活，会骂人才叫本事

　　我当上队长，领着大伙热火朝天地干，逐渐感到劳动力不足。陕北女人过去是不上山的，因为过去男人上山是精尻子，也就是光屁股。凡看过徐悲鸿《愚公移山》油画的很多人都被那个画面震撼了，那其实就是西北人过去在山里的真实写照。过去陕北女人除了家里活忙忙，最多就在夏粮收时在场里闹个连枷什么的，不进山。大队开会时我一直在倡导把妇女半边天的力量发挥出来，尤其是我们北京知青来了以后,女知青要进山干活,这风气确实要改变一下了。公社大队都发了通知组织妇女干活。一落实到生产队连个妇女队长都选不出来,我本想让我们的副队长带领妇女干活,没想到他死活不愿意,于是,只好我来,名义上是生产队长,实际上大多数时间是在当妇女队长。

陕北的女人,没结婚当姑娘时一个个老实着呢,一结婚当了婆姨那可是什么话都敢说。我那时刚刚二十来岁,经常被那些婆姨说得脸红心跳,不知所措,领导力大打折扣。

一次在山里我带着二队的妇女正在锄谷苗,不意端端碰到一队的妇女也在那里锄谷苗,两队妇女碰到一起话就格外多,非常影响工作进度,我就想找个碴口压一压。一队有个女人外号叫"红鼻子老C",长着一个通红的鹰钩鼻子。这个女人见过点儿世面,远近闻名的厉害,两队相见数她话多,声音还大。我就借机发作了一下:"嗨、嗨嗨。你就不能把你那张嘴闭上,瞧你搅和得两个队今天都做不成事了,光听你这嗓门了。"

没想到这个女人居然来了一句:"我的妈呀,咱这母鸡队里咋就冒出只小公鸡来,怕还没打过鸣来吧。大伙可听好了,这大山里老娘我就豁出去帮你们二队一把,让他把没见过世面的小家雀拿出来,老娘我一板子夹死他,让他会打鸣了再在母鸡队伍里出头。"

大山里光听着这些妇女笑破了肚子,把我闹得两三个小时没缓过劲来。自打那以后,我就下定决心把陕北所有的骂人话收集齐全学精,下回逮个机会展示一次,把威信夺回来。于是,我经常拿着个小本本晚上走门串户和老年人聊天时向他们请教,什么王维雄、韦妈等,把村里最聪明嘴最利索的人访问个遍,把陕北通用的、稀奇古怪的骂人话基本收集全了。我又把它们编成容易记忆容易说出口的四六句,背了个滚瓜烂熟。

机会终于来了,夏收时正好在山里我们又和一队妇女割麦子碰在一起,歇晌时有意无意我就和"红鼻子老C"起了冲突。这个女人跳起来右脚用劲一跺,张嘴就骂,我也以牙还牙,一口气骂了足足有十几分钟,把"红鼻子老C"急得尿了一裤子。一队两个婆姨上来把"红鼻子老C"架起就往山下拖:"哎呀,都尿裤子了丢人吧,别跟北京学生斗嘴了,人家有文化,看嘴多利索,你斗不过。"这件事过后,真是再也没有哪个婆姨敢在嘴上和我叫板,一时我是春风得意,但从此养成了我出口就带脏字的坏毛病。

大学毕业后分配到天津第四机床厂,和工人打成一片,我这毛病还用得上,但在后来回北京到机关工作改起来就非常难。在我父亲家不经意说出来,常把老头气得:"这哪里是书香门第家出来的孩子,简直是土匪……"

## 申易，我心目中永远的长者

我第一次见到申易，是我当队长时去延川县城办事。有在县政府工作的人，特意在大街上找到我说县委申书记想见我。我早就听说过申书记，说北京知青来延安时周总理特意嘱咐过他，还曾调侃过他那个易字含义深刻。申书记对周总理保证，一定要带好这些来自北京的孩子。

但这次我见申书记心中还是有些忐忑不安，不知会有个什么结果，毕竟告我状的太多了。

申书记见了我非常亲热，双手紧紧握着我的手："来来来，丁牛你哪里是北京娃，整个就是我们陕北娃嘛。"他见我拢着白羊肚头巾，打扮得就像是个陕北老百姓，很感兴趣。几句话说得我那点儿戒心消失得无影无踪。申书记跟我聊的都是有关科学种田的事，他听说我春天引进了晋杂五号高粱，种了近百亩长势不错，很高兴。他又听我说夏种全面引进北京五号裸麦，就特别嘱咐我小心，因为北京五号原产地都是种在可灌溉的田地里。我就告诉他放心，北京农业大学在甘泉县已试种了两年，很适应当地气候。申书记对农业非常熟悉，而且特别注意细节，给我留下极深的印象。

这天还发生了一件事让我终生难忘：申书记的小公务员来晚了，匆匆忙忙给我倒开水，手拿玻璃杯一倒把自己烫着了，手一松玻璃杯摔在地上碎了，开水溅到自己和申书记的裤脚上。申书记先用手绢给小公务员擦去水痕，又不厌其烦地亲自给小公务员演示怎么倒水才不会被烫着。申书记感叹地说："孩子小，刚参加工作没经验，得告诉他怎么做。我参加革命队伍时比他还小，也当过小勤务兵，我现在不是当了个县委书记了吗？这世界上还是后生可畏呀。"

就这么和蔼可亲的人也有发脾气的时候，我就碰到过两回。

1974年刚过完年，我到县里顺便到他那里，老远就看见他的小公务员站在办公室窑洞门口示意我不要说话。我走近了他就悄悄跟我说："正说你呢，你们大队高书记在。"就听申易在大声质问："你敢不敢给我写个保证，保证你三代都是根红苗正，只要一个有问题的你就给我自动退党，你敢吗？我看你不敢。你表哥不也是劣绅吗，按说你也不该入党。丁牛舅舅和他有什么关系？1949年就去台湾了，那时他才两岁多，见没见过都不好说。够不够党员标准要看自己的表现。"申书记还在说，"哎呀，你高书记权力够大的，听说人家丁牛给你递个入党申请书你都不接。我告诉你，大队书记没有不接的权力，只有接的义务。"我一看这里不是久留之地，赶紧溜了。

又一次我在申书记办公室说事，县里哪个部门送了一份报告给他，申书记才看了一眼就大发其火："大叛徒、大工贼、大内奸刘少奇的侄女，你们扯这么远干什么？我们要解救一个孩子，你们写个报告偏偏还要把孩子往火坑里推，什么意思？"不等来人回嘴，申书记就斩钉截铁地说："好了好了，我知道你拿回去你们领导也改不出个样子，我亲自改。"他立刻伏案字斟句酌地对这个报告做修改，完了交给来人说："拿回去打好再报上来。"

来人走后申书记对我说："王某，王的女儿，可怜得很。插队在这里，生活无着落和当地人结了婚，生了娃，男人还常打她。我们要解救她，安排她去上延安师范，你看看这些部门好像不把这孩子和刘少奇联系上就划不清界限。"王某，我知道，她在冯家坪公社刘家沟大队插队，在那个极"左"思潮风行的年月，有申书记这样的胆略和菩萨般心肠的干部还真是不多见。

我订婚了，一天申书记突然来我村，在这里住了两天。临走时意味深长地拍着我的肩膀说："这回来你们张家河，队里的女子我还特意看了个遍，总结了一句话告诉你：憨娥不憨、精孩不精。选对了，哪天到我家请你吃顿便饭，一定来啊。"憨娥是我老婆的小名，精孩是另外一个女孩的小名。

那天，还有件事情让我至今忆犹新。申书记临走前，我们大队的领导都来送行，有人是开着手扶拖拉机赶过来的。我就和申书记说起越来越多的农业机械运用不仅提高了生产效率，更重要的是使这大山里的农民开了眼光，长了见识，容易接受新事物新思想。我不经意地提到我们队羊倌刘志远的老妈妈有八十多岁了，腿不利索。每次队里用农机具打场，老婆婆一定要孙子们把她背到场里去看，老婆婆高兴地对我说："这辈子拖拉机是看到了，就剩下汽车没见过，什么时候让我见一回，就是死也知足了。"也难怪，自打嫁到我们庄，快七十年了，她从来就没出过庄。

我说者无意，没想到申书记脸色凝重起来，他执意先不要走，要把他的北京吉普开到后沟掌接那个老婆婆看一回车坐一回车。他说："我这个县委书记是为老百姓服务的。普通老百姓有这么一个要求，我能做到，为什么不去做？"刘志远家窑洞在后沟掌挺高的地方，我上去把老婆婆背下来，申书记亲自拉开车门把老婆婆安放在前排座位上，自己在后面扶着和她说话。汽车在后沟颠颠簸簸地开了十几分钟，申书记和老婆婆的笑脸和周围的一大群孩子的笑脸一样灿烂。等申书记离开时，全庄的老百姓聚在庄头望着逐渐消失的车灯久久不愿意散去……

跟申书记熟了以后，我到县城办事只要有时间就去他那里坐坐，聊聊基层的事。有一次申书记叫我吃饭，我如约去了。他住在延川县城一个不起眼的小院子里，三眼窑洞，正中窑洞就是陕北常见的土炕，摆设极为简单，饭桌就是炕桌。申书记老婆亲自做的饭，主菜至今我还记得，是一大盆酸菜炖土豆，手轧的饸饹。申书记的老婆是陕北最普通的婆姨，走起路来一拧一拧的，看得出脚很小。申书记笑着对我说："我婆姨早先裹过脚，后来闹革命放了，也没长大。"吃饭时他问我："我说请你吃便饭，没说错吧？""太好了，我就喜欢这一口，酸菜炖土豆外加荞麦饸饹。"申书记很深情地看着他老婆说："我参加革命有三十多年了，一直在延安周边转悠，进了城还是老样子。不像有的人进城就把老婆换了，官可能越做越大，但有意思吗？我老婆嫁了我这样一个不称职的男人，我不给她添麻烦就对了。我一个放牛娃出身，我很知足。"这一晚，申书记给我上了堂一生都不会忘记的人生课。

1977年10月，很多知青都在忙于恢复高考前的准备工作，我是铁杆扎根派，这周围发生的一切对我似乎没什么影响。突然有一天申书记通过广播电话找我，让我立刻去见他，而且很急。那时申书记已经调到延安地委了。我没有迟疑连夜翻过鲁家湾山，搭顺车到了延安。

坐在申书记的办公桌前，感到这几年他确实苍老了许多，但是两眼仍然明亮有神。"参加高考，提高自己，跟上时代，这是新时期新任务。"申书记又补充说："我知道你也许一下转不过弯来，所以我要当面跟你说明白。这几年，你已经用自己的劳动成果表明了有文化的重要性，但你不能满足于仅仅修理一个村庄，还有更大的事情等着你做。"

他看我还在犹豫，又说："够了，不要等到我这个年龄才后悔为什么不早点儿上大学，有了机会不要错过。"我就说："天哪，申书记，连今天算上只有十天就要考试了，我十年没摸过书本怎么考？""自信，有信心就成。小丁，我相信你根底扎实。"申书记的话句句铿锵有力，我是彻底服了。回到庄里草草翻了几天书，参加高考果然考进上海工业大学。

我在陕北十年，期间关键几步都得到了申书记的真诚关照，他是我心中永难忘怀的恩师、长者，人生道路上永远不灭的灯塔。

丁爱笛，男
1947年5月出生
清华大学附属中学高六八届毕业生
插队地点：延川县原关庄公社张家河大队第二生产队

# 陕北杂忆

## "佳肴飘香"

吾等一干知青在去陕北插队时，不少人还是十六七的半大小子，正在长身体的时候。由于陕北苦重，油水又少，故胃口极好，饭量奇大。俺曾一次吃下四个足有四两一个的玉米面"片窝窝"仍无饱的感觉。那时，别说肉包子，就连带毛的肉皮都吃不上。真是"叹缺粮，三月肉不尝"（陈毅《赣南游击词》）。

在陕北，俺没吃过猫肉，却尝过"鼠"肉。一次在田里干活，忽挖出田鼠一只。因知其糟蹋粮食，便毫不留情，未待其逃遁，即用铁锹将其拍毙。拎起一看，此鼠甚为肥硕。其身长超逾半尺，灰褐色的皮毛闪着光泽，柔顺似锦。模样不像常见的家鼠那样尖嘴长须，尾巴也比家鼠短得多。它圆滚滚的身上长着的四只小脚爪，前肢粗壮，后肢纤细，两只玲珑的小耳朵前是像细缝一样的眼睛。在旁边干活的老乡过来一看："嗨，好大一只'瞎老鼠！'"哈！原来是只鼹鼠，怪不得长得不仅不像家鼠那样令人憎恶，反而显得十分憨态可掬。我们甚至有些后悔失手打死了这个小家伙。

下工后，我们拎着战利品——鼹鼠回到了自己的窑洞。知道俺们要打牙祭，一个与我们要好的老乡来到我们窑前的院落，教给我们如何剥下完整的鼹鼠皮。他没有像人们平常杀鸡或杀鱼那样从肚子下手，而是用小刀沿着鼹鼠的嘴划开一圈刀口，然后一点一点把鼹鼠的皮和肉分开，像脱袜子那样把剥离的鼹鼠皮翻开向后褪去，最后，一个完整的鼹鼠皮筒就剥出来了。

我们抱来柴火，把清理好的鼹鼠肉放进锅里清炖。火焰在炉灶中欢快地跳跃，锅里的水渐渐烧开翻滚。随着一团团热气蒸腾而出，我们窑洞前的院子里飘荡着阵阵香喷喷的肉味，令人驻足，引人垂涎。

大概是因为地里的庄稼让鼹鼠饱食无忧，充足的营养加上适度的运动使鼹鼠肉质十分细腻、鲜嫩。漂在肉汤表面的一层乳白色的油脂，对我们久不见荤腥的肠胃更是洋溢着磁石般的引力。虽然全部作料只是盐、干辣椒和一块姜，但这难得的美味对我们却胜过任何大菜佳肴。我们还分了一些肉给隔壁邻居。食者无不啧啧称羡、赞不绝口。

虽说一只鼹鼠出不了多少肉，但俺们这些久不见荤腥的饿汉们美餐一顿后，接连几天大家都心情很好，常带菜色的脸上似乎也泛起了油光，真个是余香在口，数日不绝。

大家看到鼹鼠的皮筒非常完整，就找来一些碎秣秸掺上点儿黄土塞进皮筒，把它撑得圆圆滚滚，放在挨着灶台的炕头边。乍看上去，这精致的标本像它生前一样呼之欲出，一只可爱的小鼹鼠又重现了。

## 第一个春节

俺们七个知青（四男三女）是1969年1月27日离京赴陕的。到宜川县后，被分到党湾公社坷崂大队马坪塬村。俺们村很小，当年只有二十六户人家，一百二十六口人，全村没有大骡子大马，只有七头毛驴、六头牛，此外还养了一群羊。

俺们到村里第二天，就扛上镢头跟社员们一起出工干活——用陕北话叫作"受苦"。当时，正值数九严冬，地里没活可做，队里就利用农闲时间打窑洞。打窑前，要根据土质选好窑址，然后切开山坡，开出一块场地。冬天的山坡地冻得梆梆硬，一镢头下去，冻土上只留下一道白印。还没干一会儿，手上就磨起了泡，血气方刚的俺们，咬咬牙，接着干。到下工的时候，几个人的镢把上斑斑点点，都是紫红色的血迹。

时过不久，1969年的春节来临了。在农村，一年中也就是春节可以歇上几天。从腊月二十三过小年开始，队里和老乡家就开始忙活，准备过年。

俺们队里没有集体养猪，只养了羊，为过年，队里杀了两只羊。杀羊时，乡亲们都围在一起，老乡们还教俺们怎样剥羊皮。俺们知青中有一位串联时带回了一柄民族刀，剥羊皮时派上了用场。

分得几块羊肉后，因为没有作料，俺们第二天就利用赶集的机会，来回三十里山路，到县城去置办。

到县城后，找了一阵儿，连个像样的商店都没有。最后在一家上着铺板的小铺子打了点儿酱油、醋和酒。因为没带瓶子，俺们灵机一动，摘下身上背的军用水壶装上了这些"年货"。

回村几天后，做饭时忽然发现出了问题——装酱油、醋的水壶一下子变得很轻，里面的"内容"不知怎么都没了。仔细一检查才发现，装酱油、醋的水壶虽然外面还是油漆锃亮，底下却都出了个比小米粒大点儿的孔。原来酱油、醋有腐蚀性，与铝质的水壶一接触，就发生了肉眼看不见的化学反应。用不了太长时间，就已经"水滴石穿"了。

春节到了。老乡们清理窑洞、打扫院子，小孩子们都换上了新一些的衣服。家家户户都在家里做米黄。米黄是一种折成半月状，色如黄蜡、味道酸酸的食物。它是用糜子和玉米碾米磨成面，对水发酵成糊，倒在热铁鏊中摊成圆形饼，烙熟后对折而成。

每天天一亮，就有老乡或"碎娃"（陕北对小孩子的称呼）到俺们的窑洞，拉着俺们到各家去。那时，俺们也不懂客气，一到老乡家，就被热情地请到炕上坐，各家的婆姨一边说"北京娃来了哩，快喝水"，一边端上碗中盛得满满的热腾腾的小米汤。

俺们村小，连个收音机都没有，加上当时的政治气氛，过年没啥文娱活动。老乡们都喜欢到知青的窑里坐坐，听北京娃唱歌、吹牛、讲山外的见闻。老乡们最爱问的题目是："北京城里咋个过年？"还爱问："你们在北京，见没见过毛主席？"

那些天，几乎家家都要送给俺们米黄和酸菜。刚开始，不少知青对米黄这种酸酸的食品还不习惯。俺们公社的一个北京娃还天真地问老乡："这东西这么酸，干吗不放糖呀？"老乡苦笑一下："糖？我有个尿糖哩！"……

## "菜 帮 记"

秋后的一天，村里不知从哪儿弄来点儿羊喽子（可能是黄羊之类）肉，分给俺们一块。正巧这天有几位别的村的哥们儿到俺村来。俺们拿出难得一见的荤腥招待朋友，大家都很开心。大家烧火的烧火，掌勺的掌勺，拉开架势干了起来。菜一端上来，大家一扫而光，吃完抹抹嘴，很是惬意。大家又愉快地吹了阵"牛"，洗了洗，就在炕上睡下了。

谁知睡到半夜，一个个辗转反侧，后来索性全坐了起来。原来俺们的炕连着灶台，做菜做饭把炕烧得挺热，加上菜做得咸了点儿，渴得大伙无法安睡。

水缸里剩下的水，没几下就被舀光了。只听得铁马勺把缸底刮得咔咔响，却再也舀不出一勺水。实在无奈，大家推举俺到队里的牲口棚去"借水"。俺端上盆，深一脚浅一脚地摸到牲口棚，跟老饲养员说了些好话，打上水就往回赶。

回到窑洞，刚把盆往炕头一放，没等把水倒进锅里煮，就见已经凑上来好几个脑袋，不顾水面上还漂着草末，呼噜呼噜不一会儿一盆水就见了底。

水喝完了，嗓子还渴。大家还是睡不着，忽然一个老兄灵机一动，说了声："咱不是还剩半棵白菜吗？那里含水！"话音刚落，墙角的半棵白菜就已被七手八脚地撕开。只听窑洞里响起一片咯吱咯吱的声音。每个哥们儿都捧着一块生白菜帮，奋力咀嚼，使劲榨取和吮吸其所蕴含的每一点水分。

菜帮啃完了，谁都没劲、也没心思再吹牛了。大家大眼瞪小眼地互相看着，披着被子靠墙坐在炕上等天亮……

## 麦　　收

陕北小麦熟得晚，记得那年俺们村是农历五月初五才开的镰。那些天全村每天都起早贪黑，全力以赴。

知青们过去在城里很少干农活，这下可经受了考验。弯腰割麦子脸朝黄土背朝天，半天头都不能抬。才一会儿工夫，就觉得腰像要断了一样，而长长的一垄垄麦子，却好像永远也割不到头。

俺们村小人少，只有二十六户人家。麦收时，还有几个知青请假回家了，只剩下俺们少数几个"北京娃"。早晨上工前，俺们煮了一锅红豆汤，像老乡一样，把豆汤盛在瓦罐里，再用小筐装上几个玉米面"片窝窝"带到地里。这就是俺们的午餐了。

割麦前，俺们把"午餐"放在地头的大树下。到晌午回到地头时，却忽然发现，随着地球自转，阳光偏移，原来的树荫已变成了烈日暴晒的太阳地儿。

俺们割了一上午麦子，滴水未进，嗓子干得要冒火，打开汤罐，一股不好闻的气味蒸腾而出。原来因为天气太热，加上太阳直射，虽只有短短的一上午，瓦罐里的汤却已经变馊了。

因地里离村远，再回去烧水也来不及。俺们只好忍着渴干啃两口"片窝窝"，因为下午还得接着干活。

晚上放工回到窑洞，像饮牛似的一瓢凉水进肚，往凉炕上一躺就一动也不想动,胳膊和腿上被麦芒扎出密密麻麻的血点,浑身筋骨又酸又疼,就像骨头要散了架一样。

村里的老乡们干了一天活回到家,婆姨们马上把热腾腾的饭菜端过来。而俺们在炕上才躺上一会儿,就又得咬着牙爬起来烧水做饭。等好不容易折腾完,三星都已经偏西了。

就这样拼死拼活干了些天,麦子总算抢割完了。可连口气都来不及喘,打场、翻晒、交公粮又接踵而来。

## 回 家

那是20世纪70年代第一个元旦后的一个冬夜。两位灰头土脸的知青——我和在山西插队的哥们儿王兄——正走在经山西、过黄河、回宜川的路上。

头年入冬后,村里没啥农活,我们又思念离别了一年的北京和亲人,遂卖了些劳动一年挣得的粮食换点儿回家的盘缠,历经劫磨、磕磕绊绊回到北京。

那年月,老父被打倒了,关在何处,是死是活,毫无所知,杳无音信。到家没几天,老母也被下放外地。"覆巢之下,岂有完卵",偌大的北京,竟然找不到容身立足的地方。四处"刷夜"不是长久之计。走投无路、无家可归了,还是回"第二故乡"陕北吧。

为了降低"返航"的开销,我费尽心机进行"成本核算"和"图上作业"。回京时的路线——坐火车到陕西渭南,再换汽车经黄龙到宜川——那是不行了,那样"成本"太高。怎么办呢?唯一的捷径是走山西,过黄河,再经韩城,到宜川。这样不光不走回头路,可以换换"口味",而且,还可见到在山西绛县插队的同学、哥们儿王兄。一年来,我们虽然心心相印,但往来只能靠鸿雁传书。这回可以到他插队的地方看看山西农村的生活,他也可以去陕北见识一下真正的窑洞。此行将可一举数得,"高,实在是高!"

辗转两天到绛县后,我在王兄的村里小住几日。"品尝"了他们的生活。总的感觉是,晋南农村生活很苦,特别是吃水也很难。那里的井有三十多丈深,平时井绳不是绕在辘轳上,而是每天早上由两个人抬到井边,晚上再抬回村。井绳两端,各拴一个桶。打水时,辘轳要两个人协力同摇,一个桶提水上来,另一个桶刚好放到井底。说这里水贵如油,确实并不夸张。但与我们陕北塬上相比,这里又算好多了。

在我们塬上,别说三十几丈,就是一百丈也见不着水。只能赶毛驴下山到山涧去驮。农忙时牲口要耕地，吃水全靠人往山上挑或用驴驮水的木桶背。而在宜川，许多地方的水还缺乏人体必需的某些矿物质。在我们插队的地方，"柳拐病"（大骨节病）和"克山病"都不少见。在头等大事"食为天"方面，山西隔三岔五好歹还能吃上顿面条和白面馍，而在我们那里，能有"白的"吃，就算过年了。

在王兄的村里"体验"了两天，又由他陪着流窜到别的几个村看望了其他哥们儿。在元旦后的一天后响，我们踏上了西去的路途。

冬天天黑得早，更何况乌沉沉的阴天。走了半个时辰，天色就暗了下来。在雪地里越走越冷，方向也越来越难分辨。我不禁想起老乡说的"鬼打墙"的故事。这时王兄说："咱们今晚死活到不了曲沃了，前面是礼元，我去过那儿，我们村有个老乡的亲戚在铁路上当看道工。"又走了一阵，我顺着王兄所指的方向看去，漆黑的远方出现了一点黄豆大的灯光。等走近了一看，这是一个铁路与公路交叉处的看道房——一个孤零零的小屋，紧挨着一个拦道的长杆。

我们敲门进屋，才发现这儿与其说是房子，还不如说是个袖珍的蜗牛壳。黑乎乎的墙边，一张铺着秫秸的铺板占去了屋里大半的面积，靠门有一个土坯垒的火炉。穿着大棉袄的我们站在屋里，竟然连转身都有些困难。我们问主人："我们打算明天到曲沃乘车到河津过黄河，今晚能不能在这儿歇一宿？"那个汉子瘦瘦的，满脸刀削似的皱纹。他听着外面呼啸的寒风，只说了一句："屋太小，你们俩就头脚相对，上床凑合一夜吧。"我们又困又乏，说声谢谢就"放倒"了。两人合盖一床被子，把棉衣盖在被子上，互相暖着对方的脚。

一觉醒来，天已蒙蒙亮，这时才注意到土火炉口闪着红光，那位老哥披着棉袄，竟在炉边的墙角蹲了整整一个晚上。他见我们醒了，塞给我们一人一个烤得焦黄的玉米面馍，说："前面路还长得很，过黄河一定要小心哩。"感激和惭愧使我们说不出话，只有握着他那长满老茧的手一个劲地点头。我们走出了很远，回过头，还可以看见他迎着寒风，站在小屋旁挥手的身影。

我们赶到曲沃后，坐上了到河津的长途汽车。车里大人小孩挤得满满的。车窗上满是哈出的雾气。车内百味混杂，空气污浊。人们的身体随着车身的颠簸晃动着。

时过响午，停车吃饭后又走了一阵，汽车戛然而止。我们随人流往下挤，一出车门就差点儿被夹着沙尘、扑面而来的北风呛个跟头。同行的老乡告诉我们，这儿离禹门口还有十来里，过河后还要再走十好几里才能到韩城。

流经禹门口的黄河，夹在两岸高耸相峙的山间，形成了一个天然的大风口。离禹门越近，风就越大。开始，我们背顶着风倒着走，但前进三四步，往往就被吹得退回一两步。后来只好侧着身子，跟跄前行。几乎每走一步都要鼓起全身的劲。有时，顶着风的身体与地面几乎倾斜成四十五度角。

转过一个山脚，终于到了黄河边。只见黄涛滚滚，挟着冰凌、打着漩儿从两山之间奔涌而出，向下游冲去。一座桥凌空横跨河上，悬挂在两山之间。当我们到了桥边，不禁倒吸一口凉气。这是一座什么样的桥呀！十几根钢丝绳连接着两岸，桥面是铺在钢索上的若干木板，两旁各有几根细细的钢索作为扶手。

黄水夹着流冰在桥下奔腾咆哮，大风把钢索吹得摇摇晃晃。我们面对的简直就是大渡河上的泸定铁索桥！平时，别说过这样的桥了，就是在它上面站一会儿，也会让人头晕目眩。如果不是走投无路，就是倒找钱，也犯不着上这儿玩命呀！可现在，我们已经千里迢迢来到了这里。别无选择，只能前进，毫无退路。哪怕是刀山火海，也必须闯过去！

我们硬着头皮上了桥，紧紧抓着作为桥栏的钢索，两眼尽量不看桥下的波涛，艰难而小心地探出脚步。每迈出一步，都"慎之又慎"。因为桥随风摆，人随桥晃，万一一步没踏稳，可就真"一失足成千古恨""跳进黄河洗不清"了。我们颤颤巍巍、步履蹒跚地向前走，终于一步一步过了河。

古人云："狭路相逢勇者胜。"又云："事到万难需放胆。""置之死地而后生。"过河如此，人生何尝不是这样？

过河后，天色又渐渐暗了下来。我们顾不得几天来的疲劳，马不停蹄地向前赶路。因为从河津到禹门口是逆风，而从禹门口到韩城是顺风，所以我们脚下也轻快了许多。

不久，天色渐暗，我们在路边的一个小店胡乱吃了些东西，又打听到了韩城汽车站的位置。但赶到那里后，人家早已下班，车站大门紧闭，只有寒风在空无一人的街道上呼啸。我们走了几家离车站不远的旅店，不料全都客满，说破嘴皮也没用。最后，打听到附近还有一家澡堂可住，我们赶快过去碰碰运气。进门后，"店小二"听说我们只有两人，便没有回绝，带我们走向客房。

我们原来对这儿也没抱多大希望，得知有地儿过夜，真是喜出望外。谁知进了客房，刚刚放松的神经又紧绷起来。原来，此处只有一间很大的屋子充当客房。里面没有单独的床或隔间，只有两排面对面的长长的大通铺。来投宿的客人不论男女、不论老幼，一律得一字排开，睡于这个大铺上，就像冬日墙边晾晒的大白菜。更令人不安的是，房间虽大，却只在屋角有一盏油灯。灯火摇曳着，四周一片黑暗，使房间更显得深不可测。两边的通铺上挤满了人，有的坐在铺边，有的盘腿坐在铺上。油灯的光把人们的身影映在墙上，随着灯火的摇曳，一个个黑影一会儿拉长，一会儿变短，使人不由得想起了《林海雪原》中的威虎厅。

我们得知，去宜川的车不是大轿车而是代用的大卡车。而且人多车少，上车前卖票。如果去晚了，可能连卡车也坐不上，只能在韩城再等上一天。

虽然连日劳顿，但我和王兄在大通铺上辗转反侧，一夜也不知睡没睡着。凌晨4点钟，"有表阶级"王兄就把我唤起，匆匆向车站奔去。

当我们赶到车站时，四处一片漆黑。这车站，大门紧闭，也见不到候车室。售票是像电影院那样通过一个临街的小小的窗口。我们到达时，窗前已晃动着两个黑影。虽没"拔得头筹"，但看着身后越排越长的人龙，我们心里暗暗高兴：虽说辛苦一点儿，但今天肯定是能坐上回宜川的车了。

大约6点钟，两道白光划破黑暗，一辆晃着大灯的汽车开了过来。见到这辆车黑乎乎的身影，我们心中先是一喜，继而又是一惊。喜的是左等右盼，总算盼来了汽车。惊的是，这是一辆从未见过的"长途汽车"，它是一辆四轮卡车，但不同的是，它的前后轮都是又宽又大的越野轮胎，而不像普通的载重卡车后轮是两只并排的承重轮胎。它比普通的卡车要高，用行话讲："前后轴都是驱动桥。"看上去活像个"长腿兔子"。我因在校时喜欢研究军事装备，知道这车是苏联产的"嘎斯－63"（其同宗的载重型为嘎斯－51），属于军用越野车，陆军常用它牵引火炮，空军则用它拉飞机。更要命的是，现在是滴水成冰的数九隆冬，而这车却光秃秃的根本没有车篷。昨晚得知去宜川是卡车时，我们已做了思想准备，况且我们当初赴陕北插队时坐的就是卡车，不过那是带篷的卡车，寒风还不致直接吹到身上。但无论怎样发挥想象力，我们也想不到来的会是个"裸车"啊！

"连车篷都没有，那人还不冻成冰棍呀！"我们一边想着，一边随人群顺着挂在车厢后面的铁梯往车上爬。上车时我们留了个心眼，故意把动作放慢一点儿，让其他人挤到车厢最前面，我们则留在第二排。这样好歹也有点儿"遮蔽物"，可以稍稍避避风了。未曾料到的是，乘车的人刚上完，就听呼的一声，好像有人下了命令一般，前面的人都蹲下了！我和王兄刚一转身，又是哗啦一声，身后的人也都动作麻利地蹲下了！只剩我们两人还像电线杆子一样挺立着。当我们反应过来，也想下蹲时，苦也！只见"四海无闲田"，所有空间都被挤得满满当当，绝无我们的"蹲身之地"。正在这时，汽车晃晃悠悠地开动了。

北风迎面吹来，我们却丝毫动弹不得。身子动不了，只剩下脑子还能自由"转动"——先是触景生情，想起唐朝边塞诗人岑参的诗句："夜半军行戈相拨，风头如刀面如割。"接着又联想到京剧《智取威虎山》的唱段："朔风吹，林涛吼，峡谷震荡；望飞雪，漫天舞，巍巍丛山披银装，好一派北国风光……"但一句戏文还没能豪迈地吼出，嘴就被"朔风"吹得"封了门"。只一会儿，便觉得脸上有无数钢针在扎，鼻涕眼泪不由自主地流了出来。用文一些的话，真是"涕泗横流"了（说来惭愧，打那之后，老夫就落下个迎风流泪的毛病）。

又过了一会儿，针刺感不那么强了，但觉得脸在发木、发胀，脸面仿佛肿得和鼻子一样平。而头上的棉帽、身上的棉袄、棉裤却又变得像纸一样薄。这时我忽然怀念起昨天、前天在雪地里、大风中跋涉的情景。只要能动,再冷的天身上也能有热气呀!我和王兄互相看了一眼,不禁又哑然失笑:一车人都蹲坐着、蜷缩着,只有我们两人"巍然屹立",犹如鹤立鸡群,看上去真像《沙家浜》里的"十八棵青松";不,要比喻得更贴切的话,更有点儿像被绑赴刑场的囚徒。

　　脑子在天上地下地胡思乱想着,"意识流"在漫无目的地乱流。车又走了一阵子,太阳出来了。不过,不是那种"照得人身暖"的"晴风暖日",而是一轮被云层遮挡着,偶尔露一下脸的苍白的圆盘。脑海中的"意识流"又想起小时候喜爱的小说《大林和小林》里的话:"到了冬天……太阳怕冷,穿上一件很厚很厚的衣服,因此太阳也不大有热气了……"慢慢地,"意识流"也有点儿模糊起来,一切好像都停顿了……又过了不知多久,车停了,司机走出驾驶室,大声吆喝让大家下车"解手"。我们拖着僵硬的腿,随着人流艰难地爬下车。上厕所时,我们惊异地发现尿还冒着热气,又惋惜这最后一点儿热量也要散去……

　　下午,汽车终于到了宜川的山脚下。我已记不得到底是怎样下的车,又是怎样爬上的塬。只知道离我们插队的山村——马坪塬越来越近了。天快黑的时候,远远地听到了"鸡娃子叫,狗娃子咬",又闻到了柴草燃烧发出的那淡淡的烟气。啊,连日来,我们经风雨,历磨难。现在,"征程"即将告一段落——我们终于到家了!


朱宏佑,男
1952 年出生
北京市第一〇一中学初六七届毕业生
插队地点:原延安地区宜川县党家湾公社坷崂大队马坪塬村

# "黑户"引起的冲突

几十年过去了,然而一桩北京知青与当地煤矿工人和农民之间发生的冲突依然历历在目。

我在延长县郑庄公社石马科大队插队,这里是延长县与延安县交界之处,附近有个县办小煤矿,往延安县方向走几里路有大片原始森林,在黄土高原上这块绿地的存在真是个奇迹。

地多人少,社员种下庄稼锄不了,春天种完,到秋才去收,收成可想而知了。荒地、山林引来了从北边榆林地区逃荒下来的大批农民。

秋后和开春,山林中浓烟滚滚,饥饿的逃荒者在深山老林中开荒,自种自收,形成一个个"黑户"自然村。他们全是单干户,又不交公粮,成了人民公社之外的世外桃源。

县里对此很关注,想抓个走资本主义道路和毁林开荒的典型,派专人来调查,大队派我和郑钦进等几个北京知青协助。没想这些在石马科一带的"黑户",竟比石马科大队的人数多出近一倍!这次调查,使"黑户"们十分紧张,生怕县里把他们赶走。

冲突是因"黑户"而起。1970年7月初,正是麦收季节,其他同学去收麦,我和郑钦进进山沟砍柴。回来的路上,走到尹家沟,发现一户"黑户"住的土窑洞。郑钦进说:"这还有一户'黑户',走,上去看看。"

窑门口,坐着一个八岁左右的小孩。

"你大上哪儿去了?"郑钦进问。那娃一看我们是北京知青,怯生生说:"受苦(干活)去了。"

郑钦进说:"告诉你大,在这儿搞单干,白种地不交公粮,县里总有一天让你们回老家去。"

郑钦进见门外墙上挂着一串辣椒，就过去一把揪下，说："不能便宜单干的。"走到沟崖边一甩手扔下崖。

背着柴从尹家沟出来，在沟口遇见一位石马科煤矿的工人，叫我们到他家坐坐。石马科煤矿不足百名矿工，都住在石马科周围山坡开的土窑洞里，只有个别矿工和知青来往。

在矿工家待了一袋烟工夫，就听见外边一个气势汹汹的声音叫我们出来，我俩一出门，只见一位在煤矿工作的老头和一位农民站在门口，那老头一把揪住我的衣领吼道："你们偷了我的东西。"

我说："你家在哪儿我都不知道，谁偷你东西了？"

那老头指着那农民说："你们偷了他的辣椒！"

郑钦进说："这不叫偷，我们当他娃面没收的。这些'黑户'种国家地不交公粮，走资本主义道路，你干吗包庇'黑户'？"

我说："你撒手！看你年纪大，不和你一般见识。"

那老头恼羞成怒，不但不撒手，还叫道："我教训教训你们！"说罢，挥拳就打。

我一手搁开来拳，反手抓他衣领，一手推他抓我的手。老头吼道："你们造反了，还敢打老爷。"他身边跟着两条大狗，一见主人动手了，狂吠着冲上来就咬。郑钦进抄起斧子照一条狗打去，另一条狗从我背后扑上来，一口咬到我裤子上，夏天衣单薄，当时就把裤子咬破，咬到肉上。我狠狠向后一踢，踢在狗腰子上，那狗嗷嗷叫着躲开了。我使劲掰开老头的手，将他推开，抄起斧子说："你再放狗咬，我劈了它。"老头看到我们手中有斧子，不敢再动手，只是不停叫骂着。郑钦进说："辣椒在沟里，自己捡去。"说罢，我们背上柴，走了。

回到窑洞，天已暗下来，就开始做饭。大约过了半个小时，忽听见一阵吵闹，我出门一看，只见黑压压一群人向我们住的窑洞走来，领头的又是那老头，有十几个人手持棍棒。我忙说道："钦进，不好了，那老头带一帮人打架来了！"

这帮人蜂拥而至，先抢占了窑顶平台制高点，堵住上、下山的路。我俩迎了上去，那老头不容分说，冷不防抬起棍子打到我大腿上。

我叫道："你干吗打人！"

那老头恶狠狠地说："你要卡死老爷了，老爷打的就是你！"话音未落，又一棍打过来。我一闪，顺手抓住棍头，互相扭扯起来。

其他来人一见动手了，也跃跃欲试。郑钦进指着他们说："你们不就住在石马科吗？没你们事，少掺和，知青不是好惹的。"

那老头说："你们抢东西，就要打！"

郑钦进说："你前说偷，又说抢，我们没偷没抢。"

那老头说:"你们偷了一条十年都穿不坏的条呢子裤,裤子里有二十块钱。"

人群一阵骚动。郑钦进叫道:"你胡说!你是栽赃陷害!"

那老头子嘴上不是我们对手,一边气急败坏地喊:"打呀!打兔崽子!"一边拼命和我争夺棍子。其他人大部分和我们认识,但又怕老头淫威,欲罢不能,欲上也不能。

这时候,郑钦进的弟弟郑钦建收工回来,一看眼前架势,抢起扁担就上来了。人群唰地让出道。我一看"援兵"到了,突然一撒手,那老头冷不防,往后一趔趄。但看到郑钦建手持扁担,怕吃亏,没敢再动手。

郑钦建个头不高,人也瘦小,但一急眼,"鲁"劲也上来了,他大吼道:"怎么?想打架?你们谁敢动!"

那群人一愣,场上出现暂时的沉默。但我们毕竟寡不敌众,住在别处的同学还没赶来。郑钦进悄声说:"咱们人少,先进窑洞再说。"

我们就势退进窑洞,关上了门并用扁担顶上。

此时,外面人才醒过神来,拥到门前,叫骂着,吼叫道:"打死他们!打死他们!"

我们的窑洞门下面半截是木板,上面是格子木框。外面的人不敢推门,怕我们从门格子向外捅棍子。不知是谁向门上砸了一石头,跟着,雨点似的土块、石头向门砸来,砸得门咚咚乱响,许多土块破纸而入,一会儿门上糊的纸就打得稀烂。

突然,外面一阵乱,只听有人喊:"住手!不要打了。"我们一听,是队里的青年社员白长矛和刘留,他俩是我们的朋友,放工回家听说此事,就立即赶来了。

那老头说:"你们走开,没你们碎(小)娃的事。"

白长矛说:"老马,你是矿长,国家干部,有理讲理,这样打知青不对。"

我们这才知道那老头身份。马矿长被识破身份,不吭声了。我们给白长矛和刘留开门让进屋,刚关上门,土块又飞进来。

郑钦建骂道:"他妈的,你们等着!"

外边不知谁叫道:"有种的出来!"

郑建钦骂道:"老子拼了!让你们认识马王爷有几只眼。"说罢,抓起斧子,开门抢出。

我们一看,不拼不行,一起冲出来。白长矛和刘留一看,一场格斗就要发生,一面拦着我们,一面叫道:"乡亲们还不快闪开!"

人群像山倒一样,哗的一声向后退去。

这时候,大队干部们和其他几个知青,还有许多社员赶来了。人们像商量好一样，态度来个一百八十度转弯，夸知青，反说马矿长等不是。那位马矿长不知何时早已不见人影儿了。

大队长张宗昌说："你们惹的那户'黑户'，是马矿长的亲戚，他叫了许多不明真相的矿工和'黑户'来打你们。我们连夜向公社汇报。"

第二天，消息不胫而走，北京知青被围打的事情很快传遍公社各队。各队北京知青听说后，都要来石马科"雪恨"。公社立刻通知各生产队和北京带队干部，要不惜一切努力阻拦北京知青到石马科，严把各个路口，向知青说明公社、县委要严肃处理此事。刘塔、李家台、赵庄等大队的北京知青已经奔石马科来了，都在路上被本队的人追回，避免了事态扩大。

公社薛书记在事发第二天一早来到石马科，找我们和大队问明了情况，询问了伤势，并代表公社向我们表示慰问。薛书记说：这次事件不是一串辣椒的孤立事件，它反映了对你们前一段时间配合公社县里调查"黑户"问题的报复。来这里的"黑户"大都和石马科煤矿上的人以及大队部分社员沾亲带故，社会关系复杂，你们和县里干部清查他们，就必然产生对立，这就是事件发生的根源。这一事件是对县里清查"黑户"的抵制。薛书记最后说：公社马上向县委报告，石马科要绝对保证知青安全，县委会很快处理。

几天后，县委下来处理决定：撤销马矿长行政职务，留公职察看一年，每月只发二十元生活费，向知青赔礼道歉，赔偿一切损失。

此后几天，看望我们的人络绎不绝，许多人是马矿长托来求情的。那户"黑户"在县里处理决定下来的第二天，就举家迁走了。

今天回首当年，十分感慨。我们这些响应号召到延安插队的知青，在当时的政治气候下对"黑户"现象是很难理解、非常困惑的。一方面，看到他们搞"单干"，毁林开荒，我们感到气愤；另一方面，我们也始终想不明白，为什么在社会主义制度下，还会有人背井离乡，外出逃荒？为什么"公社化"这么多年，"黑户"却总不能被消灭？为什么同一块土地，生产队一年人均才分毛粮二百斤，"黑户"们搞单干，一年种的却够吃两三年？以后，随着阅历的增长和思想的成熟，我才慢慢地找到答案，才感到当年那场冲突，实在是有些荒谬。

李青松，男
北京市第七中学初六七届毕业生
插队地点：延长县原郑庄公社石马科大队

# 缤纷四季郑庄情

## 插　　队

我们到陕西插队之前，正是"文革"进行得火火辣辣的时候。揪党内走资派，批资产阶级学术权威……北京正搞得如火如荼。我们家庭被抄，父母都进了学习改造班，哥哥姐姐已分别去了西北、东北和内蒙古兵团。在家只有我和上小学的妹妹相依为命，居委会和父母单位的人不再恭敬，他们对我和妹妹高声叫喊。一夜之间，全变样了。我和妹妹躲在卫生间里，流着眼泪，小声地哭，互相安慰。

二十年后，一家人团聚。饱经沧桑、胸怀广阔的母亲说：还好，家里没有死人。一家人不禁唏嘘不已。

当时，我们学校里社会名流、高级干部子女很多。他们受到各种各样的磨难。我们当时还住校。在学校里，很多同学家难深重。有些更小的孩子，家没有了，就住在我们学校，由当时也很年少的哥哥姐姐，或是别人的哥哥姐姐带着生活，参加大批判、大辩论、武斗、串联……他们虽年少，却比我们更早地成长成熟起来。因为处境相近，我们在学校没有感到更多的压力，而是理解和缓解。这时的插队，离开北京——这个"大革命"的中心，在一定程度上来说，是那时同类家庭情况的青少年的一次解放。

家里没有人了，插队的行李、箱包、棉裤、衣物及其他一切东西，都是我自己拿着学校"革委会"的插队证明排队去买的。离京时，家里没有人送我。在火车站上我比较平静。但是看着火车车窗边的同学挥泪与朋友和家人告别，心中也是酸楚楚的。

火车上的好奇、热闹很快结束了。我们从北京到村里一路有三天。火车、大卡车、步行……到了陕西，真正开始了艰难的人生行程。从铜川到延安，当时只有山路，通行汽车，有六七个小时的路途，中间有几次小憩。敞篷大卡车在山间路上疾驰，陕北的数九寒冬，寒气逼人。我们穿上一切可以避风寒的衣物、围巾。开始我们还在取笑打闹，时间长了，冷饿困乏一起袭来。一再裹紧了大衣围巾，我们蜷缩在卡车上，不住地打盹。卡车在山间路上飞奔，呼呼的风刺痛我们的脸颊。

卡车停在延长县杨家沟，应该过河拐进郑庄沟了。但是河面上的冰不结实，只能下车步行。队里的老乡来接我们啦。大家很高兴，以为马上就可以喝上热乎乎的汤，驱赶疲劳和刺骨风寒。谁知，只有两个毛驴小车，几个扛着背绳的青年小伙，有的年龄比我们还小。我们五十个人的大箱子、行李，大多被呼噜噜地装上驴车，一些甩到脊背上，他们抬脚就走。其他小物件我们还得自己扛。走啊走，问路过的老乡：还有多远？说：不远嘞。又走，走，走。再问：还有多远？答：十多里。又走，走，走。再问：还有多远？他们说：还有二十里。大家都傻了，又累又饿，怎么还这么远啊。原来，延长……延长……越走越长啊……

到了郑庄，我们住进窑洞，很好奇，村里的娃娃们更好奇。他们叽叽喳喳，腼腆地笑，小声地说，你推我搡地围站在窑门口。窗纸有洞眼的地方被一只只明亮的小眼睛都堵住了。娃娃们争相打量、观察北京来的我们。

队里为欢迎我们，组织了晚会。

来参加晚会的老乡们，老老少少个个都是毛蓝土布对襟袄，挽裆大棉裤。就跟全村都穿统一的戏装似的。那时候城里的布也都是凭票证分配供应的。山村很穷，老乡们的衣服布匹，全是婆姨们用咕噜噜的纺车，一条条纱地纺线，再用二尺宽的土织机，一根根线织成坯布，最后用山上的草染成那种蓝色。能穿上细花布衣服的，只有待嫁的新媳妇，一辈子只有一次。

团支书、民兵队长刘刘带一群年轻人敲着腰鼓，扭起秧歌。那就是现在迷倒全国亿万观众的安塞腰鼓。我印象中，那时我们队上小伙子们扭的秧歌，比现在的安塞腰鼓还要活泼、震撼，感染力强多了。刘刘的舞姿真叫人开眼。他跳得很高，很轻松。鼓点越打越快，青年们越跳越欢。刘刘带着喜悦满足、青春自信的笑容，随着欢快的鼓点，转身、扭腰、高踢腿、大翻身，不停地击鼓、空中翻腾、跳跃，头不住地随节拍大幅晃动。我们的目光都集中到他的身上，刘刘跳得更欢了。岁月残酷，去年见到刘刘，他已是满面沧桑，咳喘着，不能跳啦。

踢踏的舞步，扬起一团团翻卷飘动的黄沙尘土。点着大汽灯的队部小院里，一片欢声笑语。我们曾经在这个小院住过几个月。在那盘大土炕上，我们睡觉前曾痴痴地回忆过北京各种小吃，有过丰富的精神大会餐。那里有我们最初的集体大灶房，我们在这里吃饭、开会。我们初来时，还在这里认真分析过大队里的

"阶级斗争新形势"。这里有大队部和会计室,后来有我们宣传形势、农业学大寨的墙报。还记得自己照着报刊上的图画,在院里黑板上画中国少数民族载歌载舞的整幅五彩粉笔图画。

就在这个小院,每天早上敲钟,队长呐喊出工,布置活路。夏天夜晚,大队干部照公社的要求和布置,在这里组织各种会议和路线教育活动,不来开会要扣工分的。因此虽是一院子的人,或蹲或站,汉子们叼着旱烟袋聊天,小声地和知青争论,妇女纳着鞋底子谝闲传。队干部常常自顾自地讲。秋天的时候,这个小院里堆积着山上背回的玉米、谷子。然后大家热热闹闹地在这过秤、记分、分粮、喧闹,喜气洋洋。

就在这个小院,我们自己编排节目,在队里、在公社演出。我们演出过京剧清唱样板戏片段《智取威虎山》《红灯记》,还演过几出陕北眉户剧和反帝反修的舞蹈。

在这里,我们教娃娃们写字认数,给他们排练舞蹈,组织晚会。前年回陕北,在延安聚会上,延安市宗教局局长,当年还是队上的一个小女孩,笑着回忆那时的排练和演出。孩子们从家里拿来的柠条编的小小提篮,我们自己买来红红绿绿的彩纸、粉笔、广告色颜料。这些就是孩子们的彩妆和道具。山里孩子的舞蹈和歌唱天分在这里得以充分展示。

## 郑　庄

当年陕北还多是满目黄土丘陵,柴草金贵。但是乡亲们在苍凉艰苦的岁月中,还对自然环境、家居地点有意地保护和美化。一般,各个村庄对面的山峁植被、绿树,大家都认真维护。再苦再穷,没有人去砍伐、拾柴草。老乡都叫它"风景山"。小小村庄对面的"风景山"四季景色变换,给穷乡僻壤带来不尽生机和希望。

春天,对面的"风景山"泛起一片鹅黄淡绿色,娇嫩柔弱。躲避一冬的人出来啦,动物植物出来啦。空气里不再是寒冬的冷酷。沁人心脾的清新空气,潺潺流水的小溪,明朗无云的蓝天,嬉笑打闹的孩子,婆姨在山间吆唤猪儿回家的声音清亮悠长……我们试着学着,像婆姨们那样拉长声音吆喝,却从没有她们那样的高远、动听、持久。

金黄色的苦菜花开的时候,我们和老乡一样,在歇工的时候,把一棵棵鲜嫩的苦菜从松松的黄土中拔起,收在篮子里。下工后,在大灶上开水中焯过,凉水里拔一两个小时，放点儿盐、辣子面，就是一道美食。农历二八月地里有许多小蒜。小蒜看起来更像葱，只是根部有点儿膨大。放在锅里干煸，或拌菜，都很香。

我们去郑庄的前一年，大旱，庄稼歉收，我们去时正是春荒。正在发育成长的我们胃口很大，几个月没有油腥，每天都饿狼似的盼吃的。下工回来，闻着大锅里干煸小蒜煮土豆的味道，看着碧绿的拌苦菜，我们口水都流出来了。

清明节，婆姨们忙着做花馍馍。山里人没有读过书，没有看过展览，没有人教授。他们的美感是心中的，骨子里的，是祖祖辈辈上遗传下来的。婆姨们的巧手几转，几扭，几捏，几下子做出好多漂亮的馍馍。花草、动物、吉祥图腾，都那么生动，民间乡土情浓浓的。在动物的身上、翅膀和尾巴上，婆姨们用剪刀挑出分支、羽毛和鳞片，用梳子扎上图案和花纹，用草染，硫黄熏，有了五颜六色的欢快。上笼蒸熟，或供坟，或给娃娃们吃。还有许多扎在圪针枝上，挂在墙上晾干，作为装饰，作为干馍存放。在艰苦的山村生活里，贫穷的乡亲们用自己的聪明才智把这样一个个的民间节日装扮得绚丽多姿，让人叫绝。

初夏，马茹子盛开着黄色的五瓣花朵，柔软的荆条上淡紫色的小花，迎春灌木丛头的点点黄花，蓬松、银白色的蒲公英，还有脚下许多不知名的小花，把小路点缀得让人心醉。我们担粪上山时，肩上的担子上下摇着，我们心中歌唱着，担子的重量似乎也减轻了许多。

马茹子单瓣或复瓣的清淡柔美的花朵，一路相随。山丹丹是陕北特有的山花。它的颜色、质地、花形、枝叶，无可挑剔，完美得竟然像人工制成那样，毫无瑕疵。仔细观看山丹丹，肉质花瓣虽厚，却很灵透，细长的花瓣、修长的花尖，在细细的叶片、长径交错的叶丛中，山丹丹橘红色的、瘦百合式的花形傲然仰天，显得很醒目、高贵。

这花，真有个陕北人不屈不挠的精神头。山丹丹不多，大半藏在背阴山腰里，土石中。在山路中回首眺望，猛然见到一两株山丹丹，总是给人激动喜悦的刺激。离开土地的山丹丹不好养，很快就会枯萎、花叶凋零。有时，带回窑洞，画完山丹丹，它就不是刚才的样子了。我常常选几枝花形俊美、花瓣完整的马茹枝条，带回窑洞，插在水里，养几天。看它，赏它，画它。美丽的马茹子花、山丹丹花几十年都留在心中。当年素描画的花，虽幼稚，却是心中的诗歌。可惜的是，"文革"动荡，几经搬家，画已不知去向。

天暖和了，出工早。干个约莫两小时，早饭就会由婆姨家担上山来。各家不同的饭食，还冒着热气，钵钵罐罐，散发着香气，看着都馋。玉米馏子，就是发糕，带着浓浓的新鲜玉米的味，用线勒成一条条的大块，拿在手上，颤颤悠悠地抖。我们常常用大灶的馍换老乡的玉米馏子吃。现在，延长县城或乡下，这样好吃的玉米馏子不易见到了。

我们庄上端午节的粽子,不是城里那般小巧,它至少有六片苇叶包成,一个少说也有半斤重。第一次见到黄米粽子,那次,我一气吃了六个,这么大胃口,现在想来怪吓人的。

夏收时节,活重。各家婆姨变着法儿,让当家的吃得好些。我们一起干活,也常沾些光。洋芋地软包子、洋芋擦擦、搅团、饸饹……好吃着呢。

那时节,正是蛇莓子结果的时候,红红的、亮晶晶的果实,酸甜的味道,一小簇一小簇地丛生在伏地的掌形叶片中。透明的红果在绿叶丛中,像珍贵的宝石,闪烁着醒目的光彩,甜蜜、诱人。小学课本上在鲁迅的《百草园与三味书屋》中,有覆盆子的描述和解词,几十年了,就想知道这个覆盆子,想看,想吃。

直到2006年,到英国,我从冰激凌上才搞清了,覆盆子就是我们陕北的蛇莓子!插队麦收歇工时,我们跑到崖畔边,放眼寻找蛇莓子。看!这里!几个人跑过去,猛吃一气,往嘴里塞,往口袋里装。因此,我们夏衣的口袋部分,很多都是染变了色的。吃罢,如果附近没有树荫可避骄阳,就用两把锄头、镐把一撑,搭上外衣,躺在影子里,香香睡去。蒙蒙眬眬中听到婆姨女子在议论我们的眼镜:"那厮做甚(为什么)了?""乘洋了嘛(要时髦嘛)。"

队长的"动弹啦"叫声把我们唤醒。只觉得背后、肩头有点疼。回身望望,背上、手臂上,都是大大小小的坑坑洼洼。大小土块把我们皮肤硌起很深的坑。年轻,睡得熟,我们浑然不知,嘴里只是蛇莓子的香甜。

我曾在庄后老沟里烧过石灰,活儿挺辛苦。夏天,要背又硬又沉的石料,脊背硌得痛。在十分窄小的烧窑里,要码齐石灰石和柴火,点火、出窑……遇到烧窑中途灭火时,还要冒很高的温度和呛人的气味,进到烧窑洞里卸料,再重新装料,我们一个劲地咳嗽。其他的印象不深了。令我至今难忘的,是那后沟里清脆的鸟鸣和美丽的深山景色。

深沟里,只听到各种各样的小鸟的鸣唱。它们独唱,齐唱,也有合唱。那些动听的歌,音色清脆,曲调悠扬、活泼,是百听不厌的世间最美好最动听最真情的自然之歌。我躺在草地上,嘴里嚼着鲜草叶片,仰望蔚蓝色的天空,一边听,一边笑。听,多像"同志你好!""同志你好!"我也学着鸟儿歌唱,吹着口哨,卷着舌头,模仿小鸟的叫声。它们好像懂了,回应着我。百鸟乐团几个声部共鸣,歌声高低婉转,你唱我应,此起彼伏,美好清脆地在山沟里回荡,在我心中回荡。

清晨,我们踩着没过脚面的小溪去山上干活,清凉的溪水清澈见底。有些沟深弯急的地方,形成一些小小的池塘。夏日骄阳,会把这里的水晒热,毛头小伙子会在这里戏水。有些胆子大的婆姨女子，也找些背静没人的地方洗洗身上的泥污。山间的温暖溪水，那么体贴温柔。

但是大雨过后，山洪发作，河水猛涨。河沟里的水，不再温柔多情。山歌里唱："哥哥你朝前走，河沟里要坡上走……"说的就是让心上人在山里行路要上高坡，注意躲避山雨。大雨过后，上游的溪水汇集成澎湃的河水，河水一泻千里，怒吼咆哮。

我们亲眼见到过洪水，亲身感受到大水无情，那是我有生以来第一次感到震撼的经历。那天，下雨不能出工，我们正在窑里闲散着。雨停了，孩子们走出家门，高兴地笑着叫着。不久，听到一阵阵奇怪的声响，就像从地下发出的，沉闷、巨大，由远而近，轰隆隆的声音仿佛击碎了无数的山峦，滚动着向我们这里逼近。声音渐渐加大，清晰起来，空气中有一种震慑人的威力。坡下婆姨女子惊恐地喊叫："发洪水啦！""洪水头下来啦！"我们冲出窑洞口，站在垴畔探头向沟里张望，仅几十秒的工夫，上游方向原本浅浅的溪流上，出现了数丈高的一面泛着白沫的水墙。水墙轰轰吼着，凶猛飞速地向前翻滚，重重地拍打、冲击两岸，河岸大树连根拔起，这就是洪水的水头！洪水冲破堤岸，大浪翻滚，势不可当。

水面上，我们看到旋转翻滚的成材大树，挣扎号叫的猪和羊，还有一些农村的家具、农具、柴捆什么的。听见有女人轻声哭泣，太惨了，都冲走了。几十分钟过后，洪水渐渐小了，但是河水依然湍急。一些身强力壮的青壮年汉子腰里绑着绳子，蹚水去河里捞木头、柴草，也许还能捞到一些外快。他站立不住，身子在浪里不停摆动，还要躲闪大水冲下来的急速旋转流动的大木桩。他奋力抗争着，河岸上有人死死拽着他的绳头。人与自然的搏斗，这就是一场生存之战。

洪水过后，我们穿着雨鞋，踏着泥泞的小路，去看自己的自留地。河里，仍然是浑黄的泥水浆汤，急速向下游流去。我们的地在河岸边。每场雨后，自留地都被冲刷掉一大块，泥浆地里的菜一片狼藉。我们种的西红柿、黄瓜，已是东倒西歪，我们一棵一棵把菜扶起，绑好。站在地头岸边，看着那冲刷掉的陡峭的边界，不断缩小的自留地，又心疼，又感到好笑，难怪老乡没人要这块地。

秋季，我们在山里除了应季的劳作，很多是在水利工地上。

南沟水利大坝现在还在，排水洞已经修成水泥的，大坝仍然在发挥作用，坝顶的树木已经长得粗壮。大坝让我们回忆起和老乡共同兴修水利的一幕幕，老䦆、推车、铁锹、夯锤、夯绳、夯歌……很多熟悉的器具，得心应手的动作，耳熟能详的曲调，都记载着我们青春的足迹。

我喜欢夯歌。夯歌，也是挺有陕北风味的一种民歌，老乡们随口就来，合辙押韵，词曲相随。趣味百出的夯歌，真让人开心开眼，知青们很快就学会了。唱着夯歌,我们几个人的动作协调一致,很重的夯石被高高地甩上空中,嘭的一声落下,有节奏地唱,反复动作,夯石轻巧了许多,劳动时间都显得缩短了。

秋天有杜梨,杜梨的样子很像梨,就是非常小,拇指盖那么大,一串串地挂在枝头。秋天的霜把杜梨染成暗褐色,脱去苦涩味道。老乡把我们也当成自己的娃娃,他们工歇时,跑到山沟里,折回几大枝霜打过的杜梨,送给我们吃。这次回陕北,又有机会尝到几颗。在北京北海后门,见到过一棵杜梨树。杜梨掉在树下,没有人认得。气候还暖,很涩。其他地方,我都没有见到过杜梨树。

知青在庄上没有亲戚,年轻、气盛、较真儿,所以,秋季看瓜果的事,当然就是最好的人选了。前庄西边,有很多梨树,还有一大片枣树林。队上派我看枣,那活儿不错。在男女同工同酬时,我也被评为十二分工,拿过最多的工分呢。

秋季星空深邃无边。晚饭后,我们顶着明亮的月光、璀璨的群星,从灶房回窑洞去。我们对夜空的星星指指点点,吹牛,讲故事,讲笑话,唱着,扭着。一抬头,影影绰绰看到一个老乡坐在垴畔碾盘上,拿着旱烟锅,正看着这帮莫名其妙的知青傻丫头呢。

秋天,婆姨家忙活着给家人做棉衣了。毛蓝布的,或是买下的黑布料的对襟大棉袄。厚厚的,挡寒,还是劳保用品,背柴时垫背。山里人一冬就一件棉衣,春天时,衣边、领口、肘弯已经磨烂,棉花漏出很多,正好是件夹袄。到夏天,袖子、领子烂完了,棉花也掉光了,撕去破烂的外层,这件厚棉袄就成了应时的汗背心了。我们开玩笑对他们说:看你们,年年穿新袄呀。我这件都穿好多好多年了。

山上的酸枣很多,我们翻山去延安的山路边上,都是一丛丛的酸枣树。紫红色的棵棵小枣,挂在枝头,摘呀,吃呀,我们还把酸枣大把大把地装在衣服口袋里,远远地落在了众人的后边。

秋重,树木换装,肥绿渐渐褪去,层林浸染成醉意浓重的秋色。暗绿还在,金黄、明黄、土黄,深浅不同的红色、紫红色、灰色、褐色……对面风景山上,紫色、黄色、白色的秋菊,漫开在山坡上,一片色彩斑斓。秋天的笔触稳稳地涂抹、浓彩重墨描绘着寒冬之前的山峦。我常常倚靠在窑洞门前,长久地凝视着眼前的"风景山"。大自然赠予我们的竟是如此的风情万种,多姿多彩。

陕北的冬天真冷,老乡早早就告诉我们,天冷,上山打柴,我们会冻哭的。真的,到了冬天,我们才明白,棉袄外面扎根草绳抵御严寒的作用,我们也跟着在棉袄外扎起了绳带。

早晨起来,砸开结冰的浅缸的水面,用老瓢舀点儿冰凉刺骨的水,漱口,嘴里稀里哗啦地出声,抹把脸,开始一天的生活。知青的窑里总是没有老乡家暖,他们有不出工的婆姨，一整天烧着火炕，那热乎乎的气氛，让我们想家。

付国强是赤脚医生，他到老乡家去给他们扎针，送药。他总能坐在暖暖的窑里，吃到拌上豆腐干、麻油、辣子的，透明薄如纸的杂豆面，喝热热的汤。付国强胆子大，接生过好几个孩子。上次回庄里，看到他接生的婴儿已经三十七八岁了。李燕茹也做过赤脚医生，我跟她学针灸，在自己腿上、胳膊上扎。她带我去给一个肺结核的老太太打针。我一针下去，老太太哎哟哎哟地叫。她打针太多了，屁股那个部位都成硬疙瘩了。

我们那时正在发育成长，特能吃，粮食不够，嘴又馋。公社供销社也没有小吃、零食。大概1972年初，延长县才有了自己做的掺着红薯面的黑饼干，货一到，很快就被抢光了。不知是谁想到把大山楂丸当点心吃的好主意，这样一来，公社卫生院又成了知青的目标了。

当时公社卫生院条件很简单。几个人，一点儿药，几间窑。镇上还有一个兽医站。卫生院买药需要处方，药方是通用的。药方上写着：兽名，×××，毛重××斤，然后是方子。我们嘻嘻哈哈地拿着写有自己的"兽名"的兽医处方去买大山楂丸。

冬季是修农田水利的季节。为造气氛，梯田地头飘着彩旗，插着横幅——路线教育呀、农业学大寨呀什么的。我们在平川里修建梯田，田埂下头，我们把冻土挖得架空，然后点火把冻土烧裂。壮汉子脱去棉袄，在田埂上面抡圆了膀子，使大锤猛砸狠敲，用劲把冻土砸下来。轰隆一声，我们跑散，躲开大冻土块和浮尘。然后，大家把冻土用小推车推到下坡处，造平，修成一层梯田。

天暖冰化时，我们在田埂处把新翻起的松松的黄土用铁锨齐齐地堆上田埂，用锨背抹平，压实。一边干，一边随时回头检查，把不平整的造平，修齐。就这样，一点点地连接成一条条的梯田梗。陕北话把这活儿叫"撒隔棱"。这是一项技术活儿。要细心，用巧劲，我特喜欢干这活儿。铲土，扬锨，翻腕儿，扣土；再扬一锨土，翻腕，贴在垛口边，回腕，趁势用光滑的锨背用劲细细抹平新贴的黄土，一边拍，一边抹，再继续平抹新土。田埂墙一尺一尺地向前延伸，紧实平展漂亮。棒！这是荒原的泥土雕塑呀。

春节时，滩黄、油馍馍、炸糕……聪明的老乡，用绿豆、红薯、南瓜和红枣做的馅，居然也甜甜的。照现在的观点，这是最绿色、最环保、最健康的食品。不过，我们再尝到这样的好东西，机会不多了。大概会做的人也不多了。

清晨，我推开窑门，惊诧地发现一片美丽静谧雪景。纷纷扬扬的雪花无声息地飘落下来，落到树枝头，落到山坡上，落到村里猪圈、羊圈里。对面"风景山"一片银装素裹，冬雪把平淡的山区装扮得很富有立体感和层次感。大雪让人生出许多激情，无限感叹大自然的鬼斧神工造化；大雪又让人神情安逸，心绪宁静。

郑庄的四季循环往复，山乡的生活随光阴一代一代悄然地走着。它们见证了北京知青那段青春热情的岁月，记载着那段永不磨灭的回忆。那些好看的好玩的好吃的热闹的和可爱的东西，把我们青春时代的一段特殊历程点缀得鲜活而有生气。

刘五宁，女
北京外国语学校六八届毕业生
插队地点：延长县原郑庄公社郑庄大队

# 养猪吃肉交猪卖瓜

## 养 猪 吃 肉

秋收前,我们搬进了大队基建队给我们建好的新家。这是一组成套建筑,宽宽新新的崖面上一排四孔窑洞,从西数第一孔是厨房兼女生宿舍,第二孔男生宿舍,第三孔女生宿舍,第四孔是为我们存放几千斤各种粮食而建的仓窑。西侧的山墙(真正的削山为墙)上面一米多高处挖了三个鸡窑,墙根处又挖了一个可以存放千斤洋芋的半地下室,西墙外的山坡上修建了两个茅窑(1969年在村史上第一次出现区分性别的厕所)。东侧山墙下梢两米高处又劈砍出一个窑面掏了一个猪窑,并用粗树枝扎成一个猪圈,原木掏凿成的猪食槽子都预备好了。

搬到新家几天后,队长就从早先说好的张家畔村背回一头三四十斤的壳郎猪放进了我们的猪圈,他是要我们这个"学生家"也像贫下中农一样喂鸡养猪,把日子过好点儿。从此,负责做饭的同学又多了一项喂猪的差事。时值大秋,按说猪的日子应该好过些,不想这些城里来的知青男女们经过半年多的锻炼,从开始时的挑吃拣食锻炼成了一个个好胃口,寅吃卯粮拖到秋收时节,"学生家"的粮食危机爆发了。革命性极强的知青们决心不给贫下中农增加负担,谢绝了队里的出手相助,为了坚持到新粮入仓只能顿顿吃得清汤寡水,一个个饥肠辘辘,哪里还有什么残羹剩饭去喂猪。

队里把拉了秧的老角瓜和刨洋芋时筛下的碎洋芋分给各户喂猪,我们的猪本可以有几天好日子过了,它想不到这也有打劫的。我们四个男生窑中的锅灶成了煮猪食的首选,女生想这是对我们男生的"关照",因为我们虽然要烧火煮猪食,顺便也把潮湿的土炕烧热,一举两得。但她们没有想到每当猪食煮得后,就有四个后生围着热气腾腾的大锅狼吞虎咽大快朵颐。及至第二天早晨,负责喂猪的女生见到锅内一片狼藉，净剩下些老瓜皮洋芋皮，气得嗷嗷叫。世间一切事物中人是第一可宝贵的，作为知青家中的猪只能和我们一起共度时艰了。

猪是没有理性的，但求生的本能促使它终于鼓足勇气蹿出重围，来到圈外自由的天地，它像头驴一样在庄坡的草地上大嚼起来。记得这只猪刚买来的那天，大家还议论如何对付一些猪可能出现的挑食及厌食症，看来只要不娇生惯养，就不会出现挑食和厌食症这些坏毛病。我们前后喂了两头猪，都长得身形矫健，能蹿能跳没有一丝赘肉，而且寿命也长。

知青第一年每人每月十元生活费，除去买粮要五块多钱外，还要买油买盐买煤油，这些"知识分子"点的又都是罩子灯，煤油的消费是社员家的几倍十几倍，难得攒下的几个伙食毫子，也只能到老乡家换上些鸡蛋解解馋，这里只有到秋收后或过年前才有一些人家杀猪，想美美地吃上回猪肉，简直就是一种奢望。

队里的社员对我们是很照顾的，刚到队里时全大队的闲牛都拦在我们四队的后沟，冬春草场不好，相继死了几头小牛，剥的牛肉总要多给我们些。队上拦的羊摔死一只也送给我们"学生家"解馋，队里难得分上一次羊肉，十一个恶狼似的我们一顿就把一只多羊吃得汤都不剩，如果此时爹妈看见，不知要作何感想。

在那段饥肠辘辘的日子里，常有些老乡请我到他们家去吃饭，我发现他们给我做的菜很香，估计是放了大油，而且还能见到肉丁或肉片，奇怪他们没杀猪没买肉，菜里的东西是哪儿来的。直到秋后看到社员杀猪的全过程才解开我心中的疑惑。原来社员把猪宰杀后，将大部分猪肉切成三寸多的方块，放在炼得的大油中炸去水汽至半熟，然后一层层整齐地码放在大肚坛子中，每层之间都撒上大盐，最后将晾温的大油倒入坛中密封，这样保存的猪肉可以应付一年中的节令及接亲待客之用。

1969年是陕北的丰收之年，新粮入仓后，我们和我们的那头猪都从饥肠辘辘中解脱出来。一些社员家中开始杀猪了，我们也时常被社员邀请去美美吃上一顿荞面灌大肠或是猪下水。当地习俗不食猪血，而是把猪血作为一种黏合剂和到羊卵石碾成的粉末中，抹炕面抹锅台，炕面锅台又不是年年抹，一些猪血就白白倒掉了。得知这一信息后，每当听到某家要杀猪后，我们之中的一位就早早拿个脸盆等着给猪放血去了，不能常吃到肉，吃点儿血豆腐也不错呀。

斗转星移，一年多后我们感到自家的猪再喂也不能增肥增重了，或者说我们那寡淡的肠胃决定将其杀掉。杀猪那天我们请来种瓜的刘老汉主刀，我当助手，做饭的女生负责烧水。前边说过此猪并非大腹便便之辈，而是身形矫健能蹿善跳，将其捉住捆扎翻倒于案上待毙，自然费了好大一番功夫。刘老汉是个麻利家，随着手起刀落结束了猪那最后一声嚎叫，接着滚烫燂毛吹气刮洗，案上瞬间呈现出一个白条猪。

当老汉得知我们要按照大队知青的约定将杀好的猪肉一分为三,送给一队二队的知青时,开始不按常规办事了,他唠叨着我们不该把自己辛辛苦苦喂的猪白白送给别人,手下把猪蹄子连同肘子一起剜了下来,猪头更是带着脖腔子一起剁下,待老汉笑眯眯地把剔好的两扇猪肉堆到一起,我们找秤一称只有六十多斤,老汉显然是要把更多的肉留给自己队里的知青。

照规矩我们应该请杀猪人肥肥地吃上一碗槽头肉,可我们"学生家"忙忙乱乱实在不利落,直到老汉把肠肠肚肚都收拾停当,掌灶的也还没有顾上炖肉。只好从猪头带着的诸多的槽头肉割下一大块来送老汉回家自己做了,老汉说没这规矩,我们也不由分说把肉塞在老汉手里推他回家了。

随后的一些日子,我们过得很美,畅快淋漓地吃了几顿肉,最后剩下的一些肥膘又让一位"烹饪高手"切成薄片蘸上掺糖的面糊炸成了一大盆"玻璃肉",被我们一顿吃个精光,可惜的是为养猪付出诸多辛苦的三位同学已经招工走了。

## 交　猪

早在第一头猪育肥的后期,队里就给我们买来了第二头壳郎猪。这头猪初期的境遇比第一头强多了,起码再无人与它争食,然而随着"学生家"人数的逐渐减少,我们再不留专人做饭了,只由担任民小老师的同学兼职来做,所以,对它的饮食只能是饥一顿饱一顿地凑合了。尤其到了冬天,我们有时连午饭都不做,下午收工回来时,常看到猪先生不是对着槽里冻成一坨的猪食冰激凌狂啃,就是像它的前辈一样窜到圈外的庄坡上狂啃那些枯黄的草根。知青的生活是艰苦的,他们"家"的猪也要分担这些苦难。

回首往事时间总是过得很快,转眼已是插队第三年的盛夏,漫山遍野郁郁葱葱。一些人家的猪在庄子前后乱蹿,有时还跑到对面台的玉米地中糟毁庄稼,队长让妇女队长(也是我们"学生家"的司务长)召集妇女开会解决这个问题。

会议中一个女知青为了表达维护集体财产的决心说了句"以后谁家的猪再跑出来就往死打",一句话引火烧身,婆姨们吵开了:"你们学生家净说便宜话,把猪打死了,今年的任务你们交呀?""你们家的猪还常跑出来呢。"面对如此不利的局面,身为知青的妇女队长急忙表态:"一、我们一定把自己的猪圈好不让它再跑出来,各家各户都要圈好猪,别让队里的庄稼遭受损失。二、我们知青和贫下中农一样决不搞特殊,今年的任务猪我们知青交一头。"说良心话,老乡们绝没想要和我们攀比着交任务猪,他们知道"学生家"日子过得比自己家还恓惶,喂出一头猪来不容易,只不过是自家猪面临死亡威胁时的急不择言罢了。

一言既出驷马难追,知青不能自食其言,为了能在年底前完成任务,我们尽力让猪得到了好一些的待遇。任务猪的收购标准是毛重一百二十斤,临近寒冬时节,我们觉得自己这头猪够一百二十斤了,待到天寒地冻一些人回北京探亲,留下两三个人白天要出工,自己吃饭都瞎凑合哪还有工夫伺候它,只会越养越瘦,不如早点儿交了任务。当我套上车拉着猪出村时碰到几个老乡,都说我们这头猪到了收购站七刨八扣达不到标准,还得拉回来。

苍天不负苦心人,当我赶着车到了县里收购站,卖猪的、收猪的看到一个知青来交自己养的任务猪,都觉得新鲜。收购员把猪赶到笼子里一称,随手开出了重量一百二十斤的条子,让我到会计室领钱去,一点儿麻达都没耍。我从会计那里拿到了五十八元八角钱(生猪收购价每斤四角九分钱,相当于五斤玉米的收购价,20世纪70年代中后期延安四等带骨冻猪肉销售价每斤五角七分)和一张发票(这是生产队完成任务的凭证)。回到队里老乡们认为是收猪的对我这个知青另眼相待,纷纷提出下次轮到自家交任务猪要由我这个知青代劳。这一年,我们再没有像上次杀猪那样痛快地吃上几顿肉,而是以农民的身份向城里人提供了猪肉,虽然微乎其微。

我一直以为我们交的那头任务猪,或许是志丹县的知青史上唯一的,直到几十年后,我才知道它不是唯一的,但它无疑是仅有的几头之一。

## 卖　　瓜

插队半年后,我就成了队里的壮劳力,贫下中农推荐我当了粮食保管员,是兼职的,盘粮食、备种子、记账,都要利用自己的业余时间干,由此我也成了队委会的一员。

队长张德生尊重知识,尊重人才,什么事都和我这个有着初一学历的"知识分子"商量、探讨,我也乐于当他的参谋长。有时的瞎参谋也让他吃些苦头。

一年的春耕又要开始了,德生提出种几亩西瓜来贴补队里的现金收入,社员中有人担心白搭工夫白糟蹋地卖不出钱来。我全力支持德生,队委会迅速做出决定:拿出后庄湾的五亩阳坡地种西瓜,由侍弄过西瓜的刘老汉负责,刘老汉拦的牛一并由拦驴娃娃白缠儿拦上,缠儿的工分由三分调为四分。白缠儿是我们队最小的劳动力,只有十一二岁,也是全队最牛的,每天早出晚归都有坐骑,驴、骡、牛个个任他骑。我曾像缠儿一样骑上一头牛蹚过冰冷的河水，它端端地把我扔在河里。清明前，队里把那几亩西瓜地翻了个透，又足足地送上了肥，其后淘换瓜子、播种施肥及至打掐压蔓一切一切都由刘老汉一个人打理了。

转眼到了农历七月，地里结出的瓜长得比足球还大了，瓜皮也开始泛白，老汉找到队长要求派个人和他晚上一起看瓜，以防备邻村的后生来偷袭。没的说这差事责无旁贷落到我这个积极种瓜派的头上。老汉的担心有点儿多余（獾和狐狸祸害的可能性更大些），这里的民风淳朴，川道上玉米地里小道旁叶子被刮得七零八落，棒子却一个不少挂在秆子上。

瓜地上沿的崖上有个寄放耩子等农具的小土窑，成了我和老汉夜间的安身之所，都说看瓜的吃个西瓜是个稀松平常的事，可我和老汉一起看了十来夜瓜地，老汉愣没舍得给我摘个瓜尝尝鲜。不是老汉小气，这不是他家的，是他给队里种的金圪蛋，有多少棵秧结多少个瓜老汉清清楚楚，他要一个不少地交给队里，要对得起队里给记的工分。

谁去卖瓜？队里开会又是一气咯噪，终年和土地打交道的社员们推推搡搡谁也不想去，宁肯披星戴月地爬山上去受苦，让毒毒的日头晒个半死，也不去干这赶个毛驴车做买卖的轻巧营生。最后还是决定由我去完成队里的西瓜销售任务，经营范围东岭、西岭、志丹县城，价格每斤一毛钱，并每天轮换着配备给我一名完小学生做帮手（在公社完小读书的几个娃娃放暑假后就一直参加队里的麦收劳动，麦收结束后才给这些学生娃娃们放假，让他们去挖甘草，勤工俭学筹措自己的学费）。

开园了，此时的刘老汉才一脸笑意，豪爽地摘下一个西瓜，让我们这几个前来收获的后生品尝。山地瓜个头不大，浅绿的皮很薄，黄瓤红子真正香甜脆沙瓤，吃上一大块虽然没甜掉牙，那沁人心脾的爽快让后生们干起活来连蹦带跳，一眨眼的工夫，一大堆的西瓜就摘下码放好，只等着明天拿它们换钱了。

第二天一早，二牛就挎着个书兜子装好纸笔（他的职责是收钱记账），帮我一起套好毛驴车装了满满一车西瓜出发了。按照社员们的启发和指点，我们赶着毛驴车到康家沟后就沿着公路向东蜿蜒而上，图谋着向那些跑运输的兜儿里揣着钱的赶脚汉们兜售西瓜。待我们爬出了十多里地过了南瓯梁很远后，就有些泄气了，除了碰到两三辆嗷嗷鸣着喇叭的大卡车和它们卷起的黄尘外，别说毛驴车队了，就连个毛盖子人影都没有，这可咋整。我和二牛商量还是掉头去县城吧。

正当我们顺着原路返回到康家沟沟底时，第一个买家来啦，几辆拉车的迎面走来。我和二牛吆喝着"卖西瓜了卖西瓜了"，错车时几个赶脚的扭着身子望了望又吆喝着牲灵走了，只有最后一挂车上的中年汉子跳下车走过来和我们搭讪。"瓜咋相？""不沙不甜不要钱。""咋卖？""一毛钱一斤。""八分钱，我多买几个。"这不是横生枝节吗？生产队定的一毛钱一斤，你八分钱买走了，差的钱谁给你垫呀。我没好气地说："不行，少一分钱也不卖。""咋尿搞的？"买瓜的纳闷今天咋碰上这号死性卖瓜的，汉子整了整披在身上的烂袄扭身跳上车赶队伍去了。

早早从车上解下秤准备称西瓜的二牛还站在那儿捂着嘴偷偷笑，"走啊！"我冲二牛吼着，还有二十多里路才能到县城呢。志丹县城两道街，一道街上坐落着县城里唯一的饭馆，从饭馆往北走不远，有一条连接二道街的小胡同，胡同的中间北侧有块方方正正的空地，大概是县剧院建好后废弃的露天剧场，空地东头的舞台和顶棚还在。别看志丹的两条街边还是土路，却整整齐齐干干净净，这条小胡同中间的空地，是县城中唯一的自由市场。

我和二牛赶车到了县城时已经中午，路过饭馆，我说自己不饿让二牛进去吃上一碗粉汤两个馍，完后到市场找我去。一个西瓜还没卖出去呢，就先用带来找零钱用的准备金吧。队里规定给我们每人每天两毛钱补助，饭馆里一个馍馍五分，一碗素粉汤一毛五、肉粉汤两毛五。我是一个从1966年9月就断绝了家庭经济供给的穷知青，所以和我一起出来卖瓜的学生娃娃们最高的午餐标准只能是一碗素粉汤和两个馍了。

我把车赶到市场当中的南墙根，刚卸下驴把车支好，懂事的二牛就捧着四个馍馍跑来了，把馍往我手里一塞就拉着缰绳找个阴凉地方拴驴，又跑回来把备好的草料给驴抱过去才和我一起分享这四个馍馍。我问他为什么不喝碗粉汤，他说他也不咋饿。

此时正值中午，市场上没什么人来往，只有十几个大概是城关附近的农民沿着空地边，或篮子或筐规规矩矩地摆着菜摊。我们来得最晚，没和他们凑在一起，而是占据了最好的商业位置，只要从这个胡同过的人，都必须从我的瓜摊前绕过。无奈，毒毒的日头下这条小胡同两端连个人影也没有。

在陕北这座小县城，西瓜也算个稀罕物，不是哪年都吃得到的东西，独此一家诱惑过来的第一批顾客就是那些正无聊地守着菜摊的人们。他们三三两两地过来看稀罕，问这问那，我向他们郑重声明："西瓜绝对没问题，保沙保甜，回家里切开不甜，明天拿半个来，我再给你换一个，至于价钱没商量，一毛钱一斤。"看着这个晒得比他们都黑，一副受苦汉眉眼的知青，有了第一个慷慨解囊的，接下来就是第二个第三个，一会儿工夫卖出去十来个瓜。

一阵喧嚣过后又是一阵漫长的沉寂，直到后半晌，胡同里才出现三三两两的过客。经过不懈的努力和一分二分的斤斤计较，我们又卖出去十几二十个瓜。太阳快落山了，卖菜的都陆续撤了，最后收摊儿的老汉冲我喊着："收了吧，赶回康家沟就天黑啦，明天赶早来，前晌还人多些。"瓜没卖完，我和二牛还坚持着。

空荡荡的市场，空荡荡的胡同连个人影都没了，无奈的我只好让二牛把驴牵过来套上车，拉着十来个没卖出去的西瓜回家。

驴车出了县城，把瓜卖完的希望彻底破灭了，我郁闷地看着车上这十一个西瓜，经过一天的颠簸到明天瓜皮都要黑青，更卖不出去了。二牛饿了，从兜子里翻出炒面口袋，开始一口一口地咽炒面，我任由毛驴一步一步地嘎悠着。

车过柳树坪，救星来了，后面随着一阵骡铃声，一支赶脚的车队从我们车旁超过去。还是最后一辆车还是一个中年汉子，发现了我们车上的西瓜，披着个烂袄跳下车笑嘻嘻地和我们搭讪着要买西瓜，我说一毛钱一斤，他说便宜些他一总全要了。我们的瓜个头不大，最大的也就八斤多，小的只有六斤多，我就说"那七毛钱一个"。中年汉子爽快地答应了，赶紧从自己的车上扯出条毛口袋来装西瓜。一共十一个七块七，他磨叽着就给七块我不答应，二牛直在后边杵我，直到他又掏出五毛钱来，我才说："算了，拿走吧。"

望着买瓜人的背影，二牛悄悄说："这下人也吃美啦，驴也吃美啦。"（瓜皮喂驴没一点儿糟蹋）瓜总算是卖完了，二牛一手拿鞭杆子敲打着驴屁股，一手举着一沓票子在我眼前晃，笑着喊着"三十二块钱啦，三十二块钱啦"，高兴得嘴里的炒面渣子都呛了出来。"把钱收好，回去交给队长。"这时我才感到饥肠辘辘，无论如何天黑前是赶不回队里了。

第二天，学生娃刘志连接了二牛的班，我们早早就赶到县城，在老地方支起了瓜摊儿。卖菜老汉说得没错，整个上午胡同中来来往往的人不断，到中午时分我们车上的瓜卖得没剩几个了。

随后几天的情况也差不多，我们把瓜卖完还能赶在天黑前到家。刘老汉不知从什么地方淘换来的种子，结出的瓜质量上乘，没有一个买了瓜回来找麻烦的。在瓜地老汉不让我们乱来只许摘他做了记号的瓜，他用手摸摸瓜皮、瓜把儿，就能确定西瓜的生熟程度。老汉告诉我一个最简单的方法，他说这瓜皮薄，把瓜放到耳边两手轻轻一挤，能听到沙沙的撕裂声，这瓜就熟透了，但是这样挤过两次的瓜不耐存放了。

瓜再好再稀罕，我们也还是没遇到几个回头客。县上的干部们大多一月三十几块钱工资一大家子要养活，舍不得花几块钱买西瓜吃；进城办事来的农民更是兜里的钱比西瓜还稀罕，哪里舍得。中午闲暇时，我曾动员那些卖菜的再买个西瓜，一个个脑袋摇得拨浪鼓一样，也是，馋虫勾出来了也得咽下去，再抱回家一个西瓜就得准备着和婆姨干仗了。

一些社员不愿意卖瓜的原因之一是怕碰见那些县里的街痞子。一次一个人站在瓜摊前看了一阵后说要买瓜，我按他的要求给他挑了一个，他又提出得切开尝尝。先尝后买也不算过分，何况这瓜又经过我二次确认毫无问题，我找出刀子在瓜皮上深深地划了个三角口，挑出一个长长的三角锥递给他品尝。此人把三角上的瓜瓤吃得精光，吧嗒吧嗒嘴说了句："这瓜不甜，再切一个。"我一听就火了，不甜你恨不得把瓜皮都吃了，这瓜戳了个大窟窿我卖谁去，他还唠叨着要换一个尝尝，我真想把那赖货臭骂一气，可还没学会开口骂人。气愤的我举起刀咔嚓一下把西瓜砍成两半又剁成许多小块，塞给围在瓜摊边上的小娃娃们，又问娃娃们瓜甜不甜，娃娃们喊着："甜，可甜了。"我又指着剩下的一大块西瓜向愣在那儿看我发飙的刘志连说："把那块都吃喽。"那家伙站在那儿发呆，可能是觉得西瓜不生卖瓜的有点儿生，没敢再说什么悄悄地走了，这是我经手唯一一个没给队里换回钱来的西瓜。

瓜园里的西瓜卖出去了多一半，队长和我说再卖一次不卖了，剩下的分一分，也让全庄的婆姨娃娃们高兴高兴。连着几天去县里让我这个不适于经商的人头痛，每卖一个西瓜都要为几分钱斤斤计较口干舌燥一番，不是我"小气"，生产队来钱太艰难了。

最后一天我和学生娃白杏商量走西岭，我们找来两副驮筐衬上瓜秧满满地装了两驮西瓜，筐口上用草辫子网住防备上坡下洼瓜从驮筐中掉出来。牵驴备鞍一切准备停当就随着两副驮子沿着后沟南侧上山了，路经白塔还和几个认识的老乡打个招呼，经过田圪坨时只引来了几声狗叫，我们的目的地是这道沟掌上的最高峰墩梁，我打听好麦收后各个基建队又开始修地了。走了近二十里山路，快晌午时我们进了墩梁村，眼前不远处支着一个很大的棚子，前边一块墙板上用白灰写着"墩梁大队基建队"几个大字。

我和杏儿把驴拴在棚外树下，两副驮子抬到棚里，连续的响动惊扰得基建队伙房中的做饭老汉跑了出来，打听明白是前沟口上来卖西瓜的，连说："好好，等一等，就要开饭啦。"我和杏儿坐在土台子上边歇边等闲极无聊，就都翻出炒面口袋吃炒面，做饭老汉瞭见了，赶紧端过来两碗滚热的米汤。

一阵太阳雨把受苦汉们提前浇了回来，棚子里一下就挤进来一大群后生，围到两驮西瓜前七嘴八舌地询问价钱议论品相，个个都像吃瓜的行家，就是不掏钱。一位看似头目的汉子挤到前边，这位仁兄真应该做"墩梁"这个地名的形象代言人，他挨着个儿拍了拍挑出两个，指着刻在瓜皮上的斤两问够不够分量，我说你可以到伙房称去。赶驮子带秤不方便，为了防止秤与秤的差异，我们在瓜皮上刻的斤两都比实际重量少个一二两。壮汉托着两个西瓜去了伙房，没两分钟他就把钱送来了，说了句："没麻达，好瓜。"榜样的力量无穷大，本村住的急着买瓜往家送，邻村的后生们开始打平伙（AA制的祖称），连饭都顾不上吃了，忙得白杏钱都收不过来，连喊着一个一个来。

后生们吃了一肚子西瓜又开始吃饭，驮子里还剩下六七个瓜，带回去也无所谓了，我想着等基建队上工了，我们也打道回府。谁想到这些后生吃完饭，又和剩下的那几个西瓜较上劲了。我还是第一次看这种叫"劲瓜"游戏，两个人打赌用十根筷子中剟进西瓜的数量定输赢，谁输了谁掏钱。经过几轮的捉对厮杀，我是无瓜可卖了，后生们又拿着筷子和瓜皮较劲，棚子里充满了欢笑和喊叫声，乐得合不拢嘴的杏儿攥着一沓子钱原地蹦高。随着"墩梁壮汉"一声"动弹了"，一个个肚子里装满了西瓜的后生们打闹着走了，棚子里复归平静。感谢墩梁基建队的豪爽大气让我的卖瓜生涯圆满收官，当然，我们也送去了这些生活在高山干岭上的人们几年也碰不到一次的甜美享受。

  我们从墩梁村北出来，顺着北侧的山梁返回，阵雨后的山野天清气爽，如果说第一天的东岭之行是出师不利，今天的西岭之行就有点儿像胜利大逃亡了。卖了八天瓜进项二百多，这是队里一笔不小的收入，众多的辛苦没有白费。

  卸了重载的毛驴一路撒欢儿，一会儿工夫就过了后野山、前野山，已经望见我们的庄子。

山汉，男
北京某中学初六八届毕业生
插队地点：志丹县

# 照 园 子

那一年冬天,当我们意气风发地踏上陕北黄土地时,碰到的第一个问题就是吃的问题——粮食和蔬菜的缺乏。粮食有政府供给和北京家里援助,蔬菜则完全要靠自己解决了。生产队长发话,先让各家给我们送点儿菜,以后给我们分上一块自留地,种上些菜,就不愁没得吃了。老乡们热烈响应号召,很快把菜送来了,有白菜、萝卜、辣椒等。我们一面感谢不尽,一面还得节省着吃。

春天到了,地里的苦菜、苦麦、小蒜,树上的榆钱、槐花都生出来了。我们就在干活休息时,跟上婆姨女子们满山里挖野菜,上树捋榆钱、槐花。收工时每个人兴冲冲地捧着一天的收获:"今天又有菜吃了。"

后来,队里给知青分了一小块自留地,位于离村很远很远的深山洼洼里。队长派人指导我们种上玉米,行间又种上豆角、土豆。临了留下一句话:"咋以后操心务育你们的自留地。"言外之意,社员们都是靠自留地解决吃菜问题的,以后你们的吃菜问题队里就不管了。

说实话,对我们这些接受集体主义教育长大的年轻人来说,对自留地从心理上还真有点儿不大适应。不是"应该"靠集体吗,怎么让我们靠自留地?只有依靠集体才能过上好日子,这一命题似乎根本不用去进行论证。也许是我们叫得太厉害了,队里居然决定开辟一块菜园子。

菜园子位于前后沟之间的山根下。把原来的坡地修成台田,一共三层,分成四五小块,加起来有一亩多地吧,顺着山根细细地有一百来米长。菜种上了,派了个老汉照园子(看菜园子)。可是不久,社员们反映,老汉"以权谋私",回家时私自往自家窑里拿菜,还纵容自家的娃娃们在园子里放开了吃。在这种利益关头,大家自然想到了知青"孤家寡人",没有亲戚。于是,我被从麦收第一线调去照园子,开始执行解决大家吃菜问题的使命,并且得以连任,在农村四年,有三年的夏天是在菜地里度过的。

照园子的任务一是照牲畜，轰鸡猪羊；二是照人，谨防偷菜；三是"务育"菜，平整园地，浇水上粪，除虫锄草，架秧"打掐"等等；四是卖菜。平时是一个人看，需要上粪浇水搭架，一个人干不过来时，由队里派人帮忙。园子虽然不大，可认真干起来，活儿也是干不完的。锄草浇水，修整水壕（水沟），掐尖绑菜上架，同时，还得左顾右盼地照人照牲畜，一天到晚不得闲。

锄草是个细致活儿。有的菜种得密，一不小心就把苗锄掉了；有的菜不能伤了根，比如黄瓜，据说伤了根结出的黄瓜是苦的。放水浇园子是个累活儿，可也挺有意思。山沟里没有河水，水是从很远的山沟里的坝里放出来的，沿着弯弯曲曲的水壕流过来。一个人在水流进园子的入口处把粪倒进水沟里，一个人负责堵口，一畦满了把口封住，放开下一畦，于是，粪水从第一畦，顺序地流下去。放满了水的菜畦畦埂经常被水冲决，水哗哗地流到下边的河沟里，于是，赶紧跑过去堵住。这边堵住了，那边又冒了，大呼小叫，蹦来跳去，两个人的世界还挺红火。一天下来，身上沾满了粪水泥土，累得腰酸胳膊疼，却也不亦乐乎。

在山上干活红火，在园子里干活也别有乐趣。园子里很安静，热天树上的知了发出吱——吱——的长长的叫声，不时从村里传来几声狗叫鸡鸣。有鸡呀猪呀蹿进园子，捡起一块土坷垃甩过去，嘘——嘘——嘘地把它们"断"走。偶尔不知从哪儿爬出一条青蛇，拿起镢头砍死，扔到路上吓唬人。看看四周没人，扯起嗓子喊两句信天游。渴了累了闷了，仰起头和住在园子斜上方的老婆婆拉拉话，或上去喝口水，蹭两块红薯吃。

园子里只有一点让人不能忍受，就是经常要受狗屎的"熏陶"。夏天，狗逐阴凉，常常趴在菜地里，不知何时何地就拉上一泡屎。其他动物的粪，新鲜时臭，干了就没味儿了，狗屎却是越干越臭。干着活儿，不知从哪儿泛出臭气，于是循着气味追踪，总要把它找到深埋了事。有一句骂人话叫作"臭狗屎遗臭万年"，对这句话我是有深刻理解的。

名义上是一个人照园子，实际上知青们对菜地都格外关心。这固然是由于知青们无意去"操心务育"自留地，更重要的是，大家认为菜地是集体经济的标志。当时风传要取消自留地，割资本主义尾巴。我们从在南泥湾插队的同学那儿知道了先进典型南泥湾已经取消了自留地，社员们吃菜完全靠队里的菜园子，而且蔬菜丰富，四季不愁。大家都很羡慕，觉得这才是方向。于是，决心把队里的菜园子搞好，先干出一个集体经济的样子来。

精心"务育"自不必说，其他方面也要改进。陕北夏季传统的蔬菜品种不多，主要是黄瓜、西红柿、韭菜、豆角等。我们决定改变品种结构，引进新品种和优良品种。乘回北京探亲之机，几个人专程到种子商店买了各种菜籽。春天在园子里各种了几畦洋白菜、柿子椒、莴笋、茄子、包心大白菜、新品种西红柿，小小的菜地里种了十来种菜。有的菜老乡也没种过，大家就摸索着干。

莴笋叶子长起来后是铺在地上的，圆形覆盖面的直径总得有一尺多，所以，种的时候间距要大些。我们却一溜行地把籽撒下去，叶子越长越大互相打架，只好一次次地间苗，浪费了不少菜籽。从河沟里一担担挑水移栽的洋白菜苗，一连几天耷拉着叶子，大家以为没有栽活，急了好几天。终于"务育"大了，又开始闹虫害，一条条大青虫真吓人。老乡说往叶子上撒灶灰，试了试真灵，可能是大热天的把虫子呛死了。

当地的土种西红柿结出的果实形状歪歪扭扭，好吃不好看，我们种上了一种矮秆的，结出的西红柿金黄色、圆溜溜的。当地原来只有尖辣椒，我们种了北京的大柿子椒，产量高，又不辣，在所有引进的新品种中，这可能是最受欢迎的了。当夏天各种菜都长成的时候，你看吧，绿的、红的、紫的、白的、金黄的，五颜六色，令人赏心悦目，成为山沟里的一大景点。

队里的菜地生机勃勃，老乡们也经常来光顾，不完全依赖自留地了。一篮篮地装走各样新式菜，还要请教请教吃法，凉拌？热炒？盐渍？有时谁家来了亲戚，临走也要到园子里摘上一篮子新鲜菜提走。本队社员吃不完，逢到赶集的日子，摘上一车拉到集上去卖，又增加了队里的收入。山沟里的队很穷，那两年扣除口粮钱，每个劳力只能分上几块钱，菜地收入也是其中之一吧。

看菜园子多少涉及一点儿"经济利益"。为了维护好菜园子，当然首先得以身作则。对此，知青们态度都极为认真。按常理说，照园子有个职业允许的优越性：园子里的菜本人可以吃，只是不许往回拿或送人情。队长也常说：渴了就吃上个黄瓜、西红柿，没麻达。可是说实话，在照园子的头两年，本人从没有私下吃过一根黄瓜、一个西红柿。队里吃菜是不收钱先记账，秋后算总账。不论谁买菜，我都是斤两准确，死板得分毫不让，严格记账。有时有人嫌抠得死，却也说不出什么。

有一年秋后分配，有一户说是把他家的菜钱扣多了，找来对账本。结果一笔笔地查下来，他也只好认账："对着哩，对着哩。"另一方面，对毁坏知青名声的事，大家决不忍受。有一次，社员中传言，有知青偷了西红柿。全体知青都愤愤不平，决心追查谣言，并上升到阶级斗争高度来认识。查来查去，是从一女娃嘴里说出来的，我们找到惹是生非者，对她斥责了一顿，还一定要她说出指使人来。在我们看来，集体与个人是绝对要分清的。

刚上小学，就学过少先队员刘文学同偷生产队海椒的地主做斗争的事迹。集体的东西不能侵犯。这一点，从小学起在大家心里就是扎了根的。对于看菜园子来说，这种少先队员的精神是足够用了。碰上偷菜的能不能豁命不敢说，要求自己是绝对办得到的。那年头山沟里人还很纯朴，还真没有偷菜的。当然，不能排除有人顺手牵羊，但有知青在场就没有人敢动手，小娃娃们也不敢。如今回想起来，我们那时对信念是那样真诚，真诚得那样绝对。

不过，对于这种绝对的廉洁奉公，一些老乡却并不相信。你说不占集体便宜，他说吃了也没关系。自己觉得冤枉，也只好信不信由你。直到第三年，那已经是七八月份了，有一天，天挺热，我有点儿口渴，不知怎么想起这两年背的"冤枉"，有点儿不平，既如此何必独善其身，于是破天荒"开了戒"，吃了一根黄瓜。谁知好人干"坏事"也干不下去，这事被一个路过的婆姨看见了。

没过多久，照园子又被老汉接替了。事后我想，"撤职"原因当然是因为蔬菜季节已接近尾声，园子里没有多少活儿好干了。第四年春天，我们并队到其他村。以后听说队里的菜园子已不那么景气，看来，靠搞好集体菜园子为取消自留地打基础的设想是不会成功的。再以后，我离开了陕北，听说自留地这一"资本主义尾巴"始终没有被割掉。

徐建青，女<br>
原北京师范大学女子附属中学初六七届毕业生<br>
插队地点：先后在延长县原黑家堡公社康家沟大队、岳口大队<br>
本文选自《回首黄土地》一书

# 朱家河大队的扫盲识字课本

我们北京四中六八届高一（四）班的十七名同学，于1969年2月5日午夜11时左右落户朱家河大队（"文革"中更名为东方红大队）。十七个人分在三个自然村：朱家河、王家沟和肖山。1970年初，十七个人又统一合并到王家沟。

我们的到来，给山村带来了一些变化。比如，建立制种试验田，推广高产"双杂交"玉米；试验种植水稻；建立大队广播站和大队磨坊以及大队夜校。

## 背景情况

1970年春，大队成立了水利队，人员主要由四部分组成：一是队干部和少数生产骨干，二是农活技术稍差的偏弱劳力，三是年轻女子和少数迫于生计已成为家中劳力的娃娃，四是部分知识青年。但是水利队中的很多女子和娃娃，都处于文盲或半文盲状态，于是识字就成了首要任务。最初，这个工作是由邵明路负责，他是最早来到水利队的知青之一。他自己做了一块小黑板，每天背到水利队的工地上，教大家识字。后来又编印了《农民识字课本》。这个活动在大队上引起了较大的反响。与此同时，很多成年人处于文盲或半文盲状态的情况也引发了知青和大队的关注，于是大家商议，要在更大范围开展扫盲活动。于是，很快成立了夜校。1970年11月15日夜校正式开学，分低级班和高级班，使用的主课本是我们新编的《夜校课本》。

课本是用当时被称之为大字报纸的一种比较脆的白纸印制的，先用钢板刻写蜡版，然后进行油印。我是在邵明路即将离开水利队时接手识字工作的。编写《夜校课本》时他已离开了水利队。印象中除我之外，金德本、柏铮、王小平、郭世杰等人都参与了课本的编写，以及蜡版的刻写和课本中插图的配画。

《农民识字课本》编印于1970年7月间，《夜校课本》大约编写于1970年11月中下旬。12月3日、4日刻写蜡版，5日、6日油印成张，7日装订成册。

## 课 本 内 容

《农民识字课本》共二十七页（不含封面），十六篇课文，配有题图、插图和装饰图四十幅。《夜校课本》共五十页（不含封面和目录），十八篇课文，封面印有红色毛主席木刻头像，配有插图和装饰图十三幅。

课本的主要目标是扫盲识字，因此在选题上尽量贴近当时的政治环境和生产生活，在表述上尽量通俗易懂，以便于大家掌握。其内容大致可分为五类：一是政治教育类。如《毛主席的复电》《一个老红军战士的话》《延安儿女想念毛主席》（歌词）、《人的正确思想是从哪里来的》等。二是生产实践类。如《农田基本建设就是好》《庄稼一枝花，全靠粪当家》《植物的生长》《生产文化——庄稼、农具、生活用具、计量用具和单位》等。三是知识生活类。如《简单应用文——借条、收条》《怎样写信》《下雨是怎么回事？》《人人讲卫生》等。四是身边变化类。如《水利队学文化》《妇女能顶半边天》《机器好》《一篇讲用稿》等。受当时极"左"思想影响，课本也编有少量突出政治、强调阶级斗争方面的内容。

## 扫 盲 效 果

一是基本消除了青壮年和辍学年龄段人群文盲或半文盲状态。从"翻开书本不认得，拿来报纸不会念"变化到"不到一年，每个人都识下了六七百字，有人还能读书、写信了呢！"（摘引自《水利队学文化》）

担任妇女组长的四十二岁婆姨，在知识青年的指导下，自己独立写出了一篇讲用稿，我们依据她的事迹编写出了《一篇讲用稿》的课文。

二是培养了刻苦学习精神和自学文化知识的能力。《水利队学文化》这篇课文对此有着比较生动的写照："每天早上，你会看到大家坐在坝梁上或者梯田旁，齐声朗读毛主席语录和老三篇；休息的时候三个一群、五个一伙地组织起来，认真地念着先进（英雄）事迹材料，也有的看着描写英雄人物的连环画；晚上大家围坐在自制的小黑板旁，在辅导员的帮助下一起念生字、生词或者在煤油灯下聚精会神地算着算术。""有的同志不怕苦不怕累，别人休息了还一笔一画地练习；有的同志晚上睡在炕上还要翻开语录念几段；还有的同志学习上了劲，锅里的面条煮成了糊糊都不知道……"

三是促进了大队各项工作。由于课文的编写，开展扫除文盲的活动与当时农业学大寨、大搞农田基本建设、建立育种试验田、推广高产"双杂交"玉米、试验种植水稻、建立大队广播站和大队磨坊等生产实践活动紧密结合在一起，具有很强针对性，并始终保持同步进行，因此起到了很好的相互促进作用，得到村里群众的普遍支持，具有很好的群众基础，影响面是比较大的。

当时夜校还成立了学哲学小组，倡导贫下中农学哲学，这也促进了群众思想观念的转变，拓展了群众的眼界，推动了群众思想的活跃，对破除迷信、普及科学知识、提高劳动技能、实行科学种田起到了积极作用。

四是得到了延长县和安沟公社的肯定。我们大队的扫盲识字工作在延长县做了经验介绍，当时我与大队一名公办教师到县里参加会议，由于没有留下资料，具体的时间回忆不起来了。

张铁铿，男
北京市第四中学高六八届毕业生
插队地点：延长县原安沟公社朱家河大队

# 延安插队纪实

## 蒙 古 大 夫

北京有句调侃的俏皮话是"蒙古大夫——恶治",看似玩笑的话语却浸透着我们知青的血与泪。

我插队在黑家堡公社罗家圪塔大队的李布袋沟,另一队是在罗家圪塔,这两个小队竟出了两位蒙古大夫。

1969年秋,老天连着下了半个多月的雨,天放晴后,我们吃了顿没簸的面条,决定再好好做顿饭。于是,大家有挑水的,有和面的,徐和平和一同学自告奋勇去劈柴。苦于没干柴,他们决定把窑内一个用于当作凳子的大树根劈了当柴烧。两人商量好,徐和平喊"一、二、三"后,撤走扶树根的手,那个同学落斧劈柴。两人准备就绪,只听"一、二、三",斧落下,没砍着树根却溅起了鲜血,大伙惊呼!再一看徐和平左手捂着右手喊:"快拿绷带,再砸一个肥皂盒做夹板用。"在他的指挥下我先用绷带把他那露着骨头只连着一点儿皮的大拇指,捆了几圈后又用夹板固定,待固定后一看,大拇指的方向反了,又急忙拆开重新固定。只见他疼得满头大汗,吃了止痛片仍疼痛不止,十指连心啊。

徐和平担心手指截肢,就一会儿一下地用针扎,用烟头烫,但总是没有知觉。第二天听老乡说,有解放军医疗队在我们里面的沟里,就赶紧去了。大夫说:你们是北京知青吧,要想保住手就赶快回北京去治。于是,做了皮下缝合术及用铁箍固定住手指并把右手吊在了胸前。我们垂头丧气地回来后连忙找队长,卖掉了徐和平的箱子和被子,我们几个掏出了所有的钱给他俩凑够路费回京。半年后,徐和平回到了生产队,右手大拇指再也不能弯曲,带着永久的残疾,继续接受贫下中农的再教育。

我们也学着老乡在地边砍些柴,带回来烧饭用。1970年夏的一天,罗家圪塔的三个男生上山带着镬斧准备砍些柴,谁知地边没有柴。收工后,马玉海扛着镬斧下山,到窑门口一松手镬斧落下,正好落在左小腿腿肚上,他当时就倒下了,鲜血四溅,腿肚子上一个大口子翻着肉。两个同学连忙把他扶到炕上,傅国安拿来缝被子的针和线几下就给缝上了。饭后,北京干部老张到窑洞一看吓了一跳,说:"咱们队怎么尽出蒙古大夫,马上送公社卫生所。"由于天黑山路无法走,第二天天一亮,就用架子车把马玉海送去公社,又重新缝合治疗,还住了好多天院。

## 担　　水

陕北的腊月是滴水成冰的季节。我们刚去时看什么都好奇,这不,老乡给我们学生娃送水来了,担水用的木桶又成了我们的稀罕物,这个担担,那个试试,最后大家决定一块和老乡下山去担水。

一路哧溜着来到井边,看老乡熟练地用扁担钩住木桶在井里一晃,就拉上满满的一桶水。我们轮流试了试,结果不是把桶捅进井里,就是自己滑倒(井边都是冰,而我们又都穿塑料底的棉鞋),最后还是老乡打满了两桶水,问我们谁来试试?我们试了试,真沉啊,脚下又滑,谁也不敢担起来。忽然一声"我来",只见钟大陆一副大义凛然的模样,昂首走上前蹲下,扁担上肩一声"起",只听扑通一声,水桶没动,大陆却没了踪影。大家惊呼跑到井边一看,大陆正站在井中一脸惊慌失措地往上看呢。大家手忙脚乱地用扁担把他拉了上来,只见他大半身都水淋淋的,不知是吓的还是冻的,哆哆嗦嗦、跌跌撞撞地跑了回去,擦干了身子钻进了被窝,一天都没敢出被窝。

## 狼　来　了

插队的第二年,我们也学会勤俭持家了,养了一头小猪和一只狗。我们轮流做饭,谁做饭带管喂猪。几个月的光景,猪有六十多斤,近一米长了,看着渐渐长大的猪,心里美滋滋的,幻想着今年年底能吃上自己养的猪……

记得6月的一天下午,那天是知青学习日,我们都在窑里聊天。忽然听见狗在外面狂叫,一会儿狗不叫了,猪又尖声地叫和撞猪圈的声音,片刻就安静下来了,但狗又开始变了声地狂叫。怎么回事?我们坐不住了,出来一看,猪没了,大伙都傻眼了。狗就叫着往山上跑,不知谁大叫一声:"不好了,狼把猪叼走了,赶紧拿老镢去追呀。"于是，我们七手八脚，一人抄起一把老镢就追上了山。

一上山，就看见狗在窑洞顶上叫，再往上看，只见狼和猪并排地走着。狗看见我们来了就蹿着往上追，我们跟着狗就往上跑。这回可明白了：什么叫狗仗人势了，我们跑不动了，狗也不追不叫了；当我们离狗近了，它就勇敢地叫着往前冲，总是和狼保持着几十米的距离。我们使出全身的力气，总算离狼有三十米远了，这回可知道狼是怎样叼走比它还大的猪了，原来狼咬着猪的耳朵，用狼尾巴抽着猪屁股，猪就哼哼唧唧地老老实实地跟着狼并排走，虽然看起来速度不快，但论上山我们还是甘拜下风。狼还挺沉着，也不怕我们，自顾自地叼着猪耳朵，赶着猪大摇大摆地走着，直到我们筋疲力尽时，只好眼睁睁地看着离我们越来越远的狼和猪。

望着远去的狼和猪，既懊悔又后怕，为什么一开始听见狗叫不出来，猪叫还不出来。追猪时离狼那么近了，狼要是红了眼来咬我们怎么办……唉，啥也不说了，这几个月的辛苦是白费了，等于给狼养了头猪。

1970年招工后，1971年初知青开始并队，我和徐和平调到了中村生产队。几个月后的一天，李布袋沟的队长捎话给我俩：狼把咱队一圈的羊咬死了，你俩快回来吃肉吧。我俩一听按捺不住心头的高兴啊，可有肉吃了，买了两盒烟一路小跑着就回李布袋沟了。

进了村一看还真热闹，家家户户都在炖羊肉，肉香的味道弥漫着整个小山村，好像过年似的。到了队长家，他伤心地告诉我们："狼是半夜钻进羊圈的，它把整圈的羊都咬死了，只喝血不吃肉，真是祸害人呀，大伙的财产就这么被糟蹋了，唉……一百多只死羊只好分给各家剥皮、吃肉。"

老乡见我们回来了，盛情地叫去窑里吃肉，我们吃了东家吃西家，吃得我们感觉都顶到嗓子眼了，连话都不敢说了，一张嘴肉就要出来了，赶紧告别了老乡回中村。才出村子，我俩就争先恐后地开始哇哇大吐，一打嗝儿感觉嘴里都是恶臭的气味，走不多远就吐一阵，真是撑得难受死了。好不容易才到家，连晚饭都没吃，喝了点儿水就睡觉了。半夜渴醒了好几回，第二天上工腿都是软的，浑身没劲……

高世龙，男
北京市第三十一中学初六八届毕业生
插队地点：延长县原黑家堡公社中村生产队

# 冬 行 高 原

一

那是 1969 年的冬天，我十八岁。

秋收已罢，打下的粮食都分到了各家的寒窑，往日忙碌的山村一下子显得冷清了许多，清晨也听不见队长吆喝上工的呐喊声。晌午的场上，有人拉着四胡唱着道情，人们开始商议着过年的事情。这时，知青们想到了回家。

可我的家在哪里呢？1969 年，我没有了家。

2 月初，我离京奔赴陕北延长县插队。随后，父母和弟弟陆续到了河南信阳的全总五七干校。8 月，哥哥去了东北生产建设兵团。原本好端端的一个家，在这一年之中四分五裂，天各一方。这对我的打击是巨大的。我一个人虽然漂泊在外，不管吃什么样的苦，想到北京还有个家，父母还有稳定的生活，心里多少会有一些安慰，可现在，这一切都破灭了。我觉得自己就像一只断了线的风筝，没有了根。这个家，还能不能团聚，还能不能重回北京？父母和弟弟生活得怎么样？我打定主意，一定要去河南，看看他们。

我们这个知青点有六个人，清一色的小伙子，都来自北京第十三中学。老大王秉坤，老二李兴，老三左林合，接下来便是我、安红军和魏庆全。大家都动了回家的心思，可全走又是不可能的，因为队里多少还有些活计要干，况且自家还养着猪和鸡。几个人一合计，决定李兴、安红军和我现在就走，赶在春节前回到队上，其他人再走。

那时正值林彪的一号令发布不久，不时传来消息说，陕西省禁止知青在春节期间返城，各车站接了通知，不卖知青车票。但听说山西省无此禁令，知青们可以自由往来。仗着年轻气盛，我们几个人决定，徒步向东，走过黄河，到山西境内，再乘车回家。

我们的窑洞里挂着一张延长县地图,那是我们去县城赶集时从县委办公室里偷来的。平日里几个人经常琢磨这张图,所以,对延长县的地理方位了如指掌,便用红笔在上面勾出了一条路线:从我们所在的郭家塬出发,经花莲河到县城,由县城向东,顺着延河到张家滩,再转向东北,爬上罗子山,下山到黄河边一个叫马头关的渡口,过河到山西省大宁县,再到临汾。临汾就有了火车站。算了一下,大约四百里路,三到四天的行程。

路线定好了,就开始了准备。首先是干粮。我们根据路程的天数计算,烙了三十多斤面的饼,分别带着。每人一个军用水壶,这可是当年知青的必备物品。每人一个旅行包,外加四根木棍和两把匕首。那木棍三尺长,一来可以当扁担挑行李,二来如果遇上歹人劫道,还可抵挡一阵子。郭家台的王连龙听说了,也加入了我们的行列。

我插队的村子,条件相比四邻还算是好的,一年下来,我居然挣了十四块钱。虽然不多,但毕竟是劳动所得。这时,公社供销社正好进了一批涤棉布,我便将钱全换成了布,好歹给爹妈准备了点儿见面礼。

一切准备停当,在一个雾蒙蒙的早上,我们出发了。

莲宝子是村里的小年轻,平日里和我们的关系最好,这几日,也一直热心地帮我们设计路线,他提出要送我们,正好去花莲河的路我们也不太熟,就答应了他。在清冷的晨雾中,凭着莲宝子的指点,步行了二十几里路,我们很快就来到了花莲河的山头上,山下依稀可见通往县城的大道,莲宝子要和我们分手了。临别前,他送了我们两句话:第一句是,赶路的人要早起早歇;第二句是,宁叫钱受苦,莫叫人受苦。这两句话,朴实到了极点,却值得我记一辈子。它不仅成了我们这次旅程的准则,也成了以后我做很多事时铭记的准则。

赶路的人,看到太阳快落山了,一定要及时找到歇息地,千万不要贪路。否则,天一旦黑下来,地形又不熟悉,在山里是件很危险的事。一路上,该吃则吃,该歇则歇,不要因为吝惜钱,而毁了自己的身体。因为平安地到达目的地,才是最重要的事。这些朴素的生活话语,其实包含了很深的哲理。在陕北农民中间,类似的话还有很多,此处按下不表。

## 二

下山来到大路上,跟着延河向东走。

延河是一条很著名的河。它发源于陕北的横山山脉,流经志丹、安塞、延安,最后在延长县注入黄河,总长近六百里。甭看它不长,可由于"滚滚延河水"是革命圣地的象征，所以，它的知名度要高过黄河的许多支流。延河可不知道这些，它依旧缓缓地、弯弯曲曲地在黄土高原的沟壑之间流淌，哺育着大片的河滩地。河川里的景色，与我们居住的深山沟大有不同。在山里，村子都是隐藏在黄土圪崂中的，有时你已经站到了人家的窑顶上，却还看不见村子在哪里。在河川上，村子依着路边，层层叠叠，看得清清楚楚，有时道路穿庄而过，婆姨女子们在门前打量着行人，使人免除了许多旅途的寂寞。由于是第一次长途旅行，前途的未知和神秘，给我们带来一种莫名的兴奋，一路上有说有笑，脚底生风。

说起来，敢于徒步过黄河，多亏了在插队生活中学到的一项基本技能——走路。当时陕北的大部分地区，既无公路也无汽车，出门办事，全凭双脚。一天走个几十里，当是常事。

有一次我和王秉坤去甘谷驿买农具，来回一百里，扛着几十斤重的镢头，中途还遇了雨，一天下来，也没觉得怎么样。走长路是要有门道儿的，重要的就是不能心急。俗话说：不怕慢，就怕站。尤其是爬山路，一步一步，稳稳当当，看似不快，却能长久。我们刚到陕北时，就不明白这个道理，一上路，总嫌人家老乡走得慢，急匆匆地超过去，结果是走不上百步就要停下来歇口气，待到要起步时，那原来落在后边的老乡，早就登上了高高的塬顶。

走着走着，不知何时，我们的身后远远地跟了一群人，看样子也是知青。我们的心情顿时紧张起来。早就听说这地方的知青中流氓多，打架抢劫的事时有发生。如果这帮人真是冲我们来的，那不仅家回不成，恐怕人还会受伤。我们加快了脚步，紧紧地握住棍子，李兴还把手伸进衣襟，攥着藏在里边的匕首。我们也不敢回头，一溜烟地小跑，也不知走了多时，放胆回头去看，身后一个人也没有。算是一场虚惊，脚下顿时软了，缓着劲儿，溜溜达达地向前走。一直到红日西沉，算算也有一百里路了，正好到了一个叫杨家湾的村子，找到大队部，寻了间公窑歇息，一夜无话。第二天一早，烧水吃了干粮，便又起程。

顺河走了十多里路，便转向东北，开始爬山。经阎家圪崂等村，向罗子山进发。这地方山大沟深，每翻一座山梁，就有一二十里路。待爬上第三座山头，远远地便望见了罗子山。

在陕北，叫什么山的地方多得是。但这些黄土山，都是因雨水将平坦的高原向下冲出深沟而成。而罗子山，却是一座真正的山，一座屹立于黄土高原之上的山。它就像是一把锥子，刺破了厚土，尖尖的峰顶，直直地指向云天。它奇特的形状，使我想起神话故事插图中的魔山。而我们，则像朝圣般地向它走去。

俗话说：望山跑死马。看着罗子山就在眼前，脚下却还有几十里的路程。待爬上罗子山峰顶，已是红日偏西。站在山顶，举目四望，方圆几百里的山川，尽收眼底。几个人顿时呆住了，心中不禁叹道：壮哉天地！按理说，我们就住在山上，每日看山，应不觉稀奇。但这里的气势，别有不同。远望高原，千坡万岭，如波涛起伏，一直涌到天边。在夕阳的照射下，呈现出古铜般的色彩。罗子山以西，尽管沟壑纵横，但天际线是平的，而罗子山以东，高原突然倾斜了，几十里的慢坡，向着东方，俯下身去。慢坡的尽头，雾气茫茫，有人道，那里便是黄河。

听说快到黄河，众人皆兴奋起来，几十里的慢坡，几乎一路小跑着下来。到了擦黑时分，我们终于到了向往已久的古渡口——马头关。

马头关，黄河上一个不起眼的小渡口，也许只有在延长县的地图上才会标出它的位置。这几日，它的名字，不知被我们念叨了多少回，我始终在心里猜想它的模样。可当我们到了这里，眼前的景象，还是让我感到吃惊。这是黄河边一个极小的村子，几孔乱石垒成的破窑洞，杂乱地散落在河边的山坡上，几棵枯树在寒风中抖动着，村子里看不见人，也听不见鸡鸣狗叫。天空是灰色的，山坡是灰色的，窑洞是灰色的。我一时有些恍惚，觉得自己仿佛一下子回到了几十年前。我不知道是否有人体验过时光倒流，反正眼前的一切，给我一种强烈的"今夕何夕"的感觉。如果说我插队的村子多少还有一点儿能和时代联系在一起的东西，那这里，则是什么都看不到。

找寻到队长的家，跟他商量明天出船的事。队长正在吃饭，小小的窑洞里暖烘烘的，炕桌上除了玉米粥，就是一小碟醋泡蒜瓣。队长似乎不太热情，只是告诉我们明天一早再说，并安排我们到一个姓贺的老汉窑里歇息。

贺老汉是个瞎子，还是个光棍儿。平日里担水、烧饭都是自己做。我惊异他看不见，怎么做得来。他说习惯了，路在哪儿，井在哪儿，心里都有数。贺老汉年轻时可不瞎，他说还给贺龙的部队撑过船，送他们过黄河打日本。说起当年事，贺老汉像换了一个人，脸上透出一丝光彩。晚上我们早早睡了，贺老汉则坐在炕头抽烟。半夜里我们突然被焦煳味儿熏醒，原来贺老汉将毡子点着了，大家七手八脚地灭了火，待接着睡，天已快亮了。

## 三

天刚刚亮，我们几个人就来到了黄河边。

我在很小的时候就有了"黄河情结"。记得还是小学四年级时，有一天，老师通知我去北京少年宫参加活动。去了之后才知道，那是一场纪念聂耳、冼星海的音乐会，会上还放映了电影版的《黄河大合唱》。我至今都无法形容它给我年少的心带来怎样的震撼。反正从那一刻起，奔腾咆哮的黄河就成了我心中的图腾。尤其是合唱开篇的朗诵："朋友，你见过黄河吗？你到过黄河吗？你见过河上的船夫拼着性命和惊涛骇浪搏战的情景吗？"这几句词，一直吸引着我，梦想有一天，能够身临其境。如今，我的双脚终于站到了黄河的岸边，搏战即将开始。

虽然时至冬初，这一年黄河的水却很大。河面宽阔，水流湍急，浩浩荡荡，汹涌澎湃。令人感到恐惧的是，满河床漂着大大小小的冰凌，大的像间房，小的也赛磨盘，顺着水流打着漩儿地横冲直撞，看得久了，人直发晕，仿佛河岸也在动。河岸边是几丈宽的厚厚的冰层，一眼望去，黄河上下几十里，像是镶上了银边儿。寒风也来助威，顺着河谷呼呼地吹着，不多时，从脚底到心底，我们感到了彻骨的寒冷。这就是我日思夜想的黄河吗？我如此崇拜它，它却以这样不近人情的姿态，横在我的面前，阻挡我回家的路。

更令人烦恼的是，看我们只有四个人，船工们说什么也不肯发船。有人扛来了羊皮筏子，说用这个载我们过河。看着汹涌的水流，我心里直打战。李兴胆儿大，抢先坐了上去。谁知羊皮筏一离岸，就被水流箭一般地冲到下游去了。任凭船工怎样使劲，筏子都无法驶向对岸，只得在下游二三里处靠岸。看着李兴他们扛着羊皮筏子慢慢向回走，我想，今日过河难了。

天无绝人之路，正在这时，又来了三个过河的知青，七个人商议了一下，出价十五元，船工们终于同意开船了。可船还在下游两里路以外的地方，必须把它拖上来才能渡河。老乡们硬拉上我们一起去拖船。那纤绳有镲把粗细，把它系在腰间，双手握紧，倾着身子，顶着寒风，一步一步地向上游走去。由于踩在湿滑的冰面上，吃不住劲，走一步溜半步。稍不留神，就是一个跟头。刚想松口气，船就后退，这时老乡就喊："学生家，使劲啦！"我看过列宾的名画《伏尔加河上的纤夫》，颇有感触，想不到，今天自己变成了画中的那个少年。一步一滑地终于把船拖到了渡口，我们急忙跳上了船。

黄河上的船，约一丈宽，三丈来长。若形容它的样子，恐怕用"粗犷"二字最为合适。要和我们在大地方见到的船来比，它只能算半成品。船板几乎就是用原木破开，稍加斧凿，没有刨光，用大铁铆钉连在一起，船帮漏着大缝。所谓船桨，就是几根剥了皮的树干，用粗绳子绑在船杆上。不过我倒觉得，这粗陋的船，和这粗犷的扳船汉子，以及这险峻的黄河峡谷，倒是相配的。若是一条秀气光堂的船，摆在这样的河流中间，反而显得软弱无力了。

船中间有一横梁，船工们分成两排，对面站在上边，拥着船桨。老大一声令下，木船终于起航了。船桨一动，号子立即响起。你若以为船工号子是歌那就大错特错了。那几丈长的树干被船工们拉来操去，在水中吃力地划动着，每推一下,船工们都会发出撕心裂肺的喊叫,"咳——咳——咳——"这呐喊,粗野,急促,拼命。他们赤红着脸,脖子上的青筋暴怒着,尽着全身的力气。他们把桨向后拉时,身体几乎和船平行,忽而又跃起,将桨推向对方的怀中。就这样随着他们的大起大落,船一下下驶离了河岸。由于地方狭窄,他们的身体紧贴在一起,分不出张三李四,就像一组活动的群雕。我站在船底,仰望着他们,这些汉子,若在平时,看不出有什么特别的,一到船上,咋就个个成了神。除了他们,谁使得动这千斤的大橹,谁又敢在这惊涛骇浪中讨生活呢。黄河歌谣中唱道:"黄河无路船头上站,狠心不过男子汉。"当是这些人的写照。

我们的船呈斜线向对岸驶去,撞开冰凌,压住急流。这时,风声、水声、船工的呐喊声响成一片,使人感受到一种激昂的气氛。站在岸上的人看水,和在船中的人感觉是截然不同的,我不知道李白当年是否渡过黄河,反正我觉得"黄河之水天上来"的诗句只有渡过河的人才能写得出来。在河中间,你真会觉得那水是从天上流下来的,直扑上你的头顶。仿佛你一松劲,就会被它压入水底。

正当我胡思乱想之时,险情发生了。巨大的冰块挡住了船的去路。任凭船工们怎样努力,船还是不能前进半步,反而随着水流逐渐向下游漂。眼看冰凌越积越多,渐渐对船形成包围之势。船上的气氛顿时紧张起来,船老大铁青着脸,和船工们商议着对策。我心里感到一阵恐慌,在这宽阔的河面上,湍急的水流中间,渡船就像一片树叶,显得那么渺小和脆弱,随时都有可能被冰凌挤压得粉身碎骨。如果是这样,那可真成"叫天天不应,叫地地不灵"了。这时见几个汉子,跳到冰面上,用手中的篙杆死命地顶船,黄河水就在他们的脚下奔腾,冰面随时有倾翻的危险。我不禁为他们担起心来。几番较量之后,船竟渐渐离开了冰层,他们赶快跳上船,拼命地划桨,船终于驶出了包围,又开始前行了。

"我们看见了河岸,我们登上了河岸",冼星海的《黄河船夫曲》写到这里时,用了舒缓的旋律。而我们的靠岸,却依然充满了惊险和刺激。由于冰层和水流的关系,我们的船停在离岸还有两丈多远的地方,再也不能靠前了。船工们一边用篙杆撑住船,不让它移动,一边将梢板搭上岸,喊着:"学生家,船停不住,快下吧!"那梢板两三丈长,只有一拃来宽,斜度很大,下面就是湍急的河水。我看着心里确实害怕,可时间紧迫,不容犹豫,心一横,几步就蹿了下去,稳稳地落在河岸上。几个人一上岸,船立即撤了板,一会儿工夫,就看不见了。

山陕峡谷有这样一个特点,如果东边是土岭,西边就是石山;如果此岸是缓坡,那彼岸必是悬崖。前面说过,马头关在陕西这边是几十里的慢坡,过到山西来,就面临悬崖。这悬崖紧贴着黄河,我们的落脚之处,不过两三米宽。我在船上时,就打量过这处山崖,根本看不出有何攀缘之处。心想把人撂在这里,难道要飞上去吗?还真是应了"车到山前必有路"的俗话,古渡之名,不是虚传。

我们刚从波涛处回过眼来,就惊喜地发现悬崖上有一条人工凿出的小道,层层台阶,顺着石间盘旋而上。路边石壁上还刻有字,已斑驳得看不清了。这道不知何人所凿,亦不知被人走了多少年,风雨的侵蚀,已将有的石阶剥落成浅浅的一道沟;苔藓斑痕,将它染成黑色,所以在远处,根本看不见它。石道之险,直上直下,犹如华山上的千尺幢,而且也没有什么铁链可扶。几个人不敢往下看,手脚并用,几乎一口气爬到了崖顶。

站在山顶回头望去,黄河已被笼罩在一片苍茫的暮色中了。在黑压压的群山下,黄河只显出淡淡的身影,看不见波涛,也听不见涛声,一切突然变得那么静,那么远。仿佛使人不敢相信,那拼死的搏斗,就是刚刚发生的事情。直到这个时候,我们才能"心啊,安一安;气啊,喘一喘"。坐下来,凭着风吹,欣赏黄河。这真是一条伟大的河,我们翻山越岭,一日可步行百里之遥,而渡过这几百米宽的河道,却花了整整一天的时间,而且还曾命悬波涛。人说不能小看黄河,看来是有道理的。

摸黑儿走了十余里,寻到个村子歇息。老乡安排我们住的窑洞里,还有两个走乡串户做活计的小木匠。房东的女儿凑着油灯,头挨头地和他们说着悄悄话,看样子很是高兴,对我们的到来不理不睬。我们在黑暗中和衣躺下。不知怎的,我看着油灯下房东女儿红扑扑的脸,心中竟升起一丝醋意。"北京学生"(这是陕北老乡对我们的通称)在她眼里,还不如个小木匠。不及多想,困倦袭来,便沉沉睡去。

## 四

早晨起来,便忘了房东女儿的事,因为肚子遇到了麻烦,我们的干粮已经全部吃完了。那时脑子笨,竟想不到向老乡买一些吃食,便饿着肚子起程。走了四十里,到达一个叫曲娥的镇子,待坐到饭馆里,要了一桌子饭,却吃不下几口,原来已经饿过劲了。

晌午过后,走到大宁县,找了家车马店住下,赶忙去买车票。大宁县地处偏僻,长途车两天来一趟,我们到了车站,方知车票早已售完。这事有些不妙,如果明天走不了,就得在此地待上两天。好在天无绝人之路,我们在车站院内发现了一辆卡车,一打听,是到大宁运货的车,明天一早返回蒲县。便和站长央求,要搭卡车走。站长爽快地答应了,因为那年头,用卡车充当长途客车,是常事。

第二天天还没亮,我们就离开了大宁县。卡车在吕梁山的盘山道上疾驰,寒风呼啸着掠过耳边。刚开始,我们还站着观山景,没多久,耳朵就痛似刀割。急忙蹲下来,裹紧大衣,蜷缩在车帮下,可不一会儿,全身还是被风吹透了。双脚先是发疼,进而发木,没了知觉。寒气逐渐向胸口浸透,到最后,连呼气都是冰冷的。等到了蒲县,我们几乎被冻僵了。互相搀扶着爬下了车,双脚像踩上了高跷,不会走路。跟跟跄跄扑到一个小饭铺里,多亏一碗热汤面救了命,身体才慢慢缓过来。在蒲县换了客车,终于顺利地到达了晋南重镇——临汾。

　　临汾车站内人头攒动,熙熙攘攘。我要在此和三个伙伴分手,独自南下。分别前,几个人躲在角落里说话,这时身边走过一队用铁锨挑着铺盖卷儿的民工,其中一个听见我们说话,便凑过来问:"哥儿几个是北京的吗?"我们说是。他自我介绍说,他也是北京知青,在山西插队,现在被抽调当民工修水利去。说了没几句,有人喊他走,他急忙告辞,赶队伍去了。望着他破衣烂衫的样子,王连龙说:"这哥们儿怎么混得这么惨?"李兴嘿道:"没准儿过几年我们还不如他呢!"一句话说得众人都不言语了。

　　临汾分手,我独自到了运城,找到汽车站,买到去平陆的车票,照例是卡车。出得车站,见天已大黑,几盏路灯惨黄黄的,只照见巴掌大小的地方。心想这人生地不熟的,到哪里去找旅馆呢?索性就在车站忍一宿算了,明早上车也方便。

　　候车室里人很多,围着大煤炉取暖。我根本挤不进去,就倚墙角找了个地方,旅行袋往屁股底下一垫,大衣往头上一蒙,一夜半睡半醒,坐得腿都麻了。这里清晨5点就发车,我挤上去,靠着车帮坐下来。车一开,我便蒙头又睡,直到汽车吼着从中条山上冲下来时才醒。发觉胸前被口水湿了一片,不好意思,忙用手掩了。

　　车一直开到平陆县的黄河边。平陆县,曾经很有名气,著名的"为了六十一个阶级兄弟"的故事就发生在这里。读过报道的人可能还记得,人们打破"黄河自古不夜渡"的古训,去三门峡找药的情节。河边早有渡船接着,我又开始二渡黄河。和几天前在山陕峡谷渡河相比,这次渡河平淡得让人失望。这里河面宽阔,水流平缓,载客的是大型机动船,不到三十分钟就过了河。回头想起那条古训,心中有些不服气,暗想,这样的河,就是夜渡又有什么了不起。

　　过河直奔三门峡车站,买到去信阳的慢车票。心里踏实了,看看离开车时间尚早,就想到市里去转转。走不多远,见一商场,便踱进去闲逛。可不多时,就发觉有些不对劲了,人们都以异样的目光,打量并避闪我,好像看一个怪物。我正纳着闷儿,正好走到一面大镜子前,抬眼一望,自己也惊呆了,那镜子里的人——是我吗?头顶一个破帽子,说灰不灰,说黄不黄,帽檐歪斜着,耷拉在眼眉上。一件破军大衣,像从土里刨出来似的,袖口露着棉花,半长不短地披着。尤其是那张脸，汗渍着尘土，黑一块黄一块的，这哪还像学生，活脱一个叫花子、盲流！

我反身跑出商场，直奔车站。那时车站前都有卖洗脸水的，要了一盆热水，洗下半盆黄汤。又脱下帽子当掸子，把浑身上下好一通拍打，打得四周尘土飞扬。当我掸到裤腿时，又一个发现让我吃惊不已，那时的裤子都有一道裤边，不知何时，这裤边成了鼓鼓囊囊的一圈，翻开来，倒出一堆黄土。天哪，我竟是脚上绑了两个沙袋走了几百里路，自己却毫无知觉。

经过一番收拾，自觉得整洁了许多，像个人样儿了，但也没了闲逛的兴致，老老实实在候车室里待着。候车室很大，空空荡荡。不远处，有三个年轻工人在聊天，两男一女，穿着海蓝色劳动布工装，拎着饭盒，说着什么通勤车、倒班之类的家常话。可这些话在我听来，像是另一个世界的语言。在插队之初，我们还怀有"广阔天地闹革命"的自豪感，总觉得知青地位应被人尊重。到这时，我才切实感受到了孤寂、冷落和一丝自卑。

坐上火车，奔信阳而去。至于见到父母，接着伤心离别，一个人返回陕北，依旧风餐露宿，又是一番经历了。

陈幼民，男
北京市第十三中学初六七届毕业生
插队地点：延长县原刘家河公社郭家塬

## 黄土高原的路

1969年2月2日，这是一个普通的日子，但它却是我人生道路上一个新的起点。一个人的一生中要扮演多种角色，而我的新角色就从这一天开始了。从此，我从父母身边的小女儿，北京的女中学生，变成了陕北农村的小女子，插队的北京女知青。对此，我在一开始并未意识到。那年，我十五岁。

那天，我兴高采烈地在哥哥的陪送下踏进了即将西去的列车，心中充满着一种就要坐大火车离家出远门的兴奋之情，一直到火车终点站西安都处于这种亢奋之中。正处于青春期渴望独立的我，对于周围同伴们的啼哭甚不理解，看着她们红肿的眼睛和不断流下的泪水，心中觉得好笑！这么大的人了，离开爸爸妈妈就哭成这样，什么时候能长大呀？同时，一种自豪之感油然而生，我从向家人宣布要去延安插队，到离开家门，没有流一滴眼泪，也没有一丝离别的忧愁烦扰过我。我已经长大了，可以自主自己的人生之路。

为了这第一次的自主，我同妈妈斗争过。我家兄妹五人，我是父母最小的孩子，当时，两个哥哥在外地，一个哥哥即将去广西部队锻炼，姐姐已去了陕西甘泉县插队。父母身体不好，已到老年，很希望能留下我这个小女儿在身边照应。一天妈妈在为我整理床头脏衣服时，偶然从口袋里翻出了一张北京宣武医院耳鼻喉科的诊断证明。该证明说我患有萎缩性鼻炎，不适宜去寒冷干燥地区工作。当时我的确鼻炎闹得很厉害，常去医院治疗，一天医生突然问道："你该下乡了吧？"我说："是的。"他问我去哪儿？我说下一批去延安。他二话没说，就写下了这张证明。我因为去延安的决心已定，也没理睬医生的态度，随手将这张证明放入口袋后就忘得干干净净了，不想让妈妈发现。

可妈妈看到这张证明，她如获至宝，背着我找到了学校工宣队管分配的老师，向他们陈述了三条理由：第一，这个孩子年龄还小，未满十五周岁；第二，她身体不好，医生开有证明；第三，我们两口子身体不好，他父亲又是偏瘫病人，家中已无子女留下，希望能将她留下。工宣队虽然是毛主席派到学校与知识分子掺沙子的革命的无产阶级，但也都是为人父母者，听了母亲的申述后，马上表示：我们可以照顾。回去跟她讲这批叫她先不要去，下一批有北京工厂，我们再考虑照顾她。

办妥了这件事后，妈妈如释重负，当天晚饭后，郑重向我谈起。这下妈妈可算是捅了马蜂窝了。我大发雷霆："你这是拽我的后腿！知识青年到农村去，接受贫下中农的再教育，这是毛主席的最高指示，你敢对抗？！"跺着脚地喊出一连串谴责的话：什么你居然还到学校去找工宣队，同学老师都知道了，丢死我的人了！我不停地哭闹，妈妈也不停地擦着泪。一直在一旁抽着烟默默不语的父亲最后终于说话了："那就让她去吧！延安是革命圣地，去那里，我们总放心些。"母亲哭着点了点头。我赢得了为争取独立自主的第一次的胜利。

坐在西去的列车上，欣赏着车窗外北国的风光，在茫茫白雪覆盖下的田野、山川……想着自己好不容易换来的挣脱父母羁绊的独立的新生，以及接我们去陕北的当地知青办的同志描述的满山果树、遍地牛羊的新的家园，满心充满对新的目的地的好奇。至于说是否要在那里一辈子或多长时间等问题从未想过。总觉得这也像学校以往组织的任何一次集体活动，比如一次郊游或一次短暂的下乡劳动一样，分成了班组，有老师带领着。只不过这次更刺激，因为坐火车走得更远，是去一个自己过去从未去过，但又从小就在教科书及故事书中熟知的革命圣地——延安。但越往西北走，越接近目的地，我的亢奋逐渐降温，心里越增长了一种烦躁与不安。

第五天傍晚，我们到了延长县刘家河公社郭家塬大队。这是个只有十一户人家的小村，全村实际只是一家人，30年代，姓郭的兄弟仨到这里安家落户，现在的十一户人家都是他们的儿孙辈。他们把家安在塬的边缘处，找个向阳背风的地方，垂直向下削一个直面，作为墙，在上面挖两三孔窑洞，再水平挖一个平面，就是庭院，这样一户新的家园就落成了。

在见过了队长等头面人物之后，我们四个女生和五个男生分别被带到老乡家吃派饭。队长带着我们走进一孔窑洞，女主人热情地招呼我们先上炕坐。昏暗的窑洞里看不清人的脸，只看到人影来回晃动，在炕桌上自制的油灯豆大的火苗旁才能依稀辨别出人的面孔，当时，我感觉真像是走进了原始人的洞穴。不一会儿主人端上来精心擀制的豆杂面汤和用玉米面蒸的黄馍。在家中被娇生惯养的我们，从来没有受过这样持续几天的劳累，此时，即便是鸡鸭鱼肉白米饭也没有食欲。当我勉强吃着用蒸锅水煮的带着豆腥味的杂面汤时，已经是翻肠搅肚，再咬一口发酵后带着酸味的玉米面黄馍时，恶心得顿时眼泪不由自主地流下来。这一口食儿在口中长久地存着,咽不下去,也不敢吐,生怕在贫下中农面前表现出城里娇小姐的做派。我看看我的同伴,她们也同我一样在受着煎熬,最后我鼓起十二分的勇气用面汤把那口食儿冲进肚里。还是主人家的一个老汉,后来知道,他就是全村的长辈,看出了我们的窘态,终于发话了:"吃不下,就算了,别强吃!"如同一道圣旨,我们立刻放下碗筷。下乡前,妈妈曾交代,到农村坐炕上要盘腿,舒着两条长腿要叫人笑话的。整整一顿饭我都盘腿坐着,下炕后,我的两条腿麻木得毫无知觉,竟身不由己地往下倒。

吃过晚饭,只见队长同几个人商量了一下,走过来向我们解释:由于公社下达知青指标时,漏了我们四个女生,所以没有给我们准备窑洞,只准备了一孔窑洞让男生住,我们的行李物品先放在男生窑中,我们今晚去老乡家腾出的窑洞过夜。

在经过了几天的旅途辛苦,尤其是走了一天的山路之后,这一夜,我们本应熟睡得像"死猪"一样,但事实上,那是多么难熬的一夜。当我们钻进自制的土布做的梆硬冰冷的被窝,枕着硬方砖似的长条枕头,躺在带着膻臭味的羊毛毡上,浑身是那样的不自在。羊毛毡上的许多硬碴子以及无数的跳蚤搅得我们翻来覆去不能入睡,不停地爬起来徒劳地捉跳蚤,而最后只摸着几块硬碴子扔下炕去。开始时困得头痛欲裂,到后来,谁也无心再睡,再在炕上多躺一分钟都会发疯。于是我们决定穿起衣服待着,但窑洞里除了炕没地方坐,院里有一盘磨,我们四人便围坐在磨盘上,盼着天亮。

雪后的西北高原之夜异常冷,无情的西北风不一会儿就吹透了我的全身,我们四人互相围抱着取暖。夜是那样的漆黑,没有月亮也没有星星,真可谓伸手不见五指,周围山峰崖畔在黑暗中显得那样狰狞怪异。向上看天灰茫茫无边,向下看深谷黑洞洞无底。四周除了风在山谷中可怕的回声外,静得没有一点声音,这恐怖的西北高原荒凉的夜晚!我想到了关于狼的传闻,于是我们四人围抱得更紧。我的心紧缩着,默默地喊着,爸爸妈妈我想你们,我想回到我温暖的家,我想我那张舒适的小床!开始是悄悄地流泪,后来变为呜呜地啼哭,就这样一直到天明。

第二天早起吃过饭,队里的婆姨、女子、娃儿们来了一大群。他们都穿着染成红、蓝、黑色自织的土布做的极不合身、朝前撅起的中式棉袄以及大裆棉裤,使得他们的形体,即便是在那掩盖了人体美的年代,也叫人看起来显得怪异可笑不舒服。他们先是观看洋猴一样地围观我们,后来有几个婆姨居然上前一层层地从外到里翻看我们的衣服,当着那么多的男生及男人的面,我们感到十分的窘。几个中年的婆姨热情地憨笑着上前拉住我们的手,不停地说着什么,但我们几乎一句也听不懂。

在我们安顿好的第三天上午，送我们的老师来看我们，并向我们道别，他们要回北京了。在客气地寒暄一番后，男生的老师突然把我们叫到一旁，低声询问我们几人的年龄，当得知我们十五六岁时，告诉我们那几个男生也都是十六七岁，又说他们都是好小伙子，将来成家还是靠得住的。成家！这个字眼如此地刺激了我们的神经，这是我们从未想过的问题，不知怎的，听到了这样的话，感到震惊也感到委屈，直想流泪，强忍着不叫它流出来。但告别的时刻到来时，泪便像决堤的洪水一般不可遏制。我们上前拉住了李老师的手，死活不放他走，一顿混哭之后，意识到老师再把我们带回去已是不可能。不知怎么突然又想起以前在校时曾对这位李老师干下的恶作剧，在他新婚之时投小石块砸他的门，把漫画贴在他的窗户上……于是，我们哭着请老师原谅一切在校时的不好，并请他代问老师们好。师生都泣不成声，依依不舍地分别了。

告别了老师之后，我才第一次意识到被人甩在了这里，恐怕要长久地待下去了。回想到离开北京的前几天，当我去派出所办户口时，户籍警曾举着那张小小的户口卡，逗我说："这张小纸片一取走，北京可就没有你这个小丫头了！"当时我只是傻笑，没往心里去。这一天，我久久地回味着这句话。

队里新添了我们这样一户从北京来的少男少女们，我们的窑洞自然成了全村人游玩时的聚点，几乎是从一清早到天黑，我们窑洞里都不断人，一冬我们倒并不觉寂寞。我们很快就同村里人熟悉起来，年轻人本来学习语言的能力就较强，这样整日地厮混，也基本掌握了当地的语言。较长的这段冬闲，对于我们真是必要，给了我们适应这陌生艰苦环境的一段缓冲时间。

过了年，就要准备春耕了，对我们来讲，最艰难困苦的生活便开始了。第一顿的饭，第一夜的觉是难忘的，这第一次的出山劳动更是难忘。

那天，在派活之后，我们也拿起了工具准备出发，队里准备出工的男人们都吃惊地看着我们。队长便对我们四个女生说："男娃儿们同我们去受苦，你四个女子在窑里给他们做饭，你们以后不用去受苦。"看我们不解，队长又补充道："受苦是男人们的活，女人都待在家里，做做饭啥的。"我们又一次地被震惊了，从未想过，同是北京来的知识青年，会有这样不同的待遇。

想叫我们侍候男生，围着锅台转！这是重男轻女！这个词过去我们也常听说，但从未感受过。我们四个女生都出生在高级知识分子或高级干部家庭，家里气氛民主，父母待男孩女孩都一样，甚或还更偏爱女孩些。因此，当时我们感到受了侮辱，于是面红耳赤地同队长争辩："我们同男生一样都是响应毛主席的最高指示，来接受贫下中农再教育的，怎么能不出工劳动，光在家做饭呢?!"队长开导说："你几个女子憨着呢！在窑里做做饭，不比上山受苦强？我们这达儿的婆姨、女子一样都不去受苦，只是农忙时帮几天工。他们几个男娃是劳力，跟你们不能比。"队里其他的男人们也七嘴八舌地劝说,有的说:"上山受苦熬煎得很,你几个女子细皮嫩肉受不住。"有的说:"我们都是男劳力,就你几个女子不方便,你几个也跟不上我们。"……

不管他们怎样说,我们四人异口同声声明:我们同样也是劳力,决不围着锅台转,一定要上山出工!这庄严的声明,以后才听说,传遍了全公社,各队都知道郭家塬有四个"女劳力"。队长无奈,只好答应带上我们去试试。我们为能赢得与男生同等出工的权利而高兴得合不拢嘴,在随着队伍向山里走的路上说笑声不断。

走了大约有半个小时,才到了我们要干活的那块地。那是一块向阳的山坡地,我们的任务是用老镢头一块块地把土翻一遍。因为陕北大部分都是这样的山坡地,牛上不去,拖拉机没有,有也上不去,只有靠人用老镢头一块块地刨。到地头后,队长一声"开始!"队伍迅速地一个挨一个在山坡上排成一纵队,一人刨一行,共同向左,横向前进;到地边后再向上一纵队,共同向右横向前进。这样几个或十几个穿梭后,一块地就刨完了。

以后我上大学时,才知道这是早在三千多年前的西周时就采用了的最原始的一种集体劳作方式。陕北把出工劳动叫"受苦",把庄稼人叫"受苦人",这一天,我才真正理解了这么叫的含义。七八斤重的老镢头空抡一天,对我们来讲已是第一遭的苦了,刨下去还要够深,否则影响春耕播种。

那些平时看来闷声不响的庄稼汉们,一到了山里就显得那样灵活自如,七八斤重的铁镢头在他们手里就像是在抡一根木棍,看着并不费力,一块块的大土块就被他们刨起翻过来了。夹在这些男人当中,没一会儿我们就不支了,但是为了好胜心,我们真是把吃奶的劲都使出来了。浑身好像要散架,镢头像有千斤重,手上的水泡、血泡已连成一片,又迅速被磨破了,双手像针扎一样的疼。老天爷也像故意同我们作对,刮起了漫天的黄土风,天地一片灰黄。顿时我们每个人都成了黄土人,头发、眉毛、眼睫毛上都落了一层黄土,变成黄毛女了。渐渐地,我们就要落伍了,我们四个人互相帮衬着,咬着牙流着泪拼命地机械地抡着老镢头,只有一个想法:不能被落下!不能叫他们把我们挤到锅台边!

每到地边时,那些庄稼汉们总好像故意同我们作对一样地加快了手脚动作的频率,这就是最可怕的时刻!我一边流着泪拼命不被落下,一边心里恨着这些在古铜色的皮肤下有着强健肌肉的人,正是他们强健的肌肉和粗大厚实的手构成了对我们的威胁。泪不由自主地顺着脸颊流下,顾不上擦,和着刮上的黄土,真的成了弯弯曲曲的"九曲黄河"。这几个狼狈又坚强的北京小女子终于感动了左右的男人们,他们在快到地边时,顺手把我们前边的地刨几下,以便使我们在他们加快了频率时不再那样吃力。这种友善的表示使我们更加泪流如注,"怨恨"顿时烟消云散，我们同他们在劳动中的友谊就从此时此刻开始建立起来了。

那一天晚上收工后，在回家的路上虽然几次要摔跤，回窑后竟没有精力再吃晚饭就睡倒了，但我们毕竟胜利了，没有被挤回锅台边。从那一天起，我们便天天跟着那些男人们去出工了。

一个月后，队里开会为我们评定工分。根据新的队员这一个月来的表现，评定他这一年里每个工值几分。先给男生逐个评，评为每天六七分两个档次，男生们没有提什么不同意见，就定下来了。轮到我们四个女生了，几个上些年纪的权威人物先发言，一个说："她四个受苦都还差不多，就给她四个评成一样的，都四分吧！"其他几人随声附和。四分！我们简直不敢相信自己的耳朵。心中迅速盘算着一个壮劳力一天是十分，及格是六分，四分就是不及格呀，我们再不济也不至于不及格吧？在学校时我们都是好学生，不及格这种成绩从来没有光顾过我们。于是血直往头上冲，没有任何商量，我们四人几乎是异口同声地抗议道："四分，不行，太少了！"

会场顿时鸦雀无声，男人们包括男生都诧异地看着我们，似乎我们提出了一个根本不该提的问题。现在我回想起来觉得他们当时的诧异来自两方面：一方面认为给我们四分已经不少了，而我们却还不满足；另方面是对于顶撞长者的行为震惊，尤其顶撞者竟是四个毛头女子！当时，我们却没有想那么多，只是认为给四分是瞧不起我们，是对我们的侮辱，我们坚持至少也要给六分。

那些男人们七嘴八舌说开了："咱最壮的婆姨才给评六分，你两个小女子加起来也顶不过咱这儿一个壮婆姨。"又指着十三四岁的男孩来栓子说："他才给评五分，他一个也顶了你两个。"我们争辩说："你们的婆姨是不是一个顶我们两个我们不知道，没见她们出过工。她们一年到头只农忙时才出来几天，我们却要一年到头地干活；她们在窑里有人养，我们可要自己养自己。""再说，干活时我们也没见谁一个顶我们两三个地干，你们挣十分的壮劳力还不是同我们差不多，我们刨一行，也没见你们刨两三行。"

我们把他们说得无言以对，那些庄稼汉们吧嗒吧嗒抽着烟袋，低头不语。静默了许久，一位长者和解地说："这四个女子跟咱这些男人们出了一个多月的山，也不容易。毛主席把他们派到咱这来，咱就要照顾好他们。给她们四分啊，她女子家有个身上不舒服时就要歇工，一年下来兴许养不了自己，我看就给她们六分算了！"一调定音，有人又随声附和，有人虽然不情愿，但也噘着嘴不再言声儿了。我们又胜利了！

现在回想起来，工分在当时的体制下就是社员的命根，一个男人就算挣十分，要养老婆孩子一大家人，日子十分艰难。给我们四分，也真的不算少了，从体力、从做农活的技巧上比，我们在当时恐怕也只值四分。但这些厚道的庄稼汉们还是在北京来的小女子的执拗下让步了。

　　如今，一想到上山受苦的日子，我就不由得想起了来栓子。来栓子是个虚岁十三四岁的男孩，个子比我矮半头，又瘦又小，还是个没长大的孩子，因为家里穷，不得不早早地同成年男人们去上山受苦。俗话说物以类聚，人以群分，在那些壮男人当中，来栓子人小力小，只能同我们几个女子在一块干活。时候长了我们之间也就结下了深厚的劳动情谊。

　　我们的关系也是很微妙的，我们几乎成了一个五人的小集体，一出工就凑在了一起，一直到收工，形影不离。我们把他当成小弟弟，关照着他，给他讲一些外面的世界及他不懂的知识，有时却又得依赖他。他把我们当成姐姐，依恋着我们，有时却又要在我们面前充当小小男子汉的角色。我们干活时凑在一起，地头歇歇，吃饭时也围在一块。有时互换着吃，但来栓子家送的饭总叫我们眼馋，因此，多数情况下，是我们吃来栓子的。

　　我们刚到的那一年，吃国家分配的商品粮。县里粮库经三年"文革"的折腾，几乎没有细粮。按县里规定，我们每人每月定量为四十斤，其中有三斤是白面，就这三斤，也常常无货，买不了。其余就是玉米面，再加少量的小米、黄豆。日子非常难过，天天顿顿吃小米粥，盐水煮黄豆，玉米面窝窝头。买菜要到三十五里外的县城，没时间也懒得老往县城跑，即便去一趟也买不回多少菜。这样，我们绝大部分时间里没有青菜吃，撒把盐在小米粥里或玉米面里蒸成咸窝头，这种日子一直到初夏大队菜园里的韭菜长成。

　　记得我们第一次从队里菜园买来一把韭菜，因为太少了，只好把它切碎和在玉米面里蒸成菜窝头。当时只觉得菜香扑鼻，我一气吃了三个大窝头，可平时我只能吃半个。在我们没有菜吃的日子里，村里的乡亲们有时送我们一碗酸菜，我们便狼吞虎咽地把它吃完。来栓子看到给我们送的饭没有菜，就把他的菜拿出来叫我们一块吃，以后每次都叫他妈妈多带些酸菜给我们吃。当然，我们的父母偶尔从北京寄来好吃的时，我们也不会忘了来栓子。

　　每到这样的日子，来栓子就格外向往北京。歇歇时，我们并排躺在地头，看着蓝色天空中朵朵飘浮的白云，来栓子忽然问道："你们北京的天也像咱这儿这么蓝吗？也有这些白云吗？"我说："是的，憨娃，哪儿的天都是一样的。"来栓子又说："你们在北京不住窑，给我讲讲你们住的房子吧！"我于是给他描述北京的楼房、柏油马路、东西长安街、天安门广场、颐和园等等。来栓子的眼睛睁得大大的，很亮，呆呆地听我讲着，突然他收回目光，又仰视着天空："唉，北京再好，我这辈子也去不了啊！"我鼓励他说："为什么不能去呢？北京是全国人民的首都，谁都可以去啊！"来栓子目光暗淡，充满沮丧："我去干什么呢？谁叫我去呢？我也没有钱去啊！"我对他讲我要多挣些工分，攒些钱，带他去北京，带他去看天安门，去看故宫、博物馆……说得来栓子的眼睛又亮了。但这个愿望到秋后就成为泡影，因为我挣的工分将够买我的口粮，没有一点儿剩余。

来栓子仍然很向往北京。记得秋后冬闲时，除了杜晓平外，我们的家里都寄来路费叫我们回北京，来栓子吆着小毛驴同杜晓平一道送我们到县城。一路上他默默不语，当长途汽车开动的一刹那，我从来栓子的目光中看出他多么想同我们一起去北京啊！那时，我曾不止一次地在心里暗暗发誓，将来一定要带他去趟北京。但是这个小小的愿望直到几十年后的今天都没有实现，每次想起都深深地遗憾。

来栓子虽然只是个孩子，但他表现出的老成却常常与他的年龄不符。他很会关心、体贴别人。一次我们到离家很远的山里去干活，一天都回不了家，送饭的人因路太远带不了水。那是五月末的一天，到晌午时，我们渴得口干舌燥，嗓子像要冒火，送来的干窝窝头一口也吃不下去，围坐在一起发愁、烦躁。来栓子突然站起，对我们说："我到山洼洞里（从高处流下的洪水冲出的山间的深洞）去看看还有没有雪。"

我们随他一起来到了洞边，那是一个直径有两三米，深有六七丈的大洞，沿壁几乎垂直，来栓子要下到洞里看看突出的洞壁下有没有没化的残雪。我们一看洞这样深，都劝他别去，来栓子环视了一下我们，还是像猴子一样抓着洞壁蹭着洞壁突出来的黄土慢慢地下去了。我的心立刻提到了嗓子眼，担心他上不来了怎么办？又担心洞壁的黄土塌下把他埋在洞里，直到他一点点地扒着洞壁上来，我才舒心地出了一口气。来栓子高兴地从口袋里掏出一个用残雪捏成的小雪球，递给我们说："吃吧！"见我们不动，又把雪球捏散，递给我们吃。他竟像大人一样，乐滋滋地看着我们大口吞咽，自己却一点儿不动。我们递一块叫他吃，他说："不渴。"死活不肯吃，而我却看到他干裂起皮的嘴唇。

我们在一起干活时，来栓子虽然比我们要小，却总是处处照顾我们。一次收麦子，队长为了效率高些，实行了小包工，谁干完了谁回家。队长指着一块地对我们几个说："这块地包给你几个娃，干完就回家。"山里割麦子，最苦最累的活是翻山越岭把一担担的麦子送回村。来栓子怕累着我们，就叫我们几个人割，他负责担麦。看着一百多斤的麦担担在他瘦小的身上，我们不忍，也怕累坏了他，建议大家一块割一块担，来栓子不肯，他的倔脾气上来谁也没治。

大概由于年龄更接近些，来栓子在我们四个女生中，更接近我，平时也更爱同我一道玩耍，像一块上山摘野草莓、野杏等。在我摔崖后，听他妈讲，来栓子刚从地里回来，听说了马上哭着奔出家门赶到出事地点，同众多的乡亲一起抬着我去医院。回来后一天都不肯吃饭。

从那时至今几十年已经过去了，每当想到这一切，来栓子那小小的身影就在

613

我眼前浮现。同时心里就产生深深的内疚。来栓子，我陕北的好兄弟，什么时候我才能接你来北京呢?!

1970年6月17日，我同两个村里女子及七八个男人被分配到离家不远的沟底筑一条土坝，以防山洪下来冲坏沟底的一片庄稼地。那一天骄阳似火，烤得人要冒烟，歇晌时我们都想赶紧回到阴凉凉的窑洞喝点儿稀的，睡一觉。为节省时间，我同两个村里女子一块顺着拦羊的小路往上爬。我们爬到半山腰时，几乎是垂直的峭壁上的一条羊肠小路变得越来越窄，有时侧着身子才能通过。当我们正喘着粗气艰难地往上爬时，我的脚底下突然一软——山路塌了一块，我被摔下了山崖……

我在医院里昏迷了四天四夜醒来后，并不记得这一切。看见孙康坐在我身边，高兴地对我说："你醒了!"我很奇怪，我在哪儿？我怎么了？她告诉我，我从山崖上摔下来了，那两个村里女子吓得坐在地上哇哇大哭，哭了一会儿，赶紧分头跑到大路上及村里去叫人。待人们赶到沟底找到我时，已经奄奄一息，衣服全刮破了，满脸都是伤，头肿得像冬瓜。

孙康说：她们看到我的惨状时，觉得我一定活不成了，都哭了。乡亲们凭着多少年来对摔崖者的观察经验，也认定我是救不活了。北京干部老李赶到后，斩钉截铁地说："一定要往医院抬！就是死在路上也要抬！"队长也赞同老李的意见，于是大家找来一辆两轮的手推车把它翻过来当担架，抬着我。由二小队一个知青担任的大队赤脚医生背着医药箱跟着，据说往县城抬的路上，隔一会儿我就没气了，赶紧给注射一支尼可刹米强心针，走了三十五里山路共注射了七支，才到县里。说来我的命也的确是大。

当时我唯一遗憾的是，由于摔崖，我没能去成汉中012飞机制造厂工作。队里考虑到我的身体，再上山受苦怕不行了，安排我到大队办的小学去教书，这样1970年9月1日我带着未痊愈的身体上任了。

队长带着我往小学校走的路上，我的心情很激动，暗暗发誓：我一定做一个好教师！

一个不是很大的院子，一排四孔半新的窑洞：两孔是学生的教室，一孔是刚为我腾出来的办公室，一孔是另外一个民办教师史老师的办公室兼她的家，她爱人在县种子站任站长，她带三个孩子住在这儿。队长把我介绍给史老师后就走了。我们一共有一至六年级的六十一个学生，一、三、五年级在一个教室，二、四、六年级在另一个教室，教师必须要在一堂课内同时安排几个年级的教学。史老师说她教一、三、五年级，我教二、四、六年级。我教的那个教室里有四个六年级的男娃，都已十四五岁，两三年考不上中学。家里不缺他们做劳力，家长认为待在家里怕惹事，干脆送到学校，又有老师给管着，又能学习点儿东西，兴许以后能考上个中学。

他们个头跟我差不多高，年龄比我仅小两岁，大概由于农村大男子主义的影响，他们决定要"给这个小女子老师些厉害看看"。上课了，我走进教室。只见这几个男娃全部跷着二郎腿坐到了课桌上，每个人口里叼着一个自制的木头烟斗，也不知从哪里搞来的烟叶吧嗒吧嗒地抽着，吐得教室后面云山雾海。我强忍着怒火说："上课了，你们把烟斗拿掉，坐到座位上。"他们装作听不见，一副目中无人的样子，故意做着种种怪相，逗得低年级的娃娃哄笑。我气不打一处来，径直到他们面前劈手夺下两个烟斗，夺第三个时，那男娃叫"憨娃"，一把扭住了我的手腕，说："小女子，你要是比我劲大，我就给你！"血一下子涌到了我的头上，"你，大胆！放手！"僵持了一会儿，他放了手，气得我冲出教室，到办公室竟呜呜地哭了起来。史老师过来问明缘由，把那几个男娃训了一顿，问我怎么处置他们，我毫不犹豫地说："开除！我不要这样的学生！"

晚上送走了学生们，我正在批改作业，四个男娃的父亲领着他们来到我面前，喝一声："给老师跪下！"四个娃齐刷刷地跪在我的面前，我被这突如其来的举动惊呆了，赶紧说："不要这样！"一边往起拉他们，但谁也不肯站起来。"憨娃"说："王老师，都是我的错，我出的主意，我扭了你的手，你开除我一个，跟他几个不相干。"那几个也纷纷争着说："王老师，是我不好……"几个娃的父亲一边痛骂他们，一边谦恭地给我赔着笑脸。我的泪不由自主地流了下来，是为了这些把我视为自家女子的父老乡亲，是为了这些调皮捣蛋又质朴的山里娃，还是为了自己受到伤害的自尊心的抚平，我说不上来，恐怕都有吧！擦了擦泪，我说："都起来吧！从现在起，你们都是我的学生！"几位父亲忙说："还不快谢老师！"四个娃竟一齐给我磕了一个响头，我看到"憨娃"的眼里含着感激的泪。

从这一天起，这四个娃就成了我的得力干将。第二年暑假前，他们中的三个被我送到了公社中学。在连续几年没有一个娃考上中学的山村，这确是一件轰动的大喜事，"北京女子王老师"的名字也由此飞出了郭家塬大队。

我们这样的民办学校，国家不给一分钱，一切靠队里，但队里又穷，因此学校几乎没有经费。为了解决学校经费以便搞些集体活动，也为了让师生多参加农业劳动，我们向队里要了一小块荒地开出了试验田。经过我们的辛勤劳动，到秋天，试验田终于丰收了。我们把收获的玉米送到县粮店，既为国家交了公粮，又替学校挣了四百多元的经费。这在当时一个小小山村学校来说可不是一笔小数字啊！此事轰动很大，县里广播站因此还报道了我们的事迹，号召全县的民办小学向我们学习。以后，我们学校被评为县里的三好学校，我被评为五好教师，多次受到通报表扬。

由于课堂上是严师，课堂下是一起玩耍游戏的大姐姐，孩子们都很喜爱我，张口闭口"我们王老师……"看得出来他们以我为自豪，十分地依恋我。当1971年底我被延安汽车大修厂招工时，孩子们简直不能接受这个事实。在听说这个消息的当天，几个高年级的女娃带头一哭，几乎所有的娃们都哭了。我也很伤心，很舍不得离开他们，有一刹那甚至产生了"不走了，同这些娃们永远待在一起"的念头。但由于那时同来的四个女生，就剩下了我一个，我时常感到孤独。加之"林彪事件"后，我开始思考一些问题，对我们为什么来农村感到困惑，时常有一种上当受骗了的感觉。因此，我想，还是实际一些吧，走出郭家塬这小山村，去过一种新的更适合我的生活吧！

临行的那几天，家家户户都为我准备了送行的饭菜。不逢年不过节，乡亲们拿出了最好的东西招待我，炸油馍、包扁食……临行，婆姨们拉着我的手千叮咛万嘱咐："娃呀，延安离咱这不远，你可要时常回来啊！别忘了这儿就是你的家，别忘了我们啊！"我哽咽得说不出话，频频点头。为我送行的队伍像一条长龙，乡亲们送出村口，走出好远了，我回头还看见他们伫立在寒风中。我的学生娃们则哭着送了一程又一程，最后竟一直送到了县城。那情那景我终生难忘！

谁承想这一别至今几十年！后来在延安汽车大修厂工作时，由于工作繁忙、交通不便，把回队的日期往后推了一次又一次。直到1976年粉碎"四人帮"，我开始大彻大悟。父亲在"文革"中遭受迫害已于1972年春天含冤去世，我突然想念孀居的老母，儿时的许多五彩缤纷的梦又飞出心田。于是，1976年12月5日我离开了延安，走出了这片黄土高原。而回队的愿望也就一直没能实现。

之后，我尽量按照儿时描绘的五彩人生去努力拼搏。1978年我考取了大学，以后又考取了研究生攻读硕士……多少年过去了，但黄土高原的一草一木，一山一水，一家一户的父老乡亲却常常使我牵肠挂肚！

如今，我已是一所全国重点大学的副教授，每当我听到别人夸我能干，肯吃苦时，就想到：1969年2月2日，一个不懂事娇气又任性的未满十五岁的小姑娘，她来到了黄土高原。1976年12月5日，一个对未来怀着无限憧憬的坚强的二十二岁的大姑娘，她走出了黄土高原……

王昕，女<br>
原北京第一女子中学初六九届毕业生<br>
插队地点：延长县原刘家河公社郭家塬大队

# 回忆陕北插队的生活

## "一·二六"事件

凛冽的北风呼啸着掠过黄土高原的上空,寒风刺骨。年关将近,一场大雪把整个世界装扮得银装素裹,放眼望去白茫茫的一片,到处都被厚厚的积雪覆盖。在村东那棵老槐树上栖息的寒鸦,不知被什么惊动,哀叫着向远处飞去。

穿过饲养室的小门洞,就进到了果园,果园不大,稀稀拉拉的没有几棵树,一棵碗口粗的苹果树伸出来的树杈被大雪压折了耷拉在半空,随风摆动着。

雪地上一行清晰的脚印蜿蜒地沿着地边埂向着悬崖边上延伸,我顺着足迹慢慢地走近,雪后残阳中看到一个年轻姑娘的背影,她穿着蓝色的棉袄,脖子上一条红黑相间的围巾在风中飘动,一头乌发,扎着两个小刷子,似乎她在哭泣,单薄的身体在寒风中瑟瑟颤抖,在她前面不到两米远的地方就是悬崖峭壁,稍不注意就会滑下去,那后果是不堪设想的。我紧走了几步来到她身后,怕我的到来猛地吓住她,我故意咳嗽了两声引起她的注意。她扭过头来,一双美丽的眸子还挂着泪珠,脸上露出诧异的表情。

"麻炎华,往后边一点儿,这样太危险了。"

我知道麻炎华,她是我们村里四个女知青中的一个,虽然才来到农村几天,但是我们已不是第一次见面了。还是在学校报名去陕西插队的时候,我在学校的报名处询问鲍石曾老师:"陕西有大米吗?"当时在老师的身边站着两个女同学,其中一个就是她。第二次,也就是1969年的1月19日在开往陕西的火车上,我们正好又坐在对面,随着列车的颠簸有时候我的大腿还碰到过她。说心里话,不是故意的啊!

她听到我的声音仍然低着头,一动不动。"这地方风大,不要再坐着了,快吃晚饭了。是不是想家了？""谢谢你，不要紧，我再待会儿。"她头都没动，依然在注视着远方。

"我可是为你好，在这里会出危险的。"谁怪咱是天生的怜香惜玉啊。"你不走，我就陪着你。"听见这话，她站起身来，拍了拍屁股上的土："谢谢你，我会注意的。""当心。"我看着她站起来，不由得把手伸了过去，她回避着："不用，我能走。"

我像一个保护神一样跟在她的身后，心中有一种自豪感油然而生。

真的，我们刚到农村时男生和女生基本是不说话的，哥们儿，你们说我是不是够鲁的！这时候，天渐渐地黑了，果园外面传来了同学们的叫声："贾维岳——麻炎华——吃饭了——你们在哪儿呢？"叫声中还夹杂着听不懂的陕北话。"同学们和老乡们在找我们，怎么办？"

她说："你先走，我一会儿再走，谁让你来的？"

"不行，你先走，我后走。"天黑了，我命令道。

这时，同学们的脚步已经越来越近了，手电光就快照到我们了。

"走吧，反正也没做什么。"

我们俩迎着同学们的手电光走去。

就这样"一·二六"事件发生了。哥们儿，别笑我。这可是从北京到陕北的第四天啊！

## 我惹了大祸

这是一个普通的陕北农村，村子不大，三十多户人家，宋姓是大户，除了一家姓王的弟兄俩和一家姓魏，其余都是宋家。

宋家也有上巷和下巷之分，具体如何划分，又是怎么分的已无从考证了。只是听村里的老人讲，祖上有三个儿子——老大憨厚，老二精明，老三脾气古怪。于是，老祖宗就把老二留在自己身边，住在正房为上巷；老大住到西厢房为下巷；老三最不招人待见，没有办法自己到离村一里地的地方盖了两间土房。经过三百多年的繁衍生息形成了现在的两个自然村，当地人叫它为古堆子。这就是我插队的地方。

上古堆村虽然不大，倒也占据了天时地利。离县城三十里，从县城出来经过南校场开始上山，绕过卧牛湾，登上道坷岭，爬上太奇坡就上到了钳二塬。上了钳二塬道路就变得宽敞平坦了，一条大路直直地向北，在上古堆村来了一个掉头直接往南延伸下去，先到羊泉，再是吉子现、寺仙，一直通到张村驿、直罗、张家湾，奔甘肃。

上古堆村在塬上的耕地不多，大部分种的是小麦，秋粮基本上是在沟里。从村子到沟要经过李家窑科、安家村，有七八里的路程。每年只是春秋两季村里的男劳力才下到沟里，播种和收获。平时只轮换着留下两个人在沟里，放养着闲下来的老牛和牛犊。看着庄稼，防备被野猪、野鸡给糟蹋了，或被人偷盗。同时，还会种些萝卜、洋芋、辣子之类的蔬菜，留到收秋时给大家吃，以及为收秋做一些准备工作。

自从发生了"一·二六"事件后，我和华的恋情，从秘密转到公开了。其实，人世间有很多事情，当初并不是像人们所想的那样如何如何，可是，同学们都有意无意地把我俩往一块凑，时间一长，倒成了事实。

我们之间也自然不自然地彼此惦念、牵挂起来。无论是干什么，心里老在寻找着那个人，只要能看到她的身影，心中就踏实多了。碍于面子，华尽量不在公共场合和我单独在一起，遇到人多在一起干活时，她也是有意地躲开我。可是，无论何时只要我的眼睛搜寻到她时，总会和她的目光相遇。对视片刻，她的脸上泛起了红晕，羞涩地低下头去。

4月春光明媚，漫山遍野的山桃花、刺梅花，开得鲜艳夺目，路旁的马兰花也吐出了淡黄色的花蕊。华送我下沟，我背着铺盖，她拿着亲手为我蒸的糜子馍馍，我们手牵着手走在乡间的土路上，这是我们少有的几次牵手。华，显得异常高兴，蹦蹦跳跳的，走几步就要蹲下来，掐上一朵路边的小花，戴在头上。还不时地问我："喜欢不？"

我说："喜欢，不仅喜欢花，更喜欢戴花的人。"华，娇羞地望着我，使劲拧了一下我的手，跑开了。

"慢点儿，当心摔了。"我紧走了几步追上她，伸手把她揽在胸前。华，不好意思地把头深深地扎进我的怀里，我听到了她急促的呼吸和怦怦的心跳声。我们就这样紧紧地相拥着。

"维，"华习惯叫我名字中间的字，"维，你说我们这样，将来会不会影响分配？"

我说："不知道，应该不会吧。"

"可是，我听孙晓娟她们说，听北京干部讲了，凡是在农村谈恋爱的都不分配工作。"

"不可能，凭什么不给我们分配！"我不相信地说。

"如果那样，我们还能在一起吗？"华仰起头看着我的眼睛，脸上露出迷惘的神情。

"你放心,就是不分配,我们在农村一辈子,我也不会和你分开的。"我认真回答道。

华相信地点了点头:"那我就什么都不怕了。"

我有点儿诧异,似乎感觉华的话里隐藏着什么,连忙问道:"怎么了,是不是谁和你说什么了。"

华低下头眼睛里噙着泪水:"昨天,老杨找我谈话了,他不让我和你好,他说,你是工人阶级出身,怎么能找贾维岳呢,他的出身很复杂,如果你不听话,今后分配工作就要受影响的。"

"你怎么回答的?"我追问道。

"我说:我们就是一般的同学呀,彼此之间互相照顾有什么不可以的?"

"后来呢?"我急切地问着。

"老杨说我态度不好,让我回去考虑考虑,他还会找我谈话的。"

我松了一口气,我知道华是一个敢爱敢恨的人,一旦选择了,她是不会轻易改变的。

"别理他,等我回来再说。"我安慰着华。

一阵微风吹过,华好像眯了眼睛,她掏出手绢轻轻地擦着。

"来,让我给你擦。"我拿过手绢,小心地帮她擦了擦眼角。一双美丽的大眼睛,深情地望着我,我于是低下了头……

空旷的田野上没有一个人影,只有那漫山遍野的鲜花,和那一对对春归的燕子。我们陶醉在浪漫的春天里,依偎着在山上坐了很久很久……

老杨,是北京派来管理知青的干部。五十多岁,高高的个子,略有些驼背,尖瘦的脸庞,给人一种刻薄的感觉。山东人,可是他没有山东人那种豁达、豪放的性格。长眉下一双游移不定的眼神,总好像在揣测着什么,伴装的笑容经常是皮笑肉不笑。虽不是近视眼,可看人很势利。他刚来时,我们同学都很激动,这些远离家乡的孩子,终于盼到了亲人。一年多了,同学们在这里受的苦,受的委屈无处诉说,这回可有人为我们做主了。

但是,老杨的到来并没有给我们带来多少希望。才来时,老杨在我们知青灶上吃饭,因为,知青不会管理自己,有好吃的就不吃次的。他来时正赶上我们把麦子全吃光了,只剩下小米和杂粮了,没有几天老杨受不了,就不在我们灶上吃饭了,村里边吃派饭。闻到谁家有好吃的,就不请自到。尤其看到谁家杀猪、杀羊,他会在那帮人家干一天活。

我天生就不会巴结干部,再加上他的所为,实在不敢恭维。所以我们的关系不是很近,但也相安无事。

那天知青开会要我从沟里上来,我带着一条在沟里逮的才蜕了皮的花蛇,来到老杨住的地方。同学们还没到齐，老杨叉着腿坐在炕上，一个羊皮箱子上摆着一盏煤油灯，老杨正在灯下看着批林批孔的文件，这可能就是今晚学习的内容。我斜坐在炕沿上，老杨抬头看了我一眼，连吭都没吭一声。我说："老杨，我从沟里上来了，开什么会？""一会儿你就知道了。"老杨仍然低着头。

我心里有点儿窝火。顺手从兜里掏出蛇来："老杨，我给你带了个东西，你看。"说完，我把手里的蛇放到他面前。"你，你，贾维岳，你，你干什么？"老杨噌地一下从炕上蹦了起来，脸色煞白，语无伦次地叫道，头上冒着冷汗，两个男生赶紧上去一边一个搀扶住了老杨。"你干什么呀，贾维岳。"两个女生也在一旁埋怨着我。

"我哪知道他怕蛇呀？"我强辩着。

"你，你等着，贾维岳，非开你的批斗会不可。"老杨好像缓过神来。

"爱开不开，少跟我来这套。"说完我推开门就走了。

外面明月当空，繁星闪烁，夜空真美啊！

## 大 分 配

转眼大分配开始了，同学们欢欣鼓舞，艰苦的日子就要结束了。大家奔走相告，一个个喜笑颜开，算计着自己会被分配到什么单位。

那天，我和华在金焕队长家吃饭，金焕婆姨和华是最要好的，时不时叫上华到他家吃饭，我也就跟着沾光了。当然，我和金焕也是很好的兄弟。

金焕家的光景在村里算是差不多的。因为他能下苦，一个儿子也成了半大小伙子，三个人的工分一年下来能分到不少口粮。自留地也收拾得井然有序。除了咸盐、煤油外，基本上用不着花钱。日子过得比一般人家要强些。加上金焕婆姨秀兰比较勤快，屋里屋外收拾得干干净净。

一进屋，左边墙的架子上，大大小小摆着许多瓦罐，每个瓦罐都擦得锃光瓦亮，四个大些的是用来装磨好的米、面的，分别贴着写有"家有余粮""五谷丰登""年年有余"的红纸条。那些小的就是放些油盐辣子和零七八碎东西的。架子的左边有个灶台，连着灶台的土炕上砌着半截墙垛子，一个用墨水瓶制作的煤油灯，摆在上面，炕上铺着的芦苇席是金焕自己编的，在土炕周围的墙上糊满了报纸，被烟熏得有些发黄。一幅毛主席身穿军装、臂戴红卫兵袖标的画像贴在正中的位置，两旁还是过年贴的年画，左面两个穿着红肚兜的胖娃娃，各抱着一条金色的大鲤鱼，旁边写着"双鱼吉庆新年好"，右边是抱着一捆麦穗的农村妇女，上面写着"五谷丰收合家欢"。

盘子端上来了，没有炕桌，就放在炕席上。一个四方的木盘子上面摆着一小罐油辣子，一盘洋芋丝，一盘摊鸡蛋，还有一小碗小蒜（陕北特有的一种野蒜，田野里到处都是）。

金焕盘腿坐在下炕，从锅台后面拿出了一个酒壶，酒壶上还扣着一个牛眼睛大的酒杯，笑了笑说："来，维岳，喝一下。"说着就倒了一杯酒双手递到我跟前。

"你先喝。"我客气地让着。

"你是客嘛，应该你先喝嘛。"

我接过酒杯一饮而尽。

"再喝一下。"金焕又倒了一杯。

"该你喝了。"我边说边把酒杯推到金焕跟前。

"咋？咱这儿的规矩你不懂吗？要喝就要喝两下的。"金焕固执地非让我喝不可，我又喝了第二杯。

华在一边搭话了："队长，别让维岳喝了。"

金焕婆姨秀兰连忙拦住："咱不管他，让他俩尽管喝。"

金焕队长看着炎华笑着说："咋了嘛，还没喝，可倒心疼开了。"

"来，炎华，你也喝上一下。"金焕把酒杯斟满双手端到华的面前。

"不喝，不喝，我不会喝。"华躲着。

"喝就喝嘛，怕啥呢。"金焕婆姨秀兰在一旁帮着腔。

华拗不过只好接过酒杯，试探着抿了一点儿，辣得直吐舌头。

"喝了吧，怕啥呢。"秀兰笑着说。

华一仰脖子咕咚喝进去，呛得咳嗽起来。顿时两腮变得绯红，把金焕笑得乐出了声。

"维岳，我和你说个事情，听说你们这伙学生娃，全都要走了，你知道不？"

我停下手中的筷子："我也听到信了，后半年要来招工的。"

"那你和炎华是咋想的？"金焕队长问道。

"谁不想早点儿分配工作呢？可是，有宋清周这个主任，加上老杨，即使这次全分配完了，就剩下一个人，肯定剩下的是我。"我沮丧地说。

"那我帮你说说去。"金焕队长在征求我的意见。

"队长，谢谢你了，不用管了，听天由命吧。"我木讷地答道。

金焕婆姨秀兰，边往上端着米汤边说："好我的维岳了，早我就和你说'上巷的人歪，不要招事他们'，可你就是不听，从你把有德打了以后，你看那清周见到你就像见到仇人似的。"

"秀兰嫂，咱不说那些，不要紧，天无绝人之路，你放心。就是不给我俩分配工作，我维岳照样活人哩。"我看了看华，"只不过就委屈了炎华。"

金焕队长望着婆姨秀兰说："再不，明天我到公社跑一趟，我娃他舅在公社当文书呢，看能不能说上话？"

"不用了，队长，真格分配不了，我还能和你多住几年呢，还能和你多踏（摔）几次跤呢。"说到这里我的眼睛有些湿润了。

从金焕家出来，朗月当空，我们顺着村边的大道信步走着。

华闷闷不乐，若有所思地低着头。

"怎么了？是不是因为招工的事烦？"我试探着问道。

华沉默不语。

我说："没关系，你真的要是怕分配不了工作，我可以到公社找老郭，向他们承认错误。怎么处罚我都可以，只要能把你分配。"

"不是的，你不要胡说。"华停住了脚步。

"我是在想，人世间真的就是'顺情说好话，拍马不挨骂'吗？难道北京干部真的会打击报复吗？"

"是啊。"我长长地嘘了口气。

"你看，如果我们都在这里等着分配，最好的结局可能是我们俩走一个，给你分配工作，我留在农村。我们被拆开，天各一方。"

我帮助华分析着。

"就这样也得让我承认错误，否则我们两个都不能分配，你说怎么办好？"

"我不和你分开，不走都不走。"华坚定地说。

"既然这样，那我们还不如回北京呢，免得在这里看他们的脸色，也省了他们得意。"

"好，咱们回北京。"华思忖片刻说道。

就这样，在大分配到来之际，我们毅然踏上了回家的路程。

春节过后，当我们再次回到队上的时候，同村的三个知青都分配走了，在这之前丽华被铁道部内招走了，一个男生因为摔断了腿照顾到了牛武电厂，村子就剩下我们两个。

我们仍然先回到饲养室院内的男生的宿舍，门没有上锁，只用钌铞挂着，走近房门，一只野猫从破烂的窗户里蹿出，吓了华一跳。

屋子里满目疮痍，到处都落满了尘土。炕上的芦席被烧出了一个大洞，几只破袜子和一条脏裤衩胡乱扔在席上。不知是什么动物在桌子上留下了杂乱的脚印。装煤油的瓶子横躺在墙旮旯，油渍浸透了土炕，留下一大片污迹。灶台上的前后锅也都错了位，锅底朝上摆着，锅底的黑灰抹得到处都是。

门口摆着的水缸，已经被冻裂，大半缸的水被冻成结实冰坨，上面有不少的老鼠屎。顺着水缸的墙根又新添了几个鼠洞,翻出来的土还是新的。窗户纸全都破了,西北风刮进来,冷飕飕的。

看着眼前凄凉的景象,我哭了(这是我平生第一次掉眼泪)。华一下扑到我的怀里,眼泪夺眶而出。我擦了一下眼泪,想找出什么词汇安慰华,可是,此时的一切让我实在找不出能够安慰她的话来,我们抱头痛哭了起来。

门外有脚步声,老远就听到金焕婆姨秀兰的喊声:"炎华,维岳——"

随着叫声,秀兰跨进了门。她拉着炎华的手忙不迭说道:"咋啦,咋还哭开了?走,到我伙去,你金焕哥在屋等你俩呢。"

我们来到队长金焕家。金焕婆姨秀兰拿出比海碗大不了多少的洗手盆,从水缸里舀了一瓢凉水,转身从架子上取下来"电壶"在盆里对热了。

说道:"来,炎华,维岳,你俩先洗洗,我给咱端饭。"

华擦了擦脸,眼睛有些红肿,低头坐在炕沿上。

"来,你俩都往里坐。"金焕招呼着。

我脱了鞋坐到炕上,从包里掏出从北京给他们带来的茶叶和杂拌糖。

"看你俩恓惶的,还给我们带东西来,只要你俩好好的,就对了。"金焕婆姨秀兰圪蹴在灶旁一边拉着风箱,一边往灶火里添着柴。

金焕队长翻着眼皮望着我俩不知说什么好。半晌才憋出一句话:"回来就好,不怕。只要有我吃的,就不会让你俩挨饿,随管啥时,你俩尽管来。"

华的眼泪扑簌簌地流下,我在尽力地控制着自己。

新的生活开始了,我和华把屋子收拾得干干净净,买来了新的锅碗等灶具,金焕队长送来了一领新席铺在炕上,乡亲们也纷纷送来油盐辣子和小米、馍馍。

华还特意在窗户上剪了几幅窗花贴上。我们有了自己的"家"。看到收拾焕然一新的房间,华笑了……

夜深了,峡谷里的杜鹃仍然不停地悲啼着。华躺在我的腿上睡着了,她睡得是那样的平静,嘴角上时不时地露出笑容,我轻轻地在她的额头吻了一下。

"华,我们回去吧,已经很晚了,当心受凉!"

华蒙眬地坐了起来,理了理蓬乱的头发,挽着我的手走在那熟悉的小路上。

一个声音低声唱着:

多瑙河上粼光闪闪,我的爱人轻轻走过来,
卷曲的头发又黑又长,一看我就知道是她……

后记:

没过多久,我们上下古堆子合并为一个大队,改选了大队的领导班子。下古堆的宋德忠担任了大队书记，金焕队长担任了上队的"革委会"主任，宋清周被撤了职。经过村"革委会"的决定，我接替了金焕，当了上古堆村的生产队长。

我曾多次参加了地、县、社的积极分子代表大会，与侯隽、孙立哲、丁爱笛一起参加了延安地区知识青年积极分子代表大会，我还结识了李佐贤、齐松涛等同学。

我热恋的黄土地，我生命的黄土地，那里有我太多的爱，太多的回忆……

贾维岳，男
北京市三十四中学六八届毕业生
插队地点：甘泉县原钳二公社古堆大队上古堆生产队

# 插队生活散记

## 做豆腐纪事

插队的时候，我曾在菜地和瓜地干过，曾开过手扶拖拉机搞过运输，也在豆腐坊干过。

陕北的豆腐做得确实好，质地紧实，味道独特，都说马尾巴穿豆腐提不起来，唯有这当地的豆腐就能提起来。记得当年到陕北插队吃的第一顿饭，就是豆腐。那会儿正是冬季，寒天彻骨，滴水成冰。我们二百多名北京知青被部队的军车拉到了茶坊公社粮站，下了车开完欢迎会，就在粮站院儿里吃的饭。当时，吃的就是肉片儿土豆烧豆腐，面上一层油泼辣子红朗朗的，腾腾地冒着热气。知青们又饿又乏，排着队急忙各自盛了一海碗，三五成群圪蹴在地上吃起来，几口下去肚里有了食，加上掺有辣子面身上暖和多了。

再看那豆腐切成菱形片儿，吃到嘴里倍筋道且绝无散碎，细细咀嚼品味，豆香绵远悠长。加之陕北特有的油泼辣子，火候掌握得恰到好处，泼出的红油似化在汤里浮在汤面，十分诱人。

秋天的时候，豆子下来了。队里派我和房东大娘把豆腐坊恢复起来。豆腐坊里南面是盘水磨，北面迎窗下是常见的农村灶连炕，一口熬豆浆的大锅自然必不可少。大锅所处位置的正上方，房梁上垂放下来的是过滤豆浆的纱布，纱布四角吊在一副十字交叉的板上。此外，尚有些水桶泥盆之类必备物品，沿南墙根已码好了两麻袋黄豆。大娘和我把第二天要用的黄豆泡上，豆腐坊的摊子就算支起来了。

转过天凌晨4时许，我就起身去队里饲养室牵了头驴，到了豆腐坊把驴套上，先用水磨磨黄豆。说起泡黄豆，讲究泡黄豆时水要宽，黄豆要充分泡透发够，这样磨出的黄豆就会比较细且出数儿。磨好的豆浆需要滤除豆渣，我站到火炕上手持摇板，反复摇晃纱包。此时纱包里已倒入磨好的豆浆，经过晃动和挤压，乳白色的浆汁流入下面的大锅，待滤净再将剩在纱包里的豆渣倾出倒在渣桶里，如此循环往复直至磨出的豆浆全部过完豆渣。

大娘此时手持水舀子又往锅里续了些水看着熬豆浆。我则趁空儿挑着豆渣桶奔队里的猪场。队里的猪场养了若干头猪，多少头我也记不清了。凡是在豆腐坊干活的就兼着养猪场的管理。到了猪场，我用豆渣先把猪槽添满，观察了一下猪进食的情况。然后，我又擎了把锨，跳进圈里把猪粪清除出来。清除的粪便就手堆到旁边的粪堆上，一层粪一层土地封好沤肥，留待日后用于地里施肥。猪场打理完，回到豆腐坊，我又在磨盘上把豆腐格子准备好，淋上水再铺好豆包布。回身再看，此时豆浆已经熬得差不多了，大娘不断地拿着舀子淋着，防着溢出来。趁空儿，我拿碗照例盛了一碗尝尝鲜，嘿！醇香味浓，口感颇佳，绝非现在市面卖的豆浆之类可比。

豆浆既已煮好，炉火此时已撤，大娘开始点豆腐。当地点豆腐既不用盐卤，亦不用石膏之类，用的是酸浆。酸浆是将头天做完豆腐以后，锅里余下的水盛在盆里盖好，待其自然发酵，第二天即可用来点豆腐。大娘点豆腐技巧娴熟，点出的豆腐软硬适中，口感上佳。我亦曾尝试点过若干次，总觉得差些火候。待豆浆呈现豆花状开始凝固时，随即用盆儿盛出倒入备好的豆腐格子里，倒满后用豆包布包好刹紧，再取石板将在木框里包好的豆腐压紧压实。响午吃完饭，我来豆腐坊取两盘豆腐搁到挑子里，按照头天客户预订豆腐的情况给送去，顺便收一下豆腐账。送完后，豆腐坊剩下的豆腐我就挑到街面上，圪蹴在路边儿吆喝着卖出去。

回想起来，我亦曾肩挑小担，就地还价，当过一回小贩，却也是一桩趣事。

## 夏 收 纪 事

夏收季节，为避暑热且不误农时，通常出工时间绝早。那段时间早上只有5点多钟，我们就爬起来和当地乡民一样，戴顶竹编帽遮阳，再带上把镰刀就出发了。说起陕北这竹编帽可与我们常见的那种草帽大有不同。草帽虽能遮阳但头顶处不透风，戴起来感觉头顶部很闷热。而竹编帽头顶部乃为双层，既能遮阳还能通风，颇感凉爽舒服。陕北的镰刀也和我在北京农村所见不同。北京农村的镰刀是整体打造而成且留有装把儿的孔，装上尺把长的木把儿即可使用。而当地乡民所用的镰刀则不同，它是由镰刀木架和刀片儿两部分组成。刀片儿很薄，在磨刀石上磨锋利后，往镰架上一卡就可以用了，倒也着实方便。

在山上收麦的时候，当然都是最热的季节。收麦子和收豆子一样，收早了麦子还没成熟,收晚了麦子倒是熟透了,但是麦粒儿也掉了不少。老话常说:谷熟一时,麦熟一晌,说的就是这个道理。特别是豆子,贻误了农时,豆荚一开那可就黄花菜都凉了。我们收麦的时候,顶着日头挥镰割麦,边割边用手掐着麦子,搂着差不多了就往地上一撂,接着再往前割。

知青和乡亲们个个不愿落人后面,真个是你追我赶,场面热火朝天的。大伙个个挥汗如雨,我亦用毛巾不断地擦汗,擦完往腰上一别接着干。你猜怎么着,我衣服后背和裤腰一圈全是汗碱。那会儿也就是拼着年轻和一股子冲劲,否则弯腰割麦连干几天,那劳动强度非比寻常,能顶下来实属不易。

在地里割麦的时候,手上胳膊上被麦芒划得全是口子,累了扶着腰站起来就歇会儿。往前看,麦地就像是永远到不了头,额头上的汗水流到眼睛里杀得眼窝疼,流到嘴里咸咸的。那会儿我有时候就想,不知道这会儿城里人都在干什么呢?他们或许在公园里散步,或许在马路上遛弯儿,他们或许在如何如何。苍天哪!他们可曾知晓我等农民如此之辛苦呢?

麦子收差不多了,留一部分人接着割,把当下这块地里的麦子收一下尾,其余人要把麦子运走。山沟里割倒的麦子主要靠人背。我们和其他乡亲们一样把随身带的绳铺在地上,将割倒的麦子聚拢起来,整齐地码到绳子上摞起来,摞得就像小山一样高。看官可千万不要小觑捆麦捆的活,捆不结实走不到场院就散了。待捆扎结实又找了根棍儿将绳绞紧,这才反身双肩挎上,一咬牙哈腰往前一使劲,将麦子背起来沿着山路直奔队里的场院。

有一次背麦子闹了个悬事,那次捆的麦子多了些,加上向下的坡度陡了点儿,我弯腰往前用力过猛,麦垛从我头上翻过去了。此时我双肩还挎在麦垛的背绳上,连带着把我也折过去了,接着麦垛因为重力还要往下滚,刚巧被山道边上一块凸起的巨石挂住才停了。真要是滚下去后果实是难以预料,非骨断筋折不可,弄不好小命休矣。此情此景至今历历在目,回想起来仍暗自庆幸。

## 寻 驴 记

有一天的夜里,大叫驴在饲养室里被人偷走了。饲养员发现驴丢了惊出一身冷汗,赶忙告诉了生产队长。队长带了几个人到饲养室详细了解了情况,又认真勘查了现场。大伙又聚在一起分析了各种可能性,料定驴被偷走后在集市卖掉的可能性很大,决定即刻派出几路人马分别出发寻驴,或沿洛河赴甘泉、延安集市查访,或往东去牛武和交道塬方向探寻,县城方向亦派出了队伍。

过不两日，牛武、交道塬和县城等方向派去的人均无功而返。乡民们闻听无不面露失望的神情。众人正绝望之时，忽见公社派人过来传言，言说接到延安方向打来的电话，驴已找到且偷驴贼也已被擒获，现在正往回返呢。乡民们闻听此言，皆大喜过望。我亦以手加额叹曰，如此幸运捉得此贼，实乃天网恢恢疏而不漏。

待到晚间，远赴延安寻驴的人马押着贼，牵着驴凯旋了。乡亲们早已等候多时，见状皆呼啦啦地围了上去，纷纷问寒问暖，喜悦之情溢于言表。有人接过大叫驴的缰绳，牵到大伙跟前，几日不见乡亲们无不觉得亲切，抚摸不已皆言瘦了。大叫驴似通人性亦摇头摆尾欢喜非常。大伙再闪目寻那偷驴的贼，仔细观瞧是何许人如此大胆。近前一看那贼已然被五花大绑，显得个子瘦小，年龄在四十岁上下，眼睛却显得滴溜溜乱转，一看便知绝非那良善之辈。乡民们见到此贼无不怒火填膺，个个攘臂踹腿，口中"狗日的"如何如何骂不绝口。若非队里干部等拦着，那贼必被揍扁，饶是如此已是挨了若干拳脚。

看看天色已晚，队里决定将那偷驴贼暂押到饲养室，留下几人夜间轮流值守，待第二天一早就解送县里看守所，其余大伙看看无事就都陆续散了。

我呢留下值守，到夜半丑时换班的时候，我就在饲养室歇了。黄粱梦做得正香，猛然间听得有人高喊："快追啊！贼娃子跑啦！"我闻听此言一骨碌爬起来，蹿到饲养室外，借着月色放眼望去，果然见一人前面跑，两个社员在后面狂追。未及多想我亦撒丫子追上去。若要论起跑步来，队里等闲人手绝不是知青的对手，话不多时我已追过队里的那两个老乡，迅速接近那个贼娃子。那贼沿着去城里的方向刚好跑到古周崞坡下的路北边，见后面追得急促，也是慌不择路见眼前是个崖畔，乃纵身跳下，跳下后一下没站稳摔了一个马趴。说时迟那时快，我这时业已赶到，紧接着跃下崖畔，没等那贼爬起来就将其按住。此时但见那贼已然上气不接下气只剩下喘气了，等到后面两个社员赶到，掏出绳子又将那贼这回捆了个结实。我等也靠着田埂休息了会儿，看看天色已有些蒙蒙亮了，相互之间简单商量了一下，觉着夜长梦多索性就不再押回去了，反正已经离去县城的摆渡不远了，就直接把那偷驴的贼扭送到县里看守所去了。

张树人，男

北京市第一一○中学初六七届毕业生

插队地点：原延安地区富县茶坊公社茶坊大队

# 成熟之路

## 进了宣传队，又进编导组

1971年，我还在陕西省延长县黑家堡公社李家湾大队插队。经历当年第一场招工，李家湾生产队女知青只剩下我一人。之后，我到了宣传队，宣传队全称是李家湾水电站毛泽东思想宣传队。

延河在此地拐了一个弯，河水旋出大块平地，李姓农民落地生根繁衍生息，自然恩赐一个古老村名：李家湾；自然激活一个现代梦想：建水电站。

有县上技术人员提出要在延河拐弯处砌一道坝，把河水拦起来，让它蓄洪，让它发电。知青那时无知无识，有的是热情，凡能改变现状的动议，知青总是无条件拥护。李家湾水电站工地来了上百民工，其中，三四十名北京知青，女知青大多与我同一中学，不认识也认识，不少人住进我的窑洞。

偌大个工地，偌长的工期，总得有点儿什么把民工拢住，把积极性调动起来。记不得成立宣传队的动议是谁最先提出的，反正，有了全部是知青的宣传队，我成了宣传队员。

我在宣传队可谓不专多能。报幕、三句半、对口词、小话剧、样板戏、吹笛子、打竹板，主项强项是独唱：陕北民歌。两支拿手的曲目《陕北道情》《延安儿女学冤电》。后来，又进了宣传队的编导组。编导组有三个女生，全是与我一个中学的同年级同学。其中，一位后来成名——何冀平，中央戏剧学院七八届戏文系学生，毕业后分到北京人艺，曾编剧《好运大厦》，小有影响；后编剧《天下第一楼》，大有影响。现定居香港，经常回内地。

## 进县城会演前接到一封家信

进延长县城会演是早定了的，每个公社组成一个宣传队，李家湾水电站宣传队顺理成章成了公社代表队。大家商量准备节目，准备道具，听说还要从各公社会演节目中挑选代表延长县进延安会演的宣传队，有些重点节目要抓紧排练，那可是上正式的舞台呢！

1971年10月底，那天晚上我正在灶房做事，收拾碗筷，还发面准备第二天的早饭，总之忙完手边的活，坐在灶火边读一封挂号信。信是念初中的妹妹写来的。拆开信，正纳闷有什么重大的事情还要寄挂号，马上被信纸上的内容惊住了。

林彪想谋害毛主席，阴谋失败驾机外逃机毁人亡于蒙古！这是那封信的主要内容，原文字我已记不清楚无法复述，当时只感觉天打雷劈，四处无靠，极度惊恐不安又难以接受这是事实。理智告诉我，十六岁的妹妹没有胆量编造如此惊人的假新闻，也没有那么大的想象力，更何况她身在北京，消息应该较为可靠。此时，我家已四分五裂，父亲在京郊果园剪枝压条接受改造，母亲在河南干校走着不知要走多么长久的五七道路，我在高远的黄土高原，大妹妹在辽阔的内蒙古兵团，家里只剩下两个妹妹和年过八十的奶奶。除了接受妹妹信中写的事情——不敢认可的事实，别无他法。

妹妹在信的最后说：信看完后烧掉，千万别告诉第二人！我把信又看了一遍，确定看明白并记住信上写的内容，有点儿不舍地把信封和三页信纸丢进灶膛。火舌燎着纸边，先黑后红翩翩起舞，最后成一撮红灰白灰。

红灰白灰让我有一种什么都没发生的不真实感。抬头看到土墙上贴着的一张毛主席和林彪（昨日还应称为林副统帅，还应在三个万寿无疆后边紧跟他的三个身体健康）画像，林彪一脸谦卑跟在主席旁边，此时人已去，像还在。

这次会演是步行进城，根本没指望乘车。理由很简单：没钱买汽车票。二十来人也没法拦车，拦住了谁上谁不上？拦，肯定是女生当先，据说司机同情女生；拦过后呢？也是女生先上，或仅仅是女生上？可以肯定的是，司机见到路边僻静处突然冲出一个排的精壮后生，一定会吓得加速开跑的。得！拦也白拦，索性同甘共苦一起走，男生多背点儿东西就是了。

那晚上我们先睡，睡到大约半夜12点，起来走。

路很平坦，却黑。无月的天空像口深邃无底的锅，明亮的星星像锔在锅底的铜钉。开头二十里路走得急，很快背后就汗湿了。再往后走，困乏劲一缕缕一股股泛上来，淹上脚腿淹了肚腹淹了肩背企图淹上大脑，后二十里路几乎在半麻木状态下走完的。七里村,标志着离县城还有七里地,每逢到此,知青都有迈进县大门门槛的感觉。当天,蒙蒙晨光中的七里路竟走了很久,脚下有了硌脚的血泡,泡破了,疼。

队伍一瘸一拐走进县城,好在天早人稀没人迎看。我们也顾不得观赏都市风光,只觉那一条街一座楼一人放屁响两头的县城怎么变大了,怎么老也走不到住宿安歇的地方……

## 你们的节目有问题

到底年轻,睡了多半天觉,吃了一顿油水大的饭食,男女宣传队员个个精神抖擞,像才刨出土的红皮萝卜,新鲜、水灵,硬邦邦的。背词的背词,准备道具的准备道具,未等开台锣鼓敲响,我们已稳操胜券站在台边。

记得我们和郑庄公社宣传队一晚上同台演出,他们先,我们后。按说谁后演谁吃亏,因为人们困劲上来,很难集中精力把节目看到底——如果节目不精彩的话。

我们不怕,看过郑庄的节目后我们更不怕了。郑庄宣传队的主力也是北京知青。那晚上我当报幕员、独唱,还在小话剧《向阳路上》中演一个伶牙俐齿的农村女子,那女子批判落后婆姨火力很冲。我的舞台造型是梳两个小刷子,花色的对襟上衣,脖子上系一条白毛巾。剧情是反映农村阶级斗争的,我是编剧。当晚演出顺利,我们的节目结束后全场掌声很响接近雷动。

卸了妆我们又吃了一大碗热汤面,便在安顿好的地铺上睡下了。第二天上午没安排,下午会演选中的节目还要排练,准备参演当天晚上全县优秀节目会演。

女队员大多数走街串巷胡乱逛,感觉身心自由无比酣畅。在零售杂物的小铺子跟前,用手指点点柜台上的大玻璃瓶,要半斤糜子面加糖精做的饼干,要半斤没包装的黑色糖块,抢抢夺夺塞进各自嘴里兜里,直觉离共产主义不远了。男队员嫌零食斗不过肚里的馋虫,纷纷走进县城的小饭馆,要一大盘肉,也就是细葱炒的回锅肉,再要一粗瓷碗散装白酒。这都是我们吃着零食走过饭馆门口,撩开脏兮兮的棉布门帘看到的。

县城太小,十来分钟光景差不多走遍了。我们决定抄小路返回住地,迎面碰见一个人。他自报家门,是郑庄公社宣传队的,同过台!他有点儿气急败坏地说:"你们的节目有问题!"

"什么问题?"我警觉地问那人。

"别是嫉妒吧。"伟程小声嘀咕。

他欲说还休的样子，使我心里咯噔一下。

别人还在追问他，有什么问题，说呀说呀！你不说人家怎么知道，不知道怎么改……

那人被逼急，下定决心撂出一句："回去查查你们节目，凡不是毛主席的话都别说！"说完撒腿跑了。

我有点儿明白了——妹妹信里的内容，但是我不能说，生怕一开口会有大祸临头。

几个女队员的高兴劲荡然无存，心生疑虑乱乱纷纷。走回住地，遇到外出的队员，也有刚才类似的遭遇。

"怎么回事？"

宝根突然说了一句："我知道怎么回事。"

我看她一眼，说："我也知道。"

再华紧接着："我也知道。"

六目相对，证明心里想的是同一件事。

其他不知道的人炸了，逼问我们是什么问题？什么叫不是毛主席的话就别说？一晚上的节目有再多毛主席语录做台词，可也总得有别的话连接着，都删去，还能演吗？肯定还有别的更明白说法，你们知道倒是说呀！

我不能说，宝根不能说，再华也不能说，越是逼问越是不能说。我们有点儿像电影里遭遇刑讯逼供的共产党员，虽然当时我们都没入党。

宣传队乱了营了。

好，没人告诉咱们，咱们一个节目一个节目地过，一句台词一句台词地背，倒要看看问题出在哪里，哪个不是毛主席的话有问题，满天下的人都知道了，唯独我们不知道不能知道不配知道……

队员们一个个节目一句句台词掰开检查，找不是毛主席的话。情势紧迫，我有点儿撑不住了，后悔刚才说出那个"我知道"。

正乱着，北京干部老樊来了，他是到县城开会来了，宝根找来的。他一脸的皱纹更深了，问怎么回事。

我们从头说起，从郑庄那个男知青传递的消息说起。

其余队员说：她们知道不告诉我们。

老樊一脸牙痛的表情，问我：知道什么？

我说：什么也不知道。

宝根说：脱口说出来的，没什么意思。

再华说：刚才在县文化馆听什么人说的，不一定可靠。

老樊挨个儿看过我们三人，从那痛苦难言的表情里，我知道他什么都知道，也是不能说不敢说。有铁的栅栏挡着，水泥的墙壁封着。

"没事没事，就按原先那样子排练，按原样子演，要保证当晚演出质量。"老樊安抚弹压地说，"晚上我会看演出的。"

排练照常进行，只是缺精少神人聚心散，没办法，任谁也没有办法。

一支由二十岁出头的青年男女组成的队伍，一支远离家乡远离父母的队伍，一支共患难同欢喜的队伍，一支有着异乡情愫暗暗流淌的队伍，因了平等维系生存。突然的某个时刻，平等被打破了！有人知道生死攸关的情节，能和外公社知青沟通，却不告诉他们！谁是内谁是外？谁是高谁是低？平等还在吗？平衡还在吗？平静当然也不在了……

问题出在我编剧的小话剧《向阳路上》。里边向阳大队女支部书记有一句台词：林副统帅教导我们说，不懂得过去的苦，就不知道今日的甜，还会把今日的甜也当成苦……问题就在这里！不是毛主席的话都别说——指的就是这个！妹妹信的内容已经在相当的范围流传，流传证明着强大的源头，证明内容的真实！

晚上演出时老樊来了，企图坐镇制止可能出现的问题，没有问题，只是没有情绪。扮演女支部书记的宝根说到那几句台词，就像含着烫嘴的元宵，稀里糊涂就过去了，像是踢着见不得人的垃圾，连踢带踹过去了……

人其实早死了，事情怎么这么难过去，这么难从人心上过去……

## 成熟的开始

1971年11月，在我们宣传队会演的露天舞台院里，召开全延长县四级干部会。四级乃县、公社、区、大队，囊括了中国农村基层的全部领导命脉网络。舞台上搭了台，不是演出的台，而是开会的主席台，县委、县革委、县人武部、妇联、贫协等领导依次就座，此方式倒是多年不变，不管林彪前林彪后，毛主席前毛主席后，邓小平前邓小平后……只是那次传达有点儿特别，特别壁垒森严。门口有民兵把门，不许随便出入。当台上领导念出文件标题"林彪反党集团"如何如何时，延长县安沟公社学赶大队（当年学大寨先进队）支部书记站起来说：你念错了吧？应该是林副统帅……传为经典笑话。

当年，那种举国家丑不外扬的心态，到了尼克松访华时到达顶峰。

据说有美国记者问在长城上跳猴皮筋的女学生：你们的副统帅哪里去了？

女学生机智地用北京土话回答：嗝儿屁着凉大海棠（贬意形容某人死了完蛋了）！

634

整得翻译愣翻不过去!

现在想想那心态很好笑。家丑不外扬,可是,那架三叉戟落在外国地面呀?老祖宗不是还有话"没有不透风的墙"和"亡羊补牢"吗?

林彪事件是我和相当多的知青政治上成熟的开始。


高红十,女
北京某中学初六八届毕业生
插队地点:延长县原黑家堡公社李家湾大队

# 黄河惊魂

　　1970年是我们插队的第二年，也是我们西塬村知青生活最为艰难的时候。5月初，有四位同学从北京回村，带的东西不少。我和另外一名男生决定过黄河到吉县去接他们。下到圪针滩（黄河陕西侧的一个小渡口），正好有只羊皮筏子，艄公按每人五角钱收了过河费。

　　河面并不宽，也就五十多米。但筏子划到河中心时，水流湍急，艄公奋力划桨，我们真切地感受到了黄河的汹涌澎湃。过了河，便是一座叫大岭的山脉。山路崎岖陡峭，到吉县还有近九十里的路程。

　　走到近一半的时候，从北京回村的四位同学和我们相会了。大家一路欢歌笑语，下午5点左右又来到了黄河边。刚巧又是上午的那位艄公。不过，这次他见我们人多东西多，就要涨价：每位要一元。

　　我们跟他说：我们都是插队的穷学生，上午过河五角，现在怎能翻倍呢？但不管怎样好说歹说他就是不依。六元钱一个子儿也不能少！

　　我们几个年轻气盛，大家一合计，干脆不坐筏子游过去！

　　六个男生，其中，只有一位张同学水性差。我们问他行不行，他说没问题。结果不计后果的冒险大幕拉开了。

　　大家在河边将所有东西和衣服，分摊后用塑料布包好。挎在五个水性好的同学身上。为了保险起见，对张同学的安全进行了保护分工：我在前面领路，唐牧同学、赵同学在张同学的左右，史同学、邢同学在他身后。一切准备完毕，大家雄赳赳地开始横渡黄河。

　　刚下水还相安无事，游到河中间都没有出差错。但就在离岸边差五六米远时，张同学不行了。他死死地拽住赵同学，身子一点点地往下沉。唐牧同学看见后，一马当先，奋不顾身地出手相救。他游到张同学身边，用力将他托举起来。

后面的同学也一拥而上，大家你拖我拽，总算把张同学从水中架到了岸上。全过程也就仅仅几分钟。当时，大家并不害怕，甚至还互相调侃。但这事不能后想，越想越怕。那是黄河啊！不是北京的游泳池！

大浪滔天的河水，湍急汹涌。如果没有唐牧，如果唐牧没有那么好的水性，或者张同学根本不能再坚持……后果不堪设想。

唐牧同学说了一句经典之语："黄河是中华民族的母亲河，今天，我们横渡了黄河，可能觉得无所谓。但这件事它可能将永远被铭记，在我们人生的历史上，它恐怕将是一件永生难忘的事件。"

来伟民，男
1950年1月出生
原北京石油学院附属中学高六八届毕业生
插队地点：宜川县原壶口公社西塬村

# 战 胜 饥 饿

记忆中的陕北并不美。1969年1月27日，在滚滚的黄尘中，解放军的敞篷卡车把我们送到了黄土高原的小山村——延长县交口公社贺家川大队。映入眼帘的是满目苍黄的沟、梁、峁、坡和分布在山上鱼鳞状的贫瘠的陡峭耕地。

刚到那里时，最大的生活困难就是饥饿。生产队是按人口和工分结算分粮的。人口和工分的比例按当年夏、秋季农作物总收成的四比六分配，蔬菜、青麻、红枣等副产品则全部按工分分配。按人口每人四斗（一斗四十市斤）带皮原粮，按工分则六斗，用小队全年的工分总数除以按比例六留出的粮食总数，得出每个工分的所分粮数，再乘以每家每户的所挣工分总数，就是你该分得的工分口粮。由于知青不会干农活或者偷懒不出工，挣的工分低且少，所以只能分到基本口粮。一年一百六十斤至多二百斤带皮原粮是个什么概念，饥饿是可想而知的。

然而，善良的老乡在充满泥土气息的庄稼地里手把手地教我们如何填饱肚皮。阳春三月，向阳的坡地上嫩绿的苦菜、小蒜、芥菜、苦麻等野菜生机勃勃地钻出地面，用小镢或镰刀一会儿工夫就能挖满满的一抱，脱下上衣包起带回窑里，或熬粥，或蒸玉米菜团子，也可以用开水焯了凉拌。那野生的清香，在空气中弥漫开来，香甜无比。

清明前后，鹅黄色嫩嫩的柳芽，崭青碧绿的杨树叶，用开水焯过后放在凉水中拔，每天早晚换两遍水，三五天后苦涩的味道尽失，就可以吃了。

最好吃的是榆钱儿，爬上高高的老榆树，迫不及待地把一串串榆钱儿塞进嘴里，直到吃得肚皮滚瓜溜圆，才一嘟噜地摘进柳条筐中，溜下树来背上筐，恋恋不舍地踏上回家的小道。榆树浑身是宝，榆钱儿、榆叶、榆树皮甚至锯末都可以吃。榆树皮磨的面叫榆面，黏合力很强，通常和麦、谷糠混合起来蒸窝头，否则麦、谷糠性松散不成型，也就是拿不起个儿来。

夏天，黄绿色的小麦快成熟了，掐一把麦穗在手掌中来回揉搓，然后吹去麦芒和麦壳,剩下鹅黄透绿色的饱满麦粒,倒进嘴里嚼,那清香犹如醉人的美酒让你回味无穷。比小麦稍晚成熟的是豌豆,摘几把碧绿的豆荚,剥开后是胖胖的如翡翠般的嫩豆粒,吃进口里甜丝丝的。

秋天,可吃的农作物就更多了,掰上几株青玉米,不要太老,也不要太嫩,青皮包衣、穗子深棕色略干的玉米最好。捡一抱柴火,就山坡地挖一条与玉米棒子等宽、深一尺左右,与坡地走向垂直的沟,底部为平台状便于烧火,上部略窄便于聚热和排烟。把玉米架在沟上点火烧烤并翻转,等玉米袍烧焦了,里面的玉米粒也熟了,焦黄的玉米粒吃一口香掉牙。

烧洋芋、红薯所不同的是挖一个圆坑,上留烟道,下留烧火口。拔一抱白黑豆均匀地放在圆坑顶部用湿土封好,再找柴草把火点燃,约两三袋烟的工夫,白黑豆就熟了,扒开封土撤出豆秧,把偷来的洋芋、红薯放在坑中用炭火埋好。这时,就可以享用香喷喷烤得焦黄的豆子了。围坐在坑边一个个吃得手上、脸上、嘴上都是黑的,像一帮小鬼,焦急地等待着洋芋、红薯的烤熟。

冬季,除去大年初一到初三放假,就没有冬闲,全部劳力都在兴修水利,平整土地、打坝、修梯田……过革命化的春节。

在工地边的黄土悬崖上有一窝窝的野鸽子。大雪过后扫出一片平地,支起筛子,用一根细麻绳系在支点上,拉到人隐蔽的地方,筛子底下撒一把高粱或玉米粒,静静地等待。不多时,饥饿的麻雀、野鸽就会谨慎地、东张西望地来到食物跟前。此时,你只需突然拉倒筛子,扣住它们。把麻雀、野鸽掏空内脏,糊上黄泥,架起篝火,时候不大就可以吃上野味了。

捕捉野兔需要用细铁丝做一个活套。野兔有走老路的习惯,从洞中出来吃食无论走多远,必定从原路返回。可以从新鲜的脚印中判断,单行的脚印是未归,双行的脚印是已回洞,把套隐蔽在单行脚印的灌木丛里,高度是野兔的身高,直径是兔头略大。野兔从原路返回一头钻进套里,进去时候耳朵是顺碴的,想退回来耳朵就碍事,越挣扎越紧无法逃脱。

捕捉狐狸也是我爱做的一件有趣的事情。冰封雪飘寒冬腊月,在下大雪的漆黑夜晚,把干红枣去核装进砒霜,放在平日狐狸经常出没的地域。第二天,如果发现红枣不见了,地上又有新鲜的狐狸脚印,就可以顺着脚印去追,或在雪地中,或在狐狸洞内,总会有死去的狐狸。捡回后皮可卖到供销社,换回六七元钱……

林纪春,男<br>
北京市第二十九中学毕业生<br>
插队地点:延长县原交口公社贺家川大队

# 三次与死亡擦肩而过的经历

四年的陕北插队生活永生难忘,而更让我难忘的是几次和死亡握手的经历。至今,回忆起来让我不寒而栗。

一次发生在我刚落户不久,我所在的多海大队上田中塬小队派我和于国栋到五十里外的延长县城办事。

那是夏天,去时还骄阳似火,当我们步行回村时,老天变了脸,瓢泼大雨倾盆而下,几十里的延河瞬间变脸成波涛怒吼的黄龙,卷着两岸雨水冲下的树枝、杂物急流直下,百米多宽河水的冲击声,几十里外都能听见。

我们回村的路被这滔滔的延河拦腰挡住,据同行的村支书刘清发讲,要等两三天后,洪水才能退去,我们才能像来时一样蹚水过去。

当时,满怀战天斗地豪情的年轻人,怎能在洪水面前屈服而耽误生产?凭着自己认为能游几千米的功夫,我天不怕地不怕地准备下水游过去!

老乡百般劝阻无效。我脱下衣服,找到一片相对平缓的水域,根据河宽,大致估计了一下对岸出水点,便义无反顾地跳入滔滔黄水中。下水后,一个浪打来,含沙量极高的黄汤糊到脸上,把眼镜封死。我顿时成了瞎子,什么也看不见了。

"黄"暗中,我唯一的本能是拼命向前游,游……蛙泳本来是较能持久的姿势,但看不见,浪又大,根本不能换气,所以,坚持不了多久。几分钟后,我就感到精疲力竭,手脚发硬,几乎游不动了。当时,大脑中只有一个信念:坚持,坚持,拼拼,只要不沉底就还能前行……

就在我使尽了最后力气完全绝望之际,我的手碰到了坚硬的岩石,得救了!我攀上岩石上岸后,遥望数百米的对崖,我已被冲下了一两里远!

后来,听老乡讲,当我下水后,延河水便将我迅速地冲向下游。而下边不远处的河中央，有几处巨石，河水撞击出几米高的浪。如果我冲到那里，神仙也救不了了。跟我们同来的娃在岸边吓得直哭。刘清发急忙跑到附近村里，去找水性好的人来救我。真是后怕！生死竟是瞬间的事。当时如果摸不到岸，我也就不会有1969年7月以后的简历可写了。

第二次难忘的经历，是插队的第二年，我们赶着毛驴车到县城卖沙果回来。

那天，我们的水果卖得不错。去时三个人，回来时两个老乡城里有事留住，我一人赶着驴车回家。

过了延河后，爬到了塬上，我正高高兴兴地走着，突然乌云密布，下起了大雨。黄豆大的雨点瞬时劈头盖脸砸下来，头顶上电闪雷鸣，震耳欲聋。空旷的塬上根本无处避雨。我拼命吆喝着毛驴飞奔。

突然，就在毛驴前头不远的地方，一道刺眼的闪电划过，好像击中了前方地面，我眼前一下子一片白晃晃的，什么也看不到了。奇怪的是好像没听见雷声。我呆在那里，过了好一阵才缓过劲来，当我落汤鸡似的回到窑洞，和其他同学讲了刚才的经历，他们都不太相信。我真是躲过一劫！

过了不久，传出我们村对面的董卓村有两个知青被雷电击死的消息后，大家都庆幸我真的和死神擦肩而过了！

第三次发生在我们砍柴的过程中。

童湾距上田中塬三十多里，要拉着几十斤重的空车顺塬上爬几百米高的大山，然后，再下到几百米深的沟底去拿镢砍柴。把一根根粗细不一的树干捆成百斤左右的一捆，再用小镢插入其中，背到肩上，一步步沿着崎岖陡峭的山路爬上山顶，然后，将十捆左右柴捆到架子车上，再拉下山。

老乡们一致认为，在所有农活中，最苦、最累、最危险的就是上山砍柴了。一般一天要干十几个小时。天不亮上山，月亮升起才赶回。有时一天要拉两三次，直干到深夜。

砍柴往往是一月农闲时，也是十冬腊月最寒冷的时候。陕北的冬天，寒气逼人，气温往往能到零下二三十摄氏度。而我们知青只穿着从北京带来的薄薄的小棉衣，砍柴中早已被撕破，四处漏风，裤子是"灯芯绒"的运动裤，穿着塑料底的"懒汉鞋"。吃的又差，没有热量，劳动强度过大，睡眠极度缺乏。砍柴往往要连干四五天，甚或七八天。

记得一天深夜。我一个人拉着车在空旷的原野中往坡上走，不知是第几趟了，每迈出一步，都像纤夫拉纤一样，脚上像灌了铅。天空没有一丝云，皎洁的月光也发出阵阵的寒气，我又冷又饿又困，兜里只剩下一点带冰的玉米团子，我吃了几口冰碴儿，瘫软地倒卧在车上。当时，真想睡上一觉，蒙眬中似乎已经进入梦乡……

641

突然，不知哪个村里传来狗叫，我猛然一惊，要是狼来了怎么办？这才又重新打起精神，在"革命意志"的鼓舞下，狠命地凭着顽强的毅力，将车一步步地拉到山上和其他同学会合了。

回想起来，如果当时真的睡着了，在那种条件下，估计就再也不会醒来。若等其他知青找到我，恐怕也回天乏力了。

数年后，我听说多海大队折村的队长肖艺荣，在我们离开农村不久的一个冬天上山砍柴摔死了。他是村里最强壮最富经验的劳力，竟然……

不由得不使我想起了我们经历了那些最苦的也最危险的日子，尤其是那个难忘的夜晚。我永远忘不了和死亡多次擦肩而过的经历。

罗龙，男
北京某中学毕业生
插队地点：延长县原安沟公社多海大队

# 在洪水中游泳

过去,"洪水"只是书本里的一个词,到了陕北才有幸见识到洪水。不仅见识到,我们还学会了在洪水里游泳,那真的是惊涛骇浪、惊心动魄啊!

记得第一次看见洪水,是到陕北的第一年。一个晴天的早晨,迷迷糊糊地走出窑洞,就听见远处隆隆的响声,像是打闷雷。但是闷雷怎么打个不停呀?问了旁边邻居,才知道是发洪水了。并且说,今天不出工了,去捞河柴。

一听不用出工了,我们顿时来了劲,撒腿就往河边跑。出了村口是连接延安和延长县城的公路,穿过公路是我们村的川地,跑过川地就是延河边上。哎呀!平时只有十几米宽、一眼见底的延河,这会儿变成了好几十米宽、翻滚着褐色波浪、奔腾咆哮的一条巨龙。那快速翻滚的浪花,那隆隆的响声很是震撼。

老乡们都拿着长长的捞子,把裤腿挽得高高的,开始了捞河柴的战斗。我们没有工具,只好和一帮婆姨娃娃在一边看热闹。不时凑到河边想试试水的深浅,都被老乡及时喝住了。

我们几个会游泳的不服气,说:"我们不怕,我们会游泳。"老乡告诉我们,现在不行,过一会儿能游泳了就叫你们游泳。

快到中午了,壮劳力们个个面前都堆起了高高的一堆"战利品"。咆哮的河水也稍微平缓了一点儿了。咋,男子汉们开始活动胳膊、挽袖子,要下水游泳了。我们几个号称会游泳的男生和女生也跃跃欲试。

老乡们看我们真的不怕,就纷纷给我们传授游泳的要领,什么"头一定不能沾到水""眼睛眯了不要用手去抹""上身要站直""一定要注意躲开水里的石头和树枝"等等。

我不知别人听没听明白,我反正没太往心里去。心想北京的昆明湖比这宽多了,那里我都能横渡,这里肯定没问题。村里的几个棒小伙子已经下水了,我迫不及待，把裤腿和袖子挽得老高，仗着无知者无畏的傻大胆，一步就下到河里。可是刚抬手抬腿开始游，就觉得不对劲了。头重脚轻，两只脚直往上漂，脸一下子就被芝麻酱一样的河水来了个"洗礼"。我也忘了老乡刚刚说的不能用手抹，上去用手一胡噜，得，眼睛根本睁不开了。

水流很急，我又头重脚轻，什么都看不见，一下子被水推出去好几十米。幸亏我"临危不惧"，还没有彻底晕菜，赶快定住神，想起老乡说的"上身要站直"，赶紧调整为踩水的姿势，挣扎着游回了岸边。老乡帮着找了个小水坑，用里面的水把糊在眼睛上的泥巴洗掉，才算睁开眼。再看看其他下水的人，整个就是一个泥人。如果摆好姿势保持不动，那就是现成的泥塑。

我的第一次下水以失败告终了。上来以后才明白老乡刚才的指点是多么有用，多么的至理名言。这洪水和我们以前游的湖水、海水完全不同，它黏稠度大，所以浮力特别大，因此不能趴着游，只能站着踩水。

我还不甘心，但也不敢大意。又虚心请教了一番，按照老乡说的要领"站直、用力、手不抹脸"，终于游到了河南岸。心里别提多高兴了。

以后，我们又学会了捞河柴，尝到了捞河柴的甜头。所以，不但不讨厌洪水，反而有点暗暗地盼着发洪水。当然，洪水给人们带来的还是弊大于利，听说别的村有几个女知青就因进沟砍柴碰上发洪水，全都没命了。我们大队支书张明福的婆姨也被洪水夺走了性命。可以说，我们对洪水是又爱又恨哪。

虽说我们已经在洪水里游了好几次泳，也尝到了战胜洪水的滋味，但一直没有看到过洪峰。据说洪峰下来往往是一瞬间的事。它是上游下大雨形成的，跟我们这儿下雨还是天晴没关系，所以，谁也无法预测洪峰的到来。

终于在1970年的夏天，我有幸居高临下目睹了洪峰下来的全过程。那天，我们和村里的男劳力正在延河对岸的山峁上锄地，忽然有人喊了一声"洪水来了"，大家赶紧回过头往延河里看。开始什么都没有，只听到由小到大、很沉闷的隆隆声，接着就在能看见的延河尽头出现了一个灰黑色的东西，它像一列火车，轰隆隆地开过来，越来越近，声音也越来越大。

洪峰的头像一堵城墙，前面齐刷刷的，又高又宽，咆哮着就那么平推过来。洪峰前面是清澈的、又窄又浅的一条小河，洪峰后头则是一条奔腾的巨龙，翻着高高的浪花，怒吼着，势不可当地冲过来。

村里的人说："别看很多人都能在洪水里游泳，但再好的水性碰到洪峰也不顶事，那不光是水，里面有很多大石头，碰上就没命了。"

洪峰过去后，我们又开始锄地。发愁的是今天怎么回去呢？不会游泳的人怎么办？我们互相看了看，哈！真巧了，今天上山来的都是会游泳的！

收工时，细心的组长为几个不会游泳的男社员做了安排。让水性好的两个人拉着一个，再有一个给他扛着锄头。我们会游泳的知青就自力更生，扛着自己的锄头游过去。

回到村里，婆姨们都担心地在村头等着呢，像迎接凯旋的士兵一样，把我们这队泥糊的士兵迎回了村。他们听说我们女知青也都一个个自己游了过来，就直夸我们："咱村这些女知青娃娃，真有些二杆子劲呢！"

余小平，女
原北京师范大学女子附属中学六七届毕业生
插队地点：延长县原黑家堡公社杨家湾村

# 插队逸事——拉盐

1972年夏收后，我插队的大台只剩下三个知青了。一个派遣到沟里整顿领导班子，一个在王窑红旗水库当营长。北京干部看剩我一个人了，就把我调到后招安队并队。

后招安队就在招安公社旁边，是川地，条件比我们原来的大台村要好得多。我们的窑洞在公路边，天天能见到汽车，队里也有拖拉机和手推车，比起山地受的苦要轻很多。

因为活不多，队里搞副业，8月底队就组织了四辆驴车到宁夏去拉盐。宁夏苟池的盐每斤四分六，而商店的盐是每斤一角六分。更主要的是陕北人说苟池的盐腌菜不易腐烂，因此每年他们都要去那里买。

拉盐的每人每天记十分工，另外，每天还补助一块钱，但往返需要一个月。我和何成子报了名。8月底出发了，一共十三辆驴车。每辆车都带了雨衣、黄米、铝锅、铺盖和麻袋等。

队伍往北。一路上秋高气爽，我们坐在驴车上看风景，老乡唱着陕北的酸调调。中午到了王窑，便各自开始找水、找柴、支锅做饭。饭后从王窑再往北，路就不好走了。上坡时，人得帮驴推车，有时候一个人推不动，还要两三个人一起推。

天快黑了。小组队选了一块平地，让大家休息。我和何成子开始做晚饭。另一组的白老汉兴冲冲地跑了过来，说他在不远的地里拔了好多黄豆和玉米，让我们去吃。

这一天走了六十里地。大家吃完饭就各自躺在自己驴车的下面，铺上雨衣盖上被子休息了。半夜下起了雨，雨势不小，我们不得不起来，把雨衣倒到被子上边，第一天就这样湿嗒嗒地过去了。

第二天早上雨停了,我们把驴儿喂得饱饱的,又上路了,目标是志丹县。志丹县算沿途中的大地方。第三天中午,我们赶到了那里。我和何成子很兴奋,把驴车托付给老乡,就跑到县城里的商店买了几盒红舞烟。之后,我俩又决定到饭馆里吃点儿肉和菜。饭馆里人不多,我俩坐下来要了几个洋麦面馒头,要了一盘炒猪肝,还要了一个素菜、一个鸡蛋汤,吃饱后心满意足地又上路了。

晚上休息时,老何发现我们黄米袋子里的米少了,大约十斤没了。我一听当时就不干了,连嚷嚷带骂非要把偷我们知青米的贼娃子找到。队长帮我们分析案情,发现可能是白坪队的那个白老汉干的。但为了团结,不能声张。队长要把他自己的小米倒给我们,我们没有接受。老何说咱们要省着点儿吃了。

第五天的黄昏,我们到了吴旗县。这里山势特别缓,一座连一座像一个个的大馒头。地里到处是绿草,散发着夏日的气息。到了宿营地后,第一个任务是去找水。听说这里缺水,老百姓们都用水窖。雨季时,把雨水都收集起来,流进水窖,然后盖上盖子,把窖口锁上。

我们找到了一个水窖。水窖旁边有一个帐篷,帐篷周围养了几十箱蜜蜂。一个男人走出来,操四川口音。我上前递烟,说好话,讲明来意。这男人还是不错,拿钥匙把水窖打开让我们提了几桶水。先把煮饭的水留够,剩下的就让驴喝。但这时,突然跑来一个人把桶抢走,嘴里愤怒地骂骂咧咧,好像是说,人都没喝你们还让驴喝!于是,不由分说地把水倒回水窖里了。无奈,只好让驴吃草了。要知道,走了这么多天,我和我的驴已经很有感情。一路上,只要我看见路边有谷子和黑豆,就会拔来给它吃。它的毛色一天比一天光亮,而且非常听话。

这天夜里,轮到我和白老汉放牲口。白老汉让我先睡,半夜里叫醒我换班。我为了让大家睡踏实,赶着驴群到远处去放。

这十几头驴里有几个叫驴,还戴着铃铛。所以,不管走多远,只要听到铃铛声响,都可以找到它们。虽然是夏天,但陕北的夜晚还是很冷,特别是刚刚睡起来。我看看悠闲的驴们,自顾自地跑步去了。不知跑了多久,返回时我迷路了,清清楚楚地记着方向,却怎么也听不到驴铃的声音。

漆黑的夜,到处是坟头。坟头上还压着纸钱。我的头发不由自主地立了起来。这难道是当地人常说的"鬼打墙"?我赶紧啐了几口唾沫,闭上眼睛蹲下,让心静下来。这是在村里老乡教的办法。

过了一会儿,我慢慢地睁开眼睛,奇迹出现了!原来,它们就在离我不远处站着。只是耳朵都耷拉着,已经睡着了。难怪铃铛不响,真是虚惊一场。

从吴旗出发往定边县一路无话。几天的行程大家已经筋疲力尽。晚上还是在驴车下过夜。这晚,我做了一个梦:梦见回到了北京。我挣了钱,在百货大楼买了一块手表。那表盘是彩色的,上面画着一个地球……

雨水打在脸上,我醒了。想着刚才的梦,十分兴奋。

大概是第八天,我们的驴车队伍到了定边县。定边古城很热闹,有城墙,有钟楼和鼓楼。我和老何又大吃一顿。队长说这里离苟池不远了。

到苟池前一天晚上的半夜里,我们被一阵窸窸窣窣的脚步声惊醒了。原来,老乡们都去附近的盐贩子那里买了私盐。交易价每斤两分七(盐是商贩从盐池里偷的)。老乡们买这种盐是给自己家里带的,五十来斤可以吃上一年。他们背着我俩,是怕我们说出去。天亮时,在去盐池的公路上不时地有摩托车驶过。老乡们都胆战心惊地看着他们,因为那些摩托车是缉私队,专门抓买卖私盐的人,抓住了就没收。还好,总算平安无事。

到了盐池,令我们大开眼界。一堆堆的盐块,连公路上都撒满了白花花的一层。我们队长买了盐,每辆驴车拉三麻袋近六百斤,装好车满载而归。

回家的路上因为是重车,不能按原路返回,要走公路经定边、吴旗、志丹、延安,沿河再回招安,用了十五天。一路上除了走,就是上坡帮驴拉车,像一个纤夫。路过定边时,队里还在那儿的牲口市上,花二百多块钱买了一头驴。快到家时,这头驴还跑丢了。幸好及时找回,才没亏本。

历时二十三天的拉盐结束了。我们回到队里,老乡羡慕我们挣到了钱。队里发了补助费,我和何成子各买了几条红舞、前门烟,放在窑里实行共产主义让大家随便抽。

后来的日子似乎好过些了。修梯田、打牌、杀羊、包饺子、炖狗肉……听说北京知青要当工人了,天天吃好的。1972年12月26日,我被招到陕西汉中核工业第二十三公司当上了工人。

杨联安,男
北京地安门中学初六七届毕业生
插队地点:原延安地区安塞县招安公社闫庄大队大台生产队

# 北京知青张革

张革同学，是到陕北延安插队的近三万北京知青中的一个。

从1968年到1998年，历史跨越了整整三十年。张革同学也从少年到青年，从青年到中年，走过了人生中最具华彩的一段时光。从北京到陕北，从城市到乡村，从安逸到艰苦，他把他所有的热情甚至生命都奉献给了曾经养育过他的这片热土。

陕北，可以说是张革的第二个故乡。在他与这个闪耀着红色历史的名字结下不解之缘的时候，这片贫瘠的土地便是他心安的地方。

张革，1952年5月16日出生在北京市的海淀区，1969年元月同缚振东、薛耀华等十一位稚气未脱的同学，从北京出发，经过几个日夜的跋涉，翻越老虎梁，攀过寿峰山，靠着五头毛驴驮着行李，行走八十里崎岖的山路，来到了宜川县后峪沟村插队的地方。

后峪沟是个地理条件很差的小山村，有十几户人家，一百多口人。全村主要是山地、坡地，只有少量的川地，粮食产量很低，老乡们一年中有半年处于无粮或缺粮的状态，千百年来，村民就是日出而作，日落而息，面朝黄土背朝天，依靠少量的河滩地和碱洼地勉强度日。这里没有公路，没有电，与外界处于半隔绝状态。看到眼前的这种情况，让我们这些从北京初来乍到的学生们都惊呆了。我们万万也没有想到，号称革命老区的乡亲们的生活是这样的贫困，这里的劳动是这样的繁重，生活条件是如此的艰苦，别的不说，光是吃不饱饭、饿肚子的感觉就叫我们刻骨难忘。

面对着艰苦的环境，要生存就必须付出，劳动是我们唯一的选择。张革同志放弃幻想，面对现实，扎扎实实从现实生活中一点一滴做起。别看他年龄只有十七岁，个头又不高，但他同样和乡亲们下田劳动，下河挑水。他不会使用农具，锄头常常磨破了双手，鲜血染红了锄把，他就虚心向农民请教学做农活。张革为人忠厚，尤其在劳动中特别能吃苦，干活肯出力，干活的时候经常光着膀子，皮肤晒得黝黑黝黑的，乡亲们看到他能和老百姓同吃同住同劳动，都亲切地称他"黑娃"。

北京知青上山下乡，一下子给村里增加了十几名有知识有文化的青壮劳力，每当夜幕降临，性格活泼开朗的张革，就在昏暗的煤油灯下向大家讲述着北京城里的故事。他说话有些结巴，每每讲到关键时刻就会卡壳，逗得大家哄然大笑。有时他还拉起手风琴，和大家唱起革命歌曲，逢年过节，表演节目，吹拉弹唱。在各项工作中，都有知青的身影，生产队的副队长、林场场长、赤脚医生、果树修剪员、民兵连长等都由知青担任，知青的到来给还没见过大世面的后峪沟村的百姓们带来欢乐，带来了文明。村里的年轻人听着外面的故事，对未来生活充满着憧憬，也思索着改变自己命运的良方。

三年的插队生活使张革同学有了脱胎换骨的改变，使他从一个活泼可爱的少年成长为一个地地道道的农民。1972年张革凭着在农村出色的表现被推荐到武功县5702国防工厂当了一名工人，使张革有机会告别了艰苦的后峪沟村，乡亲们怀着依依不舍的心情，送了一程又一程，目光中饱含着几分眷恋，但谁也不忍心说一声"你留下"。

三年插队的阅历使张革养成了吃苦耐劳的性格，进入工厂后，他勤于钻研技术，勇于攻克难关，助人为乐，深受工友们的喜爱，没过多久，就入了团，并当选为车间的团支部副书记，成为重点培养对象。虽然工厂的各方面待遇都很优越，但是在张革心里，他永远放不下那个连温饱问题还没得到解决的贫穷落后的后峪沟村，他思念着村里的父老乡亲，怀念着那块洒下自己心血汗水的土地。

1973年，周总理视察延安，看到新中国成立二十多年，老区的人民生活依然很艰苦时，伤心地说："我这个总理没有当好，对不起老区人民。"他对当时延安地委的领导人提出"要三年变面貌，五年粮食翻一番"的指示。总理的殷切期望进一步激发了张革放弃工厂优越环境第二次返乡插队的决心，他三番五次地向组织提出申请，要求重返后峪沟，要同当地老百姓一起战斗，改变贫困历史，让乡亲们过上好日子。面对工友们的再三劝说和不理解的讥笑，张革都为之一笑。5702工厂的领导们也被这位很有志向的青年的真诚深深打动，特地组织两千多名团员青年为张革举行欢送大会，并派专车、干部陪同，送他二次返乡。宜川县县委、公社组织欢迎大会，尤其是后峪沟的乡亲们更是敲锣打鼓，张灯结彩，兴高采烈地迎接远行归来的游子。欢迎的队伍一直排出十几里地。

面对着如此的场景，张革的心里沉甸甸的，二次返乡的决心好下，但面对的困难却更加艰难。村里的学生们都走了，知青点也撤了，张革孤身一人又一次住进了原先知青居住的窑洞，寂寞、孤独、冷清，情感上的无助，生活上的困难，对张革都是一次巨大的考验。既然选择了回来，就必须勇敢面对，为后峪沟寻找一条致富的路子,这是张革的思索,也是张革对组织的承诺。后峪沟的乡亲们对张革无限地信任,先后选举他担任生产队长、桌里大队党支部副书记。又一次见过世面,充足了电的张革信心百倍、干劲十足,在以后的九年时间里,他带领着群众把自己绘制的蓝图一个一个变成了现实。

## 一、发展科学种田,解决温饱问题

后峪沟村生产大队多年来一直种植的是产量低、易倒伏的老王麦、四月黄等小麦品种。张革决定引进优良的714号、延安15号,专门划出一块地进行小麦优良品种试验。试验成功后,在五个队普遍进行种植,使原来亩产一百多斤变成亩产四五百斤。后来他又带领乡亲们试种矮秆玉米,合理进行玉米密植,改变原先间种、套种的老式耕种方法,使玉米单产的一百五十斤增到亩产七八百斤。由于开展了科学种田,使得粮食产量倍增,村民们终于吃饱了肚子,后峪沟村从此也彻底摆脱了缺粮的状况。

## 二、修建小水电站

修建小型电站,让乡村亮起来,这在当年长年靠煤油灯过日子的后峪沟村村民来讲,简直连想都不敢想。面对着后峪沟的地理环境,远隔大电网,路途遥远,再加上大山的阻碍,架线拉电根本是不可能的事。张革认为:充分利用寿峰的水资源建设小型水电站是一条捷径。他从外地请来专家勘察选址,设计方案,但电站工程概算需五十万元资金,叫张革犯了愁。这么大的一个天文数字,在那个年代,拿出个一两万都很难,别说五十万,怎么办?张革没有退缩,他利用知青的特殊身份和坚韧不拔的毅力,四处寻求社会的援助,他带着乡亲们的期望,拖着带病的身体,冒着刺骨的寒风,徒步一百余里来到县城,为了节约一块五毛钱的住宿费和两毛钱一碗的饸饹面,困了就彻夜蹲在宜川汽车站候车室打个盹,饿了就啃一口自带的干粮充饥。饥饿、寒冷没有把这条汉子难倒。两年多的时间里,张革先后往返西安、北京、四川和两个春节都是在火车上度过的。功夫不负有心人,张革的执着、真诚打动了无数善良的人们,延安行署、省知青办、陕北建委、四川万县、北京知青办,纷纷伸出了援助之手,向桌里大队送来了电机、电线、照明材料、一辆解放牌汽车和部分资金,解决了电站施工的燃眉之急。电站进入施工后，预想不到的难题接连不断，引水要凿一条三百米以上的隧道，没有机械，张革就组织青年基建队，靠人工点炮开石。过度的操劳和营养不良使得张革过早地患上了肺结核、胸膜炎和腰肌劳损等病。一次他在施工中从山崖上掉下，差一点儿送了命。在一次施工中，一名青年被砸破了眼睛，鲜血直流，还有几个青年干得实在撑不住了，就想下山不干了。闻讯后的张革强忍着病痛的折磨，拄着拐棍爬到山上，一边跪在地上用铲子铲土，一边语重心长地对青年们说："不能停呀，后峪沟的电站就靠咱们大伙了。"周围的青年万分感动，含泪扶起张革，一块又干了起来。张革常说的一句话就是："只要我还活着，就一定要把水电站建成。"在经历了四年难熬的日日夜夜后，1980年8月1日，一座一百五十千瓦的小型水电站终于建成了。明亮的灯泡给后峪沟，给桌里村带来了光明。张革还不满足，又购回了地面接收机和电视机，使桌里村漆黑的夜晚出现了欢乐，出现了笑声，乡亲们第一次看到了电视，看到了五彩缤纷的外面世界，这时刻在黄河沿岸的山村里整整提前到来了十五年。无限的真情深深地感动着丹州大地，乡亲们也深深地感谢着这位给人们带来光明的北京知青——张革。

## 三、为后峪沟村民引来清泉自来水

1980年，张革考虑到后峪沟村的村民祖祖辈辈吃水都要到两三百米远的河里去挑，来回就要一个小时；妇女洗衣服、牛羊饮水同用一池水，极不卫生；遇到山洪暴发，河水混浊，人畜无法饮用。张革请来了县水电局工程技术人员，在距村子六里的豹子渠找到了一处泉水，泉水由地下喷出，清凉爽口，水量很大，供全村一百八十口人饮用没问题。张革扛着锄头，钻山下洼，组织村民架起了一千五百一十四米的钢管，把水引进村子，在村中央窑背上边用水泥修了一个大蓄水池，又买来塑料水管把水引到村前村后各处，常年流淌，解决了后峪沟村村民的吃水问题。至今，群众还用信天游式的民歌惦记着张革："喝一口那清凉凉的山泉水呀，我不由得忆呀忆呀忆张革。"

## 四、带领山区农民栽种摇钱树

有了粮、有了电、有了水，没有钱也不行。张革决定带领大队的五个村，每村种植一架核桃山，一座苹果园，解决农民的花钱问题。1980年9月，张革不顾路途遥远，专门去山西省汾阳南偏城行政村学习栽培早熟薄皮核桃的经验，又去汾阳买回一车核桃树苗。随后又去杨凌学习栽种苹果的经验，从户县买回一卡车苹果树苗，还从延安买回五台三联水泵抽水机，把河水抽上山顶，带领村民选址、挖坑、种植、浇灌。到了1985年核桃树、苹果树陆续挂果，成活率达到百分之九十。看到农民一车一车往家里运核桃、运苹果，张革的心里也乐开了花，仅此一项，使后峪沟人均收入增加了三百至五百元。

## 五、大力发展畜牧业

桌里大队是山区，也有川道，草地宽广。张革和大队领导班子商量后，认为，放牧牛羊、繁殖骡马、饲养良种猪，是致富好门路。张革用畜牧贷款从志丹县买回山羊两千五百只。从渭南的韩城购回秦川母牛二百头。从日本引进一头公牛，供各村的母牛引种。

张革为桌里村描绘的蓝图，伴随着辛勤的劳动，一步步得以实现。到1979年底，桌里五个自然村的农民人均纯收入率先在寿峰达到四百一十元，达到了群众有粮吃、有钱花的目标。与此同时，他也被共青团中央授予"全国新长征突击手"称号，并当选为全国青联委员。如今的桌里村，苹果、核桃已成为主导产业，每到秋季，苹果园、核桃园郁郁葱葱，果繁叶茂，多数农户年纯收入都超过了万元，家里大都有了摩托车、电视机、电话，多数村民都建了新居，贫困的历史得到了根本的改写。

1981年经有关部门再次推荐，张革同志在二十九岁的时候，进入北京农业大学经济系学习。临行时，几百名乡亲泪流满面，难舍难分，送了一程又一程，而他再次向乡亲们说："我还会回来的。"是的，他一定会回来的。四年大学毕业后，他和相恋多年的诸文雁结婚，几乎每年都要回一次桌里村。

张革后来就职国内贸易部北京物产集团中拓玉金种子公司，担任总经理。距离，没有隔断他的老区情结，他为延安送回一万斤优质玉米种子，经常打电话询问家乡情况。村民李素娥患乳腺癌无钱医治，他听说后便接到北京管吃、管住，带着李素娥不知跑了多少家医院，自己掏钱为其治好了病。他还多次邀请桌里村的干部到北京参观学习现代农业，在欢送村干部的座谈会上，他向大家讲到还要为村上建一所希望小学，铺架输电线路，把寿峰的核桃销售到国外等等。

不幸的是1998年2月17日，张革同志突患脑溢血去世。噩耗传到桌里村，乡亲们震惊了，顿时全村撕心裂肺的哭声连成了一片，再多的言语都难以诉说对张革的思念与痛惜。正当群众在他的辛勤耕耘下过上了好日子的时刻，一个年仅四十六岁的生命却与他魂牵梦萦的故乡永别了。遵照张革同志生前的愿望，他要魂归故里。亲人们用五天五夜的时间为他赶制了一块纪念碑，一面刻上"张革故里"，一面刻上"看灯看电看录像，吃水吃果吃核桃，不忘知青张革"，并早早地为他打好了墓穴。

1998年8月30日，对于宜川县的群众来说是一个难忘的日子。这一天，从四面八方赶过来无数的乡亲和干部，来为张革——这位把青春和热血奉献给黄土地的好人做最后的诀别。在骨灰下葬的时刻，唢呐凄凉的乐声分外悲怆，堆积如山的花圈格外刺眼，马头山低头，白水河鸣咽，支支香烛、缕缕青烟、杯杯清酒，祭奠亲人，乡亲们齐刷刷跪下一片，用最古老的方式为他送行。许多人开口说张革，未语便失声。一位老大娘忍不住伤心地跪在坟前泣不成声地说："张革，你从前每次回来是有说有笑，而这次你回来，不能说了，也不能笑了。你从前每次走时都说你还要回来，可这次你再也走不了了。"说完放声痛哭。周围的人再也抑制不住悲伤的心情，哭声一片。当张革的爱人诸文雁透露，张革临去世前从意大利回来还为后峪沟和陕北老区带回来了核桃和玉米种子时，闻者无不唏嘘不已。当诸文雁还透露，张革死而有憾，没有实现为桌里建一所希望小学，铺架一百四十里输电线路等，周围一片静寂，许多人被深深震撼了。

张革，一个普通的北京知青，在他身上体现的那种吃苦耐劳的意志品质、任劳任怨的工作态度，勤奋执着的进取精神、诚实可信的人格魅力，都是那个岁月赋予我们的人生底色。在这朴实无华的底色上，呈现着多姿多彩的人生画卷，承载着永垂不朽的"知青文化""知青精神"。张革，心系老区人民，用自己的青春与热血，用自己年轻的生命，感动着中国，谱写了一曲改天换地，与贫困抗争的无私奉献之歌！张革同志，你的灵魂将永远与丹州大地为伴；你的高风亮节，将永远激励着我们用科学的发展观带领群众在脱贫致富的道路上迈出新的步伐！

崔树新，女<br>
北京市铁路第二中学初六八届毕业生<br>
插队地点：宜川县原寿峰公社

# 与解放军医疗队接触的日子

1969年初，北京知青开始去延安插队，在这段岁月里与知青相伴走过一段路程的有两个群体，一个是北京支延干部，另一个是解放军总医院医疗队。解放军医疗队的任务是为当时缺医少药的延安人民送医送药，他们分布在延安地区的各个县，共有四百人，先于我们到达延安。他们虽然只与我们接触几个月时间，但给我们的帮助是非常大的。

北京插队知青到陕西后，这里刚刚下过一场大雪，我们从公社步行十里，到达落户的大队。在村口我们碰上一支解放军队伍，有八九个人，他们穿着漂亮的军装，敲着锣鼓出村迎接我们。我走在知青的最前面，看见解放军队伍里的一个女兵向我笑了笑。

后来，知青就和解放军医疗队一起生活在一个村子里，都住在老乡家。这个医疗队是从北京来的，我们感觉特别亲切，没事就到他们的驻地玩。那时我们知青十七八岁，他们二十二三岁，我们对他们挺尊敬的，没有把他们看成哥哥、姐姐，而是把他们看成解放军叔叔、阿姨，所以见面称他们为"您"。在他们为老乡治病工作之余，我们就在窑洞里聊天，讲北京、讲家里的事情。他们年龄大，看问题清楚，经常提醒我们在这里插队生活、劳动中应该注意的事情。

医疗队里边有一个队员，姓王，叫什么"娟"。她个子不高，挺丰满的，脸红红的，特别爱笑。我因为有关节炎，小王给我用针灸治疗。她的动作既轻柔又果断，银针深入肌肤里面立即产生酸麻的感觉，我觉得很神奇。我就问小王什么是穴位？穴位的位置。她非常耐心地教我。我知道了"膝眼""足三里""合谷""内关"等等。

一天，小王给了我一根银针，回到知青住的窑洞，我就按照穴位，自己扎了起来。那时候，正在实行快速针灸，一些赤脚医生在自己身上试针的事情被广泛传颂。小王知道后，嗔怪地说：你也不怕疼，小心感染。其实，她很支持我，又给了我一些酒精棉球，并且手把手地教我更多的穴位。后来，小王到县城出差，专门到县医药公司给我买了一套银针。大大小小的银针有十几枚，装在一个玻璃管里，我非常喜欢，经常带在身上。向解放军学习针灸，让我那艰苦的插队生活多了一分快乐。小王那朴实的北京老乡情、亲切的姐姐爱护弟弟的爱心，让我深受感动。

我们在村里过第一个春节时，小王他们医疗队排演了歌剧《白毛女》的片段。小王演喜儿，有一个队员非常瘦，年龄又最大，就演杨白劳。小王的歌声甜美，演得非常投入，随着剧情发展，带着不同的感情，一会儿欢天喜地，一会儿悲痛欲绝。在一个老乡的大院子里，在土窑洞的前面，乡亲们和知青围在一起，穿着厚厚的棉衣，天寒地冻地观看演出，看得非常专注。

小王他们穿的剧装是七拼八凑来的，薄薄的衣服非常冷，可他们演得很起劲。冬天的太阳在陕北也不觉得暖，冰冷的土地更让人受不了。后来小王的脸被冻伤了，一直带着伤痕，老乡们看着都挺心疼的。演出完，她问我演得怎么样，我说关键的地方你怎么笑了，她说我看黄世仁演得挺逗的。她像湖水一样的眼睛望着我又笑了，笑得十分灿烂，从此她的笑深深地留在我的心里。

解放军医疗队在红卫大队驻扎了半年，他们接到命令不知是要转移到另外的地方还是回北京，反正他们先撤到县武装部去了。我们赶集的时候，就到县武装部看望他们。

临走时，小王语重心长地对我说：在这里好好干，克服生活上的困难，不要怕吃苦。最后，她嘱咐我，不要早早地谈恋爱，将来还不知道有什么变化呢？我一直把她的话记在心里。村里的知青曾经说过：让我认个干姐姐，她是我敬重的解放军，我觉得不合适，但此时我真的舍不得她走。临走时，她悄悄地把我叫出窑洞，拿出一张相片送给我留作纪念。照片上她梳着当时流行的"小刷辫儿"，穿着白衬衣，胳膊上戴着鲜红的袖章，身后是一片树林，可能是她上大学时照的。我不好意思地对她说：我没有特别的礼物送给你，我要真诚地谢谢你，不管你到什么地方，不要忘了远方还有你的战友。插队的时候，这张相片我一直珍藏着，看见相片我就想起了小王，想起了知青和解放军医疗队朝夕相处的日子。

在解放军医疗队小王及其他队员教我针灸的基础上，我又向村里的赤脚医生学习了西医知识，向我们的房东——一个中医学了号脉。从此，我就做了"准赤脚医生"，因为这些都没有经过大队同意，"自学成才"。后来，我为老乡治病的事情在知青中传开，我被选为县里的知青"学习毛主席著作积极分子"。我非常感谢插队期间解放军医疗队和我的患难之交——小王，他们让刚刚走上社会的我懂得了怎样生活。

王凤桐，男<br>
北京市东铁营第二中学六七届学生<br>
插队地点：洛川县原永乡公社红卫大队（北汗寨）

# 大庄河插队回忆

## 一

1968年12月7号，我们离开了充满火药味的北京，到陕西甘泉插队。妹妹和大院里的朋友到北京站为我送行。站台上人声鼎沸。和送行的人道别后，我们挤进了车厢。这是一趟开往铜川的专车。车轮启动时，有人把脖子伸到窗外，大声喊："再见了，北京！"

火车到达铜川后，我们换乘开往甘泉的长途汽车。

去甘泉的北京知青有好几百人，坐在十几辆汽车里，行李都放在了车顶。汽车沿着盘山路缓慢地行驶。放眼望去，黄秃秃的原野，点缀着落了叶的灌木，显得一片苍凉。12月的高原寒气逼人，汽车四面透风。大衣、棉裤、棉鞋，变得冰凉。越冷尿越多，但是不停车。大家只好憋着，跺着脚硬是憋到洛川。

在洛川解了手，吃了饭，汽车继续颠簸着爬行，一会儿上塬，一会儿下沟，吃力地沿着一个个的山头之字形地绕着，直到下午三四点才到了甘泉县城。

小小的县城挤满了欢迎的学生，他们跳着忠字舞。离县城七十里外的王坪公社派了几辆驴车，把我们接到了大庄河大队。大庄河的老乡已经在等着我们的到来。

## 二

太阳快落山时，我们到了村里。很多老乡站在村口看热闹。这是从胡宗南的队伍到村里以后，村里最大的一件事了。大家好像是过节似的，都从窑里出来想看看这些从毛主席身边来的年轻人。

支书曹文章、大队长魏德志、小队长姚宝财热情地给我们安排了临时住处。

我们高一（3）班分配到了一队，高一（2）班分配到了二队。女生住在了老乡家里，我们几个男生就住在了村边的一个破旧草房里。

把行李收拾停当，天已经全黑了。队里事先都安排好了，老乡各自来领人到各家去吃饭。已经临近春节，家家都在做年夜饭。蒸馍、打油糕、做米酒、做豆腐、泡豆芽，杀猪宰羊的。纯朴的老乡拿出他们最好吃的饭食招待我们。

村里没有电灯。天黑后，看着天空，才感到完全到了一个陌生的环境。黑黝黝的山峦起伏着，远处好像有狼的吼声，偶尔也传来狗叫的声音。

我们住的草房就在牲口棚边上。队里喂牛的老汉也住在里面。吃过饭后，我们回到住地，围着昏暗的油灯，什么也干不成。没热水洗脸，更别说洗脚、刷牙了。炕上很暖和。喂牛老汉怕我们冻着，一下午就把炕烧上了。我们一个紧挨一个地钻进被窝里去了。

早上还没有起来，就听到外面有说话的声音。顺着窗户往外看，外面已聚了很多人。这时太阳已经升起来了。现在是冬天，没有农活。不知谁喊了一声："快起吧，外面耍猴呐。"

我们腾地爬了起来，从缸里舀起冰凉的水洗脸、刷牙。谁家的小孩喊了起来："学生娃淘茅子啦！"原来，调皮的小孩看着我们用刷子在嘴里蹭来蹭去的，嘲笑我们是在淘粪坑。洗漱完毕，我们又被带到各家去吃早饭。这时我们才真正地醒了，开始了解这个我们可能要把最宝贵的青春贡献在这里、影响我们一生的村庄。

## 三

在农村，头一年要把第二年的口粮挣出来。我们自己起火、做饭、砍柴、给自己盖房子，全体知青变成了一家人，在队里单独立户。一开始，队里派婆姨们给我们做饭，但婆姨们都有自己的家，因此我们必须自己学着做。起初女生们做饭，我们去砍柴。后来就一个男生配一个女生轮流做。

有一次，高正春和陶晓峰在家做饭，他们蒸黑面馍不会对碱，结果把碱放多了。揭锅的时候，馒头又黑又硬，简直就是肥皂块！可是已经到了送饭的时间，再做什么都来不及了。陶晓峰急中生智，拎了一瓶醋精，挑着馍和菜汤就上山了。他让大家把醋精浇到黑面馍上，酸碱中和着吃。但是我们怎么都咽不下去。后来还是老乡们省下一些自己的口粮分给大家，才算填饱肚子。

还有一次，是李浙阳做饭，他把簸出的荞麦面当成玉米面蒸窝头了。结果蒸出来的黑馍那叫一个难以下咽啊！后来，在大家一致"声讨"下，暂停了李浙阳的做饭资格。

那时候，我们整个知青点一直过着"共产主义"的生活。要饱一块饱，要饿一块饿。女生吃得少都贴补给了男生，且毫无怨言。北京家里寄来的吃的，大家也一块沾光，从没因为不和而闹分灶。

栗建国、高长平还从家里带来了缝纫机给村里人用。好多同学还从家里带来自行车，大家也一块儿用。

农闲时，便是去山里砍柴，要把一年吃饭、取暖的柴火都给攒足。老乡教我们怎么砍柴、整柴，怎样背在背上才不硌、不散。我们穿着从北京带来的塑料底棉鞋，经过几个月的磨损，已经跟镜面差不多了，平时走山路不小心都要摔倒。有时要从很高的山坡上往下背柴，两腿直打哆嗦。

有一次二队队长带朱秋野他们跑到很远的地方去砍柴。刚走到有柴的林子里时，朱秋野已经全身冒汗筋疲力尽了。看到伙伴们已经开始砍柴了，他也匆匆忙忙地放下绳子和垫背。当他发现了一棵干枯的小树，抡起斧头使出全力砍下去时，斧头没有砍倒小树，却弹起来重重地落在他左脚的脚背上。他惨叫了一声，一屁股坐在地上，脚背上的鲜血涌了出来。老乡看了看他的伤口，转身在林子里抓了几把不知道叫什么名字的草按在他的伤口上，抓着他的两个胳膊背起来就朝山下跑，边跑边说："要是把你给砍残了，怎么让我们跟你在北京的大交代。"幸好治疗及时，没有其他的并发症，只留下了一道伤疤。

## 四

离收获的季节还有一个多月，老乡都是趁这个时候去串亲戚。大队安排我们去张思德墓地接受革命教育的活动。我们都没想到，张思德就埋在离我们村三十多里的地方。大庄河处在甘泉、安塞和延安交界的地方，张思德就是在安塞离甘泉很近的山里烧炭时被砸死的。那天曹书记给我们带队，沿着山沟找了大半天，终于在一处不起眼的丛林中找到了近乎荒芜的墓地。这个因《为人民服务》举世闻名的张思德，已经很久没有人替他扫墓了。

那天我们全体知青都去了。朱秋野打着红旗走在最前面，曹支书双手捧着村里唯一的一幅毛主席身穿风衣的肖像，大家紧跟着他，唱着老三篇的语录歌。

老支书在墓碑前给我们讲话。这是我们所受的最正面的一次贫下中农的再教育。

在大庄河找不到一个地主、富农来批斗，只有一个叫赵干大的人，入过党又脱党，是所谓的历史反革命。我们刚到村里不久，赵干大给儿子办喜事，请全村人去吃喜宴。当时我们知道他有历史问题，便开会讨论"自首党员"家的喜宴能不能去。但是全队的人都去了，我们也只能向贫下中农看齐。不过喜宴上，我们还是坚持原则的，集体大声朗读了毛主席关于阶级斗争的语录。后来这个赵干大因为修梯田被压死了。

在大庄河我们和农民天天一样地生活，逐渐地完全站在了老乡的立场。他们少报地产，反对过多地交公粮，县里赶黑户，我们都是睁一只眼闭一只眼。真正融入了农民的生活后，使我们认识到生活并不像我们从小受到的教育那样简单。

## 五

杨传智从小就喜欢自己动手做收音机。老乡们觉得新鲜，纳闷人怎么能跑到小盒子里去说话。我们提议成立一个广播站，给每家装一个喇叭，大队立刻就同意了。

大队派人到山里砍树，栽电线杆，出钱买电线。铜线买不起，就用铁丝做电线。喇叭是每家自己出钱买的。安装好后，"大庄河广播站现在开始广播"就经常在喇叭里响起。老乡最爱听"秦腔"，收听率百分之百。

后来，老乡们发现，当广播站不广播时，喇叭里会听到别人家小孩哭闹或大声说话的声音。原来，舌簧喇叭会把周围的声音变成电能，顺着电线传播出去，其他喇叭就可以隐隐约约地听到。于是，一个有趣的电话网形成了。"二队的队长回话，四队的队长回话。"这时听到的人就马上跳到炕上对着喇叭大声呼叫"我是王战华，听见了。""叫你现在到书记家开会。""听见了，我这就去。"

事情很快就传了出去，周围的村子也相继模仿建立了广播站。

套驴磨面也是很辛苦的事情。知青点的人多，要磨的粮食也多，队里只有那么几头驴，要送粪、要磨面，全队的人都在排队。这时大队决定以杨传智为首成立机械小组，从县里广播站要来两部报废的十马力柴油机，拆东墙补西墙，经过无数次的试验，终于凑成了一台。

老式柴油机带动磨面机震动得很厉害，需要固定。大家从破庙里搬来刻有"龙王神座"的大石碑，凿个眼，硬把柴油机卡在石碑上，然后深深地埋在地里，把柴油机牢牢地固定住了。村里办起了面粉加工厂，老乡就不用套驴磨面了。

我们又想能不能用柴油机发电。杨传智、温东方、高劲松回京,托人走后门在北京化工厂花七块五买了七个电瓶车用的大电瓶。电瓶里的硫酸不让托运,他们就在北京花了三十多个小时,把电瓶里的电放掉,再把硫酸倒掉,洗了七遍。最后连抬带扛的,硬是把电瓶从北京带到了大庄河。

到村里后再按比例往里加硫酸,对进蒸馏水。发电这个事凝聚了大家的智慧,终于用电容倒相的方法,把交流电动机改造成了一台交流发电机,发出了220伏的交流电。发电那天,全村的人都来看,是大庄河附近村里史无前例的大事。炽亮的灯光划破了大庄河黑黝黝的夜晚,像一盏探照灯在黑暗的夜空发出的一束光芒,从几里路远就能看到,大家欢呼雀跃。

## 六

那年夏天解放军巡回医疗队要在公社办赤脚医生培训班,队里选我去了。培训班在洛河边王坪公社的院里,也就是教一教基本的医疗常识。

记得有一天我们正在学习,忽然听到报告,有人掉到洛河里去了。大家都拼命地往河边跑。到了河边,老乡指着一个挺深的河槽说:那人就是在这里耍水,掉下去再没有上来。

这人岁数和我一般大,刚结婚一百天,中午吃完羊肉就跑到这里来玩。我听了之后,立刻跳到了水里,几个扎猛子,终于摸到了一个胳膊,就给提了上来。

刚学过的人工呼吸知识就派上了用场。我口对口地救助,周围围了一大群老乡。但因为溺水时间太长,人工呼吸根本不管用。

虽然人没救活,但全公社都传开了,说大庄河有一个舍身救人的北京知青。回到村里,我就开始了赤脚医生的生涯,后来还到县医院去学习了一段时间。

有一天半夜,后队的一个老乡叫我去出诊。说他老婆生娃难产。我听后叫他去找接生婆,或女赤脚医生,但他非叫我去。我二话没说,背上出诊箱跟他走了。

到了他家才知道,他的婆姨因难产已经死了。死胎按他们的讲究是不能跟孕妇一起下葬的。他于是叫我把死胎取出来。我打开出诊箱,找到唯一的一把手术刀,毫无经验地割开已成灰暗色的皮肤,把子宫一刀剖开,将死婴拽了出来。然后,把伤口缝好。孕妇的男人悄悄地求我,叫我把死婴送到山上去。这时已经是后半夜了,但我想到自己是向贫下中农来学习的,应该帮他们的忙,就一口答应了。

老乡给我准备了一个挎篮,用破布把死婴包了起来,并嘱咐我把死娃扔得越远越好。

农村缺医少药,难产、急腹症都是要命的病,但当地没有几个真正有本事的医生,尤其是外科。

那时候,我的医术还很浅,每天用半天时间给人看病、采药,另外半天时间去干农活。我们给村里办起了合作医疗。每家收五毛钱,把钱用来买些常用药。中草药像甘草、百合、香薷、金银花等就自己采。

当地有一种和黄连相似的灌木植物,它的根可以入药。我把它挖来,叫杨传智帮忙给做个压片机,然后我把草药磨成粉,再加工成药片,用来治痢疾。医学杂志介绍杨树皮能治气管炎,我们就把杨树皮熬成汤,再熬干了做成片,来治急慢性气管炎等这些常见病。

在大庄河,我经常到各家去看病,老乡都拿出最好的东西给我吃。他们用白面做面条,再卧上几个鸡蛋,对我算是特殊待遇了。多年后,我想起他们,心里总是暖暖的。

彭延,男<br>1949 年出生<br>原北京师范大学第一附属中学高六八届毕业生<br>插队地点:原延安地区甘泉县王坪公社大庄河大队

# 独闯安塞

离开北京之前，我只知道延安有延河水、宝塔山，张思德在安塞烧木炭。得知我们学校插队的地方是在陕北安塞县，便回家翻看陕西省地图，只见上面所标安塞县在延安以北。为了去我心中向往的革命圣地延安，我决定跟随小学同学到延安县去插队。

1969年1月7日，在列车启动的一刹那，看着周围哭成一片的同学，我既没有激情满怀，也没有伤感的泪水，有的只是头脑里的一片空白，因为没有家人前来车站为我送行。我的父亲是国家级别很高的工程师，母亲是一名学校的校长。像我这样一个典型的知识分子家庭出身的孩子，在那样一个疯狂的年代，家早已被撕扯得粉碎。幼小的我们无法掌握自己的命运，更无权选择自己的前程，只能木然地面对一切，去接受命运的安排。

到延安做短暂休整时，我在延安县行政区地图上经过仔细寻找，在最终看到"贯屯"两个字的同时，也明白了一个"县"在地域上的含义。那是一年中最寒冷的季节，卡车拉着我们途经姚店、青化砭后一路北上。当年蟠龙和贯屯两个公社，还没有汽车能够行驶的道路，我们只好在一个叫玉皇庙的地方下了车。前来接应的老乡告诉我们，这离史家洼大队还有多半天的路程。

后来，我才知道，我们村虽属延安县贯屯公社管辖，却是在延安、延川、子长三县交界的山区，距玉皇庙车站有六七十里。

当时，正是天寒地冻的腊月，黄土高原到处呈现出一片浑黄，我们跟随着拉行李的小毛驴车，沿着河滩缓慢地行走。在过一处冰河的弯道时，一头小毛驴不慎掉到封冻的河水中，锋利的冰碴立刻刺破了它的后腿，鲜血顿时涌出，在冰层下犹如泼洒出去的红墨水渐渐散开，随即又与寒冷的冰河牢牢地凝聚在一起，见到这情景吓得我不由得大叫起来。再看那头小毛驴不知是麻木了还是早已成了习惯，连声都没哼就被老乡拽上岸继续向前走去。而这鲜红的血迹在茫茫天地中是那样刺眼，为我初到陕北留下了重重的一笔，直到今天都无法从记忆中抹去。

我们要去的史家湾是贯屯公社较为偏远的大队，不大的村庄夹在群山之中，数十孔窑洞在阳面的半山腰上散落开来。队长把我们六个女生安排在靠山顶只有门没有窗的两孔土窑中，来到窑前往里看，只见一个窑洞半个炕，一个铁锅一口缸，这就是我们全部的家当。好在夜晚来临时，用墨水瓶做的小油灯还是能为我们看书写信照个亮。没想到刚来两天，由于炭火烧得太旺，晚上睡觉时，把睡在炕头同学的褥子烧了一个大窟窿，还差一点儿着起火来。就在那一晚，我们所有的女生都哭了，这是离开家后我第一次流泪，也是唯一的一次。

不久，我了解到，因为没有路，村里不少婆姨、娃娃从未走出过大山，更没见过汽车。以致后来在给孩子们上课学到汽车这个名词时，我都不知道该怎样向他们描述。真的无法想象，那时新中国都已经建立二十年了，这并不偏远的地方却如此的贫困。随着时间的推移，我开始想家，也想念去了安塞的同学。我第一次收到同学们从安塞寄来的信后，心中便涌起一股强烈的愿望，就是一定要去安塞看望他们。

通过对老乡的询问，知道从我们村去安塞并非易事。黎明前就要起身，步行六七十里到玉皇庙，才能赶上从延川下来的汽车。到了延安还要转车才能够到安塞。

一次在山上干活时，看见有迎娶婆姨的队伍从山梁上经过，老乡说那是从安塞过来去往子长的娶亲队伍。还说从我们村到安塞的直线距离不是太远，只要翻过两座山，穿过三个公社，再顺着一条山沟下去就可以走到安塞。一个大胆的决定浮现在我脑海中，那就是步行去安塞。是什么力量，哪来的勇气，至今我都无法对当年的行为做出合理的解释。

那是个轻风拂面的早晨，阳光刚出现在山巅，在拦羊老汉三平爸的指点下，我踏上了去安塞的山路。没有过多的想法，也没有受到同伴的阻拦，甚至连水和干粮都不知道要带上。一切都是那么的单纯，又是那样的简单。

蟠龙、子长一带煤炭的储存量极其丰富，山上没有茂密的树林和遍地的荆棘。放眼望去梁挨着梁峁连着峁，就是见到一两棵树，也会像抗战时的消息树那样孤独地站在山顶，十里八乡外都能看得到。在这种自然环境下，别说狼就是连只兔子都难以藏身，自然也就不必有太多的担心。

当时，正是荞麦开花的季节，爬到山顶放眼望去，一层层一片片，宛如一条条粉红色的飘带缠绕在山间。周围很静，不见人的踪影，偶尔才会从对面的山头传来一两声耕牛的叫声。抬头看看太阳，估计时间已经过了中午，我加快了脚步，提醒着自己必须在天黑前走到有知青的地方。一路上，口渴了，山中的泉水很清澈；饿了，庄稼地里有吃的。终于在天黑前来到一个同样偏僻的小山村。只见一个女知青正坐在窑洞前洗着衣服，看见我立即起身迎了上来。当我们笑着拉住对方的手时，就好像双方是久别的亲人。几句询问之后，便是热情的招待，喝水、洗脸，还把从北京带来的挂面拿了出来。躺在窑洞里虽然是初次见面，相同的话题却让我们聊得很晚很晚。遗憾的是此后我们再也没有见过面。

敦琳，女
1950 年出生
北京市第五十四中学初六七届毕业生
插队地点：延安县原贯屯公社史家洼大队

# 泥土的芬芳

那一年，柳絮飞扬的时节，老贫协去世了。

老贫协姓马，人称马贫协，叫了二十多年，倒把原名给淡忘了。马贫协三代赤贫，苦大仇深，根正苗红。土改时当了干部，分到了刘老财家的东跨院，彻底翻了身。现如今，儿子是村"革委会"副主任，女婿在县公安局当民警，家道日兴，名利双赢，老贫协的丧事也就办得格外体面了。

办丧事，依照当地风俗首先要聘请一位"棚主"。棚主选村里德高望重、熟谙掌故之人担任。棚，则是在事主院中用木料搭起框架，征借村中各户自织土布裹搭而成，各种土布五颜六色，经纬交织，煞是好看。祭奠仪式和宴会都将在这里举行。棚内摆放着逝者牌位、照片，悬挂着挽幛、挽联，正中醒目的位置是一幅毛主席语录"人总是要死的，有的重于泰山……"办理丧事的整个过程中，事无巨细，皆由棚主决策，事主不得过问，棚主未下令拆棚，治丧过程就不算结束。

作为插队知识青年，我们原本不掺和村里的红白喜事，但是，在棚主的关照下也破例前来混口饭吃，混包烟抽。只见那棚主分东派西，吆南喝北，指挥若定，颇有大将风度。于是乎报丧的、采办的、收布借桌的纷纷出动；搭锅垒灶的、碾米淘麦的、漆棺扎花的各司其职。这边是炊烟滚滚酒肉香，那边在磨刀霍霍向猪羊。全村的壮劳力大部分都在这里了，巧妇能媳齐聚一堂，各展绝技；憨姑笨婆牵儿引孙，一饱饥肠。

棚主分派我们几个人去打墓，虽说心里对这份差事有点儿腻歪，却也服从了分配。出得村来，往东而行，来到柿树林边的马家坟地。先由风水先生选好坟址，要求墓穴头枕东山凹，脚踹清水河，墓道长八尺、宽四尺、深八尺；再朝东开窑门，窑口高四尺、宽四尺、窑深八尺。整个打墓工程需要三天才能完工，再加上后期整理，七天后主人才能入住。

两天活干下来，我还真喜欢上了这个行当，学会了这一手，不愁将来没有饭吃。墓道打好了，该开窑门了。按照当地风俗，这窑门开得好坏直接关系到后人的安康与否，所以开窑门之人必须是"完人"，即父母健安、兄妹并肩、子女双全之人，而事主对开窑门者也是酒肉红包，优待有加。

猫在窑洞里，直不起腰来，只能跪着干活。用小镢头一阵猛刨，然后清理虚土，再刨、再清理，无须多长时间汗水和泥土就把人整个包裹起来，浑似一只泥猴。这时候，随地一躺，舒展一下酸困、麻木的四肢，再卷一支"大炮"吞云吐雾。其他的人都在地面上清理虚土，窑里静极了。闭上双眼，闻着新鲜泥土的清香，脑子里一片空白，不知从何而来？不知缘何而去？没有了烦恼，没有了悲哀，一缕孤魂飘飘然离我而去，游荡于虚幻之中……

大概是地面的伙计们叫醒了我，这才意识到我躺在一处本不该我躺的地方，那是另一个世界。片刻的感受就让我参透了生死玄机：死有何惧？这洞里睡着舒服极了，远离世间的嘈杂、烦扰，亦不必去为那几斗米折腰，何乐而不死呢？

出殡的这天到了。门首的两班吹打乐人拿出看家本领争彩斗技，各展所长，赢得了一阵阵热烈的掌声。那年头村里没有什么文化生活，红白喜事就成了最热闹的场所，只见老幼咸集，妇孺汇聚，万人空巷。马家的三姑六姨、七叔八舅都到了；各级领导、故友新交也全来了。

一时间素衣遍地、号声恸天，那场面甚是壮观。直系亲属抬着食箩，内装十六盘"饭"，"饭"者，制作精良之大白馍也，白馍上揉捏造型、沾红点绿、盘花雕凤、栩栩如生；旁系众亲属挑着食盒，内装十二盘饭；另有不知名的远房亲属，故交乡邻，一律用提盒，或献六盘，或献四盘，不一而足。

祭奠仪式开始了。孝子贤孙们身披重孝，拖着哭丧棒跪在灵柩前扯着嗓门干号，司仪大声唱出祭献之人姓名、祭品、数量，然后奏乐，在哀婉凄凉的唢呐声中，祭者对亡灵三叩三拜，焚香、奠酒、礼成。女客则哭诉着对逝者的思念与哀悼，她们用一方手帕半掩悲容，啼啼嘤嘤、念念叨叨，其哭诉有板有眼，宫商角羽、抑扬顿挫，催人泪下。

旁观众女眷则在一旁对哭诉者评头品足，对其哭腔褒贬不一，形同评委。祭奠仪式结束后，众人论资排辈坐定，狼吞虎咽吃完，盖棺定论装殓，打点行头出殡，三十六杠抬起，孝子贤孙挽纤。装殓时死者口含铜钱，是用来给阎王上供的；左手三个油饼，右手四枚油丸是贿赂小鬼的进门礼，俗话说"阎王好见，小鬼难缠"，即是此理。

女儿和媳妇们先灵柩一步来到墓地，在墓室内炸煮油糕分食，名曰：暖房。这时节，送殡的队伍浩浩荡荡，迤逦前来，一路上灵幡招摇，冥钱飞舞，哀声远扬，蔚为壮观。到得墓地，众亲属环墓而跪。我们则先在墓道底部放置一根桑木扁担，众汉子发一声喊，将棺椁抬起，头东脚西，用绳子徐徐放入墓道，然后下去一个精壮后生，背靠棺椁小头，脚蹬墓墙，猛一用力，棺椁顺着桑木扁担滑入墓室之中，进去摆放停当之后，孝子进来抹过棺盖即动手封闭墓室，随后群锹乱舞，拨土扬尘，填平墓道，堆砌坟冢，将孝子手中的柳木哭丧棒插于坟头。诸事已毕，全体跪拜，悲声再起，焚纸、烧香、放炮、奏乐，当公安的孝婿拔出手枪朝天连放以壮声威。

回到家中再吃、送客、结账、拆棚，历时七天的治丧工作结束了，老贫协入土为安了，我也学到了一手打墓的绝活儿，在随后的几年里把不少人送到了他们该去的地方，遗憾的是回城后这手绝活儿没有了用武之地。

时至今日，我还经常在梦中回到那个地方，钻进墓室，抡起小镢猛刨，出一身臭汗，然后躺在那松软的黄土中，闭上疲惫的双眼，尽情享受墓室里的那份静谧、那份安然，那种无忧无虑，那种脱离苦海、超脱自我的感觉，还有那令我终生难忘的、挥之不去的、已渗入我灵魂的——泥土的芬芳……

羔羊，男
北京某中学毕业生

陕西知青档案

# 涝池与我结下不解之缘

轰轰烈烈的"上山下乡"运动开始时，同学之间都在议论纷纷幻想着到了那广阔天地里的各种趣闻逸事。谈起将来在农村洗澡的问题更是浮想联翩，有的同学还幽默诙谐地说道：农村肯定没有澡堂子，咱们就学电影里日本鬼子进村时，拿老百姓的水缸烧一锅热水向里一跳的样子洗澡，那多惬意啊！

当我们来到黄土高原上的小山村时，现实的状况把我们热情高昂的心境一下浇得凉了下来。

高原的村子严重缺水，别说洗衣和洗澡，就连村民饮水都是大问题。全村几百口人就指着一口井过日子，绞满一担水得二三十分钟。每日下工回来第一件事就是赶快去排队绞水。

我村还有个规定，前一个人不论绞几担水别人也不能干涉。如果水井前排了五六个人，轮到我们时就到晚上九十点钟了。初到村里时天气还冷不大理会，开春后开始了田间干活，尤其是麦收过后每日挥汗如雨的劳动，根本没有水来洗澡和洗衣服，哥儿几个浑身上下都脏得不得了。

每天头顶着烈日干了一天的活，衣服干了湿湿了干，人人身上都有一股馊味，到了晚上难受无比，真想找个地方痛痛快快地洗个澡。正当大家为了洗澡发愁时，突然想到了村中的涝池。

在陕北高原的村里为了解决牲畜的饮水、盖房和泥的水以及日常的洗衣服的问题，每个村子都修了个涝池。村中的雨水都被引流到涝池里存储起来备用。

我们村的涝池水面有一百平方米左右，是个锅底状，中间水深两三米，入夏以来几场大雨将涝池灌得满满的，池水也较以前干净多了。涝池的南面依傍场院有五六米高是绝壁；北面和西面是通往三队的马车路，路面离水面有一米左右，岸边长着青青的绿草和苔藓，既陡峭又光滑；东面是个缓坡，婆姨女子们就在这里洗衣服。

一天，我们几个知青穿好泳裤来到涝池边，只见几个婆姨和女子在说笑着洗衣服，我们三下两下脱掉了外衣跳到涝池里大游起来。

这时，只见那些婆姨女子抱起衣服就跑，嘴里还大喊大叫着："啊呀！不好啦，那些缺死鬼、挨刀子、挨炮子的学生娃都精尻子（当地话——光屁股）出来了。"把我们逗得哈哈大笑。

过后没几天，那些婆姨女子对我们穿着三角游泳裤游泳也就习以为常了，我们游泳她们洗衣服各干各的。还时不时与我们开起了玩笑，并对我们每个人的游泳技术大加评论起来。

自从每日在涝池游泳洗澡后，每个知青身上都干净多了，每晚睡觉都特别的香。

村中老乡没有会游泳的，过去村中的碎娃们是不准到涝池边玩耍的，自从我们每日下工后到涝池游泳戏水，招得村中的碎娃也跑来玩水取乐，家长们也放松了对涝池的警惕。

那些日子可能是初到陕北，水土不服的原因，我得了严重的脚气病，脚趾间溃烂流黄水，走路一瘸一拐也不能下地干活。

这天，我正在屋里坐着就听见民兵连长"拐子锁柱"喊我，说组长福娲家的碎娃掉到涝池里了。我一听急忙脱下衣服穿上游泳裤随着瘸连长向涝池跑去。

我穿着泳裤来到涝池边，只见池边站满了各村的人。这天是8月1日，我们村的解放军医疗队要撤走了，大多是来送医疗队的老乡。我一看这么多人正是展示我跳水的好机会，于是特意走到场院的高台边，双臂一展来了个"燕子展翅"一跃跳入水中，露出水面后我来回游了几圈，回到东面浅水处向瘸连长锁柱说："没有娃！没有！"

锁柱让我沿着北面池边再摸一摸，于是我一面游一面不时地向水底伸脚踩着，嘴里不时地满不在乎地说："没有，没有！"

突然感觉脚下像踩到了一个枕头软绵绵的，当即就觉得嗡的一下头都大了，玩命似的一转身拼命向回游去，并喘着气对岸上大喊着，快！赶快去叫人！到了水浅处我停下来，冷静一想，一个两岁的小孩儿？我怕什么！于是我又转回身慢慢地向回游去，一边游一面小心翼翼地向下伸脚探着，猛然间脚踩到那个软绵绵的东西，我猛吸了一口气，一使劲头向下扎去，伸手抓住了那东西，身子一蜷双脚用力一蹬池底，一下就跃出了水面，睁眼一看手中果然抓着那碎娃的后背衣服，我一手举着孩子一手划着水游到岸边，可是一米多高的北岸长满了青草和苔藓，又陡峭且溜滑，我一只手举着孩子一只手抓着岸边的青草，情急之下怎么也上不了岸。

这时闻讯赶来的民兵排长金合把手递给我，他用力一拉，一下就把我拉上了岸。上岸后我急忙把孩子倒提着双脚控水（这是在北京时听别人所说的急救落水者的方法，没想到在这遥远的陕北小山村让我有了英雄用武之地）。

正当我这儿瞎鼓捣呢，解放军医疗队听说了。队长陈医生和李干事以及护士小张大姐、小王大姐一干人风风火火地从村中跑来，小张大姐还背着急救药箱，马上对这孩子进行了抢救。

太遗憾了，孩子刚两岁，因为溺水时间太长，而且是爬着落水，肺被呛入了水，已经回天无术了。陈医生他们只好带着万分的沮丧叹息着走了。

福娟虽然失去了孩子，但是对我还是很感激，并按当地风俗让他婆姨在我的衣服右下边缝了一个红三角辟邪。每当谈及此事对我都是感激不尽。

我们每日下工后依然在涝池里游泳洗澡，而村中的碎娃们再也不敢来了。

有一天下工后我换了游泳裤准备去涝池洗澡，突然听见村中很多人在大喊大叫："不好啦！福海家婆姨跳涝池啦！"

我随着人们跑到涝池边，只见福海家婆姨在涝池中，头在水面上张着嘴喊着："救命！"双手不停地扑打着水面。

见此情况我毫不犹豫地扑进涝池，一边游着一边观察着落水者的情况，心想千万别让她抓住我，否则连我也一块活不了。

这时岸上的人们大叫着："赶快把她拉上来！"我急忙向岸上喊道："别急！别让她把我拽下去！"

我围着那婆姨不停地游着观察着她的动作，只见那婆姨一张嘴喊"救命"，也就咕咚地灌一口水，一张嘴就一口，连灌了好几口水，挣扎得就不那么厉害了。

不一会儿我看差不多了，慢慢地游到她身后，右手一把抓住她的发髻，左手划水用仰泳的姿势带着她游到浅水处。

民兵排长金合早带着几个人冲过来将那婆姨架起就走。原来，那婆姨与兄嫂因家庭矛盾吵架，一气之下用小刀将兄嫂扎了一刀，因害怕而想跳涝池自杀。

她就这样被我救出来而免一死。老乡们每当提起涝池，总不免提到我游泳技术的高超。在那严重缺水的黄土高原，这个小小的涝池为我们带来了说不出的乐趣与感慨，它曾给了我两次大显泳技的机会，遗憾的是一死一生。

陕北小山村的涝池——我与它结下了"不解之缘"。

田新民，男<br>
北京市第三十中学六七届毕业生<br>
插队地点：富县原交道公社天乐大队白家村生产队

# 陕北壶口插队趣事

## 吃 大 米 饭

天天的发糕、酸菜、小米汤真把我吃得见到啥都想咬一口。为了解馋和充饥，但凡兜里有两块钱，我就会夜里两点起身，摸黑扛着小镢（防狼）翻过安乐山和甘草塬，步行九十里山路，12点前赶到县里饭馆吃上一盘过油肉外加五个两样面馍馍。吃完后要碗凉水喝下，再靠在饭馆墙根下眯眯眼晒晒太阳，那时身心感受到的安逸与美好滋味真正的无法形容。

下午两点咬牙出发返村，到家时又是深夜两点。插队两年多好像有钱的时候不太多，大约去吃了三两次，可那美好的滋味至今未能忘怀，以至于后来不管到了什么高级饭店都想问一句，有过油肉吗？

那年，我们村种了几亩西瓜，快到八一节时西瓜也熟了。听老乡们说圪针滩建黄河大桥的部队吃得可美气，大米白馍管够。我们村的知青郭某某家就是部队的，对军队那一套很了解。他出主意趁八一建军节到了，组织知青慰问团带上几个西瓜到部队去慰问，不管好歹混顿大米饭应没问题。妙啊，几个月不闻大米味，馋死我们了，有了机会绝不能放过。

忘了是八一当天还是前两天，我们串上桃曲、桑柏的十几个男知青，扛上西瓜就奔圪针滩去了。这十几里山路可把我们累得不轻，不过一想到诱人的大米饭，再辛苦也不怕。到了部队营地，倒让解放军们吃了一惊，也让他们挺感动。他们没想到荒凉的黄河岸边还有这么拥军的知青，山高路远还扛来了一大堆西瓜。

印象中部队的最高长官是位小个子营长，他带几个干部热情地把我们迎进了帐篷，端茶倒水一通寒暄。我们的领头人自然是郭某某和寨子的魏某某，两位都是军干子弟，聊聊部队的事属行家里手，反正是无话找话，瞎侃什么革命大好形势、军民鱼水一家人之类。茶也喝得差不多了，烟也抽得不少了，话都快不会说了，时间也到了中午了，我们丝毫没有告辞的意思。

这可让首长们纳闷了，不知我们还有啥事。领导就是领导，水平就是高。小个子营长见我们一个个饥肠辘辘的模样，恍然大悟，立马吩咐炊事班备饭，极其热情地招呼我们上桌。我等大喜过望，毫不推辞地前往就餐，这顿大米饭真是插队以来吃得最丰盛、最饱的一次，好像每碗差不多都小一斤，我连吃了三大碗才恋恋不舍放下碗筷。

赖皮赖脸混来的饭却产生了极佳的效果，在饭桌上与部队首长达成军民共同举办篮球赛的协议。日后几天篮球赛在桑柏公社无比简陋的土球场上开打，部队全副武装来了百十人呐喊观战，老乡与知青也把球场围得水泄不通，场面极其热烈。知青运动员以郭某某、老魏、邓某、圪针、桃曲张某某等为主，不过说实话那会儿除了郭某某有点儿水平，我们充其量也就是凑凑数。比赛结果还真忘了，不过当时的公社书记脸都笑开了花，一个劲地夸：知青娃好咧，机灵能干太太，给公社做了大好事咧。

## 破　迷　信

陕北老乡纯朴、善良、吃苦、耐劳是出了名的，可贫穷、落后、愚昧一点儿也不差。知青们到农村把文化、文明带去了，无意中也促进了偏远山区的发展。

记得刚到村里早上起来刷牙，让老乡们新鲜了好几天，以至于有的人大惑不解：日鬼咧，满嘴出屎？平日吃完晚饭天刚刚黑，经常有五六个老乡就进了知青窑洞，也不言传也不上炕，一排蹲在炕沿下看着知青们。开始时我们还挺热情，递递烟拉拉话，烟倒是抽了，可就是光吭吭不说话，也许是语言不通的缘故。他们挺新鲜，我们倒好像成动物园的动物被人参观，弄得浑身不自在。一日，为打破窘迫，我把从北京带来的世界地图挂在窑里，端着煤油灯，指着地图上说：黄色是土地，蓝色的是水。这帮家伙倒是说话了，不过说的是："胡尿扯咧，水能比地大？"无论怎么解释都不行，搞得我们毫无办法。

通常老乡家里吃饭时在炕桌上摆放一个木质托盘，上面放几碟辣椒面、盐、酸菜啥的，这些就是吃的菜了。我们知青什么家具也没有，村里不知从哪家弄了一炕桌借给我们，可是没有木托盘。那时知青们除了粮食外其他必要的酸菜、辣椒面等都是找老乡要，倒也方便，不管去谁家好赖也能端回一大碗。

某日我闲逛到村头的小庙，这可是我们村唯一的房子，其他都是窑洞。说来可怜，这房叫庙也太抬举它了，估计也就两三平方米大，里面菩萨、神像啥也没有，只搭了个黄土台，台上摆了一个木盘，估计是上香时摆放供品的。木盘很有些年纪了，原来的漆都看不出色来了。我一看大小正合适，心中窃喜，顺手牵羊把盘拎了回去。

老乡知道后可吓得不轻，他们倒不是心疼公共财产，而是觉得太不敬神了，要惹大祸。队长、贫协主任、政治组长啥的轮番劝我，娃咧，可不敢哪，要招大祸咧。什么歪嘴、烂肚子，什么狐仙、鼠仙显灵等等不一而论。我是笑嘻嘻地赖到底，反正我们不怕，有用的就比没有强。时间一长老乡们倒觉得奇怪了，咋知青娃啥事没有？从此，村里都知道我天不怕地不怕，还给我起个名叫"寒娃"。

令人心酸的是新中国成立快二十年了，我们村将近一百口人，除了政治小队长当兵坐过火车，其他绝大多数人连拖拉机、汽车都没见过。恰恰是这位见过世面的政治队长，让我在村里扬名立万，大破了一场迷信。

政治队长的小名叫二小子，大名记不清了，当年他不到三十岁，有婆姨还有两三个娃。他婆姨挺年轻秀气的，不知为何得了怪病，一犯病口吐白沫直挺挺倒在地上，醒来后就开始乱喊乱叫胡说八道，什么神鬼附身啦，见到死去多年的爹娘啦，有时还乱摔乱打，闹得全村不得安宁。

其实想一想，这婆姨可能得的是癔症，在当时黄河岸边的小山村里可就无人知道怎么回事了。这婆姨犯了几次病后，二小子一筹莫展。村里有人出主意让他花钱去请跳大神的来驱鬼，他还真信了，花费了不少力气不知从哪请来一位大仙。

夏天午后正热的时候，大家都在歇晌，二小子的婆姨又犯病了。我们窑洞的地势高位置正好在全村中心，进出村的人必经窑门口。我没事坐在崖畔上往下看，就见他家围了一大群看热闹的人，二小子蹲在窑洞口一个劲求大家散开，闹得乱乱哄哄。我正奇怪时，村里一个娃跑来悄悄地告诉我二小子婆姨犯病了，大仙正在窑里施法。我一听火冒三丈。从小就不相信有什么鬼怪（至今对各种宗教还是怀着了解、欣赏才接触的态度），分明是骗钱来的，不能让大仙得逞，我跳起身来冲进二小子家。二小子一见我来，知道事情不好，急得他死命阻拦不让我进窑，还一个劲说好话。我也不听他说啥，迅速摆脱纠缠踹开窑门冲了进去。

好家伙，窑里足有四十多摄氏度，地上摆着火盆烧着黄表纸，炕头上点着香，一片烟气腾腾，大仙口里念念有词手拿桃木剑满窑洞乱比画。婆姨睡在炕上盖着大厚被子，脸色红赤满头大汗人事不知。我上前一把抓住大仙揪出门外，再顺势脚下使绊将他摔倒在地。还未来得及动手，二小子带着几个娃咕咚跪下了："娃啊，好娃啊，可不敢啊，你放过他吧，放过我们吧……"我一下愣在那了，

675

不知如何是好，也不知道该说啥。半晌我才缓过神来，冲二小子说你还不快去把你婆姨的被子揭开，她快热死了。一看是这样的局面，我只好悻悻地走开，回到窑门口生闷气去了。

过了好一会儿，突然看到院外人影一晃大仙出村去了。我想这家伙肯定拿了钱要溜，不行，我得把钱追回来，不能便宜了这小子。四周一看无人注意我，出村撒腿就往前追，跑了大约有一里路，就追上了大仙。

说起这位大仙还真是个人物，年近五十，一身白细布裤褂，高高胖胖满脸油光，肩挂蓝布兜兜，手持一米来长的铜烟袋锅，还真有点儿仙风道骨。我追上前大喝一声站住，老东西见我追来，情知不好撒腿就跑，没几步就让我一脚踢翻在地。这会儿他可不顾上面子了，灰头土脸连声向我讨饶。按在地上打了几下后，我抢过蓝布兜兜，从里面找出几张钱票，一数正好十元钱。在我一再逼问下，老东西赌咒发誓就拿了十块钱，再有多的就不是爹娘养的，一把鼻涕一把泪求告再也不敢了。我冲他喝道："再让我知道你跳大神骗钱，碰上一次打你一顿。"我拿上钱转身离去，一想不对，回身又捡起铜烟锅，几下就撅了。这才高高兴兴地得胜回朝。

回去后，我万分得意地把钱送给二小子，没料到他们一家子都苦着脸不敢要，我无奈把钱扔下就走了。事后得知二小子连夜把钱又送还给大仙，还多加了两块。咳，不管结局如何，反正大仙是绝不敢到我们村来了。而自那以后我真成了村里"神鬼怕恶人"的恶人，只要二小子婆姨犯病，总会有人叫我去，说来也奇怪，只要我一去，大喝两声，他婆姨立马安静不闹了，这倒是意外的收获。

想想这件事，到现在我都不知道是我傻还是二小子傻？是我愚还是他愚？

圪针，女<br>
北京某中学毕业生<br>
插队地点：延长县原黑家堡公社葛家圪台

# 我办代销店

旧衣服中有一件褪了色的红黑格子的土布褂子,是我十九年前插队时穿过的。尽管有关的记忆大都被似水流年磨去,依稀中我回想起当年自己穿着那件小褂挑担行走在延河畔上的样子。那是我,作为大队代销店的代销员,正把收购来的鸡蛋送往公社的供销社。

我插队的地方是陕北延长县黑家堡公社白家角大队。记忆中,那个代销店,也称代销点,是我插队的第二年开张的。当时,我正在村里当饲养员(也是当时唯一的饲养员),常在村内,所以队里就派我兼管代销点。不久,同属一个大队的邻村办起了粉坊,把猪场迁了过去。我就回去干农活,代销点却仍由我管,直到1972年底离开陕北。

大队代销点是远在十几里外的公社供销社为方便当地老乡办起来的。我们大队有三个自然村:张家湾、张家渠子和白家角。队部设在位置居中的张家渠子——我所在的村。代销点设在大队部院内的一孔石窑里,与我们几个女生借住的老乡家为邻。它原先的主人是土豪,我们到村后不久这家就从院里迁出去了。院内是青石板墁地不露土。整座院子整齐有气派,全大队没有谁的住处能比得上。

代销点占的窑洞位于院子的西南角,因为刚好面对着一座坐西朝东的平房的南山墙,光线被挡住,窑内总是很暗,白天也常点灯。窑洞一进门右手是一溜炕,所以只能把用宽木板搭起的货架立在窑的尽里端,我再在货架前拦一条宽木板充作柜台,从底下钻进钻出。我个子不大,钻起来不费劲。

店里的货不多,全部加在一起值不到五百元。除了盐和煤油,大概也就够装一副货郎担的。最大宗的是粗盐和四百斤煤油;值钱些的是两三元一条的纸烟和一元左右一斤的水果糖;其他零星用品除了小学生用的练习本、铅笔、墨水、小钢笔、橡皮、尺子外，还有煤油灯、油灯罩、灯芯、火柴、发夹、毛巾、梳子、电池、挂锁、肥皂、草纸、粗瓷碗、竹筷、针线、草帽和窗户纸。当时，窑洞的窗户很少有安玻璃的，都是用那种窗纸糊起来的，所以窗纸总是很好卖。

顾名思义，代销点就是为公社供销社代卖，由供销社提供货源。为此，供销社不定期地按我销售额的一定比例付给手续费，隔几个月有十元左右。除了代卖货，小店还代购鸡蛋。队里不仅交粮交猪有定额任务，交售鸡蛋也有任务。以前老乡们嫌去供销社交售鸡蛋得跑十几里，所以宁愿趁赶集时把鸡蛋带到集上去卖，定额就常完不成。自从有了代销点，老乡们卖蛋不用跑远路了，任务年年超额完成。

有一句并不逗人发笑的俏皮话——乡下人的银行是鸡的屁股。就我所知，它一点儿不夸张，实在贴切得很。当年在陕北这样的穷地方，农民们除了年终分红或卖口猪可能见到现钱外，一年到头手里几乎都没有什么现钱。除了北京知青，进我的代销点的差不多没有拿现钱的，往往都带着鸡蛋。蛋多的盛在篮子里拎着来，蛋少的裹在布包里捧着来。也常有人急急地用碗端着六七个蛋找我买盐，那大多是临做饭时发现家里断了盐。那蛋有的摸上去还是温温的，显然是鸡刚下的。年轻的小媳妇、没出阁的大闺女，常在进城赶集之前拎着几十个鸡蛋上我那儿卖上几块钱，好为自己或孩子在城里扯几尺花"洋布"做衣裳。学生娃娃则常兜儿里揣几个鸡蛋来"买"本子、铅笔或一角钱六块的水果糖。

老乡不常来打煤油。他们舍不得花钱点煤油灯，通常是去十几里二十几里远的油矿挖些黑乎乎的油底子，用它点那种老式的用油捻的豆油灯。

除了大队部，常打煤油的是北京知青。全大队有近二十名知青，男女差不多各一半，分住在三个村。知青光顾代销点自然都用现钱。除了买煤油和盐，女生常来买电池。她们一般比较仔细小心，晚上常要用手电。男生几乎个个都抽烟，常来买纸烟。店里的烟常有四五种，以供买者"各取所需"。最便宜的和最贵的烟卖得最快。最便宜的是一种九分钱一盒的"经济烟"，买者多是村里的小青年。知青买的是店里最高档的"飞马"和"黄金叶"。大概是我管小店的最后一年，我成了坚决的"反吸烟者"，在我的小店里推行"禁烟政策"。

首先拿男知青开刀，不再卖给他们纸烟了。他们徒劳地试着跟我磨过几次，知道我对他们的烟瘾没有同情心后，就请老乡出面替他们到我这儿来买，却屡屡被我识破。很简单，老乡们不会有钱买整条的"飞马"或"黄金叶"。老乡们也不会撒谎。只要我问一句："是不是给×××买的？"他们脸上的表情就全告诉我了。

现在想想自己当年很幼稚，男知青们在我这儿买不到烟，仍可以从公社供销社或县城买到的。这大概也是他们容忍了我的"擅权"，没有因为买烟问题和我正面冲突过的原因吧。

除了每隔十天半月要占一天上工时间去公社送鸡蛋和办货外，经营小店全靠业余。在猪场干活时，时间比较灵活，管起来还挺从容，后来待我和大家一样整天出工时，再管小店就觉得紧张了。

小店只有在我出工前或收工后才能开门营业，常常是收工还没进家门就有"顾客"守候着了。送走老顾客回家刚端起饭碗，又会有人来叫。我们四人住的窑洞与大队部院子只隔一堵院墙，所以顾客们常常隔墙"呐喊"我。调皮的学生娃子们更会爬上墙头朝我们的窑乱喊乱叫，大有我不马上过去开门就让我们大家不得安宁的架势。

这种"随叫随到"的服务方式应该说很适合我的小代销点。在那个一切都不按钟点不按星期几的地方，根本无法实行定时服务。所以，这个小店免不了有时让我叫苦，因为，我几乎无法知道什么时间是自己的。

比如，逢雨天不能出工，我本来想像伙伴们一样美美地睡上一大觉，可偏偏这会儿就会来人叫我去开店的，把我的觉搅了不说，还吵醒了同窑的伙伴。我们的农村生活可不像一般想象的那样"日出而作，日落而息"。我们大队是县级学大寨先进典型，白天干了一整天，晚上仍不得闲，不是熬夜政治学习就是月下夜战深挖地。忙起来一夜常常只能睡四五个小时，白天走路都能睡着。因为太缺觉，脑子总是沉沉地发木。可想而知，雨天不出工时的睡觉机会对我们有多宝贵。

遇上我生病不出工在窑里休息，也常得"带病坚持工作"。只要不是爬不起来，人家找上门来就不好意思拒绝。有一次我感冒发烧盖着被子发汗，同伴们就把我反锁在窑里，好让我不受打搅。昏睡中我仍听到有人喊我，好几次窑门外有脚步声近了，又远了。这种时候，同伴们会在收工后替我去照应小店。

除了生病，难免也有别的时候未能"随叫随到"。那多是轮到我做饭，我正手忙脚乱围着锅台转的时候。不能享受做饭乐趣的我此时容易上火，听人一叫常会烦躁地隔墙回上硬邦邦的一句："等会儿，正忙着哪！"多数人会耐心地等在那儿，也有不等的。要是过一会儿我跑过去却不见来人，我会好一阵闷闷不乐，一边怪自己刚才态度太凶，一边直盼着人家快点儿再来。

鸡蛋收得四五十斤够装一担了，就得往公社供销社送。鸡生蛋的季节，自然就送得勤些，有时七八天一次，有时十天半个月一次。队里有拖拉机去公社时，也偶尔代我送上一两回，只是路上会颠破不少，不如我挑担子来得稳当。每次我都是去时挑蛋，回来挑货。虽说一趟往返二十多里，但与平时干活挑八九十斤比，四五十斤的担子就不算什么了，而且一个人赶路累了想歇就能歇。

我一般是早饭后八九点出发，下午两三点钟返回吃午饭。要是出发晚了，就得带点儿干粮路上当午饭。有一次动身时已近8点，我看家里没有干粮就去邻家讨。当地老乡习惯一次蒸许多干粮吊在窑顶下的篮子里（老鼠够不着），随吃随拿。邻家大嫂就随手从吊篮里摸出两块玉米面馍馍给我。半路上想吃时掏出一看，发现馍馍上有许多绿霉斑。常言道，饥不择食。我只掰去绿霉多的地方，把两块馍吃得一干二净。那时的肠胃也够结实，一点儿事也没有。

一路上只是怕饿着，不必怕没水喝。沿路常能找到岩缝中渗出的水珠滴在低处岩块上积成的小水洼，水质清凉甘甜。冬天那些渗出的水滴会形成长长的晶莹的冰柱挂在石崖下，只需折下一根便可解渴。

到了供销社，接待我的常是一位虎背熊腰的姓兰的年轻人。只要我一到，他总是尽可能先招呼着办我的事，办起事来麻利痛快。每次我都先交鸡蛋，然后，他领我到供销社门市部，让我直接从货架上选我想办的货。除了煤油和食盐得等队里的拖拉机来办事时再顺便运回村，选好的货就放在刚刚装过鸡蛋的筐里由我挑回去。

回村之前，我不会忘记去公社的邮电所，给自己和别人寄信取信。不知如今那里是不是已有邮递员送信到村里，反正当时没有。外来的邮件只送达公社邮电所，然后是得靠来人捎回村交给收信人。邮电所是知青们最爱去的地方。我在那儿常碰到其他村的知青，尽管不认识，从言谈举止和衣着上总能辨认出来。

说到衣着，那件我珍藏在箱底的红黑格子土布褂子是我去公社时常穿的。那块土布是我大姐在山西参加"四清"时从老乡那儿买来送给我的。母亲把它做成一件对襟小褂，说我干活穿正合适。我却舍不得穿着它干活。那时的衣服非蓝即灰，所以这件黑红格子衣服我很喜欢，怕干活穿坏了，只在出门时穿。正面晒褪了色，自己翻改一下让原来的里面朝外，接着穿。土布褂配上我那张风吹日晒的黑红粗糙的脸，使我看上去颇像当地的婆姨女子。离开陕北到陕南当工人后，一位与我在同一公社的男知青告诉我，他以前在公社邮电所见过我几次，没看出我是知青。

去公社我几乎每次都是独往独来，也不感到寂寞，可以体验到一个人自由自在的惬意。当我挑着担子颤颤悠悠地走在延河畔的公路上时，常是除了自己看不到第二个人影。耳中只有河水汩汩的流淌声，各种鸟的鸣叫和微风吹动树叶及庄稼叶的沙沙声，眼前是绿的田野和黄色的山峦绵延起伏。在蓝天白云下，使人心旷神怡，忘记了担子的沉重和砾石路面的硌脚。这时我会什么也不去想，任自己陶醉在这片大自然的宁静之中。只有隆隆而过的卡车或从远处山坡上传来的牧羊人的吆喝声才会偶尔打破这片宁静。这样的宁静离开陕北后再未感受到过。倒不是没有再走进过大自然，只是都是结伴而行，没有机会独享。

1972年底招工进厂要离开村子时，供销社来人查了账，清点了货，与我把一切都了结清了。当时，队里没确定由谁接手，我甚至不知道它会不会再办下去。可我不敢张口问。我很舍不得离开村子,舍不得离开待我们亲如父母兄弟姐妹的乡亲们,舍不得丢下我的小小代销点,可又没有勇气留下。

离开陕北转眼已十九年。回首四年的插队生活,管理小代销店的经历最让我感到愉快。用时髦的话说,当年那个小代销店使我意识到了自己的存在价值。当我从老乡们的手里接过鸡蛋,把他们需要的日用杂品交到他们的手里时,我实实在在地体会到自己是有用的。小店能一直办得顺顺当当,得到大家的欢迎和肯定,又使我得到某种心理平衡。在同灶的四个女生中,我个子最小,体力最差,干农活比不过她们,工分也挣得少,多少有些自卑。小小的代销店让我看到了自己的另一面,增强了我的自信心。

如果此生有机会故地重游,我会记得去看看当年的代销店是否还在。

陈平俊,女
原北京师范大学女子附属中学高六八届毕业生
插队地点:延长县原黑家堡公社白家角大队
(本文选自《回首黄土地》一书)

# 我当菜园副园长

我们的生产队长叫西河,三十多岁,个头不高,剃个光头,说话快人快语,是一把生产好手。他对社员要求很严,自己也以身作则,大家都很服他。但他对我们知青很和气,从不批评和指责我们,用他的话说,这些娃能在咱这待几年?早晚还不是都回北京去了。在那个时候,有这种真知灼见,真是不简单,当时我们自己还不知所终呢。

离泉眼不远的地方,有一大块平地,四周用高粱秆支起的篱笆墙围着。一条窄窄的水渠,引着泉水流经这里,这就是我们生产队的菜园子。

我因为不会在谷地里锄草,被西河队长分配到菜园子里来干活。有的老乡说,如果换成我们不会锄地,轻的挨骂,重的减工分。由此可见,西河队长对我们知青,总是另眼相待的。我心里很感激他。

我来到菜园子里,小狗他爸正忙着,看见了我,直起腰,眯着小眼睛,冲我嘿嘿地笑。小狗他爸,四十来岁,穿着一身干净的土布衣服。矮矮的个子,微驼着背,慈眉善目,给人一种很慈祥的感觉。他管理这个菜园子,大家都戏称他为园长。我走到他跟前,说:"园长,我帮您干活来了。"他仍然笑着,慢声细语地说:"帮啥帮,一起干活就对了。来,我领你看看。"

菜园子里,地整得平平的,有一条一条的垄,把地分成好几块。地上种满了各种蔬菜,地的两边,有很多用高粱秆支起来的三脚架,上面爬满了秧苗。我一看,这边长的是西红柿,那边长的是黄瓜,果实累累,都快成熟了。一阵微风吹来,它们左摇右摆,好像在欢迎着我的到来。

从此以后,我每天跟着小狗他爸,在菜园子里忙活起来。浇水灌溉,除草施肥,感觉又新鲜又好玩。在菜园子的篱笆墙上,爬满了一种植物,它们开着长长的艳丽黄花,在绿叶的陪衬下,格外好看,使整个篱笆墙变成了花墙。我问小狗他爸:"菜地里怎么还种花呀?"小狗他爸说:"这是花也是菜,叫黄花菜。刚摘下来的花不能吃,有毒,晒干后,做菜吃,可香了。"啊,我知道了,这就是我们北京人常吃打卤面里的黄花菜。

以前,只知道黄花菜是干瘪瘪的,很难看。原来它的真面目却是这样的美丽。小狗他爸接着说:"黄花菜产量很低,晒干了就更少了。西河队长吩咐了,只许你们学生娃吃,其他人不许吃。"我感动了,谢谢西河队长,谢谢乡亲们,为了我们学生娃,你们受委屈了。就这样,我边干边问,小狗他爸边干边教,使我学到了很多知识。蔬菜一天天地长大,果实一天天在成熟,枝繁叶茂,郁郁葱葱,菜园里一片生机勃勃。

菜园里另一项重要工作,就是经济管理。小狗他爸手里有一账本和一杆秤。村中的婆姨们做饭需要菜时,就到菜园里来拿菜。小狗他爸给他们的菜称重量,然后在账本上记下来。由于这些账在年底结算时,要扣除工分,所以乡亲们吃菜还是很节俭的,不会轻易多拿一些。小狗他爸很看重这项工作,不讲私情,不记假账,谁到菜园子里来,也别想白拿。我虽然文化水平比他高,但小狗他爸在很长一段时间里,也没把账本交给我记。恐怕是不放心吧,我呢,压根没把这件事放在眼里。

忽然有一天,小狗他爸走过来,对我说:"娃呀,我想了好几天,账还是交给你记吧,我信得过你。"我一听,大为感动,说:"小狗他爸,不,园长,您虽然不记账了,让我记,我也永远听您的指挥,您就放心吧。"也不知小狗他爸听懂没有,只是点了点头,把一本脏乎乎、皱巴巴的横格本和一杆秤交给了我,还不放心地叮嘱道:"可不敢记错了。"我郑重接过账本,打开一看,里边歪歪扭扭地写着:"毛蛋家韭菜一斤;富有家冬瓜一个,三斤半;桃花家茄子二斤半……"我问小狗他爸:"园长,您这账上怎么没有日期和本人签字呀?"小狗他爸说:"婆姨家都不认得个字,你记下多少她们就认多少。"多么简单的管理,多么朴实的民风啊。我拿着账本和那杆秤,心里想,我这下该是名副其实的副园长了吧。

6月,我站在菜园里,看见山头上麦浪滚滚,人头攒动。在火辣辣的阳光下,有人割麦,有人捆麦,有人担麦,大家挥汗如雨,一片繁忙景象。看到乡亲们和同学们的辛勤劳动,一担担的麦子担回村里,我的眼睛湿润了,为自己不能参与其中,与他们共甘苦而感到内疚。

晚上,同学们聚在窑洞里,由于一天的劳累,他们都爬上土炕,半卧半坐地靠在被子上休息,互相诉说着劳动的艰辛。看着他们疲惫的样子,我感到脸上有些发烫。同是插队人,命运怎么这样不同啊。我能为他们做点儿什么呢。

突然,一个大胆的计划在我脑海中冒了出来。我背起书包,拿上手电筒,走出了窑洞，直奔菜园而去。路上，经过西河队长家，他还没有睡，见到我问："这么晚，干甚去？"我打开手电筒，大摇大摆地说："查菜园去。"听见队长说了一句："好娃呀！"来到了菜园子，我转了几圈，查了一遍，此时，天已经黑了下来，我用手电筒照着西红柿架，迅速地摘西红柿。不一会儿，已经装了大半书包。转身再到黄瓜架，摘起黄瓜来。直到把书包塞得满满的，方才住手。

在回去的路上，我不敢打手电了，只能偷偷摸摸、磕磕绊绊地往回走。村里的人睡觉早，一路上没碰上一个人，真庆幸啊。转眼间来到西河队长家，这是必经之路。我心里有些发毛，西河队长对我这么好，如果让他发现了，这份工作丢了事小，以后也没脸见人了。可事已至此，刀山也得闯呀。

于是，我放慢了脚步，悄悄前进。可是我这极轻的动作，还是被警惕性极高的队长听见了，但是西河队长没有出来，估计是睡下了，他问了一声："有事吗？"我壮着胆子大声回答："队长您就放心睡吧，平安无事。"随后，我仿佛又听见队长那句话："好娃呀！"

回到窑洞，擦了擦脸上的汗，拿起书包一倒，黄瓜西红柿滚了一炕！我骄傲地对他们说："同学们，你们为队里做贡献，辛苦了！"我感觉我像是个领导了。同学们惊喜至极，顾不上夸奖我，也顾不上腰酸腿疼，爬起来，抓起黄瓜西红柿就大口大口地吃起来。窑洞中充满了欢乐的笑声。

这是我担任菜园副园长唯一的一次"以权谋私"，没想到副园长这个职务，竟是我后半生中最高的职务了。

范广瑛，男

1948年8月出生

北京市第十三中学高六八届毕业生

插队地点：延长县原刘家河公社刘党家沟大队

## 我当赤脚医生的经历

1969年的秋天，政府要在农村推行合作医疗，要求每个村都要建立医疗点，配备赤脚医生。此时队长找到了我，说：知道你家老人是医生，古话说：门里出身自带三分，我看就你当这个医生吧。于是女承母业，我就成了一名赤脚医生。虽说是门里出身，我又涂得一手的好红药水，之前就经常爱给大家胡乱涂抹的，因为红药水又叫二百二，因此同学们也早就戏称我为"二百二"了。

但要当医生，虽说是赤脚的，我也自知不称职，因此心里没底，怯怯的。此时天降祥云，北京301医院的医疗队正在延安配合搞合作医疗，他们要办培训班，培训赤脚医生，给每个大队分配了一个名额，顺理成章，我们大队就由我去参加了这个培训班。速成三个月，我就成了一名赤脚医生。仅仅学习三个月，就要从事这样一项技术含量非常高的职业，放在今天，简直是匪夷所思之事，但在当时、当地这却是一种再普遍不过的事情。

好在我们村是个只有三十多户人家的小村，人口少，病种又很单纯，更主要的是纯朴的陕北老乡对我是那样的信任，他们给了我实践的机会，处理简单伤口、打针、扎针灸，以至于谁有个头疼脑热、拉稀肚痛的，大家也基本不用出村，全部由我处理了。因为我每天下工后都要去病家巡诊、治疗，串东家，走西家，以至于狗们也与我熟了起来，把我当成了自家人。可爱的它们看到我要进主家门，只是懒懒地抬下头，不再向我乱吠，有时甚至会向我友好地摇摇小尾巴。随着经验的积累，我在"二百二"的基础上还是有了不小的进步。赤脚医生的生活就这样继续着。

作为壮劳力，我平时上山干活是不与婆姨女子们在一起的。有一天，忘记何故了，队长把我这个壮劳力与婆姨女子们安排在一起干活，劳动中，我突然发现了聚财婆姨的身子有些沉，便不由自主过去与她拉开了话："可是有了？""嗯。"

"啥时的?""你给咱算算。"当然,我很准确地算出了预产期。她对我佩服起来,认为这个人居然能算出坐胎与生产的日子,可真神!可能也是出于平时对我的信任,此时她提出了想让我帮忙接生的要求!陕北人说"人生人怕死个人",妇女对生产还是很有些畏惧的,我理解她初为人母的内心恐惧。而此时的我一方面是初生牛犊不怕虎,另一方面也是职责所在,我没有犹豫就欣然同意了她的要求。

答应了人家,我开始了准备:手里翻着书,脑子里复习着在实习时老师接生时的操作要领,同时向妈妈求援,请她给我邮寄供接生时所用的医疗用品。很快妈妈将钟形听诊器、缝合针、医用手套、血压计甚至洞巾悉数寄来。同时,信也到了,而随信寄来的是老妈的百般叮咛,万般嘱咐,初次接生一定要取得上级大夫的指导,要服从上级医生的领导,等等,等等。在大城市大医院生活、工作的妈妈,如果知道她的女儿的上级大夫只是一本《赤脚医生手册》,不知会是什么反应,她还会支持我吗?不敢想象啦。

我按照所学知识给聚财婆姨开始了认真的产前检查,那时她怀孕不到五个月,离生产的日子还早。我不着急不着慌,过半个月给她量量血压,查查胎位、胎心是否正常,当检查一切都好时,我很高兴。直至产前一个多月的一次例行检查时,咦,突然觉得与平时不同,怎么胎儿成了屁股朝下?按教科书中说,此时的孕妇必须要膝胸卧位,以纠正胎位。可怜的聚财婆姨哟,开始了每天两次的受罪——炕头撅着。但为了胎儿能正常娩出,她像天下所有的母亲一样只能受着了。还好,配合着我的针灸涌泉穴,很快胎位正了,令人鼓舞!

瓜熟蒂就要落,我的准备工作也进入了倒计时。此时,我将早已包好的接生包交给了聚财婆姨,要求她每隔三五天将此包在烧饭时放在锅内蒸二十分钟,以备不时之需。终于,聚财婆姨的预产期快到了,我向队长提出不要再安排我去远处受苦,我得随时待命的请求,这可是真正意义上的待命,等待新的生命降临的待命啊!队长很痛快地答应了我的要求。

蒂,终于要落了。那天上午,我正在川地里干活,聚财慌里慌张地跑到地里,找到了正在干活的我,他说:"有动静了。"我问:"啥时的事?""夜儿晚。""不急不急。"我边安慰着聚财其实也是在稳定着自己的情绪,同时立马扔下手中干活用的锄头,往回就跑。失急慌忙、气喘吁吁地终于跑回了村,跑到了他的家中,看到了正在炕上折腾的聚财婆姨。我二话没说,打开接生包,戴上手套开始了检查。宫口没开全,又是初产妇,还得折腾些时候,我心里有了底。"烧水,准备好包娃娃的布。"我边指挥着聚财和他的老妈,边将一把新剪刀放在盘中,然后倒上酒精用火点着后消毒,脑子里则在飞快地转着、复习着接生要领。

蒂落的时辰未到,我留在聚财家吃了午饭,并强迫已折腾得筋疲力尽的孕妇吃了一碗荷包蛋。时间就这样一分一秒地过去,终于在下午时分迎来了蒂落的关键时刻。随着羊水破、胎头露、胎头出，这时一个湿漉漉的小婴儿被我托到了这个世界，经过我的拍打，婴儿特有的嘹亮啼哭声响满了整个窑洞。

"是个男娃。"此时的我边剪着脐带，边说着，而聚财的全家人则是在乐着。接生，尤其是炕头边的接生，最要紧的是消毒、是脐带断端的处理，我深知这一点。于是，我仔细地在脐带断端涂着碘酒，处理着脐带。当我收拾完一切，把粉嘟嘟的小婴儿交到聚财婆姨手中时，抬头一看此时的产妇已变了模样，头上的帽子戴好了，全身则是捂得严严实实，而窑门口不知何时也按习俗挂上了红布条，那是在告示众人，家里有坐月子的人，有个小月娃娃。我看了看来到这个世界后与我第一个打照面的小婴儿正在熟睡，而面色苍白、疲倦的产妇也需要休息，嘱咐了几句就告辞了。

我们的知青灶是个有八名女生、五名男生的集体大灶，每天不论男女，都是留一人轮流做饭。那天晚上收工回来，他们早已从不同渠道知道了我的壮举，大家吃着我从聚财家带回的大枣、花生，女生们高兴地询问着，热闹着；而与我们从来不多说话的男生们虽然嘴中不停地咀嚼着，起哄却很带劲，明知不是我做的饭，但他们仍故意地说着："手那么脏，再不吃她做的饭啦！"我赶紧解释着："我可是戴着手套接生的。"同时白了他们两眼，而心中窃喜，"做饭这种活，最好别让我干才好。"

那是1971年的春天，我二十岁。

赵立华，女
原北京师范大学女子附属中学初六七届毕业生
插队地点：延长县原黑家堡公社杨家湾大队盖头坪

陕西知青档案

# 我在陕北的时候

## 当 民 工

1970年元旦刚过,陕北已是大雪封山。往年的冬季都是兴修水利工程的时节,此时,面对着厚厚的积雪,只好在家打烊了。许多知青陆续回京探亲,剩下的我倒也觉得悠闲自在。有一天,生产队长不请自来,寒暄之余,我从他语无伦次的言语中似乎明白了他的来意——县城南面正在修建一条战备公路,需要抽调大批民工去筑路。而他选择了我?!

要知道,当时政府规定,农民出公差,每天的工分是按十分计算啊!硕大的馅饼重重地砸在我的头上,还真让我一时找不着北了。我既不想错误地领会领导的意图,也不愿轻易地放弃这千载难逢的机遇。对方仿佛看出了我的疑虑,继续用他的方式解释着,我则小心地揣摩、应对着。渐渐地笑容挂在了我的脸上,原来春节就要到了,当地人谁也不愿意为了近百里之外的诱惑而放弃与家人的团聚。于是,我顺理成章地成了最大的受益者。当晚收拾好行装,第二天一早就乘坐队里派的专车(驴车)匆匆上路了。

车上坐着三个人,除了送我们的社员和我外,还有一位七十多岁的老者(由于是地主出身,使他不能享受其他当地人的待遇),他跟我一样——即将汇入筑路大军的洪流中。驴车在蜿蜒的山路上缓缓地前行,兴奋之余,我又起了几分担心,原来我们三个人谁也没有去过筑路工地,只有驴去过。

后来,我惊奇地发现驴每到一路口时,都会抬头四处观望,然后再选择要走的道路,我的担心是多余的。高原上晌午的阳光非常强烈,照在身上暖洋洋的,不久几个人先后进入了梦乡……不知过了多久,突然被嘈杂的声音吵醒,原来我们的驴与开山炸石负责警戒的民工发生了冲突——这头犟驴认定了要放炮的地方正是它该走的路。没办法，我们几个人前拉后赶，才绕过危险区，到达了驻地。我正式被编入了筑路民工的序列。

今天北京聚集着数以百万计的外地民工，可谁曾想到几十年前，我在黄土高原上也当过一回地地道道的北京民工。

在驻地安顿下后，最主要的事情就是要尽快地适应这里的生活及工作，几天下来，我便养成了这样一种习惯——每晚睡觉时，先慢慢地钻进又湿又凉的被窝，然后拿一张报纸盖在脸上（潮湿的碱性土窑洞无时无刻不在掉落细小的土粒），一动不动地进入梦乡。每早起床时，先小心翼翼地移开报纸，抖落上面的土层。然后慢慢地顺出被窝，待穿好衣服，接下来就是一点一点地掀开被子，寻找并处决那些可恶的吸血鬼（跳蚤）。

每天开饭时，津津有味地嚼着又苦又辣、有些发霉了的棒子面窝头，喝着又苦又涩的高碱性开水。生活上的困难还容易克服，抡锤、掌钎则不是几天就能应付的事。在刚开始的一段时间里，抡锤时，我砸过别人的手。掌钎时，也尝过别人锤子的滋味。我甚至还做过自残的事情（在双手挥动两个六磅锤时，不幸其中一个锤柄挂在风吹起的衣角上，锤子重重地砸在我的膝盖上，后果可想而知）。失败是成功之母，经过努力，我用自己的血汗，换来了期盼的成功，同时也给北京民工争了气。

当地民工都不愿意当炮手。北京人怕过什么，我很自然地担当起了重任：往炮眼里装填炸药——根据点炮的顺序，把导火索截成不同的长度——将导火索插入雷管中——再将雷管插入炸药中——依次点燃导火索——数爆炸的次数——排除哑炮中的雷管。甭说，在 N 次的重复操作中，我从未出现过差错。

一次，腹中不适，在征得连长的同意后，我同另一民工到旁边的山沟里方便去了。完事之后还未走出山沟，意外便发生了——耳边响起隆隆的炮声，无数碎石冲天而起。小小的山沟里连个兔子藏身的地方都没有，更可怕的是，刺眼的阳光让我们根本无法看到急速下落的石块。慌乱中，我突然听到低沉的呼啸声，便赶紧抓住前面的民工往回跑，几乎在同时，一个西瓜大小的石块落在我们刚才停留的位置，坚实的冻土上被砸了一个坑……

当时愤怒的心情难于言表，几句轻描淡写的话，又怎能安抚一个刚刚经历过惊心动魄场景的人。如果出现的是另外一种结果——长长的知青名单中又删去了一个符号，在异地的无名荒冢里又多了一个孤魂野鬼，而我的父母……以上的内容至今也从未跟他们提起过，已被我深深地埋藏在心底。

几个月后，接替我的人来了，将驴背上的粮食卸下后，我牵着它踏上了返程。刚刚在北京民工后画上圆满的句号，我跟驴交上了厄运。此前，它在我的印象中颇佳，骑在驴背上的我，做梦也没想到，我会栽在它的身上。由于没有挂车来，翻山走小路，省了许多冤枉路。离村子还有十几里路时，意外发生了——驴突然失前蹄，我从驴背上滚落到地面。拍拍身上的尘土，转过身再看时，我被眼前的情景惊呆了，驴痛苦地蜷着左前腿，浑身哆嗦着。我试着牵着驴往前走，它三条腿着地一蹦一蹦的，几乎无法行进。天哪！我怎么那么倒霉。队里唯一一头驴还让我弄成了三条腿，回去该怎么交代呀！

我沮丧地牵着瘸驴沿着山路一点一点地向前移动，满脑子里都在想着回去如何开口。时间一点一点地逝去，太阳都落山了。无意间，我感到身后的情况异样，缰绳没有了一扽一扽的感觉。当我转过身看时，驴依然蜷着左前腿。接着往前行进了没多远，我的感觉又不对了，此时我猛地回过头，看见驴四条腿完好无损地走着，当驴看见我正注视着它时，马上又把左前腿蜷了起来。看到眼前的情景，我不由得怒火中烧，抡起鞭子狠狠地抽打它，驴左右躲闪着，接下来的结果是我骑在驴背上，用鞭子抽打着它的屁股，驴则一溜小跑地往回赶着。在这次人与驴的较量中，我不是最后的胜利者，那驴呢……

## 做　　饭

当地的老乡砍了柴，一般要堆放几个月，晾干了再烧。我们新来的北京娃哪知道这些，愣是直接给背回来了。

这天，大家干完农活回来吃午饭。走到窑洞前站住了——窑洞的门、窗跟烟筒似的往外冒着浓烟，没等我们回过味儿来，"厨子"从里面冲了出来，脸上的灶灰掺着汗水，活像一个花瓜。再看他鼻涕一把泪一把的样子，我们知道午饭是没有了。主要的原因，是柴火湿没烧着。怪谁呢？我们拍拍他的肩膀，又扛起了锄头，饥肠辘辘地找地方休息去了。

这回绝对不会再犯上一回的错误了，你看那柴火烧的，窑洞里一点儿烟都没有。从厨子那被灶烧映红的脸上看——对自己点柴烧火的"手艺"相当满意了。不过百密必有一疏，当他起身掀开锅盖，欣赏自己的另一个"杰作"时，发现锅里居然什么东西都没有！不容多想，他匆匆忙忙地提起一桶水倒了进去——只听咣的一声响，窑洞里顿时乌烟瘴气的，什么都看不见了。待烟消雾散时再看，每个人的脸上、身上以及炕上都布满了灶灰。有得必有一失——伸长脸子看看，锅底儿没了。

我们的主食是玉米面贴饼子，当地人称"老鳖靠河沿儿"。咱们新来乍到的不知深浅，一上来就做人家的看家饭。由于手生，和出来的面都稀乎乎的，没等锅热就忙活开了。结果太令人沮丧了——北京籍的"老鳖",先天不足,定力不够,在"河沿儿"上怎么也靠不住,于是纷纷掉下水。大家一阵子手忙脚乱也捞不起来。干脆一不做二不休,添水、搅和,眨眼工夫,"老鳖"就不见了踪影,倒熬出了一大锅色味俱全的棒子面粥——别着急,慢慢地喝,管大家伙水饱。

一天,那边窑洞的几位老兄一整天都没出来。过去推门一瞧,呦!出天花呢。几位老兄躺在炕上,脸上抹满了紫药水,就跟麻子似的。

原来头天,队里分了一些蓖麻籽。是个北京人都知道,这蓖麻油不能吃。可老乡告诉他们一个"诀窍"——先将油烧滚了,再在上面点一点儿水,等冒过一些青烟后,即可食用(也不知道是出自哪里的秘方)。

急性子的他们说干就干,先去油坊榨了油,再回来将油烧滚了以后,还真往上面浇了水,噼里啪啦的,油星溅到了几位的脸上。他们全然不顾,抹点儿紫药水继续战斗,把仅存的一点儿白面,全做了炸油饼给吃了。结果上吐下泻的,一整天都没出门。

孙蔚皓,男<br>
北京翠微中学初六八届毕业生<br>
插队地点:宜川县原英旺公社啊道大队富庄小队

# 那时我们还年轻
——在陕北插队的日子里

## 换　　亲

　　1969年8月份，西瓜熟了的时候，老乡们议论说：小河口上的"五金换"要娶媳妇了。这回是换亲，"五金换"娶的是曹家庄的女子，曹家庄这位女子的哥哥要娶"五金换"的妹妹秀花做媳妇。知青来到村子里还没见过农村人娶媳妇的场面，再加上生产队长润胜子的撺掇，我们村的几个男知青决定去看看"五金换"娶媳妇。

　　老乡们有的说送五元钱，有的说送一块银圆，还有的说送一元钱，那时，老乡们穷得叮当响，不是小气，真是没有钱。我们几人合计来合计去，凑了一块五毛钱，可又觉得几个大小伙子拿着一块五毛钱去吃人家两天饭有点儿说不过去，于是我和另一位同学去公社供销社挑来选去，最后用一块五毛钱买了一条枕巾（不是一对）。

　　行门户（当地人参加婚礼的称谓）那天早上，我们几人去了小河口。上午9点左右，"五金换"赶着两头毛驴去接新娘子，毛驴背上的驴驮子捆着几床新做的被褥。曹家庄的新郎也在同时赶着捆绑着被褥的毛驴，在一阵鞭炮声中接走了"五金换"的妹妹秀花……中午一两点钟的时候，"五金换"把新媳妇接了回来，在迎亲的鞭炮和唢呐声中，新婚仪式开始了。

　　在窑洞前不大的院子里摆了五六张桌子，来的客人开始献上礼金和贺礼，当司仪念到我们几人名字的时候，我把枕巾打开，当众展示了一下，放在托盘上，司仪李思仁唱道："骠骑（发音为'飘曲'）知青某某、某某献上枕巾一条！"话音未落引来老乡们的一阵哄笑。因为行门户的人有出几块钱的，有送一枚大洋的，有送床单、脸盆、暖水壶的，当然也有送一元钱的。只有我们几人联名送了一条枕巾。

在呜里哇啦的唢呐声中，我们随着老乡们入席。凉菜热菜摆满了一桌子，我们几人还没吃饱的时候，唢呐又吹了起来，同桌老乡先撤了席，原来这是规矩，下拨老乡还等着入席哪。没办法，顾不得等着入席的老乡已经站在桌子旁边，我们把别的桌子上没吃完的菜、馍拿了过来，一顿狼吞虎咽，看着我们的吃相，又引得老乡们的一阵哄笑。直到我们吃饱喝足才离开桌子，然后，站在一旁看着老乡们一拨一拨入席。炊烟袅袅，笑声、唢呐声和飘着饭菜香味的空气让人流连忘返。那时农村的婚宴十分简单，但是，荤菜肯定是有的，能在餐桌上吃上白面馍馍和肉菜就是过年了！

这一天"五金换"用毛驴驮回了婆姨，他的妹妹秀花骑着毛驴嫁到了曹家庄。我们第一次看到了陕北农民的娶亲，饱尝了一顿当时十分丰盛的婚宴。

那时，陕北农村十分贫困，男孩多的家庭，给孩子娶媳妇成了沉重的负担。实在没有办法，就只能采取换亲，彩礼钱就会比正常的下聘礼、娶媳妇省多了。这样男女双方家庭就都解决了孩子们的婚姻问题，但是，也就成了变相的包办婚姻，年轻男女不管丑俊，不管是否相爱，双方家长一旦定下来换亲，就得嫁鸡随鸡，嫁狗随狗。这就是陕北20世纪70年代初存在的婚姻状况。

## 黄河"流"鱼了

1969年6月的一天，吃完午饭，我和国清赶着羊群沿着山崖下的黄河滩朝壶口的圪针滩方向一边赶着羊群吃草，一边聊着天。走出离小河口两三里路的时候，国清突然指着不远处的黄河说：小白，你看，河里流鱼了！

我朝他手指的方向望去，黄河水翻着浪花向南奔流，就是看不见鱼。我对他说，哪有鱼呀？国清顾不上多说，指了指羊群说：你给咱看着羊，我回去拿家伙，逮鱼！他撒腿就往小河口跑去。没多一会儿，远远地看他一手拎着一只筐向我这边跑来。跑到跟前递给我一只筐，"快，脱衣服下水捞鱼！"我说："就拿这个捞鱼呀？你咋没拿抄鱼的网呀？""没有网。就是这个！"只见他脱光了衣服就下了水，走到河水快到胸口的时候，他逆水而站，盯住黄河水面，一条一条的鱼被他抄进了筐子。

我一看来了精神，脱光了衣服就下了水。学着国清的样子，眼睛盯着奔流的黄河水面，果然看见一群群的鱼张着嘴，贴着黄河水面漂流而下，我赶紧拿着筐，抄开了鱼。真是过瘾呀！筐里一会儿就有七八条鱼了，我们把鱼倒在岸上，又下水接着捞鱼。国清说：得快捞，一会儿就没了。我们俩就这样水里、岸上不停地往返，鱼捞了不少。我们下水不到二十分钟，河里漂流的鱼越来越少，到最后一条也看不见了。

我们上岸后把鱼装进篮子里，足有四五斤鱼。这是一种我从未见过的鱼，大小都差不多，每条都有一拃多长，说嘎鱼吧，它的头两侧没有刺，说鲇鱼吧，它又不是鲇鱼，插队前，我在京见过鲇鱼。这种鱼没有鳞，金黄色，身体细长，嘴边没有须子。我和国清一块把鱼送回小河口，大伯一看捞了不少鱼，很高兴，他亲自动手收拾起鱼来。

我和国清则又返回羊儿吃草的地方。国清对我说：黄河里流鱼的时间很短，一会儿就"流完了"。每次流的鱼种也不一样。有的时候全是鲤鱼，有的时候净是鲇鱼。这种场面只有常年生活在黄河边的人才能遇到。流鱼一般在阴历六月，瞬间而过。黄河边的老乡们说是每年阴历六月六，龙王爷要给女婿送一河鱼，老百姓为此编的有故事。但每年流鱼的时间确实是在阴历的六月六前后。

我想，也许是那时天气炎热，气压低，黄河里的鱼缺氧，不得已浮出水面吸氧。但不得其解的是，为什么流鱼的时间那么短暂？鱼种又那么一致？我招工后在韩城生活多年，县城离黄河边不到十里，我也曾到黄河边钓过鱼，黄河边的老乡对我说过，有一年，黄河里流鱼，满河床都是黄河大鲤鱼！有些鱼搁在河边，最后腐烂发臭。那时人少，交通不便，又逢炎热的夏天，黄河边的老乡才能吃掉多少鱼呢？

我在韩城曾经吃到过黄河边农民在流鱼时捞到的黄河鲤鱼，金黄色的鱼鳞，局部略微发红。鱼嘴两侧各有两根须子，这是与其他水域的鲤鱼不同之处。黄河鲤鱼脊背处约有一指厚的脂肪，味道非常鲜美！现在韩城的黄河鲤鱼大概一斤要二三十元，而且，还很难见到。

那天，在国清家吃饭，端上来一大海碗"清蒸鱼"，这不是大伯会做清蒸鱼，而是没有调味品，虽然没有酱油，没有醋，也没有放油，只有盐、花椒、葱，但是鱼上面仍然漂着一层黄色的油星。味道太美了！大伯一家人看我爱吃鱼，不停地给我夹鱼吃。那是我插队三年唯一一次吃鱼。

## 动物也有情

在小河口我曾经目睹过一次动物落泪的场景，至今回忆起来仍然历历在目。那是1969年6月份麦收刚过的一天上午，我到小河口去找国清。见到国清、国选兄弟俩正在剥一头牛的皮,这是一头很强健的黄牛。我说:你们咋把这牛杀了?国清说:嗨!昨天放牛的时候,它跑到崖边上吃草,不知咋的就溜到崖下摔死了。这不把它皮剥了还能上供销社卖几元钱。

我蹲在旁边看着,两人没有多大一会儿就把牛剥得差不多了。正忙活着呢,窑坡上的"五金换"赶着大小十多头牛从上面下来要去黄河边放牛。就在这时,我从没有看到的一幕出现了,领头的一头成年公牛先低下头在流了死牛血水的黄土地上不停地嗅着,然后抬起头仰天哞哞地大声吼叫,其他的大牛、幼牛争先恐后地在地上嗅着,然后也抬头仰天哞哞地吼叫。突然我发现成年的几头牛眼泪像断线的珠子流了下来。它们嗅着、哭着、吼着,场景令人动情。

"五金换"拿着放羊铲不停地驱赶着,牛儿不愿离去。持续了十多分钟,这群牛才慢慢地离去……到了下午太阳就要落山的时候,放牛人赶着那群牛又从国清家的窑洞前经过,早上的那一幕又出现了,牛群停在那里就是不往前走,尽管早上流有死牛血水的土地已晒干了,但是牛还是不停地嗅着、吼着,流着眼泪。在放牛人的吆喝和驱赶下,老牛领着小牛才恋恋不舍地向窑坡上走去。

此前,我一直认为只有人是有感情的高级动物,通过这一次的亲眼所见,我才知道动物也是有感情的,比如伤心流眼泪。只是灵长类动物的感情比牛或其他动物更丰富、更进步、更高级罢了。漫长的历史进程使我们人类进化成为地球上的智慧生命。在我们珍惜自己生命的同时,真应该珍爱动物,因为它们是人类的朋友。

## "穿社会主义的鞋,走资本主义的路"

1969年的四五月份,随着劳动强度的加大,四十五斤毛粮已经吃不到二十天,没有蔬菜和副食品,一天三顿棒子面,上顿贴饼子熬粥,下顿熬粥贴饼子。陕北老乡粗粮以发糕为主,没有见过贴饼子,他们管贴饼子叫作"老鳖靠岸"。每月随口粮配比来的一点点麦子磨成面吃不了几顿面条就没了。国家配给知青的口粮只有十个月,不足部分知青可先向生产队借。当地人的烟袋杆多是用枸杞的枝干做的,剥去外皮后,自然生成的树花(节子)非常美丽,类似黄花梨木的"鬼脸"。烟杆会随着吸烟人烟龄的增长改变颜色,白色的烟杆变成为棕红色,树花则成为金黄色,非常漂亮。国选的婆姨下地时,大伯也帮着看看孩子,那时国选已有两个女子,一个小子。

大伯眼看着我时常上顿不接下顿,一天吃完饭对我说:你年轻,有的是力气,只要你肯下苦,开上一点儿荒地,种上些玉米、南瓜、豆角的,保管你一个人吃不完,你在小河口上开点儿荒地,种上庄稼就不用管了,到时候让国清帮你照看,你要在骠骑种,有人"咬"弄不成事情……

不久,蒙蒙细雨的一个早上,我扛着镢头在小河口附近选了一块地,抡开镢头开起荒来,雨滴和汗水搅在一起,看着脚下被翻起的泥土,心里想着即将种下的玉米、豆角和南瓜,到了秋天就不愁吃喝了……就这样用了两个半天,开出了有两三分的荒地,按照大伯所说,生地开出来要放一放才能种,我想放几天再说吧。

没想到的是,我开荒的事没出两天,生产队长润胜子(李树花)见了我问:"小白,你在小河口上开荒地了?"我说:"是啊,咋了?""公社张主任带话让我问问,知青咋开起荒地来了?"我说:"粮食不够吃,凭自己力气种点儿庄稼咋不行?"润胜子说:"你忘记你们刚来的时候的批判会了,李登奎他大李化民开了点儿小片荒,县上的下乡干部来咱饲养室开的会,你忘记了?千万甭弄了,张主任已经知道了,事情弄大了不好!"

批判会的事情才过去几个月,我咋能忘记呢!那是我们插队不到一个月的时候,一天晚上,在骠骑村二队的饲养室召开了社员大会,炕上坐满了人,来晚了的只能蹲在地上。

那天是县"革委会"的一位姓李的干部到公社布置抓革命、促生产,关注阶级斗争新动向运动的,听说骠骑村有人开"小片荒",他来亲自主持批斗会的。他在会上指着蹲在地上的李登奎他大说:"李化民,你站起来!我问你,你知不知道开小片荒是啥性质的问题?""我不知道。"李化民站起来怯懦地低声答道。"你不知道,你知道啥?我告诉你!你这是穿着社会主义的鞋,走资本主义的路!""我不知道,我没吃的,我饿。"李化民接着说。李干部说:"你开小片荒是骠骑村阶级斗争新动向的反映,你要小心,再这样弄下去,就得让你去公社了!"李化民沉默无语……

后来,我问润胜子才知道,李化民老汉在自家门前的坡地上种了些玉米,有人反映到公社去了,就引出了上面的一出。批斗会的那一年,老汉没敢再种小片荒,但是四五月份麦子扬花青黄不接的时候,他拄着棍子,拿着一条破口袋出去了几趟,去要饭!我住的金星子家与老汉家一墙之隔,我是亲眼看见的。那一年的麦收前,出去要饭的还有生产队长润胜子的爹李兴财,"毛掸子"的爹李俊杰,胜群的爹李青岚等。出去要饭是要舍下脸面的,人要不是饥饿所迫,是不会低三下四去求人的。

陕北是典型的黄土高原地貌,沟壑纵横,是靠天吃饭的地方。老天不下雨,庄稼就没收成,老百姓就得饿肚子。从1969年下乡到1971年招工离开,三年里，每年打的粮食分到社员手里还不到四百斤，在没有蔬菜和副食的情况下，壮劳力怎么够吃呢？

听完润胜子的话，我去小河口告诉了大伯一家人。大伯说："肯定是骠骑村的哪个家伙去公社告的状！你就不要种了，甭让公社抓你个典型。原来想你在小河口种一点儿地没人知道，还是让骠骑村的人知道了，以后没有吃的你就过来。"

我开的小片荒没种成，倒是弄得公社都知道了，差点儿步李化民老汉的后尘"穿着社会主义的鞋，走资本主义的路"。时间过去四十年了，1969年那个寒冷的冬夜在饲养室批斗李化民的情景我还清楚记得：那时候，"宁要社会主义的草，不要资本主义的苗"，宁可让农民挨饿去要饭，也不能"破坏"了"大锅饭"的规矩。

杨小白，男
1952年出生
北京市第一二三中学初六八届毕业生
插队地点：宜川县原高柏公社骠骑村

# 陕北往事——别了，川口

1973 年，我从川口回京探亲。社会传闻七三届大学招生，将从"工农兵"中推荐选拔。我感觉这是一个难得的机会，绝不能错过！于是，我找来"文革"前的数、理、化课本，请老师给我"恶补"。

不久，我接到生产队的来信，要我代买"脉冲针灸仪"。我跑到医药商店，把这个仪器的线路图仔细研究了一番，忽然想自己"攒"一台出来。一来可以满足自己的兴趣，二来可以延长留在北京的时间。我四处搜索资料，很快地掌握了仪器的要领，"攒"出了一台样机。这台样机的价格，是医药店里的四分之一。

我回信给村里告知情况，建议不必花大价钱去买，我可以自己"攒"。很快村里回信，不但同意我的提议，还承诺事成之后用工分和我结算，并且让我做六台！这样，我就名正言顺地留在了北京，有了更多的复习时间。但是，算了一下招生的日子，确定 3 月底前必须返回川口。

转眼就到了 3 月下旬，我带着做好的六台脉冲针灸仪和文化课本，搭上 79 次列车，经西安过铜川中转，两天后返回了川口。

这里一切依然如故。"黑子"照旧忠于职守，唯有知青点人去屋空，显得既熟悉又陌生。队里的知青，只剩下一个女生和一个刚从枣林并村过来的男生还有我。三个人冷冷清清，没有了往日聚居的热闹。

我带着六台脉冲针灸仪到队上交了差。会计按照队长的意思给我折算工分。我乘机向他打听今年推荐上学的事："咱这搭（这里）有消息没？""噢，我知道了。""我看咱这搭知青也就你能行！还会弄个这（指脉冲针灸仪），待在咱这搭下苦，屈下了！队上推荐？村里咻些人没相，你肯定能行。"

我听后一阵欢喜，但随即又怀疑起来，担心会计说话不管用。转天我就去茶坊街探虚实。刚走到邮电所，迎面遇见瘸着腿摇过来的"学儿"。"你干吗来啦？"学儿操着陕北普通话和我搭讪，又拉我到街边石台上蹲下谝闲话。他递过一支"三门峡"说："你村那些个学生娃都走了，你咋办？"我说正想到公社去寻文教干事，打听今年推荐上学的事。正谝着，他忽然指着街上走过的一位瘦瘦的中年人说："那就是你要寻的公社文教罗干事，快去！"

真是天赐良机！我赶紧追上罗干事和他搭讪。

"你就是川口那个会修半导体收音机的人？"罗干事停住脚，抬头看着我。"是啊，我就是。您咋知道的？谁告您我会修半导体收音机。""这还用谁说？年时（去年）你得是给D局长修好过那台破半导体，是老D说的。你找我啥事？上学、推荐？咱这搭现在还没消息，放心！我操着心哪。上川还有几位北京娃，也都不错，就看县上能给咱下几个名额啦。啥？你还给川口做了六台电针灸仪！哎，你咋这儿能行？在咱这搭待着，屈人啦。"

没想到公社罗干事这么了解我。估计他对今年上大学的推荐人选，应该是心里有数的。这段时间，我要在队里好好表现。

4月初的一天，北京干部突然来到川口。他是来走访告别的。再过几天，他们这批北京干部来延安就满三年了。听说当初这批人来时是有约定的，三年期满之后全部回北京安排工作。望着他掩饰不住的兴奋劲，我已全然听不见记不起他都讲了些什么，只是心里一个劲地想北京干部撤走后，我们剩下的这些"留守知青"该咋办呀。想到这里，一种失落孤独、被遗忘被抛弃的感觉，瞬间占据了我的脑海。我随手扔掉铁锹，颓然地蹲坐在地上，好一阵子没缓过劲来。

晚上我独坐在孤灯前，望着闪烁跳跃的火苗发呆。百无聊赖、漫无目的地旋转、调寻着收音机里的频道。急躁、失落的情绪交替着出现在我的心里，想到今后的前途，似乎总也理不清个头绪……陷入迷茫的困惑中。

过了几天，我听说招生有了消息，便赶紧去找罗干事。罗干事跟我说："我心里有数，你放心回去吧。这段时间少出去寻人耍、在队里好好待着。知道我的意思了吗？"

以后的日子里，我听从了罗干事的劝告，白天在队里修水利拉架子车或开山、烧石灰，晚饭后抓紧时间补习功课。没过多久，罗干事召集开会，推荐工农兵大学生。这一年被推荐的都是北京知青。罗干事介绍了招生推荐情况和时间安排后，又取出数张铅印的入学资格申请表，逐一分发给到会的人填写，并嘱咐我们，填好后要拿回队里填意见、盖章，再返回公社盖章。最后，由公社统一送到县上审批备案。虽然有些烦琐，但我们都按捺不住兴奋的心情，纷纷向罗干事表态:"保证误不了事,没麻达。"

得到批准,领到"准考证"时,已是6月中旬。麦收刚结束,我和几个被推荐的知青一起到县城参加"统考"。记得当时考试分了三部分,总共一天半的时间。当天上午的语文是题为《走与工农相结合道路》的作文,下午考数学,第二天上午考理、化。考试结束后,我感觉良好,剩下的就只能看个人运气,听凭命运的安排了。

回村等消息一晃就到了8月初。这时正是气温最热、西瓜上市的时候。我借赶集的机会,去茶坊打听消息。这时的茶坊集市不像以前那样热闹了。因为当时割资本主义尾巴的力度很大,再加上大部分北京知青已经招工或转走,集市与四年前相比萧条了不少。在集市遇着几个熟人,都说没有结果,于是我扫兴地回到了队里。

以后虽然人在队里待着,但心却一直为招生的事情所困扰。

转眼到了9月初,我实在耐不住这份煎熬,决心再去茶坊问个究竟。刚下坡出村,迎面遇见邮递员。他笑嘻嘻地用异样的眼光望着我,递给我一封署名"西北大学"的草书褐色牛皮纸挂号信,让我签收。入学通知书?!我迫不及待地撕开信封,果然是!"西北大学化工系"9月22号报到,24号开学。

这是真的?我努力按捺住激动的心情,迅速地理清一下头绪。先奔茶坊邮电所给家里发封电报报喜,再找罗干事报告一下。罗干事看到我也非常高兴,他说:"咱这搭从不缺下苦种田的,短的是有出息能干事的。你们北京娃在咱这搭生活过几年,也知道咱这搭的栖惶(苦),往后多想着点儿咱这搭就对啦。"我被他的这番话所感动,一时语塞,竟不知说什么好。

之后,转关系、办户口、交粮食等一切手续,凭着西北大学的入学通知书和公社介绍信,两天之内竟奇迹般地全部办好了。村里的几户来往关照的人家也都告别过了。正准备起身,会计和另外两位留守的知青跨进屋来。会计代表川口队送给我一本有毛主席语录的笔记本做纪念。而那两位"留守知青"则表情矜持地递给我一个有着鲜艳塑料封套的笔记本。笔记本首页上写着他们的临别赠言。我接过笔记本,在昏暗跳跃的火光映衬下,看到他们脸上的表情是那么的强颜欢笑,又是那么失落、绝望……我不禁黯然。第二天一早,我告别了知青点最后的两位同学,也告别了川口。

自1969年元月到如今,整整四年半,我在这里的经历跌宕起伏,坐在汽车上,仍然觉得真假难辨。是做梦吗?

我望着窗外向后逝去的山川河流、农舍村落和在田边地头辛勤劳作的人群,想到这四年多的插队生活，离开川口，是悲？是喜？我不知道，也说不出。我唯一能够确定的是，这一刻是我人生过程的一个拐点。从此就要开始新的生活了。忽然记起一部电影中的歌词："别了腊包尔，临别的热泪夺眶而出，廿年以后我还会再回来……"

然而，川口，这伴随我青春年少成长四年半的土地，我，还会再回来吗？

朱学夫，男
北京市第一一〇中学毕业生
插队地点：富县原茶坊公社川口大队川口生产队

# 清泉永远流淌在我的心间

我插队的自然村坐落在一道旱塬的山嘴上。那里自然风光很好,春季繁花似锦,秋来果味飘香,颇有几分"世外桃源"的风韵。然而在那困难的年代,现实却是严酷的,它使你没有时间没有精力也没有心情去欣赏这山村美景,它迫使我们与当地人一样地为生存而拼搏而创造,在改变生存条件的同时也在改变着自己。我们当时必须面对的,主要是吃粮和用水这两大问题的挑战。

我们村只有二十几户人家百十口人,耕地却有一千余亩,土地资源可谓得天独厚。然而,广种薄收的结果,亩产不过一两百斤,在交过公购粮后,口粮就出现了较大的缺口,只好以瓜果野菜填补。由此,可知当时人们的生活景况的确不容乐观。我们同村插队的共有四男三女七名北京知青。当时,大家的政治热情很高,生活虽然艰苦却毫不畏惧,并感到能与当地人民同甘共苦是一种幸福与光荣。

再一个严重的问题是用水困难。该村地下水埋藏很深,靠人工无力开凿。单靠旱井收集的雨水也十分有限,且受蒸发、渗漏、干旱等因素影响,一年大部分时间处于干涸状态。村民们在这种情况下,只好下沟担水。沟里唯一的水源,是距村两里外的一股泉水。这股泉水是从崖底沉积岩中渗漏汇集而成的一股涓涓细流,至崖根积蓄成潭。这口小潭,对于我村村民来说,具有非同一般的意义,可以说是大家的生命之源。

从我们村到小潭是一条绵延陡峭的山间小路,负重行走十分困难。我第一次随村民们担水时,自恃年轻力壮充满了豪气,一路疾走总想冲在别人的前面,不料还未爬上坡即已气喘吁吁、大汗淋漓、腿脚发软,只好稍事歇息。而村民们却停也不停,轻轻松松地迈着八字步,随着水桶有节律的摆动、傲然地走到了我的面前。待我使尽气力爬上坡时,他们还在笑嘻嘻地等我。待我气喘稍定后,他们才向我道出了担水爬坡的要领，一是要迈八字步，以利减小脚掌与地面的夹角，加大脚掌与地面的接触面积，以放缓节奏节省体力；二是腰杆要挺起，借两只桶自然摆动的惯性降低腿脚的压力。

我听罢恍然大悟，并怪他们为何不早说。他们却说：早说了不行，只有让你先吃点儿苦，才能听进我们的窍道。我听后兴趣陡长，决定再担一担试试。这回，我根据自己的体会，完全按照他们指点的要领，然而在爬坡时却身不由己。八字步迈得既不自然，双桶摆幅也控制不住，除未感到轻松，还洒了不少水。这使我想到，不是人家的方法不灵，是自己的功夫不行，俗语说得好"天能授人以法，不能授人以功"，这看似简单的劳动，若不经过从理论到实践、从实践到理论的反复演练，也是不能驾轻就熟的。这门技术，在我的长期坚持下，终于达到了化境，成为老乡们称赞的把式。

我的行动也带动了其他男知青，他们很快达到了我的水准。按说，吃水问题已彻底解决了，但女知青们似乎体会不到我们担水的艰难，我们担得多她们就用得多，使那口缸成了永远担不满的无底洞。这个矛盾在农闲时尚不突出，在农忙时就比较尖锐了。因为大家同样劳累了一天，从地里疲惫不堪地回来，都懒得再动弹了。而这时，正是女知青们用水的旺季，她们又是洗澡又是洗衣服，于是水缸很快见底，有时连做饭的水都没留下。久而久之，男知青们开始啧有烦言，而女知青们却毫不收敛，终于发生了争吵并分灶。

分灶后，女知青们只好自己练习着从沟里担水，但那却不是女人们干得了的活。她们三个人轮换着担，一次也只能担两半桶，回来时已是鬓发凌乱，汗透衣衫，喘作一团。我们面对这种情况，一开始还有些幸灾乐祸，但很快就感到情理难安。因为大家出门在外，不是亲人胜似亲人，本应互相帮扶共度时艰，怎能让她们承受本该由我们承受的重负呢？于是双方都产生了和解的愿望，后在村干部们的说和下，两灶又合到了一起。我记得合灶那天充满着节日般的喜庆。男知青们提前借了几副桶，一大早就将水缸担满；女知青们特地蒸了一锅白馍，炖了一只鸡，炒了一大盘腌白菜。大家团团围坐，和好如初，仿佛从未产生过什么隔阂。

此后，我感到男女知青间的关系发生了一种异乎寻常的变化，虽然没有任何制度制约，但男知青们已把担水看成自己的分内事，而女知青们也能尽量节约用水，水缸常贮常满，我们之间的相处终于达到了融和无间的程度。

记得第二年夏天，山洪过后沟里形成了一道清澈的小溪。一天，男知青们下沟担水，女知青们要求同去。她们每人抱着一盆要洗的衣物，其中有男知青们的衣服和床单。雨后的小溪在沟底流淌的时间虽然很短，但正因为很短才使人产生来之不易的珍惜。

大家分坐在溪边的石头上，双脚浸入小溪，尽情享受着大自然的赐予。在欢声笑语中，几只爬上岸的小螃蟹引起了大家的惊喜。男知青们全体动手捉蟹，待女知青们洗完衣物时，已将小蟹装满了两只水桶。回去后煮了满满一锅。我们吃得津津有味，而老乡却尝都不敢尝。

我们的插队生活是短暂的，却使人永远难以忘怀，其中使我感受最深的是对"第二故乡"水的情结。没到过缺水地区的人不知缺水之苦，更不知节约用水乃是公民的一种美德。

当年的缺水之苦，既使我们经历了痛苦的磨炼，也给我们带来了征服困难的快乐，还培养了我们与当地人民同甘共苦的珍贵情感以及节约用水的良好习惯。我们与"第二故乡"分别后，遗憾的是当时没有能力帮助她改变贫穷落后的现状，祈盼的是她早日富裕，尤其是从根本上解决吃水的问题。

20世纪80年代初，我返乡一次，欣喜地看到了村里的变化。我村在政府的资助下，完成了提水上塬工程，彻底解决了人畜用水困难。有了水，果木业、畜牧业也取得了长足的发展。家家住上了新窑，人人一扫脸上昔日的愁颜。由于我们具有今昔对比的深切感受，更认识到党的富民政策确是农民脱贫致富的源泉。

那次返乡，我还特地下到沟底，再睹那股泉水的容颜。只见泉水淙淙，小潭碧透，小径亦未荒芜，人来人往的印记依稀可见。村里人对那股泉水有一种特殊的情感，并认定那里的水质好，还时不时地担上一担用于烹茶宴饮。我想那情味一定绵远而悠长。

孙仲荷，男

1951年出生

北京市白家庄中学初六八届毕业生

插队地点：黄陵县原太贤公社杏树嘴大队

# 摘　　杏

　　杏树，春天开白色或淡红色花，果实杏子有酸有甜，果肉可做果脯，果仁可入药，据说常食杏子可防癌。

　　我在陕北甘泉插队的第一个夏天，听说山里有好多杏子，就光想着去摘吃。经常四处打问。看我这么入迷，乡亲们就开我的玩笑，山里有杏子的地方，都有山神的小女子守着咧，她不让人吃她家的杏子，每年王母娘娘的蟠桃会，都要叫人来摘了供各路神仙品尝，看我们谁敢去？我说我敢，就是不晓得去哪儿摘。放羊的老胡看我这么实诚，就说："我就舍命陪你一次，明天我也去。"副队长红子一听，也连忙表态说："我也请个假，明个去摘杏子。"

　　第二天是个大晴天。他两个担着笼，我一个背着包，他们说用担笼盛杏子，杏子才能是浑的（整个的）。山里气候多变，还没到地方，就下起了细雨。他俩换上草鞋，让我也换，我说球鞋好走。终于到地方了，让我惊喜的是满山洼里竟全都是杏树，我跑着摘，跑着吃。他俩就提醒，不要吃多，好的还在后边呢！我不听，我身强力壮的，吃个三两斤没问题！

　　一边吃，他们就给我介绍杏子。杏子成熟在麦收季节。尽管大忙，不少生产队还是要放假一天，让社员们进山打杏子，同时每家给一头驴驮杏子。原因是要用杏仁榨油。

　　最早成熟的杏子是"五月鲜"，成色漂亮但口感稍欠。还有一种叫作"大白杏"的则色香味俱佳。老乡根据果肉与杏核是否粘连这个标准，习惯于把杏子分成"然核"和"利核"两类，一般"然核"杏比较好吃，不过"利核"杏的优点是容易收获杏核。

　　老乡打杏子的目的和我完全不同。他们只要杏核，把杏子打回来，放在石槽里沤烂，用水漂去果肉，把杏核捞出晒干后平铺在碾子上，碾碎硬壳后得到杏仁。再用铁锅炒熟，在油磨上磨成酱，然后放入开水中煮，待冷却后滗出漂浮在上面的油水，经过提炼便得到了清亮醇香的杏仁油。陕北老乡的食用油有三种：麻籽油、菜籽油和杏仁油。其中，以杏仁油为上品，不仅口味香醇而且营养价值高，还可以入药。

那天我敞肚大吃，随后，又后悔起初吃得太多，现在有点儿吃不动了。老胡和红子俩经验十足，这会儿才开吃，还净挑特大号的吃。正吃得美，远处传来飘飘悠悠的歌声：

> 山上的哥哥是哪达（哪里）的
> 我住榆林杏花沟村
> 你要是还没上眼的女人
> 就把我娶到你窑里去

清灵灵的歌声由远而近，从高处传下来，红子坏笑了几声就接了过来：

> 哥哥是咐达（那里）的人尖尖
> 虎格生生的多好看
> 妹妹今格要是看上个眼
> 我们就合床在当晚

上边的人一听，笑声不绝，很快就走下来三四个姑娘，又唱：

> 一听你就是个农民汉
> 我要的是城里的握笔杆
> 最不济也要跑船的二老板
> 不是你个浑身掉土的瓷罐罐

一边唱，她们来到我们跟前。红子笑着说："你们是榆林的吧？"对方回答："就是的，你们是哪的？"红子告诉了她们，又说："你们榆林的往我们这里跑，是看上我们这里的地呢还是看上我们的人？"那几个女子倒直言不讳，说上边种啥不长啥，才下来找吃食的。还说那个唱歌的女子的父亲是乡党委书记和劳动模范，现在啥也不当了，下来当"黑户"，为的是能吃上口饱饭！

红子说："你们面前就站着个文化人，还是个北京人呢，看看上眼不上眼？"那几个不信："少胡咧哩，北京人跑到这里干啥来？糊弄我们？"红子连忙说："你看你看，你们要有文化的，给你们说了，你们又不信，你们让他说几句话就知道了！"那几个女子就逼着我说话。我一开口，她们马上信了。

红子挑逗她们："你们谁看上这北京娃，今天就归谁了，看不上我就带回去。"那边姑娘就接着说："当真？"老胡也掺和起来："当真、当真，咱山里人说话算话！"那几个便又有人回话："那个北京后生可看得上我们？看得上谁个？"老胡说："你们谁个最漂亮就是谁个，还能要个歪瓜裂枣不成？"

我有些发急，埋怨老胡说："别胡闹！"老胡却笑着说："啥胡闹？这是多好的好机会！"我说那得我愿意才成呀……没等我说完，那几个就把唱歌的女子推搡过来，还说她叫"杏儿"，是初中生，也是榆林城里城外有名的小美人！我不敢耽误下去，叫着红子和老胡就要走，他俩也就赶紧担起了笼起身。那个"杏儿"却真是了不得，追上来大声说："今个安家坪村上有唢呐和三弦子表演，你们不回了，就在这村上待着，我大会照应你们！"我背着一大袋杏子就跑，老胡和红子都笑起来："看看，看看，看把你吓的，她们吃不了你！"

我还是坚决朝回走。一直走到要转弯时，后边传来了"杏儿"的三弦腔调：

定下个音来弹三弦
北京人跑起来赛兔仙
快跑是怕我要他的钱
不知道我爱人不爱钱
有句实话告诉你
牢牢记在心里边
将来你成事做大官
做了大官要回来转
别忘了陕北人好情感
掌管了江山要好生管

等我跑回村里，那袋子杏子全成了杏酱！但摘杏的事儿却深深印入了我的脑海，至今还给我的回忆中增添着丝丝色彩。

王侠，男
1951年出生
北京市第一三六中学初六八届毕业生
插队地点：甘泉县原城关公社姚店大队一小队
（本文选自西安出版社2011年9月出版的《一路悠长》一书）

陕西知青档案

# 知 青 手 记

我们插队的地方是宜川县壶口公社。全公社有两个村子,一个是龙王汕,只有三户人,靠放羊为生;另一个是圪针滩,有六七户人家。除一户做黄河摆渡营生外,其他几户主要也是放羊。

## 拉船过瀑布

村子紧挨黄河,有时会看见木船从黄河上游划下来,那是从榆林地区过来的。木船上装着当地出产的锅碗瓢盆等货物,沿黄河两岸贩卖。那些船一般有三丈多长,一丈来宽,几千斤重。东西卖完之后,就把船放流到禹门口卖掉。禹门口是工商业相当发达的集镇,秦晋两省交通要冲,用船的地方相当多。

榆林下来的船货,可以卖出上千元,船到禹门口又可卖千余元。这对当时的生产队来说,可是一笔巨款。问题是船怎么能过我们公社的壶口瀑布?这个险要地段,别说船,就是一根实心原木,经过瀑布也会给冲打得面目全非。

原来,船只在到达瀑布之前必须靠岸。船老大联系河边的大队,把船从瀑布前面的干岸拉到瀑布下游,再放到水里。然而,壶口瀑布下面的河槽,又窄又深非常陡峭,船是根本放不下去的。所以要往下再拉一里多路,才能找到能放船下河的斜坡。

拉船有两条路两拨人马。西岸是我们桑柏大队,东岸是山西吉县的中寺大队。拉船是按船的宽窄算钱,有多长不管,只量最宽的地方。然后生产大队的头头和船老大在衣服下面"摸手",讨价还价,按尺论钱。一般来说,拉一条船大约能挣三百来块。而且船从上面下来的时候,常常是三条结伙一起走,这样一次可以挣一千来块。

拉船分两组。一组是一二十个精壮小伙子，在船的两边，用背顶住船，轮流发力，使船晃动。另一组是百多人拉动系在船前面的三条牛皮编的长绳，向前行进。有一个人喊号子，协调全体拉船人的动作。

在船两边晃船的小伙子需要下猛力。当船拉起来向前走时，他们就站开来，不用再使劲。但是如果前面大石头多，每向前一步，他们都要晃动船，不然船就会卡在那里不能动。

夏天的黄河滩，几十里一棵树也没有。中午吃饭时太阳暴晒。我们知青干这种活，还是很卖力气。拉船晃船什么都干，所以每天干完回村的时候，感觉特累。

我插队的最后几年，上面就没有船下来了，可能是割了资本主义的尾巴。

## 上山盗墓

插队第二年，村里的年轻人想建一个篮球场，没有木料做篮板，就打起了村后石壁崖里棺材的主意。夏收完毕，队长、支书、会计和老乡罐罐，带着我们几个男知青，上山盗墓。石壁上的棺材都没有上漆，整块上好的柏木，约三指（两寸）厚，做篮球板正合适。

我们扒开第一口棺材，里面的人穿着土黄色的棉衣和棉裤，帽子上有国民党徽章，应该是阎锡山二战区的士兵。尸体常年风化后，身上只剩一点儿干肉，骨头包着深棕色的干皮。第二、三口棺材里的人让我吃了一惊，他们都穿着清朝的衣服，像戏里的人。衣服上有绣花，头上的帽子有穗，估计是清代军官。刚打开时，衣服还很完整，但是一碰，就成碎末了。

我们需要的是棺材盖板和两旁的挡板，底板不动，所以死人留在上面。拆好后，把棺材板抬到拉拉车上，用绳子捆紧。经过圪针滩村里时，老乡们并不惊奇。可见我们不是第一个干这种事的人。我问队长："当地木材那么缺，为什么那些棺材都还在？"队长说："一般人嫌它不吉利。"

回到村里，队里请了一个木匠，做了一个篮球架子，从此村里小伙子闲下的时候就来打篮球。全公社有我们村这种奢侈品的不多。

## 打　柴

　　桑柏大队每个村子的四周都是光秃秃的。打柴要走很远，才能找到一点圪针（酸枣刺）。我们村更是当地最缺柴的地方之一，村下面沟里，有抗战时阎锡山二战区的兵工厂，沟边山脚下有一排排的土窑洞，是他们的驻军营地。当年他们把方圆多少里的柴打得精光，我们插队时，不但没有树，连草都少见。

　　打柴费体力，又是技术活。知青最难掌握的，就是一只手抡小镢刨柴根时，手里没有准头，爆发力不足。我到村里不久，老乡罐罐带我出去一起打柴。翻沟七八里到了石枣塬靠近黄河的陡坡上。路极险，一滑就会掉到几十米的石崖下丧命。在北京时做梦也没想到，为了一捆柴要费这么大的事。

　　那里的柴比村附近好多了，可看到老圪针和荆条，但也是稀稀拉拉。一个多钟头过去了，我才打了小半捆。罐罐把他打的柴分了一些给我，凑足了一大捆，帮我打好要儿（用柴草编的捆柴绳），捆好柴，插在镢头上，扶上我肩头。这是硬柴，也是湿柴，非常沉。开始我试着自己把柴从地上背起，竟没站起来，还要罐罐在旁边帮忙往上搊。

　　回村时要翻一道大沟，再上一道梁，最后爬一个陡坡。我第一次背这么重的东西（回村过秤，七十三斤），也第一次走这么险的路（下坡比上坡难得多）。说实话，那条路当时让我空手走，都心惊胆战，更别说背那么大一捆柴了。但我不愿服输，硬撑着，上上下下七八里，也不知走多久，才熬回村。最后从驮水陡坡往村上爬的时候，腿直哆嗦，一步一停。到家一看肩膀，皮肤渗血，镢头压得那块已变成紫色。虽是冬天，里面的棉毛衫和绒衣全让汗湿透了。这是我到农村后第一次干重活，后来知道，这其实只不过是很普通的日常活计而已。

## 担　水

　　壶口公社虽靠黄河，但村子多在塬上，缺水，种地靠天吃饭。我们村没有一分水浇地，也没听说其他村有。别说没浇地的水，就是人喝水，也极困难。各村饮用水源都是沟里的山泉，要用毛驴往上驮。我们村驮一次水，来回五里多路，坡极陡，用差不多两小时。因此村里从来没人挑水，只用毛驴驮水。

　　村里的水源是一个涝池。因为露天，所以池里的水总有虫子和其他小动物。按以往的卫生习惯，这水是不能喝的。但只有这种水的时候，也就顾不得许多了，渴了大口大口往下灌。

驮水的桶是用半寸多厚的木头箍的，外面套了三个铁环加固。一般用柏木，结实耐水泡，用的年头长。但是极重价钱也贵，那时一副（两只桶）价值好几十块。差一点的用槐木，一半价钱，但寿命短多了。

我们村的驮水坡非常陡，人往上爬也很费劲。有的老汉为了省劲，赶驴上坡时，揪着驴尾巴，让驴也拉着人往上走。我没这么干过，驴驮两桶水上陡坡已经非常辛苦，再让它拉一个人，太残酷了。这些平时吃不饱的驴，有时候光两桶水也能把它压趴下。

因为缺水，那些年我很少洗脸，一年也未必洗一次澡。村头有一个涝池，里面是积下的雨水，村里用来饮牲口、洗衣服。天热刚下完雨后，水多，老乡有时也在里面洗澡。水很浑，是稠的，有味儿。

那年头，很多知青生活都很艰难，顾不上讲卫生。最关键的还不是卫生，而是饿肚子。陕北老乡也常说，活人难咧。

## 如　　厕

去陕北之前，精神上做了准备，所以刚到时，对当地的衣食住行虽不习惯，很多也超乎想象，但不能说完全是意外。真正吓我一跳的，是如厕，毫无精神准备！

进村的第一顿饭吃完，我就想出恭。老乡指着沟畔用秸秆挡着的地方说，那就是厕所。

我走到那儿一看，没围墙也没坑，就是一块平地。解开裤子，蹲下，运气，刚要办正事，突然听到呼噜呼噜的响声。抬头一看，一头大黑猪向我冲过来。我提着裤子，一溜烟逃回窑洞，跟老乡说，猪要咬我。老乡哈哈大笑，说猪吃屎，不咬人。我这才知道，原来猪还吃屎，而且是等不及地要吃我的屎。不管猪吃不吃，我还得拉，只得又回到厕所，不过这次手里拿了一根棍子。刚蹲下，猪又冲过来。我把棍子乱抡，嘴里还大喊大叫。猪不往我跟前冲了，却往我背后绕。我想不好，刚拉半截它就吃，还不拱我一屁股屎。就蹲在地上移动，使自己始终面对着这头大猪，同时挥舞棍子敲打地面，呐喊着，让它不敢靠前。我以屁股为轴心，面对着猪转了足有七八圈，屎才拉完。跳到一边提裤子，回头一看，那厮几口就把我的屎吃个精光！

从北京带来的手纸很快就用完了，大便后擦屁股也只好入乡随俗。当地擦屁股很方便，都是就地取材。一般是随手捡块土坷垃或石头蹭蹭。

多年后来到英国，和一个在山西插过队的北京老乡聊起这些事。他说你们陕西人太原始,哪儿有我们山西人文明!我们村里的厕所,里面横着一根杆子,上面挂着一排布条。大便以后,取下一根布条,刮擦完毕,再放到那排布条的后面,轮换使用。每次用的时候,取的都是几天前用过的,已经干了。两边抻一抻,屎嘎巴儿就掉下来,愿蹭愿刮两相宜。

## 粪

  在陕北起羊圈是最艰辛的,除了饱受跳蚤的骚扰和氨气的折磨以外,羊圈的粪干瓷实以后,一刨,就起来很多粪末儿,飞扬在羊圈的空气中,随着呼吸进入鼻孔、嘴里和肺部。不但干完活以后嘴和鼻子里都是羊粪末儿,随后一两天的痰里还有。起驴圈和牛圈就没有这些问题。不过牛粪很湿,所以牛圈常常要垫土,不然牛卧在湿粪上会生病,所以牛圈里的粪含土很多,非常沉。

  最难搞的还是人粪,那股味儿可比羊圈的氨气难消受。大夏天从粪缸往外淘的时候,不管怎么忍,还是反胃干呕。只好在淘之前,先呼吸一口新鲜空气憋住,赶紧过去淘一阵,再跑开换气。淘一个厕所,要折腾这十几个回合。淘完全村的,真是"上气不接下气"了。而且人屎尿是混在一起的,在铁桶里往村口担的时候,免不了往外溅,搞得脚上、鞋上、裤腿上都是。

  起动物的粪,吃饭食欲不受影响。淘完人粪,不知怎的,不太想吃东西。刚到村里时,我们知青的厕所没有装屎尿的缸,后来也埋上了一个。屎尿淘走了,队里按桶算工分。

  粪送到地里,一堆堆拉开距离。种庄稼时,把种子放到粪堆里,和粪搅匀。然后再把混合了种子的粪,装在马槽状的大笸箩里,挂在脖子上。牛拉犁在前面耕地,拿粪人跟在犁的后面,走一步抓一把,撒在犁沟里,再用脚踩上。一笸箩粪好几十斤,用完了赶紧跑到粪堆那里装满,再跟着犁后面撒。牛不等人,所以撒粪一直处于相当紧张的状态。地犁开了以后,脖子上挂着那么重的东西,在地里不停地跟着牛来回走几个小时,体力消耗很大。如果是坡地,到粪堆那儿装粪,还要上下坡奔跑,更是辛苦。

## 老卫找到了!

  我们村离黄河近,夏天可以去炸鱼。壶口瀑布下面的岩石河槽水流湍急,但在两个地方，河水主流边有漩涡回流。上面的叫十字，下面的叫大涡，相隔几里路。在漩涡回流里炸鱼，鱼不会被主流冲走。

那天老卫带着我和老乡去十字炸鱼，没有炸到就下水游泳。老卫几下就游到主流，顺河下去。我想跟上他。但是罐罐站在岸上，看出了危险，拼命地拿石头阻止我，让我上岸。

我上来一看，老卫早已没影了。我们沿着河岸去追，看着巨大的浪花，心里害怕了。尤其是下游的圪针滩口，河中险石密布，人在急流中撞上去必死无疑。我边跑边想，老卫可能没命了。

我上气不接下气地跑了几里，一直跑到大涡，才看见老卫。他趴在河边的石头上，一动不动。喊他，一点儿反应没有。我吓坏了。后来老卫说：他听到了我叫他，但已经累得出不了声了。那天，我们把老卫架回了村里，他在炕上躺了三天，才缓过劲来。

后来老卫说，他遇险后，想起了老乡的话：壶口瀑布下的河槽里，只有十字和大涡可以靠岸。所以当他在河中看到了大涡时，便拼死从主流游向大涡的回流，然后爬上岸，总算从鬼门关逃生。老卫醒来后，说了一句"大风大浪并不可怕"。

我心里一直感谢罐罐。如果不是他极力阻拦我，我游到黄河中间，就真的没命了。因为我的水性和体力远不如老卫。

## 老鼠跳蚤虱子

村里老鼠很多，每家窑洞都有。晚上睡觉时，老鼠就在我们的被子上来回乱窜。老鼠洞就在窑洞后面，我们用敌敌畏和泥把洞封上，以为这样可以把老鼠毒死。谁知它们第二天就把洞打开，照样活蹦乱跳。

刚到村里的那年春天，羊圈里接连出现死羊，都是眼睛没有了。老乡说：是老鼠把羊眼睛吃了。队里想了各种办法灭鼠，都不管用。后来，队里请来一个跳大神的做法事，结果老鼠就不再猖獗了。至今，我们都不知道里面有什么猫腻。

老鼠还带来跳蚤。它比蚊子厉害得多，咬人特痒痒。而且抓不着，打不到。开始往炕席下面撒一层"六六六"粉，可根本不管用。后来用敌敌畏抹在炕席上，才好一些。

那些年夏天是跳蚤，冬天是虱子。虱子藏在你的衣裤里，让人心里硌硬。冬天如果太阳好，大家一起坐在地头，解开裤腰带（我一直穿老布棉裆裤），低头

713

抓虱子。用两个大拇指的指甲把它们一个个挤死。然后指甲上都是血，自己的。

晚上吃完饭，炕还是热乎的，脱得精光，在油灯下面仔细寻找衣裤缝里的虱子。现在回想起来，那应该是插队时少有的幸福时刻。村里后来剩我一个知青时，睡觉就什么都不穿了。因为内衣里尽是虱子，抓不完。

感 恩

在陕北插队的四年，深深感到陕北的老乡对北京知青真的是好。他们在极其艰难的情况下，收留了大批的知青，照顾了我们。他们没有见过大世面，有些人连公社地界都没出过。正是因为这样，他们的精神和天性没有受到世俗的污染。他们对生命的认识，比我深刻；他们的善良和智慧，让我折服。到陕北以后，我才认识了社会，学会了做人。陕北的老乡，助我成人。我无法报答陕北老乡对我的收留和善待，但，我终身感恩。

邓卓，男<br>
原北京师范大学附属中学初六七届毕业生<br>
插队地点：宜川县原壶口公社桑柏大队

# 从北京出发

## 一

1968年的最后一天，我到和平里派出所办理户口迁移。那是从北京到陕北插队前的最后一道手续。经过五分钟的等待，我拿到了户口迁移证，此时，我就迁出了北京，算是陕北人了。

回到家里，我跟妈妈说：户口迁完了，您把户口本收好。

第二天是元旦，妈妈拿钱让我出去买了一块钱的肉馅，五毛钱的猪肉，半斤散白酒。全家人回来后聚在一起吃饭。妈妈炒了四个菜，刚上桌，饺子也煮熟端了上来。

妈妈说：孩子，平常咱们家吃饺子都是按人头分配，今天你随便吃，能吃多少吃多少。

爸爸给我倒了一盅酒："喝了吧，爸爸一直工作忙，没有时间关心你。过几天你就要走了，这一去远隔千山万水，谁也帮不上你，只能靠你自己啦！"

姐姐、哥哥、妹妹、弟弟围在旁边看着我，那时候小弟弟只有六岁。我忍住眼泪，喝了爸爸递给我的那杯酒，然后吃起饺子来。那一顿，我一口气足足吃了三大盘。

## 二

出发的日子定在1969年1月21日。那天我们来到学校，因为放假学校里面冷冷清清。几位老师和工宣队的师傅们站在那里欢送我们。

学校"革委会"的一位负责人发表了简短的讲话，他要求我们在农村好好地接受贫下中农的再教育，用实际行动报答老人家对我们这些学生的关心和爱护。随后我们坐上学校的大轿车，前往北京火车站。

大轿车一直开到北京站东侧的一个地方，那里是集合点。不一会儿，陆续有其他学校的学生到来，很快就聚集了一百多名学生。有人组织我们排好队伍，步伐整齐地走进北京站。

站台上气氛热烈，已经站满了前来送别的家长们。大家千叮咛万嘱咐相互道别。我没有让家里的人来车站送我，怕他们难过。

列车开动了，瞬间哭声渐起，离别的情绪感染了车厢里的几位女生，她们流着眼泪，从车窗向外面招手。一些恋恋不舍的人，追着列车奔跑起来。列车慢慢地加速，把他们留在了站台上。

我们安定中学有三十几个人去陕北。岁数最大的是刘子仁同学，当时他不满二十岁。我那年还不满十六岁，兜里揣着下乡补助的十二元钱。年纪最小的一个女孩，她只有十四岁。父母都下放去了云南，无奈的她，只能跟着年长她三岁的哥哥到安塞插队。

列车在一片哭声中徐徐开出北京，一路向西北奔驰。车厢里慢慢归于平静。我们开始沉浸在无限的遐想中，幻想着一个新的世界，新的天地。

22日中午，我们到达了西安。西安车站的大喇叭正播送着《大海航行靠舵手》的乐曲，站台上站满了欢迎我们的人群。很多人腰扎彩绸胸前佩戴着像章，纷纷向我们招手问好。一些同学也打开车窗与他们交流，交换像章。

十五分钟后，列车启动继续向铜川进发。站台上有人喊了一声指令，随即欢迎的人群训练有素地按四路纵队排开，跟着喇叭里播放的《向着北京致敬》的乐曲，跳起了忠字舞。由此，欢迎仪式变作欢送仪式。

傍晚的时候，列车到达了铜川车站。我们下车以学校为单位排好队，跟随接待人员来到为我们安排好的住宿地方。天已经快黑了，我们分不清这里的东南西北，相跟着走进一个学校的礼堂。空旷的礼堂中间摆放着几个取暖用的大煤炉子，散发出浓烈的煤烟味，炉子周边的地上一排排地铺满了麦草。接待人员告诉我们，由于条件有限，我们只能在这里打地铺睡觉。

于是大家纷纷从箱子里拿出被褥铺在麦草上。女生则安排在另外一个地方住宿。由于新来乍到，大家都好奇，吃过晚饭，就三三两两地上街转悠起来。我和周同学一起，看见好多人在商店里买烟，于是我也进去买了一盒。抽吧，"红舞烟"。我们俩每人点上一支烟抽了起来。这是我平生第一次抽烟，一口下去，呛得鼻涕眼泪一起流。这一宿大家的心情都很激动，很多人都在低声地和接待人员聊天，直到很晚了才沉沉入睡。

23日的清晨，天还没亮我们就被叫起来洗漱，收拾好被褥装箱，吃过早饭出来，以学校为单位排队坐上开往延安的解放卡车。我们学校三十七名同学坐在一辆卡车上，司机胖乎乎的。

傍晚时分，卡车开到了延安。进县城后，仍然是找到一个大礼堂住宿，还是打地铺。不过，在这里我们第一次吃上了小米饭和酸菜粉条炖猪肉。饭后我约上周同学出门又上街去转，一直走到延河大桥的桥上，对面就是著名的宝塔山。桥下就是延河水，很浅，结着薄薄的一层冰。

## 三

我们在延安又住了一宿。第四天也就是元月 24 日的早上起身，坐上了去安塞的卡车。安塞，是我们真正要去插队落户的地方。卡车跨过延河桥，沿着蜿蜒崎岖的山边公路行驶。山路上静悄悄的，堆满了积雪。如果没有汽车的马达声轰鸣作响，这里就是一个寂静的世界。两个多小时后，我们终于到达了安塞县城。

县城里锣鼓喧天，路两旁站满了欢迎的人群。人群里有好多中小学生，他们摇着纸做的小旗儿。更多的成年人，腰扎彩绸，头上拢着羊肚子手巾，敲着腰鼓在欢呼雀跃。

车队穿过欢迎的人群来到停车场停下。我们跳下车，舒展着困乏的腰腿。有人上前帮助卸下车上的箱子、行李，我们还是以学校为单位，围在一起等候分配。

接近中午时，分配名单下来了。我们安定门中学的学生，分别去两个大队。其中十个男生分到徐家沟大队曹庄生产队，另外两个男生分到了马家沟生产队。余下的几个男生和所有女生，分到了关仙咀大队下属的生产小队。

本来按照学校工宣队的安排，我们男女生是分到一起的。但是安塞县的安置办却打乱了学校与学校的界限。这样，我们学校的男生、女生就被分到了两个大队。

女生们当时听到徐家沟大队带"沟"字，认为肯定是在山沟里边，所以她们不肯去，于是选择了"关仙咀"这个好听的地名。哪承想地名好听，却是真正的在山沟里，离县城有十几里路。而我们男生去的生产队，离县城只有五里路。这南辕北辙的距离，竟阻断了我们日后的往来。

## 四

四辆架子车停在我们身边，其中两辆是接我们的，另外两辆是马家沟小队的。老乡把我们的箱子搬到架子车上用绳子捆好，其中有几位还是欢迎人群中腰扎彩绸挎着腰鼓的老乡。原来他们既是县里抽出来欢迎北京知青的腰鼓队队员，又是来接我们这些学生的社员。里面除了副队长张占城，还有后来有名的"安塞腰鼓高向成"，以及大队的民兵排长韩守元等人。

我们的队伍中，有四位吹着唢呐走在前头。闲聊中得知他们是从榆林横山下来的。因为那里比这边更加贫穷，十年有九年歉收，人们四处逃荒要饭。每年秋收完毕，很多人便利用冬闲时节下来投亲靠友。这四个人就是来到曹庄远亲家中逃荒的。

由于下来逃荒的人太多，其中会点儿石匠活的就利用手艺给庄户人家打石磨，箍窑面。会吹龟子的可以在红白喜事上吹吹打打挣点儿小钱。而大多数没有技能的，便只能选择拖着打狗棍四处讨饭。

一路说着话，我们跟着老乡走到了延河边上。这是去马家沟和曹庄的必经之路。此时，河面上已经结了薄冰，但还能看见水在冰下流动。由于冬季是枯水季节，所以河水很浅，且冰面已经被来往的架子车轧碎了。拉车的老乡脱下鞋子，拉着架子车光脚过河，我们则在河里的几块石头上跳跃着过河。

到了马家沟，有几位同学留下了，又向前走了一阵，到了曹庄。曹庄被拦河大坝分成前庄、后庄两个部分，走到大坝脚下，老乡们低头猫腰拉着架子车朝坝梁上爬去。大坝的坡度很陡，他们在前面拉车，我们在后面帮助推车，没走几步就感觉非常吃力气短。原来这里已经是海拔近两千米的高原了。

上到大坝顶放眼望去，一个几十米宽、一里多长的河滩展现在我们眼前。老乡说这片地有百十多亩，是大坝多年拦截下来的淤泥变成的良田，每年收完麦子还能种上一茬晚玉米。

陕北这个地方虽然耕地不少，但都是广种薄收靠天吃饭。老乡说一亩山地，好的年景也就是收获几十斤粮食。如果年景不好，只能收点儿柴火而已。曹庄也不例外，四周的群山光秃秃的，没有树木。全队一百五十口人、七百多亩地，却打不出多少粮食。

说着话，又拐过了一个山脚。老乡指着坡上的一棵柳树告诉我们，那上面就是我们要住的窑洞了。

我们顺坡走到跟前，看见四孔窑洞并排地建在山根下，高三米左右，距离河边几十米远。其中左首的两孔窑洞住着房东老乡一家，右首的两孔窑洞是留给我们十个人住的。

经过介绍，得知房东是叔伯兄弟俩，姓郝。哥哥郝老汉五十多岁非常面善，不笑不说话。家里老两口和一个闺女，共三口人。弟弟家里是五口人，现在在河对面的山上当组长，他家空下的窑洞暂时借给我们居住。

## 五

我们窑洞的前面，是一片黄土堆成的平地，也是老乡们常说的街畔，面积有一百多平方米，也可以算是一个没有围墙的院子。院子的左首是一个硕大的碾盘。离碾盘不到十米，就是队里的羊圈，里面有一百多只山羊。院子的右边是一盘磨面的石磨，窑门前已经有不少等候看热闹的人。

那些男女老少一个个穿着破旧的棉袄，双手拢在袖子里，眼睛瞪得溜圆看着我们，显然他们也是第一次见到外来的人。当时我们感觉自己在老乡的眼里，比北京动物园里的猴子差不了多少。他们目不转睛地看着我们，直到我们安顿好了也不愿离去。我们赶紧从书包里掏出剩下不多的饼干糖果，分给了站在我们身边的小孩。

待他们散去，我们也用好奇的目光向周围观望。稍后回到院子里，听见锅碗瓢盆的声响，接着又有一阵阵葱花的香味。原来是老乡们正在给我们做饭。

吃过饭，队里开会，欢迎北京学生的到来。老乡们热情地招呼我们脱鞋上炕。炕上摆着一条"红舞牌"香烟和一脸盆炒南瓜子。老乡们一边让着我们，一边自顾自地吃着。我们有些拘谨，每人只点了一支烟，抓了一把瓜子。后来听说香烟瓜子都是用我们的生活费买来的。

队长姓白，首先讲话欢迎我们的到来。他表示这里虽然生活艰苦，但队里还是会尽量照顾我们的。他希望我们这些学生在接受再教育的同时，也帮助他们搞好队里的"文化大革命"。话音刚落，就听见有人喊了一声："把活靶子带进来！"

只见门口两个背着枪的老乡，押进来两个六十多岁的老汉。两个老汉低头站在大家面前。有人向我们介绍说：这两个老汉一个姓白，一个姓康。当年"胡儿子"进犯延安来到安塞时，他们参与了伪政权。姓白的老汉当上了保长，那个康老汉当上了甲长。虽然事情过去二十多年了，但是他们的心不死，总想着反攻倒算。所以今天就是要批判他们的狼子野心，把他们批倒批臭，不让他们翻身。说着有人振臂喊起了"打倒某某某"的口号，我们不知就里也跟着举手喊起来。

后来我们才知道，那个白老汉就是白队长的亲大，那个康老汉是队里现金出纳的亲大，他们都是老实巴交大字不识的农民。当年胡宗南的军队进犯延安打到这里，成立了乡保所，乡长指定每个自然村出一个甲长，每两个自然村出一个保长。于是有人推荐了这两个人，于是他们俩就稀里糊涂地当上了"村官"。两个老汉一辈子务农，最远也就去过延安府。新中国成立后的这些年他们一直是"被运动"的对象。

后来我们发现，村子里的晚辈对他们俩都是"白干大""康干大"尊敬地叫着。乍一听我们还真的摸不透是咋回事。时间长了才慢慢地知道，在农村，没有人在乎所谓的历史问题。也可以说是会上一套、会下一套，不像城市里的运动那么可怕。再后来，我们见到了老汉或是到人家借水桶什么的，也开始称呼人家"干大"了。

刘锡恩，男
北京市第一七七中学初六八届毕业生
插队地点：原延安地区安塞县真武洞公社下乡

## 魂 归 故 里

1990年9月27日，在李秋雨同志的遗孀明晓艳的泪眼蒙眬中，在陕西省延长县安沟乡几十名乡亲们的簇拥下，我缓缓地将秋雨的骨灰郑重地安放在位于双峰山顶峰上的墓穴中。随着原安沟公社党委书记王克英第一锹土沉重地落下，墓地四周顿时爆发出一片撕心裂肺的恸哭声。泪水和着泥土，渐渐把墓穴填平；哭声伴着白云，在广袤的黄土高原上盘旋、回绕。

秋雨啊秋雨，你躺在北京空军总医院特护病床上，用尽平生最后一点儿气力，一个字一个字断断续续吐出的最后一件心事，现在终于了结了。你身下的那块二尺半长的青石板，与你当年"歇歇儿"时坐过的石板取自同一条小溪旁；你头上的那座拱卫你的墓穴，与你当年"居"过的窑洞形制相同；塞在墓穴口上面缝隙中的那把艾蒿，与你当年烧水煮饭、驱蚊逐虫的艾蒿也是同出一根呀！甚至盛放你骨灰的那个白地青花瓷坛，也是你当年常见的陕北寻常百姓家腌渍菜、贮藏米面的那种式样。立在你身后的那块黑绿色长砖，是二十一年前与你一同来延长插队的老同学、现为延长县文化局局长的李永康，和着泪水，用延河边上的青草，一下一下擦磨出来的，砖上的铭文也是他用隶书端端正正书就好的。你的夫人明晓燕，将一条跟随了你二十一年的白羊肚毛巾、一套你当兵时穿过的旧军装、一方你们结婚时你送给她的白丝手帕，也一同留在了你的身边。

9月19日，我坐上了北京开往西安的34次快车，前往陕北去完成秋雨的遗愿。在北京—西安、西安—北京的这条铁路线上，二十一年间我往返了十几次。第一次的快乐和这一次的沉痛，在心理上形成了强烈反差，使我刻骨铭心，终生难忘。其他的那些因公因私的碌碌往返则都渐渐淡忘了。第一次乘这趟西行的列车，记得大约是1969年1月底或2月初。那时，我和秋雨还只是十六七岁的毛孩子，与其他近三万名所谓"老三届"的学生一起，满怀着革命激情，奔赴延安。尽管没有任何亲人到北京站为我们送行，但大家都兴高采烈、神采飞扬，为终于摆脱了在此之前的各种烦恼而庆幸，为即将开始的新生活而憧憬，仿佛伊甸园就在眼前，金苹果唾手可得。那时我们多么年轻！那时我们多么健康！那时我们多么快乐！汽笛一声长鸣，我们从此开始品味人生的艰难，开始奠定人生的基础，开始吸吮黄土高原的乳汁……

记得刚到延长县安沟公社吴家瑶科大队不久，我们六个知青聚在一起包"扁食"，庆祝在陕北过的第一个春节。望着锅里上下翻滚的饺子，我忽然想起以往的十六个春节，都是在北京和家人一起度过的。现在，被隔离审查和下放劳动的父母在哪里？年幼的弟弟、妹妹，谁在照顾他们？比我早几个月离开北京到内蒙古去插队的哥哥是否有饺子吃？一种思念亲人但又不知何时才能团聚的凄苦之情油然而生，驱使我扔下手中的拨火棍，一头冲出窑洞，跑出村子，坐在井坡路旁默默地流泪。秋雨和其他的插队伙伴一路寻来，想劝慰我，却因相同的境遇，与我抱头痛哭在一起。面对空寂的山野树林，迎着刺骨的凛冽寒风，我们的哭，是那样的无所顾忌，一泻千里。两三年来因国家的剧变和个人浮沉而产生的种种郁闷、委屈都倾泻出来。那一次痛快淋漓的大哭，对我们来说是空前的一次。以后，大概也不会再有第二次了。那天，是公元1969年2月17日，农历己酉年正月初一。

从那以后，我们再没哭过。无论是食不果腹、衣不遮体，还是被人误解、遭受诽谤，我们就像黄土坡上的圪针一样顽强地生存着，生长着。肩头的担子再重，手中的老钁再沉，我们都和陕北的乡亲们一道默默忍受，咬牙坚挺。

我们那里极端缺水，住在塬上的"受苦人"务育庄稼从不知灌溉，老天爷不下雨，干瞪眼没辙。人吃的水则靠生产队发的水票，每户每天一张，凭票到饲养员那里借一头毛驴下山去驮，来回七八里路。下雨时，我们不能跑回勉强可以遮风避雨的破窑洞中去躲避，却要拿着各种能盛水的家什到外面去接"天水"，此时，就连刷牙缸子也要派上用场。雪后寒，我们不能蜷缩在灶火旁"拥炉、把酒、赏雪、观梅"，而是趁着洁白如玉、珍贵无比的雪尚未被风沙和人畜完全弄脏，赶紧用手把雪捧进脸盆端回来倒在锅里融化，以备食用。

有一次，我和秋雨及队上的其他四个知青走"亲戚"——到三十里外在红火渠大队插队的同学那里串门。主人事先不知道我们要来，且没有计划用水，他们当天的水票已经用完，水缸也见底了。老同学相聚一场不容易，于是他们溜进队里的牲口窑，用洗脸兼洗脚的盆从饮驴的石槽中偷回一盆还漂着草料和毛驴嘴边的白沫的水回来，做了一锅面片汤，算是尽了地主之谊。七八年后，当我听秋雨谈起不久前他回队里看望乡亲们时，又共同回忆起这件事。当时曾诌了一首打油诗，年代久了，记不清原句了，大概是：君（指驴）住村之头，我居村之尾，村头村尾紧相连，共饮一槽水。

在这次重回陕北时，当年秋雨的房东颜生财已经另打了五孔砖窑喜迁新居了。原来秋雨住过的旧土窑已破败不堪，无人居住了。站在故人遗址前，往事如烟，不禁潸然泪下。村党支部书记王文显的婆姨拉着我的手哭着说："秋雨那娃可好咧！那年他从部队回来看我们，他在我家炕上和乡亲们整整谝（聊）了一晚上，说不完的话……"在陕北与乡亲们共同度过的那些艰难岁月，使秋雨与乡亲们结下了不解的情缘。吴家瑶科村的井坡、炊烟，安沟乡的沟沟峁峁，都在令他梦绕魂牵、朝思暮想。大概就是从那时起他萌发了就是死，也要回到曾经养育了他的双峰山去的念头。

9月24日，我和秋雨——他的骨灰一起，回到了阔别近二十年的吴家瑶科村和庙梁村。乡亲们听说秋雨的婆姨回来了，纷纷放下手中的各种活计，陆续拥进窑洞里来。炕席上撒满了核桃、红枣，炕桌上摆满了西瓜和过滤嘴香烟。阳历9月底吃西瓜，一双双粗大的手指夹着带"把儿"的香烟，使我惊讶不已。二十一年前我们在队里的时候，九分钱一包的"丰收"牌香烟，乡亲们平时却锁在箱柜中，只有当公社干部或其他显贵客人降临时，才舍得拿出来敬奉。我和秋雨及其他插队伙伴与乡亲们共同度过的那段日子，在阵阵亲切的陕北乡音中被一一谝了出来。往事历历，恍如昨日。

9月26日，是原定的安葬骨灰和开追悼会的日子。但早饭后，我们刚要从县城动身，天空渐暗，下起了蒙蒙细雨。雨越下越大，由小雨而中雨，最后成了瓢泼大雨。是不是秋雨的亡灵感动了老天，使它从悲泣转为号啕？是不是老天也不忍秋雨在未满三十八周岁的时候就过早地撒手而去？是不是老天的心情也和我们一样，望再与秋雨多待一些时辰，哪怕是一天也好？天人合一，秋雨有知！

满载着石碑、碑基座和灰浆的汽车是不可能上山了，也没法与七十里外村里的乡亲们联系了。纯朴、憨厚的乡亲们在前一天跑到四十里外的云岩集上买回了花圈和灵幡，当天早上用农用地膜包裹好，冒雨走了二十里山路，十点钟就赶到了双峰山顶，在凄风苦雨中停立了八九个钟头。他们圪蹴在风雨中望穿双眼，直到黄昏时才踏着没脚面的泥泞，抬着沉重的花圈，一步一步走回村去。可敬可爱的乡亲们！他们对秋雨的这份深情厚谊，足以使秋雨瞑目了。

9月27日中午12点整，秋雨的追悼会在双峰山顶刚刚落成的墓地上举行，县乡村各级党委、政府，和秋雨的家属、同学送的花圈呈半圆形摆放在"李秋雨之墓"墓碑旁。

吴家瑶科村的几十名乡亲一齐拥到秋雨的坟前，伏地放声大哭。王文显、颜生财和"延长老汉"代表村里的乡亲们在坟前的祭台上插了一炷香，献上四个苹果，摆放了二十个鸡蛋和两个大白馍。

秋雨！你知道，这苹果在咱山沟里是稀罕之物，是当年令你垂涎欲滴的珍品啊！这白馍和鸡蛋是当年在村里时，让你朝思暮想的佳肴啊！秋雨！乡亲们给你送来了……

秋雨永远留在了陕北，留在了延长，留在了安沟。他背靠双峰，面南而视，深情地注视着这贫瘠的高原，厮守相伴着这深沉的土地，直至永远！

王建勋，男
北京市第四中学初六八届毕业生
插队地点：延长县原安沟公社吴家瑶科大队
（原文发表于《回首黄土地》）

# 附录：
# 陕西知识青年上山下乡大事记

## 1954~1966年

1954年，共青团省委在陕西党报和团刊上总结和推广了渭南县南郭村回乡知识青年郭统绪的先进事迹。团省委发表了给全省高小和初中毕业生的公开信，同时安排部署各区、县团委召开高小毕业生代表会，动员他们回乡承担起建设社会主义新型农业的任务。随后全省43个县、7个区先后召开了高小毕业生代表大会，形成了响应党、团组织号召，回乡参加农业生产的热潮。

1955年7月28日，共青团陕西省委和陕西省教育厅发出了《关于认真做好本届初中、高小毕业生从事农业劳动和自学工作的紧急通知》，要求全省各级团组织要积极响应党中央和团中央号召，组织动员未能升学就业的知青自觉返乡参加农业生产劳动，鼓励他们自学成才。

1957年5月，团省委召开"全省知识青年建设社会主义新农村积极分子代表会议"，团省委书记白纪年在会上作了题为《热爱劳动，努力学习，立志做一代有文化的新式农民》的报告。会议通过了给全省知识青年和应届中小学毕业生的一封信，倡议知识青年回乡参加社会主义新农村建设。

1957年9月22日，西安市第一批家庭在城市的39名中小学应届毕业生响应党的号召，离开城市到农村落户。

1962年6月，汉中团市委副书记周沪和当地公社党委书记余世彦带领汉中市40多名机关干部和城镇知识青年，积极响应党"上山下乡，大办农业"的号召，怀着建设山区的雄心壮志，离开城市和家庭，克服种种困难和阻力，进入汉中市大巴山黎坪山区，进行垦荒、养殖、种植等生产经营活动。到1965年，经过三年艰苦奋斗，青年们战胜重重困难，建立起了一个以青年为主体，以粮食自给为立足点，以畜牧、林业、多种经营为发展方向的综合性国营垦殖场——黎坪青年垦殖场。

1962年7月，共青团中央发表了《中国共产主义青年团中央委员会给走向农业战线的团员和青年的一封信》，同年11月向党中央提交了关于城市知识青年上山下乡工作安排的报告。

1962年8月，共青团陕西省委和共青团西安市委组织西安市105名街道知识青年去眉县营头公社插队劳动。

1962年11月22日，中共中央、国务院批准组建"国务院农林办公室安置家居大中城市精简职工和青年学生领导小组"，各省市自治区也相应成立专门领导小组和办事机构。

1962年，按照中共中央和国务院关于动员和组织城镇知识青年上山下乡，参加农业生产的号召，陕西省实施精简职工和减少城镇人口，开始动员城镇知识青年上山下乡。

1962~1963年，陕西省下达城镇知识青年下乡安置经费，人均安置经费200元，其中：大城市（西安市）单身插队215元；中小城市（宝鸡、咸阳、铜川、汉中）单身插队205元；一般县镇单身插队195元。

1962~1963年，中央核定陕西省去国营农林牧场的安置任务为5527人，完成5333人，占下达指标的96.5%，其中：国营农场4034人，牧场626人，林场673人。接收安置任务的农林牧场有：鱼河堡农场、牛家梁农场、尔林兔农场、华阴农场、沙苑农场、朝邑农场、黎坪垦殖场、周至县黑河滩种马场、西乡县农池牧场、黄龙山林业实验局、陇县固关林场、勉县汪家河林场、洛南县书堂山林场等。

1963年4月16日，共青团陕西省委发出《关于组织青少年学习兴平北马大队回乡知识青年韩志刚先进事迹的通知》。

1963年9月到12月，西安市又有1969名街道青年踊跃奔赴农业战线。

1963年10月14日，陕西省人民委员会决定，成立陕西省安置城市下乡青年领导小组，负责全省城镇知识青年和其他社会闲散劳动力下乡、回乡参加农村社会主义建设工作。办公室设在农业厅。

1964年1月17日，中共中央、国务院颁布《关于动员和组织城镇知识青年参加农村社会主义建设的决定（草案）》。为适应上山下乡工作的发展，"中央安置工作领导小组"改为"中央安置城市下乡青年领导小组"，下设"安置办公室"。按照《决定》（草案）要求，各中央局和各省市自治区、安置任务较大的县，组成安置工作领导小组，建立相应的安置办公室。干部按下乡人员6%的比例配备，列入行政编制。

1964年第一季度，陕西省已有2.3万多名城镇知识青年上山下乡，参加农业生产，其中到农村插队的有1.5万多名，到国营农、林、牧场的8000多名。

1964年6月，陕西兴平下乡知青韩志刚，出席共青团全国第九次代表大会，并当选为团中央委员。

1964年7月5日~11日，共青团陕西省委、陕西省教育厅和安置办公室联合召开城镇知识青年上山下乡积极分子座谈会。在会上，39名参会积极分子汇报了自己的劳动、学习和工作情况。推举10位青年代表做大会交流。

1964年8月，根据中共中央、国务院《关于动员和组织城市知识青年参加农村社会主义建设的决定（草案）》精神，陕西省召开了全省城市下乡青年工作会议。会议确定的动员对象是：家居城镇达到劳动年龄未升学、就业的知识青年，复员退伍军人及社会闲散劳动力。

1964年11月，西安市800多名城市知识青年下乡插队。

1964年11月30日，由共青团陕西省委、陕西省教育厅、陕西省安置办公室合编的《学习材料》，选发了安康插队知青王建元的事迹《把青春献给山区人民》。

1964年，全省共动员去甘肃农建十一师2262人。

1964年至1965年，陕西省下乡安置经费略有提高：单身插队250元；成户插队180元；单独建队400元；回乡人员补助费50元；农牧场900元；林场1150元；水土保持队1327元；陕西共产主义劳动大学按单独建队标准，每安置一人400元。

1965年4月1日，《中国青年报》以《黎坪山区的青春之歌》为题，介绍了黎坪垦殖场青年们的先进事迹，在知识青年中引起了强烈的反响，全国19个省（市）的青年给报刊和黎坪垦殖场写信，表示向黎坪青年学习，响应党的号召，到山区去，到祖国最艰苦最需要的地方去。1965年春，周恩来总理在全国安置工作会议上给予黎坪青年很高的评价，称他们为"黎坪山上有志人"，并称誉黎坪是陕西的"梨树沟"，要求大力宣传。

1965年7月27日，共青团陕西省委在汉中召开黎坪垦殖场现场会，表彰黎坪垦殖场青年建设山区的革命精神，总结和推广他们的成功经验。中共陕西省委书记处书记严克伦在报告中，赞扬了黎坪垦殖场青年战胜困难、占领山头、建设山区的革命精神，号召全省团员、青年学习他们占领山头，建设社会主义新山区的革命精神；红在山区，专在山区，决心做社会主义时代的新愚公的精神；干部和青年同甘共苦，艰苦创业的精神。

1965年8月7日，《人民日报》第五版用整版篇幅刊登李语词写的长篇报告文学《深山密林播种人——王建元的故事》。同年8月，中国青年出版社出版了《在广阔的天地里》，里面全文收录《王建元的故事》。

1965年9月10日，中共陕西省委发出通知，号召全省人民学习黎坪垦殖场青年建设山区的革命精神。此后,全省各地普遍开展"学习黎坪垦殖场青年革命精神,做社会主义时代新愚公"的活动。

1965年10月,中国人民解放军生产建设兵团农业建设第十四师一四一团在南泥湾成立。在西安、延安、榆林、汉中、咸阳等大中城市招收了一大批优秀知青,其中相当多是受过良好的高中教育的高中毕业生,成为兵团战士。后发展到全国各地的知识青年和三五九旅老战士、老军垦以及复员转业军人组成。人员最多时达3900余人。

1965年创办陕西共产主义劳动大学,下设5个分校,专区一级兴办的劳动大学1所,共安置1103人,占1965年上山下乡总人数14376人的7.6%。

1965年陕西省粮食厅规定,下乡知识青年到达生产队后,未参加分配前,定量不得低于38斤成品粮,由当地粮食部门在经销粮中安排供应。下乡青年参加分配后,所分口粮达不到规定标准的,粮食部门对不足部分,仍继续供应。

1965年陕西省安置领导小组、陕西省财政厅对下乡知识青年的困难补助规定的原则为:

1. 上年夏收后插队人员,经过一年的劳动,到当年夏收分配时,个别年龄过小或长期患病,其劳动所得不能自给的,按原定生活费补助标准,对其不足部分给予补助。

2. 对少数插队长期有病拖欠医药费者,或者原衣、被补助不足,仍存在困难,自己确实无力解决的,给予补助。

3. 急用的小型农具和家具不足的,给予补助。

4. 对于已给的建房费,按单身2人1间土木结构厦房、成户每3人1间厦房,所需的建筑材料费和外雇技工工资计算,补助其差额部分。

1966年2月4日,《陕西日报》第三版用整版篇幅,刊发王建元的事迹《高峰扎根记》,同时配有短评《真正同工农变为一体——从知识青年王建元参加山区建设谈起》。

之后,中央人民广播电台连续播送王建元的事迹,陕西人民广播电台制成广播剧,《中国青年报》《解放军报》相继刊登了王建元的大幅照片和事迹。共青团陕西省委、中共安康地委、中共岚皋县委先后做出了《关于向王建元同志学习的决定》。

1966年3月以前,省安置城市下乡青年领导小组办公室与省人委农业办公室合并办公。

1966年,全省共动员赴省水保建设师、农建师1958人。

1966年"文化大革命"开始,不少上山下乡知识青年要求返城。

西安市赴眉县、陇县、周至县的近2000人;宝鸡市赴千阳、宝鸡县插队的

500余名青年，绝大部分仍逗留城市；勉县、山阳县集体建队的，将户口集体迁回城市。各级管理上山下乡知识青年的机构陷于瘫痪，动员工作由此中断。

## 1967 年

2月17日，中共中央、国务院发出《关于处理下乡知识青年外出串联、请愿、上访的通知》。《通知》要求，凡尚在外地进行串连、请愿、上访的上山下乡知识青年、支边青年、农场职工应立即返回本单位抓革命、促生产；所设联络站，一律撤销。安置工作中的问题，应由各级党委负责，逐步加以解决。《通知》还指出，前几年下放农村已参加农业生产的群众、上山下乡的知识青年，应当安心参加农业生产。前几年精简下放，现居城镇的人员，也按上述精神执行，不得回原工交企业和事业单位强复工。

6月29日，中央安置城市下乡青年领导小组办公室向国务院报告：5月以来，下乡知青又大量进城，估计已达40万人以上。

7月9日，《人民日报》发表题为《坚持知识青年上山下乡的正确方向》社论。阐述坚持上山下乡正确方向的必要性，说服城乡群众支持或欢迎逗留城镇的下乡青年迅速返回，参加农村的"文化大革命"，投入三夏战斗，搞好农业生产。

10月，中共中央、国务院、中央军委、中央文革小组发出《关于下乡上山的知识青年和其他人员必须坚持在农村抓革命促生产的紧急通知》。

## 1968 年

1月18日，中共中央、国务院、中央军委、中央文革小组发出《关于进一步打击反革命经济主义和投机倒把活动的通知》。重申要坚决贯彻执行1967年发出的包括《关于下乡上山的知识青年和其他人员必须坚持在农村抓革命促生产的紧急通知》在内的一系列指示和通告。集中力量反对各种形式的经济主义。"上山下乡支边的青年，不要回城要求落户"。

5月2日，中央安置城市下乡青年领导小组办公室向国务院呈送《关于1968年城市知识青年上山下乡的请示报告》。

7月31日，陕西省革命委员会决定，成立陕西省革命委员会毕业生工作领导小组，负责全省大、中、小学毕业生的分配、安排和招生工作。领导小组下设办公室，办理日常工作。各市、专、县也应建立相应机构，负责办理此项工作。

8月，西安市各中学革命委员会，按照上级部署，开始动员在校的老三届学生（即初、高中六六至六八级）报名上山下乡。

9月,西安市部分中学"革委会",组织报名上山下乡的学生代表,赴将要下乡的地点实地考察,其中有西安交大附中赴宝鸡县晁峪公社、西安市第二十中学赴宝鸡县颜家河公社、西安市第五中学赴宝鸡县固川公社、西安市第三中学赴宝鸡县甘峪公社、陕西师大一附中赴宝鸡县坪头公社、陕西师大二附中赴宝鸡县碌石公社、西安市第二十六中学赴宝鸡县龟川公社等。

9月29日,陕西省"革委会"生产组财贸办公室、陕西省"革委会"毕业生工作领导小组办公室联合印发《关于安置城市下乡青年经费、布票、絮棉补助等问题的通知》,平均每人补助布票25市尺,絮棉4市斤。

9月,陕西省革命委员会主任李瑞山同志,接到国务院办公厅电话指示:北京在年底前后将安排近3万名高、初中毕业生到延安去插队,接受贫下中农再教育。请你们做好思想上、物质上的接收准备。李瑞山告诉办公室:"立即通知延安地区"革委会"负责人,明天到省城来参加重要会议。"

10月初,按照省委指示,延安地区"革委会"主任许效民向各县安排接收北京知识青年来延插队事宜。他在讲话中说道:"这次大批北京知青来延安插队,是近代史上外地人第二次大批来延安。第一次是1935年不到3万人的中央红军。这次,我们要把这3万多名北京知青安排到我区14个县中12个条件较好的县,分配到129个公社,1284个生产大队和2667个生产队。迎接北京知青要敲锣打鼓扭秧歌,像当年迎接中央红军那样,场面要隆重,气氛要热烈。"

10月25日,西安市革命委员会为第一批下乡知青举行隆重的欢送仪式,而后分赴宝鸡等地县插队。由此揭开了西安市知青下乡运动的序幕。之后各个中学第一批上山下乡知青陆续分赴各地。

11月14日,省"革委会"毕业生工作领导小组、"革委会"生产组综合办、财贸办等部门,针对安置城市上山下乡知识青年工作中存在的经费、布、棉、木材、粮油等一系列问题联合发了《补充通知》。

11月15日,中共中央、国务院、中央军委、中央文革小组发出《关于1968年大专院校毕业生分配问题的通知》。规定"面向农村、边疆、工矿、基层"的方针,要求年底分配到单位。陕西省六八级毕业大学生共8667人,其中本科毕业生8519人,占98%;专科毕业生148人,占2%。于1969年初全部分配。

11月29日,驻陕某部战士宁学金在西安站值勤时,在驶来的火车头前,救出了3名在道轨前的知青而身负重伤。被誉为奋不顾身救知青的蔡永祥式的英雄。

12月8日,上山下乡仅仅一个月的宝鸡县晁峪公社南岔一队西安交大附中女知青金兰珠,被残忍杀害。

12月,陕西省革命委员会毕业生工作领导小组办公室发出《关于知识青年到农村参加农业生产几项规定的通知》,以解决部分知识青年要到农村亲属所在生产队参加农业生产劳动,接受贫下中农再教育的要求。

12月15日,延安地委派出高明池等同志,组成赴京迎接北京知青来延工作组,后改为迎接北京知青来延工作团,团长为慕锡章,由高明池和军代表王福海同志具体负责,全团60余人,其中,各县均有3~5人参加,省知青办动员处处长沈玉华,也亲往北京协助指导。代表团工作人员到达北京后,立即与北京方面联系协同工作。延安和北京两地是最为重视知青上山下乡工作的城市之一。

延安还设立了两个知青接待站:即在延安师范设立了迎接北京知青接待站,站长安广录;在铜川设立了迎接北京知青转运站,站长冯振业。

12月22日,《人民日报》发表毛泽东主席的指示:"知识青年到农村去,接受贫下中农的再教育,很有必要。要说服城里的干部和其他人,把自己初中、高中、大学毕业的子女,送到乡下去,来一个动员。各地农村的同志应当欢迎他们去。"由此时开始,陕西省各地城镇出现知识青年上山下乡高潮。

12月22日,陕西省革命委员会发出《关于广泛宣传、深入学习、坚决执行毛主席最新指示的通知》,要求各级干部和群众认真学习毛泽东关于"知识青年到农村去,接受贫下中农再教育,很有必要"的指示。全省知识青年上山下乡的安置工作至年底,已有30余万名知识青年(其中包括城镇知识青年6.9万余名)到农村插队劳动。全省每年有十几万知识青年上山下乡。

# 1969年

1月7日,一列满载知青的火车从北京开出,直达陕西铜川市。知青在此换乘汽车赴延安。1月8日,第一批北京知青到达延安。此后,北京每两天发出一趟延安知青专列,共发20多趟,持续40多天。2万多名北京初、高中毕业生到达革命圣地延安上山下乡。

1月15日凌晨,宜川县寿峰公社薛家坪大队火药失火,3名北京知青被烧伤。省、地"革委会"高度重视,专门派来了救护车。县"革委会"直接用电话向国务院汇报了情况。经周恩来总理批示,1月16日中午,中央派来直升飞机,降落到宜川县体育场,3名烧伤知青被接到了西安,后在省人民医院治疗后痊愈。

1月20日,延安专区"革委会"干部下放劳动办公室、延安专区"革委会"毕业生分配安置办公室印发《关于加强知识青年生活管理工作的紧急通知》,就知识青年的生活费用开支、取暖防火、交通安全等做了具体强调。

1月27日,宜川县云岩公社君子生产队北京知青金振生因给队里打窑负伤,经抢救无效身亡。这是延安的北京知青第一位不幸亡故者。之后,北京知青群体在延安下乡期间,先后有70余人不幸去世,其中在劳动中牺牲32人,非正常死亡和因病等死亡40余人,长眠于延安热土。

1月,陕西省"革委会"政工组发出《关于欢迎北京知青来我省延安插队落户的通知》,要求有关地区要热情认真欢迎北京知青,妥善地做好安置工作。

1月,延安地、县两级建立了下乡安置办公室,抽调100余名干部负责北京知青的政治、生产、生活指导工作。

3月14日,延安专区"革委会"政工组向专区"革委会"和各常委作了题为《如何做好接待、转运、安置北京知识青年工作的主要做法和体会》的工作汇报。

4月5日,省革命委员会决定,将原陕西省革命委员会毕业生工作领导小组及其下设的办公室和陕西省革命委员会干部下放办公室合并,成立陕西省革命委员会干部下放劳动和毕业生分配领导小组(简称"下放、分配"领导小组),下设办公室,负责全省干部下放、毕业生分配、下放安置等工作。4月20日,正式对外办公。

10月1日,全国各地314名下乡知青代表,受党中央邀请在北京参加国庆观礼,张艳、史玉存、徐继华等延安北京知青和陕西知青光荣地参加了国庆20周年观礼。

12月22日,《光明日报》刊登延川县革命委员会署名文章,介绍本县发动群众做好知识青年再教育工作的经验。

1969年冬,黄龙县五角树大队14名北京知青在冰冻的乱石滩上,开出了五角树大队第一块水田,修成200多米长的水渠。后又和农民一道,建成一座小型水力发电站。

# 1970年

1970年春节,延安知青中约有1.6万人返回北京过春节。他们带回了关于延安的现状。特别是北京知青周秉和、何立群向周总理和邓大姐汇报了在延安插队的情况和在延安的见闻。周总理了解到延安人民的经济生活状况和北京知青安置工作中存在的具体问题。引起党中央的高度关注。

3月初,延安组成赴京汇报团,专程赴京向北京有关方面全面汇报如何安置北京知青以及北京知青积极接受"再教育"的情况,争取北京有关方面配合延安进一步做好上山下乡知识青年"再教育"工作。

3月10~26日,周总理决定以国务院名义在北京召开"延安地区插队青年工作座谈会"。这次会议主要讨论加强插队知识青年工作和改变延安地区贫穷落后面貌的问题。陕西省"革委会"、延安地区和12个县的"革委会"负责人、北京市"革委会"和7个有关区的负责人出席了会议,国务院总理周恩来接见了到会代表并讲了话,特别提出延安要带头恢复延安精神。座谈会共产生3个文件,即《延安地区插队青年工作座谈会纪要》《延安地区来京代表给毛主席的致敬信》和由北京市与国务院农业、冶金、水电、建材、化工、八机、煤炭、石油8个部共同研究商定的《首都关于支援延安地区社会主义建设的方案》。这3个文件都呈送给总理审阅,并获得批准。

3月26日,周恩来、李先念、余秋里等中央领导在中南海专门接见了在延安插队的北京知青代表。他们勉励北京知青要学好延安革命传统,热爱延安,建设好延安。

4月14日,北京首批70多名支延干部到达延安。按照延安知青座谈会的要求,延安地区有北京知青插队的生产队都必须有一名带队的北京干部。这在全国上山下乡的大潮中尚属首创。

4月,宝鸡县人民法院在虢镇体育场召开大会,对杀害宝鸡县晁峪乡南岔一队西安交大附中下乡知识青年金兰珠的罪犯杜贵林判处死刑,执行枪决。

4月,前身是三五九旅的野战军第四十七军进驻南泥湾,一四一团变为中国人民解放军兰字九六一部队,正式名称改为中国人民解放军兰州军区生产建设兵团第六师第四十团。

5月12日,中共中央转发国家计委军代表《关于进一步做好知识青年下乡工作的报告》(即"中共中央〔1970〕26号文件")。这是1968年大规模的上山下乡运动开展以来,党和政府第一个有关上山下乡的重要方针政策性文件。其中对上山下乡运动中许多重要的政策性问题提出了明确的意见。

7月9日,《人民日报》发表《抓好下乡知识青年的工作》的社论。社论指出,各级党组织和"革委会"在深入进行无产阶级"文化大革命"的过程中,一定要高举毛泽东思想伟大红旗,把下乡知识青年的工作抓好,为巩固无产阶级专政而培养和造就千百万无产阶级革命事业的接班人。

8月,根据相关文件中"凡是劳动锻炼两年以上的、没有重大问题的知青,可以通过招生、招工、招干、参军等渠道逐步进行安排"的精神,咸阳、宝鸡、延安等地开始在1968年下乡的知识青年中招工。

9月22~29日,陕西省首届下乡知识青年和下放干部活学活用毛泽东思想积极分子代表大会在西安隆重召开。出席大会的有下乡知识青年、下放干部、下乡城镇居民先进集体和积极分子代表1382人。大会号召下乡人员,要树立在农村扎根一辈子的思想,坚定不移地走与工农相结合的道路。省"革命委员会"主任李瑞山等领导向下乡人员、先进单位和积极分子颁发了奖状。

11月9日，北京慰问团来到延安，慰问北京赴延安的知识青年。

1970年，全省共动员250人去兰州军区生产建设兵团第六师参加生产劳动。

1970年，在中央加强"三线"建设的战略部署下，陕西省革命委员会决定：六九、七〇届部分应届毕业生参加位于陕南山区的襄渝铁路建设。西安、宝鸡、咸阳、渭南、铜川等城市先后有2.5万余名知识青年，参加三线建设的重点工程之一——襄渝铁路的建设，并成为当时知识青年上山下乡的一种特殊形式。

# 1971年

2月19日，全国计划会议结束。会议确定1971年计划招收固定工144~155万人。招工资源包括经过劳动锻炼两年以上的上山下乡知识青年，由贫下中农推荐招收一部分。

6月17日，阿尔巴尼亚、越南、保加利亚、波兰、匈牙利、南斯拉夫、苏联、美国等十余个国家的驻首都记者及其夫人，在外交部和陕西省、延安地区革命委员会的同志陪同下，参观访问延安城区柳林大队时，访问了北京去的插队知识青年，并就他们的学习、劳动、生活等方面的情况进行了座谈。

8月8日，延安地区"革委会"决定组织"延安地区北京插队知识青年赴京学习汇报团"，向首都人民汇报延安革命建设情况和知青锻炼成长情况。"学习汇报团"由115人组成。汇报团由三个分团组成：一个是知青先进事迹报告团，一个是知青文艺演出团，一个是北京知青事迹展览团。

10月26日，汇报团离延赴京，次年1月31日返回延安，先后在北京、西安、咸阳、宝鸡、铜川开展了3个月的学习汇报活动。共汇报208场，听众24.2万人，演出96场，观众8.9万人。同时，走访了62户知青和赴延干部家庭，参观了首都部分工厂、农村。

9月12日，延安地区"革委会"就编写出版《知识青年在延安》（第一集）一书进行总结，该书收录散文、特写、报告文学、日记、书信25篇，诗歌10首，共约10万字，自6月开始编辑，到8月25日完稿。作者中有以后成为著名诗人、作家和画家的北京知青梅绍静、林达、邢仪等。该书由陕西人民出版社出版，陕西省延安地区革命委员会政工组编。

12月25日，《人民日报》刊登延川县关庄公社"革委会"通讯组和延川县"革委会"通讯组撰写的长篇通讯《一个活跃在延安山区的赤脚医生——记延川县关家庄大队北京插队知识青年孙立哲》。

1971年，陕西省大规模在1968年上山下乡知识青年中招工，原宝鸡市西山地区西安上山下乡知青基本全部招工。坪头公社码头大队西安下乡知青戈卫，自愿留在插队地坪头公社码头大队当农民。

## 1972 年

2月下旬，各高等院校开始进行第一批工农兵学员的招生工作。招生对象为：具有两年以上实践经验、有初中以上文化程度、年龄在20岁左右的工人、贫下中农、解放军战士、干部和下乡、回乡两年以上的知识青年。

5月，陕西省"革委会"批转省下放办关于《做好再教育工作和安置经费的管理和使用的请示报告》。

5月，陕西人民出版社出版了延川县工农兵文艺创作组创作的诗集《延安山花》，在延川县下乡的北京知青陶正和延川返乡知青王卫国（路遥），和曹谷溪、闻频等是这本诗集的主要作者和编辑。随后，他们还创办了文艺刊物《山花》，发表了大量下乡知青的作品。

8月，延川县关家庄大队合作医疗站北京知青赤脚医生孙立哲采取自体血回输办法，在无验血设备条件下，将患者腹腔内1000多毫升血经过技术处理，输入病人血管，救活宫外孕大出血患者郝玉英。

11月20日，《光明日报》报道延川县段家圪塔大队北京插队知青朱果利大搞科学种田的先进事迹。

11月，陕西人民出版社出版《知识青年在延安》第二集。连同1971年出版的第一集，两册书中收入的65篇作品，大都由知青自己所写，多侧面地记述知青群体在陕北的政治、思想、学习、工作情景，尽管受到当时"左"的影响，但仍能从中找到真实生活的影子。

## 1973 年

4月3日，国务院科教组下发了《关于高等学校1973年招生工作的意见》。《意见》提出："对上山下乡知识青年与回乡知识青年要一样看待。上山下乡知识青年比较集中的地方，可适当多分配名额。"

4月25日，毛泽东给李庆霖复信。李庆霖系福建省莆田县城郊公社下林小学教师，他在写给毛泽东的信中，反映了其子上山下乡后生活上遇到困难。毛主席复信写道："李庆霖同志，寄上三百元，聊补无米之炊，全国此类事甚多，容当统筹解决。"

6月10日，毛泽东给李庆霖的复信印发全党。此后，中央政治局几次听取有关汇报，研究统筹解决知识青年上山下乡工作中的问题。国务院于6月、7月间召开了全国知识青年上山下乡工作会议。

8月4日，毛主席圈阅印发中共中央中发［1973］30号文件，即《中共中央转发国务院关于知识青年上山下乡工作会议的报告》。报告肯定了全国800万城镇知识青年上山下乡的成绩，讨论和制定了知识青年上山下乡需要统筹解决的6条办法。

8月22~9月5日，陕西省知识青年上山下乡工作会议在西安召开。会议指出，自"文化大革命"以来，全省有21.6万余名城镇知识青年上山下乡（包括北京来延安插队的2.6万名知识青年）。会议传达了国务院召开的全国知识青年上山下乡工作会议精神，研究解决知识青年上山下乡工作中存在的问题。会议讨论了《陕西省革命委员会关于知识青年上山下乡若干问题的规定草案》和《陕西省革命委员会关于1973年到1980年知识青年上山下乡规划草案》。

9月16日，省高级人民法院向全省法院发出《关于打击破坏知识青年上山下乡犯罪分子的通知》。

9月24日，北京知青张革经中国人民解放军第五七〇二厂党委和共青团陕西省委批准，重新回到寿峰公社后峪沟生产队插队落户。

9月28日，陕西省革命委员会下放分配领导小组办公室文件《关于成立知识青年上山下乡领导小组和办事机构的请示报告》，根据中发［1973］30号文件规定，撤销现省下放办公室，重新成立"中共陕西省委知识青年上山下乡工作办公室"。

10月，"国务院知识青年上山下乡领导小组办公室"正式成立。在农业部办公，由农业部部长主管。

10月8日，西安市召开知识青年上山下乡工作会议，研究落实中央［1973］21号、30号文件和传达国务院、省知青工作会议精神。

11月7日，《人民日报》发表《坚持原则，敢于斗争》的通讯，报道了关庄公社张家河大队插队北京知青丁爱笛的事迹。

12月11日，陕西省委下发文件，成立省委知识青年上山下乡领导小组。领导小组下设办公室，日常工作归省农林办公室负责。

# 1974 年

5月4日，延安召开"延安地区青年积极分子代表大会"。

5月，歌曲《延安窑洞住上北京娃》收入由国务院文化组文艺创作领导小组编辑的、人民文学出版社出版的《战地新歌》。这首歌唱北京知青到延安插队的歌曲，曾在中央人民广播电台播出，中国唱片公司灌制唱片在全国播放，广泛流行全国。歌词作者是张郁，曲作者是纪溪平，两人当时都在西安工作。

5月，由延安地区编创组编辑的知青诗集《我是延安人》，由人民文学出版社出版。

6月12日，《人民日报》发表题为《一个很好的典型》的调查报告，介绍湖南省株洲市厂社挂钩、举办社队林、茶场安置上山下乡知识青年的经验，并配发《大有希望的事业》短评。新华社当日发了通稿。

8月26～30日 商洛地区召开知识青年上山下乡工作会议，参加这次会议的有各县委主管常委、知青办负责人、带队干部和知青代表共计54人。会上检查了对下乡知青的安置、教育和管理工作，总结交流了工作经验；认真研究讨论了在商洛地区如何推广株洲市厂社挂钩，集体安置下乡知识青年的经验问题。

8月，北京插队知青习近平在文安驿公社梁家河村建成延川县第一口沼气池。

9月5日，省委知青办下发通报《当前知识青年上山下乡工作中存在的几个较为突出的问题》。

10月1日，商洛地委批转了地委知青领导小组《关于知识青年上山下乡工作会议的情况报告》，要求各地区、县有关单位认真研究执行，并要做好调查研究，总结经验，解决存在问题，加强对这项工作的具体领导，为知识青年扎根农村创造更好的条件。

10月22日，北京慰问知青代表团到达延安，从24日开始赴各县慰问。

12月11日，中共陕西省委决定，成立中共陕西省委知识青年上山下乡领导小组，下设办公室。有关大专毕业生分配的遗留问题，移交省计委和省教育局；城镇下乡居民遗留工作，移交省民政局；干部下放的结尾工作，移交省人事局。中共陕西省委知青办下设动员安置处、宣传教育处、财务秘书处。

是年，省"革委会"出台《知识青年上山下乡若干问题的规定草案》，其中就城镇中学毕业生分配、经费问题，粮，油问题，卫生医疗问题，学习问题等做出明确规定。

1974年，全省各地严厉打击破坏知识青年上山下乡犯罪行为。

1974～1976年，三年间，延安又来了214名北京知青。至此，总共有26814名北京知青来延安插过队。

# 1975年

1月，延安南泥湾三台庄队的北京知青罗燕军，光荣出席了第四届全国人民代表大会。

2月26日,省知青办发文征稿《上山下乡美术作品选》,以美术形式反映和歌颂上山下乡。

3月10日,北京师范学院中文系三年级二班学员刘丹华给院党委写信,请求批准毕业后重回第二故乡——陕北农村,为改变陕北落后面貌贡献自己微薄的力量。

4月25日,省知青办和省教育局联合发文,拟为上山下乡知识青年举办业余函授教育。

4月26日,陕西省委知识青年上山下乡领导小组办公室下发文件,陕青办发［1975］011号,《关于在推广株洲经验中遇到的具体问题和解决的意见的报告》,在西安市挂钩的28个县中,前三年(1975～1977年)主要去18个县,即:渭南、大荔、蒲城、蓝田、临潼、陇县、凤翔、扶风、武功、泾阳、三原、高陵、户县、周至、洛南、富平、长安和西安郊区。

6月3日,宜川县"革委会"复函北京师范学院"革委会",对刘丹华毕业后重返宜川,建设革命圣地延安,表示最热烈的欢迎!

6月上旬,延安地委召开"延安地区上山下乡知识青年农业学大寨先进代表大会",全市代表名额400名。

7月4日,中共商洛地委就全区知识青年上山下乡工作情况专题报告省委。

9月5日,省知青办批转西安市委知识青年上山下乡领导小组《关于西安市1975～1980年跨区动员安置知识青年上山下乡规划和1975年计划的报告》。

9月,原在延长县黑家堡公社下乡的北京知青高红十,在北京大学毕业后,主动要求重返延安,在南泥湾插队。

9月15～10月19日,国务院召开全国农业学大寨会议(即第一次会议)。有12名下乡知识青年代表出席。10月27日,毛主席看到他们写给党中央的一封信后,批示:"应发表。可惜来的人太少,下次应多来一些。"12名知青代表中,有陕西宝鸡县坪头公社党委副书记、码头大队党支部书记、1968年下乡上山的西安师大一附中知青戈卫。

1975年,陕西人民出版社出版了信天游体的长诗《兰珍子》,这部长诗是由曾经插队延安宜川的北京女知青梅绍静创作,反映北京知青在延安当赤脚医生,为陕北人民送医治病的事迹。

## 1976年

1月20～23日,召开了陕西上山下乡知识青年农业学大寨积极分子代表会议。

1月，《人民日报》刊出歌颂知识青年上山下乡的长诗《理想之歌》，并加以编者按，以示重视。作者当时署名是：北京大学中文系七二级创作班工农兵学员集体创作。真正的创作者为就读于北京大学的4名工农兵学员，他们是陶正、高红十、张祥茂、于卓。这首诗并经编辑杨匡满做了较大修改。其中陶正和高红十两人入学前系在延安地区插队的北京知青。这首长诗还曾被中央人民广播电台编辑成配乐诗朗诵，风靡全国。

2月4日，新华社转发《陕西省上山下乡知识青年农业学大寨积极分子代表会议全体代表给伟大领袖毛主席的一封信》。全国各大报刊刊登。

6月14~18日，国务院知青工作调查组深入宜川县3个公社8个知青小组开展调研工作。18日与宜川县委召开了座谈会，通报了调研情况，县委书记牟玲生、副书记张志清等参加了会议。

6月22日，中共西安市委下发［1976］60号文件，批转市知青办《一九七五年我市郊县发生的破坏知识青年上山下乡案件的情况报告》。

7月8日，省委知青办、省公安局、省高级人民法院、团省委等部门，联合发出《关于咸阳地区连续发生下乡知识青年死亡案件的通报》，针对咸阳地区接连发生了数起杀害知识青年刑事案件和汽车轧死知识青年的重大事故，要求各地认真解决好知识青年的思想、生活问题，对他们加强思想教育和防毒、乘车、游泳、卫生等方面的安全教育，杜绝伤亡事故再次发生，使他们坚守乡村，健康成长。对破坏知识青年上山下乡的案件，要列为重大案件，坚决破案，及时处理。对迫害知青和强奸女知青的犯罪分子，要从严惩办。对引诱、教唆知青犯罪和对受害人进行威胁以及对检举人进行打击报复的人和事要依法严惩。

8月31日，陕青办报告拟成立"中共陕西省委知识青年上山下乡领导小组办公室的核心小组"，核心小组可由7人组成。

9月5日，中共渭南地委知识青年上山下乡领导小组办公室发出文件《关于知青非正常死亡的情况报告》（渭地知办发［1976］08号），报告主要内容有：1976年以来，渭南地区所属的临潼、华县、浦城、合阳、潼关、耀县、大荔，连续发生打架、自杀、玩水、车祸等造成知识青年非正常死亡案件10起。

10月，全国上下庆祝粉碎王洪文、张春桥、江青、姚文元反党集团。

10月，咸阳地区中级人民法院依法判处杀害上山下乡知识青年犯罪分子，严厉打击破坏知识青年上山下乡犯罪行为。

# 1977年

3月17日，省知青办下发文件，号召在全省上山下乡知识青年中开展学雷锋运动。

3月22日，省财政局、知青办重新修订了知青下乡经费标准。从1977年开始，在就业安置经费中，平均每名知识青年用于医疗的费用10元。非因工致残伤亡的，适当给予补助。

4月，为纪念"五四"青年节58周年，省知青办在延安举办全省知青学习班。

5月11日，《光明日报》发表《实践是检验真理的唯一标准》的重要文章，从而引发了全国性的大讨论。

10月，延安地区团地委召开了全区青年学习毛主席著作积极分子大会，会上，一大批赴延安的北京知识青年被评为学习毛主席著作积极分子或共青团先进工作者，如张革、李华松、谭芳珊、梁雅琦、田宝印等。

11月22日，中共延安地委知识青年上山下乡办公室下发延地知发［1977］20号文件，通报关于延安地区当年知青犯罪情况，共两案三人：其中有一人道德败坏，一贯乱搞两性关系，并教唆其他女知识青年作案，7月被我公安机关逮捕，判刑三年；有两人偷听敌台、偷窃成性，特别是在1976年9月18日，在毛主席追悼会正在举行之际，竟持刀行凶，造成流血事件，先后于当年4月10日、10月7日被公安机关逮捕，现在押，尚未判刑。

# 1978年

1月5日，中共延安地委知识青年上山下乡办公室给地委上报延地知发［1978］1号文件：报告该地区1977年知青死亡情况。

5月6日，国务院知青领导小组、教育部下发文件，通知组织知青复习文化课，文件指出：去年以来，不少下乡和回乡知识青年在党的十一大路线的鼓舞下，踊跃报名，参加高考。许多地方各级党组织本着积极发现人才，精心选拔人才的精神，满腔热情地支持知识青年复习应考，并为考生提供了便利条件，一大批知识青年被录取上了大学。但是，也有不少下乡知识青年反映，他们在农业第一战线坚持劳动，没有复习时间，又没有人辅导，甚至有的遭到歧视和压制，为他们报考高等学校带来了不少困难。今年高等学校招生时间即将来临，为了给报名参加高考的知识青年提供便利条件和复习功课的时间，使他们尽可能地做到生产、复习两不误,应保证每天有复习文化课的时间,做好报考知青的复习备考工作。

5月12日,省知青办下发《转发〈国务院知青领导小组关于复习文化课通知〉的通知》。《通知》强调指出:各地要认真学习国务院知青领导小组和教育部5月6日的《通知》,提高认识,满腔热情地关怀知识青年,高度重视做好从广大知青中选拔人才的工作,切实加强领导,采取有力措施,妥善安排好报考青年的文化课复习。公社党委要有一名领导同志负责抓好这项工作,并由文教专干、知青专干、带队干部组长协同组织实施。

5月,随着国家对知识青年上山下乡政策的重大调整,为加强城镇劳动力与下乡知青的统筹管理,国务院知青办与国家劳动总局合署办公。

6月10日,省知青办下发《关于知识青年上山下乡中几个具体政策问题的通知》,就城镇应动员上山下乡的知识青年的范围、免下留城、免下留城青年的安排、回农村家乡落户、下乡知识青年的回城及转点等问题,做出了新的详尽规定。

12月,党中央、国务院召开知识青年工作会议,中央政治局讨论通过了中发[1978]4号文件,提出"四个面向"的原则(面向学校、上山下乡、支援边疆、城市安排),为进一步做好知识青年上山下乡再教育工作制定了明确方针。文件同时指出,除大城市外,一般县城和小集镇的中学毕业生,在城镇能安排就业的,就可以不再动员上山下乡。

1978年,在全国首届优秀短篇小说评奖中,陕西作家莫伸发表在《人民文学》的短篇小说《窗口》和陕西作家贾平凹发表在《上海文学》的短篇小说《满月儿》同时获奖,莫伸原名孙树淦,系1968年宝鸡铁中下乡在宝鸡县天王公社十二盘的知识青年,贾平凹是1968年陕南商洛地区丹凤县棣花镇的返乡知青。

# 1979年

1月4日,省委常委办公会议研究决定:省委知青办应作为省委所属的一个工作机构,不再隶属省农办。建议省委将省委知青领导小组办公室的隶属关系变更通知省委各单位和各地、市、县委。

1月5日,全省知识青年上山下乡工作会议在西安召开。姜一同志作总结报告《统一认识,加强领导,进一步做好知识青年上山下乡工作》。

1月20日,陕西省委决定:对1972年以前下乡的知青,凡符合招工条件的今年全部予以招收,1973年下乡知青也解决一部分,对于和农民结婚的男女青年,根据本人的能力和实际情况就地解决,插队过于分散的知青要适当集中,确需病退、困退回城的要简化手续，抓紧解决。

3月8日，省委知识青年上山下乡领导小组办公室转发《王震同志接见云南省西双版纳地区国营农场知识青年丁惠民等十同志时的谈话》（记录稿）。

4月11～15日，省委知青工作会议提出高考招生前，要给知青一个月的复习时间，对没有达到规定出勤天数，农忙不参加劳动的不应录取，招工要优先招收下乡时间长的老知青。

7月28日，省委知识青年工作领导小组办公室召开上山下乡知识青年代表座谈会，省"革委会"副主任刘庚在会上指出，今后在继续动员一部分知识青年到农村去的同时，要逐步缩小上山下乡范围，扩大留城比例。

8月17～26日，国务院在北京召开部分省市区上山下乡知识青年先进代表座谈会。邀请34名有声望的优秀知青参加。党和国家领导人同他们进行长达3个小时的座谈。出席这次座谈会的先进知青代表中有陕西延安地区宜川县寿峰公社卓里大队党支部副书记、北京知青张革，陕西延川县关庄公社关家庄大队赤脚医生、北京知青孙立哲。

10月15日，省知青办发出《关于认真做好知识青年越冬安全工作的通知》，指出："由于林彪、'四人帮'极左路线的影响，加之有的地方管理措施不力，致使知青中的非正常伤亡和被盗案件较去年都有上升。知识青年的犯罪事件也有增加。有的社、队对知青的生产、生活安排不好，知青的住房破烂或缺门少窗，影响知识青年的安全和过冬。这些问题，应该引起各地高度重视。现在，招工已经开始，新年、春节即将来临，知识青年回城的人数多，思想波动大，更容易发生问题。"要求各地、市、县委知青办公室切实保证知青的人身和财物安全。

11月12日，中共陕西省委知识青年上山下乡领导小组办公室给省委上报陕青办字〔1979〕052号文件，报告关于我省知识青年非正常死亡情况。

1979年全国短篇小说评奖中，陕西知青作家陈忠实的短篇小说《信任》荣登金榜。陈忠实是20世纪60年代西安灞桥区返乡知识青年。

# 1980年

1月22日，上报《关于省委知青办公室机构、隶属关系变更的请示报告》。1968年省知青办成立以来，结构名称和隶属关系几经变更。机构名称叫过"陕西省革命委员会毕业生分配办公室""陕西省革命委员会下放分配办公室""中共陕西省委知识青年上山下乡领导小组办公室"。隶属关系先属"革委会"生产组，后来变更到政工组、农办。1979年年初又划出农口，直接归省委。

4月13～20日，陕西省召开了知青工作安置会议，会议传达了国务院知青办于1979年9月、10月和1980年3月召开的全国知青安置工作交流会议和知青经费管理工作座谈会的精神。何承华、高凤山、白文华等同志发表了讲话。会议确定了陕西省城镇知青安置的方向和办法。

6月12日，根据中共陕西省委决定，将省委知识青年上山下乡领导小组更名为城镇知识青年上山下乡领导小组，由省政府领导。

8月21日，省知青领导小组通知停止办理下乡知青转点手续。

10月30日，省公安局、粮食局、民政局、知青办联合通知全民、集体所有制单位招工要优先安排下乡知青。

10月，曾在延安市李渠公社下乡的四川知青叶延滨，在《诗刊》首届青春诗会专号发表组诗《干妈》，深情咏颂一往情深关心爱护知识青年的延安老区人民群众的形象，引起强烈反响。后获得全国首届新诗奖。

12月13日，召开陕西省老知青工作汇报座谈会，据统计，全省共有已婚老知青1313人，其中，与当地社员结婚的838人。

# 1981 年

11月21日，陕西省决定撤销城镇知识青年上山下乡领导小组及其办公室，全省知识青年上山下乡工作进入收尾结束阶段。由于要处理许多具体问题，实际延至1982年3月正式撤销，有关遗留问题移交省劳动局处理。

11月24日在西安召开各地、市知青办及重点西安市知青办主任座谈会，会议总结了陕西省十多年来的知青工作，研究处理遗留问题。

11月25日，中共陕西省委办公厅下发［1981］75号文件，1981年11月21日省委书记第25次会议决定："同意撤销省知识青年上山下乡领导小组及其办公室，办公室人员、知青经费等转给省劳动服务公司。"下发各县市执行。

11月28日，省知青办接到省委办公厅关于撤销省知青领导小组及其办公室的通知。

11月，陕西省知青办向陕西省委上报关于知识青年上山下乡工作的总结。

11月，国务院知青办在呈报国务院的《关于国务院知青办和国家劳动总局进一步合署办公的请示报告》中提出："由双方有关人员组成国家劳动总局就业司，把知青场队工作和插队知青遗留问题统管起来。国务院知青办的牌子对外继续保留。"该请示获准，国务院知青办与国家劳动总局合署办公后，地方知青办也参照中央的做法，陆续改变了知青办的归属。

1981年，6名先进知青决心继续留在农村，与当地社员群众一道为改变农业落后面貌而努力奋斗，他们是：宜川县张革、宝鸡县戈卫、礼泉县王元成、眉县常江、澄城县刘永福、汉中市张连庆。

# 1982年

2月，陕西省知识青年上山下乡领导小组向省政府上报陕青办发〔1982〕002号文件，请示报告关于建议撤销省知青办工作机构。

3月6日，陕西省计划委员会下发陕计发〔1982〕52号文件，将省知青办工作并入省劳动局，在省劳动局设立劳动力就业处，负责统筹规划和管理全省社会劳动力就业工作。

4月23日，省知青安置工作会议强调要妥善安置老知青，切实做好在乡知青工作，对劳教、判刑释放后的知青要根据表现妥善安置。

1982年，《收获》第3期发表了路遥的中篇小说《人生》。中国青年出版社同时出版了这部小说的同名单行本。这是一部以知识青年为主要人物的中篇小说，后荣获第二届全国优秀中篇小说奖，并由西安电影制片厂将《人生》搬上银幕，吴天明导演。路遥原名王卫国，系延川县老三届返乡知青。

# 1983年

曾在陕北延川县关庄公社上山下乡的北京知青史铁生的短篇小说《我的遥远的清平湾》和在同一公社下乡的北京知青陶正的短篇小说《逍遥之乐》，一同获得了当年的"全国优秀短篇小说奖"，两位作家插队在陕北的同一个县、同一个公社，两篇小说都是以陕北生活为题材，两人同年同榜获得全国性大奖，这一切都成为陕西知青文学的一个极大的传奇和亮点。

# 后　记

　　2014年的秋天，《陕西知青纪实录》的编辑工作进入了尾声。当我们掩卷沉思的时候，内心充满了难以割舍的情感。这是一本朴实的书，没有华丽的语言，没有炫技的情节，更没有虚构的故事。但是，你读它的时候会感动，会震撼，因为它记录了真实的青春。

　　这个青春属于一个群体——陕西知青，包括了20世纪六七十年代上山下乡的陕西本土知青、建设兵团和三线战士，也包括了同时期在陕北延安插队的北京知青。当年他们只有十六七岁，被时代卷进了上山下乡的大潮。他们告别城市，告别家人，来到关中农村和陕北高原，伴随着黄土、锄头和油灯，伴随着迷茫、躁动、热血和眼泪，度过了漫长的青春岁月。

　　本书由散文部分和"陕西知识青年上山下乡大事记"两部分组成，分为上下两卷，辑录了164篇90余万字的纪实文章。书中的每一篇都是亲历上山下乡的知青叙述自己的故事。一年多来，我们多角度地选材，尽量最大限度地展现当年知青生活的真实与丰富。其中有插队时期的回忆，有后来返乡的感慨，更有当年日记、事件的呈现。而最可贵的是，书中所有的叙述完全是开放式的表达，没有任何意识形态修饰的痕迹，从而保持了时代的原声原貌，具有跨时代的史料价值，为后人留下了宝贵的财富。

　　"陕西知识青年上山下乡大事记"则是从各地志书和陕西省共青团志书中选取了大量的资料，收录的是知识青年上山下乡这一历史阶段中，陕西省发生的、涉及全省且具有重大影响的知青事件，以及全省各个地区有较大影响的知青事件。同时，为了帮助读者了解当时全国知青运动的大背景，我们也有重点地选择收录了当时部分全国知青的重大事件。

　　编辑《陕西知青纪实录》，是一个漫长而艰辛的过程，为真实地反映那个时代，我们倾注了全部的心血。在翻阅大量的文字记录和采访众多当事人的过程中，我们深深感受到了历史脉搏的跳动，感受到了青春的热血和热泪，感受到了真诚与包容甚至是苦难、愤怒和控诉。它是一个久远的时代标记，是深藏于记忆褶皱里的青春，一旦舒展开来，便如潮水般涌出。此时，我们只需静静地聆听，聆听不一样的青春、不一样的脚步和不一样的声音。

如今距离上山下乡的年代已经过去了半个世纪，当年那些十六七岁的孩子也已经两鬓斑白。如果没有人提及，没有人问起，在茫茫的人海中，你已经很难分辨出这个群体了。况且在后来几十年跌宕起伏的生活里，随着时代的变迁，随着各自社会角色的转变，他们之间有起有落有沉有浮，境况已经大不相同。能让彼此心心相印的，唯有那颗曾经青春悸动的心和那些曾经经历过的不能忘却的往事。这些往事正是一代人的历史留痕。

本书由于篇幅有限，仍然有大量的文献没有辑录进来，其中不乏更加珍贵的史料。在此向广大的陕西知青和北京知青以及读者致以深深的歉意，并期待今后能够不断地补充、完善。在此，我们感谢太白文艺出版社的全力支持，感谢陕西省社会科学研究院文艺研究所、感谢共青团陕西省委、陕西省档案馆、陕西省图书馆等单位的大力支持，以及广大知青朋友的积极参与。最后，我们想说的是，这是一本好书，一本值得深思的书。

刘莹

2015 年 1 月 26 日